JÜRG ANDERMATT
INSELN IM LICHT
VERLAG J.H. SCHMALFELDT
BREMEN

Als ich vor ein paar Jahren, an einem trüben Tag, das erste Mal auf dem Deich stand, war ich enttäuscht und doch gleichzeitig fasziniert. Ich hatte gehofft, das Meer zu sehen, aber vor mir lag nichts als grauer Schlick, Schitt, wie die Friesen sagen. Ich kannte schon viele Landschaften, doch keine so nasse, öde und trostlos scheinende Weite. Irgendwie fühlte ich mich hingezogen. Ich wollte hinein, das Watt und die davor liegenden Inseln mit ihrem Licht, Wasser und Wind an mir erfahren. So habe ich in den kalten Zeiten die Inseln mit der Fähre besucht und bin in den wärmeren mit einem Jollenkreuzer hinter den Inseln im Watt gesegelt.

Inseln im Licht 4

Inseln im Licht 6

Inseln im Licht 7

Inseln im Licht 8

Inseln im Licht 9

Inseln im Licht 10

Inseln im Licht 11

Inseln im Licht 12

Inseln im Licht 14

Bevor die ersten Hochs aus dem Wattenmeer tauchen, stehen dort bereits Möwen im Wasser und warnen mich vor den allzu flachen Stellen. Bei leichtem Wind komme ich nur langsam gegen die Strömung des ablaufenden Wassers an. Vorsichtshalber halte ich mich, den Pricken folgend, ans Fahrwasser. Weite Wattflächen liegen schon trocken. Zwei Seehunde ruhen auf einer Sandbank dicht am Fahrwasser, nur knapp vor dem Bug meines Bootes robben sie ins Wasser. Plötzlich sitze ich fest. Ich verfolge, wie sich das Wasser, langsam eine ausgedehnte Wattlandschaft aus Prielen, weiche Schlick- und feste Sandflächen schaffend weiter und weiter zurückzieht. Bald kann ich vom Boot steigen und in dieser Weite wandern, mich über die Streitigkeiten der Krebse wundern, nach Muscheln und Würmern graben und mich fragen, woher plötzlich die vielen Vögel kommen. Noch vor ein paar Stunden war für mich hier nichts als eine riesige Wasserfläche.

Inseln im Licht 16

Inseln im Licht 20

Bei Nebel laufe ich in den Bauernhafen ein. Die nächsten Tage bringen mir zuviel Wind, ich warte lieber auf ruhigeres Wetter. Zwischen Kühen und Pferden wandere ich auf dem breiten Vorland. Über einige Priele kann ich springen, andere sind zu breit und zu tief. Wäre ich in Eile, die langen Umwege wären beschwerlich, doch so warte ich auf das Nachlassen des Windes. Was wünsche ich mir besseres, als über den dichten Salzwiesenteppich dem gewundenen Lauf der Priele zu folgen und mich am rasenden Wechselspiel von Licht und Wolken zu begeistern.

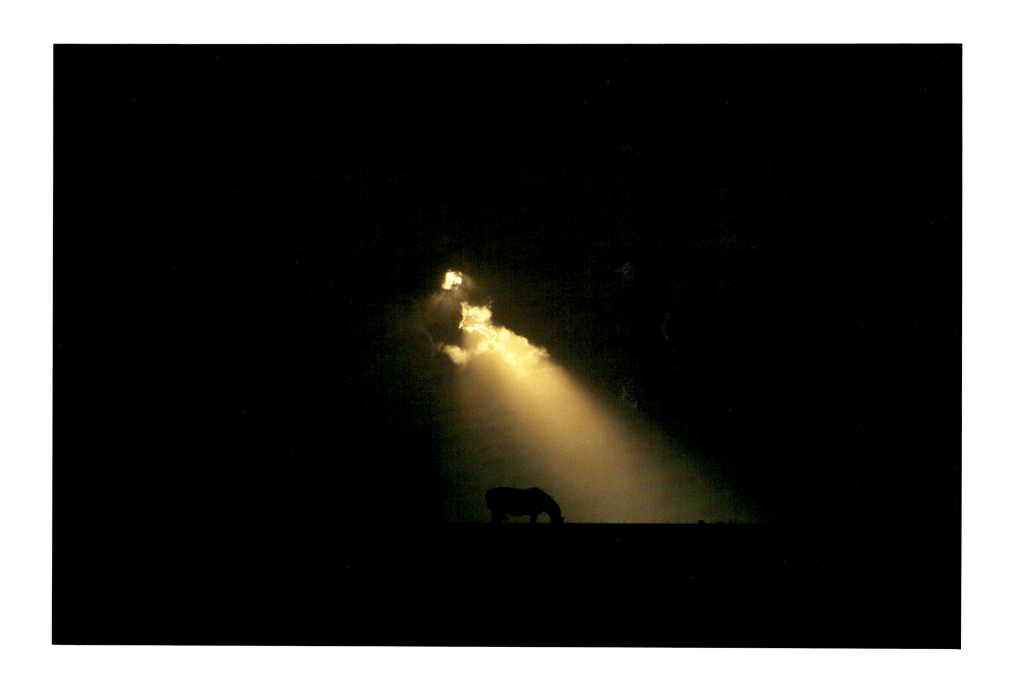

Den ganzen kühlen Märznachmittag streife ich durch die Dünen, durch breite Täler, steile Sandhänge empor – durch kleine Holunderwäldchen, deren Büsche und Bäume auf den Dünen kaum über die Knie reichen und sich in den Tälern hochrecken, ganz dem Wind gehorchend – immer irgendwo ein Tier störend, einen Hasen, der eiligst seinen Äsplatz verläßt, eine Möwe, die kreischend mich zum Weitergehen mahnt, manchmal sogar ein Reh, das in weiten Sprüngen hinter der nächsten Düne verschwindet.
Bei leichtem Regen suche ich am Abend Schwemmholz, um ein schräges Dach aufzustellen, unter das ich mich für die Nacht legen kann.

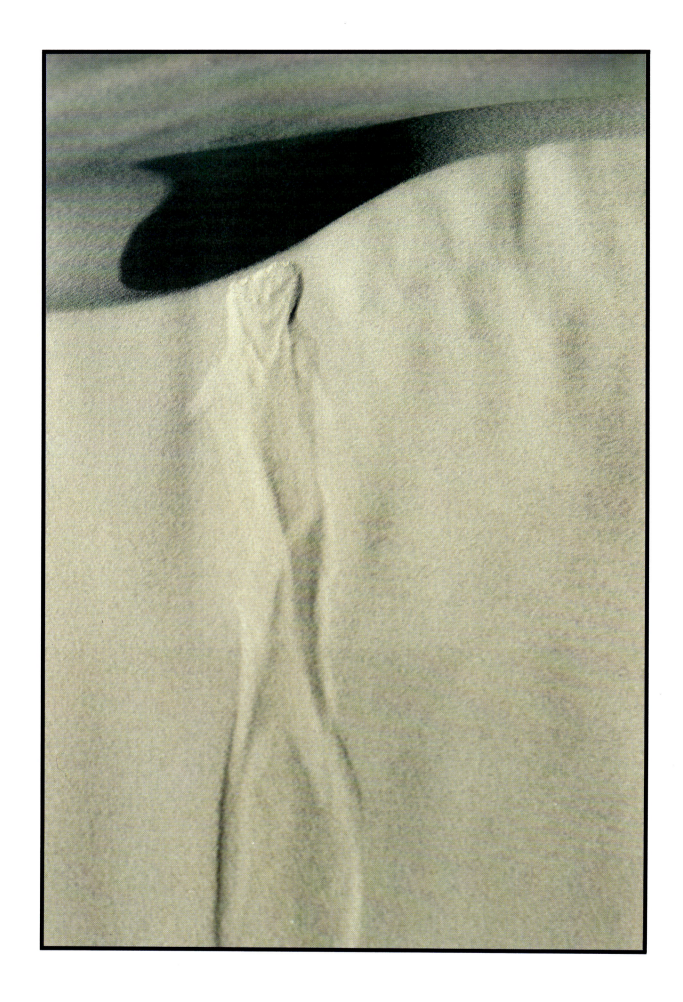

Inseln im Licht 52

Fast ist es Mitternacht, es nieselt, und der schwache Nordwind vermag kaum die Segel zu füllen. Sachte klopfen die kurzen Wellen des Wattenmeeres an den sich langsam voranschiebenden Bootsrumpf. Im Schwarz dieser Nacht zeigt sich der Horizont als fahler Schein. Am Ufer höre ich Vögel, weit weg rauscht die vor der Insel auflaufende Brandung. Von Zeit zu Zeit tropft Wasser aus dem Segel aufs Deck.

Inseln im Licht 57

Inseln im Licht 60

Zwei Tage bin ich schon auf dem Sand. Eine Insel ist es eigentlich nicht, allzuoft wird der ganze, große Sand von den Sturmfluten überspült, doch den weit dahinter liegenden Halligen bietet er vor den Anstürmen der See Schutz. Kein Gras, nur Sand, Muscheln und Vögel. Auf der einen Seite brandet das Meer, auf der anderen liegt ruhig das Watt; am Horizont die Halligen.
Auf meinen ganzen Reisen fühlte ich mich hier am freiesten.

Ich ankere im Schutze der Insel. Sobald sich das Boot mit ablaufendem Wasser auf Seegras legt, beginnen die Krebse laut am Rumpf zu kratzen. Später bringt das erste Wasser der Flut Tausende von Muschelschalen, die wie kleine Schiffe an mir vorbeischwimmen.

Inseln im Licht 78

Inseln im Licht 84

Langsam komme ich zu mir – waren es Minuten oder Stunden, die ich auf dem Rücken liegend im Sand verbrachte? Eine sehr lange Zeit, die die Wolken, ihre Farbe ändernd, sich übereinanderschiebend, vom Horizont aufsteigend, über mich hinwegflossen. Die Wellen rauschten unaufhaltsam – monoton; das sich spiegelnde Himmelslicht ritt auf ihnen fast bis zu mir, doch auf den naßdunklen Sand geworfen, erlosch es. Manchmal war es fast drohend, vielleicht hatte ich sogar Angst, dann lief von irgendwoher ein Sonnenstrahl über mich, nicht ohne etwas Wärme zurückzulassen. Hinter mir bildete der in den Himmel steigende Sand der Dünen einen Abschluß zur Welt – in die ich zurück muß.

57 Friedrichskoog
58 Tümmlauer Bucht
59 Hooge
60 Norderney
61 Baltrum
62 Japsand
64 Baltrum
65 Norderney
66 Memmert
67 Baltrum
68 Juist
70 Baltrum
71 Baltrum
72 Baltrum
73 Baltrum
74 Heverstert
75 Norderney

76 Juist
77 Holland
78 Holland
79 Norderney
80 Baltrum
81 Trischen
82 Trischen
83 Baltrum
84 Trischen
85 Baltrum
86 Sylt
87 Sylt
88 Sylt

Copyright by
Verlag J. H. Schmalfeldt
Bremen 1979
Alle Rechte vorbehalten
ISBN 3-921749-06-9
Gestaltung
Hartmut Brückner
Druck
J. H. Schmalfeldt + Co.

table des matières

Première partie
le système nerveux central ... 5

Avant-propos	7
Chapitre 1. — Le crâne osseux	9
Chapitre 2. — La région fronto-occipitale	44
Chapitre 3. — Organisation du système nerveux central et de ses enveloppes	51
Chapitre 4. — La loge cérébrale	56
Chapitre 5. — La loge hypophysaire	109
Chapitre 6. — La fosse cérébrale postérieure, le tronc cérébral, le cervelet	121
Chapitre 7. — Vascularisation artérielle de l'encéphale	151
Chapitre 8. — Vascularisation veineuse de l'encéphale	165
Chapitre 9. — Le canal vertébral et la moelle épinière	179
Chapitre 10. — Centres et connexions du cerveau	195
Chapitre 11. — Les centres nerveux du cervelet	222
Chapitre 12. — Les centres et voies d'association du tronc cérébral	226
Chapitre 13. — Les centres et les voies d'association médullaires	248
Chapitre 14. — Les voies motrices	256
Chapitre 15. — Les voies de la sensibilité générale	279
Chapitre 16. — Les voies optiques	287
Chapitre 17. — Les voies auditives	301
Chapitre 18. — Les voies gustatives	308
Chapitre 19. — Les voies olfactives	310
Chapitre 20. — Tomodensitométrie cranio-encéphalique	318

Deuxième partie
la face, la tête et les organes des sens ... 327

Avant-propos	329
Chapitre 1. — Les os de la face	331
Chapitre 2. — Région des muscles masticateurs	353
Chapitre 3. — La bouche. Organisation générale	385
Chapitre 4. — La langue	388
Chapitre 5. — La région gingivo-dentaire	403
Chapitre 6. — Le plancher de la bouche	421
Chapitre 7. — La région palatine	431
Chapitre 8. — La région amygdalienne	442
Chapitre 9. — Régions superficielles de la face	451
Chapitre 10. — Les fosses nasales	474
Chapitre 11. — Les sinus para-nasaux	489
Chapitre 12. — L'orbite osseuse	499
Chapitre 13. — Le globe oculaire	506
Chapitre 14. — La loge postérieure de l'orbite	520
Chapitre 15. — L'appareil de protection du globe oculaire	540
Chapitre 16. — L'oreille	550
Index — le système nerveux central	589
— la face, la tête et les organes des sens	595

Première Partie

le système nerveux central

avant-propos

Ce volume comporte deux parties : l'étude descriptive du système nerveux central et de ses enveloppes, puis sa systématisation.

Dans la première partie, nous décrivons d'abord *le crâne osseux,* enveloppe résistante du cerveau, du tronc cérébral et du cervelet, étroitement adaptée au contenu qu'elle protège ; les os du crâne cérébral (ou neurocrâne) sont identifiés de façon analytique, puis surtout synthétique, tels qu'ils se présentent à l'examen direct de son extérieur (ou exocrâne) et de son intérieur (ou endocrâne).

La *région fronto-occipitale* est formée par les parties molles qui recouvrent le crâne en superficie, et plus particulièrement par le cuir chevelu.

Après une brève introduction consacrée à l'*organisation générale* du système nerveux central et de ses enveloppes, nous étudions ensuite la *loge cérébrale,* délimitée par les replis de la dure-mère, qui isolent différentes portions ; elle contient l'élément noble du névraxe, le *cerveau,* subdivisé en deux hémisphères, réunis par le corps calleux.

A ce propos, il n'est pas de meilleure comparaison que celle qui peut être faite avec une noix : tout s'y retrouve : *la coque* résistante, *les circonvolutions* des deux hémisphères, et *les membranes de protection l'une très mince,* décollable, au contact des circonvolutions, *l'autre épaisse,* adhérente à la face interne de la coque, et détachant une cloison sagittale dont le bord concave, à la façon de la faux du cerveau, vient buter sur le pont de substance blanche, qui réunit les hémisphères et ressemble effectivement au corps calleux.

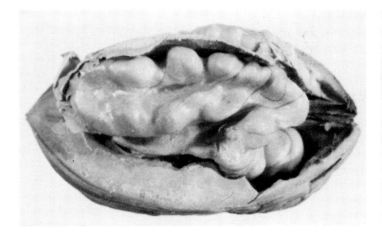 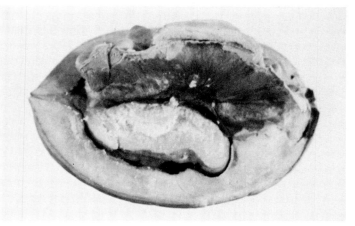

Après une description assez détaillée des *régions topographiques* du crâne, dont les rapports conditionnent les voies d'abord de la neuro-chirurgie, ce chapitre s'achève par la *configuration intérieure* du cerveau, dont l'originalité est faite par la présence en son centre de cavités à l'emporte-pièce, *les ventricules*, qu'entourent des *noyaux gris centraux*, plongés dans la substance blanche du *centre ovale*.

C'est ensuite l'étude de la *loge hypophysaire*, qui renferme, bien protégée par la *selle turcique*, la plus importante de toutes les glandes endocrines.

A la partie postéro-inférieure de la cavité crânienne, la *fosse cérébrale postérieure* contient le *cervelet*, indispensable à l'équilibre, au tonus musculaire, et au mouvement, et le *tronc cérébral* qui assure la liaison avec le cerveau et avec la moelle.

Dans le *canal vertébral* descend en effet *la moelle épinière* dans son étui méningé, d'où s'échappent les *racines rachidiennes*, qui transmettent les influx sensitifs et moteurs.

Cette première partie se termine enfin par la description de la *vascularisation* artérielle et veineuse de l'encéphale, dont l'atteinte pathologique permet d'expliquer un grand nombre de syndromes déficitaires cérébraux.

Dans la deuxième partie, nous mettons en évidence, d'après les données les plus récentes, les innombrables circuits dont la *systématisation* tente de débrouiller la complexité.

a) au niveau du *cerveau*, la substance grise du cortex contient toute une série d'aires motrices, sensitivo-sensorielles et psychiques ; les voies qui leur sont annexées traversent la *substance blanche* et font relais dans des *centres sous-corticaux*, dont le thalamus est le plus important ;

b) en dérivation sur les voies extra-pyramidales, *le cervelet* contrôle l'activité musculaire automatique, à l'aide de trois circuits, de plus en plus différenciés ;

c) dans le *tronc cérébral*, au milieu de nombreux noyaux fonctionnant comme des cervaux élémentaires, se concentrent les voies ascendantes et descendantes que l'on retrouve plus bas dans la *moelle épinière* ;

d) l'ensemble de ces structures exprime son activité dans de multiples voies décomposables en trois :

— *voies motrices*, qui conduisent les influx nerveux jusqu'aux muscles,

— *voies sensitives*, qui recueillent à la périphérie du corps les renseignements permanents des récepteurs superficiels et profonds,

— *voies sensorielles*, qui groupent les diverses sensations (vue, ouïe, goût et odorat) par lesquelles nous entrons en rapport avec le milieu environnant.

Nous avons groupé ces voies sur des tableaux schématiques, souvent répétés, qui comportent les coupes classiques du système nerveux central ; comme G. LAZORTHES[*], nous avons préféré les représenter la face antérieure tournée vers l'avant, en supposant l'observateur placé derrière le névraxe, étudiant les circuits en les imaginant par rapport à lui-même.

Nous terminons enfin cet ouvrage par quelques pages consacrées à la tomodensitométrie céphalique (ou scanner).

En visualisant directement les structures cérébrales, elle permet d'identifier, par la différence de densité, les parties de l'encéphale, et de mettre en évidence les ventricules cérébraux et les espaces cisternaux. Elle est devenue indispensable à l'exploration du système nerveux. Aussi, l'étudiant, au moins dans le cadre de l'anatomie normale, doit-il en connaître les principaux aspects.

---

[*] Lazorthes Guy (1910), professeur d'anatomie, puis de neuro-chirurgie à Toulouse.

1 le crâne osseux

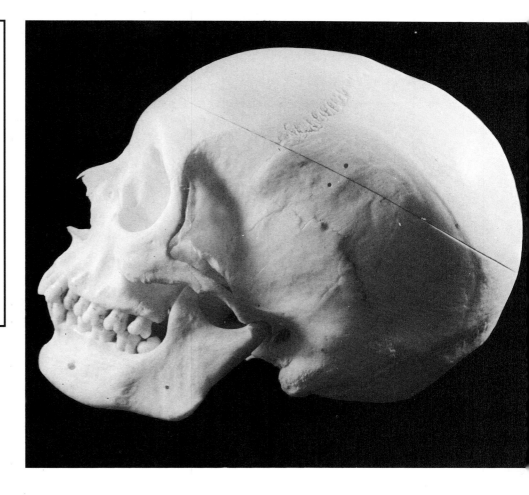

PLAN

Les os du crâne
    Os impairs
    Os pairs

Etude générale du crâne.

L'exocrâne
    La voûte
    La base
    Craniométrie
    Crâne du nouveau-né

L'endocrâne
    La voûte
    La base
    Architecture du crâne
    Radio-anatomie du crâne

Situé à la partie postéro-supérieure de la tête, le crâne (Cranium)* est une enveloppe osseuse qui contient les méninges crâniennes, et l'encéphale.

Il est constitué par huit os :
— quatre sont impairs, médians, et symétriques, ce sont d'avant en arrière : le frontal, l'ethmoïde, le sphénoïde, et l'occipital ;
— deux sont pairs et latéraux ; ce sont de haut en bas : le pariétal et le temporal.

Pour son étude, nous allons envisager quatre chapitres :
— l'étude descriptive des os du crâne,
— l'étude générale du crâne,
— la configuration extérieure, ou exocrâne,
— la configuration intérieure, ou endocrâne.

---

* Crâne, du grec «cranion» : le crâne, dérivé de «cranos» : le casque.

PLAN

Os impairs :
   a. Os frontal
   b. Os ethmoïde
   c. Os sphénoïde
   d. Os occipital

Os pairs :
   a. Os pariétal
   b. Os temporal

FIGURE 1

Vue inférieure de l'os frontal
1. Apophyse orbitaire externe.
2. Fossette lacrymale.
3. Arcade sourcilière droite.
4. Echancrure sus-orbitaire.
5. Epine nasale du frontal.
6. Echancrure nasale.
7. Cellule ethmoïdo-frontale postérieure.
8. Facette temporale du frontal.
9. Voûte de l'orbite.
10. Cellule ethmoïdo-frontale antérieure.
11. Echancrure ethmoïdale.
12. Canal ethmoïdo-frontal postérieur.
13. Canal ethmoïdo-frontal antérieur.
14. Bord supérieur du frontal.
15. Surface articulaire avec le sphénoïde.

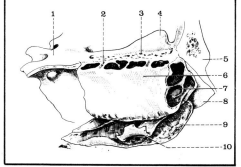

FIGURE 2

La masse latérale droite de l'ethmoïde (vue latérale)
1. Jugum sphénoïdale.
2. Gouttière ethmoïdale postérieure.
3. Lame criblée de l'ethmoïde.
4. Apophyse crista galli.
5. Os frontal.
6. Os planum.
7. Cellule ethmoïdale antérieure.
8. Lame perpendiculaire de l'ethmoïde.
9. Cornet moyen.
10. Apophyse unciforme.

Les os du crâne

LES OS IMPAIRS

a) L'OS FRONTAL (Os frontale)*

Placé à la partie antérieure du crâne, il surplombe les fosses nasales et les cavités orbitaires, et forme le plancher de l'étage antérieur du crâne.

On lui décrit deux segments :

— **l'un vertical,** antérieur, ou **écaille du frontal** (Squama frontalis), convexe en avant, qui forme la portion antérieure de la boîte crânienne ;

— **l'autre horizontal,** inférieur, ou **orbito-nasal**, avec une **partie médiane**, en rapport avec les os nasaux et l'ethmoïde, et deux **parties latérales**, qui constituent les voûtes des orbites. (Fig. 1)

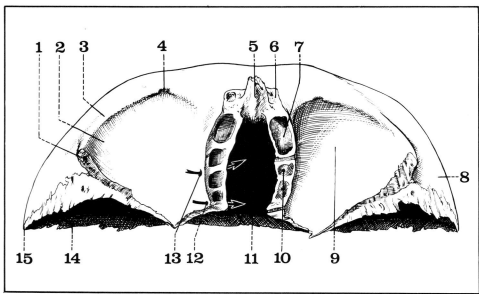

b) L'OS ETHMOÏDE (Os ethmoïdale, du grec ethmos : le crible, la passoire) (Fig. 2)

Situé au-dessous du frontal, et en avant du sphénoïde, il prend part à la constitution de l'étage antérieur du crâne, et forme la paroi interne de l'orbite. Mais surtout, il s'enfonce dans le massif facial, et appartient ainsi beaucoup plus aux fosses nasales qu'au crâne ;

On peut le comparer à une balance, et lui décrire quatre portions : (Fig. 4)

— la **lame perpendiculaire** (Lamina perpendicularis), sagittale et verticale, forme la tige de la balance ; elle appartient à la cloison médiane des fosses nasales, et se prolonge à l'intérieur du crâne par l'apophyse crista galli (crête de coq) ;

— la **lame criblée** (Lamina cribrosa), horizontale, forme le fléau de la balance ; quadrilatère, allongée d'avant en arrière, elle doit son nom aux nombreux orifices, ou trous olfactifs, qui la traversent ;

— les **deux masses latérales**, appendues de chaque côté de la lame criblée, forment les plateaux de la balance. Elles sont consituées par un assemblage de cellules, et réalisent le sinus ethmoïdal ou labyrinthe ethmoïdal (Labyrinthus Ethmoidalis).

---

* Du latin « frons » : le front.

c) L'OS SPHÉNOÏDE (Os sphénoïdale)*

Situé à la partie moyenne du crâne, il est compris entre l'ethmoïde et le frontal en avant, l'occipital et les temporaux en arrière.

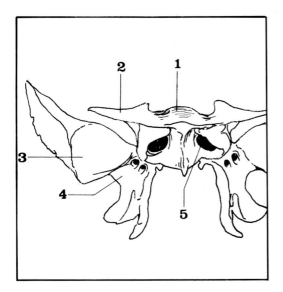

FIGURE 3

Vue antérieure du sphénoïde.
1. Processus ethmoïdal.
2. Petite aile.
3. Grande aile (facette orbitaire).
4. Apophyse ptérygoïde.
5. Sinus sphénoïdal (ostium).

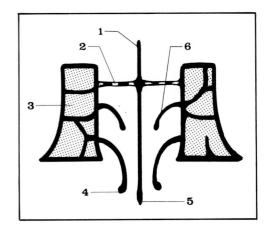

FIGURE 4

Coupe frontale de l'ethmoïde.
1. Apophyse crista galli.
2. Lame criblée.
3. Sinus ethmoïdal.
4. Cornet moyen.
5. Lame perpendiculaire.
6. Cornet supérieur.

Sa forme est très complexe et peut être comparée à une chauve-souris, avec quatre portions : (Fig. 3)

— le **corps** (Corpus), cubique, est creusé à l'intérieur par les deux sinus sphénoïdaux ;

— les **deux petites ailes** (Ala minor), longues et pointues, représentent les oreilles de la chauve-souris ; elles se dirigent en dehors, et forment le plafond de la fente sphénoïdale ;

— les **deux grandes ailes** (Ala major), également dirigées en dehors, se détachent des faces latérales du corps ; elles présentent l'aspect d'une lame osseuse à concavité supérieure, qui se redresse de chaque côté, presque verticalement, au niveau de la voûte du crâne ; elles forment, tout naturellement, les ailes de la chauve-souris ;

— les **deux apophyses ptérygoïdes**** (Processus pterygoideus), dirigées verticalement à la face inférieure du coprs, sont chacune formées par deux lames osseuses (ou ailes) qui s'unissent par un angle dièdre ouvert en arrière et en dehors ; elles simulent les pattes de la chauve-souris.

d) L'OS OCCIPITAL (Os occipitale)***

Il occupe la portion postéro-inférieure de la boîte crânienne ; soudé en avant au sphénoïde, il est encastré entre les os pairs du crâne, et prend part à la consititution de l'étage postérieur, et de la voûte du crâne.

Il présente la forme d'une losage irrégulier, percé d'un vaste orifice, le trou occipital, destiné au passage du bulbe rachidien, et des enveloppes méningées.

On lui décrit quatre portions :

— **en avant du trou occipital, l'apophyse basilaire** (Pars basilaris), ou corps de l'occipital, est obliquement dirigée en avant et en haut, s'enfonçant comme une coin entre les deux rochers :

---

* Du grec « sphen » : coin à fendre le bois.
** Du grec « pterux » : l'aile.
*** Du latin « ob » et « caput » : vers la tête.

— **en arrière du trou occipital, l'écaille de l'occipital** (Squama occipitalis), répond au triangle postérieur du losange, et participe à la fois de la base et de la voûte du crâne; (Fig. 5 et 6)

— **sur les côtés du trou occipital, les deux masses latérales** (Pars lateralis) réunissent latéralement le corps et l'écaille de l'os; elles supportent les **condyles*** (Condylus occipitalis) articulés avec les cavités glénoïdes de l'atlas.

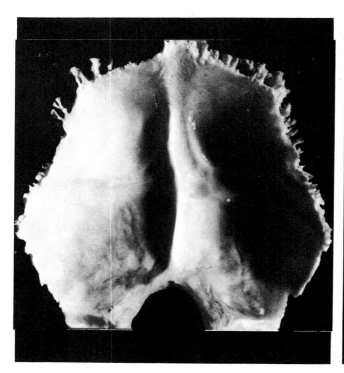

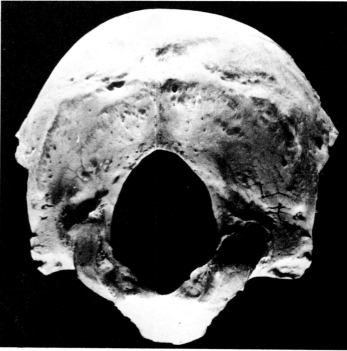

FIGURE 5
Vue endocrânienne de l'occipital.

LES OS PAIRS

FIGURE 6
Vue exocrânienne de l'occipital.

a) L'OS PARIÉTAL (Os parietale)**

Fortement convexe, il s'articule sur la ligne médiane avec celui du côté opposé, et forme avec lui plus du 1/3 de la voûte du crâne. (Fig. 7)

FIGURE 7

Vue exocrânienne de l'os pariétal droit.
1. *Bosse pariétale.*
2. *Trou pariétal.*
3. *Ligne courbe temporale supérieure.*
4. *Ligne courbe temporale inférieure.*
5. *Bord postérieur.*
6. *Bord inférieur.*
7. *Insertion du muscle temporal.*
8. *Insertion de l'aponévrose temporale.*

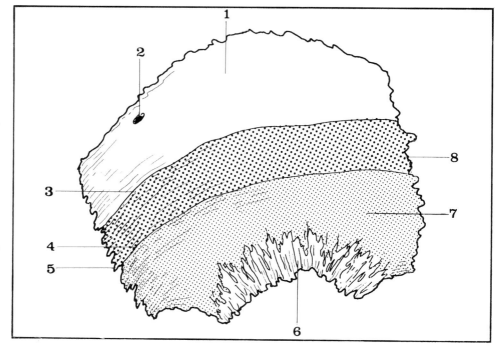

---

* Condyle, du grec «condulos» : articulation.
** Du latin «paries» : la paroi.

Aplati, quadrilatère, il est situé en arrière de l'écaille du frontal, en avant de celle de l'occipital, et surplombe latéralement la grande aile du sphénoïde, et l'écaille du temporal.

b) L'OS TEMPORAL (Os temporale)*

Beaucoup plus complexe, il doit à l'embryologie sa constitution en trois portions (l'écaille, le rocher, et l'os tympanal), complétées par trois apophyses :

■ l'**écaille du temporal** (Pars squamosa) est une mince lame osseuse, presque circulaire, subdivisée en deux champs :

— l'un supérieur, temporal, fait partie de la voûte,
— l'autre inférieur, basilaire, répond au conduit auditif externe et à la portion temporale de l'articulation temporo-mandibulaire.

Entre les deux se détache l'**apophyse zygomatique**. (Fig. 8, 9 et 10)

■ le **rocher** ou os pétreux (Pars petrosa) est une pyramide quadrangulaire à base externe, très large, et à sommet interne, encastré entre le sphénoïde et l'occipital.

Son grand axe, à peu près horizontal, est oblique à 45° en avant et en dedans.

Il contient essentiellement les **cavités de l'oreille** moyenne et de l'oreille interne, et un certain nombre d'orifices dont les principaux sont :

— le **canal carotidien** (Canalis caroticus) pour l'artère carotide interne intra-crânienne ;
— l'**aqueduc de Fallope** (Canalis facialis) pour le nerf facial, qui va du fond du conduit auditif interne au trou stylo-mastoïdien.

Deux apophyses s'en détachent :

— l'*apophyse mastoïde*** (Processus mastoideus), saillie conoïde à base supérieure, et à sommet inférieur arrondi, est facilement palpable sous les téguments en arrière du pavillon de l'oreille ; elle est creusée à l'intérieur par des cellules mastoïdiennes, annexées à l'oreille moyenne ;

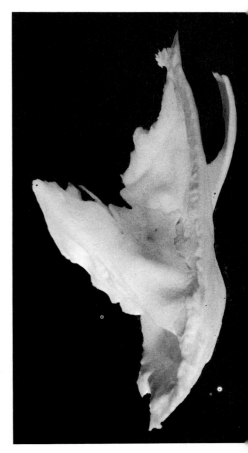

FIGURE 8

Vue supérieure du temporal droit.

* Du latin « tempus » : le temps.
** Mastoïde, du grec « mastos » : la mamelle.

FIGURE 9

Les trois portions de l'os temporal (d'après G. Olivier).
Vue latérale droite.

1. Ecaille du temporal.
2. Apophyse mastoïde.
3. Conduit auditif externe.
4. Os tympanal.
5. Apophyse styloïde.
6. Canal carotidien (flèche).
7. Pointe du rocher.
8. Apophyse zygomatique.

FIGURE 10

Vue latérale du temporal droit.

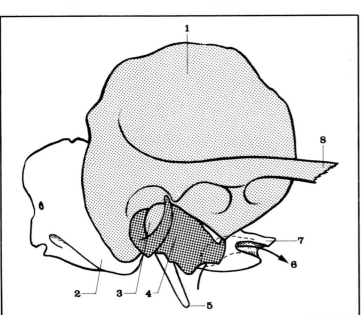

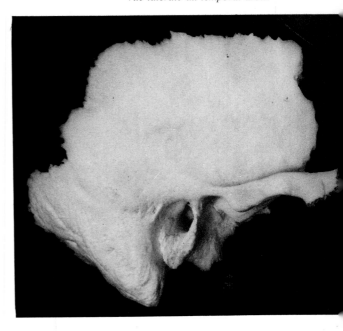

— l'*apophyse styloïde** (Processus styloideus), très effilée, est implantée sur la face exocrânienne du rocher; faisant partie embryologiquement de l'appareil hyoïdien, elle se dirige vers l'espace sous-parotidien postérieur;

■ l'**os tympanal** (Pars tympanica), le moins développé, est situé au-dessous de l'écaille et en avant du rocher; en forme de gouttière semi-cylindrique ouverte en haut, il constitue la majeure partie du conduit auditif externe. (Fig. 9)

Deux apophyses s'en détachent :

— l'*apophyse vaginale* (Vagina processus styloidei), issue du bord inférieur, et engainant la base de l'apophyse styloïde (vagina : la gaine, le fourreau),

— l'*apophyse tubaire*, issue de l'extrémité interne de l'os, et formant la paroi externe de la trompe d'Eustache (ou tube auditif).

---

* Styloïde, du grec «stulos» : le stylet.

FIGURE 11

Vue latérale droite du crâne osseux (après séparation des os de la face).

1. Protubérance occipitale externe (ou inion).
2. Ecaille de l'occipital.
3. Suture pétro-squameuse.
4. Apophyse mastoïde.
5. Conduit auditif externe.
6. Condyle de la mandibule.
7. Os palatin.
8. Apophyse styloïde.
9. Trou mentonnier.
10. Mandibule (branche horizontale).
11. Incisive latérale supérieure.
12. Maxillaire supérieur.
13. Epine nasale antérieure.
14. Os malaire.
15. Trou sous-orbitaire
16. Apophyse ptérygoïde.
17. Gouttière lacrymo-nasale.
18. Os planum (de l'ethmoïde).
19. Os nasal.
20. Apophyse orbitaire du malaire.
21. Epine nasale frontale.
22. Apophyse zygomatique du temporal.
23. Ecaille du temporal.
24. Grande aile du sphénoïde.
25. Os frontal.
26. Os pariétal.

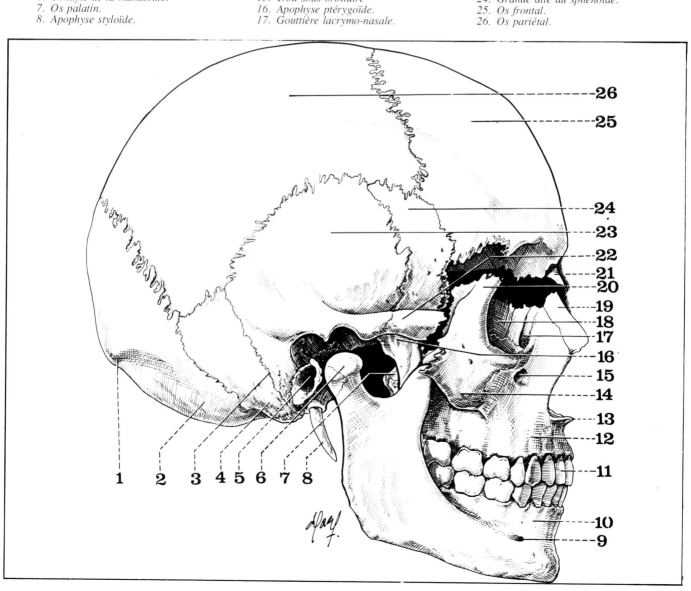

Etude générale du crâne

Au point de vue terminologique, il convient de séparer formellement le **crâne cérébral** (ou neurocrâne), qui seul nous intéresse dans ce chapitre, du **crâne facial** (ou splanchnocrâne) que nous étudierons avec les os de la face. (Cf. La face, la tête et les organes des sens). (Fig. 11)

La limite entre les os du crâne et ceux de la face correspond à **l'angle sphénoïdal** (de Virchow* et Welcker**) compris entre : (Fig. 12 et 13)

— un plan horizontal allant du nasion (racine du nez) à la gouttière optique du corps du sphénoïde,

— un plan oblique en bas et en arrière allant de cette gouttière au bord antérieur du trou occipital.

L'ouverture de cet angle (à sinus antéro-inférieur) est de 130 à 135° dans les races blanches.

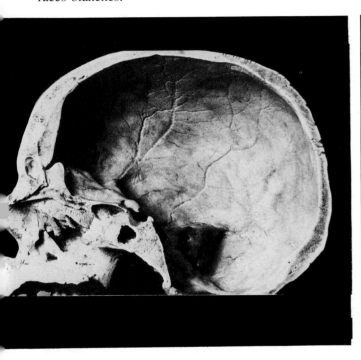
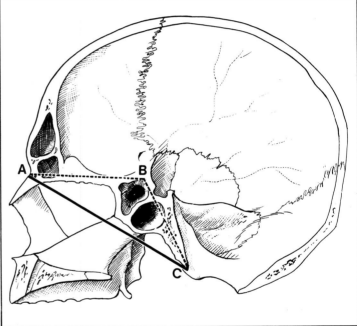

En pratique, le crâne cérébral et le crâne facial sont intimement soudés, et seule la mandibule est mobile. Aussi le **poids du crâne** correspond-il à celui de ces deux parties réunies : il est, dans les races blanches, de 650 grammes chez l'homme, et de 550 grammes chez la femme.

La forme générale du crâne est celle d'un ovoïde, à grand axe antéro-postérieur, et à grosse extrémité postérieure. Cet ovoïde est aplati transversalement, de telle sorte que le diamètre sagittal l'emporte sur le diamètre transversal.

Les variations sont nombreuses, d'ordre ethnique ou individuel, et revêtent une grande importance anthropologique.

L'indice céphalique (rapport du diamètre transversal au diamètre sagittal) permet d'individualiser trois catégories de crânes : (Fig. 14 et 15)

— **le crâne brachycéphale**, plus développé dans le sens transversal, dont l'indice céphalique est supérieur à 80; on le rencontre en France chez les savoyards, les auvergnats, les bretons;

FIGURES 12 ET 13

Coupe sagittale du crâne.
Vue médiale du côté droit).
L'angle de Virchow-Welcker ABC sépare le crâne facial du crâne cérébral : il est de 130 à 135° dans les races blanches.

A = nasion.
B = gouttière optique.
C = bord antérieur du trou occipital.

---

* Virchow Rudolf (1821-1902), médecin et anatomo-pathologiste allemand.
** Welcher Hermann (1822-1897), médecin, anatomiste, et anthropologue allemand.

FIGURE 14

Vue supérieure des deux principaux types de crâne.
A. *Crâne dolichocéphale.*
B. *Crâne brachycéphale.*

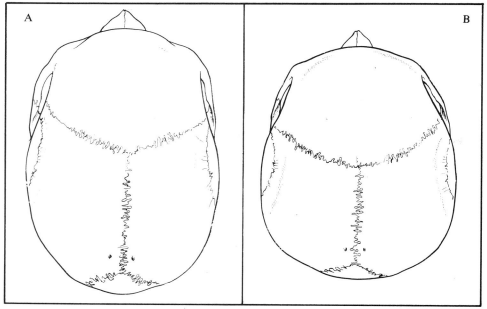

FIGURE 15

Vue inférieure des deux types de crâne.

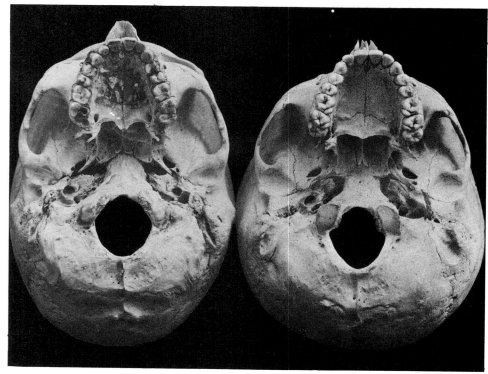

FIGURE 16

Coupe frontale de la voûte du crâne.
1. *Sinus longitudinal supérieur.*
2. *Diploé.*
3. *Lobe frontal.*
4. *Muscle frontal.*

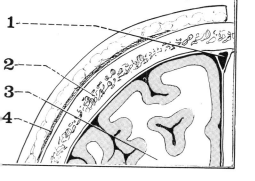

— **le crâne mésocéphale**, intermédiaire, dont l'indice céphalique est compris entre 80 et 75 ;

— **le crâne dolichocéphale**, plus développé dans le sens sagittal, dont l'indice céphalique est inférieur à 75 ; on le rencontre dans les races nordiques, chez les espagnols, et chez les noirs d'Afrique.

On peut décomposer le crâne en deux parties :

— l'une supérieure convexe : la **voûte du crâne**, formée par des os plats qui comportent, entre deux lames de tissu osseux compacts (la table externe et la table interne), une couche de tissu spongieux, le diploé (diploë, du grec diploos : double) ; (Fig. 16)

— l'autre inférieure, disposée en marches d'escalier : la **base du crâne**, avec, à sa face interne, trois étages (antérieur, moyen, et postérieur).

Dans une étude générale du crâne cérébral, il est possible d'envisager deux chapitres descriptifs :
— celui de sa configuration extérieure, ou **exocrâne**,
— celui de sa configuration intérieure, ou **endocrâne**.

Dans chacune de ces configurations, nous retrouverons la subdivision en **voûte du crâne**, et en **base du crâne**, la limite entre l'une et l'autre étant représentée par un plan oblique en bas et en arrière, formant avec le plan horizontal un angle de 20° à 25°, et passant par l'**ophryon** (au-dessus de la glabelle) en avant, **les ptérions**, point de rencontre du frontal, du pariétal, du sphénoïde et du temporal de chaque côté, et l'**inion** (protubérance occipitale externe) en arrière. (Fig. 17 et 18)

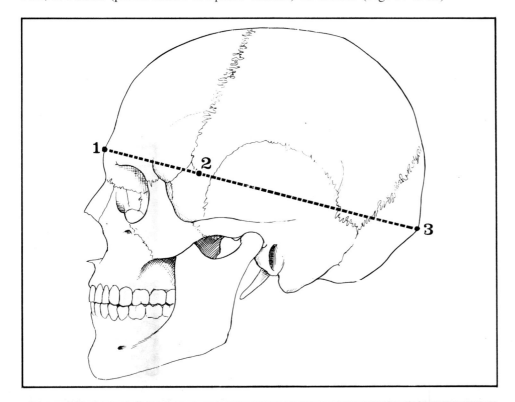

FIGURE 17

Plan oblique limitant la voûte et la base du crâne.
1. Ophryon.
2. Ptérion.
3. Inion.

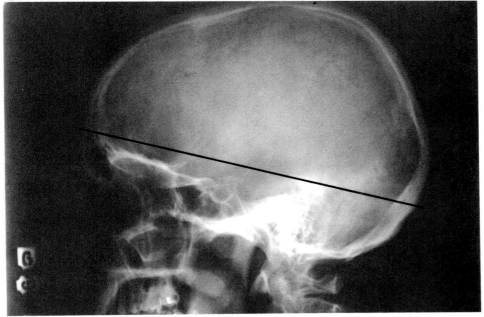

FIGURE 18

Radiographie de profil du crâne montrant le plan oblique qui sépare la voûte et la base du crâne.

L'exocrâne

> **PLAN**
>
> **La voûte :**
> A. Face antérieure
> B. Face supérieure
> C. Face postérieure
> D. Face latérale
>
> **La base :**
> A. Etage facial :
>   *a. massif facial absent*
>   *b. massif facial en place*
> B. Etage jugulaire
> C. Etage occipital
>
> **Crâniométrie**
>
> **Crâne du nouveau-né**
>   *a. sutures*
>   *b. fontanelles*
>   *c. développement*

LA VOÛTE (CALVARIA)* (du latin *Calvaria*, le crâne)

Relativement superficielle, elle n'est recouverte que par l'aponévrose épi-crânienne ou galéa, qui réunit les muscles peauciers de la tête (frontaux, en avant, et occipitaux en arrière).

Lisse et régulière, uniformément convexe, elle est formée :

— en avant : par l'écaille du frontal ;
— au milieu : par les deux pariétaux, au niveau de la calotte crânienne, et par l'écaille des deux temporaux, sur les faces latérales ;
— en arrière : par l'écaille de l'occipital.

Il est plus facile d'étudier la voûte du crâne, en la décomposant en cinq faces, auxquelles Blumenbach** a donné le nom de « norma » : une face antérieure, une face supérieure, une face postérieure, et deux faces latérales.

A. LA FACE ANTÉRIEURE (ou Norma frontalis) : (Fig. 19)

Formée par l'écaille du frontal (Squama frontalis), elle est reliée au crâne facial, et surplombe les fosses nasales (au milieu), les cavités orbitaires (sur les côtés).

Convexe, lisse et unie, l'écaille du frontal présente, chez le fœtus et le nouveau-né, la **suture métopique** ou médio-frontale (Sutura frontalis) qui sépare les deux os hémi-frontaux, et disparaît progressivement, par synostose suturale, jusque vers l'âge de 7 à 8 ans (du grec, Métopon : le front). Elle peut parfois persister anormalement chez l'adulte et ne doit pas alors être confondue avec un trait de fracture.

A 1 cm environ au-dessus des arcades orbitaires, on voit de chaque côté deux saillies légèrement obliques et en haut et en dehors, les **arcades sourcilières** (Arcus superciliaris), plus ou moins développées, et réunies entre elles par la glabelle*** (Glabella).

---

* Le calvaire ou Golgotha, où fut crucifié Jésus, s'appelait ainsi « le lieu du crâne » (calvaria locus).
** Blumenbach Johann Friedrich (1752-1840), antropologiste allemand, professeur de médecine à Göttingen.
*** Glabelle, du latin « glaber » : glabre, dépourvu de poils.

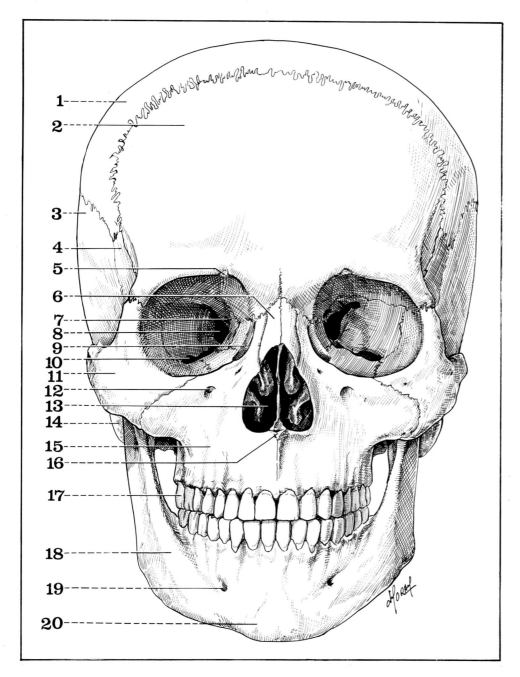

FIGURE 19
Face antérieure du crâne.
1. Os pariétal.
2. Os frontal.
3. Ecaille du temporal.
4. Grande aile du sphénoïde.
5. Echancrure sus-orbitaire.
6. Os nasal.
7. Trou optique.
8. Fente sphénoïdale.
9. Gouttière lacrymale.
10. Fente sphéno-maxillaire.
11. Os malaire.
12. Trou sous-orbitaire.
13. Orifice antérieur des fosses nasales.
14. Apophyse mastoïde.
15. Maxillaire supérieur.
16. Epine nasale antérieure.
17. 3e molaire supérieure droite.
18. Mandibule.
19. Trou mentonnier.
20. Eminence mentonnière.

Au-dessus de chaque arcade, la convexité du frontal est plus marquée, sous forme d'une **bosse frontale** (Tuber frontale), que limite en dehors un sillon vasculaire.

Sur les parties latérales, la face antérieure se relève en une **crête latérale** ou ligne temporale (Linea temporalis), curviligne, convexe en avant, qui unit la ligne courbe temporale supérieure au bord externe de l'apophyse orbitaire externe du frontal.

B. LA FACE SUPÉRIEURE (ou Norma verticalis) : (Fig. 20)

L'écaille du frontal est reliée aux deux pariétaux par la **suture fronto-pariétale ou coronale** (Sutura coronalis, du latin corona : la couronne) dont les portions droite et gauche, obliques en arrière et en haut, réalisent un angle très obtus, à sinus antérieur, et rejoignent la **suture inter-pariétale ou sagittale** (Sutura sagittalis) au **bregma** (du grec bregma : le lieu humide); celui-ci correspond chez le nouveau-né à la **fontanelle antérieure** et chez l'adulte au sommet du crâne (**vertex*** ou **sinciput****).

---

* Vertex, du latin « verto » : tourner (les cheveux y forment un tourbillon).
** Sinciput, du latin « semi caput » : partie moyenne de la tête.

La **suture sagittale**, assez souvent déjetée à droite ou à gauche de la ligne médiane, sépare les deux pariétaux, et s'étend du bregma (en avant) au lambda (en arrière).

Chaque **os pariétal**, uni, lisse et convexe, est soulevé par une **bosse pariétale** (Tuber parietale), plus marquée chez l'enfant que chez l'adulte.

De part et d'autre de la suture sagittale, à 3 cm du bord postérieur du pariétal, on voit un petit orifice, le **trou pariétal** (Foramen parietale), auquel fait suite un canal transosseux, traversé par la veine émissaire pariétale (Vena Emissaria Parietalis), qui fait communiquer les veines superficielles avec le sinus longitudinal supérieur. A la hauteur des trous pariétaux, se trouve, sur la suture sagittale, un point crâniométrique, **l'obélion***.

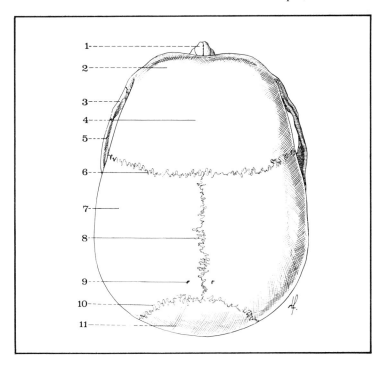

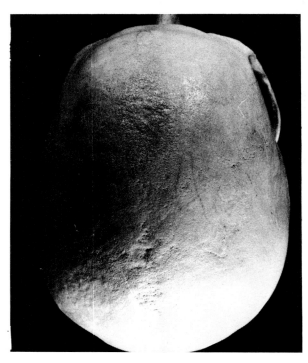

FIGURE 20

Face supérieure du crâne.
1. *Os nasal.*
2. *Bosse frontale.*
3. *Os malaire.*
4. *Ecaille du frontal.*
5. *Apophyse zygomatique.*
6. *Suture fronto-pariétale.*
7. *Ecaille du pariétal.*
8. *Suture sagittale.*
9. *Trou pariétal.*
10. *Suture pariéto-occipitale.*
11. *Ecaille de l'occipital.*

---

* Obelion, du grec «obelos» : le poinçon, l'épieu.
** Worm Ole (1588-1654), anatomiste danois, professeur d'anatomie à Copenhague.
*** Inion, du grec «inion», de «ines» : les nerfs.

C. LA FACE POSTÉRIEURE (ou Norma occipitalis) : (Fig. 21 et 22)

Formée par l'écaille de l'occipital (Squama occipitalis), elle est séparée de la face supérieure par la **suture pariéto-occipitale** ou lambdoïde (Sutura Lambdoidea), qui dessine un angle obtus à sinus inférieur, et s'unit à la suture sagittale au niveau du **lambda** (de la lettre grecque λ).

A cet endroit, siègent chez le nouveau-né la **fontanelle postérieure**, et parfois, chez l'adulte, de petits os surnuméraires, **les os wormiens**, ou os de suture (Ossa suturarum), décrits par Worm**.

La bosse occipitale correspond à la grosse extrémité de l'ovoïde crânien ; elle est limitée en arrière et sur la ligne médiane par une saillie pyramidale et rugueuse, facile à palper sous le cuir chevelu, la **protubérance occipitale externe** (Protuberantia occipitalis externa), dont la base correspond à un point crâniométrique, **l'inion*****.

La face postérieure du crâne, presque verticale, répond à la région de **l'occiput**, recouverte seulement par les muscles occipitaux, et s'oppose à la portion inférieure de l'écaille oblique en bas et en avant, et hérissée de reliefs osseux sur lesquels s'insèrent les muscles de la nuque.

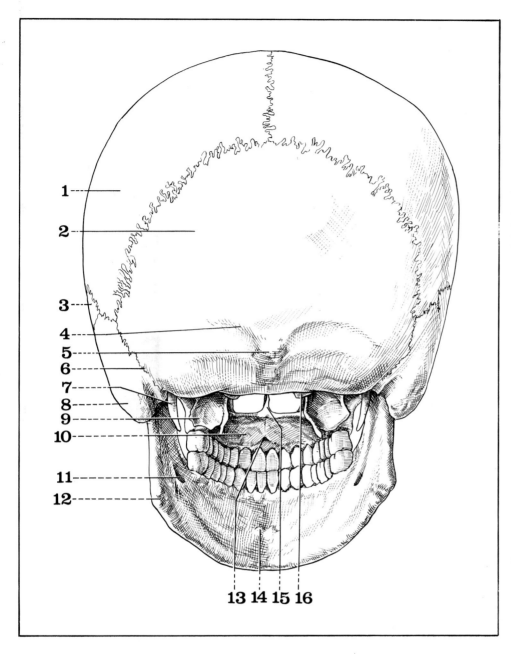

FIGURE 21

Face postérieure du crâne.
1. Os pariétal gauche.
2. Ecaille de l'occipital.
3. Ecaille du temporal gauche.
4. Ligne courbe occipitale supérieure.
5. Protubérance occipitale externe (ou inion).
6. Suture occipito-mastoïdienne.
7. Apophyse styloïde gauche.
8. Apophyse mastoïde gauche.
9. Apophyse ptérygoïde gauche.
10. Voûte palatine.
11. Canal dentaire inférieur.
12. Angle de la mandibule.
13. Fossette incisive.
14. Apophyse geni.
15. Vomer.
16. Condyle de l'occipital.

La ligne de démarcation entre ces deux portions est formée au centre par la protubérance occipitale externe, et, de chaque côté, par la **ligne courbe occipitale supérieure** ou ligne nuchale supérieure (Linea nuchae superior) que nous retrouverons au niveau de la base du crâne.

D. LA FACE LATÉRALE (ou Norma lateralis)

Particulièrement importante, elle présente une légère dépression, la **fosse temporale** (Fossa temporalis) constituée par **trois os périphériques** :

d'avant en arrière : la facette temporale du frontal, la face latérale du pariétal, la portion latérale de l'écaille de l'occipital ;

et par **deux os centraux** :

d'avant en arrière : la face temporale de la grande aile du sphénoïde, la face externe de l'écaille du temporal.

FIGURE 22

Vue postérieure du crâne après isolement de l'occipital.

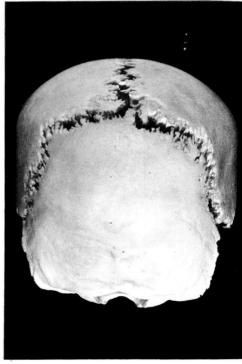

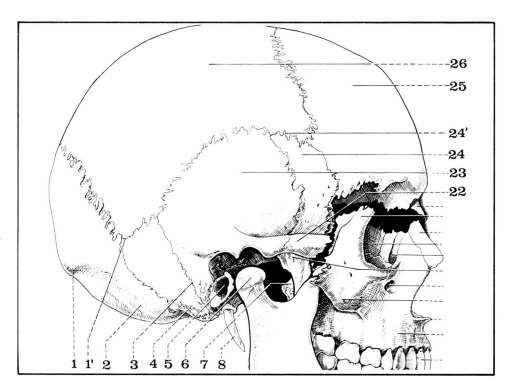

FIGURE 23

Vue latérale droite du crâne osseux (après séparation des os de la face).
1. *Protubérance occipitale externe (ou inion).*
1'. *Astérion.*
2. *Ecaille de l'occipital.*
3. *Suture pétro-squameuse.*
4. *Apophyse mastoïde.*
5. *Conduit auditif externe.*
6. *Condyle de la mandibule.*
7. *Os palatin.*
8. *Apophyse styloïde.*
22. *Apophyse zygomatique du temporal.*
23. *Ecaille du temporal.*
24. *Grande aile du sphénoïde.*
24'. *Ptérion.*
25. *Os frontal.*
26. *Os pariétal.*

Elle est limitée : (Fig. 23)

— **en haut** : par la ligne courbe temporale supérieure (Linea Temporalis superior), étendue de la crête latérale du frontal à la suture pariéto-mastoïdienne (où elle se termine un peu en avant de l'astérion); cette ligne coupe la face exocrânienne du pariétal à l'union de ses 2/3 supérieurs et de son 1/3 inférieur;

— **en bas** : d'avant en arrière, par :
la crête sphéno-temporale, ou infra-temporale (Crista infratemporalis),
la gouttière sus-jacente à la base d'implantation de l'arcade zygomatique sur l'écaille du temporal,
la crête sus-mastoïdienne (ou Linea temporalis).

Concave dans son 1/3 antérieur, et convexe dans ses 2/3 postérieurs, la fosse temporale est parcourue, au-dessous de la ligne courbe temporale supérieure, par une deuxième ligne courbe, concentrique à elle, la **ligne courbe temporale inférieure** ou ligne temporale inférieure (Linea temporalis inferior). Celle-ci parcourt l'os pariétal, très atténuée dans sa moitié postérieure, et donne insertion au muscle temporal. (Fig. 24)

Entre les deux lignes courbes, sur une surface lisse en forme de bande curviligne, à concavité inférieure, la **bande temporale**, se fixe l'aponévrose temporale. (Fig. 7)

Au-dessous de la ligne temporale inférieure, la fosse temporale donne insertion aux fibres charnues du muscle temporal.

Elle communique, en avant et en bas, avec la fosse zygomatique ou sous-temporale (Fossa infratemporalis), par l'orifice ovalaire que limite en dehors l'arcade zygomatique.

Les sutures qui unissent les os de la fosse temporale réalisent deux points crâniométriques latéraux : en avant, le ptérion, en arrière, l'astérion. (Fig. 23).

a) *Le ptérion* (de ptéron, l'aile) constitue la suture sphéno-pariétale, comprise entre la grande aile du sphénoïde et le bord antéro-inférieur du pariétal. Il forme la barre horizontale d'un H dont les barres verticales sont réalisées :

en avant : par la suture fronto-pariétale (oblique en bas, en dedans et en avant), prolongée en bas par la suture fronto-sphénoïdale (entre le bord circonférentiel du frontal et la grande aile du sphénoïde);

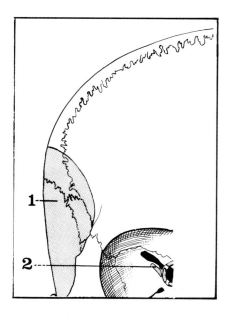

FIGURE 24

Vue antérieure du crâne (côté droit).
1. *Insertion du muscle temporal.*
2. *Insertion du muscle droit externe (du globe oculaire).*

en arrière : par la suture pariéto-temporale (curviligne, à concavité inférieure), prolongée en bas par la suture sphéno-temporale (entre la grande aile du sphénoïde et l'écaille du temporal).

b) *L'astérion* (de aster, l'étoile), situé au point de rencontre du pariétal, du temporal, et de l'occipital, répond, chez le nouveau-né, à la fontanelle latérale postérieure.

Il forme le centre d'une étoile à trois branches dont :
— la branche antérieure, horizontale, est constituée par la courte suture pariéto-mastoïdienne,
— la branche postérieure, oblique en haut et en arrière, correspond à la portion latérale de la suture pariéto-occipitale (ou lambdoïde),
— la branche inférieure, concave en avant, est constituée par la suture occipito-mastoïdienne.

Au niveau de l'astérion, on rencontre parfois, comme au lambda, un petit os wormien intercalaire.

LA BASE (BASIS CRANII EXTERNA)

Elle correspond à la **face inférieure** du crâne (ou Norma basilaris), formée de six os :
le frontal, l'ethmoïde, le sphénoïde, les deux temporaux, et l'occipital.

Très irrégulière, elle est traversée par de multiples orifices et canaux où passent les vaisseaux et les nerfs qui mettent en relation la cavité crânienne avec les diverses régions du cou et de la face.

A l'inverse de la voûte, elle est profondément cachée, et donc difficile à explorer et à aborder chirurgicalement; mais elle est également bien protégée contre les traumatismes.

Pour faciliter sa description, on la divise habituellement en trois étages, délimités par : (Fig. 25)

— une première ligne transversale, ou bizygomatique, tendue d'un tubercule zygomatique à l'autre,
— une deuxième ligne transversale, ou bimastoïdienne, parallèle à la précédente, tendue entre les deux apophyses mastoïdes.

L'étage antérieur, facial, est masqué par le crâne facial; l'étage moyen, jugulaire, répond à la portion haute du cou, et à la région prévertébrale; l'étage postérieur, occipital, s'articule avec le rachis cervical, et donne insertion aux muscles de la nuque. (Fig. 26)

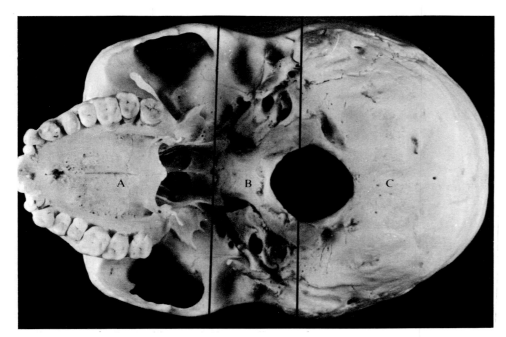

FIGURE 25

Les trois étages de la base du crâne.
A. *Etage facial.*
B. *Etage jugulaire.*
C. *Etage occipital*

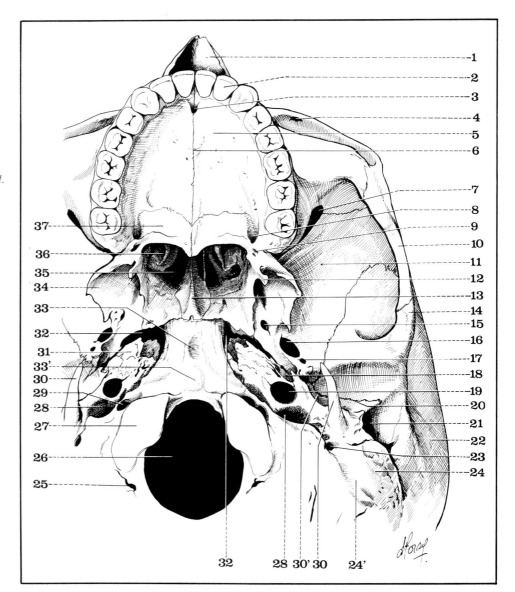

FIGURE 26

Vue exocrânienne de la base du crâne.
1. Os nasal.
2. Incisive latérale gauche.
3. Fossette incisive.
4. Trou sous-orbitaire.
5. Voûte palatine.
6. Sillon inter-maxillaire.
7. Fente sphénoïdale.
8. Canal palatin postérieur.
9. Canal palatin accessoire.
10. Apophyse zygomatique du temporal.
11. Grande aile du sphénoïde.
12. Crochet de l'aile interne de la ptérygoïde.
13. Vomer.
14. Tubercule zygomatique antérieur.
15. Canal vidien.
16. Trou ovale.
17. Trou petit rond.
18. Trompe d'Eustache.
19. Canal carotidien.
20. Scissure de Glaser.
21. Conduit auditif externe.
22. Ecaille du temporal.
23. Trou stylo-mastoïdien.
24. Apophyse mastoïde.
24'. Rainure digastrique.
25. Trou condylien postérieur.
26. Trou occipital.
27. Condyle de l'occipital.
28. Trou déchiré postérieur.
29. Trou condylien antérieur.
30. Apophyse styloïde.
30'. Os tympanal.
31. Pointe du rocher.
32. Trou déchiré antérieur.
33. Fossette naviculaire.
33'. Tubercule pharyngien.
34. Aile externe de la ptérygoïde.
35. Choane droite.
36. Cornet inférieur.
37. Lame horizontale du palatin.

A. L'ÉTAGE FACIAL :

La superposition des os de la face rend son étude difficile «à l'état pur», puisqu'elle nécessite leur désarticulation.

Aussi doit-on distinguer deux aspects fort différents de cet étage, selon que le massif facial est absent, ou laissé en place.

a) **En l'absence du massif facial** : (Fig. 27)

Trois os constituent cet étage : le frontal, l'ethmoïde, et le sphénoïde.

— **Sur la ligne médiane** : on rencontre, d'avant en arrière : l'épine nasale du frontal, la lame perpendiculaire de l'ethmoïde, la cr^te sphénoïdale inférieure.

— **Latéralement**, et de dedans en dehors :
— la lame criblée de l'ethmoïde (formant la voûte des fosses nasales), et, plus en arrière, le corps du sphénoïde;
— la masse latérale de l'ethmoïde;
— la face inférieure (ou orbitaire) du frontal, et, en arrière, la surface sphéno-zygomatique de la grande aile du sphénoïde, située en dehors de l'apophyse ptérygoïde.

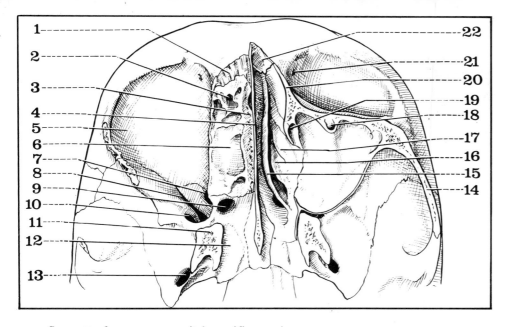

FIGURE 27

Vue inférieure exocrânienne de l'étage facial de la base du crâne (en l'absence du massif facial).

1. Surface articulaire pour la branche montante du maxillaire supérieur.
2. Cellule ethmoïdo-frontale antérieure.
3. Lame criblée.
4. Lame perpendiculaire de l'ethmoïde.
5. Voûte orbitaire.
6. Cellule ethmoïdo-frontale postérieure.
7. Trou optique.
8. Fente sphénoïdale.
9. Ostium du sinus sphénoïdal.
10. Trou grand rond.
11. Apophyse ptérygoïde (sectionnée).
12. Aile interne de la ptérygoïde.
13. Trou ovale.
14. Apophyse zygomatique.
15. Cornet moyen.
16. Cornet suprême.
17. Cornet supérieur.
18. Trou sus-orbitaire.
19. Gouttière lacrymo-nasale.
20. Os planum de l'ethmoïde.
21. Fossette trochléaire.
22. Os nasal.

Sur cette face, on aperçoit les orifices suivants :
— trou ethmoïdal,
— trous olfactifs (de la lame criblée),
— canaux ethmoïdo-frontaux (ou orbitaires internes),
— fente sphénoïdale,
— trou optique,
— ostium du sinus sphénoïdal,
— canaux sphéno-vomériens (1 médian + 2 latéraux).

b) **Lorsque le massif facial est en place** : (Fig. 26 et 28)

Le maxillaire supérieur s'encastre sous l'ethmoïde et le frontal et constitue avec le palatin le palais osseux, tandis que le vomer forme la partie postérieure de la cloison des fosses nasales.

On rencontre d'avant en arrière :

— le **bord alvéolaire** du maxillaire et l'**arcade dentaire supérieure**;

— le **palais osseux** formé dans ses 3/4 antérieurs par l'apophyse palatine de chacun des deux maxillaires supérieurs, et dans son 1/4 postérieur par la lame horizontale des deux palatins; une suture cruciforme réunit les quatre os et ménage en avant et sur la ligne médiane la fossette incisive au fond de laquelle s'ouvrent les deux canaux palatins antérieurs; à la partie postéro-externe de la voûte palatine se voient, de chaque côté, les canaux palatins postérieurs, accompagnés d'un ou deux canaux palatins accessoires;

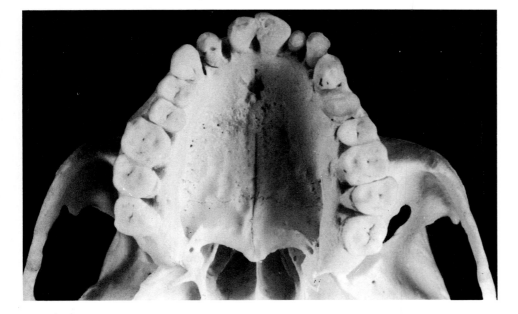

FIGURE 28

Le massif facial en place.

— les **choanes**, orifices postérieurs des fosses nasales, sont situées de chaque côté du vomer, interposé sagittalement entre la crête sphénoïdale inférieure et le palais osseux; elles sont limitées en dehors par les deux **apophyses ptérygoïdes** du sphénoïde dont : (Fig. 29)

— *l'aile interne*, pratiquement sagittale, est pharyngienne, et se termine par un crochet (ou hamulus),

— *l'aile externe*, oblique en arrière et en dehors, réalise une cloison inter-musculaire entre le ptérygoïdien interne (logé dans la fosse ptérygoïde) et le ptérygoïdien externe (fixé sur la face latérale).

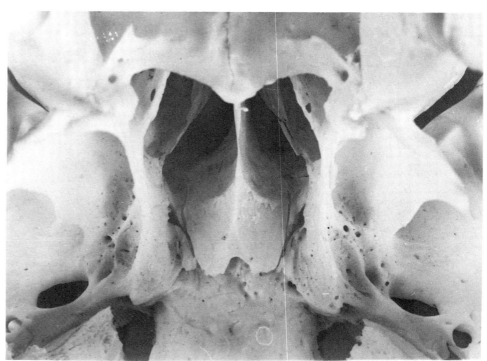

FIGURE 29

Vue postéro-inférieure des choanes. (Cf. Figure 26).

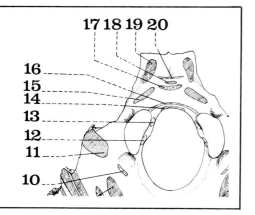

FIGURE 30

Vue postéro-inférieure de l'occipital.
10. *Ligament occipito-atloïdien latéral.*
11. *Muscle droit latéral.*
12. *Ligament occipito-axoïdien latéral.*
13. *Ligament occipito-odontoïdien latéral.*
14. *Ligament suspenseur de l'odontoïde.*
15. *Muscle petit droit antérieur.*
16. *Membrane occipito-atloïdienne antérieure.*
17. *Ligament vertébral commun antérieur.*
18. *Muscle constricteur supérieur du pharynx.*
19. *Muscle grand droit antérieur.*
20. *Ligament occipito-pharyngien.*

B. L'ÉTAGE JUGULAIRE :

Délimité par la ligne bizygomatique, en avant, et la ligne bimastoïdienne, en arrière, il est formé par quatre os : le sphénoïde, l'occipital, et les deux temporaux.

■ **Sur la ligne médiane** : la face inférieure de l'apophyse basilaire de l'occipital constitue la **surface basilaire** où l'on voit d'avant en arrière : (Fig. 30)

— la *fossette naviculaire* ou pharyngienne, séparent les insertions des deux muscles grands droits antérieurs,

— le *tubercule pharyngien* (Tuberculum pharyngeum), sur lequel se fixent le ligament occipito-pharyngien, le constricteur supérieur du pharynx, et le ligament vertébral commun antérieur; de chaque côté du tubercule s'insèrent les deux muscles petits droits antérieurs,

— le *bord antérieur du trou occipital*.

■ **Latéralement** : on rencontre de chaque côté deux quadrilatères osseux perforés d'orifices et limités par : (Fig. 31)

— le tubercule zygomatique, à l'angle antéro-externe,
— l'apophyse ptérygoïde, à l'angle antéro-interne,
— l'apophyse mastoïde, à l'angle postéro-externe,
— le condyle de l'occipital, à l'angle postéro-interne.

Chacun de ces quadrilatères est constitué :
— en avant et en dehors : par la grande aile du sphénoïde et par l'écaille du temporal;
— au milieu : par la face inférieure du rocher;
— en arrière et en dedans : par la portion précondylienne de l'occipital.

Pour comprendre la constitution complexe de l'étage jugulaire, il est utile, à la façon de Testut* et Latarjet**, de diviser chaque quadrilatère en deux triangles antéro-externe et postéro-interne : (Fig. 32)

— **La diagonale du quadrilatère** est formée, d'arrière en avant, par :
— l'apophyse styloïde (du rocher),
— l'apophyse vaginale (de l'os tympanal),
— l'épine du sphénoïde (située à l'angle postéro-externe de la grande aile),
— le bord postéro-interne de la grande aile, sur lequel s'insère le muscle péristaphylin externe.

— **Le triangle antéro-externe** présente, d'arrière en avant :
— le conduit auditif externe,
— la cavité glénoïde du temporal, divisée en deux portions par la scissure de Glaser (ou fissure tympano-squameuse),
— le trou petit rond (pour l'artère méningée moyenne),
— le trou ovale (pour le nerf maxillaire inférieur).

— **Le triangle postéro-interne** présente, d'arrière en avant :
— le trou stylo-mastoïdien (pour le nerf facial),
— le trou déchiré postérieur (pour le golfe de la veine jugulaire interne, et pour les trois nerfs glosso-pharyngien, pneumogastrique, spinal),
— le trou condylien antérieur (ou canal de l'hypoglosse), plus en dedans, au contact du condyle de l'occipital,
— la crête jugulaire, où s'ouvre le canal tympanique (pour le nerf de Jacobson, du IX),
— l'orifice de l'aqueduc du limaçon (un peu plus interne, dans la fossette pétreuse du bord postérieur du rocher),
— l'orifice inférieur du canal carotidien (pour l'artère carotide interne),
— l'orifice exocrânien de la trompe d'Eustache, sur le bord antérieur du rocher,
— l'orifice du conduit du muscle du marteau,
— la surface quadrilatère d'insertion du muscle péristaphylin interne, en avant du canal carotidien,
— le trou déchiré antérieur (fermé par une membrane fibreuse), au sommet du rocher,
— l'orifice postérieur du canal vidien*** (ou ptérygoïdien), plus en avant, sur la base de l'apophyse ptérygoïde.

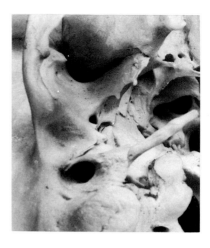

FIGURE 31

Vue exocrânienne de l'étage jugulaire droit. (Cf. Figure 32).

* Testut Léo (1849-1925), anatomiste français, professeur d'anatomie à Lyon.
** Latarjet André (1877-1947), anatomiste français, professeur d'anatomie à Lyon.
*** Adjectif formé par le nom de Guido Guidi (ou Vidus Vidius) (1500-1567), anatomiste italien, professeur à l'université de Pise.

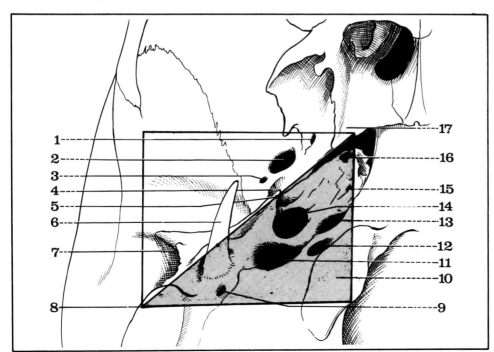

FIGURE 32

Le quadrilatère de l'étage jugulaire de la base du crâne (côté droit).
La diagonale passant par la styloïde et l'épine du sphénoïde sépare le triangle antéro-externe du triangle postéro-interne.

1. Canal vidien.
2. Trou ovale.
3. Trou petit rond.
4. Trompe d'Eustache.
5. Epine du sphénoïde.
6. Apophyse styloïde.
7. Conduit auditif externe.
8. Apophyse mastoïde.
9. Trou stylo-mastoïdien.
10. Condyle de l'occipital.
11. Trou déchiré postérieur.
12. Trou condylien antérieur.
13. Suture pétro-occipitale.
14. Canal carotidien.
15. Surface d'insertion du péristaphylin interne.
16. Trou déchiré antérieur.
17. Aile interne de la ptérygoïde.

C. L'ÉTAGE OCCIPITAL : (Fig. 33 et 34)

Limité en avant par la ligne mastoïdienne, il est formé par trois os : l'occipital et les deux temporaux (portion mastoïdienne).

■ **En avant** : on rencontre de dedans en dehors plusieurs reliefs osseux :
— le condyle de l'occipital, avec sa surface articulaire allongée, oblique en avant et en dedans,
— l'apophyse jugulaire de l'occipital, où s'insère, sur une surface rugueuse, le muscle droit latéral,
— la rainure digastrique (où s'insère le ventre postérieur du muscle digastrique),
— l'apophyse mastoïde (où s'insèrent, de dedans en dehors, le petit complexus, le spléinus de la tête, et le sterno-cléido-mastoïdien.

■ **Sur la ligne médiane** :
le large **trou occipital** (ou Foramen magnum), ovalaire à large extrémité postérieure, livre passage au bulbe rachidien, aux deux nerfs spinaux (médullaires), aux deux artères vertébrales, et à la première dentelure des ligaments dentelés ;
— de chaque côté, on aperçoit derrière le condyle de l'occipital, le **trou condylien postérieur** ;
— en arrière du trou occipital, la **crête occipitale externe**, sagittale, rejoint la **protubérance occipitale externe** (qui correspond à l'inion).

■ **Latéralement** : la face exocrânienne de l'écaille de l'occipital est marquée par deux lignes courbes concentriques :
— **la ligne courbe occipitale inférieure** (Linea nuchae inferior), la plus proche du trou occipital, prend naissance à la partie moyenne de la crête occipitale, et se termine, de chaque côté, en arrière de l'apophyse jugulaire de l'occipital ;
— **la ligne courbe occipitale supérieure** (Linea nuchae superior), à la limite de la base et de la voûte, commence à la protubérance externe, et aboutit à l'apophyse mastoïde.

Ces deux lignes courbes circonscrivent entre elles des espaces quadrilatères : (Cf. Le cou, région de la nuque). Un très grand nombre de muscles s'y insèrent : (Fig. 34 et 35)
— sur l'espace quadrilatère situé derrière le trou occipital :
  le petit droit postérieur de la tête (en dedans),
  le grand droit postérieur de la tête (en dehors) ;
— sur l'espace quadrilatère compris entre les deux lignes courbes :
  le grand complexus (en dedans),
  le petit oblique de la tête (en dehors) ;
— sur la ligne courbe occipitale supérieure :
  le trapèze (en dedans),
  le splénius de la tête, surmonté par le faisceau occipital du sterno-cléido-mastoïdien (en dehors).

FIGURE 33

Vue exocrânienne de l'étage occipital.

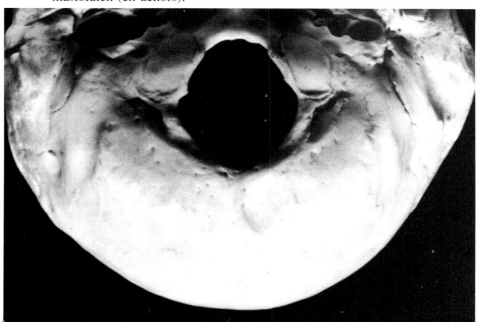

FIGURE 34

Insertions musculaires de la base du crâne (vue exocrânienne).

1. Releveur de la lèvre supérieure.
2. Canin.
3. Buccinateur.
4. Petit zygomatique.
5. Masséter.
6. Grand zygomatique.
7. Temporal.
8. Ptérygoïdien externe.
9. Stylo-hyoïdien.
10. Stylo-pharyngien.
11. Droit latéral.
12. Petit complexus.
13. Sterno-cléido-mastoïdien.
14. Ventre postérieur du digastrique.
15. Grand droit postérieur.
16. Petit oblique.
17. Auriculaire postérieur.
18. Occipital.
19. Trapèze.
20. Grand complexus.
21. Petit droit postérieur.
22. Péristaphylin interne.
23. Petit droit antérieur.
24. Constricteur supérieur du pharynx.
25. Grand droit antérieur.
26. Péristaphylin externe.
27. Ptérygoïdien interne.
28. Pharyngo-staphylin.
29. Azygos de la luette.
30. Aponévrose du voile du palais.

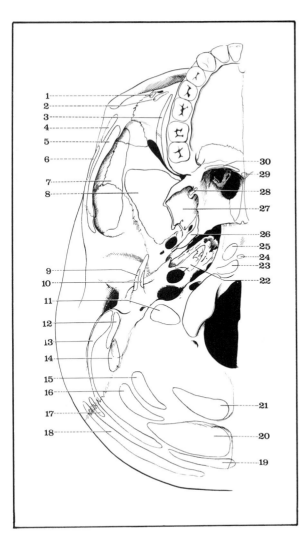

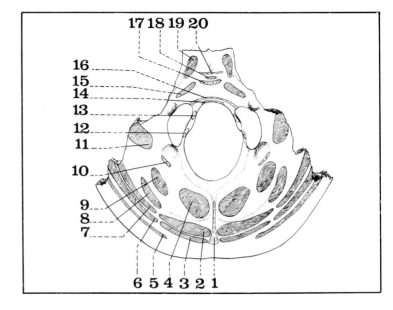

FIGURE 35

Vue postéro-inférieure de l'occipital.

1. Ligament cervical postérieur (ou nuchal).
2. Muscle grand complexus.
3. Muscle trapèze.
4. Muscle petit droit postérieur.
5. Muscle occipital.
6. Muscle sterno-cléido-mastoïdien.
7. Muscle splénius de la tête.
8. Muscle petit oblique.
9. Muscle grand droit postérieur.
10. Ligament occipito-atloïdien latéral.
11. Muscle droit latéral.
12. Ligament occipito-axoïdien latéral.
13. Ligament occipito-odontoïdien latéral.
14. Ligament suspenseur de l'odontoïde.
15. Muscle petit droit antérieur.
16. Membrane occipito-atloïdienne antérieure.
17. Ligament vertébral commun antérieur.
18. Muscle constricteur supérieur du pharynx.
19. Muscle grand droit antérieur.
20. Ligament occipito-pharyngien.

CRÂNIOMÉTRIE

La mensuration des diamètres crâniens et la recherche de repères précis constituent la « crâniométrie », utile pour l'anthropologie, et pour le repérage des régions au cours des interventions de neuro-chirurgie.

a) Les diamètres crâniens

On peut considérer chez l'adulte quatre sortes de diamètres :

— *longitudinal* ou antéro-postérieur maximum = 180 mm (de la glabelle à un point situé en arrière à 3 cm au-dessus de l'inion);

— *transversal* : soit transverse maximum = 145 mm (d'une bosse pariétale à l'autre), soit bi-zygomatique = 130 mm (d'une arcade zygomatique à l'autre);

— *vertical* ou basilo-bregmatique (du bord antérieur du trou occipital au bregma);

— *oblique* ou nasio-basilaire (de la racine du nez au bord antérieur du trou occipital).

b) **Les points crâniométriques**

On peut les diviser en deux groupes, médian et latéral.

POINTS MEDIANS	POINTS LATERAUX
D'avant en arrière :	D'avant en arrière :
GNATHION = symphyse mentionnière	DACRYON = angle ant. sup. de l'os lacrymal
PROSTHION = bord alvéolaire sup.	MALAIRE = face ext. de cet os
NASO-SPINAL = épine nasale ant.	PTERION = suture ptérique
NASION = racine du nez	STEPHANION = croisement de suture coronale et de ligne courbe temporale sup.
GLABELLE = bosse frontale ant.	
OPHRYON = au-dessus du précédent	GONION = angle de la mandibule
BREGMA = sommet de la tête	GLENOIDIEN = cavité glénoïde du temporal
OBELION = au niveau des trous pariétaux	EURYON = bosse pariétale
LAMBDA = union des sutures sagittale et lamboïde	ASTERION = union du pariétal, du temporal, et de l'occipital
INION = protubérance occipitale ext.	
OPISTHION = bord post. du trou occipital	
BASION = bord ant. du trou occipital	

---

* Suture, du latin «sutura» : la couture.

CRÂNE DU NOUVEAU-NÉ

a) LES SUTURES*

L'ossification des os du crâne ne se fait pas de la même façon pour la voûte et pour la base :
— la voûte est formée par des «os de membrane»,
— la base est précédée d'une ébauche cartilagineuse.

Les os du crâne se développent du centre à la périphérie, et, comme l'ossification n'est pas terminée à la naissance, il en résulte que le tissu osseux fait défaut à la périphérie des os ; d'où la création d'espaces plus ou moins larges qui séparent les os et se combleront progressivement : on les appelle **les sutures**.

Le crâne du nouveau-né en possède cinq : (Fig. 37, 38 et 39)
— la **suture sagittale** (Sutura Sagittalis) débute en avant par la suture médio-frontale (Sutura Frontalis) ou métopique, et se continue par la suture inter-pariétale ;
— la **suture fronto-pariétale** ou coronale (Sutura Coronalis) coupe la suture sagittale au niveau de la fontanelle antérieure ;
— la **suture pariéto-occipitale** ou lambdoïde (Sutura Lamboidea) coupe la suture sagittale au niveau de la fontanelle postérieure ;
— les **deux sutures pariéto-temporales** dessinent sur les faces latérales du crâne une courbe à concavité inférieure.

A la naissance, les sutures, encore ouvertes, permettent le chevauchement des os de la voûte, ce qui facilite le passage de la tête fœtale dans le pelvis, et permet de réduire au minimum le traumatisme obstétrical.

La fermeture des sutures, ou synostose, se fait très lentement, au cours de la troisième année, et, le plus souvent, dans l'ordre suivant : suture métopique, suture inter-pariétale, suture coronale, suture lambdoïde, sutures pariéto-temporales.

La fusion prématurée des os du crâne peut survenir dans les premiers mois de la vie, et même avant la naissance ; elle réalise la «crânio-sténose» ou «crânio-synostose», qui inhibe la croissance du crâne, et risque d'empêcher le développement normal du cerveau.

Chez l'adulte, les sutures de la voûte, dentelées et engrenées, sont longtemps séparées par une «membrane suturale», et la synostose physiologique débute vers l'âge de 45 ans ; chez le vieillard, l'oblitération des sutures est complète vers 75 ans. (Fig. 36)

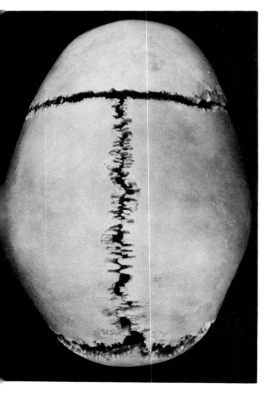

FIGURE 36

Vue supérieure d'un crâne d'adulte montrant les sutures artificiellement détachées.

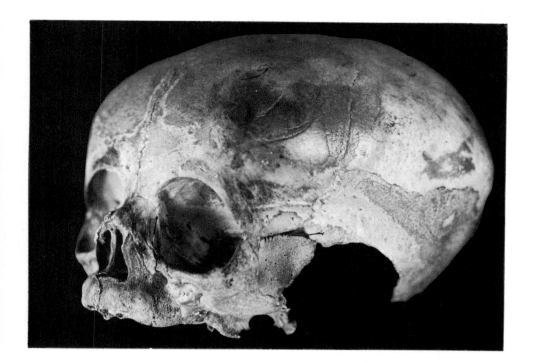

FIGURE 37

Vue latérale gauche d'un crâne de nouveau-né.

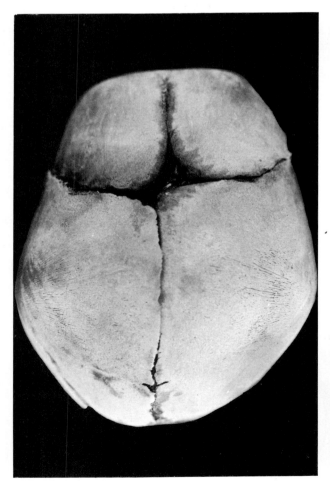

FIGURE 38

Vue supérieure d'un crâne de nouveau-né.

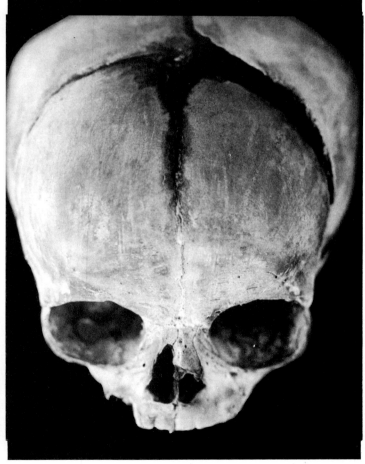

FIGURE 39

Vue antéro-supérieure d'un crâne de nouveau-né.

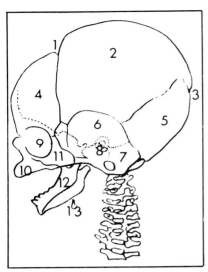

FIGURE 40

Schéma radiographique de la tête d'un nouveau-né (vue de profil gauche).

1. *Fontanelle antérieure (ou bregmatique).*
2. *Pariétal.*
3. *Fontanelle postérieure (ou lambdatique).*
4. *Frontal.*
5. *Ecaille de l'occipital.*
6. *Ecaille du temporal.*
7. *Rocher.*
8. *Labyrinthe.*
9. *Orbite.*
10. *Maxillaire supérieur.*
11. *Os malaire.*
12. *Mandibule.*
13. *Os hyoïde.*

b) LES FONTANELLES (Fontanella : petite fontaine)

Au point de jonction des sutures, les espaces sont plus larges, de formes inégales, et réalisent les **fontanelles** comblées à la naissance par une membrane fibreuse.

Elles sont au nombre de six : (Fig. 40, 42 et 43)

— la **fontanelle antérieure** (Fonticulus Anterior) ou bregmatique est médiane, à l'union des sutures métopique, coronale, et inter-pariétale; de forme losangique, elle mesure 5 cm de long sur 3 cm de large; on l'appelle encore la « grande fontanelle »;

— la **fontanelle postérieure** (Fonticulus Posterior) ou lambdatique, également médiane, est la plus importante au point de vue obstétrical; en effet, elle est facile à percevoir par le toucher vaginal, au cours de l'accouchement, dans les présentations normales, ce qui permet de situer la position de la tête fœtale dans l'excavation pelvienne; de forme triangulaire, elle est placée à l'union des sutures inter-pariétale et pariéto-occipitale, et porte encore le nom de « petite fontanelle »;

— les **fontanelles latérales antérieures** (Fonticulus Anterolateris) ou ptériques, d'aspect triangulaire, correspondent, de chaque côté, au ptérion;

— les **fontanelles latérales postérieures** ou mastoïdiennes (Fonticulus Mastoideus) ou astériques, de forme très irrégulière, correspondent, de chaque côté, à l'astérion.

L'évolution des fontanelles après la naissance est plus rapide que celle des sutures; la fontanelle postérieure se ferme très rapidement dans les deux premiers mois; les fontanelles latérales disparaissent un peu plus tardivement au cours du 5e ou du 6e mois; quant à la fontanelle antérieure, elle reste ouverte cliniquement jusqu'à 18 mois, et radiologiquement jusqu'à deux ans.

c) LE DÉVELOPPEMENT

Le crâne du nouveau-né est très développé par rapport à la face, qui apparaît comme écrasée dans le sens vertical, et ne représente que le 1/8 du crâne. (Fig. 41)

Au cours de l'accouchement, le crâne est temporairement déformé par son passage dans la filière pelvi-génitale, et devient dolichocéphale; mais cet aspect transitoire fait place très rapidement à une forme inverse, brachycéphale, où domine l'accroissement transversal pendant les premières années de la vie.

Le développement de la face chez l'enfant est lié, quant à lui, à l'apparition de la 1re et de la 2e dentitions, à la croissance des sinus maxillaires, et à l'augmentation de volume des fosses nasales.

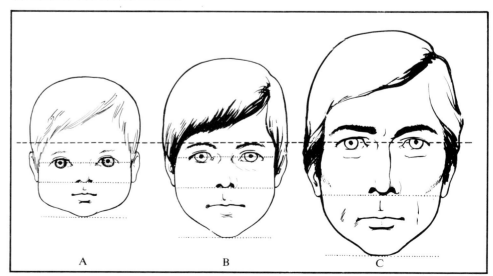

FIGURE 41

Développement comparé du crâne et de la face aux différents âges (d'après Paturet).

A. *Nouveau-né.*
B. *Enfant de 8 ans.*
C. *Adulte (la ligne pupillaire divise la face en deux moitiés sensiblement égales).*

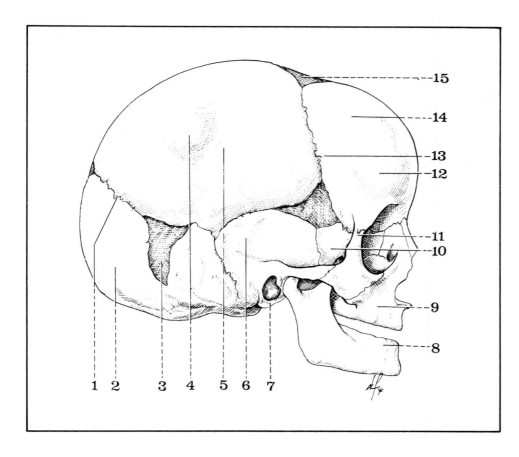

FIGURE 42

Vue latérale droite du crâne du nouveau-né.

1. Suture pariéto-occipitale.
2. Ecaille de l'occipital.
3. Fontanelle astérique.
4. Bosse pariétale.
5. Os pariétal droit.
6. Ecaille du temporal.
7. Os tympanal.
8. Mandibule.
9. Maxillaire supérieur.
10. Grande aile du sphénoïde.
11. Apophyse orbitaire du malaire.
12. Bosse frontale.
13. Suture fronto-pariétale.
14. Os frontal.
15. Fontanelle bregmatique.

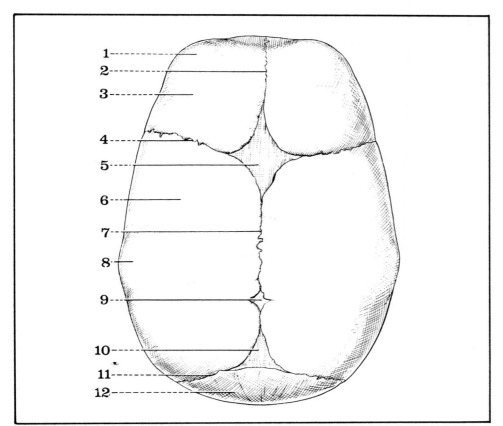

FIGURE 43

Vue supérieure du crâne du nouveau-né.

1. Bosse frontale.
2. Suture médio-frontale (ou métopique).
3. Os frontal gauche.
4. Suture fronto-pariétale (ou coronale).
5. Fontanelle bregmatique.
6. Os pariétal gauche.
7. Suture inter-pariétale (ou sagittale).
8. Bosse pariétale.
9. Fontanelle sagittale (accessoire).
10. Fontanelle lambdatique.
11. Suture pariéto-occipitale.
12. Ecaille de l'occipital.

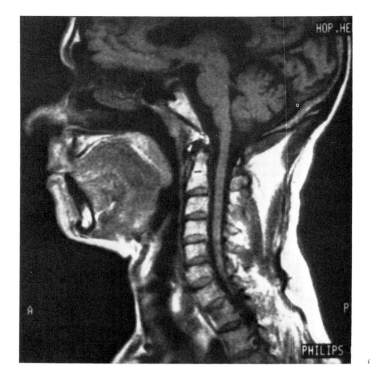

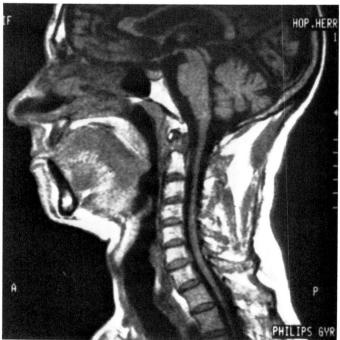

FIGURE 43bis
Coupes sagittales du crâne et de la colonne cervicale.

L'endocrâne

> **PLAN**
>
> **La voûte**
>
> **La base :**
>   A. Etage antérieur
>   B. Etage moyen
>   C. Etage postérieur
>
> **Architecture du crâne**
>   A. Voûte
>   B. Base
>   C. Constitution vertébrale
>   du crâne et anomalies
>
> **Radio-anatomie du crâne**

FIGURE 45

Vue endocrânienne de la voûte.
1. Sillons de l'artère méningée moyenne.
2. Gouttière du sinus longitudinal supérieur.
3. Table externe.
4. Diploé.
5. Table interne.
6. Lambda.
7. Trou pariétal.
8. Fossettes granuleuses.

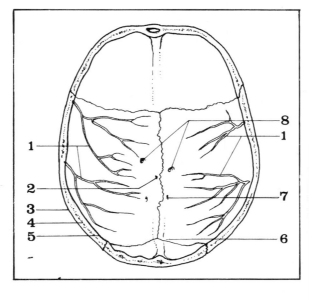

FIGURE 44

Vue endocrânienne de la voûte.

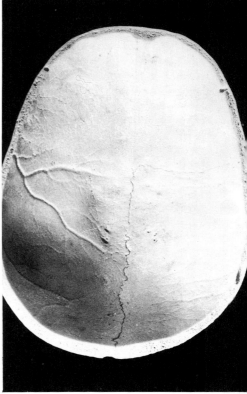

LA VOÛTE (CALVARIA)

Directement appliquée sur la convexité cérébrale, elle est parcourue de nombreux reliefs, et présente : (Fig. 44 et 45)

a) **Sur la ligne médiane** : d'avant en arrière

— *la crête frontale* (Crista frontalis), sur laquelle s'attache la faux du cerveau,

— *la gouttière du sinus longitudinal supérieur* (Sulcus Sinus Sagitallis Superioris), sagittale, toujours bien marquée, longée de chaque côté par les *fossettes granuleuses* (Foveolae Granulares) qui contiennent les granulations de Pacchioni*, et les lacs sanguins de la dure-mère; plus en arrière, dans les *trous pariétaux* (Foramen Parietale) s'engagent, à droite et à gauche, les veines émissaires pariétales de Santorini**.

---
* Pacchioni Antoine (1665-1726), médecin italien, professeur d'anatomie à Rome et à Tivoli.
** Santorini Giovanni Domenico (1681-1737), professeur d'anatomie à Venise.

FIGURE 46

Vue endocrânienne de la base du crâne.
1. Sinus frontal.
2. Trou borgne.
3. Bosse orbitaire.
4. Petite aile du sphénoïde.
5. Fente sphénoïdale.
6. Trou grand rond.
7. Trou ovale.
8. Trou petit rond.
9. Hiatus de Fallope.
10. Conduit auditif interne.
11. Gouttière du sinus pétreux supérieur.
12. Trou condylien antérieur.
13. Trou occipital.
14. Crête occipitale interne.
15. Protubérance occipitale interne.
16. Gouttière du sinus latéral.
17. Fosse cérébrale.
18. Fosse cérébelleuse.
19. Gouttière du sinus latéral.
20. Trou condylien postérieur.
21. Tubercule de l'occipital.
22. Trou déchiré postérieur.
23. Trou déchiré antérieur.
24. Trou optique.
25. Petite aile du sphénoïde.
26. Lame criblée.
27. Apophyse cristra galli.

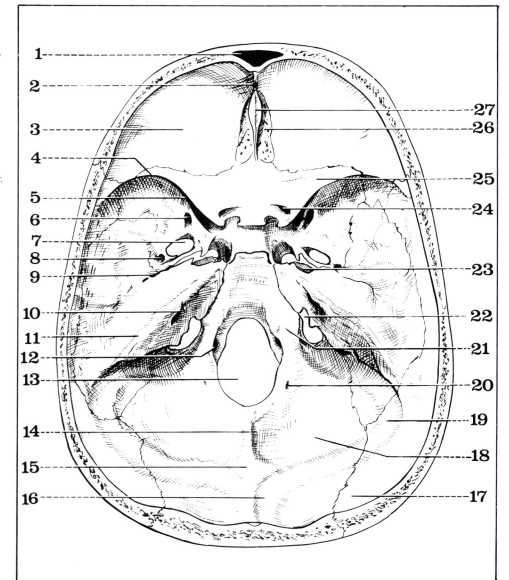

b) **Latéralement** : d'avant en arrière

— les deux *fosses frontales*
— les deux *fosses pariétales*
— la portion supérieure de la *fosse occipitale*

séparées par les sutures correspondantes, et parcourues par les sillons ramifiés de l'artère méningée moyenne (branche de la maxillaire interne), dessinant les classiques «ramures de la feuille de figuier».

LA BASE (Basis cranii interna)

Disposée obliquement en bas et en arrière, elle présente trois marches d'escalier, ou étages : (Fig. 46)

— **antérieur** : peu excavé, le plus élevé,
— **moyen** : fortement excavé, de chaque côté de la selle turcique,
— **postérieur** : le plus profond, le plus bas situé.

Sur ces trois étages, traversés par de nombreux orifices, reposent la face inférieure du cerveau, le tronc cérébral, et le cervelet.

A. L'ÉTAGE ANTÉRIEUR (Fossa cranii anterior)

Formé par trois os : l'ethmoïde, le frontal et le sphénoïde, il est limité :

— en avant : par le plan de séparation de la voûte et de la base,
— en arrière : par le limbus sphénoïdalis (au milieu) et les petites ailes du sphénoïde (de chaque côté).

Il présente : (Fig. 47 et 48)

a) **Sur la ligne médiane** : d'avant en arrière

le trou borgne (Forament caecum)
l'apophyse crista galli, où se fixe la faux du cerveau de chaque côté, les *gouttières olfactives*, perforées par les trous olfactifs de la lame criblée, et donnant ouverture à des orifices ; à droite et à gauche,
- fente ethmoïdale : contre l'apophyse cirsta galli,
- trou ethmoïdal antérieur (Foramen ethmoidale anterius), dans la partie antérieure de la suture ethmoïdo-frontale,
- trou ethmoïdal postérieur (Foramen ethmoidale posterius), dans la partie postérieure de cette suture,

le jugum* sphénoïdale : en arrière des gouttières olfactives,
le limbus** sphénoïdalis : crête transversale tendue entre les bords supérieurs des deux trous optiques.

b) **Latéralement** : d'avant en arrière

— les bosses orbitaires, formant la voûte des orbites, et parcourues par de nombreuses éminences mamillaires et impressions digitales ; sur elles, reposent les deux lobes frontaux du cerveau ;
— les sutures fronto-alaires (à direction transversale) ;
— la face supérieure des petites ailes du sphénoïde.

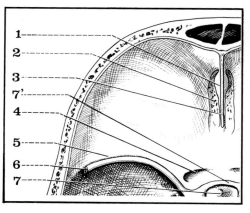

FIGURE 47

Vue supérieure de l'étage antérieur de la base.
1. Lame perpendiculaire de l'ethmoïde.
2. Lame criblée de l'ethmoïde.
3. Apophyse crista galli.
4. Trou optique.
5. Petite aile du sphénoïde.
6. Sinus sphéno-pariétal.
7. Tige pituitaire.
7'. Sinus coronaire antérieur.

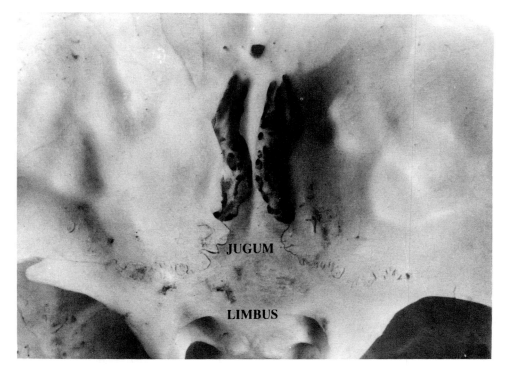

FIGURE 48

Vue endocrânienne de l'étage antérieur de la base.

B. L'ÉTAGE MOYEN (FOSSA CRANII MEDIA)

Formé par trois os : le sphénoïde, et la portion antérieure des deux temporaux, il est limité : (Fig. 49)

---

* Jugum : le joug (en latin).
** Limbus : la bordure (en latin).

FIGURE 49

Vue endocrânienne de la base du crâne.

1. Sinus frontal.
2. Trou borgne.
3. Bosse orbitaire.
4. Petite aile du sphénoïde.
5. Fente sphénoïdale.
6. Trou grand rond.
7. Trou ovale.
8. Trou petit rond.
9. Hiatus de Fallope.
10. Conduit auditif interne.
11. Gouttière du sinus petreux supérieur.
12. Trou condylien antérieur.
13. Trou occipital.
14. Crête occipitale interne.
15. Protubérance occipitale interne.
16. Gouttière du sinus longitudinal supérieur.
17. Fosse cérébrale.
18. Fosse cérébelleuse.
19. Gouttière du sinus latéral.
20. Trou condylien postérieur.
21. Tubercule de l'occipital.
22. Trou déchiré postérieur.
23. Trou déchiré antérieur.
24. Trou optique.
25. Petite aile du sphénoïde.
26. Lame criblée.
27. Apophyse crista galli.

―――――――――――――――――

* Selle turcique : en forme de selle de Turquie.

— en avant : par les petites ailes du sphénoïde,

— en arrière : par le bord supérieur des rochers.

Il présente :

a) **Sur la ligne médiane** : d'avant en arrière (Fig. 50)

— la gouttière optique, et le tubercule de la selle, séparant les deux trous optiques, que limitent en dehors les apophyses clinoïdes antérieures (extrémité postéro-interne de la petite aile) ;

— la selle turcique* (Sella turcica), centre de l'étage moyen, dans laquelle se loge l'hypophyse ;

— de chaque côté, la gouttière carotidienne, où passe l'artère carotide interne dans sa portion intra-caverneuse ;

— en arrière de la selle turcique, la lame quadrilatère du sphénoïde, limitée en dehors par les apophyses clinoïdes postérieures.

b) **Latéralement** : (Fig. 49)

— les deux fosses sphéno-temporales sont traversées de chaque côté, par les sutures sphéno-temporale et sphéno-pétreuse, et logent les lobes temporaux du cerveau.

Elles sont perforées par de nombreux orifices, qui la fragilisent ; d'avant en arrière :

— la fente sphénoïdale ou fissure orbitaire supérieure (Fissura orbitalis superior), par où passent les nerfs de l'orbite,

— le trou grand rond (Forament rotundum), pour le nerf maxillaire supérieur,

— le trou ovale (Foramen ovale), pour le nerf mandibulaire,

— le trou petit rond (Foramen spinosum), pour l'artère méningée moyenne,

— plus en dedans, le trou déchiré antérieur (Foramen lacerum), fermé par une lamelle fibreuse que traverse le nerf vidien, et, au sommet du rocher, le trou carotidien,

— sur le versant antérieur du rocher : la fossette du ganglion de Gasser (Impressio trigemini), et, plus en dehors, l'hiatus de Fallope (Hiatus canalis facialis) et l'hiatus accessoire, qui donnent issue aux nerfs pétreux superficiels et profonds,

— le bord supérieur du rocher, oblique en avant et en dedans, sépare les versants antérieur et postérieur de la face endocrânienne du rocher. Il est longé par la gouttière du sinus pétreux supérieur.

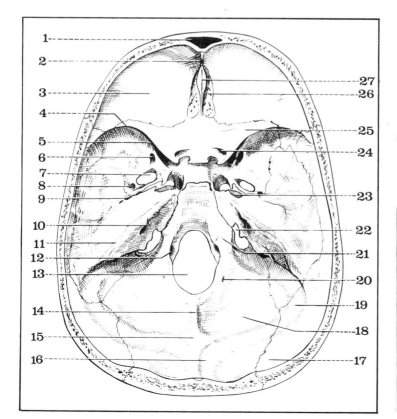

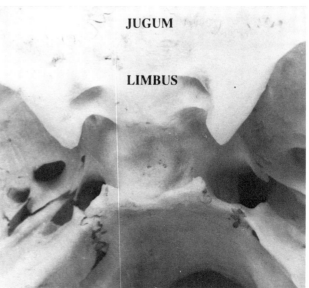

FIGURE 50

Vue supérieure de la selle turcique.

C. L'ÉTAGE POSTÉRIEUR (Fossa cranii posterior)

Le plus vaste des trois étages, il est formé par trois os : l'occipital, et la portion postérieure des deux temporaux. (Fig. 51 et 52)

Il est limité :
— en avant : par le bord supérieur des rochers,
— en arrière : par le plan de séparation de la base et de la voûte.

Il présente :

a) **Sur la ligne médiane** : d'avant en arrière
— la gouttière basilaire, formée par le corps du sphénoïde et par l'apophyse basilaire de l'occipital, et logeant la face antérieure de la protubérance annulaire et du bulbe,
— le trou occipital (Foramen magnum), occupé par le bulbe, et faisant communiquer la cavité crânienne avec la cavité rachidienne,
— il est renforcé de chaque côté par le tubercule jugulaire qui sépare deux orifices :
• en avant : le trou condylien antérieur (Canalis hypoglossi), pour le nerf hypoglosse,
• en arrière : le trou condylien postérieur (Canalis condylaris), pour la veine condylienne postérieure ;
— en arrière du trou occipital : la fossette vermienne, la crête occipitale interne (qui donne attache à la faux du cervelet), et la protubérance occipitale interne.

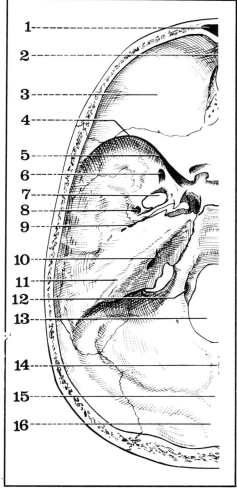

FIGURE 51

Vue endocrânienne (partielle) de la base du crâne.

1. Sinus frontal.
2. Trou borgne.
3. Bosse orbitaire.
4. Petite aile du sphénoïde.
5. Fente sphénoïdale.
6. Trou grand rond.
7. Trou ovale.
8. Trou petit rond.
9. Hiatus de Fallope.
10. Conduit auditif interne.
11. Gouttière du sinus pétreux supérieur.
12. Trou condylien antérieur.
13. Trou occipital.
14. Crête occipitale interne.
15. Protubérance occipitale interne.
16. Gouttière du sinus latéral.

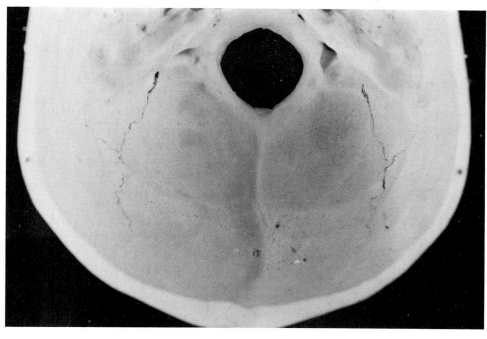

FIGURE 52 — *Vue endocrânienne de l'étage postérieur.*

b) **Latéralement** :

Les deux fosses cérébelleuses sont traversées obliquement de chaque côté, par les sutures pétro-occipitale et temporo-occipitale ; elles logent les deux hémisphères du cervelet.

Chacune d'elle présente deux portions :
— *antérieure ou pétreuse* : sur le versant postérieur du rocher où l'on voit des orifices ; d'avant en arrière :
— le conduit auditif interne (Meatus acusticus internus) pour les trois nerfs facial, intermédiaire et auditif,
— le trou pétro-mastoïdien (inconstant),
— l'aqueduc du vestibule (Aqueductus vestibuli), pour le canal endolymphatique.

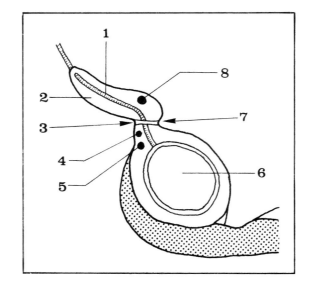

FIGURE 53

Le trou déchiré postérieur (vue supérieure, côté droit).

1. Sinus pétreux inférieur.
2. Portion rétrécie du trou.
3. Epine jugulaire de l'occipital.
4. Nerf vague.
5. Nerf spinal.
6. Golfe de la jugulaire.
7. Apophyse jugulaire du temporal.
8. Nerf glosso-pharyngien.

Cette portion est séparée de l'apophyse basilaire par la suture pétro-occipitale, qui loge le sinus pétreux inférieur (Sinus petrosus inferior), et s'évase en arrière pour former le *trou déchiré postérieur ou trou jugulaire* (Foramen Jugulare), qui livre passage à la veine jugulaire interne et aux trois nerfs glosso-pharyngien, spinal et vague. (Fig. 53)

— *postérieure ou occipitale* : formée par l'écaille de l'occipital, limitée à la périphérie par la gouttière du sinus latéral. Celle-ci s'étend de la protubérance occipitale interne au trou déchiré postérieur, et présente trois portions :

— supérieure ou transverse (Sulcus Sinus Transversi) sur laquelle s'insère la tente du cervelet,

— intermédiaire ou coude, située derrière le rocher, et perforée par le trou mastoïdien (Foramen Mastoideum), pour la veine émissaire mastoïdienne,

— inférieure ou sigmoïde (Sulcus Sinus Sigmoidei), oblique en bas et en dedans, en forme d'S italique, jusqu'au golfe de la jugulaire.

ARCHITECTURE DU CRÂNE

A. AU NIVEAU DE LA VOÛTE

La voûte du crâne doit sa solidité à la disposition et à la forme des sutures qui unissent les os entre eux :

— **les sutures médianes**, dentelées et engrenées, sont encastrées les unes dans les autres à la manière d'un puzzle, s'opposant ainsi à l'écartement des os du crâne ;

— **les sutures latérales**, en biseaux alternés, luttent au contraire contre les pressions excessives, et s'opposent à l'enfoncement.

B. AU NIVEAU DE LA BASE

La base du crâne est édifiée de telle sorte que des zones de résistance alternent avec des zones de moindre résistance, comme l'a bien montré Félizet : (Fig. 54)

a) **Les arcs-boutants** ou piliers du crâne sont au nombre de 6 :

— un antérieur, ou fronto-ethmoïdal (mais la lame criblée de l'ethmoïde le fragilise),

— un postérieur, ou occipital, de la protubérance occipitale au trou occipital,

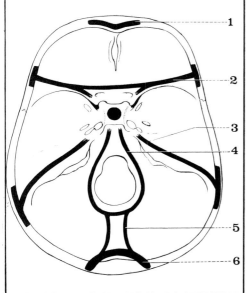

FIGURE 54

Architecture de la base du crâne (d'après Dahhan et Honnart).

1. Arc-boutant antérieur (ou frontal).
2. Arc-boutant antéro-externe (ou orbito-sphénoïdal).
3. Arc-boutant postéro-externe (ou pétro-mastoïdien).
4. Anneau occipital.
5. Arc-boutant postérieur (ou occipital).
6. Protubérance occipitale.

— deux antéro-latéraux ou orbito-sphénoïdaux, rejoignant la voûte par les petites ailes du sphénoïde
— deux postéro-latéraux ou pétro-mastoïdiens.

Ces arcs-boutants traversent en diagonale la base du crâne et se croisent au niveau de l'apophyse basilaire, véritable « centre de résistance » de la base.

Ils se continuent dans la voûte jusqu'à la « pièce sincipitale », deuxième centre de résistance du crâne.

b) **Les entre-boutants** ou points faibles sont compris entre les arcs-boutants ; on en compte également 6 :

— deux antérieurs, ou fronto-sphénoïdaux, qui répondent aux voûtes orbitaires,
— deux moyens, ou sphéno-pétreux, qui répondent aux grandes ailes du sphénoïde, rendues encore plus fragiles par les nombreux orifices qui les traversent,
— deux postérieurs, ou pétro-occipitaux, qui répondent aux fosses cérébelleuses.

Bien que schématique, cette disposition explique assez bien le mécanisme des fractures du crâne, et de l'irradiation des fissures vers la base, surtout graves si elles intéressent une cavité septique (fosses nasales, oreille moyenne).

C. CONSTITUTION VERTÉBRALE DU CRÂNE, ET ANOMALIES

Certains anatomistes du siècle dernier, comme Oken*, avaient assimilé le crâne à la juxtaposition de plusieurs vertèbres, et essayé d'y décrire 4 vertèbres crâniennes : occipitale, sphéno-pariétale, sphéno-frontale, et ethmoïdo-nasale.

En réalité, il n'est pas possible d'admettre cette théorie trop simpliste, sauf au niveau de l'occipital, qui représente l'assimilation crânienne de la partie haute de la colonne.

C'est donc sur la charnière crânio-rachidienne que se rencontrerons le plus fréquemment les **anomalies**, manifestations d'un trouble évolutif de cette vertèbre crânienne.

Les plus courantes sont : (Fig. 55)

— l'**impression basilaire** : par hypoplasie de l'occipital, qui réalise une invagination du pourtour du trou occipital dans la fosse cérébrale postérieure,

* Oken Lorenz (1779-1851), médecin allemand, professeur d'anatomie à Iéna et Göttingen.

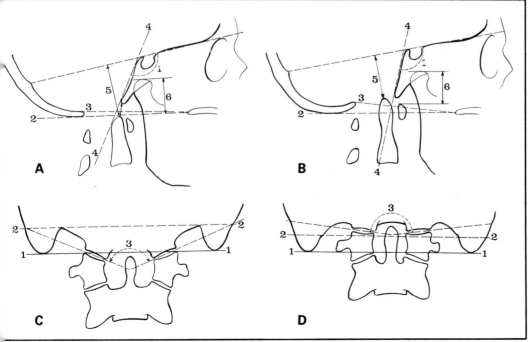

FIGURE 55
A
Vue de profil de la charnière occipito-cervicale.
1. Angle basal normal (130 degrés).
2. Ligne de Mac Gregor.
3. Ligne de Chamberlain.
4. Ligne basilaire (rasant l'odontoïde).
5. Distance de Klauss = 40 à 50 mm.
6. Distance temporo-mandibulaire - atlas (de Fischgold) = 22 à 39 mm.
B
Vue de profil d'une forme d'impression basilaire.
1. Angle basal (moins obtus).
2. Ligne de Mac Gregor.
3. Ligne de Chamberlain.
4. Ligne basilaire (croisant l'ethmoïde).
5. Distance de Klauss = inférieure à 40 mm.
6. Distance de Fischgold = inférieure à 17 mm.
C
Vue de face de la charnière occipito-cervicale.
1. Ligne bi-mastoïdienne.
2. Ligne bi-digastrique.
3. Angle de Schmidt = 124° à 134°.
D
Vue de face d'une forme d'impression basilaire (par hypoplasie des condyles occipitaux).
1. Ligne bi-mastoïdienne.
2. Ligne bi-digastrique.
3. Angle de Schmidt = supérieur à 134°.

* Syndrome d'Arnold-Chiari (1894-1895) : anomalie congénitale avec spina bifida et hydrocéphalie entraînant l'engagement du bulbe et du cervelet dans le trou occipital.

— l'**occipitalisation de l'atlas** : avec fusion complète ou partielle de l'atlas atrophié à l'occipital,

— les **malformations associées** :

— soit osseuses : au niveau de l'apophyse odontoïde, resté solidaire de l'atlas,

— soit nerveuses : au niveau de la jonction bulbo-médullaire (malformation d'Arnold-Chiari)*.

RADIO-ANATOMIE DU CRÂNE (Fig. 56, 57, 58, 59 et 60)

La superposition des os du crâne facial et du crâne cérébral rend délicate l'interprétation des radiographies simples et impose soit des incidences particulières, soit l'emploi des tomographies, soit surtout la tomodensitométrie.

La pathologie traumatique oblige aussi à visualiser la base du crâne, et les incidences de Hirtz permettent d'explorer les trois étages en éliminant la projection du menton (en avant) et celle du rachis cervical (en arrière).

Mais, là aussi, la tomodensitométrie est plus performante.

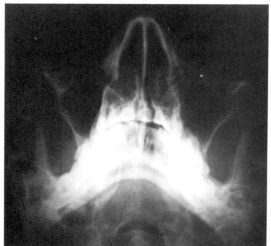 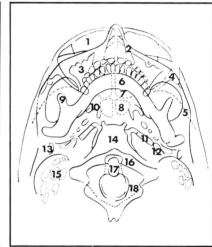

FIGURE 56

Schéma radiographique de la tête. Incidence «plan sous-mental plaque» de Hirtz (vue antéro-inférieure du crâne).

1. Sinus frontal.
2. Pyramide nasale.
3. Sinus maxillaire.
4. Apophyse orbitaire externe.
5. Arcade zygomatique.
6. Branche horizontale de la mandibule.
7. Ethmoïde.
8. Sinus sphénoïdal.
9. Apophyse coronoïde.
10. Apophyse ptérygoïde.
11. Canal carotidien.
12. Apophyse styloïde.
13. Conduit auditif externe.
14. Apophyse basilaire.
15. Cellules mastoïdiennes.
16. Masse latérale de l'atlas.
17. Apophyse odontoïde de l'axis.
18. Axis.

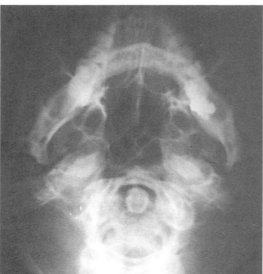 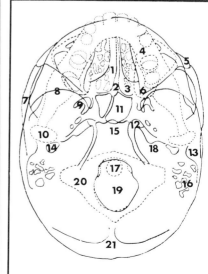

FIGURE 57

Schéma radiographique de la tête. Incidence «vertex plaque» de Hirtz (vue inférieure du crâne).

1. Cornet moyen.
2. Cloison des fosses nasales.
3. Cellules ethmoïdales.
4. Branche horizontale de la mandibule.
5. Apophyse orbitaire externe.
6. Canal optique.
7. Arcade zygomatique.
8. Petite aile du sphénoïde.
9. Apophyse ptérygoïde.
10. Condyle de la mandibule.
11. Sinus sphénoïdal.
12. Trou déchiré antérieur.
13. Conduit auditif externe.
14. Caisse du tympan.
15. Apophyse basilaire.
16. Cellules mastoïdiennes.
17. Apophyse odontoïde de l'axis.
18. Pyramide pétreuse.
19. Trou occipital.
20. Masse latérale de l'atlas.
21. Protubérance occipitale.

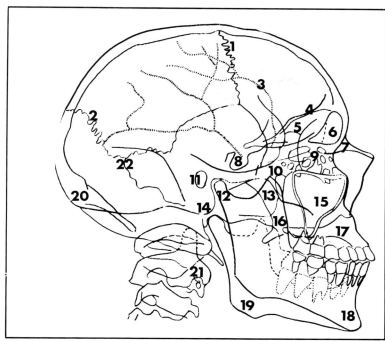

FIGURE 58

*Schéma radiographique de la tête d'un adulte.
Profil. Incidence « temproale droite plaque ».*

1. Suture fronto-pariétale.
2. Suture pariéto-occipitale.
3. Branche de l'artère méningée moyenne.
4. Plafond de l'orbite.
5. Apophyse orbitaire externe.
6. Sinus frontal.
7. Os nasal.
8. Selle turcique.
9. Ethmoïde.
10. Os malaire.
11. Conduit auditif externe.
12. Condyle de la mandibule.
13. Apophyse coronoïde.
14. Apophyse mastoïde.
15. Sinus maxillaire.
16. Apophyse ptérygoïde.
17. Voûte du palais.
18. Symphyse mentonnière.
19. Angle de la mandibule.
20. Protubérance occipitale externe.
21. Corps de l'axis.
22. Astérion.

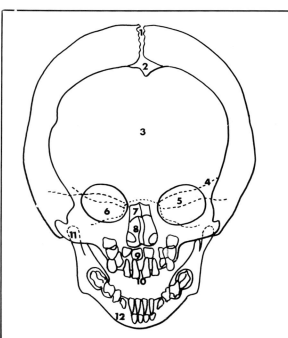

FIGURE 59

*Schéma radiographique de la tête d'un enfant de 1 an.
Vue de face.*

1. Suture inter-pariétale.
2. Fontanelle antérieure (ou bregmatique).
3. Frontal.
4. Petite aile du sphénoïde.
5. Cavité orbitaire.
6. Rocher.
7. Os nasal.
8. Orifice antérieur (ou piriforme) des fosses nasales.
9. Dent de remplacement.
10. Dent temporaire.
11. Condyle de la mandibule.
12. Branche horizontale de la mandibule.

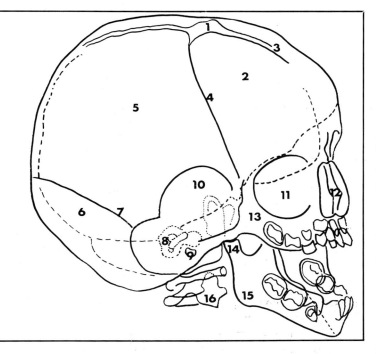

FIGURE 60

*Schéma radiographique de la tête d'un enfant de 1 an.
Vue de profil.*

1. Fontanelle antérieure (ou bregmatique).
2. Os frontal.
3. Suture médio-frontale (ou métopique).
4. Suture fronto-pariétale.
5. Os pariétal.
6. Ecaille de l'occipital.
7. Suture pariéto-occipitale.
8. Labyrinthe.
9. Conduit auditif externe.
10. Ecaille du temporal.
11. Cavité orbitaire droite.
12. Cloison des fosses nasales.
13. Os malaire.
14. Condyle de la mandibule.
15. Angle de la mandibule.
16. Corps de l'axis.

2 la région fronto-occipitale

Les régions superficielles du crâne comprennent :
— la région **sourcilière**,
— la région **temporale**,
— la région **mastoïdienne**,
— la région **fronto-occipitale**.

La région sourcilière située en avant à la limite antérieure du crâne et de la face est caractérisée essentiellement par la présence à son niveau des sinus frontaux. Elle est étudiée avec la face. (Page 461).

De même *la région temporale* située latéralement en avant du pavillon de l'oreille est dominée par la présence à son niveau du muscle temporal. Elle est décrite avec la région des muscles masticateurs. (Page 378)

La région mastoïdienne située elle aussi latéralement mais en arrière du pavillon de l'oreille, est étudiée avec l'organe de l'audition dont il est difficile de la séparer. (Page 548).

Seule donc la **région fronto-occipitale** située au sommet de la voûte crânienne sera étudiée ici.

PLAN

Généralités
 Limites
 Forme extérieure et repères
 Constitution anatomique

Le plan osseux et périostique

La couche cellulaire sous-aponévrotique

La couche musculo-aponévrotique
 Aponévrose épicrânienne
 Les muscles frontaux
 Les muscles occipitaux

Le tissu cellulaire sous-cutané

Les vaisseaux et les nerfs

La peau

Les rapports de la région fronto-occipitale

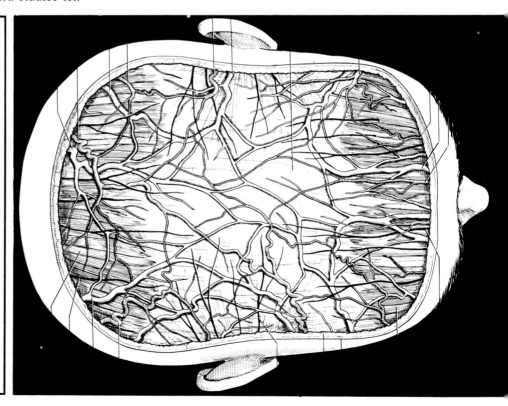

Région superficielle du crâne, la région fronto-occipitale occupe la partie moyenne de la voûte crânienne de part et d'autre de la ligne médiane depuis la racine du nez et les sourcils en avant jusqu'à la protubérance occipitale externe en arrière.

Généralités

LIMITES

Les limites superficielles sont représentées :
— en avant de part et d'autre de la ligne médiane par une ligne biconcave suivant les sourcils et allant de l'apophyse orbitaire externe en dehors à la racine du nez en dedans ;
— en arrière par la **protubérance occipitale externe** sur la ligne médiane, prolongée de chaque côté par la ligne courbe occipitale supérieure ;
— latéralement par une ligne irrégulière antéro-postérieure tendue de l'extrémité externe de la ligne occipitale supérieure jusqu'à l'apophyse orbitaire externe en passant par la base de la mastoïde et la ligne temporale supérieure.

Les limites profondes sont représentées par le plan osseux formé par la table externe de l'os frontal en avant, des deux pariétaux latéralement et de l'écaille de l'occipital en arrière.

FORME EXTÉRIEURE ET REPÈRES :

Régulièrement convexe dans son ensemble tant dans le sens antéro-postérieur que dans le sens transversal, la région occipito-frontale présente une série de reliefs osseux qui sont autant de repères importants. Ce sont :
— en avant : immédiatement au-dessus de la racine du nez, la bosse nasale ou *glabelle* généralement peu marquée ;
— en arrière : sur la ligne médiane la *protubérance occipitale externe* ou inion généralement facile à percevoir ;
— latéralement : le *sillon frontal* situé immédiatement au-dessus des sourcils puis les *bosses frontales* et les *bosses pariétales*, ces dernières étant plus marquées chez la femme et l'enfant que chez l'homme.

Il faut noter en outre chez le nouveau-né la présence sur la ligne médiane de deux dépressions : la *grande fontanelle* en avant à l'union du frontal et des deux pariétaux, la *petite fontanelle* en arrière à l'union des deux pariétaux et de l'écaille de l'occipital.

CONSTITUTION ANATOMIQUE :

En allant de la profondeur à la surface, la région occipito-frontale comprend :
— un plan osseux et périostique,
— une couche sous-aponévrotique,
— une couche musculo-aponévrotique,
— le tissu cellulaire sous-cutané,
— la peau.

Le plan osseux et périostique

LE PLAN OSSEUX (Fig. 1)

Formé par l'écaille du frontal en avant, les deux pariétaux latéralement, et l'écaille de l'occipital en arrière, il a été étudié précédemment. (Pages 19-20)

LE PLAN PÉRIOSTIQUE

Le périoste crânien ou péricrâne adhère assez fortement à la voûte crânienne au niveau des sutures et des trous pariétaux. Par contre, il se laisse facilement cliver

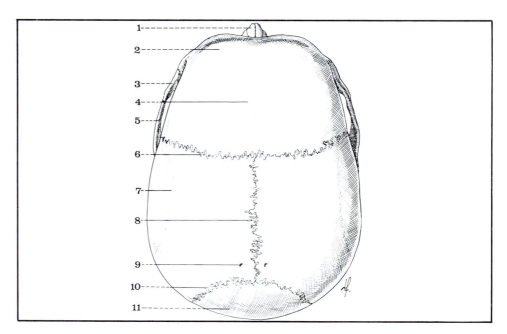

FIGURE 1

Vue supérieure du crâne.
1. Os nasal.
2. Bosse frontale.
3. Os malaire.
4. Os frontal.
5. Arcade zygomatique.
6. Suture fronto-pariétale (ou coronale).
7. Ligne courbe temporale inférieure.
8. Suture inter-pariétale (ou sagittale).
9. Trou pariétal.
10. Suture pariéto-occipitale.
11. Ecaille de l'occipital.

sur la surface crânienne d'où la possibilité d'hématomes sous-périostiques qui, lorsqu'ils surviennent chez le nouveau-né après l'accouchement, sont désignés sous le nom de céphalématomes.

La couche sous-aponévrotique

C'est une couche lâche dépourvue de tout élément adipeux, pauvre en vaisseaux, qui forme entre le périoste d'une part et la couche musculo-aponévrotique sus-jacente un véritable **espace de glissement**. Cet espace permet la mobilisation facile des plans superficiels sur le squelette au cours de l'abord chirurgical de la voûte crânienne. Son existence explique aussi la possibilité de scalps traumatiques du cuir chevelu.

La couche musculo-aponévrotique

Elle est formée de trois éléments :
— l'aponévrose épicrânienne ou galéa,
— les deux muscles frontaux en avant,
— les deux muscles occipitaux en arrière.

L'APONÉVROSE ÉPICRÂNIENNE OU GALEA (Galea aponeurotica)*
(Fig. 3 et 4)

C'est une lame aponévrotique qui recouvre la partie moyenne de la voûte crânienne. Elle s'insère en arrière sur la protubérance occipitale externe et la partie interne de la ligne courbe occipitale supérieure. Latéralement elle se prolonge dans la région temporale et descend se fixer sur l'arcade zygomatique. En avant enfin, elle vient se terminer sur la partie postérieure et interne des muscles frontaux. Sa face profonde peut se mobiliser facilement par rapport au plan osseux grâce à l'existence du plan de glissement sous-aponévrotique. Sa face superficielle adhère au contraire très fortement au tissu cellulaire sous-cutané et à la peau, l'ensemble de ces trois éléments formant le **cuir chevelu**.

LES MUSCLES FRONTAUX : (Fig. 2, 3 et 4)

C'est une lame musculaire très mince et aplatie, paire et symétrique, située de part et d'autre de la ligne médiane, insérée en bas sur la face profonde de la peau

---

* Galea : « le casque » en latin.

de la racine du nez et de la région sourcilière. Elle s'étale à la partie antérieure de la voûte crânienne pour venir se terminer sur le bord antérieur de l'aponévrose épicrânienne. Unis entre eux sur la ligne médiane à la partie toute inférieure de la région, les deux muscles frontaux sont séparés l'un de l'autre plus en arrière par le prolongement antérieur de l'aponévrose épicrânienne.

INNERVATION : par un rameau de la branche temporo-faciale du nerf facial.

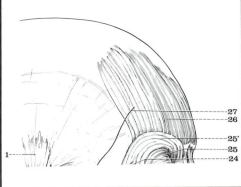

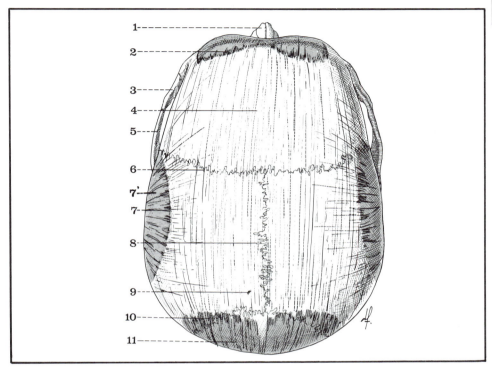

▲ FIGURE 2

Le muscle frontal.

1. Muscle auriculaire supérieur.
24. Rameaux palpébraux du facial.
25. Faisceau palpébral de l'orbiculaire des paupières.
25'. Faisceau orbitaire de l'orbiculaire des paupières.
26. Muscle frontal.
27. Rameau frontal du facial.

◀ FIGURE 3

Vue supérieure de la région occipito-frontale

1. Os nasal.
2. Muscle frontal.
3. Os malaire.
4. Aponévrose épicrânienne.
5. Arcade zygomatique.
6. Suture fronto-pariétale (ou coronale).
7. Ligne courbe temporale inférieure.
7'. Muscle temporal.
8. Suture inter-pariétale (ou sagittale).
9. Trou pariétal.
10. Suture pariéto occipitale.
11. Muscle occipital.

LES MUSCLES OCCIPITAUX (M. occipitofrontalis) : (Fig. 3 et 4)

Ce sont deux lames musculaires minces et aplaties, de forme quadrilatère, disposées de façon symétrique par rapport à la ligne médiane et séparées l'une de l'autre par le prolongement postérieur de l'aponévrose épicrânienne. Elles s'insèrent en arrière sur la partie externe de la ligne occipitale supérieure et la base de la mastoïde et, après avoir tapissé la partie postérieure de la voûte crânienne, viennent se terminer sur le bord postérieur de l'aponévrose épicrânienne.

INNERVATION : par un rameau de la branche auriculaire postérieure du nerf facial.

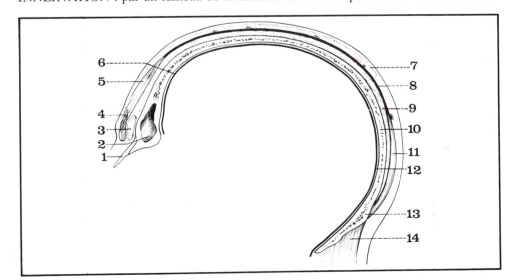

FIGURE 4

Coupe sagittale de la paroi crânienne.

1. Os nasal.
2. Sinus frontal.
3. Coussinet adipeux.
4. Orbiculaire des paupières.
5. Muscle frontal.
6. Dure-mère.
7. Cuir chevelu.
8. Galéa.
9. Couche sous-aponévrotique.
10. Diploé.
11. Muscle occipital.
12. Dure-mère.
13. Protubérance occipitale externe.
14. Muscle trapèze.

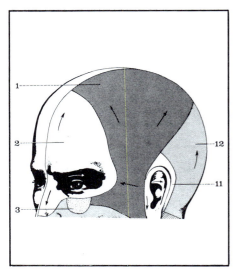

FIGURE 6

Les territoires artériels de la région fronto-occipitale.
1. Artère temporale superficielle.
2. Artère ophtalmique.
3. Artère sous-orbitaire.
11. Artère auriculaire postérieure.
12. Artère occipitale.

Le tissu cellulaire sous-cutané

Il est formé de travées conjonctives extrêmement denses qui unissent très fortement la masse profonde du derme à la face superficielle de l'aponévrose épicrânienne et des muscles frontaux et occipitaux. Dans l'épaisseur du tissu cellulaire sous-cutané, cheminent les vaisseaux et les nerfs de la région.

Les vaisseaux et les nerfs de la région fronto-occipitale

LES ARTÈRES (Fig. 5 et 6)

Elles proviennent de la *temporale superficielle*, de *l'auriculaire postérieure* et de *l'occipitale*, branches de la **carotide externe**, ainsi que de la *frontale interne* et de la *sus-orbitaire*, branches de **l'ophtalmique** (carotide interne).

LA TEMPORALE SUPERFICIELLE (A. temporalis superficialis) donne à la région deux branches :
— l'artère frontale,
— l'artère pariétale,
qui irriguent les parties antérieure et moyenne de la région.

— L'AURICULAIRE POSTÉRIEURE (A. auricularis posterior), collatérale de la carotide externe arrive dans la région après avoir passé entre le pavillon de l'oreille et la mastoïde ; elle se distribue dans la partie la plus postérieure de la région occipito-frontale et s'anastomose en avant avec l'artère pariétale, en arrière avec l'artère occipitale.

— L'ARTÈRE OCCIPITALE (A. occipitalis), collatérale de la carotide externe, émerge de la région de la nuque en perforant les insertions occipitales du trapèze et se ramifie à la partie postérieure de la région ; elle s'anastomose avec son homologue du côté opposé, et avec l'auriculaire postérieure.

FIGURE 5

Les artères et les nerfs de la région fronto-occipitale (vue supérieure ; artères à gauche, nerfs à droite).
1. Artère frontale interne.
2. Artère sus-orbitaire.
3. Branche frontale de l'artère temporale superficielle.
4. Artère temporale superficielle.
5. Branche pariétale de l'artère temporale superficielle.
6. Branche antérieure de l'artère auriculaire postérieure.
7. Artère auriculaire postérieure.
8. Artère occipitale gauche.
9. Anastomose transversale.
10. Artère occipitale droite.
11. Grand nerf occipital d'Arnold.
12. Branche mastoïdienne du plexus cervical superficiel.
13. Branche auriculaire du plexus cervical superficiel.
14. Rameaux du nerf auriculo-temporal.
15. Branche frontale externe (ou sus-orbitaire).
16. Branche frontale interne.

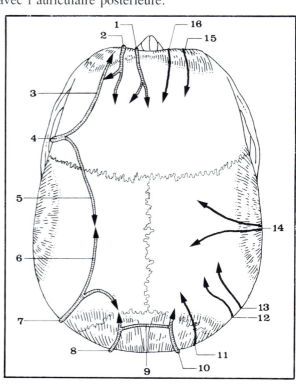

— LA FRONTALE INTERNE (A. supratrochlearis) branche de l'ophtalmique, issue elle-même de la carotide interne, gagne la région en croisant le rebord orbitaire au niveau de l'angle interne de l'orbite. Cheminant de bas en haut, et de dehors en dedans, elle se ramifie à la partie antérieure de la région en fournissant des rameaux sous-cutanés, des rameaux musculaires et des rameaux périostiques et en s'anastomosant avec la sus-orbitaire en dehors, avec la frontale du côté opposé en dedans.

— LA SUS-ORBITAIRE (A. supraorbitalis) également branche de l'ophtalmique pénètre dans la région en croisant le rebord orbitaire au niveau du trou sus-orbitaire. De direction ascendante, elle fournit des rameaux sous-cutanés et périostiques et s'anastomose d'une part avec la frontale interne, d'autre part avec la branche frontale de la temporale superficielle.

Toutes ces artères cheminent dans l'épaisseur du cuir chevelu et sont véritablement incrustées dans la couche conjonctive dense sous-cutanée.

LES VEINES :

Les veines de la région occipito-frontale forment, comme les artères, un réseau anastomotique extrêmement serré situé dans le tissu cellulaire sous-cutané. Ce réseau anastomotique se résout en trois groupes de troncs veineux :
— un **groupe antérieur** frontal qui va se jeter dans la veine faciale ;
— un **groupe latéral**, temporal, qui va se jeter dans la veine temporale superficielle et donc dans la jugulaire externe ;
— un **groupe postérieur**, occipital, qui aboutit à la veine jugulaire externe.

LES LYMPHATIQUES :

Forment aussi un réseau très dense qui comme le réseau veineux se divise en trois groupes de troncs lymphatiques :
— les **lymphatiques frontaux** suivent la veine faciale et aboutissent aux ganglions sous-mandibulaires ;
— les **lymphatiques pariétaux** descendant vers la région temporale vont se jeter soit dans les ganglions mastoïdiens, soit dans les ganglions parotidiens ;
— les **lymphatiques occipitaux** enfin vont se jeter dans les ganglions sous-occipitaux à la partie supérieure de la nuque.

LES NERFS : (Fig. 5)

Exclusivement sensitifs, ils proviennent d'une part du trijumeau, d'autre part du plexus cervical superficiel. Ils sont représentés par :

1) LE NERF FRONTAL (N. frontalis) : branche de l'ophtalmique (V) qui innerve la région par ses deux branches *frontale externe* ou sus-orbitaire qui arrive dans la région occipito-frontale par l'échancrure sus-orbitaire et *frontale interne* qui sort de l'orbite plus en dedans au contact de la poulie du grand oblique ;

2) LE NERF AURICULO-TEMPORAL (N. auriculo temporalis) : branche du nerf mandibulaire qui pénètre dans la région à sa partie latérale et donne un certain nombre de rameaux en éventail à la partie moyenne de la région ;

3) LE NERF AURICULAIRE ou grand auriculaire (N. auricularis magnus) ET LE NERF MASTOÏDIEN ou nerf petit occipital (N. occipitalis minor) : branches du plexus cervical superficiel donnent quelques rameaux à la partie de la région située en arrière du pavillon de l'oreille.

4) LE GRAND NERF OCCIPITAL d'Arnold (N. occipitalis major)* : issu de C2 enfin gagne la région en perforant les insertions du trapèze un peu en dehors de la protubérance occipitale externe et s'épanouit en de nombreux rameaux à la partie postérieure de la voûte crânienne.

---

* Arnold Friedrich (1803-1890), anatomiste allemand, professeur d'anatomie à Zurich, Fribourg, Tübingen, et Heidelberg.

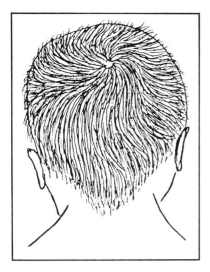

FIGURE 7
L'épi du cuir chevelu chez l'enfant.

La peau

Elle est caractérisée par son épaisseur particulièrement remarquable à la partie postérieure de la région et par son adhérence au plan sous-jacent. Glabre à sa partie antérieure où elle est marquée chez les sujets âgés par les rides horizontales plus ou moins marquées, elle est dans tout le reste de la région recouverte par les cheveux. Ceux-ci plus ou moins abondants suivant les sujets, extrêmement variables dans leur couleur, leur forme, et leur longueur, s'implantent à partir d'un point central ou épi situé habituellement à mi-chemin du bregma et de la nuque (Fig. 7). La peau de la région occipito-frontale est particulièrement riche en glandes sébacées qui peuvent être à l'origine de kystes sébacés ou loupes du cuir chevelu.

Les rapports de la région fronto-occipitale

S'effectuent

— **EN AVANT** avec la région sourcilière et le sinus frontal et plus latéralement avec la région orbitaire ;

— **LATÉRALEMENT** avec la fosse temporale où s'insère le muscle du même nom ;

— **EN ARRIÈRE**, avec la région de la nuque, la ligne de démarcation étant formée par la ligne courbe occipitale supérieure ;

— **EN PROFONDEUR**, les rapports les plus importants s'effectuent avec les méninges et l'encéphale. La dure-mère tapisse la face profonde de la voûte crânienne et lui adhère intimement sauf à la partie moyenne et latérale de la région où existe une zone décollable (Gérard Marchant)* siège habituel de l'hématome extra-dural. Sur la ligne médiane, dans toute l'étendue de la région occipito-frontale, la dure-mère se dédouble pour former le **sinus longitudinal supérieur** rapport capital de la région.

— Plus profondément, par l'intermédiaire de l'espace arachnoïdien et de la pie-mère, la région occipito-frontale répond à la partie supérieure des hémisphères cérébraux. (Fig. 8)

La scissure de Rolando** qui sépare le lobe frontal du lobe pariétal vient approximativement croiser la partie moyenne de la région qui répond ici à la plus grande partie des centres sensitifs et moteurs.

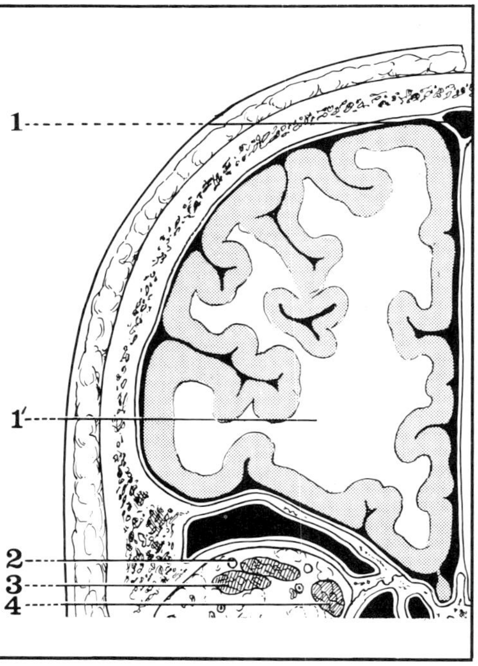

FIGURE 8
Coupe frontale schématique du crâne.
1. *Sinus longitudinal supérieur.*
1'. *Lobe frontal.*
2. *Nerf sus-orbitaire.*
3. *Muscle droit supérieur.*
4. *Muscle droit interne.*

---

* Marchant Gérard (1850-1903), neuro-chirurgien à Paris.
** Rolando Luigi (1773-1831), anatomiste italien, professeur d'anatomie à Turin.

3 organisation générale du système nerveux central et de ses enveloppes

On entend par système nerveux l'ensemble des organes destinés :
— à assurer les relations de l'organisme avec le milieu extérieur,
— à commander le fonctionnement des différents muscles et organes,
— à permettre les réactions affectives et psychiques.

Du point de vue fonctionnel on peut distinguer :
— d'une part le système nerveux de la *vie de relation* responsable de la motricité des muscles striés, de la sensibilité des téguments et des différentes perceptions sensorielles ;
— d'autre part le système nerveux de la *vie végétative* responsable de la sensibilité, de la motricité et des sécrétions des différents viscères.

Du point de vue anatomique, la distinction entre système nerveux de la vie de relation et système nerveux de la vie végétative n'est pas aussi tranchée, et le système nerveux peut être subdivisé en :
— *système nerveux central*,
— *système nerveux périphérique*,
— *système nerveux sympathique*.

LE SYSTÈME NERVEUX CENTRAL ou NÉVRAXE (Systema Nervosum Centrale) est une masse de cellules nerveuses contenues dans la cavité crânienne et le canal vertébral dont il est séparé par une série d'enveloppes qui constituent les méninges. Il contient tous les corps cellulaires, centres trophiques des cellules nerveuses de la vie de relation et une partie des centres nerveux de la vie végétative.

LE SYSTÈME NERVEUX PÉRIPHÉRIQUE (Systema Nervosum Periphericum) relie le système nerveux central aux récepteurs et aux effecteurs de la périphérie de l'organisme.

Il est formé d'une série de cordons nerveux, **les nerfs**, qui se détachent du névraxe et gagnent la périphérie en traversant les parois du canal vertébral ou de la cavité crânienne. Suivant leur point d'émergence, les nerfs du système nerveux périphérique sont appelés nerfs rachidiens ou nerfs crâniens.

LE SYSTÈME SYMPATHIQUE (Pars Sympathica Systema Nervosum Autonomicum) destiné uniquement à la vie végétative comprend :
— d'une part deux cordons nerveux disposés de façon symétrique à la face antérieure de la colonne vertébrale et munis d'une série de renflements ganglionnaires : ce sont les **chaînes sympathiques** (Truncus Sympathicus) **latéro-vertébrales** ;
— d'autre part des éléments périphériques répartis en plusieurs amas de fibres et de cellules nerveuses en avant de la colonne : les **plexus pré-viscéraux** ;
— enfin, des formations ganglionnaires juxta et intra-viscérales constituant les **plexus intra-muraux**.

Ces différents éléments ne représentent qu'une partie du système nerveux de la vie végétative dont bon nombre d'éléments et en particulier les principaux centres sont situés à l'intérieur du névraxe.

PLAN

Généralités
   Divisions morphologiques du système nerveux central.
   Structure générale du névraxe.
   Constitution anatomique du névraxe.
   Les enveloppes du système nerveux central.

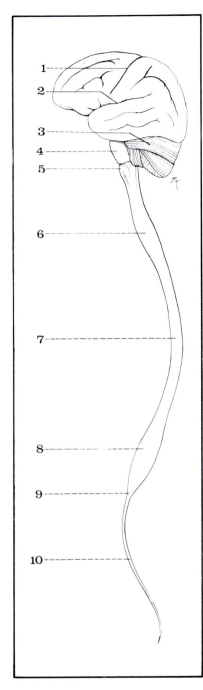

FIGURE 1

Vue latérale du névraxe.
1. *Scissure de Rolando.*
2. *Scissure de Sylvius.*
3. *Cervelet.*
4. *Protubérance annulaire.*
5. *Bulbe rachidien.*
6. *Renflement cervical de la moelle.*
7. *Segment dorsal de la moelle épinière.*
8. *Renflement lombaire de la moelle épinière.*
9. *Cône terminal.*
10. *Filum terminale.*

Le système nerveux périphérique et le système nerveux sympathique seront décrits avec les régions auxquelles ils appartiennent. Seul sera donc étudié ici le **système nerveux central**, véritable appareil de commande et de transmission dont l'anatomie a ceci de particulier qu'elle ne se limite pas à la description de la morphologie. Elle doit étudier aussi sa **systématisation**, c'est-à-dire l'organisation des centres nerveux où s'élabore l'influx nerveux, et des voies de conduction le long desquelles il chemine. C'est donc une anatomie essentiellement fonctionnelle qui fait appel non seulement aux méthodes classiques de l'anatomie descriptive, mais aussi aux techniques de l'histologie, de l'histophysiologie, de l'expérimentation et de l'observation anatomo-clinique.

Après un bref rappel de la disposition générale et de la structure d'ensemble du système nerveux central et de ses enveloppes, nous étudierons sa morphologie et sa structure d'un point de vue topographique avant d'envisager sa systématisation.

Divisions morphologiques du système nerveux central

Le système nerveux central ou névraxe forme une masse allongée de tissu nerveux de coloration blanc-grisâtre, de consistance molle et fragile, situé à la fois dans la cavité crânienne et dans le canal rachidien. (Fig. 1)

Sa partie inférieure étroite, forme un cordon d'environ 45 cm de long sur 10 mm de diamètre : **la moelle épinière** (Medulla Spinalis) qui est située entièrement à l'intérieur du canal vertébral. A sa partie supérieure, la moelle se prolonge par un segment renflé : **le bulbe rachidien** (Medulla Oblongata), situé à la fois dans la partie haute du canal vertébral, le trou occipital et la partie postéro-inférieure de la cavité crânienne. Au-dessus du bulbe rachidien, le névraxe s'élargit encore pour former la **protubérance annulaire ou pont** (Pons). De la partie supérieure de celle-ci, naissent deux gros cordons nerveux : les **pédoncules cérébraux** (Pedunculus Cerebri) qui présentent sur la face postéro-supérieure quatre saillies mamelonnées : les **tubercules quadrijumeaux** (Colliculi).

L'ensemble formé par le bulbe rachidien, la protubérance annulaire et les pédoncules cérébraux constitue le **tronc cérébral**.

A la face postérieure du tronc cérébral, se place une masse de substance nerveuse arrondie subdivisée en deux hémisphères : le **cervelet** (Cerebellum) relié de chaque côté au tronc cérébral par trois pédoncules cérébelleux, supérieur, moyen et inférieur (Pedunculi Cerebellaris).

Au-dessus du tronc cérébral, le névraxe est constitué par la volumineuse masse du **cerveau** (Cerebrum). Relié au tronc cérébral par les pédoncules cérébraux, le cerveau est constitué d'une partie médiane, le **diencéphale** (Diencephalon) et de deux parties latérales, volumineuses, les **hémisphères cérébraux** (Hemispherium Cerebri). Particulièrement développés chez l'homme, les hémisphères cérébraux recouvrent la partie postéro-supérieure du diencéphale dont ils sont séparés par un espace demi-circulaire entourant la partie supérieure des pédoncules cérébraux : la **fente de Bichat** (Fissura Transversa Cerebri).

Structure générale du névraxe

LES CAVITÉS ÉPENDYMAIRES ET VENTRICULAIRES

Dérivant embryologiquement du tube neural primitif, le névraxe est creusé de cavités centrales remplies de liquide cérébro-spinal (Liquor cerebrospinalis), qui atteignent un développement plus ou moins important suivant le point considéré.

Au niveau de la moelle, c'est le canal de l'épendyme, situé au centre de l'axe nerveux, de calibre très fin, presque virtuel.

Au niveau du bulbe, l'épendyme s'élargit et se déporte en arrière pour former le **quatrième ventricule**. Celui-ci se prolonge au niveau des pédoncules cérébraux par un segment rétréci : **l'aqueduc de Sylvius*** (Aqueductus Cerebri). Ce dernier fait communiquer le quatrième ventricule avec le **troisième ventricule** creusé dans le diencéphale et dont les parois sont occupées par des centres nerveux importants, notamment, latéralement, *le thalamus* ou couche optique. A sa partie supéro-latérale la cavité du troisième ventricule communique par les *trous de Monro*** avec les cavités creusées dans chacun des hémisphères cérébraux ou **ventricules latéraux** (Ventriculi Lateralis). Ces derniers, volumineux, présentent un prolongement postérieur ou *corne occipitale*, un prolongement antéro-supérieur ou *corne frontale* et un prolongement antéro-inférieur ou *corne temporale*. *(Fig. 2 et 3)*

---

* Sylvius François (1614-1672), anatomiste allemand, professeur de médecine à Leyden (Pays-Bas).
** Monro Alexander (1733-1817), anatomiste anglais, successeur de son père à la chaire d'anatomie d'Edinburgh.

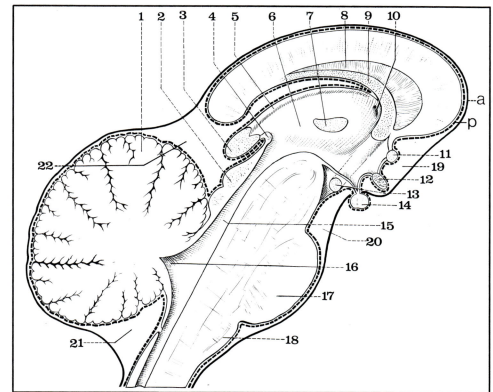

FIGURE 2

Coupe sagittale de l'encéphale montrant la situation des espaces sous-arachnoïdiens (côté gauche).

1. Cervelet.
2. Tubercule quadrijumeau antérieur.
3. Epiphyse.
4. Commissure blanche postérieure.
5. Habena.
6. Troisième ventricule.
7. Commissure grise.
8. Septum lucidum.
9. Trigone cérébral.
10. Trou de Monro.
11. Commissure blanche antérieure.
12. Chiasma optique.
13. Tubercule mamillaire.
14. Hypophyse.
15. Aqueduc de Sylvius.
16. Quatrième ventricule.
17. Protubérance annulaire.
18. Bulbe rachidien.
19. Confluent antérieur (opto-chiasmatique).
20. Confluent inférieur (citerne basale).
21. Confluent postérieur ou grande citerne.
22. Confluent supérieur (lac cérébelleux supérieur ou citerne ambiante).
a. Arachnoïde.
p. Pie-mère.

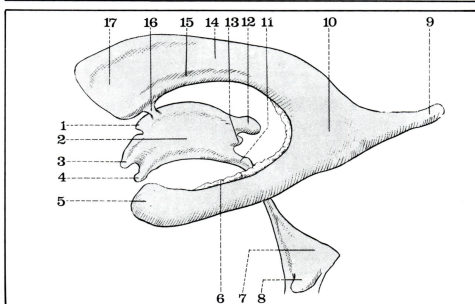

FIGURE 3

Vue latérale gauche des ventricules cérébraux.

1. Vulve du 3ᵉ ventricule.
2. Cavité du 3ᵉ ventricule.
3. Récessus sus-optique.
4. Infundibulum.
5. Corne temporale du ventricule latéral.
6. Plexus choroïde latéral.
7. Cavité du 4ᵉ ventricule.
8. Récessus latéral du 4ᵉ ventricule.
9. Corne occipitale du ventricule latéral.
10. Carrefour ventriculaire.
11. Aqueduc de Sylvius.
12. Récessus sus-pinéal.
13. Récessus sous-pinéal.
14. Empreinte du noyau caudé.
15. Sillon opto-strié.
16. Trou de Monro.
17. Corne frontale du ventricule latéral.

STRUCTURE MACROSCOPIQUE DU NÉVRAXE

Lorsqu'on l'examine sur une coupe le névraxe apparaît constitué de deux types de substance : la **substance blanche** et la **substance grise**. (Fig. 5 et 6)

Dans la moelle, la substance grise est située au centre et entoure le canal de l'épendyme alors que la substance blanche est située à la périphérie.

Au niveau du tronc cérébral la substance grise est inégalement répartie à l'intérieur de la substance blanche et forme différents *noyaux*.

Dans le cerveau et dans le cervelet, la substance blanche est entièrement centrale et la substance grise se répartit en deux zones : l'une périphérique qui recouvre les hémisphères : le *cortex*; l'autre profonde, centrale. D'une façon très générale, on peut retenir dès maintenant que la substance blanche est formée uniquement de fibres nerveuses et représente donc des *voies de conduction*. Au contraire, la substance grise formée à la fois de fibres et de cellules nerveuses représente les *centres nerveux*.

Constitution anatomique du névraxe

Le névraxe est constitué par trois types d'éléments :
— des cellules nerveuses ou neurones,
— des cellules de soutien,
— des vaisseaux sanguins et des voies lymphatiques.

— **LES CELLULES NERVEUSES OU NEURONES** ont pour première caractéristique de ne pas pouvoir se reproduire. Leur nombre (environ 9 milliards) est définitivement acquis dès la naissance. Toute destruction d'une cellule nerveuse est irrémédiable. De forme extrêmement variable (pyramidale, étoilée, globuleuse, etc.) elles ont pour caractère commun d'émettre un certain nombre de prolongements qui sont de deux types : (Fig. 4)

— les **dentrites** ou prolongements protoplasmiques qui conduisent l'influx nerveux vers le corps cellulaire;

— l'**axone ou cylindraxe** généralement unique, né soit du corps cellulaire soit d'un prolongement protoplasmique et dont le groupement constitue l'essentiel des fibres nerveuses des voies de conduction et des nerfs périphériques. Il conduit l'influx nerveux dans le sens centrifuge à partir du corps cellulaire.

— **LES ÉLÉMENTS DE SOUTIEN** sont formés par deux types de cellules :

— les cellules **épendymaires** qui forment une couche uni-cellulaire tapissant la paroi profonde des cavités ventriculaires et épendymaires;

— les cellules de la **névroglie** de forme variable qui se disséminent entre les éléments nerveux proprement dits.

— **LES VAISSEAUX SANGUINS ET LES VOIES LYMPHATIQUES**

Les vaisseaux artériels forment à la surface du névraxe à l'intérieur d'une membrane appelée **pie-mère** un fin réseau de très petit calibre d'où naissent des artères qui cheminent vers la profondeur et sont toujours de type terminal, notion importante en pathologie nerveuse. Ces artérioles se résolvent en capillaires qui donnent naissance à des veinules gagnant les veines périphériques situées à la surface extérieure du névraxe. Ces vaisseaux sont entourés d'une gaine péri-vasculaire séparée des vaisseaux par un espace dit espace intra-adventiciel où circule la lymphe qui se draine vers le liquide cérébro-spinal, qui entoure le névraxe et remplit les cavités ventriculaires. (Fig. 5)

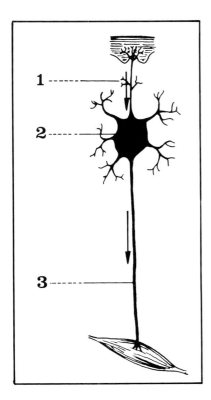

FIGURE 4

Schéma d'un neurone.
1. *Dendrites.*
2. *Corps cellulaire.*
3. *Axone.*

Les enveloppes du système nerveux central

Organe éminemment fragile, le système nerveux central est protégé tout d'abord par une enveloppe osseuse. Celle-ci est formée en haut par la **boîte crânienne** qui contient le cerveau, le cervelet et le tronc cérébral. Sa base présente une série d'orifices qui livrent passage aux nerfs crâniens. En bas, c'est le **canal vertébral** (Canalis Vertebralis) formé par la superposition des trous vertébraux des différentes vertèbres réunies entre elles par les disques inter-vertébraux et les ligaments jaunes. Sur ses parois latérales, les trous de conjugaison livrent passage aux nerfs rachidiens.

A l'intérieur de cette vaste cavité osseuse le névraxe est entouré par des enveloppes fibreuses : **les méninges** baignées par le **liquide cérébro-spinal**.

Les méninges sont formées de deux feuillets : (Fig. 6)

— un feuillet externe fibreux, résistant et nacré qui constitue la méninge dure ou pachyméninge ou dure-mère (Dura Mater),

— un feuillet interne beaucoup moins résistant ou méninge molle ou lepto-méninge.

La dure-mère tapisse la face profonde des enveloppes osseuses. Adhérente dans son ensemble à la paroi crânienne sauf dans la région temporale où existe une zone décollable, elle est en revanche séparée des parois du canal vertébral par l'*espace épidural*. Elle forme des gaines fibreuses autour des nerfs crâniens et des nerfs rachidiens. Dans la cavité crânienne elle se dédouble pour former avec la paroi osseuse des *sinus veineux*, voies de drainage du sang veineux encéphalique. Enfin, elle émet à l'intérieur du crâne des prolongements qui forment des cloisons fibreuses appelées, selon le cas, faux ou tentes.

La lepto-méninge, beaucoup plus fine, d'aspect réticulé, s'épaissit au contact du névraxe auquel elle forme une lame porte-vaisseaux : la *pie-mère* (Pia Mater). Plus en dehors elle prend un aspect extrêmement lâche ; formée de simples tractus fibreux elle constitue l'*arachnoïde* (Arachnoïdea). Entre pie-mère et arachnoïde les *espaces arachnoïdiens* (Cavum Subarachnoïdale) sont remplis par le liquide cérébro-spinal qui baigne ainsi le nevraxe et remplit également les cavités ventriculaires. Dans certaines zones de la cavité crânienne les espaces arachnoïdiens s'élargissent pour former des lacs et des citernes. Ils peuvent être explorés *in vivo* par la cisternographie, l'encéphalographie gazeuse, certaines injections radio-opaques et le scanner.

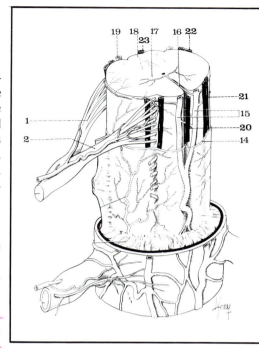

FIGURE 5

La vascularisation de la moelle et ses enveloppes méningées (d'après Paturet).

1. Racine rachidienne postérieure.
2. Racine rachidienne antérieure.
14. Pie-mère.
15. Artères spinales antérieures.
16. Sillon médian antérieur de la moelle et artère sulco-commissurale.
17. Substance grise médullaire.
18. Artère inter-fasciculaire.
19. Artère spinale postérieure.
20. Tronc veineux médian antérieur.
21. Troncs veineux antéro-latéraux.
22. Troncs veineux postéro-latéraux.
23. Tronc veineux médian postérieur.

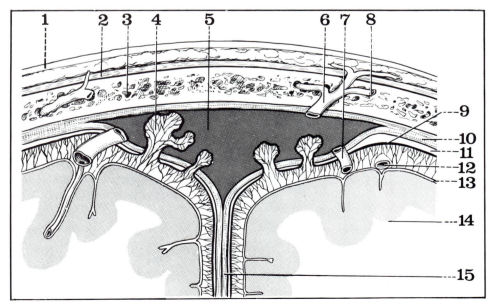

FIGURE 6

Les méninges. Coupe frontale au niveau du sinus longitudinal supérieur (d'après Netter).

1. Cuir chevelu.
2. Aponévrose épicrânienne (ou galea).
3. Diploé.
4. Granulation arachnoïdienne (de Pacchioni).
5. Sinus longitudinal supérieur.
6. Veine émissaire.
7. Veine cérébrale.
8. Veine diploïque.
9. Arachnoïde.
10. Dure-mère.
11. Espace sous-dural.
12. Artère cérébrale.
13. Espace sous-arachnoïdien.
14. Cortex cérébral.
15. Faux du cerveau.

4 la loge cérébrale

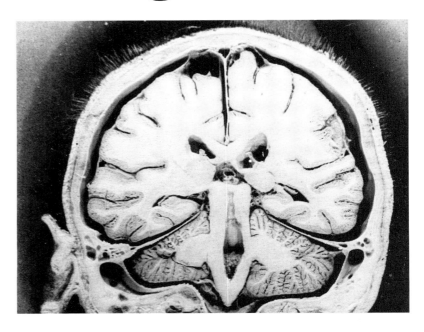

PLAN

Les méninges crâniennes

Configuration extérieure du cerveau

Les régions topographiques

Configuration intérieure du cerveau

La loge cérébrale occupe la partie antérieure et supérieure de la cavité crânienne. Délimitée par les replis de la dure-mère, qui isolent à son intérieur différents secteurs, elle contient les deux hémisphères cérébraux.

Le cerveau présente deux faces, et une large échancrure médiane :

— la **face supérieure**, ou convexité, est en rapport avec la voûte du crâne,

— la **face inférieure**, ou base, repose d'avant en arrière sur l'étage antérieur et l'étage moyen de la base du crâne, puis sur la tente du cervelet qui la sépare du contenu de la fosse cérébrale postérieure (protubérance, bulbe et cervelet),

— l'**échancrure médiane** ou scissure interhémisphérique divise le cerveau en deux moitiés symétriques, les hémisphères droit et gauche ; elle est occupée par une séparation dure-mèrienne, la faux du cerveau, dont la concavité vient buter sur les **formations interhémisphériques** :

a) **en haut** : le corps calleux et le trigone cérébral
b) **en bas** : au contact de la base du crâne, et d'avant en arrière :

— le chiasma optique, sus-jacent à la selle turcique qui renferme l'hypophyse,

— le losange opto-pédonculaire, avec ses différentes formations diencéphaliques,

— l'isthme de l'encéphale, qui établit la jonction entre le cerveau et le tronc cérébral, à travers un orifice dure-mèrien, le foramen ovale de Pacchioni.

Entre le tronc cérébral et la face interne des hémisphères, est creusé un profond sillon, la **fente cérébrale** de Bichat, en forme de fer à cheval à concavité antérieure, entourant les pédoncules cérébraux au contact du foramen ovale.

Pour étudier la loge cérébrale, nous envisagerons quatre chapitres :

— les méninges crâniennes,
— la configuration externe du cerveau,
— les régions topographiques des lobes,
— la configuration interne du cerveau.

Les méninges crâniennes

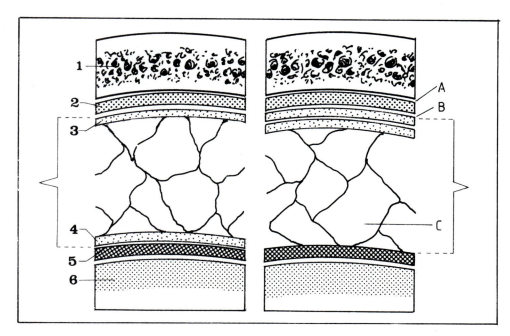

Dure-mère crânienne :
1/ Tentes dure-mèriennes
2/ Faux dure-mèriennes
Vascularisation
Innervation

Arachnoïde crânienne

Pie-mère crânienne.

FIGURE 1

*Disposition des méninges crâniennes (d'après Bourret et Louis).
A gauche : conception classique (de Bichat).
A droite : conception moderne.*

1. Diploé.
2. Dure-mère.
3. Feuillet pariétal de l'arachnoïde.
4. Feuillet viscéral de l'arachnoïde.
5. Pie-mère.
6. Cortex encéphalique.

A. Espace extra-dural.
B. Espace sous-dural.
C. Espace sous-arachnoïdien.

Les méninges représentent les enveloppes protectrices et nourricières du système nerveux central ; elles entourent l'encéphale et descendent ensuite dans le canal rachidien, autour de la moelle épinière (méninges = mères en grec).

La *conception classique de Bichat** les divise en trois membranes, qui sont, de dehors en dedans : (Fig. 1)

— *la dure-mère*, fibreuse, essentiellement protectrice,
— *l'arachnoïde*, séreuse, à deux feuillets (pariétal et viscéral), contenant le liquide cérébro-spinal,
— *la pie-mère*, vasculaire, au contact de l'encéphale (pie = chère, délicate).

La *conception moderne* n'admet l'existence que de deux membranes :

— la pachyméninge, correspondant à la dure-mère,
— la leptoméninge, ou « méninge molle », formée de l'arachnoïde et de la pie-mère. (Fig. 1)

Ainsi se trouvent étagés entre la paroi crânienne et le cerveau trois « espaces » qui peuvent être le siège d'hémorragies traumatiques :

— l'espace extra-dural, entre l'os et la dure-mère,
— l'espace sous-dural, entre la dure-mère et l'arachnoïde,
— l'espace sous-arachnoïdien, entre l'arachnoïde et la pie-mère, où se trouve le liquide cérébro-spinal.

LA DURE-MÈRE CRÂNIENNE (Dura mater encephali)

Elle est formée par deux feuillets :

— *l'un externe*, qui tapisse le périoste de l'endocrâne, adhérant plus ou moins à l'os, et se fixant autour des orifices de la base du crâne,
— *l'autre interne* qui émet des replis cloisonnant la cavité crânienne : les tentes et les faux dure-mèriennes, et se dédouble pour entourer les « sinus veineux ».

---

* Bichat Xavier (1771-1802), anatomiste français, professeur d'anatomie à Paris.

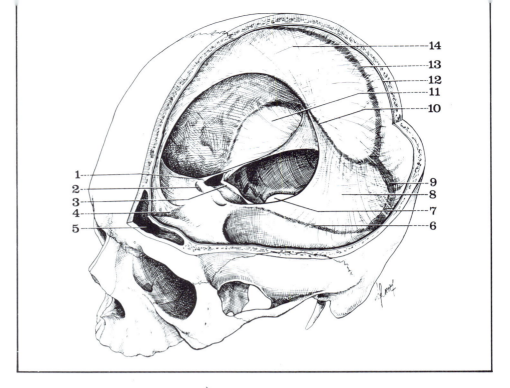

FIGURE 2
La tente du cervelet et la faux du cerveau.
1. Extrémité antérieure de la petite circonférence de la tente du cervelet.
2. Trou optique.
3. Clinoïdes postérieures.
4. Insertion antérieure de la faux du cerveau.
5. Sinus frontal.
6. Sinus pétreux supérieur.
7. Trou occipital.
8. Face supérieure de la tente du cervelet.
9. Sinus latéral.
10. Sinus droit.
11. Tente du cervelet.
12. Dure-mère de la voûte crânienne.
13. Sinus longitudinal supérieur.
14. Faux du cerveau.

1/ **LES TENTES DURE-MÈRIENNES** sont des cloisons horizontales de séparation :

a) **La tente du cervelet** (Tentorium cerebelli), située à la partie postérieure de la cavité crânienne, sépare le cerveau du cervelet, formant un toit à deux versants inclinés au-dessus de la loge cérébelleuse ; pour permettre le passage du tronc cérébral, elle est largement échancrée en avant. (Fig. 2, 3 et 5)

On lui décrit deux « circonférences » :

— l'une périphérique et postérieure, la *grande circonférence*, issue de la protubérance occipitale interne, se dirige en avant en suivant la gouttière du sinus latéral qui lui sert d'insertion, se fixe sur le bord supérieur du rocher en entourant le sinus pétreux supérieur, passe en pont sur l'incisure du nerf trijumeau (qu'elle transforme en orifice ostéo-fibreux), et se termine sur l'apophyse clinoïde postérieure ;

FIGURE 3
Vue supérieure de la tente du cervelet.
1. Trou optique.
2. Ligament inter-clinoïdien.
3. Petite circonférence.
4. Grande circonférence.
5. Lame quadrilatère.
6. Tente du cervelet.
7. Foramen ovale de Pacchioni.

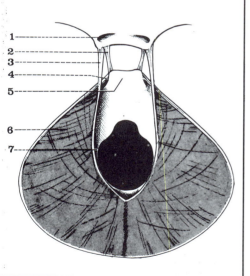

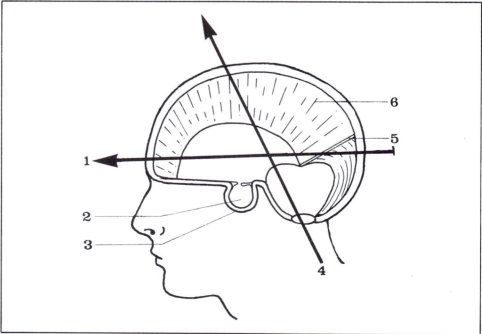

FIGURE 4
La dure-mère crânienne (coupe sagittale, vue médiale gauche).
1. Axe des hémisphères.
2. Loge hypophysaire.
3. Selle turcique.
4. Axe du tronc cérébral.
5. Tente du cervelet (sectionnée).
6. Faux du cerveau.

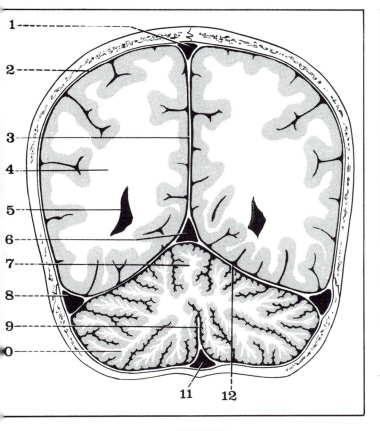

FIGURE 5

Coupe frontale du crâne passant par la fosse cérébrale postérieure.

1. Sinus longitudinal supérieur.
2. Dure-mère crânienne.
3. Faux du cerveau.
4. Hémisphère cérébral.
5. Corne occipitale du ventricule latéral.
6. Sinus droit.
7. Vermis.
8. Sinus latéral.
9. Faux du cervelet.
10. Hémisphère cérébelleux.
11. Sinus occipital postérieur.
12. Tente du cervelet.

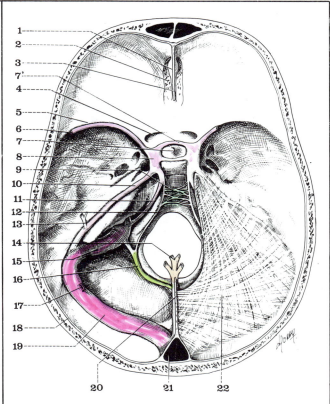

FIGURE 6

Vue supérieure de la tente du cervelet et des sinus de la fosse cérébrale postérieure.

1. Ethmoïde.
2. Lame criblée de l'ethmoïde.
3. Apophyse crista galli.
4. Trou optique.
5. Petite aile du sphénoïde.
6. Sinus sphéno-pariétal.
7. Tente de l'hypophyse.
7'. Sinus coronaire antérieur.
8. Sinus caverneux.
9. Plexus basilaire.
10. Sinus pétreux supérieur.
11. Sinus pétreux inférieur.
12. Sinus marginal (inconstant).
13. Veine sigmoïdo-antrale.
14. Veine de Galien.
15. Sinus latéral (segment sigmoïde).
16. Sinus occipital postérieur.
17. Veine émissaire mastoïdienne.
18. Dure-mère.
19. Sinus latéral (segment transverse).
20. Insertion de la faux du cerveau sur la tente du cervelet.
21. Pressoir d'Hérophile.
22. Tente du cervelet.

— l'autre centrale et antérieure, la *petite circonférence* ou bord libre, concave en avant, limite avec la lame quadrilatère du sphénoïde le foramen ovale de Pacchioni, orifice ostéo-fibreux inextensible, qui met en communication la loge cérébrale et la loge cérébelleuse; elle croise la face supérieure de la grande circonférence, abandonne latéralement un feuillet qui forme la paroi externe du sinus caverneux, et se termine enfin sur l'apophyse clinoïde antérieure. (Fig. 2 et 6)

b) **La tente de l'hypophyse** (Diaphragma sellae), de forme quadrilatère, tendue du tubercule de la selle aux clinoïdes postérieures, se continue latéralement pour former le toit du sinus caverneux; elle est percée au centre d'un petit orifice circulaire où passe la tige pituitaire. (Fig. 6 et 8)

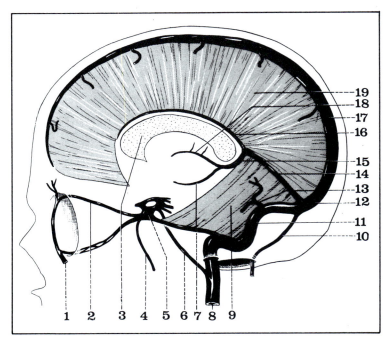

FIGURE 7

Les sinus veineux crâniens.
1. Veine angulaire (veine faciale).
2. Veine ophtalmique supérieure.
3. Corps calleux.
4. Sinus sphéno-pariétal.
5. Sinus caverneux.
6. Sinus pétreux inférieur.
7. Veine basilaire.
8. Veine jugulaire interne.
9. Tente du cervelet.
10. Sinus occipital postérieur.
11. Sinus latéral.
12. Pressoir d'Hérophile (ou torcular).
13. Veine cérébelleuse supérieure.
14. Sinus droit.
15. Ampoule de Galien.
16. Sinus longitudinal inférieur.
17. Sinus longitudinal supérieur.
18. Veine cérébrale interne.
19. Faux du cerveau.

FIGURE 9

La faux du cerveau (vue latérale droite).

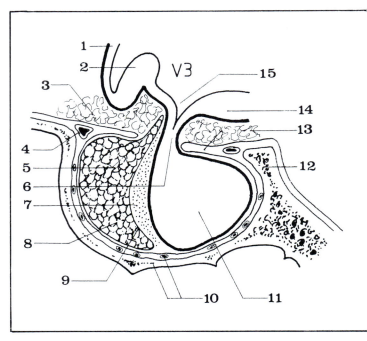

FIGURE 8

Coupe sagittale médiane de l'hypophyse (segment droit de la coupe, d'après G. Paturet).

1. Lame sus-optique.
2. Chiasma optique.
3. Citerne opto-chiasmatique.
4. Sinus coronaire antérieur.
5. Pars tuberalis.
6. Tige pituitaire.
7. Lobe intermédiaire.
8. Lobe antérieur.
9. Lumen hypophysaire (plan de clivage).
10. Selle turcique et plexus veineux de Trolard.
11. Lobe postérieur.
12. Apophyse clinoïde postérieure.
13. Tente de l'hypophyse.
14. Tuber cinereum.
15. Recessus infundibulaire.

V3 : troisième ventricule.

2/ **LES FAUX DURE-MÈRIENNES** sont des cloisons sagittales de séparation : (Fig. 7 et 9)

a) **La faux du cerveau** (Falx cerebri) ou grande faux, sépare en haut les deux hémisphères cérébraux. En forme de faux, elle présente : (Fig. 3, 4, 5 et 7)

— un bord supérieur, convexe, rattaché à la ligne médiane de la voûte, du trou borgne à la protubérance occipitale interne, et se dédoublant autour du sinus longitudinal supérieur (déroulé sagittalement sur 23 cm);

— un bord inférieur concave, ou bord libre, mince et tranchant, contournant le corps calleux (formation interhémisphérique) et contenant le sinus longitudinal inférieur;

— un sommet, antérieur, inséré sur l'apophyse crista galli;

— une base postérieure, oblique en bas et en arrière, implantée perpendiculairement sur la partie médiane de la tente du cervelet, en englobant le sinus droit.

b) **La faux du cervelet** (Falx cerebelli) ou petite faux, est fixée sous la tente du cervelet dans la fosse cérébelleuse. (Fig. 4)

VASCULARISATION

a) **Artères** :

— *artère méningée moyenne* (Arteria Meningea Media), la plus importante, branche de la maxillaire interne, qui pénètre dans le crâne par le trou petit rond, et s'épanouit au niveau de la fosse temporale, en donnant deux branches qui impriment leur trajet sur l'endocrâne :

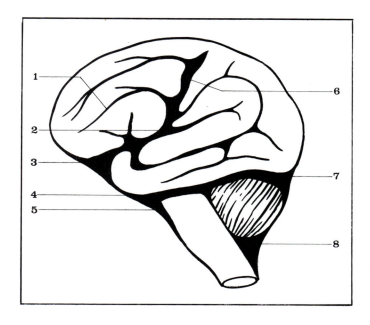

FIGURE 10

*L'espace sous-arachnoïdien (d'après H. Duret).
Vue latérale de l'hémisphère gauche.*

1. Rivus du sillon frontal inférieur.
2. Flumen sylvien.
3. Lac sylvien.
4. Canal péri-pédonculaire.
5. Confluent inférieur.
6. Flumen rolandien.
7. Confluent supérieur.
8. Confluent postérieur.

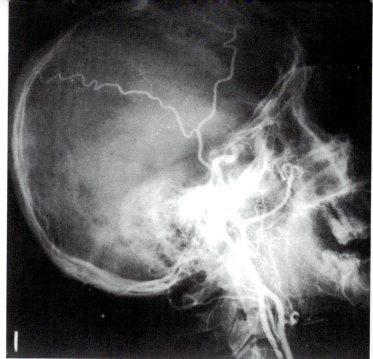

FIGURE 11

Artériographie : l'artère méningée moyenne.

— branche frontale, verticale, la plus grosse ;
— branche temporo-pariétale, horizontale. (Fig. 11)

La rupture traumatique de ces branches, dans la fosse temporale, à l'endroit où la dure-mère est peu adhérente (zone décollable de Gérard Marchant), entraîne la formation d'un hématome extra-dural.

— *artère petite méningée* (Ramus meningeus accesorius), également branche de la maxillaire interne, qui passe par le trou ovale ;
— *artère méningée postérieure* (Ramus meningeus a. vertebralis), issue de la vertébrale, qui passe par le trou déchiré postérieur, et se distribue à la tente du cervelet.

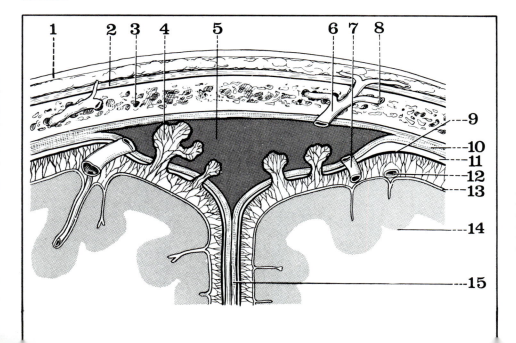

FIGURE 12

*Coupe frontale du sinus longitudinal supérieur
(d'après Netter).*

1. Cuir chevelu.
2. Aponévrose épicrânienne (ou galea).
3. Diploé.
4. Granulation arachnoïdienne (de Pacchioni).
5. Sinus longitudinal supérieur.
6. Veine émissaire.
7. Veine cérébrale.
8. Veine diploïque.
9. Arachnoïde.
10. Dure-mère.
11. Espace sous-dural.
12. Artère cérébrale.
13. Espace sous-arachnoïdien.
14. Cortex cérébral.
15. Faux du cerveau.

* Pacchioni Antoine (1665-1726), médecin italien, professeur d'anatomie à Rome et à Tivoli.

b) **Veines** : (Fig. 12)

se drainant dans les sinus de la dure-mère, soit directement, soit par l'intermédiaire de « lacs sanguins » situés de part et d'autre du sinus longitudinal supérieur, et contenant des granulations de Pacchioni* (évaginations de l'arachnoïde dans la dure-mère).

INNERVATION

— *nerfs antérieurs*, très grêles, issus du filet ethmoïdal du nerf nasal, et destinés à la dure-mère de l'étage antérieur du crâne,

— *nerfs latéraux* les plus gros, issus des trois branches du nerf trijumeau, et destinés à la dure-mère de l'étage moyen et à la tente du cervelet,

— *nerfs postérieurs*, issus des nerfs X et XII, et destinés à la dure-mère de la fosse cérébelleuse.

L'ARACHNOÏDE CRÂNIENNE (Arachnoidea encephali, du grec Arachnos : l'araignée)

Réseau fibreux conjonctif, elle s'adapte à la forme générale de la dure-mère, dont elle revêt la face interne, ainsi que tous ses prolongements. Elle épouse la forme de l'encéphale, mais passe en pont au-dessus des scissures et sillons, sans y pénétrer, reliée à la pie-mère par des trabécules lâches. (Fig. 13)

Entre l'arachnoïde et la pie-mère se trouve *l'espace sous-arachnoïdien*, aux contours très sinueux, rempli de liquide cérébro-spinal, et limité :

— en dehors : par la surface lisse de la dure-mère recouverte d'arachnoïde,

— en dedans : par la surface complexe de l'encéphale recouvert de pie-mère.

En certains endroits, cet espace s'élargit sous forme de *nappes*, sur la face convexe des hémisphères, ou sous forme de *canaux*, qui portent des noms différents suivant leur taille : (Fig. 10)

— rivulus, correspondant à un petit sillon du cerveau (le petit ruisseau),

— rivus, correspondant à un grand sillon (le ruisseau),

— flumen, correspondant à une scissure (la rivière).

FIGURE 13

Coupe sagittale de l'encéphale montrant la situation des espaces sous-arachnoïdiens.

1. Cervelet.
2. Tubercule quadrijumeau antérieur.
3. Epiphyse.
4. Commissure blanche postérieure.
5. Habena.
6. Troisième ventricule.
7. Commissure grise.
8. Septum lucidum.
9. Trigone cérébral.
10. Trou de Monro.
11. Commissure blanche antérieure.
12. Chiasma optique.
13. Tubercule mamillaire.
14. Hypophyse.
15. Aqueduc de Sylvius.
16. Quatrième ventricule.
17. Protubérance annulaire.
18. Bulbe rachidien.
19. Confluent antérieur (opto-chiasmatique).
20. Confluent inférieur (citerne basale).
21. Confluent postérieur (lac cérébelleux inférieur ou grande citerne).
22. Confluent supérieur (lac cérébeleux supérieur ou citerne ambiante).

a. Arachnoïde.
p. Pie-mère.

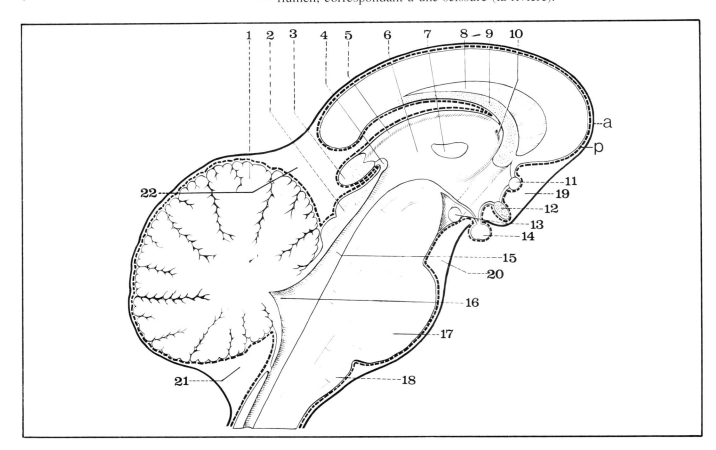

Les *confluents sous-arachnoïdiens* sont des réservoirs plus vastes, situés sur la ligne médiane, où se collecte le liquide cérébro-spinal ; au niveau de la loge cérébrale, on décrit trois citernes (ou lacs) : (Fig. 13)

— le *confluent antérieur* ou pré-chiasmatique, situé sous la base du cerveau, en avant du chiasma optique, et communiquant de chaque côté avec les lacs sylviens (antéro-latéraux) ;

— le *confluent inférieur* ou citerne basale, plus étendu, compris entre le chiasma, en avant, et les pédoncules cérébraux, en arrière ; disposé autour de la tige pituitaire, il est limité de chaque côté par la face interne des deux lobes temporaux et communique avec le confluent supérieur (ou lac cérébelleux supérieur) ;

— le *confluent supérieur* ou citerne ambiante, compris entre les tubercules quadrijumeaux, le corps calleux, et la face supérieure du cervelet ; il reçoit les canaux circumpédonculaires et communique avec la citerne du corps calleux (ou confluent péri-calleux).

Dans l'espace sous-arachnoïdien, le L.C.S., sécrété par les plexus choroïdes des ventricules latéraux, emplit les citernes, entoure les hémisphères et gagne les canaux de la convexité, où la résorption se fait essentiellement par voie veineuse.

— le *confluent postérieur*, ou grande citerne, interposé entre le bulbe et le cervelet, sera étudié avec la fosse cérébrale postérieure (Chapitre 6).

LA PIE-MÈRE CRÂNIENNE (Pia mater encephali)

Mince, transparente, vasculaire, elle recouvre entièrement l'encéphale, mais ne lui adhère pas, ce qui permet de le « décortiquer » sans difficulté. (Fig. 16)

Elle tapisse les circonvolutions du cerveau, et, s'insinue jusqu'au fond des sillons et des scissures.

Les *formations choroïdiennes* sont des dépendances de la pie-mère : s'appliquant contre les membranes épendymaires des ventricules, la pie-mère forme les toiles choroïdiennes, d'où sont issus les plexus choroïdes. (Fig. 14 et 15)

C'est ainsi qu'elle s'insinue dans la fente cérébrale de Bichat (entre le cerveau et le tronc cérébral) et qu'elle donne naissance :

— au milieu : à la toile choroïdienne supérieure et aux plexus choroïdes médians,
— latéralement : aux plexus choroïdes des ventricules latéraux.

FIGURE 16

La pie-mère crânienne détachée de l'encéphale.

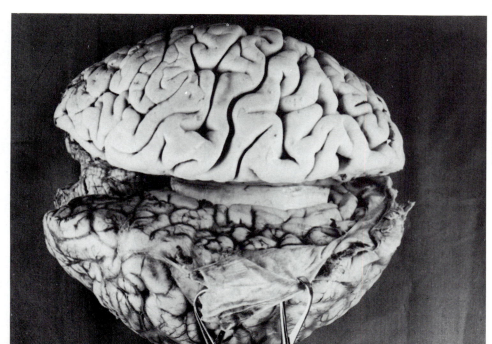

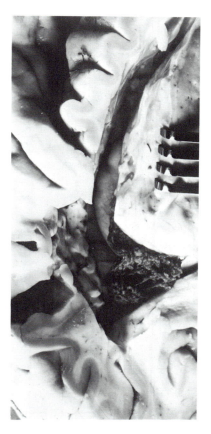

FIGURE 14

Les plexus choroïdes du ventricule latéral.

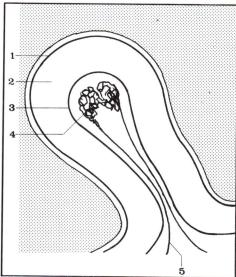

FIGURE 15

Schématisation du plexus choroïde.
1. Membrane épendymaire externe.
2. Cavité ventriculaire.
3. Membrane épendymaire interne.
4. Plexus choroïdes.
5. Toile choroïdienne.

Configuration extérieure du cerveau

Hémisphères cérébraux et scissures du cerveau

Lobes du cerveau
  a. Lobe frontal
  b. Lobe pariétal
  c. Lobe occipital
  d. Lobe temporal
  e. Lobe du corps calleux
  f. Lobe de l'insula

Commissures interhémisphériques
  a. Corps calleux
  b. Trigone cérébral

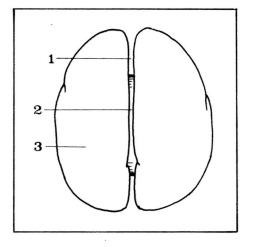

FIGURE 17

Vue supérieure du cerveau.
1. Scissure inter-hémisphérique.
2. Corps calleux.
3. Hémisphère gauche.

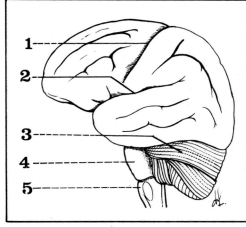

FIGURE 18

Vue latérale gauche de l'encéphale.
1. Scissure de Rolando.
2. Scissure de Sylvius.
3. Cervelet.
4. Protubérance annulaire.
5. Bulbe rachidien.

Portion la plus volumineuse (les 4/5) et la plus hautement différenciée du névraxe, le cerveau est contenu dans l'enveloppe méningée de la fosse cérébrale, séparé de la fosse cérébelleuse par la tente du cervelet.

Du point de vue embryologique, il dérive de la première vésicule cérébrale, et porte le nom de *télencéphale* (Telencephalon).

Il se présente comme un ovoïde à grosse extrémité postérieure, dont la surface est régulièrement convexe, sauf au niveau de sa face inférieure appliquée sur la base du crâne. (Fig. 18)

Une longue *scissure interhémisphérique*, sagittale, le sépare en deux hémisphères, droit et gauche, unis :

— d'une part entre eux, par les commissures interhémisphériques (corps calleux et trigone cérébral),

— d'autre part avec le tronc cérébral et le cervelet par les pédoncules cérébraux. (Fig. 17 et 19)

Ses *dimensions* moyennes sont les suivantes :

— longueur = 17 cm
— largeur = 14 cm
— hauteur = 13 cm.

Son *poids* moyen est de :

1 200 g chez l'homme, 1 100 g chez la femme.

De *couleur* blanc grisâtre, il est mou et friable, ce qui le rend très vulnérable aux traumatismes.

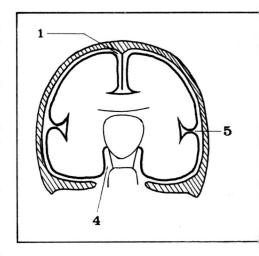

FIGURE 19

Coupe frontale du crâne.
1. Scissure interhémisphérique.
4. Fente de Bichat.
5. Scissure de Sylvius.

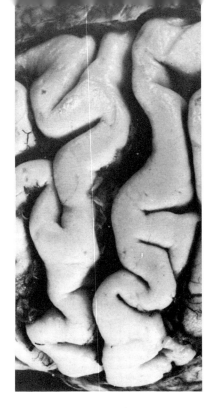

FIGURE 20

La scissure de Rolando.

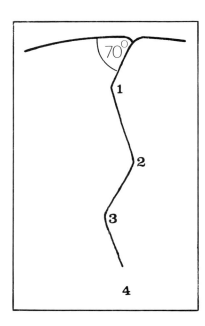

FIGURE 21

La scissure de Rolando (côté gauche).
1. Crochet.
2. Genou supérieur.
3. Genou inférieur.
4. Opercule rolandique (pli de passage fronto-pariétal).

LES HÉMISPHÈRES CÉRÉBRAUX (Hemispherium cerebri) ET LES SCISSURES DU CERVEAU (ou sillons primaires)

La surface extérieure du cerveau est parcourue par un certain nombre de reliefs, séparés entre eux par des sillons qui donnent à l'écorce cérébrale un aspect plissé.

Suivant leur profondeur on distingue : (Fig. 22)

— les *scissures*, régulières, constantes et fixes, qui séparent les lobes,
— les *sillons*, ou plis secondaires, moins profonds, qui séparent les circonvolutions*, dans certains cas ces dernières forment des lobules (réduits, mais bien délimités) ou des plis de passage (unissant deux lobes ou deux circonvolutions),
— les *incisures*, ou scissures courtes, qui forment une simple encoche.

Chacun des hémisphères revêt la forme d'un prisme triangulaire, et présente deux extrémités, trois faces, et trois bords.

a) **Deux extrémités** :

— *antérieure*, ou pôle frontal, arrondie, située dans l'angle dièdre formé par la voûte orbitaire et la paroi postérieure du sinus frontal,
— *postérieure*, ou pôle occipital, également arrondie, située dans l'angle dièdre compris entre la tente du cervelet et l'écaille de l'occipital.

b) **Trois faces** :

• LA FACE EXTERNE

Fortement convexe, répondant à la voûte crânienne (Fig. 27), on y trouve trois scissures qui délimitent quatre lobes.

a) SCISSURE DE SYLVIUS** ou scissure latérale (Sulcus lateralis), la plus importante et la plus profonde. (Fig. 23 et 24)

Longue de 11 cm, elle commence sur la face inférieure, en dehors de l'espace perforé antérieur, se dirige obliquement en dehors (en décrivant une courbe concave en arrière), contourne le bord externe de l'hémisphère, remonte sur la face externe, obliquement en haut et en arrière, et se termine à l'union 1/3 moyen - 1/3 postérieur de cette face.

Lorsqu'on écarte les lèvres de cette scissure, sur la face externe, on aperçoit en profondeur un lobe caché, le lobe de l'insula.

b) SCISSURE DE ROLANDO*** ou scissure centrale (Sulcus centralis). Oblique en bas et en avant, elle est longue de 9 cm. Elle commence sur la face interne de l'hémisphère, franchit son bord supérieur (un peu en arrière du milieu de la scissure interhémisphérique), descend sur la face externe et se termine un peu au-dessus de la scissure précédente.

Au cours de son trajet, elle décrit un trajet sinueux avec trois portions séparées par des courbures : (Fig. 20 et 21)
— une supérieure, convexe en avant, le crochet;
— une moyenne, convexe en arrière, le genou supérieur;
— une inférieure, convexe en avant, le genou inférieur.

c) SCISSURE PERPENDICULAIRE EXTERNE ou pariéto-occipitale (Sulcus parieto-occipitalis) : située à la partie postérieure de l'hémisphère, elle chevauche le bord supérieur;

Très courte, elle est oblique en haut et en arrière, à 5 cm en avant du pôle occipital. Elle est complétée en bas par une incisure :

---

* Circonvolution, du latin «circumvolvere» : s'entortiller.
** Sylvius François (1614-1672), anatomiste allemand, professeur de médecine à Leyden.
*** Rolando Luigi (1773-1831), anatomiste italien, professeur d'anatomie à Turin.

L'INCISURE PRÉOCCIPITALE (Incisura preoccipitalis), peu apparente, formant une encoche de 2 cm sur le bord externe, où elle semble en continuité avec la scissure perpendiculaire externe.

• LA FACE INTERNE

plane et verticale, en forme de croissant, correspond à la scissure interhémisphérique (où passe la faux du cerveau), et s'enroule d'avant en arrière autour des commissures interhémisphériques (véritable pont transversal de substance blanche), on y trouve également trois scissures.

a) SCISSURE CALLOSO-MARGINALE ou du cingulum (Sulcus cinguli) : située à la face interne de l'hémisphère, elle présente un trajet en S italique, avec trois portions : (Fig. 28 et 29)

— antérieure, oblique en haut et en avant, depuis le bec du corps calleux,
— moyenne, en courbe à concavité inférieure, parallèle à la face supérieure du corps calleux,
— postérieure, ascendante, en arrière du lobule paracentral, jusqu'au bord supérieur de l'hémisphère.

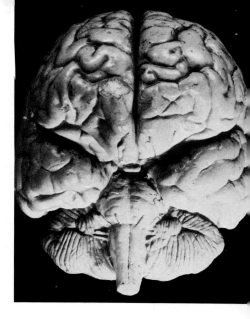

FIGURE 22

Moulage de l'encéphale (vue antérieure).

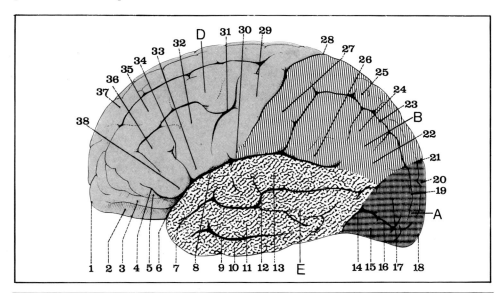
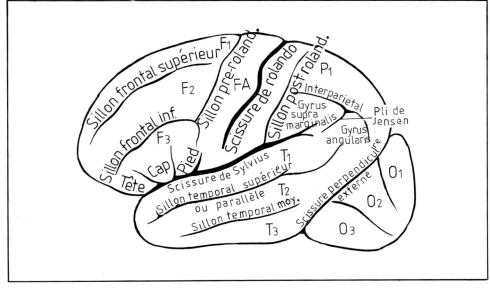

FIGURES 23 et 24

Vue latérale de l'hémisphère cérébral gauche.

1. Pôle frontal.
2. Première frontale.
3. Deuxième frontale.
4. Branche horizontale de la scissure de Sylvius.
5. Tête de la 3e frontale.
6. et 7. Pôle temporal.
8. Scissure de Sylvius.
9. Sillon temporal moyen.
10. Troisième temporale.
11. Deuxième temporale.
12. Sillon temporal supérieur.
13. Première temporale.
14. Limite temporo-occipitale.
15. Troisième occipitale.
16. Deuxième sillon occipital.
17. Deuxième occipitale.
18. Pôle occipital.
19. Premier sillon occipital.
20. Première occipitale.
21. Scissure perpendiculaire externe.
22. Pli courbe.
23. Sillon inter-pariétal.
24. Pariétale inférieure.
25. Pariétale supérieure.
26. Lobule du pli courbe.
27. Pariétale ascendante.
28. Scissure de Rolando.
29. Frontale ascendante (F4).
30. Opercule rolandique.
31. Sillon prérolandique.
32. Troisième frontale.
33. Pied de la 3e frontale.
34. Branche verticale de la scissure de Sylvius.
35. Deuxième frontale.
36. Troisième frontale.
37. Première frontale.
38. Cap de la 3e frontale.

A. Lobe occipital.
B. Lobe pariétal.
D. Lobe frontal.
E. Lobe temporal.

b) SCISSURE PERPENDICULAIRE INTERNE ou pariéto-occipitale (Sulcus parieto-occipitalis), longue et profonde, oblique en bas et en avant sur la face interne de l'hémisphère, où elle se termine en arrière du bourrelet du corps calleux. (Fig. 28 et 29)

c) SCISSURE CALCARINE (Sulcus calcarinus, du latin calcar : l'éperon), légèrement flexueuse, à la partie postérieure de la face interne. Oblique en haut et en avant, elle naît au-dessus du pôle occipital, et se dirige vers la scissure perpendiculaire interne qu'elle rencontre, dessinant avec elle un Y couché. (Fig. 28 et 29)

• LA FACE INFÉRIEURE

ou base du cerveau, divisée en deux parties inégales par la profonde scissure de Sylvius (à l'union 1/4 antérieur - 3/4 postérieurs) : (Fig. 25 et 26)

- l'une *antérieure*, frontale, présente en dedans, et d'avant en arrière, le bulbe olfactif, la bandelette olfactive, le trigone olfactif, et l'espace perforé antérieur,
- l'autre *postérieure*, temporo-occipitale, d'aspect réniforme, orientée en bas et en dedans, répond à l'étage moyen de la base du crâne et à la tente du cervelet; elle est séparée des pédoncules cérébraux par la fente de Bichat, profonde dépression en forme de fer à cheval à concavité antérieure.

Lorsque le cerveau est complet, c'est-à-dire lorsque les deux hémisphères ne sont pas séparés, il faut encore individualiser un *secteur central médian*, qui correspond au cerveau intermédiaire (ou *diencéphale*) et présente d'avant en arrière trois régions :

— *région préchiasmatique* formée par l'extrémité antérieure (ou genou) du corps calleux, entre les deux bandelettes olfactives,

— *région chiasmatique*, formée par l'entrecroisement des deux nerfs optiques, qui se continuent par des bandelettes optiques, en dehors des pédoncules cérébraux,

— *région rétrochiasmatique* ou losange opto-pédonculaire, limitée en avant par les bandelettes optiques, en arrière par l'écartement des pédoncules, et occupée par le tuber cinereum (et la tige pituitaire), les deux tubercules mamillaires, et l'espace perforé postérieur.

c) **Trois bords** : (Fig. 22)

— *supérieur*, assez régulièrement courbe, répondant à l'insertion crânienne de la faux du cerveau,

— *externe* (ou inférieur), à l'union des faces externe et inférieure, interrompu par l'encoche sylvienne qui sépare le lobe frontal de l'extrémité antérieure du lobe temporal (encore appelée pôle temporal),

— *interne*, échancré à sa partie moyenne, en regard de la fente de Bichat.

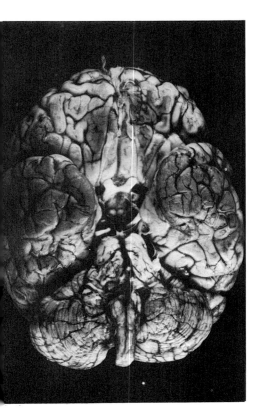

FIGURE 25
Vue inférieure du cerveau.

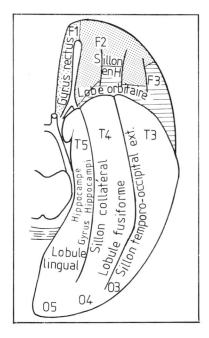

FIGURE 26
Vue inférieure de l'hémisphère gauche.

FIGURE 27 ▶
Vue supérieure du cerveau (moulage).

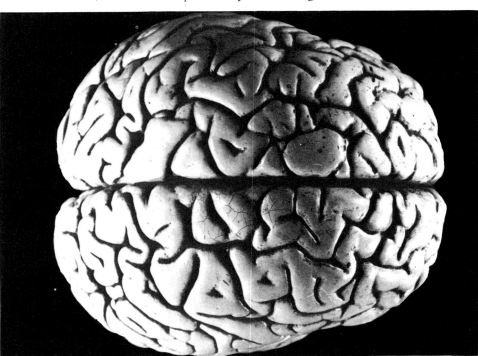

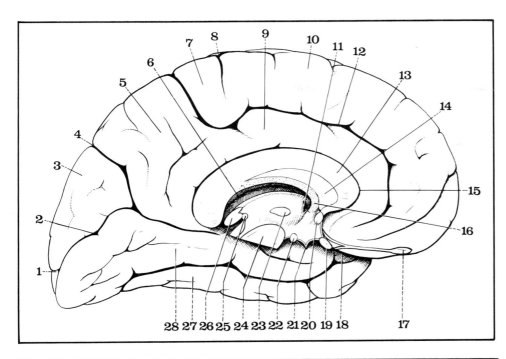

FIGURE 28

Vue médiale de l'hémisphère cérébral gauche.
1. Pôle occipital.
2. Scissure calcarine.
3. Cunéus.
4. Scissure perpendiculaire interne.
5. Lobule quadrilatère.
6. Fente de Bichat.
7. Lobule paracentral.
8. Scissure de Rolando.
9. Circonvolution du corps calleux.
10. Première frontale.
11. Trou de Monro.
12. Scissure calloso-marginale.
13. Corps calleux.
14. Septum lucidum.
15. Sillon du corps calleux.
16. Trigone cérébral.
17. Bulbe olfactif.
18. Uncus de l'hippocampe.
19. Chiasma optique.
20. Commissure blanche antérieure.
21. Tige pituitaire.
22. Tubercule mamillaire.
23. Commissure grise.
24. Pédoncule cérébral.
25. Commissure blanche postérieure.
26. Epiphyse.
27. Quatrième temporale.
28. Cinquième temporale.

FIGURE 29

Vue médiale de l'hémisphère gauche.

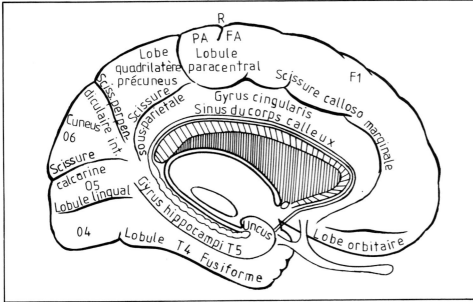

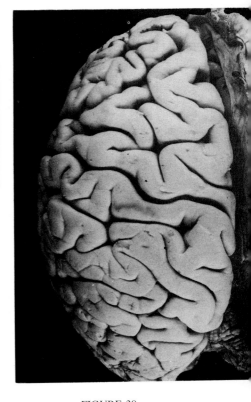

FIGURE 30

Vue supérieure de l'hémisphère gauche.

LES LOBES DU CERVEAU

Sur chaque hémisphère on distingue *six lobes* séparés par les scissures :

a) LOBE FRONTAL (Lobus frontalis) : (Fig. 30)

Limité en arrière par la scissure de Rolando, en bas par la scissure de Sylvius, et en dedans par la scissure calloso-marginale, il représente 40 % du poids total du cerveau. Il comprend quatre circonvolutions :

— **Première frontale** (F1) ou frontale supérieure (Gyrus frontalis superior), subdivisée en trois parties : (Fig. 25, 26, 31 et 32)
— *externe*, occupant la convexité du cerveau,
— *interne*, limitée par la scissure calloso-marginale en bas, et se prolongeant en arrière par le lobule paracentral,
— *inférieure*, ou orbitaire, située entre la scissure interhémisphérique et le sillon orbitaire interne (ou sillon olfactif).

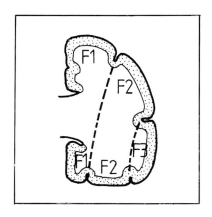

FIGURE 31

Coupe frontale du lobe frontal (d'après G. Lazorthes).

FIGURE 32

La face inférieure du lobe frontal gauche.

1. *Pôle frontal.*
2. *Sillon orbitaire interne.*
3. *Deuxième circonvolution frontale.*
4. *Sillon cruciforme (ou en H).*
5. *Troisième circonvolution frontale.*
6. *Scissure de Sylvius.*
7. *Tractus olfactif.*
8. *Chiasma optique (sectionné).*
9. *Tige pituitaire.*
30. *Deuxième circonvolution frontale.*

A. *Lobe frontal.*

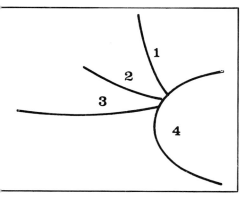

FIGURE 33

La 3ᵉ circonvolution frontale (vue latérale gauche).

1. *Pied.*
2. *Cap.*
3. *Tête.*
4. *Pôle temporal.*

---

* Jensen Julius (1841-1891), psychiatre allemand, directeur de l'Institut des maladies mentales à Allenburg puis à Berlin.

— **Deuxième frontale** (F2) ou frontale moyenne (Gyrus frontalis medius), subdivisée en deux parties : (Fig. 25, 26, 31 et 32)
   — *externe*, la plus large limitée en haut par le sillon frontal supérieur,
   — *inférieure*, ou orbitaire, entre les sillons orbitaires interne et externe ; le sillon cruciforme, ou en H (Sulci Orbitales) sépare F2 de F3.

— **Troisième frontale** (F3) ou frontale inférieure (Gyrus frontalis inferior), occupant le reste du lobe, au-dessous du sillon frontal inférieur, et subdivisée en deux parties : (Fig. 25, 26, 31 et 32)
   — *externe*, la plus importante, comprenant trois segments interceptés par deux prolongements de la scissure de Sylvius : (Fig. 33)
      — en arrière, le *pied*
      — au milieu, le *cap*, de forme triangulaire
      — en avant, la *tête*
   — *inférieure*, ou orbitaire, avec deux segments :
      — en dehors du sillon orbitaire externe,
      — en arrière du sillon cruciforme : le « désert olfactif ».

— **Frontale ascendante**, ou pré-centrale (Gyrus precentralis F4) : allongée verticalement entre la scissure de Rolando et le sillon prérolandique, elle présente :
   — en haut, une tête qui se continue par le lobule paracentral,
   — en bas, un pied qui communique avec la pariétale ascendante par l'opercule rolandique (pli de passage fronto-pariétal inférieur).

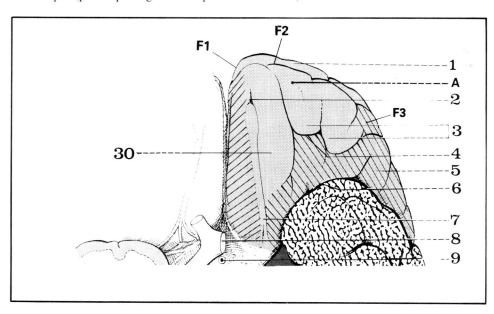

b) LOBE PARIETAL (L. parietalis) : (Fig. 27 et 34)

Limité en avant par la scissure de Rolando, en bas par la scissure de Sylvius et en arrière par la scissure perpendiculaire, il comprend trois circonvolutions :

— **Première pariétale** (P1) ou pariétale supérieure (Lobulus Parietalis superior), subdivisée en deux parties :
   — *externe*, au-dessus du sillon interpariétal,
   — *interne*, entre la scissure calloso-marginale en avant, la scissure perpendiculaire interne en arrière, le sillon sous-pariétal en bas ; elle porte le nom de lobule quadrilatère ou pré-cuneus.

— **Deuxième pariétale** (P2) ou pariétale inférieure (Lobulus Parietalis Inferior), au-dessous du sillon interpariétal ; le sillon intermédiaire (de Jensen)* la divise en deux segments :

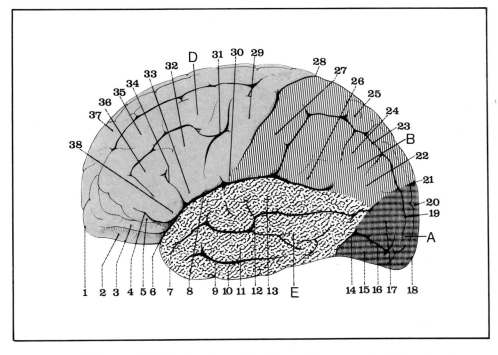

FIGURE 34

Vue latérale de l'hémisphère cérébral gauche.
1. Pôle frontal.
2. Première frontale.
3. Deuxième frontale.
4. Branche horizontale de la scissure de Sylvius.
5. Tête de la 3ᵉ frontale.
6 et 7. Pôle temporal.
8. Scissure de Sylvius.
9. Sillon temporal moyen.
10. Troisième temporale.
11. Deuxième temporale.
12. Sillon temporal supérieur.
13. Première temporale.
14. Limite temporo-occipitale.
15. Troisième occipitale.
16. Deuxième sillon occipital.
17. Deuxième occipitale.
18. Pôle occipital.
19. Premier sillon occipital.
20. Première occipitale.
21. Scissure perpendiculaire externe.
22. Pli courbe.
23. Sillon inter-pariétal.
24. Pariétale inférieure.
25. Pariétale supérieure.
26. Lobule du pli courbe.
27. Pariétale ascendante.
28. Scissure de Rolando.
29. Frontale ascendante (F4).
30. Opercule rolandique.
31. Sillon prérolandique.
32. Troisième frontale.
33. Pied de la 3ᵉ frontale.
34. Branche verticale de la scissure de Sylvius.
35. Deuxième frontale.
36. Troisième frontale.
37. Première frontale.
38. Cap de la 3ᵉ frontale.

A. Lobe occipital.
B. Lobe pariétal.
D. Lobe frontal.
E. Lobe temporal.

— *antérieur*, ou lobule du pli courbe (Gyrus Supramarginalis), qui embrasse dans sa concavité l'extrémité postérieure de la scissure de Sylvius,

— *postérieur*, ou pli courbe (Gyrus Angularis), qui contourne l'extrémité postérieure du sillon temporal supérieur.

— **Pariétale ascendante** ou post-centrale (Gyrus Postcentralis P3) : située en avant du sillon rétro-rolandique.

c) LOBE OCCIPITAL (L. occipitalis) : (Fig. 34 et 37)

Limité en avant et en haut par la scissure perpendiculaire, il ne possède en bas aucune limite nette avec le lobe temporal. En forme de pyramide triangulaire, il présente un sommet arrondi, le pôle occipital. Le plus petit de tous les lobes, il comprend six circonvolutions numérotées de haut en bas et de dehors en dedans : (Fig. 35)

— **Première occipitale** (O1), ou occipitale supérieure, semblant prolonger la première pariétale.

— **Deuxième occipitale** (O2), ou occipitale moyenne, en arrière du pli courbe.

— **Troisième occipitale** (O3), ou occipitale inférieure, semblant prolonger la troisième temporale.

— **Quatrième occipitale** (O4), située sur la face inférieure.

— **Cinquième occipitale** (O5), située au-dessous de la scissure calcarine, et encore appelée, du fait de sa forme, le lobule lingual (Gyrus Lingualis).

— **Sixième occipitale** (O6), ou cuneus, de forme triangulaire à sommet antérieur, entre les scissures perpendiculaire interne et calcarine.

d) LOBE TEMPORAL (L. temporalis) : (Fig. 34 et 37)

Limité en haut par la scissure de Sylvius, en dedans par la fente de Bichat, il communique en arrière sans ligne nette de démarcation avec le lobe occipital. Son extrémité antérieure arrondie constitue le pôle temporal. (Fig. 36)

Il comprend cinq circonvolutions numérotées comme celles du lobe occipital :

— **Première temporale** (T1) ou temporale supérieure, située au-dessous de la scissure de Sylvius, et se continuant en arrière avec le lobule du pli courbe.

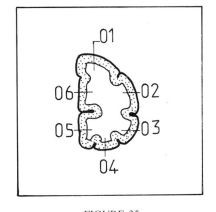

FIGURE 35

Coupe frontale du lobe occipital (d'après G. Lazorthes).

FIGURE 36

Coupe frontale du lobe temporal (d'après G. Lazorthes).

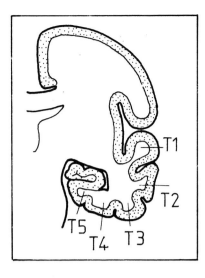

— **Deuxième temporale** (T2) ou temporale moyenne, située au-dessous du sillon temporal supérieur, et se continuant en arrière avec le pli courbe.

— **Troisième temporale** (T3) ou temporale inférieure, située au-dessous du sillon temporal moyen, et se continuant en arrière avec la troisième occipitale.

— **Quatrième temporale** (T4), occupant la portion externe de la face inférieure du lobe, en dedans du sillon temporal inférieur, et se continuant en arrière avec la quatrième occipitale pour former le lobule fusiforme ou circonvolution occipito-temporale latérale (Gyrus occipitotemporalis lateralis).

— **Cinquième temporale** (T5) ou circonvolution de l'hippocampe* (Gyrus parahippocampalis), séparée de la précédente par le sillon collatéral (Sulcus collateralis), et se continuant en arrière avec le lobule lingual pour former la circonvolution occipito-temporale médiale (Gyrus occipitotemporalis medialis).

Son extrémité antérieure, appelée lobule de l'hippocampe, se recourbe en un crochet, ou uncus, à proximité d'une formation d'origine corticale, le noyau amygdalien. (Fig. 37)

---

* Hippocampe : poisson marin, du grec « hippos » : cheval, et « kampe » : courbure.

FIGURE 37 ▶

La face inférieure du cerveau (après section horizontale du lobe temporo-occipital droit, et ouverture du ventricule latéral droit).

1. Pôle frontal.
2. Sillon orbitaire interne.
3. Deuxième circonvolution frontale.
4. Sillon cruciforme (ou en H).
5. Troisième circonvolution frontale.
6. Scissure de Sylvius.
7. Tractus olfactif.
8. Chiasma optique (sectionné).
9. Tige pituitaire.
10. Tubercule mamillaire.
11. Nerf moteur oculaire commun (sectionné).
12. Cinquième circonvolution temporale (hippocampe).
13. Quatrième circonvolution temporale.
14. Sillon temporal inférieur.
15. Troisième circonvolution temporale.
16. Epiphyse.
17. Sillon collatéral (4ᵉ sillon temporal).
18. Lobule fusiforme (T4 + O4).
19. Pôle occipital.
20. Tubercule quadrijumeau antérieur.
21. Aqueduc de Sylvius.
22. Corps genouillés.
23. Calotte pédonculaire.
24. Plexus choroïde latéral.
30. Deuxième circonvolution frontale.

A. Lobe frontal.
B. Lobe temporal.
C. Lobe occipital.
D. Circonvolution de l'hippocampe.

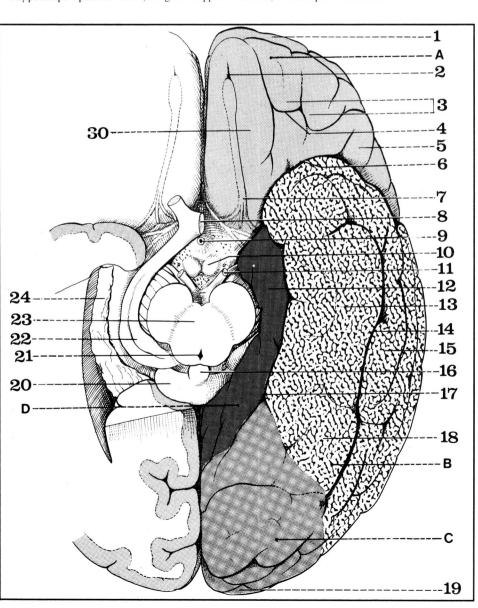

Sa limite interne est formée par une dépression profonde, le sillon de l'hippocampe (Sulcus hippocampi), au-dessus duquel on voit deux bandes étroites, qui représentent la limite extrême entre les substances grise et blanche du cerveau :

— une bande inférieure, grise, le corps godronné ou circonvolution dentelée (Gyrus dentatus),

— une bande supérieure blanche, le corps bordant ou fimbria hippocampique (Fimbria hippocampi). (Fig. 39)

e) LOBE DU CORPS CALLEUX ou circonvolution du cingulum* (Gyrus cinguli). (Fig. 38)

Uniquement visible sur la face interne, il est formé d'une seule circonvolution, comprise entre :
— en haut : la scissure calloso-marginale,
— en bas : le sillon du corps calleux.

En s'unissant en arrière à la cinquième temporale, il forme un anneau complet autour des formations interhémisphériques, fermé en avant par le trigone olfactif et ses deux racines; cet anneau porte le nom de *lobe limbique* de Broca** (Gyrus fornicatus).

Plus en dedans, il existe une série de formations atrophiées, dérivées de l'écorce cérébrale, et désignées sous le nom de *circonvolution intra-limbique* dont on peut distinguer deux parties : (Fig. 39)

— l'une *supérieure*, supra-calleuse, représentée par
— une bande latérale grise, l'indusium gris (I. griseum),
— une bande médiale blanche, le tractus de Lancisi*** ou strie longitudinale médiale (Stria longitudinalis medialis);
— l'autre *inférieure*, infra-calleuse, représentée par, d'arrière en avant :
— la bandelette cendrée (Fasciola cinerea),
— le corps godronné**** (Gyrus dentatus) et le corps bordant (Fimbria),
— la bandelette de l'uncus (ou de Giacomini),
— le sommet de l'uncus.

Lobe limbique et circonvolution intra-limbique correspondent aux formations corticales atrophiées du *rhinencéphale*, en rapport avec l'olfaction.

---

* Cingulum : ceinture (en latin).
** Broca Paul (1824-1880), chirurgien, anatomiste et anthropologue français, professeur de clinique chirurgicale à Paris.
*** Lancisi Giovanni (1654-1720) : professeur d'anatomie à Rome.
**** Godronné : de godron : pli rond qu'on faisait aux jabots et aux fraises.

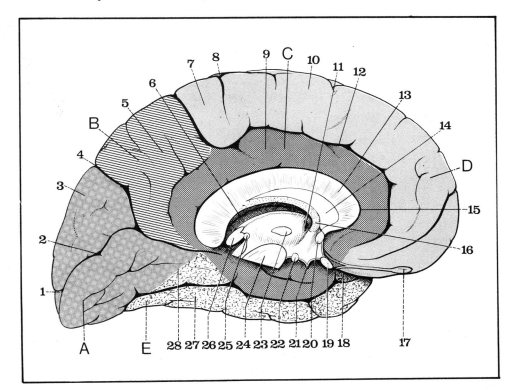

FIGURE 38

Vue interne de l'hémisphère cérébral gauche.

1. Pôle occipital.
2. Scissure calcarine.
3. Cunéus.
4. Scissure perpendiculaire interne.
5. Lobule quadrilatère.
6. Fente de Bichat.
7. Lobule paracentral.
8. Scissure de Rolando.
9. Circonvolution du corps calleux.
10. Première frontale.
11. Trou de Monro.
12. Scissure calloso-marginale.
13. Corps calleux.
14. Septum lucidum.
15. Sillon du corps calleux.
16. Trigone cérébral.
17. Bulbe olfactif.
18. Uncus de l'hippocampe.
19. Chiasma optique.
20. Commissure blanche antérieure.
21. Tige pituitaire.
22. Tubercule mamillaire.
23. Commissure grise.
24. Pédoncule cérébral.
25. Commissure blanche postérieure.
26. Epiphyse.
27. Quatrième temporale.
28. Limite temporo-occipitale.

A. Lobe occipital.
B. Lobe pariétal.
C. Circonvolution du corps calleux.
D. Lobe frontal.
E. Lobe temporal.

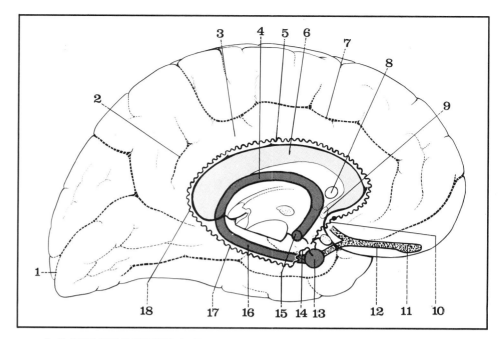

FIGURE 39

Vue interne de l'hémisphère cérébral gauche.
1. *Scissure calcarine.*
2. *Segment postérieur de la scissure calloso-marginale.*
3. *Circonvolution du corps calleux.*
4. *Trigone cérébral.*
5. *Nerf de Lancisi.*
6. *Corps calleux.*
7. *Segment moyen de la scissure calloso-marginale.*
8. *Noyau du septum lucidum.*
9. *Commissure blanche antérieure.*
10. *Bandelette diagonale.*
11. *Bulbe olfactif.*
12. *Bandelette olfactive.*
13. *Noyau amygdalien.*
14. *Bandelette de Giacomini.*
15. *Tubercule mamillaire.*
16. *Pilier postérieur du trigone (corps bordant ou fimbria).*
17. *Corps godronné.*
18. *Fasciola cinerea.*

---

* Reil Christian (1759-1813), médecin allemand, professeur d'anatomie à Halle et à Berlin.
** Heschl Richard (1824-1881), anatomiste autrichien, professeur d'anatomie à Olmutz, de pathologie à Cracovie, et de médecine à Graz.

f) LOBE DE L'INSULA (Insula, du latin « Insula » : l'île)

En écartant les deux lèvres de la scissure de Sylvius, on aperçoit en profondeur le petit lobe de l'insula, de forme triangulaire, à sommet (ou pôle) antéro-inférieur. (Fig. 40, 41 et 42)

Il comprend cinq circonvolutions (Gyri insulae) entourées par le sillon circonférentiel de Reil* (Sulcus circularis insulae) et divisées en deux parties par un sillon central (Sulcus centralis insulae) :

— l'une antérieure, plus étendue, avec 3 circonvolutions : I1, I2, I3 ;
— l'autre postérieure, avec 2 circonvolutions : I4 et I5.

La lèvre interne de la scissure de Sylvius forme la circonvolution transverse de Heschl**.

FIGURE 40

En écartant la scissure de Sylvius, on découvre le lobe de l'insula.

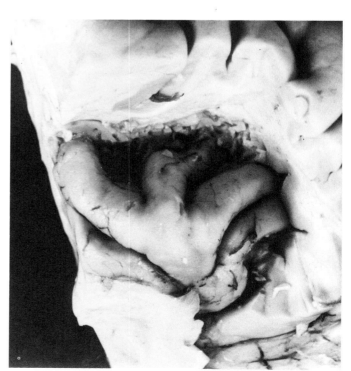

FIGURE 41

Dissection du lobe de l'insula gauche.

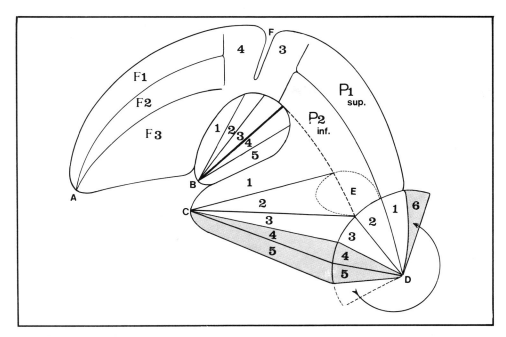

FIGURE 42

Schématisation des circonvolutions de l'hémisphère gauche (d'après Monod et Duhamel).

A. Pôle frontal.
B. Pôle de l'insula.
C. Pôle temporal.
D. Pôle occipital.
E. Pli courbe.
F. Scissure de Rolando.

Le lobe de l'insula ne peut être vu qu'après écartement de la scissure de Sylvius, et les circonvolution T4, T5 - O4, O5, O6 appartiennent à la face interne du cerveau.

LES COMMISSURES INTERHÉMISPHÉRIQUES

Les hémisphères cérébraux sont unis l'un à l'autre par des formations de substance blanche, les commissures interhémisphériques, nécessaires à la coordination des deux hémisphères.

Elles sont au nombre de trois : le corps calleux, le trigone cérébral, la commissure blanche antérieure; mais nous ne décrirons que les deux premières car la commissure blanche antérieure n'est pas visible à la surface du cerveau.

a) LE CORPS CALLEUX* (Corpus callosum)

Lorsqu'on écarte l'une de l'autre les parties supérieures des deux hémisphères, on aperçoit au fond de la scissure interhémisphérique une lame de substance blanche transversale : le corps calleux, sectionné sagittalement lorsqu'on sépare les deux hémisphères. (Fig. 43 et 46)

Ses dimensions sont les suivantes :
— Longueur = 8 cm.
— Largeur = 2 cm.
— Epaisseur = 1 cm.

De consistance très ferme (d'où son nom), de forme quadrilatère, il entoure en arc de cercle le trigone cérébral. On lui décrit deux faces et deux extrémités :

— **Deux faces** :

— *supérieure*, convexe, répondant sur la ligne médiane à la faux du cerveau, qui s'insinue dans la scissure interhémisphérique, et sur les côtés à la portion supracalleuse de la circonvolution intra-limbique;

— *inférieure*, concave, unie :
— en arrière, au bord postérieur du trigone,
— en avant, sur la ligne médiane, au septum lucidum, qui sépare les deux ventricules latéraux.

— **Deux extrémités** :

— *antérieure* : incurvée en bas, puis en arrière, en formant le *genou* (Genu corporis callosi) dont la lame inférieure, effilée, constitue le *bec* (Rostrum corporis callosi);

— *postérieure* : également incurvée, épaissie sous forme d'un cordon transversal épais, le *bourrelet* (Splenium corporis callosi).

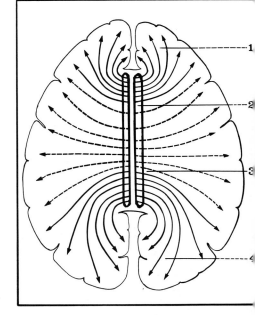

FIGURE 43

Représentation schématique du corps calleux (coupe horizontale passant par la partie supérieure).

1. Forceps minor.
2. Tractus (ou nerf) de Lancisi.
3. Indusium griseum.
4. Forceps major.

---

* Calleux, du latin « callosus » : dur, endurci.

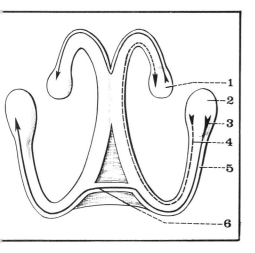

FIGURE 44

Vue postéro-supérieure schématique du trigone cérébral.

1. Tubercule mamillaire.
2. Noyau amygdalien.
3. Fibre inter-hémisphérique.
4. Fibre intra-hémisphérique.
5. Pilier postérieur du trigone (corps bordant ou fimbria).
6. Commissure psaltérine (lyre de David).

---

* Trou de Monro : trou interventriculaire (foramen interventriculare).
** David, 2ᵉ roi hébreu, calmait Saül avec sa lyre (ou cithare).

b) LE TRIGONE CÉRÉBRAL (Fornix)

Sous-jacent au corps calleux, il est de forme triangulaire (d'où son nom), avec un sommet antérieur et une base postérieure, plus mince. (Fig. 44)

Dans l'ensemble le trigone, concave en bas, est disposé en voûte, que supportent quatre piliers (« voûte à quatre piliers »).

Ses dimensions sont les suivantes :
— longueur = 3 cm,
— largeur = 1 cm,
— épaisseur = 0,5 cm.

On lui décrit deux faces et quatre piliers. (Fig. 45)

— **Deux faces** :

— *supérieure* : légèrement convexe, unie sur la ligne médiane au septum lucidum,

— *inférieure*, répondant à la toile choroïdienne supérieure (du 3ᵉ ventricule).

— **Quatre piliers** : deux partent de l'angle antérieur de son corps, et deux des angles postéro-latéraux. (Fig. 46)

— *Piliers antérieurs* : formant deux cordons blanchâtres, arrondis, qui divergent selon un angle très aigu et contournent la partie antérieure du thalamus; ils délimitent le trou de Monro*, et, plongeant vers les parois latérales du 3ᵉ ventricule, se terminent dans les tubercules mamillaires.

— *Piliers postérieurs* : aplatis et rubannés, ils s'écartent l'un de l'autre en délimitant un espace triangulaire, le *psaltérium* (ou lyre de David)**; puis ils se dirigent obliquement en avant et en dehors, en passant sous la corne occipitale du ventricule latéral : ils se terminent dans le corps bordant et dans le lobule de l'hippocampe (Psalterium : lyre, en latin).

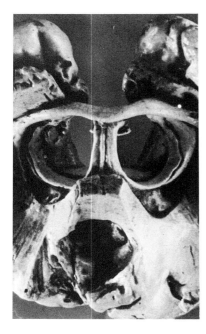

FIGURE 45

Vue supérieure du trigone cérébral (moulage).

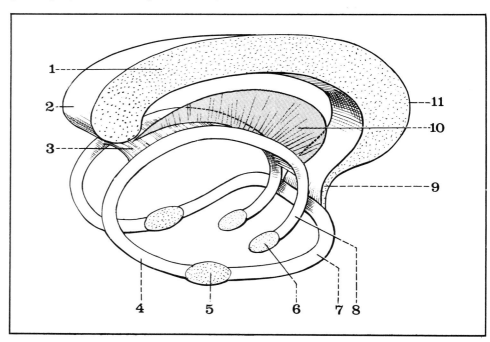

FIGURE 46

Vue latérale droite des commissures interhémisphériques (d'après Bourret et Louis).

1. Corps calleux.
2. Bourrelet du corps calleux.
3. Commissure psaltérine (lyre de David).
4. Pilier postérieur du trigone (fimbria).
5. Noyau amygdalien.
6. Tubercule mamillaire.
7. Commissure blanche antérieure.
8. Pilier antérieur du trigone.
9. Bec du corps calleux.
10. Septum lucidum.
11. Genou du corps calleux.

Les régions topographiques

> A. **Région frontale :**
>   1. Parois
>   2. Contenu :
>   *a. Lobe frontal*
>   *b. Nerf olfactif*
>   3. Rapports :
>   *a. avec la voûte du crâne*
>   *b. à travers la base du crâne*
>   *c. à l'intérieur du crâne*
>
> B. **Région pariéto-occipitale :**
>   1. Parois
>   2. Contenu : lobes pariétal et occipital
>   3. Rapports :
>   *a. avec la voûte du crâne*
>   *b. à l'intérieur du crâne*
>
> C. **Région temporo-sphénoïdale :**
>   1. Parois
>   2. Contenu :
>   *a. formations intra-dure-mèriennes :*
>   *cavum de Meckel*
>   *sinus caverneux*
>   *b. lobe temporal*
>   3. Rapports :
>   *a. avec la voûte du crâne*
>   *b. à travers la base du crâne*
>   *c. à l'intérieur du crâne*

Les principaux lobes du cerveau correspondent à des régions topographiques différentes, dont les rapports conditionnent les voies d'abord utilisées en neuro-chirurgie.

— *La région frontale*, prérolandique, est parfaitement individualisable, en raison de la relative indépendance du lobe frontal et de sa loge.

— *La région pariéto-occipitale*, rétrorolandique, associe le lobe pariétal et le lobe occipital, en parfaite continuité sous la voûte du crâne.

— *La région temporo-sphénoïdale* enfin correspond au lobe temporal dont le pôle est littéralement encastré dans la fosse cérébrale moyenne, riche en rapports vasculaires et nerveux très particuliers.

A. LA RÉGION FRONTALE OU FOSSE CÉRÉBRALE ANTÉRIEURE

1) PAROIS

Le lobe frontal, en continuité en arrière avec les lobes pariétal et temporal, est contenu dans une loge à trois parois :

a) **supérieure** : formée par l'écaille de l'os frontal, et le tiers antérieur de l'os pariétal correspondant; relativement épaisse (5 mm), elle est renforcée au niveau de l'apophyse orbitaire externe; la dure-mère qui la recouvre est facile à séparer de l'os. (Fig. 47)

FIGURE 47

Section frontale de la partie antérieure du crâne (vue postérieure montrant l'écaille du frontal).

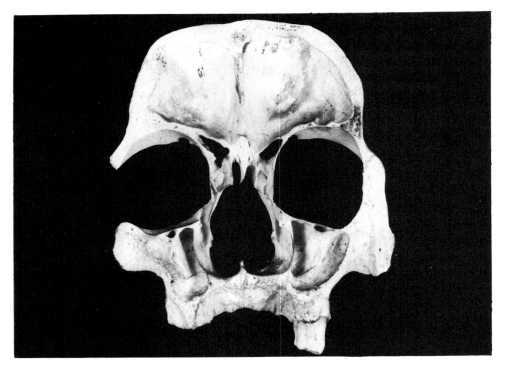

FIGURE 48

Coupe frontale passant par la fosse cérébrale antérieure (en arrière du globe oculaire).

1. Lobe frontal.
2. Nerf sus-orbitaire.
3. Muscle droit supérieur.
4. Muscle grand oblique.
5. Muscle droit externe.
6. Nerf optique.
7. Muscle droit interne.
8. Muscle droit inférieur.
28. Cornet moyen.
29. Sinus maxillaire.
30. Os malaire.
31. Cellules ethmoïdales postérieures.
32. Orbite.
33. Sinus frontal.
34. Ecaille de l'os frontal.

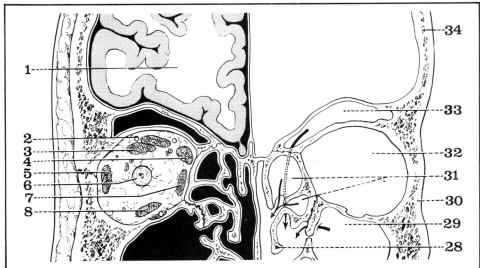

b) **interne** : formée par l'extrémité antérieure de la faux du cerveau, accrochée sur l'apophyse crista galli, et se dédoublant pour contenir la portion d'origine des deux sinus :

— sinus longitudinal supérieur, dans son bord supérieur,
— sinus longitudinal inférieur, dans son bord libre.

c) **inférieure** : correspondant à l'étage antérieur de la base du crâne, de forme triangulaire, subdivisée en deux portions : (Fig. 48 et 49)

— *l'une médiane*, occupée par la gouttière olfactive, fente antéro-postérieure de 2 cm de long sur 0,5 cm de large; la dure-mère tapisse la lame criblée, et isole une petite fossette, ou *tente olfactive*, dans laquelle se loge l'extrémité antérieure du bulbe olfactif; plus en arrière s'étend la surface plane quadrilatère *du jugum sphénoïdale*, où les deux loges communiquent largement entre elles derrière la faux du cerveau, et devant la selle turcique;

— *l'autre latérale*, fort mince (2 mm), constituée par la bosse orbitaire, avec son relief inégal; la dure-mère est ici facilement décollable, sauf en dedans, où elle adhère à l'apophyse crista galli, et en arrière, où elle est fixée à la petite aile du sphénoïde par le sinus sphéno-pariétal (de Breschet)*, cette dure-mère est vascularisée par une branche de l'artère ethmoïdale antérieure, et par un rameau de la branche antérieure de la méningée moyenne.

2) CONTENU

a) **Le lobe frontal** représente le moule exact de sa loge, et son pôle frontal vient s'encastrer en avant, contre la faux du cerveau, à l'union de l'écaille du frontal et de la voûte de l'orbite. (Fig. 50)

— sa *face externe*, convexe, avec ses quatre circonvolutions, est entièrement recouverte par la voûte du crâne; la frontale ascendante est tout entière située en arrière de la suture fronto-pariétale;

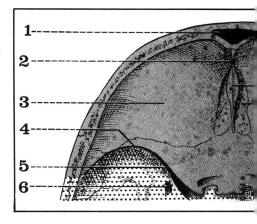

FIGURE 49

Vue endocrânienne de la base du crâne.
1. Sinus frontal.
2. Trou borgne.
3. Bosse orbitaire.
4. Petite aile du sphénoïde.
5. Fente sphénoïdale.
6. Trou grand rond.

 FIGURE 50

Coupe frontale du crâne passant par les lobes frontaux.

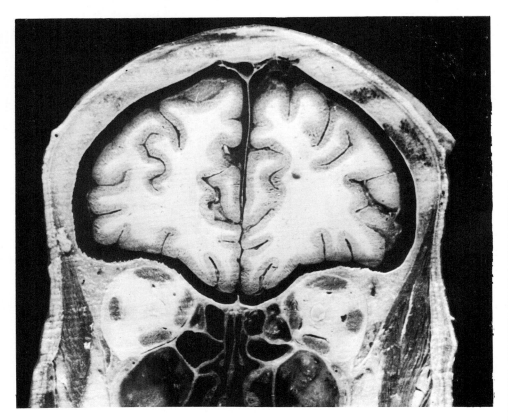

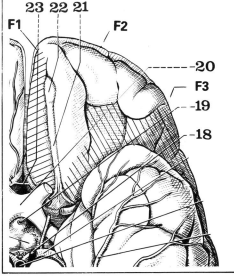

FIGURE 51

La face inférieure du lobe frontal.
18. Nerf moteur oculaire commun.
19. Tige pituitaire.
20. Chiasma optique.
21. Bandelette olfactive.
22. Bulbe olfactif.
23. Artère communicante antérieure.

— sa *face interne*, verticale, est parcourue par la scissure calloso-marginale, qui sépare la circonvolution frontale interne (de F1) de la circonvolution du corps calleux;

la faux du cerveau est ici peu développée, et sa hauteur ne dépasse pas 2 cm : aussi les deux hémisphères sont-ils adossés au-dessous de son bord libre, seulement séparés par la méninge molle.

— sa *face inférieure*, étroite en avant, s'élargit en arrière jusqu'au point où elle s'interrompt dans la vallée sylvienne, à la hauteur de la petite aile du sphénoïde; elle constitue le « lobe orbitaire » qui comprend deux parties :

— l'une *interne*, ethmoïdale, ou circonvolution orbitaire interne (Gyrus Rectus), correspond à la partie inférieure de F1 (en dedans du sillon olfactif);
— l'autre *externe*, orbitaire, est occupée par la partie inférieure de F2, entre les sillons orbitaires interne et externe (circonvolution orbitaire moyenne) et par la partie inférieure de F3, en dehors du sillon orbitaire externe et en arrière du sillon cruciforme (circonvolution orbitaire externe). (Fig. 51)

* Breschet Gilbert (1784-1845), anatomiste français, successeur de Cruveilhier à la chaire d'anatomie de Paris.

b) **Le nerf olfactif** (Nn. olfactorii), couché dans la gouttière olfactive, fait également partie de la loge frontale.

Il comprend trois portions : (Fig. 52)

— *antérieure*, le bulbe olfactif (Bulbus Olfactorius), renflé et ovalaire (1 cm de long, 5 mm de large), logé sous la tente olfactive, et recevant par sa face inférieure les 15 à 20 filets olfactifs qui ont traversé la lame criblée,

— *intermédiaire*, la bandelette olfactive, ou tractus olfactif (Tractus olfactorius), cordon blanc aplati et triangulaire, long de 3 cm, oblique en dehors et en arrière, sous le sillon olfactif de la face inférieure du lobe,

— *postérieure*, le trigone olfactif, se divisant au-dessus de l'apophyse clinoïde antérieure en deux racines :

— l'*une externe*, rejoint l'uncus de la circonvolution de l'hippocampe (T5),

— l'*autre interne*, moins épaisse, se termine dans la circonvolution du corps calleux.

Ces deux racines limitent en avant l'espace perforé antérieur (Substantia perforata anterior) dont les limites postérieures sont :

— en dedans : le chiasma et la bandelette optiques,
— en dehors : la partie initiale de la scissure de Sylvius.

FIGURE 52

La face inférieure du lobe frontal.
1. Artère carotide interne.
2. Artère cérébrale moyenne.
3. Tubercule mamillaire.
4. Artère communicante postérieure.
5. Artère choroïdienne antérieure.
15. Branche temporale antérieure.
16. Tronc basilaire.
17. Segment pré-pédonculaire de l'artère cérébrale postérieure.
18. Nerf moteur oculaire commun.
19. Tige pituitaire.
20. Chiasma optique.
21. Bandelette olfactive.
22. Bulbe olfactif.
23. Artère communicante antérieure.
24. Artère cérébrale antérieure.
25. Nerf optique.

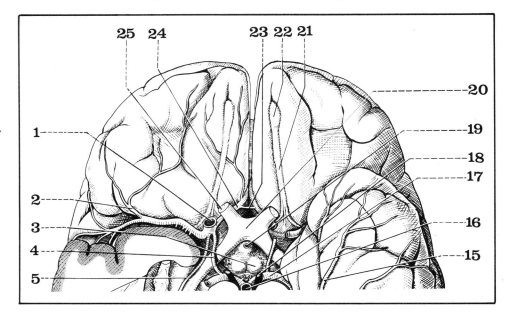

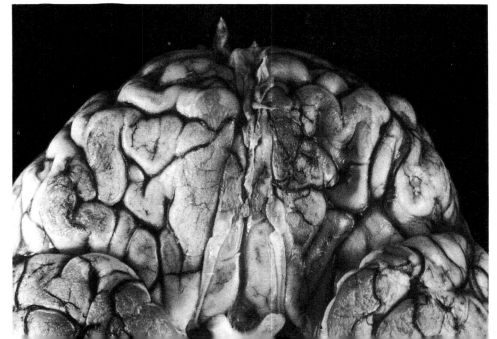

3) RAPPORTS

a) Avec la voûte du crâne : (Fig. 54)

— *En avant* : le sinus frontal (Sinus frontalis), placé dans l'épaisseur de la paroi crânienne, au-dessus de l'apophyse orbitaire interne, constitue le rapport essentiel.

Les enfoncements traumatiques du sinus, lorsque sa paroi postérieure, mince, est lésée, peuvent entraîner des complications septiques. D'autre part, les trépanations qui abordent la loge frontale doivent éviter l'ouverture du sinus lorsqu'il est de grande taille, avec des prolongements.

— *Au milieu* : le sinus longitudinal supérieur ou sagittal supérieur (Sinus sagittalis superior) chemine sous la voûte, dans le bord supérieur de la faux du cerveau, exactement sur la ligne médiane ; mais il est encore peu développé dans cette région.

b) A travers la base du crâne :

— *En dedans* : au-dessous de la lame criblée, la *fosse nasale* est renforcée latéralement par le sinus ethmoïdal ; les fractures de l'étage antérieur peuvent faire communiquer les fosses nasales avec l'espace sous-arachnoïdien, et créer, là aussi, une méningo-encéphalite septique.

— *En dehors* : au-delà de la bosse orbitaire, le contenu de l'*orbite* est proche de la loge frontale. (Fig. 54)

c) A l'intérieur du crâne :

— *En arrière* : l'hypophyse et la région supra-cellulaire (chiasma optique) peuvent être abordées par voie intra-durale en soulevant le lobe frontal.

— *Au milieu* : au fond de la scissure interhémisphérique on peut atteindre l'extrémité antérieure (ou genou) du corps calleux. (Fig. 53)

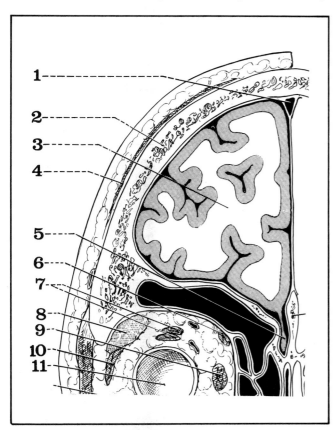

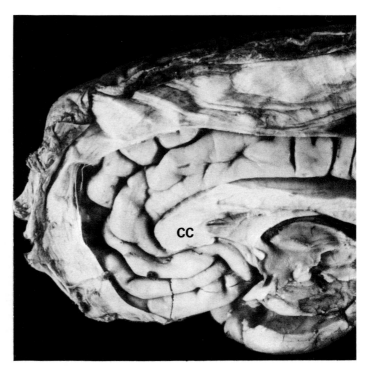

FIGURE 54

Coupe frontale passant par la fosse cérébrale antérieure (au niveau du globe oculaire).

1. Sinus longitudinal supérieur.
2. Diploé.
3. Lobe frontal.
4. Muscle frontal.
5. Bulbe olfactif.
6. Muscle grand oblique.
7. Muscles releveur de la paupière supérieure et droit supérieur.
8. Glande lacrymale.
9. Muscle droit interne.
10. Muscle droit externe.
11. Globe oculaire.

FIGURE 53

Face médiale du lobe frontal droit, avec la faux du cerveau. (CC : corps calleux).

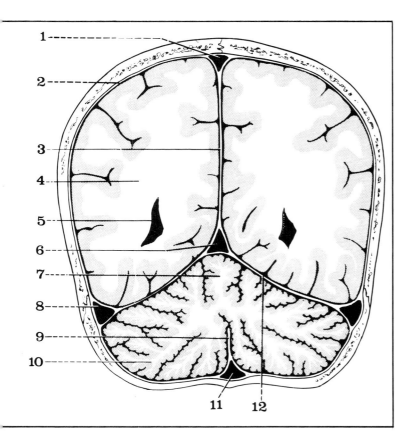
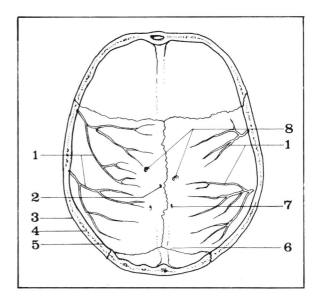

FIGURE 56

Vue endocrânienne de la voûte.
1. Sillons de l'artère méningée moyenne.
2. Gouttière du sinus longitudinal supérieur.
3. Table externe.
4. Diploé.
5. Table interne.
6. Lambda.
7. Trou pariétal.
8. Fossettes granuleuses.

FIGURE 55

Coupe frontale du crâne passant par la fosse cérébrale postérieure.
1. Sinus longitudinal supérieur.
2. Dure-mère crânienne.
3. Faux du cerveau.
4. Hémisphère cérébral.
5. Corne occipitale du ventricule latéral.
6. Sinus droit.
7. Vermis.
8. Sinus latéral.
9. Faux du cervelet.
10. Hémisphère cérébelleux.
11. Sinus occipital postérieur.
12. Tente du cervelet.

B. LA RÉGION PARIÉTO-OCCIPITALE

Placée derrière la région frontale et au-dessus de la région temporo-sphénoïdale (en avant), de la loge cérébelleuse (en arrière), elle est limitée en avant par la scissure de Rolando.

1) PAROIS :

La région pariéto-occipitale n'est pas une véritable loge, car ses limites inférieures sont imprécises, tout au moins en avant de la tente du cervelet, où elle se continue avec la région temporo-sphénoïdale, sans autre démarcation que la scissure de Sylvius.

On peut cependant lui décrire trois parois : (Fig. 55)

a) **supérieure** : formée par les 2/3 postérieurs de l'os pariétal, et la partie haute de l'écaille de l'os occipital, elle présente :
— *au milieu* : la suture interpariétale (ou sagittale), s'unissant à la suture pariéto-occipitale au niveau du lambda,
— *latéralement* : la bosse pariétale, et, plus en arrière, la bosse occipitale, au-dessus et en dehors de la protubérance occipitale externe.

La dure-mère qui tapisse la voûte du crâne, peu adhérente à l'os, est parcourue en dehors par les branches les plus hautes de l'artère méningée moyenne. (Fig. 56)

b) **interne** : formée par la faux du cerveau, bien développée, et s'élargissant de plus en plus jusqu'à la tente du cervelet.

c) **inférieure** : la tente du cervelet, interrompue au bord supérieur du rocher, ne sert de plancher qu'à la partie postérieure de la région, c'est-à-dire au lobe occipital.

CONTENU

Les deux lobes pariétal et occipital occupent la région, sans ligne nette de séparation, et le pôle occipital vient se loger à proximité de la protubérance occipitale interne, au point de rencontre de la tente du cervelet, de la faux du cerveau, et de l'écaille de l'occipital; (Fig. 57, 58 et 59)

— la *face externe*, convexe, est marquée par les trois circonvolutions du lobe pariétal, en arrière de la scissure de Rolando, et par les trois circonvolutions externes du lobe occipital; la scissure perpendiculaire qui les sépare est mal visible, réduite à une encoche au bord supérieur;

— la *face interne* est, par contre, nettement divisée par la scissure perpendiculaire interne, qui sépare le lobule quadrilatère (en avant) du cunéus (en arrière). On aperçoit également fort bien la partie postérieure de la scissure calloso-marginale, et le sillon profond de la scissure calcarine;

— la *base* du lobe pariétal repose sur la circonvolution du corps calleux, et la *face inférieure* du lobe occipital se continue directement en avant avec le lobe temporal, par les deux circonvolutions occipito-temporales.

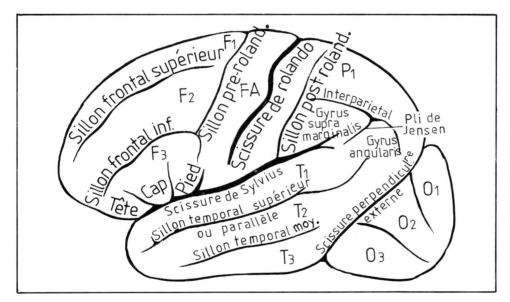

FIGURE 57

Vue latérale de l'hémisphère gauche.

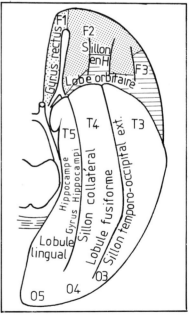

FIGURE 58

Vue inférieure de l'hémisphère gauche.

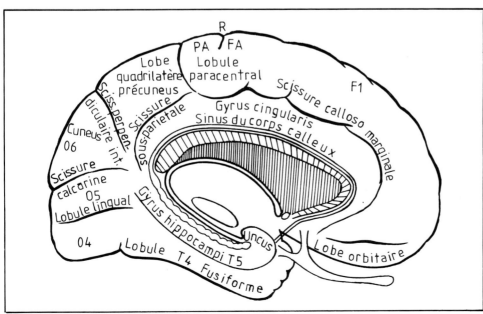

FIGURE 59

Vue médiale de l'hémisphère gauche.

3) RAPPORTS

a) **Avec la voûte du crâne** :

La région pariéto-occipitale, recouverte par deux os relativement minces, est d'un abord chirurgical facile, par un grand volet de trépanation.

Mais deux dangers veineux doivent être évités :

— *sur la ligne médiane* : le sinus longitudinal supérieur, dans la faux du cerveau, réalise un énorme courant veineux, dont la largeur augmente progressivement d'avant en arrière, jusqu'à atteindre 10 à 15 mm au niveau du pressoir d'Hérophile*, ou confluent des sinus (Confluens Sinuum);

— *latéralement et en arrière*, la portion transverse du sinus latéral (Sinus transversus) constitue également un obstacle important; le plus souvent, le sinus longitudinal supérieur, dévié un peu à droite, se continue directement avec le sinus transverse droit, alors que le sinus droit (Sinus Rectus) se jette à plein canal dans le sinus transverse gauche.

b) **A l'intérieur du crâne** : (Fig. 60)

— *Au milieu* : la faux du cerveau est interposée dans la scissure inter-hémisphérique entre les deux régions droite et gauche; au-dessous de son bord libre, s'étale la convexité du corps calleux, dont le bourrelet surplombe le foramen ovale de Pacchioni, et, par son intermédiaire, la région de l'isthme de l'encéphale.

— *En arrière et en bas* : la tente du cervelet forme avec la faux du cerveau un angle dièdre où circule le sinus droit, et, de chaque côté, elle crée une voûte convexe en haut, soulevée par la saillie sous-jacente de l'hémisphère cérébelleux. (Fig. 55)

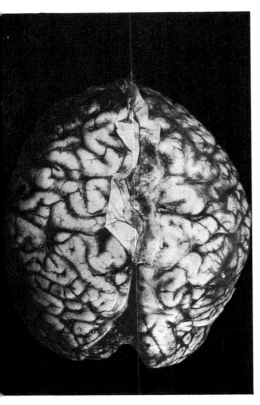

FIGURE 60
Vue supérieure du cerveau.

C. LA RÉGION TEMPORO-SPHÉNOÏDALE OU FOSSE CÉRÉBRALE MOYENNE

Placée sur l'étage moyen de la base du crâne, elle correspond en superficie à la région temporale. Elle se différencie des autres régions, par sa situation en contre-bas, entre la petite aile du sphénoïde (en avant) et le bord supérieur du rocher (en arrière).

Elle contient le lobe temporal, mais aussi, dans son double-fond dure-mérien, le ganglion de Gasser du trijumeau.

1) PAROIS : (Fig. 61 et 63)

La région temporo-sphénoïdale ne possède pas de paroi supérieure, car, au-delà de la scissure de Sylvius, elle se continue directement avec le lobe frontal et le lobe pariétal. On ne peut donc lui décrire que deux parois :

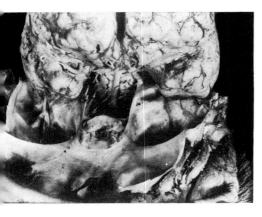

FIGURE 61
Les lobes frontaux et temporaux sont soulevés, ce qui permet de dégager les deux fosses cérébrales moyennes.

a) **externe** : formée par le plan osseux de la région temporale (Regio Temporalis), particulièrement mince (3 mm), et comprenant deux portions :
— l'une inférieure, l'écaille du temporal (Pars squamosa),
— l'autre antérieure, la partie verticale de la grande aile du sphénoïde (Ala major), au-dessus de laquelle la suture sphéno-pariétale, ou ptérion, répond, à l'intérieur du crâne, à la pointe de la petite aile du sphénoïde, limite entre les étages antérieur et moyen.

Ce plan osseux fragile se trouve compris entre deux arcs-boutants résistants :
en avant, l'arc-boutant orbito-sphénoïdal,
en arrière, l'arc-boutant pétro-mastoïdien. (Fig. 62)

La dure-mère qui tapisse sa face interne offre la particularité d'adhérer très faiblement au squelette, et de se décoller facilement. Dans la « zone décollable de Gérard Marchant » les branches de division de l'artère méningée moyenne, parfois atteintes dans les fractures de la voûte, peuvent entraîner une hémorragie, l'épanche-

---

* Hérophile (335-280 avant J.-C.), né en Calcédoine, professeur à Alexandrie (Egypte).

ment sanguin extra-dure-mèrien, qui comprimera la face externe de l'hémisphère sous-jacent.

b) **inférieure** : le plancher osseux de la fosse cérébrale moyenne, qui se continue insensiblement en dehors avec la paroi externe, a pour limites :

— en avant : la fente sphénoïdale, surmontée par la petite aile du sphénoïde,
— en dedans : le flanc de la selle turcique, et la gouttière caverneuse,
— en arrière : le bord supérieur du rocher, qui le sépare de la fosse cérébelleuse.

On peut lui décrire deux portions : (Fig. 63)

— *médiale*, étroite et profonde, dominée en dedans par les apophyses clinoïdes, et comprenant :
— des *orifices* : le trou grand rond, le trou ovale, le trou petit rond, et, plus en dedans, le trou déchiré antérieur et le trou carotidien,
— une *fossette* : l'empreinte du trijumeau (Impressio trigemini), destinée à loger le ganglion de Gasser*, sur le versant antérieur du rocher; le tubercule rétro-gassérien (de Princeteau) marque la limite approximative de ses deux parties :
— l'une postérieure, triangulaire
— l'autre antérieure, large et excavée, au contact du trou déchiré antérieur;

— *latérale*, moins concave, avec, en avant, les gouttières osseuses des branches de la méningée moyenne, et, en arrière, sur le rocher, les orifices des nerfs pétreux (hiatus de Fallope et hiatus accessoire).

La dure-mère qui la recouvre, encore décollable en dehors, devient de plus en plus adhérente en dedans, et surtout se dédouble pour entourer le nerf trijumeau et le sinus caverneux.

2) CONTENU

Il faut donc différencier formellement les formations situées dans la paroi dure-mérienne, du lobe temporal, situé à l'intérieur de l'étui dural.

a) **Les formations intra-dure-mériennes** :

* Le CAVUM DE MECKEL** ou cavité trigéminale (Cavum trigeminale) : cette loge fibreuse, due au dédoublement de la dure-mère, contient le nerf trijumeau, le ganglion de Gasser, et ses trois branches périphériques; on lui décrit deux parois et deux portions :

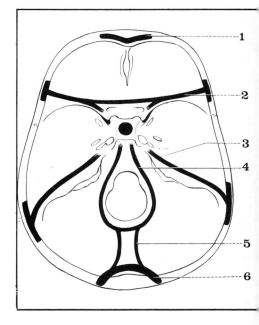

FIGURE 62

Architecture de la base du crâne (d'après Dahhan et Honnart).

1. Arc-boutant antérieur (ou frontal).
2. Arc-boutant antéro-externe (ou orbito-sphénoïdal).
3. Arc-boutant postéro-externe (ou pétro-mastoïdien).
4. Anneau occipital.
5. Arc-boutant postérieur (ou occipital).
6. Protubérance occipitale.

FIGURE 63

Coupe frontale du crâne passant par la fosse cérébrale moyenne.

5. Ventricule latéral.
6. Noyau caudé.
7. Membrane épendymaire.
8. Fente de Bichat.
9. Veine cérébrale interne.
10. Thalamus.
11. Troisième ventricule.
12. Bandelette optique.
13. Hypophyse.
14. Loge dure-mérienne du sinus caverneux.
15. Sinu sphénoïdal.
16. Grande circonférence de la tente du cervelet.
17. Petite circonférence de la tente du cervelet.
18. Artère carotide interne.
19. Noyau lenticulaire.
20. Lobe temporal.
21. Dure-mère crânienne.
22. Artère méningée moyenne.

---

* Gasser Johann Laurent (1723-1765), anatomiste autrichien, professeur à Vienne.
** Meckel : voir p. 90.

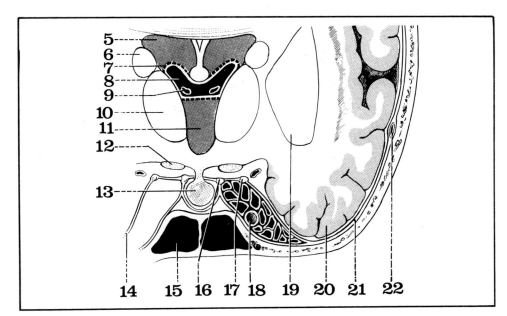

— **Deux parois** :

— *inférieure* : mince, peu adhérente à l'os, sauf au niveau du tubercule rétro-gassérien, et contenant à son intérieur la racine motrice du trijumeau,

— *supérieure* : épaisse, résistante, renforcée par des fibres issues de la tente du cervelet, et renfermant dans son épaisseur des veines en relation avec le plan superficiel du sinus caverneux.

— **Deux portions** : (Fig. 64 et 65)

— *postérieure* ou rétro-gassérienne, entourant le plexus triangulaire, formé par l'épanouissement de la racine sensitive. Longue de 6 mm, cette portion se termine en arrière au niveau d'un orifice ostéo-fibreux constitué par :

en bas : l'incisure trigéminale du bord supérieur du rocher,
en haut : la grande circonférence de la tente du cervelet, et le sinus pétreux supérieur qu'elle contient.

A ce niveau, le plexus triangulaire est entouré de sa gaine pie-mérienne et d'un petit manchon d'arachnoïde. Cette portion accessible du nerf, libre et mobilisable, comporte deux contingents de fibres :

— 1/3 interne : destinées au nerf ophtalmique,
— 2/3 externes : destinées aux nerfs maxillaires (supérieur et inférieur).

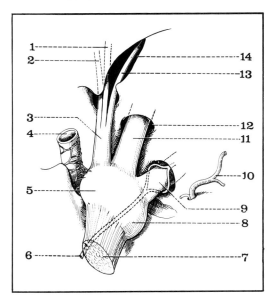

FIGURE 64

Vue supérieure du nerf trijumeau droit et du ganglion de Gasser.

1. *Nerf frontal.*
2. *Nerf nasal.*
3. *Nerf ophtalmique de Willis.*
4. *Artère carotide interne.*
5. *Ganglion de Gasser (corne interne).*
6. *Racine motrice (ou masticatrice) du V.*
7. *Racine sensitive du nerf trijumeau (V).*
8. *Ganglion de Gasser (corne externe).*
9. *Nerf mandibulaire.*
10. *Artère méningée moyenne.*
11. *Nerf maxillaire supérieur.*
12. *Trou grand rond.*
13. *Nerf lacrymal.*
14. *Portion latérale de la fente sphénoïdale.*

FIGURE 65

Coupe oblique passant par le nerf trijumeau et le nerf mandibulaire (d'après Monod et Duhamel).

1. *Gaine arachnoïdienne.*
2. *Nerf trijumeau (V) dans la fosse cérébrale postérieure.*
3. *Racine motrice du nerf trijumeau.*
4. *Feuillet dural.*
5. *Feuillet périostique.*
6. *Artère carotide interne.*
7. *Grand nerf pétreux.*
8. *Fibro-cartilage du trou déchiré antérieur.*
9. *Racine motrice du V dans son trajet extra-dural.*
10. *Grande aile du sphénoïde.*
11. *Artère petite méningée.*
12. *Feuillet périostique du trou ovale.*
13. *Nerf mandibulaire.*
14. *Feuillet dural du toit du cavum de Meckel.*
15. *Ganglion de Gasser.*
16. *Plexus triangulaire.*
17. *Sinus pétreux supérieur (dans la grande circonférence de la tente du cervelet).*

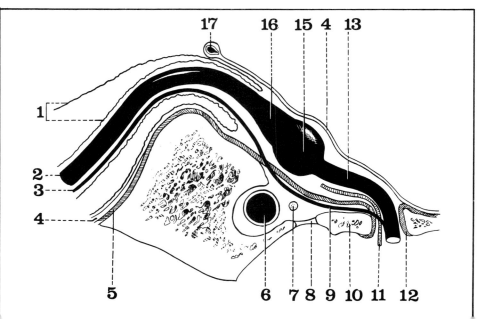

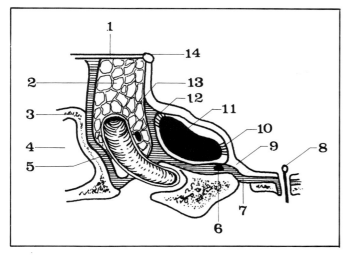

FIGURE 66

Coupe frontale passant par le sinus caverneux et le ganglion de Gasser (d'après Monod et Duhamel). Côté droit, segment antérieur.

1. Plafond du sinus caverneux.
2. Sinus caverneux.
3. Fond de la selle turcique.
4. Sinus sphénoïdal.
5. Ligament de Trolard.
6. Racine motrice du nerf trijumeau.
7. Périoste.
8. Petit nerf pétreux.
9. Dure-mère.
10. Ligament latéral (de Princeteau).
11. Ganglion de Gasser.
12. Nerf moteur oculaire externe.
13. Artère carotide interne.
14. Petite circonférence de la tente du cervelet.

— *antérieure* ou gassérienne, entourant le ganglion de Gasser (Ganglion trigeminale), de forme semi-lunaire, de grosse taille (largeur = 16 mm, longeur = 6 mm, épaisseur = 2 mm), dont le bord postérieur, concave, reçoit le plexus triangulaire, et dont le bord antérieur, convexe, émet ses trois branches périphériques ; il adhère aux parois de sa loge par sa face supérieure et par ses deux cornes (ligaments latéraux de Princeteau)* ; en avant, trois prolongements du cavum accompagnent les branches du trijumeau jusqu'à leur sortie du crâne :

— en dedans : le nerf ophtalmique, jusqu'à la fente sphénoïdale,
— au milieu : le maxillaire supérieur, jusqu'au trou grand rond,
— en dehors : le maxillaire inférieur ou mandibulaire, jusqu'au trou ovale.
(Fig. 64 et 66)

* Princeteau Laurent (1858-1932), anatomiste français, professeur d'anatomie à Bordeaux.

* Le SINUS CAVERNEUX (Sinus cavernosus) : cet important sinus veineux de la base du crâne est placé en dedans du cavum de Meckel, dans une loge cubique, formée par la dure-mère dédoublée. Il présente quatre parois et deux extrémités :

— **Quatre parois** : (Fig. 67)

— *supérieure* : comprise entre les deux circonférences de la tente du cervelet,
— *inférieure* : oblique en bas et en dehors, formée par la portion la plus interne de la grande aile du sphénoïde,
— *interne* : longeant la selle turcique et le corps du sphénoïde,
— *externe* : épaisse, adhérente au cavum en arrière, formée de lamelles fibreuses qui contiennent un courant veineux superficiel (du sinus sphéno-pariétal au sinus pétreux supérieur), et trois nerfs destinés à l'orbite, avec de haut en bas :

FIGURE 67

Coupe frontale passant par le sinus caverneux (côté droit, segment antérieur de la coupe).

1. Lobe postérieur de l'hypophyse.
2. Toit du sinus caverneux.
3. Sinus caverneux.
3'. Courant veineux superficiel.
4. Artère carotide interne.
5. Nerf moteur oculaire commun (III).
6. Nerf pathétique (IV).
7. Nerf moteur oculaire externe (VI).
8. Nerf ophtalmique de Willis.
9. Nerf maxillaire supérieur.
10. Sinus sphénoïdal.
11. Nerf mandibulaire (dans le trou ovale).

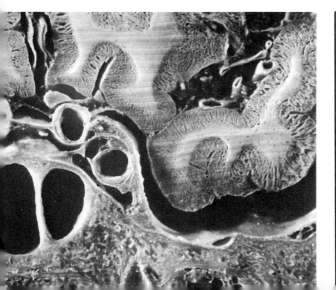

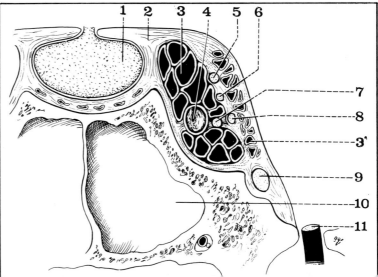

le moteur oculaire commun (III)
le pathétique (IV)
l'ophtalmique de Willis (du V).

— **Deux extrémités** :
— *antérieure* : ouverte sur la partie large de la fente sphénoïdale,
— *postérieure* : répondant à l'espace compris entre le bord latéral de la lame quadrilatère (en dedans) et la pointe du rocher (en dehors).

A l'intérieur du sinus caverneux, de nombreuses trabécules cloisonnent le sang veineux qui circule d'avant en arrière, amené par les veines ophtalmiques, et drainé dans le sinus occipital transverse (ou plexus basilaire) et dans le sinus pétreux supérieur.

Dans cette cavité veineuse circulent deux éléments : (Fig. 67)

— *l'artère carotide interne** (A. carotis interna) : émergeant du rocher sous la lamelle fibreuse du trou déchiré antérieur, elle pénètre par l'angle postéro-externe du sinus, et le parcourt en diagonale en décrivant une double flexuosité, le siphon carotidien ; elle perfore ensuite l'angle antéro-interne de son plafond, au ras de l'apophyse clinoïde antérieure, et atteint la région supra-sellaire ;

le *nerf moteur oculaire externe* (VI) chemine horizontalement entre l'artère et la paroi externe du sinus en direction de l'anneau de Zinn.

b) **Le lobe temporal** est contenu dans la fosse cérébrale moyenne, entouré par la méninge molle. Il est nettement séparé des lobes frontal et pariétal par la profonde scissure de Sylvius, creusée en face de la petite aile du sphénoïde, et son pôle temporal s'engage dans le récessus rétro-orbitaire, derrière la fente sphénoïdale. (Fig. 61)

En arrière, il se continue sans transition avec le lobe occipital, à partir du bord supérieur du rocher.

— sa *face externe* est subdivisée par les trois premières circonvolutions temporales ; l'incisure pré-occipitale marque la limite entre la troisième temporale et la troisième occipitale,

— sa *face inférieure*, par les circonvolutions T4 et T5, se continue en arrière avec les circonvolutions correspondantes du lobe occipital ; en dedans de la circonvolution de l'hippocampe, la fente cérébrale de Bichat sépare T5 du pédoncule cérébral (Fig. 67bis),

— sa *face supérieure*, enfouie dans la profonde vallée sylvienne, répond aux lobes frontal et pariétal ; en abaissant la première temporale, on découvre au fond de la scissure, le lobe rudimentaire de l'insula.

3) RAPPORTS

a) **Avec la voûte du crâne** :

La fosse cérébrale moyenne répond en dehors à la région temporale, recouverte par le muscle temporal. La trépanation de l'écaille du temporal, très mince, permet un abord facile de la région.

b) **A travers la base du crâne** :

Le plancher de la fosse cérébrale moyenne, formé par le segment horizontal de la grande aile du sphénoïde, est limité en dehors par la crête sphéno-temporale. Il constitue le plafond de la région ptérygoïdienne ou masticatrice profonde, qui comprend deux portions :

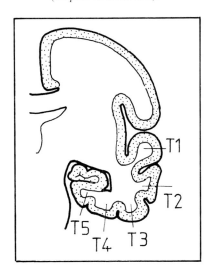

FIGURE 67bis
Coupe frontale du lobe temporal (d'après G. Lazorthes).

---

* Carotide, du grec «caros» : sommeil lourd (artère assoupissante).

— *en arrière* : la région zygomatique (Regio zygomatica), communique avec la fose temporale par le « grand trou zygomatique »; deux plages osseuses la séparent de la loge temporale :

— l'une *latérale*, la cavité glénoïde ou fosse mandibulaire, située derrière le condyle du temporal, dans l'écartement des deux racines du zygoma; bien que cette cavité ait une faible épaisseur, il est rare qu'elle soit enfoncée lors d'un traumatisme de l'articulation temporo-mandibulaire, car l'interposition du ménisque inter-articulaire la protège; (Fig. 68)

— l'autre *médiale*, le plan sous-temporal, incliné de la crête sphéno-temporale à la base de l'apophyse ptérygoïde; au-dessous s'étendent les deux faisceaux du muscle ptérygoïdien externe, et, plus en dedans, le nerf mandibulaire sort du trou ovale. (Fig. 70)

— *en avant* : la fosse ptérygo-maxillaire contient la terminaison de l'artère maxillaire interne, et le nerf maxillaire supérieur, à sa sortie du trou grand rond.

c) **A l'intérieur du crâne** :

— *en avant* : la loge temporale répond à la partie externe, effilée, de la fente sphénoïdale, et, au-dessous d'elle, au segment postérieur de la paroi externe de l'orbite;

— *en haut* : la face supérieure du lobe temporal répond à la scissure de Sylvius, surmontée par la région rolandique; en dedans, l'uncus de l'hippocampe est séparé de la région supra-sellaire par la partie antérieure de la fente de Bichat;

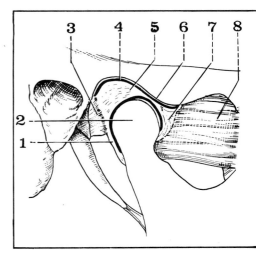

FIGURE 68

L'articulation temporo-mandibulaire.
1. Capsule articulaire.
2. Condyle de la mandibule.
3. Frein méniscal postérieur.
4. Cavité glénoïde.
5. Ménisque inter-articulaire.
6. Condyle du temporal.
7. Frein méniscal antérieur.
8. Muscle ptérygoïdien externe.

FIGURE 69

Coupe sagittale du crâne passant par la caisse du tympan.

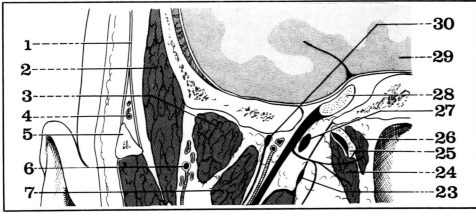

FIGURE 70

*Coupe frontale passant par le nerf mandibulaire
(côté droit, segment postérieur de la coupe)
(d'après Testut et Jacob).*

1. Aponévrose temporale.
2. Muscle temporal.
3. Faisceau supérieur du ptérygoïdien externe.
4. Vaisseaux zygomato-malaires.
5. Arcade zygomatique.
6. Artère maxillaire interne.
7. Faisceau inférieur du ptérygoïdien externe.
23. Ligament ptérygo-épineux.
24. Muscle péristaphylin externe.
25. Trompe d'Eustache (ou tube auditif).
26. Muscle péristaphylin interne.
27. Ganglion otique.
28. Ganglion de Gasser.
29. Lobe temporal du cerveau.
30. Ligament de Hyrtl.

FIGURE 71

*Trajet intra-pétreux
de l'artère carotide interne
(coupe verticale du rocher
selon l'axe pétreux).*

1. Sinus sphénoïdal.
2. Lingula du sphénoïde.
3. Cellule de l'apex.
4. Premier tour de spire du limaçon.
5. Fond du conduit auditif interne.
6. Caisse du tympan.
7. Rocher.
8. Gouttière du sinus latéral.
9. Apophyse mastoïde.
10. Cellules mastoïdiennes.
11. Apophyse styloïde.
12. Artère carotide interne.
13. Apophyse ptérygoïde.

---

* Grüber Wenzel Léopold (1814-1890), anatomiste tchèque, professeur d'anatomie à Prague, puis à Saint-Petersbourg.
** Meckel Johann Friedrich (1724-1774), professeur d'anatomie, botanique et gynécologie à Berlin.

FIGURE 72

*Artériographie de profil montrant
le trajet de la carotide interne
intra-crânienne (côté droit).*

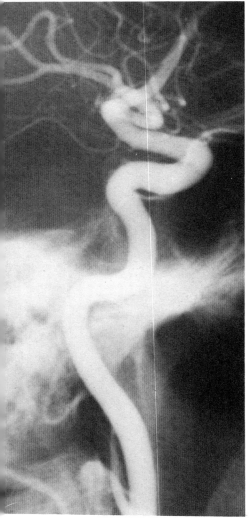

— *en arrière* : les rapports se font, à travers la paroi endocrânienne du rocher, avec les cavités de l'audition, où l'on distingue, de dehors en dedans, trois portions :
— *externe* : le *tegmen tympani*, mince plafond du conduit auditif externe et de la caisse du tympan, explique la possibilité de complications infectieuses lors de l'évolution des otites moyennes. (Fig. 69)
— *intermédiaire* : le *labyrinthe* se loge dans le rocher avec en avant les tours de spire du limaçon (ou cochlée), en arrière le vestibule surmonté du canal semi-circulaire supérieur (qui correspond approximativement à l'eminentia arcuata),
— *interne* : la *pointe du rocher* est unie au bord latéral de la lame quadrilatère (du sphénoïde) par le ligament pétro-sphénoïdal (de Grüber)*, au-dessous duquel passe le nerf moteur oculaire externe (VI).

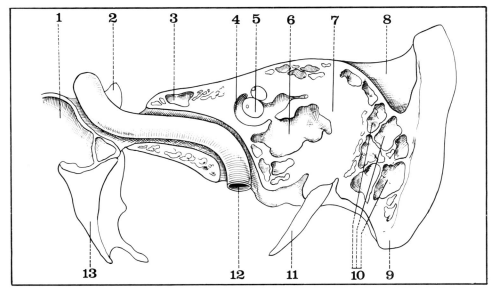

L'artère carotide interne (A. carotis interna) pénètre dans la base du crâne, et décrit, dans le canal carotidien, son **segment intra-pétreux**. (Fig. 72)

a) **Orifice d'entrée** : creusé sur la face exocrânienne postérieure du rocher (union 1/3 antérieur 1/3 moyen), il entre en rapport : (Fig. 71).
— *en arrière* : avec la fosse jugulaire, qui contient le golfe de la jugulaire ; la crête tympanique, perforée par le nerf de Jacobson (du IX), sépare l'orifice artériel de l'orifice veineux ;
— *en dehors* : avec l'apophyse vaginale du tympanal et la styloïde.

b) **Portion verticale (ou tympanique)** : longue de 1 cm, elle présente avant tout des **rapports postérieurs** :
— *en dedans* : avec le 1er tour de spire de la cochlée ;
— *en dehors* : avec la caisse du tympan, dans laquelle elle fait une légère saillie en dedans de l'orifice tubaire, au-dessous du bec de cuiller.

c) **Portion horizontale (ou tubaire)** : longue de 2 cm, dirigée en avant et en bas (selon l'axe du rocher), elle présente avant tout des **rapports externes** :
— *la trompe d'Eustache*, oblique en avant et en bas, croise sa face latérale ; elle est longée en dehors par la corde du tympan (du VII) et au-dessus par le canal du muscle du marteau.

d) **Orifice de sortie** : ouvert en biseau, il entre en rapport :
— *en avant* : avec le trou déchiré antérieur ;
— *en haut et en dedans*/ avec le nerf moteur oculaire externe (VI) ;
— *en haut et en dehors* : avec le cavum de Meckel** (contenant le ganglion de Gasser) et avec les deux nerfs pétreux (grand et petit).

L'artère carotide interne pénètre ensuite dans le **sinus caverneux**.

Configuration intérieure du cerveau

A. Ventricules cérébraux :
   1. Caractères généraux
   2. Ventricules latéraux :
      a. corne frontale
      b. corne temporale
      c. corne occipitale
      d. carrefour ventriculaire
      e. plexus choroïdes
   3. Troisième ventricule :
      a. parois
      b. bords

B. Fente cérébrale de Bichat

C. Noyaux gris centraux :
   1. Noyaux opto-striés :
      a. Thalamus
      b. Corps striés :
      noyau caudé
      noyau lenticulaire
   2. Noyaux sous-opto-striés :
      a. Hypothalamus
      b. Subthalamus
   3. Noyaux sus-opto-striés :
      l'Epiphyse

D. Substance blanche :
   1. Centre ovale
   2. Capsule interne
   3. Commissures :
      a. interhémisphériques
      b. diencéphaliques

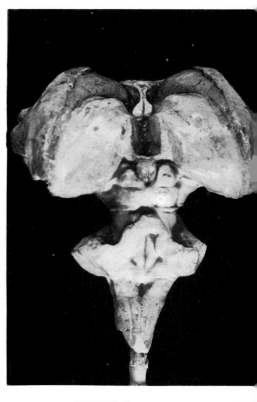

FIGURE 73
Vue postérieure des noyaux opto-striés et du tronc cérébral (moulage).

Pour étudier la structure interne du cerveau, deux coupes sont nécessaires :
l'une vertico-frontale : la coupe de Charcot, (Fig. 75)
l'autre horizontale : la coupe de Flechsig. (Fig. 76)

Elles mettent en évidence *trois formations* :
— des cavités ventriculaires, contenant du liquide cérébro-spinal, mais sans relation avec l'espace sous-arachnoïdien : les deux ventricules latéraux et le troisième ventricule,
— des amas de substance grise, les noyaux gris centraux, (Fig. 73 et 74)
— une importante masse de substance blanche, sous-jacente à la couche de substance grise du cortex, et s'insinuant entre les différents noyaux qu'elle sépare, et une *dépression* : la fente de Bichat.

La coupe frontale de Charcot* (ou de Pitres)** passe par les thalamus et par les tubercules mamillaires. Elle sectionne les ventricules latéraux au niveau de leurs cornes frontales et de leurs cornes temporales ; elle montre ainsi les deux portions de la fente de Bichat : portion moyenne, au-dessus du 3e ventricule, et portion latérale, entre le pédoncule cérébral et le lobe temporal.

La coupe horizontale de Flechsig*** passe également par le diencéphale. Elle sectionne les ventricules latéraux en avant et en arrière, c'est-à-dire au niveau de leurs cornes frontales et occipitales ; elle montre latéralement la large échancrure de la scissure de Sylvius, au fond de laquelle apparaît le lobe de l'insula.

A. LES VENTRICULES CÉRÉBRAUX (Ventriculus cerebri)

Chaque hémisphère est creusé d'une cavité, le ventricule latéral, communiquant de chaque côté avec un ventricule médian, le 3e ventricule.

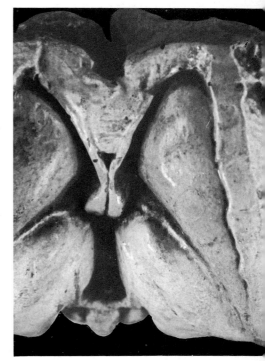

FIGURE 74
Vue supérieure des noyaux opto-striés (moulage).

---
* Charcot Jean Martin (1825-1893), médecin français, professeur d'anatomie pathologique et de neurologie à Paris.
** Pitres Jean Albert (1848-1928), médecin français, professeur de clinique médicale à Bordeaux.
*** Flechsig Paul Emile (1847-1929), né en Bohême, professeur de psychiatrie à Leipzig (Allemagne).

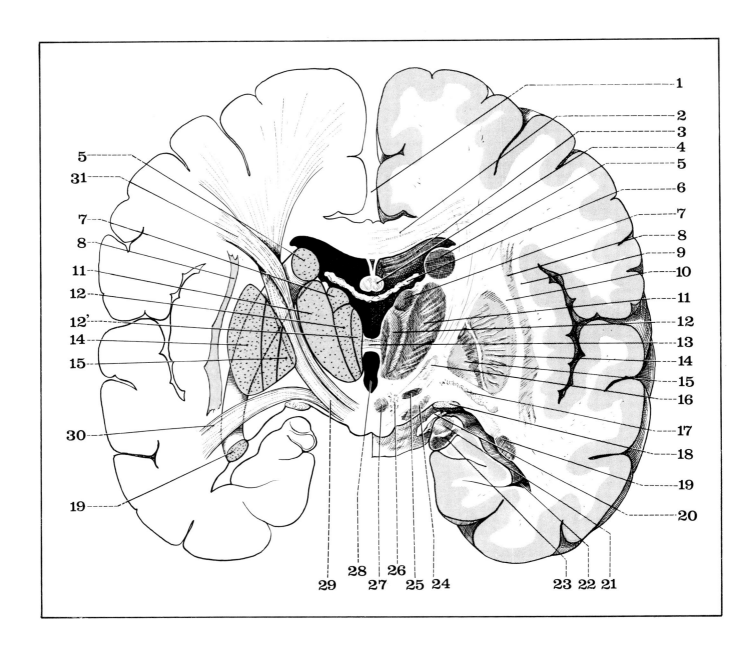

FIGURE 75

*Coupe frontale du cerveau (ou coupe de Charcot).
Segment postérieur de la coupe.*

1. Scissure inter-hémisphérique.
2. Corps calleux.
3. Ventricule latéral.
4. Trigone cérébral.
5. Tête du noyau caudé.
6. Plexus choroïde latéral.
7. Noyau antérieur du thalamus.
8. Avant-mur (ou claustrum).
9. Capsule extrême.
10. Capsule externe.
11. Noyaux latéraux du thalamus.
12. Noyaux médiaux du thalamus.
12'. Noyau para-ventriculaire.
13. Commissure grise.
14. Putamen (noyau lenticulaire).
15. Pallidum (noyau lenticulaire).
16. Capsule interne.
17. Segment sous-lenticulaire de la capsule interne.
18. Bandelette optique.
19. Queue du noyau caudé.
20. Plexus choroïde latéral.
21. Corps bordant (ou fimbria).
22. Eperon de Meckel.
23. Corps godronné.
24. Locus niger.
25. Zona incerta.
26. Corps de Luys.
27. Noyau rouge.
28. Troisième ventricule.
29. Faisceau cortico-médullaire.
30. Faisceau temporo-ponto-cérébelleux.
31. Faisceau cortico-nucléaire.

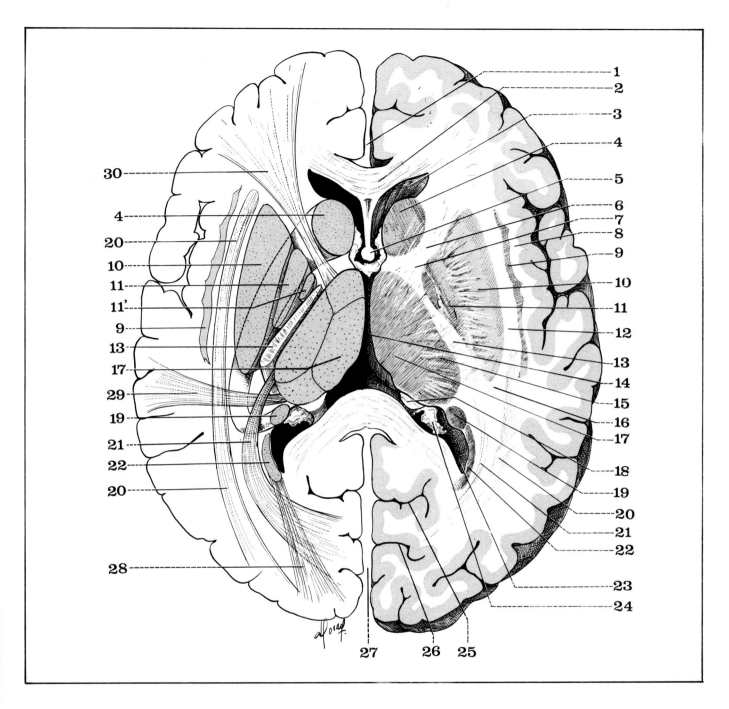

FIGURE 76

*Coupe horizontale du cerveau (ou coupe de Flechsig).
Segment supérieur de la coupe.*

1. Scissure inter-hémisphérique.
2. Genou du corps calleux.
3. Corne frontale du ventricule latéral.
4. Tête du noyau caudé.
5. Corps du trigone cérébral.
6. Bras antérieur de la capsule interne.
7. Genou de la capsule interne.
8. Capsule extrême.
9. Avant-mur (ou claustrum).
10. Putamen (noyau lenticulaire).
11. Globus pallidus latéral.
11'. Globus pallidus médial.
12. Capsule externe.
13. Bras postérieur de la capsule interne.
14. Troisième ventricule.
15. Noyaux latéraux du thalamus.
16. Segment rétro-lenticulaire de la capsule interne.
17. Noyaux médiaux du thalamus.
18. Pilier postérieur du trigone.
19. Queue du noyau caudé.
20. Faisceau longitudinal inférieur.
21. Radiations optiques.
22. Tapetum.
23. Corne occipitale du ventricule latéral.
24. Glomus choroïdien.
25. Scissure calcarine.
26. Scissure perpendiculaire interne.
27. Scissure inter-hémisphérique.
28. Tapetum.
29. Pédoncule supéro-externe du thalamus.
30. Pédoncule antérieur du thalamus.

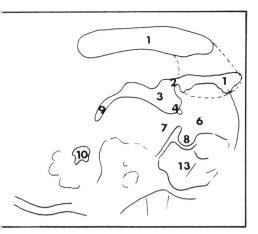

1) CARACTÈRES GÉNÉRAUX

Les cavités ventriculaires sont entièrement tapissées d'une membrane épendymaire, au contact de laquelle se trouvent les *plexus choroïdes*, qui sécrètent le liquide cérébro-spinal ; ceux-ci sont logés dans la *toile choroïdienne supérieure*, constituée par l'accolement des deux feuillets de la pie-mère ; ils se subdivisent en deux parties : (Fig. 79)

— *plexus choroïdes latéraux* : longeant les bords latéraux de la toile choroïdienne, dans le sillon choroïdien, et faisant saillie dans la lumière des ventricules latéraux en refoulant la membrane épendymaire ;

— *plexus choroïdes médians* : formant de part et d'autre de la ligne médiane deux cordons rougeâtres parallèles, et bombant dans le 3e ventricule en refoulant le mince épithélium épendymaire.

La *morphologie générale* des ventricules est appréciable :
— en anatomie : par le moulage en plâtre des cavités,
— en clinique : par l'exploration radiologique. (Fig. 77 et 78)
    soit après introduction d'air dans les ventricules (encéphalographie gazeuse)
    soit après introduction d'une substance iodée (ventriculographie),
    soit surtout par la tomodensitométrie (ou scanner). (Cf. chapitre 20).

Ces méthodes d'examen montrent la forme des deux ventricules latéraux, qui communiquent avec le 3e ventricule par les trous de Monro ; au-dessous, le 3e ventricule se continue en arrière par l'aqueduc de Sylvius avec le 4e ventricule, interposé entre le bulbe et le cervelet ; celui-ci s'ouvre dans la « grande citerne » de la fosse cérébrale postérieure par le trou de Magendie*, et par les deux trous de Luschka**, au-delà, le liquide cérébro-spinal diffuse dans les espaces sous-arachnoïdiens et autour des hémisphères.

L'aqueduc de Sylvius*** étant la seule voie de communication entre les cavités ventriculaires de la loge cérébrale, et celle de la loge cérébelleuse, on comprend que son oblitération congénitale, ou pathologique (par tumeur, traumatisme, inflammation) entraîne une « hydrocéphalie » avec distension des ventricules cérébraux, et signes cliniques d'hypertension intra-crânienne.

2) LES VENTRICULES LATÉRAUX

Pairs et symétriques, creusés dans l'épaisseur des hémisphères, ils décrivent chacun une courbe en fer à cheval à concavité antérieure, qui circonscrit la convexité du noyau caudé. (Fig. 80)

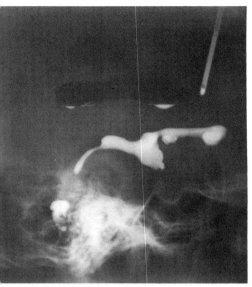

▲ FIGURE 77
Ventriculographie lipiodolée (cliché de profil).

---

* Magendie François (1783-1855), né à Bordeaux, professeur de pathologie et physiologie à Paris.
** Luschka Hubert Von (1820-1875), professeur d'anatomie à Tübingen (Allemagne).
*** Sylvius François (1614-1672), anatomiste allemand, professeur de médecine à Leyden (Hollande).

FIGURE 78 ▶

Encéphalographie gazeuse (tomographie de profil).

1. Ventricule latéral.
2. Canal de Monro.
3. Troisième ventricule.
4. Infundibulum.
5. Pédoncule cérébral.
6. Confluent antérieur.
7. Confluent inférieur.
8. Selle turcique.
9. Aqueduc de Sylvius.
10. Quatrième ventricule.
11. Protubérance annulaire.
12. Bulbe rachidien.
13. Sinus sphénoïdal.

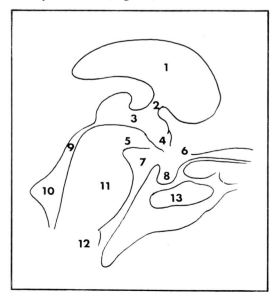

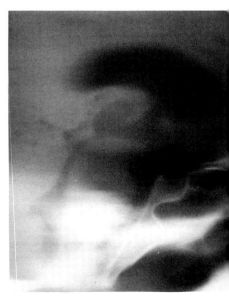

Chaque *ventricule latéral* (Ventriculus lateralis) présente à étudier 4 portions :
— une branche supérieure horizontale qui s'avance dans le lobe frontal : la corne frontale,
— une branche inférieure qui s'avance dans le lobe temporal : la corne temporale,
— un diverticule postérieur qui s'enfonce dans le lobe occipital : la corne occipitale,
— un segment intermédiaire où se réunissent les trois cornes : le carrefour ventriculaire.

L'ensemble du ventricule n'est pas orienté dans un plan strictement sagittal, mais disposé dans un plan oblique en dehors et en arrière, de telle sorte que la corne frontale est très proche de la ligne médiane (quelques millimètres) alors que la corne temporale en est distante de 3 cm.

La capacité moyenne de chaque ventricule est d'environ 10 cm³.

a) **Corne frontale** (Cornu anterius). (Fig. 81 et 84)

Longue de 6 à 7 cm, elle décrit une légère courbe à concavité externe, du bec du corps calleux au carrefour ventriculaire, et présente trois parois :

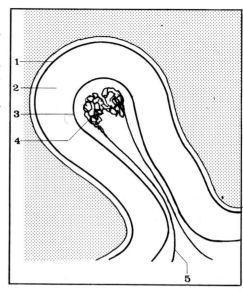

FIGURE 79

Schématisation du plexus choroïde.
1. *Membrane épendymaire externe.*
2. *Cavité ventriculaire.*
3. *Membrane épendymaire interne.*
4. *Plexus choroïdes.*
5. *Toile choroïdienne.*

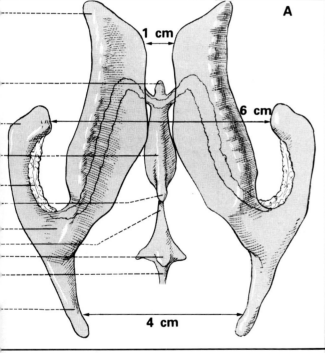

FIGURE 80

A. *Vue supérieure des cavités ventriculaires.*
1. *Corne frontale.*
2. *Récessus sus-optique.*
3. *Corne temporale.*
4. *Troisième ventricule.*
5. *Plexus choroïde du ventricule latéral.*
6. *Récessus sus-pinéal.*
7. *Carrefour ventriculaire.*
8. *Aqueduc de Sylvius.*
9. *Quatrième ventricule.*
10. *Canal de l'épendyme.*
11. *Corne occipitale.*

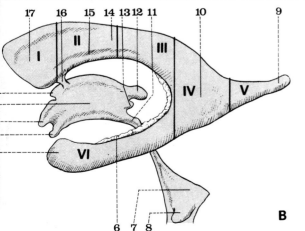

B. *Vue latérale gauche des ventricules cérébraux.*
1. *Vulve du 3ᵉ ventricule.*
2. *Cavité du 3ᵉ ventricule.*
3. *Récessus sus-optique.*
4. *Infundibulum.*
5. *Corne temporale du ventricule latéral.*
6. *Plexus choroïde latéral.*
7. *Cavité du 4ᵉ ventricule.*
8. *Récessus latéral du 4ᵉ ventricule.*
9. *Corne occipitale du ventricule latéral.*
10. *Carrefour ventriculaire.*
11. *Aqueduc de Sylvius.*
12. *Récessus sus-pinéal.*
13. *Récessus sous-pinéal.*
14. *Empreinte du noyau caudé.*
15. *Sillon opto-strié.*
16. *Trou de Monro.*
17. *Corne frontale du ventricule latéral.*

I. *Première portion de la corne frontale.*
II. *Deuxième portion de la corne frontale.*
III. *Corps ventriculaire (Pars centralis).*
IV. *Carrefour.*
V. *Corne occipitale.*
VI. *Corne temporale.*

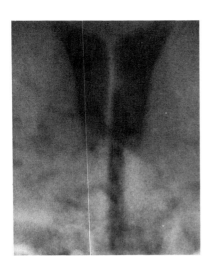

FIGURE 81

Encéphalographie gazeuse de face montrant les cornes frontales.

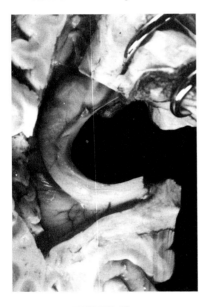

FIGURE 82

Ouverture de la corne temporale du ventricule latéral.

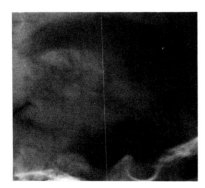

FIGURE 83

Encéphalographie gazeuse de profil montrant la corne occipitale.

— *supérieure* : convexe vers le haut, formée par la face inférieure du corps calleux, qui constitue la voûte du ventricule,

— *interne* : verticale, séparant les deux ventricules latéraux l'un de l'autre, elle est formée de deux portions :

— postérieure : étroite, à l'union du corps calleux et du trigone,

— antérieure : haute, du fait de l'interposition entre ces deux formations de la mince lame du *septum lucidum**, cloison médiane créé par l'accolement de la paroi des deux ventricules ;

— *inféro-externe* : oblique en bas et en dedans, subdivisée en deux segments que sépare le trou de Monro :

— *antérieur* : surtout formé par la tête du noyau caudé, et, en dedans par les fibres de la lame inférieure du genou du corps calleux,

— *postérieur* : plus large, avec, de dehors en dedans, le corps du noyau caudé, le sillon opto-strié, le segment externe de la face supérieure du thalamus, le sillon choroïdien (avec le plexus choroïde latéral), et la moitié latérale du trigone cérébral,

— le *trou de Monro*, large de 2 à 3 mm, est situé à l'angle de réunion des parois interne et inféro-externe, entre le pilier antérieur du trigone (en avant) et le thalamus (en arrière) ; le plexus choroïde, qui rejoint le 3e ventricule ne fait que longer sa paroi, en soulevant la membrane épendymaire.

b) **Corne temporale** (Cornu Inferius). (Fig. 82, 84 et 86)

Longue de 3 à 4 cm, elle se dirige en avant et en bas, au-dessous de la racine du pédoncule cérébral, le long de la portion latérale de la fente de Bichat.

Elle apparaît à la coupe comme un croissant à concavité inféro-interne, et présente deux parois :

— *supéro-externe* : tapissée par la queue du noyau caudé (en haut) et par les radiations des fibres d'association du « tapetum » (en bas) ;

— *inféro-interne* : plus complexe, essentiellement formée par la corne d'Amon**, bourrelet blanc en croissant concave en dedans, déterminé par le sillon de l'hippocampe ; le long du bord interne de cette « corne », se trouvent le corps bordant, ou fimbria (en haut) et le corps godronné (en bas) ; la partie latérale de ce plancher ventriculaire forme l'éminence collatérale ou éperon de Meckel***, déterminée par le sillon collatéral (ou 4e sillon temporal).

Quant au bord interne de la corne temporale, il répond à la partie latérale de la fente de Bichat : les plexus choroïdes latéraux y refoulent la membrane épendymaire vers la cavité ventriculaire, mais demeurent extra-ventriculaires.

c) **Corne occipitale** (Cornu posterius). (Fig. 83 et 85)

La plus courte (2 cm), elle commence au carrefour ventriculaire, et se porte horizontalement en arrière pour se terminer en pointe, à 3 cm du pôle occipital. Elle est la seule à ne pas comporter de formations choroïdiennes, et présente, comme la corne temporale, deux parois :

— *supéro-externe* : concave, répondant à une série de faisceaux blancs du centre ovale ; de dedans en dehors :

— le tapetum (faisceau d'association),

— les radiations optiques de Gratiolet (faisceau de projection),

— le faisceau longitudinal inférieur (faisceau d'association).

— *inféro-interne* : convexe, soulevée par deux saillies longitudinales,

— l'une *supérieure*, le bulbe, déterminé par le forceps major du corps calleux,

---

* Septum lucidum : cloison transparente.
** Amon : dieu des Egyptiens, assimilé à Jupiter, et représenté avec des cornes de bélier.
*** Meckel Johan Friedrich (1724-1774), professeur d'anatomie, botanique et gynécologie à Berlin.

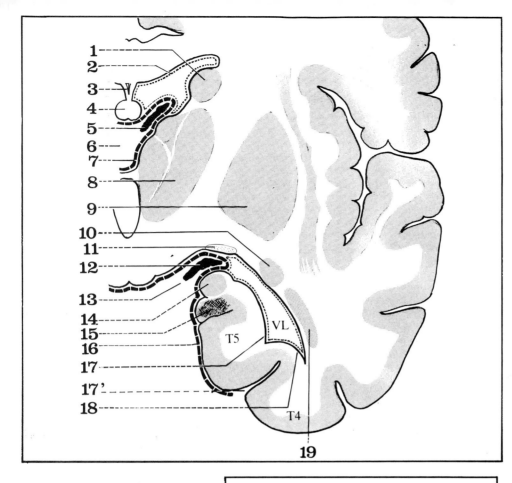

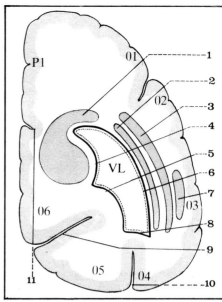

FIGURE 85

Coupe frontale passant par la corne occipitale du ventricule latéral (côté gauche - segment postérieur).

1. Forceps major du corps calleux.
2. Tapetum.
3. Radiations optiques de Gratiolet.
4. Bulbe.
5. Ergot de Morand.
6. Membrane épendymaire.
7. Faisceau longitudinal inférieur.
8. Eminence collatérale (de Meckel).
9. Scissure calcarine.
10. 4ᵉ sillon occipital (ou sillon collatéral).
11. Scissure perpendiculaire interne.

FIGURE 84

Coupe frontale de Charcot montrant les cornes frontale et temporale du ventricule latéral (côté gauche - segment postérieur).

1. Tête du noyau caudé.
2. Membrane épendymaire.
3. Septum lucidum.
4. Trigone cérébral.
5. Plexus choroïde du ventricule latéral.
6. Fente de Bichat (partie supérieure).
7. Toile choroïdienne supérieure.
8. Thalamus.
9. Noyau lenticulaire.
10. Queue du noyau caudé.
11. Bandelette optique.
12. Plexus choroïde du ventricule latéral.
13. Fente de Bichat (partie inférieure).
14. Corps bordant ou fimbria.
15. Corps godronné.
16. Pie-mère.
17. Corne d'Amon.
17'. 4ᵉ sillon temporal (ou sillon collatéral).
18. Eminence collatérale.
19. Tapetum.

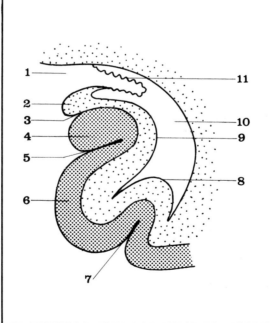

FIGURE 86

La corne temporale du ventricule latéral (d'après Monod et Duhamel). Coupe frontale, côté gauche, segment postérieur.

1. Fente de Bichat.
2. Corps bordant (ou fimbria).
3. Sillon fimbrio-godronné.
4. Corps godronné (ou gyrus dentelé).
5. Sillon de l'hippocampe.
6. Circonvolution de l'hippocampe (T5).
7. Sillon collatéral (4ᵉ sillon temporal).
8. Eminence collatérale.
9. Corne d'Amon.
10. Corne temporale.
11. Plexus choroïde du ventricule latéral.

— l'autre *inférieure*, plus importante, l'ergot de Morand****, en rapport avec la scissure calcarine, qui refoule le lobe occipital vers le ventricule : la partie latérale de cette paroi forme, comme au niveau de la corne temporale, l'éminence collatérale, déterminée par le sillon collatéral.

**** Morand Sauveur François (1697-1773), chirurgien parisien. Ergot : parce qu'il ressemble à l'ergot de la patte du coq (Calcar avis).

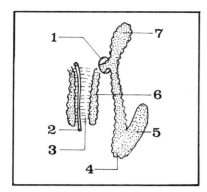

FIGURE 87

Vue supérieure du plexus choroïde latéral (côté droit).

1. Trou de Monro.
2. Veine cérébrale interne.
3. Toile choroïdienne supérieure.
4. Glomus.
5. Branche temporale.
6. Plexus choroïde médian.
7. Branche frontale.

---

* Plexus, du latin « plecto » : nouer, tisser.
** Choroïde, du grec « chorion » : le chorion (ou enveloppe de l'embryon).
*** Galien Claudius (129-201), né à Pergame (Asie Mineure), médecin et philosophe grec établi à Rome.

C'est au niveau de la corne occipitale que se pratique le plus facilement la *ponction ventriculaire*, après trépanation à 3 cm au-dessus et en dehors de la protubérance occipitale externe.

d) Carrefour ventriculaire ou trigone collatéral (Trigonum collaterale)

Portion la plus large du canal ventriculaire, il est situé à l'union des trois cornes, et limité :
— en avant : par le pulvinar, et par le segment descendant du noyau caudé,
— en dehors : par les radiations du corps calleux qui s'épanouissent dans le centre ovale,
— en dedans : par une lame épithéliale en rapport avec la fente de Bichat, et refoulée vers la cavité par le plexus choroïde latéral.

e) Plexus choroïdes** (Plexus choroideus ventriculi lateralis)

L'intérieur des cavités ventriculaires est tapissé par la membrane épendymaire, que soulèvent en certains points des saillies rougeâtres, villeuses, les plexus choroïdes, agents sécréteurs du L.C.R.

Les *plexus choroïdes latéraux* forment deux cordons latéraux, qui bordent la toile choroïdienne supérieure, dans le sillon choroïdien. (Fig. 87).

Ils présentent :
— une branche frontale : qui se continue au niveau du trou de Monro avec les plexus choroïdes médians,
— une branche temporale : qui n'atteint pas le sommet de la corne,
— un épaississement, ou glomus, situé dans le carrefour, en direction de la corne occipitale.

Ils sont vascularisés par deux artères : (Fig. 88)
— la choroïdienne antérieure (A. choroidea anterior), née de la carotide interne, qui monte dans l'extrémité antérieure de la fente de Bichat, pénètre dans la corne temporale, et irrigue les plexus jusqu'au trou de Monro ;
— la choroïdienne postéro-latérale, née de la cérébrale postérieure, qui atteint la partie moyenne de la fente de Bichat, et donne des rameaux au plexus choroïde latéral.

Les veines se drainent dans le sinus droit, par l'intermédiaire des veines de Galien***. (Fig. 89)

FIGURE 88

Les artères de la face inférieure du cerveau (après ouverture du ventricule latéral droit).

2. Artère cérébrale moyenne.
3. Tubercule mamillaire.
4. Artère communicante postérieure.
5. Artère choroïdienne antérieure.
6. Plexus choroïde latéral.
7. Pédoncule cérébral.
8. Corps genouillé externe.
9. Corne temporale du ventricule latéral.
10. Bourrelet du corps calleux.

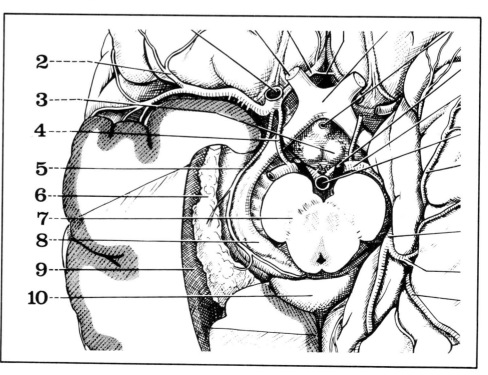

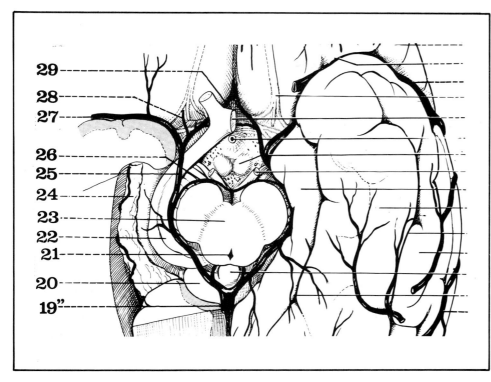

FIGURE 89

La face inférieure du cerveau (après section horizontale du lobe temporo-occipital droit, et ouverture du ventricule latéral droit).

19''. Ampoule de Galien.
20. Tubercule quadrijumeau antérieur.
21. Aqueduc de Sylvius.
22. Corps genouillés.
23. Calotte pédonculaire.
24. Plexus choroïde latéral.
25. Veine basilaire.
26. Veine communicante postérieure.
27. Veine sylvienne profonde.
28. Veine de l'espace perforé antérieur.
29. Veine cérébrale antérieure.

3) LE TROISIÈME VENTRICULE (Ventriculus Tertius), OU VENTRICULE MOYEN

Le diencéphale, ou cerveau intermédiaire, est creusé d'une cavité impaire et médiane, située entre les deux thalamus, et communiquant :

— avec les ventricules latéraux : par les trous de Monro,
— avec le 4ᵉ ventricule : par l'aqueduc de Sylvius.

Sa *forme* est celle d'un entonnoir aplati transversalement, à base supérieure, et à sommet inférieur; sa *cavité*, très réduite, traversée par la commissure grise, ne contient que 3 à 5 cc de L.C.S.; ses *dimensions* moyennes sont les suivantes : longueur = 3 cm, hauteur = 2,5 cm, largeur = 0,5 cm. (Fig. 90)

On lui décrit 4 parois :

deux latérales, une supérieure ou toit, une inférieure ou plancher;
et deux bords : antérieur et postérieur.

a) **Quatre parois** :

— *Latérales* : verticales, parcourues du trou de Monro à l'aqueduc de Sylvius par un sillon curviligne, à convexité inférieure, *le sillon de Monro*, ou sillon hypothalamique (Sulcus hypothalamicus) qui délimite deux étages :

— *supérieur* ou thalamique, ovalaire, à grand axe antéro-postérieur, limité en haut par le taenia thalami, et correspondant, à travers la membrane épendymaire, aux noyaux médiaux du thalamus, sur lesquels remonte le noyau para-ventriculaire;
— *inférieur* ou hypothalamique, triangulaire à base supérieure (sillon de Monro), longé par le pilier antérieur du trigone, qui gagne, de chaque côté, le tubercule mamillaire; en avant, il entre en rapport avec la substance grise de la région infundibulo-tubérienne.

— *Supérieure* (toit du 3ᵉ ventricule) : triangulaire à base postérieure, elle s'étend entre les deux thalamus, formée essentiellement par la membrane épendymaire qui se condense en deux formations : (Fig. 91 et 92)

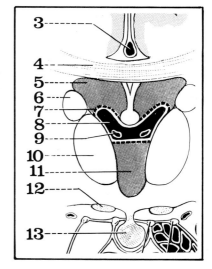

FIGURE 90

Coupe frontale du crâne passant par le 3ᵉ ventricule.

3. Sinus longitudinal inférieur.
4. Corps calleux.
5. Ventricule latéral.
6. Noyau caudé.
7. Membrane épendymaire.
8. Fente de Bichat.
9. Veine cérébrale interne.
10. Thalamus.
11. Troisième ventricule.
12. Bandelette optique.
13. Hypophyse.

FIGURE 91

Vue supérieure du toit du 3ᵉ ventricule.
1. Triangle de l'habenula.
2. Habena.
3. Ganglion de l'habenula.
4. Tubercule quadrijumeau antérieur.
5. Plexus choroïde médian.
6. Ampoule de Galien.
7. Epiphyse.
8. Sillon choroïdien.
9. Pulvinar.
10. Veine cérébrale interne.
11. Toile choroïdienne supérieure.
12. Plexus choroïde latéral.
13. Noyau caudé.
14. Portion latérale du thalamus.
15. Veine du plexus choroïde latéral.
16. Veine opto-striée.
17. Sillon opto-strié.
18. Portion antérieure du thalamus.
19. Pilier antérieur du trigone.
20. Trigone cérébral (sectionné).

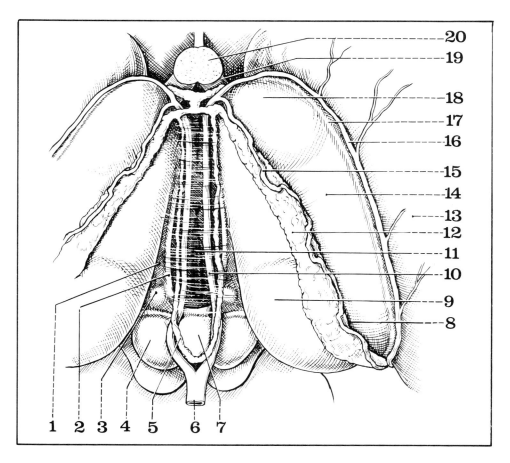

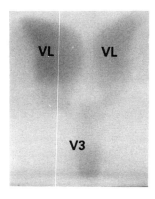

FIGURE 91bis

Encéphalographie gazeuse (tomographie de face).

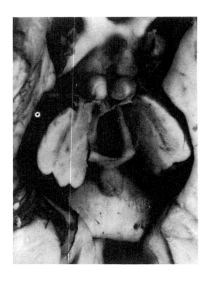

FIGURE 92

Le plafond du 3ᵉ ventricule et l'épiphyse (après section des pédoncules cérébraux).

— la *membrana tectoria*, fixée latéralement sur les deux habenae, et limitée en avant par les piliers antérieurs du trigone, en arrière par la commissure inter-habenulaire, et la face supérieure de l'épiphyse,

— la *toile choroïdienne supérieure* (Tela choroidea ventriculi tertii), sus-jacente, forme une lame à deux feuillets dont l'inférieur adhère intimement à la membrana tectoria, et dont le supérieur tapisse la face inférieure du trigone cérébral ; à l'intérieur, circulent les deux plexus choroïdes médians, qui font saillie dans la cavité ventriculaire, et encadrent les deux veines cérébrales internes (V. cerebri internae) ou veines de Galien ; celles-ci se réunissent derrière l'épiphyse en un tronc commun, la grande veine cérébrale (V. cerebri magna), ou ampoule de Galien.

— *Inférieure* (plancher du 3ᵉ ventricule) ; très étendu, elle correspond en surface à la partie médiane du losange opto-pédonculaire ; elle est formée d'avant en arrière par : (Fig. 93)

— le chiasma optique, au-dessus duquel s'enfonce le récessus optique (Recessus Opticus) du ventricule,

— le tuber cinereum, au-dessus duquel s'enfonce l'infundibulum (Recessus Infundibuli), jusqu'à la tige pituitaire,

— les deux tubercules mamillaires (Corpus mamillare),

— l'espace perforé postérieur (Substantia perforata posterior),

— les pédoncules cérébraux.

Dans le plancher du 3ᵉ ventricule se trouvent les différents noyaux de l'hypothalamus : péri-tubériens, et péri-mamillaires.

b) **Deux bords** : (Fig. 94)

— *Antérieur* : presque vertical, avec une légère concavité antérieure, il est constitué de haut en bas par :

— les piliers antérieurs du trigone,
— la commissure blanche antérieure, limitant avec eux la vulve, ou fossette triangulaire,
— la lame sus-optique, ou lame terminale (Lamina terminalis), tendue entre le bec du corps calleux et le chiasma.

— *Postérieur* : très court, sinueux, il est formé de haut en bas par :
— l'épiphyse, ou corps pinéal (Corpus pineale), petite glande ovoïde logée entre la toile choroïdienne supérieure et les tubercules quadrijumeaux ; au-dessus d'elle s'enfonce le récessus pinéal (Recessus Pinealis) du ventricule,
— la commissure blanche postérieure, tendue entre les deux pulvinars,
— l'aqueduc de Sylvius (Aqueductus cerebri), s'évase sous forme d'un entonnoir, ou anus (de Vieussens), et s'enfonce dans la partie postérieure des pédoncules cérébraux.

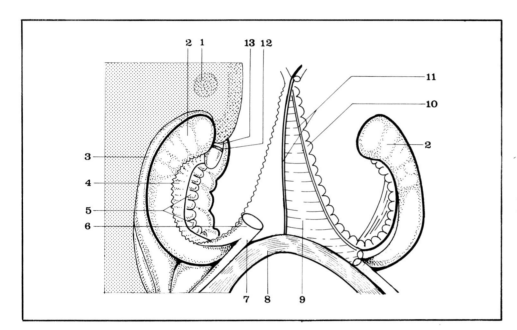

FIGURE 93

Plancher de la corne temporale des ventricules latéraux (vue supérieure).

1. Noyau amygdalien gauche.
2. Corne d'Amon.
3. Eminence collatérale.
4. Corps bordant (ou fimbria).
5. Corps godronné (ou gyrus dentelé).
6. Section du pilier postérieur du trigone (côté gauche).
7. Pied de l'hippocampe.
8. Bourrelet (ou splenium) du corps calleux.
9. Toile choroïdienne supérieure.
10. Plexus choroïde latéral (côté droit).
11. Section de la lame épendymaire.

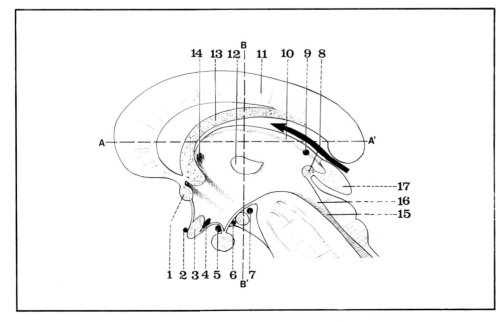

FIGURE 94

Coupe sagittale de l'encéphale passant par le 3ᵉ ventricule (la flèche indique la fente de Bichat).

AA' Niveau de la coupe de Flechsig.
BB' Niveau de la coupe de Charcot.
1. Commissure blanche antérieure.
2. Commissure inter-rétinienne.
3. Chiasma optique.
4. Commissure de Gudden.
5. Commissure inter-striée (de Meynert).
6. Commissure inter-tubérienne.
7. Commissure sous-thalamique (de Forel).
8. Commissure blanche postérieure.
9. Commissure inter-habénulaire.
10. Habena.
11. Corps calleux.
12. Commissure grise.
13. Trigone cérébral.
14. Trou de Monro.
15. Aqueduc de Sylvius.
16. Anus du 3ᵉ ventricule.
17. Epiphyse.

B. LA FENTE CÉRÉBRALE DE BICHAT*, ou fissure transversale du cerveau (Fissura transversa cerebri)

On désigne sous le nom de fente de Bichat une dépression créée entre le télencéphale et le diencéphale, à l'intérieur de laquelle la pie-mère s'insinue pour former la toile choroïdienne et les plexus choroïdes supérieurs. (Fig. 95 et 96)

Sa *forme* est celle d'un fer à cheval disposé entre les hémisphères, et encerclant dans sa concavité antérieure les pédoncules cérébraux.

Sa *partie moyenne*, transversale, est située entre le bourrelet du corps calleux et l'épiphyse; elle est parcourue par la toile choroïdienne supérieure.

Ses *parties latérales*, à concavité interne, présentent deux lèvres:
— interne : formée par le pédoncule cérébral, qu'entourent la bandelette optique et les corps genouillés.
— externe : formée par la circonvolution de l'hippocampe, et les corps bordant et godronné.

La fente de Bichat est séparée des ventricules cérébraux (latéraux et moyen) par la membrane épendymaire qui ferme les ventricules : les plexus choroïdes et la toile choroïdienne supérieure ne sont donc pas directement en contact avec la fente cérébrale.

C. LES NOYAUX GRIS CENTRAUX

On les divise en trois parties :
— les noyaux opto-striés, les plus volumineux, qui occupent la région centrale du cerveau,
— les noyaux sous-opto-striés, plus disparates, placés sous les précédents,
— les noyaux sus-opto-striés.

1) LES NOYAUX OPTO-STRIÉS comprennent, de chaque côté de la ligne médiane : (Fig. 98)
— le thalamus, ou couche optique,
— les corps striés, eux-mêmes formés de deux noyaux (lenticulaire, et caudé).

---

* Bichat Xavier (1771-1802), anatomiste français, professeur d'anatomie à Paris.

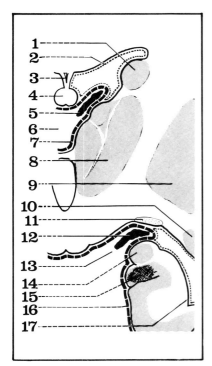

FIGURE 95

La fente de Bichat.
(Coupe frontale de Charcot).

1. Tête du noyau caudé.
2. Membrane épendymaire.
3. Septum lucidum.
4. Trigone cérébral.
5. Plexus choroïde du ventricule latéral.
6. Fente de Bichat (partie supérieure).
7. Toile choroïdienne supérieure.
8. Thalamus.
9. Noyau lenticulaire.
10. Queue du noyau caudé.
11. Bandelette optique.
12. Plexus choroïde du ventricule latéral.
13. Fente de Bichat (partie inférieure).
14. Corps bordant ou fimbria.
15. Corps godronné.
16. Pie-mère.
17. Corne d'Ammon.

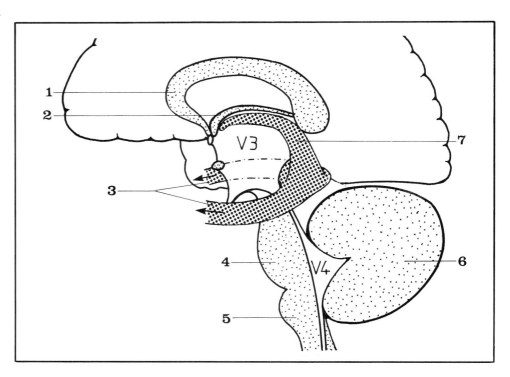

FIGURE 96

Représentation schématique de la fente de Bichat. Vue latérale gauche.

1. Corps calleux.
2. Trigone cérébral.
3. Parties latérales de la fente.
4. Protubérance annulaire.
5. Bulbe rachidien.
6. Cervelet.
7. Partie moyenne de la fente.

V3 : troisième ventricule.
V4 : quatrième ventricule.

a) **LE THALAMUS** autrefois appelé couche optique (ou couche des nerfs optiques) est une volumineuse masse ovoïde à grand axe antéro-postérieur, mesurant 4 cm de long, 2 cm de large et de hauteur (du latin Thalamus : la chambre à coucher).

Son pôle antérieur, très arrondi, est proche de la ligne médiane, alors que son pôle postérieur s'en écarte très nettement. (Fig. 99)

Il correspond au cerveau intermédiaire, ou *diencéphale*, qui provient embryologiquement de la 2e vésicule cérébrale. On lui décrit 4 faces et 2 extrémités :

Quatre faces :

- *interne* : divisée en deux parties :
  — les *3/4 antérieurs* forment la paroi latérale du 3e ventricule ; entre les deux thalamus s'étend un pont de substance grise, la commissure grise (Adhesio Interthalamica),
  — le *1/4 postérieur* est libre, et répond, en haut à la citerne ambiante (ou confluent supérieur), en bas à la lame quadrijumelle ;
- *supérieure* : triangulaire à base postérieure, elle est limitée : (Fig. 91)
  — *en dedans* : par un cordon blanc sagittal, le *taenia thalami*, ou habena (rêne), qui délimite latéralement, avec le bord supéro-interne du thalamus, et le frein de l'épiphyse, le *triangle de l'habenula* à la partie postérieure duquel se trouve le petit ganglion de l'habenula (Nucleus Habenulae),
  — *en dehors* : par le *sillon opto-strié*, oblique en dehors et en arrière, entre le thalamus et le noyau caudé ; parcouru par la veine opto-striée, et par la bandelette semi-circulaire (Taenia Semi-Circularis), il s'étend du trou de Monro (en avant) au carrefour du ventricule latéral (en arrière).

La face supérieure du thalamus est traversée en diagonale par le *sillon choroïdien*, oblique en arrière, bordé en dehors par les plexus choroïdes du ventricule latéral, et représentant le bord externe de la toile choroïdienne supérieure ;

- *externe* : convexe, séparée du noyau lenticulaire par la substance blanche de la *capsule interne* ;
- *inférieure* : plus réduite en avant, en rapport avec l'hypothalamus, et plus étalée en arrière, où elle est au contact des formations grises de la région sous-thalamique.

Deux extrémités (ou pôles)

— *antérieure* : logée dans la concavité du noyau caudé, elle limite avec le pilier antérieur du trigone cérébral le trou de Monro, qui fait communiquer le ventricule latéral avec le ventricule moyen ;

— *postérieure* : formée par la masse arrondie du *pulvinar* (du latin Pulvinar : le coussin), croisée par le pilier postérieur du trigone, et surmontant les corps genouillés externe et interne.

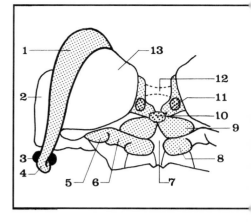

FIGURE 97

Vue postérieure des noyaux gris centraux (côté gauche).

1. *Noyau caudé.*
2. *Noyau lenticulaire.*
3. *Noyau amygdalien.*
4. *Queue du noyau caudé.*
5. *Corps genouillé interne.*
6. *Bras conjonctival postérieur.*
7. *Aire quadrilatère.*
8. *Tubercule quadrijumeau postérieur.*
9. *Tubercule quadrijumeau antérieur.*
10. *Epiphyse.*
11. *Ganglion de l'habenula.*
12. *Commissure blanche postérieure.*
13. *Thalamus.*

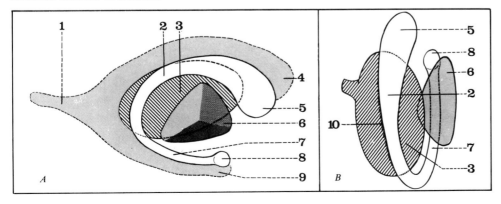

FIGURE 98

A. Vue latérale droite des noyaux opto-striés et des ventricules latéraux.
B. Vue supérieure des noyaux opto-striés droits.

1. *Corne occipitale du ventricule latéral.*
2. *Corps du noyau caudé.*
3. *Thalamus.*
4. *Corne frontale du ventricule latéral.*
5. *Tête du noyau caudé.*
6. *Noyau lenticulaire.*
7. *Queue du noyau caudé.*
8. *Noyau amygdalien.*
9. *Corne temporale du ventricule latéral.*
10. *Sillon opto-strié.*

FIGURE 99

Vue latérale du thalamus droit (après section frontale en avant du pulvinar).

1. *Racine interne de la bandelette optique.*
2. *Corps genouillé interne.*
3. *Pulvinar.*
4. *Corps genouillé externe.*
5. *Racine externe de la bandelette optique.*
6. *Noyau médio-ventral (centre médian de Luys).*
6'. *Noyau arqué (ou semi-lunaire).*
7. *Noyau latéro-ventral postérieur.*
8. *Noyau latéro-ventral intermédiaire.*
9. *Noyau latéro-ventral antérieur.*
10. *Noyau antérieur.*
11. *Portion latérale de la lame médullaire interne.*
12. *Noyau latéro-dorsal antérieur.*
13. *Noyau latéro-dorsal postérieur.*
14. *Lame médullaire interne.*
15. *Noyau médio-dorsal.*
16. *Noyau para-ventriculaire (de l'hypothalamus).*

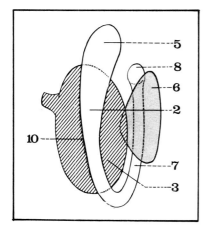

FIGURE 100

Vue supérieure des noyaux opto-striés droits.

2. *Corps du noyau caudé.*
3. *Thalamus.*
5. *Tête du noyau caudé.*
6. *Noyau lenticulaire.*
7. *Queue du noyau caudé.*
8. *Noyau amygdalien.*
10. *Sillon opto-strié.*

---

* Zone grillagée ou noyau réticulaire du thalamus (nucleus reticularis thalami). Arnold Friedrich (1803-1890), professeur d'anatomie à Zurich, Fribourg, Tübingen et Heidelberg.

Structure du thalamus. (Fig. 96 et 98)

Recouvert sur ses faces supérieure et interne par une mince couche de substance blanche, le *stratum zonale*, le thalamus est enveloppé sur sa face externe par une *lame médullaire externe*, plus épaisse, que traversent les fibres afférentes et efférentes (d'où son nom de « zone grillagée d'Arnold* »).

A l'intérieur du thalamus, une autre couche de substance blanche, la *lame médullaire interne* forme une cloison sensiblement verticale qui se bifurque en avant et en arrière, segmentant ainsi la substance grise en quatre secteurs : antérieur, médial, latéral, et postérieur.

Ainsi sont isolés dans le thalamus toute une série de «*noyaux*», de structure histologique variable d'un secteur à l'autre, et de valeur fonctionnelle différente.

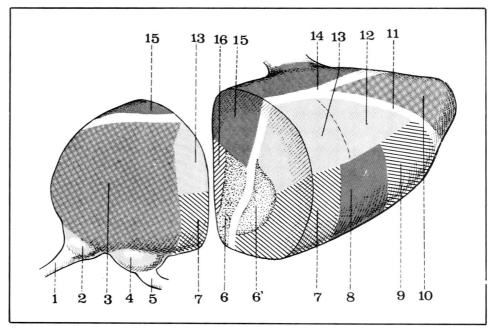

b) LES CORPS STRIÉS (Corpus striatum) font au contraire partie du *télencéphale*, c'est-à-dire qu'ils dérivent, comme l'écorce cérébrale, de la 1re vésicule cérébrale. Ils comprennent deux noyaux situés en dehors du thalamus et sous le ventricule latéral.

* **Le noyau caudé** (Nucleus caudatus - en latin : *cauda*, la queue) présente la forme d'une virgule à grosse extrémité antérieure; d'abord plaqué au-dessus du thalamus, il s'en écarte pour passer sous le noyau lenticulaire, et se terminer dans le lobe temporal. Sa longueur est de 7 cm. (Fig. 97 et 100)

Au cours de son trajet, constamment inscrit dans le fer à cheval du ventricule latéral, dont il reste solidaire, il présente trois portions :

— *antéro-supérieure : la tête* (Caput nuclei caudati), renflée, libre dans la plus grande partie de sa surface, formant le plancher de la corne frontale du ventricule latéral;

— *intermédiaire : le corps* (Corpus nuclei caudati), cylindroïde, allongé, circonscrivant la face supérieure, et le pôle postérieur du thalamus, dont il reste séparé par le sillon opto-strié et par la capsule interne;

— *antéro-inférieure : la queue* (Cauda nuclei caudati), de plus en plus mince, dirigée en avant, en bas et en dehors, au-dessous du noyau lenticulaire et de la capsule interne, et faisant saillie sur le toit de la corne temporale du ventricule latéral : à son extrémité, la queue arrive au contact du *noyau amygdalien*, assez volumineux, logé dans l'uncus de l'hippocampe, et rattaché aux formations olfactives.

* **Le noyau lenticulaire** (Nucleus lentiformis) est situé en dehors du noyau caudé, en pleine substance blanche. Long de 5 cm, il a la forme d'une pyramide triangulaire à base externe, et à sommet inféro-interne. (Fig. 97 et 98)

On le subdivise en deux parties :

— *latérale* : le *putamen* (du latin putamen : la coquille), de couleur foncée, d'origine télencéphalique (comme le noyau caudé),

— *médiale* : le *pallidum* (du latin pallidum : pâle), d'origine diencéphalique (comme le thalamus), lui-même subdivisé en deux segments : le globus pallidus externe, et le globus pallidus interne.

On décrit au noyau lenticulaire trois faces :

— sa *face externe* (ou base), convexe, répond de dedans en dehors à la capsule externe, à l'avant-mur ou claustrum (du latin claustrum : la clôture, le rempart) à la capsule extrême, et au lobe de l'insula ;

— sa *face supérieure* a un versant antérieur, séparé de la tête du noyau caudé par le bras antérieur de la capsule interne, et un versant postérieur, séparé du thalamus par le bras postérieur de la capsule interne ;

— sa *face inférieure*, plane, répond à la région sous-lenticulaire, située au-dessus de la queue du noyau caudé. (Fig. 102)

2) LES NOYAUX SOUS-OPTO-STRIÉS, placés au-dessous du thalamus et du troisième ventricule, constituent des formations beaucoup moins bien délimitées anatomiquement, et groupées en deux parties :

— l'hypothalamus, le plus important, formé par les centres végétatifs supérieurs du diencéphale,

— le subthalamus, représentant la jonction entre le cerveau et les pédoncules cérébraux, et formé par les noyaux relais des voies motrices extra-pyramidales.

a) **L'hypothalamus** est disposé en forme d'entonnoir au-dessous du 3ᵉ ventricule et contre ses parois latérales, jusqu'au sillon hypothalamique, qui le sépare du thalamus ; il occupe la partie antéro-supérieure du losange opto-pédonculaire, compris entre le chiasma optique, les bandelettes optiques, et l'écartement des pédoncules cérébraux. (Fig. 101bis)

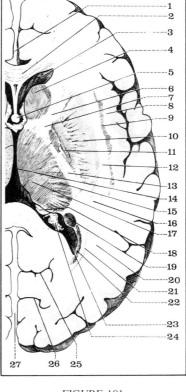

FIGURE 101

Coupe horizontale du cerveau (ou coupe de Flechsig).

1. Scissure inter-hémisphérique (antérieure).
2. Genou du corps calleux.
3. Corne frontale du ventricule latéral.
4. Tête du noyau caudé.
5. Corps du trigone cérébral.
6. Bras antérieur de la capsule interne.
7. Genou de la capsule interne.
8. Capsule extrême.
9. Avant-mur (ou claustrum).
10. Putamen (noyau lenticulaire).
11. Globus pallidus.
12. Capsule externe.
13. Bras postérieur (faisceau cortico-médullaire).
14. Troisième ventricule.
15. Noyaux latéraux du thalamus.
16. Segment rétro-lenticulaire de la capsule interne.
17. Noyaux médiaux du thalamus.
18. Pilier postérieur du trigone.
19. Queue du noyau caudé.
20. Faisceau longitudinal inférieur.
21. Radiations optiques (de Gratiolet).
22. Tapetum.
23. Corne occipitale du ventricule latéral.
24. Glomus choroïdien.
25. Scissure calcarine.
26. Scissure perpendiculaire interne.
27. Scissure inter-hémisphérique postérieure.

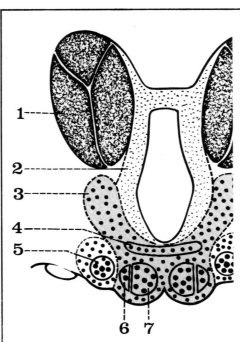

FIGURE 101bis

Coupe frontale passant par l'hypothalamus (d'après Bourret et Louis).

1. Thalamus.
2. Noyau para-ventriculaire.
3. Sub-thalamus.
4. Noyau supra-mamillaire.
5. Noyau latéro-mamillaire.
6. Portion latérale du tubercule mamillaire.
7. Portion médiale du tubercule mamillaire.

Dans cette masse de substance grise, on peut individualiser trois parties : antérieure - postérieure - sécrétoire.

b) **Le subthalamus**, ou région sous-thalamique, est situé en dehors de l'hypothalamus, et directement sous le thalamus ; il surplombe le pied du pédoncule cérébral.

On lui décrit deux noyaux : (Fig. 102)

— la *zona incerta*, située dans l'épanouissement des voies efférentes du noyau lenticulaire,

— le *corps de Luys* (Nucleus Subthalamicus), en forme de lentille biconvexe, placé entre la zona incerta, en haut, et les noyaux mésencéphaliques (locus niger et noyau rouge), en bas.

3) LES NOYAUX SUS-OPTO-STRIÉS, placés dans l'angle d'écartement postérieur des deux thalamus, comportent des formations de moindre importance qui constituent l'**épithalamus**. (Fig. 91 et 97)

— les deux *ganglions de l'habenula*, ou noyaux de l'habenula (Nucleus habenulae), placés dans le triangle du même nom (habenula = petite rêne, en latin), en arrière du toit du 3ᵉ ventricule, et appartenant au système olfactif,

— l'**épiphyse**, ou corps pinéal* (Corpus pineale), petite glande impaire et médiane, de la taille d'un noyau de cerise, que Descartes considérait comme le siège de l'âme, en raison de sa position de « gouvernail du cerveau ». Elle est placée sous le bourrelet (ou splenium) du corps calleux, en arrière du 3ᵉ ventricule, et au-dessus des tubercules quadrijumeaux antérieurs, où son sommet est situé dans la citerne ambiante.

De coloration gris foncé, elle pèse 25 cg. Elle est rattachée en avant aux deux habenae (ou rênes) et à la commissure inter-habenulaire, véritable « frein » de l'épiphyse.

---

* Corps pinéal : en forme de pomme de pin, ou « pénis du cerveau ».

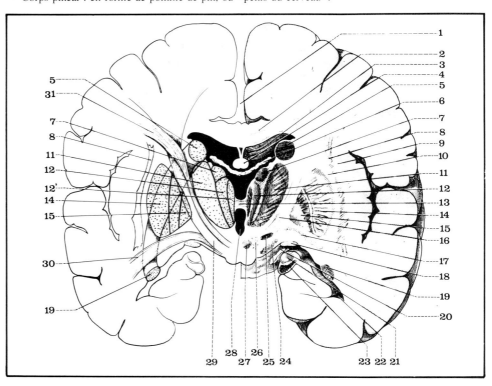

FIGURE 102

Coupe frontale du cerveau (ou coupe de Charcot). Segment postérieur de la coupe.

1. Scissure inter-hémisphérique.
2. Corps calleux.
3. Ventricule latéral.
4. Trigone cérébral.
5. Tête du noyau caudé.
6. Plexus choroïde latéral.
7. Noyau antérieur du thalamus.
8. Avant-mur (ou claustrum).
9. Capsule extrême.
10. Capsule externe.
11. Noyaux latéraux du thalamus.
12. Noyaux médiaux du thalamus.
12'. Noyau para-ventriculaire.
13. Commissure grise.
14. Putamen (noyau lenticulaire).
15. Pallidum (noyau lenticulaire).
16. Capsule interne.
17. Segment sous-lenticulaire de la capsule interne.
18. Bandelette optique.
19. Queue du noyau caudé.
20. Plexus choroïde latéral.
21. Corps bordant (ou fimbria).
22. Eperon de Meckel.
23. Corps godronné.
24. Locus niger.
25. Zona incerta.
26. Corps de Luys.
27. Noyau rouge.
28. Troisième ventricule.
29. Faisceau cortico-médullaire.
30. Faisceau temporo-ponto-cérébelleux.
31. Faisceau cortico-nucléaire.

D. LA SUBSTANCE BLANCHE

Elle forme le centre des hémisphères cérébraux, et sépare les noyaux gris centraux de la substance grise corticale. (Fig. 103)

Les coupes de Charcot et de Flechsig mettent en évidence l'importance de cette substance qui contient la totalité des fibres afférentes ou efférentes du cortex groupées :

— soit de façon dispersée, entre les noyaux gris et le cortex : le centre ovale,
— soit de façon concentrée, entre les noyaux gris : la capsule interne,
— soit d'un hémisphère à l'autre : les commissures.

1) **LE CENTRE OVALE** (de Vieussens)*, de forme semi-ovale (d'où son nom) contient trois sortes de fibres :

— *de projection* (ascendantes et descendantes),
— *d'association* (à l'intérieur d'un lobe, ou d'un lobe à l'autre),
— *commissurales* : épanouissement hémisphérique des fibres du corps calleux, se recourbant en avant et en arrière sous forme de « pinces » ou forceps :
— forceps minor : vers le lobe frontal,
— forces major : vers le lobe occipital.

2) **LA CAPSULE INTERNE** (Capsula interna) comprend des fibres d'association (entre les noyaux gris centraux) et surtout des fibres de projection s'infiltrant entre :

— en dedans : le thalamus et le noyau caudé,
— en dehors : le noyau lenticulaire.

On lui décrit 5 portions visibles sur les deux coupes du cerveau :

a) **Sur la coupe frontale** : la capsule interne apparaît comme une lame de substance blanche, épaisse de 5 à 10 mm, se portant obliquement en haut et en dehors ; au-dessous d'elle, le *segment sous-lenticulaire* est placé entre le noyau lenticulaire et la queue du noyau caudé. (Fig. 103 et 104)

b) **Sur la coupe horizontale** : se distinguent très nettement les quatre autres portions ; d'avant en arrière : (Fig. 105)

— *bras antérieur* (ou segment lenticulo-strié), long de 2 cm, entre la face antéro-interne du noyau lenticulaire et la tête du noyau caudé,
— *genou*, entre le sommet du pallidum et l'angle formé par la tête du noyau caudé et le thamalus,
— *bras postérieur* (ou segment lenticulo-optique), long de 3 cm, entre la face postéro-interne du noyau lenticulaire et le thalamus,
— *segment rétro-lenticulaire*, entre l'arête postérieure du noyau lenticulaire et la queue du noyau caudé.

3) **LES COMMISSURES**** comprennent surtout des fibres hautes, inter-hémisphériques, et des fibres basses, diencéphaliques, réunissant les noyaux gris centaux ; (Fig. 106)

a) **Commissures interhémisphériques** : au nombre de trois, les deux premières ayant déjà été étudiées avec la configuration extérieure du cerveau :

— *le corps calleux* (Corpus callosum) est la plus importante, reliant les deux cortex cérébraux, en formant une voûte au-dessus des ventricules cérébraux,
— *le trigone cérébral* (Fornix), dirigé d'avant en arrière, appartient aux voies olfactives, réunissant entre elles les formations du rhinencéphale,
— *la commissure blanche antérieure* (Commissura anterior) appartient également au rhinencéphale, unissant entre eux les deux lobes temporaux ; elle constitue un cordon blanc, arrondi, transversal, en forme de fer à cheval à concavité postérieure, d'un noyau amygdalien à l'autre ; elle s'enfonce entre :

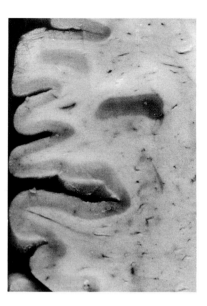

FIGURE 103

Coupe de l'écorce cérébrale montrant les substances grise et blanche.

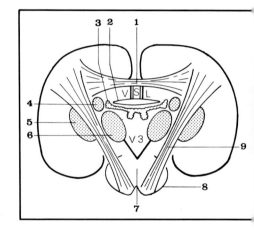

FIGURE 104

Coupe frontale du cerveau (ou coupe de Charcot), très schématique.

1. Corps calleux.
2. Trigone cérébral.
3. Plexus choroïde latéral.
4. Tête du noyau caudé.
5. Noyau lenticulaire.
6. Thalamus.
7. Calotte du pédoncule cérébral.
8. Pied du pédoncule cérébral.
9. Capsule interne.

S : septum lucidum.
VL : ventricules latéraux.
V3 : troisième ventricule.

---

* Centre ovale ou semi-ovale (centrum semiovale).
Vieussens Raymond De (1641-1715), médecin et anatomiste à Montpellier.
** Commissure, du latin « commissura » : l'assemblée, la jointure.

FIGURE 105

*Coupe horizontale du cerveau (ou coupe de Flechsig).
Segment supérieur de la coupe.*

1. Scissure inter-hémisphérique.
2. Genou du corps calleux.
3. Corne frontale du ventricule latéral.
4. Tête du noyau caudé.
5. Corps du trigone cérébral.
6. Bras antérieur de la capsule interne.
7. Genou de la capsule interne.
8. Capsule extrême.
9. Avant-mur (ou claustrum).
10. Putamen (noyau lenticulaire).
11. Globus pallidus latéral.
11'. Globus pallidus médial.
12. Capsule externe.
13. Bras postérieur de la capsule interne.
14. Troisième ventricule.
15. Noyaux latéraux du thalamus.
16. Segment rétro-lenticulaire de la capsule interne.
17. Noyaux médiaux du thalamus.
18. Pilier postérieur du trigone.
19. Queue du noyau caudé.
20. Faisceau longitudinal inférieur.
21. Radiations optiques.
22. Tapetum.
23. Corne occipitale du ventricule latéral.
24. Glomus choroïdien.
25. Scissure calcarine.
26. Scissure perpendiculaire interne.
27. Scissure inter-hémisphérique.
28. Tapetum.
29. Pédoncule supéro-externe du thalamus.
30. Pédoncule antérieur du thalamus.

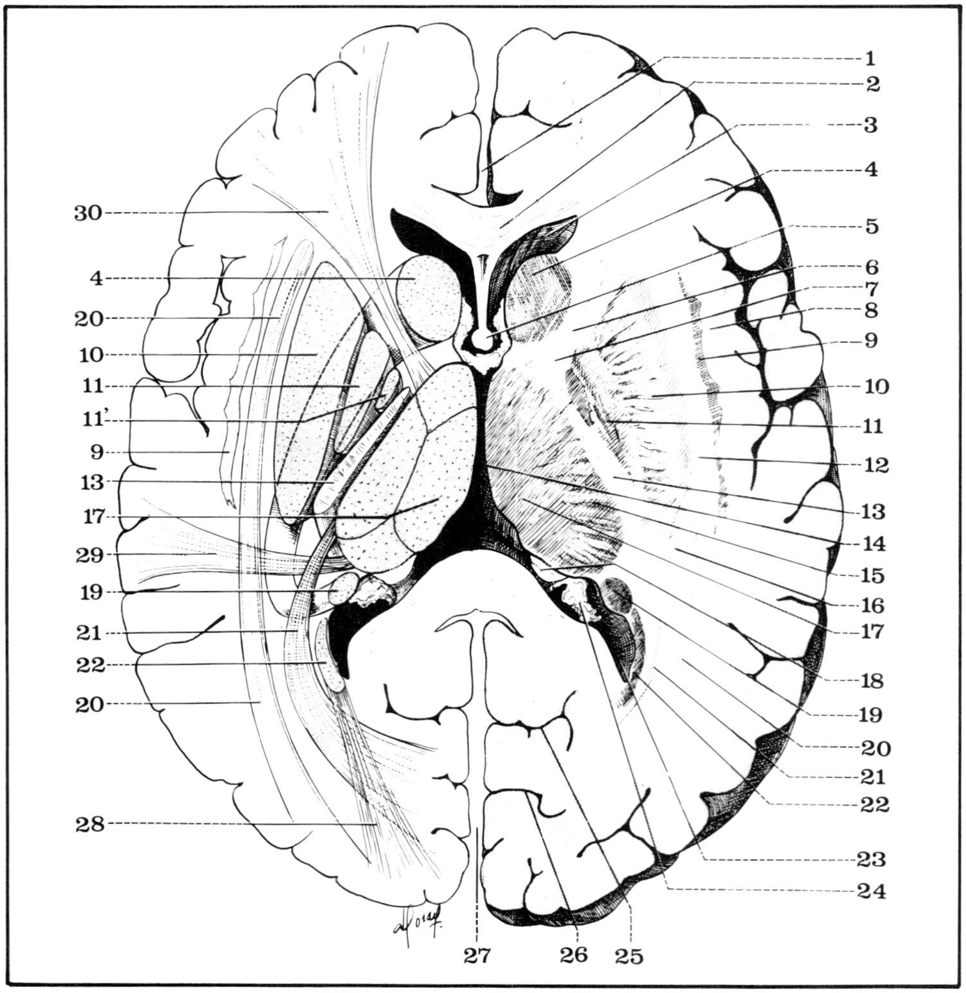

FIGURE 106

*Vue latérale droite des commissures interhémisphériques
(d'après Bourret et Louis).*

1. Corps calleux.
2. Bourrelet du corps calleux.
3. Commissure psaltérine (lyre de David).
4. Pilier postérieur du trigone (fimbria).
5. Noyau amygdalien.
6. Tubercule mamillaire.
7. Commissure blanche antérieure.
8. Pilier antérieur du trigone.
9. Bec du corps calleux.
10. Septum lucidum.
11. Genou du corps calleux.

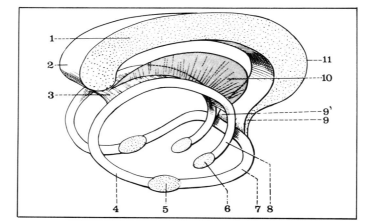

— en avant : le bec du corps calleux,
— en arrière : les piliers antérieurs du trigone, délimitant entre eux un récessus du ventricule, la vulve (Vieussens) ou *fossette triangulaire*.

b) **Commissures diencéphaliques** : disposées en deux plans :

— *supérieur*, en arrière de la voûte du 3ᵉ ventricule,
— *inférieur*, dans le plancher du 3ᵉ ventricule.

5 la loge hypophysaire

PLAN

Parois de la loge :
- face inférieure
- face antérieure
- face postérieure
- face supérieure
- faces latérales

Contenu de la loge : l'hypophyse
- morphologie
- constitution
- vascularisation
- innervation

Rapports de la loge :
- inférieurs
- antérieurs
- postérieurs
- supérieurs :
  - *région médiane*
  - *région latérale*
- latéraux

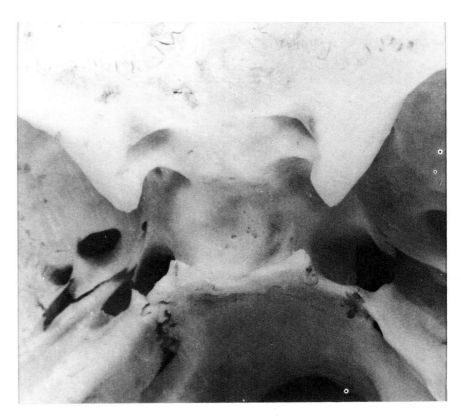

Vue supérieure de la selle turcique.

Située au-dessous de la loge cérébrale, dont elle est séparée par la dure-mère, la loge hypophysaire contient l'*hypophyse*, la plus importante de toutes les glandes endocrines.

109

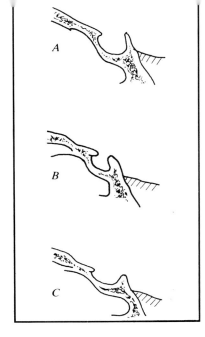

FIGURE 1

Les différentes selles turciques (coupes sagittales).
A. *Normale.*
B. *Fermée.*
C. *Evasée.*

FIGURE 2

Vue latérale droite de la selle turcique.
1. *Apophyse clinoïde postérieure.*
2. *Projection du sinus sphénoïdal droit.*
3. *Canal optique.*
4. *Os planum de l'ethmoïde.*
5. *Apophyse orbitaire du palatin.*
6. *Trou sphéno-palatin.*
7. *Gouttière sous-orbitaire.*

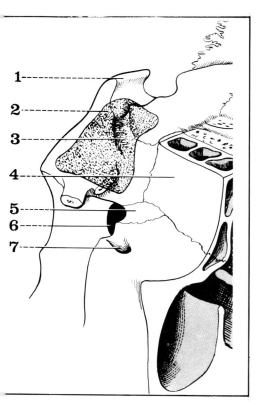

Parois de la loge

Creusée dans la portion antérieure et médiane de l'étage moyen de la base du crâne, dans la « selle turcique », elle est surplombée par le plancher du 3e ventricule, auquel l'hypophyse est rattachée par la tige pituitaire.

Ses dimensions moyennes sont les suivantes :
— diamètre sagittal = 20 mm,
— diamètre transversal = 16 à 18 mm,
— diamètre vertical = 5 à 6 mm.

Sa forme, géométriquement bien définie, est celle d'un parallélépipède, ce qui permet de lui décrire 6 faces : inférieure, antérieure, postérieure, supérieure, et latérales.

A. FACE INFÉRIEURE

C'est le fond de la selle turcique (Sella Turcica), fortement concave dans le sens antéro-postérieur, et se continuant de chaque côté en pente douce vers les gouttières carotidiennes. (Fig. 2 et 3)

Creusée dans le champ moyen de la face supérieure du corps du sphénoïde, elle est plus ou moins évasée suivant les sujets, comme le montre bien la radiographie de profil; elle peut être déformée pathologiquement par les tumeurs de l'hypophyse, et en particulier lors de l'acromégalie (adénome du lobe antérieur), elle devient véritablement « ballonnée ». (Fig. 1 et 4)

Elle présente en avant deux reliefs transversaux :
— le sillon du sinus coronaire antérieur;
— la crête synostosique, renflée latéralement par les apophyses clinoïdes moyennes (Processus Clinoideus Medius), souvent inapparentes.

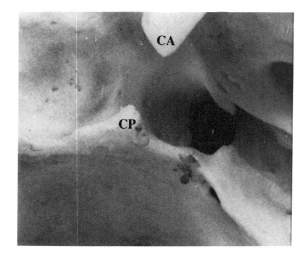

FIGURE 3 — *Vue supérieure de la selle turcique.*

CA : *clinoïdes antérieures.*
CP : *clinoïdes postérieures.*

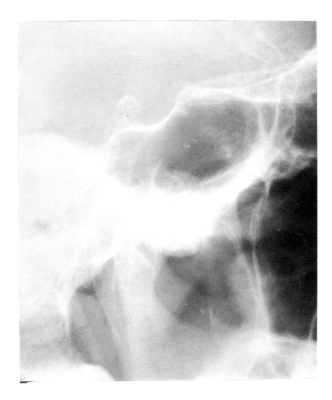

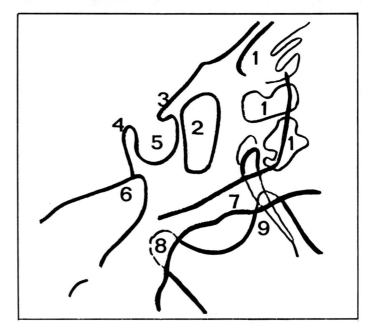

FIGURE 4

Radiographie de profil de la selle turcique.
1. Cellules ethmoïdales postérieures.
2. Sinus sphénoïdal.
3. Apophyse clinoïde antérieure (= pommeau).
4. Apophyse clinoïde postérieure (= troussequin).
5. Selle turcique.
6. Pointe du rocher.
7. Arcade zygomatique.
8. Condyle de la mandibule.
9. Apophyse coronoïde.

B. FACE ANTÉRIEURE

Oblique en bas et en arrière, elle présente d'avant en arrière :
— la gouttière optique : qui correspond au chiasma, et se poursuit latéralement par les deux trous optiques (creusés entre les racines interne et externe de la petite aile du sphénoïde);
— le tubercule de la selle (Tuberculum Sellae) : qui forme le « pommeau » de la selle. (Fig. 3 et 4)

Aux angles antérieurs de cette face, se trouvent les apophyses clinoïdes antérieures (Processus Clinoideus Anterior), situées en arrière des trous optiques, et parfois fusionnées avec les clinoïdes moyennes pour former le « foramen carotico-clinoïdien » que traverse la terminaison de l'artère carotide interne.

C. FACE POSTÉRIEURE

Elle est constituée par la lame quadrilatère du sphénoïde, ou dos de la selle (Dorsum Sellae) dont l'ensemble forme le clivus :
— la partie antérieure, libre et excavée, est orientée en avant et en haut,
— la partie postérieure s'incline en pente douce et s'unit à l'apophyse basilaire (Pars Basilaris) de l'occipital (Fig. 3 et 4)
— le bord supérieur, renflé en bourrelet, forme le « troussequin » de la selle, terminé à ses deux angles par les apophyses clinoïdes postérieures (Processus Clinoideus Posterior).

D. FACE SUPÉRIEURE

Une membrane dure-mèrienne épaisse, la tente de l'hypophyse (Diaphragma Sellae), ferme en haut la loge, tendue horizontalement entre :
— en avant : le bord postérieur de la gouttière optique,
— en arrière : le bord supérieur de la lame quadrilatère,
— latéralement : la petite circonférence de la tente du cervelet, qui s'insère en avant sur la clinoïde antérieure, et se continue en dehors pour former le plafond du sinus caverneux. (Fig. 5)

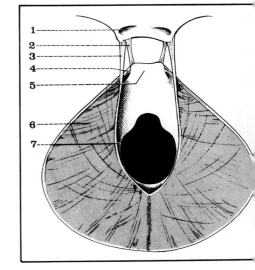

FIGURE 5

Disposition schématique de la tente du cervelet.
1. Canal optique.
2. Ligament inter-clinoïdien.
3. Petite circonférence de la tente du cervelet.
4. Grande circonférence de la tente du cervelet.
5. Lame quadrilatère.
6. Face supérieure de la tente du cervelet.
7. Trou occipital.

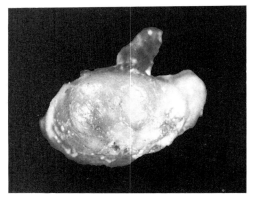

FIGURE 6
Vue latérale gauche de l'hypophyse.

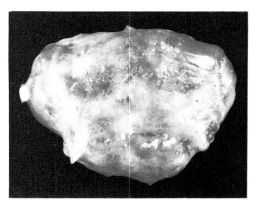

FIGURE 7
Vue inférieure de l'hypophyse.

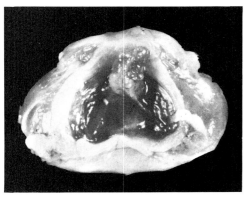

FIGURE 8
Vue supérieure de l'hypophyse.

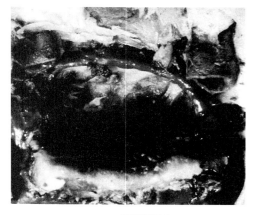

FIGURE 9
Vue supérieure de la selle turcique montrant le sinus coronaire antérieur.

Cette tente de l'hypophyse est perforée en son centre pour laisser passer la tige pituitaire ; elle se dédouble vers le bas pour englober les branches antérieure et postérieure du sinus coronaire ou sinus inter-caverneux (Sinus Intercavernosi), et pour tapisser le fond de la selle turcique. (Fig. 9)

E. FACES LATÉRALES

Egalement dure-mèriennes, elles unissent la tente de l'hypophyse aux bords latéraux de la selle turcique, et constituent la paroi interne du sinus caverneux.

Contenu de la loge : l'hypophyse

Ovoïde et médiane, appendue à la tige pituitaire, l'hypophyse (Hypophysis, du grec, Hypo : sous, et Phusis : la nature, la production) est logée dans la selle turcique, rattachée à ses parois par des tractus fibreux.

On l'appelait autrefois glande pituitaire, à l'époque où l'on croyait qu'elle servait à recueillir la pituite ventriculaire, et à l'expulser dans les fosses nasales (du latin « pituita » : l'humeur, le mucus).

a) MORPHOLOGIE : de teinte grisâtre, elle a la forme et le volume d'un poids chiche ; elle pèse 0,50 g et mesure : (Fig. 6, 7 et 8)
— dans le sens sagittal : 8 mm,
— dans le sens transversal : 15 mm,
— dans le sens vertical : 6 mm.

b) CONSTITUTION : à la coupe, on constate que la glande n'est pas homogène, et qu'elle est composée de deux parties : (Fig. 12)
— le *lobe antérieur* : rougeâtre, assez volumineux, d'aspect réniforme, à concavité postérieure ; formé de tissu glandulaire, il provient d'un diverticule de la portion céphalique de l'intestin primitif (poche de Rathke)*, et prend le nom d'adéno-hypophyse ;
— le *lobe postérieur* : blanc-jaunâtre, beaucoup plus petit, il est compris dans la gouttière du lobe antérieur, et se rattache au plancher du 3e ventricule par la tige pituitaire ; formé de tissu nerveux, il provient d'un diverticule du cerveau intermédiaire, et prend le nom de neuro-hypophyse. (Fig. 13)

c) VASCULARISATION :
— *artères* : toutes issues de la carotide interne, elles sont au nombre de trois de chaque côté : (Fig. 11)
— hypophysaire inférieure, la plus importante, née de la portion horizontale de la carotide intra-caverneuse, et destinée surtout au lobe postérieur,
— hypophysaire moyenne, née un peu plus haut, et destinée exclusivement au lobe antérieur,
— hypophysaire supérieure, née au-dessus du sinus caverneux, renforçant l'irrigation du lobe antérieur, et vascularisant le tuber (Fig. 12).

Toutes ces artères sont richement anastomosées sous la capsule de la glande et au niveau du tuber cinereum.
— *veines* : elles correspondent à deux systèmes :
— l'un extrinsèque, rejoignant le sinus caverneux, par l'intermédiaire des sinus coronaires, (Fig. 9 et 10)
— l'autre intrinsèque, suivant la tige pituitaire et gagnant la veine cérébrale moyenne profonde.

---

* Rathke Martin Heinrich (1793-1860), physiologiste et pathologiste allemand, professeur de zoologie et d'anatomie à Dorpat puis à Königsberg.

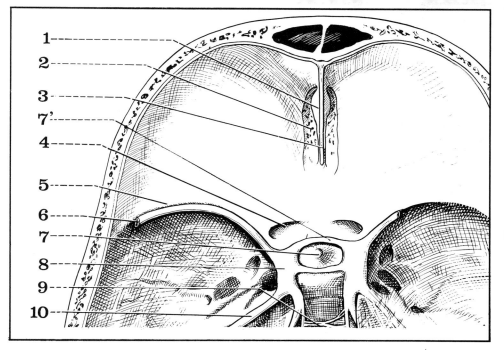

FIGURE 10

Vue supérieure de la selle turcique et des sinus coronaires.
1. Lame perpendiculaire de l'ethmoïde.
2. Lame criblée de l'ethmoïde.
3. Apophyse crista galli.
4. Trou optique.
5. Petite aile du sphénoïde.
6. Sinus sphéno-pariétal.
7. Tente de l'hypophyse.
7'. Sinus coronaire antérieur.
8. Sinus caverneux.
9. Plexus basilaire.
10. Sinus pétreux supérieur.

FIGURE 11 ▶

Vascularisation artérielle de l'hypophyse (d'après G. Lazorthes).
1. Artère hypophysaire inférieure.
2. Branches de la tige pituitaire.
3. Branche du tuber cinereum.
4. Artères hypophysaires supérieures (ou tubéro-hypophysaires).
5. Artère hypophysaire moyenne.

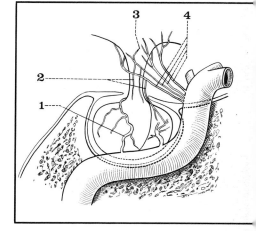

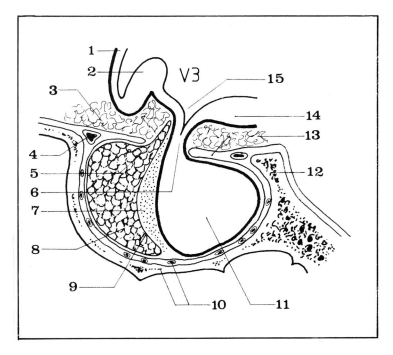

FIGURE 12

Coupe sagittale médiane de l'hypophyse (segment droit de la coupe) (d'après G. Paturet).
1. Lame sus-optique.
2. Chiasma optique.
3. Citerne opto-chiasmatique.
4. Sinus coronaire antérieur.
5. Pars tuberalis.
6. Tige pituitaire.
7. Lobe intermédiaire.
8. Lobe antérieur.
9. Lumen hypophysaire (plan de clivage).
10. Selle turcique et plexus veineux de Trolard.
11. Lobe postérieur.
12. Apophyse clinoïde postérieure.
13. Tente de l'hypophyse.
14. Tuber cinereum.
15. Récessus infundibulaire.
V3 : Troisième ventricule.

d) INNERVATION : issue de deux sources :

— périphérique : par les filets sympathiques du plexus péri-carotidien, et parasympathiques du ganglion sphéno-palatin ;

— centrale : par les connexions nerveuses avec les noyaux de l'hypothalamus.

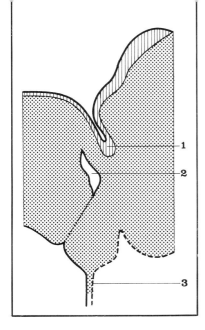

FIGURE 13

Embryologie de l'hypophyse.
1. Ebauche nerveuse, d'origine diencéphalique.
2. Poche de Rathke.
3. Membrane pharyngienne.

FIGURE 14

Coupe sagittale montrant les rapports inférieurs de la loge.
1. Cornet inférieur.
2. Apophyse palatine du maxillaire supérieur.
3. Pilier antérieur du voile du palais.
4. Langue.
18. Paroi pharyngée.
19. Apophyse odontoïde.
20. Voile du palais.
21. Arc antérieur de l'atlas.
22. Amygdale pharyngée.
23. Sphénoïde.

Rapports de la loge

Ils se superposent aux différentes parois : inférieure, antérieure, postérieure, supérieure et latérales.

A. RAPPORTS INFÉRIEURS

Solidement enclose dans le sphénoïde, la loge hypophysaire répond de haut en bas : (Fig. 14 et 15)

— aux *sinus sphénoïdaux* (Sinus Sphenoidalis), pairs, rarement symétriques, de développement variable répondant classiquement à trois types principaux : petit, moyen, et grand sinus (avec ses prolongements); plus en avant, de part et d'autre de la crête sphénoïdale médiane, articulée avec la lame perpendiculaire de l'ethmoïde, s'ouvre l'orifice du sinus, au fond du récessus ethmoïdo-sphénoïdal (partie haute des fosses nasales); ces rapports expliquent la voie d'abord trans-naso-sphénoïdale, utilisée surtout en neuro-chirurgie pour la destruction de l'hypophyse par des corps radio-actifs (ytrium); (Fig. 17)

— à la *voûte du rhino-pharynx* : occupée par deux formations : (Fig. 16)

chez l'enfant : l'amygdale pharyngée (Tonsilla Pharyngea), siège des végétations adénoïdes;

chez l'adulte : plus bas, sur la ligne médiane, la bourse pharyngienne de Luschka (Bursa Pharyngea), vestige de la poche de Rathke, au niveau de laquelle se trouve parfois un reliquat embryologique, l'hypophyse pharyngée. (Fig. 13)

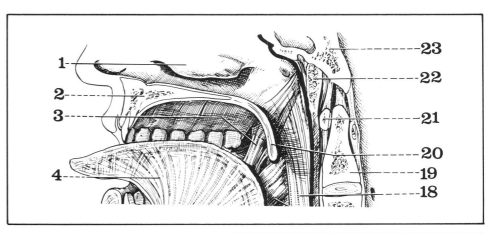

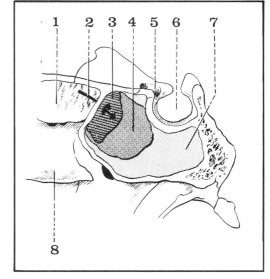

FIGURE 15

Les différents types de sinus sphénoïdaux (coupe sagittale du sphénoïde).
1. Cornet supérieur.
2. Flèche pénétrant dans l'ostium du sinus.
3. Petit sinus (6%).
4. Moyen sinus (30%).
5. Canal optique.
6. Selle turcique.
7. Grand sinus (60%).
8. Cornet moyen.

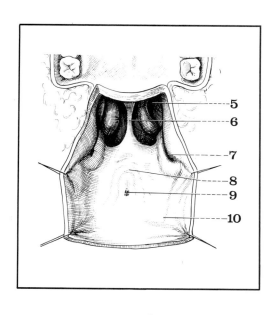

◀ FIGURE 16

*La voûte du rhino-pharynx.
(Vue antéro-inférieure).*
5. Choanes.
6. Cloison des fosses nasales.
7. Orifice de la trompe d'Eustache.
8. Repli de la muqueuse à l'emplacement de l'amygdale pharyngée.
9. Récessus médian du pharynx ou bourse pharyngienne.
10. Voûte pharyngée.

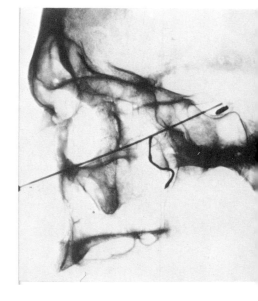

FIGURE 17 ▶

Radiographie de profil montrant le trajet d'un trocart qui atteint la selle turcique en passant par les fosses nasales.

B. RAPPORTS ANTÉRIEURS

Dans la portion endo-crânienne, ils sont limités aux rapports du rebord antérieur de la selle turcique, avec, d'arrière en avant : (Fig. 3 et 19)

— le limbus sphénoïdalis,
— le jugum sphénoïdale,
— les gouttières olfactives, contenant les nerfs olfactifs, que sépare l'apophyse crista galli,
— la partie antérieure de l'os frontal, creusée par les sinus frontaux.

Dans la portion exo-crânienne, ils se font, par l'intermédiaire de la voûte des sinus sphénoïdaux, avec l'arrière-fond des fosses nasales.

C. RAPPORTS POSTÉRIEURS

La lame quadrilatère sépare la loge hypophysaire de la fosse cérébrale postérieure, occupée par la protubérance annulaire, devant laquelle monte verticalement le tronc basilaire, qui se bifurque plus haut en deux artères cérébrales postérieures.

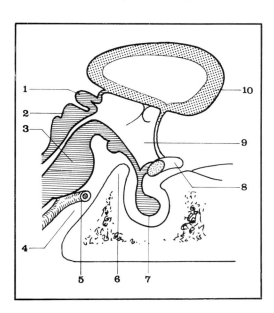

◀ FIGURE 18

*Rapports supérieurs de l'hypophyse.
(Coupe sagittale).*
1. Epiphyse.
2. Tubercule quadrijumeau antérieur.
3. Protubérance annulaire.
4. Citerne basale.
5. Artère cérébrale postérieure.
6. Lame quadrilatère.
7. Lobe postérieur de l'hypophyse.
8. Chiasma optique.
9. Troisième ventricule.
10. Corps calleux.

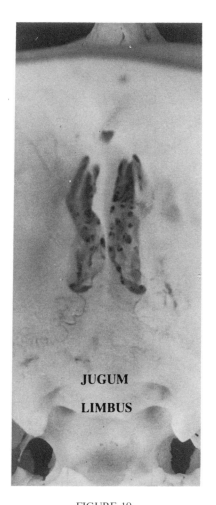

FIGURE 19

Vue supérieure de la portion médiale de l'étage antérieur.

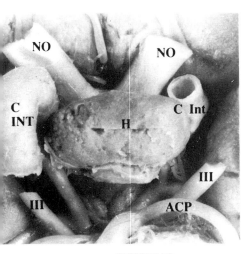

FIGURE 20

Vue inférieure de l'hypophyse en place. La glande est encadrée par les deux artères carotides internes (à la partie droite du cliché, la carotide gauche a été sectionnée) ; elle est surplombée en avant par les deux nerfs optiques ; on aperçoit en arrière d'elle les artères cérébrales postérieures, communicantes postérieures, et cérébelleuses supérieures, ainsi que les deux nerfs moteurs oculaires communs (sectionnés).

NO : *nerfs optiques.*
C. INT : *carotides internes.*
ACP : *artère cérébrale postérieure.*
H : *hypophyse.*
III : *nerfs moteurs oculaires communs.*

---

* Tuber cinereum : corps cendré.

D. RAPPORTS SUPÉRIEURS

Par sa face supérieure, la loge hypophysaire répond, à travers la tente durale, à la région supra-sellaire de la base du cerveau. (Fig. 18)

Celle-ci peut être subdivisée en deux régions, médiane et latérale.

a) **Région médiane** : de bas en haut se superposent deux plans : optique et cérébral. (Fig. 20, 21 et 22)

■ Le *chiasma optique* (Chiasma Opticum) constitue un rapport capital, tant au point de vue clinique qu'au point de vue chirurgical.

Formé en avant par la réunion des deux nerfs optiques, il réalise une lame nerveuse quadrilatère, et transversale, qui se poursuit en arrière par les bandelettes optiques.

Il repose sur la tente de l'hypophyse, atteignant en avant la gouttière optique, et refoulant parfois en arrière la tige pituitaire ; mais les variations sont assez fréquentes, avec deux types principaux :

— chiasma antérieur, avec nerfs optiques courts, réduisant la zone d'abord de la loge,

— chiasma postérieur, avec nerfs optiques longs dégageant bien la loge hypophysaire, lors de l'abord intra-crânien par voie frontale ; ce rapport explique la compression du chiasma par les tumeurs hypophysaires qui, en interrompant les fibres nasales croisées dans le chiasma, réalisent une hémianopsie bitemporale.

Au-dessus du chiasma repose la *citerne opto-chiasmatique* (ou confluent antérieur) limitée par la lame sus-optique, et communiquant en arrière avec la citerne basale (ou confluent inférieur). (Fig. 23)

■ Le *losange opto-pédonculaire* est situé au-dessus et en arrière du chiasma ; il correspond au plancher du 3e ventricule, et comprend, d'avant en arrière :

— le tuber cinereum*, relié à l'hypophyse par la tige pituitaire, et au-dessus duquel s'engage l'infundibulum (Recessus Infundibuli),

— l'éminence sacculaire : médiane, prolongeant en arrière le tuber,

— les deux tubercules mamillaires (Corpus Mamillare), plus à distance. (Fig. 24)

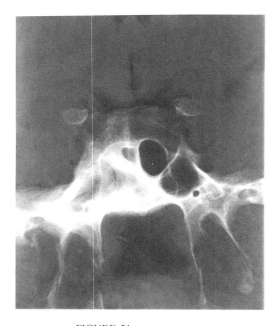

FIGURE 21

Radiographie d'une coupe frontale du crâne passant par la selle turcique.

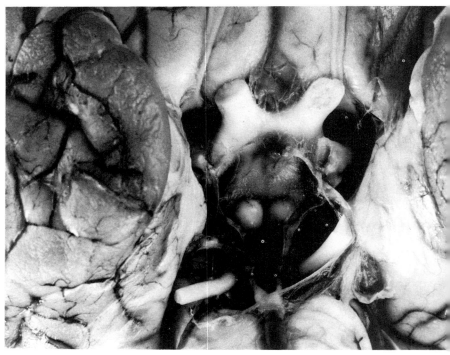

FIGURE 22 — *Vue inférieure du losange opto-pédonculaire.*

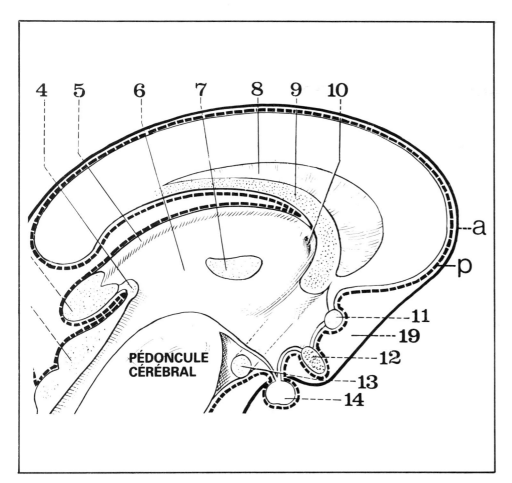

FIGURE 23

Coupe sagittale de l'encéphale montrant la situation des espaces sous-arachnoïdiens (côté gauche).

4. *Commissure blanche postérieure.*
5. *Habena.*
6. *Troisième ventricule.*
7. *Commissure grise.*
8. *Septum lucidum.*
9. *Trigone cérébral.*
10. *Trou de Monro.*
11. *Commissure blanche antérieure.*
12. *Chiasma optique.*
13. *Tubercule mamillaire.*
14. *Hypophyse.*
19. *Confluent antérieur (opto-chiasmatique).*
a. *Arachnoïde.*
p. *Pie-mère.*

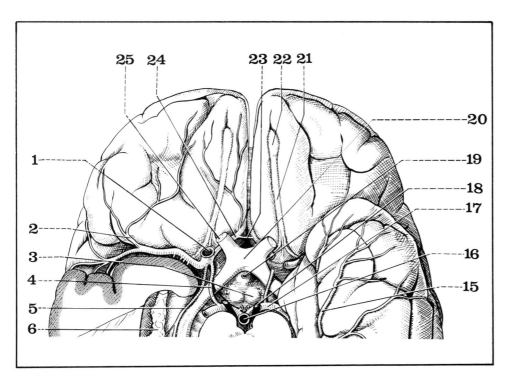

FIGURE 24

Le losange opto-pédonculaire.

1. *Artère carotide interne.*
2. *Artère cérébrale moyenne.*
3. *Tubercule mamillaire.*
4. *Artère communicante postérieure.*
5. *Artère choroïdienne antérieure.*
6. *Plexus choroïde latéral.*
15. *Branche temporale antérieure.*
16. *Tronc basilaire.*
17. *Segment pré-pédonculaire de l'artère cérébrale postérieure.*
18. *Nerf moteur oculaire commun.*
19. *Tige pituitaire.*
20. *Chiasma optique.*
21. *Bandelette olfactive.*
22. *Bulbe olfactif.*
23. *Artère communicante antérieure.*
24. *Artère cérébrale antérieure.*
25. *Nerf optique (II).*

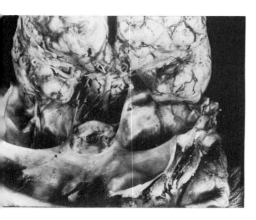

FIGURE 25

Vue supérieure de la selle turcique après avoir soulevé le cerveau.

---

* Willis Thomas (1621-1675), médecin anglais, professeur de philosophie à Oxford, fondateur de l'anatomie cérébrale à Londres.
** Trolard Paulin (1842-1910), médecin français, professeur d'anatomie à Alger.

b) **Région latérale** : en dehors du chiasma, les rapports se font avec la terminaison de l'artère carotide interne, et l'espace perforé antérieur :

■ la *carotide interne*, au sortir du sinus caverneux, abandonne l'artère opthalmique, se recourbe en arrière et en dehors, et donne ses quatre branches terminales : (Fig. 25 et 26)

— la cérébrale antérieure (A. Cerebri Anterior) qui se dirige en avant et en dedans, en surcroisant l'origine du nerf optique,

— la communicante postérieure (A. Communicans Posterior), qui se dirige en arrière, vers la cérébrale postérieure, en sous-croisant la bandelette optique,

— la cérébrale moyenne (A. Cerebri Media), qui s'écarte de la région et se dirige vers la scissure de Sylvius,

— la choroïdienne antérieure (A. Choroidea), qui s'éloigne en arrière dans la fente de Bichat.

A ces artères, dont le réseau anastomotique constitue, à la base du cerveau, l'hexagone de Willis* ou cercle artériel (Circulus Arteriosus), se superpose un réseau veineux similaire, le polygone de Trolard**, où les veines cérébrales antérieures se réunissent aux veines cérébrales moyennes profondes pour former, dans la fente de Bichat, les *veines basilaires* qui se drainent dans la grande veine cérébrale (ou ampoule de Galien).

■ *l'espace perforé antérieur* (Substantia Perforata Anterior) est sus-jacent à l'épanouissement des branches de la carotide, dans l'angle obtus ouvert en dehors entre le nerf optique et la bandelette optique; il est limité en avant par les deux racines olfactives.

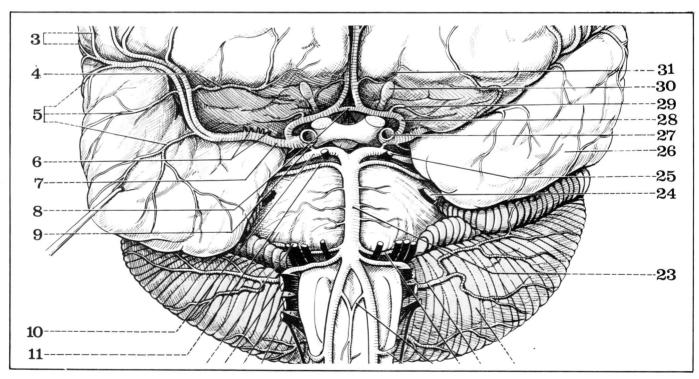

FIGURE 26

Rapports supérieurs et latéraux de la loge hypophysaire.

3. Artères pariétales.
4. Artère orbito-frontale.
5. Artères temporales.
6. Artères striées (de Duret).
7. Artère cérébrale moyenne (ou sylvienne).
8. Artère communicante antérieure.
9. Artère communicante postérieure.
10. Artère cérébrale postérieure.
11. Artère cérébelleuse supérieure.
23. Tronc basilaire.
24. Nerf trijumeau (V).
25. Nerf moteur oculaire commun (III).
26. Lobe temporal.
27. Artère carotide interne.
28. Artère cérébrale antérieure.
29. Artère récurrente (de Heubner).
30. Bulbe olfactif.
31. Artère orbitaire interne.

E. RAPPORTS LATÉRAUX

La loge hypophysaire est en rapport de chaque côté, par l'intermédiaire des lames sagittales dure-mériennes, avec l'étage supérieur du *sinus caverneux* (Sinus Cavernosus), dont l'importance rend impossible l'abord latéral de l'hypophyse.

Il contient :

a) **dans sa lumière** : (Fig. 27 et 28)

— les lacs veineux du sinus, anastomosés entre eux sous forme d'un véritable plexus,

— la carotide interne, dans la portion horizontale de son siphon, plutôt d'ailleurs en rapport avec la face latérale du corps du sphénoïde qu'avec la paroi fibreuse de la selle turcique, dans sa position habituelle; chez le vieillard, où elle est flexueuse, et plus haute, elle est par contre beaucoup plus proche de l'hypophyse; le ligament de Trolard l'unit à la face latérale du sphénoïde,

— le nerf moteur oculaire externe (VI), placé le long de la carotide, à proximité de la paroi externe.

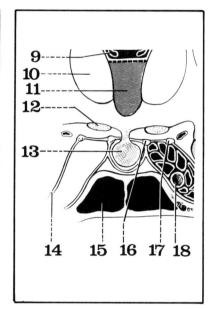

FIGURE 27

Coupe frontale du crâne passant par la fosse cérébrale moyenne.

9. Veine cérébrale interne.
10. Thalamus.
11. Troisième ventricule.
12. Bandelette optique.
13. Hypophyse.
14. Paroi latérale du sinus caverneux.
15. Sinus sphénoïdal.
16. Grande circonférence de la tente du cervelet.
17. Petite circonférence de la tente du cervelet.
18. Artère carotide interne.

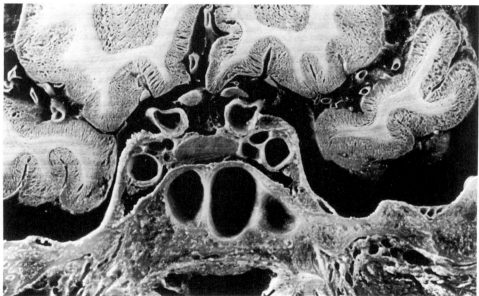

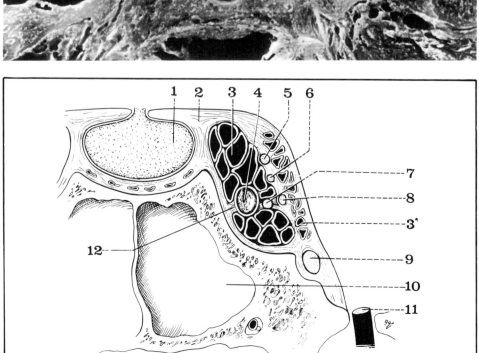

FIGURE 28

Coupe frontale passant par le sinus caverneux
(côté droit, segment antérieur de la coupe).

1. Lobe postérieur de l'hypophyse.
2. Toit du sinus caverneux.
3. Sinus caverneux.
3'. Courant veineux de la paroi externe.
4. Artère carotide interne.
5. Nerf moteur oculaire commun (III).
6. Nerf pathétique (IV).
7. Nerf moteur oculaire externe (VI).
8. Nerf ophtalmique de Willis.
9. Nerf maxillaire supérieur.
10. Sinus sphénoïdal.
11. Nerf mandibulaire (dans le trou ovale).
12. Ligament de Trolard.

FIGURE 29

Vue supérieure de la loge hypophysaire.

1. Gouttière optique.
2. Nerf optique gauche (II).
3. Artère ophtalmique gauche.
4. Petite circonférence de la tente du cervelet.
5. Tente de l'hypophyse.
6. Tige pituitaire.
7. Lame quadrilatère.
8. Nerf pathétique droit (IV).
9. Nerf moteur oculaire commun (III).
10. Artère ophtalmique droite.
11. Apophyse clinoïde antérieure.

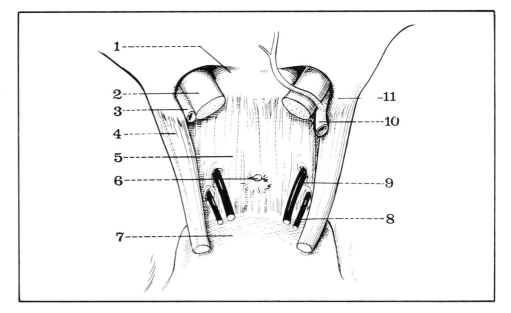

* Zinn Johann Gottfried (1727-1759), anatomiste allemand, professeur de médecine et de botanique à Göttingen.

b) **dans sa paroi externe**, dédoublée, circulent : (Fig. 29 et 30)

— les lacs veineux superficiels,

— les autres nerfs oculaires : moteur oculaire commun (III), pathétique (IV), opthalmique (du V), disposés différemment en arrière et en avant :

— *aux 2/3 postérieurs* : les trois nerfs sont étagés de haut en bas, le III étant le plus haut situé, sus-jacent au IV, lui-même sus-jacent au nerf ophtalmique, qui vient de quitter la corne interne du ganglion de Gasser ;

— *au 1/3 antérieur* : les nerfs moteurs du globe oculaire s'intriquent avec les branches de division du nerf ophtalmique, et la disposition est plus complexe, d'autant que le III s'est divisé en deux rameaux ; on trouve alors, de haut en bas :

— se dirigeant vers la portion effilée de la fente sphénoïdale : le IV, le frontal, et le lacrymal ;

— se dirigeant vers l'anneau de Zinn* : la branche supérieure du III, le nasal, et la branche inférieure du III.

FIGURE 30

Vue latérale des nerfs de la paroi externe.

1. Tubercule quadrijumeau antérieur.
2. Tubercule quadrijumeau postérieur.
3. Dure-mère.
4. Protubérance annulaire (ou pont).
5. Os pétreux (ou rocher).
6. Artère carotide interne.
7. Ganglion de Gasser.
8. Trou ovale.
9. Nerf mandibulaire.
10. Nerf maxillaire supérieur.
11. Nerf ophtalmique (de Willis).
12. Trou grand rond.
13. Fente ptérygo-maxillaire.
14. Tendon de Zinn.
15. Branche inférieure du moteur oculaire commun (III).
16. Nerf moteur oculaire externe (VI).
17. Nerf nasal (de l'ophtalmique).
18. Branche supérieure du moteur oculaire commun (III).
19. Nerf frontal (de l'ophtalmique).
20. Nerf lacrymal (de l'ophtalmique).
21. Nerf pathétique (IV).
22. Apophyse clinoïde antérieure.
23. Plafond du sinus caverneux.
24. Apophyse clinoïde postérieure.
25. Coupe des pédoncules cérébraux.

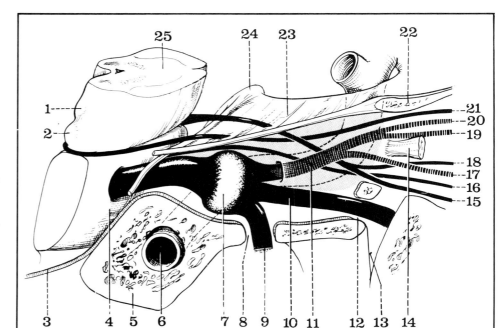

6 la fosse cérébrale postérieure le tronc cérébral le cervelet

PLAN

Généralités
— Limites
— Forme extérieure et repères,
— Constitution anatomique

Les parois de la fosse cérébrale postérieure
— Paroi postéro-inférieure
— Paroi antérieure
— Paroi supérieure
— La faux du cervelet
— L'orifice supérieur
— L'orifice inférieur

Les sinus veineux

Le contenu de la fosse cérébrale postérieure
— Le tronc cérébral
   • *face antérieure*
   • *face postérieure*
   • *les cavités ventriculaires*
   • *structure*
— Le cervelet
   • *vermis*
   • *hémisphères*
   • *configuration interne*
— Les formations méningées
— Les nerfs crâniens
— Les vaisseaux

Topographie générale de la fosse cérébrale postérieure
— La région de l'isthme de l'encéphale
— L'angle ponto-cérébelleux
— Les fosses cérébelleuses
— Région du trou occipital

Les rapports de la fosse cérébrale postérieure

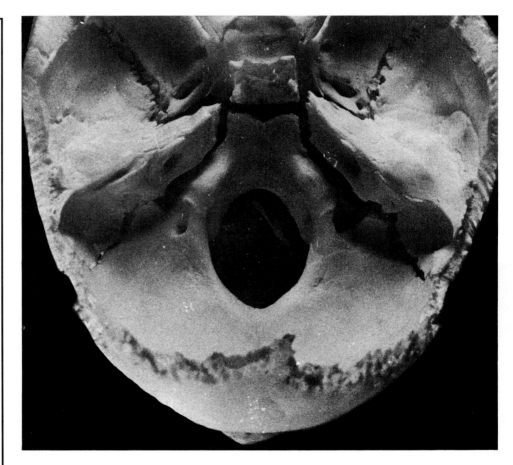

Vue endocrânienne de la fosse cérébrale postérieure.

La fosse cérébrale postérieure ou fosse cérébelleuse est une loge ostéo-fibreuse inextensible située à la partie postéro-inférieure de la cavité crânienne au-dessus du canal rachidien avec lequel elle communique au niveau du trou occipital, au-dessous de la tente du cervelet et de la loge cérébrale avec laquelle elle communique par le foramen de Pacchioni. Abritant la plus grande partie du tronc cérébral et le cervelet, elle représente en outre le lieu d'origine de la plupart des nerfs crâniens. Ces différentes caractéristiques confèrent à sa pathologie et à sa chirurgie un aspect très individualisé.

121

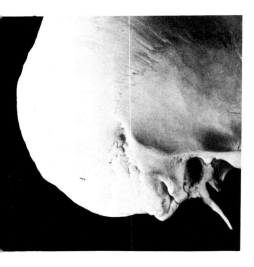

FIGURE 1
Les repères osseux de la loge cérébrale postérieure (vue latérale droite).

Généralités

LIMITES :

Les limites de la fosse cérébrale postérieure sont représentées :
— en haut par la tente du cervelet,
— en bas et en arrière par l'écaille de l'occipital,
— en avant par la face postérieure des deux pyramides pétreuses et la lame quadrilatère.

FORME EXTÉRIEURE ET REPÈRES :

La forme de la fosse cérébrale postérieure peut être assimilée à un quart de sphère à concavité supérieure présentant donc une paroi antérieure, une paroi supérieure et une paroi postéro-inférieure concave. Ses dimensions variables avec la race et les individus sont approximativement de 12 cm de largeur sur 7 cm de long et 4 cm de hauteur.

Les repères extérieurs de la région sont représentés essentiellement par la *protubérance occipitale externe* facilement perceptible sous les téguments de la nuque et par le *conduit auditif externe* en avant; une ligne horizontale joignant ces deux éléments marque sensiblement la limite supérieure de la fosse cérébrale postérieure. (Fig. 1)

CONSTITUTION ANATOMIQUE

La fosse cérébrale postérieure est constituée tout d'abord par **des parois** dont la supérieure est purement fibreuse alors que les deux autres sont ostéo-fibreuses. La face interne de la paroi crânienne est en effet revêtue par la dure-mère dans l'épaisseur de laquelle cheminent des sinus veineux importants. **Le contenu** de la loge est représenté tout d'abord par le tronc cérébral et le cervelet, puis par les derniers nerfs crâniens, les artères issues de la vertébrale qui contribuent à la vascularisation du névraxe, enfin par les espaces arachnoïdiens.

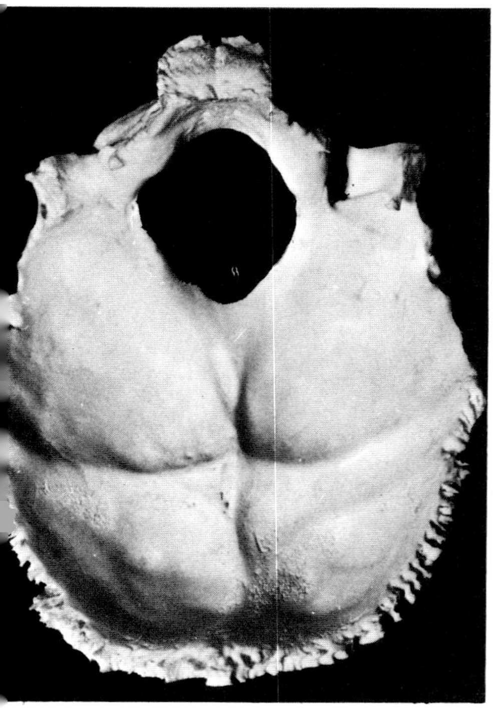

Les parois de la fosse cérébrale postérieure

Il est classique de décrire à la fosse cérébrale une paroi postéro-inférieure, une paroi antérieure, une paroi supérieure, deux orifices et une cloison médiane formée par la faux du cervelet. Dans l'épaisseur de ces parois cheminent des sinus veineux dont l'importance justifie une étude séparée.

LA PAROI POSTÉRO-INFÉRIEURE

Elle comprend un plan osseux et un plan fibreux.

LE PLAN OSSEUX est formé par la face endo-crânienne de l'occipital (Fig. 2) (Os Occipitale) qui dans son ensemble est concave en haut et en avant. Elle est caractérisée à sa partie antérieure et inférieure par la présence du **trou occipital** (Foramen Magnum). Plus en arrière elle est marquée sur la ligne médiane par la **tubérosité occipitale interne** exactement symétrique de la tubérosité externe. La tubérosité interne est reliée au bord postérieur du trou occipital par une crête sagittale médiane : **la crête occipitale interne** (Crista Occipitalis Interna) qui donne insertion à la faux du cervelet. De chaque côté de la tubérosité occipitale interne l'écaille de l'occipital est marquée par les **gouttières du sinus latéral** dirigées de dedans en dehors. Enfin, en avant et en dehors, le bord antérieur de l'écaille de l'occipital s'articule avec le bord postéro-inférieur du rocher en formant la scissure pétro-occipitale. Celle-ci présente à la partie antéro-interne une vaste déhiscence : **le trou déchiré postérieur** (Foramen Jugulare). (Fig. 2, 3, 4 et 5bis).

FIGURE 2
Vue endocrânienne de l'os occipital.

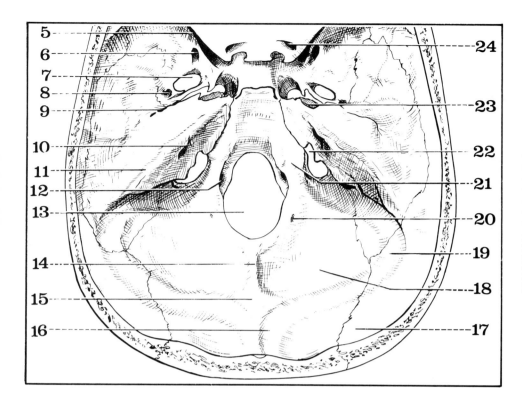

FIGURE 3

La paroi osseuse de la fosse cérébrale postérieure.

5. Fente sphénoïdale.
6. Trou grand rond.
7. Trou ovale.
8. Trou petit rond.
9. Hiatus de Fallope.
10. Conduit auditif interne.
11. Bord supérieur du rocher.
12. Trou condylien antérieur.
13. Trou occipital.
14. Crête occipitale interne.
15. Tubérosité occipitale interne.
16. Gouttière du sinus latéral.
17. Ecaille du temporal.
18. Ecaille de l'occipital.
19. Gouttière du sinus latéral.
20. Trou condylien postérieur.
21. Tubercule de l'occipital.
22. Trou déchiré postérieur.
23. Trou déchiré antérieur.
24. Trou optique.

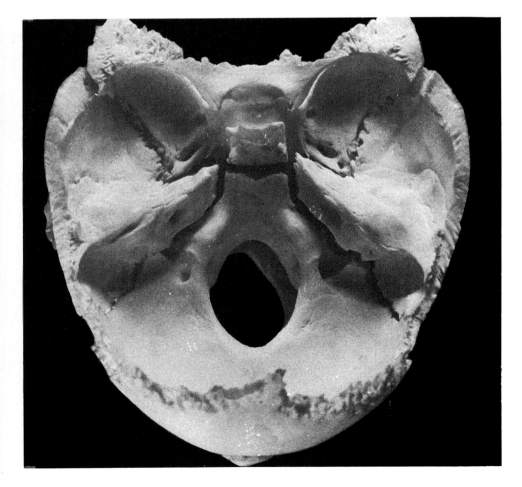

FIGURE 4

Vue endocrânienne des éléments osseux de la fosse cérébrale postérieure.

Le PLAN FIBREUX est formé par la dure-mère qui à ce niveau est très résistante, mais peu adhérente à l'os. Elle se dédouble au niveau de la gouttière du sinus latéral pour former les parois du sinus latéral.

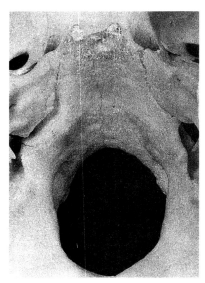

FIGURE 5

La lame quadrilatère et le trou occipital.

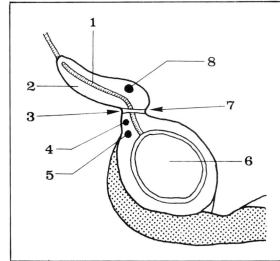

FIGURE 5bis

*Le trou déchiré postérieur
(vue supérieure, côté droit).*

1. *Sinus pétreux, inférieur.*
2. *Portion rétrécie du trou.*
3. *Epine jugulaire de l'occipital.*
4. *Nerf vague (X).*
5. *Nerf spinal (XI).*
6. *Golfe de la jugulaire.*
7. *Apophyse jugulaire du temporal.*
8. *Nerf glosso-pharyngien.*

FIGURE 6

*La face postérieure du rocher
(côté gauche).*

1. *Ecaille du temporal.*
2. *Face exocrânienne du temporal.*
3. *Apophyse mastoïde.*
4. *Gouttière du sinus latéral.*
5. *Aqueduc du vestibule.*
6. *Trou déchiré postérieur.*
7. *Conduit auditif interne.*
8. *Sillon du sinus pétreux supérieur.*

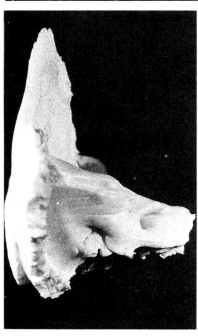
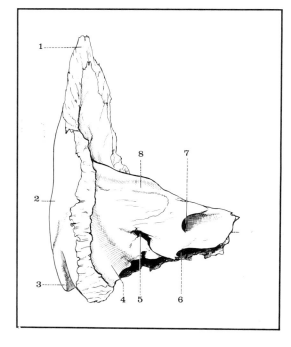

LA PAROI ANTÉRIEURE

Elle présente également deux plans :

LE PLAN OSSEUX : sur la ligne médiane est formé par la **lame quadrilatère** (Dorsum Sellae) constituée par la lame basilaire de l'occipital et la face postérieure du sphénoïde solidement attachées l'une à l'autre. Dirigée obliquement en bas et en arrière presque verticale, elle est concave transversalement et forme la gouttière basilaire. Elle est limitée en avant par le bord postérieur de la selle turcique prolongée par les deux *apophyses clinoïdes postérieures*. Latéralement elle forme avec le bord inférieur du rocher une gouttière : la *gouttière pétro-basilaire* où chemine le sinus pétreux inférieur. (Fig. 5)

Plus en dehors, la paroi antérieure osseuse est formée par la **face postéro-supérieure des pyramides pétreuses** de direction franchement verticale. Elle est limitée en haut par le bord supérieur du rocher échancré à sa partie interne par l'incisure du nerf trijumeau (V) (Incisura nervi trigemini) et plus en dehors par le sillon du sinus pétreux supérieur. Plus bas, la face postéro-supérieure du rocher est marquée en dehors par la *gouttière du sinus latéral* (sulcus sinus sigmoïdéi) qui descend presque verticalement oblique en bas et en avant, avant de se redresser pour aboutir au trou déchiré postérieur. Plus en avant c'est l'orifice de l'*aqueduc du vestibule* et la *fossa subarcuata*,, l'*orifice interne de l'aqueduc du limaçon* et enfin le **conduit auditif interne** (meatus acusticus internus) orifice ovalaire de 4 à 5 mm surplombant le trou déchiré postérieur et surmonté lui-même par l'*éminence sus-auditive*. (Fig. 6)

LE PLAN FIBREUX est représenté toujours par la dure-mère qui ici est très résistante, relativement peu adhérente sauf au niveau du coude de la gouttière du sinus latéral.

LA PAROI SUPÉRIEURE

Elle est purement fibreuse et formée par la **tente du cervelet** (tentorium cerebelli). C'est une formation dure-mèrienne, grossièrement horizontale, légèrement oblique en bas et en arrière, convexe vers le haut, présentant à partir de la ligne médiane deux versants inclinés en bas et en dehors. Son pourtour ou *grande circonférence* s'insère sur la paroi crânienne en s'attachant en arrière à la tubérosité occipitale interne puis aux bords de la gouttière du sinus latéral et au bord supérieur du rocher. Elle se fixe enfin tout en avant sur les apophyses clinoïdes postérieures.

Son bord interne ou *petite circonférence* est libre et délimite le **foramen ovale de Pacchioni** (incisura tentoriae). Cette petite circonférence se termine en avant par un trousseau fibreux qui passe en dehors de l'apophyse clinoïde postérieure en surcroisant à angle aigu la grande circonférence pour aller se fixer sur l'apophyse clinoïde antérieure. (Fig. 7 et 8)

La face supérieure de la tente du cervelet, convexe, donne insertion à la faux du cerveau.

La face inférieure donne insertion à la faux du cervelet.

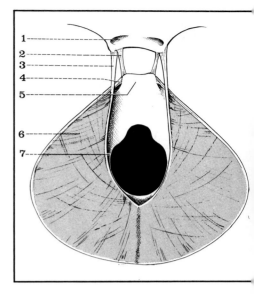

FIGURE 7

Vue supérieure de la tente du cervelet.
1. *Trou optique.*
2. *Ligament inter-clinoïdien.*
3. *Petite circonférence.*
4. *Grande circonférence.*
5. *Lame quadrilatère.*
6. *Tente du cervelet.*
7. *Foramen ovale de Pacchioni.*

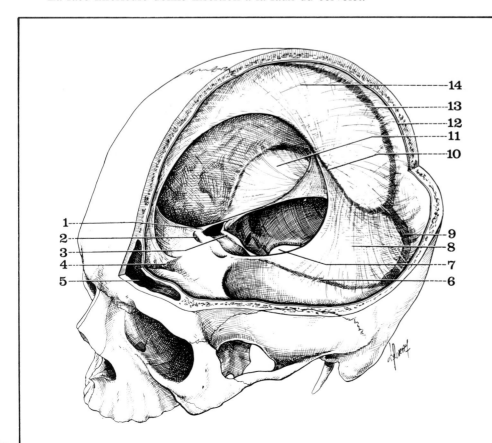

FIGURE 8

La tente du cervelet et la faux du cerveau.

1. *Extrémité antérieure de la petite circonférence de la tente du cervelet.*
2. *Trou optique.*
3. *Clinoïdes postérieures.*
4. *Insertion antérieure de la faux du cerveau.*
5. *Sinus frontal.*
6. *Sinus pétreux supérieur.*
7. *Trou occipital.*
8. *Face supérieure de la tente du cervelet.*
9. *Sinus latéral.*
10. *Sinus droit.*
11. *Tente du cervelet.*
12. *Dure-mère de la voûte crânienne.*
13. *Sinus longitudinal supérieur.*
14. *Faux du cerveau.*

LA FAUX DU CERVELET (Falx Cerebelli) est une cloison sagittale qui divise la fosse cérébrale postérieure en deux *loges cérébelleuses*. Son bord supérieur se fixe sur la ligne médiane à la face inférieure de la tente du cervelet, cette insertion contribuant à former le sinus droit. Son bord postérieur s'attache à la crête occipitale interne depuis la tubérosité occipitale interne jusqu'au trou occipital et contient dans un dédoublement le sinus occipital postérieur. Son bord antérieur concave est libre et répond à la partie médiane du cervelet, c'est-à-dire au vermis.

L'ORIFICE SUPÉRIEUR OU TENTORIAL n'est autre que le foramen ovale. De forme grossièrement elliptique de 50 mm de long sur 30 mm de large, situé dans un plan légèrement oblique en haut et en arrière, il est limité sur toute sa partie postérieure par la petite circonférence de la tente du cervelet, et, en avant, par le bord postérieur de la lame quadrilatère. Il livre passage à la partie supérieure des pédoncules cérébraux et aux tubercules quadrijumeaux. (Fig. 10)

L'ORIFICE INFÉRIEUR OU TROU OCCIPITAL (Foramen Magnum). De forme ovalaire, de 35 mm de long sur 30 mm de large, il est incliné obliquement en bas et en arrière. Son bord postérieur épais est parfois marqué d'une petite fossette : la *fossette vermienne*. Plus en avant au niveau de son tiers antérieur, il est bordé par les deux tubercules de l'occipital qui répondent aux condyles de la face exo-crânienne. Encore plus en avant, c'est l'orifice profond du *canal condylien antérieur* (canalis hypoglossi). Au bord inférieur du trou occipital s'insèrent les ligaments atloïdo-occipitaux et, sur le bord antérieur, le ligament occipito-odontoïdien qui fixe à l'occipital le sommet de l'apophyse odontoïde de l'axis.

La paroi osseuse du trou occipital est doublée d'un étui dure-mérien en forme d'entonnoir très adhérent à l'os. Le trou occipital est traversé par le bulbe rachidien et par les artères vertébrales qui perforent d'abord le ligament atloïdo-occipital puis la dure-mère pour pénétrer dans l'espace arachnoïdien.

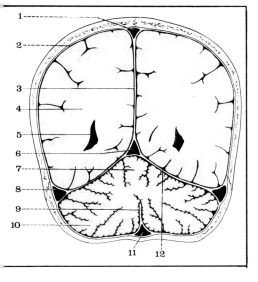

FIGURE 9

Coupe frontale du crâne passant par la fosse cérébrale postérieure.
1. Sinus longitudinal supérieur.
2. Dure-mère crânienne.
3. Faux du cerveau.
4. Hémisphère cérébral.
5. Corne occipitale du ventricule latéral.
6. Sinus droit.
7. Vermis.
8. Sinus latéral.
9. Faux du cervelet.
10. Hémisphère cérébelleux.
11. Sinus occipital postérieur.
12. Tente du cervelet.

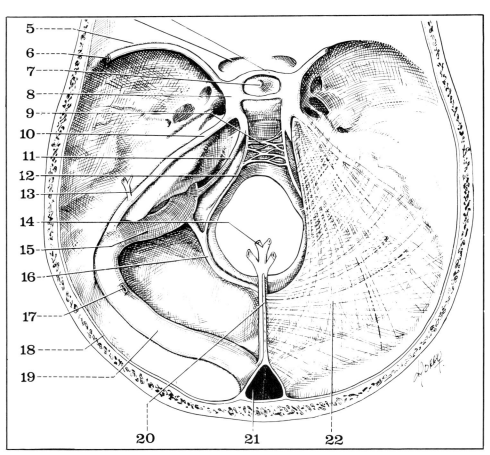

FIGURE 10

Vue supérieure de la tente du cervelet et des sinus de la fosse cérébrale postérieure.
5. Petite aile du sphénoïde.
6. Sinus sphéno-pariétal.
7. Tente de l'hypophyse.
8. Sinus caverneux.
9. Plexus basilaire.
10. Sinus pétreux supérieur.
11. Sinus pétreux inférieur.
12. Sinus marginal (inconstant).
13. Veine sigmoïdo-antrale.
14. Veine de Galien.
15. Sinus latéral (segment sigmoïde).
16. Sinus occipital postérieur.
17. Veine émissaire mastoïdienne.
18. Dure-mère.
19. Sinus latéral (segment transverse).
20. Insertion de la faux du cerveau sur la tente du cervelet.
21. Pressoir d'Hérophile.
22. Tente du cervelet.

Les sinus veineux des parois de la fosse cérébrale postérieure

Dans l'épaisseur des formations dure-mériennes de la fosse cérébrale postérieure, cheminent des sinus veineux importants qui drainent le sang veineux encéphalique vers la veine jugulaire interne.

Ils comprennent :

— *Dans la paroi supérieure* :

■ le **sinus droit** (Sinus Rectus) impair et médian, cheminant dans l'épaisseur de la tente du cervelet, au niveau de l'insertion de la faux du cervelet.

— *Dans la paroi antérieure* :

■ le **sinus pétreux supérieur** (Sinus Petrosus Supérior) qui, issu de la loge caverneuse, suit l'insertion de la grande circonférence de la tente du cervelet et croise la face postérieure du rocher pour rejoindre le sinus latéral ;

■ le **sinus pétreux inférieur** (Sinus Petrosus Inferior) qui suit la suture petro-occipitale ;

■ le **sinus occipital transverse** ou plexus basilaire (Plexus Basilare) qui longe la face postérieure de la lame quadrilatère.

— *Dans la paroi inférieure* :

■ le **sinus occipital postérieur** (Sinus Occipitalis) qui longe le bord postérieur du trou occipital ;

■ le **sinus latéral**, le plus volumineux qui naît de chaque côté, au niveau de la protubérance occipitale interne, du torcular (ou confluent des sinus) où s'abouchent sinus occipital postérieur, sinus droit et sinus longitudinal supérieur. D'abord dirigé transversalement sur l'écaille occipitale dans l'insertion de la tente du cervelet, il descend ensuite sur la face postérieure du rocher pour se terminer dans le trou déchiré postérieur où il forme le golfe de la jugulaire.

Le contenu de la fosse cérébrale postérieure

Il comprend :
une partie du névraxe correspondant au tronc cérébral et au cervelet,
des éléments méningés,
des nerfs crâniens,
des vaisseaux.

LE TRONC CÉRÉBRAL

Le tronc cérébral comprend trois parties qui sont de bas en haut :
— le **bulbe rachidien** (medulla oblongata)*,
— la **protubérance annulaire** ou pont de Varole**, (Pons),
— et les **pédoncules cérébraux** (pedonculus cerebri) flanqués sur leur face postérieure des **tubercules quadrijumeaux** (colliculi).

La face postérieure du tronc cérébral est masquée dans sa plus grande partie par le **cervelet** (cerebellum) auquel elle est reliée de chaque côté par les trois pédoncules cérébelleux supérieur, moyen et inférieur.

---

* Bulbe rachidien ou moelle allongée (medulla oblongata).

La traduction française : « moelle allongée » est erronée ; elle devrait être remplacée normalement par « moelle oblongue », c'est-à-dire plus longue que large, ou elliptique. Le bulbe est donc une moelle « élargie », plutôt qu'une moelle « allongée ».
** Varolius Constantius (1543-1575), professeur d'anatomie à Bologne, puis à Rome.

FIGURE 11

Vue antérieure du tronc cérébral et du cervelet.

1. Sillon bulbo-protubérantiel.
2. Pyramide bulbaire.
3. Sillon ponto-pédonculaire.
4. Foramen caecum.
5. Tubercules mamillaires.
6. Espace perforé postérieur.
7. Nerf moteur oculaire commun (III).
8. Pédoncule cérébral.
9. Nerf pathétique (IV).
10. Protubérance et sillon basilaire.
11. Nerf moteur oculaire externe (VI).
12. Racine motrice du nerf trijumeau (V).
13. Racine sensitive du nerf trijumeau (V).
14. Nerf facial (VII).
15. Nerf intermédiaire de Wrisberg (VIIbis).
16. Nerf stato-acoustique (VIII).
17. Nerf glosso-pharyngien (IX).
18. Nerf hypoglosse (XII).
19. Nerf vague ou pneumogastrique (X).
20. Nerf spinal (XI).
21. Olive bulbaire.
22. Fibres arciformes.
23. Décussation des pyramides.
24. Première racine cervicale.
25. Sillon médian antérieur.
26. Sillon collatéral antérieur.
27. Face antérieure de l'hémisphère cérébelleux droit.

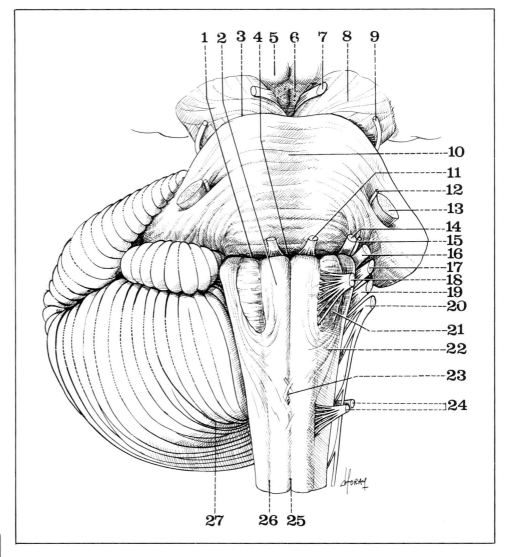

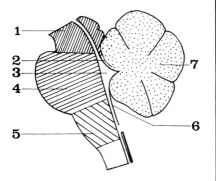

FIGURE 12

Coupe sagittale du tronc cérébral et du cervelet.

1. Pédoncules cérébraux.
2. Valvule de Vieussens.
3. Quatrième ventricule.
4. Protubérance annulaire.
5. Bulbe rachidien.
6. Membrana tectoria.
7. Cervelet.

Du point de vue fonctionnel, on peut considérer que le tronc cérébral comprend :

— d'une part un *axe médian* qui prolonge la moelle et appartient comme elle à *l'appareil proto-kinétique*;
— d'autre part une *masse tectale postérieure*, comprenant les tubercules quadrijumeaux et le cervelet, *centres archéo-kinétiques*.

Du point de vue morphologique le tronc cérébral revêt schématiquement l'aspect d'un cône peu évasé d'environ 6 à 7 cm de long dont 3 cm pour le segment bulbaire, 2 à 3 cm pour le segment protubérantiel et 1 à 2 cm pour le segment pédonculaire. Son diamètre identique à celui de la moelle, soit de 10 à 12 mm à la partie toute inférieure du bulbe, s'accroît progressivement pour atteindre près de 4 cm au niveau de la protubérance et des pédoncules cérébraux. Dans l'ensemble le tronc cérébral apparaît extérieurement constitué de volumineux cordons de substance blanche de direction longitudinale, croisés à leur partie moyenne par un faisceau transversal de fibres blanches formant la protubérance. Schématiquement le bulbe appartient à la partie basse de la fosse cérébrale postérieure et se trouve situé à cheval sur le trou occipital; la protubérance est plaquée contre la lame quadrilatère; les pédoncules cérébraux sont situés au niveau de l'orifice tentorial. (Fig. 11 et 12)

LA FACE ANTÉRIEURE DU TRONC CÉRÉBRAL

La face antérieure du tronc cérébral comprend donc trois étages distincts : l'étage pédonculaire - l'étage protubérantiel - et l'étage bulbaire.

■ L'étage pédonculaire (Mésencéphale). (Fig. 11 et 13)

Les pédoncules cérébraux sont séparés de la protubérance par un sillon très marqué : le *sillon ponto-pédonculaire* qui enserre leur partie inférieure comme un collier. Ils s'écartent de la ligne médiane de bas en haut pour pénétrer dans chacun des deux hémisphères correspondants au-dessus de l'orifice tentorial, la limite supérieure des pédoncules étant formée par les bandelettes optiques.

Leur *face antérieure* d'aspect fasciculé qui repose sur la lame quadrilatère est croisée transversalement en bas par une bandelette blanchâtre : le taenia pontis et, plus haut par les artères cérébrales postérieures.

Leur *face latérale* qui répond à l'orifice tentorial puis à la fente de Bichat est croisée par le trajet du nerf pathétique (IV) né sur la face dorsale. Tout en arrière cette face latérale est marquée par un sillon : le *sillon latéral de l'isthme* qui marque le bord inférieur du pédoncule cérébelleux supérieur et divise le pédoncule en deux zones : **l'une antérieure ou pied, l'autre postérieure ou calotte**, qui revêt une forme triangulaire et constitue le *triangle de Reil**.

Le *bord interne* des deux pédoncules cérébraux délimite en avant une surface triangulaire à base supérieure formée par les bandelettes et le chiasma optique. Sa partie antérieure est occupée par le tuber cinéreum; sa partie postérieure de coloration grise, percée d'orifices vasculaires, forme **l'espace perforé postérieur** qui est limité en haut par deux tubercules : les *tubercules mamillaires* (Corpus Mamillare). A la partie toute inférieure de l'espace perforé postérieur, le long du bord interne du pédoncule, émerge le nerf moteur oculaire commun (III).

* Reil Johann Christian (1759-1813), Anatomiste allemand, professeur de médecine à Halle puis à Berlin.

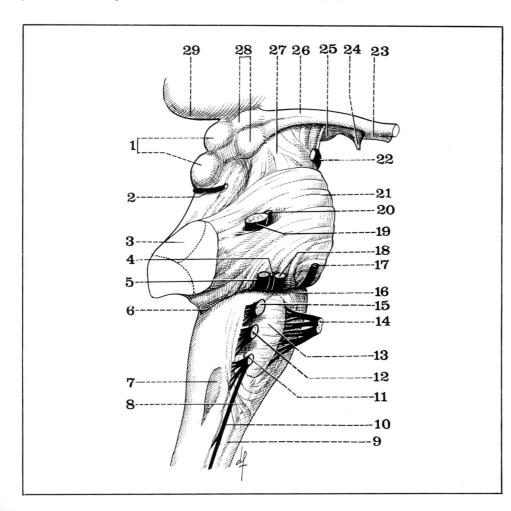

FIGURE 13

Vue latérale droite du tronc cérébral.

1. Tubercules quadrijumeaux.
2. Nerf pathétique (IV).
3. Pédoncules cérébelleux sectionnés.
4. Nerf intermédiaire de Wrisberg (VIIbis).
5. Nerf stato-acoustique (VIII).
6. Sillon bulbo-protubérantiel.
7. Tubercule cendré de Rolando (correspondant au noyau sensitif du trijumeau).
8. Fibres arciformes du bulbe.
9. Sillon collatéral antérieur.
10. Nerf spinal (racines médullaires) (XI).
11. Nerf spinal (racines bulbaires) (XI).
12. Nerf pneumogastrique (X).
13. Olive bulbaire.
14. Nerf hypoglosse (XII).
15. Nerf glosso-pharyngien (IX).
16. Partie antérieure du sillon bulbo-protubérantiel.
17. Nerf moteur oculaire externe (VI).
18. Nerf facial (VII).
19. Racine sensitive du nerf trijumeau (V).
20. Racine motrice (masticatrice) du nerf trijumeau (V).
21. Protubérance annulaire.
22. Nerf moteur oculaire commun (III).
23. Chiasma optique.
24. Tige pituitaire.
25. Tubercule mamillaire.
26. Bandelette optique.
27. Pédoncule cérébral.
28. Corps genouillés.
29. Pulvinar.

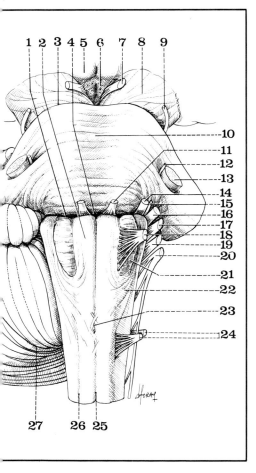

FIGURE 14

Vue antérieure du tronc cérébral et du cervelet.
1. Sillon bulbo-protubérantiel.
2. Pyramide bulbaire.
3. Sillon ponto-pédonculaire.
4. Foramen caecum.
5. Tubercules mamillaires.
6. Espace perforé postérieur.
7. Nerf moteur oculaire commun (III).
8. Pédoncule cérébral.
9. Nerf pathétique (IV).
10. Protubérance et sillon basilaire.
11. Nerf moteur oculaire externe (VI).
12. Racine motrice du nerf trijumeau (V).
13. Racine sensitive du nerf trijumeau (V).
14. Nerf facial (VII).
15. Nerf intermédiaire de Wrisberg (VIIbis).
16. Nerf stato-acoustique (VIII).
17. Nerf glosso-pharyngien (IX).
18. Nerf hypoglosse (XII).
19. Nerf vague ou pneumogastrique (X).
20. Nerf spinal (XI).
21. Olive bulbaire.
22. Fibres arciformes.
23. Décussation des pyramides.
24. Première racine cervicale.
25. Sillon médian antérieur.
26. Sillon collatéral antérieur.
27. Face antérieure de l'hémisphère cérébelleux droit.

■ **L'étage protubérantiel** (Métencéphale). (Fig. 13 et 14)

Il est nettement séparé de l'étage bulbaire par un sillon transversal le **sillon bulbo-protubérantiel**. Celui-ci est marqué sur la ligne médiane au niveau de son croisement avec le sillon médian du bulbe par le *foramen cæcum* de Vicq d'Azyr*. Latéralement le sillon bulbo-protubérantiel donne issue près de la ligne médiane, au-dessus des pyramides, au nerf moteur oculaire externe (VI) et plus en dehors, au-dessus de l'olive, au facial (VII), à l'intermédiaire de Wrisberg (VIIbis) et au nerf auditif (VIII). La face antérieure de la protubérance est caractérisée avant tout par un sillon médian dit **gouttière basilaire** (Sulcus Basilaris) car au contact du tronc artériel basilaire. Plus en dehors, une fossette donne issue aux deux racines du nerf trijumeau (V) : racine motrice en dedans, racine sensitive en dehors. A sa partie toute externe et postérieure, la face antérieure de la protubérance se rétrécit progressivement et se dirige en arrière en devenant *pédoncule cérébelleux moyen*.

■ **L'étabe bulbaire** (Myélencéphale).

Il présente sur la ligne médiane un sillon longitudinal qui prolonge le sillon antérieur de la moelle et qui s'étend jusqu'au sillon bulbo-protubérantiel. De part et d'autre de ce sillon médian deux saillies : **les pyramides** (Pyramis) qui échangent quelques fibres nerveuses croisant le sillon médian en formant la *décussation des pyramides* (Fig. 14)

Plus en dehors, une saillie oblongue de 15 mm de long sur 4 mm de large : **l'olive bulbaire** (Oliva). Entre l'olive et la pyramide le *sillon pré-olivaire* donne issue aux fibres du nerf hypoglosse (XII).

Plus en arrière, le *sillon rétro-olivaire* ou collatéral antérieur sépare l'olive du cordon latéral du bulbe qui prolonge le cordon latéral de la moelle. Encore plus en arrière, le *sillon collatéral postérieur* donne issue de haut en bas aux nerfs glosso-pharyngien (IX), vague (X) et spinal (XI).

LA FACE POSTÉRIEURE DU TRONC CÉRÉBRAL (Fig. 15)

Elle n'est visible en totalité qu'après ablation du cervelet et section des pédoncules cérébelleux, qui ouvrent en partie la paroi postérieure de la cavité ventriculaire du tronc cérébral ou quatrième ventricule.

A sa partie toute supérieure, la face postérieure du tronc cérébral est marquée par la présence de la **lame quadrijumelle** (Tectum Mesencephali). Celle-ci est formée de quatre tubercules répartis en deux paires : l'une antérieure, l'autre postérieure. Les **tubercules quadrijumeaux antérieurs**** sont reliés au dehors par une lame de substance nerveuse appelée **bras conjonctival antérieur** (Brachium Colliculi Superior) à un noyau nerveux qui dépend du thalamus : le **corps genouillé**** externe. De la même façon les **tubercules quadrijumeaux postérieurs****** sont reliés en dehors par le **bras conjonctival postérieur** (Brachium Colliculi Inferior) au **corps genouillé interne**. Les quatre tubercules quadrijumeaux sont séparés les uns des autres par un *sillon cruciforme* dont l'extrémité antérieure reçoit l'épiphyse, et dont la partie postérieure se confond avec le sommet de la valvule de Vieussens. C'est à ce niveau qu'émerge le nerf pathétique (IV).

Plus bas, entre les deux pédoncules cérébelleux supérieurs, la face postérieure du tronc cérébral est occupée par une très mince lame nerveuse : la **valvule de Vieussens** (Velum Medullare Anterius) qui forme le versant antéro-supérieur du quatrième ventricule. (Fig. 15)

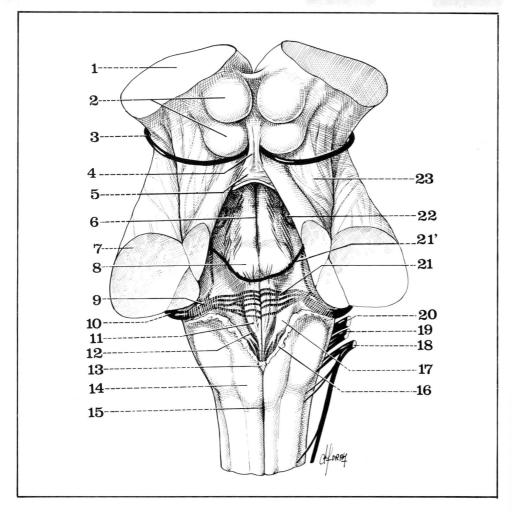

FIGURE 15

Vue postérieure du tronc cérébral après ablation du cervelet.

1. Pédoncules cérébraux.
2. Tubercules quadrijumeaux.
3. Nerf pathétique (IV).
4. Frein de la valvule de Vieussens.
5. Valvule de Vieussens.
6. Tige du calamus.
7. Pédoncule cérébelleux moyen.
8. Eminentia térès.
9. Tubercule acoustique.
10. Nerf stato-acoustique (VIII).
11. Aile blanche interne.
12. Aile grise.
13. Obex.
14. Clava.
15. Sillon médian postérieur.
16. Ligula.
17. Aile blanche externe.
18. Nerf spinal (XI).
19. Nerf vague (X).
20. Nerf glosso-pharyngien (IX).
21. Stries acoustiques.
21'. Baguette d'harmonie.
22. Fovea Superior ou locus coeruleus.
23. Pédoncule cérébelleux supérieur.

A sa partie toute inférieure, bulbaire, la face postérieure du tronc cérébral présente un sillon postérieur continuant le sillon postérieur de la moelle et bordé de chaque côté par un cordon postérieur subdivisé lui-même par un petit sillon paramédian, en cordon de Goll en dedans et cordon de Burdach en dehors.

Plus haut la face postérieure du tronc cérébral présente un aspect bien différent. En effet, à ce niveau la cavité épendymaire s'élargit pour former le quatrième ventricule dont la paroi postérieure se réduit à une mince toile cellulaire formée d'une seule couche de cellules épendymaires : la **membrana tectoria**. La face postérieure du tronc cérébral à ce niveau comprend donc une partie centrale formée par le toit du quatrième ventricule et une partie périphérique ou extra-ventriculaire.

La partie extra-ventriculaire est marquée de bas en haut d'abord par deux renflements qui bordent le quatrième ventricule et prolongent le cordon de Goll : ce sont les *pyramides postérieures ou clava*. Plus en dehors, un second renflement le *corps restiforme** continue le cordon de Burdach et se prolonge en haut en formant le *pédoncule cérébelleux inférieur*. Plus haut enfin, la face postérieure extra-ventriculaire du tronc cérébral est formée par la face postéro-supérieure du pédoncule cérébelleux supérieur oblique en bas et en dehors.

La partie moyenne ou ventriculaire. (Fig. 16)

A sa partie inférieure, elle est formée par une lame très mince uni-cellulaire : la **membrana tectoria**, triangulaire à pointe inférieure, épaissie au niveau de son bord supérieur où elle forme les *valvules de Tarin*** (Velum Medullare Posterius), le long de ses bords latéraux où elle forme la *ligula* et au niveau de son sommet ou *obex*. Elle présente en son centre un orifice le *trou de Magendie* et au niveau de ses angles supéro-latéraux les *trous de Luschka* qui établissent une communication entre la cavité ventriculaire et les espaces arachnoïdiens. La membrana tectoria est en outre doublée par la pie-mère qui forme à ce niveau les **plexus choroïdes**. (Fig. 17)

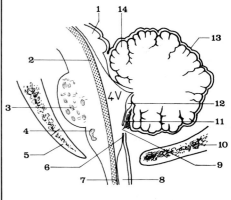

FIGURE 16

Coupe sagittale de la fosse cérébrale postérieure.

1. Tubercule quadrijumeau antérieur.
2. Plancher du 4e ventricule.
3. Protubérance annulaire.
4. Olive bulbaire.
5. Apophyse basilaire.
6. Membrana tectoria.
7. Canal de l'épendyme.
8. Bulbe rachidien.
9. Trou de Magendie.
10. Ecaille de l'occipital.
11. Toile choroïdienne inférieure.
12. Valvule de Tarin.
13. Ecorce cérébelleuse.
14. Lobule cérébelleux.

Clava = la clef (en latin)
Ligula = la petite langue
Obex = le verrou

---

* Corps restiforme, du latin « restis » : la corde (en forme de cordes).
** Tarin Pierre (1725-1761), médecin et anatomiste à Paris.

LES CAVITÉS VENTRICULAIRES DU TRONC CÉRÉBRAL

Elles présentent trois segments bien différents :

■ A la partie inférieure du bulbe c'est le **canal de l'épendyme** qui s'élargit progressivement.

■ Plus haut, au niveau de l'étage supérieur du bulbe et de la protubérance la cavité épendymaire s'élargit de façon considérable et s'aplatit dans le sens antéro-postérieur pour former le **quatrième ventricule**. De forme losangique, avec un triangle supérieur pontique et un triangle inférieur bulbaire, celui-ci est limité latéralement par l'écartement des deux pyramides postérieures en bas, par les pédoncules cérébelleux supérieurs en haut. Sa paroi postérieure ou toit est limitée, nous l'avons vu, par une très mince lame de tissu nerveux formant la valvule de Vieussens en haut, la membrana tectoria en bas. (Fig. 18)

Sa paroi antérieure ou **plancher du quatrième ventricule** est particulièrement importante à étudier. Sur la ligne médiane, elle présente une incisure longitudinale appelée *tige du calamus scriptorius**. Immédiatement en dehors de la tige du calamus, un relief allongé ou *funiculus teres* est subdivisé en *aile blanche interne* en bas, correspondant au noyau de l'hypoglosse, et *éminentia teres* en haut, correspondant au noyau du moteur oculaire externe. Plus en dehors, une zone déprimée de coloration grisâtre : *l'aile grise*, de forme triangulaire, légèrement rétrécie à sa partie moyenne, reçoit le nom de *fovéa inférior*. Elle correspond aux noyaux d'origine du glosso-pharyngien et du vague. Encore plus en dehors, dans l'angle externe du plancher du quatrième ventricule, une deuxième zone blanche légèrement en relief : *l'aile blanche externe* correspond en bas aux noyaux vestibulaires, et à sa partie supéro-externe aux

FIGURE 17
Le toit du quatrième ventricule (vue postérieure).

1. Pédoncule cérébelleux supérieur.
2. Pédoncule cérébelleux moyen.
3. Plexus choroïde latéral.
4. Ligula supéro-externe.
5. Corne d'abondance.
6. Ligula inféro-interne.
7. Terminaison du plexus choroïde médian.
8. Verrou (ou obex).
9. Corps restiforme.
10. Trou de Magendie.
11. Plexus choroïde médian.
12. Membrana tectoria.
13. Trou de Luschka.
14. Section de la valvule de Tarin.
15. Cavité du quatrième ventricule.
16. Section de la valvule de Vieussens.
17. Lingula.
18. Valvule de Vieussens.

---

* Du latin : le roseau pour écrire.
Funiculus teres = ruban rond
Eminentia teres = relief rond
Fovea inferior = cavité inférieure

FIGURE 18
Coupe transversale du bulbe montrant les plexus choroïdes du 4ᵉ ventricule (d'après G. Paturet).

1. Noyau arqué pré-pyramidal.
2. Faisceau pyramidal cortico-médullaire.
3. Olive bulbaire.
4. Nerf auditif.
5. Trou de Luschka.
6. Plexus choroïde latéral.
7. Membrana tectoria.
8. Pédoncule du flocculus.
9. Grande citerne.
10. Vermis.
11. Amygdale cérébelleuse.
12. Ligula.
13. Plexus choroïdes médians.
14. Quatrième ventricule.
15. Flocculus.
16. Corne d'abondance.
17. Ruban de Reil médian.

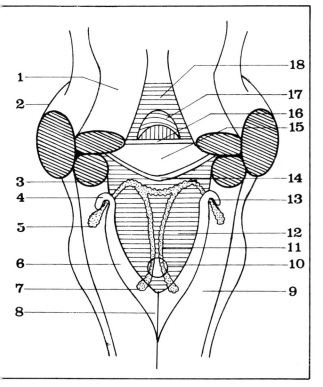

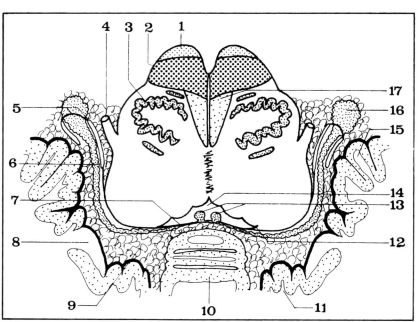

noyaux cochléaires marqués quelquefois par une petite saillie : *le tubercule acoustique*. Enfin le plancher du quatrième ventricule est encore marqué par la présence de stries transversales tendues entre la tige du calamus et l'angle externe de la région : ce sont les *stries acoustiques* ou barbes du calamus au nombre de 5 ou 6 de chaque côté. La plus haut située, oblique en haut et en dehors, forme la baguette d'harmonie de Bergmann, ou strie aberrante, de signification inconnue. (Fig. 15)

■ A l'étage supérieur les cavités ventriculaires se rétrécissent à nouveau et forment l'*aqueduc de Sylvius* d'environ 15 mm, large de 1 à 2 mm. Légèrement rétréci à sa partie moyenne, de direction oblique en haut et en avant, il fait communiquer le quatrième ventricule avec le troisième ventricule. (Fig. 18)

STRUCTURE DU TRONC CÉRÉBRAL

Comme la moelle, le tronc cérébral est formé de substance blanche et de substance grise.

Mais la substance grise ne forme pas ici une colonne homogène. Elle se fragmente à l'intérieur de la substance blanche et forme une série de **noyaux** qui se répartissent sur toute la hauteur du tronc cérébral.

■ Les plus nombreux de ces noyaux représentent le point de départ des fibres motrices, ou le premier relais des fibres sensitives des nerfs crâniens : ce sont les **noyaux des nerfs crâniens**. (Fig. 19)

• La plupart d'entre eux sont situés dans le plancher du 4ᵉ ventricule où l'on peut distinguer :

— deux colonnes de substance grise, l'une dorsale et l'autre ventrale, près de la ligne médiane, origine des *fibres somato-motrices* des six derniers nerfs crâniens ;
— une colonne *viscéro-motrice*, plus en dehors sous l'aile grise ;
— une colonne *viscéro-sensitive* encore plus en dehors ;
— enfin *deux colonnes somato-sensitives* tout en dehors, sous l'aile blanche externe, comprenant en particulier le volumineux noyau sensitif du trijumeau qui s'étend jusqu'aux pédoncules en haut et jusqu'à la partie toute inférieure du bulbe en bas.

• Au niveau de la calotte des pédoncules s'individualisent :
— le noyau du pathétique à hauteur des tubercules quadrijumeaux postérieurs ;
— les noyaux du moteur oculaire commun à hauteur des tubercules quadrijumeaux antérieurs.

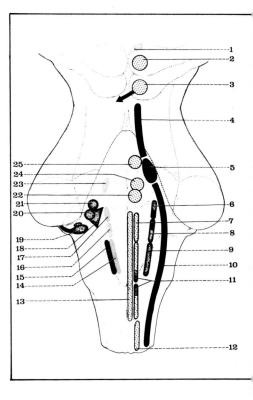

FIGURE 19

Vue postérieure du tronc cérébral.
Les noyaux des nerfs crâniens.

1. *Noyaux pupillaires.*
2. *Noyau du moteur oculaire commun (III).*
3. *Noyau du nerf pathétique (IV).*
4. *Partie supérieure du noyau sensitif du nerf trijumeau (V).*
5. *Partie moyenne du noyau sensitif du trijumeau (V).*
6. *Noyau sensitif de l'intermédiaire.*
7. *Noyau moteur du glosso-pharyngien (IX).*
8. *Noyau sensitif du glosso-pharyngien (IX).*
9. *Noyau du faisceau solitaire du vague (X).*
10. *Partie inférieure du noyau sensitif du trijumeau (V).*
11. *Noyau ambigu [noyau moteur du vague (X) du spinal (XI)].*
12. *Noyau moteur du spinal médullaire (XI).*
13. *Noyau de l'hypoglosse (XII).*
14. *Noyau cardio-pneumo-entérique du vague (X).*
15. *Noyau sensitif dorsal du vague (X).*
16. *Noyaux viscéraux sensitifs salivaires inférieurs.*
17. *Noyaux viscéraux sensitifs salivaires supérieurs.*
18. *Noyau de Schwalbe (noyau vestibulaire).*
19. *Noyau cochléaire dorsal.*
20. *Noyau vestibulaire de Deiters.*
21. *Noyau vestibulaire de Betcherew.*
22. *Noyau somato-moteur du facial.*
23. *Noyau lacrymo-muco-nasal (facial et trijumeau).*
24. *Noyau somato-moteur du moteur oculaire externe (VI).*
25. *Noyau somato-moteur du trijumeau ou noyau masticateur (V).*

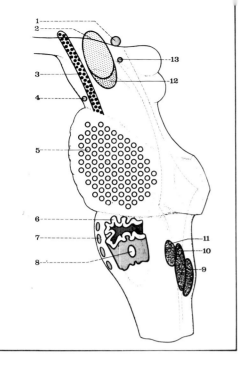

FIGURE 20

Vue de profil du tronc cérébral.
Les noyaux propres du tronc cérébral.

1. Noyau de Darkschewitsch.
2. Noyau rouge (néo-rubrum).
3. Locus niger.
4. Noyau inter-pédonculaire.
5. Noyaux du pont.
6. Olive bulbaire.
7. Noyau arqué.
8. Para-olive.
9. Noyau de Goll.
10. Noyau de Burdach.
11. Noyau de Von Monakow.
12. Noyau rouge (paléo-rubrum).
13. Noyau interstitiel de Cajal.

■ En outre il existe au niveau du tronc cérébral des amas de substance grise qui représentent autant de centres nerveux élémentaires ou sont des relais sur des voies motrices ou sensitives. Ce sont les **noyaux propres du tronc cérébral**. (Fig. 20) Les principaux sont :

— les *noyaux de Goll* et de Burdach*** situés à la face postérieure de la partie inférieure du bulbe ;

— l'*olive bulbaire* qui fait saillie à la face antérieure de la partie inférieure du bulbe et qui forme une lame incurvée et ondulée de substance grise ;

— les *noyaux du pont*, très nombreux, disséminés dans la substance blanche de la protubérance dont ils dissocient les fibres ;

— le *noyau rouge*, volumineux amas de substance grise situé à la partie haute des pédoncules cérébraux ;

— le *locus niger*, lame aplatie de substance grise, de couleur foncée, formant sur toute la hauteur des pédoncules une cloison oblique qui marque sur les coupes des pédoncules la limite entre le pied en avant et la calotte en arrière.

LE CERVELET (Cerebellum)

Situé en arrière du tronc cérébral, dont il masque presque entièrement la face postérieure et auquel il est relié par les pédoncules cérébelleux, le cervelet occupe la plus grande partie de la fosse cérébrale postérieure. De coloration grisâtre, d'aspect lamelleux, de consistance ferme, il est constitué par un **lobe moyen ou vermis** et **deux hémisphères latéraux** beaucoup plus volumineux séparés par une échancrure profonde où se loge la faux du cervelet. (Fig. 22, 23 et 26)

D'un poids moyen de 150 grammes, le cervelet présente les dimensions suivantes :

— diamètre transversal : 10 centimètres,
— diamètre antéro-postérieur : 5 à 6 centimètres,
— hauteur : 6 à 7 centimètres.

---

* Goll Friedrich (1829-1903), neurologue et anatomiste allemand, professeur d'anatomie à Zurich.
** Burdach Charles Friedrich (1776-1867), médecin allemand, professeur d'anatomie et physiologie à Königsberg.

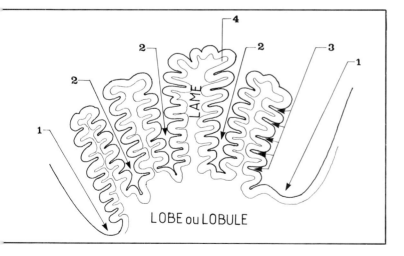

FIGURE 21

Constitution du cervelet.

1. Sillons de 1er ordre.
2. Sillons de 2e ordre.
3. Sillons de 3e ordre.
4. Lamelle.

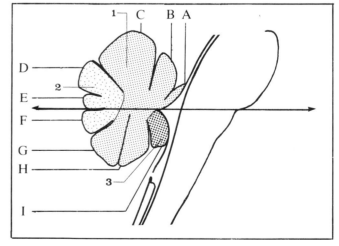

FIGURE 22

Les lobes du vermis
(coupe sagittale).

1. Paléo-cérébellum (ou lobe antérieur).
2. Néo-cérébellum (ou lobe postérieur).
3. Archéo-cérébellum (ou lobe flocculo-nodulaire).
(Les lettres renvoient au texte ci-contre).

De coloration gris rosée, sa surface est parcourue de *sillons* de 1er, 2e et 3e ordre, qui délimitent respectivement des lobes, des lames et des lamelles, un peu comparables aux lobes et circonvolutions du cerveau. Le plus important de ces sillons est le grand sillon circonférentiel de Vicq d'Azyr, qui se projette au niveau des pédoncules cérébelleux moyens. (Fig. 21 et 23)

Moulé étroitement sur les parois de la fosse cérébrale postérieure, le cervelet présente trois faces :

— **face supérieure** : formée de deux plans, inclinés de part et d'autre d'une crête sagittale médiane,

— **face inférieure** : formée de deux quarts de sphère moulés sur l'écaille de l'occipital, et séparés par un sillon interhémisphérique,

— **face antérieure** : verticale, répondant

de chaque côté : à la face postérieure des pyramides pétreuses,

au milieu : à la face postérieure du tronc cérébral, auquel elle est reliée par trois paires de **pédoncules cérébelleux** : (Fig. 25)

supérieurs, qui longent le bord supérieur de la protubérance annulaire,

moyens, qui proviennent de cette protubérance,

inférieurs, qui prolongent les corps restiformes.

Au-dessous des pédoncules inférieurs, deux petits lobes bien individualisés, de forme arrondie, bordent la margelle antérieure du trou occipital : ce sont les amygdales ou tonsilles cérébelleuses (Tonsilla Cerebelli). (Fig. 24)

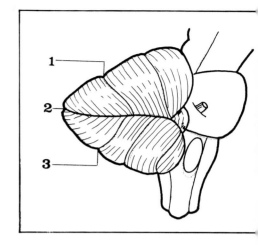

FIGURE 23

Les sillons du cervelet (vue latérale droite).
1. Sillon supérieur.
2. Grand sillon circonférentiel.
3. Sillon inférieur.

LE VERMIS*

Encore appelé lobe moyen, il représente du point de vue phylogénétique la partie la plus ancienne du cervelet. D'allure fusiforme, allongé d'avant en arrière, il s'enroule sur lui-même en une courbe à concavité antéro-inférieure, si bien que ses deux extrémités viennent presque au contact l'une de l'autre. Superficiel et large à la face antéro-supérieure de l'organe, il est au contraire plus étroit et profondément enfoui dans le sillon inter-hémisphérique en bas et en arrière. Sa face antérieure répond au toit du 4e ventricule. Sa face postérieure est parcourue par des sillons transversaux qui délimitent à sa surface un certain nombre de lobes. Ce sont de haut en bas, et d'avant en arrière : (Fig. 22)

— la **lingula** (A) dont les bords latéraux se confondent avec la valvule de Vieussens, toit du 4e ventricule (Lingula cérebelli, la petite langue) (Fig. 17);

— le **lobe central** (B) (Lobulus centralis);

— le **monticule** allongé à la face supérieure de l'organe et subdivisé en **culmen** (C) et **déclive** (D) (Culmen, le sommet);

— le **folium** (E) (Folium vermis, la feuille);

— le **tuber** (F) (Tuber vermis, le tubercule);

— la **pyramide de Malacarne**** (G) (Pyramis vermis);

— la **luette** (H) ou uvula (le grain de raisin);

— le **nodulus** (I) enfin qui adhère à la valvule de Tarin (le petit nœud).

Du fait de l'enroulement du vermis sur lui-même, le nodulus et la lingula sont presque en contact l'un avec l'autre en avant et délimitent un récessus épendymaire du quatrième ventricule.

Le vermis supérieur (lingula, lobe central et monticule) répond à l'angle dièdre de la tente du cervelet dont il est séparé par le fulmen vermien et le lac cérébelleux supérieur. Il est proche du confluent du sinus droit, du sinus longitudinal inférieur et de la veine de Galien.

---

* Vermis, du latin «le ver».
** Malacarne Giacinto (1744-1816), chirurgien et anatomiste italien, professeur de chirurgie à Pavie et à Padoue.

Le vermis inférieur enfoui dans le sillon inter-hémisphérique ou vallécule cérébelleuse est au contact de la faux du cervelet. (Fig. 24)

LES HÉMISPHÈRES CÉRÉBELLEUX forment de chaque côté de la ligne médiane deux masses arrondies d'environ 5 cm de large sur 6 cm de long et 5 cm de hauteur. On leur distingue, une face supérieure, répondant à la tente du cervelet, une face postéro-inférieure moulée sur la partie latérale de l'écaille occipitale, et une face antérieure qui répond à la face postéro-interne du rocher, au conduit auditif interne et, plus bas au trou déchiré postérieur. Fortement convexes en arrière, se moulant sur les parois osseuses de la fosse cérébrale postérieure, ils sont parcourus par un certain nombre de sillons dont le plus important est le *grand sillon circonférentiel de Vicq d'Azyr* qui part de l'angle ponto-cérébelleux, à hauteur du sillon bulbo-protubérantiel et vient croiser le vermis en passant entre folium et tuber. Le sillon circonférentiel et les autres sillons plus accessoires (sillon précentral, sillon post-central) délimitent des lobes ou lobules qui sont d'avant en arrière et de haut en bas : (Fig. 26)

— tout en avant :
— le **frein de la lingula** (Vinculum lingulae),
— l'**aile du lobule central** (Ala lobuli centralis);
— sur la face supérieure :
— le **lobe quadrilatère** divisé en lobe quadrilatère antérieur et lobe quadrilatère postérieur (lobulus quadrangularis),
— le **lobe semi-lunaire** subdivisé en lobes semi-lunaire supérieur et inférieur (Lobulus semilunaris);
— sur la face postéro-inférieure :
— le **lobe gracile ou grêle**;
— le **lobe digastrique** (Lobulus biventer);
— l'**amygdale** qui flanque le bord latéral de la luette et repose sur le bord postérieur du trou occipital (Tonsilla cerebelli);
— le **flocculus** enfin à la partie toute inférieure de l'organe. (Fig. 24 et 25)

A la face antérieure du cervelet, une vaste échancrure répondant à la face postérieure de la protubérance et du bulbe représente le véritable hile de l'organe.

FIGURE 24

Vue inférieure du cervelet.

1. *Paraflocculus.*
2. *Pédoncule du flocculus.*
3. *Nerfs glosso-pharyngien, vague et spinal.*
4. *Nerf trijumeau.*
5. *Artère cérébello-labyrinthique.*
6. *Nerf moteur oculaire externe.*
7. *Artère vertébrale.*
8. *Tronc basilaire.*
9. *Artère spinale antérieure.*
10. *Quatrième ventricule.*
11. *Artère cérébelleuse inférieure.*
12. *Flocculus.*
13. *Bulbe rachidien.*
14. *Amygdale.*
15. *Lobe digastrique.*
16. *Sillon post-pyramidal.*
16'. *Lobule gracile.*
16". *Lobe semi-lunaire inférieur.*
17. *Echancrure inter-hémisphérique.*
18. *Tuber.*
19. *Sillon supra-pyramidal.*
20. *Pyramide.*
21. *Luette.*
22. *Nodulus.*
23. *Valvule de Tarin.*

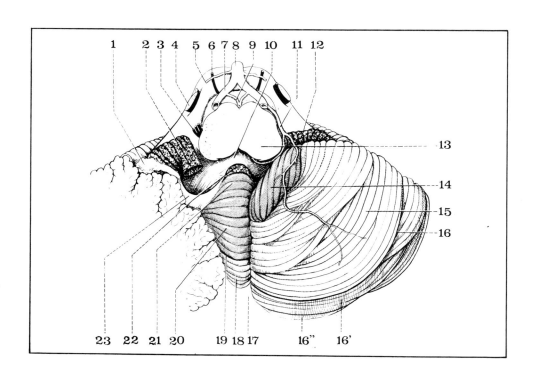

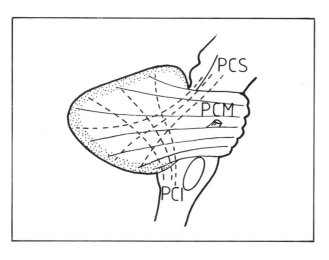

FIGURE 25

*Les pédoncules cérébelleux
(vue latérale droite du tronc cérébral).*
PCS : pédoncule cérébelleux supérieur.
PCM : pédoncule cérébelleux moyen.
PCI : pédoncule cérébelleux inférieur.

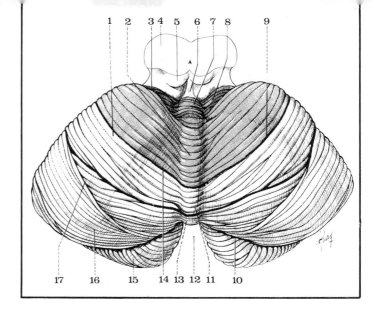

FIGURE 26

Vue supérieure du cervelet.
1. Lobe quadrilatère postérieur.
2. Culmen.
3. Frein de la lingula.
4. Pédoncules cérébraux.
5. Tubercule quadrijumeau antérieur.
6. Partie supérieure de la valvule de Vieussens.
7. Lingula.
8. Aile du lobule central.
9. Lobe quadrilatère antérieur.
10. Grand sillon circonférentiel.
11. Folium.
12. Echancrure inter-hémisphérique.
13. Tuber.
14. Sillon transverse supérieur.
15. Lobe semi-lunaire inférieur.
16. Lobe semi-lunaire supérieur.
17. Sillon circonférentiel supérieur.

C'est là qu'arrivent, entre les deux extrémités du vermis et le récessus du quatrième ventricule en dedans, le flocculus et le lobe quadrilatère antérieur en dehors.

LES PÉDONCULES CÉRÉBELLEUX. Au nombre de trois de chaque côté, ils comprennent : (Fig. 24, 25 et 27)

— les **pédoncules cérébelleux inférieurs** qui se continuent avec les corps restiformes ou cordons postéro-latéraux du bulbe ;

— les **pédoncules cérébelleux moyens**, les plus volumineux qui se poursuivent en avant avec la protubérance ;

— les **pédoncules cérébelleux supérieurs** enfin, de direction oblique en haut et en dedans, qui vont se confondre avec la face postéro-supérieure des pédoncules cérébraux. Ils sont unis transversalement sur la ligne médiane par la valvule de Vieussens, ou voile médullaire supérieur (Velum medullare superius).

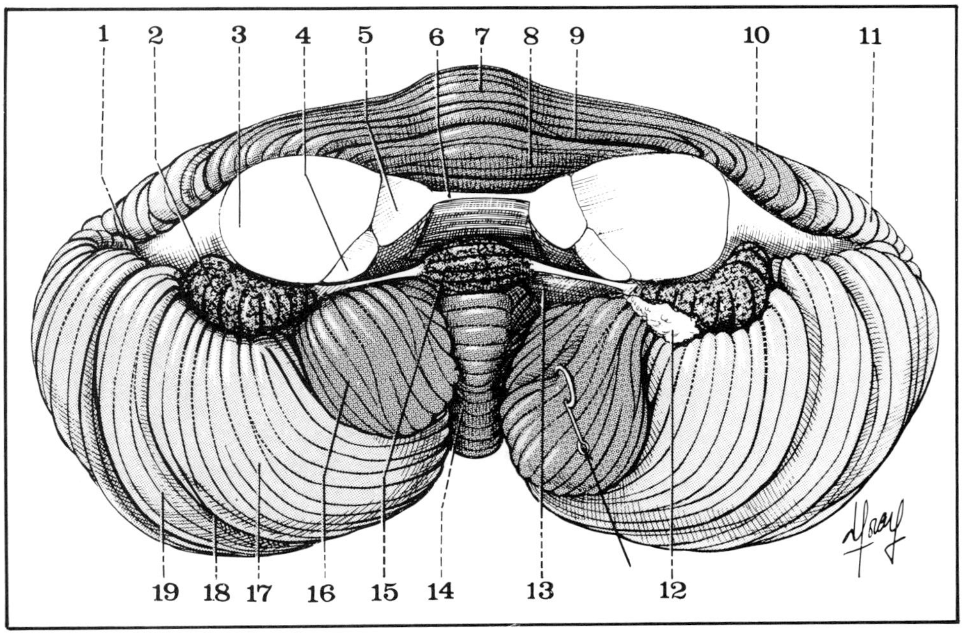

FIGURE 27

Vue antérieure du cervelet après section des pédoncules cérébelleux.
1. Grand sillon circonférentiel.
2. Flocculus.
3. Pédoncule cérébelleux moyen.
4. Pédoncule cérébelleux inférieur.
5. Pédoncule cérébelleux supérieur.
6. Valvule de Vieussens.
7. Lobule central.
8. Lingula.
9. Aile du lobule central.
10. Lobe quadrilatère.
11. Lobe semi-lunaire supérieur.
12. Paraflocculus.
13. Valvule de Tarin.
14. Pyramide.
15. Nodulus.
16. Amygdale.
17. Lobule digastrique.
18. Sillon post-pyramidal.
19. Lobule gracile.

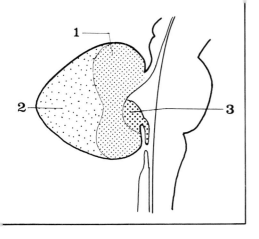

FIGURE 28

Territoires fonctionnels du cervelet (coupe sagittale).
1. *Paléo-cérébellum.*
2. *Néo-cérébellum.*
3. *Archéo-cérébellum.*

DU POINT DE VUE FONCTIONNEL, les différentes parties du cervelet ont une signification différente et on peut schématiquement diviser le cervelet en **trois lobes** : (Fig. 28)

— l'ensemble du flocculus et du nodulus forme le **lobe flocculo-nodulaire** qui correspond à l'*archéo-cérébellum* et intervient dans l'équilibration statique ;

— la partie antérieure du cervelet forme le **lobe antérieur** groupant la lingula, le lobe central, le culmen, la pyramide et l'uvula sur le vermis, le frein de la lingula, l'aile du lobule central, l'amygdale, le lobule gracile et le lobule digastrique sur les hémisphères et constitue le *paléo-cérébellum* chargé de régler le tonus musculaire ;

— la partie postérieure du vermis (déclive, folium, tuber) et des hémisphères cérébelleux (lobes quadrilatère postérieur et semi-lunaires, dont l'ensemble correspond au *lobule ansiforme* des physiologistes) forme le **lobe postérieur** et constitue le *néo-cérébellum* chargé de la coordination des mouvements volontaires et semi-automatiques. (Fig. 29)

Cortex du vermis	Cortex des hémisphères	Noyaux centraux	Territoire fonctionnel	Rôle
Nodulus	Flocculus	Noyaux du toit	Archéo-Cérébellum	Equilibre statique
Lingula Lobule central Culmen Pyramide Uvula	Frein de la lingula Aile du lobule central Lobe quadrilatère antérieur Lobule gracile Lobule digastrique Amygdale	Globosus Embolus (Paléo-Dentatum)	Paléo-Cérébellum	Tonus de posture
Déclive Folium Tuber	Lobe quadrilatère postérieur Lobe semi-lunaire supérieur Lobe semi-lunaire inférieur	Noyau denté (Néo-Dentatum) ou olive cérébelleuse	Néo-Cérébellum	Contrôle des mouvements volontaires

FIGURE 29

Représentation schématique du cervelet.
LC : *Lobule central.*
 C : *Culmen.*
 D : *Déclive.*
 F : *Folium.*
 T : *Tuber.*
 P : *Pyramide.*
 U : *Uvula.*
 1. *Lingula.*
 2. *Lobe quadrilatère antérieur.*
 3. *Sillon supérieur.*
 4. *Grand sillon circonférentiel.*
 5. *Sillon inférieur.*
 6. *Nodulus.*
 7. *Flocculus.*
 8. *Amygdale.*
 9. *Lobule digastrique.*
 10. *Lobule gracile.*
 11. *Lobule semi-lunaire inférieur.*
 12. *Lobule semi-lunaire supérieur.*
 13. *Lobe quadrilatère postérieur.*

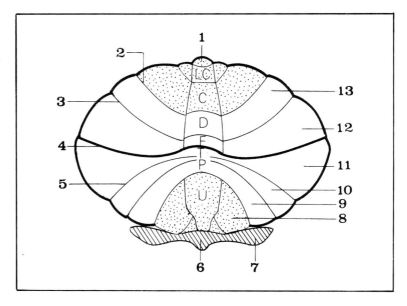

CONFIGURATION INTÉRIEURE DU CERVELET

Comme l'ensemble du névraxe, le cervelet est formé de substance blanche et de substance grise.

La substance blanche située au centre de l'organe forme le **centre médullaire** (Corpus Medullare) ou corps trapézoïdal qui envoie des ramifications lamelleuses à la périphérie du cervelet. L'ensemble dessine une série de ramifications constituant *l'arbre de vie**. (Fig. 30)

La substance grise se répartit en deux zones :

— le **cortex cérébelleux** qui recouvre toute la périphérie de l'organe,

— les **noyaux du cervelet** situés dans la substance blanche centrale, près de la ligne médiane et qui comprennent :

• les *noyaux du toit*, dans le vermis supérieur (Nucleus fastigii),

• l'*embolus* situé en arrière et en dehors des noyaux du toit,

• le *globosus* ou nucleus globosus en avant (Noyau globuleux),

• le *noyau denté* ou olive cérébelleuse, volumineux noyau en forme de «bourse plissée» dans la substance blanche hémisphérique. (Fig. 31)

* Arbre de vie : soit en raison de son importance vitale, soit par analogie avec les feuilles de thuya, ou «arbre de vie» (en latin : arbor viate cerebelli).

FIGURE 30

Coupe sagittale du cervelet.
L'arbre de vie.

1. Lobe central.
2. Sillon post-central.
3. Culmen.
4. Déclive.
5. Folium.
6. Grand sillon circonférentiel.
7. Tuber.
8. Sillon post-pyramidal.
9. Arbre de vie.
10. Bulbe rachidien.
11. Nodulus.
12. Quatrième ventricule.
13. Protubérance annulaire.
14. Lingula.
15. Tubercule quadrijumeau postérieur.

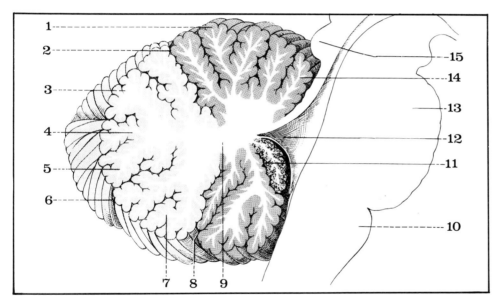

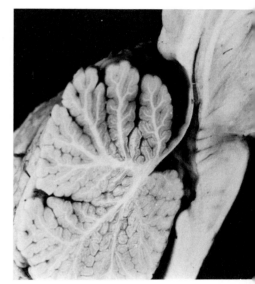

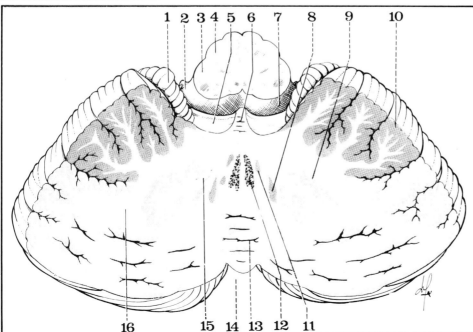

FIGURE 31

Coupe horizontale du cervelet.

1. Flocculus.
2. Récessus latéral du quatrième ventricule.
3. Corps restiforme.
4. Olive bulbaire.
5. Valvule de Tarin.
6. Luette ou Uvula.
7. Quatrième ventricule.
8. Embolus.
9. Noyau denté.
10. Cortex cérébelleux.
11. Globosus.
12. Noyau du toit.
13. Vermis.
14. Echancrure cérébelleuse postérieure.
15. Hile de l'olive cérébelleuse.
16. Substance médullaire du cervelet.

LES FORMATIONS MÉNINGÉES (Fig. 32 et 33)

Elles sont représentées par d'importants lacs cérébro-spinaux, et par les formations choroïdiennes du toit du quatrième ventricule.

LES ESPACES ARACHNOÏDIENS forment au niveau de la fosse cérébrale postérieure plusieurs lacs particulièrement importants. Ce sont :

1° - Entre la tente du cervelet et la face supérieure du cervelet, le **lac cérébelleux supérieur** dont le principal affluent provient de la citerne ambiante ou confluent supérieur situé dans la loge cérébrale.

2° - **La grande citerne** qui baigne la face postéro-inférieure du cervelet autour du trou occipital au niveau duquel elle est cloisonnée par le rebord supérieur du ligament dentelé.

3° - **La citerne pré-pontique** et **les citernes ponto-cérébelleuses** situées en avant de la face antérieure du pédoncule et du cervelet, contre la face postérieure du rocher, baignant l'origine des nerfs crâniens.

Ces différentes formations sous-arachnoïdiennes communiquent directement avec le quatrième ventricule, d'une part au niveau du *trou de Magendie* qui établit une communication entre le quatrième ventricule et la grande citerne, d'autre part au

FIGURE 32

Le toit du quatrième ventricule (vue postérieure).

1. Pédoncule cérébelleux supérieur.
2. Pédoncule cérébelleux moyen.
3. Plexus choroïde latéral.
4. Ligula supéro-externe.
5. Corne d'abondance.
6. Ligula inféro-interne.
7. Terminaison du plexus choroïde médian.
8. Verrou (ou obex).
9. Corps restiforme.
10. Trou de Magendie.
11. Plexus choroïde médian.
12. Membrana tectoria.
13. Trou de Luschka.
14. Section de la valvule de Tarin.
15. Cavité du quatrième ventricule.
16. Section de la valvule de Vieussens.
17. Lingula.
18. Valvule de Vieussens.

FIGURE 33

Espaces sous-arachnoïdiens.

1. Cervelet.
2. Tubercule quadrijumeau antérieur.
3. Epiphyse.
4. Commissure blanche postérieure.
5. Habena.
6. Troisième ventricule.
7. Commissure grise.
8. Septum lucidum.
9. Trigone cérébral.
10. Trou de Monro.
11. Commissure blanche antérieure.
12. Chiasma optique.
13. Tubercule mamillaire.
14. Hypophyse.
15. Aqueduc de Sylvius.
16. Quatrième ventricule.
17. Protubérance annulaire.
18. Bulbe rachidien.
19. Confluent antérieur (opto-chiasmatique).
20. Confluent inférieur (citerne basale).
21. Confluent postérieur (lac cérébelleux inférieur ou grande citerne).
22. Confluent supérieur (lac cérébelleux supérieur ou citerne ambiante).
a. Arachnoïde - p. Pie-mère.

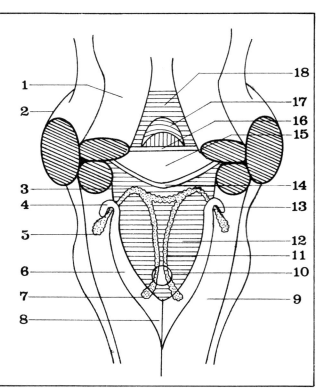
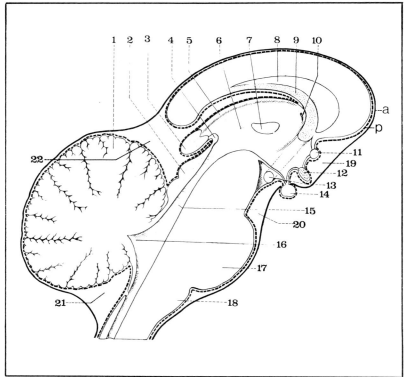

niveau des *trous de Luschka* qui établissent une communication entre la partie latérale du quatrième ventricule et le lac ponto-cérébelleux.

LES FORMATIONS CHOROÏDIENNES. Situées dans l'angle du cervelet et de la membrana tectoria, elles sont formées par un prolongement membraneux de la pie-mère composé de deux feuillets réunis par de minces trabécules à l'intérieur desquels s'insinuent des vaisseaux. Les formations choroïdiennes comprennent :

— **la toile choroïdienne inférieure** (Tela choroïdea) qui double la face postérieure de la membrana tectoria au niveau de la moitié inférieure du plancher du quatrième ventricule ;

— **le plexus choroïde du quatrième ventricule** (Plexus choroïdeus) formé également de deux feuillets parcourus d'axes vasculaires et qui forment un bourrelet transversal au bord supérieur de la valvule de Tarin entre les deux flocculus, et un double bourrelet vertical moins important situé près de la ligne médiane, l'ensemble revêtant l'aspect d'un T. La partie transversale du plexus choroïde s'invagine à l'intérieur de la cavité du quatrième ventricule et ressort latéralement par les trous de Luschka en formant les *cornes d'abondance* (de Bochdalek)*. (Fig. 32)

LES NERFS CRÂNIENS (Fig. 34, 35, 36, 37)

Emergeant du névraxe, la plupart au niveau de la face antéro-latérale du bulbe et de la protubérance, ils traversent les espaces arachnoïdiens pour se diriger vers les orifices de la base du crâne. Ils sont entourés, dès leur émergence du névraxe, d'une gaine piemérienne qui constitue le névrilème et les sépare des espaces arachnoïdiens. A leur pénétration dans les orifices de la base du crâne, ils sont entourés par la dure-mère qui leur constitue une gaine jusqu'à la sortie du crâne où elle se confond avec le périoste. Ces nerfs crâniens se répartissent en trois groupes principaux :

— **un groupe supérieur** formé par le moteur oculaire externe (VI) et le trijumeau (V) ;

— **un groupe moyen** formé par le facial (VII), l'auditif (VIII) et l'intermédiaire de Wrisberg (VIIbis) ;

— **un groupe inférieur** formé par le glosso-pharyngien (IX), le vague (X) et le spinal (XI).

A ces trois groupes principaux, il faut ajouter :

— **le nerf hypoglosse** (XII) qui, issu du sillon pré-olivaire du bulbe à la partie basse de celui-ci, quitte aussitôt la région en pénétrant dans le canal condylien antérieur ; (Fig. 34)

— **le nerf pathétique** (IV) caractérisé par son émergence dorsale et croisée au sommet de la valvule de Vieussens, et qui ne fait pas proprement partie de la région puisqu'il passe immédiatement au-dessus de l'orifice tentorial, croise la face latérale du pédoncule cérébral et gagne la paroi externe du sinus caverneux. (Fig. 34)

LE GROUPE SUPÉRIEUR est formé par le moteur oculaire externe et le trijumeau.

— **Le moteur oculaire externe** (VI) n'a qu'un court trajet dans la fosse cérébrale postérieure. Né près de la partie médiane du sillon bulbo-protubérantiel il se dirige d'avant en arrière à peu près horizontalement pour croiser le bord supérieur du rocher en dedans de sa pointe, plaqué contre le plan osseux par le ligament pétro-sphénoïdal. Il croise ainsi le trajet du sinus pétreux supérieur et peut être lésé par une fracture de la pointe du rocher.

---

* Bochdalek Victor Alexandre (1801-1883), anatomiste tchèque, professeur d'anatomie à Prague.

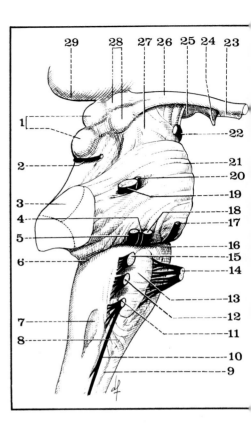

FIGURE 34

Vue latérale droite du tronc cérébral.

1. Tubercules quadrijumeaux.
2. Nerf pathétique.
3. Pédoncules cérébelleux sectionnés.
4. Nerf intermédiaire de Wrisberg.
5. Nerf stato-acoustique.
6. Sillon bulbo-protubérantiel.
7. Tubercule cendré de Rolando (correspondant au noyau sensitif du trijumeau).
8. Fibres arciformes du bulbe.
9. Sillon collatéral antérieur.
10. Nerf spinal (racines médullaires).
11. Nerf spinal (racines bulbaires).
12. Nerf pneumogastrique.
13. Olive bulbaire.
14. Nerf hypoglosse.
15. Nerf glosso-pharyngien.
16. Partie antérieure du sillon bulbo-protubérantiel.
17. Nerf moteur oculaire externe.
18. Nerf facial.
19. Racine sensitive du nerf trijumeau.
20. Racine motrice (masticatrice) du nerf trijumeau.
21. Protubérance annulaire.
22. Nerf moteur oculaire commun.
23. Chiasma optique.
24. Tige pituitaire.
25. Tubercule mamillaire.
26. Bandelette optique.
27. Pédoncule cérébral.
28. Corps genouillés.
29. Pulvinar.

FIGURE 35

Vue antérieure du tronc cérébral.

1. Sillon bulbo-protubérantiel.
2. Pyramide bulbaire.
3. Sillon ponto-pédonculaire.
4. Foramen caecum.
5. Tubercule mamillaire.
6. Espace perforé postérieur.
7. Nerf moteur oculaire commun.
8. Pédoncule cérébral gauche.
9. Nerf pathétique (IV).
10. Protubérance et sillon basilaire.
11. Nerf moteur oculaire externe.
12. Racine motrice du nerf trijumeau.
13. Racine sensitive du nerf trijumeau (V).
14. Nerf facial (VII).
15. Nerf intermédiaire de Wrisberg.
16. Nerf auditif ou stato-acoustique.
17. Nerf glosso-pharyngien (IX).
18. Nerf hypoglosse (XII).
19. Nerf vague (X).
20. Nerf spinal (XI).
21. Olive bulbaire.
22. Fibres arciformes.
23. Décussation des pyramides.
24. Première racine cervicale.
25. Sillon médian antérieur.
26. Sillon collatéral antérieur.
27. Face antérieure de l'hémisphère cérébelleux droit.

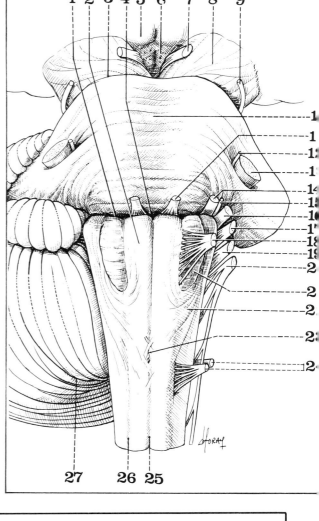

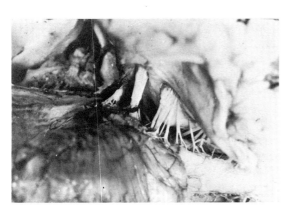

FIGURE 36

Le triangle du trijumeau et les nerfs de l'angle ponto-cérébelleux (vue supérieure côté droit).

FIGURE 37 ▶

La fosse cérébrale postérieure et l'angle ponto-cérébelleux (vue supérieure).

1. Artère cérébrale postérieure.
2. Tronc basilaire.
3. Pédoncules cérébraux.
4. Artère cérébelleuse supérieure.
5. Nerf trijumeau (V).
6. Nerfs facial, auditif et intermédiaire (VII, VIII, VIIIbis).
7. Veine cérébelleuse supérieure.
8. Sinus pétreux supérieur.
9. Coude du sinus latéral.
10. Abouchement d'une veine cérébelleuse inférieure.
11. Sinus latéral.
12. Orifice d'une veine cérébelleuse supérieure.
13. Sinus occipital postérieur.
14. Cervelet (sectionné).
15. Nerf spinal (XI).
16. Nerf vague (X).
17. Nerf glosso-pharyngien (IX).
18. Sinus pétreux inférieur.
19. Nerf stato-acoustique (VIII).
20. Nerf facial (VII).
21. Ganglion de Gasser.
22. Nerf moteur oculaire externe (VI).
23. Nerf moteur oculaire commun (III).

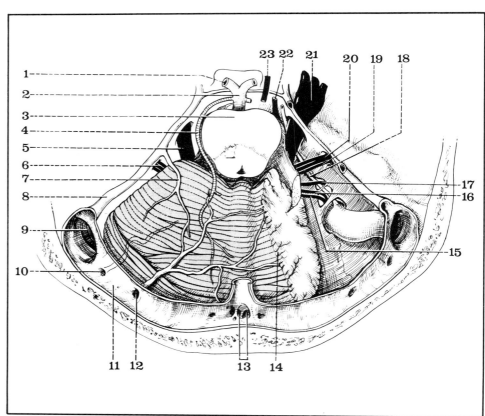

— **Le nerf trijumeau** (V) naît un peu plus haut, de la face antérieure de la protubérance, par deux racines : une petite racine motrice inféro-interne et une grosse, sensitive, supéro-externe. Il se dirige obliquement en avant et en dehors à travers la citerne ponto-cérébelleuse vers le bord supérieur du rocher qu'il croise au niveau de l'incisure trijéminale pour rejoindre le ganglion de Gasser. Son trajet est situé dans un triangle limité par le bord supérieur du rocher en avant, le bord des pédoncules cérébraux en dedans et le bord antérieur du cervelet en arrière. Il est longé à ce niveau par la veine cérébelleuse antéro-inférieure en dehors de lui. (Fig. 36)

LE GROUPE MOYEN, groupe de l'angle ponto-cérébelleux, est formé par le **facial** (VII), l'**intermédiaire** (VIIbis) et l'**auditif** (VIII). Nés tous trois de la partie externe du sillon bulbo-protubérantiel, accompagnés en dehors par l'artère auditive interne, ils cheminent transversalement dans l'angle ponto-cérébelleux, croisant la face antérieure du pédoncule cérébelleux inférieur et du lobe digastrique pour gagner le conduit auditif interne. (Fig. 36 et 37)

LE GROUPE INFÉRIEUR est formé par le **glosso-pharyngien** (IX), le **vague** (X) et le **spinal** (XI). Ils naissent tous trois du sillon collatéral postérieur du bulbe et de la moelle haute pour les racines les plus inférieures du spinal qui ont un trajet ascendant à travers le trou occipital pour rejoindre la racine bulbaire. Les trois troncs nerveux se dirigent presque verticalement légèrement obliques en bas, en dehors et en avant vers le trou déchiré postérieur en traversant la grande citerne. Ils sont croisés en dehors par le sinus pétreux inférieur. Le glosso-pharyngien, le plus antérieur, traverse la partie la plus antérieure du trou déchiré par un orifice spécial limité en arrière par une bande dure-mérienne; le pneumogastrique et le spinal sont plus postérieurs presque au contact du golfe de la jugulaire. (Fig. 37)

LES VAISSEAUX

I - LES ARTÈRES

Elles sont représentées par les deux artères vertébrales qui convergent pour former le tronc basilaire d'où naissent des rameaux artériels destinés à vasculariser le cervelet et le tronc cérébral.

■ **L'artère vertébrale** (A. vertebralis), branche collatérale de la sous-clavière, arrive dans la région de la fosse cérébrale postérieure à l'issue de son long trajet dans le canal transversaire. En effet, à sa sortie du canal transversaire de l'atlas, elle décrit une courbe horizontale à concavité antérieure, traverse d'abord la membrane occipito-atloïdienne postérieure, puis, après un très court trajet épidural, traverse la dure-mère pour pénétrer dans la fosse cérébrale postérieure. Elle contourne ensuite d'arrière en avant la face latérale du bulbe et se réunit à son homologue du côté opposé pour former le **tronc basilaire** (A. Basilaris) qui chemine d'abord dans le sillon antérieur du bulbe puis dans la gouttière basilaire de la protubérance, le long de la lame quadrilatère. Il se termine un peu au-dessus de la protubérance en se divisant en ses deux branches terminales les deux **cérébrales postérieures** qui quittent la région en traversant l'orifice tentoriel pour pénétrer dans la fente de Bichat à la base du cerveau. (Fig. 38 et 39)

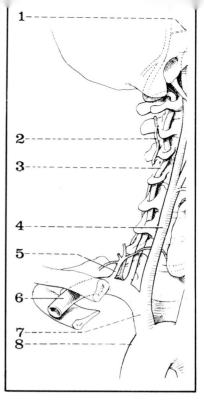

FIGURE 38

Le trajet extra-crânien de l'artère vertébrale droite.

1. Artère communicante postérieure.
2. Artère cervicale profonde (sectionnée).
3. Artère vertébrale.
4. Artère carotide primitive.
5. Tronc thyro-bicervico-scapulaire.
6. Artère axillaire droite (sectionnée).
7. Tronc brachio-céphalique.
8. Crosse de l'aorte.

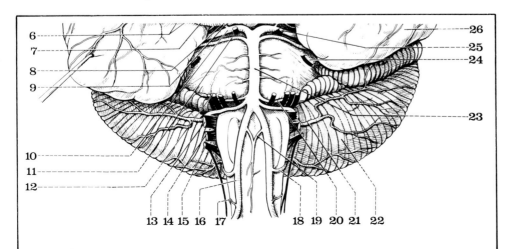

FIGURE 39

Vue antérieure des artères de l'encéphale (d'après Netter).

6. Artères striées (de Duret).
7. Artère cérébrale moyenne (ou sylvienne).
8. Artère communicante antérieure.
9. Artère communicante postérieure.
10. Artère cérébrale postérieure.
11. Artère cérébelleuse supérieure.
12. Nerf auditif (VIII).
13. Nerf glosso-pharyngien (IX).
14. Nerf vague (X).
15. Nerf spinal (XI).
16. Artère vertébrale.
17. Artère spinale postérieure.
18. Artère cérébelleuse inférieure.
19. Artère spinale antérieure.
20. Artère auditive interne.
21. Artère cérébelleuse moyenne.
22. Hémisphère cérébelleux gauche.
23. Tronc basilaire.
24. Nerf trijumeau (V).
25. Nerf moteur oculaire commun (III).
26. Lobe temporal.

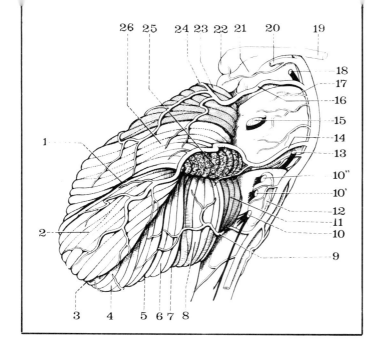

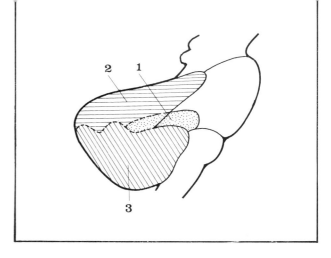

FIGURE 41

Les territoires artériels du cervelet (vue latérale droite).
1. Artère cérébelleuse moyenne.
2. Artère cérébelleuse supérieure.
3. Artère cérébelleuse inférieure.

FIGURE 40

Vue latérale du cervelet et du tronc cérébral.
1. Sillon circonférentiel supérieur.
2. Lobule semi-lunaire supérieur.
3. Grand sillon circonférentiel.
4. Lobule semi-lunaire inférieur.
5. Sillon transverse inférieur.
6. Lobule gracile.
7. Sillon post-pyramidal.
8. Lobule digastrique.
9. Artère cérébelleuse inférieure.
10. Nerf spinal.
10'. Nerf vague.
10''. Nerf glosso-pharyngien.
11. Amygdale.
12. Olive bulbaire.
13. Nerf moteur oculaire externe.
14. Artère cérébelleuse moyenne.
15. Nerf trijumeau.
16. Artère cérébelleuse supérieure.
17. Artère protubérantielle.
18. Nerf moteur oculaire commun.
19. Bandelette optique.
20. Artère cérébrale postérieure.
21. Corps genouillé interne.
22. Tubercule quadrijumeau antérieur.
23. Frein de la lingula.
24. Sillon pré-central.
25. Flocculus.
26. Lobe quadrilatère.

■ **Les collatérales de l'artère vertébrale** sont représentés par : (Fig. 39 et 40)

• **Les artères spinales postérieures** (A. spinalis posterior) qui naissent au bord latéral du bulbe et convergent sur la face postérieure du bulbe avant de descendre dans le sillon médian postérieur de la moelle où elles fusionnent en formant un tronc unique.

• **Les deux artères spinales antérieures** (A. spinalis anterior) naissent un peu plus haut juste, au-dessus du trou occipital, et convergent sur la face antérieure du bulbe pour former également un tronc médian antérieur qui descend dans le sillon antérieur de la moelle.

• **La cérébelleuse inférieure et postérieure** (A. cerebelli inferior posterior) naît du bord externe de la vertébrale, croise le pôle inférieur de l'olive bulbaire en passant parfois entre les racines de l'hypoglosse et en décrivant de nombreuses flexuosités ; elle contourne ensuite le corps restiforme et se divise au niveau du pédoncule cérébelleux inférieur en deux rameaux : un rameau interne qui se distribue au vermis, un rameau externe qui se distribue à la partie inférieure et postérieure des hémisphères et à l'amygdale.

■ **Les collatérales du tronc basilaire.** Elles sont représentées par :

• **des branches protubérantielles** très nombreuses et très grêles ;

• **l'artère auditive interne** (A. labyrinthi) qui suit le nerf auditif et pénètre dans le conduit auditif interne ;

• **la cérébelleuse moyenne** (A. cerebelli inferior anterior) qui longe les faces latérales de la protubérance en passant entre le trijumeau en haut et le facial en bas pour aller irriguer le flocculus et un territoire variable des hémisphères. Elle donne souvent naissance à l'artère auditive interne ;

• **la cérébelleuse supérieure** (A. cerebelli superior) enfin, la plus volumineuse, naît de la partie terminale du tronc basilaire juste au-dessous de l'orifice tentorial et se dirige transversalement en dehors en cravatant la partie basse des pédoncules cérébraux entre le trijumeau en bas et le moteur oculaire externe en haut pour gagner la face supérieure du cervelet où elle se ramifie en un éventail de trois groupes de branches : *médian* donnant l'artère vermienne supérieure, *intermédiaire*, et *marginal*, et en s'anastomosant souvent avec l'artère contro-latérale.

On peut ainsi décrire au niveau de l'écorce du cervelet un *territoire de la face supérieure* dépendant de l'artère cérébelleuse supérieure, un *territoire de la face inférieure* dépendant de l'artère cérébelleuse inférieure, et un *territoire flocculo-nodulaire* dépendant de l'artère cérébelleuse moyenne. Il est à noter que l'archéo-cérébellum, lobe flocculo-nodulaire, est irrigué uniquement par la cérébelleuse moyenne alors que le paléo et le néo-cérébellum sont irrigués à la fois par la cérébelleuse supérieure et la cérébelleuse inférieure. (Fig. 41)

II - LES VEINES

Les veines bulbaires forment un fin réseau pie-mérien qui se draine dans les veines médianes antérieure et postérieure satellites des artères spinales.

Les veines cérébelleuses se répartissent en deux groupes :

— *les veines cérébelleuses vermiennes* ou médianes qui se drainent soit en haut vers l'ampoule de Galien et le sinus droit; soit en bas dans la partie inférieure du sinus droit ou le sinus latéral;

— *les veines cérébelleuses latérales* se drainent par deux courants : l'un supérieur qui aboutit au sinus pétreux supérieur et au sinus latéral en cheminant contre la tente du cervelet; l'autre inférieur qui aboutit au sinus latéral.

Topographie générale de la fosse cérébrale postérieure

La fosse cérébrale postérieure peut être subdivisée en quatre régions secondaires : (Fig. 42 et 43)

— la région de l'isthme de l'encéphale ou région de l'orifice tentoriel en haut,
— la région de l'angle ponto-cérébelleux en avant et latéralement,
— la région des fosses cérébelleuses ou région des hémisphères cérébelleux latéralement,
— la région du trou occipital, ou région du bulbe en bas.

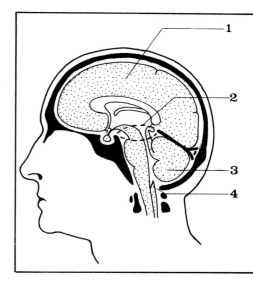

FIGURE 42

Situation topographique de l'encéphale (coupe sagittale).
1. Hémisphère cérébral.
2. Foramen ovale de Pacchioni.
3. Cervelet.
4. Trou occipital.

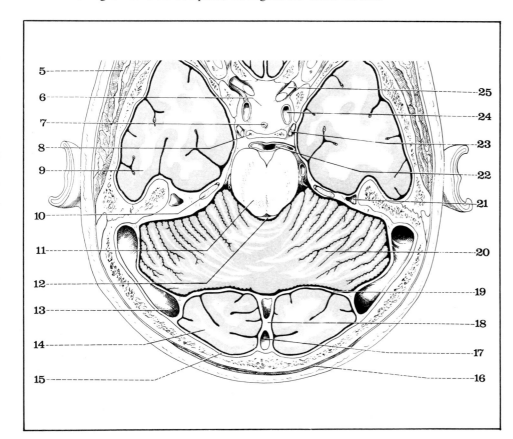

FIGURE 43

Coupe horizontale du crâne passant à la fois par la fosse cérébrale postérieure et la loge hémisphérique (d'après A. Latarjet, C. Clavel, M. Latarjet).

5. Muscle temporal.
6. Tente hypophysaire.
7. Tige pituitaire.
8. Apophyses clinoïdes postérieures.
9. Lobe temporal.
10. Nerf trijumeau.
11. Pédoncules cérébraux.
12. 4ᵉ ventricule.
13. Sinus latéral.
14. Lobe occipital.
15. Dure-mère.
16. Muscle occipital.
17. Sinus droit.
18. Faux du cerveau.
19. Tente du cervelet.
20. Hémisphères cérébelleux.
21. Sinus pétreux supérieur.
22. Tronc basilaire à sa bifurcation.
23. Nerf moteur oculaire commun.
24. Carotide interne.
25. Nerf optique.

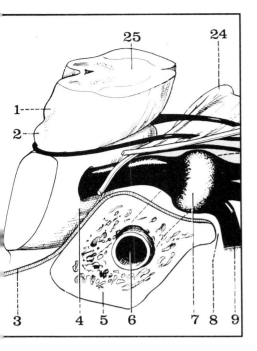

FIGURE 44

Vue latérale de l'isthme de l'encéphale.
1. *Tubercule quadrijumeau antérieur.*
2. *Tubercule quadrijumieau postérieur.*
3. *Dure-mère.*
4. *Protubérance annulaire (ou pont).*
5. *Os pétreux (ou rocher).*
6. *Artère carotide interne.*
7. *Ganglion de Gasser.*
8. *Trou ovale.*
9. *Nerf mandibulaire.*
24. *Apophyse clinoïde postérieure.*
25. *Coupe des pédoncules cérébraux.*

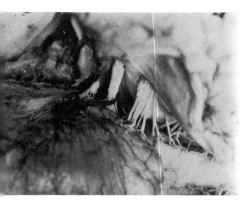

FIGURE 45

La fosse cérébrale postérieure et l'angle ponto-cérébelleux (vue supérieure côté droit).

LA RÉGION DE L'ISTHME DE L'ENCÉPHALE

Située à la partie supérieure de la fosse cérébrale postérieure, elle forme la frontière avec la fosse cérébrale.

Le cadre de la région est formé par l'orifice tentorial limité par la lame quadrilatère et la petite circonférence de la tente du cervelet, de direction oblique en haut et en arrière. (Fig. 44)

Les espaces sous-arachnoïdiens s'élargissent à ce niveau pour former la citerne ambiante faisant communiquer les espaces arachnoïdiens de la fosse cérébrale avec ceux de la fosse cérébrale postérieure.

Le névraxe est représenté par les pédoncules cérébraux avec sur leur face postérieure les tubercules quadrijumeaux et l'épiphyse. (Fig. 43)

Les nerfs crâniens de la région sont le moteur oculaire commun (III) et le pathétique (IV) qui prennent très rapidement une direction antéro-postérieure pour gagner la loge caverneuse.

Les vaisseaux enfin sont représentés par les deux artères cérébrales postérieures et les veines afférentes de l'ampoule de Galien.

LA RÉGION DE L'ANGLE PONTO-CÉRÉBELLEUX

C'est une région paire et symétrique placée à la partie antéro-latérale de la fosse cérébrale postérieure et limitée en avant par la lame quadrilatère et la partie de la paroi postérieure du rocher située en dedans du conduit auditif interne et du trou déchiré postérieur ; le rocher est longé à ce niveau par le sinus pétreux supérieur en haut et le sinus pétreux inférieure en bas ; en arrière c'est la protubérance, la partie supérieure du bulbe et le sillon bulbo-protubérantiel et, plus en dehors, le pédoncule cérébelleux moyen ; en haut, enfin, la tente du cervelet.

Dans l'espace grossièrement triangulaire limité par ces différents éléments, les **espaces arachnoïdiens** forment la citerne prépontique et la citerne ponto-cérébelleuse que traversent des éléments vasculaires et nerveux. Les vaisseaux sont représentés, sur la ligne médiane, par le tronc basilaire et ses branches : artère cérébelleuse inférieure, artère cérébelleuse moyenne et artère cérébelleuse supérieure ; et par les veines du cervelet et de la protubérance qui vont se drainer dans les sinus pétreux et gênent l'abord chirurgical de la région.

Les nerfs crâniens de la région divergent à partir du tronc cérébral en trois groupes :

— un *groupe supérieur* est formé par le moteur oculaire externe (VI) qui se dirige dans le sens antéro-postérieur vers la loge caverneuse, et plus en dehors par le nerf trijumeau (V) qui se dirige vers l'incisure trigéminale du bord supérieur du rocher ;

— un *deuxième groupe* de direction frontale comprend le facial (VII), l'intermédiaire (VIIbis) et l'auditif (VIII) qui se dirigent vers le conduit auditif interne ;

— enfin le *groupe inférieur* de direction transversale est formé par le glossopharyngien (IX), le vague (X) et le spinal (XI) qui gagnent le trou déchiré postérieur. (Fig. 45)

L'abord de cette région qui peut être rendu nécessaire par un neurinome de l'auditif ou pour pratiquer une neurotomie rétro-gassérienne (en cas de névralgie faciale) peut être réalisé soit par trépanation occipitale sous-tentoriale soit par voie temporale transtentoriale.

LA FOSSE CÉRÉBELLEUSE (Fig. 46 et 47)

Le cadre de la région est formé en bas et en arrière par l'écaille de l'occipital, en avant par la face postérieure verticale et triangulaire du rocher, en haut enfin par la tente du cervelet.

La région est subdivisée en deux zones symétriques par la *(petite) faux du cervelet*.

Les vaisseaux de la région sont représentés :
— d'une part, par les *artères cérébelleuses* supérieure, moyenne et inférieure qui sillonnent la face corticale des hémisphères cérébelleux,
— d'autre part, par des *éléments veineux* importants :
 • le sinus latéral longe l'écaille de l'occipital avant de redescendre sur la face postérieure du rocher pour se jeter dans le trou déchiré postérieur,
 • le sinus droit parcourt la tente du cervelet sur la ligne médiane,
 • les sinus pétreux supérieur et inférieur longent la paroi antérieure de la région.

Ces différents éléments sinusaux forment un véritable cadre veineux à la fosse cérébelleuse et confluent au niveau du torcular à hauteur de la protubérance occipitale interne. Ils reçoivent des veines afférentes venues des hémisphères cérébelleux.

Le cervelet occupe la presque totalité de la fosse cérébelleuse. (Fig. 46)
— sa face supérieure ou tentorielle est parcourue par les artères cérébelleuses supérieure et moyenne et par des veines qui se jettent dans le sinus droit,
— sa face occipitale, où les deux hémisphères sont séparés par la faux du cervelet, est parcourue par les branches de l'artère cérébelleuse inférieure,

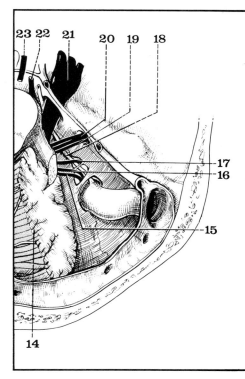

FIGURE 45bis

Les nerfs de l'angle ponto-cérébelleux.
14. Cervelet (sectionné).
15. Nerf spinal (XI).
16. Nerf vague ou pneumogastrique (X).
17. Nerf glosso-pharyngien (IX).
18. Sinus pétreux inférieur.
19. Nerf stato-acoustique (VIII).
20. Nerf facial (VII).
21. Ganglion de Gasser.
22. Nerf moteur oculaire externe (VI).
23. Nerf moteur oculaire commun (III).

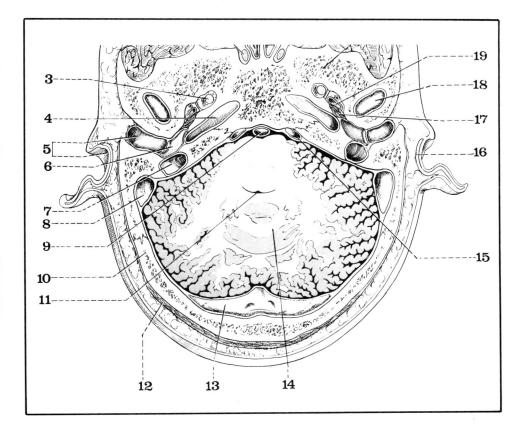

FIGURE 46

Coupe horizontale de la fosse cérébelleuse.

3. Nerf mandibulaire.
4. Carotide interne.
5. Conduit auditif externe.
6. Caisse du tympan.
7. Golfe de la jugulaire.
8. Sinus latéral.
9. Tronc basilaire.
10. Ecaille de l'occipital.
11. 4e ventricule.
12. Muscle occipital.
13. Sinus latéral.
14. Cervelet.
15. Sinus pétreux supérieur.
16. Oreille externe.
17. Muscle du marteau.
18. Condyle de la mandibule.
19. Trompe d'Eustache.

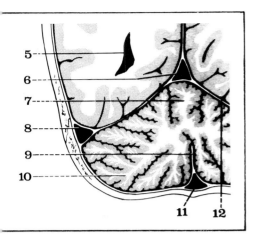

FIGURE 47

Coupe frontale du crâne passant par la fosse cérébrale postérieure.
5. Corne occipitale du ventricule latéral.
6. Sinus droit.
7. Vermis.
8. Sinus latéral.
9. Faux du cervelet.
10. Hémisphère cérébelleux.
11. Sinus occipital postérieur.
12. Tente du cervelet.

— sa face antérieure, sur la ligne médiane, masque le bulbe et le quatrième ventricule et latéralement va s'appuyer sur la paroi pétreuse au niveau du triangle d'Eagleton limité par le bord supérieur du rocher (longé par le sinus pétreux supérieur), par le sinus latéral et par le trou déchiré postérieur. A ce niveau, le cervelet est en rapport étroit avec les cavités de l'oreille interne et les cavités mastoïdiennes.

Les espaces arachnoïdiens enfin sont représentés d'une part, en bas, par la *grande citerne*, d'autre part, à la face supérieure du cervelet par le lac cérébelleux supérieur qui fait communiquer la grande citerne avec la citerne ambiante du foramen ovale.

La voie d'abord de cette région s'effectue par trépanation occipitale sous-tentoriale uni ou bi-latérale respectant le cadre veineux de la région et sectionnant la faux du cervelet pour mobiliser ce dernier.

LA RÉGION DU TROU OCCIPITAL

Située à la jonction entre la cavité crânienne et le canal rachidien, elle a la forme d'un entonnoir à sommet inférieur.

Du point de vue osseux elle est, en effet, limitée non seulement par le trou occipital mais aussi par l'anneau osseux de l'atlas relié à l'occipital par les ligaments occipito-atloïdiens et où fait saillie l'apophyse odontoïde de l'axis qui répond à la face antérieure du bulbe. (Fig. 48)

Ces éléments sont tapissés par la dure-mère qui adhère au pourtour du trou occipital mais est séparée de la partie supérieure de la paroi du canal rachidien par l'espace épidural.

Les vaisseaux de la région sont représentés par :
— les deux artères vertébrales qui cheminent d'abord dans l'espace épidural avant de perforer la dure-mère et de fusionner à la face antérieure du bulbe pour former le tronc basilaire,
— et par des veines nombreuses qui forment autour du trou occipital un véritable plexus coronaire unissant les sinus de la base du crâne, les plexus veineux intra-rachidien et les veines de la nuque.

Les espaces arachnoïdiens, très développés à ce niveau, forment la *grande citerne* qui se continue avec les espaces rachidiens et les citernes encéphaliques et communique en outre par le trou de Magendie avec la cavité du quatrième ventricule.

FIGURE 48

Coupe sagittale du trou occipital.
1. Membrane atloïdo-occipitale postérieure.
2. Ligament cervical postérieur (ou nuchal).
3. Ligament jaune.
4. Ligament longitudinal postérieur (ou vertébral commun postérieur).
5. Corps de la 3ᵉ cervicale.
6. Corps de l'axis.
7. Ligament atloïdo-axoïdien antérieur.
8. Arc antérieur de l'atlas.
9. Ligament occipito-odontoïdien médian.
10. Membrane atloïdo-occipitale antérieure.
11. Ligament longitudinal antérieur (ou vertébral commun antérieur).
12. Ligament cruciforme.
13. Ligament occipito-axoïdien médian (ou membrana tectoria).

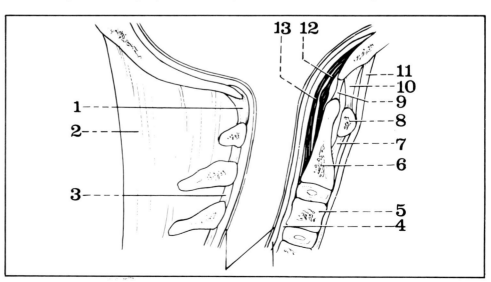

Le névraxe est représenté ici :

— par le *bulbe rachidien* qui occupe la partie tout antérieure du trou occipital,
— et par les *amygdales cérébelleuses* et le *vermis* qui masquent le plancher du quatrième ventricule et peuvent, en cas d'hypertension intra-crânienne, s'engager dans le trou occipital. (Fig. 49 et 50)

Les nerfs crâniens de la région sont :

— *l'hypoglosse* (XII), très antérieur qui s'engage immédiatement dans le canal condylien antérieur,
— *le spinal* (XI) dont les racines médullaires émergent de la partie postéro-latérale du canal rachidien.

La voie d'abord de cette région est une trépanation de la fosse occipitale associée à une résection de l'arc postérieur de l'atlas.

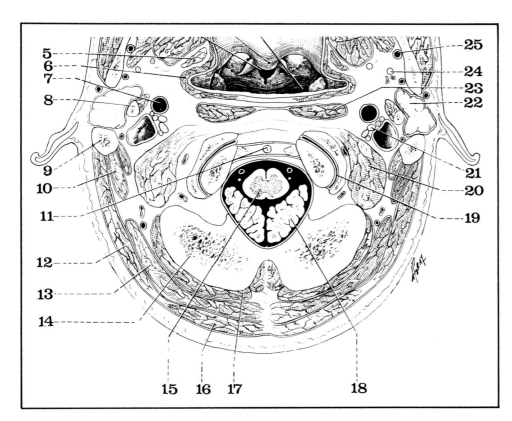

FIGURE 49

Coupe horizontale de la région du trou occipital (d'après A. Latarjet, C. Clavel, M. Latarjet).

5. Muscle péristaphylin externe.
6. Muscle constricteur supérieur du pharynx.
7. Artère carotide interne.
8. Apophyse styloïde.
9. Apophyse mastoïde.
10. Muscle splénius du cou.
11. Ligament occipito-odontoïdien médian.
12. Muscle sterno-cléido-mastoïdien.
13. Muscle splénius de la tête.
14. Occipital.
15. Moelle cervicale.
16. Muscle trapèze.
17. Muscle grand complexus.
18. Amygdale cérébelleuse.
19. Articulation occipito-atloïdienne.
20. Muscle droit latéral.
21. Nerf vague.
22. Glande parotide.
23. Muscle grand droit antérieur.
24. Nerf auriculo-temporal.
25. Artère maxillaire interne.

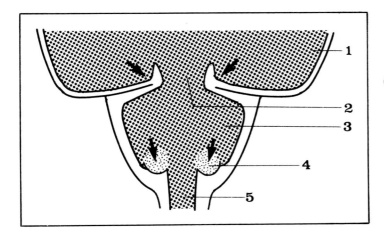

FIGURE 50

Les différentes formes d'engagement (d'après A. Gouazé). Coupe frontale de la fosse cérébrale postérieure. (Les flèches indiquent les engagements.)

1. Lobe temporal.
2. Isthme de l'encéphale (dans le foramen ovale).
3. Cervelet.
4. Amygdale cérébelleuse.
5. Bulbe rachidien (dans le trou occipital).

FIGURE 51

La fosse cérébrale postérieure et l'angle ponto-cérébelleux (vue supérieure).

1. *Artère cérébrale postérieure.*
2. *Tronc basilaire.*
3. *Pédoncules cérébraux.*
4. *Artère cérébelleuse supérieure.*
5. *Nerf trijumeau.*
6. *Nerfs facial, auditif et intermédiaire.*
7. *Veine cérébelleuse supérieure.*
8. *Sinus pétreux supérieur.*
9. *Coude du sinus latéral.*
10. *Abouchement d'une veine cérébelleuse inférieure.*
11. *Sinus latéral.*
12. *Orifice d'une veine cérébelleuse supérieure.*
13. *Sinus occipital postérieur.*
14. *Cervelet (sectionné).*
15. *Nerf spinal.*
16. *Nerf vague.*
17. *Nerf glosso-pharyngien.*
18. *Sinus pétreux inférieur.*
19. *Nerf auditif.*
20. *Nerf facial.*
21. *Ganglion de Gasser.*
22. *Nerf moteur oculaire externe.*
23. *Nerf moteur oculaire commun.*

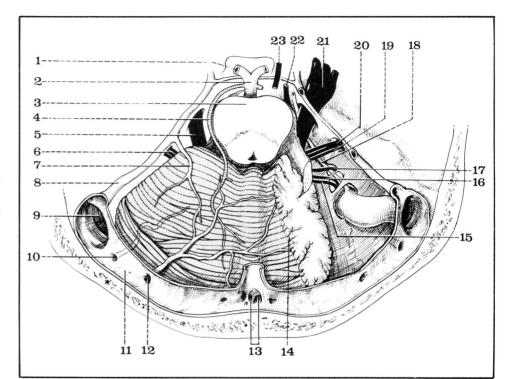

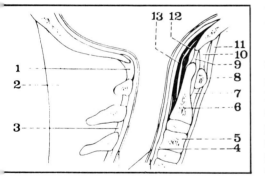

FIGURE 52

Coupe sagittale du trou occipital.

1. *Membrane atloïdo-occipitale postérieure.*
2. *Ligament cervical postérieur (ou nuchal).*
3. *Ligament jaune.*
4. *Ligament longitudinal postérieur (ou vertébral commun postérieur).*
5. *Corps de la 3ᵉ cervicale.*
6. *Corps de l'axis.*
7. *Ligament atloïdo-axoïdien antérieur.*
8. *Arc antérieur de l'atlas.*
9. *Ligament occipito-odontoïdien médian.*
10. *Membrane atloïdo-occipitale antérieure.*
11. *Ligament longitudinal antérieur (ou vertébral commun antérieur).*
12. *Ligament cruciforme.*
13. *Ligament occipito-axoïdien médian (ou membrana tectoria).*

Les rapports de la fosse cérébrale postérieure

EN HAUT, les rapports de la fosse cérébrale postérieure s'effectuent tout d'abord à la partie antérieure par l'intermédiaire de l'orifice tentorial avec la **région dite de l'isthme de l'encéphale** formée par la partie haute des pédoncules cérébraux et les tubercules quadrijumeaux postérieurs. La région basale du cerveau est plus à distance surplombant la loge hypophysaire qui est séparée de la fosse cérébrale postérieure par le bord antérieur de la lame quadrilatère. Plus en arrière la tente du cervelet sépare la fosse cérébrale postérieure de la **fosse cérébrale**, le rapport essentiel étant représenté par les lobes occipitaux creusés du prolongement occipital des ventricules latéraux.

EN AVANT, les rapports s'effectuent avec :
— les **cavités de l'oreille interne** dont le lobule digastrique et le flocculus sont très proches ;
— les **cavités de l'oreille moyenne** immédiatement au-dessus du trou déchiré postérieur ;
— tout en avant avec le cavum de Meckel situé à la face antérieure du rocher et contenant le **ganglion de Gasser** qui reçoit le nerf trijumeau. (Fig. 51)

EN BAS le trou occipital fait communiquer largement la fosse cérébrale postérieure avec la **partie haute du canal vertébral. L'apophyse odontoïde** de l'axis affleure le trou occipital et ses fractures peuvent entraîner des lésions bulbaires. (Fig. 52)

EN ARRIÈRE, enfin les rapports s'effectuent avec les plans superficiels de la **région de la nuque** que l'on doit traverser pour aborder la région de la fosse cérébrale postérieure.

7 vascularisation artérielle de l'encéphale

PLAN

Généralités :
  embryologie
  polygone de Willis

Artères du cerveau :

A. *Artères de la base du cerveau :*
  cérébrale antérieure et communicante antérieure
  cérébrale moyenne
  communicante postérieure
  carotide interne
  choroïdienne antérieure

B. *Artères des hémisphères :*
  cérébrale antérieure
  cérébrale moyenne
  cérébrale postérieure

C. *Territoires et courants vasculaires :*
  territoires corticaux
  territoires centraux
  courants artériels

Artères du cervelet

Artères du tronc cérébral :
  pédoncules cérébraux
  tubercules quadrijumeaux
  protubérance annulaire
  bulbe rachidien

Conclusion

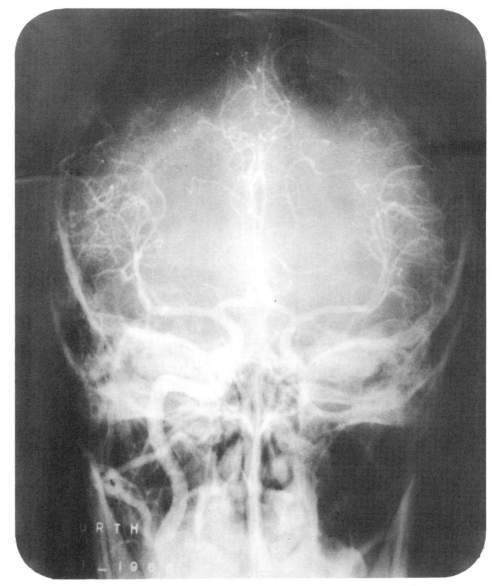

Artériographie carotidienne droite. Cliché de face.

La circulation artérielle de l'encéphale est issue de quatre artères, les deux carotides internes et les deux vertébrales, qui s'unissent sous forme d'un cercle anastomotique, et vascularisent les différentes portions du cerveau, du cervelet, et du tronc cérébral.

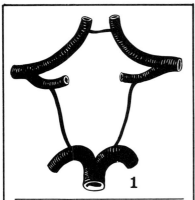

FIGURE 1

Principales variations du polygone artériel de Willis.
1. *Type récent (séparation des origines).*
2. *Type normal.*
3. *Type primitif (les cérébrales postérieures naissent des carotides internes).*
4. *Type mixte.*

---

* Willis Thomas (1621-1675), anatomiste anglais (Oxford et Londres), fondateur de l'anatomie cérébrale en Angleterre.

Généralités

a) **Embryologie** :

— **La 1re source artérielle** est représentée par la carotide interne qui se divise dans le crâne en deux branches :
— antérieure, donnant les cérébrales antérieure et moyenne,
— postérieure (cérébrale postérieure) se fusionnant avec son homologue pour former le tronc basilaire.

— **La 2e source artérielle** provient de la vertébrale, qui naît par bourgeonnement de la sous-clavière, et rejoint le tronc basilaire primitif ; le segment artériel compris entre la carotide et la cérébrale postérieure s'atrophie, et constitue la communicante postérieure ; pour assurer la vascularisation de la partie postérieure de l'encéphale, la vertébrale se développe alors, inversant ainsi le sens de la circulation dans le tronc basilaire.

b) **Le polygone de Willis*** ou cercle artériel du cerveau (Circulus arteriosus cerebri) (décrit en 1664)

De cette façon, coexistent sous le cerveau deux systèmes :
— l'un **carotidien**, avec deux branches secondaires, l'ophtalmique et la choroïdienne antérieure ;
— l'autre **vertébral**, avec le tronc basilaire, et ses deux branches de division, les cérébrales postérieures.

Tous deux réalisent le polygone (souvent l'hexagone) de Willis, formé :
— en avant, par les deux cérébrales antérieures et la communicante antérieure,
— de chaque côté, par les deux communicantes postérieures,
— en arrière, par les deux cérébrales postérieures.

La morphologie de ce polygone est extrêmement variable d'un sujet à l'autre, et sa valeur fonctionnelle est bien différente selon les cas ; il joue un rôle fondamental dans la compensation d'une occlusion ou d'une sténose d'un gros tronc artériel cervical.

On peut distinguer quatre types de polygone de Willis : (Fig. 1)
— **récent**, où les systèmes carotidien et vertébral sont pratiquement indépendants (n° 1) ;
— **intermédiaire**, le plus typique et le plus fréquent (50 % des cas), où les anastomoses se font normalement (n° 2) ;
— **primitif**, où les cérébrales postérieures sont peu développées, et où les suppléances vasculaires sont réduites (n° 3) ;
— **mixte**, associant, en proportions variables, les deux types précédents (n° 4).

L'**artériographie cérébrale**, par voie carotidienne ou vertébrale, donne, chez le vivant, d'incomparables renseignements sur la topographie des artères, et sur la valeur de leurs anastomoses. (Fig. 14, 18 et 19)

Les artères du cerveau

A. LES ARTÈRES DE LA BASE DU CERVEAU

Provenant également du polygone de Willis, mais aussi de la carotide interne et de la choroïdienne antérieure, elles irriguent les formations optiques et le losange opto-pédonculaire, et, par leurs branches perforantes, les noyaux gris centraux. (Fig. 1 et 2)

1) L'ARTÈRE CÉRÉBRALE ANTÉRIEURE (A. cerebri anterior) et L'ARTÈRE COMMUNICANTE ANTÉRIEURE (A. communicans anterior) qui l'unit à la cérébrale antérieure opposée donnent plusieurs branches : (Fig. 5)
— artère cérébrale antérieure médiane, pour le bec du corps calleux,

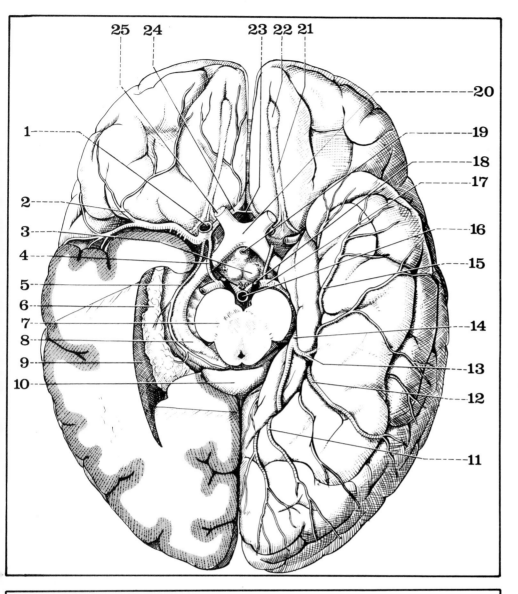

FIGURE 2

Les artères de la face inférieure du cerveau (après ouverture du ventricule latéral droit).

1. Artère carotide interne.
2. Artère cérébrale moyenne.
3. Tubercule mamillaire.
4. Artère communicante postérieure.
5. Artère choroïdienne antérieure.
6. Plexus choroïde latéral.
7. Pédoncule cérébral.
8. Corps genouillé externe.
9. Corne temporale du ventricule latéral.
10. Bourrelet du corps calleux.
11. Branche occipitale postérieure.
12. Branche temporale postérieure.
13. Branche temporale moyenne.
14. Segment latéro-pédonculaire de l'artère cérébrale postérieure.
15. Branche temporale antérieure.
16. Tronc basilaire.
17. Segment pré-pédonculaire de l'artère cérébrale postérieure.
18. Espace perforé postérieur.
19. Tige pituitaire.
20. Chiasma optique.
21. Bandelette olfactive.
22. Bulbe olfactif.
23. Artère communicante antérieure.
24. Artère cérébrale antérieure.
25. Nerf optique (II).

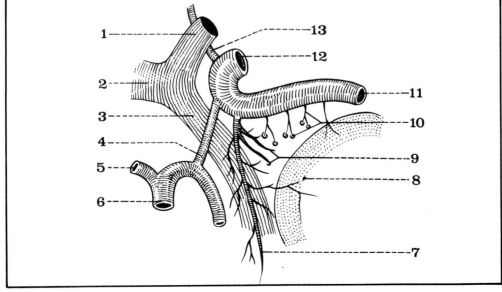

FIGURE 3

Les branches collatérales de l'artère carotide interne.

1. Nerf optique.
2. Chiasma optique.
3. Bandelette optique.
4. Artère communicante postérieure.
5. Artère cérébrale postérieure.
6. Tronc basilaire.
7. Artère choroïdienne antérieure.
8. Uncus de l'hippocampe.
9. Branches perforantes.
10. Artères striées.
11. Artère cérébrale moyenne.
12. Artère carotide interne.
13. Artère cérébrale antérieure.

— artères striées antérieures, pour l'espace performé antérieur, et la tête du noyau caudé (artère récurrente de Heubner)*,
— artères centrales courtes (Lazorthes)** pour la lame sus-optique et l'hypothalamus antérieur.

2) L'ARTÈRE CÉRÉBRALE MOYENNE (A. cerebri media) émet une série d'artères striées internes et externes (Duret)*** qui traversent l'espace perforé antérieur, et irriguent :
— une partie de la tête du noyau caudé,
— la portion latérale du pallidum,
— le putamen,
— le secteur dorso-latéral du thalamus,
— la capsule interne (bras antérieur, genou, segment sous-lenticulaire).

Le rameau le plus important, lenticulo-strié, est l'artère de l'hémorragie cérébrale (Charcot).

3) L'ARTÈRE CÉRÉBRALE POSTÉRIEURE (A. cerebri posteria) se distribue aux formations de la base et à la région du mésencéphale : (Fig. 2)
— pédicule rétro-mamillaire (Foix**** et Hillemand) ou thalamo-perforé : pour les tubercules mamillaires, les noyaux latéraux du thalamus, l'hypothalamus postérieur ;
— pédicule thalamo-genouillé : pour le pulvinar, les corps genouillés, et le segment rétro-lenticulaire de la capsule interne ;
— artères quadrijumelles : pour le tectum ;
— artères du splénium du corps calleux ;
— artères choroïdiennes postérieures, s'engageant dans la fente de Bichat, jusqu'aux plexus choroïdes ; elles présentent deux branches :
   l'une postérieure et médiane, principale ;
   l'autre postérieure et latérale accessoire :
— artère de la corne d'Amon.

4) L'ARTÈRE COMMUNICANTE POSTÉRIEURE (A. communicans posterior) vascularise la région opto-pédonculaire par le pédicule pré-mamillaire (Foix et Hillemand) et, par des perforantes, le noyau antérieur du thalamus.

5) L'ARTÈRE CAROTIDE INTERNE (A. carotis interna), au-dessus du sinus caverneux, émet quatre grêles artères opto-tubérositaires, pour le chiasma, l'infundibulum, et le tuber cinereum.

6) L'ARTÈRE CHOROÏDIENNE ANTÉRIEURE (A. choroidea anterior), la plus petite des terminales de la carotide interne, est d'abord oblique en arrière et en dehors, jusqu'à la fente de Bichat, puis ascendante jusqu'au plexus choroïde latéral. (Fig. 2, 3 et 5)

Durant son trajet, elle émet plusieurs branches :
— pédicule de l'uncus de l'hippocampe,
— artères de la bandelette optique,
— branches perforantes pour la portion médiale du pallidum, et le bras postérieur de la capsule interne,
— rameaux pédonculaires,
— artères du corps genouillé externe,
— artères pour le noyau dorso-médial du thalamus.

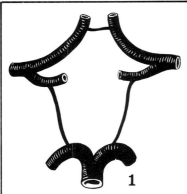
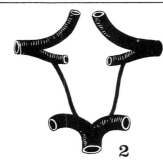

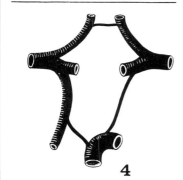

FIGURE 4

Principales variations du polygone artériel de Willis.
1. *Type récent (séparation des origines).*
2. *Type normal.*
3. *Type primitif (les cérébrales postérieures naissent des carotides internes).*
4. *Type mixte.*

---

* Heubner Otto (1843-1926), pédiatre allemand.
** Lazorthes Guy (1910-), neuro-chirurgien, professeur d'anatomie à Toulouse.
*** Duret Henri (1849-1921), neuro-chirurgien à Lille et à Paris.
**** Foix Charles (1882-1927), neurologue français.

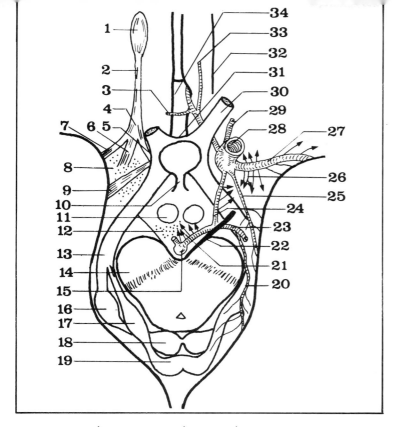

FIGURE 5

Les artères de la base du cerveau (vue inférieure du losange opto-pédonculaire).

1. Bulbe olfactif.
2. Tractus olfactif.
3. Artère communicante antérieure.
4. Trigone olfactif.
5. Racine olfactive interne.
6. Racine olfactive moyenne.
7. Racine olfactive externe.
8. Espace perforé antérieur.
9. Bandelette diagonale.
10. Tige pituitaire.
11. Tubercule mamillaire.
12. Espace perforé postérieur.
13. Bandelette optique.
14. Pied du pédoncule cérébral.
15. Tronc basilaire.
16. Corps genouillé externe.
17. Corps genouillé interne.
18. Tubercule quadrijumeau antérieur.
19. Tubercule quadrijumeau postérieur.
20. Artère choroïdienne postérieure.
21. Pédicule rétro-mamillaire.
22. Nerf moteur oculaire commun.
23. Artère cérébrale postérieure.
24. Artère communicante postérieure.
25. Artère choroïdienne antérieure.
26. Artères striées.
27. Artère cérébrale moyenne.
28. Artère carotide interne.
29. Artère ophtalmique.
30. Nerf optique.
31. Chiasma optique.
32. Artère cérébrale antérieure.
33. Sillon orbitaire interne.
34. Genou du corps calleux.

B. LES ARTÈRES DES HÉMISPHÈRES

Les trois cérébrales irriguent l'écorce cérébrale, et, par des perforantes, la substance blanche sous-jacente, et la portion latérale des noyaux gris centraux.

1) L'ARTÈRE CÉRÉBRALE ANTÉRIEURE (A. cerebri anterior)

a) **Trajet** : branche la plus antérieure de la carotide interne, elle naît au-dessus de l'artère ophtalmique, à la sortie du sinus caverneux.

Placée sur le bord externe du chiasma optique, elle se dirige en avant, et surcroise le nerf optique; avant de s'engager dans la scissure inter-hémisphérique, elle longe le bec, puis le genou du corps calleux. (Fig. 6).

Circulant dans le sillon du corps calleux, elle se redresse au 1/3 postérieur, rejoint la scissure calloso-marginale, jusqu'au bord convexe du cerveau, où elle s'épuise dans le lobule paracentral (en avant) et le lobule quadrilatère (en arrière). (Fig. 8)

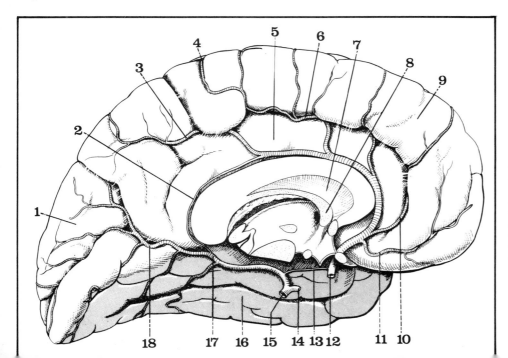

FIGURE 6

Artères de la face interne de l'hémisphère cérébral gauche.

1. Cunéus.
2. Arc artériel péricalleux.
3. Artère du lobule quadrilatère.
4. Artère du lobule paracentral.
5. Circonvolution du corps calleux.
6. Artère calloso-marginale.
7. Septum lucidum.
8. Trigone cérébral.
9. Lobe frontal.
10. Artère préfrontale.
11. Artère orbitaire inférieure.
12. Artère cérébrale antérieure.
13. Artère communicante postérieure.
14. Artère cérébrale postérieure droite.
15. Tronc basilaire.
16. Quatrième temporale.
17. Artère cérébrale postérieure.
18. Artère calcarine.

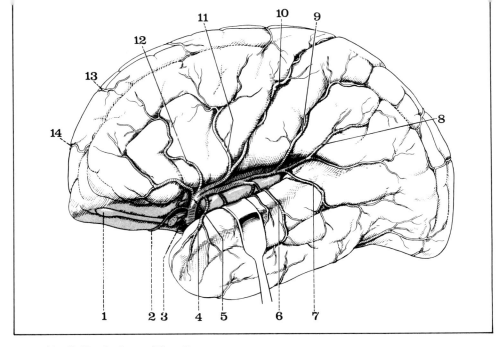

FIGURE 7

Vue latérale des artères de la face externe de l'hémisphère gauche.
1. Bulbe olfactif.
2. Artère orbitaire inférieure.
3. Nerf optique.
4. Artère temporale antérieure.
5. Artère cérébrale moyenne.
6. Artère temporale moyenne.
7. Artère temporale postérieure.
8. Artère pariétale postérieure.
9. Artère pariétale antérieure.
10. Artère du sillon rolandique.
11. Artère préfrontale.
12. Artère frontale antérieure.
13. Artère frontale interne antérieure.
14. Artère frontale interne inférieure.

b) **Collatérales** : (Fig. 6)

— **antérieures** :
— artère orbitaire ou frontale interne et inférieure (de Duret), pour le lobe orbitaire (FI),
— artère frontale interne et antérieure (ou artère pré-frontale), pour la partie antérieure de la circonvolution frontale interne,
— artère frontale interne et moyenne (ou artère calloso-marginale), pour la partie supérieure de la frontale ascendante,
— artère frontale interne et postérieure, véritable terminale de la cérébrale antérieure.
— **postérieures** :
— artères du corps calleux,
— artère péri-calleuse postérieure (pour le splenium).

Ainsi sont créés à la face interne de l'hémisphère deux demi-cercles concentriques :
— l'un inférieur, péri-calleux, formé par la cérébrale antérieure, et la péri-calleuse postérieure,
— l'autre supérieur, calloso-marginal, non continu, formé par les trois artères frontales internes.

2) L'ARTÈRE CÉRÉBRALE POSTÉRIEURE (A. cerebri posterior)

a) **Trajet** : née de la bifurcation du tronc basilaire, elle contourne le pédoncule cérébral, et se porte sur la face interne de l'hémisphère correspondant; elle longe le sillon de l'hippocampe, et se termine en arrière dans la scissure calcarine. (Fig. 6 et 9)

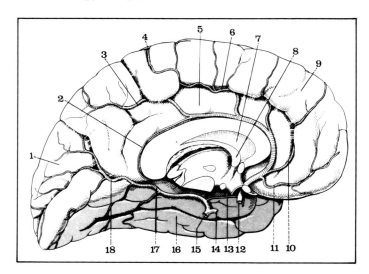

FIGURE 8

Artères de la face interne de l'hémisphère cérébral gauche.
1. Cunéus.
2. Arc artériel péricalleux.
3. Artère du lobule quadrilatère.
4. Artère du lobule paracental.
5. Circonvolution du corps calleux.
6. Artère calloso-marginale.
7. Septum lucidum.
8. Trigone cérébral.
9. Lobe frontal.
10. Artère préfrontale.
11. Artère orbitaire inférieure.
12. Artère cérébrale antérieure.
13. Artère communicante postérieure.
14. Artère cérébrale postérieure droite.
15. Tronc basilaire.
16. Quatrième temporale.
17. Artère cérébrale postérieure.
18. Artère calcarine.

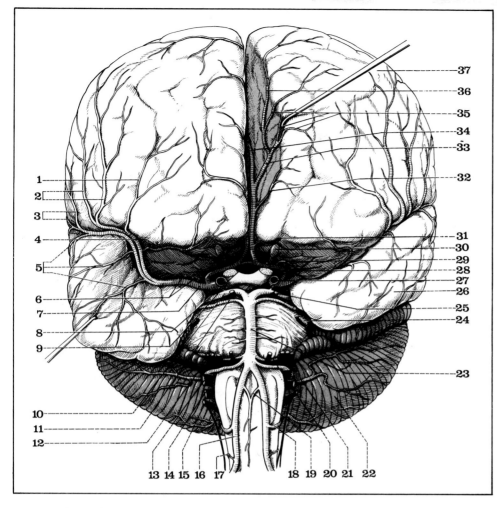

FIGURE 9

Vue antérieure des artères de l'encéphale (d'après Netter).

1. Artère frontale antérieure.
2. Artères pré-rolandique et rolandique.
3. Artères pariétales.
4. Artère orbito-frontale.
5. Artères temporales.
6. Artères striées (de Duret).
7. Artère cérébrale moyenne (ou sylvienne).
8. Artère communicante antérieure.
9. Artère communicante postérieure.
10. Artère cérébrale postérieure.
11. Artère cérébelleuse supérieure.
12. Nerf auditif (VIII).
13. Nerf glosso-pharyngien (IX).
14. Nerf vague (X).
15. Nerf spinal (XI).
16. Artère vertébrale.
17. Artère spinale postérieure.
18. Artère cérébelleuse inférieure.
19. Artère spinale antérieure.
20. Artère auditive interne.
21. Artère cérébelleuse moyenne.
22. Hémisphère cérébelleux gauche.
23. Tronc basilaire.
24. Nerf trijumeau (V).
25. Nerf moteur oculaire commun (III).
26. Lobe temporal.
27. Artère carotide interne.
28. Artère cérébrale antérieure.
29. Artère récurrente (de Heubner).
30. Bulbe olfactif.
31. Artère orbitaire interne.
32. Artère frontale interne (branche fronto-polaire).
33. Artère calloso-marginale.
34. Arc artériel péri-calleux.
35. Artères frontales internes.
36. Artère paracentrale.
37. Lobe frontal.

b) **Collatérales** : (Fig. 8)

— artères temporo-occipitales (antérieure, moyenne et postérieure) pour T4-O4, T5-O5,

— artère cunéenne (pour le cunéus), dans la scissure perpendiculaire interne.

3) L'ARTÈRE CÉRÉBRALE MOYENNE (A. cerebri media)

a) **Trajet** : née du bord externe de la carotide, qu'elle semble prolonger, elle s'engage dans la scissure de Sylvius (d'où son nom d'artère sylvienne), franchit le pli de passage fronto-pariétal, et pénètre dans le fond de la scissure, sur les circonvolutions de l'insula. (Fig. 7)

Elle décrit une série de sinuosités (qui triplent sa longueur réelle) et se dégage à l'extrémité postérieure de la scissure, où elle se termine au niveau du pli courbe, en formant l'artère du pli courbe.

Profonde et volumineuse (4 mm), elle est la plus importante des artères du cerveau, se comportant comme une terminale de la carotide interne.

b) **Collatérales** : (Fig. 7 et 9)

— **corticales** :
— artère frontale antérieure (pour F1, F2, F3),
— artère pré-frontale, dans le sillon pré-rolandique,
— artère de la scissure de Rolando (pour la frontale et la pariétale ascendantes),
— artère pariétale antérieure (ou du sillon inter-pariétal),
— artère pariétale postérieure (pour P1, P2),
— artères temporales (antérieure, moyenne, et postérieure).

— **perforantes** :
destinées au lobe de l'insula, au centre ovale, et au secteur latéral des noyaux gris centraux (capsule extrême, claustrum, capsule externe).

C. LES TERRITOIRES ET LES COURANTS VASCULAIRES

Pour expliquer les conséquences anatomo-cliniques des oblitérations artérielles du cerveau, il est indispensable de connaître parfaitement les territoires vasculaires.

1) TERRITOIRES CORTICAUX : sous la dépendance des trois artères cérébrales :

a) Face externe de l'hémisphère : (Fig. 10 A)

— **cérébrale moyenne** : portion centrale, de part et d'autre de la scissure de Sylvius ;

— **cérébrales antérieure et postérieure** : anneau concentrique au territoire précédent avec :

— en avant, la cérébrale antérieure, jusqu'à la scissure perpendiculaire externe,
— en arrière, la cérébrale postérieure (lobe occipital).

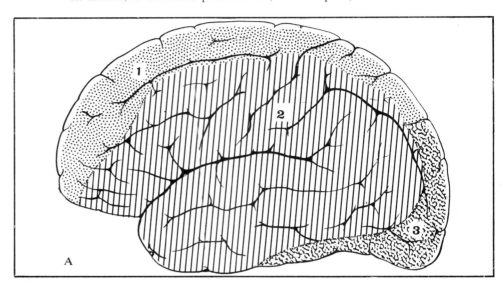

FIGURE 10

Les territoires artériels du cerveau.
A. Vue latérale de l'hémisphère gauche.
B. Vue médiale de l'hémisphère gauche.

1. *Artère cérébrale antérieure.*
2. *Artère cérébrale moyenne.*
3. *Artère cérébrale postérieure.*

b) **Face interne de l'hémisphère** : (Fig. 10 B)

— **cérébrale antérieure** : région péri-calleuse,
— **cérébrale postérieure** : cunéus, et face interne du lobe temporal,
— **cérébral moyenne** : extrémité antérieure du lobe temporal (uncus de l'hippocampe).

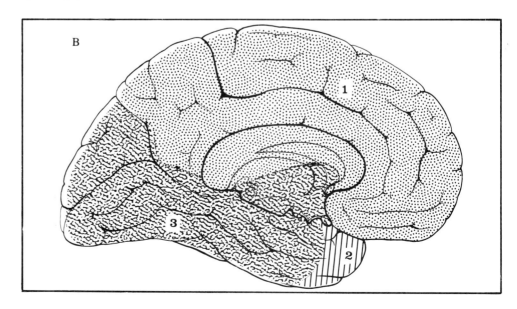

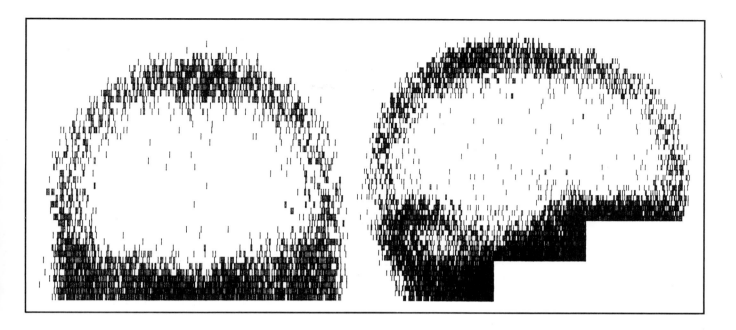

FIGURE 11

Scintigraphie cérébrale (face et profil).

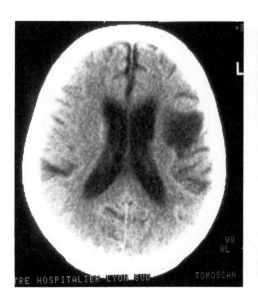

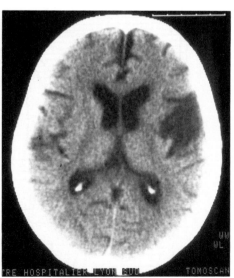

FIGURE 12

Vue inférieure de l'hémisphère droit montrant les territoires de la vascularisation artérielle.
1. *Artère cérébrale antérieure.*
2. *Artère cérébrale moyenne.*
3. *Artère cérébrale postérieure.*

FIGURE 12bis

Coupes tomodensitométriques des hémisphères.

c) **Face inférieure de l'hémisphère** : (Fig. 12)
— **cérébrale antérieure** : lobe orbitaire (moitié interne) et formations olfactives,
— **cérébrale moyenne** : moitié externe du lobe orbitaire et du lobe temporal,
— **cérébrale postérieure** : T3, T4, et le lobe occipital.

2) TERRITOIRES CENTRAUX : (Fig. 12 et 13)

a) **Noyau caudé** irrigué :
— pour la **tête**, par les cérébrales antérieure et moyenne,
— pour le **corps** et la **queue**, par la cérébrale moyenne et la choroïdienne antérieure.

b) **Noyau lenticulaire** irrigué :
— pour le **pallidum** : par la cérébrale moyenne et la choroïdienne antérieure,
— pour le **putamen** : par la cérébrale moyenne.

c) **Thalamus** irrigué :
— pour le **noyau antérieur** : par la communicante postérieure,
— pour les **noyaux dorso-latéraux**, et les 2/3 postérieurs du thalamus : par la cérébrale postérieure.

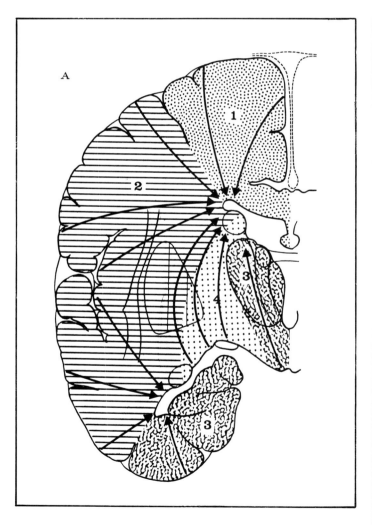
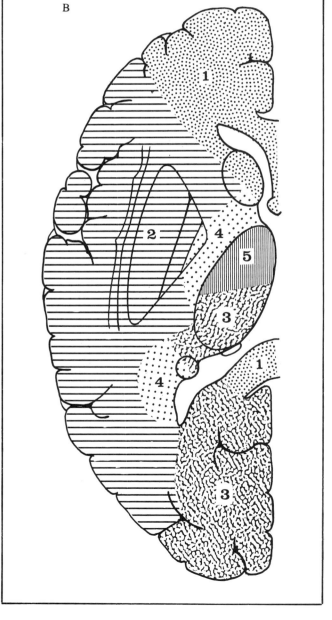

FIGURE 13

Territoires artériels du cerveau.
A. Coupe frontale de Charcot.
Grand courant central et courants périphériques.
B. Coupe horizontale de Flechsig.

1. Artère cérébrale antérieure.
2. Artère cérébrale moyenne.
3. Artère cérébrale postérieure.
4. Artère choroïdienne antérieure.
5. Artère communicante postérieure.

d) **Noyaux sous-opto-striés** irrigués : (Fig. 13)
par la cérébrale postérieure, et la choroïdienne antérieure.

e) **Capsule interne** irriguée : (Fig. 13)
— pour le bras antérieur, le genou, et le segment sous-lenticulaire : par la cérébrale moyenne,
— pour le bras postérieur : par la choroïdienne antérieure,
— pour le segment rétro-lenticulaire : par la cérébrale postérieure.

3) COURANTS ARTÉRIELS

De grands courants sanguins convergent vers les cavités ventriculaires :

a) **Courant central**, subdivisé en deux secteurs : (Fig. 13)
— **secteur basal** : issu de la base, il traverse les noyaux gris centraux et la capsule interne, pour converger vers la corne frontale du ventricule latéral ;
— **secteur choroïdien** : il passe par la fente de Bichat, et, par le trou de Monro, pénètre dans le plexus choroïde du ventricule latéral.

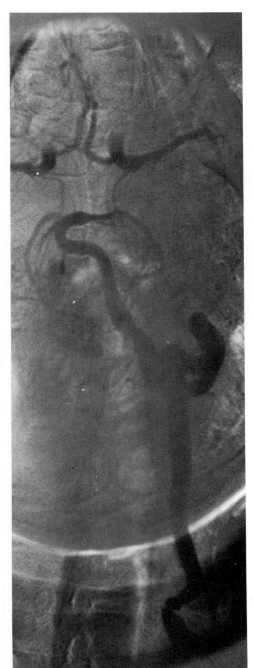
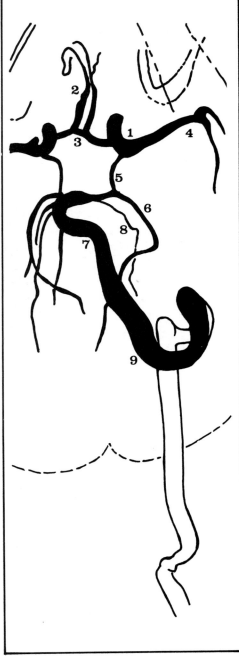

FIGURE 14

Artériographie de l'artère vertébrale. Incidence de Hirtz.
1. Artère carotide interne.
2. Artère cérébrale antérieure.
3. Artère communicante antérieure.
4. Artère cérébrale moyenne.
5. Artère communicante postérieure.
6. Artère cérébrale postérieure.
7. Tronc basilaire.
8. Artère cérébelleuse supérieure.
9. Artère vertébrale.

On remarque l'injection du polygone de Willis par une seule artère vertébrale.

b) **Courants périphériques** :

issus de l'insula et du cortex, ils convergent en arc de cercle à travers l'hémisphère vers la cavité du ventricule latéral.

Les artères du cervelet (Fig. 14, 15 et 16)

Trois artères cérébelleuses irriguent, de chaque côté, le cervelet :

a) **Artère cérébelleuse supérieure** (A. cerebelli superior) : née de la partie haute du tronc basilaire, elle contourne les pédoncules cérébraux, et se ramifie sur la face supérieure du cervelet.

b) **Artère cérébelleuse moyenne** ou antéro-inférieure (A. cerebelli inferior anterior) : née du 1/3 moyen du tronc basilaire, elle se dirige en dehors, et se ramifie sur la face antéro-inférieure du cervelet ; elle donne le plus souvent l'artère auditive interne (80 % des cas). Elle se termine dans le flocculus.

c) **Artère cérébelleuse inférieure** ou postéro-inférieure (A. cerebelli inferior posterior) : née le plus souvent de la vertébrale, elle contourne la face latérale du bulbe, et se distribue à la partie postéro-inférieure du cervelet.

Toutes ces artères sont largement anastomosées à la surface du cervelet, sous la pie-mère, et s'enfoncent perpendiculairement dans le vermis et les hémisphères.

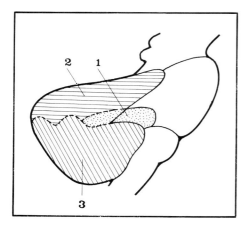

FIGURE 15

Les territoires artériels du cervelet (vue latérale droite).
1. *Artère cérébelleuse moyenne.*
2. *Artère cérébelleuse supérieure.*
3. *Artère cérébelleuse inférieure.*

FIGURE 16

Vue latérale droite des artères du cervelet et du tronc cérébral.
1. *Sillon circonférentiel supérieur.*
2. *Lobule semi-lunaire supérieur.*
3. *Grand sillon circonférentiel.*
4. *Lobule semi-lunaire inférieur.*
5. *Sillon transverse inférieur.*
6. *Lobule gracile.*
7. *Sillon post-pyramidal.*
8. *Lobule digastrique.*
9. *Artère cérébelleuse inférieure.*
10. *Nerf spinal (XI).*
10'. *Nerf vague (X).*
10". *Nerf glosso-pharyngien (IX).*
11. *Amygdale cérébelleuse.*
12. *Olive bulbaire.*
13. *Nerf moteur oculaire externe (VI).*
14. *Artère cérébelleuse moyenne.*
15. *Nerf trijumeau (V).*
16. *Artère cérébelleuse supérieure.*
17. *Artère protubérantielle.*
18. *Nerf moteur oculaire commun.*
19. *Bandelette optique.*
20. *Artère cérébrale postérieure.*
21. *Corps genouillé interne.*
22. *Tubercule quadrijumeau antérieur.*
23. *Frein de la lingula.*
24. *Sillon pré-central.*
25. *Flocculus.*
26. *Lobe quadrilatère.*

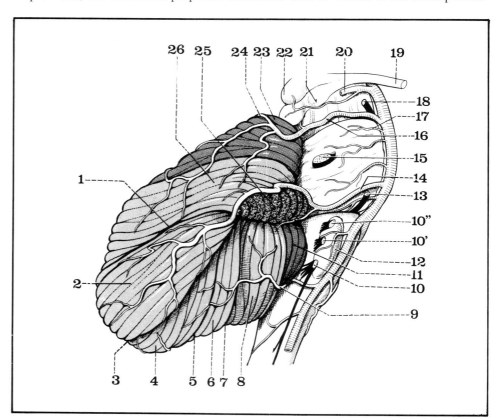

Les artères du tronc cérébral (Fig. 16 et 17)

a) **Pédoncules cérébraux** :

irrigués par des branches circonférentielles courtes, issues du tronc basilaire et des deux cérébrales postérieures.

b) **Tubercules quadrijumeaux** :

— rameaux des **cérébrales postérieures** : pour les tubercules antérieurs et postérieurs,

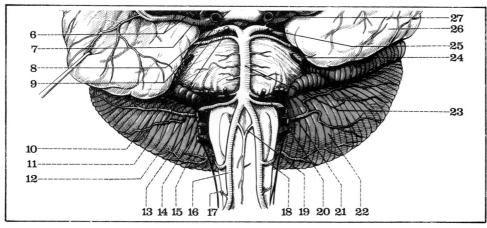

FIGURE 17

Vue antérieure des artères du tronc cérébral.

6. Artères striées (de Duret).
7. Artère cérébrale moyenne (ou sylvienne).
8. Artère communicante antérieure.
9. Artère communicante postérieure.
10. Artère cérébrale postérieure.
11. Artère cérébelleuse supérieure.
12. Nerf auditif (VIII).
13. Nerf gosso-pharyngien (IX).
14. Nerf vague (X).
15. Nerf spinal (XI).
16. Artère vertébrale.
17. Artère spinale postérieure.
18. Artère cérébelleuse inférieure.
19. Artère spinale antérieure.
20. Artère auditive interne.
21. Artère cérébelleuse moyenne.
22. Hémisphère cérébelleux gauche.
23. Tronc basilaire.
24. Nerf trijumeau (V).
25. Nerf moteur oculaire commun.
26. Lobe temporal.
27. Artère carotide interne.

— rameaux des **cérébelleuses supérieures** : pour les tubercules postérieurs, la valvule de Vieussens, et les pédoncules cérébelleux supérieurs.

   c) **Protubérance annulaire** :

— **artères paramédianes** : issues du tronc basilaire ;
— **artères circonférentielles courtes** : issues également du tronc basilaire ;
— **artères circonférentielles longues** : issues des cérébelleuses supérieures et moyennes.

   d) **Bulbe rachidien** :

à partir des vertébrales, du tronc spinal antérieur (formé par les deux spinales antérieures), et des deux spinales postérieures, naissent trois groupes d'artères :

— **médianes**, avec des branches antérieures et des branches postérieures,
— **circonférentielles courtes**, dont la plus constante est la branche de la fossette latérale du bulbe,
— **circonférentielles longues** : issues des cérébelleuses inférieures, pour le corps restiforme, et la partie inférieure du bulbe.

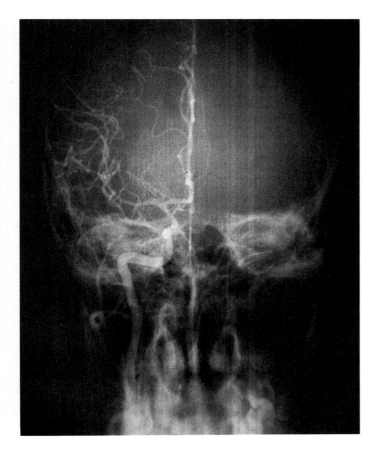

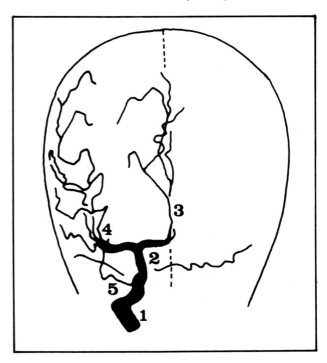

FIGURE 18

Artériographie de l'artère carotide interne droite (cliché de face).

1. Segment initial de la carotide interne.
2. Segment terminal de cette artère.
3. Artère cérébrale antérieure.
4. Artère cérébrale moyenne.
5. Artère ophtalmique.

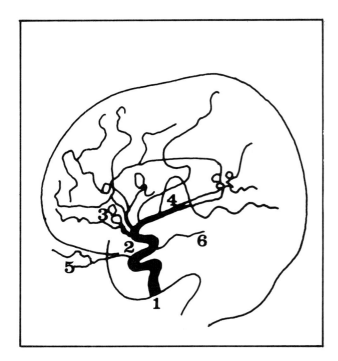 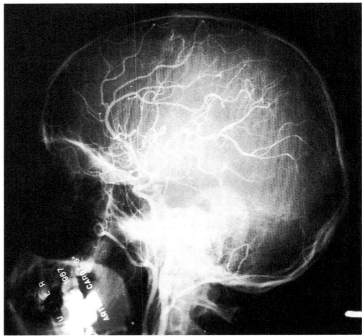

FIGURE 19
*Artériographie de l'artère carotide interne gauche.
(Cliché de profil).*

1. Segment initial de la carotide interne intra-crânienne.
2. Segment terminal de cette artère.
3. Artère cérébrale antérieure.
4. Artère cérébrale moyenne.
5. Artère ophtalmique.
6. Artère choroïdienne antérieure.

Conclusion

Les syndromes de déficit cérébral partiel sont tous expliqués par les données anatomiques : (Fig. 18 et 19)

a) L'atteinte de la **cérébrale antérieure** se traduit par :

— une hémiplégie à prédominance crurale,

— une apraxie gauche (malgré la conservation de la motilité du côté gauche, le malade est incapable d'utiliser ses mouvements pour réaliser un acte pratique). L'apraxie calleuse intéresse toujours la main gauche.

b) L'atteinte de la **cérébrale moyenne**, la plus fréquente, entraîne une hémiplégie étendue, avec aphasie motrice (ou anarthrie) si la lésion siège à gauche.

c) L'atteinte de la **cérébrale postérieure** se traduit par :

— des troubles visuels (hémianopsie),

— des troubles sensitifs (thalamiques).

d) L'atteinte de la **chroïdienne antérieure** produit :

— une hémianopsie latérale,

— une hémiplégie.

Mais la présence du polygone de Willis permet des suppléances vasculaires, qui peuvent d'ailleurs se développer progressivement si l'oblitération artérielle n'est pas brutale.

8 vascularisation veineuse de l'encéphale

PLAN

Veines du cerveau

A. *Superficielles* :
— affluents du sinus longitudinal supérieur
— affluents du sinus sphéno-pariétal
— affluents du sinus latéral
— anastomoses

B. *Profondes* :
— système central
— système basal
— anastomoses

Veines du cervelet
— affluents ampullaires
— affluents tentoriaux
— affluents pétreux

Veines du tronc cérébral
— pédoncules cérébraux
— protubérance annulaire
— bulbe rachidien

Sinus veineux de la dure-mère
A. *Sinus de la base*
B. *Sinus de la voûte*

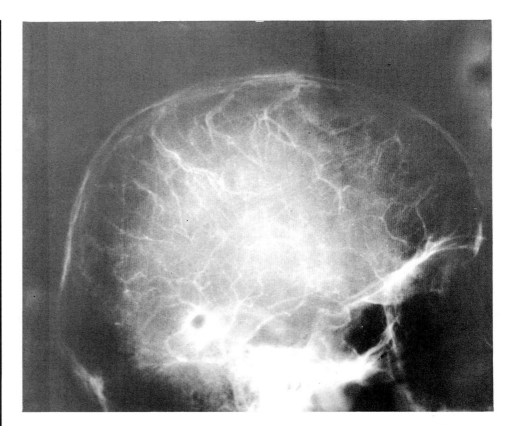

Temps de retour veineux d'une artériographie carotidienne droite (cliché de profil).

La vascularisation veineuse de l'encéphale n'est pas superposable à la vascularisation artérielle : elle comprend un riche réseau de veines superficielles et profondes qui se drainent toutes dans les sinus veineux de la dure-mère.

Les veines du cerveau

Elles peuvent être subdivisées en deux groupes :
— veines superficielles, ou corticales ;
— veines profondes, ou ventriculaires.

A. VEINES SUPERFICIELLES

Cheminant à la surface des hémisphères, à l'intérieur de la pie-mère, elles accompagnent rarement les artères correspondantes ; naissant de la face externe et de la face interne, elles rejoignent :

— soit le courant supérieur (ou de la voûte), formé par le sinus longitudinal supérieur,

— soit le courant inférieur (ou de la base), formé par le sinus sphénopariétal et le sinus latéral.

1) AFFLUENTS DU SINUS LONGITUDINAL SUPÉRIEUR :

a) **Veines latérales** : (Fig. 1)

— *frontales* : issues du lobe pré-frontal (aire 10) et des trois premières circonvolutions frontales, elles comprennent deux sous-groupes :

— *antéro-inférieur* : 2 à 3 petites veines presque horizontales amarrent de près le pôle frontal,
— *postéro-supérieur* : 2 à 4 grosses veines, isolées ou confluentes, sensiblement verticales, sont étagées d'avant en arrière et de bas en haut ;

— *rolandiques* : 2 ou 3 veines de gros calibre parcourent la frontale ascendante et la pariétale ascendante, en une courbe à concavité antérieure, puis se jettent à contre-courant, d'arrière en avant, dans le sinus ; la veine du sillon pré-rolandique est la plus fixe ;

— *pariéto-occipitales* : 2 à 5 veines, issues du lobe pariétal et de la partie haute du lobe occipital, se terminent également à angle aigu et à contre-courant dans le sinus ;

— *occipitale* : 1 ou 2 veines, presque verticales, amarrent le pôle occipital à la portion terminale du sinus longitudinal supérieur.

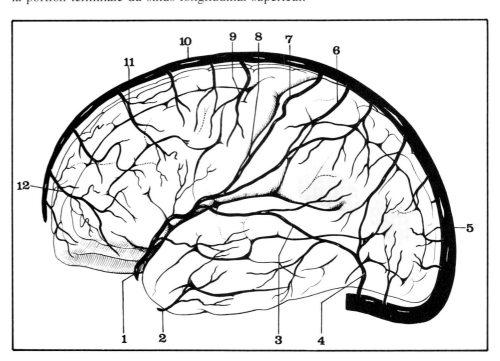

FIGURE 1

Veines de la face externe de l'hémisphère gauche.

1. Veine cérébrale moyenne superficielle.
2. Veine temporale antérieure.
3. Petite veine de Labbé.
4. Veine anastomotique de Labbé.
5. Veine occipitale externe.
6. Veine pariétale.
7. Veine rétro-rolandique.
8. Veine anastomotique de Trolard.
9. Veine rolandique.
10. Sinus longitudinal supérieur.
11. Veine frontale postérieure.
12. Veine frontale antérieure.

b) **Veines médiales** : (Fig. 2)

également ascendantes vers le sinus, elles sont en nombre plus restreint :

— *frontales* : une veine orbitaire, qui chemine sur la face inférieure du lobe frontal, et une veine frontale interne, qui décrit sur la face interne une courbe à convexité antérieure, rejoignent le plus souvent les veines frontales externes;

— *para-centrales* : 1 à 2 veines, nées dans la scissure calloso-marginale, montent en arrière du lobule para-central, et s'unissent parfois aux veines rolandiques;

— *pariéto-occipitales* : 3 à 4 veines se jettent dans les veines externes pour rejoindre le sinus.

2) AFFLUENTS DU SINUS SPHÉNO-PARIÉTAL : (Fig. 5)

1 à 2 grosses **veines cérébrales moyennes superficielles** (V. cerebri media superficialis) s'insinuent dans la scissure de Sylvius, se dirigent en bas et en avant, en contournant le pôle temporal, puis longent le bord postérieur de la petite aile du sphénoïde, et se jettent dans le sinus sphéno-pariétal.

3) AFFLUENTS DU SINUS LATÉRAL : (Fig. 3 et 4)

a) **Veines latérales** :

— *temporales* : issues du lobe temporal, 2 veines de gros calibres croisent de haut en bas et d'avant en arrière la face externe du lobe :

— l'une *antérieure*, au voisinage du pôle temporal (amarre inférieure importante), parfois anastomosée avec la cérébrale moyenne superficielle,
— l'autre *postérieure*, près de la jonction temporo-occipitale, rejoignant la portion transversale du sinus latéral;

— *occipitale* : une grosse veine longe la face inférieure du lobe occipital, et s'unit souvent à la précédente.

b) **Veines médiales** :

— *temporales* : 1 à 2 veines, issues de la circonvolution de l'hippocampe,
— *occipitales* : 3 à 5 veines, se drainant parfois dans le sinus pétreux supérieur.

FIGURE 2

Veine de la face interne de l'hémisphère gauche.

1. Veine temporale postérieure.
2. Veine postérieure du corps calleux.
3. Veine temporale moyenne.
4. Ampoule de Galien.
5. Veine basilaire.
6. Veine temporale antérieure.
7. Veine cérébrale antérieure.
8. Veine orbitaire.
9. Veine fronto-polaire.
10. Veine frontale postérieure.
11. Veine para-centrale.
12. Sinus longitudinal supérieur.
13. Veine du lobe quadrilatère.
14. Veine occipitale.

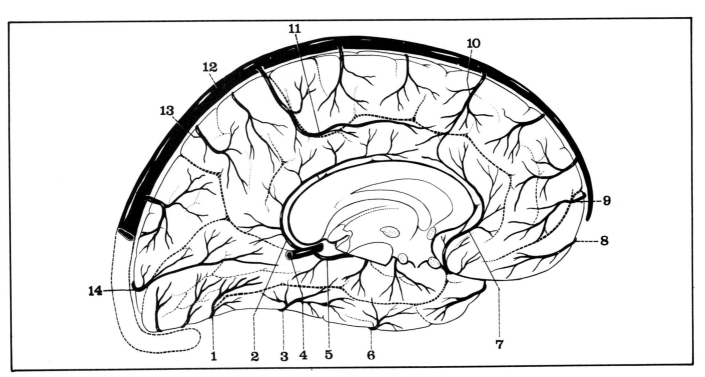

FIGURE 3

Vue latérale droite de la faux du cerveau et des affluents du sinus longitudinal supérieur.

FIGURE 4

Un aspect du groupe pariéto-occipital se drainant dans le sinus longitudinal supérieur (côté droit).

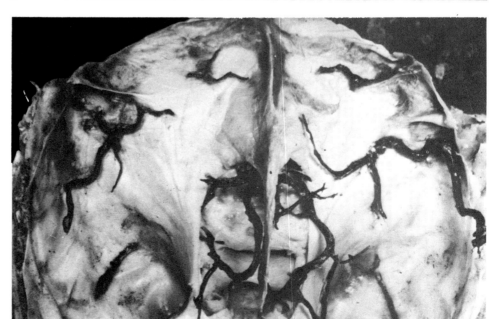

FIGURE 5

Vue supérieure montrant le sinus sphéno-pariétal gauche et la confluence des veines cérébrales internes et basilaires dans l'ampoule de Galien.

4) ANASTOMOSES :

Entre ces divers courants s'établissent de larges anastomoses :
— entre les veines des groupes supérieurs,
— entre les veines des groupes inférieurs : en particulier entre les veines temporales et les veines cérébrales moyennes superficielles,
— entre les veines supérieures et inférieures : deux grandes veines anastomotiques sillonnent la face externe des hémisphères : (Fig. 1 et 6)

grande veine anastomotique de Trolard*, ou veine anastomotique supérieure (V. anastomotica superior) : entre le sinus longitudinal supérieur et le sinus sphéno-pariétal, par l'intermédiaire d'une veine rolandique et d'une veine cérébrale moyenne superficielle ;

veine anastomotique de Labbé**, ou veine anastomotique inférieure (V anastomotica inferior) : entre le sinus longitudinal supérieur et le sinus latéral, par l'intermédiaire d'une veine pariéto-occipitale et d'une veine occipitale (elle est parfois anastomosée à la précédente par la petite veine de Labbé).

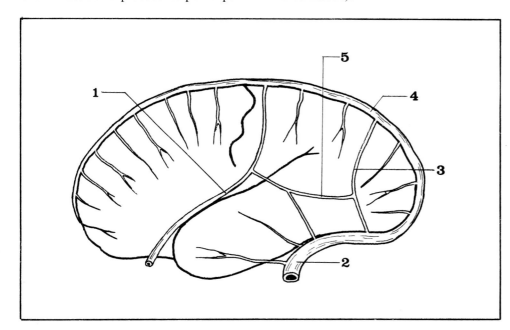

FIGURE 6

Les anastomoses superficielles des veines du cerveau (vue latérale gauche).
1. Grande veine anastomotique de Trolard.
2. Sinus latéral.
3. Veine anastomotique de Labbé.
4. Sinus longitudinal supérieur.
5. Petite veine de Labbé.

B. **VEINES PROFONDES**

On distingue deux systèmes :
— l'un central ou ventriculaire proprement dit,
— l'autre basal ou basilaire.

Tous deux aboutissent à un gros tronc veineux médian, l'ampoule de Galien, qui se continue par le sinus droit.

1) SYSTÈME CENTRAL : (Fig. 5)

Il collecte le sang veineux des noyaux gris centraux, de la capsule interne, du centre ovale, des parois ventriculaires, et des plexus choroïdes.

Il est formé par les deux **veines cérébrales internes** (V. cerebri internae), qui cheminent parallèlement à la ligne médiane entre les deux feuillets de la toile choroïdienne supérieure, en décrivant une courbe à convexité antéro-supérieure.

---

* Trolard Paulin (1842-1910), médecin français, professeur d'anatomie à Alger.
** Labbé Charles (1852-1889), médecin français, assistant d'anatomie à Paris.

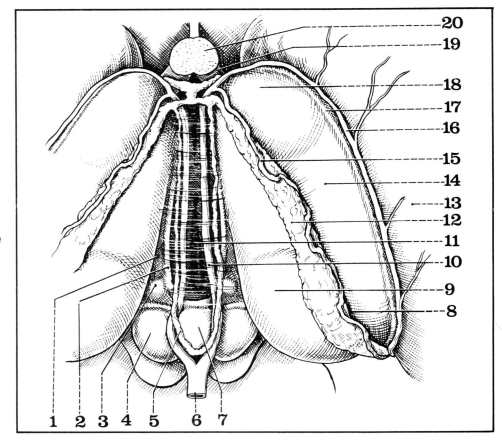

FIGURE 7

Vue supérieure des veines cérébrales internes.

1. *Triangle de l'habénula.*
2. *Habéna.*
3. *Ganglion de l'habénula.*
4. *Tubercule quadrijumeau antérieur.*
5. *Plexus choroïde médian.*
6. *Ampoule de Galien.*
7. *Epiphyse.*
8. *Sillon choroïdien.*
9. *Pulvinar.*
10. *Veine cérébrale interne.*
11. *Toile choroïdienne supérieure.*
12. *Plexus choroïde latéral.*
13. *Noyau caudé.*
14. *Portion latérale du thalamus.*
15. *Veine choroïdienne.*
16. *Veine opto-striée.*
17. *Taenia semi-circularis (dans le sillon opto-strié).*
18. *Tubercule antérieur du thalamus.*
19. *Pilier antérieur du trigone.*
20. *Trigone cérébral.*

Chaque veine cérébrale interne naît au niveau du trou de Monro par la réunion de 3 veines : (Fig. 7)

— *veine du plexus choroïde latéral* ou choroïdienne (V. choroidea) située dans le plexus choroïde du ventricule latéral,

— *veine opto-striée* ou thalamo-striée (V. thalamostriata) qui suit le sillon opto-strié, sur la bandelette semi-circulaire,

— *veine du septum lucidum* (V. septi pellucidi) qui ramène le sang veineux du septum, et du genou du corps calleux.

Au cours de son trajet, la veine cérébrale interne reçoit quelques collatérales (du thalamus, du trigone, de la corne d'Amon), puis, contournant l'épiphyse, elle forme une crosse autour du bourrelet du corps calleux.

La fusion des deux veines cérébrales internes forme un renflement veineux, l'**ampoule de Galien ou grande veine cérébrale** (Vena cerebri magna) de 1 cm de long et 0,5 cm de diamètre, dont la courbe à concavité supérieure constitue un repère de première importance dans la lecture du cliché de profil des phlébographies. (Fig. 23 et 24).

Dans l'ampoule de Galien se jettent de nombreuses veines :
— veines basilaires (du système basal),
— veines cunéo-limbiques (pré-cunéus, circonvolution du corps calleux),
— veines occipitales internes.

2) SYSTÈME BASAL : (Fig. 8 et 9)

De chaque côté des pédoncules cérébraux, dans la fente de Bichat, circulent d'avant en arrière les deux **veines basilaires** (V. Basalis).

Chaque veine basilaire naît au niveau de l'espace perforé antérieur, un peu en dehors du chiasma, de la réunion de 4 sortes de veines :

— **veine cérébrale moyenne profonde** (V. cerebri media profunda), issue du lobe de l'insula et de la scissure de Sylvius);

FIGURE 8

Vue supérieure des veines cérébrales internes et basilaires.

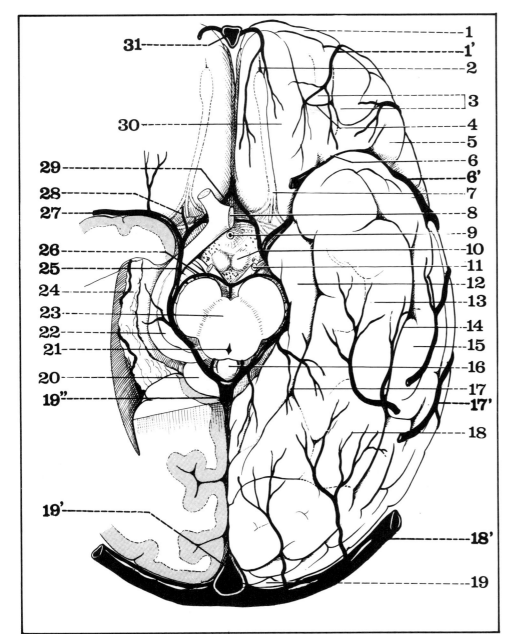

FIGURE 9

Le système veineux basal et le polygone veineux de Trolard.
1. Pôle frontal.
1'. Veine orbitaire.
2. Sillon orbitaire interne.
3. Deuxième circonvolution frontale.
4. Sillon cruciforme (ou en H).
5. Troisième circonvolution frontale.
6. Scissure de Sylvius.
6'. Veine cérébrale moyenne superficielle.
7. Tractus olfactif.
8. Chiasma optique (sectionné).
9. Tige pituitaire.
10. Tubercule mamillaire.
11. Nerf moteur oculaire commun (sectionné).
12. Cinquième circonvolution temporale (hippocampe).
13. Quatrième circonvolution temporale.
14. Sillon temporal inférieur.
15. Troisième circonvolution temporale..
16. Epiphyse.
17. Sillon collatéral (4e sillon temporal.
17'. Veine temporale.
18. Lobule fusiforme (T4 + O4).
18'. Sinus latéral (portion transverse).
19. Pôle occipital.
19'. Torcular (confluent des sinus).
19". Ampoule de Galien.
20. Tubercule quadrijumeau antérieur.
21. Aqueduc de Sylvius.
22. Corps genouillé.
23. Calotte pédonculaire.
24. Plexus choroïde latéral.
25. Veine basilaire.
26. Veine communicante postérieure.
27. Veine cérébrale moyenne profonde.
28. Veine de l'espace perforé antérieur.
29. Veine cérébrale antérieure.
30. Deuxième circonvolution frontale.
31. Sinus longitudinal supérieur.

— **veine cérébrale antérieure** (V. cerebri anterior), issue de la face interne du lobe frontal;

— **veine olfactive,** issue du sillon olfactif;

— **veines striées inférieures** (V. striata), issues du noyau caudé, et du bras antérieur de la capsule interne, et traversant l'espace perforé antérieur.

Puis la veine basilaire longe la face inférieure de la bandelette optique, et, dessinant une courbe à court rayon à concavité interne dans la fente de Bichat, se termine à l'extrémité antérieure de l'ampoule de Galien.

Le système veineux de la base du cerveau présente quelques analogies avec le système artériel basal, et, à la façon de l'hexagone de Willis, on peut individualiser **le polygone veineux de Trolard*** formé : (Fig. 9)
— de chaque côté : par les veines basilaires,
— en avant : par la veine communicante antérieure (en avant du chiasma),
— en arrière : par la veine communicante postérieure (en avant des pédoncules cérébraux).

---

* Trolard Paulin (1842-1910), médecin français, professeur d'anatomie à Alger.

3) ANASTOMOSES.

Bien que les veines profondes paraissent terminales, on estime pourtant qu'elles sont assez largement anastomosées avec les veines superficielles :
— soit à la surface du cerveau,
— soit même à l'intérieur du cerveau (Schlesinger) où les veines opto striées sont en liaison : (Fig. 10)
avec les affluents du sinus longitudinal supérieur,
avec la cérébrale moyenne superficielle,
avec la veine basilaire.

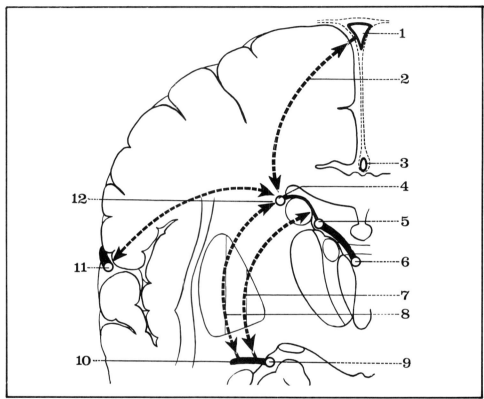

FIGURE 10

Coupe frontale du cerveau montrant les courants veineux trans-cérébraux (schéma de Schlesinger).

1. *Sinus longitudinal supérieur.*
2. *Courant veineux du centre ovale.*
3. *Sinus longitudinal inférieur.*
4. *Veine opto-striée.*
5. *Veine du ventricule latéral.*
6. *Veine cérébrale interne.*
7. *Veine lenticulaire interne.*
8. *Veine lenticulaire externe.*
9. *Veine basilaire.*
10. *Veine cérébrale moyenne profonde.*
11. *Veine cérébrale moyenne superficielle.*
12. *Carrefour veineux de l'angle ventriculaire.*

Les veines du cervelet

Nées dans la profondeur des sillons, elles se réunissent sur le vermis et sur les hémisphères, et se drainent dans l'ampoule de Galien, dans la tente du cervelet, et dans les sinus pétreux.

1) AFFLUENTS AMPULLAIRES :

De la partie antéro-supérieure du cervelet naissent : (Fig. 13)
— un rameau vermien, en forme de fourche sagittale au-dessus du lobule central,
— un rameau hémisphérique, en forme de fourche transversale.

Ces deux troncs veineux montent derrière les tubercules quadrijumeaux et se jettent à la partie inférieure de l'ampoule de Galien, qui se continue par le sinus droit.

2) AFFLUENTS TENTORIAUX :

De la face supérieure du cervelet naissent de nombreuses veines qui se drainent dans le sinus latéral, en traversant la tente du cervelet, ou dans le sinus droit.

On en distingue deux groupes :
— **médian ou vermien** : un rameau antérieur et un rameau postérieur rejoignent isolément ou par un tronc commun la face inférieure du sinus droit ; (Fig. 11)

FIGURE 11

Vue inférieure du tronc commun vermien supérieur.

— **latéral ou hémisphérique** : de chaque côté, des veines antérieures et postérieures rejoignent un gros confluent qui s'engage dans la dure-mère de la tente du cervelet, et se jette dans la portion transverse du sinus latéral, plus ou moins près de la ligne médiane. (Fig. 12 et 14)

3) AFFLUENTS PÉTREUX :

Des portions antéro-latérales des hémisphères, de nombreuses veines se dirigent vers l'angle ponto-cérébelleux, et se déversent dans les sinus pétreux par l'intermédiaire de deux veines pétreuses :

— **veine pétreuse supérieure** (de Dandy*), située au-dessus du nerf trijumeau, anastomosée parfois avec la veine basilaire, et se jetant dans le sinus pétreux supérieur,

— **veine pétreuse inférieure**, au-dessous du trijumeau, se jetant indifféremment dans le sinus supérieur ou dans le sinus inférieur.

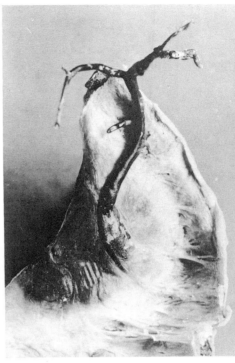

FIGURE 12

Vue inférieure du groupe hémisphérique (ou latéral).

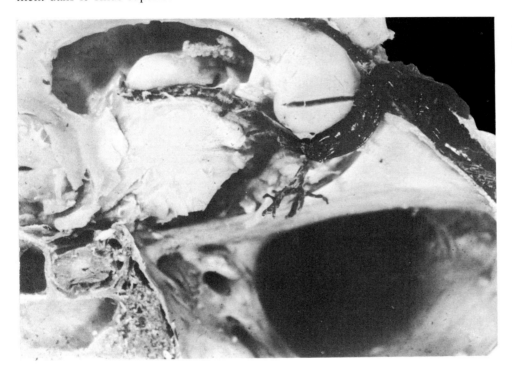

FIGURE 13

Vue interne d'un hémisphère cérébral droit où l'on voit le bouquet des veines vermiennes et hémisphériques supérieures se jetant à la face inférieure de l'ampoule de Galien.

FIGURE 14

Diaphanisation de la tente du cervelet mettant en évidence les confluents veineux droit et gauche se jetant dans le sinus latéral (en haut).

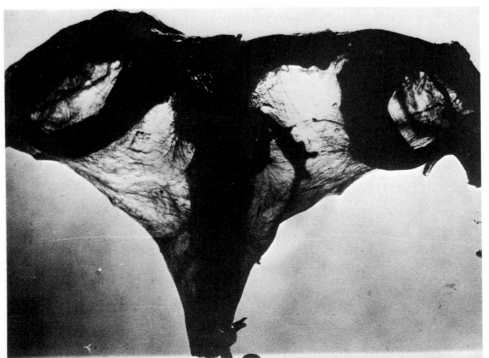

---

* Dandy Walter Edward (1886-1946), neuro-chirurgien américain.

Les veines du tronc cérébral

A. PÉDONCULES CÉRÉBRAUX

— **en avant** : de chaque côté, une petite veine anastomose le plexus pré-pontique et la veine basilaire ;

— **en arrière** : une ou deux veines issues des tubercules quadrijumeaux se jettent directement dans l'ampoule de Galien.

B. PROTUBÉRANCE ANNULAIRE (Fig. 16)

Un riche plexus pré-pontique, formé de veines médianes et de veines latérales, se draine dans le sinus pétreux supérieur, par l'intermédiaire des veines pétreuses.

C. BULBE RACHIDIEN (Fig. 15)

— **en avant** : une veine médiane chemine dans le sillon antérieur et rejoint le plexus pré-pontique ;

— **latéralement** : un riche plexus se draine dans le sinus occipital postérieur, par l'intermédiaire de 2 ou 3 veines radiculaires ;

— **en arrière** : une veine médiane rejoint le plexus veineux du trou occipital.

FIGURE 15

Vue latérale gauche des veines du bulbe.

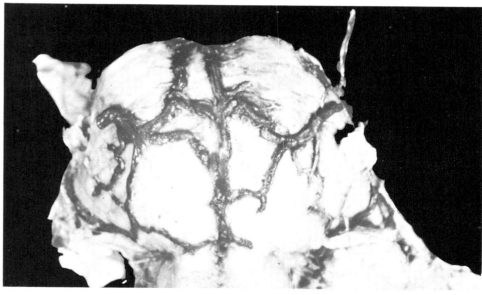

FIGURE 16 — *Vue antérieure des veines de la protubérance annulaire.*

Les sinus veineux de la dure-mère

(Sinus durae matris)

Minces, inertes, et avalvulées, les veines de l'encéphale traversent les espaces sous-arachnoïdiens, et se terminent dans des formations fibreuses et incontractiles, les **sinus de la dure-mère**; ceux-ci sont placés :

— *au niveau de la base* : le sinus caverneux en est l'élément principal,
— *au niveau de la voûte* :
  dans la faux du cerveau : les sinus longitudinaux,
  et dans la tente du cervelet : le sinus droit et les sinus latéraux.

A) SINUS DE LA BASE :

a) **Le sinus sphéno-pariétal** de Breschet[*] (Sinus spheno-parietalis) reçoit la veine cérébrale moyenne superficielle, puis longe la petite aile du sphénoïde, et se jette dans le courant latéral du sinus caverneux.

b) **Le sinus caverneux** (Sinus cavernosus), placé sur le flanc de la selle turcique et du corps du sphénoïde, est en réalité un plexus formé de veines distinctes les unes des autres, et circulant d'avant en arrière en deux courants :

— *l'un latéral,* situé dans la paroi externe du sinus, unit le sinus sphéno-pariétal au sinus pétreux supérieur,

— *l'autre médial,* beaucoup plus important, entoure la carotide interne intracaverneuse, et communique, avec le courant médial opposé, par le sinus coronaire ; il reçoit en avant les veines ophtalmiques, et se jette en arrière dans le sinus occipital transverse. (Fig. 17 et 18)

c) **Le sinus coronaire** ou intracaverneux (Sinus intercavernosi), placé dans la tente de l'hypophyse, est formé de deux arcs : (Fig. 19)

— *l'un antérieur*, le plus volumineux, fait communiquer les deux sinus caverneux,

— *l'autre postérieur*, plus grêle, chemine en avant de la lame quadrilatère du sphénoïde.

d) **Les sinus pétreux** permettent l'évacuation postérieure du sinus caverneux :

— Le *sinus pétreux supérieur* (Sinus petrosus superior) longe le bord supérieur du rocher, dans la grande circonférence de la tente du cervelet, et relie le courant latéral du sinus caverneux au coude de la portion sigmoïde du sinus latéral ; (Fig. 18 et 19)

— le *sinus pétreux inférieur* (Sinus petrosus inferior), issu du sinus caverneux et du sinus occipital traverse, longe le plancher de la fosse cérébelleuse, dans la suture pétro-occipitale, puis sort par la partie effilée du trou déchiré postérieur, pour se jeter en dehors du crâne dans le golfe de la jugulaire interne. (Fig. 18 et 19)

e) **Le sinus occipital transverse** ou plexus basilaire (Plexus basilaris), longe la face postérieure de la lame quadrilatère, et réalise une large anastomose entre les deux extrémités postérieures des sinus caverneux ; il présente deux portions :

— *l'une supérieure,* transversale, forme la barre horizontale d'un H dont les barres verticales unissent le courant médial du sinus caverneux au sinus pétreux inférieur ; (Fig. 18 et 19)

— *l'autre inférieure,* tout à fait plexulaire, fait communiquer les sinus pétreux inférieurs et le plexus veineux du trou occipital, par l'intermédiaire d'une lame veineuse qui glisse sur la déclivité de la lame quadrilatère. (Fig. 18)

FIGURE 17

Coupe frontale du sinus caverneux.
10. *Thalamus.*
11. *Troisième ventricule.*
12. *Bandelette optique.*
13. *Hypophyse.*
14. *Loge dure-mérienne du sinus caverneux.*
15. *Sinus sphénoïdal.*
16. *Grande circonférence de la tente du cervelet.*
17. *Petite circonférence de la tente du cervelet.*
18. *Artère carotide interne.*
19. *Noyau lenticulaire.*

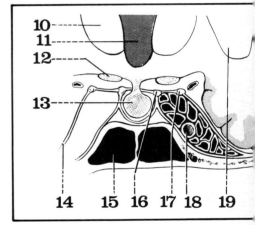

FIGURE 18

Vue supérieure du sinus occipital transverse et des sinus pétreux supérieurs et inférieurs.

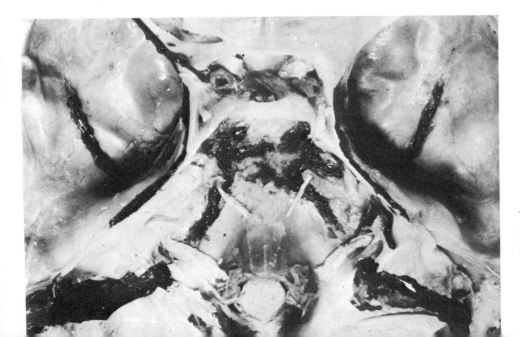

---

[*] Breschet Gilbert (1784-1845), anatomiste français, successeur de Cruveilhier à la chaire d'anatomie de Paris.

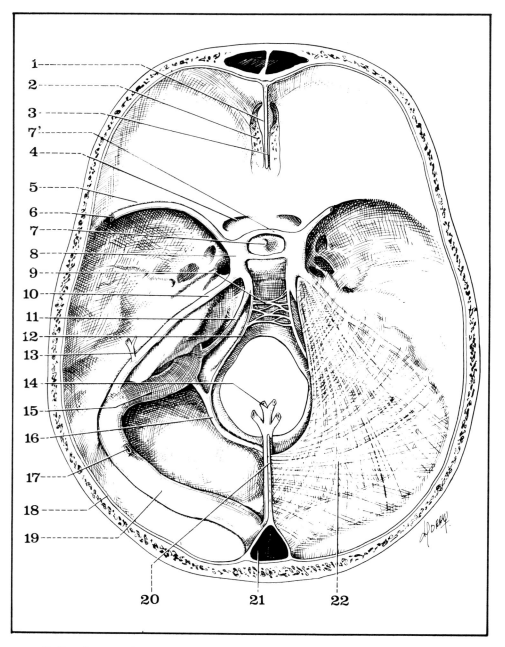

FIGURE 19

Vue supérieure de la tente du cervelet et des sinus de la base du crâne (la tente du cervelet est réséquée à gauche).

1. Apophyse crista galli.
2. Lame criblée.
3. Faux du cerveau (portion antérieure).
4. Trou optique.
5. Petite aile du sphénoïde.
6. Sinus sphéno-pariétal (de Breschet).
7. Tige pituitaire et tente de l'hypophyse.
7'. Sinus coronaire antérieur.
8. Sinus caverneux.
9. Sinus occipital transverse (plexus basilaire).
10. Sinus pétreux supérieur.
11. Sinus pétreux inférieur.
12. Plexus veineux du trou occipital.
13. Veine temporale postérieure.
14. Ampoule de Galien.
15. Portion sigmoïde du sinus latéral.
16. Sinus occipital postérieur.
17. Veine émissaire mastoïdienne.
18. Dure-mère.
19. Portion transverse du sinus latéral.
20. Faux du cerveau (portion postérieure).
21. Torcular (confluent des sinus).
22. Tente du cervelet.

f) **Le sinus occipital postérieur** ou sinus occipital (Sinus occipitalis) cerne en arrière le trou occipital, relié aux plexus rachidiens, et anastomose le golfe de la jugulaire au confluent des sinus. (Fig. 19)

B) **SINUS DE LA VOÛTE :** (Fig. 20)

a) **Le sinus longitudinal supérieur** ou sagittal supérieur (Sinus sagittalis superior) chemine à la face profonde de la suture sagittale du crâne, dans l'insertion du bord convexe de la faux du cerveau ; son calibre augmente progressivement d'avant en arrière, du trou borgne au confluent des sinus, et sa largeur est encore accrue par la présence, de chaque côté, de volumineux lacs sanguins (dans lesquels font saillie les granulations de Pacchioni).

b) **Le sinus longitudinal inférieur** ou sagittal inférieur (Sinus sagittalis inferior), souvent grêle, occupe le bord libre de la faux du cerveau et se jette en arrière dans le sinus droit. (Fig. 21)

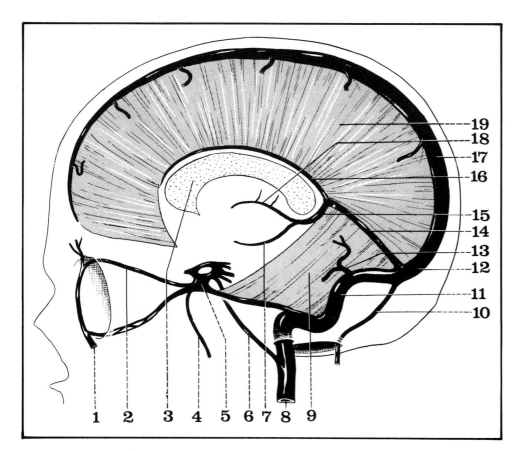

FIGURE 20

Vue latérale gauche de la faux du cerveau et des sinus de la dure-mère.
1. Veine angulaire.
2. Veine ophtalmique supérieure.
3. Corps calleux.
4. Sinus sphéno-pariétal (de Breschet).
5. Sinus caverneux.
6. Sinus pétreux inférieur.
7. Veine basilaire.
8. Veine jugulaire interne.
9. Tente du cervelet.
10. Sinus occipital postérieur.
11. Sinus latéral.
12. Torcular ou confluent des sinus.
13. Veine occipitale.
14. Sinus droit.
15. Ampoule de Galien.
16. Sinus longitudinal inférieur.
17. Sinus longitudinal supérieur.
18. Veine cérébrale interne.
19. Faux du cerveau.

FIGURE 21

Vue latérale gauche de la portion antérieure du sinus droit où l'on voit un pont de dure-mère qui sépare le courant du sinus longitudinal inférieur (en haut et à gauche) de celui de la grande veine cérébrale et des veines basilaires (en bas).

c) **Le sinus droit** (Sinus rectus) chemine d'avant en arrière dans l'insertion de la faux du cerveau sur la tente du cervelet. (Fig. 13, 20, 21)

Il reçoit en avant deux groupes de veines :

— en haut : le sinus longitudinal inférieur,
— en bas : les veines profondes du cerveau, c'est-à-dire l'ampoule de Galien, et les deux veines basilaires.

Il rejoint en arrière le confluent des sinus.

* Jugulaire, du latin «Jugulus» : la gorge, le cou (dérivé de «Jungo» : joindre).

d) Le **torcular**, ou pressoir d'Hérophile, ou confluent des sinus (Confluens sinuum) est formé, au niveau de la protubérance occipitale interne, par la confluence du sinus longitudinal supérieur, du sinus droit, et du sinus occipital postérieur. Il donne naissance aux deux sinus latéraux, le plus souvent de façon asymétrique : (Fig. 22)

— le sinus latéral droit prolongeant le sinus longitudinal supérieur,
— le sinus latéral gauche prolongeant le sinus droit.

e) **Le sinus latéral** relie, de chaque côté, le confluent des sinus au golfe de la jugulaire. (Fig. 19, 22, 23 et 24)

On lui décrit deux portions, séparées par un coude :
— *l'une transverse* (Sinus Transversus), horizontale et postérieure, logée dans l'insertion de la tente du cervelet sur la gouttière osseuse de l'écaille occipitale,
— *l'autre sigmoïde* (Sinus sigmoideus), descendante, décrivant derrière la mastoïde une courbe à concavité postéro-interne, puis sur l'occipital une courbe à concavité antéro-externe qui contourne l'apophyse jugulaire.

Cette dernière portion aboutit dans la partie élargie du trou déchiré postérieur, où le **golfe de la jugulaire*** ou bulbe supérieur de la jugulaire (Bulbus venae jugularis superior) se continue immédiatement par la jugulaire interne.

En définitive, la totalité de la circulation veineuse de l'encéphale, à part quelques **voies accessoires** représentées par les veines émissaires de la voûte, les veines des trous de la base, et les plexus vertébraux, se fait vers une **voie de drainage essentielle** : la veine jugulaire interne, directement branchée sur le système cave supérieur. (Fig. 23)

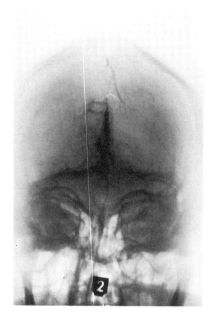

FIGURE 22

Phlébographie de face.

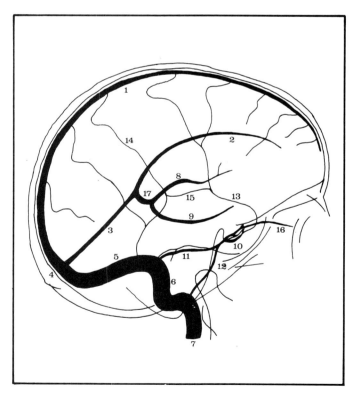

FIGURE 23

Schéma de profil droit d'une phlébographie cérébrale.

1. *Sinus longitudinal supérieur.*
2. *Sinus longitudinal inférieur.*
3. *Sinus droit.*
4. *Confluent des sinus (ou torcular).*
5. *Sinus latéral (portion transverse).*
6. *Sinus latéral (portion sigmoïde).*
7. *Veine jugulaire interne.*
8. *Veine cérébrale interne.*
9. *Veine basilaire.*
10. *Sinus caverneux.*
11. *Sinus pétreux supérieur.*
12. *Sinus pétreux inférieur.*
13. *Veine anastomotique de Trolard.*
14. *Veine anastomotique de Labbé.*
15. *Petite veine de Labbé.*
16. *Veine ophtalmique.*
17. *Ampoule de Galien.*

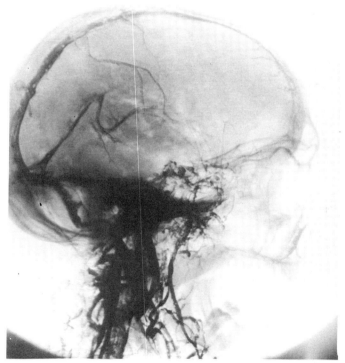

FIGURE 24

Injection cadavérique (cliché de profil droit).

9 le canal vertébral et la moelle épinière

PLAN

Généralités
— Limites
— Direction
— Formes et dimensions
— Constitution anatomique

Les parois du canal vertébral
— Paroi antérieure
— Paroi postérieure
— Parois latérales

Le contenu du canal vertébral
— Le bulbe rachidien
— La moelle épinière
  • *division topographique*
  • *morphologie externe*
  • *configuration interne*
— Les racines rachidiennes
— L'espace épidural
— Les vaisseaux du canal vertébral : artères, veines.

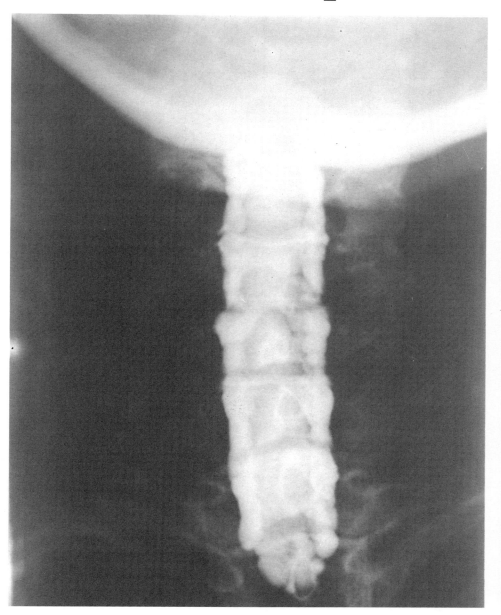

Myélographie opaque (cliché de face) de la région cervicale.

Occupant la partie postérieure de la colonne vertébrale depuis le trou occipital en haut jusqu'à la région sacro-coccygienne en bas, le canal vertébral ou rachidien (Canalis Vertebralis) est un conduit ostéo-fibreux semi-rigide qui loge dans un étui méningé la moelle épinière (Medulla Spinalis) et les racines rachidiennes.

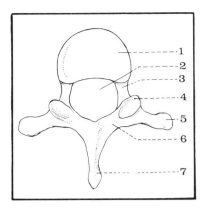

FIGURE 1

Représentation schématique d'une vertèbre.
1. *Corps vertébral.*
2. *Trou vertébral.*
3. *Pédicule.*
4. *Facette articulaire supérieure.*
5. *Apophyse transverse.*
6. *Lame.*
7. *Apophyse épineuse.*

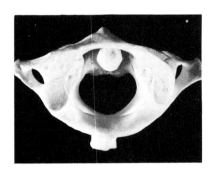

FIGURE 2

Vue supérieure de l'atlas et de l'axis.

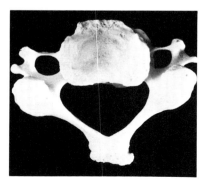

FIGURE 3

Vue supérieure d'une vertèbre cervicale.

Généralités

LIMITES

La limite supérieure du canal vertébral est représentée par le bord inférieur du trou occipital, par l'intermédiaire duquel il communique avec la cavité crânienne.

La limite inférieure est formée par l'hiatus sacro-coccygien de la paroi osseuse du sacrum, fermé normalement par une membrane fibreuse.

Les limites périphériques sont représentées par les éléments mêmes qui constituent les parois du canal et des trous vertébraux : face postérieure des corps vertébraux en avant, face médiale des pédicules latéralement, face antérieure des lames vertébrales en arrière, ainsi que par les ligaments qui les tapissent ou les réunissent. (Fig. 1)

DIRECTION

Le canal vertébral n'est pas rectiligne, mais suit fidèlement les différentes courbures du rachis. C'est dire qu'il décrit une courbure cervicale à concavité postérieure (lordose cervicale), une courbure dorsale à concavité antérieure (cyphose dorsale), une courbure lombaire à concavité postérieure (lordose lombaire) et enfin une courbure sacro-coccygienne à concavité antérieure. Les points où la flèche de ces courbures est la plus accentuée sont situés au niveau de la 5e vertèbre cervicale, de la 6e dorsale, de la 3e lombaire et de la charnière lombo-sacrée. (Fig. 7)

FORMES ET DIMENSIONS

Elles varient considérablement selon le point considéré.

— **Au niveau de l'atlas et de l'axis** le canal vertébral très large revêt une forme quadrilatère. Il est à noter qu'au niveau de l'atlas, il n'occupe que la partie postérieure du trou vertébral, la partie antérieure de ce dernier, située en avant du ligament cruciforme, étant occupée par l'apophyse odontoïde de l'axis et l'articulation atloïdo-axoïdienne. (Fig. 2)

— **Au niveau des cinq dernières vertèbres cervicales**, le canal vertébral se rétrécit légèrement et devient prismatique triangulaire à sommet postérieur. (Fig. 3)

— **Au niveau de la colonne dorsale**, le canal vertébral devient progressivement cylindrique et se rétrécit d'abord peu à peu pour présenter son plus petit diamètre au niveau de la 9e vertèbre dorsale, pour se dilater ensuite à nouveau. (Fig. 4)

— **Au niveau de la colonne lombaire**, le canal vertébral s'élargit à nouveau progressivement et reprend une forme triangulaire très aplatie dans le sens antéropostérieur, le diamètre transversal étant presque le double du diamètre sagittal. Il atteint sa largeur maxima au niveau de la jonction lombo-sacrée. (Fig. 5)

— **Dans son segment sacro-coccygien** enfin, le canal vertébral, devenu canal sacré, garde une forme triangulaire et aplatie mais se rétrécit progressivement jusqu'à l'hiatus sacré en bas. (Fig. 6)

CONSTITUTION ANATOMIQUE

Le canal vertébral comprend :
• **des parois** à la fois osseuses et fibreuses;
• et un **contenu** représenté par :

— un *étui dure-mérien* contenant la *moelle* et les *racines rachidiennes* entourées des méninges molles,

— un *espace épi-dural* contenant des éléments veineux importants et qui sépare l'étui dural des parois du canal vertébral.

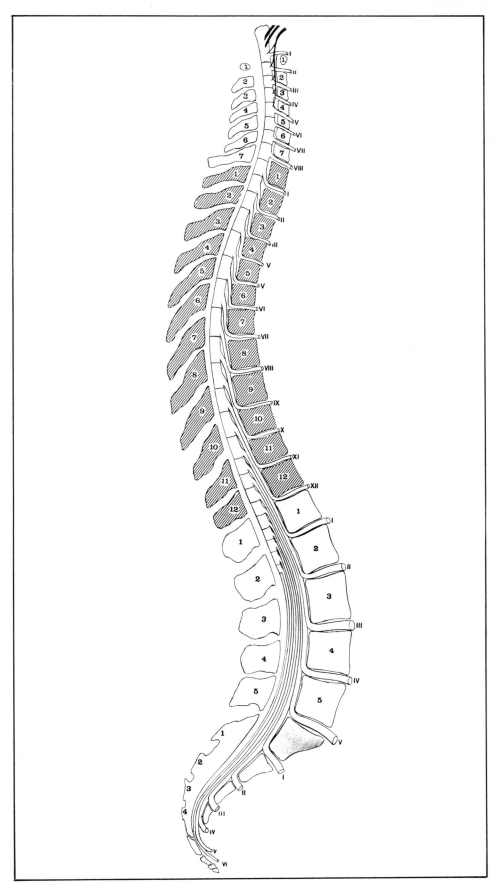

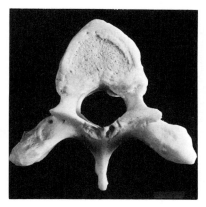

FIGURE 4

Vue supérieure d'une vertèbre dorsale.

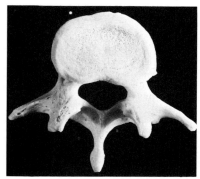

FIGURE 5

Vue supérieure d'une vertèbre lombaire.

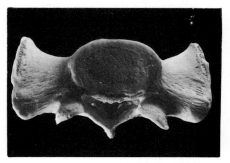

FIGURE 6

Vue supérieure du sacrum.

FIGURE 7

Coupe sagittale schématique montrant les courbures du canal vertébral et les rapports des parois osseuses avec la moelle et les racines rachidiennes.

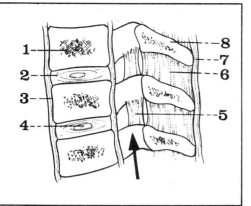

FIGURE 8

Coupe sagittale schématique du canal vertébral (indiqué par la flèche) dans son segment cerival.
1. *Corps vertébral.*
2. *Disque intervertébral.*
3. *Grand ligament vertébral commun antérieur.*
4. *Nucleus pulposus.*
5. *Ligament jaune.*
6. *Ligament interépineux.*
7. *Grand ligament cervical.*
8. *Apophyse épineuse.*

Les parois du canal vertébral

Le canal vertébral possède quatre parois :
— une paroi antérieure,
— une paroi postérieure,
— et deux parois latérales.

— **LA PAROI ANTÉRIEURE** est formée par la superposition de la face postérieure des **corps vertébraux** réunis par les **disques inter-vertébraux**, le tout étant tapissé par le ligament vertébral commun postérieur (Lig. longitudinale posteriorus). (Fig. 8)

— **LA PAROI POSTÉRIEURE** est constituée par les **lames vertébrales** réunies entre elles par les **ligaments jaunes**. Dans la région cervicale basse et dans la région dorsale les lames, obliques en bas et en arrière, s'imbriquent les unes sur les autres comme les tuiles d'un toit fermant complètement la face postérieure du canal vertébral. Au contraire dans la région cervicale haute, et la région lombaire, il existe entre les lames un espace comblé uniquement par les ligaments jaunes (Lig. Flavum). Cette disposition est utilisée en clinique pour ponctionner les espaces méningés, soit au niveau de la région lombaire (ponction lombaire), soit au niveau de la région cervicale haute (ponction sous-occipitale). Enfin au niveau de la région sacrée, les lames des différentes pièces sacrées sont soudées entre elles pour former les gouttières sacrées. Ce n'est normalement qu'à la partie toute inférieure du sacrum que la paroi osseuse postérieure devient déhiscente et forme *l'hiatus sacré* obturé par une membrane fibreuse attachée en bas au coccyx. (Fig. 12)

Il faut noter cependant, qu'assez fréquemment il existe une déhiscence de la paroi osseuse postérieure du canal, étendue plus ou moins haut sur le sacrum et remontant parfois jusqu'à la colonne lombaire : cette anomalie fréquente constitue le premier élément de la malformation appelée *spina bifida*.

— **LES PAROIS LATÉRALES** ont pour caractéristique d'être fenêtrées par une série d'orifices livrant passage aux nerfs rachidiens : **les trous de conjugaison** (Foramen intervertebrale).

Cette paroi est en effet formée :
— d'une part, au niveau des corps vertébraux, par les faces axiales des pédicules vertébraux,
— d'autre part, entre les pédicules, par la juxtaposition des échancrures supérieure et inférieure des pédicules des deux vertèbres sus et sous-jacentes formant un trou de conjugaison.

Chaque trou de conjugaison est ainsi limité :
— *en avant* par le bord postérieur du disque inter-vertébral et la partie la plus externe de la face postérieure du corps vertébral ;
— *en bas* par le bord supérieur du pédicule de la vertèbre sous-jacente presque rectiligne ;
— *en haut* par le bord inférieur très échancré du pédicule de la vertèbre sus-jacente ;
— *en arrière* par la face antérieure de l'apophyse articulaire supérieure de la vertèbre sous-jacente. (Fig. 9, 10 et 11)

Nombre : Les trous de conjugaison sont au nombre de 25 de chaque côté :
— 8 au niveau de la colonne cervicale,
— 12 au niveau de la colonne dorsale,
— et 5 au niveau de la colonne lombaire.

Le premier trou de conjugaison correspond en effet à l'espace occipito-atloïdien ; le dernier est situé entre L5 et S1.

Forme : Elle est variable suivant le niveau considéré :
— *Les deux premiers trous de conjugaison* sont de simples fentes ostéo-fibreuses limitées en avant par les gouttières postérieures des masses latérales de

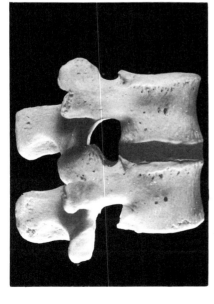

FIGURE 9

Vue latérale de deux vertèbres lombaires montrant la constitution du trou de conjugaison.

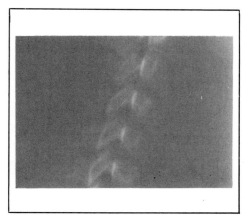 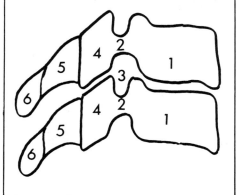

FIGURE 10

Radiographie de profil de la colonne cervicale.
1. Corps vertébraux.
2. Pédicules.
3. Trou de conjugaison.
4. Apophyses articulaires.
5. Lames.
6. Apophyses épineuses.

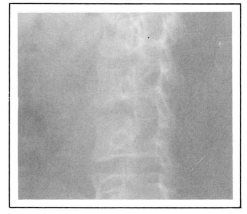 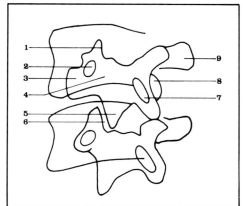

FIGURE 11

Radiographie de trois-quart de la colonne lombaire mettant en évidence les trous de conjugaison (Image dite « du petit chien »).
1. Apophyse articulaire supérieure droite.
2. Pédicule droit.
3. Apophyse transverse droite.
4. Isthme.
5. Apophyse articulaire inférieure.
6. Interligne interapophysaire.
7. Lame gauche.
8. Apophyse épineuse.
9. Apophyse transverse gauche.

l'atlas et en arrière par le bord latéral de la membrane occipito-atloïdienne et de la membrane atloïdo-axoïdienne.

— *Dans la région cervicale*, les trous de conjugaison ont une forme grossièrement quadrangulaire et regardent en dehors et en avant. Limités en avant par le bord postérieur des apophyses semi-lunaires de la vertèbre sous-jacente, en arrière par la masse des apophyses articulaires, ils se prolongent en bas et en dehors par une gouttière creusée à la face supérieure de l'apophyse transverse. (Fig. 10)

— *Dans la région dorsale*, les trous de conjugaison ont la forme d'une virgule à tête postéro-supérieure et regardent directement en dehors.

— *Dans la région lombaire*, les trous de conjugaison regardent franchement en dehors et sont situés immédiatement en arrière du corps vertébral de la vertèbre sus-jacente. Elargis et de forme ovoïde, ils sont surtout extrêmement épais formant de véritables canaux. (Fig. 9 et 11)

— *Le dernier trou de conjugaison* lombaire situé entre L5 et S1 est le plus étroit de tous les trous de conjugaison et son axe se dirige obliquement en dehors, en bas et en avant. Ces particularités anatomiques expliquent que la volumineuse racine qui le traverse puisse être facilement comprimée par des lésions arthrosiques à ce niveau : c'est là l'origine de certaines névralgies sciatiques.

— *Au niveau de la colonne sacrée* les trous de conjugaison revêtent une disposition particulière du fait de la soudure des différentes vertèbres sacrées. Ils sont remplacés par les canaux sacrés qui se divisent rapidement en un canal antérieur et un canal postérieur. (Fig. 12)

— *Les deux derniers orifices sacrés* sont en fait ostéo-fibreux compris entre le bord latéral de l'articulation sacro-coccygienne et du coccyx en dedans, et le ligament sacro-coccygien latéral.

— **Les trous de conjugaison livrent passage** au nerf rachidien correspondant, à des veines anastomosant les plexus veineux intra et extra-rachidiens, au nerf sinu-vertébral et à l'artère radiculaire (branche des artères intercostales ou lombaires).

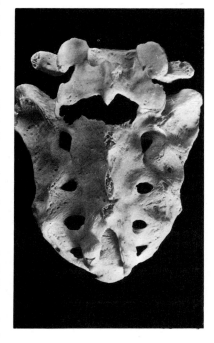

FIGURE 12

Vue postérieure du sacrum et de L5 montrant les orifices postérieurs des canaux sacrés. Noter, en bas, la déhiscence de l'hiatus sacré.

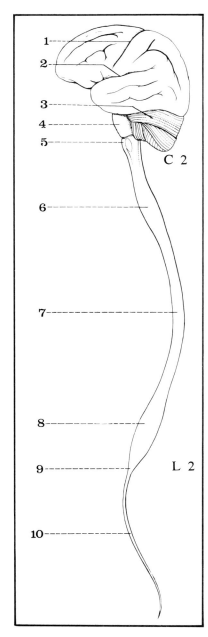

FIGURE 13

Vue latérale du névraxe.
1. Scissure de Rolando.
2. Scissure de Sylvius.
3. Cervelet.
4. Protubérance annulaire.
5. Bulbe rachidien.
6. Renflement cervical de la moelle.
7. Segment dorsal de la moelle épinière.
8. Renflement lombaire de la moelle épinière.
9. Cône terminal.
10. Filum terminale.

Le contenu du canal vertébral

Il est représenté par :

— **des éléments nerveux centraux** : partie inférieure du bulbe rachidien et moelle épinière d'où émergent les racines rachidiennes qui forment les nerfs rachidiens;

— **des enveloppes méningées** comprenant un sac dure-mérien, des formations pie-mériennes et des espaces arachnoïdiens;

— **un espace cellulo-graisseux** : l'espace épidural qui sépare les méninges des parois du canal rachidien;

— dans cet espace épidural, cheminent des **plexus veineux** importants et arrivent les artères destinées à la vascularisation de la moelle.

LA PARTIE INFÉRIEURE DU BULBE ET LA MOELLE ÉPINIÈRE

LE BULBE RACHIDIEN ou moelle allongée (Medulla oblongata) a été étudié en détail avec la fosse cérébrale postérieure à laquelle il appartient en presque totalité. En effet, seul son tiers inférieur, qui fait transition avec la moelle épinière dont il ne représente qu'un élargissement, appartient au canal vertébral et occupe la partie de ce dernier correspondant aux deux premières vertèbres cervicales.

LA MOELLE ÉPINIÈRE (Medulla spinalis) est une tige cylindrique légèrement aplatie d'avant en arrière, renflée au voisinage de ses deux extrémités, de couleur blanche et de consistance molle. Sa longueur est de 43 à 45 cm, son diamètre variable suivant le point considéré va de 9 à 13 mm. Elle occupe la partie du canal vertébral qui s'étend de C2 à L2. Elle correspond au 1/48 du poids de l'encéphale. (Fig. 13)

DIVISION TOPOGRAPHIQUE

On peut distinguer à la moelle plusieurs segments :

— **Un segment supérieur** très court, d'environ 2 cm qui fait immédiatement suite au bulbe et qui a un aspect cylindrique.

— **Un renflement supérieur** ou cervical, d'où naissent les nerfs destinés aux membres supérieurs et qui s'étend de C3 à D2 sur 10 à 12 cm.

— **Un segment thoracique** régulièrement arrondi, long de 20 cm environ et allant de D2 à D9.

— **Un renflement lombaire** d'où naissent les nerfs destinés aux membres inférieurs et s'étendant de la 9e dorsale à la 1re lombaire.

— **Le cône terminal**, partie toute inférieure de la moelle, surplombé par l'épicône, est entouré par les racines nerveuses nées un peu plus haut et qui forment la **queue de cheval**.

— Enfin la moelle est prolongée en bas par un cordon fibreux : le **filum terminale** qui se poursuit par le ligament coccygien et qui va du sommet du cône terminal à la base du coccyx au milieu des nerfs de la queue de cheval.

MORPHOLOGIE EXTERNE (Fig. 13, 14 et 15)

La surface extérieure de la moelle présente en avant sur la ligne médiane un profond sillon : le **sillon médian antérieur** limité en profondeur par une bandelette blanchâtre transversale : *la commissure blanche antérieure*. Immédiatement en dehors de ce sillon, un cordon longitudinal blanchâtre ou **cordon antérieur**. Plus en dehors émergent de la moelle les *racines antérieures* des nerfs rachidiens. Encore plus en dehors sur les faces latérales de la moelle un second cordon : **le cordon latéral** situé entre les racines antérieures et les racines postérieures. Il donne attache aux bords du ligament dentelé. Plus en arrière, *les racines postérieures* des nerfs rachidiens naissent régulièrement les unes au-dessous des autres et leur ligne d'implantation forme à la surface de la moelle un sillon longitudinal : **le sillon collatéral postérieur**. En arrière de ce dernier se trouve le **cordon postérieur** subdivisé en deux faisceaux : *le faisceau de Goll* ou faisceau gracile (Fasciculus gracilis) en dedans, *le faisceau de Burdach* ou faisceau cunéiforme (Fasciculus cuneatus) en dehors. Sur la ligne médiane le faisceau de Goll est séparé de celui du côté opposé par un sillon longitudinal : le sillon **médian postérieur** beaucoup plus étroit et beaucoup moins profond que le sillon antérieur. Le fond de ce sillon est occupé par une mince cloison sagittale : le **septum médian postérieur** qui aboutit à une lamelle transversale grisâtre; la *commissure grise postérieure*.

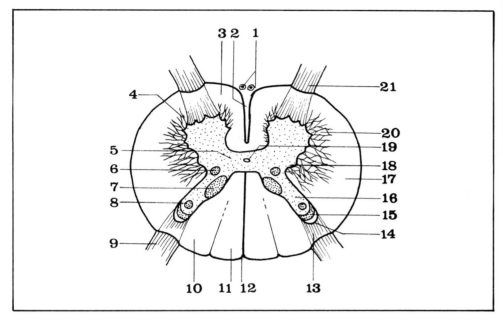

FIGURE 14

Coupe transversale de la moelle épinière.

1. Artère spinale antérieure.
2. Sillon médian antérieur.
3. Cordon antérieur.
4. Corne antérieure.
5. Zone commissurale.
6. Noyau de Bechterew.
7. Colonne de Clarke.
8. Noyau de la tête.
9. Racine postérieure.
10. Faisceau de Burdach.
11. Faisceau de Goll.
12. Sillon médian postérieur.
13. Zone marginale de Lissauer.
14. Couche zonale de Waldeyer.
15. Substance gélatineuse de Rolando.
16. Corne postérieure.
17. Cordon latéral.
18. Corne latérale.
19. Canal de l'épendyme.
20. Formation réticulée de Deiters.
21. Racine antérieure.

CONFIGURATION INTERNE DE LA MOELLE (Fig. 14)

Elle apparaît très nettement sur une coupe transversale de l'organe qui montre que la moelle comprend :

— à sa partie centrale, un canal presque virtuel : **le canal de l'épendyme*** qui occupe toute la hauteur de la moelle sur la ligne médiane et qui a la signification d'une cavité ventriculaire; il se continue d'ailleurs en haut par le 4e ventricule;

— autour de l'épendyme la substance nerveuse apparaît formée de deux parties bien différentes :

la substance grise au centre correspondant aux centres nerveux médullaires,
la substance blanche à la périphérie correspondant aux faisceaux nerveux ascendants et descendants.

---

* Ou canal central (canalis centralis).
Ependyme : du grec «ependuma» : sous-vêtement.

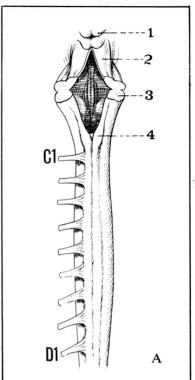

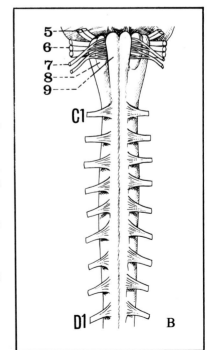

FIGURE 15

La moelle cervicale et le tronc cérébral.
  A. Vue postérieure.
  B. Vue antérieure.

1. Tubercules quadrijumeaux antérieurs.
2. Pédoncule cérébelleux supérieur.
3. Pédoncule cérébelleux inférieur.
4. Pyramide postérieure (clava).
5. Origine du nerf auditif (VIII).
6. Origine du nerf vague (X).
7. Origine du nerf hypoglosse (XII).
8. Olive bulbaire.
9. Pyramide antérieure.

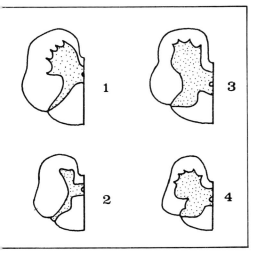

FIGURE 16

Répartition de la substance blanche et de la substance grise selon les segments médullaires.

1. Renflement cervical.
2. Moelle dorsale.
3. Renflement lombaire.
4. Cône terminal.

— **La substance grise** forme donc une vaste colonne médiane qui à la coupe revêt classiquement la forme d'un papillon. En effet, de part et d'autre de la ligne médiane dans chaque moitié de la moelle, la substance grise forme un croissant présentant une **corne antérieure** volumineuse et renflée, de contours festonnés, à laquelle on distingue une *base* qui se confond avec le reste de la substance grise et une tête d'où naissent les fibres motrices périphériques; une **corne postérieure** étroite et allongée à laquelle on distingue classiquement une *base* qui répond à la base de la corne antérieur, un *col* rétréci et une *tête* effilée coiffée d'un croissant de substance grise : la substance gélatineuse de Rolando revêtue en arrière par la couche zonale de Waldeyer* et la zone blanche marginale de Lissauer**. Actuellement, à la suite de Rexed, on décrit dans la corne postérieure 7 couches numérotées d'arrière en avant, la couche I correspondant à la zone de Waldeyer, les couches II et III à la substance de Rolando.

De la jonction des bases des cornes antérieure et postérieure ou *pars intermedia*, naît en dehors dans la moelle dorsale un petit prolongement : la **corne latérale** ou tractus intermédio-latéralis.

Enfin les croissants de substance grise contenus dans chaque moitié de la moelle sont réunis l'un à l'autre en avant et en arrière de l'épendyme par une mince bande de substance grise formant les *commissures grises antérieure et postérieure*. (Fig. 17)

— **La substance blanche**, périphérique, se groupe dans les trois cordons antérieur, latéral et postérieur de la moelle. Les cordons antérieurs droit et gauche sont réunis de part et d'autre de la ligne médiane par une *commissure blanche antérieure* située immédiatement en avant de la commissure grise antérieure. Il n'y a pas de commissure blanche postérieure et les cordons postérieurs droit et gauche sont séparés jusqu'à la commissure grise par le septum médian.

Cette structure se retrouve sur toute l'étendue de la moelle. Mais il faut noter d'une part que l'importance relative de la substance blanche augmente de bas en haut et d'autre part que le volume de la substance grise est relativement plus important au niveau des deux renflements cervical et lombaire de la moelle. (Fig. 16)

FIGURE 17

Coupe transversale de la moelle épinière.

1. Artère spinale antérieure.
2. Sillon médian antérieur.
3. Cordon antérieur.
4. Corne antérieure.
5. Zone commissurale.
6. Noyau de Bechterew.
7. Colonne de Clarke.
8. Noyau de la tête.
9. Racine postérieure.
10. Faisceau de Burdach.
11. Faisceau de Goll.
12. Sillon médian postérieur.
13. Zone marginale de Lissauer.
14. Couche zonale de Waldeyer.
15. Substance gélatineuse de Rolando.
16. Corne postérieure.
17. Cordon latéral.
18. Corne latérale.
19. Canal de l'épendyme.
20. Formation réticulée de Deiters.
21. Racine antérieure.

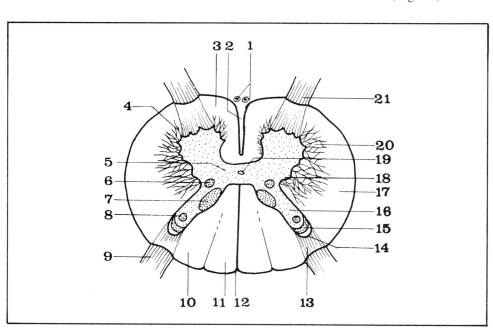

* Waldeyer Heinrich Gottfried Von (1836-1921), anatomiste et pathologiste allemand, professeur d'anatomie pathologique à Breslau et à Berlin.
** Lissauer Heinrich (1861-1891), neurologue allemand à Breslau.

LES RACINES RACHIDIENNES

Les racines des nerfs rachidiens sont au nombre de deux pour chaque nerf rachidien : une racine antérieure motrice, une racine postérieure sensitive, qui s'implantent régulièrement de chaque côté de la moelle épinière, traversent transversalement le canal rachidien pour gagner le trou de conjugaison et se fusionnent pour former le nerf rachidien. (Fig. 18 et 19)

La racine antérieure (Radix anterior) formée par 5 à 6 filets nerveux grêles sort de la moelle entre le cordon antérieur et le cordon latéral.

La racine postérieure (Radix Dorsalis) plus volumineuse est formée de 7 à 8 filets nerveux ou radicelles qui émergent du sillon collatéral postérieur entre cordon latéral et cordon postérieur et se réunissent avant de traverser la pie-mère. La racine postérieure présente à sa partie externe un renflement : **le ganglion spinal**.

Les deux racines se dirigent en dehors et convergent vers le trou de conjugaison à l'intérieur duquel elles s'accolent l'une à l'autre avant de se réunir un peu en dehors du ganglion spinal pour former le **nerf rachidien**. Celui-ci donne d'abord une branche collatérale : *le nerf sinu-vertébral de Luschka** qui reçoit une anastomose du sympathique et retourne dans le canal rachidien pour se distribuer aux méninges et aux corps vertébraux. A la sortie du trou de conjugaison, chaque nerf rachidien se divise en deux branches terminales : l'une *antérieure* volumineuse, destinée à la région ventrale du corps et qui généralement s'unit aux branches voisines en formant des plexus; l'autre *postérieure* beaucoup plus grêle destinée aux parties molles rétro-rachidiennes. (Fig. 19 et 24)

Au nombre de 31 paires de chaque côté, les racines rachidiennes comprennent :
— 8 paires cervicales,
— 12 paires dorsales,
— 5 paires lombaires,
— 5 paires sacrées,
— 1 paire coccygienne.

Leur direction d'ensemble est transversale mais plus ou moins oblique en bas et en dehors suivant le niveau considéré. La première paire est légèrement ascen-

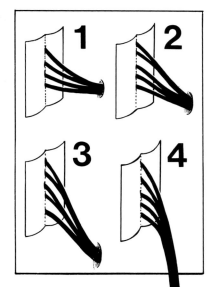

FIGURE 18

La direction des racines rachidiennes.
1. Racine cervicale.
2. Racine dorsale.
3. Racine lombaire.
4. Racine sacrée.

---

* Luschka Hubert Von (1820-1875), anatomiste allemand, professeur d'anatomie à Tübingen.

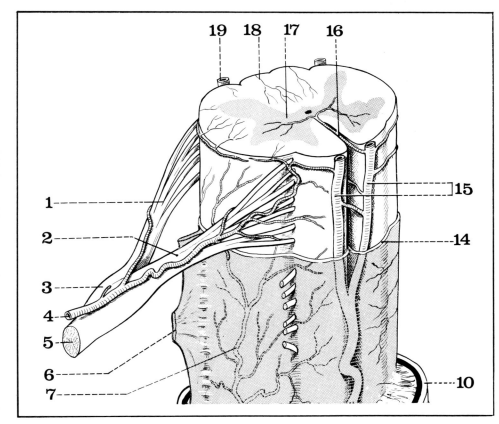

FIGURE 19

La vascularisation de la moelle (d'après Paturet).

1. Racine rachidienne postérieure.
2. Racine rachidienne antérieure.
3. Ganglion spinal.
4. Artère radiculaire.
5. Nerf rachidien.
6. Ligament dentelé.
7. Réseau artériel pie-mérien.
10. Gaine durale du nerf rachidien.
14. Pie-mère.
15. Artères spinales antérieures.
16. Sillon médian antérieur de la moelle et artère sulco-commissurale.
17. Substance grise médullaire.
18. Artère inter-fasciculaire.
19. Artère spinale postérieure.

dante, la seconde et la troisième franchement horizontales, les suivantes sont d'autant plus obliquement descendantes que l'on se rapproche davantage de l'extrémité inférieure de la moelle (Fig. 20 et 21). En effet, la moelle s'arrête à hauteur de la deuxième lombaire, si bien que les racines les plus inférieures doivent effectuer un long trajet presque vertical dans le canal vertébral pour gagner leur trou de conjugaison respectif. C'est à l'ensemble des nerfs lombaires et sacrés formant un faisceau de cordons nerveux verticaux au-dessous de l'extrémité intérieure de la moelle que l'on donne le nom de **queue de cheval**. La connaissance de ce décalage entre le niveau d'émergence médullaire et le niveau d'émergence vertébral des racines et des nerfs rachidiens est capitale pour comprendre la sémiologie des atteintes radiculaires. (Fig. 21)

Dans leur trajet à l'intérieur du canal rachidien les racines rachidiennes et les nerfs rachidiens sont, comme la moelle épinière, entourés par des formations méningées dont nous verrons plus loin la disposition.

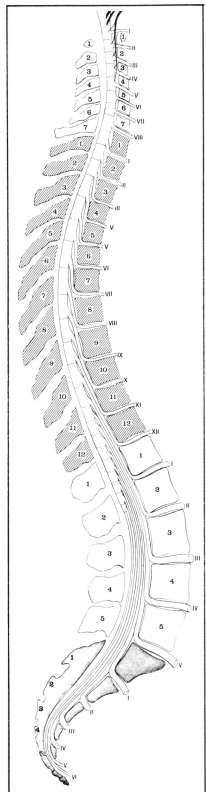

FIGURE 21

Coupe sagittale schématique du canal rachidien et de la moelle montrant le décalage entre le niveau d'origine médullaire des racines et leur émergence du canal rachidien.

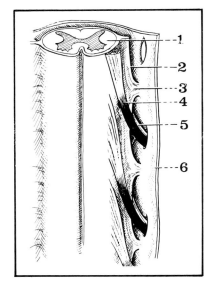

FIGURE 20

Vue antérieure du ligament dentelé gauche.
1. Moelle épinière.
2. Ligament dentelé.
3. Insertion du ligament dentelé sur le sac dural.
4. Racine rachidienne antérieure.
5. Etui pie-mérien de la racine antérieure.
6. Sac dural.

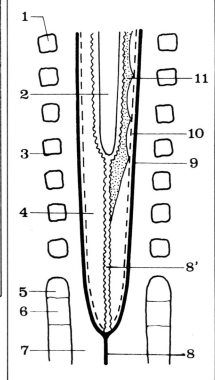

FIGURE 22

Représentation schématique du cul-de-sac dural (coupe frontale).
1. 11e vertèbre dorsale.
2. Moelle épinière.
3. 2e vertèbre lombaire.
4. Espace sous-arachnoïdien.
5. 1re pièce sacrée.
6. 2e pièce sacrée.
7. Espace épidural.
8. Ligament coccygien.
8'. Filum terminale.
9. Cul-de-sac dural.
10. Arachnoïde.
11. Ligament dentelé.

LES MÉNINGES RACHIDIENNES (Fig. 20 et 24)

Comme les méninges crâniennes avec lesquelles elles se continuent, les méninges rachidiennes comprennent une méninge dure ou dure-mère et une méninge molle ou pie-mère, séparées l'une de l'autre par les espaces arachnoïdiens.

1° - LA DURE-MÈRE RACHIDIENNE (Dura mater spinalis)

Elle forme un étui cylindrique situé à l'intérieur du canal vertébral dont elle est séparée par l'espace épidural, et s'étend depuis le trou occipital jusqu'à la deuxième ou troisième vertèbre sacrée. Ses rapports avec les parois du canal méritent d'être précisés.

En hauteur, elle occupe la presque totalité du canal vertébral descendant jusqu'**au niveau de S2** alors que la **moelle ne dépasse le niveau de L2**. Il existe donc à la partie inférieure du sac dure-mérien entre L2 et S2 un cul-de-sac qui ne contient que des éléments radiculaires formant la **queue de cheval**. L'extrémité inférieure de ce cul-de-sac dural forme une gaine au filum terminale de la moelle qui, sous le nom de ligament occygien, descend se fixer à la partie postérieure du coccyx. (Fig. 22 et 23)

Longueur du filum terminale : 15 cm.

Longueur du ligament coccygien : 10 cm.

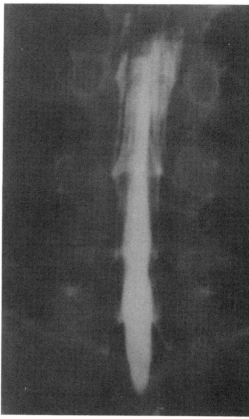

FIGURE 23

Radiographie du cul-de-sac dural après injection de méthiodal.

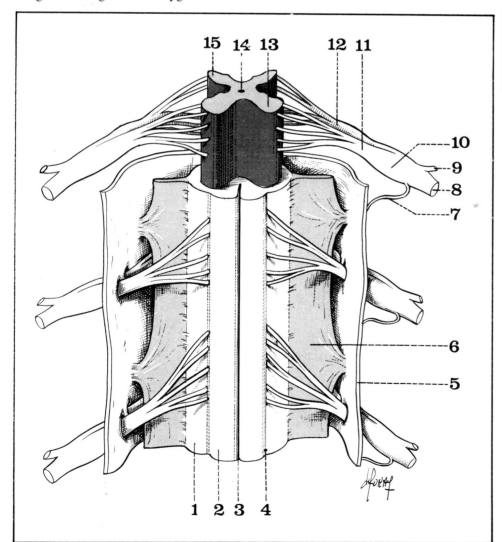

FIGURE 24

Les racines rachidiennes et le ligament dentelé (vue supérieure).

1. *Cordon latéral de la moelle.*
2. *Cordon antérieur de la moelle.*
3. *Sillon médian antérieur.*
4. *Sillon collatéral antérieur.*
5. *Dure-mère.*
6. *Ligament dentelé.*
7. *Nerf sinu-vertébral.*
8. *Branche antérieure du nerf rachidien.*
9. *Branche postérieure du nerf rachidien.*
10. *Nerf rachidien.*
11. *Racine rachidienne antérieure.*
12. *Racine rachidienne postérieure.*
13. *Corne antérieure de la moelle.*
14. *Canal de l'épendyme.*
15. *Corne postérieure de la moelle.*

En arrière, la face postérieure de l'étui dural est nettement séparée de la face postérieure du canal vertébral par les éléments de l'espace épidural.

En avant, la face antérieure de l'étui dural contracte quelques adhérences avec le ligament vertébral commun postérieur, adhérences qui s'épaississent en bas au niveau du canal sacré en formant une cloison médiane : *le ligament sacro-dural de Trolard*. (Fig. 25)

En haut, l'étui dure-mérien va se fixer solidement sur la face postérieure du corps de l'axis et sur le pourtour du trou occipital. Juste au-dessous de ce dernier il présente deux orifices latéraux qui livrent passage aux artères vertébrales. Latéralement la dure-mère forme à chaque nerf rachidien un étui qui engaine les deux racines et le nerf lui-même et qui va se fixer au périoste des trous de conjugaison. Cette gaine cylindrique émet un prolongement qui sépare les deux racines à l'intérieur du trou de conjugaison avant leur fusion en nerf rachidien.

2° - LES FORMATIONS PIE-MÈRIENNES (Fig. 20, 22, 24, 26 et 27)

La pie-mère rachidienne forme à la partie inférieure du bulbe et de la moelle, une gaine cylindrique adhérente à la surface du tissu nerveux. Elle tapisse les différents sillons de la moelle et descend profondément dans le sillon médian antérieur. Latéralement au niveau des racines rachidiennes elle se confond avec le névrilème de ces racines. En avant et surtout en arrière elle émet quelques fins prolongements qui unissent la moelle à la face axiale du sac dural. Latéralement entre l'émergence des racines antérieures et postérieures, elle émet un prolongement transversal : **le ligament dentelé*** qui sépare les racines antérieures en avant, des racines postérieures en arrière, et dont le bord externe, festonné, va s'attacher à la face interne du sac dural entre les points d'émergence des racines en formant une série d'arcades.

3° - LES ESPACES ARACHNOÏDIENS (Fig. 26)

Se continuant en haut, au niveau du trou occipital, avec la grande citerne, les espaces arachnoïdiens du canal vertébral sont particulièrement larges, le calibre de la moelle étant nettement inférieur à celui de son sac dural. Ces espaces baignent les racines rachidiennes et la queue de cheval ; ils sont cloisonnés par le ligament dentelé et se prolongent au-dessous de la moelle jusqu'au fond du cul-de-sac dural : c'est à ce niveau que l'on pratique la ponction lombaire. Notons enfin qu'au niveau des trous de conjugaison, ils envoient un prolongement qui accompagne les racines à l'intérieur de leur étui dural, ce prolongement étant plus développé au niveau de la racine postérieure que de la racine antérieure.

L'ESPACE ÉPIDURAL (Cavum epidurale) (Fig. 25 et 27)

Situé entre le sac dural et les parois rachidiennes, l'espace épidural s'étend depuis le trou occipital en haut jusqu'à l'extrémité inférieure du canal vertébral en bas. Il est fermé en haut, au niveau du trou occipital, par l'adhérence de la dure-mère au squelette.

Relativement étroit en avant et latéralement, où il est cloisonné par les gaines durales des racines rachidiennes et par les adhérences antérieures du sac dural au canal vertébral, l'espace épidural est par contre très développé en arrière, ce qui permet au cours de l'abord postérieur du rachis par résection des lames (ou laminectomie) d'ouvrir le canal vertébral sans léser le sac dural ni son contenu.

Cet espace épidural est comblé par une graisse très fluide où cheminent des veines volumineuses constituant les *plexus veineux intra-rachidiens*. Il est également traversé par les artères destinées à la moelle et à ses enveloppes. Enfin, à la partie inférieure du canal vertébral, les racines rachidiennes gagnent les trous de conjugaison les plus bas situés entourées d'un très mince étui dure-mérien. L'injection d'un produit anesthésique local dans cet espace épidural permet ainsi d'obtenir une anesthésie du territoire correspondant à ces racines : c'est le procédé de l'anesthésie épi ou péridurale.

---

* Ligamentum denticulatum.

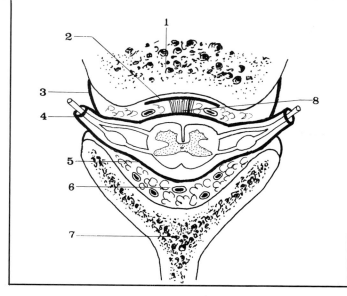

FIGURE 25

La dure-mère rachidienne (coupe horizontale de la colonne vertébrale).

1. Corps vertébral.
2. Ligament vertébral commun postérieur.
3. Opercule dure-mèrien.
4. Gaine dure-mèrienne autour du nerf rachidien.
5. Dure-mère.
6. Espace épi-dural.
7. Arc vertébral postérieur.
8. Ligament antérieur de l'étui dural (ligament de Trolard).

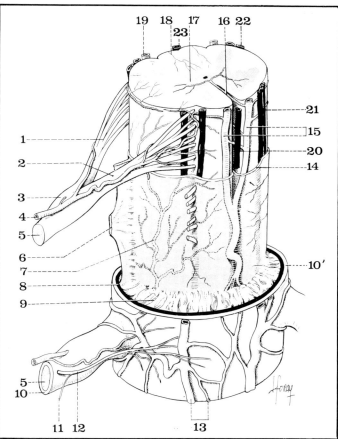

FIGURE 26

Les enveloppes de la moelle (d'après Paturet).

1. Racine rachidienne postérieure.
2. Racine rachidienne antérieure.
3. Ganglion spinal.
4. Artère radiculaire.
5. Nerf rachidien.
6. Ligament dentelé.
7. Réseau artériel pie-mérien.
8. Arachnoïde.
9. Espace arachnoïdien.
10. Gaine durale du nerf rachidien.
10'. Dure-mère.
11. Racine sympathique du nerf sinu-vertébral.
12. Nerf sinu-vertébral.
13. Plexus veineux intra-rachidien.
14. Pie-mère.
15. Artères spinales antérieures.
16. Sillon médian antérieur de la moelle et artère sulco-commissurale.
17. Substance grise médullaire.
18. Artère inter-fasciculaire.
19. Artère spinale postérieure.
20. Tronc veineux médian antérieur.
21. Troncs veineux antéro-latéraux.
22. Troncs veineux postéro-latéraux.
23. Tronc veineux médian postérieur.

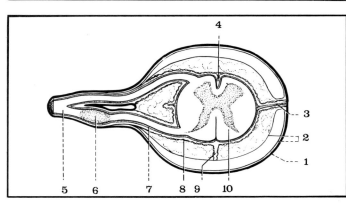

FIGURE 27

Les enveloppes méningées de la moelle (segment inférieur de la coupe passant par les racines gauches).

1. Sac dural.
2. Arachnoïde.
3. Ligament dentelé.
4. Sillon médian antérieur.
5. Nerf rachidien.
6. Ganglion spinal (sensitif).
7. Pie-mère.
8. Tissu sous-arachnoïdien.
9. Cloison médiane postérieure.
10. Moelle cervicale.

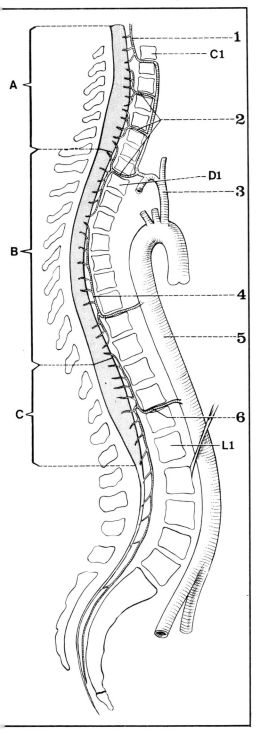

FIGURE 28

Les territoires artériels de la moelle (d'après Lazorthes).
A. Territoire artériel cervical.
B. Territoire dorsal.
C. Territoire lombaire.
1. Artère vertébrale.
2. Artères radiculaires issues de la vertébrale.
3. Artère sous-clavière.
4. Artère radiculaire dorsale.
5. Aorte descendante.
6. Grande artère radiculaire antérieure d'Adamkiewicz.

LES VAISSEAUX DU CANAL VERTÉBRAL

LES ARTÈRES

Elles sont destinées à assurer la vascularisation des parois du canal vertébral mais surtout celle de la moelle épinière. Ces artères sont représentées par :

1 — **L'artère vertébrale** (A. vertebralis) qui monte d'abord dans le canal transversaire en dehors du canal vertébral, puis après avoir contourné les masses latérales de l'atlas, perfore la membrane occipito-atloïdienne et traverse la partie supérieure de l'espace épidural puis la dure-mère pour pénétrer dans le trou occipital et la cavité crânienne. Dans le canal transversaire, l'artère vertébrale donne des *rameaux dorso-spinaux* qui pénètrent dans le canal vertébral par les trous de conjugaison, fournissent quelques collatérales aux parois du canal et aux méninges et se divisent en deux branches, l'une antérieure qui suit la racine rachidienne antérieure, l'autre postérieure suivant la racine postérieure pour gagner la moelle.

Immédiatement après avoir traversé la dure-mère, la vertébrale donne d'abord les deux *artères spinales antérieures*, qui croisent les faces latérales du bulbe et descendent former le *tronc spinal antérieur* cheminant de haut en bas dans le sillon médian antérieur pour se terminer à hauteur de C5 ou C6; puis les deux *artères spinales postérieures* qui donnent un tronc médian postérieur beaucoup plus grêle.

2 — **Les artères dorso-spinales** (Rami dorsali) proviennent, au-dessous de la colonne cervicale basse, des artères intercostales, lombaires et sacrées latérales. Ces artères gagnent le canal vertébral en passant par les trous de conjugaison, donnent des rameaux aux parois du canal puis se divisent en deux branches radiculaires, l'une antérieure, l'autre postérieure, qui gagnent la moelle en suivant les racines rachidiennes.

Au contact de la moelle l'artère radiculaire antérieure donne un rameau descendant et un rameau ascendant qui s'anastomosent avec les rameaux homologues des artères radiculaires sus et sous-jacentes en formant un *tronc longitudinal antérieur*. Les radiculaires postérieures ont une disposition identique.

La vascularisation de la moelle est ainsi assurée : (Fig. 28 et 29)

— d'une part par le **système transversal** des artères radiculaires qui suivent les racines antérieures et postérieures et qui au contact de la moelle se divisent chacune en deux branches, l'ensemble formant en principe à chaque étage un anneau vasculaire péri-médullaire; ces artères radiculaires proviennent des vertébrales, des intercostales et des artères lombaires; (Fig. 30)

— d'autre part par un **système longitudinal** représenté avant tout par les deux troncs spinaux antérieur et postérieur, issus des branches spinales antérieures et postérieures de la vertébrale. En outre les différents cercles artériels péri-médullaires sont réunis de façon très irrégulière dans le sillon médian antérieur et dans le sillon collatéral postérieur par des rameaux verticaux nés des branches radiculaires antérieures et postérieures.

En fait, la disposition de ce réseau péri-médullaire n'est pas toujours aussi schématique, il faut retenir qu'il existe seulement **trois territoires principaux** :

— l'un **supérieur** dépendant de la vertébrale,
— l'autre **moyen** dépendant des intercostales (de la 4e à la 9e incluse),
— le troisième **inférieur** dépendant d'une artère lombaire ou de la grande artère radiculaire antérieure d'Adamkiewicz* née d'une des quatre dernières intercostales.

Il faut noter en outre que la vascularisation de la moelle, riche au niveau des renflements cervical et lombaire, est au contraire pauvre au niveau de la moelle dorsale.

---

* Adamkiewicz Albert (1850-1921), médecin polonais, professeur de pathologie à Cracovie.

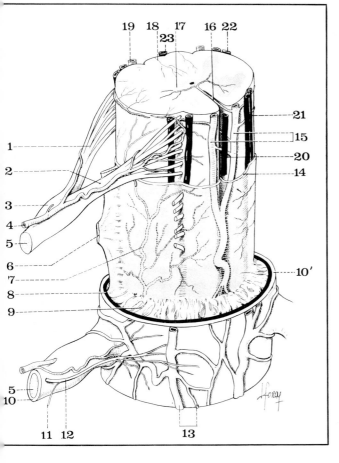

FIGURE 29

La vascularisation de la moelle (d'après Paturet)
(vue antérieure).

1. Racine rachidienne postérieure.
2. Racine rachidienne antérieure.
3. Ganglion spinal.
4. Artère radiculaire.
5. Nerf rachidien.
6. Ligament dentelé.
7. Réseau artériel pie-mérien.
8. Arachnoïde.
9. Espace arachnoïdien.
10. Gaine durale du nerf rachidien.
10'. Dure-mère.
11. Racine sympathique du nerf sinu-vertébral.
12. Nerf sinu-vertébral.
13. Plexus veineux intra-rachidien.
14. Pie-mère.
15. Artères spinales antérieures.
16. Sillon médian antérieur de la moelle et artère sulco-commissurale.
17. Substance grise médullaire.
18. Artère inter-fasciculaire.
19. Artère spinale postérieure.
20. Tronc veineux médian antérieur.
21. Troncs veineux antéro-latéraux.
22. Troncs veineux postéro-latéraux.
23. Tronc veineux médian postérieur.

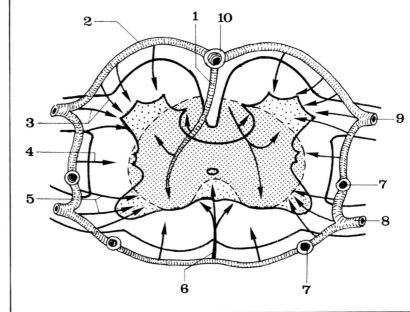

FIGURE 30

Vascularisation artérielle de la moelle (coupe transversale).

1. Artère sulco-commissurale (antérieure).
2. Cercle péri-médullaire.
3. Rameaux antérieurs.
4. Rameau latéral.
5. Rameaux postérieurs.
6. Artère inter-fasciculaire (postérieure).
7. Anastomoses longitudinales.
8. Artère radiculaire postérieure.
9. Artère radiculaire antérieure.
10. Artère spinale antérieure.

De ce réseau péri-médullaire, naissent des branches intra-médullaires qui sont toutes terminales et viennent irriguer la substance grise. Elles pénètrent la moelle, soit en passant par les sillons médians postérieur et surtout antérieur ; soit avec les racines rachidiennes pour gagner la corne antérieure et la corne postérieure ; soit enfin traversent le cordon latéral pour gagner la substance grise.

LES VEINES (Fig. 31)

Elles sont particulièrement développées au niveau du canal vertébral où elles forment plusieurs réseaux complexes.

1) Les veines intra-médullaires prennent naissance dans la substance grise et par un trajet radiaire gagnent la surface de la moelle et s'anastomosent en un vaste réseau le **réseau périmédullaire**. Ce réseau se condense en **six troncs longitudinaux** :

— *trois antérieurs* situés l'un dans le sillon médian, les deux autres le long des racines antérieures,

— *trois troncs postérieurs*, situés l'un dans le sillon médian postérieur, les deux autres dans le sillon collatéral postérieur.

De ces veines longitudinales et du réseau péri-médullaire naissent des branches transversales qui traversent les trous de conjugaison pour aller se jeter dans les plexus veineux extra-rachidiens.

2) **Les plexus veineux intra-rachidiens** sont constitués :

— par *deux systèmes de veines longitudinales* situées à l'intérieur du canal vertébral, l'un en avant contre les corps vertébraux, l'autre en arrière au contact des lames ;

— au niveau de chaque arc vertébral, des *anastomoses horizontales* réunissent les veines longitudinales en formant de véritables anneaux veineux autour de l'étui dure-mérien ;

— au niveau des trous de conjugaison, les plexus intra-rachidiens se réunissent aux *veines de conjugaison* qui drainent également des veines médullaires et se déversent dans les plexus extra-rachidiens.

3) **Les plexus extra-rachidiens** forment :

— un *réseau antérieur* assez grêle qui reçoit les veines des corps vertébraux et qui se déverse dans les veines de conjugaison,

— et un *réseau postérieur* situé sur les faces latérales des lames et des épineuses et s'anastomosant d'une part avec le réseau antérieur, d'autre part par les veines de conjugaison avec le plexus intra-rachidien.

L'ensemble des plexus veineux intra et extra-rachidiens et des veines médullaires se draine d'une part au niveau de la région cervicale dans les veines *jugulaires postérieures* et la veine *vertébrale*, d'autre part au niveau de la région dorsale dans les veines *petite et grande azygos* ; enfin au niveau de la région lombaire dans les veines *lombaires, ilio-lombaires, sacrées latérales et sacrées moyennes*.

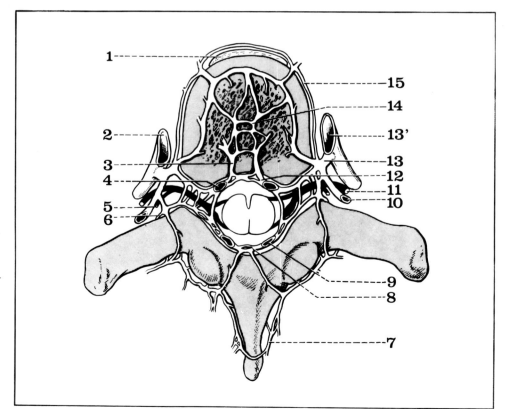

FIGURE 31

Les plexus veineux rachidiens (d'après Paturet) (vue supérieure).

1. Ligament longitudinal antérieur.
2. Veine hémiazygos inférieure.
3. Tronc basi-vertébral (veine radiée).
4. Veine longitudinale antérieure.
5. Branche postérieure du nerf intercostal.
6. Plexus veineux du trou de conjugaison.
7. Plexus extra-rachidien postérieur.
8. Plexus transverse postérieur.
9. Veine longitudinale postérieure.
10. Veine intercostale postérieure.
11. Nerf intercostal.
12. Plexus transverse antérieur.
13. Tronc collecteur principal.
13'. Grande veine azygos.
14. Veines diploïques.
15. Plexus extra-rachidien antérieur.

10 centres et connexions du cerveau

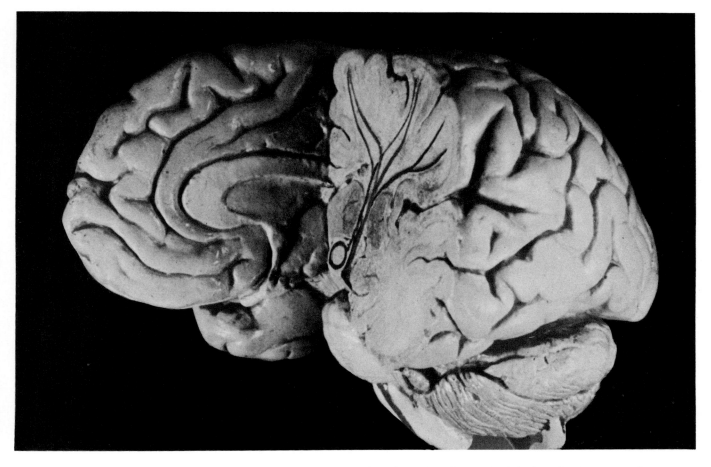

Moulage d'un cerveau dont l'hémisphère gauche a subi une coupe frontale sur laquelle sont dessinées les voies du centre ovale et de la capsule interne.

PLAN

Les centres corticaux.

Les centres sous-corticaux.

Les voies de la substance blanche.

Par sa substance grise, le cerveau est le siège des centres kinétiques les plus différenciés :
— surtout au niveau du cortex hémisphérique, où les centres néo-kinétiques assurent les fonctions psychiques, et, chez l'homme, l'intelligence,
— secondairement au niveau des noyaux gris centraux, où les centres paléo-kinétiques sont chargés des fonctions végétatives, des réactions affectives et émotionnelles, et constituent d'importants relais sur le système extra-pyramidal.

Par sa substance blanche, beaucoup plus développée en volume, s'organise tout le réseau complexe des connexions :
— avec le tronc cérébral et la moelle épinière (fibres de projection),
— d'un lobe à l'autre (fibres d'association intra-hémisphériques),
— d'un hémisphère à l'autre (fibres d'association inter-hémisphériques).

Les centres corticaux

Les localisations cérébrales
- A. Aires motrices :
  - *Aire pyramidale*
  - *Aires extra-pyramidales*
- B. Aires sensitivo-sensorielles :
  - *Aires de la sensibilité générale*
  - *Aires visuelles*
  - *Aires auditives*
  - *Aires gustatives*
  - *Aires olfactives*
- C. Aires psychiques pures.

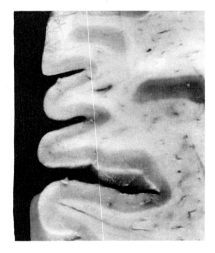

FIGURE 1

Coupe de l'écorce cérébrale montrant l'épaisseur de la substance grise.

L'écorce cérébrale, ou cortex*, est encore appelée «pallium» ou manteau, car elle recouvre les hémisphères cérébraux.

Elle apparaît à la coupe comme une couche continue de substance grise, dont l'épaisseur varie suivant les régions : (Fig. 1)

— 3 mm en moyenne,
— 4,5 mm à la partie supérieure de la frontale ascendante et au pôle temporal (épaisseur maxima),
— 1,5 mm sur la lèvre postérieure de la scissure de Rolando, et dans la scissure calcarine (épaisseur minima).

Du fait de l'existence des nombreux sillons et des circonvolutions, elle représente un vaste noyau gris cortical étalé à la périphérie des hémisphères, sur une surface estimée à 2,22 m^2.

Du point de vue embryologique, elle représente une partie du télencéphale (ou hémisphères cérébraux), qui prend le nom de **néencéphale**, lui-même subdivisé en deux parties d'après la date d'apparition et la signification fonctionnelle :

— *l'archipallium*, plus ancien, moins différencié, enroulé autour du corps calleux, et correspondant aux formations olfactives ; il est encore appelé *allocortex*, dans lequel on distingue deux territoires :

    archicortex, constitué par la circonvolution intra-limbique,
    paléocortex, constitué par le lobe limbique de Broca** (circonvolutions du corps calleux et de l'hippocampe)

— *le néopallium*, le plus récent, parfaitement organisé, très étendu, et d'une grande valeur fonctionelle ; il est encore appelé *isocortex*, dans lequel la cyto-architectonie identifie 6 couches de cellules, nécessaires à l'activité volontaire, involontaire, ou psychique.

La cartographie cérébrale moderne débuta en 1861 avec l'importante découverte de Broca qui mit en évidence le centre cortical du langage dans la 3e circonvolution frontale gauche.

Depuis la neuro-physiologie a bénéficié des travaux de Brodmann*** (1909), Vogt (1926), Von Economo (1929) ; en particulier, la nomenclature chiffrée de Brodmann bien que trop rigoureuse, donne une idée assez exacte des différentes aires corticales.

On peut les diviser en trois groupes :

— **aires motrices**, ou «effectrices», qui commandent les mouvements volontaires ; des aires «psycho-motrices» leur sont annexées, chargées d'élaborer les mouvements associés et les mouvements involontaires : leur activité réalise une «praxie», et leur atteinte entraîne une incoordination motrice ;

---

* *Cortex* = écorce (en latin).
** Broca Pierre Paul (1824-1880), anatomiste et anthropologue français, professeur de chirurgie à Paris.
*** Brodmann Korbiman (1868-1918), psychiatre allemand, professeur d'anatomie à Tübingen.

— **aires sensitivo-sensorielles** ou «réceptrices», qui reçoivent les impressions sensibles ou sensorielles; des aires «psycho-sensitives» leur sont annexées, chargées d'interpréter les sensations : leur activité réalise une «gnosie», et leur atteinte entraîne une impossibilité d'intégrer les impressions reçues;

— **aires psychiques pures**, les plus mal connues, véritables centres d'élaboration de la pensée et de l'action.

A. LES AIRES MOTRICES

Elles sont à l'origine de deux grands courants descendants : voies pyramidales, et voies extra-pyramidales.

1) AIRE PYRAMIDALE (aire 4) (Fig. 4)

Découverte en 1878 par Fritsch* (aire électro-motrice), elle commande la contraction volontaire des muscles striés; elle est située dans la moitié postérieure de la frontale ascendante, sur la lèvre antérieure de la scissure de Rolando, et sur le lobule para-central; les centres moteurs y sont disposés de façon inverse par rapport aux segments du corps, à la manière d'un «homme renversé», ou homoncule** moteur; de bas en haut, à partir de la scissure de Sylvius, on rencontre : (Fig. 2)

— les centres du larynx, du pharynx, des muscles masticateurs, de la langue, de la face, du cou et de la nuque; ils donnent naissance au faisceau géniculé, ou voie cortico-nucléaire;

— les centres des doigts, avec un territoire très vaste pour le pouce;
— ceux de la main;
— ceux de l'avant-bras et du bras;
— ceux du thorax et de l'abdomen;
— ceux du bassin;
— et les centres du membre inférieur, situés à la face interne de la frontale ascendante, sur le lobule para-central.

Ils donnent tous naissance à la voie motrice principale, ou cortico-médullaire.

---

* Fritsch Gustave Théodore (1838-1927), médecin, phsyiologiste et naturaliste allemand.

** *Homoncule* : du latin *homo* (l'homme) = petit homme, homme en réduction.

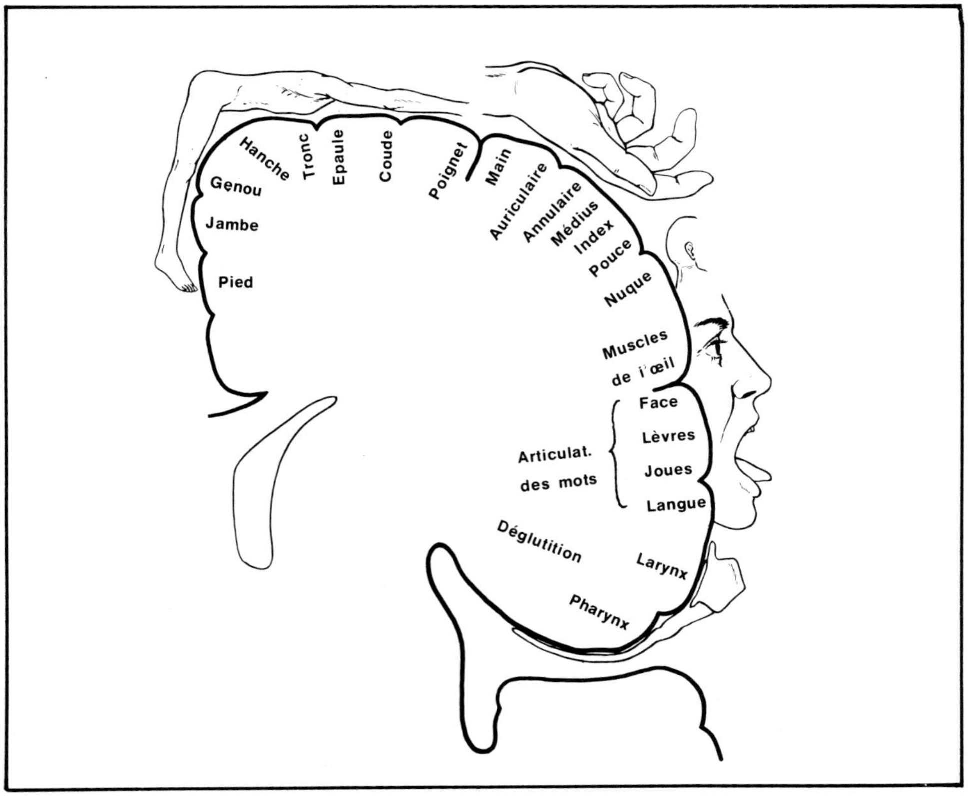

FIGURE 2

Coupe frontale de la frontale ascendante montrant l'homonculus moteur.

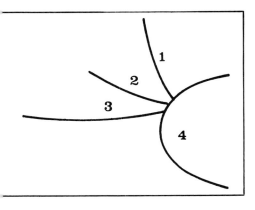

FIGURE 3

La 3ᵉ circonvolution frontale (vue latérale gauche).
1. Pied (centre du langage).
2. Cap.
3. Tête.
4. Pôle temporal.

---

* Bucy Paul C. (xxᵉ siècle), neurologue américain (Chicago).
** Türck Ludwig (1810-1868), neurologue et laryngologiste autrichien.
*** Meynert Théodore Hermann (1833-1892), anatomiste, physiologiste et neurologue allemand.
**** Wernicke Karl (1848-1905), neurologue allemand, professeur de neurologie et psychiatrie à Berlin, Breslau et Halle.

L'image de l'«homme renversé» paraît d'ailleurs monstrueuse, en raison de l'importance plus grande de certains centres, toujours proportionnelle à la valeur fonctionnelle des muscles : c'est ainsi que les centres de la main et des doigts occupent, à eux seuls, la même surface que ceux du tronc et du membre inférieur.

2) AIRES EXTRA-PYRAMIDALES

Voies de la motricité automatique, elles favorisent et facilitent les influx pyramidaux; en liaison permanente avec le cervelet, elles sont chargées des mouvements semi-volontaires, des mouvements associés, et des contractions musculaires d'accompagnement. (Fig. 4 et 5)

a) **Les aires para-pyramidales** (de Bucy)* peuvent être subdivisées en 3 portions :

— *l'aire des mouvements associés* correspond à l'aire 6 de Brodmann (1/3 antérieur de la frontale ascendante, partie postérieure de F1, F2 et F3);

— les *aires «suppressives»* exerçant une action inhibitrice sur la voie motrice volontaire; elles correspondent à des bandes plus ou moins délimitées que l'on désigne par le numéro de l'aire adjacente, suivi de la lettre S (suppressive); on connaît surtout :

— l'aire 4S : entre les aires 4 et 6 de la frontale ascendante,
— l'aire 19S : dans l'aire para-striée 19,
— l'aire 24S : plus importante, dans l'aire cingulaire (de la circonvolution du corps calleux);

— les *aires «facilitantes»*, exerçant un rôle inverse, situées entre la partie postérieure des aires sensitives 1, 2, 3 et la partie antérieure de l'aire 5 (1ʳᵉ circonvolution pariétale).

b) **Les aires cortico-ponto-cérébelleuses** correspondent à un très vaste territoire cortical, responsable de la coordination dynamique; elles sont réparties en 3 secteurs :

— *frontal* : dans F1 et F2 (aires 6 et 8)
— *pariétal* : dans P1, pariétale supérieure (aires 5 et 7)
— *temporal* : dans T2 (aire 21) et T3 (aire 20).

Elles donnent naissance aux 3 voies de Turck**-Meynert*** qui ont un relais dans la protubérance annulaire, et rejoignent le néo-cérébellum.

c) **Les aires cortico-oculo-céphalogyres** sont chargées des mouvements conjugués de la tête et des yeux; on les divise en deux centres :

— l'un *frontal* siège dans le pied de la 2ᵉ frontale (aires 8 et 9),
— l'autre *occipital* est situé dans le pli courbe (aire 19).

Pour beaucoup d'auteurs, le centre frontal serait en réalité responsable des mouvements *volontaires*, alors que le centre occipital au voisinage des centres de la vision, fonctionnerait de façon réflexe.

d) **Les aires psycho-motrices**, centres des praxies, sont réparties à la partie postérieure (ou pied) des circonvolutions F1, F2 et F3, au niveau des aires pré-motrices 6, 8 et 9.

On y trouve trois centres importants :

— au niveau de F1, le centre de la marche (en avant des centres moteurs du tronc et du membre inférieur);

— au niveau de F2, le centre de l'écriture (en avant des centres moteurs de la main et des doigts) dont la lésion entraîne l'agraphie ou «aphasie de la main» (perte de la mémoire des mouvements qu'il faut exécuter pour écrire);

— au niveau de F3, le centre du langage (en avant des centres moteurs du larynx), découvert par Broca, et dont la lésion entraîne une aphasie motrice ou d'expression, accompagnée d'anarthrie, qui doit être distinguée de l'aphasie de compréhension ou surdité verbale de Wernicke**** liée à une atteinte du cortex

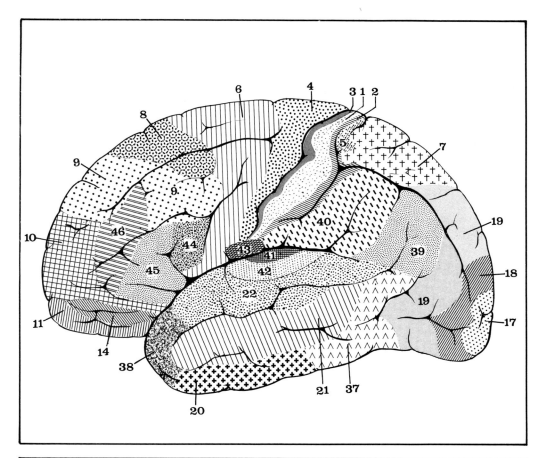

FIGURE 4

Vue latérale de l'hémisphère gauche montrant la cartographie cérébrale de Brodmann.

1. Aire somato-psychique.
2. Aire somato-psychique.
3. Aire somato-sensitive.
4. Aire somato-motrice.
5. Aire somato-gnosique.
6. Aire parapyramidale (de Bucy).
7. Aire extra-pyramidale.
8. Aire oculo-motrice volontaire.
9. Cortex pré-frontal.
10. Cortex pré-frontal.
11. Cortex pré-frontal.
17. Aire visuo-sensorielle (striée).
18. Aire visuo-sensorielle (péri-striée).
19. Aire visuo-gnosique (para-striée).
21. Aire extra-pyramidale.
23. Aire olfactive.
24. Aire olfactive.
28. Aire olfactive.
38. Aire gustative.
40. Aire somato-gnosique.
41. Aire audito-sensorielle.
42. Aire audito-psychique + gnosique.

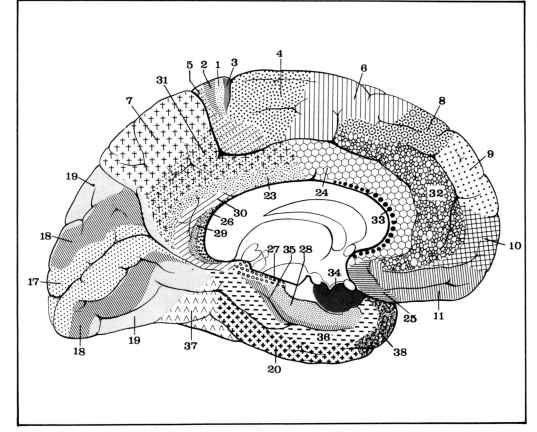

FIGURE 5

Vue médiale de l'hémisphère gauche montrant la cartographie cérébrale de Brodmann.

199

temporal. Le centre du langage est le seul qui ne soit pas bilatéral : il n'existe que du côté gauche (sauf chez le gaucher où il est inversé). (Fig. 3)

B. **LES AIRES SENSITIVO-SENSORIELLES** (Fig. 4 et 6)

1) AIRES DE LA SENSIBILITÉ GÉNÉRALE

Situées derrière la scissure de Rolando, dans la pariétale ascendante, elles comprennent :

— **l'aire somato-sensitive**, ou aire 3, sur la moitié antérieure de la circonvolution, où parviennent les impressions de la sensibilité superficielle, et celles de la sensibilité profonde consciente ; comme au niveau de l'aire pyramidale, les territoires sont inversés, et l'homonculus sensitif comprend, de bas en haut : le pharynx, la langue, la face, les doigts, puis, de façon dégressive, la main, l'avant-bras, le bras, le tronc, et le membre inférieur ;

— **l'aire somato-psychique** ou aire 1 + 2, sur la moitié postérieure de la circonvolution, où se fait la discrimination des sensations ;

— **l'aire somato-gnosique**, ou aire 40, plus postérieure, dans la pariétale inférieure (P2) : la reconnaissance, ou gnosie, de la sensation s'y trouve réalisée.

FIGURE 6

Coupe frontale de la pariétale ascendante montrant l'homonculus sensitif (d'après Penfield).

1. *Lobule paracentral.*
2. *Corps calleux.*
3. *Trigone cérébral.*
4. *Ventricule latéral.*
5. *Scissure de Sylvius.*

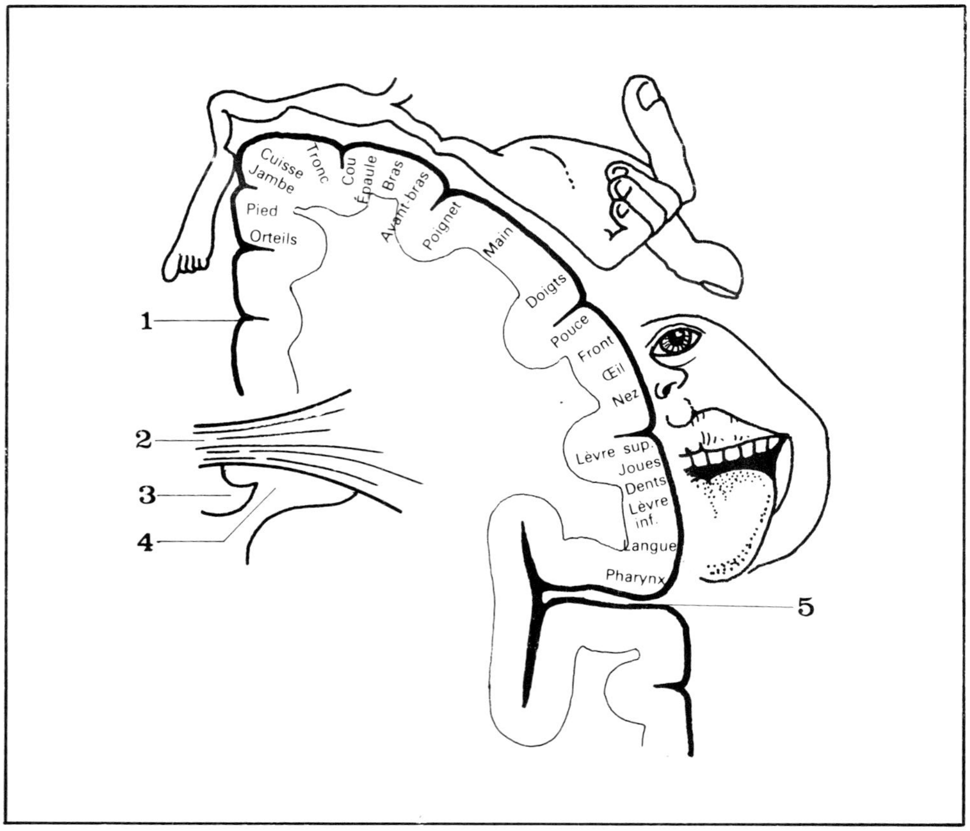

2) AIRES VISUELLES (Fig. 5)

Situées dans le lobe occipital, elles comprennent :

— **l'aire visuo-sensorielle** (aire striée, ou aire 17), occupant les lèvres de la scissure calcarine, où chaque point de la rétine se projette sur un point correspondant du cortex (aire de réception) ;

— **l'aire visuo-psychique** (aire péri-striée, ou aire 18), située autour de la précédente, destinée à la perception des images visuelles ;

— **l'aire visuo-gnosique** (aire para-striée, ou aire 19), plus à distance, réservée à l'interprétation; sa destruction entraîne l'agnosie visuelle, dont fait partie la cécité verbale.

3) AIRES AUDITIVES (Fig. 4)

Situées dans le lobe temporal, elles comprennent :

— **l'aire audito-sensorielle** (aire 41), située à la partie haute de la 1re temporale (T1), le long de son versant sylvien (circonvolution transverse de Herschl)* correspond à l'aire de réception;

— **les aires audito-psychique et audito-gnosique** (aire 42), plus postérieures, perçoivent et interprètent les impressions auditives; leur lésion entraîne l'agnosie auditive, et surtout la surdité verbale.

4) AIRES GUSTATIVES (Fig. 4)

Encore discutées, elles correspondent plutôt au pied de la pariétale ascendante (aire 3) qu'à l'uncus de l'hippocampe (aire 38).

5) AIRES OLFACTIVES (Fig. 5)

Dépendant du rhinencéphale, elles occupent :
— la circonvolution limbique (aires 24, 23 et 28),
— la circonvolution intra-limbique.

C. LES AIRES PSYCHIQUES PURES

Encore mal connues, souvent peu précises, elles sont très difficiles à mettre en évidence : pourtant, elles occupent la majeure partie du cortex, et sont en rapport avec la valeur intellectuelle. (Fig. 7 et 8)

On peut en individualiser au moins 6 :

— **l'aire du schéma corporel** correspond aux régions qui entourent l'extrémité postérieure de la scissure de Sylvius (lobule du pli courbe) et du 1er sillon temporal (pli courbe) : à ce niveau se produit la synthèse des diverses informations sensitives et sensorielles, qui permettent la connaissance des segments de notre corps, et de notre position dans l'espace;

— le **cortex pré-frontal** (aire 10) est certainement un centre régulateur important du psychisme, intervenant plus particulièrement dans la délibération, et dans la prévision, qui précèdent l'action.

Sa lésion entraîne une modification du comportement et de l'humeur, accompagnée d'un état d'euphorie. Par la section des fibres blanches sous-corticales, la lobotomie chirurgicale améliore parfois de telles psychoses;

— **l'aire de la mémoire** siègerait surtout sur les faces latérale et médiale du lobe temporal, et, pour les *faits récents*, plus particulièrement sur *l'hippocampe*; la mémoire d'évocation a une représentation plus étendue dans le cortex :

— les **aires de l'émotion** et de l'affectivité sont situées :
— dans le cortex pré-frontal,
— dans la partie moyenne de la circonvolution du corps calleux (aire cingulaire),

— les **aires de la conscience** sont encore mal connues; elles siègeraient aussi dans le cortex pré-frontal; mais elles débordent en fait largement dans les centres sous-corticaux (substance réticulée du thalamus, hypothalamus, etc.);

— les **aires végétatives** réalisent au niveau du cortex sous-orbitaire, de l'aire cingulaire, de l'uncus, et de l'insula, un véritable « cerveau viscéral » responsable de nos fonctions végétatives.

---

* Heschl Richard (1824-1881), anatomiste autrichien, professeur d'anatomie à Olmutz, de pathologie à Cracovie et de médecine à Graz.

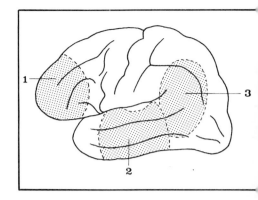

FIGURE 7

Les aires psychiques pures (vue latérale de l'hémisphère gauche).
1. Cortex pré-frontal.
2. Aire de la mémoire.
3. Aire du schéma corporel.

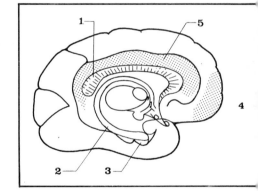

FIGURE 8

Les aires psychiques pures (vue médiale de l'hémisphère gauche).
1. Corps calleux.
2. Trigone cérébral.
3. Circonvolution de l'hippocampe.
4. Cortex pré-frontal.
5. Circonvolution du corps calleux (ou aire cingulaire).

Les centres sous-corticaux

A. Noyaux opto-striés :
  1) Thalamus
  2) Corps striés

B. Noyaux sous-opto-striés :
  1) Subthalamus
  2) Hypothalamus

C. Noyaux sus-opto-striés :
  épithalamus

D'importants centres sous-corticaux de substance grise, interposés entre le cortex et le tronc cérébral, constituent des relais sur :
— les voies sensitivo-sensorielles,
— les voies motrices extra-pyramidales.

On en distingue trois sortes :
— les **noyaux opto-striés**, volumineux, comprenant le thalamus et les corps striés,
— les **noyaux sous-opto-striés**, dispersés dans la région méso-diencéphalique,
— les **noyaux sus-opto-striés** de l'épithalamus.

A. LES NOYAUX OPTO-STRIÉS

1) LE THALAMUS

A. Constitution

Les quatre grands secteurs du thalamus (antérieur, médial, latéral, postérieur) peuvent être divisés en un certain nombre de noyaux pour lesquels plusieurs classifications, établies d'abord chez le singe (Walker), puis chez l'homme (Russel, Hassler, Bailey, etc.) ont été proposées. (Fig. 9 et 10)

On distingue 12 à 13 noyaux principaux :
— *Antérieur* : un noyau, entre les branches de division de la lame médullaire interne.
— *Médiaux* : 2 noyaux, en dedans de cette lame,
  — l'un *médio-dorsal*, volumineux, situé entre l'habena et le sillon opto-strié,
  — l'autre *médio-ventral* (ou centre médian de Luys)*, de forme arrondie.

Ils sont longés en dedans par le *noyau para-ventriculaire*, qui fait partie de l'hypothalamus.

— *Latéraux* : 7 noyaux, disposés en 3 groupes :
  — *dorsal*, comprenant 2 noyaux : latéro-dorsal antérieur et latéro-dorsal postérieur ;
  — *ventral*, le plus important au point de vue fonctionnel, comprenant 3 noyaux : latéro-ventral antérieur, latéro-ventral intermédiaire et latéro-ventral postérieur,
  — *profond*, peu développé, entre le précédent et la lame interne, comprenant le *noyau arqué* (ou semi-lunaire) de Flechsig.
— *Postérieurs* : 3 noyaux :
  — *pulvinar*, dans la division postérieure de la lame interne (pulvinar = coussin), auquel on rattache le *métathalamus* (prolongement mésencéphalique du pulvinar), avec deux noyaux :
  — *corps genouillé externe*,
  — *corps genouillé interne*.

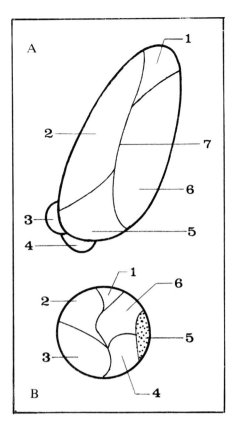

FIGURE 9

Coupes du thalamus.
A. Coupe horizontale (côté gauche, segment inférieur).
1. Noyau antérieur.
2. Noyau latéral.
3. Corps genouillé externe.
4. Corps genouillé interne.
5. Pulvinar.
6. Noyau médial.
7. Lame médullaire interne.
B. Coupe frontale (côté gauche, segment antérieur).
1. Noyau antérieur.
2. Noyau latéro-dorsal.
3. Noyau latéro-ventral.
4. Noyau médio-ventral.
5. Noyau para-ventriculaire (de l'hypothalamus).
6. Noyau médio-dorsal.

---

* Luys Jules Bernard (1828-1897), neurologue et psychiatre à Ivry et Paris.

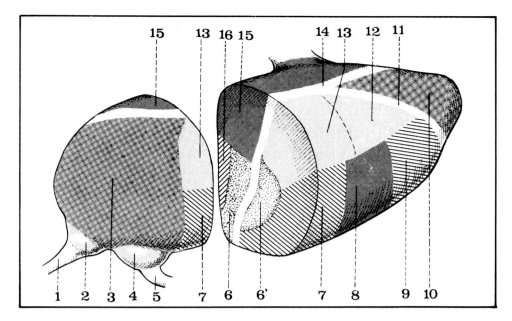

FIGURE 10

Vue latérale du thalamus droit (après section frontale en avant du pulvinar).

1. Racine interne de la bandelette optique.
2. Corps genouillé interne.
3. Pulvinar.
4. Corps genouillé externe.
5. Racine externe de la bandelette optique.
6. Noyau médio-ventral (centre médian de Luys).
6'. Noyau arqué (ou semi-lunaire).
7. Noyau latéro-ventral postérieur.
8. Noyau latéro-ventral intermédiaire.
9. Noyau latéro-ventral antérieur.
10. Noyau antérieur.
11. Portion latérale de la lame médullaire interne.
12. Noyau latéro-dorsal antérieur.
13. Noyau latéro-dorsal postérieur.
14. Lame médullaire interne.
15. Noyau médio-dorsal.
16. Noyau para-ventriculaire (de l'hypothalamus).

Certains isolent enfin toute une série de *noyaux réticulés* inclus dans les lames médullaires externe et interne. Ils correspondent à une substance mal délimitée où l'on distingue 3 noyaux : noyau de la lame médullaire externe, noyau intra-laminaire, noyau de la ligne médiane.

B. Connexions (Fig. 11, 13 et 14)

a) *voies afférentes*

Toutes les voies sensitives et sensorielles, issues de la moelle épinière, du tronc cérébral et de l'hypothalamus, convergent vers le thalamus où elles font relais.

S'y ajoutent les diverses voies de coordination du système extra-pyramidal, issues des noyaux vestibulaires, du cervelet, des noyaux striés, et du cortex cérébral.

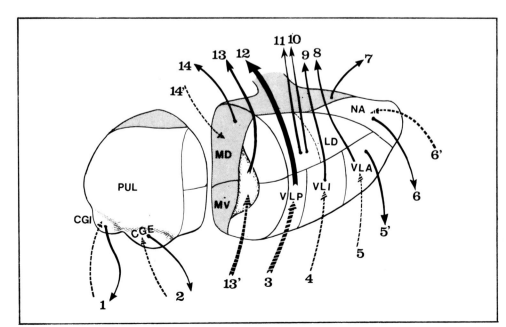

FIGURE 11

Systématisation du thalamus.

NA : noyau antérieur.
LD : noyau latéro-dorsal.
MD : noyau médio-dorsal.
VLA : noyau latéro-ventral antérieur.
VLI : noyau latéro-ventral intermédiaire.
VLP : noyau latéro-ventral postérieur.
MV : noyau médio-ventral.
en grisé : noyau semi-lunaire (ou arqué).
PUL : pulvinar.
CGE : corps genouillé externe.
CGI : corps genouillé interne.

1. Liaisons auditives.
2. Liaisons optiques.
3. Voies sensitives (thermo-algésique, tactile et profonde consciente).
4. Faisceau dentato-rubro-thalamique (sensibilité profonde inconsciente).
5. Voie strio-thalamique.
5'. Fibres thalamo-pallidales.
6. Efférences olfactives.
6'. Afférences olfactives.
7. Projection douloureuse (sur l'aire 10).
8. Efférences vers l'aire 6.
9. Efférences vers les aires 4 et 6.
10. Efférences vers l'aire 5.
11. Efférences vers l'aire 7.
12. Efférences vers les aires 1, 2 et 3.
13. Efférences vers l'aire 38 et l'uncus.
13'. Afférences gustatives.
14. Efférences vers l'aire 10.
14'. Voie hypothalamo-thalamique.

1) Voies sensitives :
- du tronc et des membres :
    — sensibilité superficielle; thermo-algésique : spino-thalamique dorsal; tactile : spino-thalamique ventral,
    — sensibilité profonde consciente : ruban de Reil médian;
- de la tête et du cou :
    — face : ruban de Reil trigéminal (faisceau quinto-thalamique),
    — bouche, pharynx, larynx : fibres du faisceau solitaire (rejoignant le Reil médian et les deux spino-thalamiques);
- des viscères :
    — faisceau hypothalamo-thalamique.

2) Voies sensorielles :
- vision : par la bandelette optique;
- audition : par le ruban de Reil latéral;
- gustation : fibres du noyau gustatif de Nageotte (rejoignant le Reil médian);
- olfaction : par le faisceau de Vicq d'Azyr (provenant des tubercules mamillaires).

3) Voies de coordination du système extra-pyramidal :
- vestibulaires : par le faisceau longitudinal postérieur;
- cérébelleuses : par le faisceau dentato-rubro thalamique, en liaison avec les deux faisceaux spino-cérébelleux (sensibilité profonde inconsciente);
- sous-corticales (paléo-kinétiques) : par les fibres strio-thalamiques;
- corticales (néo-kinétiques) : par les fibres cortico-thalamiques.

b) *Voies efférentes*

1) Sous corticales : assurant le retour des voies afférentes vers les corps striés et l'hypothalamus :
- fibres thalamo-striées : se rendant avant tout au pallidum (portion médiale du noyau lenticulaire),
- fibres thalamo-hypothalamiques : végétatives.

2) Corticales : formant à travers le centre ovale un vaste éventail rayonnant autour du thalamus, et traversant les diverses portions de la capsule interne. Elles se mélangent aux fibres afférentes venues du tronc cérébral pour constituer la *couronne rayonnante de Reil (Corona Radiata)*. (Fig. 14bis).

On réunit toutes ces voies en 5 groupes, qui constituent les *pédoncules du thalamus* :

- *pédoncule antérieur* : qui passe par le bras antérieur de la capsule interne et conduit au lobe pré-frontal (surtout aire 10) les sensations douloureuses. Ainsi est assurée la perception corticale de la douleur, et l'on comprend ainsi que la lobotomie chirurgicale, qui isole le cortex pré-frontal, puisse soulager les douleurs thalamiques. (Fig. 12)

- *pédoncule supéro-externe* : le plus important, qui passe par le bras postérieur de la capsule, en dedans du faisceau cortico-médullaire, et se rend d'une part vers le lobe pariétal (sensibilités superficielle et profonde consciente) d'autre part vers la frontale ascendante (aire 4) et l'aire fronto-ponto-cérébelleuse (aire 6).

- *pédoncule postérieur* : qui constitue les radiations optiques de Gratiolet*, dans le segment rétro-lenticulaire de la capsule, et gagne le cortex occipital (aires visuelles). (Fig. 12).

- *pédoncule inféro-externe* : qui franchit le segment sous-lenticulaire de la capsule, et se rend au cortex temporal (aires auditives), constituant le faisceau thalamo-temporal d'Arnold**.

- *pédoncule inféro-interne* : qui traverse également le segment sous-lenticulaire, en dedans de la queue du noyau caudé, et se termine dans le cortex limbique (rhinencéphale).

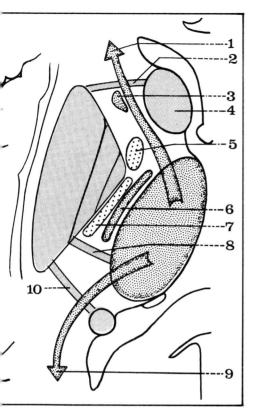

FIGURE 12

Coupe horizontale de la capsule interne (coupe de Flechsig).
1. *Pédoncule antérieur du thalamus.*
2. *Fibres putamino-caudées antérieures.*
3. *Faisceau fronto-ponto-cérébelleux.*
4. *Tête du noyau caudé.*
5. *Faisceau cortico-nucléaire (ou géniculé).*
6. *Pédoncule supéro-externe du thalamus.*
7. *Faisceau cortico-médullaire.*
8. *Fibres thalamo-striées.*
9. *Pédoncule postérieur du thalamus (radiations optiques de Gratiolet).*
10. *Fibres putamino-caudées postérieures.*

---

* Gratiolet Louis Pierre (1815-1865), médecin français, professeur de zoologie à Paris.
** Arnold Friedrich (1803-1890), médecin allemand, professeur d'anatomie à Zurich, Fribourg, Tübingen et Heidelberg.

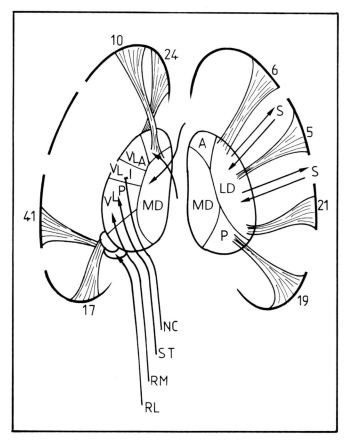

FIGURE 13

*Pédoncules thalamiques et projections corticales
(d'après G. Vincent).
Coupe horizontale de Flechsig.
A gauche : projections sensorielles.
A droite : projection associatives
(représentées sur les aires de Brodmann).*

VLA	: noyau latéro-ventral antérieur.
VLI	: noyau latéro-ventral intermédiaire.
VLP	: noyau latéro-ventral postérieur.
MD	: noyaux médio-dorsaux.
LD	: noyau latéro-dorsal.
A	: noyau antérieur.
P	: pulvinar.
S	: connexions avec le striatum.
NC	: faisceau dentato-rubro thalamique (du néo-cérébellum).
ST	: faisceau spino-thalamique.
RM	: ruban de Reil médian.
RL	: ruban de Reil latéral.

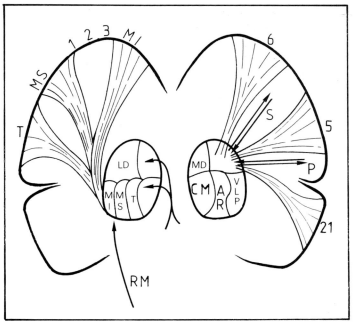

FIGURE 14

*Pédoncules thalamiques et projections corticales
(d'après G. Vincent).
Coupe frontale de Charcot.
A gauche : projections sensorielles.
A droite : projections associatives
(représentées sur les aires de Brodmann).*

MI	: membre inférieur.
MS	: membre supérieur.
T	: tête.
LD	: noyau latéro-dorsal.
MD	: noyau médio-dorsal.
CM	: noyau médio-ventral (centre médian de Luys).
AR	: noyau arqué.
VLP	: noyau latéro-ventral postérieur.
S	: connexions avec le striatum.
P	: connexions avec le pallidum.
RM	: Ruban de Reil médian.

c) *Voies commissurales* (Fig. 15)

Entre les deux thalamus se trouvent interposées deux commissures :

■ la commissure blanche postérieure (Commissura Posterior), vraie commissure, est une bande transversale de substance blanche qui réunit les deux pulvinars, devant l'épiphyse : elle établit une liaison entre ces deux noyaux, ainsi qu'entre les corps genouillés externes, les tubercules quadrijumeaux antérieurs, et les noyaux du moteur oculaire commun (III).

■ la commissure grise ou adhésion inter-thalamique (Adhesio Interthalamica) n'est qu'une fausse commissure car elle ne contient aucune fibre nerveuse; elle n'est qu'un centre végétatif (le Nucleus Reuniens) qui réunit les deux thalamus à travers le 3e ventricule.

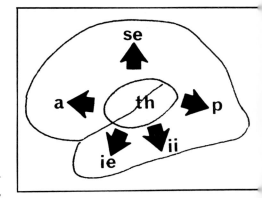

FIGURE 14bis

Les pédoncules thalamiques.

th	: thalamus.
a	: pédoncule antérieur.
se	: pédoncule supéro-externe.
p	: pédoncule postérieur.
ie	: pédoncule inféro-externe.
ii	: pédoncule inféro-interne.

FIGURE 15
Vue interne d'un hémisphère cérébral gauche sur lequel ont été tracés la ligne bi-commissurale et les 3 plans verticaux : VO, V1, V2 et V3 (de gauche à droite).

C. Systématisation (Fig. 16 et 17)

En raison de l'importance du thalamus, on comprend qu'il soit intégré à toute une série de circuits sensitifs, sensoriels, et moteurs extra-pyramidaux, dont la systématisation est parfois difficile, d'autant que les notions anatomo-fonctionnelles ne sont pas encore, à l'heure actuelle, complètes.

Néanmoins, il est possible de résumer, pour chaque noyau, les voies afférentes et efférentes :

— *Noyau antérieur* : noyau associatif de l'olfaction
  — *afférences* : faisceau de Vicq d'Azyr
  — *efférences* : pédoncule inféro-interne (vers le cortex rhinencéphalique).

— *Noyau médio-dorsal* : noyau végétatif
  — *afférences* : faisceau hypothalamo-thalamique
  — *efférences* : pédoncule antérieur (vers le cortex pré-frontal).

— *Noyau médio-ventral* : noyau associatif réticulaire, le moins bien connu
  — *afférences* : réticulaires, venues du tronc cérébral
  — *efférences* : vers les autres noyaux du thalamus, et l'ensemble des aires corticales.

— *Noyaux latéro-dorsaux* : noyaux associatifs thalamiques également mal connus
  — *afférences* : des autres noyaux du thalamus
  — *efférences* : pédoncule supérieur (vers le lobe pariétal : aires extra-pyramidales, et aire somato-gnosique).

— *Noyau latéro-ventral antérieur* : noyau moteur
  — *afférences* : fibres strio-thalamiques (surtout du pallidum)
  — *efférences* : pédoncule supérieur (vers l'aire 6 prémotrice).

— *Noyau latéro-ventral intermédiaire* : noyau moteur
  — *afférences* : faisceau dentato-rubro-thalamique (du néo-cérébellum)
  — *efférences* : pédoncule supérieur (vers l'aire 4 motrice et l'aire pré-motrice 6).

— *Noyau latéro-ventral postérieur* : noyau sensitif de très grande importance
  — *afférences* : faisceaux spino-thalamiques (en avant) et ruban de Reil médian (en arrière)
  — *efférences* : pédoncule supérieur (vers la pariétale ascendante).

— *Noyau arqué* : noyau sensitivo-sensoriel
  — *afférences* : ruban de Reil trigéminal, et fibres gustatives de Nageotte
  — *efférences* : pédoncule supérieur (vers la pariétale ascendante).

— *Pulvinar* : noyau associatif sensoriel
  — *afférences* : des corps genouillés externe et interne
  — *efférences* : pédoncule postérieur (vers l'aire occipitale visuelle 18 péristriée), pédoncule inféro-externe (vers l'aire temporale auditive 42 de perception).

— *Corps genouillé externe* : noyau sensoriel visuel
  — *afférences* : bandelette optique
  — *efférences* : pédoncule postérieur (vers l'aire occipitale 17 striée de réception).

— *Corps genouillé interne* : noyau sensoriel auditif
  — *afférences* : ruban de Reil latéral
  — *efférences* : pédoncule inféro-externe (vers l'aire temporale 41 de réception).

D. Conséquences cliniques

L'atteinte pathologique du thalamus compromet gravement les voies sensitivo-sensorielles et les circuits extra-pyramidaux qui le traversent.

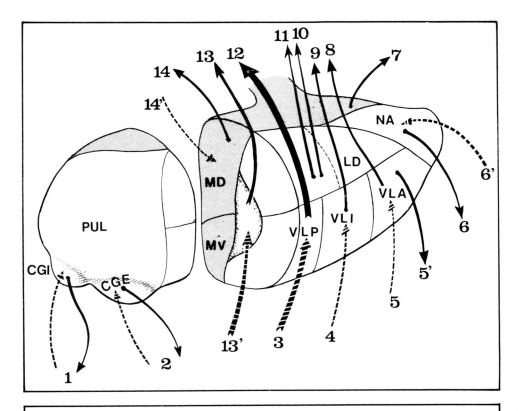

FIGURE 16

Systématisation du thalamus.
NA : *noyau antérieur.*
LD : *noyau latéro-dorsal.*
MD : *noyau médio-dorsal.*
VLA : *noyau latéro-ventral antérieur.*
VLP : *noyau latéro-ventral postérieur.*
MV : *noyau médio-ventral,*
en grisé : *noyau semi-lunaire (ou arqué).*
PUL : *pulvinar.*
CGE : *corps genouillé externe.*
CGI : *corps genouillé interne.*

1. *Liaisons auditives.*
2. *Liaisons optiques.*
3. *Voies sensitives (thermo-algésique, tactile et profonde consciente).*
4. *Faisceau dentato-rubro-thalamique (sensibilité profonde inconsciente).*
5. *Voie strio-thalamique.*
5'. *Fibres thalamo-pallidales.*
6. *Efférences olfactives.*
6'. *Afférences olfactives.*
7. *Projection douloureuse (sur l'aire 10).*
8. *Efférences vers l'aire 6.*
9. *Efférences vers les aires 4 et 6.*
10. *Efférences vers l'aire 5.*
11. *Efférences vers l'aire 7.*
12. *Efférences vers les aires 1, 2 et 3.*
13. *Efférences vers l'aire 38 et l'uncus.*
13'. *Afférences gustatives.*
14. *Efférences vers l'aire 10.*
14'. *Voie hypothalamo-thalamique.*

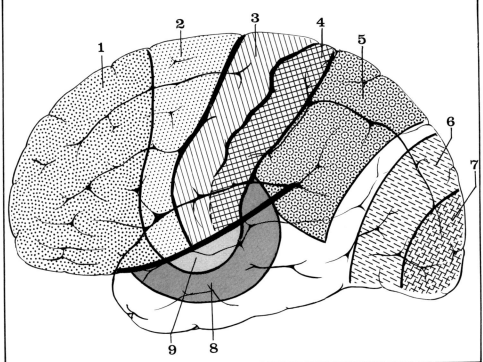

FIGURE 17

Projection des noyaux du thalamus sur le cortex.
1. *Noyau médio-dorsal.*
2. *Noyau latéro-ventral antérieur.*
3. *Noyau latéro-ventral intermédiaire.*
4. *Noyau latéro-ventral postérieur.*
5. *Noyau latéro-dorsal.*
6. *Pulvinar (aires 18 et 19).*
7. *Corps genouillé externe (aire 17).*
8. *Pulvinar (aire 22).*
9. *Corps genouillé interne (aire 41).*

Le syndrome de Déjerine* et Roussy** ainsi réalisé comprend l'association :

— de *troubles sensitifs* : hémianesthésie contro-latérale, surtout marquée pour la sensibilité profonde, avec douleurs vives, spontanées, prédominant sur les segments distaux des membres,

---

* Déjerine Jules Joseph (1849-1917), neurologue français.
** Roussy Gustave (1874-1948), médecin et anatomo-pathologiste français.

— et de *troubles moteurs* : contracture du membre supérieur, mouvements involontaires des extrémités, hémiataxie, parfois même hémiplégie.

La *chirurgie stéréotaxique*, en plein essor actuellement, permet, par la destruction sélective de certains noyaux thalamiques, d'améliorer certaines maladies :

— la maladie de Parkinson* (atteinte des circuits pallido-thalamiques) : noyau latéro-ventral antérieur et noyau latéro-ventral intermédiaire ;

— les syndromes hyper-algiques : noyau latéro-ventral postérieur. (Fig. 18)

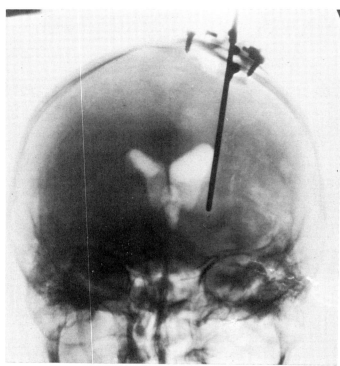
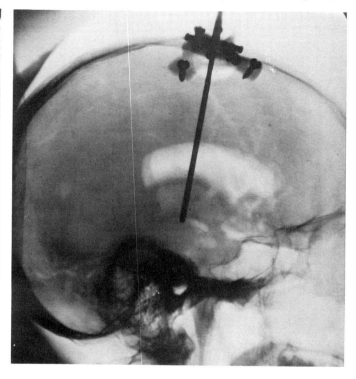

FIGURE 18

Abord stéréotaxique du thalamus au cours d'une intervention de neuro-chirurgie (clichés de face et de profil).

2) LES CORPS STRIÉS

A. Constitution (Fig. 19)

— le *noyau caudé* et le *noyau lenticulaire*, indépendants morphologiquement, sont associés fonctionnellement sous forme de deux masses :
- le *néo-striatum* : représenté par le noyau caudé et le putamen (putamen = coquille),
- le *paléo-striatum*, représenté par le pallidum (= pâle).

— l'*avant mur* ou *claustrum*, interposé entre le putamen et le lobe de l'insula, est une formation encore mal connue, appartenant, pour certains, au corps strié, et, pour d'autres, à l'insula dont il constitue le noyau relais.

B. Connexions (Fig. 20)

a) *Voies afférentes* :

■ thalamo-striées :
— du noyau médio-ventral : vers le noyau caudé
— du noyau latéro-ventral antérieur : vers le pallidum

■ cortico-striées :
des aires frontales 4 et 6 : vers le noyau caudé et le putamen

b) *Voies inter-striées* :

■ entre noyau caudé et noyau lenticulaire :
— néo-striatum : liaisons caudo-putaminales surtout, liaisons putamino-caudées,
— paléo-striatum : liaisons caudo-pallidales, liaisons pallido-caudées

---

* Parkinson James Sir (1755-1824), médecin, naturaliste et homme politique anglais.

■ entre putamen et pallidum :

   liaisons putamino-pallidales surtout,
   liaisons pallido-putaminées.

   c) *Voies efférentes* :

   Deux faisceaux principaux les constituent :

   ■ *l'anse lenticulaire* (de Gratiolet) est formée par les fibres caudées, putaminales, et pallidales qui traversent les lames médullaires du noyau lenticulaire, et se coudent au niveau du genou de la capsule interne, pour s'épanouir en éventail :

   — en avant : sur l'hypothalamus
   — au milieu : sur le noyau latéro-ventral antérieur du thalamus
   — en arrière : sur les noyaux extra-pyramidaux sous-opto-striés ;

   ■ *le faisceau lenticulaire* (de Forel)* quitte le sommet du pallidum, traverse le bras postérieur de la capsule interne, et se distribue aux noyaux extra-pyramidaux sous-opto-striés ; on peut en isoler le *faisceau pallidal de la pointe* qui rejoint le faisceau central de la calotte, et descend par son intermédiaire jusqu'à l'olive bulbaire.

   d) *Voies commissurales* :

   Les deux noyaux lenticulaires communiquent entre eux à travers la région sous-lenticulaire par la *commissure inter-striée* (de Meynert).

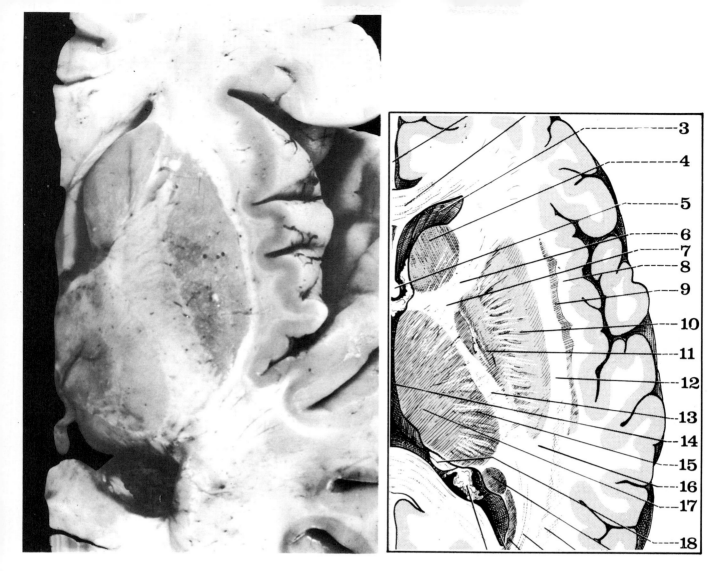

FIGURE 19

Coupe horizontale du cerveau (ou coupe de Flechsig).

3. *Corne frontale du ventricule latéral.*
4. *Tête du noyau caudé.*
5. *Corps du trigone cérébral.*
6. *Bras antérieur de la capsule interne.*
7. *Genou de la capsule interne.*
8. *Capsule extrême.*
9. *Avant-mur (ou claustrum).*
10. *Putamen (noyau lenticulaire).*
11. *Globus pallidus latéral.*
11'. *Globus pallidus médial.*
12. *Capsule externe.*
13. *Bras pôstérieur de la capsule interne (faisceau cortico-médullaire).*
14. *Troisième ventricule.*
15. *Noyaux latéraux du thalamus.*
16. *Segment rétro-lenticulaire de la capsule interne.*
17. *Noyaux médiaux du thalamus.*
18. *Pilier postérieur du trigone.*

---

* Forel Auguste (1848-1931), médecin suisse, anatomiste et neurologue à Zurich.

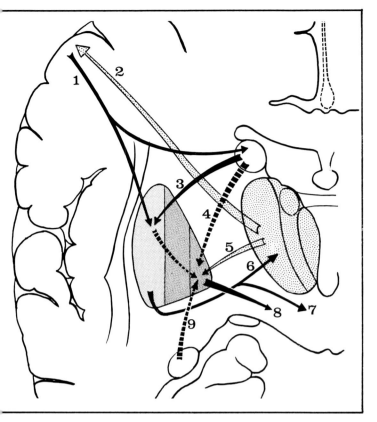

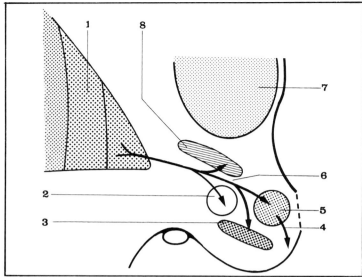

FIGURE 21

*Les noyaux sous-opto-striés.
Coupe frontale
(côté droit, segment postérieur)
(d'après Bourret et Louis).*

1. Globus pallidus.
2. Corps de Luys.
3. Locus niger.
4. Faisceau rubro-spinal.
5. Noyau rouge.
6. Faisceau lenticulaire.
7. Thalamus.
8. Zona incerta.

FIGURE 20

*Systématisation des corps striés.
(Coupe frontale de Charcot).*

1. Fibres cortico-putaminales.
2. Pédoncule supéro-externe du thalamus.
3. Fibres caudo-putaminales.
4. Fibres caudo-pallidales supérieures.
5. Fibres thalamo-pallidales.
6. Anse lenticulaire de Gratiolet.
7. Fibres destinées à l'hypothalamus.
8. Faisceau pallidal de la pointe.
9. Fibres caudo-pallidales inférieures.

C. Systématisation (Fig. 20)

Fonctionnant isolément, ou sous le contrôle du cortex, les corps striés interviennent avant tout dans la régulation des voies motrices extra-pyramidales :

a) Le *paléo-striatum* (Pallidum) réalise un circuit court avec le thalamus par l'intermédiaire :

— des fibres thalamo-pallidales,
— et du faisceau lenticulaire.

b) Le *néo-striatum* (noyau caudé et putamen) réalise un circuit long avec le cortex par l'intermédiaire :

— des fibres thalamo-corticales
— des fibres cortico-striées (surtout vers le noyau caudé)
— des fibres caudo-putaminales
— des fibres putamino-pallidales
— de l'anse et du faisceau lenticulaires.

D. Conséquences cliniques

L'atteinte pathologique du corps strié peut intéresser l'une ou l'autre de ses formations :

— la *lésion du paléo-striatum* compromet surtout la régulation du tonus musculaire, et réalise la *maladie de Parkinson* que caractérisent :

— l'hypertonie musculaire et la rigidité,
— la perte des mouvements automatiques associés,
— le tremblement statique de faible amplitude prédominant aux doigts.

Là aussi, la chirurgie stéréotaxique du thalamus ou du pallidum peut apporter une importante amélioration.

— La *lésion du néo-striatum* supprime le contrôle des mouvements automatiques par le cortex ; elle entraîne des mouvements involontaires incoordonnés qui caractérisent les *syndromes choréo-athétosiques*.

B. LES NOYAUX SOUS-OPTO-STRIÉS

Au-dessous des noyaux opto-striés sont disposés un grand nombre de noyaux aux fonctions fort différentes :

— les uns sont des noyaux relais du système extra-pyramidal : ils forment le *subthalamus*,

— les autres sont d'importants centres du système végétatif : ils constituent l'*hypothalamus*.

1) LE SUBTHALAMUS (Fig. 21 et 22)

Situé dans la région sous-thalamique, à la jonction des bras antérieur et postérieur de la capsule interne, il est formé de deux noyaux diencéphaliques :

— la *zona incerta*, lame aplatie de substance grise s'étendant au-dessous du thalamus,

— le *corps de Luys* ou noyau sous-thalamique (Nucleus Subthalamicus), en forme de lentille bi-convexe, lui est sous-jacent.

L'un et l'autre sont en relation avec deux autres noyaux relais extra-pyramidaux situés dans le mésencéphale, plus en arrière, en dedans, et en bas : le locus niger, et le noyau rouge (cf. Centres du tronc cérébral, page 225).

A. Connexions

a) *Voies afférentes*

— l'anse et le faisceau lenticulaires,

— le faisceau parapyramidal (de Bucy), issu de la partie antérieure de l'aire 4 (mouvements des racines des membres).

b) *Voies efférentes*

— subthalamo-rubriques : vers le noyau rouge (d'où part le faisceau rubro-spinal),

— *faisceau central de la calotte* : vers l'olive bulbaire (d'où part le faisceau olivo-spinal).

c) *Voies commissurales*

— *interluysiennes* (entre les deux corps de Luys) passant par la *commissure sous-thalamique* (de Forel).

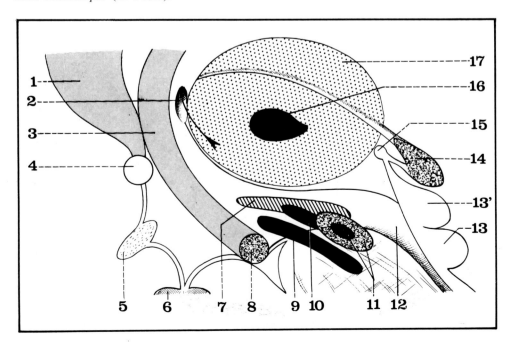

FIGURE 22

Les noyaux sous-opto-striés extra-pyramidaux. Coupe sagittale (d'après Bourret et Louis).

1. Corps calleux.
2. Trou de Monro.
3. Pilier antérieur du trigone.
4. Commissure blanche antérieure.
5. Chiasma optique.
6. Hypophyse.
7. Zona incerta.
8. Tubercule mamillaire.
9. Locus niger.
10. Corps de Luys.
11. Noyau rouge.
12. Anus du 3e ventricule.
13. Tubercule quadrijumeau postérieur.
13'. Tubercule quadrijumeau antérieur.
14. Epiphyse.
15. Commissure blanche postérieure.
16. Commissure grise.
17. Thalamus.

B. Systématisation

Le subthalamus est en communication avec le cortex moteur extra-pyramidal :
— *de façon directe* : par le faisceau parapyramidal,
— *de façon indirecte* : par le circuit long du néo-striatum.

C. *Conséquences cliniques*

L'atteinte pathologique du subthalamus entraîne des troubles moteurs voisins de ceux du corps strié.

On individualise plus particulièrement la lésion du corps de Luys ou *hémiballisme* (du latin Ballare : danser) caractérisée par :
— des troubles musculaires de l'hémi-corps contro-latéral, avec projection violente des racines des membres,
— des troubles psychiques, avec confusion et excitation.

2) L'HYPOTHALAMUS

Au-dessous du plancher du 3e ventricule, dans la région infundibulo-tubérienne, s'étend la substance grise de l'hypothalamus, qui empiète en haut sur la face médiale des deux thalamus. Elle constitue le centre relais supérieur des fonctions végétatives.

A. Constitution (Fig. 23 et 24)

Les nombreux noyaux de l'hypothalamus peuvent être subdivisés en 3 groupes :

a) *Antérieur* : situé au-dessus de la tige pituitaire et du lobe postérieur de l'hypophyse, dans la région infundibulaire; il comprend 3 sortes de noyaux :
— *péri-ventriculaires* (ou juxta-trigonal) : sur les parois latérales du 3e ventricule, contre le pilier antérieur du trigone,
— *supra-optique* (ou tangentiel) : au-dessus du chiasma optique,
— *tubériens* : autour du tuber cinereum (1 ventral, 1 dorsal, 2 latéraux).

b) *Postérieur* : situé contre les parois latérales du 3e ventricule, au-dessus des tubercules mamillaires; il comprend 2 sortes de noyaux :
— *para-ventriculaires* : parfois étudiés par erreur avec le thalamus, sur la paroi médiale duquel ils remontent de chaque côté,
— *péri-mamillaires* : autour des tubercules mamillaires (1 antérieur, 1 supérieur, 2 latéraux).

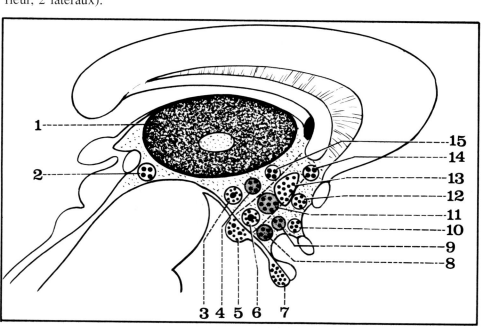

FIGURE 23

Coupe sagittale passant par l'hypothalamus (d'après Bourret et Louis).

1. Thalamus.
2. Organe sous-commissural.
3. Noyau latéro-mamillaire.
4. Noyau supra-mamillaire.
5. Tubercule mamillaire.
6. Noyau pré-mamillaire.
7. Lobe postérieur de l'hypophyse.
8. Noyau dorsal du tuber.
9. Noyau ventral du tuber.
10. Noyau supra-optique.
11. Noyau latéral du tuber.
12. Noyau péri-ventriculaire juxta-trigonal.
13. Noyau para-ventriculaire.
14. Organe sub-fornical.
15. Organe para-ventriculaire.

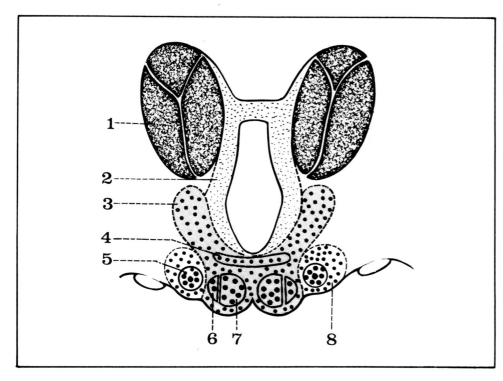

FIGURE 24

Coupe frontale passant par l'hypothalamus (d'après Bourret et Louis).
1. Thalamus.
2. Noyau para-ventriculaire.
3. Sub-thalamus.
4. Noyau supra-mamillaire.
5. Noyau latéro-mamillaire.
6. Portion latérale du tubercule mamillaire.
7. Portion médiale du tubercule mamillaire.
8. Noyau supra-optique.

c) *Sécrétoire* : le moins bien connu, formé par des noyaux qui fonctionnent comme des glandes endocrines par le phénomène de la « neurocrinie », en relation étroite avec la post-hypophyse.

Pour les distinguer des précédents, ils portent le nom d'« organes » :
— *sub-fornical* : contre le pilier antérieur du trigone (ou fornix),
— *para-ventriculaire* : contre les noyaux du même nom,
— *sous-commissural* : au-dessous de la commissure blanche postérieure.

B. Connexions

a) Voies afférentes

— *olfactives* : par le faisceau olfacto-hypothalamique (ou faisceau basal d'Edinger)*, issu des aires corticales olfactives,
— *optiques* : par le faisceau opto-tangentiel, issu du chiasma et des bandelettes optiques,
— *thalamiques* : par les fibres thalamo-hypothalamiques (issues du noyau médio-dorsal),
— *striées* : par l'anse lenticulaire.

b) *Voies efférentes*

— *olfactives* : vers le cortex de l'hippocampe et de la corne d'Amon,
— *optiques* : vers la rétine (rôle trophique) par les fibres tangentio-rétiniennes,
— *thalamiques* : vers le noyau médio-dorsal,
— *hypophysaires* : par les faisceaux hypothalamo-hypophysaires, qui empruntent la tige pituitaire,
— *épiphysaires* : par le faisceau hypothalamo-épiphysaire,
— *bulbaires* : par le faisceau médio-dorsal de Schutz**, qui, par le faisceau longitudinal postérieur, rejoint les centres végétatifs du tronc cérébral (et spécialement le noyau sensitif dorsal du vague).

c) *Voies commissurales* (Fig. 26 et 37)

— *inter-tubérienne* : dans le plancher du 3e ventricule,
— *inter-rétinienne* : en avant du chiasma optique.

---

* Edinger Ludwig (1855-1918), anatomiste allemand, professeur de neurologie à Frankfort.
** Schutz Hugo (xxe siècle), médecin allemand, neurologue à Leipzig.

C. Conséquences cliniques

Encore imparfaitement connu, l'hypothalamus, en liaison avec la post-hypophyse, joue un rôle primordial dans un très grand nombre de régulations :
— des métabolismes : eau, glucides, lipides, protides,
— des sécrétions hormonales : action sur la croissance,
— des fonctions végétatives : sommeil, température, soif, faim,
— de la tension artérielle,
— des fonctions psychiques et affectives,
— de la conscience.

L'atteinte pathologique de l'hypothalamus entraîne donc des troubles multiples et variés :
— diabète insipide avec polyurie, par perturbation du métabolisme de l'eau,
— syndromes endocriniens d'origine diencéphalique : syndrome adiposo-génital, syndromes para-basedowiens,
— troubles du sommeil,
— troubles de la conscience (jusqu'au coma profond).

C. LES NOYAUX SUS-OPTO-STRIÉS

Situés dans une région comprise entre la face supérieure des deux thalamus et les tubercules quadrijumeaux antérieurs ils correspondent à l'**épithalamus**.

A. Constitution (Fig. 25)

a) *en avant* : les *ganglions de l'habénula* ou noyaux de l'habénula (Nucleus Habenulae) sont placés chacun dans l'aire du triangle de l'habénula, sur le bord postérieur de la membrana tectoria du 3e ventricule (habenula = petite rêne).

b) *en arrière* : l'*épiphyse* ou corps pinéal (Corpus pineale) repose au-dessus des tubercules quadrijumeaux antérieurs dans une gouttière sagittale.

B. Connexions

a) *Voies afférentes* :
— *faisceau septo-habénulaire* : du noyau du septum lucidum au ganglion de l'habénula,
— *faisceau hypothalamo-épiphysaire*.

b) *Voies efférentes* :
— *faisceau habenulo-pédonculaire* ou faisceau rétroflexe de Meynert (Fasciculus retroflexus) : destiné au ganglion inter-pédonculaire, noyau relais du mésencéphale, qui, par le faisceau longitudinal postérieur, est en relation avec le tronc cérébral. (Fig. 27)

c) *Voies commissurales* :
— la *commissure inter-habénulaire* (Commissura habenularum) établit une liaison entre deux ganglions de l'habénula. (Fig. 26)

C. Conséquences cliniques

Les ganglions de l'habénula et l'épiphyse forment un véritable complexe, comparable au complexe hypothalamo-hypophysaire :
— *les ganglions habénulaires* font parties des voies olfactives réflexes,
— *l'épiphyse*, encore mal connue, semble agir comme un antagoniste de l'anté-hypophyse ; elle retarderait le développement des glandes génitales et la croissance, et sa lésion tumorale donne au contraire une puberté précoce (macro-génitosomie) ; pour certains, elle interviendrait également dans l'équilibre veille-sommeil.

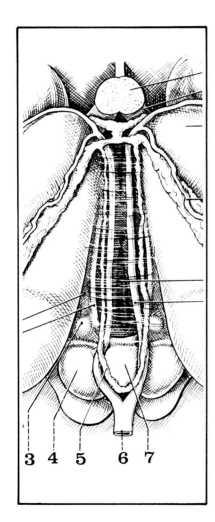

FIGURE 25
Vue supérieure des noyaux sus-opto-striés.
3. Ganglion de l'habénula.
4. Tubercule quadrijumeau antérieur.
5. Plexus choroïde médian.
6. Ampoule de Galien.
7. Epiphyse.

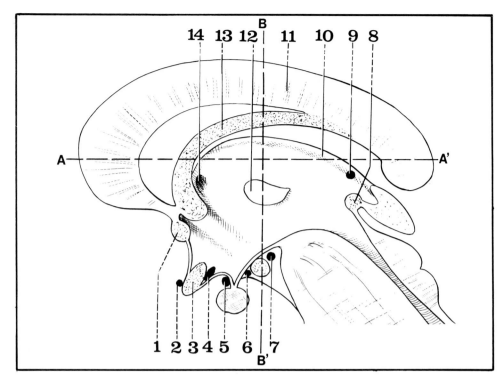

FIGURE 26

Coupe sagittale du 3ᵉ ventricule.

AA' : *plan de la coupe horizontale de Flechsig.*
BB' : *plan de la coupe frontale de Charcot (passant par les tubercules mamillaires).*

1. Commissure blanche antérieure.
2. Commissure inter-rétinienne.
3. Chiasma optique.
4. Commissure de Gudden.
5. Commissure inter-striée de Meynert.
6. Commissure du tuber.
7. Commissure sous-thalamique de Forel.
8. Commissure blanche postérieure.
9. Commissure inter-habénulaire.
10. Habena.
11. Corps calleux.
12. Commissure grise.
13. Trigone cérébral.
14. Trou de Monro.

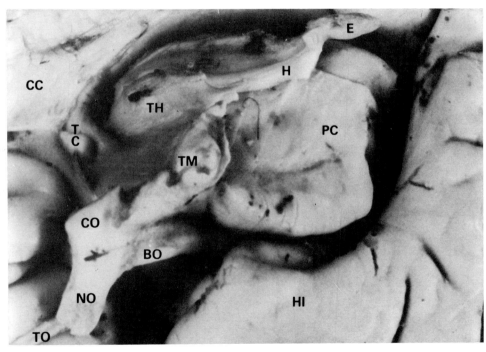

FIGURE 26bis

Coupe sagittale du cerveau (vue médiale droite) montrant la position de l'épiphyse (E).

BO. Bandelette optique.
CO. Chiasma optique.
C. Commissure blanche antérieure.
CC. Corps calleux.
E. Epiphyse.
H. Habena.
HI. Hippocampe.
NO. Nerf optique.
PC. Pédoncule cérébral.
TH. Thalamus.
TO. Tractus olfactif.
TC. Trigone cérébral.
TM. Tubercule mamillaire.
T. Trigone cérébral.

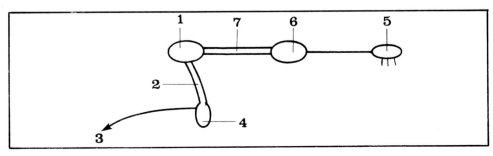

FIGURE 27

Le système septo-habénulaire.

1. Ganglion de l'habenula.
2. Faisceau rétroflexe (de Meynert).
3. Vers le tronc cérébral.
4. Ganglion inter-pédonculaire.
5. Bulbe olfactif.
6. Ganglion du septum lucidum.
7. Faisceau septo-habénulaire.

Les voies de la substance blanche

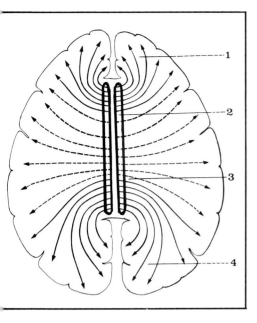

FIGURE 28
Représentation schématique du corps calleux (coupe horizontale passant par la partie supérieure).
1. Forceps minor.
2. Tractus (ou nerf) de Lancisi.
3. Indusium griseum.
4. Forceps major.

> A. Centre ovale de Vieussens
>
> B. Capsule interne
>
> C. Commissures inter-hémisphériques :
> *corps calleux
> trigone cérébral
> commissure blanche antérieure*
>
> D. Commissures diencéphaliques

Les coupes de Charcot et de Flechsig mettent en évidence l'importance de la substance blanche du cerveau qui sépare les centres corticaux, et contient une infinie richesse de faisceaux de fibres à myéline.

Mais, à la région de dispersion du *centre ovale*, situé entre le cortex et les noyaux gris, s'oppose la région de concentration de la *capsule interne*, interposée entre thalamus et corps strié. Après avoir décrit l'un et l'autre, nous exposerons les connexions des *commissures inter-hémisphériques*.

A. LE CENTRE OVALE DE VIEUSSENS ou centre semi-ovale (Centrum Semiovale)

Très étalé, il représente l'épanouissement des fibres blanches vers le cortex, qui peuvent être subdivisées en 3 catégories :

1) **Fibres de projection** (Tractus nevrosi projectionis) : ascendantes et descendantes, reliant les centres corticaux et sous-corticaux :
— entre eux,
— aux formations sous-jacentes du tronc cérébral et de la moelle.

Elles comprennent :
— les pédoncules sensitivo-sensoriels du thalamus (couronne rayonnante de Reil),
— les voies motrices pyramidales (faisceaux cortico-médullaire et cortico-nucléaire),
— les voies motrices extra-pyramidales de Turck-Meynert.

2) **Fibres commissurales** ou d'association inter-hémisphériques (Tractus nervosi commissurales) : formées par les fibres du *corps calleux* qui s'épanouissent horizontalement en éventail vers la corticalité. (Fig. 28)

3) **Fibres d'association intra-hémisphériques** (Tractus nervi associationis) : unissant deux points du cortex d'un même hémisphère. (Fig. 29 et 30)

a) *Fibres courtes* : unissant des régions voisines, à l'intérieur d'un lobe ; ce sont les *fibres arquées* d'Arnold*.

b) *Fibres longues* : profondes (Fibrae arcuatae cerebri), unissant les lobes entre eux ; on en distingue 5 faisceaux :

— *longitudinal supérieur* (Fasciculus longitudinalis superior) : du lobe frontal au lobe occipital, passant en dehors de l'insula, dans la lèvre supérieure de la scissure de Sylvius,

— *longitudinal inférieur* (Fasciculus longitudinalis inferior) : du lobe temporal au lobe occipital, passant plus profondément, dans la capsule externe (entre claustrum et putamen),

---

* Arnold Friedrich (1803-1890), anatomiste allemand, professeur d'anatomie à Zurich, Fribourg, Tübingen et Heidelberg.

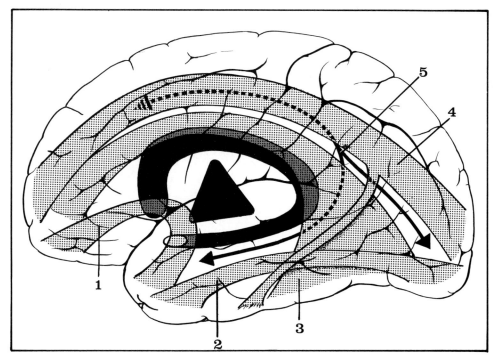

FIGURE 29

Les voies d'association hémisphériques (d'après Bourret et Louis) (vue latérale gauche).
1. Faisceau unciforme.
2. Faisceau longitudinal inférieur.
3. Tapetum.
4. Faisceau longitudinal supérieur.
5. Cingulum.

— *unciforme* (Fasciculus uncinatus) : de la face orbitaire du lobe frontal au lobe temporal, passant au contact du pôle de l'insula, dans la capsule extrême,

— *fronto-occipital* (de Forel)* : du lobe frontal à la face inférieure du lobe temporo-occipital, passant en dehors du ventricule latéral, et s'associant en arrière au forceps major du corps calleux pour former le *tapetum*, contre la corne temporale (tapetum = tapis),

— *cingulum* (ou faisceau de l'ourlet) : du lobe frontal au lobe temporal, passant en forme d'anneau à la face interne du ventricule latéral, contre la circonvolution du corps calleux (cingulum = ceinture).

B. LA CAPSULE INTERNE (Capsula Interna)

Coincée entre le pallidum d'une part, le noyau caudé et le thalamus d'autre part, elle est traversée par de nombreux faisceaux. (Fig. 33)

A. SYSTÉMATISATION

1) **Fibres d'association inter-opto-striées** :

— *inter-striées* : entre noyau caudé et noyau lenticulaire (surtout putamen),

— *opto-striées* : entre thalamus et noyau caudé, et entre thalamus et noyau lenticulaire (surtout pallidum).

2) **Fibres de projection** ascendantes et descendantes, groupées dans les 5 portions de la capsule interne : (Fig. 31, 32 et 34)

a) *Bras antérieur* (Crus anterius capsulae internae) avec deux plans :

— *médial* : occupé par le pédoncule antérieur du thalamus (qui contient les fibres de projection psychique de la douleur),

— *latéral* : occupé par les fibres motrices extra-pyramidales du faisceau fronto-ponto-cérébelleux.

b) *Genou* (Genu capsulae internae) contenant avant tout le faisceau cortico-nucléaire (ou géniculé), destiné à la motricité volontaire des nerfs crâniens ; à sa partie basse, le genou est traversé par le faisceau pallidal de la pointe. (Fig. 31)

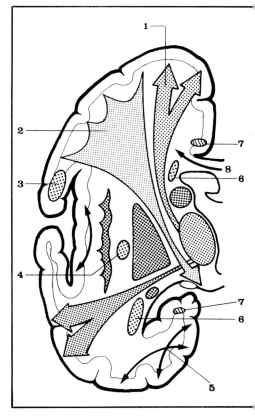

FIGURE 30

Les voies d'association intra-hémisphériques (d'après Bourret et Louis). Coupe frontale, côté droit, segment postérieur.
1. Pédoncule supérieur du thalamus.
2. Centre ovale de Vieussens.
3. Faisceau longitudinal supérieur.
4. Faisceau longitudinal inférieur.
5. Fibres arquées d'Arnold.
6. Faisceau fronto-occipital de Forel.
7. Cingulum.
8. Corps calleux.

* Forel Auguste (1848-1931), anatomiste suisse, neurologue à Zurich.

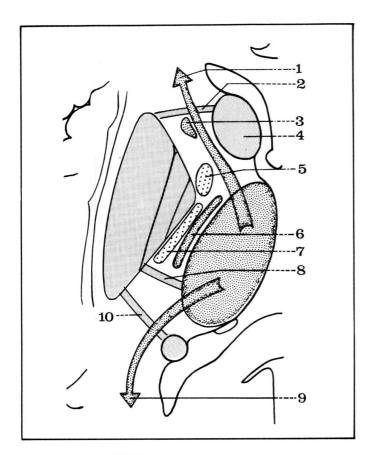

FIGURE 31

Coupe horizontale de la capsule interne (coupe de Flechsig).

1. Pédoncule antérieur du thalamus.
2. Fibres putamino-caudées antérieures.
3. Faisceau fronto-ponto-cérébelleux.
4. Tête du noyau caudé.
5. Faisceau cortico-nucléaire (ou géniculé).
6. Pédoncule supéro-externe du thalamus.
7. Faisceau cortico-médullaire.
8. Fibres thalamo-striées.
9. Pédoncule postérieur du thalamus (radiations optiques de Gratiolet).
10. Fibres putamino-caudées postérieures.

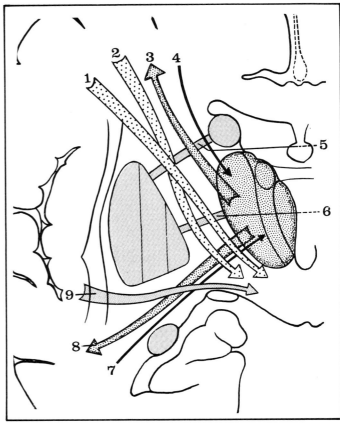

FIGURE 32

Coupe frontale de la capsule interne (coupe de Charcot).

1. Faisceau cortico-nucléaire (ou géniculé).
2. Faisceau cortico-médullaire.
3. Pédoncule supéro-externe du thalamus.
4. Afférences pariéto-thalamiques.
5. Fibres inter-striées.
6. Fibres thalamo-striées.
7. Afférences temporo-thalamiques.
8. Faisceau thalamo-temporal d'Arnold.
9. Faisceau temporo-ponto-cérébelleux.

c) *Bras postérieur* (Crus posterius capsulae internae) avec deux plans :
— *médial* : occupé par le pédoncule supérieur du thalamus (qui contient essentiellement les fibres sensitives),
— *latéral* : occupé par le faisceau cortico-médullaire, destiné à la motricité volontaire du tronc et des membres.

d) *Segment rétro-lenticulaire* (Pars retrolentiformis capsulae internae) contenant : (Fig. 31)
— des *fibres horizontales* : les radiations optiques (de Gratiolet), dans le pédoncule postérieur du thalamus, et les radiations auditives,
— des *fibres verticales* : les fibres motrices extra-pyramidales du faisceau temporo-ponto-cérébelleux.
L'enchevêtrement de toutes ces fibres constitue le *champ de Wernicke**.

e) *Segment sous-lenticulaire* (Pars sublentiformis capsulae internae) contenant : (Fig. 32)
— des *fibres motrices* : le faisceau temporo-ponto-cérébelleux (de Turck-Meynert),
— des *fibres sensorielles* :
— *auditives* : faisceau thalamo-temporal d'Arnold, dans le pédoncule inféro-externe du thalamus,
— *olfactives* : dans le pédoncule inféro-interne du thalamus.

---

* Wernicke Karl (1848-1905), neuropsychiatre allemand, professeur à Berlin, Breslau, puis à Halle.

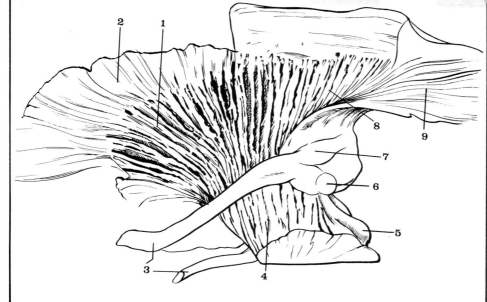

FIGURE 33

Dissection de la capsule interne gauche.

1. Capsule interne (portion antérieure).
2. Genou du corps calleux.
3. Bandelettes optiques.
4. Pédoncule cérébral.
5. Tubercule quadrijumeau postérieur.
6. Tubercule quadrijumeau antérieur.
7. Corps genouillé externe.
8. Capsule interne (portion postérieure).
9. Bourrelet du corps calleux.

B. CONSÉQUENCES CLINIQUES

Une lésion de la capsule interne, survenant à la suite d'une hémorragie cérébrale, réalise une *hémiplégie capsulaire* qui est :

— *totale* : atteignant l'hémi-corps, avec parfois dysarthrie,
— *pure* : non accompagnée de troubles sensitifs,
— *proportionnelle* : atteignant autant le membre inférieur que le membre supérieur.

C. LES COMMISSURES INTER-HÉMISPHÉRIQUES

Trois sortes de fibres blanches font communiquer les deux hémisphères :
— le *corps calleux*, le plus important, unit les secteurs corticaux du néopallium,
— le *trigone cérébral* et la *commissure blanche antérieure* appartiennent à l'archipallium (rhinencéphale).

1) LE CORPS CALLEUX (Corpus Callosum) (Fig. 35 et 36)

Constitué par des fibres blanches transversales qui unissent les portions symétriques des deux hémisphères, il est subdivisé en 3 groupes de fibres :

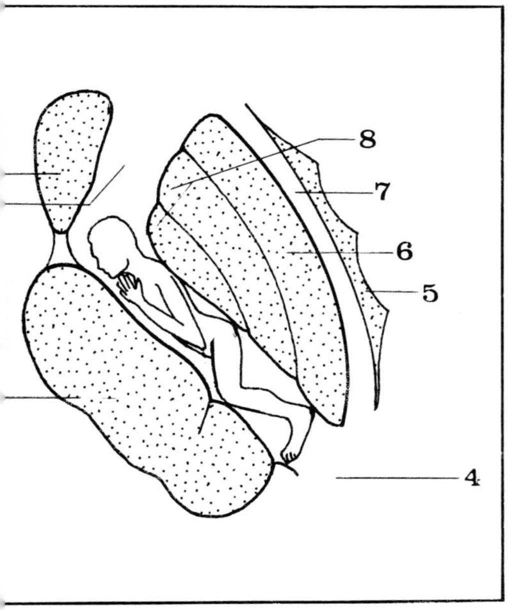

FIGURE 35

Représentation schématique du corps calleux (coupe horizontale passant par la partie supérieure).

1. Forceps minor.
2. Tractus (ou nerf) de Lancisi.
3. Indusium griseum.
4. Forceps major.

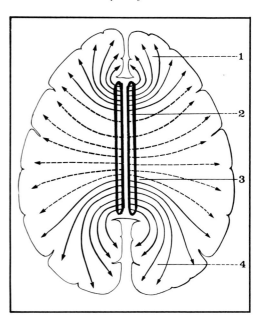

FIGURE 34

Coupe horizontale de la capsule interne (côté droit, segment inférieur) montrant la systématisation motrice.

1. Noyau caudé.
2. Bras antérieur.
3. Thalamus.
4. Segment rétro-lenticulaire.
5. Claustrum.
6. Putamen.
7. Capsule externe.
8. Globus pallidus.

— *antérieures* : passant par le genou du corps calleux, elles unissent les lobes frontaux, en décrivant une courbe à concavité antérieure, le forceps minor,

— *moyennes* : correspondant à toute l'étendue du corps, elles font communiquer la partie postérieure des lobes frontaux, les lobes pariétaux, et une portion des lobes temporaux.

— *postérieures* : passant par le bourrelet (ou Splenium), elles unissent les lobes occipitaux, en décrivant une courbe à concavité postérieure, le forceps major.

L'atteinte pathologique du corps calleux entraîne un syndrome qui associe :
— des troubles psychiques : modifications du caractères, désintérêt vis-à-vis du monde extérieur,
— des troubles moteurs : hémiplégie surtout marquée aux membres inférieurs, dysarthrie.

2) LE TRIGONE CÉRÉBRAL (Fornix = voûte)

Il comprend deux sortes de fibres : (Fig. 36)
— *longitudinales* : intra-hémisphériques, homo-latérales, reliant la corne d'Amon et la circonvolution de l'hippocampe au tubercule mamillaire,
— *transversales* : les seules inter-hémisphériques, unissant les deux cornes d'Amon, en passant par la commissure psaltérine de la lyre de David (système commissural olfactif postérieur).

3) LA COMMISSURE BLANCHE ANTÉRIEURE (Commissura anterior)

Cordon compact, elle unit les deux lobes temporaux au niveau du noyau amygdalien, et décrit une courbe à concavité postérieure en avant des piliers antérieurs du trigone (système commissural olfactif antérieur). (Fig. 36)

D. **LES COMMISSURES DIENCÉPHALIQUES**

Situées à proximité du 3e ventricule, elles peuvent être subdivisées en trois groupes : de la voûte, de la base et du chiasma : (Fig. 26 et 37)

a) COMMISSURES DE LA VOÛTE (ou interthalamiques) :

— *Commissure blanche postérieure* (Commissura posterior); placée en avant de l'épiphyse, à la partie postérieure du 3e ventricule, elle assure les liaisons entre les pulvinars, les corps genouillés externes, et les tubercules quadrijumeaux antérieurs.

— *Commissure interhabénulaire* (Commissura interhabenularis) : située au-dessus de la précédente, elle est rattachée aux voies olfactives, et réunit les deux ganglions de l'habénula.

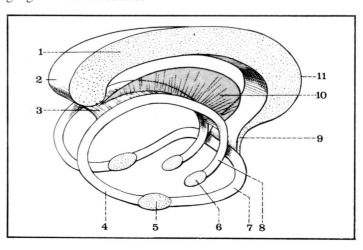

FIGURE 36

Vue latérale droite des commissures interhémisphériques (d'après Bourret et Louis).

1. *Corps calleux.*
2. *Bourrelet du corps calleux.*
3. *Commissure psaltérine (lyre de David).*
4. *Pilier postérieur du trigone (fimbria).*
5. *Noyau amygdalien.*
6. *Tubercule mamillaire.*
7. *Commissure blanche antérieure.*
8. *Pilier antérieur du trigone.*
9. *Bec du corps calleux.*
10. *Septum lucidum.*
11. *Genou du corps calleux.*

b) COMMISSURES DE LA BASE : au nombre de trois :

— *Commissure inter-striée* (de Meynert)* : entre les deux pallidums, en passant dans la partie antérieure du tuber.

— *Commissure sous-thalamique*** (de Forel) : entre les deux corps de Luys, en passant dans l'espace interpédonculaire.

— *Commissure inter-tubérienne* : entre les noyaux du tuber, en passant en avant de la tige pituitaire.

c) COMMISSURE DU CHIASMA OPTIQUE : (Fig. 37)

— En avant : *commissure inter-rétinienne* : réunissant les deux rétines droite et gauche.

— En arrière : *commissure de Gudden**** : longeant les bandelettes optiques, et réunissant les corps genouillés internes (appartenant ainsi aux voies acoustiques).

Quant à la *commissure grise* ou adhésion interthalamique (Adhesio Interthalamica), elle n'est qu'une « fausse » commissure, simple pont de substance grise entre les noyaux médiaux du thalamus, à travers le 3e ventricule.

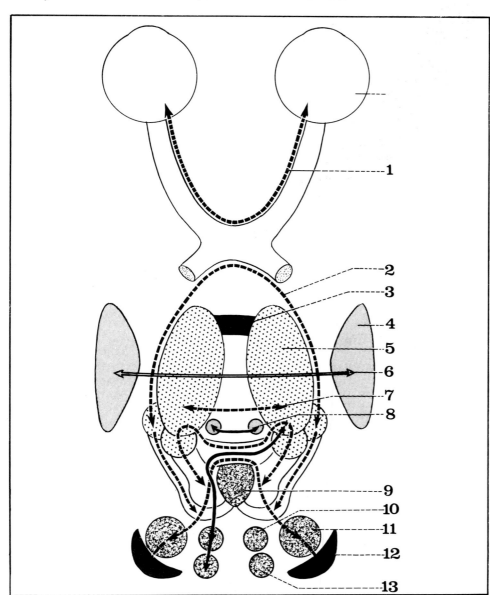

FIGURE 37

Les commissures diencéphaliques (d'après Bourret et Louis).
1. Commissure inter-rétinienne.
2. Commissure de Gudden.
3. Commissure grise (= fausse commissure).
4. Noyau lenticulaire.
5. Thalamus.
6. Commissure inter-striée de Meynert.
7. Commissure inter-thalamique.
8. Commissure inter-habénulaire.
9. Epiphyse (ou corps pinéal).
10. Tubercule quadrijumeau antérieur.
11. Noyau rouge.
12. Locus niger.
13. Tubercule quadrijumeau postérieur.

---

* Commissure supra-optique dorsale (Commissura supra optica dorsalis).
** Commissure supra-optique ventrale (Commissura supra optica ventralis).
*** Gudden Johannes Bertrand Von (1824-1886), médecin allemand, professeur de psychiatrie à Zurich et à Munich.

11 les centres nerveux du cervelet

Les centres nerveux du cervelet sont situés dans la substance grise de l'organe qui se répartit en deux zones distinctes :

— d'une part, à la périphérie des hémisphères et du vermis où elle constitue le cortex cérébelleux,

— d'autre part, dans la profondeur du cervelet où elle forme un certain nombre de noyaux à disposition paire et symétrique, situés à la fois dans le vermis et dans la partie profonde des hémisphères.

PLAN

- **Cortex cérébelleux**
- **Noyaux gris centraux**
  - *Noyaux du vermis*
    — noyau du toit
    — globosus
  - *Noyaux des hémisphères*
    — embolus
    — noyau dentelé
  - *Voies d'association*
  - *Afférences et efférences*

Le cortex cérébelleux

Il revêt une disposition d'ensemble analogue à celle du cortex cérébral : c'est une enveloppe continue, uniforme qui recouvre totalement la face périphérique du cervelet. D'une épaisseur d'un à deux millimètres, très plissé, il est parcouru de nombreux sillons qui dessinent sur chaque lobule un très grand nombre de *lamelles* cérébelleuses. L'axe de chacune de ces lamelles, est constitué par des fibres de substance blanche qui, sur une coupe sagittale d'ensemble du cervelet, dessinent par leurs arborisations l'aspect caractéristique de « l'arbre de vie » dont les branches principales sont formées par les pédoncules cérébelleux.

Il est impossible de décrire au niveau du cortex cérébelleux des centres aussi bien individualisés qu'au niveau du cortex cérébral. Il faut retenir cependant que le **cortex du lobe flocculo-nodulaire**, le plus ancien du point de vue phylo-génétique, appartient à **l'archéo-cérébellum** contrôlant l'équilibration statique.

Le **cortex du lobe antérieur** qui comprend au niveau du vermis la lingula, le lobule central, le culmen, la pyramide et l'uvula, au niveau des hémisphères le lobe quadrilatère antérieur, l'amygdale, le frein de la lingula et l'aile du lobule central, appartient au **paléo-cérébelleum** et contrôle le tonus musculaire.

Enfin le reste du cortex cérébelleux correspondant au **lobe postérieur** constitue le **néo-cérébellum** chargé de la coordination des mouvements volontaires et des mouvements automatiques.

Cortex du vernis	Cortex des hémisphères	Noyaux centraux	Territoire fonctionnel	Rôle
Nodulus	Flocculus	Noyaux du toit	Archéo-Cérébellum	Equilibre statique
Lingula Lobule central Culmen Pyramide Uvula	Frein de la lingula Aile du lobule central Lobe quadrilatère antérieur Lobule gracile Lobule diagastrique Amygdale	Globosus Embolus (Paléo-Dentatum)	Paléo-Cérébellum	Tonus de posture
Déclive Folium Tuber	Lobe quadrilatère postérieur Lobe semi-lunaire supérieur Lobe semi-lunaire inférieur	Noyau denté (Néo-Dentatum) ou olive cérébelleuse	Néo-Cérébellum	Contrôle des mouvements volontaires

Les noyaux gris centraux du cervelet

Ils sont au nombre de quatre paires dont deux sont situées dans le vermis, les deux autres dans les hémisphères. (Fig. 1)

LES NOYAUX DU VERMIS sont représentés par :

— LE NOYAU DU TOIT (ou noyau fastigial = Nucleus fastiggi) situé immédiatement en arrière et au-dessus du toit du quatrième ventricule au niveau de la partie supérieure du vermis. De forme ovoïde, à grand axe antéro-postérieur, il appartient à l'**archéo-cérébellum**. Il reçoit en effet des fibres venues du cortex archéo-cérébelleux et émet des fibres efférentes qui regagnent les noyaux vestibulaires du plancher du quatrième ventricule.

— LE GLOBOSUS ou nucleus globosus est un petit noyau situé immédiatement en dehors des noyaux du toit. Il appartient au **paléo-cérébellum**. Il reçoit les fibres venues du cortex paléo-cérébelleux et émet des fibres qui gagnent l'olive bulbaire.

LES NOYAUX DES HÉMISPHÈRES CÉRÉBELLEUX sont représentés par :

— LE NOYAU DE L'EMBOLUS (nucleus emboliformis) situé en dehors du globulus. En forme de virgule à tête antérieure, l'embolus appartient lui aussi au **paléo-cérébellum**. Il reçoit des fibres venues du cortex paléo-cérébelleux et émet des fibres qui se dirigent vers le *noyau rouge*.

— LE NOYAU DENTÉ (Nucleus Dentatus) ou *olive cérébelleuse* est situé à la partie interne de la substance blanche centrale de l'hémisphère cérébelleux. C'est une lamelle plissée, convexe en dehors et dont le hile concave regarde la ligne médiane. Appartenant au **néo-cérébellum**, il reçoit des afférences du cortex néo-cérébelleux et donne naissance au *faisceau dentato-rubro-thalamique*, entrant ainsi en connexion avec le noyau rouge et le thalamus.

VOIES D'ASSOCIATION DU CERVELET

Elles assurent essentiellement la liaison entre le cortex cérébelleux et les noyaux gris centraux :
— Le cortex archéo-cérébelleux est ainsi relié au noyau du toit.
— Le cortex paléo-cérébelleux, au globosus et à l'embolus.
— Le cortex néo-cérébelleux, au noyau denté.

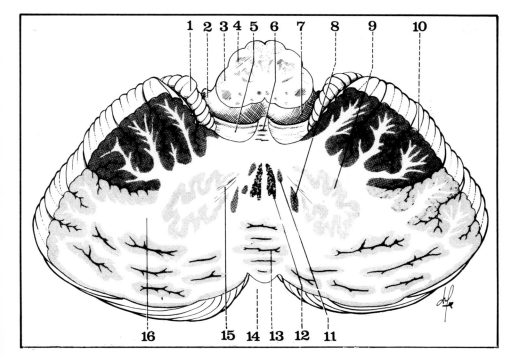

FIGURE 1

Coupe horizontale du cervelet.
1. Flocculus.
2. Récessus lateralis du quatrième ventricule.
3. Corps restiforme.
4. Olive bulbaire.
5. Valvule de Tarin.
6. Luette ou Uvula.
7. Quatrième ventricule.
8. Embolus.
9. Noyau denté.
10. Cortex cérébelleux.
11. Globosus.
12. Noyau du toit.
13. Vermis.
14. Echancrure cérébelleuse postérieure.
15. Hile de l'olive cérébelleuse.
16. Substance médullaire du cervelet ou arbre de vie.

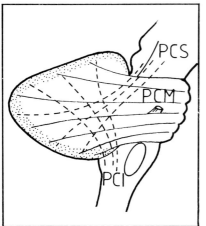

FIGURE 2

*Les pédoncules cérébelleux
(vue latérale droite du tronc cérébral).*
PCS : *pédoncule cérébelleux supérieur.*
PCM : *pédoncule cérébelleux moyen.*
PCI : *pédoncule cérébelleux inférieur.*

Afférences et Efférences du cervelet

Placé en dérivation par rapport aux centres et aux voies du tronc cérébral, le cervelet est relié à ce dernier par les pédoncules cérébelleux.

Les centres corticaux du cervelet reçoivent des afférences venues du cortex cérébral, des noyaux vestibulaires du tronc cérébral, et de la moelle. Les noyaux gris centraux du cervelet émettent des voies efférentes qui regagnent le tronc cérébral.

Toutes ces voies passent par les pédoncules cérébelleux et les connexions des centres cérébelleux peuvent être schématisées de la façon suivante : (Fig. 2, 3 et 4)

LE PÉDONCULE CÉRÉBELLEUX INFÉRIEUR contient :

— DES VOIES AFFÉRENTES :

• **faisceau spino-cérébelleux direct** de Flechsig (sensibilité profonde inconsciente du tronc et des membres inférieurs, circuit paléo-cérébelleux);

• **faisceau sensitivo-cérébelleux** (sensibilité profonde consciente, circuit paléo-cérébelleux);

• **faisceau vestibulo-cérébelleux** (voies vestibulaires, circuit archéo-cérébelleux);

• **faisceau olivo-cérébelleux** (sensibilité intéroceptive profonde, circuit paléo-cérébelleux.

• On peut y ajouter les **fibres arciformes** du bulbe venues du noyau arqué et des fibres venues de la réticulée (faisceau réticulo-cérébelleux de certains auteurs).

— DES VOIES EFFÉRENTES :

• **faisceau cérébello-vestibulaire direct** (circuit archéo-cérébelleux);

• **faisceau cérébello-olivaire** (circuit paléo-cérébelleux).

LE PÉDONCULE CÉRÉBELLEUX MOYEN est formé seulement par

— DES VOIES AFFÉRENTES

• **le faisceau cortico-ponto-cérébelleux** de Turck-Meynert avant tout; venu du cortex frontal et du cortex temporal contro-latéral, il a fait relais dans les noyaux du pont;

• accessoirement des fibres venues des tubercules quadrijumeaux antérieurs et constituant le faisceau tecto-ponto-cérébelleux (voie optique réflexe).

LE PÉDONCULE CÉRÉBELLEUX SUPÉRIEUR contient :

— DES VOIES AFFÉRENTES :

• **le faisceau spino-cérébelleux croisé** de Gowers* (sensibilité profonde inconsciente du membre supérieur, circuit paléo-cérébelleux);

• des fibres venues des tubercules quadrijumeaux postérieurs, en relation avec les voies auditives.

ET DES VOIES EFFÉRENTES :

le faisceau cérébello-vestibulaire croisé en crochet de Russel** (circuit archéo-cérébelleux); (Fig. 4)

• **faisceau dentato-rubro-thalamique** (circuit paléo-cérébelleux et circuit néo-cérébelleux).

---

* Gowers William Richard Sir (1845-1915), médecin anglais, professeur de clinique médicale à Londres.
** Russel J.S. Risien (1894-?).

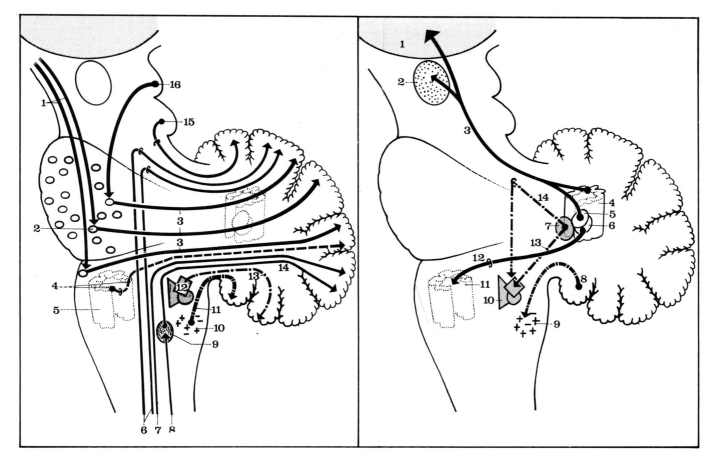

FIGURE 3

*Les afférences du cervelet
(d'après Bourret et Louis).*

1. Premier neurone du faisceau cortico-ponto-cérébelleux.
2. Noyau du pont.
3. Deuxième neurone de la voie cortico-ponto-cérébelleuse.
4. Faisceau olivo-cérébelleux.
5. Olive bulbaire.
6. Faisceau spino-cérébelleux croisé de Gowers.
7. Faisceau spino-cérébelleux direct de Flechsig.
8. Faisceau de Goll et Burdach.
9. Noyau de Von Monakow.
10. Réticulé bulbaire.
11. Faisceau réticulo-cérébelleux.
12. Noyaux vestibulaires.
13. Faisceau vestibulo-cérébelleux.
14. Faisceau sensitivo-cérébelleux.
15. Faisceau tecto-cérébelleux.
16. Faisceau tecto-ponto-cérébelleux.

FIGURE 4

*Les efférences du cervelet
(d'après Bourret et Louis).*

1. Thalamus.
2. Noyau rouge.
3. Faisceau dentato-rubro-thalamique.
4. Olive cérébelleuse (Dentatum).
5. Embolus.
6. Globosus.
7. Noyau du toit.
8. Fibres allant du cortex archéo-cérébelleux à la réticulée bulbaire.
9. Réticulée bulbaire.
10. Noyaux vestibulaires.
11. Olive bulbaire.
12. Faisceau cérébello-olivaire.
13. Faisceau cérébello-vestibulaire direct.
14. Faisceau cérébello-vestibulaire croisé en crochet de Russel.

En définitive, les trois grandes fonctions du cervelet : contrôle de l'équilibre, contrôle du tonus, contrôle des mouvements associés, sont assurées par trois boucles nerveuses placées en dérivation sur les centres du tronc cérébral :

— **Boucle archéo-cérébelleuse** (contrôlant l'équilibre) branchée sur les noyaux vestibulaires du bulbe et passant par le cortex archéo-cérébelleux et les noyaux du toit.

— **Boucle paléo-cérébelleuse** (contrôlant le tonus) dont les voies afférentes sont formées par les faisceaux de Flechsig et de Gowers, véhiculant la sensibilité profonde inconsciente qui, après relais dans le cortex paléo-cérébelleux puis les noyaux du globosus et de l'embolus, rejoignent le noyau rouge et l'olive bulbaire.

— **Boucle néo-cérébelleuse** (contrôle des mouvements automatiques) dont la voie afférente vient du cortex cérébral et qui, après relais dans le cortex néo-cérébelleux et le néo-dentatum, fait retour au noyau rouge et au thalamus.

12 les centres et les voies d'association du tronc cérébral

PLAN

Les centres

Noyaux des nerfs crâniens
- Noyaux somato-moteurs
  — *colonne dorsale*
  — *colonne ventrale*
- Noyaux viscéro-moteurs
- Noyaux viscéro-sensitifs
- Noyaux somato-sensitifs
- Origines réelles des nerfs crâniens

Noyaux propres du tronc cérébral
- Etage pédonculaire
- Etage protubérantiel
- Etage bulbaire

La substance réticulée
- Systématisation
- Rôle fonctionnel

Les voies d'association
- Association transversale
- Association verticale
  — *bandelette longitudinale postérieure*
  — *faisceau central de la calotte*

Les centres

Au niveau du tronc cérébral, la substance grise, siège des centres nerveux, ne représente pas comme au niveau de la moelle une colonne unique. Du fait de l'étalement de la substance nerveuse à la surface du plancher du quatrième ventricule, et de l'entrecroisement dans le tronc cérébral de différentes voies de conduction, la substance grise se fragmente en un certain nombre de *noyaux*. En outre, il existe au niveau du tronc cérébral toute une série de centres qui, dans les espèces inférieures, jouaient le rôle de centres supérieurs d'intégration et que le développement du cerveau proprement dit chez l'homme a réduit au rôle de *centres réflexes supérieurs*. Véritables cerveaux élémentaires ces centres sont principalement situés au niveau du toit du tronc cérébral et en particulier des tubercules quadrijumeaux d'où leur nom de *centres tectaux*. Ainsi peut-on décrire au niveau du tronc cérébral trois types de centres ou noyaux :

— des *centres segmentaires*, ayant la même valeur fonctionnelle que les centres médullaires : ce sont les *noyaux des nerfs crâniens* ;
— des *noyaux propres au tronc cérébral* qui représentent :
  • soit des *relais sur certaines voies sensitives,*
  • soit le *point de départ de voies d'association* propres au tronc cérébral,
  • soit l'*origine de voies motrices involontaires* contrôlant l'activité des centres médullaires et des noyaux d'origine des nerfs crâniens ;
— il faut ajouter à ces différents noyaux, une formation particulièrement développée au niveau du tronc cérébral et jouant un rôle important : la *substance réticulée*.

A. Les noyaux d'origine des nerfs crâniens

Ils forment sur toute la hauteur du tronc cérébral, une série de colonnes fragmentées en noyaux superposés et correspondant aux quatre grands types d'activité que l'on retrouve sur toute la hauteur du névraxe : somato-motricité, viscéro-motricité, viscéro-sensibilité et somato-sensibilité.

LES NOYAUX SOMATO-MOTEURS (Fig. 1 et 2)

Ils forment deux colonnes parallèles situées près de la ligne médiane :
— **une colonne dorsale** destinée aux éléments qui ont embryologiquement une *origine somitique* : muscles moteurs de l'œil et muscles de la langue ;
— **une colonne ventrale** située en dehors et en avant de la précédente et destinée aux éléments dérivant embryologiquement des *arcs branchiaux* et des *fentes branchiales*.

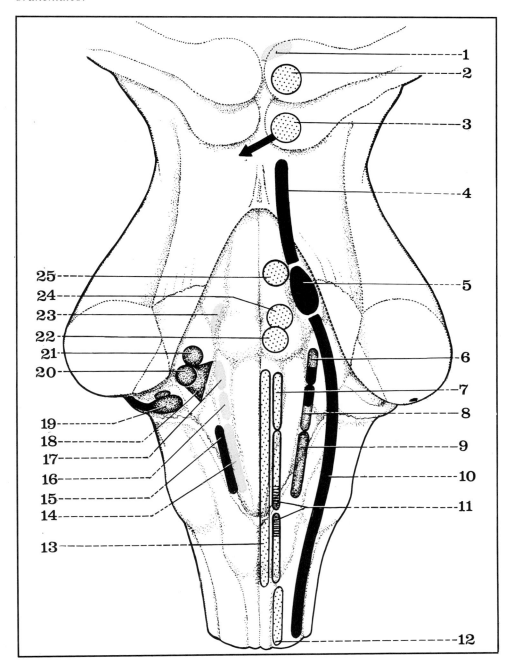

FIGURE 1

Vue postérieure du tronc cérébral. Les noyaux des nerfs crâniens (d'après Bourret et Louis).

1. Noyaux pupillaires.
2. Noyau du moteur oculaire commun (III).
3. Noyau du nerf pathétique (IV).
4. Partie supérieure du noyau sensitif du nerf trijumeau (V).
5. Partie moyenne du noyau sensitif du trijumeau (V).
6. Noyau sensitif de l'intermédiaire.
7. Noyau moteur du glosso-pharyngien (IX).
8. Noyau sensitif du glosso-pharyngien (IX).
9. Noyau du faisceau solitaire du vague (X).
10. Partie inférieure du noyau sensitif du trijumeau (V).
11. Noyau ambigu [noyau moteur du vague (X) du spinal (XI)].
12. Noyau moteur du spinal médullaire (XI).
13. Noyau de l'hypoglosse (XII).
14. Noyau cardio-pneumo-entérique du vague (X).
15. Noyau sensitif dorsal du vague (X).
16. Noyau viscéro-sensitif salivaire inférieur.
17. Noyau viscéro-sensitif salivaire supérieur.
18. Noyau de Schwalbe (noyau vestibulaire).
19. Noyau cochléaire dorsal.
20. Noyau vestibulaire de Deiters.
21. Noyau vestibulaire de Bechterew.
22. Noyau somato-moteur du facial.
23. Noyau lacrymo-muco-nasal (facial et trijumeau).
24. Noyau somato-moteur du moteur oculaire externe (VI).
25. Noyau somato-moteur du trijumeau ou noyau masticateur (V).

1° — **LA COLONNE DORSALE** comprend **quatre noyaux** :

— **Le noyau de l'hypoglosse** (XII) nerf moteur de la langue situé au niveau du bulbe où il forme sur le plancher du quatrième ventricule *l'aile blanche interne*.

— **Le noyau du moteur oculaire externe** (VI) qui forme à l'étage protubérantiel du plancher du quatrième ventricule *l'eminentia teres*.

— **Le noyau du nerf pathétique** (IV) situé dans la calotte des pédoncules cérébraux à hauteur des tubercules quadrijumeaux postérieurs.

— **Le noyau du moteur oculaire commun** (III) situé au-dessus du précédent dans la calotte des pédoncules cérébraux à hauteur des tubercules quadrijumeaux antérieurs.

FIGURE 2

Les noyaux somato-moteurs du tronc cérébral. Vue de profil. En noir les noyaux de la colonne dorsale. En pointillé les noyaux de la colonne ventrale (d'après Bourret et Louis).

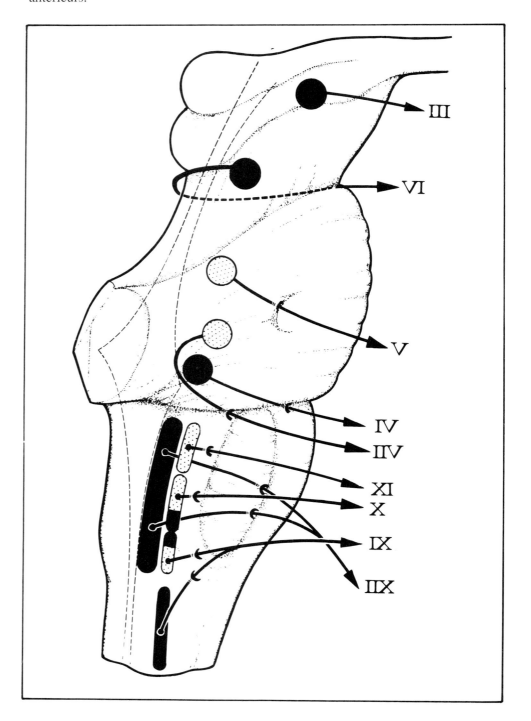

2° — LA COLONNE VENTRALE (Fig. 3)

Située en avant et en dehors de la précédente, elle comprend **trois noyaux** :

— **Le noyau ambigu*** occupant tout l'étage bulbaire du tronc cérébral est situé à mi-distance du quatrième ventricule et de la face antérieure du bulbe. Il représente en fait le noyau d'origine des fibres somato-motrices de trois nerfs crâniens : celles du *spinal bulbaire* (XI) à la partie inférieure du bulbe, celles du *vague* (X) à la partie moyenne et celles du *glosso-pharyngien* (IX) à la partie supérieure du bulbe.

— **Le noyau du facial** (VII) est situé immédiatement au-dessus du précédent, à l'étage protubérantiel, en avant et en dehors du noyau d'origine du moteur oculaire externe.

— **Le noyau moteur du trijumeau** ou noyau masticateur (V) est situé un peu plus haut à la partie moyenne de la protubérance.

LES NOYAUX VISCÉRO-MOTEURS (Fig. 1 et 3)

Ils forment une colonne située en dehors des noyaux somato-moteurs et qui schématiquement comprend **quatre noyaux** ou groupes de noyaux.

1° — LE NOYAU CARDIO-PNEUMO-ENTÉRIQUE situé à l'étage moyen du bulbe, répond à la partie moyenne de **l'aile grise** du plancher du quatrième ventricule. Correspondant au « nœud vital » de Flourens**, il représente le point de départ des fibres cardiaques, respiratoires et digestives du nerf vague.

2° — LES NOYAUX SALIVAIRES (noyau parasympathique du nerf vague = Nucleus dorsalis N. vagi) comprennent en fait deux noyaux :

— **le noyau salivaire inférieur** (Nuclei salivatorii inferior) situé au-dessus du cardio-pneumo-entérique, à l'étage supérieur du bulbe, représente le point de départ des fibres du *nerf glosso-pharyngien* (IX) destinées à la sécrétion salivaire parotidienne.

— **le noyau salivaire supérieur** situé au-dessus du précédent, à la partie basse de la protubérance, donne naissance aux fibres du *nerf intermédiaire de Wrisberg**** (VIIbis) destinées à la sous-maxillaire et à la sub-linguale.

3° — LE NOYAU LACRYMO-MUCO-NASAL est situé au-dessus du précédent, à la partie haute de la protubérance, immédiatement en arrière du noyau somato-moteur du facial. Ses fibres rejoignent le tronc du **nerf facial** et se destinent à la commande de la *sécrétion lacrymale* et de la muqueuse des *fosses nasales*.

4° — LES NOYAUX DE LA MOTRICITÉ INTRINSÈQUE DE L'ŒIL sont situés à la partie haute des pédoncules cérébraux près de la ligne médiane, en dedans du noyau somato-moteur oculaire. Ils comprennent :

— le **noyau médian de Perlia****** qui commande la convergence du regard,
— et les deux **noyaux d'Edinger******* commandant l'accommodation et la contraction pupillaire (myosis).

* Nucleus ambiguus.
** Flourens Marie Jean-Pierre (1794-1867), physiologiste français.
*** Wrisberg Heinrich Auguste (1739-1808), gynécologue allemand, professeur d'anatomie à Göttingen.
**** Perlia Richard (XIXe siècle), opthalmologiste allemand à Krefeld et Frankfort.
***** Edinger Ludwig (1855-1918), anatomiste allemand, professeur de neurologie à Frankfort.

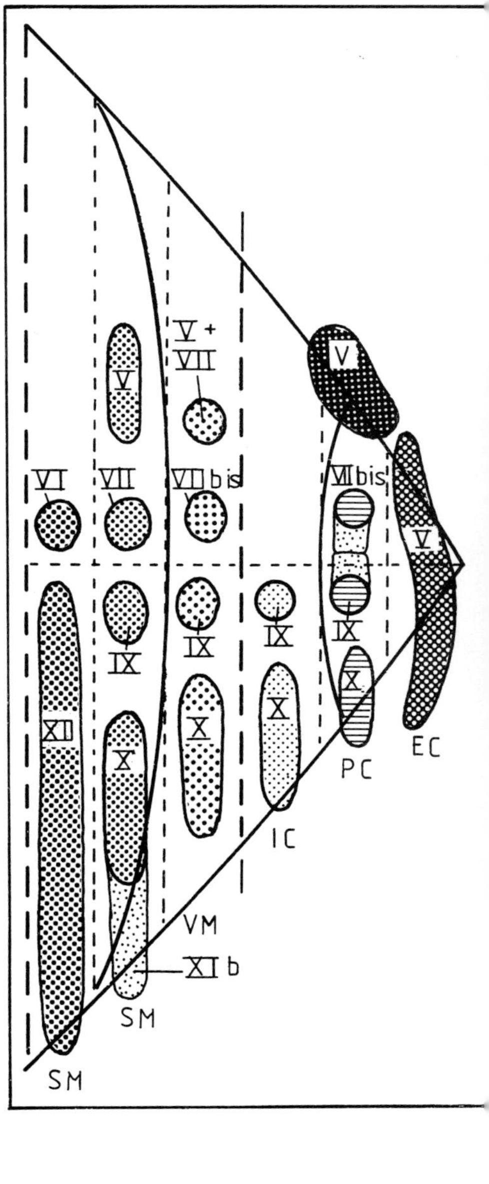

FIGURE 3

Les noyaux des nerfs crâniens dans le plancher du 4e ventricule (vue postérieure, côté droit).

SM : colonnes somato-motrices.
V : noyau moteur du trijumeau.
VI : noyau du moteur oculaire externe.
VII : noyau du facial.
IX : noyau du glosso-pharyngien.
X : noyau du vague.
XIb : noyau du spinal bulbaire.
XII : noyau du grand hypoglosse.

VM : colonne viscéro-motrice.

V + VII : noyau lacrymo-muco-nasal.
VIIbis : noyau salivaire supérieur.
IX : noyau salivaire inférieur.
X : noyau cardio-pneumo-entérique.

IC : sensibilité intéroceptive.
IX : noyau du glosso-pharyngien.
X : noyau sensitif dorsal du vague.

PC : sensibilité proprioceptive.

VIIbis : noyau de l'intermédiaire.
IX : noyau du glosso-pharyngien.
(A chaque noyau appartient, en pointillés, le noyau gustatif de Nageotte).
X : noyau du vague.

EC : sensibilité extéroceptive.
V : racine descendante du trijumeau.
(De haut en bas : max. inf. — max. sup. — opthalmique).

LES NOYAUX VISCÉRO-SENSITIFS

Ils sont très mal connus. Le seul bien individualisé est le noyau sensitif dorsal du vague, profondément situé sous le plancher du quatrième ventricule au niveau de la partie moyenne du bulbe, sous *l'aile grise*.

LES NOYAUX SOMATO-SENSITIFS (Fig. 4)

Ils forment deux colonnes, l'une dorsale, l'autre ventrale.

1° — LA COLONNE DORSALE située sous le plancher du quatrième ventricule, à la partie supérieure du bulbe et à la partie basse de la protubérance, comprend deux groupes de noyaux :

■ le noyau du tractus solitaire (Nucleus tractus solitarii) situé sous *l'aile blanche externe* du plancher du quatrième ventricule correspond de bas en haut au nerf *vague* (X), au *glosso-pharyngien* (IX) et à *l'intermédiaire de Wrisberg* (VIIbis). Sa partie supérieure correspondant au glosso-pharyngien et à l'intermédiaire constitue le **noyau gustatif de Nageotte*** où aboutissent l'ensemble des fibres du goût.

■ les noyaux stato-acoustiques (Nuclei N. vestibulo cochlearis) ou noyaux du nerf auditif comprennent deux groupes de noyaux; les *noyaux vestibulaires* premier relais des voies vestibulaires ou de l'équilibration, les *noyaux cochléaires* premier relais des voies auditives proprement dites.

* Nageotte Jean (1866-1948), médecin et histologiste français.

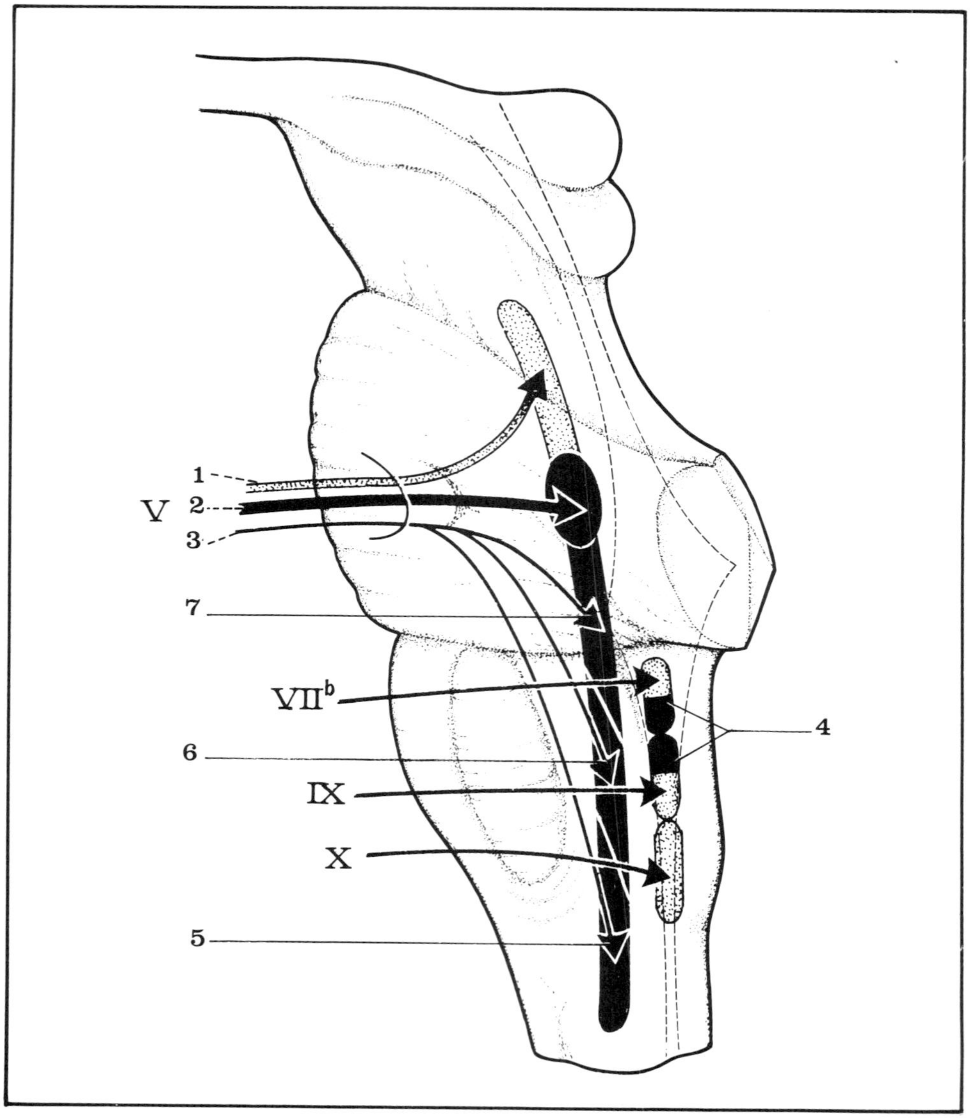

FIGURE 4

Les noyaux somato-sensitifs du tronc cérébral.

1. *Fibres propioceptives du trijumeau.*
2. *Fibres tactiles.*
3. *Fibres de la sensibilité superficielle.*
4. *Noyau du tractus solitaire (en grisé) et centre gustatif (en noir).*
5. 6. 7. *Noyau sensitif du trijumeau (colonne ventrale) :*
5. *Nerf ophtalmique.*
6. *Nerf maxillaire.*
7. *Nerf mandibulaire.*

• **Les noyaux vestibulaires** sont situés à l'angle externe du plancher du quatrième ventricule, sous l'aile blanche externe où ils forment une légère saillie : l'éminence ou *trigone acoustique* (Eminentia acoustica). Au nombre de trois, ils comprennent : (Fig. 5 et 6)

le *noyau de Schwalbe** ou noyau principal en dedans,
le *noyau de Deiters*** plus en dehors,
et le *noyau de Bechterew**** en dehors et au-dessus du précédent.

• **Les noyaux cochléaires** sont au nombre de deux : le *noyau cochléaire dorsal* ou noyau acoustique latéral, situé à la partie externe du plancher du quatrième ventricule à l'étage bulbaire sous *l'éminence acoustique*; le *noyau cochléaire ventral*, situé plus en avant et un peu en dehors, séparé du précédent par la partie inférieure du pédoncule cérébelleux inférieur et la partie supérieure des corps restiformes. (Fig. 5)

2° — **LA COLONNE VENTRALE** est formée par le volumineux **noyau du nerf trijumeau (V) ou noyau gélatineux de Rolando****, car il continue au niveau du tronc cérébral la substance gélatineuse de Rolando qui coiffe la corne postérieure de la moelle. Situé à la partie antérieure et externe du tronc cérébral, c'est un noyau volumineux qui s'étend depuis la partie inférieure du bulbe jusqu'au niveau de la partie inférieure de la calotte des pédoncules cérébraux. Effilé à ses deux extrémités, il est au contraire renflé à sa partie moyenne, protubérantielle. Il constitue un relais sur le trajet des fibres sensitives issues du nerf trijumeau. On admet que la partie supérieure de ce noyau représenterait le relais des fibres propres de la sensibilité proprioceptive; la partie moyenne recevrait les fibres tactiles, et la partie inférieure les fibres thermo-algésiques avec, de haut en bas : le nerf mandibulaire, le maxillaire et l'ophtalmique.

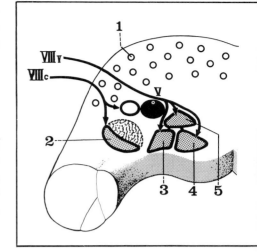

FIGURE 5

Coupe de la protubérance. Les origines réelles du nerf stato-acoustique (VIII).

1. Noyau du pont.
2. Noyau cochléaire dorsal.
3. Noyau de Bechterew.
4. Noyau de Schwalbe.
5. Noyau de Deiters.
VIII v : VIII vestibulaire.
VIII c : VIII cochléaire.

---

* Schwalbe Gustave Albert (1844-1916), médecin allemand, professeur d'anatomie à Strasbourg.
** Deiters Otto, Friedrich, Karl (1834-1863), médecin allemand, professeur d'anatomie et d'histologie à Bonn.
*** Bechterew Vladimir (1857-1927), neuro-psychiatre russe.
**** Noyau de Rolando : ou du tractus spinal du nerf trijumeau (Nucleus tractus spinalis N. trigemini).

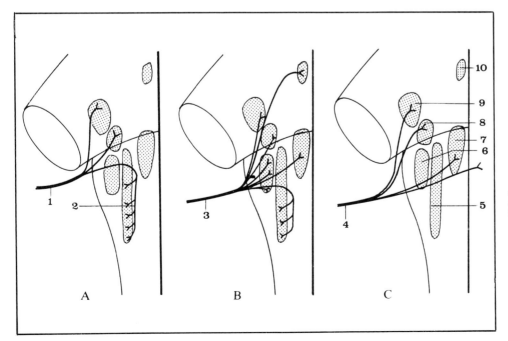

FIGURE 6

Les noyaux vestibulaires dans le plancher du 4ᵉ ventricule (d'après G. Paturet).

A. Nerf ampullaire.
B. Nerf utriculaire.
C. Nerf sacculaire.
1. Fibres ampullaires.
2. Racine descendante vestibulaire.
3. Fibres utriculaires.
4. Fibres sacculaires.
5. Noyau de Roller.
6. Noyau de Deiters.
7. Noyau de Schwalbe.
8. Noyau de Lewandowsky.
9. noyau de Bechterew.
10. Noyau du toit.

LES ORIGINES RÉELLES DES NERFS CRÂNIENS

Les nerfs crâniens étant pour la plupart des nerfs mixtes, peuvent tirer leur origine de plusieurs noyaux. On entend par origines réelles des nerfs crâniens le ou les noyaux du tronc cérébral d'où naissent leurs fibres.

— **Le moteur oculaire commun** (N. oculomotorius) (III) tire ainsi ses origines de son *noyau somato-moteur* et des *noyaux pupillaires*. (Fig. 7)

FIGURE 7

Coupe des pédoncules cérébraux au niveau des tubercules quadrijumeaux antérieurs.

Les origines du nerf moteur oculaire commun (III).

1. *Noyau somato-moteur du moteur oculaire commun.*
2. *Noyau d'Edinger.*
3. *Noyau de Perlia.*
4. *Noyau rouge.*
5. *Locus niger.*

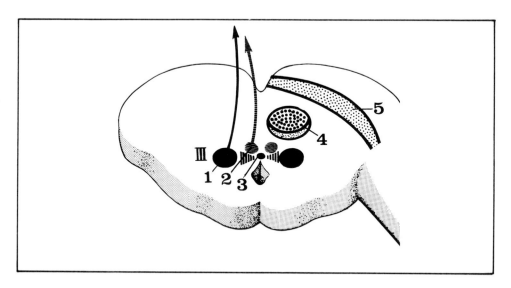

— **Le pathétique** ou trochléaire (N. trochlearis) (IV) tire son origine uniquement de son *noyau somato-moteur*. Il est à noter que son émergence du névraxe se fait sur la face dorsale de ce dernier. (Fig. 8)

FIGURE 8

Coupe des pédoncules cérébraux au niveau des tubercules quadrijumeaux postérieurs.

Les origines réelles du nerf pathétique (IV).

1. *Locus niger.*
2. *Noyau rouge.*
3. *Noyau somato-moteur du pathétique.*

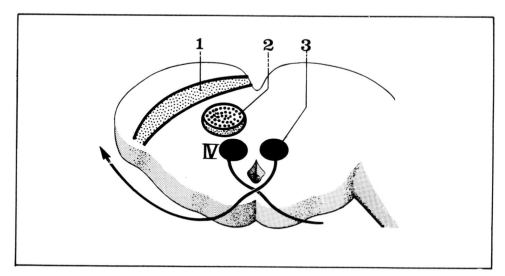

— **Le trijumeau** (N. trigeminus) (V) a pour origine : le *noyau masticateur* (noyau somato-moteur de la colonne ventrale) donnant naissance aux fibres de la racine motrice,

la partie supérieure du *noyau lacrymo-muco-nasal* (viscéro-moteur);

le *noyau sensitif du trijumeau* qui reçoit les fibres somato-sensibles;

il s'y ajoute des *fibres viscéro-sensitives* qui se terminent à la partie supérieure de l'aile grise protubérantielle. (Fig. 9).

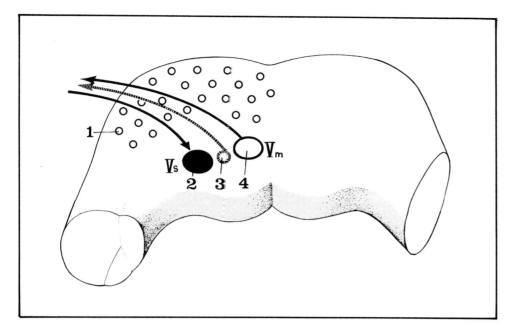

FIGURE 9

Coupe de la protubérance.
Les noyaux d'origine du nerf trijumeau (V).
1. *Noyau du pont.*
2. *Noyau sensitif du trijumeau.*
3. *Noyau lacrymo-muco-nasal.*
4. *Noyau masticateur.*
Vm : *V moteur.*
Vs : *V sensitif.*

— **Le moteur oculaire externe**, nerf abducteur (N. abducens) (VI), nerf purement moteur, a pour origine réelle un noyau *somato-moteur* de la colonne dorsale situé à la partie inférieure de la protubérance. (Fig. 10)

— **Le facial** (N. facialis) (VII) nerf purement moteur a pour origine réelle un noyau somato-moteur de la colonne ventrale situé en dehors du noyau du moteur oculaire externe. (Fig. 10)

— **L'intermédiaire** (N. intermedius) de Wrisberg (VIIbis), nerf mixte, a pour origines réelles le *noyau salivaire supérieur*, le noyau *lacrymo-muco-nasal*, et la partie supérieure du *faisceau solitaire* (fibres gustatives). Ce nerf contient en outre des fibres viscéro-sensibles qui n'ont pas de noyau distinct. (Fig. 10)

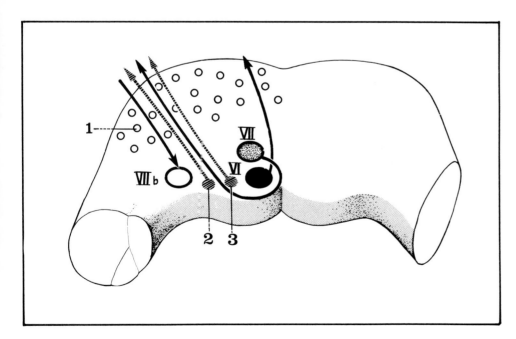

FIGURE 10

Coupe de la protubérance.
Les origines réelles du moteur oculaire externe (VI) du facial (VII) et de l'intermédiaire (VIIbis).
1. *Noyau du pont.*
2. *Noyau salivaire supérieur.*
3. *Noyau lacrymo-muco-nasal.*

— **Le nerf auditif** ou **stato-acoustique** ou vestibulo-cochléaire (N. vestibulo-cochlearis) (VIII) a pour origine réelle, d'une part, les *noyaux cochléaires dorsal et ventral* situés à la partie externe du plancher du quatrième ventricule, d'autre part, les *trois noyaux vestibulaires* de Schwalbe, Deiters et Bechterew. (Fig. 11)

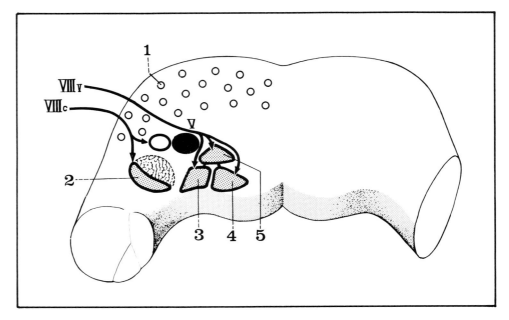

FIGURE 11

Coupe de la protubérance.
Les origines réelles du nerf stato-acoustique (VIII).

1. *Noyau du pont.*
2. *Noyau cochléaire dorsal.*
3. *Noyau de Bechterew.*
4. *Noyau de Schwalbe.*
5. *Noyau de Deiters.*
VIIIv : *VIII vestibulaire.*
VIIIc : *VIII cochléaire.*

— **Le glosso-pharyngien** (N. glossopharyngeus) (IX), a pour origines réelles :
la partie moyenne du *noyau ambigu* (colonne somato-motrice ventrale) ;
le *noyau salivaire inférieur* (viscéro-moteur) ;
la partie moyenne du noyau du *tractus solitaire* (somato-sensitif) recevant les fibres gustatives ;
enfin les fibres viscéro-sensibles du glosso-pharyngien n'ont pas de noyau individualisé et se terminent dans l'aile grise. (Fig. 12)

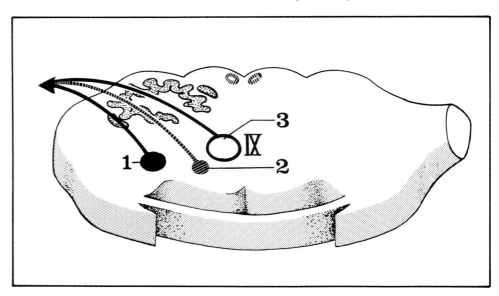

FIGURE 12

Coupe du bulbe à sa partie supérieure.
Les origines réelles du nerf glosso-pharyngien (IX).

1. *Noyau du tractus solitaire.*   3. *Noyau ambigu (somato-moteur).*
2. *Noyau salivaire inférieur.*

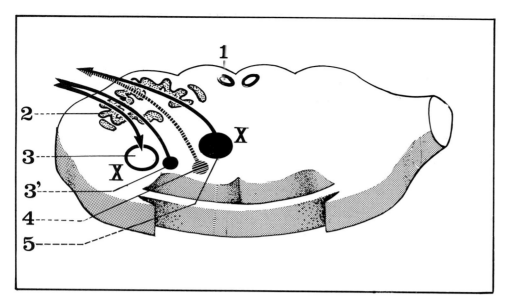

FIGURE 13

Coupe du bulbe à la partie moyenne.
Les origines réelles du nerf vague ou pneumogastrique (X).

1. Noyau arqué du bulbe.
2. Olive bulbaire.
3. Noyau du tractus solitaire.
3'. Noyau sensitif dorsal du vague.
4. Noyau cardio-pneumo-entérique.
5. Noyau ambigu.

— **Le nerf vague** (N. vagus) (X), a pour origines réelles : (Fig. 13)
le noyau *ambigu* (somato-moteur);
le noyau *cardio-pneumo-entérique* (viscéro-moteur);
le noyau *dorsal du vague* (viscéro-sensitif);
la partie inférieure du *noyau du tractus solitaire* (somato-sensibilité).

— **Le spinal** ou accessoire (N. accessorius) (XI) nerf essentiellement moteur est constitué en fait de deux nerfs :
— le *spinal bulbaire* dont l'origine réelle est située à la partie inférieure de la colonne somato-motrice dorsale;
— le *spinal médullaire* qui prend ses origines dans la moelle cervicale un peu en arrière de la corne antérieure. (Fig. 14)

— **L'hypoglosse** (N. hypoglossus) (XII), enfin, a pour origine réelle un noyau situé à la partie inférieure du bulbe et appartenant à la colonne dorsale des somato-moteurs. (Fig. 14)

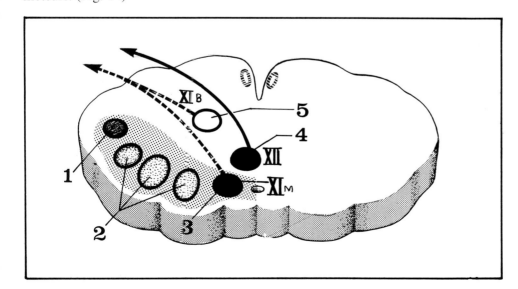

FIGURE 14

Coupe du bulbe à la partie inférieure.
Les origines de l'hypoglosse (XII) et du spinal (XI).

1. Noyau sensitif du trijumeau.
2. Noyaux de Goll, Burdach et Von Monakow.
3. Noyau médullaire du spinal (XIM).
4. Noyau moteur de l'hypoglosse.
5. Noyau du spinal bulbaire (XIB).

B. Les noyaux propres du tronc cérébral

Il existe à l'intérieur du tronc cérébral un certain nombre de noyaux de substance grise dont les connexions et la signification exacte ne sont pas toujours parfaitement élucidées. Certains représentent un **relais sur les voies sensitives** ou les voies sensorielles (noyaux de Goll, de Burdach, corps trapézoïde par exemple) ou un **relais sur les circuits cérébelleux** (noyaux du pont, olive bulbaire), ou encore le **point de départ de voies motrices involontaires** (noyau rouge) ou de **voies d'association** (noyau arqué). Nous décrirons seulement les plus importants de ces noyaux, en les groupant de façon purement topographique en **trois étages** pédonculaire, protubérantiel et bulbaire.

A L'ÉTAGE PÉDONCULAIRE (Fig. 18 et 19)

1 — LE LOCUS NIGER (Substantia Nigra). C'est une lame de substance gris-ardoisée, aplatie dans le sens antéro-postérieur, qui occupe toute la hauteur des pédoncules cérébraux et subdivise ce dernier en deux régions : *la calotte* en arrière et *le pied* en avant. S'articulant avec les **voies motrices involontaires** extra-pyramidales et avec la **substance réticulée**, il représente un **centre des mouvements associés**. (Fig. 19)

2 — LE NOYAU ROUGE (Nucleus Ruber). C'est un volumineux noyau de forme ovoïde situé dans la partie antérieure de la calotte du pédoncule. Du point de vue fonctionnel on lui distingue deux parties :

— **le paléo-rubrum** situé à la partie centrale du noyau, qui représente le point de départ du *faisceau rubro-spinal*, voie motrice involontaire ;

— **le néo-rubrum** situé à la périphérie, qui représente un relais sur les *voies cérébelleuses et les voies striées*.

Il joue donc un rôle très important dans la synergie des mouvements du corps et la détermination des attitudes et des postures.

3 — LE NOYAU DE DARKSCHEWITSCH*. C'est un petit noyau allongé en avant et en dehors de l'aqueduc de Sylvius, qui représente le point de départ de **voies d'association** (bandelette longitudinale postérieure). (Fig. 15 et 16)

4 — LES TUBERCULES QUADRIJUMEAUX (ou Tectum)**. Situés à la face postérieure des pédoncules cérébraux en arrière de l'aqueduc de Sylvius, ils représentent chez l'homme le reliquat des lobes optiques des vertébrés inférieurs. Les tubercules quadrijumeaux sont donc le reliquat d'un cerveau primitif et ne représentent en fait que des **centres réflexes** situés en dérivation sur les *voies optiques et auditives*. (Fig. 17)

• **Les tubercules quadrijumeaux antérieurs** (Colliculus superior) reçoivent en effet des fibres venues du *cortex visuel* et de la pupille ; ils donnent naissance à une voie motrice involontaire : **le faisceau tecto-spinal**.

• **Les tubercules quadrijumeaux postérieurs** (Colliculus inferior) reçoivent leurs afférences des **voies acoustiques**. Ils émettent des fibres qui rejoignent également le *faisceau tecto-spinal*. En outre, ils représentent le point de départ de voies d'association en donnant des fibres soit qui rejoignent les tubercules quadrijumeaux postérieurs du côté opposé, soit qui descendent dans le tronc cérébral par la *bandelette longitudinale postérieure*.

5 — LE NOYAU INTERPÉDONCULAIRE (Nucleus interpeduncularis) qui appartient au rhinencéphale. (Fig. 15 et 16)

6 — LE NOYAU DE CAJAL*** ou noyau interstitiel relié aux voies oculogyres par la bandelette longitudinale postérieure. (Fig. 15 et 16)

---

* Darkschewitsch Osijovich (1858-1925), médecin russe, neurologue à Moscou.
** *Tectum* = le toit, le plafond (en latin).
*** Cajal Ramon Y. (1852-1934), médecin espagnol, professeur d'anatomie à Valence et Barcelone, puis d'histologie et d'anatomie pathologique à Madrid.

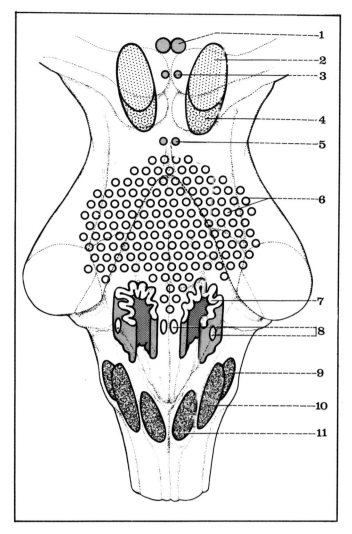

FIGURE 15

Les noyaux propres du tronc cérébral en projection sur une vue postérieure (d'après Bourret et Louis).

1. Noyau de Darkschewitsch.
2. Noyau rouge (Neorubrum).
3. Noyau interstitiel de Cajal.
4. Noyau rouge (Paléorubrum).
5. Noyau interpédonculaire.
6. Noyaux du pont.
7. Olive bulbaire.
8. Para-olives.
9. Noyau de Von Monakow.
10. Noyau de Burdach.
11. Noyau de Goll.

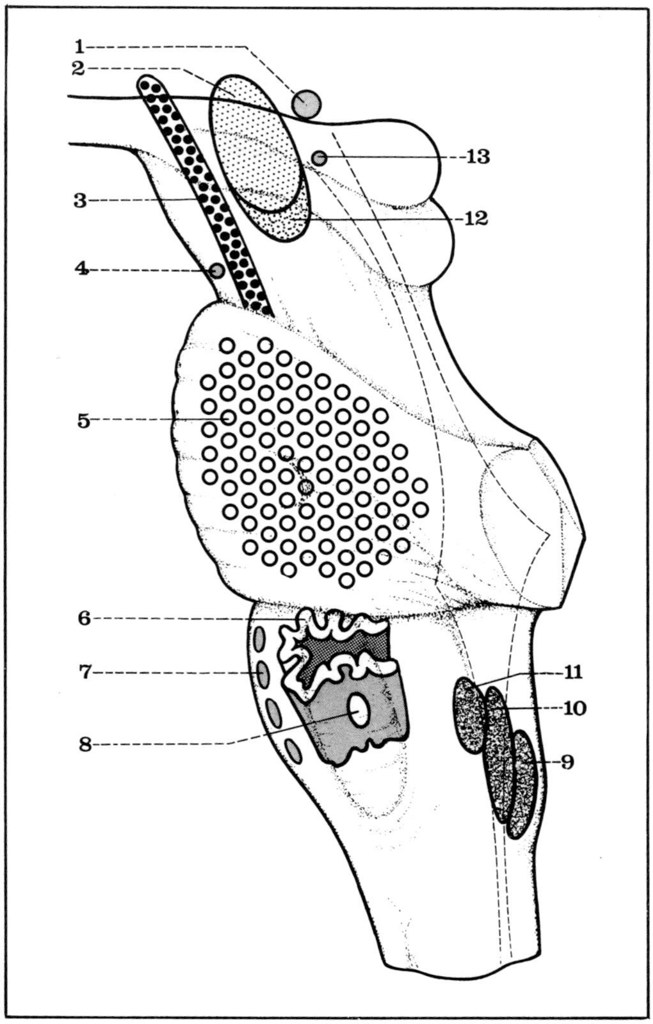

FIGURE 16

Les noyaux propres du tronc cérébral en projection sur une vue latérale gauche (d'après Bourret et Louis).

1. Noyau de Darkschewitsh.
2. Noyau rouge (Néorubrum).
3. Locus niger.
4. Noyau interpédonculaire.
5. Noyaux du pont.
6. Olive bulbaire.
7. Noyau arqué.
8. Para-olive dorsale.
9. Noyau de Goll.
10. Noyau de Burdach.
11. Noyau de Von Monakow.
12. Noyau rouge (Paléorubrum).
13. Noyau de Cajal.

A L'ÉTAGE PROTUBÉRANTIEL (Fig. 15, 16)

1 — LES NOYAUX DU PONT (Nuclei pontis) sont de petits noyaux très nombreux à grand axe horizontal disséminés dans la substance blanche du pied de la protubérance. Ils dissocient à ce niveau les fibres du faisceau pyramidal. Ils représentent un relais sur un des circuits cérébelleux (**voie cortico-ponto-cérébelleuse**).

2 — L'OLIVE PROTUBÉRANTIELLE située profondément au niveau du tiers moyen de la protubérance en avant et en dedans du noyau facial, a la même forme que l'olive bulbaire. Elle entre en connexion d'une part avec les **voies acoustiques** (ruban de Reil latéral), d'autre part avec le noyau du **moteur oculaire externe**.

3 — LE CORPS TRAPEZOÏDE (Corpus trapezoideum) est un petit noyau situé en avant et en dedans de l'olive protubérantielle. Il représente un relais sur les **voies acoustiques**.

4 — **LE LOCUS COERULEUS** (le lieu bleu, en latin) est un petit amas de substance grise situé à la partie toute supérieure du plancher du quatrième ventricule près du pédoncule cérébelleux supérieur au contact du noyau sensitif du trijumeau avec lequel il entre en connexion.

A L'ÉTAGE BULBAIRE :

Les noyaux propres du tronc cérébral sont présentés par :

1 — **LES NOYAUX DE GOLL, BURDACH et VON MONAKOW.** Situés à la partie inférieure du bulbe, ils ont la même signification que les cornes postérieures de la moelle qu'ils prolongent en haut et représentent le premier relais sur les voies lemniscales de la sensibilité (sensibilité tactile épicritique et sensibilité profonde consciente).

— **Le noyau de Goll** ou noyau gracile (Nucleus gracilis) le plus interne, est situé dans la pyramide postérieure, près de la ligne médiane et forme la saillie appelée Clava ;

— **Le noyau de Burdach** ou noyau cunéiforme (Nucleus cuneatus) est situé en dehors et plus profondément que le précédent dans les corps restiformes ;

— **Le noyau de Von Monakow*** ou noyau cunéiforme accessoire (N. cuneatus accessorius) est situé en arrière et en dehors du noyau de Burdach à l'intérieur des corps restiformes. (Fig. 15 et 16)

2 — **L'OLIVE BULBAIRE ET LES NOYAUX DU SYSTÈME OLIVAIRE**

Située à la partie antéro-latérale du bulbe sur laquelle elle fait saillie entre les sillons pré- et rétro-olivaire, l'olive est une lame de substance grise en forme de tuile

* Monakow Constantin Von (1853-1930), médecin russe, professeur de neurologie à Zurich.

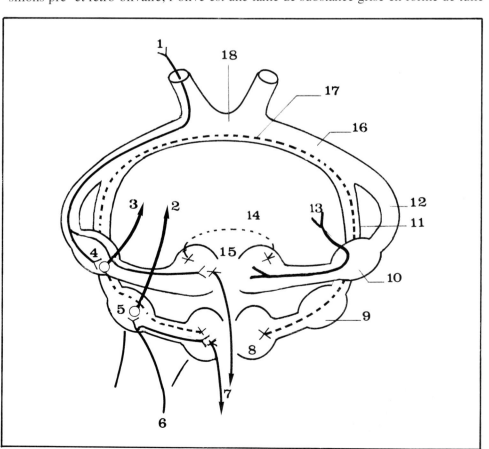

FIGURE 17

Systématisation du tectum (d'après G. Vincent).

1. *Deuxième neurone optique.*
2. *Radiations acoustiques.*
3. *Radiations optiques.*
4. *Troisième neurone optique.*
5. *Troisième neurone acoustique.*
6. *Deuxième neurone acoustique (dans le Reil latéral).*
7. *Faisceau tecto-spinal.*
8. *Tubercule quadrijumeau postérieur.*
9. *Corps genouillé interne.*
10. *Corps genouillé externe.*
11. *Racine interne de la bandelette optique.*
12. *Racine externe de la bandelette optique.*
13. *Fibres occipito-tectales.*
14. *Commissure blanche postérieure.*
15. *Tubercules quadrijumeaux antérieurs.*
16. *Bandelette optique.*
17. *Commissure de Gudden.*
18. *Chiasma optique.*

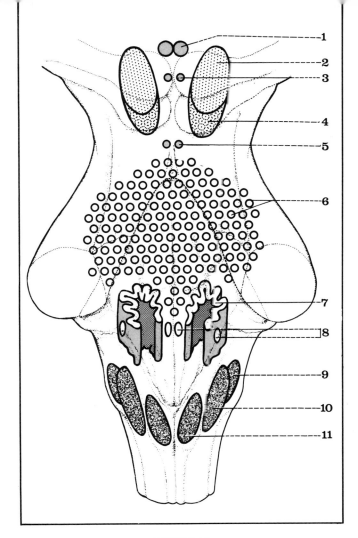

FIGURE 18

Les noyaux propres du tronc cérébral en projection sur une vue postérieure (d'après Bourret et Louis).

1. Noyau de Darkschewitsch.
2. Noyau rouge (Neorubrum).
3. Noyau interstitiel de Cajal.
4. Noyau rouge (Paléorubrum).
5. Noyau interpédonculaire.
6. Noyaux du pont.
7. Olive bulbaire.
8. Para-olives.
9. Noyau de Von Monakow.
10. Noyau de Burdach.
11. Noyau de Goll.

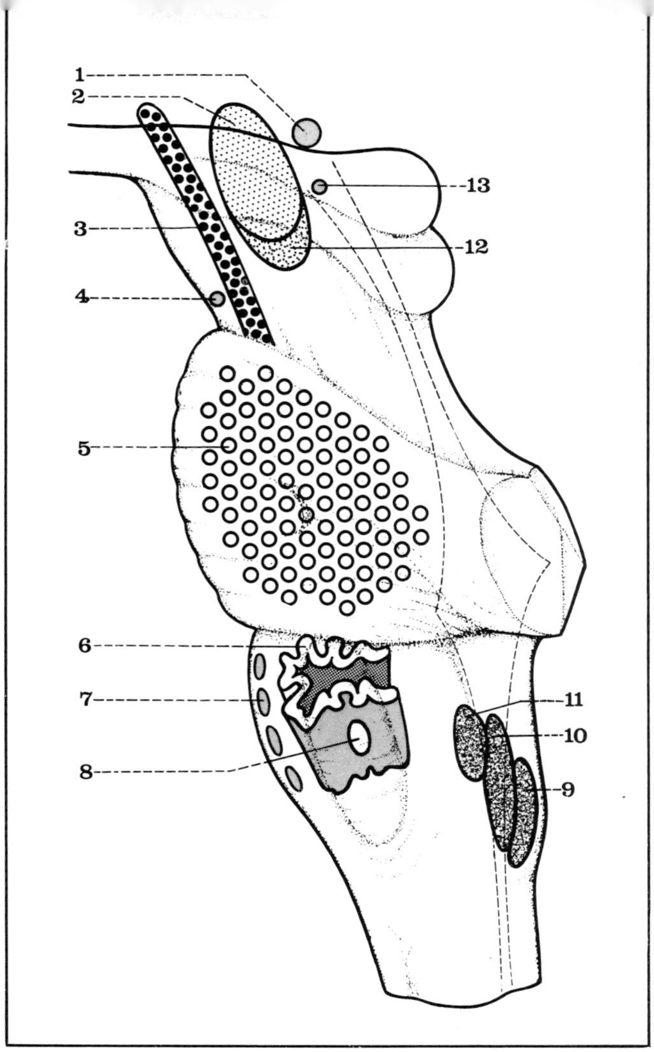

FIGURE 19

Les noyaux propres du tronc cérébral en projection sur une vue latérale gauche (d'après Bourret et Louis).

1. Noyau de Darkschewitsch.
2. Noyau rouge (Néorubrum).
3. Locus niger.
4. Noyau interpédonculaire.
5. Noyaux du pont.
6. Olive bulbaire.
7. Noyau arqué.
8. Para-olive dorsale.
9. Noyau de Goll.
10. Noyau de Burdach.
11. Noyau de Von Monakow.
12. Noyau rouge (Paléorubrum).
13. Noyau de Cajal.

à concavité postérieure. On lui adjoint d'autres noyaux plus accessoires et qui ont la même signification : la **para-olive dorsale** ou externe située en arrière de l'olive et la **para-olive ventrale** ou interne située en avant et en dedans. (Fig. 18 et 19)

L'ensemble formé par l'olive et les noyaux para-olivaires reçoit des fibres nerveuses venues par le faisceau central de la calotte, du **noyau rouge**, du **thalamus** et des **corps striés**. Il émet des fibres *en direction du cervelet* formant le faisceau **olivo-cérébelleux** qui gagne le corps restiforme et le pédoncule cérébelleux inférieur et *en direction de la moelle* : c'est le faisceau **olivo-spinal**, voie motrice involontaire.

3 — LE NOYAU ARQUÉ (Nucleus Arcuatus) est un petit noyau situé à la partie toute antérieure du bulbe ; point de départ de la **voie d'association** que constituent les *fibres arciformes antérieures* qui dessinent des stries à la face antérieure du bulbe. (Fig. 16)

La substance réticulée (Substantia Reticularis)

Formation propre au tronc cérébral, la réticulée est une coulée de substance nerveuse formée de nombreux neurones articulés entre eux qui rendent sa structure en quelque sorte intermédiaire entre celle de la substance grise et celle de la substance blanche. Elle s'étend sur toute la hauteur du tronc cérébral entre les noyaux des nerfs crâniens et les grandes voies ascendantes et descendantes, depuis la moelle cervicale en bas jusqu'au niveau de l'hypothalamus et du thalamus en haut. Entrant en connexion avec la plupart des grandes voies ascendantes et descendantes et avec les principaux noyaux du tronc cérébral elle joue un rôle capital dans la transmission des influx nerveux sur lesquels elle exerce soit une action **facilitante**, soit une action **inhibitrice**. Elle joue ainsi un rôle important d'une part, sur le maintien du cortex en état de *vigilance*, sur les mécanismes du *sommeil*, et, d'autre part, sur la régulation du *tonus musculaire*.

SYSTÉMATISATION DE LA RÉTICULÉE

On décrit au niveau de la formation réticulée toute une série de noyaux. (Fig. 20).

— LES NOYAUX DORSAUX : **noyau para-médian dorsal, noyau de Roller et noyau intercalé**, situés à la partie inférieure du plancher du quatrième ventricule, sont essentiellement en connexion avec les noyaux végétatifs des derniers nerfs crâniens.

— LES NOYAUX MÉDIANS ou noyaux du raphé du bulbe et de la protubérance, situés près de la ligne médiane, se continuent en haut avec la substance grise péri-épendymaire du mésencéphale et avec les noyaux thalamiques.

Ils reçoivent leurs **afférences** des voies sensitives et sensorielles en particulier par l'intermédiaire des *faisceaux spino-réticulo-thalamiques* et émettent des **efférences** ascendantes vers le cortex soit directement, soit indirectement par l'intermédiaire de relais thalamiques et hypothalamiques. Ils ont un rôle **activateur** des voies sensitives.

— LES NOYAUX CENTRAUX : situés en dehors des précédents sur toute la hauteur du tronc cérébral, prennent le nom dans le bulbe de *substance réticulée blanche* et forment au niveau des pédoncules **le noyau central de la calotte**. Ils reçoivent leurs **afférences** d'une part des voies sensitives, d'autre part du cortex, des corps striés, du noyau rouge, du locus niger et du cervelet. Leurs **efférences** sont représentées essentiellement par les deux faisceaux réticulo-spinaux :

— *réticulo-spinal latéral* ou dorsal croisé qui naît au niveau du mésencéphale et descend vers les cellules de la corne antérieure de la moelle sur lesquelles il exerce une action facilitante.

— *réticulo-spinal antérieur*, d'origine bulbaire qui va exercer sur les cellules de la corne antérieure de la moelle une action inhibitrice.

— LES NOYAUX LATÉRAUX situés au niveau du bulbe en arrière de l'olive, appelés parfois *substance réticulée grise* bulbaire, représentent un relais entre la moelle et le cervelet.

— D'AUTRES NOYAUX DU TRONC CÉRÉBRAL sont également assimilés actuellement à la formation réticulée : c'est le cas du **noyau rouge, du locus niger, du corps de Luys** et de certaines formations sus-jacentes situées au niveau du thalamus.

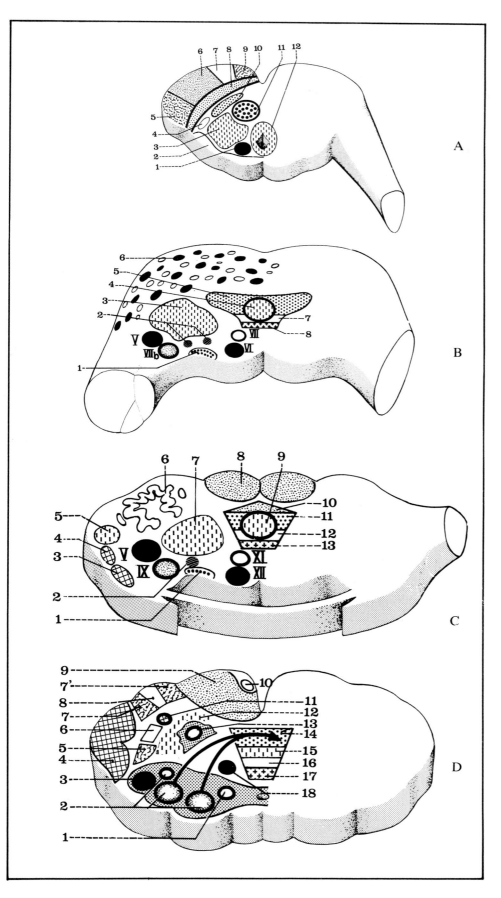

FIGURE 20

Les noyaux de la réticulée.

A. *Au niveau des pédoncules.*
 1. *Noyau du pathétique.*
 2. *Corps genouillé interne.*
 3. *Substance réticulée (noyaux centraux).*
 4. *Faisceau spino-thalamique.*
 5. *Faisceau temporo-ponto-cérébelleux.*
 6. *Faisceau pyramidal.*
 7. *Faisceau géniculé.*
 8. *Locus niger.*
 9. *Faisceau fronto-ponto-cérébelleux.*
 10. *Ruban de Reil.*
 11. *Noyau rouge.*
 12. *Noyau médian de la réticulée.*

B. *Au niveau de la protubérance.*
 1. *Noyaux dorsaux de la réticulée.*
 2. *Noyaux lacrymo-muco-nasal et salivaire supérieur.*
 3. *Noyau central de la réticulée.*
 4. *Noyau médian de la réticulée.*
 5. *Ruban de Reil médian.*
 6. *Noyaux du pont.*
 7. *Faisceau tecto-spinal.*
 8. *Bandelette longitudinale postérieure.*

C. *Partie haute du bulbe.*
 1. *Noyaux dorsaux de la réticulée.*
 2. *Noyau salivaire inférieur.*
 3. *Faisceau de Flechsig.*
 4. *Faisceau de Gowers.*
 5. *Noyau latéral de la réticulée.*
 6. *Olive bulbaire.*
 7. *Noyau central de la réticulée.*
 8. *Faisceau pyramidal.*
 9. *Noyau médian de la réticulée.*
 10. *Pes lemnicus profond.*
 11. *Ruban de Reil médian.*
 12. *Faisceau spino-thalamique ventral.*
 13. *Faisceau tecto-spinal.*

D. *Partie inférieure du bulbe.*
 1. *Noyau du spinal bulbaire.*
 2. *Noyaux de Goll, Burdach et Von Monakow.*
 3. *Noyau sensitif du trijumeau.*
 4. *Faisceau de Flechsig.*
 5. *Faisceau rubro-spinal.*
 6. *Faisceau spino-thalamique latéral.*
 7 et 7'. *Faisceaux vestibulo-spinaux.*
 8. *Faisceau olivo-spinal.*
 9. *Faisceau pyramidal.*
 10. *Noyau arqué du bulbe.*
 11. *Faisceau spino-tectal.*
 12. *Substance réticulée bulbaire (noyaux centraux du bulbe).*
 13. *Noyau du spinal médullaire.*
 14. *Ruban de Reil médian.*
 15. *Faisceau spino-thalamique ventral.*
 16. *Faisceau tecto-spinal.*
 17. *Bandelette longitudinale postérieure.*
 18. *Noyau de l'hypoglosse.*

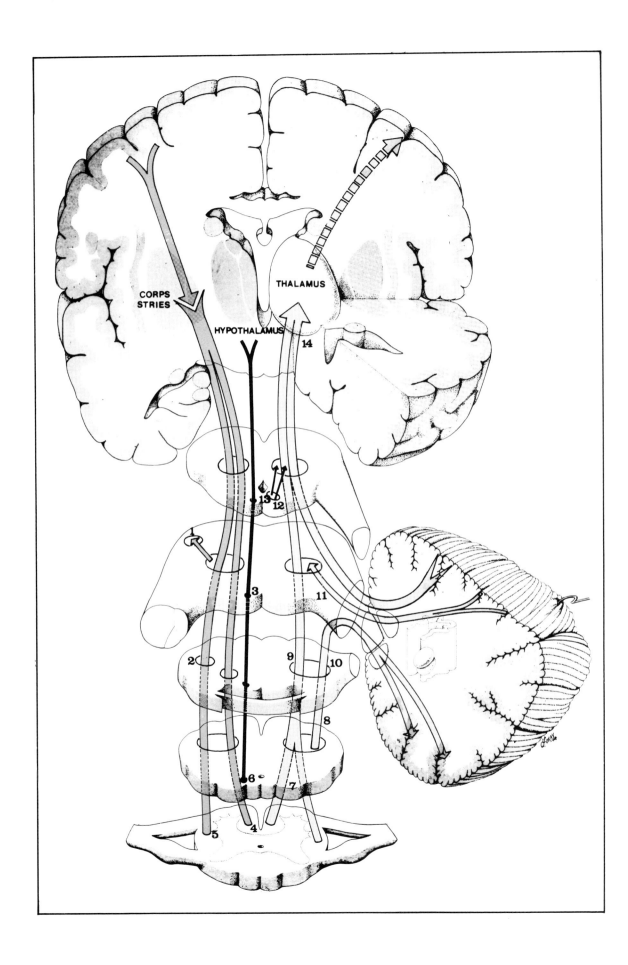

RÔLE FONCTIONNEL (Fig. 21)

Schématiquement, il est possible de distinguer dans la réticulée quatre grands systèmes de rôle fonctionnel différent :

1° — UN SYSTÈME ASCENDANT ACTIVATEUR DES VOIES SENSITIVES. Il est représenté essentiellement par les **noyaux médians** étagés sur toute la hauteur du tronc cérébral depuis la moelle cervicale jusqu'au thalamus. Il reçoit de nombreuses **afférences sensitives et sensorielles** : faisceau spino-thalamique, fibres d'origine visuelle et auditive, faisceau dentato-rubrique en provenance du cervelet. Ses **efférences à destinée corticale** directe ou indirecte (par l'intermédiaire de la réticulée thalamique) ont pour rôle d'entretenir la **vigilance** du cortex cérébral.

On peut rattacher à ce système activateur ascendant les **noyaux latéraux** qui reçoivent essentiellement des afférences **médullaires** et émettent leurs efférences en direction du **cortex cérébelleux**.

2° — UN SYSTÈME ASCENDANT INHIBITEUR, de connaissance plus récente, d'importance moindre, serait représenté par le **noyau de Moruzzi** qui serait situé dans le plancher du quatrième ventricule en avant du noyau du faisceau solitaire et dont la destruction empêcherait le sommeil.

3° — UN SYSTÈME RÉTICULÉ DESCENDANT ACTIVATEUR DES VOIES MOTRICES. Il est représenté essentiellement par les **noyaux réticulés centraux** des pédoncules et de la protubérance. Recevant avant tout des **afférences corticales cérébrales**, ces noyaux ont pour efférence principale le **faisceau réticulo-spinal** latéral qui descend vers les noyaux moteurs des nerfs crâniens et vers les cellules de la corne antérieure de la moelle.

4° — UN SYSTÈME RÉTICULÉ DESCENDANT INHIBITEUR DES VOIES MOTRICES, représenté par les **noyaux centraux antérieurs du bulbe**. Recevant ses **afférences** d'une part, du *cervelet*, d'autre part et surtout du *cortex cérébral de l'aire 4 S*, il a pour **efférence** principale le **faisceau réticulo-spinal ventral** qui descend en direction des cellules de la corne antérieure de la moelle.

Ces deux systèmes activateur et inhibiteur descendants jouent un rôle important dans le **contrôle du tonus musculaire** et expliquent notamment les rigidités de décérébration observées au cours de certains syndromes du tronc cérébral.

FIGURE 21

L'organisation fonctionnelle de la réticulée.

1. *Efférences motrices des noyaux centraux.*
2. *Noyaux centraux du bulbe, inhibiteurs des voies motrices.*
3. *Noyaux dorsaux, végétatifs.*
4. *Faisceau réticulo-spinal ventral, inhibiteur.*
5. *Faisceau réticulo-spinal latéral activateur.*
6. *Fibres à destinée végétative.*
7. *Afférences sensitives médullaires des noyaux médians, activateurs.*
8. *Afférences sensitives des noyaux latéraux en liaison avec le cervelet.*
9. *Noyaux médians activateurs des voies sensitives.*
10. *Noyaux latéraux, activateurs, à connexions cérébelleuses.*
11. *Afférences cérébelleuses des noyaux médians.*
12. *Afférences auditives.*
13. *Afférences visuelles.*
14. *Réticulée thalamique.*

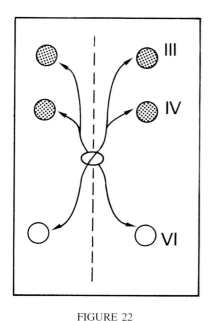

FIGURE 22

*Les neurones intercalaires.
Par la bandelette longitudinale postérieure ils relient le III et le IV d'un côté avec le VI opposé.*

Les voies d'association

Les différents centres nerveux du tronc cérébral sont reliés entre eux par des voies d'association qui, pour la plupart, sont courtes et ne dépassent pas le tronc cérébral. Certaines d'entre elles cependant, s'étendent jusqu'à la moelle ou au cervelet.

Ces voies d'association sont, d'une part, **transversales**, associant entre eux les noyaux droits et gauches, d'autre part, **verticales**, ascendantes ou descendantes, réparties en deux faisceaux principaux : la bandelette longitudinale postérieure et le faisceau central de la calotte.

I - LES FIBRES D'ASSOCIATION TRANSVERSALES
ou commissurales :

Elles sont représentées par :

— DES FIBRES INTER-NUCLÉAIRES oculo-céphalogyres transversales qui associent entre eux les noyaux somato-moteurs droits et gauches des nerfs moteurs oculaires communs, et moteurs oculaires externes. (Fig. 22)

— LES FIBRES ARCIFORMES du bulbe qui s'entrecroisent principalement à la partie antérieure et centrale du bulbe. La plupart d'entre elles appartiennent en réalité aux voies cérébelleuses avec lesquelles elles seront étudiées (voir page 260).

II - LES FIBRES D'ASSOCIATION VERTICALES.
Ascendantes et descendantes, elles sont donc représentées par la bandelette longitudinale postérieure et le faisceau central de la calotte. (Fig. 23, 24 et 25).

1 - LA BANDELETTE LONGITUDINALE POSTÉRIEURE (ou faisceau longitudinal médial (Fasciculus longitudinalis medialis)

C'est un ensemble de fibres nerveuses qui s'étend depuis le noyau de Darkschewitsch à l'extrémité supérieure de l'aqueduc de Sylvius en haut, jusqu'à la moelle cervicale en bas. Au niveau des pédoncules, elle est située dans la calotte immédiatement en avant de l'aqueduc de Sylvius au contact de la ligne médiane. A l'étage bulbo-protubérantiel, elle est placée en avant de la substance grise du plancher du quatrième ventricule sur la ligne médiane, en arrière du faisceau tecto-spinal. Elle comprend différents types de fibres :

a) - des **fibres inter-nucléaires** réunissant les noyaux des nerfs oculo-moteurs. (Fig. 22)

b) - des **fibres descendantes** comprenant : (Fig. 23)

— le *faisceau de Schütz* ou longitudinal dorsal (F. longitudinalis dorsalis) qui part en haut des noyaux végétatifs de l'hypothalamus et se distribue aux noyaux végétatifs bulbo-protubérantiels ;

— le *faisceau de Gudden* ou tractus mamillo-tegmental (T. mamillo tegmentalis) qui naît des tubercules mamillaires et descend vers la substance réticulée de la calotte et de la protubérance. Il fait partie des voies réflexes olfactives ;

— des fibres descendantes nées du noyau de Darkschewitsch, qui s'étendent dans les pédoncules jusqu'au noyau du moteur oculaire externe (faisceau mésencéphalo-spinal).

c) - Des **fibres ascendantes** qui naissent des noyaux sensitifs et sensoriels du vague, du glosso-pharyngien, de l'intermédiaire, de l'auditif et du trijumeau. Ces fibres sont *toutes croisées* et vont se terminer dans les noyaux moteurs des nerfs crâniens du côté opposé et principalement dans les noyaux des oculo-moteurs, ainsi que dans le noyau de Darkschewitsh.

Parmi ces fibres, on individualise parfois un faisceau *vestibulo-mésencéphalique* de Van Gehuchten ou faisceau vestibulo-oculogyre qui naît des noyaux vestibulaires et va se distribuer aux noyaux des nerfs oculo-moteurs. Ces fibres jouent un rôle capital dans la réalisation des réflexes oculo-céphalogyres d'origine labyrinthique.

2 - **LE FAISCEAU CENTRAL DE LA CALOTTE** (Tractus tegmentalis centralis) est situé en avant et en dehors de la bandelette longitudinale postérieure, en pleine substance réticulée. C'est un faisceau descendant et strictement homo-latéral. Il naît en haut du noyau rouge (Neo-Rubrum) et peut-être des noyaux opto-striés, et se distribue à la substance réticulée, à l'olive bulbaire et, peut-être à la partie haute de la moelle cervicale. Il représente un des maillons de certaines voies motrices extra-pyramidales.

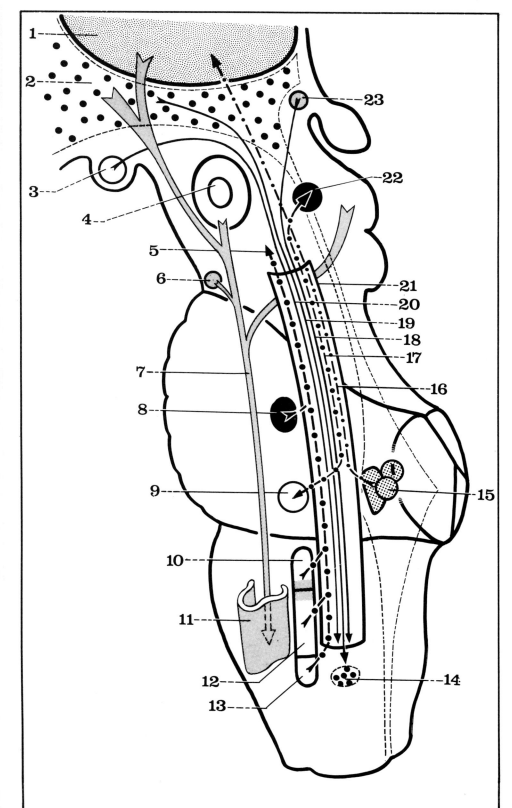

FIGURE 23

Les voies d'association du tronc cérébral (d'après Bourret et Louis).

1. Thalamus.
2. Noyaux hypothalamiques.
3. Tubercule mamillaire.
4. Noyau rouge.
5. Fibres de la bandelette longitudinale postérieure, issues du noyau solitaire.
6. Noyau interpédonculaire.
7. Faisceau central de la calotte.
8. Noyau du V.
9. Noyau du VI.
10. Noyau du faisceau solitaire (VIIbis).
11. Olive bulbaire.
12. Noyau du faisceau solitaire (IX).
13. Noyau du faisceau solitaire (X).
14. Noyau de la réticulée.
15. Noyaux vestibulaires.
16. Fibres vestibulaires ascendantes.
17. Fibres internucléaires.
18. Faisceau de Schutz.
19. Faisceau mésencéphalo-spinal.
20. Faisceau de Gudden.
21. Bandelette longitudinale postérieure.
22. Noyau du III.
23. Noyau de Darkschewitsch.

FIGURE 24

Synthèse des principales voies du tronc cérébral.

A. Au niveau des pédoncules.
  1. *Faisceau fronto-ponto-cérébelleux.*
  2. *Faisceau géniculé.*
  3. *Faisceau pyramidal cortico-nucléaire.*
  4. *Faisceau temporo-ponto-cérébelleux (Turck-Meynert).*
  5. *Locus niger.*
  6. *Ruban de Reil médian.*
  7. *Corps genouillé externe.*
  8. *Faisceau spino-thalamique.*
  9. *Faisceau central de la calotte.*
  10. *Tubercule quadrijumeau antérieur.*
  11. *Noyau du III.*
  12. *Substance réticulée médiane.*
  13. *Aqueduc de Sylvius.*
  14. *Noyau pupillaire d'Edinger et Westphal.*
  15. *Bandelette longitudinale postérieure.*
  16. *Décussation de Meynert (faisceau tecto-spinal).*
  17. *Décussation de Forel (faisceau rubro-spinal).*
  18. *Pes lemniscus profond.*

B. Au niveau de la protubérance.
  1. *Ruban de Reil latéral.*
  2. *Faisceau spino-tectal.*
  3. *Faisceau de Gowers.*
  4. *Faisceau spino-thalamique dorsal.*
  5. *Faisceau rubro-spinal.*
  6. *Faisceau central de la calotte.*
  7. *Noyaux vestibulaires.*
  8. *Noyau du V.*
  9. *Noyau du faisceau solitaire.*
  10. *Noyau central de la réticulée.*
  11. *Noyau salivaire supérieur.*
  12. *Noyaux dorsaux de la réticulée.*
  13. *Noyau lacrymo-muco-nasal.*
  14. *Noyaux du VI.*
  15. *Noyaux du VII.*
  16. *Bandelette longitudinale postérieure.*
  17. *Faisceau tecto-spinal.*
  18. *Faisceau spino-thalamique ventral.*
  19. *Ruban de Reil.*
  20. *Pes lemniscus profond.*
  21. *Noyaux du pont.*
  22. *Faisceau pyramidal.*

C. Au niveau de la partie supérieure du bulbe.
  1. *Olive bulbaire.*
  2. *Faisceau central de la calotte.*
  3. *Noyau central de la réticulée.*
  4. *Faisceau spino-tectal.*
  5. *Faisceau spino-thalamique dorsal.*
  6. *Faisceau de Gowers.*
  7. *Faisceau rubro-spinal.*
  8. *Noyau du V.*
  9. *Noyau du faisceau solitaire (IX).*
  10. *Faisceau de Flechsig.*
  11. *Noyau vestibulaire.*
  12. *Noyau dorsal de la réticulée.*
  13. *Noyau salivaire inférieur.*
  14. *Noyau du XII.*
  15. *Noyau ambigu (IX).*
  16. *Bandelette longitudinale postérieure.*
  17. *Faisceau tecto-spinal.*
  18. *Faisceau spino-thalamique ventral.*
  19. *Ruban de Reil.*
  20. *Pes lemniscus profond.*
  21. *Faisceau pyramidal.*
  22. *Noyaux arqués.*

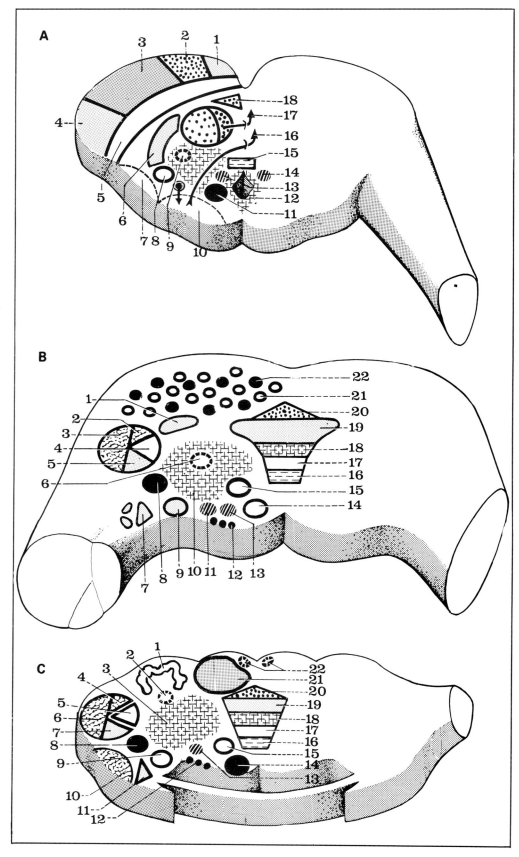

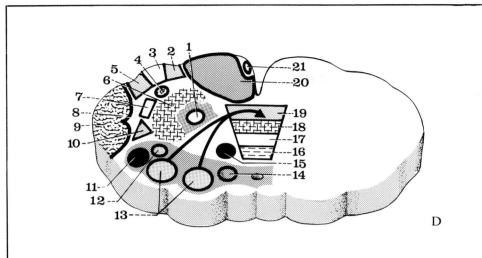

D. Au niveau de la partie inférieure du bulbe.
1. Noyau du spinal médullaire.
2. Faisceau vestibulo-spinal latéral.
3. Faisceau olivo-spinal.
4. Faisceau spino-tectal.
5. Faisceau vestibulo-spinal ventral.
6. Noyau central de la réticulée.
7. Faisceau spino-thalamique latéral.
8. Faisceau de Gowers.
9. Faisceau de Flechsig.
10. Faisceau rubro-spinal.
11. Noyau du V.
12. Noyau de Von Monakow.
13. Noyaux de Goll et Burdach.
14. Noyau du spinal bulbaire.
15. Noyau de l'hypoglosse.
16. Bandelette longitudinale postérieure.
17. Faisceau tecto-spinal.
18. Faisceau spino-thalamique ventral.
19. Ruban de Reil médian.
20. Faisceau pyramidal.
21. Noyau arqué.

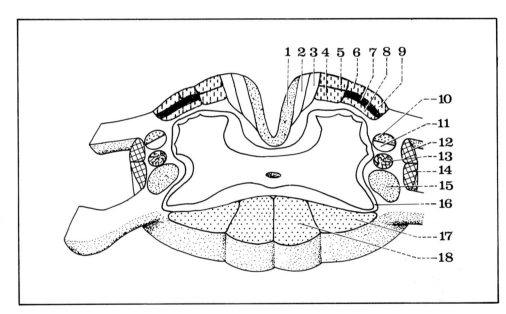

E. Au niveau de la moelle épinière.
1. Faisceau pyramidal direct.
2. Faisceau tecto-spinal ventral.
3. Faisceau réticulo-spinal ventral.
4. Faisceau spino-réticulo-thalamique ventral.
5. Faisceau vestibulo-spinal-ventral.
6. Faisceau olivo-spinal.
7. Faisceau néo-spino-thalamique latéral.
8. Faisceau paléo-spino-thalamique.
9. Faisceau vestibulo-spinal latéral.
10. Faisceau réticulo-spinal latéral.
11. Faisceau tecto-spinal latéral.
12. Faisceau spino-cérébelleux croisé de Gowers.
13. Faisceau rubro-spinal.
14. Faisceau spino-cérébelleux direct de Flechsig.
15. Faisceau pyramidal croisé.
16. Faisceau fondamental.
17. Faisceau de Burdach.
18. Faisceau de Goll.

13 les centres et les voies d'association médullaires

PLAN

Les centres
— *Disposition générale*
- Centres somato-moteurs
- Centres viscéro-moteurs
- Centres viscéro-sensitifs
- Centres somato-sensitifs

Les voies d'association

Organisation fonctionnelle

La substance blanche

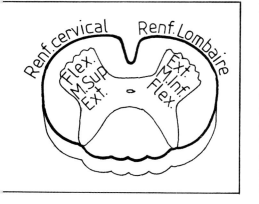

FIGURE 1

Les centres somato-moteurs de la corne antérieure de la moelle (à gauche : membre supérieur ; à droite : membre inférieur).

---

* Sherrington Charles Scott Sir (1857-1952), physiologiste et neurologue anglais.

Les centres

Les centres nerveux de la moelle épinière sont localisés dans la substance grise située à la partie centrale de l'axe médullaire autour du canal de l'épendyme. Ils n'ont qu'un fonctionnement élémentaire de type réflexe. Cette activité réflexe, relativement importante dans le domaine de la vie végétative, où elle permet notamment l'accommodation oculaire, la miction, la défécation, etc., est beaucoup plus modeste dans le domaine de la vie de relation, où pratiquement tous les actes sont contrôlés par les centres de la partie supérieure du névraxe. Le fonctionnement autonome des centres médullaires n'apparaît en fait réellement que lorsque la totalité ou une partie de la moelle est artificiellement séparée du névraxe sus-jacent : c'est ce qui se produit par exemple dans certaines paraplégies traumatiques. L'activité des centres nerveux médullaires est cependant à l'origine des *réflexes ostéo-tendineux*, ou cutanéo-musculaires dont l'étude revêt en clinique une importance considérable puisqu'elle permet de localiser avec précision le niveau de certaines lésions nerveuses.

DISPOSITION GÉNÉRALE DES CENTRES NERVEUX MÉDULLAIRES

Etagés dans la substance grise sur toute la hauteur de la moelle, les centres nerveux médullaires se groupent en **quatre colonnes** de signification et de rôle fonctionnel bien différents. (Fig. 2)

— UNE COLONNE ANTÉRIEURE correspondant à la corne antérieure de la moelle constitue la **zone somato-motrice** point de départ du neurone périphérique qui commande la motricité des muscles striés et dont les axones forment les fibres des nerfs moteurs. La corne antérieure de la moelle, point de départ des influx moteurs périphériques, est le point d'aboutissement obligatoire non seulement des afférences réflexes médullaires segmentaires ou intersegmentaires, mais aussi de toutes les grandes voies motrices venues des centres sus-jacents : c'est la **voie finale commune de Sherrington***.

— UNE DEUXIÈME COLONNE, située en arrière de la précédente autour de l'épendyme, correspond au tractus intermédio-latéralis, et constitue la **zone viscéro-motrice**. Appartenant au système végétatif ortho-sympathique, elle contient les cellules motrices sympathiques destinées aux muscles lisses.

• PLUS EN ARRIÈRE, la colonne correspondant à la **base de la corne postérieure** constitue la **zone viscéro-sensible** dont dépend la sensibilité viscérale et la sensibilité profonde inconsciente ou proprioceptive.

• TOUT EN ARRIÈRE, la colonne correspondant à la **tête de la corne postérieure** constitue la zone **somato-sensible** dont dépend la sensibilité extéroceptive, tactile, thermique et douloureuse. (Fig. 2)

A l'intérieur de chacune de ces zones les centres nerveux médullaires ont une disposition légèrement différente suivant le niveau de la moelle considéré. Par ailleurs, chacune de ces zones peut être subdivisée en un certain nombre de noyaux.

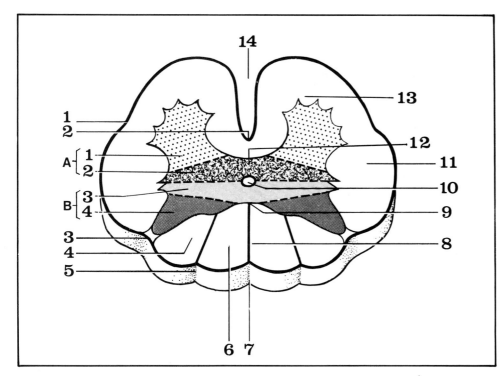

FIGURE 2

Coupe horizontale schématique de la moelle.

1. Sillon des racines rachidiennes antérieures.
2. Commissure blanche antérieure.
3. Sillon collatéral postérieur.
4. Faisceau de Burdach.
5. Sillon séparant les faisceaux de Goll et de Burdach.
6. Faisceau de Goll.
7. Sillon médian postérieur.
8. Septum médian postérieur.
9. Commissure grise postérieure.
10. Ependyme.
11. Cordon latéral.
12. Commissure grise antérieure.
13. Cordon antérieur.
14. Sillon médian antérieur.
A 1 Zone somato-motrice de la corne antérieure.
A 2 Zone viscéro-motrice.
B 3 Zone viscéro-sensitive de la corne postérieure.
B 4 Zone somato-sensitive.

A. LES CENTRES SOMATO-MOTEURS DE LA CORNE ANTÉRIEURE

Ce sont les mieux individualisés. Ils sont particulièrement développés au niveau du renflement cervical et du renflement lombaire de la moelle, zones d'émergence des racines destinées à l'innervation des membres. On admet actuellement, que la corne antérieure, zone somato-motrice, comprend **cinq colonnes** ou noyaux dont le développement est variable suivant le niveau considéré : (Fig. 1 et 3)

— UN NOYAU ANTÉRO-INTERNE ou médio-ventral, le plus important, étendu sur toute la hauteur de la moelle de C1 à S4, atteint son maximum de développement au niveau des deux renflements cervical et lombaire.

— UN NOYAU ANTÉRO-EXTERNE ou latéro-ventral, moins volumineux que le précédent et situé immédiatement en dehors de lui, subit les mêmes variations régionales.

Entre C1 et C4, il représente le point d'origine du contingent médullaire des fibres du nerf spinal (XI) destinées à l'innervation du trapèze et du sterno-cléido-mastoïdien.

— UN NOYAU POSTÉRO-EXTERNE ou latéro-dorsal situé en arrière du précédent, peu volumineux, s'étend lui aussi de C1 à S4. Il est plus développé au niveau des régions cervicale et lombaire.

— UN NOYAU MÉDIO-DORSAL, très petit, situé à la base de la corne antérieure, en arrière du médio-ventral.

— UN NOYAU CENTRAL qui est situé comme son nom l'indique au centre de la corne antérieure, mais qui n'existe qu'au niveau du renflement cervical de C4 à D1 et du renflement lombaire entre L1 et L4.

Ces différents noyaux tiennent sous leur dépendance l'**innervation motrice de tous les muscles striés des membres du tronc et du cou.** On a cherché à établir une correspondance entre chacun de ces différents noyaux et les différents groupes musculaires de l'organisme. En fait, aucun noyau ne correspond de façon exacte à un muscle ni même à une fonction déterminée. Il existe cependant une certaine systématisation. C'est ainsi, par exemple, qu'au niveau des renflements cervical et

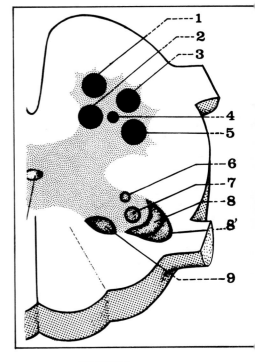

FIGURE 3

Les noyaux médullaires sur une coupe théorique de la moelle.

1. Noyau médio-ventral.
2. Noyau médio-dorsal.
3. Noyau latéro-ventral.
4. Noyau central.
5. Noyau latéro-dorsal.
6. Noyau de Bechterew.
7. Noyau de la tête.
8. Substance gélatineuse de Rolando.
8'. Couche zonale de Waldeyer.
9. Colonne de Clarke.

lombaire destinés à l'innervation des membres, les **noyaux antérieurs** paraissent destinés plus particulièrement aux *muscles proximaux* alors que les **noyaux postérieurs** paraissent destinés plus spécialement aux *muscles distaux*. De façon très schématique, on peut retenir que :

— le **noyau médio-ventral** ou antéro-interne assurerait la *flexion* du tronc ;

— le **noyau antéro-externe** assurerait l'innervation des muscles *pariéto-ventraux* et celle des muscles de la *flexion du membre supérieur* et de l'*extension du membre inférieur* (Fig. 1);

— le **noyau postéro-externe** assurerait l'innervation des *extenseurs* du *membre supérieur* et des *fléchisseurs du membre inférieur* ;

— le **noyau médio-dorsal** assurerait l'innervation des muscles des *gouttières vertébrales*, extenseurs du tronc ;

— le **noyau central** assurerait l'innervation des diaphragmes : il représente au niveau de la colonne cervicale le lieu d'origine du *nerf phrénique*, au niveau de la région lombaire le lieu d'origine des nerfs destinés aux *muscles du périnée*.

B. LES NOYAUX VISCÉRO-MOTEURS JUXTA-ÉPENDYMAIRES

Situés dans la pars intermedia au voisinage de l'épendyme en arrière de la corne antérieure, ils forment une colonne continue mais qui n'atteint son véritable développement que dans **trois zones** : *cervicale, dorso-lombaire* et *sacrée*. On distingue parfois dans cette colonne trois séries de noyaux : un noyau *principal*, un noyau *para-épendymaire* ou intermédio-externe, et un noyau *commissural postérieur*. (Fig. 4)

— LE SEGMENT CERVICAL est situé au niveau de C3 et C4.

— LE SEGMENT DORSO-LOMBAIRE, le plus important s'étend de C8 à L2 sous l'aspect d'une colonne moniliforme munie d'une série de renflements. Il forme la **corne latérale de la moelle ou tractus intermédio-latéralis**. Il contient tout d'abord des centres *vaso-moteurs* et *sudoripares* étagés de façon métamérique au niveau d chaque myélomère. On a décrit également au niveau de cette colonne le centre *cilio-spinal* au niveau de C8-D2, le centre *cardio-accélérateur* de D1 à D4, le centre *broncho-pulmonaire* de D3 à D5 et un centre *splanchnique* étendu de D6 à L2.

— LE SEGMENT SACRE s'étend de S3 au cône terminal ; on a pu distinguer à ce niveau deux noyaux : une **colonne intermédio-externe** ou para-épendymaire appartenant au système *ortho-sympatique* ; et la **colonne en torsade** représentant le centre du *para-sympathique pelvien*. On a pu localiser au niveau de la moelle sacrée :

— un *centre ano-rectal* subdivisé en un centre lombaire (L2-L4) de la contention et un centre sacré (S1-S2) de l'expulsion ou défécation,

— un *centre vésical* comprenant un étage lombaire (L2-L4) pour la contention et un étage sacré (S2) d'expulsion ou miction (S3-S4),

— un *centre génital* comprenant un centre érecteur sacré (S2) et un centre éjaculateur lombaire (L2-L3). L'existence de ces différents centres explique certains symptômes neuro-végétatifs des lésions médullaires : rétention urinaire, ou fécale, priapisme. (Fig. 4)

C. LES NOYAUX DE LA ZONE VISCÉRO-SENSITIVE

Formant une colonne située à la base de la corne postérieure immédiatement en arrière de la zone viscéro-motrice, ils sont mal individualisés et mal connus.

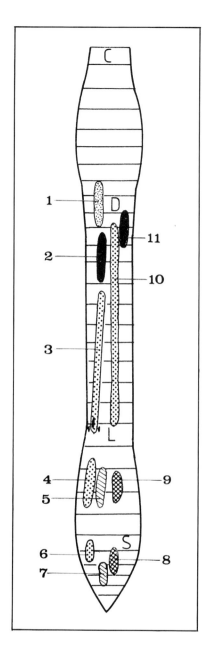

FIGURE 4

Les centres médullaires végétatifs.

1. *Centre cilio-spinal (de Budge).*
2. *Centre broncho-pulmonaire.*
3. *Centre inhibiteur splanchnique.*
4. *Centre de contention ano-rectale.*
5. *Centre de contention vésicale.*
6. *Centre de la défécation.*
7. *Centre de la miction.*
8. *Centre de l'érection.*
9. *Centre de l'éjaculation.*
10. *Centres vaso-constricteurs, sudoraux, et pilo-moteurs.*
11. *Centre cardio-accélérateur.*
C. *Moelle cervicale.*
D. *Moelle dorsale.*
L. *Moelle lombaire.*
S. *Moelle sacrée.*

D. LES NOYAUX SOMATO-SENSITIFS DE LA CORNE POSTÉRIEURE

Moins bien individualisés que les noyaux de la corne antérieure, ils ont dans l'ensemble la valeur d'un premier **relais sur les voies de la sensibilité**. On peut schématiquement distinguer quatre noyaux : (Fig. 5)

— LA COLONNE DE CLARKE* ou noyau thoracique (Nucleus thoracicus) est un noyau allongé situé uniquement dans la moelle dorsale de C8 à L3. Située au niveau du versant interne de la base de la corne postérieure, elle représente avant tout le premier relais des **voies de la sensibilité proprioceptive** (sensibilité profonde inconsciente). Les fibres qui en naissent passent immédiatement dans le cordon latéral du même côté et vont former le faisceau *spino-cérébelleux direct de Flechsig* qui gagne le cervelet en passant par le pédoncule cérébelleux inférieur.

— LE NOYAU DE BECHTEREW** ne se trouve que dans la moelle cervicale et dans la moelle lombo-sacrée. Il est situé au niveau du versant périphérique de la base de la corne postérieure. Il représente essentiellement un relais sur les voies de **la sensibilité proprioceptive inconsciente des membres**. Les fibres qui en naissent croisent la ligne médiane au niveau de la commissure grise antérieure et passent dans le cordon latéral où elles forment le faisceau *spino-cérébelleux croisé de Gowers* qui gagne le cervelet par le pédoncule cérébelleux supérieur.

— LE NOYAU DE LA TÊTE, ou couche zonale de Waldeyer. Situé à la partie postérieure de la corne postérieure, il représente d'une part, le point de départ de **fibres d'association courtes**, d'autre part, le premier relais des voies sensitives extra-lemniscales. Les fibres qui en naissent traversent la ligne médiane au niveau de la commissure grise antérieure pour aller former dans le cordon latéral le faisceau *spino-thalamique latéral*.

— LES NOYAUX DE LA SUBSTANCE GÉLATINEUSE de Rolando*** situés en avant du précédent représentent aussi un relais sur les voies extra-lemniscales. Les fibres qui en naissent croisent la commissure grise antérieure et vont former le faisceau *spino-thalamique ventral* ou *spino-réticulo-thalamique*. Les noyaux contiennent également des inter-neurones d'association, intercalaires entre le neurone périphérique et les neurones du faisceau spino-réticulo-thalamique.

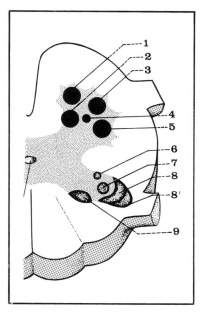

FIGURE 5

Les noyaux médullaires sur une coupe théorique de la moelle.
1. *Noyau médio-ventral.*
2. *Noyau médio-dorsal.*
3. *Noyau latéro-ventral.*
4. *Noyau central.*
5. *Noyau latéro-dorsal.*
6. *Noyau de Bechterew.*
7. *Noyau de la tête.*
8. *Substance gélatineuse de Rolando.*
8'. *Couche zonale de Waldeyer.*
9. *Colonne de Clarke.*

Les voies d'association

Si d'un point de vue théorique, on peut considérer la moelle comme constituée par la superposition d'un certain nombre de myélomères possédant chacun son **arc réflexe**, en pratique, ces différents **myélomères** sont reliés les uns aux autres par des **voies d'association** qui font que tout réflexe médullaire est en réalité plurisegmentaire. Ces voies d'association peuvent être rangées schématiquement en trois catégories :

I — DES VOIES D'ASSOCIATION SITUÉES DANS LA SUBSTANCE GRISE : ce sont les chaînes de neurones intra-griséaux de Laruelle situées essentiellement dans la substance grise péri-épendymaire et qui, par conséquent, ont une nature végétative.

II — LES VOIES D'ASSOCIATION COURTES reliant des myélomères assez proches les uns des autres, elles ont leur corps cellulaire situé dans la substance grise et leurs fibres restent tassées au voisinage de la colonne de substance grise.

Elles forment autour de cette dernière, le **faisceau fondamental** situé entre la substance grise d'une part et les cornes antérieure et latérale d'autre part. (Fig. 6)

---

* Clarke Jacob August (1817-1880), médecin anglais, neurologue à Londres.
** Bechterew Vladimir (1857-1927), neuro-psychiatre russe.
*** Substantia gelatinosa.

Les réflexes médullaires

- *Tendineux*
    - Bicipital : C4-C5-C6
    - Tricipital : C6-C7-C8
    - Styloradial : C6-C7-C8
    - Cubito-pronateur : C6
    - Rotulien : L2-L3
    - Achilléen : L5-S1-S2

- *Cutanés*
    - Abdominal sup. : D7-D8-D9-D10
    - Abdominal inf. : D10-D11-D12
    - Crémastérien : L1-L2
    - Plantaire : L5-S1-S2
    - Cutanéo-anal : S4-S5

III — DES VOIES D'ASSOCIATION LONGUES qui siègent dans le cordon postérieur de la substance blanche. (Fig. 6)

Certaines ont une *direction ascendante* et forment à la partie postérieure de la substance grise la **zone cornu-commissurale de Pierre Marie***.

D'autres ont une *direction descendante* et forment **quatre faisceaux** dont l'emplacement varie suivant le niveau médullaire considéré :
— le **faisceau en virgule de Schultz**** est situé au centre du cordon postérieur de la *moelle cervicale* (faisceau semi-lunaire = fasciculus semilunaris),
— la **bandelette périphérique de Hoche***** est située à la surface du cordon postérieur dans la *moelle dorsale*,
— le **faisceau ovale de Flechsig** est situé à la partie médiane du cordon postérieur dans la *moelle lombaire* (faisceau septo-marginal : fasciculus septomarginalis),
— le **faisceau triangulaire de Gombault****** **et Philippe******* est situé dans la *moelle sacrée* au fond du sillon postérieur (fasciculus triangularis).

Ces différentes voies d'association permettent la création d'un certain nombre de circuits multi-neuronaux, mais ce sont toujours des circuits réflexes mettant en jeu un influx centripète et un influx moteur centrifuge. Ces différents circuits ne permettent qu'une activité rudimentaire qui n'a dans la vie courante qu'une importance restreinte. Cette activité médullaire autonome n'apparaît en réalité qu'à la suite de *section médullaire* d'origine traumatique ou pathologique.

FIGURE 6

Les voies d'association médullaires sur une coupe théorique de la moelle.

1. Ganglion spinal.
2. Racine postérieure.
3. Substance grise.
4. Ependyme.
6. Racine antérieure.
7. Zone cornu commissurale de Pierre Marie.
8. Faisceau ovale de Flechsig.
9. Faisceau en virgule de Schultz.
10. Bandelette périphérique de Hoche.
11 et 12. Faisceau fondamental ou zone juxta-griseale.

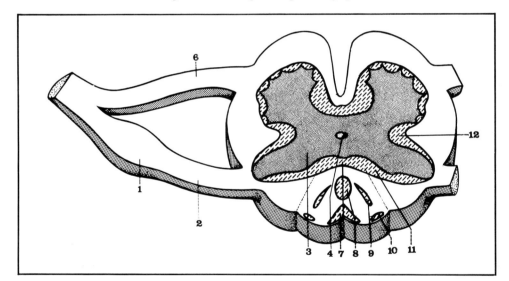

Organisation fonctionnelle de la moelle (Fig. 7)

La moelle, sur le plan fonctionnel, peut être considérée comme constituée par la superposition de **myélomères** comprenant chacun une paire de racines rachidiennes antérieure et postérieure avec la partie correspondante de la substance grise médullaire. Théoriquement, chaque myélomère pourrait fonctionner sur un mode réflexe par le jeu d'un arc réflexe métamérique comprenant un neurone afférent et un neurone efférent. Cet arc réflexe métamérique peut être bineuronal (cas le plus simple) ou tri-neuronal par interposition d'un neurone intercalaire d'association. (Fig. 8)

---

* Marie Pierre (1853-1940), neurologue français.
** Schultz Werner (1878-1944), clinicien allemand.
*** Hoche Alfred Erich (1865-1943), médecin allemand, professeur de psychiatrie à Strasbourg puis à Fribourg.
**** Gombault Albert (1844-1904), neurologue et pathologiste à Paris.
***** Philippe Claudien (1866-1903), chef de laboratoire d'anatomie pathologique à Paris.

En réalité, même les réflexes les plus simples comme ceux explorés en clinique (réflexes rotulien, achilléen, tricipital) font intervenir plusieurs myélomères voisins réunis par des voies d'association intra-médullaires : ce sont des réflexes intersegmentaires. (Fig. 9)

Ainsi, le réflexe rotulien correspond-il aux myélomères L2 et L3, l'achilléen à L5 S1 S2, le réflexe tricipital à C6 C7 C8.

En pratique, le fonctionnement médullaire réflexe n'apparaît réellement qu'après section médullaire. L'activité réflexe de la moelle est en effet constamment soumise au contrôle des centres nerveux sus-jacents, contrôle qui s'exerce par les voies descendantes, cheminant dans la substance blanche des cordons antérieurs et latéraux de la moelle.

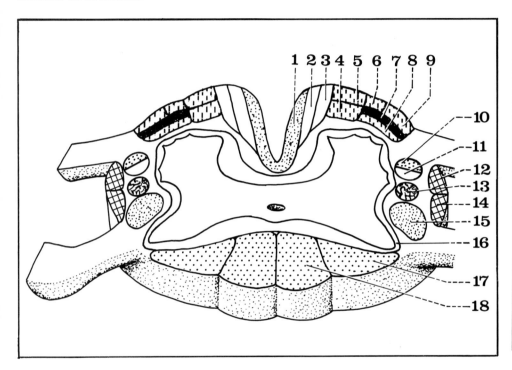

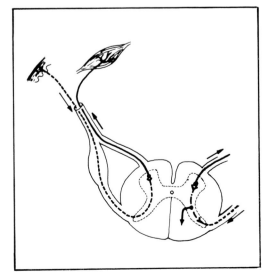

FIGURE 7

Coupe de la moelle épinière.

1. Faisceau pyramidal direct.
2. Faisceau tecto-spinal ventral.
3. Faisceau réticulo-spinal ventral.
4. Faisceau spino-réticulo-thalamique ventral.
5. Faisceau vestibulo-spinal ventral.
6. Faisceau olivo-spinal.
7. Faisceau néo-spino-thalamique latéral.
8. Faisceau paléo-spino-thalamique.
9. Faisceau vestibulo-spinal latéral.
10. Faisceau réticulo-spinal latéral.
11. Faisceau tecto-spinal latéral.
12. Faisceau spino-cérébelleux croisé de Gowers.
13. Faisceau rubro-spinal.
14. Faisceau spino-cérébelleux direct de Flechsig.
15. Faisceau pyramidal croisé.
16. Faisceau fondamental.
17. Faisceau de Burdach.
18. Faisceau de Goll.

FIGURE 8

Schéma de l'arc réflexe.
A gauche : bineuronal.
A droite : trineuronal.

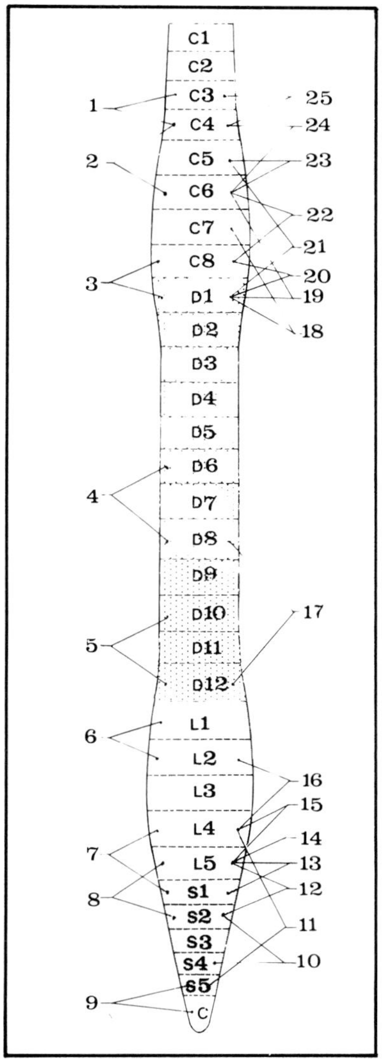

FIGURE 9

Les principaux réflexes médullaires segmentaires.

1. Réflexe diaphragmatique.
2. Réflexe scapulaire.
3. Réflexe cutané-palmaire.
4. Réflexe abdominal supérieur.
5. Réflexe cutané abdominaux.
6. Réflexe crémastérien.
7. Réflexe cutané fessier.
8. Réflexe cutané plantaire.
9. Réflexe anal.
10. Centre de l'érection.
11. Centre de la miction.
12. Réflexe achilléen.
13. Réflexe du jambier postérieur.
14. Réflexe des péroniers.
15. Réflexe du jambier antérieur.
16. Réflexe rotulien.
17. Réflexe pubien.
18. Réflexe scapulo-huméral.
19. Réflexe cubito pronateur.
20. Réflexe du fléchisseur.
21. Réflexe du grand pectoral.
22. Réflexe olécrânien ou tricipital.
23. Réflexe radial.
24. Réflexe bicipital.
25. Réflexe du sterno-cleïdo-mastoïdien.

La substance blanche (Fig. 9)

CONFIGURATION

Les voies descendantes et ascendantes circulent dans les trois cordons qui constituent de chaque côté la substance blanche (Fig. 10) :

CORDON VENTRAL (Funiculus ventralis)

Compris entre le sillon médian antérieur (Fissura mediana ventralis) en dedans, et le sillon collatéral antérieur (Sulcus lateralis ventralis) en dehors, où passe la racine antérieure motrice.

— CONTINGENT MÉDIAL : de dedans en dehors,
— faisceau pyramidal direct (Tractus pyramidalis ventralis),
— faisceau tecto-spinal ventral (Tractus tectospinalis ventralis),
— faisceau réticulo-spinal ventral (Tractus reticulo-spinalis ventralis).

— CONTINGENT LATÉRAL (ou cordon antéro-latéral) :
— **en avant** : de dedans en dehors,
— faisceau vestibulo-spinal ventral (Tractus vestibulospinalis ventralis),
— faisceau olivo-spinal (Tractus olivospinalis),
— faisceau vestibulo-spinal latéral (Tractus vestibulospinalis lateralis).

— **en arrière** : de dedans en dehors,
— faisceau spino-thalamique ventral (Tractus spinothalamicus ventralis),
— faisceau spino-tectal (Tractus spinotectalis),
— faisceau spino-thalamique latéral (Tractus spinothalamicus lateralis), lui-même divisé en néo-spino-thalamique, en avant, et paléo-spino-thalamique, en arrière.

L'ensemble de ces faisceaux postérieurs forme le faisceau en croissant de Déjerine.

CORDON LATÉRAL (Funiculus lateralis)

Compris entre le sillon collatéral antérieur en avant, et le sillon collatéral postérieur, en arrière.

— CONTINGENT MÉDIAL : d'avant en arrière,
— faisceau réticulo-spinal latéral (Tractus reticulo-spinalis lateralis),
— faisceau tecto-spinal latéral (Tractus tectospinalis lateralis), accolé au précédent,
— faisceau rubro-spinal (Tractus rubrospinalis),
— faisceau pyramidal croisé (Tractus pyramidalis lateralis).

— CONTINGENT LATÉRAL : d'avant en arrière
— faisceau spino-cérébelleux croisé de Gowers (Tractus spinocerebellaris ventralis),
— faisceau spino-cérébelleux direct de Flechsig (Tractus spinocerebellaris dorsalis).

CORDON DORSAL (Funiculus dorsalis)

Compris entre le sillon collatéral postérieur (Sulcus lateralis dorsalis), en dehors, où passe la racine postérieure sensitive, et le sillon médian postérieur (Sulcus medianus dorsalis) en dedans.

— CONTINGENT MÉDIAL : faisceau de Goll ou faisceau gracile (Fasciculus gracilis).

— CONTINGENT LATÉRAL : faisceau de Burdach ou faisceau cunéiforme (Fasciculus cuneatus).

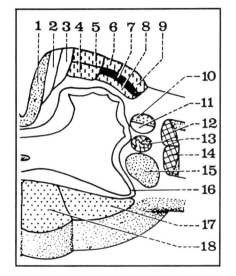

FIGURE 10

Coupe de la moelle.

1. *Faisceau pyramidal direct.*
2. *Faisceau tecto-spinal ventral.*
3. *Faisceau réticulo-spinal ventral.*
4. *Faisceau spino-réticulo-thalamique ventral.*
5. *Faisceau vestibulo-spinal ventral.*
6. *Faisceau olivo-spinal.*
7. *Faisceau néo-spino-thalamique latéral.*
8. *Faisceau paléo-spino-thalamique.*
9. *Faisceau vestibulo-spinal latéral.*
10. *Faisceau réticulo-spinal latéral.*
11. *Faisceau tecto-spinal latéral.*
12. *Faisceau spino-cérébelleux croisé de Gowers.*
13. *Faisceau rubro-spinal.*
14. *Faisceau spino-cérébelleux direct de Flechsig.*
15. *Faisceau pyramidal croisé.*
16. *Faisceau fondamental.*
17. *Faisceau de Burdach.*
18. *Faisceau de Goll.*

SYSTÉMATISATION

MOTRICITÉ (voies descendantes)

— **VOIES PYRAMIDALES** (faisceau cortico-médullaire), pour les mouvements volontaires, les gestes délicats et précis.

— faisceau pyramidal direct (1/5 de la motricité volontaire),

— faisceau pyramidal croisé (4/5 de la motricité volontaire) pour : de dedans en dehors, le cou, le membre supérieur, le tronc et le membre inférieur.

En réalité, les deux faisceaux sont tous les deux croisés : le «direct» sur tout le trajet de la moelle, et le «croisé» au niveau du bulbe rachidien (décussation des pyramides).

— **VOIES EXTRA-PYRAMIDALES**, pour les mouvements semi-volontaires et automatiques, les mouvements associés :

— faisceaux tecto-spinaux (ventral et latéral), tous deux croisés, issus des centres réflexes visuels et auditifs des tubercules quadrijumeaux (ou tectum),

— faisceau rubro-spinal, également croisé, issu de la portion centrale du noyau rouge (ou paléo-rubrum), et destiné à la régulation du tonus musculaire,

— faisceaux vestibulospinaux (ventral et latéral), à la fois directs et croisés, issus du noyau vestibulaire de Deiters (dans le plancher du 4e ventricule), et destinés au contrôle de l'équilibre,

— faisceau olivo-spinal (ou faisceau triangulaire de Helweg), issu de l'olive bulbaire, direct (ou homolatéral), et destiné surtout à la moelle cervicale,

— faisceaux réticulo-spinaux (ventral et latéral), à la fois directs et croisés, depuis la substance réticulée du tronc cérébral.

SENSIBILITÉ (voies ascendantes)

—SUPERFICIELLE ou extéroceptive :

voies lentes faisant relais dans les cornes postérieures de la moelle : système extra-lemniscal,

— faisceau spino-thalamique ventral, pour le tact, à la fois épicritique (fin, discriminatif) et protopathique (plus diffus et grossier),

— faisceau spino-thalamique latéral et spino-tectal, pour la thermo-algésie.

De bas en haut, les fibres de ces 3 faisceaux se disposent de plus en plus en dedans ; les fibres sacrées sont donc superficielles, les fibres cervicales sont profondes.

PROFONDE ou proprioceptive :

— **inconsciente** (se terminant dans le cervelet),

— faisceau spino-cérébelleux croisé : avec synapse dans le noyau médullaire de Bechterew ; destiné au membre supérieur et à la partie haute du tronc ; croisé deux fois, il est en réalité homolatéral,

— faisceau spino-cérébelleux direct : avec synapse dans la colonne médullaire de Clarke ; destiné au membre inférieur et à la partie basse du tronc ; il est également homolatéral.

— **consciente** (se terminant dans le cerveau, par l'intermédiaire du bulbe rachidien) : voies rapides, ne s'arrêtant pas dans la moelle : système lemniscal, elles transmettent également une partie de la sensibilité épicritique, et la sensibilité algésique rapide.

Les faisceaux de Goll et de Burdach ne sont en fait qu'un seul et même faisceau dont les fibres sont décalées dans la moelle : les fibres les plus longues (sacrées) sont repoussées en dedans par les fibres les plus hautes (lombaires, dorsales, puis cervicales, loi de Kahler) : les fibres les plus basses siègent donc dans le faisceau de Goll, alors que les fibres les plus hautes sont situées d'emblée dans le faisceau de Burdach.

14 les voies motrices

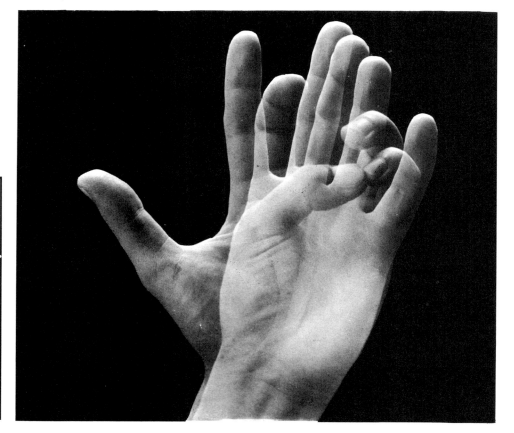

PLAN

1) **Voies pyramidales**
   A. Faisceau cortico-médullaire
   B. Faisceau cortico-nucléaire
2) **Voies extra-pyramidales**
   A. Proprement dites
   B. Cérébelleuses
3) **Voies oculo-motrices**
   A. Motricité extrinsèque
   B. Motricité intrinsèque

Les voies descendantes de la motricité comprennent toutes les fibres nerveuses qui conduisent les influx moteurs, depuis les centres supérieurs, où le mouvement est élaboré, jusqu'aux muscles, où il est effectué.

On distingue trois sortes de voies motrices :
— les voies pyramidales, chargées des mouvements volontaires (motricité idiocinétique),
— les voies extra-pyramidales, assurant les mouvements semi-automatiques et associés (motricité holocinétique),
— les voies oculo-motrices, responsables des muscles extrinsèques et intrinsèques du globe oculaire.

1) Les voies pyramidales

Constituées par les fibres qui assurent l'innervation volontaire de tout l'hémicorps opposé, elles sont formées de deux neurones :
— l'un *central*, issu du cortex, croisant la ligne médiane,
— l'autre *périphérique*, issu du noyau des nerfs moteurs périphériques.

Les voies pyramidales comprennent deux faisceaux :
— l'un destiné aux cellules motrices des cornes antérieures de la moelle : le faisceau cortico-médullaire,

— l'autre destiné aux noyaux moteurs des nerfs crâniens : le faisceau cortico-nucléaire.

A. **FAISCEAU CORTICO-MÉDULLAIRE** ou faisceau pyramidal proprement dit (T. Pyramidales) : (Fig. 1 et 4)

a) **Origine** : dans les 4/5 supérieurs de la frontale ascendante (aire 4) au niveau des cellules géantes de Betz*, situées dans la 5ᵉ couche histologique du cortex.

b) **Dans le centre ovale** : les fibres traversent la substance blanche du centre ovale en formant un éventail disposé dans un plan frontal, la *couronne rayonnante de Reil*** (Corona Radiata).

c) **Dans la capsule interne** : elles convergent vers le bras postérieur, en effectuant une torsion, et, dans un plan sagittal, les fibres les plus hautes (membre inférieur) deviennent postérieures, et les fibres les plus basses (membre supérieur) deviennent antérieures, près du genou de la capsule interne. (Fig. 2)

d) **Dans l'espace sous-thalamique** : les fibres poursuivent leur mouvement de torsion, amenant en dehors les fibres postérieures, et en dedans les fibres antérieures; s'éloignant de la région sous-lenticulaire, elles pénètrent dans le tronc cérébral. (Fig. 4)

e) **Dans le pédoncule cérébral** : le faisceau cortico-médullaire occupe les 3/5 moyens du pied pédonculaire.

f) **Dans la protubérance** : les faisceaux droit et gauche se réunissent sur la ligne médiane, et sont dissociés en fascicules par les noyaux du pont, relais des fibres cortico-ponto-cérébelleuses.

g) **Dans le bulbe** : ils forment, de chaque côté du sillon médian, les pyramides bulbaires (d'où le nom de faisceau pyramidal); à l'étage inférieur du bulbe, s'individualisent deux faisceaux :

— *l'un direct*, qui continue le trajet général, mais ne représente que le 1/5 de la totalité;

— *l'autre croisé*, qui traverse le sillon médian antérieur et rejoint l'hémi-bulbe opposé, formant ainsi la décussation*** des pyramides (Decussatio Pyramidum); ce faisceau croisé est l'élément le plus important de la voie cortico-médullaire; les fibres motrices s'y disposent de la façon suivante, de dedans en dehors : cou, membre supérieur, tronc, membre inférieur.

h) **Dans la moelle** :

— le *faisceau pyramidal direct* (Tractus cortico-spinalis ventralis) descend dans le cordon antérieur, plaqué le long du sillon médian antérieur,

— le *faisceau pyramidal croisé* (Tractus cortico-spinalis lateralis) descend dans le segment postérieur du cordon latéral.

i) **Terminaison** :

— le *faisceau direct* croise la ligne médiane au niveau de la commissure blanche antérieure,

— le *faisceau croisé* reste du même côté et gagne directement la corne antérieure.

A chaque myélomère, les fibres pyramidales font synapse au niveau des cellules motrices de la tête de la corne antérieure; de là, les neurones périphériques s'engagent dans les racines rachidiennes antérieures, puis dans le nerf mixte sensitivo-moteur.

Dans les racines antérieures, on individualise deux sortes de fibres motrices :

— fibres α, de gros calibre, à conduction rapide, destinées à la plaque motrice terminale (ou jonction myoneurale); elles sont les plus nombreuses, représentent environ 70 % du contingent;

---

* Betz Vladimir Alexevitch (1834-1894), histologiste russe, professeur d'anatomie à Kiev.
** Reil Johann Christian (1759-1813), anatomiste allemand, professeur de médecine à Halle puis à Berlin.
*** Décussation : du latin *decussatus* = disposé en croix.

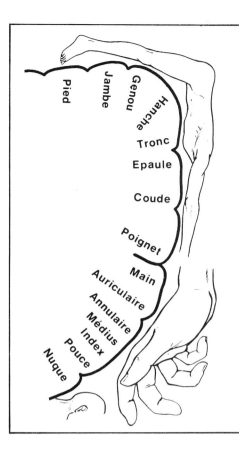

FIGURE 1

Coupe frontale de la frontale ascendante (4/5 supérieurs).

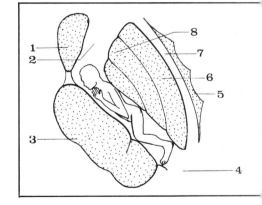

FIGURE 2

Coupe horizontale de la capsule interne (côté droit, segment inférieur) montrant la systématisation motrice.

1. Noyau caudé.
2. Bras antérieur.
3. Thalamus.
4. Segment rétro-lenticulaire.
5. Claustrum.
6. Putamen.
7. Capsule externe.
8. Globus pallidus.

— fibres γ, de petit calibre, à conduction lente, destinées aux fuseaux neuro-musculaires ; elles ne représentent que 30 % du contingent.

Ainsi le faisceau cortico-médullaire est-il entièrement croisé :
— soit au niveau du bulbe (faisceau pyramidal croisé),
— soit au niveau de la moelle (faisceau pyramidal direct).

On estime pourtant que quelques rares fibres motrices du faisceau pyramidal direct restent homolatérales.

j) Conséquences cliniques :

Chaque hémisphère commande la motricité volontaire du côté opposé du corps ; toute atteinte cérébrale entraîne donc une paralysie contro-latérale :

— une *lésion du cortex* : rarement globale, donne une paralysie partielle opposée (monoplégie supérieure par exemple) ; une excitation entraîne une épilepsie ;

— une *lésion du centre ovale*, se traduit par une hémiplégie croisée, avec une paralysie assez étendue de l'hémi-corps (hémiplégie sous-corticale) ;

— une *lésion de la capsule interne* (bras postérieur) entraîne une atteinte globale des voies motrices, groupées et reserrées dans cette portion (hémiplégie totale ou capsulaire) ;

— une *lésion du tronc cérébral* associe une paralysie directe des nerfs crâniens du même côté, à une hémiplégie totale croisée (hémiplégie alterne) ;

— une *lésion de la moelle* entraîne :
  • si l'hémimoelle est atteinte : une hémiplégie, ou une monoplégie inférieure homolatérale (suivant le niveau) ; le syndrome de Brown-Séquard* y associe une anesthésie superficielle contro-latérale ;
  • si toute la moelle est atteinte : une paraplégie (paralysie des deux membres inférieurs).

B. FAISCEAU CORTICO-NUCLÉAIRE (Fibrae corticonucleares) ou faisceau géniculé : (Fig. 5 et 6)

Appartenant aussi aux voies pyramidales, il est destiné aux noyaux des nerfs crâniens (d'où son nom « nucléaire ») (en latin, *nucleus* = le noyau).

a) **Origine** : dans le 1/5 inférieur de la frontale ascendante (aire 4), au-dessus de l'opercule rolandique ; de bas en haut, se trouvent situées les localisations des muscles du cou, du laryngo-pharynx, des muscles masticateurs, de la langue, de la face, et du front. (Fig. 3)

b) **Dans le centre ovale** : les fibres, obliques en bas et en dedans, occupent la partie inférieure de l'éventail pyramidal.

c) **Dans la capsule interne** : elles se placent en avant du faisceau cortico-médullaire, au niveau du genou de la capsule (d'où le nom « géniculé », en latin *geniculus* = le genou).

d) **Dans l'étage sous-thalamique** : les fibres continuent leur mouvement d'enroulement autour du cortico-médullaire, et se portent en bas et en dedans.

e) **Dans le pédoncule cérébral** : le faisceau se décompose en deux contingents :
— *l'un direct*, destiné aux noyaux moteurs bulbo-protubérantiels (à l'exception des oculo-moteurs), s'engage dans le 1/5 interne du pied pédonculaire,
— *l'autre aberrant* (Dejerine), destiné aux noyaux oculo-céphalogyres, gagne la calotte pédonculaire et forme le « pes lemniscus profond », en avant du ruban de Reil médian (pes lemniscus = pied du ruban).

f) **Dans la protubérance et dans le bulbe** :
— le *contingent direct* suit l'axe général antérieur de la voie principale, est dissocié comme le cortico-médullaire par les noyaux du pont, et, à chaque étage, abandonne des fibres qui décussent du côté opposé vers les noyaux moteurs : (Fig. 5)
  du trijumeau (V) : noyau masticateur

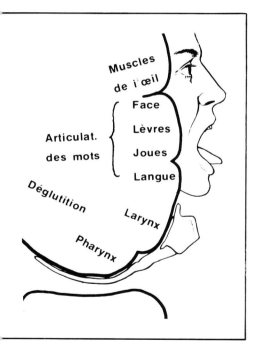

FIGURE 3
Coupe frontale du 1/5 inférieur de la frontale ascendante.

---

* Brown-Sequard Charles-Edouard (1817-1894), médecin et physiologiste français (syndrome décrit en 1850).

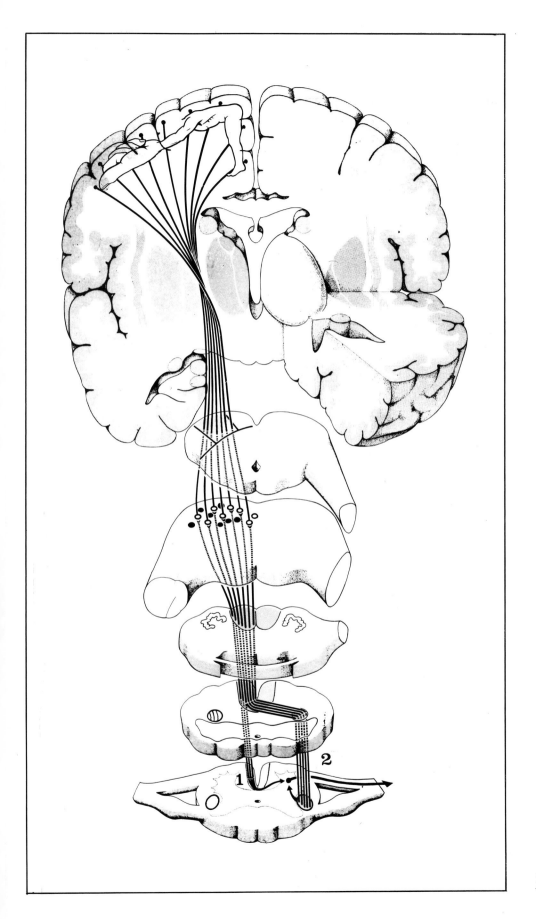

FIGURE 4

Le faisceau cortico-médullaire.
1. *Faisceau pyramidal direct.*
2. *Faisceau pyramidal croisé.*

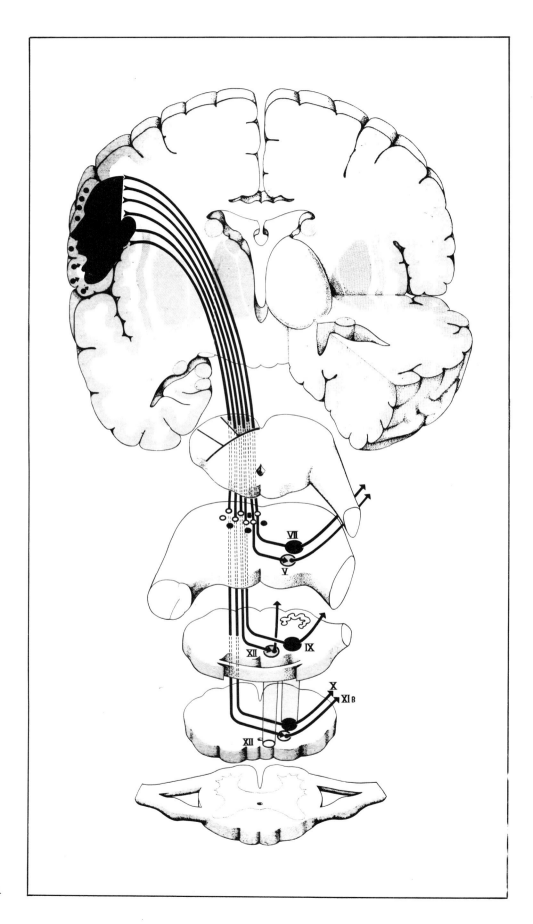

FIGURE 5
Le faisceau cortico-nucléaire direct.

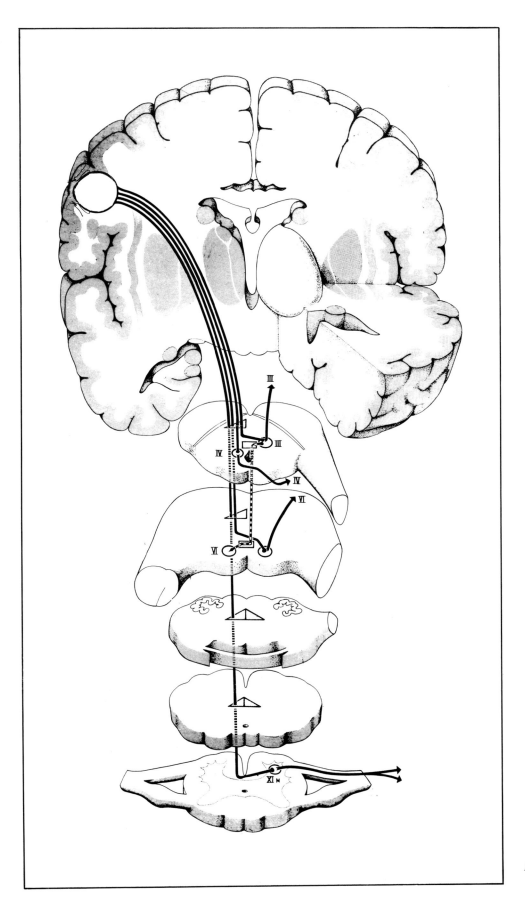

FIGURE 6
Le faisceau cortico-nucléaire aberrant (pes lemniscus profond).

du facial (VII)

du glosso-pharyngien (IX), du vague (X), du spinal bulbaire (XI) : noyau ambigu de l'hypoglosse (XII);

— le *contingent aberrant* se termine, du côté opposé, dans les noyaux oculo-moteurs : (Fig. 6)

du moteur oculaire commun (III)

du pathétique (IV)

du moteur oculaire externe (VI)

et, à la partie haute de la moelle, dans le noyau céphalogyre du spinal médullaire (XI), innervant le trapèze et le sterno-cléido-mastoïdien.

g) **Conséquences cliniques** :

— une *lésion du cerveau* entraîne une paralysie croisée de la face qui, selon la localisation corticale, sous-corticale, ou capsulaire, sera plus ou moins totale,

— une *lésion du tronc cérébral* associe une hémiplégie totale croisée (par interruption du faisceau cortico-médullaire) à une paralysie directe d'un ou plusieurs nerfs crâniens du côté de la lésion (hémiplégie alterne).

L'atteinte du nerf facial (VII) est assez particulière car :

— le *facial supérieur* (muscles frontal, sourcilier et orbiculaire des paupières) reçoit des fibres des deux hémisphères, c'est-à-dire, pour chaque noyau, une double innervation,

— le *facial inférieur* ne reçoit que du faisceau géniculé issu du côté opposé.

De cette façon, une paralysie faciale centrale se traduit par une atteinte du facial inférieur seul (accompagnée en général d'une hémiplégie), alors qu'une paralysie faciale périphérique atteint à la fois le facial supérieur et le facial inférieur.

2) Les voies extra-pyramidales

A la simplicité des voies pyramidales (voie motrice principale) s'oppose la complexité des voies extra-pyramidales (voie motrice secondaire).

Les unes, faisant relais dans les noyaux opto-striés, assurent les mouvements semi-automatiques et les mouvements associés : ce sont les *voies extra-pyramidales proprement dites*.

Les autres mettent en rapport le cortex cérébral avec le cervelet, participant à la coordination et à la régulation des mouvements volontaires, et intervenant dans la régulation du tonus musculaire et de l'équilibre statique : ce sont les *voies cérébelleuses*.

A. VOIES EXTRA-PYRAMIDALES PROPREMENT DITES (Fig. 7)

Leur origine est soit corticale, soit sous-corticale :

1) ORIGINE CORTICALE : **aires parapyramidales** (de Bucy), de constitution complexe, semblant correspondre à 3 sortes de fonctions semi-volontaires (ou automatiques) :

— *mouvements associés* (ou holocinétiques), dont le point de départ se trouve dans l'aire 6 (partie postérieure de F1, F2, F3, et 1/3 antérieur de F4);

— *action inhibitrice* sur la voie motrice principale, à partir d'un certain nombre d'aires « suppressives » :

— aire 4S : entre les aires 4 et 6 de F4,

— aire 19S : à l'intérieur de l'aire para-striée,

— aire 24S : dans la circonvolution du corps calleux (aire cingulaire);

— *action facilitante*, moins bien connue, située vraisemblablement dans les aires 1, 2, 3 et 5.

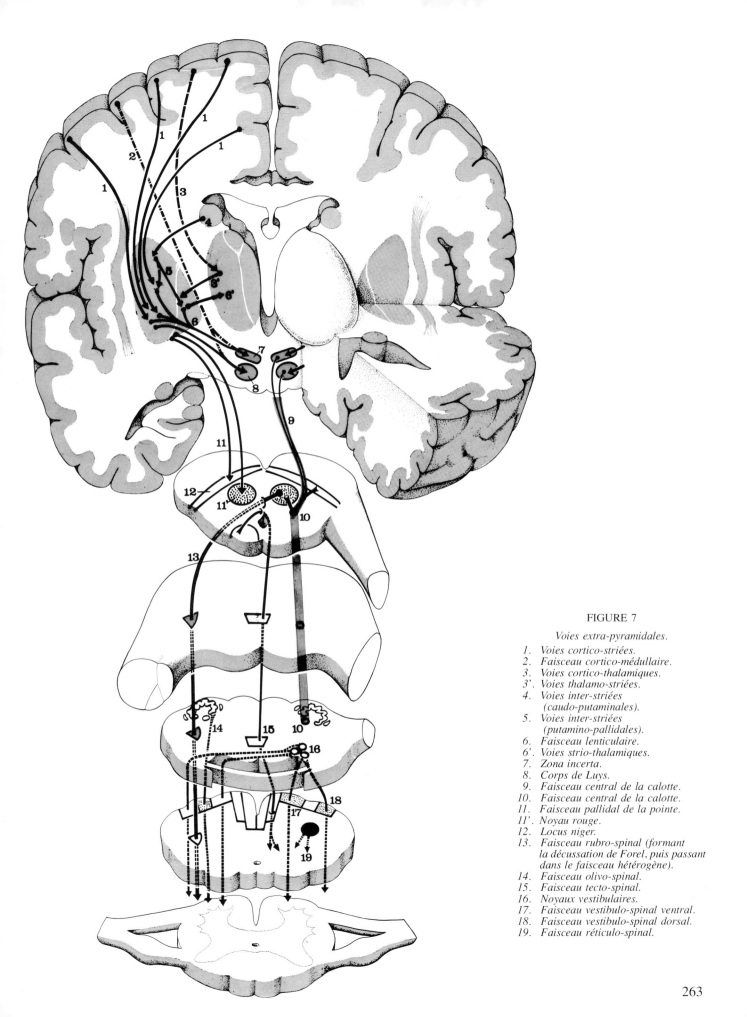

FIGURE 7

Voies extra-pyramidales.

1. *Voies cortico-striées.*
2. *Faisceau cortico-médullaire.*
3. *Voies cortico-thalamiques.*
3'. *Voies thalamo-striées.*
4. *Voies inter-striées (caudo-putaminales).*
5. *Voies inter-striées (putamino-pallidales).*
6. *Faisceau lenticulaire.*
6'. *Voies strio-thalamiques.*
7. *Zona incerta.*
8. *Corps de Luys.*
9. *Faisceau central de la calotte.*
10. *Faisceau central de la calotte.*
11. *Faisceau pallidal de la pointe.*
11'. *Noyau rouge.*
12. *Locus niger.*
13. *Faisceau rubro-spinal (formant la décussation de Forel, puis passant dans le faisceau hétérogène).*
14. *Faisceau olivo-spinal.*
15. *Faisceau tecto-spinal.*
16. *Noyaux vestibulaires.*
17. *Faisceau vestibulo-spinal ventral.*
18. *Faisceau vestibulo-spinal dorsal.*
19. *Faisceau réticulo-spinal.*

De là, l'influx nerveux accompagne les voies motrices et se dirige :

— *par le faisceau cortico-médullaire*, vers les noyaux sous-opto-striés du subthalamus, puis, par le faisceau central de la calotte, vers l'olive bulbaire,

— *par les fibres cortico-striées*, vers le néo-striatum (noyau caudé et putamen) et vers le pallidum, puis, par le faisceau pallidal de la pointe, vers le subthalamus,

— *par les fibres cortico-thalamiques*, vers la réticulée thalamique, et vers le noyau ventro-latéral antérieur, également en liaison avec le pallidum, puis, par le faisceau pallidal, vers le noyau rouge, et le faisceau rubro-spinal.

2) ORIGINE SOUS-CORTICALE :

Subdivisées en 5 faisceaux : (Fig. 7)

— *tecto-spinal* (Tractus tectospinalis) : issu des tubercules quadrijumeaux antérieurs (optiques), et postérieurs (auditifs), il croise la ligne médiane (décussation de Meynert), traverse le tronc cérébral, et forme dans la moelle un faisceau ventral et un faisceau latéral (tectum = toit) ;

— *rubro-spinal* (Tractus rubrospinalis) : issu du noyau rouge (Paleo-Rubrum), il croise la ligne médiane (décussation de Forel), descend dans le faisceau hétérogène, et gagne le cordon latéral de la moelle ;

— *vestibulo-spinal* (Tractus vestibulospinalis) : issu des noyaux vestibulaires (surtout noyau de Deiters), il forme dans le cordon antéro-latéral de la moelle un faisceau ventral et un faisceau latéral (qui présentent chacun un contingent direct et un contingent croisé) ;

— *olivo-spinal* ou faisceau triangulaire d'Helweg)* (Fasciculus triangularis) : issu de l'olive bulbaire, il s'insinue dans la moelle entre les deux faisceaux vestibulo-spinaux ; il est direct ;

— *réticulo-spinal* (Tractus reticulospinalis) : issu de la réticulée grise du bulbe, il forme deux faisceaux ventral et latéral qui s'accolent dans la moelle aux tecto-spinaux :
le premier est inhibiteur,
le second activateur des voies motrices.

Tous deux sont à la fois directs et croisés.

3) VOIE FINALE COMMUNE (de SHERRINGTON)** : (Fig. 8)

La cellule radiculaire motrice des cornes antérieures de la moelle représente le neurone terminal des voies motrices ; elle reçoit à elle seule la totalité des voies pyramidales et extra-pyramidales :

— *pyramidales* : faisceau cortico-médullaire (direct + croisé),
— *extra-pyramidales* : les huits faisceaux sous-corticaux =
tecto-spinal latéral,
tecto-spinal ventral,
rubro-spinal,
vestibulo-spinal latéral,
vestibulo-spinal ventral,
olivo-spinal,
réticulo-spinal latéral,
réticulo-spinal ventral.

Ce système complexe, directement lié au muscle, régit le fonctionnement segmentaire et commande le mouvement : c'est la « voie finale commune ».

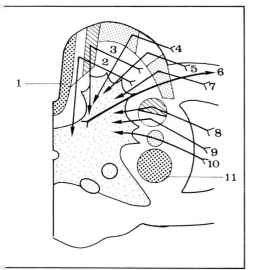

FIGURE 8

La voie finale commune de Sherrington (coupe transversale de la moelle, côté droit, segment inférieur).
1. *Faisceau pyramidal direct.*
2. *Faisceau tecto-spinal ventral.*
3. *Faisceau réticulo-spinal ventral.*
4. *Faisceau vestibulo-spinal ventral.*
5. *Faisceau olivo-spinal.*
6. *Racine motrice.*
7. *Faisceau vestibulo-spinal latéral.*
8. *Faisceau réticulo-spinal latéral.*
9. *Faisceau tecto-spinal latéral.*
10. *Faisceau rubro-spinal.*
11. *Faisceau pyramidal croisé.*

---

* Helweg Hans Christian (1847-1901), médecin psychiatre danois.
** Sherrington Charles Scott Sir (1857-1952), physiologiste et neurologue anglais.

B. VOIES CÉRÉBELLEUSES

Du point de vue fonctionnel, le cervelet a un triple rôle :

— il contrôle l'**équilibration**,
— il assure la **régulation du tonus** musculaire de posture,
— enfin il coordonne les **mouvements associés** aux mouvements volontaires.

On peut ainsi admettre très schématiquement, qu'il représente le véritable système de contrôle de l'activité musculaire involontaire et joue vis-à-vis des voies motrices extra-pyramidales le même rôle que le cortex cérébral vis-à-vis des voies motrices volontaires. Aussi, les circuits neuronaux du cervelet sont-ils placés **en dérivation** sur les grandes voies motrices extra-pyramidales du système nerveux central, disposition que laissait pressentir la situation anatomique du cervelet en arrière et comme à l'écart du tronc cérébral.

Chacune des trois grandes fonctions du cervelet appartient schématiquement en propre à l'un des trois grands secteurs anatomiques et fonctionnels de l'organe :

— **Le contrôle de l'équilibration** est assuré par **l'archéo-cérébellum**, c'est-à-dire le lobe flocculo-nodulaire et le noyau du toit.

— **Le contrôle du tonus postural** est assuré par le **paléo-cérébellum** constitué par la lingula, le lobe central, le culmen, l'uvula et la pyramide sur le vermis, le lobe quadrilatère antérieur, l'amygdale au niveau des hémisphères et par les lobes gracile et digastrique.

A ces formations corticales, il faut adjoindre les noyaux du globosus et de l'embolus, partie la plus ancienne des noyaux dentés (paléo-dentatum).

— **Le contrôle des mouvements associés** aux mouvements volontaires est assuré par le **néo-cérébellum** comprenant la majeure partie du cortex cérébelleux, c'est-à-dire, au niveau du vermis le déclive, le folium et le tuber, au niveau des hémisphères le lobule quadrilatère postérieur, les lobules semi-lunaires supérieur et inférieur ainsi que le noyau denté.

On peut décrire trois types de circuits cérébelleux :

— *circuit archéo-cérébelleux* assurant le contrôle de l'équilibration,
— *circuit paléo-cérébelleux* contrôlant le tonus musculaire,
— *circuit néo-cérébelleux* assurant la coordination automatique des mouvements volontaires et semi-volontaires. (Fig. 9)

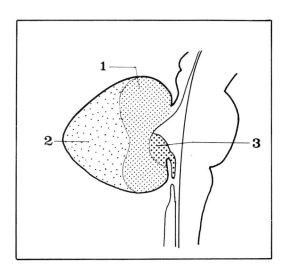

FIGURE 9

Territoires fonctionnels du cervelet (coupe sagittale).

1. *Paléo-cérébellum.*
2. *Néo-cérébellum.*
3. *Archéo-cérébellum.*

Archéo-cerebellum

PCI :
  F. vestibulo-cérébelleux
  F. céréb. vestib. direct
PCS :
  F. céréb. vestib. croisé
  (en crochet, de Russel)

Schwalbe : Saccule
  (réflexes oculo-céphalogyres)
Deiters : Utricule
  (faisceaux vestibulo-spinaux)
Bechterew : Canaux
  semi-circulaires, utricule,
  saccule

FIGURE 10

Le circuit archéo-cérébelleux.
1. *Neurone périphérique (nerf vestibulaire).*
2. *Noyaux vestibulaires.*
3. *Premier neurone du circuit archéo-cérébelleux : faisceau vestibulo-cérébelleux.*
4. *Deuxième neurone du circuit archéo-cérébelleux.*
5. *Noyau du toit.*
6. *Troisième neurone du circuit archéo-cérébelleux : faisceau cérébello-vestibulaire direct.*
6'. *Troisième neurone du circuit archéo-cérébelleux (deuxième itinéraire : faisceau cérébello-vestibulaire en crochet de Russel).*
7. *Faisceau vestibulo-spinal ventral (fibres directes et croisées).*
7'. *Faisceau vestibulo-spinal dorsal (fibres directes et croisées).*
8. *Bandelette longitudinale postérieure (voies d'association avec les noyaux oculo-moteurs).*
9. *Tubercule quadrijumeau postérieur.*
10. *Faisceau tecto-cérébelleux.*

---

* Barany Robert (1876-1936), neurologue et ORL hongrois, établi en Suède.

- **Le circuit archéo-cérébelleux** (Fig. 10)

Assurant le contrôle de l'équilibration, il est placé **en dérivation sur les voies vestibulaires**.

SES CENTRES NERVEUX sont constitués par le *cortex archéo-cérébelleux* du lobe flocculo-nodulaire et par les *noyaux du toit* ;

SES VOIES AFFÉRENTES sont représentées par le *faisceau vestibulo-cérébelleux* allant des noyaux vestibulaires du bulbe au cortex archéo-cérébelleux et plus accessoirement par des fibres venues des tubercules quadrijumeaux et en relation avec les voies optiques réflexes (faisceau tecto-cérébelleux).

SES VOIES EFFÉRENTES sont formées par les faisceaux *cérébello-vestibulaires* direct et croisé qui vont des noyaux du toit du cervelet aux noyaux vestibulaires du bulbe.

Il comprend une **VOIE D'ASSOCIATION INTRA-CÉRÉBELLEUSE** qui unit le cortex flocculo-nodulaire aux noyaux du toit.

Disposé donc en dérivation sur les voies vestibulaires, **le circuit archéo-cérébelleux est organisé de la façon suivante :**

1 - **LE POINT DE DÉPART** du circuit est situé dans les **noyaux vestibulaires** de Schwalbe, Deiters et Bechterew, du plancher du 4e ventricule. Ces noyaux reçoivent les fibres de la voie vestibulaire dont le corps cellulaire est situé dans le ganglion de Scarpa et qui transmettent les informations recueillies au niveau des récepteurs du vestibule membraneux : canaux semi-circulaires, utricule et saccule.

2 - **DES NOYAUX VESTIBULAIRES PART UN PREMIER NEURONE** qui gagne le cortex flocculo-nodulaire en empruntant le *faisceau vestibulo-cérébelleux* qui chemine dans le pédoncule cérébelleux inférieur.

3 - **DU CORTEX FLOCCULO-NODULLAIRE PART UN SECOND NEURONE** d'association qui gagne les noyaux du toit du cervelet.

4 - **DES NOYAUX DU TOIT PART LE TROISIÈME NEURONE** du circuit cérébelleux qui va rejoindre les noyaux vestibulaires bulbaires et en particulier le noyau de Schwalbe, en empruntant soit le *faisceau cérébello-vestibulaire direct* qui passe dans le pédoncule cérébelleux inférieur, soit le *faisceau cérébello-vestibulaire croisé* ou faisceau en crochet de Russel qui passe dans le pédoncule cérébelleux supérieur puis descend dans la protubérance où il croise la ligne médiane avant de regagner les noyaux vestibulaires.

5 - **A PARTIR DES NOYAUX VESTIBULAIRES NAISSENT :**

— des fibres d'association qui rejoignent immédiatement la **bandelette longitudinale postérieure** et se distribuent aux noyaux oculo-moteurs du tronc cérébral jusqu'au niveau des tubercules quadrijumeaux antérieurs (connexion avec les voies optiques réflexes expliquant en particulier le nystagmus des syndromes vestibulaires et des syndromes cérébelleux) ;

— surtout, une **voie motrice extra-pyramidale : le faisceau vestibulo-spinal**. Celui-ci, formé à la fois de fibres directes et de fibres croisées, descend à la partie antéro-latérale du bulbe puis vers la moelle où il se répartit en deux faisceaux, le *faisceau vestibulo-spinal dorsal et le faisceau vestibulo-spinal ventral* situés tous deux dans le cordon antérieur de la moelle. Les faisceaux vestibulo-spinaux se terminent aux différents étages de la moelle, au niveau des cellules motrices de la corne antérieure.

Ce circuit archéo-cérébelleux étroitement lié aux voies vestibulaires est à l'origine des réflexes labyrinthiques compensateurs lors de déplacements du corps. Il est exploré par les *épreuves labyrinthiques* et en particulier les *épreuves de Barany**. Les lésions du circuit archéo-cérébelleux entraînent des troubles de la statique et la classique démarche ébrieuse des syndromes cérébelleux.

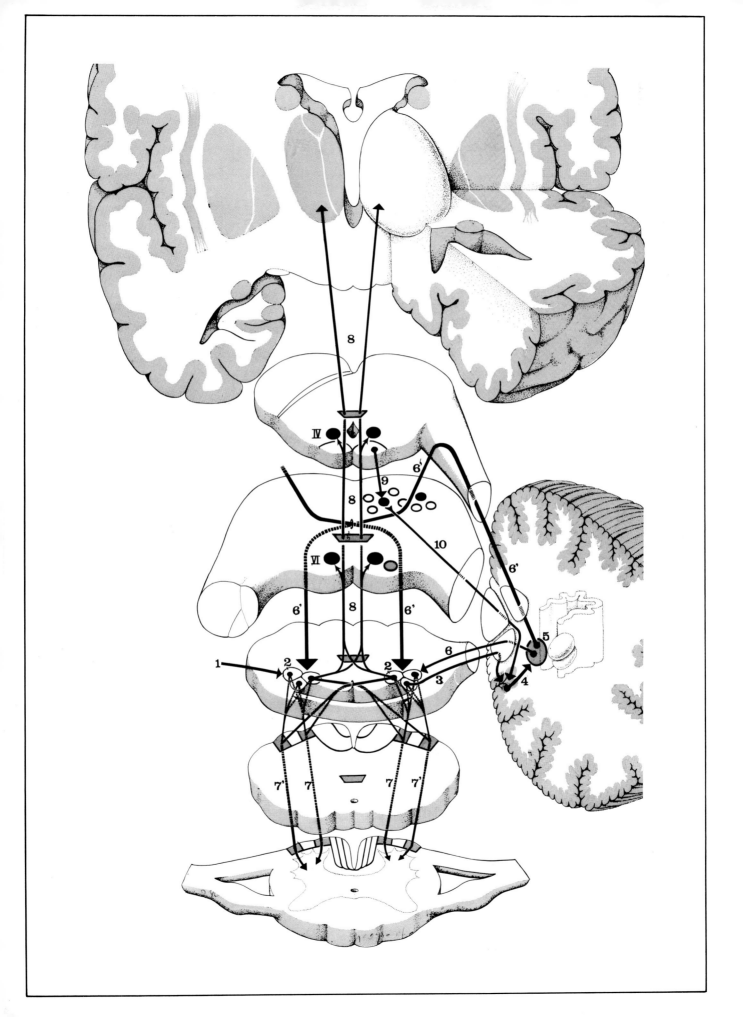

Paléo-cerebellum

PCI :
- F. spino-céréb. direct (de Flechsig)
- F. sensitivo-céréb. (Von Monakow)
- F. olivo-cérébelleux
- F. céréb. olivaire

PCS :
- F. spino-céréb. croisé (de Gowers)
- F. dentato-rubro-thalam. (depuis l'embolus)

FIGURE 11 ▶

Le circuit paléo-cérébelleux.
1. *Neurone périphérique de la sensibilité profonde inconsciente des membres et du tronc.*
2. *Faisceau spino-cérébelleux direct de Flechsig.*
3. *Faisceau spino-cérébelleux croisé de Gowers.*
4. *Voies sensitivo-cérébelleuses, parties du noyau bulbaire de Von Monakow.*
5. *Fibres de la sensibilité profonde inconsciente de la tête et du cou.*
6. *Deuxième neurone du circuit paléo-cérébelleux allant du cortex cérébelleux aux noyaux du cervelet.*
7. *Noyau du globosus.*
7'. *Noyau de l'embolus.*
8. *Faisceau cérébello-olivaire.*
8'. *Faisceau dentato-rubrique (allant du paléo-dentatum au paléo-rubrum).*
9. *Faisceau olivo-spinal.*
9'. *Faisceau rubro-spinal.*
10. *Olive cérébelleuse.*
11. *Noyau rouge.*
12. *Faisceau olivo-cérébelleux.*
13. *Faisceau central de la calotte.*

---

* Tractus spino-cérébelleux dorsal (Tractus spinocerebellaris dorsalis).
** Tractus spino-cérébelleux ventral (Tractus spinocerebellaris ventralis).
*** Friedreich Nicolas (1825-1882), médecin neurologue allemand.

• **Le circuit paléo-cérébelleux** (Fig. 11)

Contrôlant le **tonus musculaire** et les contractions musculaires d'équilibre indispensables à la station debout, le circuit paléo-cérébelleux est en relation avant tout avec les **voies de la sensibilité profonde inconsciente**.

SES CENTRES NERVEUX sont constitués par :
— **le cortex paléo-cérébelleux** (lingula, lobule central, culmen, uvula et pyramide sur le vermis, lobe antérieur et amygdale sur les hémisphères),
— et par les noyaux du **globosus** et de **l'embolus**.

SES VOIES AFFÉRENTES sont nombreuses et représentées avant tout par les fibres véhiculant la sensibilité profonde. Ce sont :

1 - LE FAISCEAU SPINO-CÉRÉBELLEUX DIRECT DE FLECHSIG* qui véhicule la sensibilité profonde inconsciente du **tronc et des membres inférieurs**. Les fibres nerveuses qui le constituent prennent naissance dans la substance grise de la moelle au niveau de la *colonne de Clarke* où elles ont fait relais avec les neurones périphériques. Le faisceau de Flechsig chemine dans la partie postérieure du cordon latéral du même côté, monte dans la partie postéro-latérale du bulbe et gagne le cortex cérébelleux en passant par le pédoncule cérébelleux inférieur.

2 - LE FAISCEAU SPINO-CÉRÉBELLEUX CROISÉ DE GOWERS** véhicule la sensibilité profonde inconsciente **du membre supérieur et d'une partie du tronc**. Les fibres nerveuses qui le constituent prennent naissance dans la substance grise de la moelle au niveau du *noyau de Bechterew* où leur corps cellulaire s'articule avec le neurone périphérique ; **elles croisent la ligne médiane** dans la substance grise péri-épendymaire pour monter dans la partie antérieure du cordon latéral du côté opposé. Elles traversent ensuite la partie latérale du bulbe et de la protubérance et gagnent le cortex cérébelleux au niveau du culmen en **croisant à nouveau la ligne médiane** par l'intermédiaire du pédoncule cérébelleux supérieur. Finalement le faisceau de Gowers ayant croisé deux fois la ligne médiane est donc **ipsi-latéral** (du même côté).

3 - LE FAISCEAU SENSITIVO-CÉRÉBELLEUX OU BULBO-CÉRÉBELLEUX prend son origine dans le **noyau bulbaire de Von Monakow** et gagne le cortex du lobe antérieur paléo-cérébelleux en passant par le pédoncule cérébelleux inférieur en compagnie du faisceau de Flechsig. Le noyau de Von Monakow représente, comme le noyau de Goll et de Burdach, un relais sur les voies de la *sensibilité profonde consciente*.

4 - LE FAISCEAU OLIVO-CÉRÉBELLEUX provient de l'olive bulbaire et gagne le cortex paléo-cérébelleux du côté opposé en passant par le pédoncule cérébelleux inférieur. Ce faisceau véhicule probablement des fibres de la *sensibilité intéroceptive qui gagnent le thalamus par les faisceaux spino-thalamiques* et ont rejoint l'olive bulbaire par le faisceau central de la calotte.

LES VOIES EFFÉRENTES du circuit paléo-cérébelleux sont représentées par deux faisceaux :
— LE FAISCEAU CÉRÉBELLO-OLIVAIRE CROISÉ qui va du globosus à l'olive bulbaire en passant par le pédoncule cérébelleux inférieur ; le faisceau olivo-spinal conduit vers la moelle les influx correcteurs.
— LE FAISCEAU DENTATO-RUBRO-THALAMIQUE qui part de l'embolus et gagne le noyau rouge par le pédoncule cérébelleux supérieur. Le faisceau rubro-spinal rejoint le cordon latéral de la moelle.

Enfin une **VOIE D'ASSOCIATION** est constituée par des neurones intra-cérébelleux allant du cortex paléo-cérébelleux aux noyaux de l'**embolus** d'une part, du **globosus** d'autre part.

Les lésions pathologiques du paléo-cérébellum entraînent des troubles du tonus musculaire à type d'hyper ou d'hypotonie. C'est le cas en particulier de la maladie de Friedreich*** ou de l'ataxie cérébelleuse de Pierre Marie qui atteignent avec prédilection les centres paléo-cérébelleux.

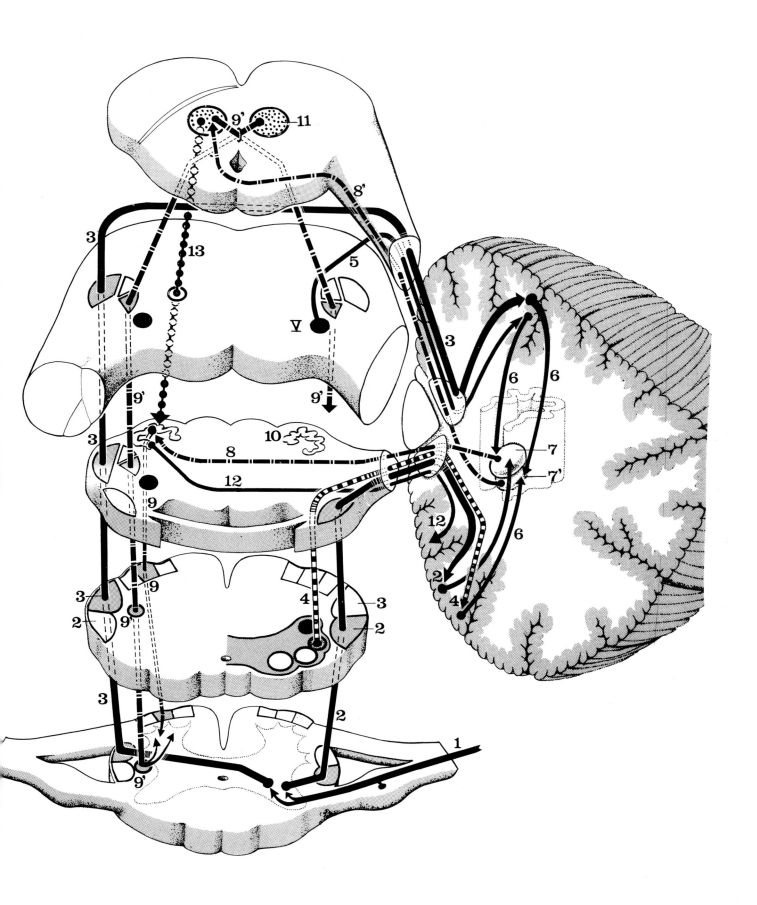

269

Néo-cerebellum

PCH :
    F. cortico-ponto-céréb.
    (de Turck-Meynert)

PCS :
    F. dentato-rubro-thalamique
    (depuis le noyau denté)

FIGURE 12

Circuit néo-cérébelleux.
1. *Faisceau cortico-ponto-cérébelleux (faisceau d'Arnold).*
1'. *Faisceau cortico-ponto-cérébelleux (faisceau de Turck-Meynert).*
2 et 2'. *Deuxième neurone de la voie cortico-ponto-cérébelleuse.*
3. *Troisième neurone du circuit néo-cérébelleux allant du cortex néo-cérébelleux au noyau dentelé.*
4. *Quatrième neurone du circuit néo-cérébelleux, faisceau dentato-rubro-thalamique.*
5. *Noyau rouge.*
6. *Décussation du faisceau rubro-spinal.*
7. *Faisceau rubro-spinal.*
8. *Faisceau dentato-rubro thalamique : neurone à destinée thalamique.*
9. *Liaison thalamo-corticale.*
10. *Liaison thalamo-striée.*
11. *Circuit strio-thalamique.*
12. *Voies extra-pyramidales partant des corps striés.*

---

* Tractus cortico-pontin (Tractus cortico-pontinus).
** Wernekinck Friedrich, Christian, Gregor (1798-1835), anatomiste allemand, professeur d'anatomie à Giessen.
*** Disparition de la diadococinésie (ou pro-supination) : du grec *diadocos* = succession et *cinesis* = le mouvement.

- **Le circuit néo-cérébelleux** (Fig. 12)

Assurant le contrôle automatique du mouvement volontaire et semi-volontaire, le circuit néo-cérébelleux est, du point de vue hiérarchique, le plus évolué des trois circuits cérébelleux. Il est placé en dérivation sur les **voies motrices corticales extra et para-pyramidales**.

LES CENTRES NÉO-CÉRÉBELLEUX sont situés d'une part au niveau du cortex néo-cérébelleux et en particulier au niveau du lobe ansiforme (lobule semi-lunaire et lobule gracile), d'autre part au niveau du noyau denté (néo-dentatum).

LA VOIE AFFÉRENTE est représentée par le **faisceau cortico-ponto-cérébelleux croisé de Turck-Meynert***. Ce faisceau prend naissance dans différentes régions du cortex cérébral mais plus particulièrement au niveau de la deuxième circonvolution temporale (faisceau de Turck) et du cortex frontal (faisceau d'Arnold). Il traverse le segment rétro-lenticulaire de la capsule interne puis descend dans le pied du pédoncule cérébral jusqu'à la protubérance où il fait relais au niveau des **noyaux du pont**. Après avoir croisé la ligne médiane, il emprunte le pédoncule cérébelleux moyen pour gagner le cortex néo-cérébelleux.

LA VOIE EFFÉRENTE est constituée par le **faisceau dentato-rubro-thalamique** qui, parti du noyau denté suit le pédoncule cérébelleux supérieur dont il forme l'axe, longe les bords du triangle supérieur du quatrième ventricule, s'entrecroise à la partie postérieure des pédoncules avec son homologue en formant la **décussation de Wernekinck**** ou décussation des pédoncules (Décussatio pedunculorum) pour venir se terminer sur le *noyau rouge* ou, pour certaines fibres, au niveau du *thalamus* (noyau ventro-latéral-intermédiaire).

Enfin, là encore, existent des **VOIES D'ASSOCIATION INTRA-CÉRÉBELLEUSES** réunissant le cortex néo-cérébelleux au noyau denté (néo-dentatum).

LE CIRCUIT NÉO-CÉRÉBELLEUX peut donc être schématisé comme suit :

1 - LE POINT DE DÉPART de ce circuit se trouve au niveau du **cortex cérébral**. (Deuxième circonvolution temporale et cortex frontal). Le premier neurone suit le **faisceau de Turck-Meynert** et se termine au niveau des noyaux du pont.

2 - LE SECOND NEURONE qui a son corps cellulaire dans les **noyaux du pont** gagne le cortex néo-cérébelleux en croisant la ligne médiane et en passant par le pédoncule cérébelleux moyen.

3 - LE TROISIÈME NEURONE va du cortex néo-cérébelleux au **noyau denté**.

4 - LE QUATRIÈME NEURONE, qui a son corps cellulaire dans le noyau denté, **suit le faisceau dentato-rubro-thalamique** et peut donc avoir deux destinées différentes :

— Il peut s'arrêter au niveau du noyau rouge, le retour au centre proto-kinétique de la moelle ou du tronc cérébral se faisant alors directement par le *faisceau rubro-spinal* ;

— il peut aussi monter faire relais au niveau du thalamus. Du thalamus l'influx nerveux peut :

• *soit gagner les corps striés* d'où partent des voies extra-pyramidales qui descendent vers la moelle et le tronc cérébral et contrôlent les mouvements associés ;

• *soit remonter jusqu'au cortex cérébral*, au niveau des deuxième et troisième circonvolutions temporales (aires 21 et 20), ou au niveau de la frontale ascendante. Il est probable qu'à ce dernier niveau le circuit néo-cérébelleux entre en rapport non pas avec les fibres du faisceau pyramidal, mais avec celles du *faisceau para-pyramidal*.

Le rôle joué par le circuit néo-cérébelleux dans la coordination du mouvement explique la plupart des éléments dynamiques de l'ataxie cérébelleuse : hypermétrie, tremblement et adiadococinésie***.

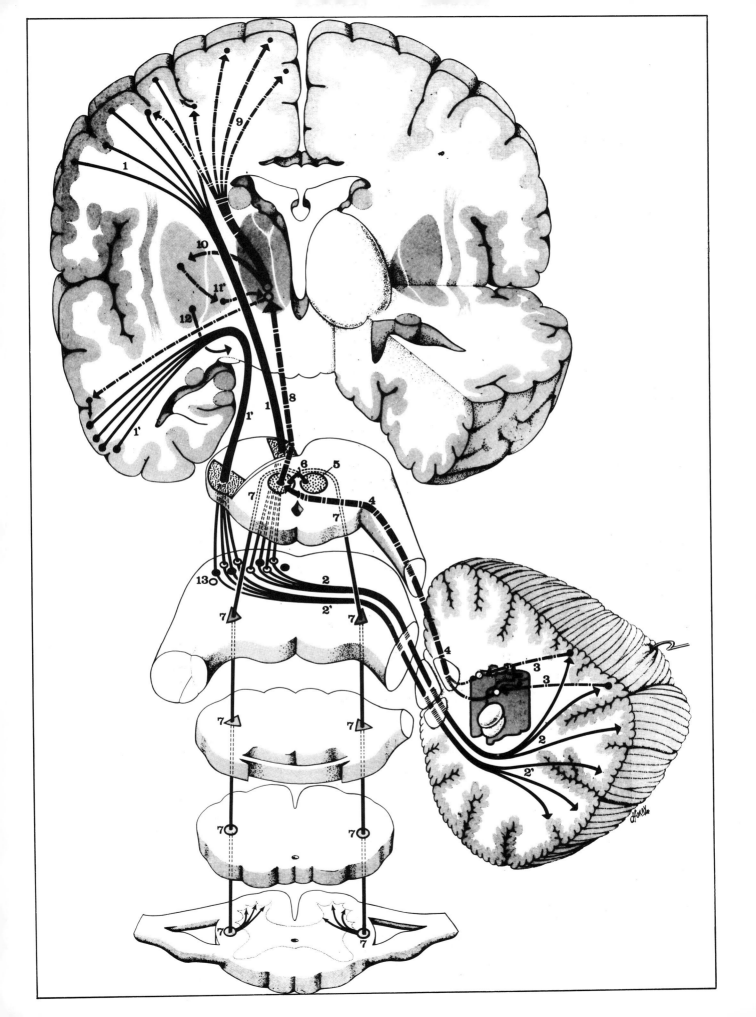

Vue d'ensemble des voies cérébelleuses (Fig. 13 et 14)

1) ARCHÉO ET PALÉO-CÉRÉBELLUM :

Entièrement sous-corticales, elles sont chargées de la *coordination statique* (régulation du tonus musculaire, maintien de la station debout).

a) **Voies afférentes** :

— les *fibres tecto-vestibulaires* apportent aux noyaux vestibulaires du tronc cérébral (Deiters, Schwalbe, et Betcherew) les impressions visuelles du tubercule quadrijumeau antérieur, indispensables à l'équilibre statique,

— le *faisceau vestibulo-cérébelleux* transmet à l'archéo-cérébellum les sensations vestibulaires (notion de position du corps dans l'espace),

— les *faisceaux spino-cérébelleux* direct (Flechsig) et croisé (Gowers) apportent au paléo-cérébellum les informations de la sensibilité profonde inconsciente,

— le *faisceau sensivito-cérébelleux*, issu du noyau de Von Monakow, passe par le pédoncule inférieur, et apporte au paléo-cérébellum les informations de la sensibilité profonde consciente.

b) **Voies efférentes** :

— les *faisceaux cérébello-vestibulaires* direct (pédoncule inférieur) et croisé (pédoncule supérieur) assurent le retour vers les noyaux vestibulaires,

— les *faisceaux vestibulo-spinaux* ventral et dorsal (à la fois directs et croisés) transmettent vers la moelle les notions d'équilibre statique,

— le *faisceau dentato-rubrique*, issu de l'embolus (paleo-dentatum), passe par le pédoncule supérieur, et se rend au noyau rouge (paleo-rubrum) du côté opposé,

— le *faisceau rubro-spinal*, croisé (décussation de Forel) passe par le faisceau hétérogène, et gagne le cordon latéral de la moelle, participant à la régulation du tonus musculaire, en association avec le *réticulo-spinal*.

2) NÉO-CÉRÉBELLUM :

En relation avec le cortex, elles coordonnent à la fois les mouvements volontaires, et les actes moteurs sous-corticaux (*coordination dynamique*).

a) **Voies afférentes** : elles font toutes partie des *voies cortico-ponto-cérébelleuses* de Turck-Meynert qui comportent 3 faisceaux :

— *fronto-ponto cérébelleux*, issu des aires 6 et 8, passant dans le bras antérieur de la capsule interne, puis dans le 1/5 externe du pied pédonculaire, et par le pédoncule cérébelleux moyen (après synapse dans les noyaux du pont),

— *pariéto-ponto-cérébelleux*, issu des aires 5 et 7,

— *temporo-ponto-cérébelleux*, issu des aires 20 et 21, passant dans le segment sous-lenticulaire de la capsule, et se fusionnant ensuite avec les deux précédents.

Tous ces faisceaux sont croisés, comme les voies pyramidales.

b) **Voie efférente** :

— le *faisceau dentato-rubro thalamique* part du noyau denté (néo-dentatum), emprunte le pédoncule supérieur, passe du côté opposé (décussation de Wernekinck), fait relais dans le noyau rouge (néo-rubrum) — d'où il peut rejoindre la moelle par le rubro-spinal — et continue son trajet jusqu'au thalamus (noyau ventro-latéral intermédiaire).

De là il peut rejoindre :
— soit les aires 4 et 6 du cortex, par le pédoncule supérieur du thalamus,
— soit les noyaux sous-opto-striés par les noyaux striés et le faisceau pallidal de la pointe.

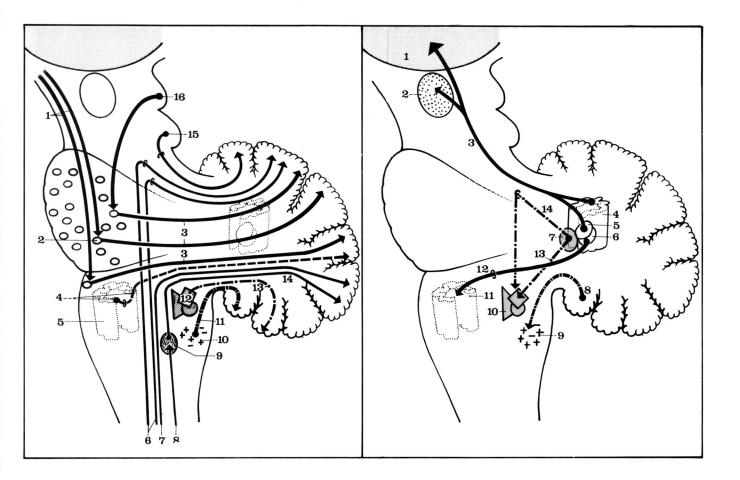

FIGURE 13

*Les afférences du cervelet
(d'après Bourret et Louis).*

1. *Premier neurone du faisceau cortico-ponto-cérébelleux.*
2. *Noyau du pont.*
3. *Deuxième neurone de la voie cortico-ponto-cérébelleuse.*
4. *Faisceau olivo-cérébelleux.*
5. *Olive bulbaire.*
6. *Faisceau spino-cérébelleux croisé de Gowers.*
7. *Faisceau spino-cérébelleux direct de Flechsig.*
8. *Faisceau de Goll et Burdach.*
9. *Noyau de Von Monakow.*
10. *Réticulée bulbaire.*
11. *Faisceau réticulo-cérébelleux.*
12. *Noyaux vestibulaires.*
13. *Faisceau vestibulo-cérébelleux.*
14. *Faisceau sensitivo-cérébelleux.*
15. *Faisceau tecto-cérébelleux.*
16. *Faisceau tecto-ponto-cérébelleux.*

FIGURE 14

*Les efférences du cervelet
(d'après Bourret et Louis).*

1. *Thalamus.*
2. *Noyau rouge.*
3. *Faisceau dentato-rubro-thalamique.*
4. *Olive cérébelleuse (Dentatum).*
5. *Embolus.*
6. *Globosus.*
7. *Noyau du toit.*
8. *Fibres allant du cortex archéo-cérébelleux à la réticulée bulbaire.*
9. *Réticulée bulbaire.*
10. *Noyaux vestibulaires.*
11. *Olive bulbaire.*
12. *Faisceau cérébello-olivaire.*
13. *Faisceau cérébello-vestibulaire direct.*
14. *Faisceau cérébello-vestibulaire croisé en crochet de Russel.*

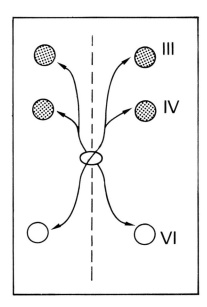

FIGURE 15

*Les neurones intercalaires.
Par la bandelette longitudinale
postérieure ils relient le III et le IV
d'un côté avec le VI opposé.*

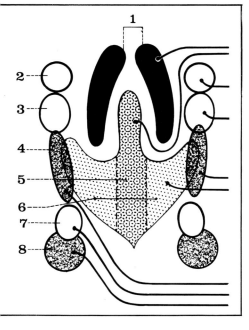

FIGURE 16

*Constitution des noyaux du nerf moteur
oculaire commun et du nerf pathétique
(schéma de Brouwer).*

1. *Noyau d'Edinger-Westphal.*
2. *Releveur de la paupière supérieure.*
3. *Droit supérieur.*
4. *Petit oblique.*
5. *Noyau de Perlia.*
6. *Droit interne.*
7. *Droit inférieur.*
8. *Grand oblique.*

3) Les voies oculo-motrices

Bien que faisant partie des voies pyramidales et extra-pyramidales, elles doivent être étudiées à part en raison de leur indépendance fonctionnelle, et de la coexistence d'une double musculature oculaire :

— l'une *extrinsèque*, responsable des déplacements du globe oculaire, en accord avec les mouvements de la tête,

— l'autre *intrinsèque*, entièrement involontaire, destinée à une meilleure adaptation du cristallin (l'accommodation) et à une protection de la rétine par le sphincter irien (l'irido-motricité).

A. MOTRICITÉ EXTRINSÈQUE

Elle constitue le système oculo-céphalo-gyre qui associe : (Fig. 15)

a) - l'**oculo-gyrie**, assurant les mouvements conjugués des deux globes oculaires, grâce à l'action de trois nerfs crâniens :

- *le moteur oculaire commun* (III) qui provoque : (Fig. 16)
  — l'élévation du globe, par le droit supérieur
  — l'abaissement du globe, par le droit inférieur
  — l'abduction du globe, et la convergence (pour la vision de près) par le droit interne
  — la rotation externe du globe, par le petit oblique,
- *le pathétique ou trochléaire* (IV) qui provoque : (Fig. 16)
  — la rotation interne du globe, par le grand oblique,
- *le moteur oculaire externe ou abducteur* (VI) qui provoque :
  — l'abduction du globe, par le droit externe.

Mais chaque mouvement du globe oculaire exige une coordination assez complexe puisque :

— le regard latéral fait contracter le droit externe homo-latéral et le droit interne contro-latéral,

— le regard médial fait contracter les deux droits internes (convergence),

— le regard en haut fait contracter le droit supérieur (associé au releveur de la paupière supérieure) et le petit oblique,

— le regard en bas fait contracter le droit inférieur et le grand oblique.

b) - la **céphalo-gyrie**, assurant la rotation de la tête grâce au nerf spinal médullaire (XI), innervant les deux muscles trapèze et sterno-cléido-mastoïdien, dont la contraction unilatérale provoque la rotation de la tête, et dont la contraction bilatérale entraîne l'extension ou la flexion de la tête.

Le système oculo-céphalo-gyre utilise deux neurones :

1) NEURONE CENTRAL :

— la voie principale, volontaire, est frontale (aire 8, au niveau de F2),

— la voie accessoire, semi-volontaire ou réflexe, est occipitale (aire 19, à la jonction occipito-pariétale).

Ces deux voies empruntent le faisceau cortico-nucléaire, puis le pes lemniscus profond, pour se rendre aux noyaux des nerfs oculo-moteurs et du spinal médullaire.

La *coordination* de l'élévation et de l'abaissement du regard se fait :

— par les fibres du corps calleux, qui relient les deux centres hémisphériques, et permettent au centre droit de commander la lévogyrie, et au centre gauche de commander la dextrogyrie,

— par les tubercules quadrijumeaux antérieurs, qui relient les deux noyaux du moteur oculaire commun.

La *synergie* de l'adduction et de l'abduction se fait par un neurone intercalaire, qui emprunte la bandelette longitudinale postérieure, et relie le III d'un côté avec le VI opposé.

La *convergence*, obtenue par contraction égale des muscles droits internes, est réglée par le noyau de Perlia*, en liaison avec les tubercules quadrijumeaux antérieurs. (Fig. 18)

2) NEURONE PÉRIPHÉRIQUE :

Destiné à chacun des muscles innervés par les 4 nerfs oculo-céphalo-moteurs (III, IV, VI, XI médullaire).

B. MOTRICITÉ INTRINSÈQUE

Entièrement réflexe, elle est sous la dépendance des fibres pupillaires de la rétine, et possède des centres situés dans les tubercules quadrijumeaux antérieurs.

Elle comprend l'accommodation et l'irido-motricité. (Fig. 17)

1 L'ACCOMMODATION est destinée à mettre au point le cristallin, en augmentant ou en diminuant son diamètre sagittal, pour assurer la fixité du foyer des rayons visuels sur la macula.

Dans la vision de près, l'accommodation est toujours associée à la convergence (contraction des droits internes) et à la contraction pupillaire (myosis).

L'accomodation comprend 4 neurones : (Fig. 18)
— *rétino-tectal* : de la macula au tubercule quadrijumeau antérieur (TQA),
— *tecto-nucléaire* : du TQA au noyau de Perlia du moteur oculaire commun,
— *pré-ganglionnaire* : du noyau de Perlia au ganglion ophtalmique (ou ciliaire), par la racine courte, motrice, du ganglion.
— *post-ganglionnaire* : du ganglion au muscle ciliaire, par les nerfs ciliaires courts.

FIGURE 17

Le ganglion ophtalmique.
1. Nerf moteur oculaire commun.
2. Nerf trijumeau (V).
3. Plexus sympathique péri-carotidien.
4. Anastomose cervico-gassérienne.
5. Artère carotide interne.
6. Ganglion cervical supérieur.
7. Nerf mandibulaire.
8. Ganglion de Gasser.
9. Nerf maxillaire supérieur.
10. Racine sympathique du ganglion ophtalmique.
11. Racine courte (oculo-motrice) du ganglion ophtalmique.
12. Nerf du petit oblique.
13. Ganglion ophtalmique.
14. Nerf ciliaire long.
15. Fibre centrifuge (irido-dilatatrice).
16. Fibre irido-constrictive + accommodation.
17. Fibre irido-dilatatrice + pour les vaisseaux du globe.
18. Fibre centrifuge (irido-dilatatrice).
19. Fibre centripète de la sensibilité.
20. Fibre centrifuge (irido-dilatatrice).
21. Globe oculaire.
22. Nerfs ciliaires courts.
23. Nerf ciliaire long.
24. Branche supérieure du III.
25. Nerf nasal.
26. Racine longue (sensitive) du ganglion ophtalmique.
27. Nerf optique (II).
28. Nerf frontal.

---

* Ou noyau caudal central (Nucleus caudalis centralis).

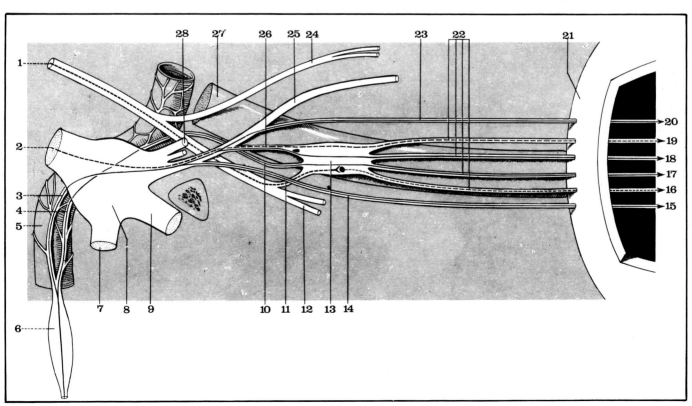

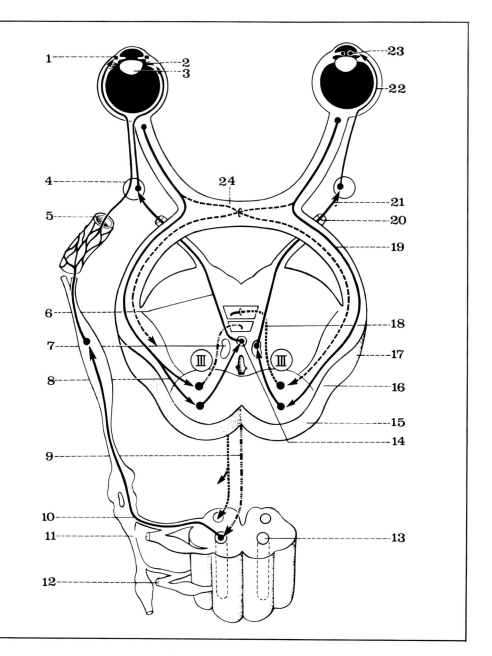

FIGURE 18

Schématisation des voies oculo-motrices (d'après Bourret et Louis).

1. Muscle dilatateur de l'iris.
2. Corps ciliaire.
3. Cristallin.
4. Ganglion ophtalmique (ou ciliaire).
5. Artère carotide interne.
6. 3ᵉ neurone nucléo-ganglionnaire de l'accommodation.
7. Noyau d'Edinger-Westphal.
8. 1ᵉʳ neurone pupillaire direct de l'accommodation.
9. 2ᵉ neurone tecto-spinal de l'irido-dilatation.
10. 3ᵉ neurone spino-sympathique de l'irido-dilatation.
11. 1ʳᵉ racine rachidienne dorsale.
12. 2ᵉ racine dorsale.
13. Centre cilio-spinal de Budge.
14. Noyau de Perlia.
15. Tubercule quadrijumeau antérieur.
16. Bras conjonctival antérieur.
17. Corps genouillé externe.
18. Faisceau tecto-spinal.
19. 1ᵉʳ neurone pupillaire direct de l'irido-constriction.
20. Nerf moteur oculaire commun.
21. 3ᵉ neurone nucléo-ganglionnaire de l'irido-constriction.
22. 4ᵉ neurone ganglio-musculaire de l'irido-constriction.
23. Muscle constricteur de l'iris.
24. Chiasma optique.
III : noyau du nerf moteur oculaire commun.
  A gauche : voies de l'accommodation et de l'irido-dilatation.
  A droite : voie de l'irido-constriction.

2) L'IRIDO-MOTRICITÉ est déclenchée par l'excitation lumineuse (réflexe photo-moteur); elle est aussi le complément de l'accommodation.

a) **Irido-constriction** : myosis (Fig. 18)

Elle comprend 4 neurones :

— *rétino-tectal* : jusqu'au TQA.

Dans le chiasma, les fibres pupillaires se divisent en deux contingents (direct et croisé), ce qui explique le réflexe consensuel : un faisceau lumineux dirigé sur un œil entraîne la constriction de la pupille opposée.

— *tecto-nucléaire* : jusqu'au noyau d'Edinger-Westphal (noyau végétatif parasympathique du III, ou nucleus accessorius N. oculomotorii),
— *pré-ganglionnaire* : jusqu'au ganglion ophtalmique,

b) **Irido-dilatation** : mydriase (Fig. 18)

Elle comprend également 4 neurones, mais son circuit est beaucoup plus long, car il doit utiliser une voie ortho-sympathique : (Fig. 18 et 19)

— *rétino-tectal* : jusqu'au TQA

— *tecto-médullaire* : par la bandelette longitudinale postérieure, jusqu'au tractus intermédio-lateralis de la moelle, de C8, D1, D2 (centre cilio-spinal de Budge),

— *pré-ganglionnaire* : par les rameaux communicants blancs, le ganglion stellaire, et la chaîne sympathique cervicale, jusqu'au ganglion cervical supérieur (synapse);

— *post-ganglionnaire* : par le plexus péri-carotidien, l'anastomose cervico-gassérienne (F. Franck), le nerf nasal, la racine longue, sensitive, du ganglion ophtalmique (où il n'y a pas de synapse), et enfin par les nerfs ciliaires courts, pour aboutir dans le muscle dilatateur de l'iris. (Fig. 19)

c) **Conséquences cliniques** :

— Le *myosis* peut être :
  soit spasmodique, par irritation du III végétatif,
  soit paralytique par atteinte du sympathique cervical (syndrome de Claude Bernard*-Horner**).

— La *mydriase* peut être :
  soit spasmodique, par irritation du sympathique (dans l'hyperthyroïdie, par exemple),
  soit paralytique, par atteinte du III végétatif.

— Le *signe d'Argyll Robertson**** traduit une lésion du TQA, par syphilis cérébrale : il consiste en l'abolition du réflexe pupillaire à la lumière (réflexe photo-moteur), avec conservation du réflexe pupillaire à la distance (accommodation).

* Bernard Claude (1813-1878), physiologiste français, successeur de Magendie à la chaire de médecine et physiologie à Paris.
** Horner William Edmond (1793-1853), anatomiste américain, professeur d'anatomie à l'université de Pennsylvanie.
*** Robertson Douglas, Lamb, Argyll (1837-1909), physiologiste et ophtalmologiste écossais.

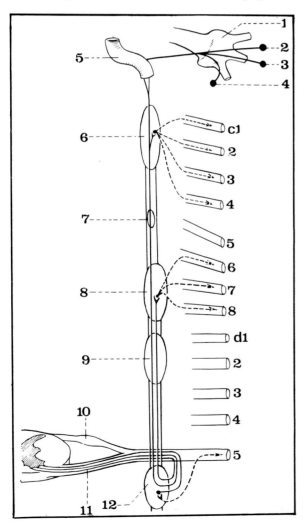

FIGURE 19

Systématisation de la chaîne sympathique cervicale.

Les fibres issues du tractus inter-médio-lateralis de la moelle dorsale remontent à l'intérieur de la chaîne cervicale jusqu'au plexus péri-carotidien. (En trait plein, les afférents blancs ; en pointillé, les efférents gris).

1. Ganglion de Gasser.
2. Ganglion ophtalmique.
3. Ganglion sphéno-palatin.
4. Ganglion otique.
5. Artère carotide interne.
6. Ganglion cervical supérieur.
7. Ganglion cervical moyen.
8. Ganglion cervical inférieur.
9. Deuxième ganglion thoracique.
10. Ganglion spinal (sensitif).
11. Racine antérieure de la moelle.
12. Ganglion sympathique thoracique.

15 les voies de la sensibilité générale

Véhiculant les informations en provenance des récepteurs situés à la périphérie et à l'intérieur même de l'organisme, les voies de la sensibilité renseignent constamment les centres nerveux sur le milieu extérieur et l'état fonctionnel des différents organes ou viscères.

Elles comprennent :

1º - Les voies de la sensibilité viscérale ou intéroceptive encore très mal connues, mal systématisées et que nous laisserons de côté.

2º - Les voies sensorielles, voies de sensibilités spécialisées dans la vision, l'audition, l'équilibration, la gustation et l'olfaction.

3º - Les voies de la sensibilité somatique ou sensibilité générale, beaucoup plus différenciées, qui comprennent :

— *les voies de la sensibilité superficielle ou extéroceptive*, à point de départ cutané, véhiculant vers le cortex cérébral la sensibilité au tact, à la douleur et aux variations de température ;

— *les voies de la sensibilité profonde ou proprioceptive*, parties des muscles, des tendons ou des articulations et aboutissant soit au cortex cérébral (sensibilité profonde consciente) soit au cervelet (sensibilité profonde inconsciente). Seules seront étudiées ici les voies de la sensibilité consciente à destinée corticale cérébrale. Les voies de la sensibilité proprioceptive inconsciente ont été étudiées avec les circuits cérébelleux (page 264).

Toutes les voies de la sensibilité générale *consciente*, quel que soit leur type, extéroceptif ou proprioceptif, ont en commun de comprendre *trois neurones* : (Fig. 1)

— *le premier neurone périphérique* emprunte le trajet des nerfs crâniens ou des nerfs rachidiens et vient se terminer dans la substance grise de la moelle, du bulbe, ou les noyaux des nerfs crâniens du tronc cérébral ;

— *un deuxième neurone*, articulé avec le précédent, monte dans le tronc cérébral pour aller se terminer dans le thalamus. Suivant le niveau de son point de départ dans la moelle, le bulbe ou les noyaux des nerfs crâniens il est dit *médullo, bulbo ou nucléo-thalamique* ;

— *le troisième neurone* est thalamo-cortical ; il s'articule avec un neurone intra-cortical d'association.

Seules font naturellement exception à cette règle les voies de la sensibilité profonde inconsciente qui se terminent dans le cervelet.

Les voies de la sensibilité générale ont un trajet différent :

— d'une part, au *niveau du tronc et des membres* où elles gagnent le névraxe en passant par les nerfs rachidiens,

— d'autre part, au *niveau de la tête et du cou* où elles gagnent le tronc cérébral en empruntant le trajet des nerfs crâniens.

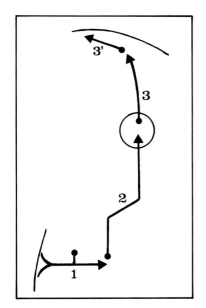

FIGURE 1

Les neurones de la sensibilité consciente.
1. *Neurone périphérique.*
2. *Deuxième neurone spino-thalamique.*
3. *Troisième neurone thalamo-cortical.*
3'. *Neurone intra-cortical.*

* Du latin *lemniscus* = ruban.

Il a été longtemps classique d'attribuer aux faisceaux ascendants de la moelle et du tronc cérébral un rôle spécifique dans la transmission des différents types de sensibilité : il était ainsi admis classiquement que la sensibilité thermique et la sensibilité douloureuse étaient véhiculées par le faisceau spino-thalamique dorsal, la sensibilité tactile globale (ou protopathique) par le faisceau spino-thalamique ventral, la sensibilité proprioceptive consciente et la sensibilité tactile fine (ou épicritique) par le faisceau spino-thalamique dorsal.

De nombreux travaux récents ont conduit à réviser cette conception et à lui substituer une description opposant deux grands systèmes de voies ascendantes :

— **Le système lemniscal*** formé de fibres longues et volumineuses (dites fibres $A\beta$) à conduction rapide, transmettant, avec un repérage topographique précis, les sensations fournies par les différents récepteurs périphériques cutanés, musculaires et articulaires.

— **Le système extra-lemniscal** formé de fibres plus petites (fibres $A\delta$ et fibres C) de conduction plus lente, ayant des connexions beaucoup plus diffuses et plus étendues, apportant des informations moins précises mais assurant la coloration affective, émotionnelle, comportementale et végétative des sensations perçues.

Plus récemment encore, l'accent a été mis sur les systèmes de contrôle qui régissent le fonctionnement de ces voies à tous les niveaux, qu'il s'agisse des systèmes de contrôle proprement neurologiques, ou surtout des systèmes de contrôle biochimiques dont le rôle apparaît essentiel dans les mécanismes de perception de la douleur, mais dont la connaissance n'est encore qu'à ses débuts.

I. LES VOIES LEMNISCALES (Fig. 2)

Elles véhiculent essentiellement la sensibilité tactile épicritique et la sensibilité profonde consciente. Elles n'ont qu'un rôle réduit et discuté dans la transmission directe des sensations douloureuses. En revanche, elles assurent un contrôle inhibiteur de la transmission de ces sensations douloureuses par les voies extra-lemniscales. Bien systématisées, elles sont schématiquement formées de trois neurones :

— Un neurone périphérique.
— Un neurone nucléo-thalamique.
— Un neurone thalamo-cortical.

1) **Le neurone périphérique**, en contact avec les récepteurs périphériques cutanés, musculaires ou articulaires, a une disposition différente selon que son point de départ se situe au niveau des membres et du tronc, ou au niveau de la tête et du cou.

a) *Le neurone périphérique des voies lemniscales des membres et du tronc*, articulé avec les récepteurs périphériques, a son corps cellulaire situé dans le ganglion spinal de la racine rachidienne postérieure correspondante. Son axone, volumineux, myélinisé (fibres $A\beta$) est d'abord mêlé aux autres fibres, mais tend au fur et à mesure qu'il se rapproche de la moelle, à se placer en arrière et en-dedans. Dans les radicelles et au niveau de la zone de Lissauer à l'entrée de la moelle, les fibres $A\beta$ ont une situation franchement postéro-interne, ce qui permet de les respecter au cours des radicellotomies postérieures sélectives. Ces fibres ne pénètrent pas dans la corne postérieure, à laquelle certaines adressent cependant une collatérale qui va se terminer dans les couches I et II de Rexed. Après avoir émis cette collatérale (destinée au contrôle des voies extra-lemniscales) l'axone du neurone périphérique monte directement dans les cordons postérieurs en formant les faisceaux de Goll et de Burdach, et va se terminer au niveau des noyaux bulbaires de Goll, Burdach et Von Monakow.

b) *Le neurone périphérique des voies lemniscales de la tête et du cou* a son corps cellulaire situé dans le ganglion annexé au nerf crânien somato-sensitif corres-

FIGURE 2 ▶

Les voies lemniscales (sensibilité tactile épicritique et profonde consciente).

1. *Neurone périphérique allant former les faisceaux de Goll et de Burdach, dans les cordons postérieurs.*
1'. *Collatérale du neurone périphérique allant à la corne postérieure.*
2. *Noyaux de Goll, Burdach et Von Monakow.*
3. *Deuxième neurone thalamo-cortical et décussation piniforme.*
4. *Ruban de Reil ou lemnisque médian.*
5. *Troisième neurone thalamo-cortical allant au cortex pariétal.*
6. *Neurone d'association intra-cortical.*
7. *Faisceau sensitivo-cérébelleux.*

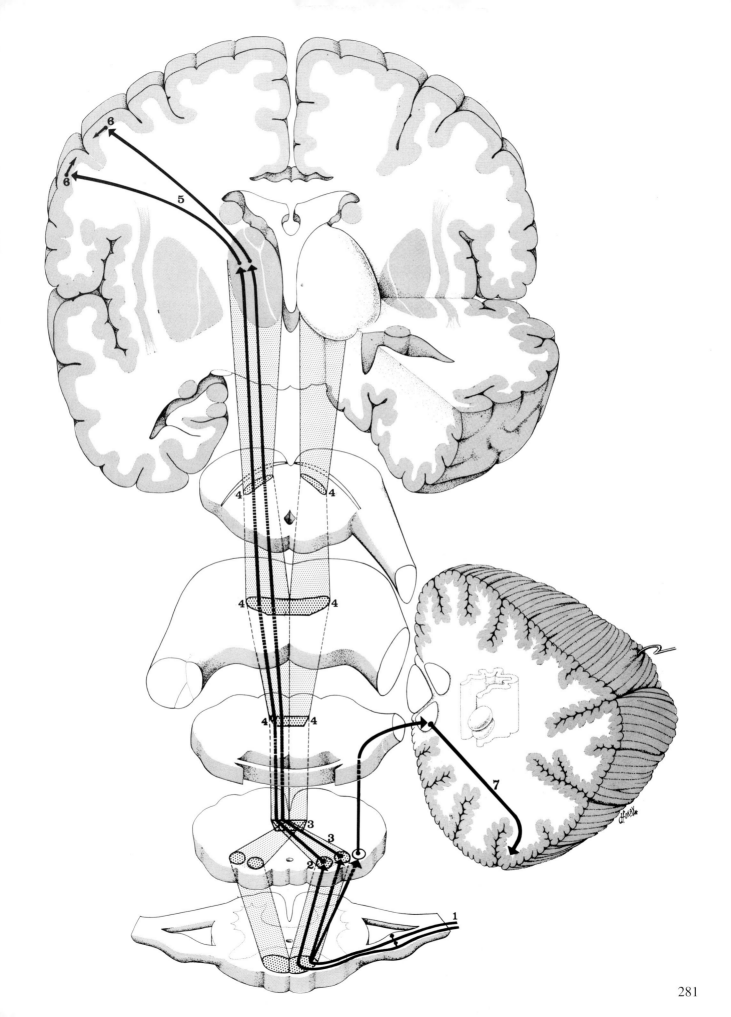

pondant : ganglion de Gasser pour le trijumeau, ganglion géniculé pour l'intermédiaire, ganglion d'Andersh et d'Erhenritter pour le glosso-pharyngien, ganglion jugulaire ou plexiforme pour le vague. Il va se terminer soit dans le noyau somato-sensitif du trijumeau, soit (pour le VIIbis, le IX et le X) dans le noyau du faisceau solitaire.

2) Le deuxième neurone est un neurone nucléo-thalamique

a) *pour les voies issues des membres et du tronc*, il a un corps cellulaire situé dans les noyaux de Goll, Burdach et Von Monakow, où il s'articule avec la terminaison du neurone périphérique.

— Les fibres issues du noyau de Von Monakow gagnent le cortex néo-cérébelleux homolatéral en formant le faisceau sensitivo-cérébelleux, qui emprunte le pédoncule cérébelleux inférieur.

— Les fibres issues des noyaux de Goll et de Burdach croisent immédiatement la ligne médiane, en formant la décussation piniforme, puis montent dans la partie centrale du tronc cérébral en formant le ruban de Reil médian ou lemnisque médian. Celui-ci va se terminer au niveau du noyau postéro-ventral du thalamus où l'on a pu retrouver une somatotopie précise.

b) *Pour les voies issues de la tête et du cou*, le deuxième neurone dont le corps cellulaire est situé soit dans le noyau trigéminal soit dans le noyau du faisceau solitaire, croise également la ligne médiane et rejoint le lemnisque médian.

3) Le troisième neurone thalamo-cortical
emprunte le pédoncule supéro-externe du thalamus pour se terminer au niveau des aires somato-sensitives de la pariétale ascendante. Il existe également à ce niveau une somatotopie précise qui a pu faire décrire un « homonculus sensitif » analogue à l'homonculus moteur. Au-delà, un neurone intra-cortical établit la liaison entre l'aire sensitive et les aires de gnosie voisines. Ainsi, le système lemniscal permet la transmission rapide d'informations précises avec un excellent repérage topographique.

II. LES VOIES EXTRA-LEMNISCALES (Fig. 3)

Elles véhiculent la sensibilité tactile protopathique (tact grossier) la sensibilité thermique et surtout la sensibilité douloureuse. Beaucoup plus complexe dans son organisation, formé de fibres plus petites et moins bien myélinisées, à conduction plus lente, le système extra-lemniscal transmet des informations moins précises, plus diffuses mais a des connexions plus étendues. On peut le subdiviser en trois faisceaux principaux : (Fig. 4, 5 et 6)

— Le faisceau néo-spino-thalamique.
— Le faisceau paléo-spino-thalamique.
— Le faisceau spino-réticulo-thalamique.

Ces trois faisceaux diffèrent essentiellement par leur trajet dans le névraxe, leurs connexions et leur mode de terminaison. En revanche, le premier neurone périphérique des voies extra-lemniscales a la même disposition quelle que soit la voie ensuite empruntée.

1) Le neurone périphérique des voies extra-lemniscales
a son corps cellulaire situé dans le ganglion spinal. Ses fibres de petit calibre (Aδ et C) peu ou non myélinisées s'articulent à la périphérie avec les récepteurs cutanés thermiques de Krause* et de Ruffini** ou avec les récepteurs de Pacini***.

Les fibres C qui véhiculent électivement les sensations douloureuses ont une extrémité libre. Les axones, également de petit calibre, se placent progressivement en avant et en dehors au niveau de la racine postérieure et des radicelles. Ils se terminent dans la corne postérieure de la moelle au niveau de la couche I de Rexed ou zone de Waldeyer. Là, ils s'articulent avec le deuxième neurone de la voie spi-

---

FIGURE 3 ▶

Les voies extra-lemniscales (sensibilité thermo-algésique et tactile protopathique).

1. Neurone périphérique (fibres A et C).
2. Faisceau néo-spino-thalamique.
3. Neurone thalamo-cortical (pariétal de la voie néo-spino-thalamique).
4. Neurone intra-cortical d'association.
5. Faisceau paléo-spino-thalamique.
6. Neurones thalamo-corticaux de projection de la voie paléo-spino-thalamique.
7. Faisceau spino-réticulo-thalamique ventral.
8. Noyaux médian et péri-aqueducaux de la réticulée.
9. Noyaux intra-laminaires non spécifiques du thalamus.
10. Noyau postéro-ventro-latéral du thalamus.
11. Lemnisque médian.

---

* Krause Wilhelm (1833-1909), histologiste allemand, professeur d'anatomie à Göttingen.
** Ruffini Angelo (1874-1929), histologiste italien, professeur d'histologie à Bologne.
*** Pacini Filippo (1812-1883), histologiste italien, professeur d'anatomie à Pise et à Florence.

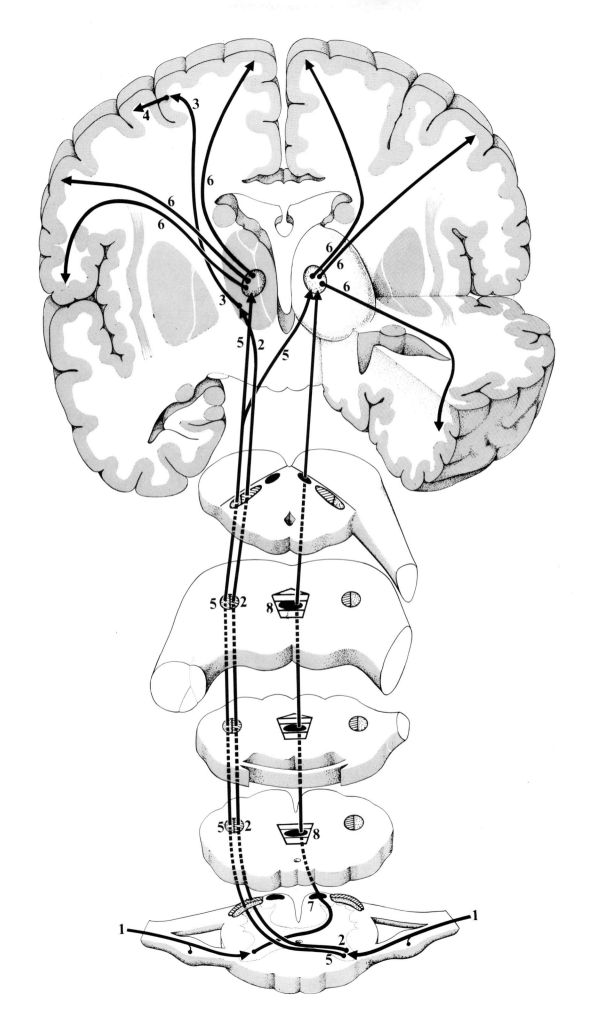

no-thalamique extra-lemniscale, soit directement, soit par l'intermédiaire d'un ou plusieurs interneurones.

A partir de la corne postérieure de la moelle, le cheminement de l'influx nerveux peut emprunter soit la voie néo-spino-thalamique, soit la voie paléo-spino-thalamique, soit la voie spino-réticulo-thalamique.

2) **Le faisceau néo-spino-thalamique** (Tractus spinothalamicus lateralis) a une organisation proche de celle des voies lemniscales qu'il finit d'ailleurs par rejoindre et auquel on tend à l'assimiler sur le plan fonctionnel. Il est formé de neurones dont les corps cellulaires sont situés dans la première couche de Rexed et dont les axones croisent la ligne médiane dans la substance grise immédiatement en arrière de l'épendyme, pour monter à la partie la plus antérieure du cordon latéral de la moelle, en formant la partie superficielle du faisceau en croissant de Dejerine ou *faisceau spino-thalamique latéral*. Ce faisceau monte ensuite dans la partie latérale du tronc cérébral au contact du faisceau spino-cérébelleux de Gowers et du faisceau rubro-spinal avec lesquels il forme le faisceau hétérogène. Au niveau des pédoncules cérébraux, les fibres néo-spino-thalamiques rejoignent les voies lemniscales et viennent se terminer avec elles dans le noyau latéro-ventral postérieur du thalamus. Là, naît le troisième neurone thalamo-cortical qui gagne la pariétale ascendante avec les voies lemniscales, et permet la transmission rapide au cortex des informations douloureuses.

3) **Le faisceau paléo-spino-thalamique** suit sensiblement le même trajet. Les neurones qui le composent, après avoir croisé la ligne médiane en arrière de l'épendyme, vont également passer dans le *faisceau spino-thalamique latéral*, plus profondément que ceux de la voie néo-spino-thalamique. Ils se terminent dans le thalamus au niveau des noyaux laminaires non spécifiques.

A partir du thalamus naissent des fibres qui, par les différents pédoncules thalamiques, vont gagner les aires corticales associatives : frontales, pré-frontales, rhinencéphaliques et hypothalamiques. Ces projections associatives expliquent une partie des réactions comportementales et émotionnelles à la douleur, et probablement une partie des phénomènes de mémorisation.

4) **Le faisceau spino-réticulo-thalamique** (Tractus spinothalamicus ventralis) prend son origine dans les couches I, IV et V de la corne postérieure en s'articulant avec les neurones périphériques par l'intermédiaire d'un ou de plusieurs interneurones. Après avoir croisé la ligne médiane en avant de l'épendyme, les axones montent dans la partie antérieure du cordon latéral opposé, en constituant le faisceau spino-réticulo-thalamique ou *faisceau spino-thalamique ventral*, qui participe à la constitution du fasiceau en croissant de Dejerine. Ce faisceau réticulo-spino-thalamique monte dans la partie centrale du tronc cérébral en avant du lemnisque médian et s'épuise peu à peu sur les noyaux médians de la réticulée, certaines fibres parvenant jusqu'aux noyaux non spécifiques du thalamus.

III. LES MÉCANISMES DE CONTRÔLE

Ils peuvent exercer leur action à tous les niveaux, qu'il s'agisse d'un contrôle proprement neurologique ou d'un contrôle neurochimique. Le rôle de ces mécanismes de contrôle est particulièrement important dans la transmission des sensations douloureuses. La connaissance de ces mécanismes a été à l'origine de certaines interventions utilisées dans la chirurgie de la douleur.

1) **Les contrôles neurologiques** s'exercent :

— Au niveau de la corne postérieure (contrôle de porte) où l'activité des voies extra-lemniscales véhiculant les sensations douloureuses peut être inhibée par les collatérales issues des voies lemniscales, par des fibres non motrices du faisceau pyramidal, et par les faisceaux réticulo-spinaux. L'excitation par stimulateur soit des

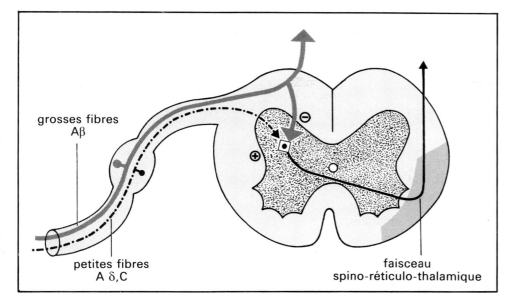

FIGURE 4a

Contrôle « de porte ».

Le faisceau spino-réticulo-thalamique — voie nociceptive — serait soumis au niveau de ses cellules d'origine dans la corne postérieure, à des influences radiculaires postérieures antagonistes, les fibres de petit calibre Aδ et C en seraient activatrices, les fibres de gros calibre Aβ (voie lemniscale) inhibitrices.

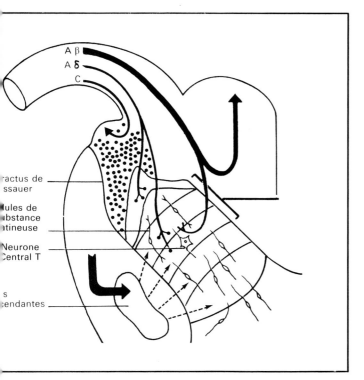

FIGURE 4b

Le système de contrôle « de porte ».

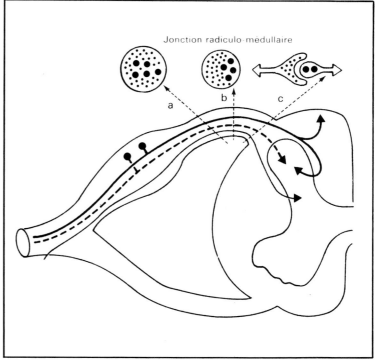

FIGURE 5

Organisation des voies sensitives extra-médullaires.

Les récepteurs (l'appareil myo-ostéo-articulaire, la peau, les organes viscéraux) envoient les informations par des fibres de diamètre, donc de vitesse de conduction, différents.
Ces fibres pénètrent dans le nerf rachidien puis la racine postérieure où se situe le ganglion rachidien et le soma du neurone bipolaire. Au fur et à mesure que les fibres se rapprochent de la jonction radiculo-médullaire leur disposition « aléatoire » (a) tend à devenir organisée (b-c) les fibres de gros calibre devenant dorso-médianes et celles de petit calibre ventro-latérales.

voies lemniscales, soit du faisceau pyramidal peut être utilisée dans le traitement de certaines douleurs rebelles. (Fig. 4a et 4b).

— Au niveau du thalamus, où les voies lemniscales exerceraient un autre contrôle des voies extra-lemniscales.

2) Des contrôles neurochimiques faisant intervenir différents médiateurs chimiques : endorphines, encéphalines, substance P, sérotonine,... se superposent aux précédents. Leur action s'exercerait en particulier par l'intermédiaire d'un faisceau bulbo-spinal sérotoninergique issu des noyaux médians de la réticulée bulbaire.

IV. APPLICATIONS PRATIQUES ET CONSÉQUENCES SÉMIOLOGIQUES

Elles sont multiples :

— L'atteinte des cordons postérieurs de la moelle (observée au cours de la syphilis nerveuse ou de certains syndromes neuro-anémiques) interrompant les voies de la sensibilité proprioceptive consciente se traduit par une ataxie locomotrice.

— L'atteinte de la partie centrale de la moelle, observée au cours de la syringomyélie, interrompt les voies extra-lemniscales au niveau de leur croisement péri-épendymaire mais respecte les cordons postérieurs. Il existe ainsi une dissociation des sensibilités : la sensibilité thermique est abolie, la sensibilité tactile épicritique est conservée.

— Chirurgicalement, la sensibilité douloureuse peut être abolie en agissant à différents niveaux : (Fig. 7)

■ *La radicotomie postérieure* sectionne la racine postérieure et procure une anesthésie du territoire correspondant mais détruit aussi les autres sensibilités de ce territoire.

■ *La radicellotomie postérieure sélective* ne sectionne que les fibres extra-lemniscales et respecte donc la sensibilité proprioceptive consciente et le tact épicritique.

■ *La myélotomie commissurale postérieure* (incision verticale médiane de la moelle) sectionne les voies extra-lemniscales au niveau de leur croisement péri-épendymaire.

■ *La cordotomie spino-thalamique latérale* sectionne le faisceau de Dejerine dans le cordon antéro-latéral et provoque une thermo-analgésie de l'hémicorps sous-jacent.

— La destruction sélective stéréotaxique du faisceau spino-thalamique ou des noyaux thalamiques extra-lemniscaux a théoriquement les mêmes effets.

— La lobotomie pré-frontale, sectionnant les fibres de projection thalamique sur le cortex pré-frontal, agit surtout sur les mécanismes d'intégration de la douleur et tend à rendre le sujet indifférent à celle-ci.

— L'atteinte pathologique du thalamus (syndrome thalamique) s'accompagne de douleurs intenses dues à la suppression de l'action inhibitrice des voies lemniscales sur le système extra-lemniscal à ce niveau.

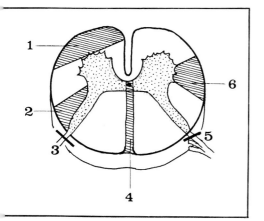

FIGURE 7

Les principales interventions chirurgicales à visée antalgique pratiquées sur la moelle.
1. Cordotomie antérieure cervicale (de Putnam).
2. Cordotomie postéro-latérale (de Putnam).
3. Radicotomie postérieure.
4. Myélotomie commissurale postérieure.
5. Radicellotomie postérieure.
6. Cordotomie latérale (de Frazier).

16 les voies optiques

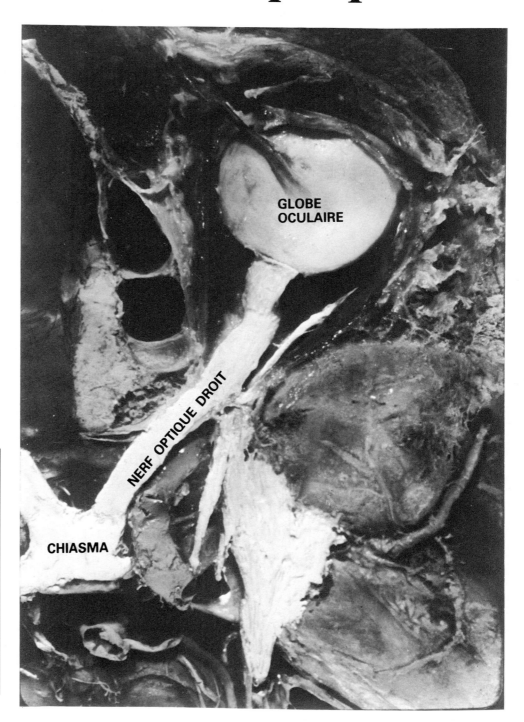

Vue supérieure du nerf optique droit et du chiasma optique.

PLAN

A. Voies optiques extra-cérébrales :
  — rétine
  — nerf optique
  — chiasma optique
  — bandelette optique

B. Voies optiques intra-cérébrales :
  — corps genouillé externe
  — radiations optiques
  — centre cortical visuel

Les voies optiques représentent l'ensemble des neurones qui transmettent les impressions visuelles depuis la rétine jusqu'aux centres corticaux de la vision.

Les voies optiques comprennent trois appareils :
— de *réception* : les cellules visuelles de la rétine,
— de *transmission* : les trois neurones qui relient la rétine au cortex :
 — protoneurone : bipolaire, intra-rétinien
 — deutoneurone : rétino-diencéphalique
 — 3e neurone : diencéphalo-cortical,
— de *perception* : le cortex du lobe occipital, contenant le 4e neurone, intra-cortical.

Deux portions peuvent être individualisées : extra-cérébrales, puis intra-cérébrales.

A. VOIES OPTIQUES EXTRA-CÉRÉBRALES :

Elles comprennent la rétine, le nerf optique, le chiasma optique, et la bandelette optique.

1) LA RETINE : (Retina)

Membrane nerveuse du globe, elle ne présente des cellules visuelles que dans sa partie postérieure ou optique, appliquée sur la choroïde.

Sa description en 10 couches est purement histologique et nous nous contenterons de rappeler les éléments essentiels : (Fig. 1)

— la 2e couche est celle des cônes et des bâtonnets, organes récepteurs des ondes lumineuses,
— la 6e couche est celle du neurone bipolaire, très court, ou protoneurone,
— la 8e couche est celle du deutoneurone rétino-diencéphalique, constituant un vaste ganglion étalé,
— la 9e couche contient les fibres du nerf optique qui convergent un peu en dedans du pôle postérieur de l'œil, au niveau de la papille (Papilla N. Optici).

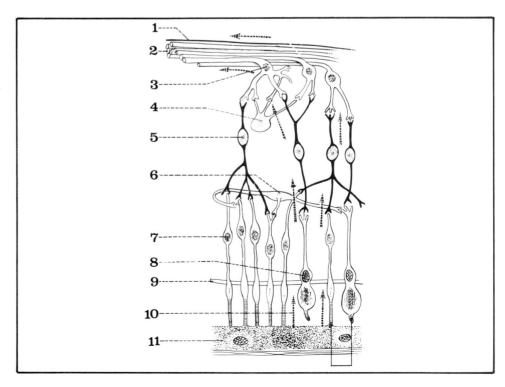

FIGURE 1

Les couches histologiques de la rétine et les connexions inter-neurales.
1. Membrane limitante interne.
2. Couche de fibres optiques.
3. Cellule ganglionnaire (ou multi-polaire).
4. Cellule amacrine.
5. Cellule bipolaire.
6. Cellule horizontale.
7. Cellule à bâtonnet.
8. Cellule à cône.
9. Membrane limitante externe.
10. Sens de l'influx nerveux.
11. Epithélium pigmentaire.

On rencontre trois faisceaux de fibres rétiniennes : (Fig. 2)

— un **faisceau maculaire**, en forme de fuseau central, tendu de la macula à la papille,

— un **faisceau temporal**, correspondant à l'ensemble des fibres situées en dehors de la papille,

— un **faisceau nasal**, en dedans de la papille.

Les fibres optiques convergent toutes vers la papille; elles sont accompagnées par les **fibres pupillaires**, qui représentent la voie centripète du réflexe iridoconstricteur (page 271).

Ainsi constituée, la rétine peut être divisée en 4 quadrants centrés par la macula (et non par la papille). Chaque quadrant rétinien projette sa fonction dans une portion de l'espace dont l'ensemble forme le **champ visuel** de chaque œil; mais chaque aire du champ rétinien correspond à un espace inverse du champ visuel, du fait de l'inversion des rayons lumineux par le cristallin : ainsi, sur le quadrant temporal de la rétine se projettent les rayons lumineux venus de la partie nasale du champ visuel, et inversement.

La macula, qui ne contient que des cônes, est l'aire de la vision nette, alors que les quadrants ne reçoivent que des impressions lumineuses peu précises : la perte de la vision maculaire réalise le « scotome central » (Macula = tache).

En pathologie, on exprime le trouble du champ visuel, et non celui du secteur rétinien correspondant; **l'hémianopsie** est la perte de vision d'une portion à peu près symétrique du champ visuel : elle ne correspond pas d'ordinaire à une lésion de la rétine, mais des voies optiques allant du chiasma au centre cortical visuel.

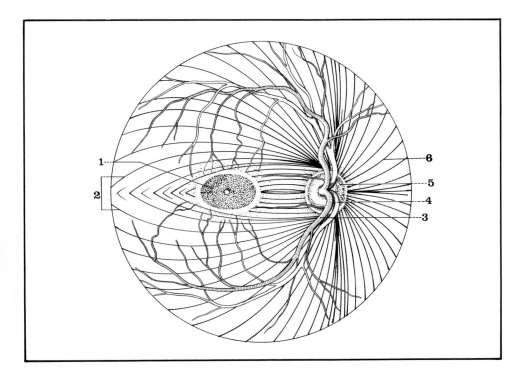

FIGURE 2

Disposition des fibres optiques dans la rétine.
1. Macula.
2. Faisceaux temporaux.
3. Artère centrale de la rétine (branche descendante).
4. Veine centrale de la rétine (branche inférieure).
5. Papille.
6. Faisceaux nasaux.

2) LE NERF OPTIQUE (N. Opticus)

Les fibres rétiniennes traversent la choroïde et la sclérotique, sortent du globe oculaire, et constituent le nerf optique, IIe paire crânienne, véritable prolongement du cerveau dans l'orbite.

FIGURE 3

Coupe de la papille.
1. Dure-mère.
2. Arachnoïde.
3. Nerf optique.
4. Artère centrale de la rétine.
5. Veine centrale de la rétine.
6. Pie-mère.
7. Espace sous-arachnoïdien.
8. Sclérotique.
9. Choroïde.
10. Rétine.
11. Papille.

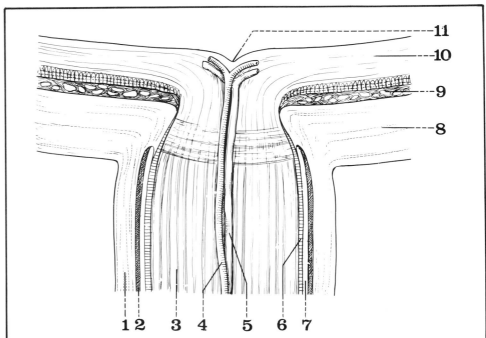

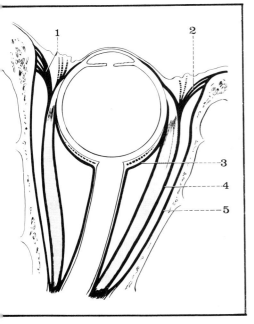

FIGURE 4

Trajet intra-orbitaire du nerf optique droit.
1. Ligament palpébral interne.
2. Ligament palpébral externe.
3. Capsule de Tenon.
4. Gaine du muscle droit externe.
5. Périoste de l'orbite.

FIGURE 5

Vision « tubulaire » (névrite optique rétro-bulbaire).

Cécité totale unilatérale (lésion complète du nerf optique).

Il est séparé du tissu cellulo-adipeux par les trois membranes méningées :

— la pie-mère, très mince, forme son névrilème, jusqu'à la choroïde,
— l'arachnoïde constitue sa gaine moyenne,
— la dure-mère, épaisse, forme sa gaine externe, et se continue avec la sclérotique. (Fig. 3)

Cordon cylindrique, blanchâtre, il contient, de chaque côté, le chiffre impressionnant de 800 000 fibres nerveuses. (Fig. 6)

On lui décrit trois portions :

a) **Intra-orbitaire** : occupant l'axe du cône musculo-tendineux de l'orbite, il est accompagné par les nerfs et vaisseaux du globe oculaire et de ses annexes, et, en particulier, par l'artère ophtalmique, son satellite. (Fig. 4)

b) **Intra-canaliculaire** : dans le canal optique (long de 5 à 8 mm), où l'artère lui est externe.

c) **Intra-crânienne** : oblique en arrière et en dedans, il occupe l'étage moyen de la base du crâne, sous la face inférieure du cerveau ; en dehors de lui, la carotide interne débouche du sinus caverneux, et, après avoir donné l'artère ophtalmique, se divise en ses 4 terminales. (Fig. 12)

Les trois faisceaux maculaire, temporal et nasal restent individualisés jusqu'au cortex cérébral, mais leur situation varie légèrement suivant les portions du nerf optique : (Fig. 15)

— le **faisceau maculaire**, d'abord externe et triangulaire, sépare les deux contingents (supérieur et inférieur) du faisceau temporal ; puis il devient franchement médian et arrondi, au niveau du canal optique, entouré par les faisceaux temporal et nasal ;

— le **faisceau temporal**, externe, est divisé en deux contingents (supérieur et inférieur) correspondant aux quadrants de la rétine, et se fusionnant en un faisceau unique à la partie postérieure du nerf ;

— le **faisceau nasal**, interne, reste indivis. La lésion du nerf optique entraîne la perte de la vision de l'œil correspondant ou cécité unilatérale. (Fig. 5)

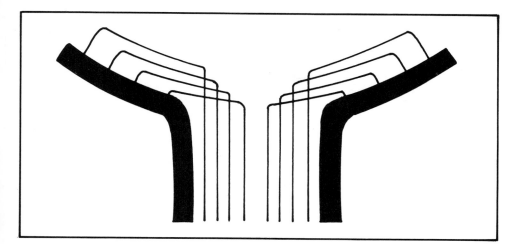

FIGURE 6

Organisation des fibres dans la rétine et la papille (d'après Wolffer Penman).

3) LE CHIASMA OPTIQUE (Chiasma opticum)

Les deux nerfs optiques se réunissent au niveau d'une bandelette blanche, quadrilatère, le *chiasma*, aux angles postérieurs duquel s'échappent les deux bandelettes optiques.

Il a une forme d'X, et la lettre grecque khi lui a donné son nom. Trois types morphologiques peuvent être décrits : (Fig. 8)
— chiasma allongé, transversalement (ou à commissure chiasmatique),
— chiasma condensé, régulier (en X couché),
— chiasma allongé sagittalement (en H).

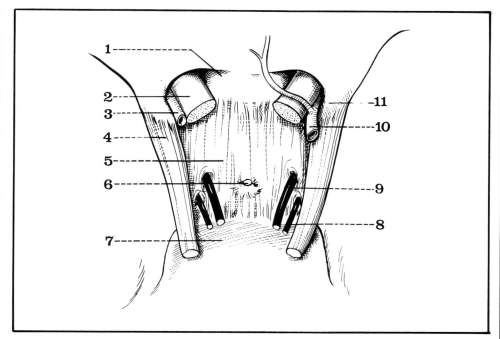

FIGURE 7

Rapports inférieurs du chiasma optique (vue supérieure de la tente de l'hypophyse).

1. Gouttière optique.
2. Nerf optique gauche (II).
3. Artère ophtalmique gauche.
4. Petite circonférence de la tente du cervelet.
5. Tente de l'hypophyse.
6. Tige pituitaire.
7. Lame quadrilatère.
8. Nerf pathétique droit (IV).
9. Nerf moteur oculaire commun (III).
10. Artère ophtalmique.
11. Apophyse clinoïde antérieure.

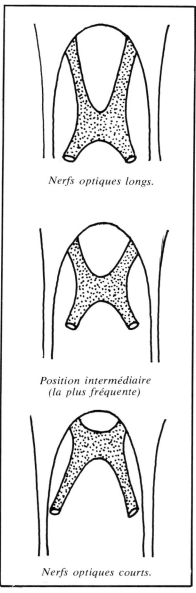

Nerfs optiques longs.

Position intermédiaire (la plus fréquente)

Nerfs optiques courts.

FIGURE 8

Les différentes formes de chiasma.

FIGURE 9
Vue inférieure du chiasma optique.

Dimensions :
— sens transversal = 12 à 14 mm
— sens sagittal = 5 à 7 mm
— épaisseur = 2 à 4 mm

Situation : à la face inférieure du cerveau, en arrière du tubercule de la selle turcique, en avant du tuber cinereum.

Rapports :

a) *En bas* : la partie antérieure de la tente de l'hypophyse, et, par son intermédiaire, la glande pituitaire. (Fig. 7)

Ces rapports dépendent de la forme du chiasma : (Fig. 8)
— nerfs optiques courts : chiasma en antéposition, en arrière du tubercule de la selle,
— nerfs optiques longs : chiasma en rétroposition, couché sur la tige pituitaire.

b) *En haut* : la région infundibulo-tubérienne du plancher du 3e ventricule, avec :
— *au milieu* : la lame sus-optique ou lame terminale (Lamina Terminalis), séparée du chiasma par le récessus optique, et baignée en avant par le lac arachnoïdien de la citerne opto-chiasmatique,
— *latéralement* : l'espace perforé antérieur, limité par les deux racines olfactives, et traversé par la bandelette diagonale (de Foville)*.

c) *En avant* : la gouttière optique, le tubercule de la selle, et, plus en avant, le limbus sphénoïdalis.

d) *En arrière* : dans l'angle d'écartement des bandelettes optiques, le losange opto-pédonculaire, avec, derrière le tuber cinereum, les deux tubercules mamillaires. (Fig. 9)

e) *De chaque côté* : l'épanouissement terminal de la carotide interne qui, au-dessus du sinus caverneux, donne ses 4 branches : (Fig. 12)
— cérébrale antérieure (A. Cerebri Anterior) : qui surcroise le nerf optique,
— communicante postérieure (A. Communicans Posterior) : qui sous-croise la bandelette optique
— choroïdienne antérieure (A. Choroidea Anterior) : plus à distance, s'enfonçant dans la fente de Bichat,
— cérébrale moyenne (A. Cerebri Media) : qui s'engage dans la portion horizontale de la vallée sylvienne.

Les fibres optiques subissent une véritable décussation, par entrecroisement partiel : (Fig. 10)
— le **faisceau maculaire** a une double destinée :
— un contingent direct suit les fibres temporales,
— un contingent croisé suit les fibres nasales ;

* Foville Achille Louis (1799-1878), anatomiste et physiologiste français.

FIGURE 10
Systématisation du chiasma optique (vue inférieure).
1. *Quadrants rétiniens inféro-internes.*
2. *Quadrants rétiniens supéro-internes.*
3. *Nerf optique droit.*
4. *Fibre nasale croisée (en boucle dans le nerf optique contre-latéral).*
5. *Fibres maculaires (directes et croisées).*
6. *Bandelette optique droite.*
7. *Fibre nasale croisée (en boucle dans la bandelette optique homo-latérale).*
8. *Fibre temporale directe (en boucle à concavité externe).*
9. *Segment rétinien externe.*

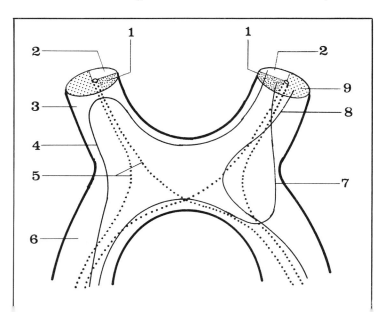

— le **faisceau temporal** (1/3 des fibres) est direct : toujours en position externe, il longe le bord latéral du chiasma, mais ses fibres décrivent des boucles à concavité externe dont certaines atteignent presque la ligne médiane ;

— le **faisceau nasal** (2/3 des fibres) est croisé ; il se divise en deux fascicules :

— l'un provient du *quadrant supéro-interne* de la rétine ; il longe le bord antérieur et la partie dorsale du chiasma, décrivant une boucle dont la convexité s'enfonce dans le nerf optique contro-latéral,

— l'autre provient du *quadrant inféro-interne* : il longe le bord postérieur et la partie ventrale du chiasma, décrivant une boucle dont la convexité s'enfonce dans la bandelette optique homo-latérale. (Fig. 10)

Cette disposition des fibres du chiasma explique les symptômes entraînés par sa lésion :

— une atteinte de la portion latérale du chiasma détruit le faisceau temporal et provoque une hémianopsie latérale d'un côté,

— une atteinte de la portion médiane du chiasma (par tumeur hypophysaire, par exemple) détruit le faisceau nasal et provoque une hémianopsie bitemporale. (Fig. 11)

4) LA BANDELETTE OPTIQUE ou tractus optique (Tractus Opticus)

Continuant l'angle postérieur du chiasma, elle forme un cordon blanc, aplati, long de 3 cm, qui se porte en dehors et en arrière, dans la partie latérale de la fente de Bichat, contourne le pédoncule cérébral, et se termine dans les corps genouillés. (Fig. 12 et 13)

FIGURE 11

Hémianopsie latérale gauche.

Hémianopsie bitemporale.

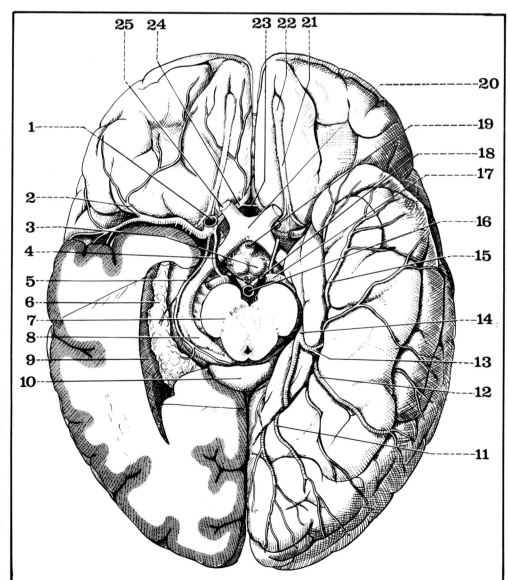

FIGURE 12

Le chiasma et les bandelettes optiques (vue inférieure du cerveau).

1. Artère carotide interne.
2. Artère cérébrale moyenne.
3. Tubercule mamillaire.
4. Artère communicante postérieure.
5. Artère choroïdienne antérieure.
6. Plexus choroïde latéral.
7. Pédoncule cérébral.
8. Corps genouillé externe.
9. Corne temporale du ventricule latéral.
10. Bourrelet du corps calleux.
11. Branche occipitale postérieure.
12. Branche temporale postérieure.
13. Branche temporale moyenne.
14. Segment latéro-pédonculaire de l'artère cérébrale postérieure.
15. Branche temporale antérieure.
16. Tronc basilaire.
17. Segment pré-pédonculaire de l'artère cérébrale postérieure.
18. Nerf moteur oculaire commun.
19. Tige pituitaire.
20. Chiasma optique.
21. Bandelette olfactive.
22. Bulbe olfactif.
23. Artère communicante antérieure.
24. Artère cérébrale antérieure.
25. Nerf optique (II).

Rapports : 4 portions peuvent être considérées : (Fig. 13)

a) *A l'origine* : la bandelette optique limite latéralement le losange opto-pédonculaire, adhérant en haut au plancher du 3e ventricule, et reposant en bas sur la partie latérale de la tente hypophysaire.

L'artère communicante postérieure, oblique en dedans et en arrière, la sous-croise, en direction de la cérébrale postérieure.

b) Dans sa *portion antérieure*, elle est pré-pédonculaire (en avant du pied du pédoncule), et répond en dedans à l'espace perforé postérieur, et à l'origine apparente du nerf moteur oculaire commun (III).

c) Dans sa *portion postérieure*, latéro-pédonculaire, elle disparaît dans la partie latérale de la fente de Bichat, masquée par la circonvolution de l'hippocampe (T5), d'où se détachent le corps bordant (ou fimbria) et le corps godronné. Elle est accompagnée par l'artère choroïdienne antérieure, sous-jacente, qui lui fournit deux rameaux nourriciers.

d) Elle *se termine* en se divisant en *deux racines* :
— *externe*, volumineuse, ne contenant que des fibres optiques, et destinée au corps genouillé externe,
— *interne*, grêle, ne contenant que des fibres acoustiques (par la commissure de Gudden), et destinée au corps genouillé interne.

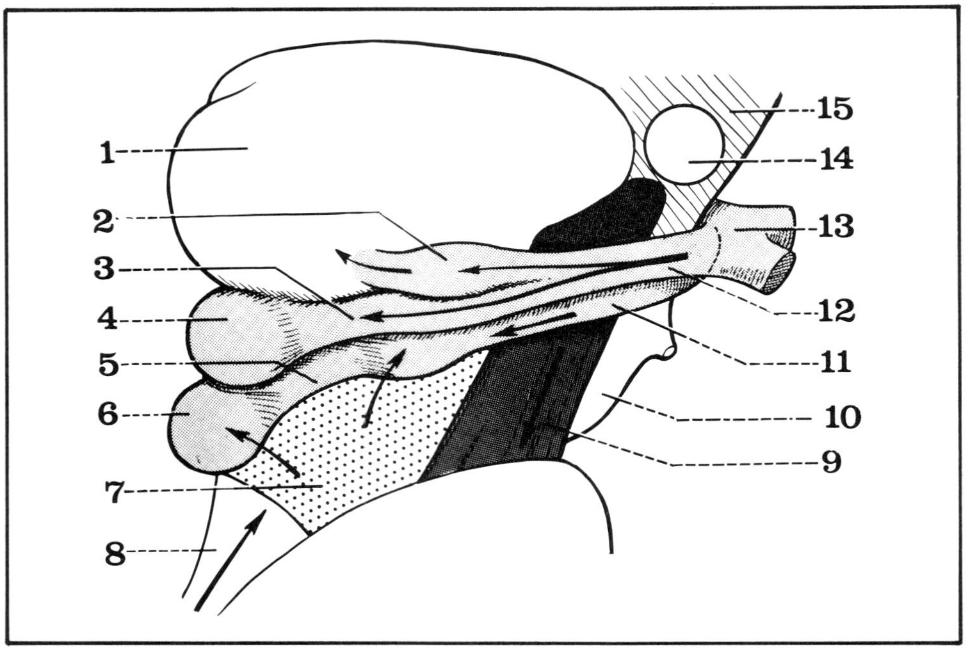

FIGURE 13

Vue latérale droite du thalamus et du pédoncule cérébral droit (d'après Monod et Duhamel).

1. Thalamus (pulvinar).
2. Corps genouillé externe.
3. Bras conjonctival antérieur.
4. Tubercule quadrijumeau antérieur.
5. Bras conjonctival postérieur.
6. Tubercule quadrijumeau postérieur.
7. Triangle de Reil.
8. Pédoncule cérébelleux supérieur.
9. Faisceau pyramidal.
10. Plancher du 3e ventricule.
11. Racine interne de la bandelette optique.
12. Racine externe de la bandelette optique.
13. Chiasma optique.
14. Trou de Monro.
15. Lame sus-optique.

Chaque bandelette, après la décussation partielle du chiasma, contient trois faisceaux :
— le **faisceau maculaire**, mixte, en occupe le centre,
— le **faisceau temporal**, direct, est situé dans la partie supéro-externe,
— le **faisceau nasal**, croisé, occupe la partie inféro-interne.

Ainsi chaque bandelette constitue un véritable *nerf hémi-optique*, véhiculant toutes les fibres provenant des deux hémi-rétines correspondantes, avec les fibres maculaires des deux yeux, les fibres temporales de l'œil du même côté, et les fibres nasales de l'œil du côté opposé. S'y ajoutent les *fibres pupillaires* des deux yeux (contingents direct et croisé), ce qui permet la réalisation du réflexe photo-moteur consensuel (du côté opposé).

L'atteinte de la bandelette optique donne une hémianopsie latérale homonyme dans les champs opposés (par exemple hémianopsie nasale gauche et temporale droite par atteinte de la bandelette gauche). (Fig. 14 et 15)

FIGURE 14

Hémianopsie latérale homonyme gauche.

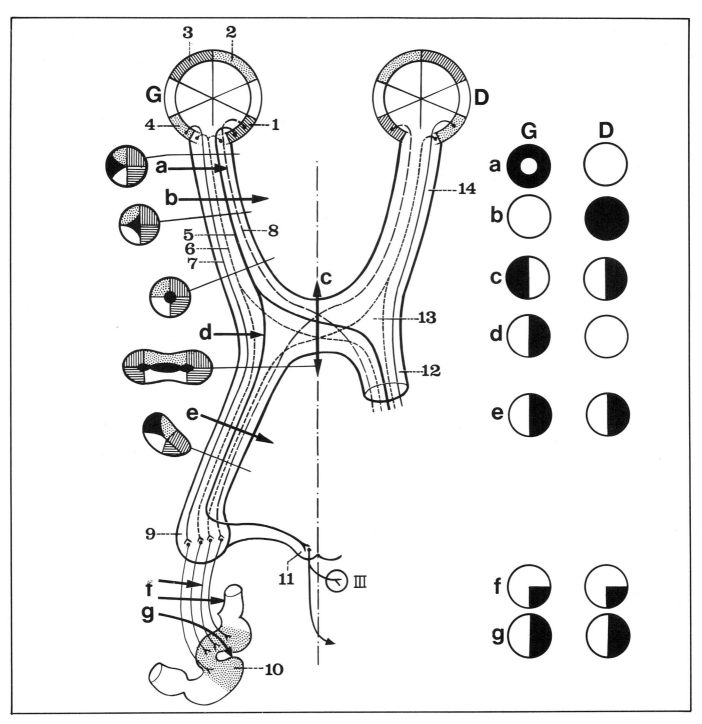

FIGURE 15

Constitution des voies optiques, et déficits du champ visuel lors des atteintes principales.
G = gauche   D = droit

1. Champ nasal de la rétine.
2. Champ nasal visuel.
3. Champ temporal visuel.
4. Champ temporal de la rétine.
5. Fibres pupillaires.
6. Fibres maculaires.
7. Fibres temporales.
8. Fibres nasales.
9. Corps genouillé externe.
10. Aire striée.
11. Tubercule quadrijumeau antérieur.
12. Bandelette optique droite.
13. Chiasma optique.
14. Nerf optique droit.
III. Nerf moteur oculaire commun.
a. Vision « tubulaire » (névrite optique rétro-bulbaire).
b. Cécité totale unilatérale (lésion complète du nerf optique).
c. Hémianopsie bitemporale (lésion chiasmatique).
d. Hémianopsie latérale gauche (compression latérale du chiasma).
e. Hémianopsie latérale homonyme gauche (atteinte de la bandelette optique gauche).
f. Hémianopsie homonyme en quadrant (atteinte partielle des radiations optiques).
g. Hémianopsie latérale homonyme gauche (atteinte de l'aire striée gauche).

Le schéma montre également la répartition des diverses fibres rétiniennes dans chacune des positions des voies optiques : (à gauche)
— noir : fibres maculaires (6)
— pointillé : fibres temporales supérieures (7)
— blanc : fibres temporales inférieures (7)
— traits verticaux : fibres nasales supérieures (8)
— traits horizontaux : fibres nasales inférieures (8).

B. VOIES OPTIQUES INTRA-CÉRÉBRALES :

Elles comprennent le corps genouillé externe, les radiations optiques, et le centre cortical visuel.

1) LE CORPS GENOUILLÉ EXTERNE ou latéral (Corpus geniculatum latérale) :

Saillie ovulaire allongée, il est situé sur la face latérale du pédoncule cérébral, au-dessous du pulvinar (pôle postérieur du thalamus).

Le bras conjonctival antérieur, cordon blanc transversal sus-jacent au corps genouillé interne, le relie au tubercule quadrijumeau antérieur.

Le corps genouillé externe appartient au métathalamus et apparaît comme le *centre primaire de la vision*.

On admet l'existence de véritables projections rétiniennes sur les six couches de substance grise du noyau central :
— les fibres nasales (croisées) se projettent sur les couches 1, 4 et 6;
— les fibres temporales (directes) sur les couches 2, 3 et 5.

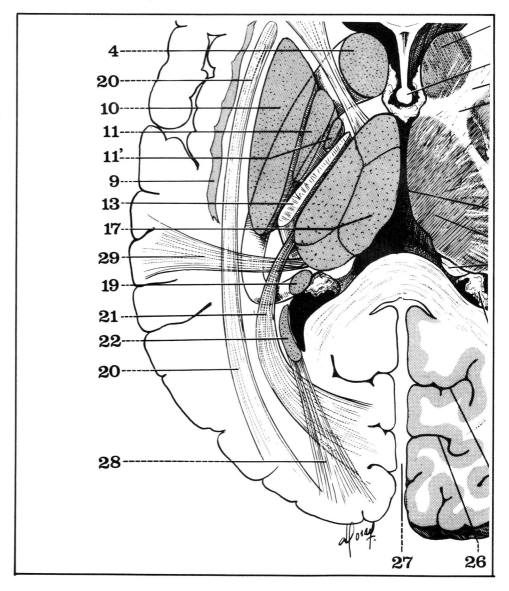

FIGURE 16

Coupe horizontale du cerveau (ou coupe de Flechsig).
4. Tête du noyau caudé.
9. Avant-mur (ou claustrum).
10. Putamen (noyau lenticulaire).
11. Globus pallidus latéral.
11'. Globus pallidus médial.
13. Bras postérieur de la capsule interne (faisceau cortico-médullaire).
17. Noyaux médiaux du thalamus.
19. Queue du noyau caudé.
20. Faisceau longitudinal inférieur.
21. Radiations optiques (de Gratiolet).
22. Tapetum.
26. Scissure perpendiculaire interne.
27. Scissure interhémisphérique (postérieure).
28. Faisceau fronto-occipital de Forel.
29. Pédoncule supéro-externe du thalamus.

La projection des deux hémi-rétines correspondantes n'est pas rigoureusement superposable, ce qui permet l'impression du relief.

Quant au pulvinar et au tubercule quadrijumeau antérieur, ils ne font pas partie, à proprement parler, des voies optiques :

— le **pulvinar** n'est qu'un centre secondaire, qui émet des fibres pulvino-corticales vers l'aire para-striée, et joue un rôle dans la perception spatiale ;

— le **tubercule quadrijumeau antérieur** est un centre réflexe qui règle le jeu pupillaire ; il réalise un trait d'union entre les voies optiques et les systèmes oculo-moteurs.

2) LES RADIATIONS OPTIQUES de Gratiolet (Radiatio Optica) :

Reliant le corps genouillé externe au cortex occipital, elles représentent le 3e neurone, diencéphalo-cortical. Elles se fusionnent aux fibres thalamo-corticales qui constituent le pédoncule postérieur du thalamus et se dirigent en dehors. On peut alors leur décrire 3 portions : (Fig. 16 et 17)

a) **Rétro-thalamique**, dans le champ de Wernicke*, coque blanchâtre triangulaire à la coupe qui entoure la partie inféro-externe du pulvinar ; à ce niveau, les

* Wernicke Karl (1848-1905), neurologue allemand, professeur de neuro-psychiatrie à Berlin, Breslau et Halle.

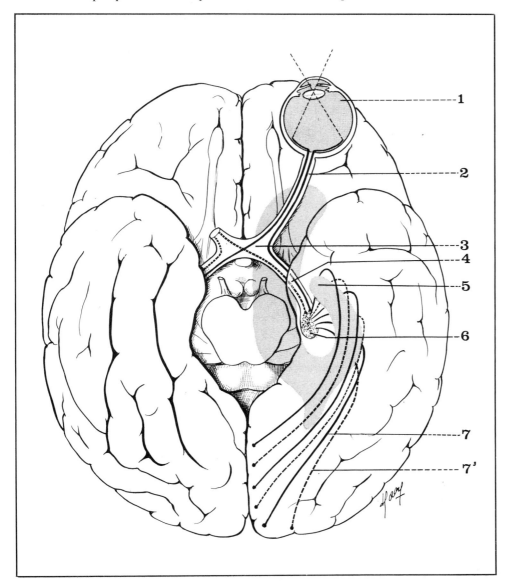

FIGURE 17

Trajet schématique des voies optiques extra et intra-cérébrales, représentées sur une vue inférieure du cerveau.
1. *Globe oculaire gauche.*
2. *Nerf optique gauche.*
3. *Chiasma optique.*
4. *Bandelette optique gauche.*
5. *Corne temporale du ventricule latéral.*
6. *Corps genouillé externe.*
7. *Radiations optiques (faisceau ventral).*
7'. *Radiations optiques (faisceau dorsal).*

FIGURE 18
Hémianopsie homonyme en quadrant inférieur.

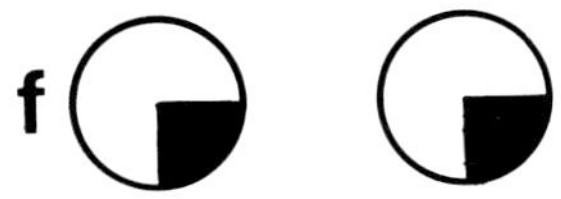

fibres optiques s'entrecroisent avec trois autres sortes de fibres :
— transversales, du faisceau temporo-thalamique d'Arnold,
— verticales, géniculo-thalamiques,
— verticales, plus postérieures, du faisceau cortico-pontique de Turck-Meynert.

b) **Rétro-lenticulaire** : dans la partie externe du segment rétro-lenticulaire de la capsule interne, elles se dirigent en avant et en dehors, sous forme d'un arc de cercle convexe en avant qui atteint le lobe temporal (fibres du «détour» de Meyer)*; elles laissent en avant le faisceau pyramidal et passent au-dessus du faisceau d'Arnold.

c) **Juxta-ventriculaire** : au niveau du carrefour ventriculaire, les radiations optiques se divisent en deux faisceaux qui se placent respectivement au-dessus et au-dessous de la corne occipitale du ventricule latéral : (Fig. 17)

— *faisceau dorsal*, qui croise la corne occipitale, entre le faisceau longitudinal inférieur (en dehors) et le tapetum (en dedans) et s'infléchit en dedans pour gagner la lèvre supérieure de la scissure calcarine,

— *faisceau ventral*, qui fait un crochet dans le lobe temporal, autour de la corne temporale, et rejoint en arrière la lèvre inférieure de la scissure calcarine.

La systématisation est comparable à celle de la bandelette optique, mais les fibres pupillaires se sont arrêtées dans le tubercule quadrijumeau antérieur.

— le **faisceau dorsal** conduit les fibres du quadrant supérieur à la rétine : sa lésion entraîne une hémianopsie en quadrant inférieur, (Fig. 18)

— le **faisceau ventral** conduit les fibres du quadrant inférieur : sa lésion se traduit par une hémianopsie en quadrant supérieur.

L'atteinte globale réalise une hémianopsie latérale homonyme, avec conservation du réflexe photo-moteur.

3) LE CENTRE CORTICAL VISUEL :

Situé sur la face interne du lobe occipital, de part et d'autre de la scissure calcarine, il comprend deux aires : (Fig. 19 et 21)

a) **L'aire visuelle** occupe les deux lèvres et le fond de la scissure calcarine (Sulcus calcarinus), débordant en arrière sur la face externe du pôle occipital; elle porte encore le nom d'«aire striée» et correspond à l'aire 17 de Brodmann.

b) **L'aire visuo-psychique**, de «gnosie» visuelle, entoure en haut et en bas l'aire striée; elle peut être décomposée en deux parties :

— l'aire «**péri-striée» (aire 18), la plus proche de l'aire 17, remontant sur la partie inférieure du cunéus, descendant sur le lobule lingual (05), et débordant largement sur la face externe du lobe occipital;

— l'aire «***para-striée» (aire 19) l'entoure de tous côtés, jusqu'à la scissure perpendiculaire, en haut, et la partie postérieure du lobe fusiforme (04), en bas.

Tout au long de la voie optique, la position respective des faisceaux nés d'une hémi-rétine obéit à la loi de Pick**** ou loi de l'homologie altitudinale d'après laquelle les fibres issues des quadrants rétiniens supérieurs restent toujours sus-jacents à celles qui viennent des quadrants rétiniens inférieurs. (Fig. 20)

---

* Meyer Georg, Hermann Von (1815-1892), anatomiste allemand, professeur d'anatomie, histologie et physiologie à Zurich.
** Péri, en grec : autour de.
*** Para, en grec : à côté de.
**** Pick Arnold (1851-1924), anatomiste allemand, neuro-psychiatre à Prague.

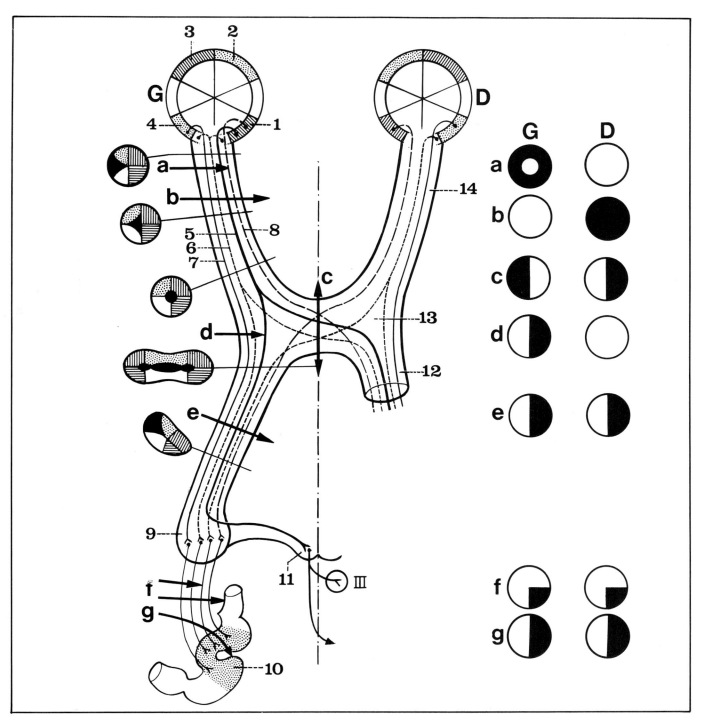

FIGURE 19

Constitution des voies optiques, et déficits du champ visuel lors des atteintes principales.
G = gauche   D = droit

1. Champ nasal de la rétine.
2. Champ nasal visuel.
3. Champ temporal visuel.
4. Champ temporal de la rétine.
5. Fibres pupillaires.
6. Fibres maculaires.
7. Fibres temporales.
8. Fibres nasales.
9. Corps genouillé externe.
10. Aire striée.
11. Tubercule quadrijumeau antérieur.
12. Bandelette optique droite.
13. Chiasma optique.
14. Nerf optique droit.

III. Nerf moteur oculaire commun.
a. Vision « tubulaire » (névrite optique rétro-bulbaire).
b. Cécité totale unilatérale (lésion complète du nerf optique).
c. Hémianopsie bitemporale (lésion chiasmatique).
d. Hémianopsie latérale gauche (compression latérale du chiasma).
e. Hémianopsie latérale homonyme gauche (atteinte de la bandelette optique gauche).
f. Hémianopsie homonyme en quadrant (atteinte partielle des radiations optiques).
g. Hémianopsie latérale homonyme gauche (atteinte de l'aire striée gauche).

Le schéma montre également la répartition des diverses fibres rétiniennes dans chacune des positions des voies optiques : (à gauche)
— noir : fibres maculaires (6)
— pointillé : fibres temporales supérieures (7)
— blanc : fibres temporales inférieures (7)
— traits verticaux : fibres nasales supérieures (8)
— traits horizontaux : fibres nasales inférieures (8).

FIGURE 20

L'homologie altitudinale (d'après A. Larmande). Les fibres issues des quadrants supérieurs de la rétine (et recevant la vision inférieure) restent au-dessus de celles qui naissent des quadrants rétiniens inférieurs (loi de Pick).

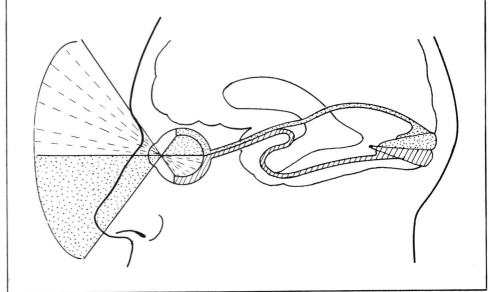

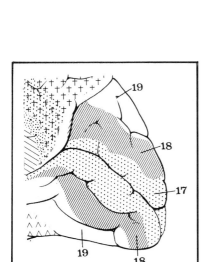

FIGURE 21

Vue interne du lobe occipital droit.
17. *Aire striée.*
18. *Aire péri-striée.*
19. *Aire para-striée.*

c) **Les voies secondaires** établissent les liaisons entre le centre cortical visuel et les autres centres cérébraux, d'une part, les systèmes oculo-moteurs, d'autre part ;

— **Voies d'association** :

— *à l'intérieur du lobe occipital* : stratum calcarinum, stratum cunei, faisceau transverse du cuneus, etc.

— *avec les autres lobes* :
— pariétal : faisceau du pli courbe, gagnant la zone du langage,
— temporal : faisceau longitudinal inférieur,
— frontal : faisceau longitudinal supérieur, et faisceau occipito-frontal (de Forel) ;

— *entre les deux lobes occipitaux* : par le forceps minor du corps calleux.

— **Voies réflexes** :

— *à partir du cortex occipital* : vers le tubercule quadrijumeau antérieur, le pulvinar, la voie cortico-pontique,

— *à partir des tubercules quadrijumeaux* : vers le tronc cérébral, et les noyaux oculo-moteurs du III, IV et VI.

La rétine se projette très précisément sur l'**aire striée** (Fig. 21) :

— la moitié supérieure de la rétine : sur la lèvre supérieure de la scissure calcarine,
— la moitié inférieure de la rétine : sur la lèvre inférieure de la scissure,
— la macula : sur le fond de la scissure, et sur le pôle occipital.

Une lésion de l'aire 17 détermine une hémianopsie latérale homonyme croisée, avec scotome latéral, si le pôle occipital est atteint. (Fig. 22)

Une lésion bilatérale entraîne une « cécité corticale » où le sujet ne sait même pas qu'il est aveugle.

Les **aires adjacentes** visuo-psychiques représentent des zones de perception et d'identification ou « gnosies visuelles » (Fig. 21) :

— l'aire péri-striée (18) reçoit les projections pulvinariennes,
— l'aire para-striée (19) est en relation avec le cerveau tout entier.

Leur atteinte réalise les « agnosies visuelles » ou cécités psychiques, où le sujet peut décrire un objet sans pouvoir l'identifier. Celles-ci peuvent porter sur :

— la vision des mots : cécité verbale,
— la vision des ensembles : agnosie des ensembles,
— l'identification des couleurs : agnosie des couleurs,
— l'orientation dans l'espace : agnosie spatiale.

FIGURE 22

Hémianopsie latérale homonyme gauche.

17 les voies auditives et les voies vestibulaires

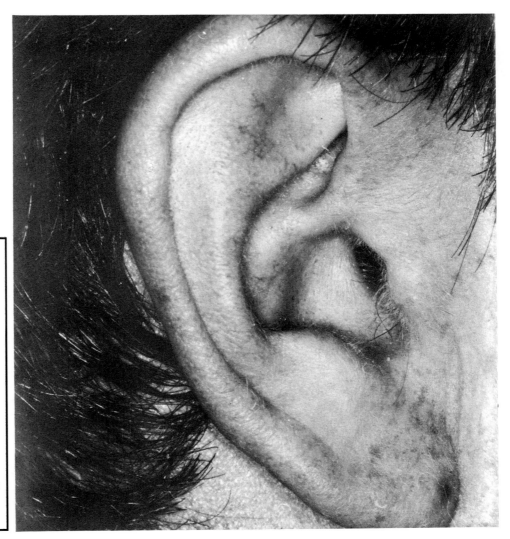

PLAN

Les voies auditives
- Voie sensorielle proprement dite
- Circuit réflexe
- Voies commissurales

Les voies vestibulaires
- Point de départ
- Noyaux vestibulaires
- Voies naissant des noyaux vestibulaires
  — *voies motrices extra-pyramidales*
  — *voies d'association*
  — *circuit cérébelleux*

Les voies auditives ou voies cochléaires

Les voies sensorielles de l'audition comprennent :

— d'une part, un *circuit sensoriel* proprement dit qui, de l'oreille interne au cortex, compte trois neurones successifs ;

— d'autre part, un *circuit réflexe* branché en dérivation sur le précédent ;

— enfin, des *voies commissurales* unissant les voies droites et gauches.

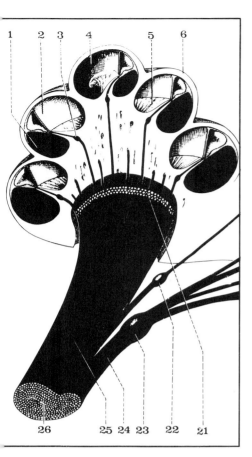

FIGURE 1

Origines du nerf cochléaire.
1. *Rampe tympanique.*
2. *Rampe vestibulaire.*
3. *Canal de Rosenthal.*
4. *Bord de la lame spirale.*
5. *Lame spirale.*
6. *Lame des contours.*
21. *Filets sectionnés du nerf cochléaire.*
22. *Ganglion de Böttcher.*
23. *Ganglion de Scarpa.*
24. *Tronc du nerf vestibulaire.*
25. *Nerf cochléaire.*
26. *Nerf stato-acoustique.*

---

* Corti Alfonso (1822-1888), histologiste italien (Vienne, Berlin, Utrecht et Turin).

LA VOIE SENSORIELLE PROPREMENT DITE EST FORMÉE DE TROIS NEURONES

— Le PREMIER NEURONE, articulé dans la cochlée membraneuse avec l'organe de Corti, a son corps cellulaire situé dans le **ganglion spiral de Corti***. S'étendant de l'oreille interne jusqu'au tronc cérébral, ce premier neurone emprunte le trajet du **nerf auditif** (VIII) pour venir se terminer dans les **noyaux cochléaires** dorsal et ventral situés à la face latérale du bulbe et de la protubérance à l'angle externe du plancher du quatrième ventricule. (Fig. 1)

— Le DEUXIÈME NEURONE a son corps cellulaire situé dans les noyaux cochléaires du tronc cérébral. Les fibres nerveuses qui naissent de ces noyaux forment d'abord à la partie centrale de la protubérance, le **corps trapézoïde**. Les fibres issues du noyau cochléaire ventral croisent toutes la ligne médiane ; les fibres issues du noyau cochléaire dorsal peuvent, soit croiser la ligne médiane en formant les stries acoustiques du plancher du quatrième ventricule, soit rester homo-latérales. L'ensemble de ces fibres monte ensuite dans le tronc cérébral en formant le **ruban de Reil latéral** et vient se terminer dans le **corps genouillé interne** (Corpus geniculatum mediale). (Fig. 2)

— Le TROISIÈME NEURONE, thalamo-cortical, a son corps cellulaire situé dans le corps genouillé interne. Son axone traverse le segment sous-lenticulaire de la capsule interne en formant le **faisceau thalamo-temporal d'Arnold** pour venir se terminer au niveau du cortex de la **première circonvolution temporale** à hauteur de la lèvre inférieure de la scissure de Sylvius. Il s'articule avec un neurone intra-cortical d'association.

Le centre de l'audition est donc situé au niveau de **l'aire 41** sur la première circonvolution temporale, la *partie profonde* de cette circonvolution correspondant à la perception des *sons aigus*, la partie la plus *superficielle* de la première temporale à la réception des *sons graves*. Cette aire réceptrice est entourée d'une aire de *gnosie auditive* (**l'aire 42**).

LE CIRCUIT REFLEXE

Il se branche en dérivation sur le circuit des voies sensorielles proprement dites. En effet, à partir du corps trapézoïde certaines fibres nerveuses vont se rendre aux **noyaux moteurs du tronc cérébral** en passant, soit par la **bandelette longitudinale postérieure**, soit par les **tubercules quadrijumeaux postérieurs** et le **faisceau tecto-spinal**. (Fig. 2)

D'autres fibres gagnent les **tubercules quadrijumeaux antérieurs** en assurant ainsi les associations avec la voie oculo-céphalogyre : ces connexions expliquent les réflexes de rotation de la tête et des yeux lors d'un bruit violent.

VOIES COMMISSURALES

Il existe des voies commissurales mettant en relation les voies auditives droites et gauches. Ces fibres commissurales empruntent :

— d'une part, la COMMISSURE DE GUDDEN ou commissure supra-optique ventrale (C. supra optica ventralis) qui longe la bandelette optique et le chiasma et réunit les deux corps genouillés internes ; elle n'a qu'un rôle très accessoire ;

— d'autre part, le CORPS CALLEUX à travers lequel de nombreuses fibres relient les deux aires acoustiques temporales.

Ainsi, du fait de l'existence d'une part, de ces voies commissurales, d'autre part, d'un entrecroisement partiel des fibres à l'intérieur du tronc cérébral on comprend qu'une lésion corticale doive être bilatérale pour pouvoir entraîner une surdité complète.

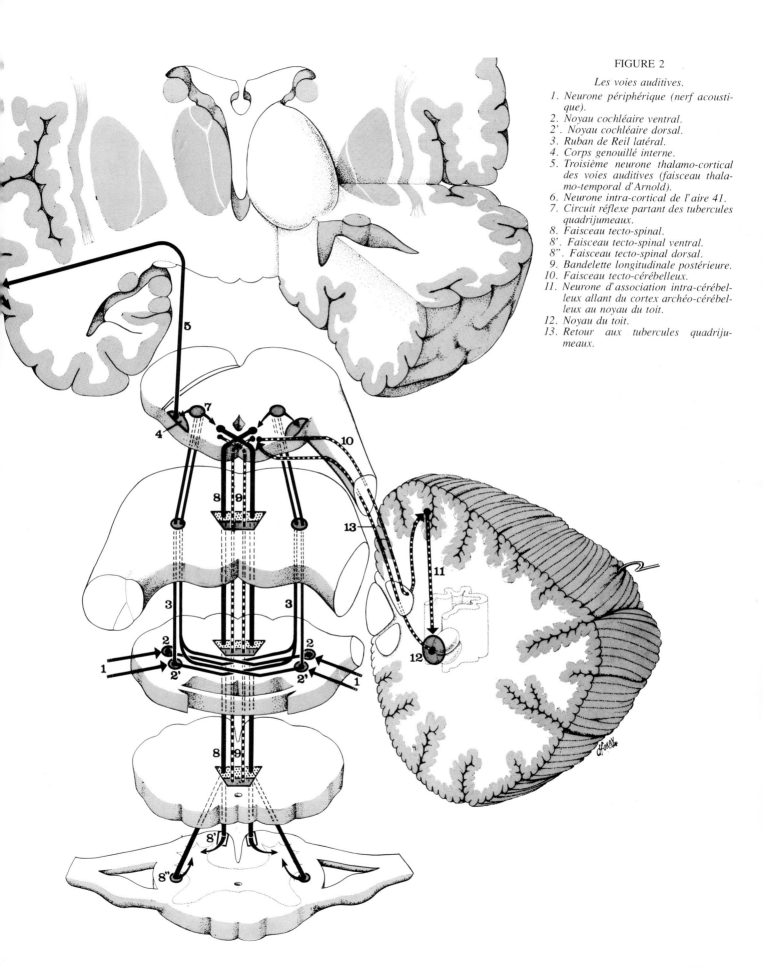

FIGURE 2

Les voies auditives.

1. Neurone périphérique (nerf acoustique).
2. Noyau cochléaire ventral.
2'. Noyau cochléaire dorsal.
3. Ruban de Reil latéral.
4. Corps genouillé interne.
5. Troisième neurone thalamo-cortical des voies auditives (faisceau thalamo-temporal d'Arnold).
6. Neurone intra-cortical de l'aire 41.
7. Circuit réflexe partant des tubercules quadrijumeaux.
8. Faisceau tecto-spinal.
8'. Faisceau tecto-spinal ventral.
8". Faisceau tecto-spinal dorsal.
9. Bandelette longitudinale postérieure.
10. Faisceau tecto-cérébelleux.
11. Neurone d'association intra-cérébelleux allant du cortex archéo-cérébelleux au noyau du toit.
12. Noyau du toit.
13. Retour aux tubercules quadrijumeaux.

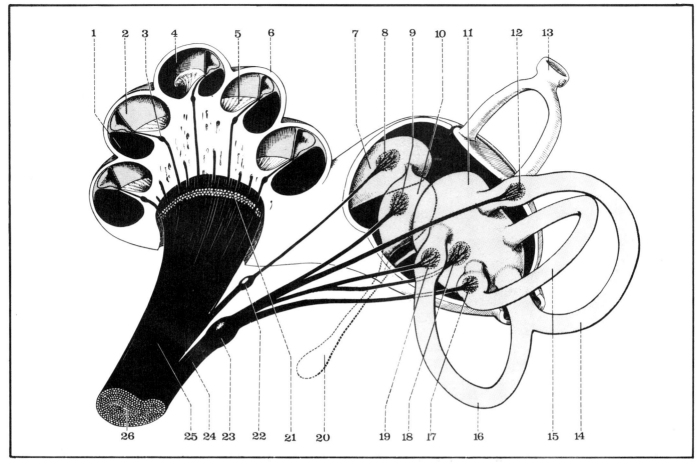

FIGURE 3

Les origines du nerf stato-acoustique (ou auditif : VIII).

1. Rampe tympanique.
2. Rampe vestibulaire.
3. Canal de Rosenthal.
4. Bord de la lame spirale.
5. Lame spirale.
6. Lame des contours.
7. Tube cochléaire.
8. Origine du filet vestibulaire du nerf cochléaire.
9. Origine du nerf sacculaire.
10. Saccule.
11. Utricule.
12. Origine du nerf ampullaire postérieur.
13. Etrier.
14. Canal semi-circulaire postérieur.
15. Canal semi-circulaire externe.
16. Canal semi-circulaire supérieur.
17. Origine du nerf ampullaire externe (nerf vestibulaire supérieur).
18. Origine du nerf utriculaire (nerf vestibulaire supérieur).
19. Origine du nerf ampullaire supérieur (nerf vestibulaire supérieur).
20. Cul-de-sac endo-lympathique.
21. Filets sectionnés du nerf cochléaire.
22. Ganglion de Bötcher.
23. Ganglion de Scarpa.
24. Tronc du nerf vestibulaire.
25. Nerf cochléaire.
26. Nerf stato-acoustique.

Les voies vestibulaires

Véhiculant le sens de l'équilibration statique et cinétique, elles relient l'appareil labyrinthique au cervelet. Entièrement sous-corticales, elles ont une organisation très différente de celle des autres voies sensorielles.

LEUR POINT DE DÉPART est situé au niveau du système des récepteurs labyrinthiques formés par :

— les **crêtes acoustiques** des canaux semi-circulaires, récepteurs de l'équilibration cinétique ;

— les **taches acoustiques** de l'utricule et du saccule, récepteurs de l'équilibration statique. (Fig. 3)

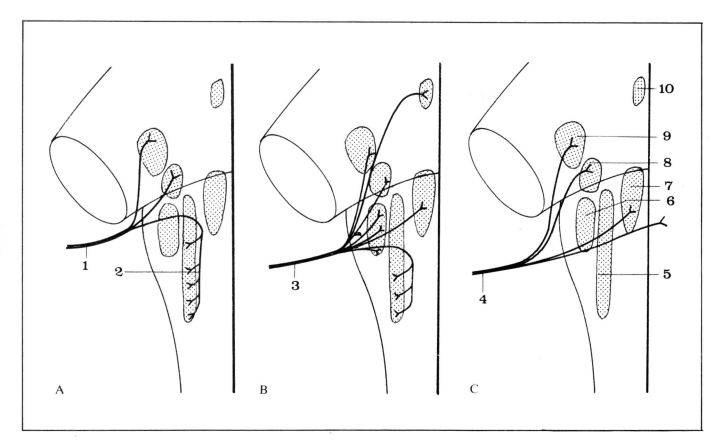

FIGURE 4

Les noyaux vestibulaires dans le plancher du 4ᵉ ventricule (d'après G. Paturet).

A. Nerf ampullaire.
B. Nerf utriculaire.
C. Nerf sacculaire.
1. Fibres ampullaires.
2. Racine descendante vestibulaire.
3. Fibres utriculaires.
4. Fibres sacculaires.
5. Noyau de Roller.
6. Noyau de Deiters.
7. Noyau de Schwalbe.
8. Noyau de Lewandowsky.
9. Noyau de Betcherew.
10. Noyau du toit.

LE NERF VESTIBULAIRE relie les récepteurs labyrinthiques aux noyaux vestibulaires du plancher du quatrième ventricule. Les neurones qui le constituent ont leur corps cellulaire situé dans le GANGLION DE SCARPA*, ou ganglion vestibulaire (Ganglion vestibulare) placé au fond du conduit auditif interne. Leurs dentrites s'articulent avec les différents récepteurs de l'oreille interne; les cylindraxes forment le nerf vestibulaire qui chemine accolé au nerf acoustique pour former le NERF STATO-ACOUSTIQUE (ou vestibulo-cochléaire) (VIII) dans le conduit auditif interne et la fosse cérébrale postérieure. Ces fibres nerveuses abordent le tronc cérébral au niveau du sillon bulbo-protubérantiel, en dedans des fibres cochléaires et immédiatement en dehors des fibres du nerf intermédiaire (VIIbis). Les fibres nerveuses viennent se terminer au niveau des noyaux vestibulaires : (Fig. 4)

— **noyaux de Schwalbe, Deiters et Bechterew**, situés à la partie externe de l'étage protubérantiel du plancher du quatrième ventricule;
— **noyau de Lewandowsky**, annexé au noyau de Deiters;
— **noyau de Roller**, situé à la partie externe du segment bulbaire du plancher du quatrième ventricule et qui appartient en fait à la réticulée.

— Le NOYAU DE DEITERS ou latéral (Nucleus lateralis) reçoit surtout des fibres d'origine **utriculaire**; il représente le point de départ principal des **faisceaux vestibulo-spinaux**.

— Le NOYAU DE BECHTEREW ou supérieur (Nucleus superior) reçoit des fibres **ampullaires**, des fibres **utriculaires** et des fibres **sacculaires**, il a pour rôle essentiel de permettre l'adaptation des mouvements oculaires aux changements de positions.

— Les NOYAUX DE SCHWALBE ou médial (Nucleus medialis) et de ROLLER** reçoivent surtout des fibres **sacculaires** et représentent le point de départ des principaux réflexes **oculo-céphalogyres**.

Le NOYAU DE LEWANDOWSKY représenterait un centre coordinateur vestibulo-cérébelleux.

---

* Scarpa Antonio (1747-1832), anatomiste italien, professeur de chirurgie à Modène et professeur d'anatomie à Pavie.
** Roller Christian Friedrich (1802-1878), médecin allemand, neuro-psychiatre à Strasbourg.

A partir des **NOYAUX VESTIBULAIRES** naissent trois types de voies :
— des **voies motrices extra-pyramidales** ;
— des **voies d'association** ;
— un **circuit cérébelleux**.

1° - Les VOIES MOTRICES EXTRA-PYRAMIDALES sont représentées par le faisceau **vestibulo-spinal ventral** et le faisceau **vestibulo-spinal dorsal** (l'un et l'autre direct et croisé). Nés du noyau de Deiters, ils descendent à la partie antérieure du bulbe puis dans le cordon antérieur de la moelle pour se terminer aux différents étages de cette dernière, au niveau des cellules motrices de la corne antérieure. (Fig. 5)

2° - Les VOIES D'ASSOCIATION. Elles naissent à la fois du noyau de Betcherew (fibres homo-latérales), du noyau de Deiters (fibres croisées) et du noyau de Schwalbe (fibres directes et croisées).

De direction ascendante, elles empruntent soit la **bandelette longitudinale postérieure**, soit le faisceau **vestibulo-mésencéphalique** de Van Gehuchten situé immédiatement en avant de la bandelette longitudinale postérieure. Ces fibres d'association vont se terminer soit dans les noyaux des *nerfs oculo-moteurs* (particulièrement les noyaux du moteur oculaire commun et du pathétique) soit au niveau des *tubercules quadrijumeaux* et du *thalamus* d'où naissent, d'une part, le **faisceau tecto-spinal**, d'autre part, des fibres descendantes destinées aux noyaux oculo-moteurs, au noyau du facial et au noyau du spinal. (Fig. 5)

3° - Le CIRCUIT CÉRÉBELLEUX est placé en dérivation sur les voies vestibulaires proprement dites. Son point de départ principal est situé au niveau des noyaux de Deiters et de Betcherew.

Le premier neurone, dont le corps cellulaire est situé au niveau de ces noyaux, donne des fibres qui forment le faisceau **vestibulo-cérébelleux** ; celui-ci emprunte le corps restiforme et le pédoncule cérébelleux inférieur pour gagner le **cortex archéo-cérébelleux du lobe flocculo-nodulaire** où il vient se terminer.

Le deuxième neurone relie le cortex archéo-cérébelleux **aux noyaux du toit** du cervelet.

Le troisième neurone, né des noyaux du toit, retourne aux noyaux vestibulaires du plancher du quatrième ventricule en empruntant soit le faisceau **cérébello-vestibulaire direct** qui passe par le pédoncule cérébelleux inférieur, soit le faisceau **cérébello-vestibulaire croisé** ou faisceau en crochet de Russel qui emprunte le pédoncule cérébelleux supérieur et relie les noyaux du toit au noyau de Roller. (Fig. 5)

Pour certains auteurs, il existe, en outre, des *centres corticaux de l'équilibration*. Il existerait ainsi un faisceau vestibulo-cortical à la fois direct et croisé qui relierait le labyrinthe au cortex cérébral avec ou sans relais thalamique en passant par le ruban de Reil médian. Ce centre cortical serait localisé suivant certains dans le lobe temporal, selon d'autres auteurs dans le lobe pré-frontal. Il expliquerait les sensations de vertige.

FIGURE 5

Le circuit archéo-cérébelleux.

1. *Neurone périphérique (nerf vestibulaire).*
2. *Noyaux vestibulaires.*
3. *Premier neurone du circuit archéo-cérébelleux : faisceau vestibulo-cérébelleux.*
4. *Deuxième neurone du circuit archéo-cérébelleux.*
5. *Noyau du toit.*
6. *Troisième neurone du circuit archéo-cérébelleux : faisceau cérébello-vestibulaire direct.*
6'. *Troisième neurone du circuit archéo-cérébelleux (deuxième itinéraire : faisceau cérébello-vestibulaire en crochet de Russel).*
7. *Faisceau vestibulo-spinal ventral (fibres directes et croisées).*
7'. *Faisceau vestibulo-spinal dorsal (fibres directes et croisées).*
8. *Bandelette longitudinale postérieure (voies d'association avec les noyaux oculo-moteurs).*
9. *Tubercule quadrijumeau postérieur.*
10. *Faisceau tecto-cérébelleux.*

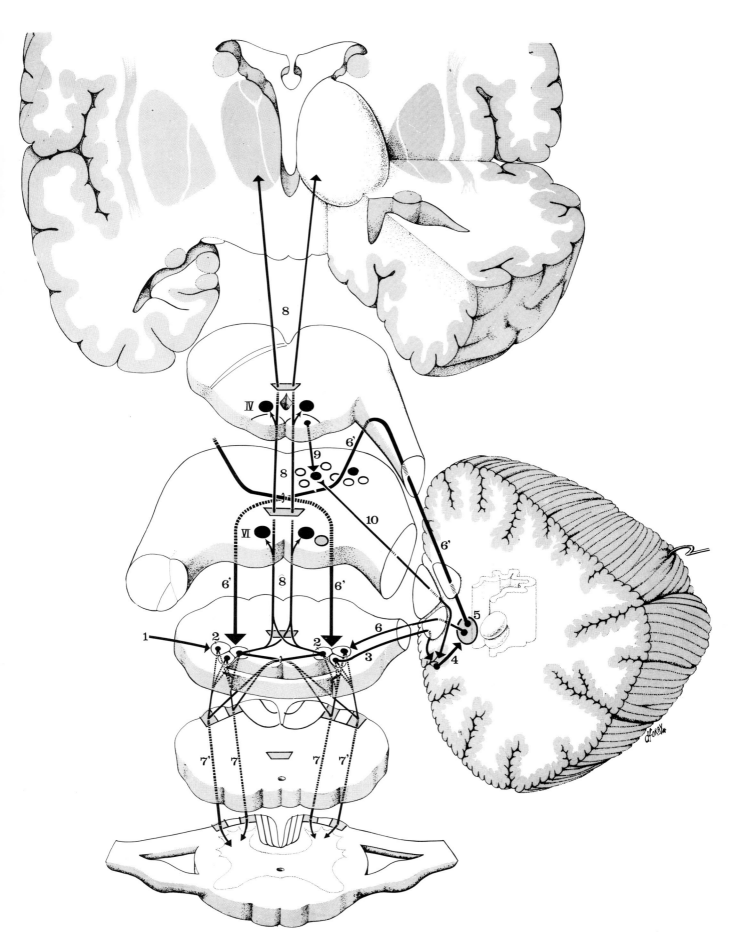

18 les voies gustatives

Leur systématisation est encore imparfaitement connue car elle est particulièrement difficile à explorer anatomiquement et expérimentalement. On peut néanmoins admettre schématiquement que, comme les autres voies sensorielles, elles comportent trois neurones.

— **LE PREMIER NEURONE** s'articule avec les papilles de la face supérieure de la langue, en particulier au niveau des bourgeons du goût situés sur le V lingual. Ce premier neurone peut, dans son trajet périphérique, suivre deux voies différentes suivant son point de départ :

• soit, pour les neurones articulés avec les **papilles les plus postérieures**, le TRONC DU GLOSSO-PHARYNGIEN (IX); le corps cellulaire se trouve situé alors dans le *ganglion d'Andersch** ou dans le *ganglion d'Ehrenritter**; le cylindraxe pénètre dans le bulbe avec le glosso-pharyngien et va se terminer dans le plancher du quatrième ventricule au niveau de la partie moyenne du noyau du **tractus solitaire**.

• soit, pour les neurones articulés avec les **papilles situées en avant du V lingual**, le TRONC DU NERF LINGUAL, LA CORDE DU TYMPAN, LE TRONC DU FACIAL (VII) ET L'INTERMÉDIAIRE DE WRISBERG (VIIbis), le corps cellulaire se trouvant situé alors dans le **ganglion géniculé**. Les fibres nerveuses gagnent ensuite le sillon bulbo-protubérantiel en suivant le tronc de l'intermédiaire, pénètrent dans le bulbe et viennent se terminer à la partie supérieure du noyau du **tractus solitaire**. La partie de ce noyau où se terminent les fibres de l'intermédiaire et celles du glosso-pharyngien constitue le **centre gustatif de Nageotte*****. (Fig. 1)

— **LE DEUXIÈME NEURONE** a son corps cellulaire situé dans le centre gustatif de Nageotte. Ces fibres, après avoir croisé la ligne médiane, empruntent le **ruban de Reil médian** avec les fibres de la sensibilité générale pour gagner le **noyau semi-lunaire ou arqué du thalamus**.

— **LE TROISIÈME NEURONE** est thalamo-cortical. Ses fibres empruntent le pédoncule inférieur du thalamus et viennent se terminer à l'extrémité de la cinquième circonvolution temporale, à la partie moyenne de la **circonvolution de l'hippocampe** ou uncus, en arrière du centre olfactif (aire 38).

Il semblerait, en outre, que certaines fibres viennent se terminer au niveau du pied de la pariétale ascendante (aire 3). (Fig. 2)

---

* Andersch Carol Samuel (1732-1777), médecin et anatomiste allemand.
** Ehrenritter Johannes (?-1790), anatomiste autrichien (Vienne).
*** Nageotte Jean (1866-1948), médecin et histologiste français.

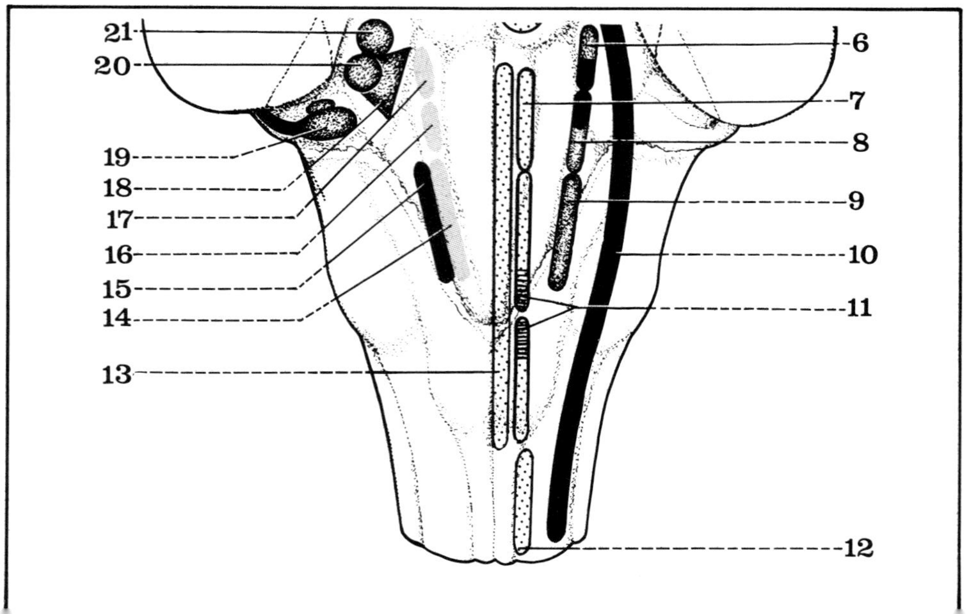

FIGURE 1

Vue du plancher du 4ᵉ ventricule. Le noyau gustatif.

6. *Noyau sensitif de l'intermédiaire.*
7. *Noyau moteur du glosso-pharyngien (IX).*
8. *Noyau sensitif du glosso-pharyngien (IX).*
9. *Noyau du faisceau solitaire du vague (X).*
10. *Partie inférieure du noyau sensitif du trijumeau (V).*
11. *Noyau ambigu [noyau moteur du vague (X) du spinal (XI)].*
12. *Noyau moteur du spinal médullaire.*
13. *Noyau de l'hypoglosse (XII).*
14. *Noyau cardio-pneumo-entérique du vague (X).*
15. *Noyau sensitif dorsal du vague (X).*
16. *Noyau viscéral sensitif salivaire inférieur.*
17. *Noyau viscéral sensitif salivaire supérieur.*
18. *Noyau de Schwalbe (noyau vestibulaire).*
19. *Noyau cochléaire dorsal.*
20. *Noyau vestibulaire de Deiters.*
21. *Noyau vestibulaire de Bechterew.*

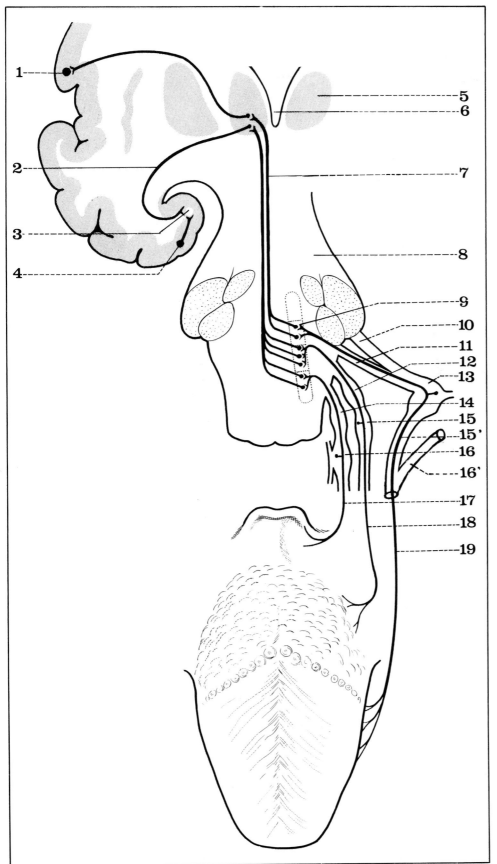

FIGURE 2

Les voies nerveuses de la gustation.

1. Neurone intra-cortical de l'aire gustative pariétale.
2. Neurone thalamo-cortical.
3. Uncus de l'hippocampe.
4. Neurone intra-cortical du cortex hippocampique.
5. Thalamus.
6. Troisième ventricule.
7. Neurone bulbo-thalamique empruntant le ruban de Reil médian.
8. Pédoncule cérébral.
9. Noyau du tractus solitaire (VIIbis - IX - X).
10. Nerf facial (VII).
11. Neurone empruntant le trajet du VIIbis.
12. Neurone empruntant le trajet du glosso-pharyngien (IX).
13. Ganglion géniculé.
14. Ganglion jugulaire du vague (X).
15. Ganglion d'Andersch.
15'. Corde du tympan.
16. Ganglion plexiforme du vague.
16'. Nerf lingual.
17. Neurone ayant son point de départ au niveau des replis glosso-épiglottiques et empruntant le trajet du laryngé supérieur et du vague.
18. Neurone originaire de la base de la langue et empruntant le trajet du glosso-pharyngien.
19. Neurone véhiculant la sensibilité de la partie de la langue située en avant du V lingual et empruntant le trajet du lingual et de l'intermédiaire.

19 les voies olfactives

PLAN
Généralités
Neurone périphérique
Neurone central :
– Portion extra-encéphalique
– Portion intra-encéphalique
Connexions des centres olfactifs
– Voies réflexes
– Voies d'association
– Voies commissurales
Conclusion

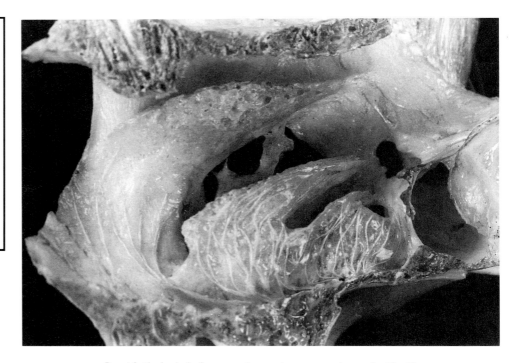

Paroi latérale de la fosse nasale gauche montrant les nerfs olfactifs.

Les voies olfactives transportent les impressions recueillies par la muqueuse nasale jusqu'aux centres corticaux du sens de l'odorat.

Généralités

Le cerveau olfactif, ou *rhinencéphale*, est très atrophié chez l'être humain : il est constitué par un cortex particulier, l'*archipallium*, vestige du cerveau des vertébrés inférieurs où l'odorat prédomine.

Il ne comprend que deux neurones, périphérique et central, reliés à des centres de perception, dont les connexions sont fort complexes.

Nous décrirons le neurone périphérique, le neurone central, et les connexions des centres olfactifs.

Le neurone périphérique

Les particules odorantes atteignent la «tache olfactive» située à la partie haute de la muqueuse pituitaire. (Fig. 1 et 2)

Les *cellules olfactives* (de Max Schultze)*, bipolaires et ciliées constituent les protoneurones : leurs prolongements *périphériques* flottent dans les fosses nasales, entre les cellules de l'épithélium olfactif; d'après la théorie stéréo-chimique des odeurs, des neurones olfactifs différents sont stimulés par des molécules différentes, suivant la forme, la taille, ou la charge de ces molécules.

Leurs prolongements *centraux*, ou fibres olfactives, traversent les orifices de la lame criblée et gagnent le bulbe olfactif où elles font synapse avec le deutoneurone. (Fig. 3, 4 et 5)

* Schultze Maximilian (1825-1874), anatomiste allemand, professeur d'anatomie à Halle et Bonn.

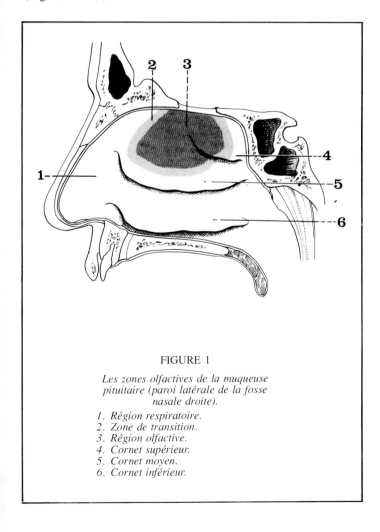

FIGURE 1

Les zones olfactives de la muqueuse pituitaire (paroi latérale de la fosse nasale droite).

1. *Région respiratoire.*
2. *Zone de transition.*
3. *Région olfactive.*
4. *Cornet supérieur.*
5. *Cornet moyen.*
6. *Cornet inférieur.*

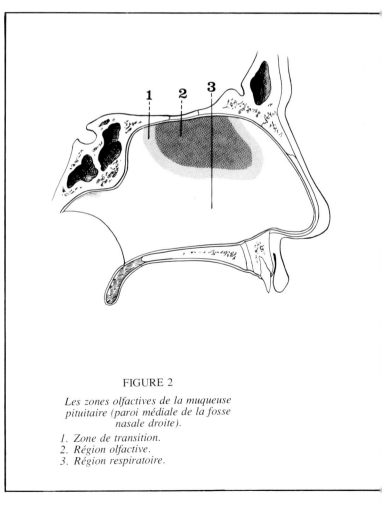

FIGURE 2

Les zones olfactives de la muqueuse pituitaire (paroi médiale de la fosse nasale droite).

1. *Zone de transition.*
2. *Région olfactive.*
3. *Région respiratoire.*

FIGURE 3

Coupe sagittale du bulbe olfactif (d'après Lazorthes).
1. Sinus frontal.
2. Os frontal.
3. Cellule olfactive.
4. Sinus sphénoïdal.
5. Cellule mitrale.
6. Dure-mère.
7. Arachnoïde.
8. Pie-mère.
9. Tente olfactive.

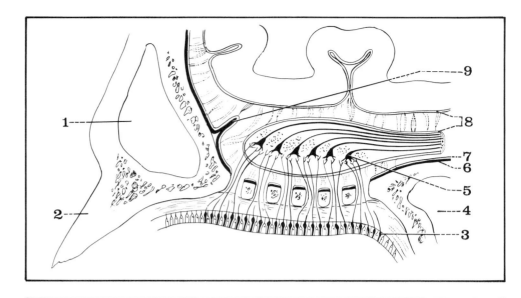

FIGURE 4

Coupe frontale du bulbe olfactif (d'après Lazorthes).
1. Cellule ethmoïdo-frontale.
2. Cellule olfactive.
3. Cellule mitrale.
4. Substance gélatineuse.
5. Pie-mère.
6. Arachnoïde.
7. Dure-mère.
8. Apophyse crista galli.

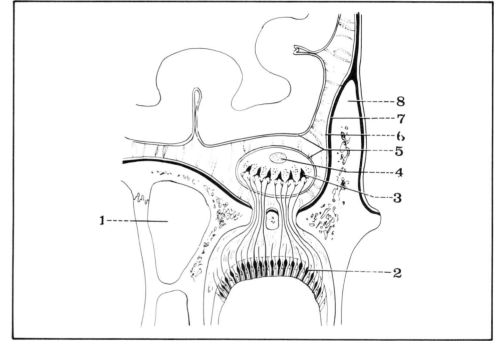

FIGURE 5

Paroi latérale de la fosse nasale droite (après résection partielle des trois cornets).
1. Os frontal.
2. Sinus frontal.
3. Os nasal.
4. Ostium du sinus frontal.
5. Agger nasi.
6. Orifices des cellules ethmoïdales moyennes.
7. Cornet inférieur.
8. Orifice du canal lacrymo-nasal.
16. Corps du sphénoïde.
17. Sinus sphénoïdal.
18. Cornet supérieur.
19. Méat supérieur.
20. Bulbe olfactif.

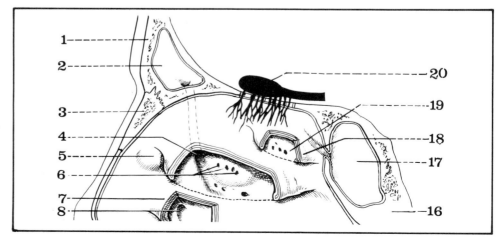

Le neurone central

Etendu du bulbe olfactif aux centres primaires et secondaires, il comprend deux portions, extra et intra-encéphalique.

PORTION EXTRA-ENCÉPHALIQUE (Fig. 6 et 7)

Située dans le sillon olfactif, sous la face inférieure (ou orbitaire) du lobe frontal, elle comprend le bulbe olfactif, la bandelette olfactive, et le trigone olfactif.

1) LE BULBE OLFACTIF (Bulbus olfactorius) est un renflement ovoïde, aplati, long d'1 cm, large de 0,5 cm, qui repose sur la lame criblée, en dehors de l'apophyse crista galli. La dure-mère, qui s'insinue entre lui et le lobe frontal, forme un repli falciforme, la «tente olfactive». (Fig. 3)

Il reçoit 15 à 20 nerfs olfactifs. Il contient des *cellules mitrales*, dont les dendrites s'articulent avec les cellules olfactives, et dont les cylindraxes rejoignent directement les centres corticaux, sans passer par le thalamus (Fig. 3 et 4)

2) LA BANDELETTE OLFACTIVE ou tractus olfactif (Tractus olfactorius) fait suite au bulbe, couchée sous le sillon orbitaire interne, entre F1 et F2; longue de 3 cm, elle est prismatique triangulaire à la coupe.

3) LE TRIGONE OLFACTIF (Trigonum olfactorium) la termine en arrière; tubercule de substance grise, il donne naissance aux racines olfactives.

PORTION INTRA-ENCÉPHALIQUE

Etendue du trigone aux centres corticaux, elle comprend les racines olfactives, l'espace antérieur et les centres olfactifs secondaires.

1) LES RACINES OLFACTIVES ou stries olfactives (Stria Olfactoria) divergent en éventail sous forme de deux racines blanches encadrant une racine grise, très réduite :

a) **La racine externe** (ou latérale), volumineuse, se porte en dehors et en arrière, croise le pôle de l'insula, et se termine dans l'uncus de l'hippocampe (T5).

b) **La racine interne** (ou médiale), plus courte, se recourbe en dedans, pour se terminer au «carrefour olfactif» de Broca, à la face interne du lobe frontal, en avant du bec du corps calleux.

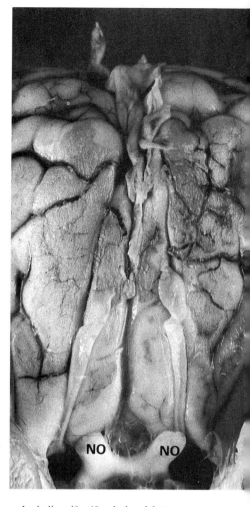

Le bulbe olfactif et la bandelette olfactive
(NO = nerfs optiques).

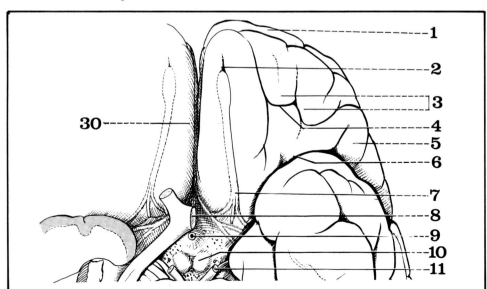

FIGURE 6

Vue inférieure des nerfs olfactifs.
1. Pôle frontal.
2. Sillon orbitaire interne.
3. Deuxième circonvolution frontale.
4. Sillon cruciforme (ou en H).
5. Troisième circonvolution frontale.
6. Scissure de Sylvius.
7. Trigone olfactif.
8. Chiasma optique (sectionné).
9. Tige pituitaire.
10. Tubercule mamillaire.
11. Nerf moteur oculaire commun (sectionné).
30. Première circonvolution frontale.

c) **La racine moyenne** ou strie accessoire se dirige sur l'espace perforé antérieur, en s'élargissant sous forme d'un tubercule olfactif.

Bulbe, bandelette, trigone, et racines olfactives constituent le *nerf olfactif* (Nn. olfactorii), 1re paire des nerfs crâniens. Cet ensemble est en fait, comme le nerf optique, une véritable émanation de l'encéphale, et porte encore le nom de «lobe olfactif antérieur».

2) L'ESPACE PERFORÉ ANTÉRIEUR ou substance perforée antérieure (Substantia perforata anterior) est un losange de substance grise situé en arrière des racines olfactives, et en avant de la bandelette optique.

Il doit son nom aux nombreux orifices des artères striées antérieures (branches de la cérébrale moyenne) qui le traversent.

La *bandelette diagonale* (de Foville), saillante et foncée, le croise en oblique, du tracus de Lancisi (pédoncule antérieur du corps calleux) à l'uncus de l'hippocampe. (Fig. 8)

L'espace perforé antérieur représente le «*lobe olfactif postérieur*» qui, associé au «lobe antérieur», réalise un ensemble de centres de réception sensorielle que l'on appelle «*centres olfactifs primaires*».

3) LES CENTRES OLFACTIFS SECONDAIRES

Appelés encore «formations limbiques» du rhinencéphale, ils forment autour des commissures interhémisphériques un anneau complet de substance grise, représentant des circonvolutions cérébrales atrophiées. (Fig. 8)

De la périphérie au centre, on distingue :

a) **Le lobe limbique de Broca**, qui enserre dans sa concavité le corps calleux, et comprend, d'avant en arrière :

— la *circonvolution sous-calleuse*, située sous le genou du corps calleux,

— la *circonvolution du corps calleux* ou du cingulum (Gyrus cinguli), entre le sillon du corps calleux (en bas) et la scissure calloso-marginale (en haut),

— la *circonvolution de l'hippocampe* (Gyrus parahippocampalis) ou T5, raccordée à la précédente au-dessous du splenium du corps calleux par le pli de passage fronto-limbique, et se terminant dans l'uncus.

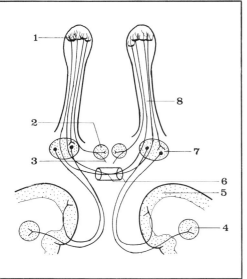

FIGURE 7

Système de la commissure blanche antérieure
(d'après G. Paturet).

1. *Cellules mitrales (dans le bulbe olfactoria).*
2. *Area par-olfactoria.*
3. *Fibre pour le septum lucidum.*
4. *Noyau amygdalien.*
5. *Uncus de l'hippocampe.*
6. *Commissure blanche antérieure.*
7. *Trigone olfactif.*
8. *Tractus olfactif.*

FIGURE 8

Les centres olfactifs secondaires.

1. *Scissure calcarine.*
2. *Segment postérieur de la scissure calloso-marginale.*
3. *Circonvolution du corps calleux.*
4. *Trigone cérébral.*
5. *Nerf de Lancisi.*
6. *Corps calleux.*
7. *Segment moyen de la scissure calloso-marginale.*
8. *Noyau du septum lucidum.*
9. *Commissure blanche antérieure.*
10. *Bandelette diagonale.*
11. *Bulbe olfactif.*
12. *Bandelette olfactive.*
13. *Noyau amygdalien.*
14. *Bandelette de Giacomini.*
15. *Tubercule mamillaire.*
16. *Pilier postérieur du trigone (corps bordant ou fimbria).*
17. *Corps godronné.*
18. *Fasciola cinerea.*

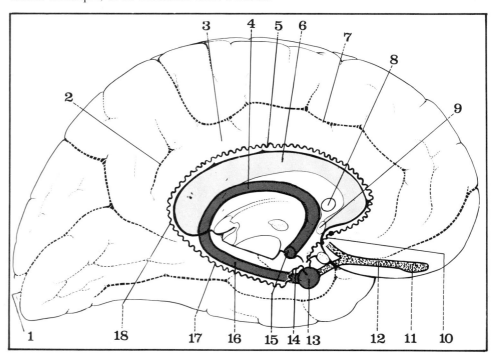

b) **Le lobe intra-limbique de Broca**, qui fait le tour du corps calleux, dans le sillon du corps calleux, et comprend, d'avant en arrière : (Fig. 8)

— la *bandelette diagonale* de Foville, qui traverse l'espace perforé antérieur,

— le *pédoncule du corps calleux* lui fait suite, en avant du genou du corps calleux,

— le *tractus de Lancisi* * ou strie longitudinale médiane (Stria Longitudinalis Medialis), cordon blanchâtre qui, de part et d'autre de la ligne médiane, longe la face dorsale du corps calleux, (Fig. 8)

— l'*indusium gris* (Indusium griseum = tunique grise) le prolonge latéralement, jusqu'à la strie latérale grise (ou toenia tectae = bandelette du toit),

— la *fasciola cinerea* (bandelette cendrée) ou circonvolution rubannée (Gyrus fasciolaris), contourne le splénium du corps calleux,

— le *corps godronné* ou circonvolution dentelée (Gyrus dentatus), plicaturé en nombreux godrons, s'engage entre le sillon de l'hippocampe (en bas) et le corps bordant, ou fimbria (en haut),

— la *bandelette de Giacomini* ** croise l'uncus et rejoint la bandelette diagonale, fermant ainsi le cercle polymorphe de cette circonvolution atrophiée. (Fig. 8)

Connexions des centres olfactifs

Un système complexe de neurones diffuse les sensations olfactives vers les autres centres corticaux ou sous-corticaux, et déclenche les actes réflexes de l'odorat. Il peut être subdivisé en trois parties : les voies réflexes, les voies d'association, et les voies commissurales.

VOIES RÉFLEXES (Fig. 10)

Trois voies principales partent des centres olfactifs primaires et secondaires :

1) LES RADIATIONS OLFACTIVES PROFONDES prennent naissance dans l'espace perforé antérieur, traversent la substance grise du plancher du 3e ventricule, et, par le faisceau olfactif basal (d'Edinger), rejoignent l'*hypothalamus* :

— tuber cinereum et région infundibulo-tubérienne,

— tubercules mamillaires, eux-mêmes en connexion avec le thalamus par le faisceau mamillo-thalamique (de Vicq d'Azyr) et avec le tronc cérébral par le faisceau de la calotte (de Gudden), élément constitutif de la bandelette longitudinale postérieure.

2) LE FAISCEAU SEPTO-HABÉNULAIRE part du *noyau du septum lucidum*, situé en avant du bec du corps calleux et de la commissure blanche antérieure, et, par un cordon de substance blanche l'*habena* (rêne) ou taenia thalami, gagne le *ganglion de l'habenula*; de là, le faisceau rétroflexe (de Meynert) rejoint le *ganglion inter-pédonculaire*, noyau relais du mésencéphale. (Fig. 9)

* Lancisi Giovanni Maria (1654-1720), anatomiste italien, professeur d'anatomie à Rome.
** Giacomini Carlo (1840-1898), neurologue italien, professeur d'anatomie à Turin.

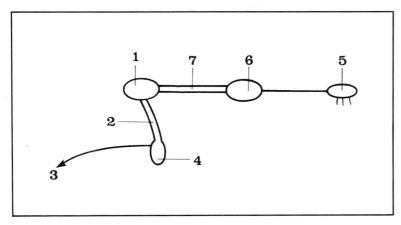

FIGURE 9

Le système septo-habénulaire.

1. *Ganglion de l'habenula.*
2. *Faisceau rétroflexe (de Meynert).*
3. *Vers le tronc cérébral.*
4. *Ganglion inter-pédonculaire.*
5. *Bulbe olfactif.*
6. *Ganglion du septum lucidum.*
7. *Faisceau septo-habénulaire.*

FIGURE 10

Constitution du rhinencéphale.

1. *Pédoncule du corps calleux.*
2. *Genou du corps calleux.*
3. *Commissure blanche antérieure.*
4. *Noyau du septum lucidum.*
5. *Racine olfactive interne.*
6. *Racine olfactive moyenne.*
7. *Bulbe olfactif.*
8. *Bandelette olfactive.*
9. *Racine olfactive externe.*
10. *Bandelette diagonale.*
11. *Tubercule mamillaire.*
12. *Hippocampe.*
13. *Espace perforé antérieur.*
14. *Branche profonde de la racine externe.*
15. *Noyau amygdalien.*
16. *Ganglion inter-pédonculaire.*
17. *Corps godronné.*
18. *Faisceau rétroflexe de Meynert.*
19. *Bourrelet du corps calleux.*
20. *Corps bordant.*
21. *Indusium gris.*
22. *Ganglion de l'habénula.*
23. *Bandelette semi-circulaire (ou taenia semi-circularis).*
24. *Habéna.*
25. *Faisceau inter-pédonculo-mamillaire.*
26. *Faisceau de Vicq d'Azyr.*
27. *Noyau antérieur du thalamus.*

3) LE FAISCEAU HIPPOCAMPO-MAMILLAIRE prend origine dans l'*uncus* (ou crochet) de l'hippocampe, dans la *corne d'Amon* (expression ventriculaire du sillon de l'hippocampe) et dans le *noyau amygdalien*, logé dans l'uncus, en avant de la queue du noyau caudé.

Par le pilier postérieur du trigone (corps bordant ou fimbria) il arrive ensuite aux tubercules mamillaires.

De là partent deux faisceaux :
— faisceau mamillo-thalamique (de Vicq d'Azyr), qui rejoint le noyau antérieur du thalamus,
— faisceau de la calotte (de Gudden), vers les noyaux moteurs du tronc cérébral.

VOIES D'ASSOCIATION (Fig. 10)

Elles réunissent entre eux les centres olfactifs primaires et secondaires :

— par le pilier antérieur du trigone et la fimbria : de la circonvolution sous-calleuse à l'uncus de l'hippocampe ;
— par le *taenia semi-circularis* (Stria Terminalis) situé dans le sillon opto-strié : du noyau du septum lucidum au noyau amygdalien ;
— par le *cingulum* (faisceau de l'ourlet) : autour du pédoncule inter-hémisphérique, de la circonvolution du corps calleux à celle de l'hippocampe (cingulum = ceinture).

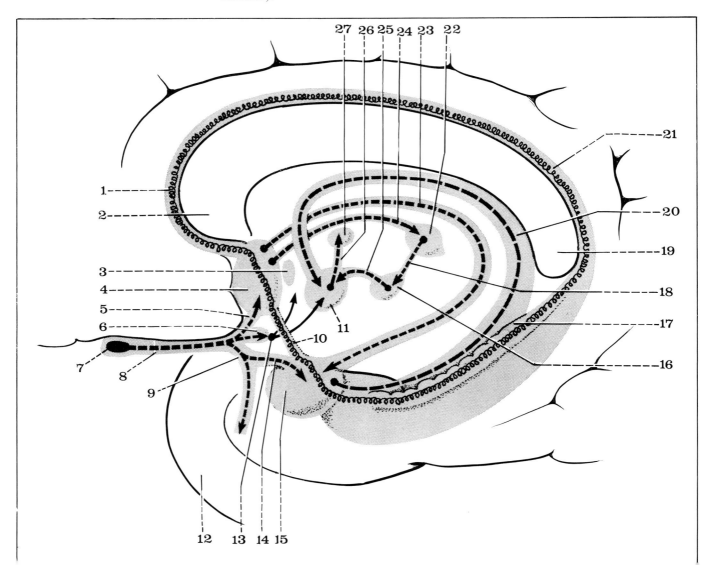

VOIES COMMISSURALES (Fig. 11 et 12)

Elles unissent les centres olfactifs des deux hémisphères, par l'intermédiaire de 3 commissures :

— la *commissure blanche antérieure* (Commissura anterior), située dans la paroi antérieure du 3ᵉ ventricule, réunit les deux noyaux amygdaliens en passant entre le bec du corps calleux (en avant) et les piliers antérieures du trigone (en arrière); (Fig. 7)

— la *commissure psaltérine* ou Lyre de David unit transversalement les piliers postérieurs du trigone, sous le splénium du corps calleux;

— la *commissure inter-habénulaire* établit une liaison entre les deux ganglions de l'habenula, sur le bord postérieur de la membrana tectoria du 3ᵉ ventricule.

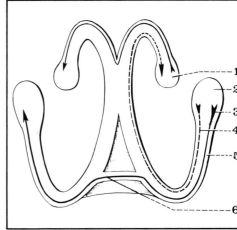

FIGURE 11

Vue postéro-supérieure schématique du trigone cérébral.

1. Tubercule mamillaire.
2. Noyau amygdalien.
3. Fibre inter-hémisphérique.
4. Fibre intra-hémisphérique.
5. Pilier postérieur du trigone (corps bordant ou fimbria).
6. Commissure psaltérine (lyre de David).

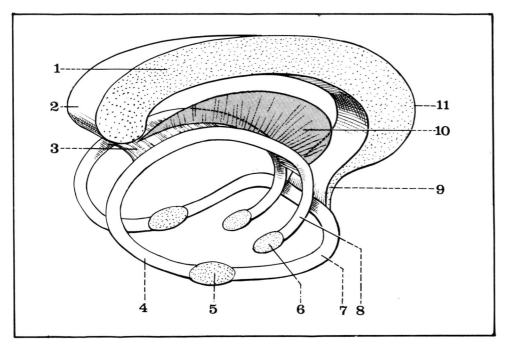

◀ FIGURE 12

Vue latérale droite des commissures interhémisphériques (d'après Bourret et Louis).

1. Corps calleux.
2. Bourrelet du corps calleux.
3. Commissure psaltérine (lyre de David).
4. Pilier postérieur du trigone (fimbria).
5. Noyau amygdalien.
6. Tubercule mamillaire.
7. Commissure blanche antérieure.
8. Pilier antérieur du trigone.
9. Bec du corps calleux.
10. Septum lucidum.
11. Genou du corps calleux.

Conclusion

L'étude des voies olfactives met en évidence un contraste entre l'importance réduite du sens de l'odorat chez l'Homme, et le développement du rhinencéphale.

Il semble que l'on puisse opposer deux systèmes :

— l'un *sensoriel*, qui occupe les centres primaires, et se projette avant tout sur l'hypothalamus, point de départ vers le tronc cérébral des réactions organo-végétatives,

— l'autre *viscéral*, qui occupe les centres secondaires, et élabore probablement, en liaison avec les centres psycho-viscéraux, un grand nombre de sensations, groupées sous forme d'émotions.

La perte de l'odorat, ou anosmie, a plus souvent une cause périphérique que centrale, alors que la parosmie (hallucination olfactive) est toujours due à une atteinte du centre cortical de l'olfaction.

20 Tomodensitométrie crânio-encéphalique

L'appareil appelé Scanner à rayons X ou tomodensitomètre, permet d'obtenir l'image de coupes d'organe introduite dans le cadre de l'appareillage. Il s'agit d'une image de transmission de rayons X, donc en rapport avec la densité des tissus comme la radiographie, mais la méthode est beaucoup plus sensible aux faibles différences de densité.

L'image est obtenue par une méthode originale faisant appel à 3 phases successives :

Dans un premier temps, l'objet à examiner (crâne, thorax, abdomen...), est placé au centre d'un dispositif de mesure. Dans ce dispositif un faisceau de rayons X traverse l'objet, puis est mesuré par des détecteurs. On réalise ainsi de très nombreuses mesures de transmission (+ 500 000), au travers de la tranche d'organe explorée.

Dans un deuxième temps, grâce à un ordinateur, on calcule la densité de chaque point de la tranche traversée, telle une mosaïque de carreaux juxtaposés de moins d'1 mm de large, et de quelques mm de hauteur. A chaque volume élémentaire de la tranche, est attribué un chiffre de densité, chiffre mesuré en unité arbitraire dite de Hounsfield, de + 1 000 à - 1 000, en fonction de la densité.

Dans un troisième temps, cette image calculée point par point est retransformée en image visible sur un écran de télévision, en attribuant à chaque point de l'image une luminosité en rapport avec le chiffre calculé.

Notre œil n'est pas capable de différencier plus d'une dizaine de niveaux de luminosité. On perdrait les avantages de la grande précision des calculs, si l'on transformait les points les plus denses en blanc et les points les plus clairs en noir. On choisit au contraire une fraction seulement des chiffres calculés, et le programme de visualisation de l'image est adapté aux objets à visualiser, avec possibilité d'avantager par le choix du programme soit les images osseuses, soit les images parenchymateuses.

L'appareil donne des images qui sont moins précises que la radiographie sur le plan de la définition spatiale, mais beaucoup plus précises sur le plan de la définition en densité. Il est possible ainsi de différencier la substance cérébrale du liquide céphalo-rachidien, de repérer la morphologie d'organes présentant entre eux de faibles densités, d'obtenir des coupes se rapprochant des coupes anatomiques.

L'injection intra-veineuse de produit iodé augmente la densité de certains tissus, et permet d'affirmer le diagnostic dans certains cas.

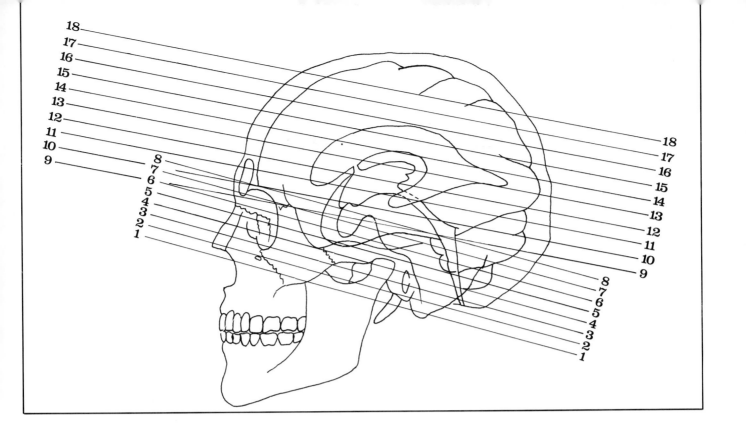

Description des coupes horizontales du crâne

Deux séries de coupes, pratiquées chez deux sujets différents, ont été juxtaposées :

— La première série de 1 à 8, depuis la base du crâne, jusqu'à la voûte de l'orbite.

— La seconde série de 9 à 18, depuis la voûte de l'orbite, jusqu'à la voûte du crâne, avec une zone intermédiaire d'interpénétration, car les coupes de la deuxième série sont plus proches de l'horizontale que celles de la première.

Ces 18 coupes peuvent être définies comme axiales transverses, parallèles à la ligne orbito-méatale, c'est-à-dire légèrement obliques de haut en bas et d'avant en arrière.

Ces plans de coupes correspondent à ceux pratiqués habituellement pour l'examen radiologique du crâne. Mais leur localisation sur un schéma ne peut être qu'approximative, puisque le volume crânien est variable d'un sujet à l'autre, que les coupes réalisées n'ont pas toutes la même épaisseur et qu'enfin, elles ne sont pas strictement sur le même plan, certaines d'entre elles étant légèrement asymétriques en raison même de l'asymétrie des structures chez la plupart des sujets.

La première série de coupes, correspond à une hauteur plus réduite que celle de la deuxième série.

1. Par l'atlas, l'extrémité des apophyses ptérygoïdes et les sinus maxillaires.
2. Par l'atlas, le col du condyle temporal et par l'apophyse coronoïde.
3. Par la partie antérieure du trou occipital et par la racine des ptérygoïdes.
4. Par le trou occipital, les sinus sphénoïdaux et les orbites.
5. Par la fosse cérébrale postérieure (au niveau du bulbe rachidien), par la base du crâne et les orbites.
6. Par les hémisphères cérébelleux, le pôle des lobes temporaux et par les nerfs optiques.
7. Par la protubérance annulaire, les lobes temporaux et les fosses nasales.
8. Par les hémisphères cérébelleux, les lobes temporaux et la selle turcique.
9. Par le 4e ventricule, les pédoncules cérébraux et la partie inférieure des lobes frontaux.
10. Par l'aqueduc de Sylvius et l'infundibulum du 3e ventricule.
11. Par la citerne ambiante et les cornes frontales du ventricule latéral, situées en-dedans de la tête du noyau caudé.
12. Par les cornes frontales et temporales du ventricule latéral.
13. Par les cornes frontales et occipitales du ventricule latéral et par le carrefour ventriculaire.
14. Par la portion supérieure du ventricule latéral.
15. Par les lobes frontaux et pariétaux.
16. Par la faux du cerveau.
17. Par la convexité cérébrale.
18. Par le cortex fronto-pariétal.

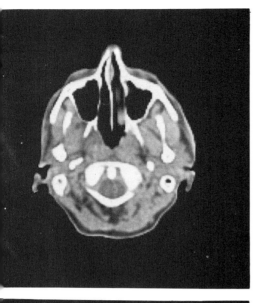
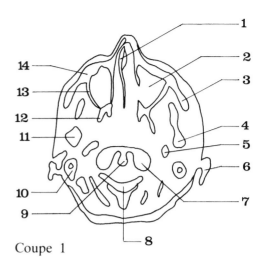

1. Cartilage de la cloison nasale.
2. Sinus maxillaire droit.
3. Os malaire droit.
4. Branche montante de la mandibule.
5. Apophyse styloïde droite.
6. Lobule de l'oreille.
7. Masse latérale de l'atlas.
8. Arc postérieur de l'atlas.
9. Apophyse odontoïde de l'axis.
10. Pointe de l'apophyse mastoïde.
11. Racine du condyle temporal.
12. Apophyse ptérygoïde gauche.
13. Paroi latérale du sinus maxillaire.
14. Apophyse pyramidale du maxillaire.

Coupe 1

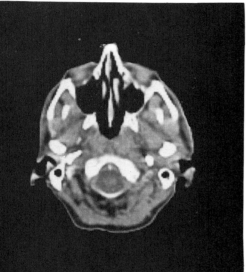
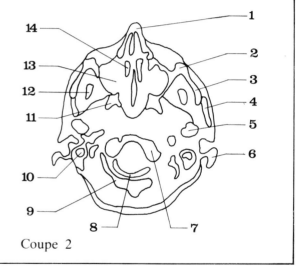

1. Os nasaux.
2. Os malaire droit.
3. Apophyse zygomatique.
4. Muscle masséter.
5. Col du condyle temporal.
6. Pavillon de l'oreille.
7. Masse latérale de l'atlas.
8. Arc postérieur de l'atlas.
9. Espace inter-musculaire de la nuque.
10. Apophyse mastoïde gauche.
11. Apophyse ptérygoïde gauche.
12. Apophyse coronoïde gauche.
13. Sinus maxillaire gauche.
14. Cornet moyen.

Coupe 2

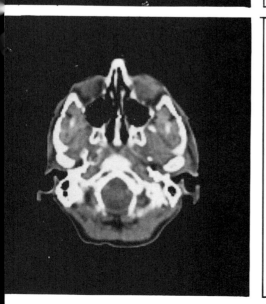
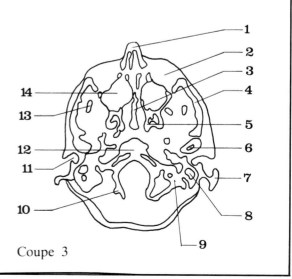

1. Os nasaux.
2. Corps adipeux de l'orbite.
3. Vomer.
4. Apophyse zygomatique.
5. Racine de l'apophyse ptérygoïde.
6. Condyle du temporal.
7. Pavillon de l'oreille.
8. Apophyse mastoïde droite.
9. Apophyse jugulaire de l'occipital.
10. Bord latéral du trou occipital.
11. Conduit auditif externe.
12. Apophyse basilaire de l'occipital.
13. Apophyse coronoïde gauche.
14. Sinus maxillaire gauche.

Coupe 3

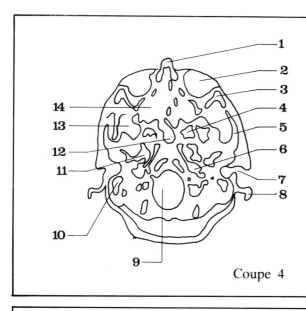
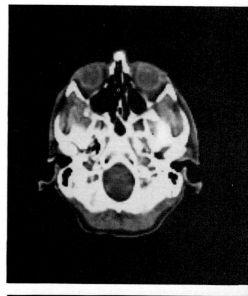

1. Os nasaux.
2. Globe oculaire droit.
3. Os malaire droit.
4. Sinus sphénoïdal droit.
5. Apophyse zygomatique.
6. Trou déchiré postérieur.
7. Conduit auditif externe.
8. Pavillon de l'oreille.
9. Jonction bulbo-médullaire.
10. Apophyse mastoïde gauche.
11. Trou déchiré antérieur.
12. Sinus sphénoïdal gauche.
13. Grand trou zygomatique.
14. Sinus maxillaire gauche.

Coupe 4

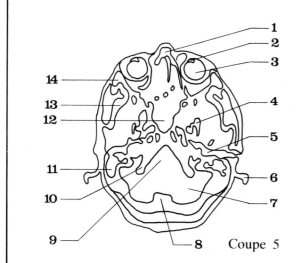
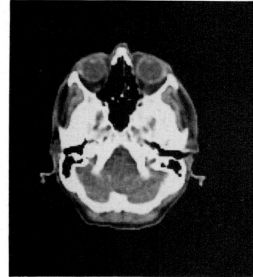

1. Os nasaux.
2. Cristallin droit.
3. Chambre postérieure du globe oculaire.
4. Base du crâne (et trou ovale).
5. Caisse du tympan.
6. Pavillon de l'oreille.
7. Hémisphère cérébelleux.
8. Crête occipitale interne.
9. Bulbe rachidien.
10. Bord antérieur du trou occipital.
11. Antre mastoïdien.
12. Fond des fosses nasales.
13. Grand trou zygomatique.
14. Os malaire gauche.

Coupe 5

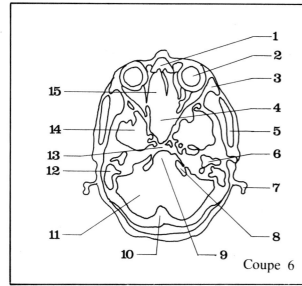
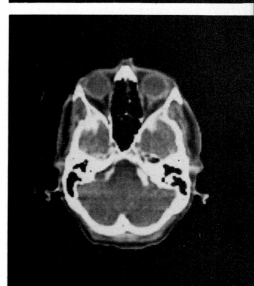

1. Apophyse maxillaire du frontal.
2. Globe oculaire.
3. Os malaire.
4. Fond des fosses nasales.
5. Muscle temporal droit.
6. Oreille interne.
7. Pavillon de l'oreille.
8. Tubercule de l'occipital.
9. Protubérance annulaire.
10. Protubérance occipitale interne.
11. Hémisphère cérébelleux.
12. Antre mastoïdien.
13. Apophyse basilaire de l'occipital.
14. Pôle du lobe temporal.
15. Fosse nasale gauche.

Coupe 6

321

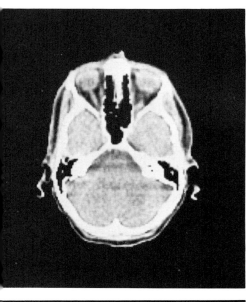
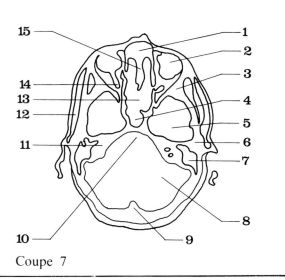

1. Os frontal.
2. Globe oculaire.
3. Grande aile du sphénoïde.
4. Sinus sphénoïdal.
5. Lobe temporal.
6. Partie antérieure du rocher.
7. Caisse du tympan.
8. Hémisphère cérébelleux.
9. Protubérance occipitale interne.
10. Protubérance annulaire.
11. Rocher.
12. Muscle temporal.
13. Fosses nasales.
14. Nerf optique gauche.
15. Lame perpendiculaire de l'ethmoïde.

Coupe 7

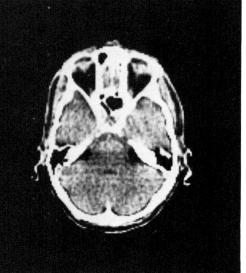
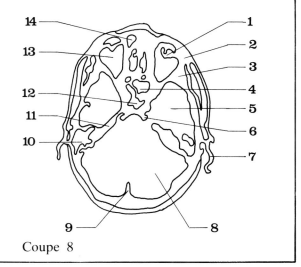

1. Voûte de l'orbite.
2. Apophyse orbitaire du frontal.
3. Grande aile du sphénoïde.
4. Cellule ethmoïdo-sphénoïdale.
5. Lobe temporal.
6. Apophyse clinoïde postérieure.
7. Pavillon de l'oreille.
8. Hémisphère cérébelleux.
9. Faux du cervelet.
10. Caisse du tympan.
11. Bord supérieur du rocher.
12. Plancher de la selle turcique.
13. Corps adipeux de l'orbite.
14. Sinus frontal gauche.

Coupe 8

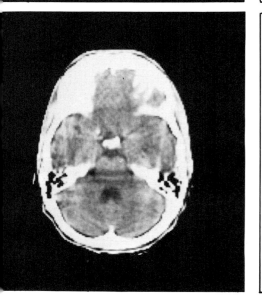
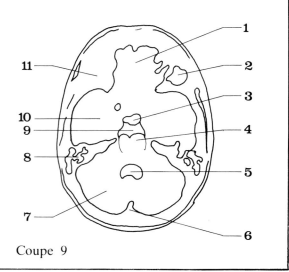

1. Portion inférieure du lobe frontal.
2. Voûte de l'orbite.
3. Dos de la selle turcique.
4. Pédoncules cérébraux.
5. Quatrième ventricule.
6. Confluent des sinus.
7. Hémisphère cérébelleux.
8. Oreille interne.
9. Confluent inférieur (ou citerne basale).
10. Lobe temporal.
11. Voûte de l'orbite.

Coupe 9

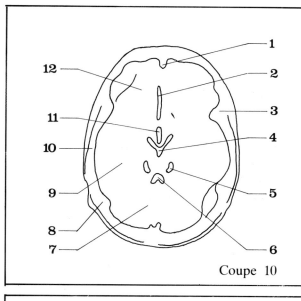

1. Apophyse crista galli.
2. Faux du cerveau.
3. Pilier orbito-sphénoïdal du crâne.
4. Confluent inférieur (ou citerne basale).
5. Confluent supérieur (ou citerne ambiante).
6. Aqueduc de Sylvius.
7. Hémisphère cérébelleux.
8. Pilier pétro-mastoïdien du crâne.
9. Lobe temporal.
10. Ecaille du temporal.
11. Infundibulum du 3ᵉ ventricule.
12. Lobe frontal.

Coupe 10

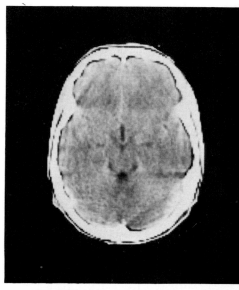

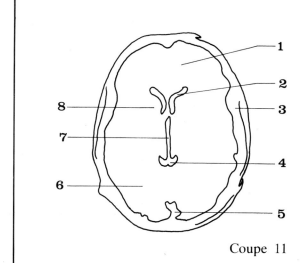

1. Lobe frontal.
2. Corne frontale du ventricule latéral.
3. Pilier orbito-sphénoïdal du crâne.
4. Confluent supérieur (ou citerne ambiante).
5. Confluent des sinus.
6. Hémisphère cérébelleux.
7. Troisième ventricule.
8. Tête du noyau caudé.

Coupe 11

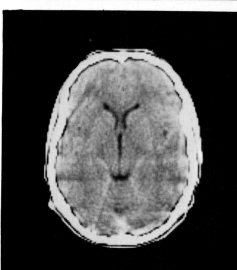

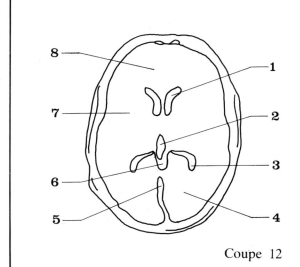

1. Corne frontale du ventricule latéral.
2. Troisième ventricule.
3. Corne temporale du ventricule latéral.
4. Lobe occipital.
5. Faux du cerveau.
6. Epiphyse.
7. Lobe temporal.
8. Lobe frontal.

Coupe 12

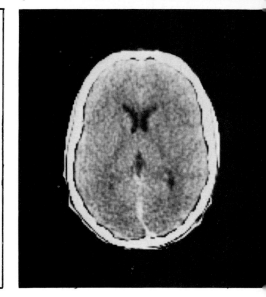

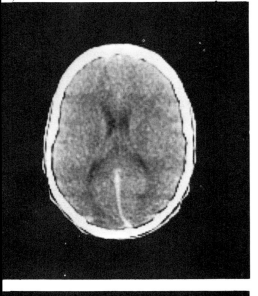
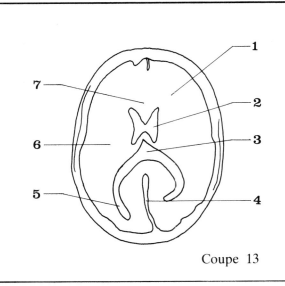

1. Lobe frontal.
2. Corne frontale du ventricule latéral.
3. Carrefour ventriculaire.
4. Faux du cerveau.
5. Corne occipitale du ventricule latéral.
6. Centre ovale.
7. Genou du corps calleux.

Coupe 13

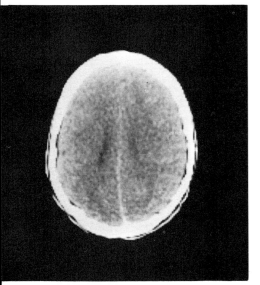
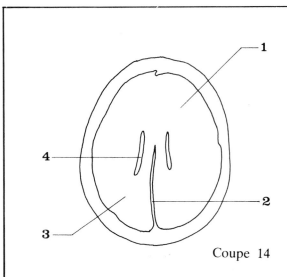

1. Lobe frontal.
2. Faux du cerveau.
3. Lobe pariétal.
4. Portion supérieure du ventricule latéral.

Coupe 14

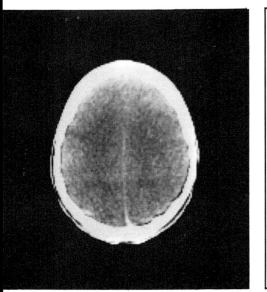
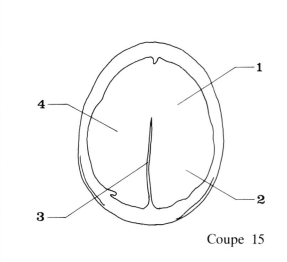

1. Lobe frontal.
2. Lobe pariétal.
3. Faux du cerveau.
4. Centre ovale.

Coupe 15

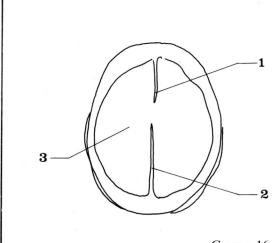

1. Partie antérieure de la faux du cerveau.
2. Partie postérieure de la faux du cerveau.
3. Centre ovale.

Coupe 16

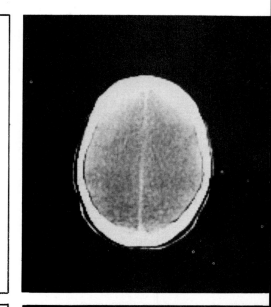

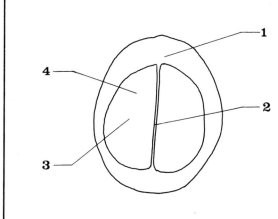

1. Voûte du crâne.
2. Faux du cerveau.
3. Lobe pariétal.
4. Lobe frontal.

Coupe 17

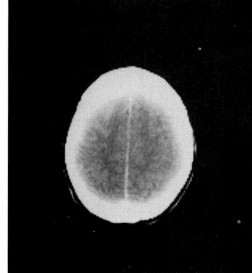

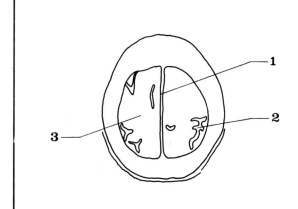

1. Faux du cerveau.
2. Circonvolutions cérébrales.
3. Cortex fronto-pariétal.

Coupe 18

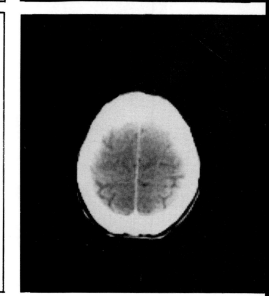

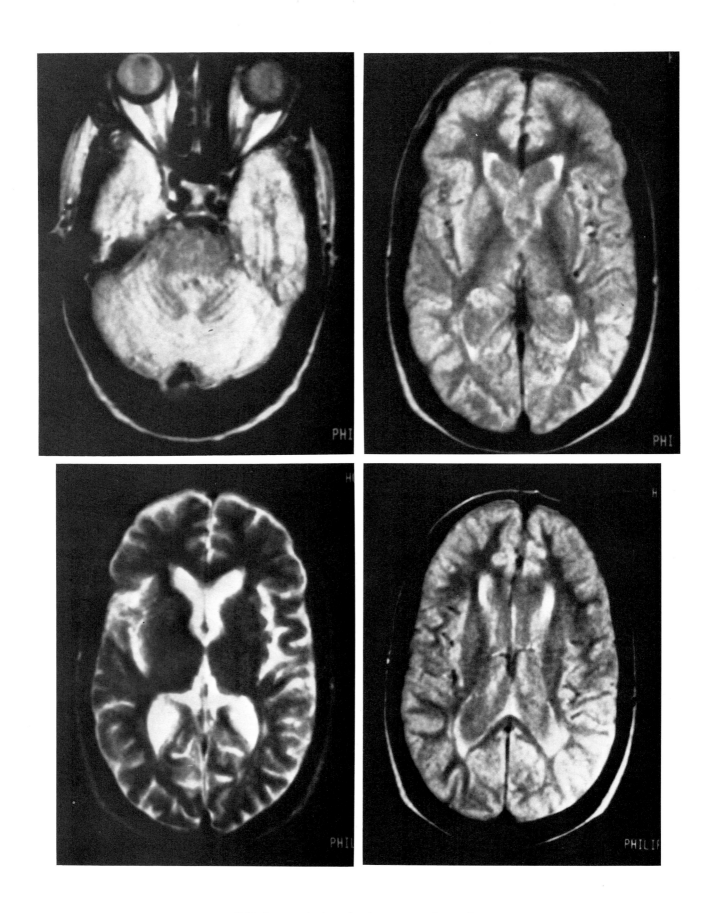

IRM. 4 coupes horizontales du cerveau et du cervelet.

Deuxième Partie

la face,

la tête

et

les organes

des sens

avant-propos

L'étude anatomique de la face comporte sept chapitres principaux :

1. *Le squelette facial*, massif complexe, creusé de cavités profondes qui renferment la portion initiale du tube digestif, les voies aériennes supérieures, ainsi que les trois appareils sensoriels du goût, de l'odorat, et de la vision.

2. *La région des muscles masticateurs*, annexée à l'articulation temporo-mandibulaire, et répartie en deux plans :

— profond : correspondant à l'étage postérieur des régions profondes de la face;

— superficiel : débordant en haut sur la boîte crânienne, et matelassant en bas les faces de la branche montante de la mandibule, en avant de la région parotidienne, faîte topographique du cou.

3. *Les régions de la bouche*, situées entre les fosses nasales et la région sus-hyoïdienne, et largement ouvertes en arrière sur le pharynx. Régions profondes de la face, elles comprennent cinq parties :

— *la langue*, organe de la gustation, est également essentielle à la mastication, à la déglutition, et à la phonation;

— *la région gingivo-dentaire* limite en avant la cavité buccale, par la double barrière des dents;

— *le plancher de la bouche* correspond à la région sub-linguale;

— *la région palatine* est surtout formée par le voile du palais;

— *la région amygdalienne* enfin est mitoyenne entre la cavité buccale et l'oro-pharynx.

4. *Les régions superficielles de la face* ont pour support anatomique les très nombreux muscles peauciers, dont la contraction agit sur les orifices naturels, et sur les différentes modalités de la mimique, indispensables à l'expression du visage.

5. *Les fosses nasales* constituent à la fois la portion la plus haute des voies respiratoires, et le siège de l'olfaction. Des diverticules intra-osseux, *les sinus para-nasaux*, leur sont annexés, favorisant la fonction respiratoire, et amplifiant l'émission des sons.

6. *L'orbite osseuse* contient dans sa partie antérieure, *le globe oculaire*, organe de la vision, et dans sa partie postérieure, une *loge cellulo-adipeuse* traversée par les vaisseaux et les nerfs du globe oculaire.

L'ensemble est recouvert par un *appareil de protection* formé par les paupières et la conjonctive, que lubrifient les larmes.

7. Organe de l'audition et de l'équilibration, *l'oreille* est subdivisée en trois parties : externe, qui reçoit les sons, moyenne, qui les transmet, et interne, qui les perçoit dans la complexité d'un labyrinthe, creusé à l'intérieur du rocher, où se combinent les voies acoustiques et vestibulaires.

1 les os de la face

PLAN

La mâchoire supérieure
Maxillaire supérieur
  A - corps
  B - apophyses
  C - sinus maxillaire
Os zygomatique ou malaire
Os palatin
Os lacrymal ou unguis
Cornet inférieur
Os nasal ou os propre du nez
Vomer

La mâchoire inférieure ou mandibule
Corps de la mandibule
Branche montante
Canal dentaire
Architecture
Ossification

Vue d'ensemble du massif osseux facial
Face antérieure
Faces latérales
Face supérieure
Face postéro-inférieure
Variations
Architecture

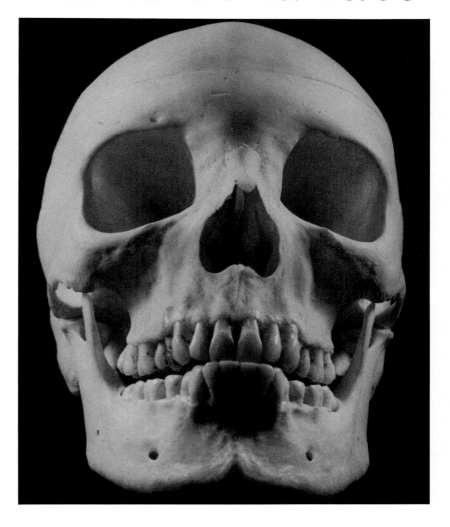

Le massif osseux facial est situé en avant de la partie supérieure du rachis cervical, en avant et au-dessous du massif osseux crânien auquel il est partiellement soudé. Il comprend deux parties distinctes : la mâchoire supérieure et la mâchoire inférieure qui délimitent la cavité buccale.

La mâchoire supérieure, soudée en arrière à la base du crâne, est un élément fixe. Elle est formée essentiellement par les deux maxillaires supérieurs (Maxillae) réunis entre eux sur la ligne médiane et complétés par plusieurs autres os moins volumineux. L'ensemble forme un massif irrégulier creusé de cavités profondes où se logent la partie initiale du tube digestif et des voies aériennes, l'appareil du goût, celui de la vision et celui de l'olfaction.

La mâchoire inférieure, élément mobile est formée d'un seul os, la mandibule (Mandibula). Elle est attachée à la mâchoire supérieure par l'articulation temporo-mandibulaire.

La mâchoire supérieure

Elle est formée de 13 os dont un seul, le vomer, est impair, tous les autres étant pairs. Ces différents éléments osseux sont réunis entre eux pour former le massif facial supérieur.

I - LE MAXILLAIRE SUPÉRIEUR (Maxilla) (du latin «maxilla» : la mâchoire)

Il représente l'élément essentiel et donne sa forme à la mâchoire supérieure. Pair et non symétrique, il est creusé d'une volumineuse cavité : le sinus maxillaire ou antre d'Highmore*. Articulé avec tous les autres os de la face, le maxillaire supérieur participe à la constitution de la fosse nasale et de la cavité buccale.

On peut lui distinguer :
— un corps
— trois apophyses
— une cavité : le sinus maxillaire.

A - LE CORPS DU MAXILLAIRE SUPÉRIEUR : (Corpus maxillae)

En forme de pyramide triangulaire à sommet externe, il présente une base, trois faces latérales et six bords.

1 - La base ou face médiale :

Elle répond à la fosse nasale et à la cavité buccale. Elle est divisée en deux étages par l'implantation de l'apophyse palatine à l'union de son tiers inférieur et de ses deux tiers supérieurs : un étage supérieur ou nasal, un étage inférieur ou buccal. (Fig. 1B et 2)

a) *L'étage nasal* :

Il fait partie de la paroi latérale de la fosse nasale.

A sa partie moyenne, il présente un vaste orifice **l'hiatus maxillaire**, orifice arrondi ou quadrilatère faisant communiquer fosse nasale et sinus maxillaire.

— En avant de l'hiatus une gouttière verticale : la **gouttière lacrymale** dont le bord postérieur forme parfois la lunule lacrymale et dont le bord antérieur se poursuit avec le bord postérieur de la branche montante.

Plus en avant, la crête turbinale inférieure, horizontale, s'articule avec la tête du cornet inférieur.

— Au-dessus de l'hiatus deux ou trois demi-cellules s'opposent à des cellules homologues creusées dans le corps de l'ethmoïde.

— En arrière de l'hiatus une zone étroite, rugueuse, de forme grossièrement triangulaire, le **trigone palatin** s'articule avec l'apophyse orbitaire du palatin.

— Au-dessous de l'hiatus maxillaire la **gouttière palatine postérieure** de direction verticale, est transformée par la lame verticale du palatin en un canal : le canal palatin postérieur qui livre passage aux nerfs palatins antérieurs et à l'artère palatine descendante.

b) *L'étage buccal* :

Il forme l'arcade alvéolaire supérieure et la partie externe de la voûte palatine. Limité par le bord des alvéoles dentaires, il a une direction sagittale et presque rectiligne dans sa partie postérieure, il est au contraire fortement concave en arrière à sa partie antérieure. (Fig. 1, 2 et 3)

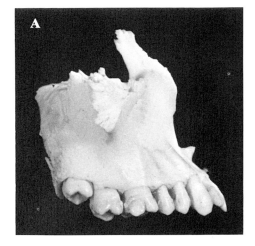
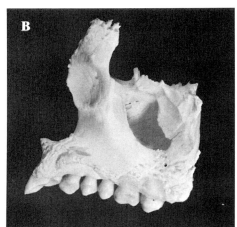
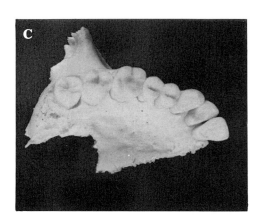

FIGURE 1

A. *Vue externe du maxillaire droit.*
B. *Vue médiale.*
C. *Vue inférieure.*

---

* Highmore Nathaniel (1613-1685), médecin anglais (Oxford, Sherborne et Dorsetshire).

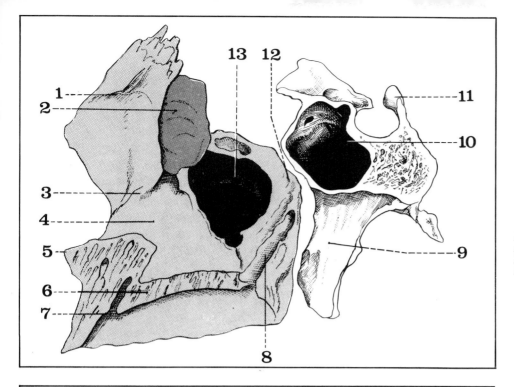

FIGURE 2

Paroi latérale de la fosse nasale droite (maxillaire supérieur + sphénoïde + os lacrymal).

1. Crête turbinale supérieure.
2. Os lacrymal.
3. Crête turbinale inférieure.
4. Face médiale du maxillaire.
5. Epine nasale.
6. Apophyse palatine.
7. Fossette incisive.
8. Gouttière palatine postérieure.
9. Apophyse ptérygoïde.
10. Sinus sphénoïdal.
11. Apophyse clinoïde postérieure.
12. Trigone palatin.
13. Hiatus maxillaire.

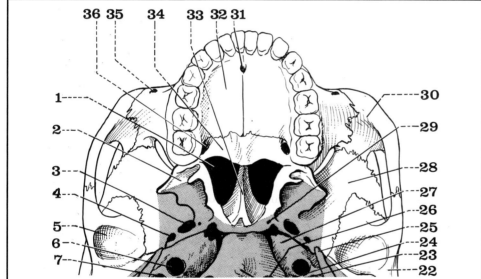

FIGURE 3

Vue exocrânienne de l'étage facial de la base du crâne.

1. Orifice postérieur des fosses nasales.
2. Apophyse ptérygoïde droite.
3. Trou ovale.
4. Trou petit rond.
5. Cavité glénoïde de l'articulation temporo-mandibulaire.
6. Canal carotidien.
7. Trou déchiré postérieur.
22. Tubercule zygomatique.
23. Canal de Jacobson.
24. Orifice de l'aqueduc du limaçon.
25. Apophyse styloïde gauche.
26. Canal condylien antérieur.
27. Pointe du rocher.
28. Sphénoïde.
29. Canal vidien.
30. Os malaire.
31. Fossette incisive.
32. Apophyse palatine du maxillaire.
33. Vomer.
34. Lame horizontale du palatin.
35. Trou sous-orbitaire.
36. Canal palatin postérieur.

c) *L'apophyse palatine* (Processus Palatinus) :

C'est une lame quadrilatère horizontale allongée dans le sens antéro-postérieur et unie sur son bord interne à son homologue du côté opposé pour former la partie antérieure de la voûte palatine osseuse. (Fig. 1B, 1C et 3)

La face inférieure est marquée d'un bourrelet longitudinal le **torus palatinus**. Plus en dehors elle est sillonnée par deux ou trois gouttières antéro-postérieures où cheminent l'artère palatine descendante, le nerf palatin antérieur et les vaisseaux palatins.

Le bord antérieur forme la partie inférieure de l'orifice antérieur des fosses nasales.

Le bord postérieur rugueux s'articule avec le bord antérieur de la lame horizontale du palatin.

Le bord interne s'unit à celui du côté opposé. Sur la face supérieure il s'épaissit pour former **la crête nasale** (Crista nasalis). Sur la face inférieure, il est marqué d'un sillon longitudinal qui s'élargit en avant pour former **la fossette incisive** où s'ouvre le canal palatin antérieur encore appelé canal incisif (Canalis incisivus). (Fig. 3)

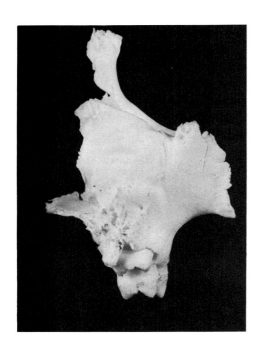

FIGURE 4

Vue postérieure du maxillaire droit.

2 - **La face antéro-externe ou face jugale** : (Fig. 6)

Concave dans son ensemble elle est marquée en bas par une série de bourrelets verticaux correspondant aux alvéoles dentaires. Entre ces bourrelets, une série de dépressions dont les plus marquées sont la **fossette myrtiforme** en dedans de la canine et la **fosse canine** (Fossa canina) en dehors.

Plus haut le **trou sous-orbitaire** (Foramen infra-orbitale) situé juste au-dessus de la fosse canine livre passage au nerf et vaisseaux sous-orbitaires.

Dans l'épaisseur de cette face jugale cheminent des canaux qui sont tous situés en avant de la canine : canal du nerf dentaire antérieur qui aboutit à l'apex de l'incisive centrale, canal dentaire moyen inconstant situé en arrière du précédent. En arrière de la canine, par contre, la face jugale est libre de tout élément vasculo-nerveux : c'est le lieu d'élection de la trépanation du sinus maxillaire.

3 - **La face postérieure ou ptérygo-maxillaire** : (Fig. 4 et 6A)

Fortement convexe et rugueuse elle forme la **tubérosité maxillaire** (Tuber maxillae). A sa partie supérieure et interne elle présente une gouttière pour le nerf maxillaire supérieur; sa partie inférieure et interne rugueuse présente une fossette articulée avec l'apophyse pyramidale du palatin. Plus en dehors, les canalicules dentaires postérieurs livrent passage au nerf dentaire postérieur, branche du maxillaire supérieur.

4 - **La face supérieure ou orbitaire** : (Fig. 6A)

Elle est plane et assez fortement inclinée en bas, en avant, et en dehors. Sa partie externe rugueuse s'articule avec l'apophyse antérieure du malaire.

Plus en dedans, cette face présente une gouttière antéro-postérieure : la **gouttière sous-orbitaire** (Sulcus infra orbitalis) qui s'enfonce progressivement dans la paroi osseuse pour devenir un véritable canal qui s'ouvre à la face antérieure au niveau du trou sous-orbitaire. *Plus en dedans* la face orbitaire se poursuit insensiblement avec la face externe de l'apophyse montante, excavée à ce niveau pour former la gouttière lacrymale.

5 - **Les bords** : (Fig. 4, 5 et 6)

a) *Le bord antérieur*, tranchant, présente à sa partie supérieure une échancrure : **l'échancrure nasale** qui limite avec celle du côté opposé l'orifice antérieur de la fosse nasale. A sa partie inférieure le bord antérieur s'accole à celui du côté opposé pour former la suture inter-maxillaire.

b) *Le bord antéro-externe* ou orbitaire sépare la face antéro-externe de la face supérieure. Il décrit une courbure à concavité supérieure et externe en continuant la direction de l'apophyse montante. A sa partie externe il s'épaissit pour s'articuler avec la partie antérieure du malaire. (Fig. 6B)

c) *Le bord inféro-externe* forme l'arcade ou **rebord alvéolaire**; décrivant une courbure à concavité postérieure et interne, il est bosselé par la présence des alvéoles dentaires.

d) *Le bord postéro-externe* sépare la face antéro-externe de la face postérieure. Se détachant de l'apophyse pyramidale, il s'estompe progressivement vers le bas et décrit dans son ensemble une courbe à concavité externe. (Fig. 6B).

e) *Le bord postéro-supérieur* sépare la face supérieure ou orbitaire de la face postérieure ou ptérygo-maxillaire. Mousse et convexe en arrière, il forme la lèvre inférieure et interne de la fente sphéno-maxillaire. Il est échancré par la gouttière du nerf maxillaire supérieur.

f) *Le bord supéro-interne* sépare la face orbitaire de la face nasale. Il s'articule en arrière avec l'os planum de l'ethmoïde, et en avant avec l'unguis.

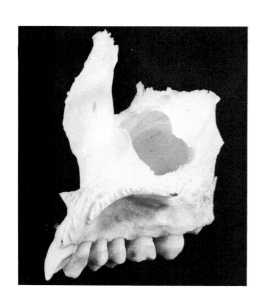

FIGURE 5

Vue médiale du maxillaire droit.

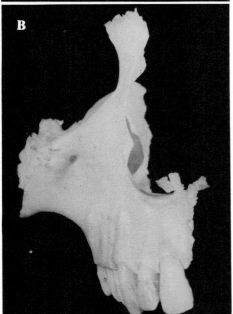
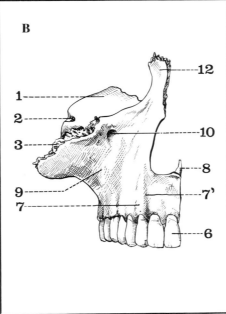
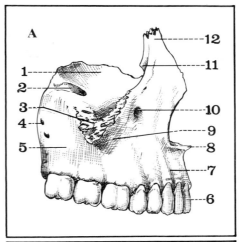

FIGURE 6

A. Vue latérale du maxillaire.
B. Vue antérieure du maxillaire (côté droit).

1. Face orbitaire.
2. Gouttière sous-orbitaire.
3. Apophyse pyramidale, articulaire avec le malaire.
4. Canal dentaire postérieur.
5. Tubérosité du maxillaire.
6. Incisive centrale.
7. Bosse canine.
7'. Fossette myrtiforme.
8. Epine nasale antérieure.
9. Fosse canine.
10. Trou sous-orbitaire.
11. Gouttière lacrymale.
12. Apophyse montante.

B - LES APOPHYSES DU MAXILLAIRE SUPÉRIEUR : (Fig. 6)

1 - L'apophyse pyramidale (Processus zygomaticus)

Correspondant au sommet du bord postéro-externe du maxillaire supérieur, elle est située à la jonction des faces orbitaire, jugale et ptérygo-maxillaire.

Fortement déjetée en dehors du corps de l'os, elle s'articule par son sommet avec le malaire. Sa partie postérieure ferme en avant la fente sphéno-maxillaire.

2 - L'apophyse montante (Processus frontalis) :

Se détache à l'union des faces nasale, jugale et orbitaire. Elle se porte en haut, en arrière et en dedans. C'est une lame osseuse aplatie dans le sens transversal dont le bord antérieur s'articule avec l'os propre du nez, le bord postérieur avec l'unguis. La face interne répond à sa partie supérieure aux masses latérales de l'ethmoïde; à sa partie moyenne elle est marquée par une crête osseuse : la *crête turbinale supérieure* (Crista conchalis) qui s'articule avec le cornet moyen.

La face latérale externe est marquée par une crête mousse, la *crête lacrymale antérieure*, en arrière de laquelle l'os est excavé en une gouttière : la gouttière lacrymale.

3 - L'apophyse palatine a été étudiée précédemment (page 333)

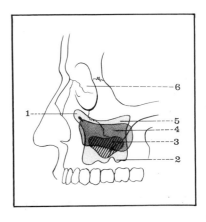

FIGURE 7

Les différents types de sinus maxillaire (vue de profil gauche).

1. Prolongement orbitaire d'un grand sinus.
2. Prolongement alvéolaire d'un grand sinus.
3. Petit sinus.
4. Sinus moyen.
5. Grand sinus.
6. Orbite.

FIGURE 8

Vue externe de l'os malaire droit.

C - LE SINUS MAXILLAIRE (Sinus maxillaris) (Fig. 5 et 7)

C'est une cavité creusée à l'intérieur du corps du maxillaire. De dimensions variables, il a généralement la forme d'une pyramide triangulaire mais peut émettre des prolongements plus ou moins importants. Sa face supérieure très mince répond au plancher de l'orbite, sa face postérieure épaisse loge les canaux dentaires postérieurs, sa face interne s'ouvre sur la fosse nasale.

Son bord inférieur forme une gouttière antéro-postérieure immédiatement susjacente aux racines des dents. Le sinus est en rapport essentiellement avec les deux premières molaires, plus accessoirement la dent de sagesse, les pré-molaires et parfois même la canine.

II - L'OS MALAIRE* OU ZYGOMATIQUE** (Os zygomaticus) (Fig. 8, 9 et 10)

Situé au-dessus et en dehors du maxillaire supérieur à la partie latérale de la face, il relie celle-ci à la partie antérieure du crâne. C'est une lame osseuse, épaisse et quadrangulaire.

— **La face externe** ou superficielle légèrement convexe donne insertion à sa partie basse aux muscles masséters ; dans sa partie supérieure un orifice, le *trou malaire*, livre passage au nerf temporo-malaire. (Fig. 8)

— **La face antéro-interne**, lisse et concave, forme la partie inférieure et externe de la cavité orbitaire. Elle est bordée en dedans par un bord déchiqueté qui présente un segment vertical articulé avec la grande aile du sphénoïde et un segment horizontal articulé avec la partie postérieure du sommet du maxillaire. Entre ces deux segments *la fente sphéno-maxillaire.* (Fig. 10)

— **Le bord supérieur** décrit une courbe à concavité supéro-antérieure, et forme le bord externe de l'orbite. A sa partie supérieure se détache une apophyse : *l'apophyse orbitaire* qui se dirige en arrière pour s'articuler avec le frontal et avec le sphénoïde.

— **Le bord postérieur**, contourné répond à la fosse temporale.

— **Le bord antéro-inférieur** s'articule avec le maxillaire ; **le bord inférieur**, épais, donne insertion au masséter.

— **L'angle supérieur du malaire** s'articule avec l'apophyse orbitaire externe du frontal ; **son angle antérieur** s'articule avec le maxillaire supérieur ; **l'angle postérieur** enfin s'articule avec la pointe de l'apophyse zygomatique du temporal.

---

* Malaire : du latin « mala », diminutif de « maxilla », la mâchoire.
** Zygomatique : du grec « xeugnumi », joindre d'où « xugos » : le joug.

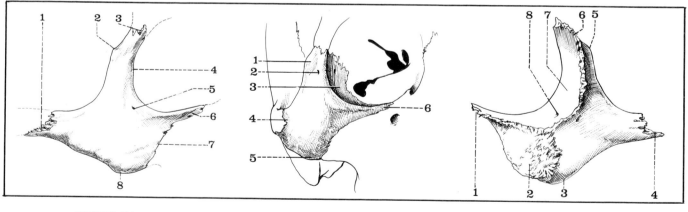

FIGURE 8bis

Os zygomatique ou malaire vue latérale externe.

1. Angle postérieur articulé avec le temporal.
2. Bord supérieur.
3. Apophyse orbitaire.
4. Bord antérieur ou orbitaire.
5. Trou malaire.
6. Angle antérieur.
7. Bord antérieur.
8. Tubercule sous-jugal.

FIGURE 9

Os zygomatique, vue antérieure montrant ses connexions avec l'orbite et le maxillaire supérieur.

1. Angle supérieur articulaire avec le frontal.
2. Trou malaire.
3. Face antéro-interne ou orbitaire.
4. Angle postérieur articulaire avec le temporal.
5. Tubercule sous-jugal.
6. Angle antérieur articulaire avec le maxillaire supérieur.

FIGURE 10

Os zygomatique droit, vue interne.

1. Angle antérieur.
2. Surface articulaire avec le maxillaire supérieur.
3. Tubercule sous-jugal.
4. Angle postérieur articulaire avec l'apophyse zygomatique du temporal.
5. Bord postérieur avec son tubercule marginal.
6. Bord interne.
7. Face orbitaire.
8. Orifice du trou malaire.

III - L'OS PALATIN (Os palatinum) (du latin «palatum» : le palais) :

Os le plus postérieur et le plus profond du massif facial, il est constitué par deux lames coudées à angle droit : une lame horizontale qui forme la partie postérieure du palais osseux, une lame verticale qui forme une partie de la face externe de la fosse nasale.

A - LA LAME VERTICALE (Lamina perpendicularis) : (Fig. 11, 12, 13)

Légèrement oblique en avant, en bas, et en dehors, elle émet trois apophyses :
— l'une inférieure ou apophyse pyramidale,
— les deux autres supérieures : l'apophyse orbitaire et l'apophyse sphénoïdale.

Le bord antérieur, oblique en bas et en avant, se termine par un crochet dirigé en dehors dans l'orifice du sinus maxillaire.

Le bord postérieur est mince et tranchant.

Le bord inférieur s'implante sur la lame horizontale.

Le bord supérieur est surplombé par l'apophyse orbitaire en avant, l'apophyse sphénoïdale en arrière, séparées par l'échancrure sphéno-palatine.

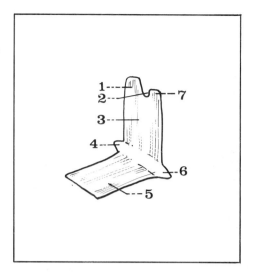

FIGURE 11

Schématisation de l'os palatin (vue postéro-interne).
1. Apophyse orbitaire.
2. Echancrure sphéno-palatine.
3. Lame verticale.
4. Prolongement sinusien.
5. Lame horizontale.
6. Apophyse pyramidale.
7. Apophyse sphénoïdale.

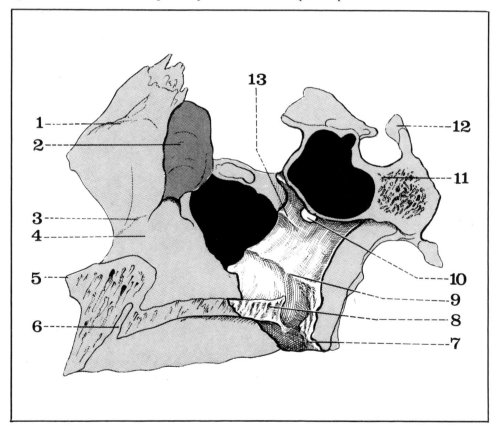

FIGURE 12

Paroi latérale de la fosse nasale droite (maxillaire supérieur + sphénoïde + os lacrymal + palatin).
1. Crête turbinale supérieure.
2. Os lacrymal (ou unguis).
3. Crête turbinale inférieure.
4. Face interne (ou base) du maxillaire.
5. Epine nasale.
6. Fossette incisive.
7. Apophyse pyramidale du palatin.
8. Lame horizontale du palatin.
9. Crête turbinale inférieure.
10. Trou sphéno-palatin.
11. Corps du sphénoïde.
12. Apophyse clinoïde postérieure.
13. Crête turbinale supérieure.

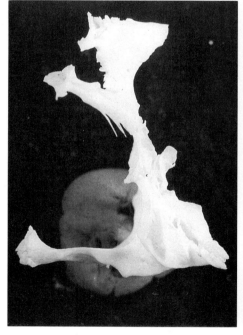

FIGURE 13

Vue postérieure du palatin droit.

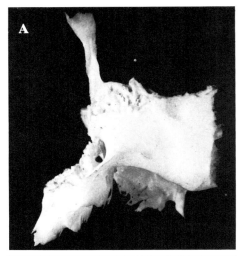
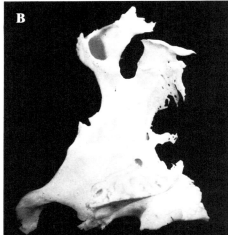
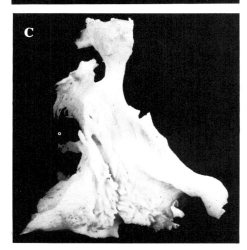

FIGURE 14

L'os palatin droit.
A. *Vue inférieure.*
B. *Vue interne ou médiale.*
C. *Vue externe ou latérale.*

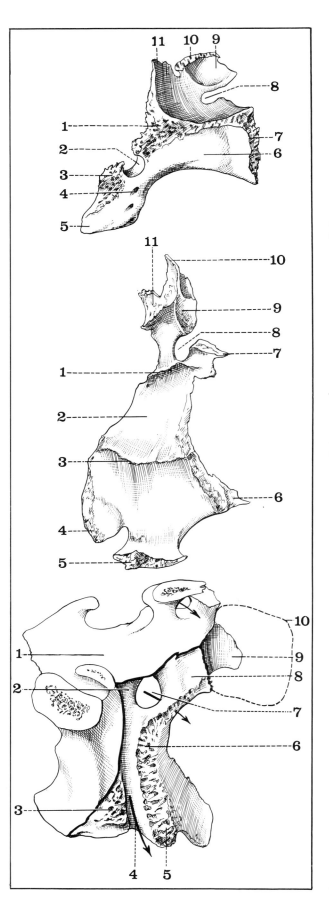

FIGURE 15

Os palatin droit (vue inférieure).

1. Face inférieure de la lame verticale.
2. Gouttière palatine postérieure.
3. Apophyse pyramidale.
4. Canal palatin accessoire.
5. Facette de l'apophyse pyramidale en contact avec la ptérygoïde.
6. Lame horizontale.
7. Crête nasale.
8. Echancrure sphéno-palatine.
9. Facette ethmoïdale.
10. Apophyse orbitaire.
11. Prolongement sinusien.

FIGURE 16

Os palatin droit (vue médiale).

1. Crête turbinale supérieure.
2. Face interne du palatin.
3. Crête turbinale inférieure.
4. Prolongement sinusien.
5. Lame horizontale.
6. Apophyse pyramidale.
7. Apophyse sphénoïdale.
8. Echancrure sphéno-palatine.
9. Facette sphénoïdale.
10. Apophyse orbitaire.
11. Facette ethmoïdale.

FIGURE 17

Vue latérale ou externe du palatin droit montrant ses connexions avec le sphénoïde.

1. Grande aile du sphénoïde.
2. Apophyse sphénoïdale du palatin.
3. Apophyse pyramidale du palatin.
4. Gouttière palatine postérieure.
5. Segment maxillaire de la face externe de la lame verticale du palatin.
6. Segment ptérygo-maxillaire de la face externe du palatin.
7. Trou sphéno-palatin.
8. Apophyse orbitaire.
9. Bec du sphénoïde.
10. Contour de l'ethmoïde.

a) *L'apophyse orbitaire* (Processus orbitalis) : (Fig. 14, 16, 18)

Elle a schématiquement la forme d'une pyramide, creusée d'une cavité : le sinus palatin. Elle est reliée à la lame verticale par un pédicule aplati dont la face interne est croisée par la crête turbinale supérieure où se fixe la queue du cornet moyen.

Sa face supérieure, orbitaire, forme la partie la plus postérieure du plancher de l'orbite.

Sa face postéro-latérale s'articule avec le corps du sphénoïde.

Sa face postéro-interne avec l'ethmoïde.

Sa face inférieure repose sur la partie postérieure de la face orbitaire du maxillaire.

Sa face externe forme la partie la plus haute de l'arrière-fond osseux de la fosse ptérygo-maxillaire et borde la partie postérieure de la fente sphéno-maxillaire.

b) *L'apophyse sphénoïdale* (Processus sphenoïdalis) : (Fig. 14, 16, 17, 18)

C'est une lamelle osseuse très mince qui décrit une courbe à concavité inféro-interne en se dirigeant en dedans.

Sa face externe vient au contact de l'apophyse vaginale de la ptérygoïde, et forme avec elle *le canal ptérygo-palatin* (livrant passage au nerf pharyngien de Bock* et à l'artère ptérygo-palatine). Plus en dedans, l'extrémité de l'apophyse sphénoïdale s'unit à la face inférieure du corps du sphénoïde et de l'aile du vomer.

c) *L'échancrure sphéno-palatine* (Incisura spheno-palatina) : (Fig. 14, 16, 17)

Située entre l'apophyse orbitaire et l'apophyse sphénoïdale, elle forme avec le corps du sphénoïde *le trou sphéno-palatin* où passent l'artère sphéno-palatine, les nerfs nasaux supérieurs et le nerf naso-palatin.

La face interne forme la partie postérieure de la paroi externe de la fosse nasale. Elle est croisée près de son tiers inférieur par la crête turbinale inférieure (Crista conchialis) qui s'articule avec le cornet inférieur. (Fig. 14, 16).

La face externe ou ptérygo-maxillaire s'élargit de haut en bas. Elle est parcourue par une gouttière verticale : la gouttière palatine postérieure qui forme en bas avec la gouttière homologue du maxillaire *le canal palatin postérieur* (nerf palatin antérieur et artère palatine descendante). De ce canal palatin postérieur naît en arrière le canal palatin accessoire qui se porte en bas et en arrière à travers l'apophyse pyramidale et livre passage aux nerfs palatins postérieur et moyen.

En avant de la gouttière palatine postérieure, le champ rugueux du palatin s'articule avec la face interne du maxillaire. En arrière de la gouttière, se détache *l'apophyse pyramidale* (Processus pyramidalis). (Fig. 14, 15, 17).

— **L'apophyse pyramidale** se dirige en dehors et en arrière, et son sommet s'insinue entre la tubérosité maxillaire et l'aile externe de la ptérygoïde. Sa face postérieure s'encastre entre les deux ailes ptérygoïdiennes et donne insertion au ptérygoïdien interne. Sa face antéro-externe vient au contact de la tubérosité du maxillaire et en arrière donne insertion aux muscles ptérygoïdiens. Sa face inférieure enfin forme l'angle postéro-externe de la voûte osseuse du palais.

B - LA LAME HORIZONTALE (Lamina horizontalis) : (Fig. 14, 15, 18)

Quadrilatère, dirigée en dedans, elle s'unit par son bord antérieur au bord postérieur de l'apophyse palatine du maxillaire, et par son bord interne avec son homologue du côté opposé, formant ainsi la partie postérieure du palais osseux. Le bord postérieur libre forme la limite inférieure des choanes; il présente sur la ligne médiane une saillie à direction postérieure : *l'épine nasale postérieure* (Spina nasalis).

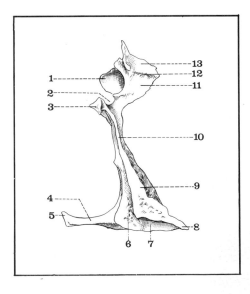

FIGURE 18

*Os palatin droit
(vue postérieure).*

1. *Facette sphénoïdale.*
2. *Echancrure sphéno-palatine.*
3. *Apophyse sphénoïdale.*
4. *Lame horizontale.*
5. *Crête nasale.*
6. *Champ d'insertion du muscle ptérygoïdien interne sur l'apophyse pyramidale.*
7. *Face inférieure de l'apophyse pyramidale.*
8. *Extrémité externe de l'apophyse pyramidale.*
9. *Apophyse pyramidale (surface ptérygoïdienne).*
10. *Lame verticale du palatin.*
11. *Facette ptérygo-maxillaire.*
12. *Apophyse orbitaire.*
13. *Facette orbitaire.*

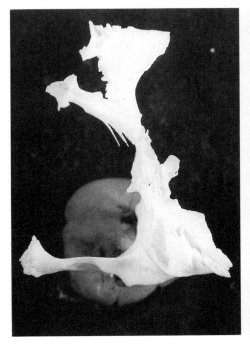

---

* Bock August Carl (1782-1833), anatomiste et chirurgien allemand, professeur d'anatomie à Leipzig.

IV - L'OS LACRYMAL OU UNGUIS (Os lacrimal) (en latin : unguis = ongle)

C'est une petite lame osseuse quadrilatère et verticale située à la frontière de l'orbite et de la fosse nasale. (Fig. 19 à 22)

— **Le bord antérieur** s'unit à la branche montante du maxillaire.

— **Le bord postérieur** s'articule au bord antérieur de l'os planum.

— **Le bord inférieur** est prolongé en avant par le processus conchal qui s'articule avec la lunule lacrymale du maxillaire.

— **Le bord supérieur** s'articule avec l'apophyse orbitaire médiale du frontal.

— **La face externe** ou orbitaire est à cheval sur l'orbite et la fosse nasale. Elle est parcourue sur toute sa hauteur par la crête lacrymale postérieure. En avant de celle-ci la gouttière lacrymale forme avec la gouttière homologue de la branche montante du maxillaire, le canal lacrymal. Plus bas, la face externe du lacrymal s'applique contre la face interne du maxillaire et empiète parfois sur l'orifice du sinus. (Fig. 19 et 21)

— **La face interne**, fortement convexe, présente à sa partie supérieure quelques demi-cellules qui répondent à celles des masses latérales de l'ethmoïde. Plus bas la face interne répond à la cavité de la fosse nasale. (Fig. 20)

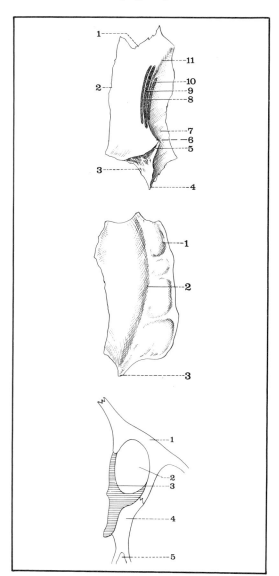

FIGURE 19

Os lacrymal droit (vue externe).

1. Bord supérieur.
2. Bord postérieur.
3. Bord inférieur.
4. Processus conchal.
5. Hamulus lacrymalis.
6. Bord antérieur.
7. Gouttière lacrymale.
8. Insertion du muscle releveur de la paupière supérieure.
9. Insertion du muscle de Horner.
10. Insertion du ligament palpébral interne.
11. Crête de l'unguis.

FIGURE 20

Os lacrymal droit (vue interne).

1. Cellule ethmoïdo-unguéale.
2. Sillon vertical.
3. Processus conchal.

FIGURE 21

Coupe horizontale de l'os lacrymal et du canal lacrymo-nasal.

1. Branche montante du maxillaire supérieur.
2. Canal lacrymo-nasal.
3. Os lacrymal.
4. Paroi orbitaire du maxillaire.
5. Cellule ethmoïdo-maxillaire.

V - LE CORNET INFÉRIEUR (Concha nasalis inferior) (Fig. 22 à 24) (en latin : cornu = trompette, petit cor)

C'est une mince lamelle osseuse de forme ovalaire dont la face externe plus ou moins concave se plaque sur la paroi externe de la fosse nasale.

— **Sa face interne** est rugueuse et convexe. (Fig. 22 et 24)
— **Sa face externe** est plus ou moins concave selon les sujets. (Fig. 23)
— **Son bord inférieur**, convexe en bas, est creusé d'une gouttière.
— **Son bord supérieur**, oblique en bas et en arrière, s'unit à la crête turbinale du maxillaire supérieur en avant, à celle du palatin en arrière. De sa partie moyenne naissent trois apophyses : (Fig. 23)

— *l'apophyse lacrymale* (Processus lacrimalis), la plus antérieure va se plaquer sur la gouttière lacrymale du maxillaire pour former la partie inférieure du canal lacrymal;

— *l'apophyse maxillaire* (Processus maxillaris), née plus en arrière, se dirige en dehors vers l'orifice du sinus;

— *l'apophyse ethmoïdale* (Processus ethmoïdalis), inconstante, se détache encore plus en arrière et va au contact de l'apophyse unciforme de l'ethmoïde;

— *son extrémité postérieure*, très allongée, forme la queue du cornet inférieur.

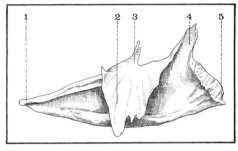

▲ FIGURE 22

Vue externe (intra-sinusienne) du cornet inférieur droit.
1. Queue du cornet.
2. Apophyse maxillaire.
3. Apophyse ethmoïdale.
4. Apophyse lacrymale.
5. Extrémité antérieure du cornet.

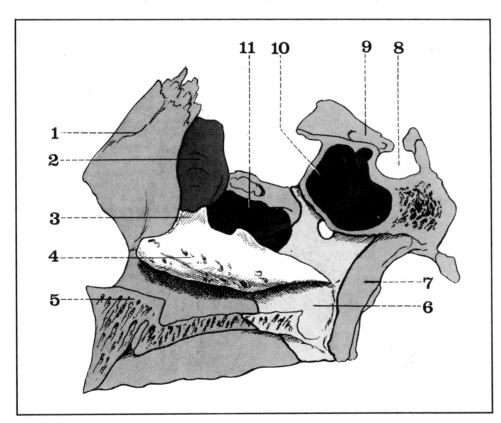

▲ FIGURE 23

Paroi latérale de la fosse nasale droite
(maxillaire supérieur + sphénoïde + os lacrymal + palatin + cornet inférieur).

1. Apophyse montante (ou frontale) du maxillaire supérieur.
2. Os lacrymal (ou unguis).
3. Apophyse lacrymale du cornet inférieur.
4. Cornet inférieur.
5. Apophyse palatine du maxillaire supérieur.
6. Lame verticale du palatin.
7. Apophyse ptérygoïde.
8. Selle turcique.
9. Apophyse clinoïde antérieure.
10. Sinus sphénoïdal.
11. Hiatus maxillaire.

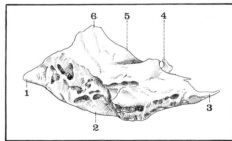
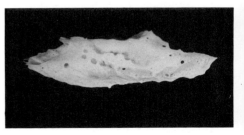

▲ FIGURE 24

Vue interne du cornet inférieur droit.
1. Extrémité antérieure.
2. Bord inférieur.
3. Queue du cornet inférieur.
4. Apophyse ethmoïdale.
5. Bord supérieur.
6. Apophyse lacrymale.

VI - L'OS NASAL OU OS PROPRE DU NEZ (Os nasale)

C'est une petite lame osseuse qui s'unit sur la ligne médiane avec son homologue du côté opposé. Les deux os propres du nez forment ainsi une sorte de gouttière à concavité postéro-inférieure qui constitue la partie antérieure de la paroi supérieure de la fosse nasale. Ils s'articulent en haut avec le frontal et le bord antérieur de la lame perpendiculaire de l'ethmoïde, en dehors avec le bord antérieur de la branche montante du maxillaire supérieur. Leur face superficielle lisse donne insertion au muscle pyramidal. Leur face profonde, parcourue par le sillon du nerf naso-lobaire, est revêtue par la muqueuse des fosses nasales. (Fig. 25, 26, 27)

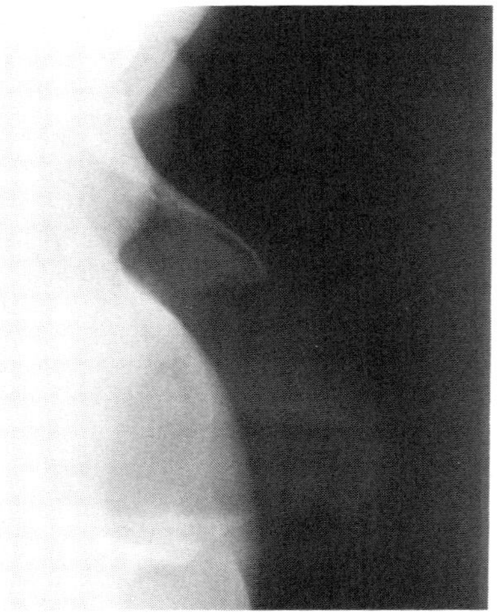

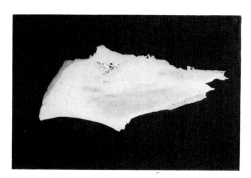

FIGURE 25

Radiographie de profil des os propres du nez.

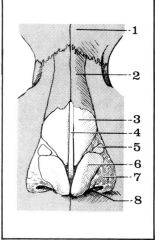

FIGURE 26

Vue antérieure du nez.
1. *Os frontal.*
2. *Os nasal.*
3. *Cartilage triangulaire.*
4. *Septum nasal.*
5. *Cartilage sésamoïde.*
6. *Cartilage alaire.*
7. *Tissu conjonctif.*
8. *Orifice narinaire.*

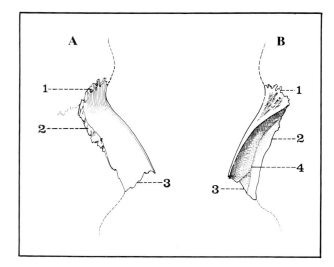

FIGURE 27

A. *Vue latérale de l'os nasal droit.*
 1. *Bord supérieur.*
 2. *Bord externe.*
 3. *Bord inférieur avec l'échancrure du nerf naso-lobaire.*
B. *Vue interne de l'os nasal droit.*
 1. *Crête nasale interne.*
 2. *Bord externe.*
 3. *Bord inférieur.*
 4. *Sillon du nerf naso-lobaire.*

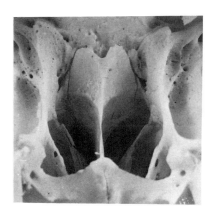

FIGURE 28

Vue latérale droite du vomer.

VII - LE VOMER (Vomer) (en latin = soc de charrue)

Os impair et médian, il forme la partie postéro-inférieure de la cloison des fosses nasales. (Fig. 28 à 31)

— **Ses faces latérales**, planes, sont parcourues par le sillon de l'artère et du nerf naso-palatins.

— **Son bord antérieur**, oblique en bas et en avant, s'articule en haut avec la lame perpendiculaire de l'ethmoïde, plus bas avec le cartilage de la cloison.

— **Son bord postérieur**, libre et concave, forme le bord postérieur de la cloison et sépare les choanes. (Fig. 29 et 30)

— **Son bord supérieur** épais s'articule avec le corps du sphénoïde et forme avec lui le canal sphéno-vomérien médian. De ce bord supérieur naissent deux expansions latérales très courtes; *les ailes du vomer* qui viennent au contact des apophyses vaginales des ptérygoïdes en formant les canaux sphéno-vomériens latéraux. (Fig. 30)

— **Le bord inférieur** enfin s'articule avec la crête nasale de la voûte osseuse du palais formé en arrière par les deux palatins, en avant par les apophyses palatines des maxillaires supérieurs. Il se termine en avant par un bec plus ou moins acéré. (Fig. 31)

FIGURE 29

Vue postérieure du vomer et orifice des canaux sphéno-vomériens.

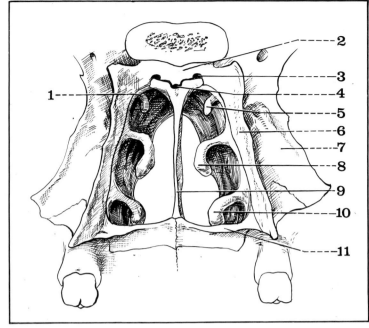

FIGURE 30

Vue postérieure des choanes.
1. Apophyse sphénoïdale du palatin.
2. Corps du sphénoïde.
3. Canal sphéno-vomérien latéral.
4. Canal sphéno-vomérien médian.
5. Cornet supérieur.
6. Aile interne de l'apophyse ptérygoïde.
7. Aile externe de l'apophyse ptérygoïde.
8. Cornet moyen.
9. Vomer.
10. Cornet inférieur.
11. Crête naso-palatine.

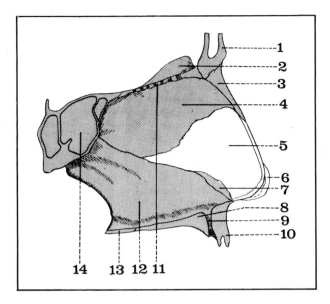

FIGURE 31

Vue de profil de la paroi médiale (ou interne) de la fosse nasale droite.
1. Os frontal.
2. Apophyse crista galli.
3. Os nasal.
4. Lame perpendiculaire de l'ethmoïde.
5. Cartilage de la cloison.
6. Cartilage alaire.
7. Cartilage voméro-nasal.
8. Apophyse palatine (du maxillaire supérieur).
9. Canal palatin antérieur.
10. Alvéole dentaire.
11. Lame criblée de l'ethmoïde.
12. Vomer.
13. Lame horizontale du palatin.
14. Sinus sphénoïdal.

La mâchoire inférieure : la mandibule

(en latin : *mandere* = manger)

Seul os mobile de la face, elle constitue à elle seule le massif osseux inférieur de la face. Elle s'articule en haut avec les deux temporaux. Elle comprend :

— un corps, impair et médian, en forme d'arc à concavité postérieure,
— deux branches montantes, lames osseuses aplaties et verticales qui se détachent à angle droit des deux extrémités postérieures du corps.

LE CORPS (Corpus mandibulae)

En forme de fer à cheval à concavité postérieure, il présente :

— **Un bord supérieur ou arcade alvéolaire*** (Pars alveolaris) qui tend à se déjeter en dedans du plan de la face externe à la partie postérieure. Il porte de chaque côté huit alvéoles dont la largeur augmente d'avant en arrière et où se fixent les dents. Les alvéoles postérieurs sont généralement cloisonnés par des cloisons de

---

* Alvéole : du latin « alveolus » = objet creux.

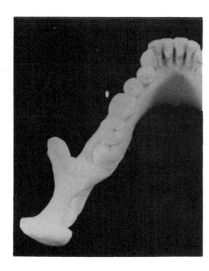

FIGURE 32

*Vue supérieure
de l'hémi-mandibule gauche.*

refend. L'apex de chaque alvéole est proche de la table externe en avant, et de la table interne en arrière. L'importance de ce bord alvéolaire par rapport au corps de la mandibule varie selon l'âge : particulièrement développé chez l'enfant, il tend à se résorber chez le vieillard et chez l'édenté. (Fig. 32, 33, et 35)

— **Le bord inférieur ou basilaire** (Basis mandibulae) épais, convexe, parfois rugueux, présente deux échancrures :

— *la fossette digastrique* en avant,
— *la gouttière de l'artère faciale* en arrière.

— **La face superficielle ou latérale** est dans son ensemble plane ou légèrement concave dans le sens vertical. (Fig. 34 et 36).

A sa partie antérieure, sur la ligne médiane, elle présente une saillie fortement convexe : *l'éminence mentonnière* bordée de chaque côté par une dépression, la fossette mentonnière, limitée en dehors par la saillie de la racine de la canine.

Un peu plus en dehors, *le trou mentonnier* (Foramen Mentale), extrémité antérieure du canal dentaire inférieur, livre passage à la terminaison du nerf dentaire inférieur.

FIGURE 34

Vue antérieure de la mandibule.

FIGURE 33

Vue latérale gauche de la mandibule après évidement partiel de la table osseuse externe montrant l'implantation des dents.

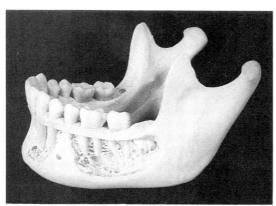

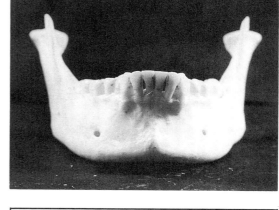

FIGURE 35

Vue supérieure de la mandibule.
1. Condyle.
2. Echancrure sigmoïde.
3. Apophyse coronoïde.
4. Angle de la mâchoire.
5. Ligne oblique externe.
6. Première molaire.
7. Trou mentonnier.
7'. Orifice postérieur du canal dentaire.
8. Eminence mentonnière.
9. Apophyse géni.

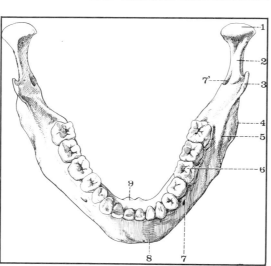

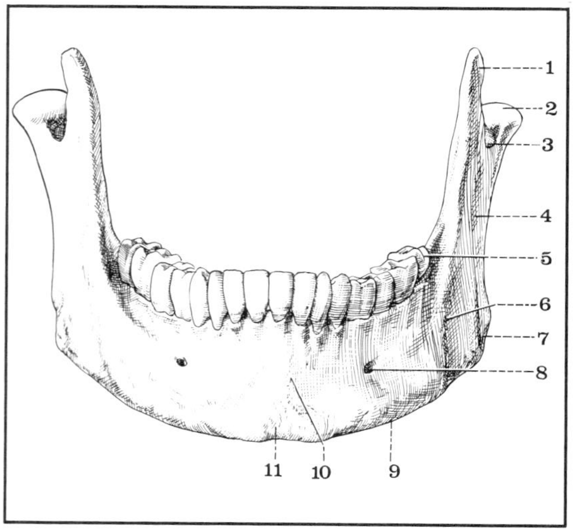

FIGURE 36

Vue antérieure de la mandibule.
1. Apophyse coronoïde.
2. Condyle.
3. Echancrure sigmoïde.
4. Branche montante de la mandibule.
5. Troisième molaire.
6. Ligne oblique externe.
7. Angle de la mâchoire.
8. Trou mentonnier.
9. Bord inférieur de la mandibule.
10. Eminence mentonnière.
11. Tubercule mentonnier.

Latéralement enfin, la face superficielle de la mandibule est croisée par la *ligne oblique externe* qui se prolonge en arrière par le bord antérieur de la branche montante.

— **La face profonde ou postéro-interne** est fortement concave en arrière.

Sur la ligne médiane, elle est convexe et présente quatre apophyses : les **apophyses géni** qui donnent insertion, les supérieures aux muscles génio-glosses, les inférieures aux muscles génio-hyoïdiens (Genion = menton).

Plus en dehors, elle est croisée par *la ligne oblique interne* ou ligne mylo-hyoïdienne* qui, née des apophyses géni, monte oblique en haut et en arrière vers la base de la branche montante. Elle marque la frontière entre la cavité buccale en haut et la région sus-hyoïdienne en bas.

Au-dessus de la ligne mylo-hyoïdienne se situe la *fossette sub-linguale* avec en arrière d'elle l'insertion du ligament ptérygo-mandibulaire; au-dessous de la ligne mylo-hyoïdienne, la fossette digastrique, en avant, donne insertion au ventre antérieur du digastrique; plus en arrière se trouve la fossette sous-mandibulaire. (Fig. 37)

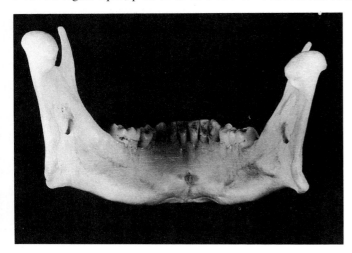
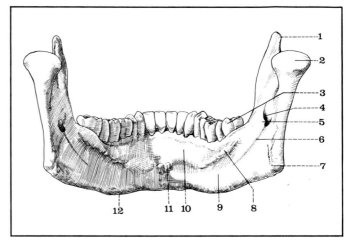

LA BRANCHE MONTANTE (Ramus mandibulae)

C'est une lame osseuse quadrilatère, aplatie et verticale, qui se prolonge en haut par deux apophyses : l'apophyse coronoïde en avant, le condyle en arrière.

— **Le bord antérieur** est mince et tranchant. (Fig. 38)

— **Le bord postérieur**, épais et rugueux, donne insertion au ligament stylo-mandibulaire. (Fig. 37)

— **Le bord inférieur**, plus ou moins arrondi, forme avec le bord postérieur, *l'angle de la mâchoire***, repère important sur lequel s'insère la bandelette mandibulaire. (Fig. 37, 38, 39)

— **La face externe** est plane. Elle est croisée par une crête oblique en bas et en avant, partie du condyle, et de part et d'autre de laquelle s'insèrent les faisceaux du masséter. (Fig. 38)

— **La face interne** est marquée avant tout en son centre par *l'orifice du canal dentaire inférieur*. (Fig. 39)

— En avant de cet orifice, **l'épine de Spix*****, saillie osseuse très marquée, constitue un repère essentiel. Plus en avant, près du bord antérieur, la crête temporale donne insertion en haut au temporal, en bas au buccinateur. Elle se bifurque à la jonction du corps et de la branche montante pour former avec la dernière molaire la fossette rétro-alvéolaire.

— En arrière, le bord de l'orifice se prolonge par la *crête inter-ptérygoïdienne* sur laquelle se fixe l'aponévrose inter-péryoïdienne, épaissie en arrière, pour former le ligament sphéno-mandibulaire.

FIGURE 37

Vue postérieure de la mandibule.
1. Apophyse coronoïde.
2. Condyle de la mandibule.
3. Dernière molaire.
4. Orifice du canal dentaire inférieur.
5. Epine de Spix.
6. Gouttière mylo-hyoïdienne.
7. Angle de la mâchoire.
8. Ligne mylo-hyoïdienne.
9. Fossette sous-mandibulaire.
10. Fossette sub-linguale.
11. Apophyse géni.
12. Bord inférieur de la mandibule.

---

* Mylo : du grec «mulos» = la meule, la dent molaire.
* Ou gonion : du grec «gonia» = l'angle.
*** Spix Jean-Baptiste (1781-1826), anatomiste allemand, conservateur du musée d'Histoire naturelle de Munich.

— Au-dessous de l'orifice, le *sillon mylo-hyoïdien* se dirige obliquement en bas et en avant ; au-dessous de lui, près de l'angle de la mâchoire, s'insère le ptérygoïdien interne.

— Au-dessus de l'orifice du canal dentaire, la *crête du col du condyle* forme avec la crête ptérygoïdienne une gouttière oblique en bas et en avant ; dans la partie inférieure de cette gouttière se loge le nerf dentaire inférieur ; c'est le lieu de l'anesthésie sus-spigienne.

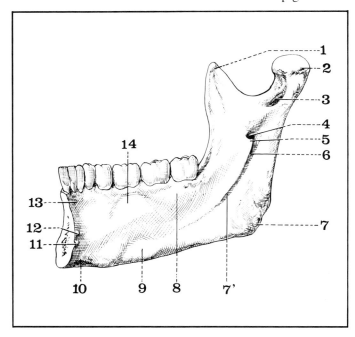
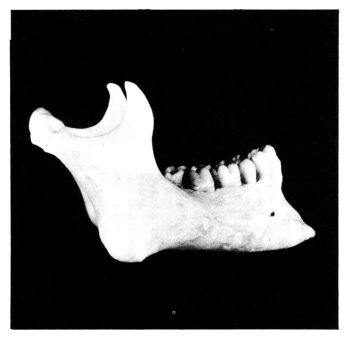

FIGURE 38

Vue latérale de la mandibule (côté droit).

1. Apophyse coronoïde.
2. Condyle.
3. Echancrure sigmoïde.
4. Branche montante.
5. Angle de la mâchoire.
5'. Gouttière de l'artère faciale.
6. Ligne oblique externe.
7. Bord inférieur de la mandibule.
8. Trou mentonnier.
9. Eminence mentonnière.

FIGURE 39

Face médiale de la mandibule (côté droit).

1. Apophyse coronoïde.
2. Condyle de la mandibule.
3. Crête du col du condyle.
4. Origine du canal dentaire inférieur.
5. Epine de Spix.
6. Gouttière mylo-hyoïdienne.
7. Angle de la mâchoire.
7'. Ligne mylo-hyoïdienne.
8. Face médiale de la mandibule.
9. Fossette sous-mandibulaire.
10. Insertion du ventre antérieur du digastrique.
11. Apophyse géni inférieur.
12. Apophyse géni supérieur.
13. Bord alvéolaire de la mandibule.
14. Fossette sub-linguale.

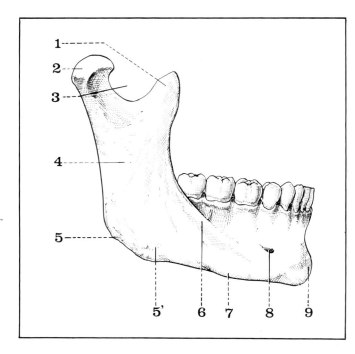

— **Le bord supérieur** forme une échancrure concave en haut, *l'échancrure sigmoïde**, limitée par l'apophyse coronoïde en avant, le condyle en arrière.

— L'APOPHYSE CORONOÏDE : (Processus coronoideus) est une épine osseuse volumineuse, de forme triangulaire à sommet supérieur. Elle donne insertion au tendon du muscle temporal.

— LE CONDYLE** (Processus condylaris) destiné à s'articuler avec la cavité glénoïde du temporal, est une saillie ovoïde à grosse extrémité interne, légèrement déjeté en dedans du plan de la face externe de la branche montante ; son grand axe est oblique en arrière et en dedans et va normalement croiser celui du condyle opposé sur la ligne médiane, au tiers antérieur du trou occipital.

Sa face supérieure est convexe et divisée par une crête transversale en deux versants :
— un versant antérieur articulaire et encroûté de cartilage,
— un versant postérieur rugueux donnant insertion à la capsule de l'articulation temporo-mandibulaire. (Fig. 40)
— LE COL supporte le condyle. Effilé et cylindrique, il est légèrement aplati dans le sens antéro-postérieur ; sa face postérieure prolonge la direction du bord postérieur de la branche montante ; sa face antérieure donne insertion au ptérygoïdien externe ; son bord externe au ligament latéral externe ; son bord interne est croisé par la crête du col du condyle où se fixe le ligament latéral interne.

LE CANAL DENTAIRE INFÉRIEUR (Canalis mandibulae)

La mandibule est parcourue de chaque côté par le canal dentaire inférieur qui livre passage aux vaisseaux et au nerf dentaire inférieur. Dans son ensemble ce canal décrit depuis la base de l'épine de Spix jusqu'au trou mentonnier, une vaste courbe à concavité antéro-supérieure croisant en X allongé la ligne des alvéoles. (Fig. 41)

Oblique en bas et en avant dans la branche montante, il devient horizontal dans la partie postérieure du corps puis oblique en haut, en avant, et en dehors à partir de l'apex de la deuxième prémolaire. Passant normalement à environ 5 mm de l'apex de la dent de sagesse, il peut s'en approcher beaucoup plus et même passer entre ses racines en cas d'inclusion.

ARCHITECTURE

La mandibule est formée d'une couche d'os compact entourant des travées de spongieux. Dans l'ensemble l'os compact forme une gouttière aplatie à concavité supérieure dont la base épaissie correspond au bord basilaire. Les travées de spongieux forment essentiellement un système en éventail tendu du condyle à la symphyse mentonnière.

OSSIFICATION

Développée à l'intérieur du premier arc branchial aux dépens du cartilage de Meckel, la mandibule est primitivement formée de deux moitiés dont chacune possède plusieurs points d'ossification : point principal, point incisif, point mentonnier, point coronoïdien et point condylien. La soudure des deux hémi-mandibules se fait entre trois mois et deux ans.

Il est à noter que, tant au point de vue développement, qu'au point de vue architectural, on doit distinguer d'une part *l'os basilaire*, d'autre part *l'os alvéolaire* qui fait partie de l'organe dentaire, se développe avec lui, et disparaît chez l'édenté.

---

* Sigmoïde : en forme d'S (dérivé de la lettre grecque « sigma »).
** Condyle : du grec « condulos » = l'articulation.

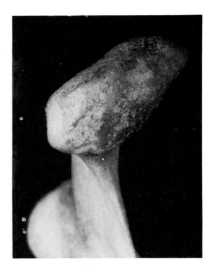

FIGURE 40
Vue postérieure du condyle droit.

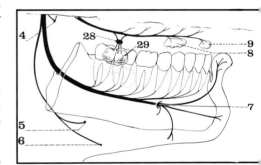

FIGURE 41
Le nerf dentaire inférieur dans le canal dentaire inférieur.

4. Nerf du masséter.
5. Nerf du mylo-hyoïdien.
6. Nerf du ventre antérieur du digastrique.
7. Nerf dentaire inférieur.
8. Glande sublinguale.
9. Glande linguale de Blandin.
28. Ganglion sous-mandibulaire.
29. Glande sous-mandibulaire.

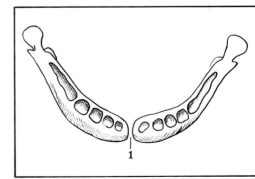

FIGURE 42
Développement de la mandibule formée primitivement de deux moitiés.
1. *Point de soudure médian.*

Vue d'ensemble du massif osseux facial

Le massif osseux facial comprend deux parties :

— le massif facial supérieur ou mâchoire supérieure, formé de 13 os soudés entre eux, fixé et intimement uni à la partie antérieure de la base du crâne;

— le massif facial inférieur ou mâchoire inférieure, de structure plus simple, mobile et formé par la seule mandibule, articulée en arrière avec la base du crâne au niveau des articulations temporo-mandibulaires.

Dans son ensemble, le massif osseux de la face revêt la forme d'une pyramide triangulaire à laquelle on peut décrire une face antérieure, deux faces latérales, une face supérieure et une face postérieure.

I - LA FACE ANTÉRIEURE (Fig. 43)

Est limitée en haut par une ligne horizontale passant par la suture fronto-malaire et la suture naso-frontale, en bas par le bord basilaire de la mandibule. Elle est marquée :

— Sur la ligne médiane par l'orifice antérieur de la fosse nasale ou orifice piriforme qui laisse voir dans la profondeur l'extrémité antérieure des cornets inférieur et moyen et le bord antérieur du vomer; plus bas, au-dessous des arcades dentaires se trouve la saillie de l'éminence mentonnière.

— Latéralement, le rebord orbitaire surplombe de chaque côté le trou sous-orbitaire et, plus bas, la fossette myrtiforme, les arcades dentaires et enfin la face externe de la mandibule croisée par la ligne oblique externe.

FIGURE 43

Vue antérieure du massif osseux facial.
1. Os pariétal.
2. Os frontal.
3. Ecaille du temporal.
4. Grande aile du sphénoïde.
5. Echancrure sus-orbitaire.
6. Os nasal.
7. Trou optique.
8. Fente sphénoïdale.
9. Gouttière lacrymale.
10. Fente sphéno-maxillaire.
11. Os malaire.
12. Trou sous-orbitaire.
13. Orifice antérieur des fosses nasales.
14. Apophyse mastoïde.
15. Maxillaire supérieur.
16. Epine nasale antérieure.
17. Dent molaire supérieure.
18. Mandibule.
19. Trou mentonnier.
20. Eminence mentonnière.

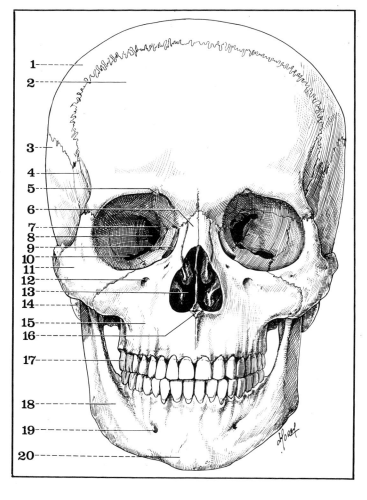
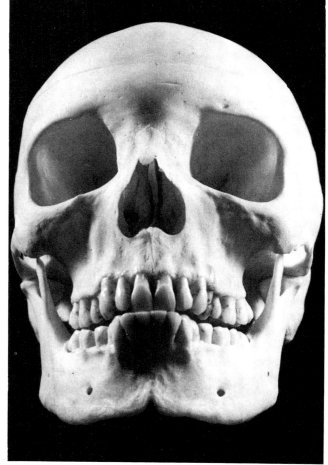

II - LES FACES LATÉRALES (Fig. 44)

Sont caractérisées avant tout par la saillie de la face externe du malaire, nettement déjetée en dehors du plan du reste du massif supérieur, et marquée du trou malaire. Elle se prolonge en arrière vers l'apophyse zygomatique du temporal pour former l'arcade zygomatique.

Cette arcade zygomatique surplombe et masque partiellement l'échancrure sigmoïde de la mandibule et, plus bas la branche montante.

III - LA FACE SUPÉRIEURE

Etendue dans le sens antéro-postérieur, de la suture naso-frontale en avant à la suture sphéno-vomérienne en arrière, elle est attachée solidement à la base du crâne sur la ligne médiane et à ses extrémités latérales.

— **Sur la ligne médiane** les os nasaux et les apophyses montantes des maxillaires supérieurs viennent solidement s'encastrer entre les deux apophyses orbitaires des frontaux. Plus en arrière, le bord antérieur du vomer est soudé à la lame perpendiculaire de l'ethmoïde tandis que, tout en arrière, les ailes du vomer et les apophyses sphénoïdales des palatins s'adossent au corps du sphénoïde.

— **Tout en dehors**, de chaque côté, l'apophyse orbitaire du malaire s'unit à l'apophyse orbitaire externe du frontal en formant la partie externe du rebord orbitaire. Ce pilier latéral est renforcé par l'arc-boutant horizontal de l'arcade zygomatique. (Fig. 44)

— **Entre ces deux piliers** attachant la face au crâne, le lacrymal, l'apophyse orbitaire du palatin, la face supérieure du corps du maxillaire et la face antéro-interne du malaire forment le plancher de la cavité orbitaire. Ce plancher présente en arrière une déhiscence : *la fente sphéno-maxillaire* située entre le bord supérieur du maxillaire et la grande aile du sphénoïde.

FIGURE 44

Vue latérale droite du massif osseux facial artificiellement séparé du massif crânien.

5. Conduit auditif externe.
6. Condyle de la mandibule.
7. Palatin.
8. Apophyse styloïde.
9. Trou mentonnier.
10. Branche horizontale de la mandibule.
11. Incisive latérale supérieure.
12. Maxillaire supérieur.
13. Epine nasale antérieure.
14. Os malaire (ou zygomatique).
15. Trou sous-orbitaire.
16. Apophyse ptérygoïde.
17. Gouttière lacrymo-nasale.
18. Os planum de l'ethmoïde.
19. Os nasal.
20. Rebord orbitaire externe.
21. Epine nasale du frontal.
22. Apophyse zygomatique du temporal.
23. Ecaille du temporal.
24. Grande aile du sphénoïde.

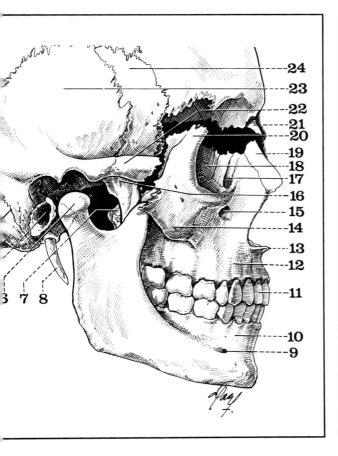
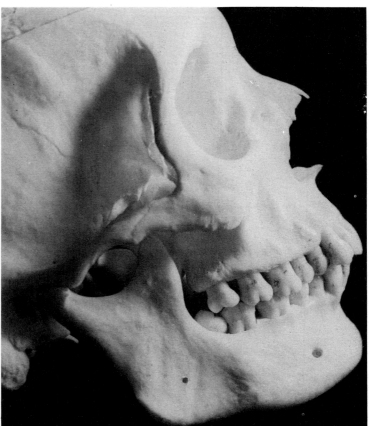

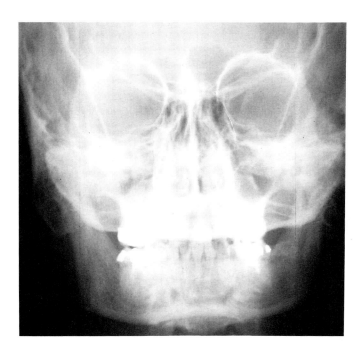
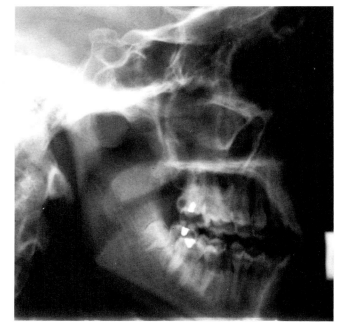

FIGURE 45

Schéma radiographique de la tête.
Vue de face.
Incidence «fronto-nasale plaque»
(vue antérieure du crâne).

1. Sinus frontal.
2. Petite aile du sphénoïde.
3. Apophyse orbitaire externe.
4. Ethmoïde.
5. Cavité orbitaire.
6. Sinus maxillaire.
7. Cornet inférieur.
8. Branche montante de la mandibule.

FIGURE 46

Schéma radiographique de la tête.
Vue de profil.
Incidence «temporale droite plaque».

1. Suture fronto-pariétale.
2. Suture fronto-occipitale.
3. Branche de l'artère méningée moyenne.
4. Plafond de l'orbite.
5. Apophyse orbitaire externe.
6. Sinus frontal.
7. Os nasal.
8. Selle turcique.
9. Ethmoïde.
10. Os malaire.
11. Conduit auditif externe.
12. Condyle de la mandibule.
13. Apophyse coronoïde.
14. Apophyse mastoïde.
15. Sinus maxillaire.
16. Apophyse ptérygoïde.
17. Voûte du palais.
18. Symphyse mentonnière.
19. Angle de la mandibule.
20. Protubérance occipitale externe.
21. Corps de l'axis.
22. Astérion.

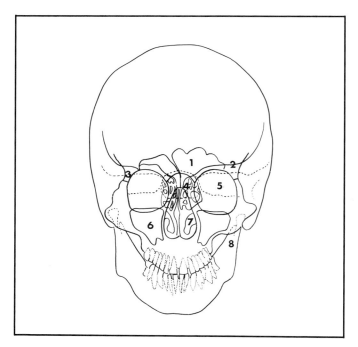
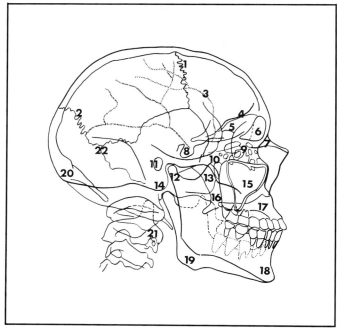

IV - LA FACE POSTÉRO-INFÉRIEURE (Fig. 47)

La plus complexe, elle est fortement concave en arrière tant dans le sens vertical que dans le sens transversal.

— Sa partie supérieure s'appuie, elle aussi, sur la base du crâne, d'une part au niveau de l'apophyse orbitaire du palatin qui s'articule avec l'ethmoïde et avec le corps du sphénoïde, d'autre part au niveau de l'apophyse pyramidale du palatin qui va s'encastrer entre la base des ptérygoïdes et la tubérosité du maxillaire.

— Dans l'espace situé entre les apophyses ptérygoïdes, la face postéro-inférieure du massif facial présente un vaste orifice s'ouvrant sur la partie postérieure de la fosse nasale. Cloisonné par le bord postérieur du vomer, cet orifice constitue les *choanes*. Plus bas, la paroi postéro-inférieure devient presque horizontale et forme la *voûte palatine osseuse* constituée par l'apophyse palatine du maxillaire en avant, la lame horizontale du palatin en arrière. Plus bas et plus en arrière au-dessous des arcades dentaires, la concavité postérieure de l'arc mandibulaire est marquée en haut et en dehors par la saillie des épines de Spix, en bas et en avant par celle des apophyses géni, d'où part la ligne oblique interne.

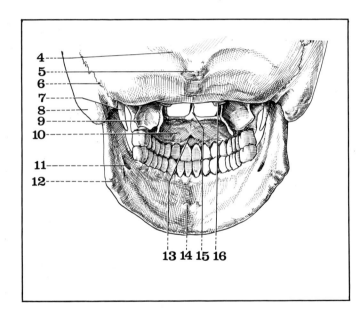
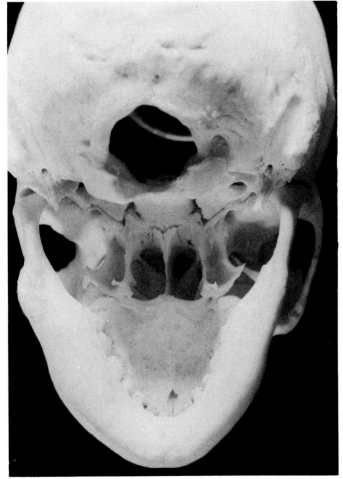

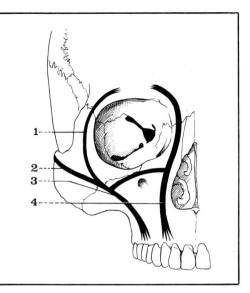

FIGURE 47

Vue postérieure du massif facial.
4. *Ligne courbe occipitale supérieure.*
5. *Protubérance occipitale externe.*
6. *Suture temporo-occipitale.*
7. *Apophyse styloïde.*
8. *Apophyse mastoïde.*
9. *Apophyse ptérygoïde.*
10. *Voûte palatine.*
11. *Canal dentaire inférieur.*

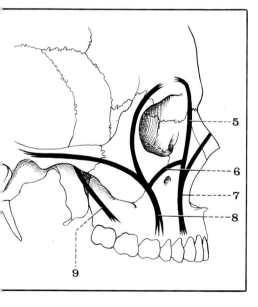

12. *Angle mandibulaire (ou gonion).*
13. *Fossette incisive.*
14. *Apophyse geni.*
15. *Vomer.*
16. *Condyle de l'occipital.*

V - VARIATIONS

La morphologie d'ensemble du squelette facial est susceptible de variations d'origine diverse.

Certaines sont liées à *l'âge* : chez l'enfant le diamètre vertical de la face est proportionnellement plus court que chez l'adulte. Chez le vieillard, la chute des dents et l'usure des bords alvéolaires réduit à nouveau le diamètre vertical tandis que la symphyse mentonnière tend à se porter en avant et en haut.

D'autres sont liées à *la race* et on connaît l'augmentation du diamètre transversal, bi-zygomatique, des races asiatiques, la saillie importante de la mandibule des races noires.

Pathologiquement, la déformation la plus classique du massif facial est le prognathisme ou saillie du massif facial en avant du crâne ; ce prognathisme peut être total, intéressant l'ensemble du massif facial, ou limité au massif supérieur (prognathisme facial supérieur) ou au massif facial inférieur (prognathisme facial inférieur, le plus courant). Ce prognathisme est apprécié par la mesure de **l'angle facial** dont le sommet est formé par les incisives médiales, et les deux branches, par une ligne tangente à l'éminence mentonnière et une autre ligne tangente à la face antérieure du frontal. Cet angle est nettement plus élevé chez l'homme (150 à 155°) que chez les primates.

VI - ARCHITECTURE

Elle est très différente au niveau du massif supérieur et du massif inférieur.

— LE MASSIF FACIAL SUPÉRIEUR : (Fig. 48 et 49)

Composé de nombreuses pièces osseuses soudées entre elles, il est surtout caractérisé par la présence de différentes cavités dont les principales sont les cavités orbitaires, les sinus maxillaires et les fosses nasales. Ces cavités ont des parois souvent très minces mais qui s'épaississent en certaines zones pour former de véritables poutres de résistance. On décrit ainsi au niveau du massif facial supérieur trois piliers principaux :

— **un pilier canin** qui, parti de la canine, suit le bord antérieur du maxillaire et se poursuit dans la branche montante ;

— **un pilier malaire** qui, parti de l'alvéole de la première molaire, forme le bord inférieur de la pyramide maxillaire et se poursuit dans le malaire où il se divise en deux arc-boutants : l'un horizontal, zygomatique, l'autre vertical, frontal ;

— **un pilier ptérygoïdien** qui, parti de la tubérosité du maxillaire, traverse le palatin et se termine dans la ptérygoïde.

Ces différents piliers sont réunis par des arc-boutants qui circonscrivent les différentes cavités de la face et permettent une transmission harmonieuse des pressions masticatoires verticales à la base du crâne.

— LE MASSIF FACIAL INFÉRIEUR :

A une structure plus simple : il est formé d'une gouttière d'os compact développée aux dépens du bord basilaire et qui circonscrit des travées spongieuses allant du condyle à l'éminence mentonnière.

2 la région des muscles masticateurs

PLAN

Le plan osseux

L'articulation temporo-mandibulaire

La région masticatrice profonde ou région ptérygoïdienne

La région masticatrice superficielle ou région temporo-massétérine

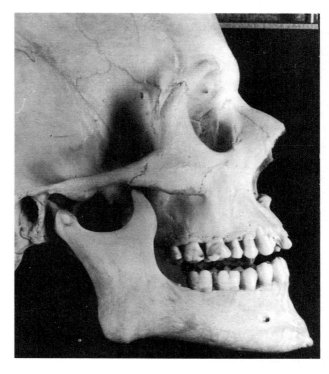

FIGURE 1

Vue latérale de la fosse temporale droite.

La région des muscles masticateurs est complexe, car elle englobe quatre portions de l'anatomie topographique classique :

a) *Deux profondes* :

— en arrière : la région zygomatique (Regio zygomatica);

— en avant : la région ptérygomaxillaire, ou sous-temporale (Fossa Infratemporalis).

b) *Deux superficielles* :

— en haut : la région temporale (Regio temporalis);

— en bas : la région massétérine, souvent étudiée en même temps que la région parotidienne (Regio parotideomasseterica).

En fait, tous les muscles masticateurs s'insèrent sur un plan osseux mitoyen de la partie latérale du crâne et de la face, et ils sont tous destinés à mouvoir une seule articulation, la temporo-mandibulaire, qui assure la mastication en mettant en contact les deux mâchoires. Aussi paraît-il plus logique d'envisager cette étude en quatre parties :

1 - Le plan osseux, support des muscles masticateurs.

2 - L'articulation temporo-mandibulaire.

3 - La région masticatrice profonde, ou ptérygoïdienne.

4 - La région masticatrice superficielle, ou temporo-massétérine.

Le plan osseux

- Fosse temporale.
- Arcade zygomatique.
- Fosse ptérygo-maxillaire.
- Branche montante de la mandibule.

Le plan osseux comporte, de haut en bas, quatre portions :

— la fosse temporale,
— l'arcade zygomatique,
— la fosse ptérygo-maxillaire,
— la branche montante de la mandibule.

LA FOSSE TEMPORALE (Fossa temporalis)

Squelette de la région temporale, elle est formée par 4 os :

— en avant et en haut : une portion de l'os frontal,
— en avant et en bas : la grande aile du sphénoïde,
— en arrière et en haut : une portion de l'os pariétal,
— en arrière et en bas : l'écaille du temporal.

Ces quatre os sont réunis par des sutures, et se rejoignent au tiers antérieur de la fosse temporale; à ce niveau, se dessine une sorte de H majuscule incliné en arrière et en haut que l'on appelle le *ptérion* (du grec « ptéron » : l'aile), important point crâniométrique de la région latérale du crâne. (Fig. 1 et 1bis).

La fosse temporale est limitée :

— *en avant* : par une gouttière verticale, concave en arrière et transversalement, légèrement convexe de haut en bas, formée par la face postérieure de l'apophyse orbitaire externe du frontal, la face externe de la grande aile du sphénoïde, et la face postéro-interne de l'os malaire;

— *en haut* : par une ligne courbe convexe en haut, étendue de la suture fronto-malaire à la crête sus-mastoïdienne, et formée par la crête latérale de l'apophyse orbitaire externe du frontal, puis par la ligne courbe temporale supérieure;

— *en arrière* : par la partie la plus postérieure de cette ligne courbe;

— *en bas* : par la crête sphéno-temporale, légèrement oblique en avant et en haut, repère saillant qui marque le niveau inférieur de la trépanation temporale.

Au-delà de cette crête, un plan sensiblement horizontal, formé par la face sous-temporale de la grande aile du sphénoïde, s'étend jusqu'à l'apophyse ptérygoïde en dedans, et constitue le plafond de la région ptérygoïdienne.

Au niveau de la fosse temporale, la voûte du crâne est particulièrement mince, ne dépassant pas 3 mm d'épaisseur; elle est donc facilement traversée lors d'une trépanation, mais elle est aussi le point le plus fragile du crâne, siège électif des fractures de la voûte.

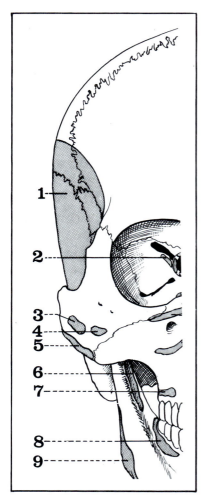

FIGURE 1bis

Insertions musculaires de la face latérale droite du crâne (vue de face).

1. Muscle temporal.
2. Muscle droit externe (du globe oculaire).
3. Muscle grand zygomatique.
4. Muscle petit zygomatique.
5. Muscle masséter (insertion malaire).
6. Tendon du temporal.
7. Muscle buccinateur (insertion maxillaire).
8. Muscle buccinateur (insertion mandibulaire).
9. Muscle masséter (insertion mandibulaire).

L'ARCADE ZYGOMATIQUE (Arcus zygomaticus)

Véritable pont osseux sagittal tendu entre l'os malaire en avant, et l'écaille du temporal en arrière, l'arcade zygomatique, ou zygoma, est formée de trois portions :

— *en avant* : le processus temporal de l'os malaire,

— *au milieu* : l'apophyse zygomatique du temporal, mince lame osseuse, allongée d'avant en arrière, et aplatie transversalement (épaisseur : 4 à 6 mm),

— *en arrière* : la base d'implantation comporte deux racines, écartées l'une de l'autre sous un angle de 85° : (Fig. 2)

l'une *transverse*, ou antéro-interne, qui constitue le condyle du temporal,

l'autre *longitudinale*, ou postéro-externe, qui surplombe le conduit auditif externe, et se prolonge en arrière par la crête sus-mastoïdienne. (Fig. 2)

Très superficielle, située sous la peau, l'arcade zygomatique est apparente chez les sujets maigres, où elle prolonge en arrière la saillie de la pommette.

Elle forme la limite latérale du « grand trou zygomatique », orifice ovalaire à grosse extrémité antérieure qui fait communiquer la fosse temporale (en haut) avec la région ptérygoïdienne (en bas).

LA FOSSE PTÉRYGO-MAXILLAIRE ou sous-temporale (Fossa Infratemporalis)

Large excavation située au-dessous de la fosse temporale, en dedans de la branche montante de la mandibule, et en arrière du massif facial supérieur, la fosse ptérygo-maxillaire constitue la paroi interne et antérieure de la région du même nom.

On peut la diviser en trois portions : (Fig. 4)

■ en arrière et en dedans : la face externe de l'aile externe de l'apophyse ptérygoïde, et de sa racine externe ;

■ en avant : la paroi postéro-externe, ou tubérosité, du maxillaire supérieur, légèrement convexe transversalement, plus large en haut, où est creusée la gouttière sous-orbitaire du nerf maxillaire supérieur ;

■ entre les deux : **la fente ptérygo-maxillaire** ou fissure ptérygo-palatine (Fissura pterygopalatina) verticale, prismatique triangulaire, à base supérieure, conduit à un diverticule interne de la fosse ptérygo-maxillaire qui constitue son **arrière-fond** (Fossa Pterygopalatina).

Ce dernier est limité :

— *en avant* : par la partie interne de la tubérosité du maxillaire supérieur, et par l'apophyse orbitaire du palatin ;

— *en haut* : par la face inférieure de la grande aile du sphénoïde ;

— *en arrière* : par la face antérieure de l'apophyse ptérygoïde, creusée en gouttière ;

— *en bas* : par la jonction de l'apophyse pyramidale du palatin avec le bord postérieur du maxillaire supérieur ;

— *en dedans* : par la lame verticale du palatin, qui ferme l'espace compris entre l'apophyse ptérygoïde et le maxillaire supérieur ; sur cette paroi, s'ouvre le trou sphéno-palatin entre les apophyses orbitaire et sphénoïdale du palatin.

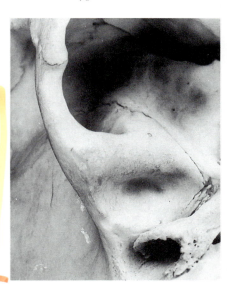

FIGURE 2

Vue inférieure des deux racines du zygoma droit.

LA BRANCHE MONTANTE DE LA MANDIBULE ou branche de la mandibule (Ramus Mandibulae) (cf. Os de la face) (page 341)

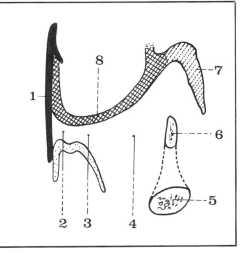

FIGURE 3

Coupe horizontale de la fosse ptérygo-maxillaire.

1. Lame verticale du palatin.
2. Arrière-fond.
3. Fente ptérygo-maxillaire.
4. Fosse ptérygo-maxillaire.
5. Condyle de la mandibule.
6. Apophyse coronoïde.
7. Os malaire.
8. Tubérosité du maxillaire supérieur.

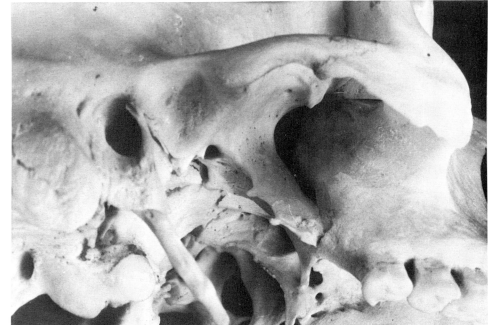

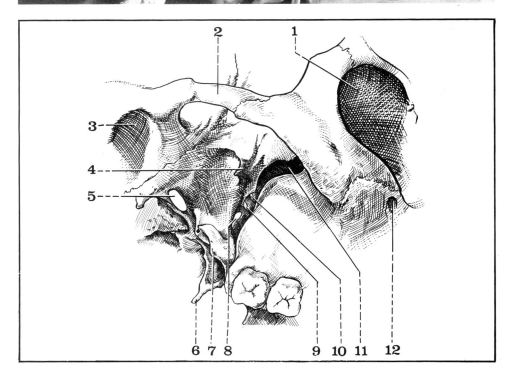

FIGURE 4

Vue latéro-inférieure de la fosse ptérygo-maxillaire droite.

1. Orbite.
2. Apophyse zygomatique du temporal.
3. Cavité glénoïde du temporal.
4. Epine du sphénoïde.
5. Trou ovale.
6. Crochet de l'aile interne de l'apophyse ptérygoïde.
7. Aile externe de l'apophyse ptérygoïde.
8. Trou vidien.
9. Trou ptérygo-palatin.
10. Trou sphéno-palatin.
11. Fente sphéno-maxillaire.
12. Trou sous-orbitaire.

L'articulation temporo-mandibulaire
(A. temporomandibularis)

- Surfaces articulaires :
  a) du côté temporal
  b) du côté de la mandibule
- Ménisque inter-articulaire
- Capsule articulaire
- Ligaments articulaires :
  a) intrinsèques
  b) extrinsèques
- Synoviale articulaire
- Vascularisation
- Innervation
- Mouvements :
  a) dans un plan antéro-postérieur
  b) dans un plan vertical
  c) dans un plan transversal
- Exploration radiologique

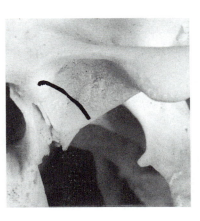

FIGURE 5
Vue latérale de la cavité glénoïde droite.

L'articulation temporo-mandibulaire (Articulatio temporomandibularis), est une diarthrose du type bicondylien qui met en présence le condyle de la mandibule inférieur avec celui du temporal, par l'intermédiaire d'un ménisque fibro-cartilagineux.

C'est la seule articulation de mastication, avec une particularité physiologique : la synergie obligatoire des deux temporo-mandibulaires.

SURFACES ARTICULAIRES

a) DU CÔTÉ TEMPORAL : (Fig. 5 et 6)
Deux parties très différentes, le condyle, et la cavité glénoïde.

— **Le condyle du temporal** ou tubercule articulaire (Tuberculum Articularis) est la véritable surface articulaire. Formé par la racine transverse du zygoma, il représente un segment de cylindre, convexe d'avant en arrière, et concave transversalement.

Son grand axe, oblique en arrière et en dedans, coupe celui du condyle opposé au niveau du bord antérieur du trou occipital.

Il est revêtu d'une mince couche de cartilage, et se relève en dehors sous forme d'une saillie, le tubercule zygomatique antérieur.

— **La cavité glénoïde** ou fosse mandibulaire (Fossa mandibularis) n'est qu'une simple cavité de réception pour le condyle mandibulaire, et plus particulièrement pour le ménisque.

Ovalaire à grand axe parallèle à celui du condyle du temporal, elle est située en arrière de lui, dans l'écartement des deux racines du zygoma.
La scissure de Glaser* ou fissure tympano-squameuse (Fissura Tempanosquamosa) la divise en deux segments d'inégale importance :
— l'un antérieur, creusé à la face inférieure de l'écaille du temporal, non revêtu de cartilage, mais seule portion intra-articulaire de la cavité glénoïde,
— l'autre postérieur, formé par la partie antérieure du conduit auditif externe (qui dépend embryologiquement de l'os tympanal).

Destinée avant tout à recevoir le ménisque, la cavité glénoïde n'entre en contact avec le condyle mandibulaire que dans les mouvements de rétropulsion de la mâchoire inférieure.

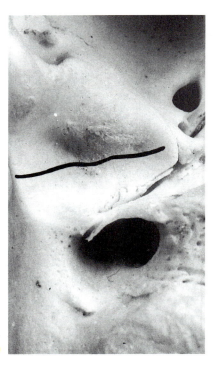

FIGURE 6
Vue inférieure de la cavité glénoïde droite où la scissure de Glaser est mise en évidence.

---

* Glaser Johann Heinrich (1629-1675), anatomiste suisse, professeur d'anatomie à Bâle.

FIGURE 7
Vue postérieure du condyle droit.

b) DU CÔTÉ DE LA MANDIBULE

Le condyle de la mandibule (Processus condylaris), éminence ellipsoïde, est situé à l'angle postéro-supérieur de la branche montante. (Fig. 7)

Dejeté en dedans, il ne dépasse pas en dehors un plan sagittal passant par la face externe de la branche montante.

Son grand axe a la même obliquité que celui du condyle du temporal ; il coupe aussi l'axe du condyle opposé au niveau du trou occipital, mais un peu plus en arrière (union 1/3 antérieur 2/3 postérieurs).

Sa face supérieure, articulaire, est conformée « en dos d'âne », convexe à la fois dans le sens sagittal et dans le sens transversal.

Elle présente deux versants séparés par une crête mousse transversale :
— un *versant antérieur*, convexe, le plus important, recouvert de cartilage,
— un *versant postérieur*, aplati, presque vertical, intra-articulaire, mais non revêtu de cartilage. (Fig. 8)

MÉNISQUE INTER-ARTICULAIRE ou disque articulaire de la temporo-mandibulaire (Discus articularis)

Toutes deux convexes, les surfaces articulaires ne peuvent s'adapter spontanément ; elles ne peuvent le faire que grâce à un **ménisque** ou fibro-cartilage inter-articulaire qui s'interpose entre elles.

De contour elliptique, celui-ci a la forme d'une lentille biconcave, plus mince à sa partie centrale qu'à sa périphérie. Incliné en bas et en avant, il présente deux faces, et un bord périphérique : (Fig. 8)

— *sa face supérieure* présente une double courbure dans le sens sagittal :

concave, en avant, elle répond au condyle du temporal,

convexe, en arrière, elle répond à la cavité glénoïde ;

— *sa face inférieure*, concave dans les deux sens, s'applique sur le versant antérieur, et sur la crête transversale du condyle mandibulaire ; sur les côtés, ses bords interne et externe sont rattachés au condyle mandibulaire par deux minces trousseaux fibreux, de telle sorte que le ménisque peut se déplacer d'avant en arrière, et d'arrière en avant, sur ce condyle, tout en restant solidaire de lui ;

— *son bord périphérique*, deux fois plus épais en arrière qu'en avant (4 mm contre 2 mm), comble ainsi la concavité de la cavité glénoïde.

FIGURE 8

Vue de profil de l'articulation temporo-mandibulaire droite.
1. Capsule articulaire.
2. Condyle de la mandibule.
3. Frein méniscal postérieur.
4. Cavité glénoïde.
5. Ménisque inter-articulaire.
6. Condyle du temporal.
7. Frein méniscal antérieur.
8. Muscle ptérygoïdien externe.

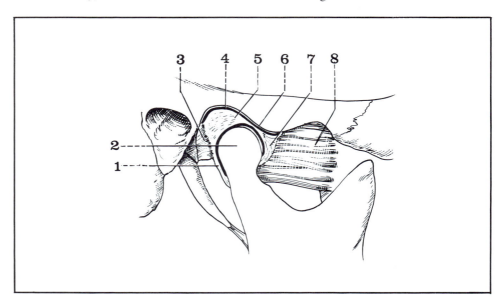

CAPSULE ARTICULAIRE (Fig. 8 et 8bis)

En forme de tronc de cône à base supérieure, elle s'insère :

— *en haut* :
- sur le bord antérieur de la racine transverse du zygoma,
- sur la base de l'épine du sphénoïde,
- sur la lèvre antérieure de la scissure de Glaser,
- sur le tubercule zygomatique antérieur;

— *en bas* : sur le pourtour du condyle mandibulaire, descendant plus bas en arrière qu'en avant (à 5 mm du cartilage).

Plus épaisse en arrière, la capsule est formée de deux sortes de fibres :

— *profondes* : interrompues par le ménisque, et subdivisées ainsi en fibres temporo-méniscales (qui forment en arrière le « frein méniscal postérieur », destiné à limiter la propulsion de la mâchoire) et fibres ménisco-mandibulaires (moins importantes);

— *superficielles* : temporo-mandibulaires, sans interruption méniscale.

LIGAMENTS ARTICULAIRES

A côté des ligaments propres, ou intrinsèques, on décrit également avec la temporo-mandibulaire toute une série de ligaments accessoires, ou extrinsèques.

a) **LIGAMENTS INTRINSÈQUES** : uniquement latéraux

— **Ligament latéral externe** : court, épais, en éventail ouvert en haut, très puissant, il représente à lui seul le principal moyen d'union de l'articulation, limitant à la fois la propulsion et la rétropulsion.

On lui décrit deux faisceaux : (Fig. 9)

— *postérieur* : la corde zygomato-mandibulaire, tendue de la cavité glénoïde au bord externe du condyle mandibulaire,

— *antérieur* : la bandelette zygomato-mandibulaire, plus étalée, oblique en bas et en arrière, du tubercule zygomatique antérieur au bord externe du condyle.

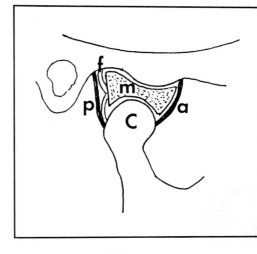

FIGURE 8bis

Capsule et ménisque de l'articulation temporo-mandibulaire.
a. Capsule articulaire.
c. Condyle mandibulaire.
f. Frein méniscal postérieur.
m. Ménisque.
p. Face postérieur de la capsule.

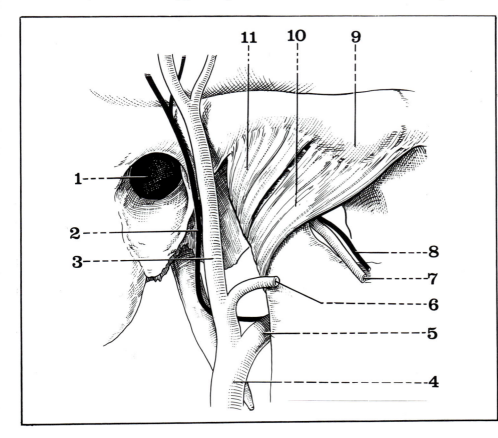

FIGURE 9

Vue latérale de l'articulation temporo-maxillaire droite.
1. Conduit auditif externe.
2. Nerf auriculo-temporal.
3. Artère temporale superficielle.
4. Artère carotide externe.
5. Artère maxillaire interne.
6. Artère transversale de la face.
7. Artère massétérine.
8. Nerf massétérin.
9. Tubercule zygomatique antérieur.
10. Bandelette zygomato-mandibulaire.
11. Corde zygomato-mandibulaire.

— **Ligament latéral interne** : plus mince, moins résistant, il renforce en dedans la capsule du bord interne de la cavité glénoïde et de l'épine du sphénoïde, à la face postéro-interne du condyle. (Fig. 10)

b) LIGAMENTS EXTRINSÈQUES : à distance de l'articulation, au nombre de 3 ou 4, suivant les descriptions

D'avant en arrière : (Fig. 10)

— **Ligament ou raphé ptérygo-mandibulaire** (Raphe pterygomandibularis) : du crochet de l'aile interne de l'apophyse ptérygoïde, à l'extrémité postérieure de la ligne mylo-hyoïdienne.

Il forme une simple intersection aponévrotique entre le buccinateur, en avant, et le constricteur supérieur du pharynx, en arrière.

— **Ligament sphéno-mandibulaire** (Lig. sphenomandibulare) : de la base de l'épine du sphénoïde, à l'épine de Spix (pour son faisceau antérieur) et de la scissure de Glaser à la face interne de la branche montante (pour son faisceau postérieur), parfois isolé en un **ligament tympano-mandibulaire** ou glaséro-mandibulaire : du versant postérieur de la scissure de Glaser, à la face interne et au bord postérieur de la branche montante.

Il forme la partie postérieure, épaissie, de l'aponévrose inter-périgoïdienne, et limite avec le col du condyle la « boutonnière rétro-condylienne de Juvara* », dans laquelle passent l'artère maxillaire interne, et le nerf auriculo-temporal.

— **Ligament stylo-mandibulaire** (Lig. stylomandibulare) : bandelette fibreuse oblique en bas et en avant, de la pointe de l'apophyse styloïde, au bord postérieur de la branche montante, derrière le ligament tympano-mandibulaire.

SYNOVIALE ARTICULAIRE (Fig. 8)

Par suite de la disposition de la capsule, et de l'interposition du ménisque, elle est divisée en deux parties :

— *supérieure*, ou temporo-méniscale, lâche ;
— *inférieure*, ou ménisco-mandibulaire, plus serrée, mais plus étendue en arrière.

Les deux synoviales sont distinctes ; elles communiquent exceptionnellement, lorsque le ménisque est perforé, par un orifice central.

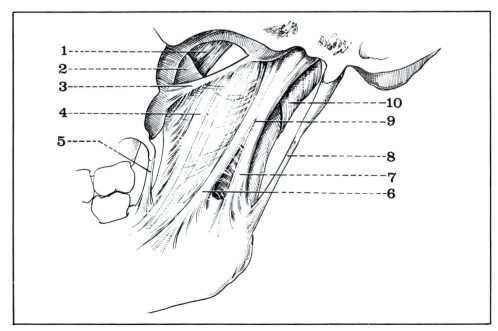

FIGURE 10

Vue interne des ligaments extrinsèques.
1. Tendon du temporal.
2. Apophyse coronoïde.
3. Ligament ptérygo-épineux.
4. Aponévrose interptérygoïdienne.
5. Ligament ptérygo-mandibulaire.
6. Faisceau antérieur du ligament sphéno-mandibulaire.
7. Faisceau postérieur du ligament sphéno-mandibulaire.
8. Ligament stylo-mandibulaire.
9. Ligament sphéno-mandibulaire.
10. Ligament latéral interne.

* Juvara Ernest (1870-1933), chirurgien roumain.

VASCULARISATION

Par des branches de la *carotide externe* : auriculaire postérieure, pharyngienne ascendante, temporale superficielle, et de la *maxillaire interne* : tympanique, temporale profonde moyenne, méningée moyenne.

INNERVATION

Par la branche massétérine, du temporo-massétérin, et par le nerf auriculo-temporal, tous deux issus du nerf mandibulaire.

MOUVEMENTS

Ils s'effectuent autour d'un axe transversal, passant par la partie moyenne des branches montantes, un peu au-dessus de l'orifice du canal dentaire inférieur.

On peut les considérer dans 3 plans différents :

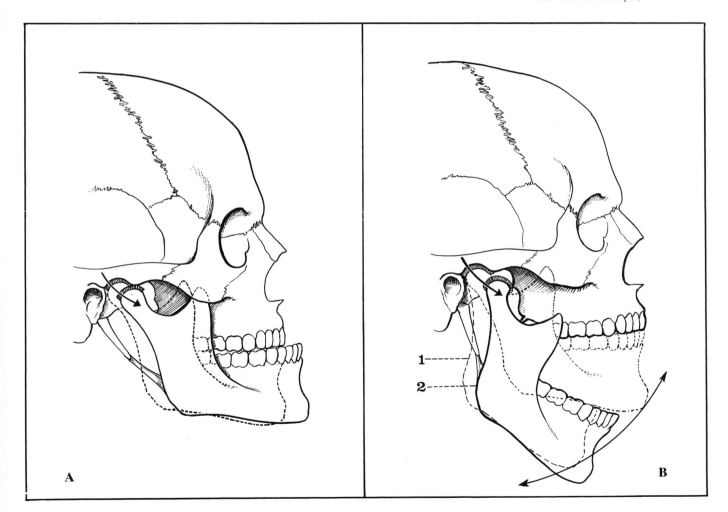

FIGURE 11

A - Mouvements de propulsion et de rétropulsion de la mandibule (vue de profil droit).
B - Mouvements d'abaissement et d'élévation de la mandibule.
1. Abaissement théorique (sans glissement antérieur du ménisque).
2. Abaissement réel (avec glissement antérieur du ménisque).

a) **Dans un plan antéro-postérieur** : (Fig. 11-A)

La mandibule est projetée en avant (propulsion) ou en arrière (rétropulsion). Il s'agit d'un mouvement de glissement entre le condyle du temporal et le ménisque, dû à l'action conjuguée des deux muscles ptérygoïdiens externes.

b) **Dans un plan vertical** : (Fig. 11-B et Fig. 12)

Ce mouvement, le plus important de la temporo-mandibulaire, réalise soit un abaissement, par les muscles sus-hyoïdiens, soit une élévation, par les muscles masticateurs (temporal, masséter, ptérygoïdien interne).

Il comporte deux temps simultanés :
— glissement, et roulement (ou rotation), entre le condyle du temporal et le ménisque.

Lorsque l'abaissement est exagéré, le condyle de la mandibule peut se porter trop loin, et se luxer en avant de la racine transverse du zygoma.

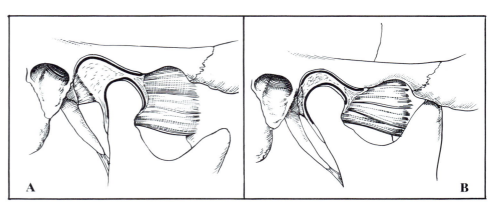

FIGURE 12

A - *Position du condyle de la mandibule lors du mouvement d'abaissement (profil droit).*

B - *Position du condyle de la mandibule lors du mouvement d'élévation (profil droit).*

c) **Dans un plan transversal** : (Fig. 13)

Le mouvement de latéralité, ou de « diduction », permet le broyage des aliments par les dents molaires ; il s'effectue de façon alternative, et comporte, de chaque côté, soit une propulsion, soit une rotation, ce qui déporte le menton du côté qui pivote.

Mais, bien entendu, *la mastication* nécessite la combinaison des 3 sortes de mouvements de la temporo-mandibulaire, et la circumduction ainsi réalisée permet le broiement et la trituration des aliments.

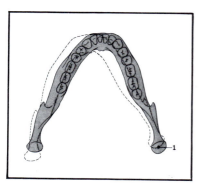

FIGURE 13

Déplacement de la mandibule lors des mouvements de latéralité (diduction).

1. *Axe vertical passant par le condyle et permettant des mouvements de rotation d'un côté, associés à une propulsion du côté opposé.*

EXPLORATION RADIOLOGIQUE (Fig. 14)

Profondément encastrée dans l'étage moyen de la base du crâne, la temporo-mandibulaire est difficile à identifier radiologiquement, du fait des opacités osseuses surajoutées, sur les clichés de face, et de la superposition des deux articulations, sur les clichés de profil.

Aussi doit-on utiliser la tomographie, selon l'axe du condyle mandibulaire, ou des incidences radiographiques particulières, dont la meilleure consiste à projeter le condyle, bouche ouverte, à travers l'échancrure sigmoïde du côté opposé.

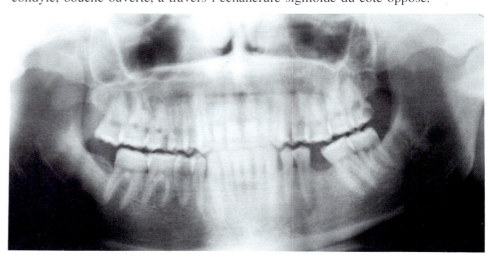

FIGURE 14

Radiographie de face de la mandibule (orthopantographie).

La région masticatrice profonde ou région ptérygoïdienne

- Muscle ptérygoïdien externe :
  a) Faisceau supérieur ou sphénoïdal
  b) Faisceau inférieur ou ptérygoïdien
  c) Innervation
  d) Action
- Muscle ptérygoïdien interne :
  a) Origines
  b) Corps charnu
  c) Terminaison
  d) Innervation
  e) Action
- Rapports :
  a) Musculo-aponévrotiques :
     — l'aponévrose interptérygoïdienne
     — l'aponévrose ptérygo-temporo-mandibulaire
  b) Vasculaires :
     — l'artère maxillaire interne
     — la veine maxillaire interne
  c) Nerveux :
     — en arrière : le nerf mandibulaire
     — en avant : le nerf maxillaire supérieur

En dedans de la branche montante de la mandibule et de l'arcade zygomatique, la région masticatrice profonde est occupée par les deux muscles ptérygoïdiens.

Pour cette raison, elle porte le nom de « région ptérygoïdienne », qui correspond aux deux régions classiques, isolées artificiellement puisqu'aucune séparation ne les limite :

— région postérieure, ou « zygomatique »,
— région antérieure, ou « ptérygo-maxillaire ».

LE MUSCLE PTÉRYGOÏDIEN EXTERNE ou latéral (Musculus Pterygoideus Lateralis), épais, court, et conique, comporte deux faisceaux :

a) FAISCEAU SUPÉRIEUR OU SPHÉNOÏDAL (Fig. 15)

1) **Origines** :

Sur la crête sphéno-temporale, sur la face sous-temporale de la grande aile du sphénoïde et sur le tiers supérieur de l'aile externe de l'apophyse ptérygoïde.

2) **Corps charnu** :

Les fibres réalisent un muscle conique, aplati transversalement, qui se dirige en arrière, en bas et en dehors.

3) **Terminaison** :

par des fibres aponévrotiques, sur le bord antérieur du ménisque de la temporo-mandibulaire, et sur le tiers supérieur de la fossette antérieure du col du condyle.

b) FAISCEAU INFÉRIEUR OU PTÉRYGOÏDIEN (Fig. 15 et 16)

1) **Origines** :

sur les 2/3 inférieurs de l'aile externe de la ptérygoïde, sur la face externe de l'apophyse pyramidale du palatin, et sur la portion adjacente de la tubérosité du maxillaire.

2) **Corps charnu** :

plus épais que celui du faisceau supérieur, il est séparé de lui par une fente triangulaire à sommet postérieur, et tend à se fusionner avec lui en arrière.

3) **Terminaison** :

par de fortes fibres tendineuses, sur les 2/3 inférieurs de la fossette antérieure du col du condyle.

c) INNERVATION :

par des filets du nerf temporo-buccal (du mandibulaire).

d) ACTION :

S'il se contracte d'un seul côté, il est « diducteur »; s'il se contracte des deux côtés, il est propulseur de la mâchoire inférieure.

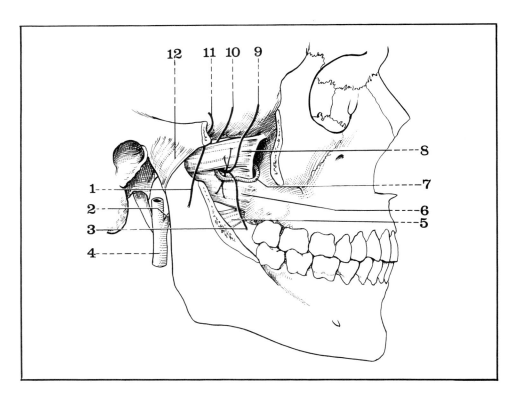

FIGURE 15

Le muscle ptérygoïdien externe
(vue latérale droite après section du zygoma et de l'apophyse coronoïde).

1. *Nerf massétérin.*
2. *Artère maxillaire interne.*
3. *Nerf buccal.*
4. *Artère carotide externe.*
5. *Faisceau maxillaire du ptérygoïdien interne.*
6. *Faisceau inférieur (ou ptérygoïdien) du ptérygoïdien externe.*
7. *Variété superficielle de l'artère maxillaire interne.*
8. *Faisceau supérieur (ou sphénoïdal) du ptérygoïdien externe.*
9. *Nerf temporal profond antérieur.*
10. *Nerf temporal profond moyen.*
11. *Nerf temporal profond postérieur.*
12. *Ligament latéral externe (de l'articulation temporo-mandibulaire).*

LE MUSCLE PTÉRYGOÏDIEN INTERNE ou médial (Musculus Pterygoideus Medialis) est l'équivalent interne du masséter ; avec lui, il forme la sangle musculaire du gonion. (Fig. 16 et 17)

a) **Origines** : de dedans en dehors,
— sur la face externe de l'aile interne de la ptérygoïde,
— sur le fond de la fosse ptérygoïde (par des fibres charnues) et sur l'apophyse pyramidale du palatin (par un tendon résistant),
— sur la face interne de l'aile externe de la ptérygoïde (par des lames tendineuses),
— sur la face externe de la tubérosité du maxillaire supérieur (par un faisceau spécial).

b) **Corps charnu** :
Epais et quadrilatère, orienté en bas, en arrière et en dehors, vers le gonion.

c) **Terminaison** :
A la face interne de l'angle de la mâchoire, sur une surface triangulaire dont la base atteint en avant l'orifice du canal dentaire inférieur, et le sillon mylo-hyoïdien. Comme pour le masséter, les fibres charnues sont séparées par des fibres aponévrotiques, insérées sur des crêtes osseuses.

d) **Innervation** :
par un filet issu du tronc commun des nerfs du ptérygoïdien interne, péristaphylin externe, et muscle du marteau (du mandibulaire).

e) **Action** :
S'il se contracte d'un seul côté, il est un peu « diducteur », s'il se contracte des deux côtés, il est élévateur de la mâchoire inférieure.

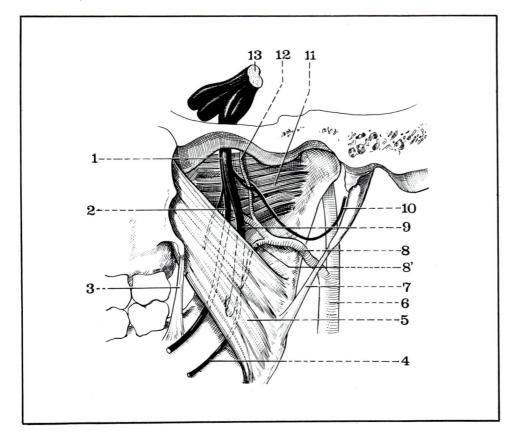

FIGURE 16

Le muscle ptérygoïdien interne droit (vue médiale).

1. Nerf mandibulaire.
2. Nerf lingual.
3. Ligament ptérygo-mandibulaire.
4. Nerf du mylo-hyoïdien et du ventre antérieur du digastrique.
5. Muscle ptérygoïdien interne.
6. Artère carotide externe.
7. Ligament stylo-mandibulaire.
8. Artère maxillaire interne.
9. Nerf dentaire inférieur.
10. Nerf auriculo-temporal.
11. Muscle ptérygoïdien externe.
12. Artère méningée moyenne.
13. Nerf trijumeau (V).

FIGURE 17

Insertion des muscles ptérygoïdiens (vue postérieure gauche).
1. Tendon du temporal.
2. Muscle ptérygoïdien externe.
3. Muscle ptérygoïdien interne.

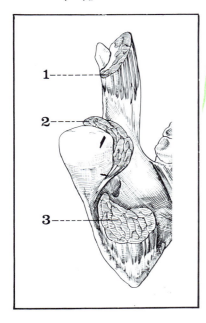

RAPPORTS

a) MUSCULO-APONÉVROTIQUES

Les muscles ptérygoïdiens sont tous deux orientés dans un plan oblique en arrière et en dehors, mais ils se croisent dans l'espace, de haut en bas, car le ptérygoïdien externe est presque horizontal, alors que son homologue interne est très oblique en arrière et en bas.

Ils limitent entre eux un espace assez étroit, en forme de fente, **l'espace interptérygoïdien**, traversé par deux aponévroses parallèles entre elles :
l'une interne, l'aponévrose interptérygoïdienne,
l'autre externe, l'aponévrose ptérygo-temporo-mandibulaire.

1) **L'aponévrose interptérygoïdienne**, la plus importante, est quadrilatère, à proximité du ptérygoïdien interne. (Fig. 10)

— **Insertions** :

— *en haut*, et d'arrière en avant : sur la scissure de Glaser (ou fissure tympano-squameuse), sur l'épine du sphénoïde, et sur le bord interne des trous ovale et petit rond ;
— *en bas* : sur la face interne de la branche montante, au-dessus des attaches du ptérygoïdien interne ;
— *en avant* : sur le bord postérieur de l'aile externe de la ptérygoïde, jusqu'au ligament ptérygo-mandibulaire en bas ;
— *en arrière* : c'est le bord libre, épaissi, de l'aponévrose, qui limite avec le col du condyle la « boutonnière rétro-condylienne » dans laquelle s'engagent l'artère maxillaire interne, et le nerf auriculo-temporal. (Fig. 19 et 20)

FIGURE 18

Coupe frontale de la région des muscles masticateurs (côté droit, segment postérieur de la coupe) (d'après Testut et Jacob).

1. Aponévrose temporale.
2. Muscle temporal.
3. Faisceau supérieur du ptérygoïdien externe.
4. Vaisseaux zygomato-orbitaires.
5. Arcade zygomatique.
6. Artère maxillaire interne.
7. Faisceau inférieur du ptérygoïdien externe.
8. Muscle masséter.
9. Nerf lingual (sectionné).
10. Nerf dentaire inférieur.
11. Muscle ptérygoïdien interne.
12. Branche montante de la mandibule.
13. Glande sous-mandibulaire.
14. Ventre postérieur du muscle digastrique.
15. Os hyoïde.
16. Artère faciale.
17. Muscle hyo-glosse.
18. Muscle constricteur moyen du pharynx.
19. Muscle stylo-glosse.
20. Muscle constricteur supérieur du pharynx.
21. Amygdale palatine.
22. Voile du palais.
23. Ligament ptérygo-épineux.
24. Muscle péristaphylin externe.
25. Trompe d'Eustache (ou tube auditif).
26. Muscle péristaphylin interne.
27. Ganglion otique.
28. Ganglion de Gasser.
29. Lobe temporo-sphénoïdal du cerveau.
30. Ligament de Hyrtl.

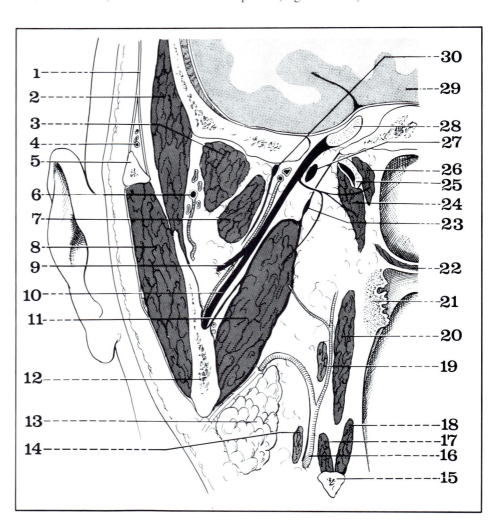

— **Constitution** : (Fig. 18 et 19)

En deux endroits, l'aponévrose est renforcée sous forme de ligaments :

— *en haut et en avant* : *le ligament ptérygo-épineux*, de Civinini* (Ligamentum ptérygospinale) est tendu du bord postérieur de l'aile externe de la ptérygoïde, à l'épine du sphénoïde. (Fig. 10)

Au-dessus du ligament, l'aponévrose est mince et forme une véritable « zone criblée » que perforent les trois branches internes grêles du nerf maxillaire inférieur ou mandibulaire.

— *en arrière* :

le *ligament tympano-mandibulaire* ou glaséro-mandibulaire, déjà étudié avec l'articulation temporo-mandibulaire, renforce le bord libre de l'aponévrose (page 360).

2) **L'aponévrose ptérygo-temporo-mandibulaire**, très mince, est appliquée en dedans du ptérygoïdien externe.

— **Insertions** :

— *en avant* : sur la moitié inférieure du bord postérieur de l'aile externe de la ptérygoïde ;

— *en arrière* : sur le bord antérieur du col du condyle mandibulaire.

— **Constitution** : (Fig. 18)

— le *bord supérieur* est renforcé par le *ligament de Hyrtl***, tendu du bord postérieur de l'aile externe de la ptérygoïde, au bord externe du trou ovale.

Ce ligament limite avec la base du crâne un orifice ostéo-fibreux, le *trou de Hyrtl*, dans lequel passent les trois nerfs temporaux profonds.

— le *bord inférieur* est libre, et se perd sur la face postéro-interne du ptérygoïdien externe.

---

* Civinini Filippo (1805-1844), anatomiste italien, professeur d'anatomie à Pistoja (près de Florence).
** Hyrtl Joseph (1811-1894), anatomiste hongrois, professeur d'anatomie à Prague et à Vienne.

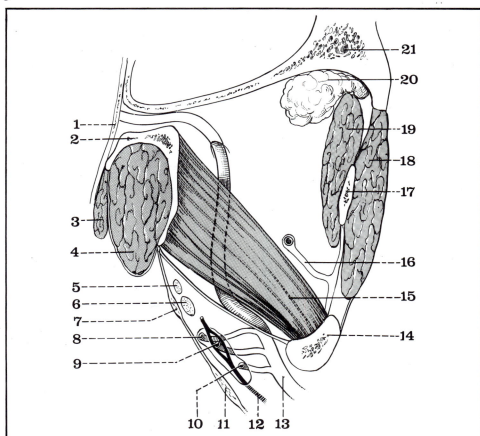

FIGURE 19

Coupe horizontale de la région ptérygoïdienne, montrant le trajet de l'artère maxillaire interne (côté droit, segment inférieur de la coupe).

1. Lame verticale du palatin.
2. Apophyse ptérygoïde.
3. Muscle péristaphylin externe.
4. Muscle ptérygoïdien interne.
4'. Aponévrose ptérygo-temporo-mandibulaire.
5. Nerf lingual.
6. Nerf dentaire inférieur.
7. Ligament ptérygo-épineux (de Civinini).
8. Artère petite méningée.
9. Artère méningée moyenne.
9'. Aponévrose inter-ptérygoïdienne.
10. Artère tympanique.
11. Ligament sphéno-mandibulaire.
12. Nerf auriculo-temporal.
13. Artère maxillaire interne (dans la boutonnière rétro-condylienne).
14. Col du condyle de la mandibule.
15. Muscle ptérygoïdien externe.
16. Expansion externe de la lame vasculaire de l'artère maxillaire interne.
17. Apophyse coronoïde.
18. Muscle masséter.
19. Muscle temporal.
20. Boule graisseuse de Bichat.
21. Os malaire (ou zygomatique).

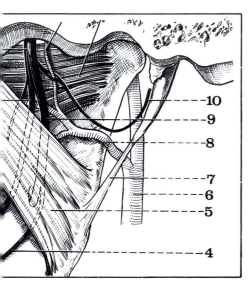

FIGURE 20

La boutonnière rétro-condylienne vue médiale, côté droit).

4. *Nerf du mylo-hyoïdien et du ventre antérieur du digastrique.*
5. *Muscle ptérygoïdien interne.*
6. *Artère carotide externe.*
7. *Ligament stylo-mandibulaire.*
8. *Artère maxillaire interne.*
9. *Nerf dentaire inférieur.*
10. *Nerf auriculo-temporal.*

Ainsi délimité, **l'espace interptérygoïdien** est ouvert sur les régions voisines :

— *en arrière* : la loge parotidienne (par la boutonnière rétro-condylienne),
— *en bas* : la base de la langue,
— *en dedans* : l'espace pré-stylien, ou para-amygdalien (à travers l'aponévrose interptérygoïdienne),
— *en dehors* : la région temporo-massétérine, par l'intermédiaire de deux fentes : (Fig. 21)
l'une entre les deux faisceaux du ptérygoïdien externe,
l'autre au-dessous du faisceau inférieur de ce muscle.

b) VASCULAIRES

1) **L'artère maxillaire interne** (Arteria maxillaris) est, avec la temporale superficielle, l'une des deux terminales de l'artère carotide externe.

Son trajet dans la région ptérygoïdienne est très flexueux, oblique en dedans et un peu en avant, décrivant une courbe à concavité postéro-interne.

— **Origine** :

Née à l'intérieur même de la parotide, derrière le col du condyle mandibulaire, elle pénètre dans la région par la « boutonnière rétro-condylienne » de Juvara, que limite en dedans le ligament tympano-mandibulaire. (Fig. 20)

Le nerf auriculo-temporal, situé au-dessous de l'artère, sort de la région par cette boutonnière.

— **Trajet** : (Fig. 19)

D'abord *dans la région ptérygoïdienne* : elle suit un trajet variable suivant sa position :

■ tantôt en variété profonde, elle s'éloigne de l'aponévrose interptérygoïdienne, traverse l'aponévrose ptérygo-temporo-mandibulaire, et se redresse pour passer entre les deux faisceaux du ptérygoïdien externe.

Une véritable gaine vasculaire la sépare des nerfs voisins : le dentaire inférieur et le lingual en dedans, l'auriculo-temporal en haut.

■ tantôt en variété superficielle : elle est plus basse, gagne rapidement la face externe du ptérygoïdien externe, en une courbe à concavité supérieure, et se place en dehors du faisceau inférieur de ce muscle. (Fig. 15)

Elle est surtout en rapport avec les trois branches temporales du nerf mandibulaire, parvenues dans la région par le trou de Hyrtl. (Fig. 21)

FIGURE 21

Variété superficielle de l'artère maxillaire interne (vue latérale droite après section du zygoma et de l'apophyse coronoïde).

1. *Nerf massétérin.*
2. *Artère maxillaire interne.*
3. *Nerf buccal.*
4. *Artère carotide externe.*
5. *Faisceau maxillaire du ptérygoïdien interne.*
6. *Faisceau inférieur (ou ptérygoïdien) du ptérygoïdien externe.*
7. *Variété superficielle de l'artère maxillaire interne.*
8. *Faisceau supérieur (ou sphénoïdal) du ptérygoïdien externe.*
9. *Nerf temporal profond antérieur.*
10. *Nerf temporal profond moyen.*
11. *Nerf temporal profond postérieur.*
12. *Ligament latéral externe (de l'articulation temporo-mandibulaire).*

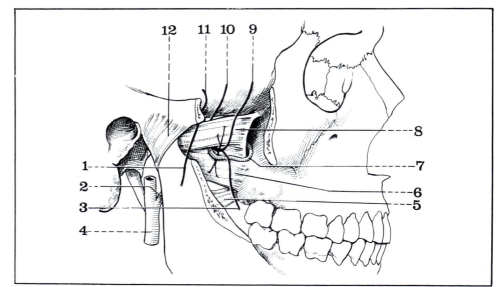

Au-delà de la région ptérygoïdienne, elle pénètre ensuite dans la région *ptérygo-maxillaire* et entre en rapport : (Fig. 22)

— *en avant* : avec la tubérosité maxillaire, contre laquelle elle se réfléchit, en décrivant une courbe à convexité antérieure,

— *en dehors* : avec la boule graisseuse de Bichat, et le processus temporal de l'os malaire, (Fig. 19)

— *en haut* : avec le nerf maxillaire supérieur,

— *en bas* : avec la veine maxillaire interne.

Se dirigeant en dedans, elle pénètre alors à la partie haute de la *fente ptérygo-maxillaire*.

— **Terminaison** :

Dans *l'arrière-fond* de la fosse ptérygo-maxillaire, où ses rapports deviennent étroits avec le nerf maxillaire supérieur (en haut), le nerf et le ganglion sphéno-palatins (en haut et en arrière). Elle se termine alors par *l'artère sphéno-palatine* (Arteria Sphenopalatina).

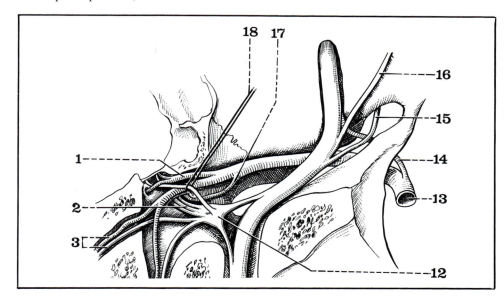

FIGURE 22

Coupe horizontale du crâne montrant le trajet de l'artère maxillaire interne droite.
1. Artère sphéno-palatine.
2. Nerfs palatins.
3. Artère et nerf ptérygo-palatins.
12. Ganglion sphéno-palatin.
13. Artère maxillaire interne.
14. Artère sous-orbitaire.
15. Nerf dentaire postérieur.
16. Rameau orbitaire.
17. Artère palatine supérieure.
18. Nerf naso-palatin (tiré par un fil).

— **Collatérales** :

Dans son court trajet de 4 à 5 cm, la maxillaire interne émet 14 branches collatérales : (Fig. 23)

■ en dedans du ptérygoïdien externe :

— *l'artère tympanique* (A. tympanica) destinée à la caisse du tympan,

— *l'artère méningée moyenne* (Arteria Meningea Media), la plus grosse collatérale, qui pénètre dans le crâne par le trou petit rond,

— *l'artère petite méningée* (Ramus meningeus accessorius) qui pénètre dans le crâne par le trou ovale ;

■ en dehors du ptérygoïdien externe :

— *l'artère buccale* (A. buccalis) qui passe en dehors du buccinateur, et se distribue à la joue, et aux glandes voisines,

— *l'artère temporale profonde antérieure* (A. temporalis profunda), destinée à la partie antérieure du muscle temporal,

— *l'artère alvéolaire supérieure et postérieure* (A. alveolaris superior posterior), qui pénètre dans les canaux dentaires postérieurs dum axillaire supérieur,

— *l'artère sous-orbitaire* (A. infraorbitalis), qui accompagne le nerf maxillaire supérieur jusqu'au trou sous-orbitaire ;

Branches de l'artère maxillaire interne

Terminale :
sphéno-palatine

Br. ascendantes
tympanique
temp. prof. ant.
temp. prof. post.
méningée moy.
petite méningée

Br. descendantes
ptérygoïdienne
massétérine
palatine desc.
dentaire inf.
buccale

Br. antérieures
alvéol. post. sup.
sous-orbitaire

Br. postérieures
ptérygo-palatine
vidienne

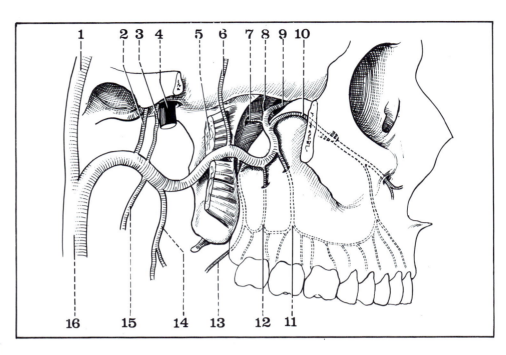

FIGURE 23

Vue latérale de l'artère maxillaire interne droite (après résection de l'arcade zygomatique).

1. Artère temporale superficielle.
2. Artère méningée moyenne.
3. Artère petite méningée.
4. Nerf mandibulaire.
5. Muscle ptérygoïdien externe.
6. Artère temporale profonde antérieure.
7. Artère vidienne.
8. Artère ptérygo-palatine.
9. Artère sphéno-palatine.
10. Artère sous-orbitaire.
11. Artère dentaire moyenne (inconstante).
12. Artère alvéolaire supérieure et postérieure.
13. Artère buccale.
14. Artère dentaire inférieure.
15. Artère massétérine.
16. Artère carotide externe.

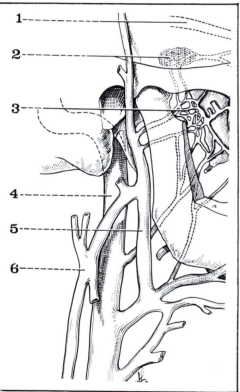

FIGURE 24

Les veines maxillaires internes (vue latérale droite après résection de l'apophyse coronoïde).

1. Nerf optique (II).
2. Sinus caverneux.
3. Plexus veineux ptérygoïdien.
4. Veine jugulaire interne.
5. Veine communicante intra-parotidienne.
6. Veine jugulaire externe.

■ au-dessous du ptérygoïdien externe :

— l'*artère dentaire inférieure* (A. alveolaris inferior), qui traverse le canal dentaire, et se divise en une branche incisive, et une branche mentonnière,

— l'*artère massétérine* (A. masseterica), destinée au muscle masséter,

— l'*artère temporale profonde postérieure* (Arteria Temporalis Profunda), destinée à la partie postérieure du muscle temporal,

— les *artères ptérygoïdiennes* (Rami pterygoidei), qui se distribuent aux muscles du même nom.

■ dans l'arrière-fond de la fose ptérygo-maxillaire :

— l'*artère palatine supérieure ou descendante* (A. palatina descendens), qui descend dans le canal palatin postérieur, et irrigue le voile du palais et la voûte palatine,

— l'*artère vidienne* ou artère du canal ptérygoïdien (A. canalis pterygoidei), qui traverse le canal du même nom, et se distribue à la voûte du pharynx,

— l'*artère ptérygo-palatine*, qui suit le conduit ptérygo-palatin, et irrigue aussi la voûte pharyngée.

2) **La veine maxillaire interne** (Vv. maxillares), ne correspond pas tout à fait à son artère. En effet, si, dans certains cas, elle est bien individualisée, située au-dessous et en dehors d'elle, elle revêt le plus souvent une **disposition plexiforme**, avec : (Fig. 24)

— un *plexus alvéolaire*, qui se jette dans la veine faciale,

— un *plexus ptérygoïdien*, d'où naît la veine maxillaire interne, qui s'unit avec la veine temporale superficielle pour former la jugulaire externe.

c) NERVEUX :

1) *En arrière* : **le nerf mandibulaire** (N. mandibularis), troisième et dernière branche du nerf trijumeau (V), se divise en deux troncs terminaux dans la région ptérygoïdienne.

— *Constitution anatomique* :

Il résulte de la réunion de deux racines :

— une racine sensitive, volumineuse et aplatie,
— une racine motrice, petite et arrondie, destinée aux muscles masticateurs.

A l'inverse des deux autres branches du trijumeau, le nerf mandibulaire est donc un nerf mixte, analogue aux nerfs rachidiens.

— *Rapports* :

D'un calibre de 5 mm, le tronc du nerf est fort court, et, de son origine (au niveau de la corne externe du ganglion de Gasser) à sa terminaison, dans l'espace interptérygoïdien, ne dépasse pas 1,5 cm.

On lui décrit trois portions :

■ Dans l'étage moyen de la base du crâne : (Fig. 25 et 26)

Les deux racines, contenues dans deux gaines dure-mèriennes indépendantes, sont accompagnées par l'artère petite méningée.

Les rapports se font :
en dedans, avec le nerf maxillaire supérieur, et la paroi externe du sinus caverneux,
en dehors, avec l'artère méningée moyenne, qui sort du trou petit rond.

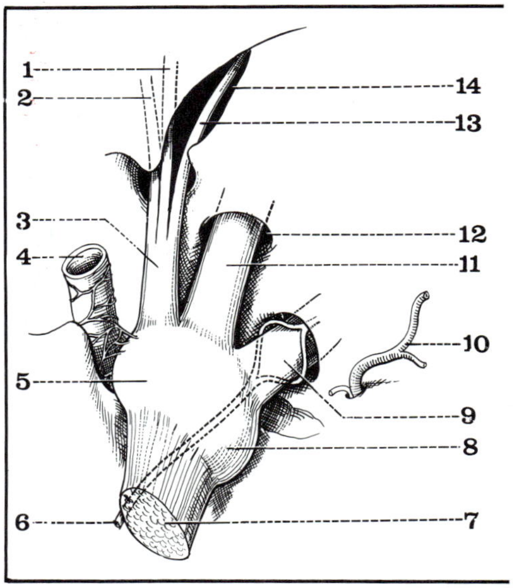

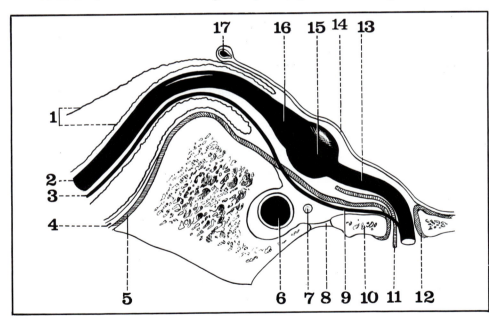

FIGURE 25

Vue supérieure du nerf trijumeau droit et du ganglion de Gasser.

1. *Nerf frontal.*
2. *Nerf nasal.*
3. *Nerf ophtalmique de Willis.*
4. *Artère carotide interne.*
5. *Ganglion de Gasser (corne interne).*
6. *Racine motrice (ou masticatrice) du V.*
7. *Nerf trijumeau (V).*
8. *Ganglion de Gasser (corne externe).*
9. *Nerf mandibulaire.*
10. *Artère méningée moyenne.*
11. *Nerf maxillaire supérieur.*
12. *Trou grand rond.*
13. *Nerf lacrymal.*
14. *Portion latérale de la fente sphénoïdale.*

FIGURE 26

Coupe oblique passant par le nerf trijumeau et le nerf mandibulaire (d'après Monod et Duhamel).

1. Gaine arachnoïdienne.
2. Nerf trijumeau (V) dans la fosse cérébrale postérieure.
3. Racine motrice du nerf trijumeau.
4. Feuillet dural de la dure-mère.
5. Feuillet périostique de la dure-mère.
6. Artère carotide interne.
7. Grand nerf pétreux.
8. Fibro-cartilage du trou déchiré antérieur.
9. Racine motrice du V dans son trajet extra-dural.
10. Grande aile du sphénoïde.
11. Artère petite méningée.
12. Feuillet périostique du trou ovale.
13. Nerf mandibulaire.
14. Feuillet dural du toit du cavum de Meckel.
15. Ganglion de Gasser.
16. Plexus triangulaire.
17. Sinus pétreux supérieur (dans la grande circonférence de la tente du cervelet).

> **Branches du nerf mandibulaire**
> a) Collatérale :
>   rameau méningé récurrent
> b) Terminales :
> - Tronc antérieur :
>   nerf temporo-buccal,
>   nerf temporal profond moyen
>   nerf temporo-massétérin
> - Tronc postérieur :
>   • tronc commun du ptérygoïdien interne, ptérystapylin externe et du muscle du marteau
>   • nerf dentaire inférieur

■ Au niveau du trou ovale (Foramen ovale).

Les deux racines se fusionnent en un nerf plexiforme et étalé, que longent en avant les veines du trou ovale.

■ Dans l'espace interptérygoïdien.

Compris entre l'aponévrose interptérygoïdienne en dedans, et l'aponévrose ptérygo-temporo-mandibulaire en dehors, le nerf est englobé par le plexus veineux ptérygoïdien postérieur; contre sa face interne, est plaqué le ganglion otique (Ganglion oticum), corpuscule sympathique de 2 mm de diamètre, auquel aboutissent les petits nerfs pétreux. (Fig. 27bis)

L'artère maxillaire interne, quelle que soit sa variété, est toujours plus bas située que le nerf, qui, à 5 mm au-dessous de la base du crâne, se divise en deux troncs terminaux.

— *Branche collatérale* :

Le *rameau méningé récurrent* (Ramus meningeus) longe l'artère méningée moyenne.

— *Branches terminales* : (Fig. 27bis)

■ Tronc antérieur : donnant trois branches : (Fig. 27)

• Le nerf temporo-buccal s'insinue entre les deux faisceaux du ptérygoïdien externe, qu'il innerve, et se divise en deux nerfs sur la face superficielle du muscle :

— nerf temporal profond antérieur, se distribuant à la partie antérieure du temporal,

— nerf buccal (Nervus buccalis), sensitif, pour la muqueuse et la peau des joues.

• Le nerf temporal profond moyen (Nn. Temporales Profundi), innervant la partie moyenne du temporal.

• Le nerf temporo-massétérin se dirige en dehors, entre la grande aile du sphénoïde et le ptérygoïdien externe, et se divise en deux nerfs :

— nerf temporal profond postérieur, pour la partie postérieure du temporal,

— nerf massétérin (Nervus massetericus), s'engageant dans l'échancrure sigmoïde, et innervant le masséter.

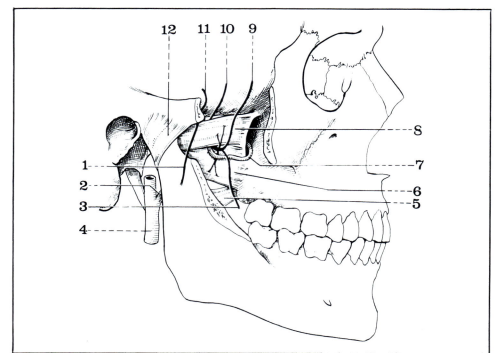

FIGURE 27

Les branches du tronc antérieur du nerf (vue latérale droite après section du zygoma et de l'apophyse coronoïde).

1. *Nerf massétérin.*
2. *Artère maxillaire interne.*
3. *Nerf buccal.*
4. *Artère carotide externe.*
5. *Faisceau maxillaire du ptérygoïdien interne.*
6. *Faisceau inférieur (ou ptérygoïdien) du ptérygoïdien externe.*
7. *Variété superficielle de l'artère maxillaire interne.*
8. *Faisceau supérieur (ou sphénoïdal) du ptérygoïdien externe.*
9. *Nerf temporal profond antérieur.*
10. *Nerf temporal profond moyen.*
11. *Nerf temporal profond postérieur.*
12. *Ligament latéral externe (de l'articulation temporo-mandibulaire).*

■ Tronc postérieur, donnant quatre branches : (Fig. 27bis et 32)

• Un tronc commun se divise en 3 rameaux, qui traversent la « zone criblée », au-dessus du ligament ptérygo-épineux :

— nerf du ptérygoïdien interne (Nervus pterygoideus medialis)
— nerf du péristaphylin externe (Nervus tensoris veli palatini)
— nerf du muscle du marteau (Nervus tensoris tympani).

• *Le nerf dentaire inférieur* (Nervus alveolaris inferior) semble continuer le trajet du mandibulaire, d'abord dans l'espace interptérygoïdien, puis dans le canal dentaire inférieur.

Sur son trajet, il s'anastomose avec le lingual, innerve le muscle mylo-hyoïdien et le ventre antérieur du digastrique, et envoie des rameaux aux dents molaires et prémolaires inférieures. (Fig. 32)

Au niveau du trou mentonnier, il se divise en deux branches :
— nerf incisif pour la canine et les deux incisives inférieures,
— nerf mentonnier (Nervus mentalis) pour la peau du menton, et pour la lèvre inférieure.

• *Le nerf lingual* (Nervus lingualis) est uniquement sensitif, pour la muqueuse linguale.

Presque vertical, il descend dans l'espace interptérygoïdien, d'abord accolé au dentaire inférieur, puis se séparant de lui à angle aigu, pour se porter vers la langue. Il reçoit sur son bord postérieur la corde du tympan (Chorda tympani), issue du nerf facial. (Fig. 27bis)

Il quitte la région en passant au-dessous du muscle buccinateur, traverse la partie haute de la loge sous-mandibulaire, et se termine dans la loge sublinguale, en avant du muscle hyoglosse.

Il assure l'innervation sensitive de la langue, sur ses faces latérales, la face inférieure de la pointe, et les 2/3 antérieurs de la face dorsale.

• Le nerf auriculo-temporal (Nervus auriculotemporalis) se dirige en arrière, formant, par deux branches de division, une véritable boucle autour de l'artère méningée moyenne. (Fig. 20)

Il longe ensuite l'artère maxillaire interne, située au-dessous de lui, et, par la boutonnière rétro-condylienne, gagne la glande parotide, qu'il innerve.

Se coudant à angle droit, il se termine dans les plans cutanés de la région temporale.

Rôle du nerf mandibulaire :

■ Moteur : pour
— tous les muscles masticateurs (temporal, masséter, ptérygoïdiens externe et interne)
— le muscle du marteau (ou tenseur du tympan)
— le péristaphylin externe (ou tenseur du voile du palais)
— le mylo-hyoïdien, et le ventre antérieur du digastrique.

■ Sensitif : pour
— la dure-mère de la région temporo-pariétale
— les téguments de la région temporale, du menton, et de la lèvre inférieure,
— la muqueuse du plancher de la bouche, et de la face interne des joues,
— les 2/3 antérieurs de la muqueuse linguale,
— toutes les dents de la mâchoire inférieure.

■ Sécrétoire et sensoriel :

par la corde du tympan (du facial) et par le ganglion otique (qui reçoit les petits nerfs pétreux) :
innervation sécrétrice et vaso-motrice des glandes salivaires,
et sensation gustative des 2/3 antérieurs de la langue.

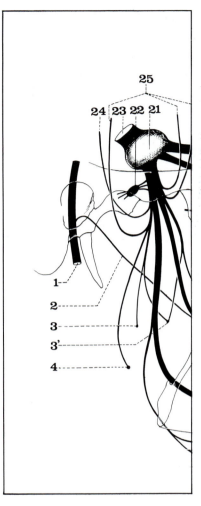

FIGURE 27bis

Représentation schématique du nerf trijumeau et de ses branches (d'après Pitres et Testut).

1. *Nerf facial.*
2. *Corde du tympan.*
3. *Nerf du ptérygoïdien interne.*
3'. *Nerf du ptérygoïdien externe.*
4. *Nerf du masséter.*
21. *Ganglion de Gasser.*
22. *Ganglion otique.*
23. *Nerf trijumeau.*
24. *Nerf auriculo-temporal.*
25. *Nerfs temporaux profonds.*

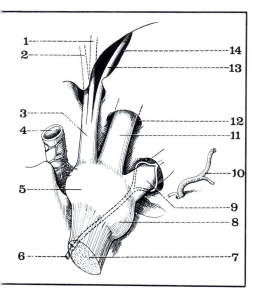

FIGURE 28

Vue supérieure du nerf trijumeau droit et du ganglion de Gasser.

1. Nerf frontal.
2. Nerf nasal.
3. Nerf ophtalmique de Willis.
4. Artère carotide interne.
5. Ganglion de Gasser (corne interne).
6. Racine motrice (ou masticatrice) du V.
7. Nerf trijumeau (V).
8. Ganglion de Gasser (corne externe).
9. Nerf mandibulaire.
10. Artère méningée moyenne.
11. Nerf maxillaire supérieur.
12. Trou grand rond.
13. Nerf lacrymal.
14. Portion latérale de la fente sphénoïdale.

FIGURE 29

Coupe horizontale du crâne montrant le trajet du nerf maxillaire supérieur droit.

1. Artère sphéno-palatine.
2. Nerfs palatins.
3. Artère et nerf ptérygo-palatins.
4. Artère et nerf vidiens.
5. Nerf ophtalmique.
6. Artère carotide interne.
7. Ganglion de Gasser.
8. Artère méningée moyenne.
9. Artère petite méningée.
10. Nerf mandibulaire.
11. Nerf maxillaire supérieur.
12. Ganglion sphéno-palatin.
13. Artère maxillaire interne.
14. Artère sous-orbitaire.
15. Nerf dentaire postérieur.
16. Rameau orbitaire.
17. Artère palatine supérieure.
18. Nerf naso-palatin (tiré par un fil).

2) *En avant* : **le nerf maxillaire supérieur** (Nervus maxillaris), deuxième branche du trijumeau, traverse la région ptérygo-maxillaire.

— *Constitution anatomique* :

Exclusivement sensitif, le nerf ne possède ni le rôle moteur, ni le rôle sécrétoire qu'on lui attribuait naguère.

— *Rapports* :

D'un calibre de 4 mm, le nerf présente un trajet « en baïonnette » de la base du crâne au plancher de l'orbite, traversant la partie la plus haute de la fosse ptérygo-maxillaire. (Fig. 29)

On lui décrit sept portions :

■ Dans l'étage moyen de la base du crâne : (Fig. 28 et 31)

Le nerf s'échappe du bord antérieur convexe du ganglion de Gasser, entre l'ophtalmique en dedans, et le nerf mandibulaire en dehors. Il est compris dans un prolongement dure-mérien antérieur, issu du cavum de Meckel, ou loge du ganglion de Gasser.

Les rapports se font :

en dedans, avec la paroi externe du sinus caverneux (qui contient les nerfs opthalmique, pathétique, et moteur oculaire commun, de bas en haut)
en dehors, avec le trou ovale et le nerf mandibulaire
en haut, avec le lobe temporo-sphénoïdal
en bas, avec la grande aile du sphénoïde.

■ Au niveau du trou grand rond (Foramen Rotundum).

Le nerf perd son aspect plexiforme, et devient triangulaire, dans la traversée de cet orifice compris entre les racines antérieure et moyenne de la grande aile.

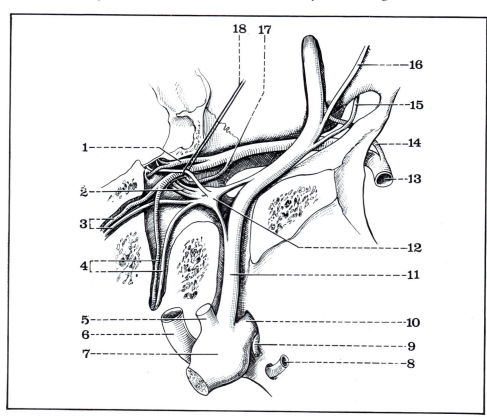

- Dans l'arrière-fond de la fosse ptérygo-maxillaire, ou fosse ptérygo-palatine (Fossa pterygopalatina).

Il s'éloigne des parois postérieure (l'apophyse ptérygoïde) et interne (la lame verticale du palatin), reste au contact du plafond de la fosse (la face inférieure de la grande aile), et se rapproche de la paroi antérieure (la tubérosité du maxillaire supérieur), par un trajet oblique. (Fig. 29 et 30)

Il est relié au ganglion sphéno-palatin ou ptérygo-palatin (Ganglio pterygo-palatinum) par le nerf du même nom; situé au-dessous et en dedans du nerf, ce ganglion sympathique reçoit le nerf vidien ou nerf du canal ptérygoïdien (Nervus canalis pterygoidei).

L'artère maxillaire interne lui est sous-jacente, décrivant, avec ses veines, une courbe concave en haut.

- Dans la fente ptérygo-maxillaire ou fissure ptérygo-palatine (Fissura Pterygopalatina).

Le nerf est toujours l'organe le plus haut situé, appliqué contre la tubérosité du maxillaire supérieur.

- Dans la fosse ptérygo-maxillaire ou fosse sous-temporale (Fossa Infratemporalis).

Il devient sagittal, dessinant une courbe à concavité interne, toujours au contact de la tubérosité maxillaire.

- Dans la fente sphéno-maxillaire ou fissure orbitaire inférieure (Fissura orbitalis inferior), comprise entre la grande aile du sphénoïde, et le bord supéro-externe du maxillaire supérieur, le nerf est accompagné en dehors par l'artère sous-orbitaire (de la maxillaire interne).

- Au niveau du plancher de l'orbite, il chemine dans la gouttière sous-orbitaire, qui se transforme progressivement en un canal sus-jacent au sinus maxillaire. Il prend alors le nom de **nerf sous-orbitaire** (N. infraorbitalis) et sort par le trou sous-orbitaire.

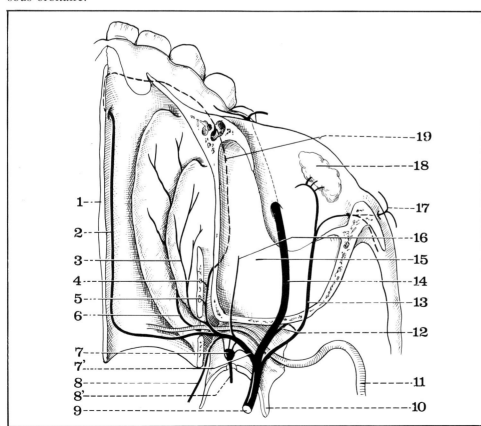

FIGURE 30

Vue supérieure de la fosse nasale et de l'orbite droites montrant le trajet du nerf maxillaire supérieur (d'après Lazorthes).

1. *Lame perpendiculaire de l'ethmoïde.*
2. *Nerf naso-palatin.*
3. *Nerfs nasaux supérieurs.*
4. *Nerf palatin moyen.*
5. *Nerf palatin postérieur.*
6. *Nerf nasal inférieur.*
7. *Ganglion sphéno-palatin.*
7'. *Nerf sphéno-palatin.*
8. *Nerf pharyngien.*
8'. *Nerf vidien.*
9. *Nerf maxillaire supérieur.*
10. *Grande aile du sphénoïde.*
11. *Artère maxillaire interne.*
12. *Nerf dentaire postérieur.*
13. *Rameau orbitaire.*
14. *Nerf sous-orbitaire.*
15. *Plancher de l'orbite.*
16. *Nerf orbitaire.*
17. *Branche temporo-malaire.*
18. *Glande lacrymale.*
19. *Nerf palatin antérieur.*

Branches du nerf maxillaire supérieur

a) Collatérales :
- rameau méningé
- rameau orbitaire
- *nerf sphéno-palatin*
   nerfs nasaux supérieurs
   nerf pharyngien
   nerf naso-palatin
   nerfs orbitaires
   nerfs palatins
- *nerfs dentaires supérieurs*
   postérieurs,
   moyen
   antérieurs

b) Terminale :
   nerf sous-orbitaire

Branches collatérales : (Fig. 31 et 32)

■ Le rameau méningé (Ramus meningeus medius) naît dans l'étage moyen de la base du crâne, et innerve la dure-mère.

■ Le rameau orbitaire ou nerf zygomatique (Nervus zygomaticus) pénètre dans la partie externe de l'orbite, à travers la fente sphéno-maxillaire, et se termine en 2 branches :

— l'une lacrymo-palpébrale, qui s'anastomose avec le nerf lacrymal (de l'ophtalmique),

— l'autre temporo-malaire, qui traverse l'os malaire, et s'anastomose avec le nerf temporal profond antérieur.

■ Le nerf sphéno-palatin ou ptérygo-palatin (Nervi pterygopalatini) est formé en fait par plusieurs filets qui s'accolent au ganglion sphéno-palatin, et se divisent en une série de nerfs, surtout destinés au palais :

— Nerfs nasaux supérieurs (Rami nasales posteriores superiores), se distribuant aux cornets supérieur et moyen.

— Nerf pharyngien (Ramus nasopalatinus), innervant la muqueuse de l'orifice de la trompe d'Eustache.

— Nerf naso-palatin (Nervus nasopalatinus), traversant le trou sphéno-palatin, et innervant la partie antérieure de la voûte du palais.

— Nerfs orbitaires (Rami orbitales), cheminant sur la paroi interne de l'orbite, et innervant la muqueuse des cellules ethmoïdales.

— Nerfs palatins, avec :
   un *nerf antérieur* (Nervus palatinus major)
   un *nerf moyen* et un *nerf postérieur* (Nervi palatini minores)
   tous destinés à la muqueuse de la voûte palatine.

■ Les nerfs dentaires, ou alvéolaires supérieurs (Nervi alveolares superiores), avec :
• des nerfs postérieurs (Rami alveolares superiores posteriores), pour les molaires et prémolaires supérieures,
• un nerf moyen (Ramus alveolaris superior medius), pour la 1re prémolaire,

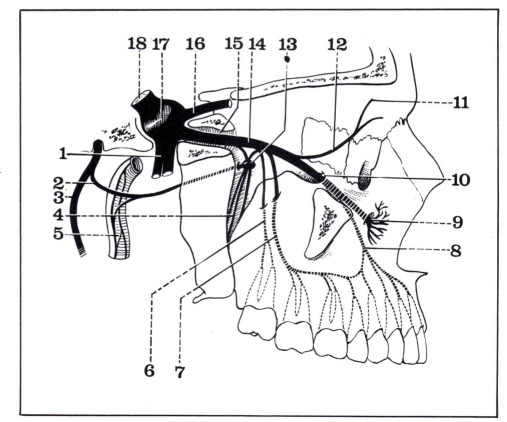

FIGURE 31

Coupe sagittale du crâne montrant le trajet du nerf maxillaire supérieur droit.

1. Nerf mandibulaire.
2. Grand nerf pétreux.
3. Nerf facial.
4. Nerfs palatins.
5. Sympathique péri-carotidien.
6. Nerf dentaire postérieur.
7. Nerf dentaire moyen.
8. Nerf dentaire antérieur.
9. Nerf sous-orbitaire.
10. Gouttière sous-orbitaire.
11. Branche lacrymo-palpébrale.
12. Rameau orbitaire.
13. Ganglion sphéno-palatin.
14. Nerf maxillaire supérieur.
15. Trou grand rond.
16. Nerf ophtalmique.
17. Ganglion de Gasser.
18. Nerf trijumeau (V).

• des nerfs antérieurs (Rami alveolares superiores anteriores), pour la canine et les incisives, et pour la muqueuse des fosses nasales.

Tous ces nerfs forment au-dessus des racines des dents un véritable plexus (Plexus dentalis superior).

— *Branche terminale* :

Le *nerf sous-orbitaire* (Nervus infraorbitalis) se distribue à la paupière inférieure, à la peau du nez, et à la lèvre supérieure, s'épanouissant en éventail au niveau de la fosse canine.

Rôle du nerf maxillaire supérieur

■ Sensitif : pour

— les téguments de la région temporale, de la paupière inférieure, de la pommette, de l'aile du nez, et de la lèvre supérieure,

— la muqueuse des fosses nasales, du sinus maxillaire, de la voûte palatine, du voile du palais, des gencives supérieures,

— toutes les dents de la mâchoire supérieure.

■ Moteur : rôle nul ; on pensait autrefois que le nerf innervait les muscles du voile du palais, mais on sait actuellement que le nerf est chargé de ce rôle, par le rameau anastomotique de la fosse jugulaire (du facial), le grand nerf pétreux superficiel, le nerf vidien, et le ganglion sphéno-palatin. (Fig. 31bis)

■ Sécrétoire : rôle nul ; là aussi, on pensait que le maxillaire supérieur innervait la glande lacrymale ; mais cette innervation vient du nerf vidien.

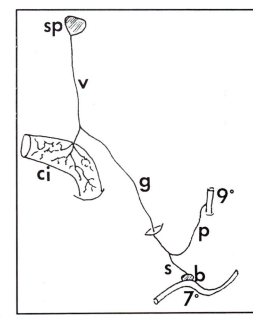

FIGURE 31bis

Systématisation du nerf vidien

7° Nerf facial VII.
9° Nerf glosso-pharyngien.
s Nerf pétreux superficiel.
p Nerf pétreux profond.
b Nerf intermédiaire VIIbis.
g Grand nerf pétreux.
ci Carotide interne.
v Nerf vidien.
sp Ganglion sphéno-palatin.

FIGURE 32

Représentation schématique du nerf trijumeau et de ses branches (d'après Pitres et Testut).

1. Nerf facial.
2. Corde du tympan.
3. Nerf du ptérygoïdien interne.
3'. Nerf du ptérygoïdien externe.
4. Nerf du masséter.
5. Nerf du mylo-hyoïdien.
6. Nerf du ventre antérieur du digastrique.
7. Nerf dentaire inférieur.
8. Glande sublinguale.
9. Glande linguale de Blandin.
10. Nerf buccal.
11. Nerf dentaire antérieur.
12. Nerf sous-orbitaire.
13. Glande lacrymale.
14. Nerf nasal.
15. Nerf frontal externe.
16. Nerf frontal interne.
17. Rameau cutané du nerf frontal interne.
18. Nerf maxillaire supérieur.
19. Nerf lacrymal.
20. Nerf ophtalmique.
21. Ganglion de Gasser.
22. Ganglion otique.
23. Nerf trijumeau.
24. Nerf auriculo-temporal.
25. Nerfs temporaux profonds.
26. Ganglion sphéno-palatin.
27. Nerf dentaire postérieur.
28. Ganglion sous-mandibulaire.
29. Glande sous-mandibulaire.

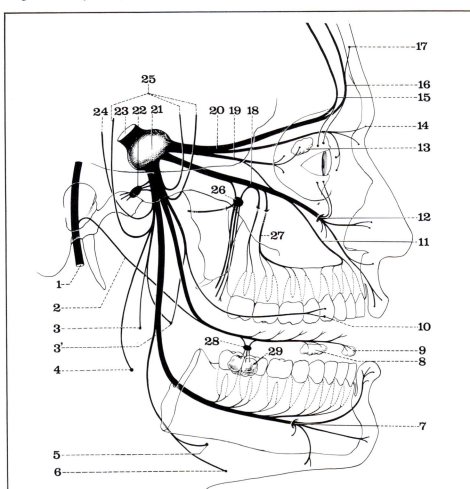

La région masticatrice superficielle ou région temporo-massétérine

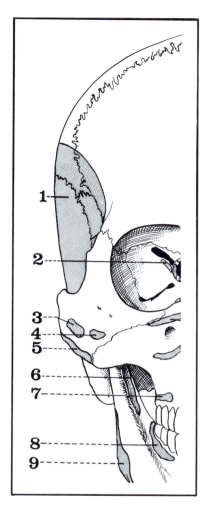

FIGURE 33

Insertions musculaires de la face latérale droite du crâne (vue de face).
1. *Muscle temporal.*
2. *Muscle droit externe (du globe oculaire).*
3. *Muscle grand zygomatique.*
4. *Muscle petit zygomatique.*
5. *Muscle masséter (insertion malaire)*
6. *Tendon du temporal*
7. *Muscle buccinateur (insertion maxillaire).*
8. *Muscle buccinateur (insertion mandibulaire).*
9. *Muscle masséter (insertion mandibulaire).*

– Muscle temporal :
  a) Origines
  b) Corps charnu
  c) Terminaison
  d) Innervation
  e) Action
  f) Rapports
  g) Plans superficiels :
     tissu cellulaire sous-cutané
     peau et forme extérieure

– Muscle masséter :
  a) Couche profonde
  b) Couche superficielle
  c) Innervation
  d) Action
  e) Rapports
  f) Plans superficiels :
     tissu cellulaire sous-cutané
     peau et forme extérieure

La fosse temporale et la branche montante de la mandibule sont recouvertes par les deux muscles masticateurs superficiels, situés pratiquement sur le même plan :

— en haut : le muscle temporal,
— en bas : le muscle masséter.

A. **LE MUSCLE TEMPORAL** (Musculus temporalis) est l'élément principal de la région temporale (Regio temporalis).

a) ORIGINES :

1) **Osseuses** : sur une surface semi-circulaire de **la fosse temporale**, comprise entre : (Fig. 33 et 34)

— *en haut* : la ligne courbe temporale inférieure,
— *en bas* : la crête sphéno-temporale, et la crête sus-mastoïdienne,
— *en avant* : l'apophyse externe du frontal, et la suture sphéno-malaire,
— *en arrière* : l'union de la ligne courbe temporale inférieure, et de la crête sus-mastoïdienne.

Ces insertions se font par :

— des fibres charnues, sur la fosse temporale,
— des fibres aponévrotiques, sur la crête sphéno-temporale.

2) **Aponévrotiques** : sur les 2/3 supérieurs de la face interne de l'aponévrose temporale, par quelques faisceaux charnus clairsemés.

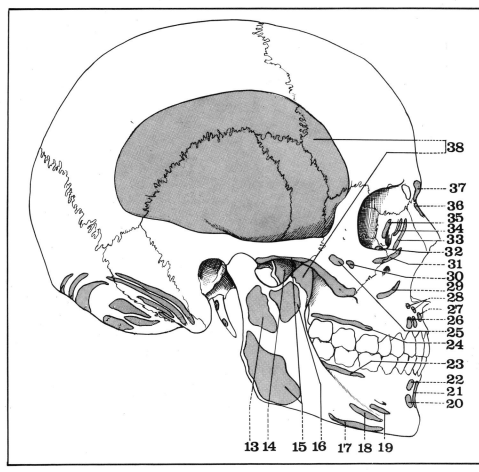

FIGURE 34

Insertions musculaires de la face latérale droite du crâne (vue de profil).

13. Faisceau profond du muscle masséter.
14. Muscle ptérygoïdien externe.
15. Insertion supérieure du muscle masséter.
16. Faisceau coronoïdien du masséter.
17. Muscle peaucier du cou.
18. Muscle triangulaire des lèvres.
19. Muscle carré du menton.
20. Faisceau mandibulaire de l'orbiculaire des lèvres.
21. Muscle de la houppe du menton.
22. Muscle incisif inférieur.
23. Muscle buccinateur (insertion mandibulaire).
24. Muscle buccinateur (insertion maxillaire).
25. Muscle grand zygomatique.
26. Muscle incisif supérieur.
27. Muscle myrtiforme.
28. Muscle dilatateur des narines.
29. Muscle canin.
30. Muscle petit zygomatique.
31. Muscle releveur de la lèvre supérieure.
32. Muscle petit oblique (du globe oculaire).
33. Muscle releveur de l'aile du nez et de la lèvre supérieure.
34. Faisceau orbitaire de l'orbiculaire.
35. Faisceau palpébral de l'orbiculaire des paupières.
36. Muscle pyramidal du nez.
37. Muscle sourcilier.
38. Muscle temporal.

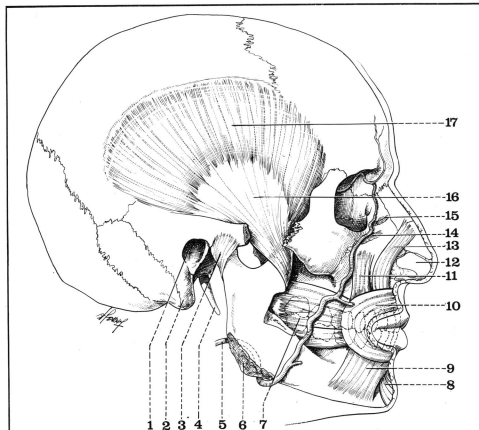

FIGURE 35

Vue latérale droite de la tête montrant le muscle temporal.

1. Conduit auditif externe.
2. Apophyse mastoïde.
3. Ligament latéral externe de la temporo-mandibulaire.
4. Apophyse styloïde.
5. Artère faciale.
6. Insertion du muscle masséter.
7. Muscle buccinateur.
8. Muscle de la houppe du menton.
9. Muscle carré du menton.
10. Muscle orbiculaire des lèvres.
11. Muscle canin.
12. Cartilage alaire.
13. Muscle transverse du nez.
14. Insertion du muscle releveur de la lèvre supérieure.
15. Insertion du releveur de l'aile du nez et de la lèvre supérieure.
16. Portion tendineuse du muscle temporal.
17. Portion musculaire du muscle temporal.

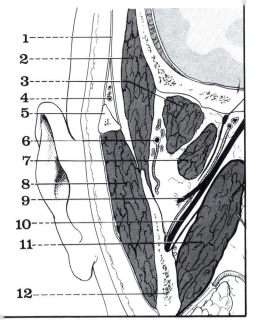

FIGURE 36
Coupe frontale de la région des muscles masticateurs (côté droit, segment postérieur de la coupe).
1. Aponévrose temporale.
2. Muscle temporal.
3. Faisceau supérieur du ptérygoïdien externe.
4. Vaisseaux zygomato-orbitaires.
5. Arcade zygomatique.
6. Artère maxillaire interne.
7. Faisceau inférieur du ptérygoïdien externe.
8. Muscle masséter.
9. Nerf lingual (sectionné).
10. Nerf dentaire inférieur.
11. Muscle ptérygoïdien interne.
12. Branche montante de la mandibule.

b) CORPS CHARNU : (Fig. 35)

En forme de large éventail, à base postéro-supérieure, le muscle est mince et étalé à sa périphérie. De là, ses fibres convergent vers l'apophyse coronoïde :
— les antérieures sont verticales,
— les moyennes sont obliques en bas et en avant,
— les postérieures, horizontales, se réfléchissent sur la racine transverse du zygoma.

Le muscle se ramasse ainsi sur lui-même, et atteint son épaisseur maxima au niveau du zygoma.

c) TERMINAISON : (Fig. 35 et 36)

Le tendon terminal, plat et triangulaire, apparaît assez haut dans l'épaisseur du muscle, et reçoit les fibres charnues sur ses faces interne et externe.

Il se fixe très solidement sur l'apophyse coronoïde qu'il engaine :
— sur toute sa face interne,
— sur la moitié supérieure de sa face externe,
— sur ses bords antérieur et postérieur.

d) INNERVATION : (Fig. 27)

Par les *trois nerfs temporaux*, du maxillaire inférieur :
— *l'antérieur* provient du temporo-buccal,
— *le moyen* naît directement du nerf mandibulaire,
— *le postérieur* provient du temporo-massétérin.

Tous trois contournent la crête sphéno-temporale, et, après un trajet ascendant, abordent la face profonde du muscle.

e) ACTION :
— par ses fibres antérieures et moyennes : élévation de la mandibule,
— par ses fibres postérieures : rétropulsion.

f) RAPPORTS : (Fig. 35 et 36)

1) **Dans ses 3/4 supérieurs** :

Le muscle occupe une loge ostéo-aponévrotique, **la loge temporale**, comprise entre la fosse temporale, en dedans, et l'aponévrose temporale, en dehors.

— *en dedans* : la fosse temporale osseuse, sur laquelle chemine, entre muscle et os, les nerfs et vaisseaux temporaux profonds;
— *en dehors* : *l'aponévrose temporale* recouvre le muscle et dépasse ses limites; elle se fixe sur l'apophyse orbitaire externe du frontal, et sur l'espace compris entre les deux lignes courbes temporales; dans cet espace, elle adhère au périoste, puis, plus bas, au muscle temporal, qui prend sur elle ses insertions.

Dans son 1/3 inférieur, elle se dédouble pour former un canal triangulaire sus-jacent au zygoma, dans lequel chemine l'artère zygomato-orbitaire, branche de la temporale superficielle.

En superficie, descend l'expansion latérale de **l'aponévrose épicrânienne** ou galéa (Galea aponeurotica), lame fibreuse qui recouvre la convexité du crâne, séparée de l'aponévrose temporale par un tissu cellulaire lâche, où peuvent se collecter les hématomes (bosse séro-sanguine). (Fig. 38) Elle donne insertion à deux petits **muscles peauciers** :

— *l'auriculaire antérieur* (Musculus auricularis anterior), étalé en éventail, du pavillon de l'oreille à la partie antérieure de l'aponévrose,
— *l'auriculaire supérieur* (Musculus auricularis superior), plus large, quadrilatère, tendu du cartilage du pavillon à la partie latérale de l'aponévrose épicrânienne.

2) **Dans son 1/4 inférieur** :

Le tendon temporal s'engage dans le « grand trou zygomatique », et recouvre l'apophyse coronoïde.

Il répond : (Fig. 41)

— *en dedans* : au muscle ptérygoïdien externe, au muscle buccinateur, et à la partie postérieure de la boule graisseuse de Bichat, ou corps adipeux de la bouche (Corpus adiposum buccae),

— *en dehors* : à l'arcade zygomatique, et au masséter, qui le cache entièrement,

— *en avant* : à la boule de Bichat, qui le sépare de la gouttière rétro-malaire,

— *en arrière* : à l'échancrure sigmoïde, et au paquet vasculo-nerveux massétérin, qui la traverse.

g) PLANS SUPERFICIELS

1) **Tissu cellulaire sous-cutané**

Lâche en avant, très serré en arrière, il contient dans son épaisseur les vaisseaux et nerfs superficiels. (Fig. 37 et 38)

— *Les artères* proviennent de la *temporale superficielle* (Arteria temporalis superficialis), branche terminale de la carotide externe, qui, à sa sortie de la parotide, monte verticalement en avant du tragus, glisse entre le conduit auditif externe et le tubercule zygomatique antérieur, et, arrivée dans la région temporale, se divise en deux branches un peu au-dessus de l'arcade zygomatique :

— l'une *antérieure*, frontale, très flexueuse,
— l'autre *postérieure*, pariétale, plus volumineuse.

Largement anastomosées entre elles, ces branches entrent aussi en rapport en arrière avec l'auriculaire postérieure et l'occipitale, collatérales de la carotide externe.

Au cours de son trajet, la temporale superficielle a donné deux collatérales :

— la *temporale profonde postérieure* (A. temporales profundae), qui perfore l'aponévrose temporale, et devient sous-aponévrotique,

— la *zygomato-orbitaire* (Arteria zygomatico-orbitalis), qui chemine au-dessus du zygoma. (Fig. 36)

Localisée à la temporale superficielle, l'artérite réalise parfois une forme très particulière, la maladie de Horton*.

— *Les veines* rejoignent la *veine temporale superficielle* (Vv. temporales superficiales), ordinairement placée en arrière de l'artère, et s'unissant avec la veine maxillaire interne pour former la veine jugulaire externe. (Fig. 24)

— *Les lymphatiques* forment deux courants :

antérieur se rendant aux ganglions parotidiens et auriculaires (pré-tragien),
postérieur se drainant dans les ganglions mastoïdiens.

— *Les nerfs* sont moteurs et sensitifs :

■ moteurs : branches temporo-faciales du nerf facial (VII), destinées aux deux muscles auriculaires,

■ sensitifs :

— le *nerf auriculo-temporal* (Nervus auriculotemporalis) est le plus important ; branche du nerf mandibulaire, il aborde la région avec les vaisseaux temporaux superficiels, passant d'ordinaire en arrière d'eux, et se distribue à la presque totalité des plans superficiels,

— *en avant* : des branches du nerf ophtalmique et du nerf zygomatique (branche temporo-malaire),

— *en arrière* : la branche mastoïdienne (du plexus cervical superficiel) et le grand nerf sous-occipital (de C2).

---

* « L'artérite temporale » de Horton fut décrite en 1932.

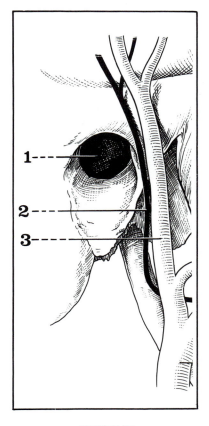

FIGURE 37

Les vaisseaux et les nerfs superficiels de la région masticatrice superficielle.
1. Conduit auditif externe.
2. Nerf auriculo-temporal.
3. Artère temporale superficielle.

FIGURE 38

*Plan superficiel de la région temporale droite
(après section du cuir chevelu et de la peau).*

1. Aponévrose épicrânienne (ou galéa).
2. Coupe du cuir chevelu.
3. Branche de l'artère auriculaire postérieure.
4. Rameau de la branche mastoïdienne du plexus cervical superficiel.
5. Nerf du muscle auriculaire postérieur.
6. Muscle auriculaire postérieur.
7. Branche postérieure (ou pariétale) de l'artère temporale superficielle.
8. Nerf auriculo-temporal.
9. Ganglion pré-tragien.
10. Veine temporale superficielle.
11. Artère temporale superficielle.
12. Muscle auriculaire supérieur, et son nerf.
13. Muscle auriculaire antérieur, et son nerf.
14. Branche antérieure (ou frontale) de l'artère temporale superficielle.
15. Rameau orbitaire de l'artère temporale superficielle.
16. Muscle orbiculaire des paupières.

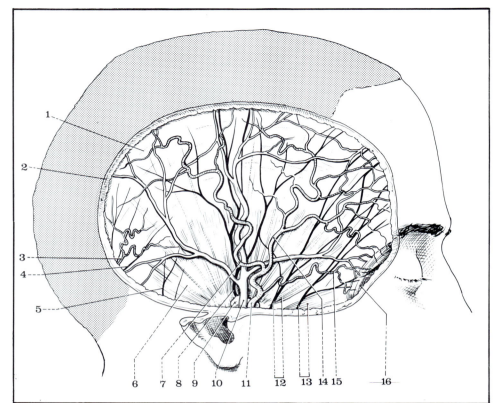

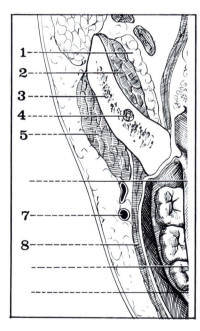

FIGURE 39

*Portion basse du muscle masséter
(coupe horizontale côté droit, segment inférieur).*

1. Prolongement antéro-interne de la glande parotide.
2. Muscle ptérygoïdien interne.
3. Branche montante de la mandibule.
4. Canal dentaire inférieur.
5. Muscle masséter.
7. Artère faciale.
8. Muscle buccinateur.

2) Peau et forme extérieure

Dans sa partie *antérieure*, la peau est fine et glabre; dans sa partie *postérieure*, elle est plus résistante, moins mobile, et surtout recouverte de cheveux, qui, chez l'adulte, sont les premiers à blanchir. C'est d'ailleurs cette particularité qui a donné son nom à la région temporale, ou tempe, car « le temps » y marque ses premiers effets.

Plane chez l'homme, légèrement bombée chez la femme, la région temporale peut se déformer en cas d'amaigrissement, et devenir excavée, faisant saillir les reliefs osseux.

L'exploration clinique permet très facilement de percevoir :
— en avant et en haut : l'apophyse orbitaire externe du frontal,
— en bas : l'arcade zygomatique, limite inférieure de la région temporale.

B. LE MUSCLE MASSETER* (Musculus masseter), court, épais, et quadrilatère, est sous-jacent au muscle temporal, appliqué sur la face externe de la branche montante.

Il est formé de deux couches musculaires, distinctes en arrière, et plus ou moins confondues en avant. (Fig. 39, 40, 41)

a) COUCHE PROFONDE

Assez courte, elle est cachée par la couche superficielle, sauf en arrière où elle la déborde.

1) Origine : (Fig. 40)

Sur le bord inférieur, et la face interne de l'arcade zygomatique.

Les fibres les plus hautes s'isolent parfois en un faisceau indépendant qui se fixe sur la coronoïde. Testut appelle ce faisceau « jugal », et le rattache, au contraire, au muscle temporal.

---

* Masséter : du grec « maseter » : dérivé de « masaomai » : manger, qui mâche, qui mange.

2) **Corps charnu** :

Les fibres descendent verticalement, et croisent à 45° la couche superficielle.

3) **Terminaison** :

Sur la moitié supérieure de la face externe de la branche montante.

b) COUCHE SUPERFICIELLE :

Plus longue, et plus antérieure, elle est formée de fibres obliques en bas et en arrière.

1) **Origines** : (Fig. 40)

Sur les 3/4 antérieurs du bord inférieur de l'arcade zygomatique, par des fibres aponévrotiques, qui atteignent en avant l'angle inférieur de l'os malaire, et en arrière la suture zygomato-malaire.

2) **Cors charnu** :

Dirigé en bas et en arrière vers l'angle de la mâchoire, et subdivisé en faisceaux par des languettes fibreuses.

3) **Terminaison** : (Fig. 40)

Sur l'angle de la mandibule, et sur la moitié inférieure de la face externe de la branche montante, par des fibres charnues en avant, et des fibres aponévrotiques en arrière, qui soulèvent des crêtes osseuses.

c) INNERVATION :

Par la branche massétérine, du nerf temporo-massétérin, qui traverse l'échancrure sigmoïde, et se ramifie entre les deux couches musculaires.

d) ACTION :

Elévation puissante de la mandibule ; sa tétanisation pathologique entraîne une contracture invincible, le « trismus ».

e) RAPPORTS :

Le muscle occupe une loge ostéo-aponévrotique, la *loge massétérine*, comprise entre la branche montante de la mandibule, en dedans, et l'aponévrose massétérine en dehors.

— **en dedans** :

au 1/3 supérieur : l'insertion du temporal sur l'apophyse coronoïde, l'échancrure sigmoïde (comblée par le septum sigmoïdale), et le tendon condylien du ptérygoïdien externe,

aux 2/3 inférieurs : la branche montante de la mandibule.

— **en dehors : l'aponévrose massétérine** qui entoure le muscle, et se fixe sur le bord inférieur du zygoma, et les bords de la branche montante, (Fig.36)

Dans un dédoublement de l'aponévrose, des organes à direction transversale croisent la face superficielle du muscle : (Fig. 42)

au 1/3 supérieur : l'artère transversale de la face, branche de la temporale superficielle,

au 1/3 moyen : le prolongement antérieur de la glande parotide, et le canal de Sténon (Ductus Parotideus), qui se coude au niveau du bord antérieur du massétér, en arrière de la boule de Bichat, et perfore le muscle buccinateur, en avant.

— **en arrière** : la capsule de l'articulation temporo-mandibulaire, séparée par une bourse séreuse, et, plus bas, la glande parotide.

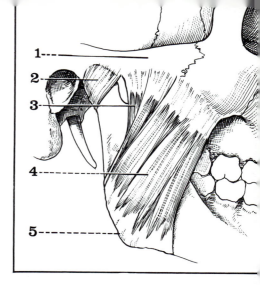

FIGURE 40

1. Apophyse zygomatique du temporal.
2. Ligament latéral externe de l'articulation temporo-mandibulaire.
3. Faisceau profond du muscle massétér.
4. Faisceau superficiel du muscle masséter.
5. Angle de la mandibule (ou gonion).

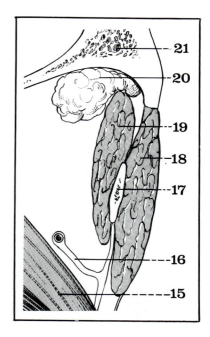

FIGURE 41

Portion haute du muscle masséter (coupe horizontale, côté droit, segment inférieur).

15. Muscle ptérygoïdien externe.
16. Expansion externe de la lame vasculaire de l'artère maxillaire interne.
17. Apophyse coronoïde.
18. Muscle masséter.
19. Muscle temporal.
20. Boule graisseuse de Bichat.
21. Os malaire (ou zygomatique).

FIGURE 42

La glande parotide et les branches du nerf facial.

1. Conduit auditif externe.
2. Apophyse styloïde.
3. Branche auriculaire postérieure du facial.
4. Artère auriculaire postérieure.
5. Glande parotide.
6. Muscle sterno-cléido-mastoïdien.
7. Artère carotide externe.
8. Veine jugulaire externe.
9. Bandelette mandibulaire.
10. Muscle hyo-glosse.
11. Branche cervico-faciale du facial.
12. Muscle masséter.
13. Mandibule.
14. Artère faciale.
15. Veine faciale.
16. Muscle buccinateur.
17. Canal de Sténon.
18. Muscle grand zygomatique.
19. Rameau buccal supérieur du facial.
20. Faisceau orbitaire du muscle orbiculaire des paupières.
21. Artère transversale de la face.
22. Rameau palpébral du facial.
23. Rameau frontal du facial.
24. Artère et veine temporales superficielles.

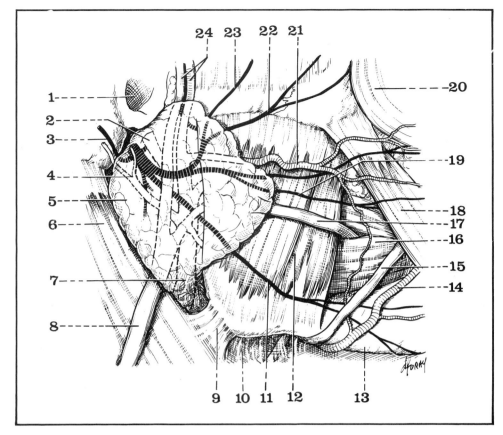

f) PLANS SUPERFICIELS

1) Tissu cellulaire sous-cutané

Plus ou moins riche en graisse, il recouvre l'aponévrose du masséter, ainsi que l'artère transversale de la face, et le canal de Sténon, compris dans son dédoublement.

Il contient des vaisseaux et des nerfs superficiels. (Fig. 42)

— des *artères* : branche massétérine inférieure, de la faciale, à la limite inférieure de la région ;

— des *veines* : rejoignant la veine faciale, et la veine transversale de la face ;

— des *lymphatiques* : rejoignant les ganglions sous-mandibulaires

— des *nerfs*, surtout moteurs, branches temporo et cervico-faciales du facial, qui croisent la face externe du masséter, en direction des muscles de la face ;

— des *muscles peauciers* enfin ; à *l'angle antéro-supérieur* la grand zygomatique, au milieu : le risorius (de Santorini), étalé en éventail à base postérieure, à *l'angle antéro-inférieur* : les faisceaux les plus reculés du peaucier du cou (ou platysma).

2) Peau et forme extérieure

Glabre chez la femme, recouverte de poils chez l'homme, dont l'abondance peut réaliser les « favoris », la peau se continue avec celle de la région parotidienne, en arrière, et celle de la région faciale superficielle, en avant.

La région massétérine est légèrement convexe, en fonction du développement plus ou moins important du muscle sous-jacent.

L'exploration clinique permet de reconnaître, au niveau de l'angle postéro-supérieur de la région, la saillie osseuse du condyle mandibulaire, mobile lors des mouvements d'abaissement de la mâchoire.

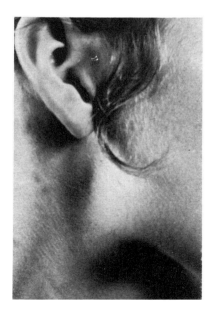

FIGURE 43

La région massétérine chez la femme (côté droit).

3 la bouche (organisation générale)

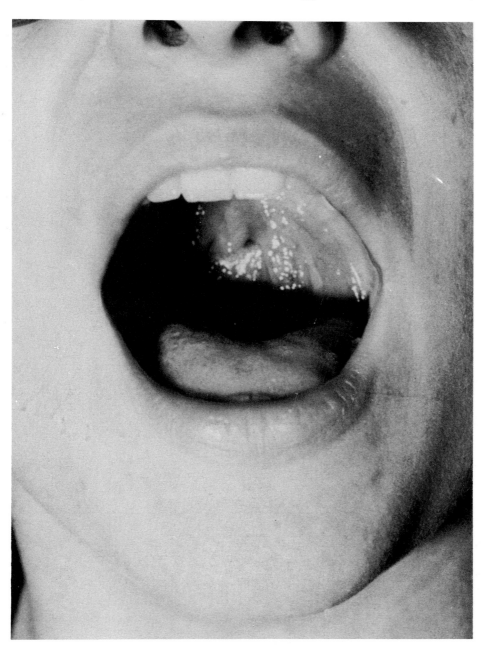

Cavité irrégulière située entre le massif osseux facial supérieur et la mandibule, la bouche (Cavum oris) représente non seulement le segment initial du tube digestif mais est aussi le siège de l'organe de la gustation; elle joue un rôle important dans la phonation et l'articulation des sons. Communicant en avant avec le milieu extérieur au niveau de l'orifice buccal que ferment les lèvres, elle est largement ouverte en arrière sur le pharynx avec lequel elle communique par un orifice béant : l'isthme du gosier (isthmus faucium).

Limites (Fig. 1, 2 et 3)

Entièrement revêtue par une muqueuse, la muqueuse buccale, qui se poursuit en arrière avec la muqueuse pharyngée, la bouche est limitée :

— EN AVANT par les lèvres et la région labiale ;
— LATÉRALEMENT par les éléments de la région génienne ;
— EN HAUT par la voûte palatine qui la sépare des fosses nasales et se prolonge en arrière par le voile du palais, dont les piliers antérieurs et postérieurs circonscrivent latéralement la région amygdalienne en allant s'implanter en bas dans la paroi pharyngée ;
— EN BAS par le muscle mylo-hyoïdien, principal constituant du plancher buccal, qui sépare la bouche de la région sus-hyoïdienne ;
— EN ARRIÈRE enfin par l'isthme du gosier, vaste orifice ovalaire à grand axe vertical bordé *en haut* par le bord libre du voile du palais, *latéralement* par les piliers du voile et l'amygdale, *en bas* par la base de la langue. (Fig. 3)

FIGURE 1

Coupe sagittale de la cavité buccale et du pharynx.
1. Cornet inférieur.
2. Apophyse palatine du maxillaire supérieur.
3. Pilier antérieur du voile du palais.
4. Muscle génio-glosse.
5. Mandibule.
6. Muscle génio-hyoïdien.
7. Os hyoïde.
8. Epiglotte.
9. Cartilage thyroïde.
15. Aryténoïde.
16. Cavité pharyngée.
17. Pilier postérieur du voile.
18. Paroi pharyngée.
19. Axis.
20. Voile du palais.
21. Arc antérieur de l'atlas.
22. Amygdale pharyngée.
23. Sphénoïde.

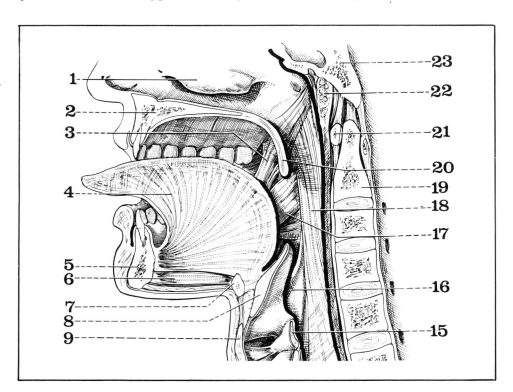

Divisions topographiques et contenu de la bouche

A l'intérieur de la cavité buccale, viennent faire saillie les arcades dentaires qui divisent la bouche en deux parties : (Fig. 2)

— **En dehors des arcades dentaires, le vestibule** de la bouche, espace virtuel au repos, en forme de fer à cheval à concavité postérieure, limité *en dedans* par les arcades dentaires et la face externe du bord alvéolaire tapissé par les gencives, *en dehors* par la face profonde, muqueuse, des régions labiale et génienne, *en haut et en bas* par la muqueuse du sillon gingivo-jugal.

— **En dedans des arcades dentaires, la cavité buccale proprement dite** limitée en dehors par la face interne des arcades dentaires et du rebord gingival, est une cavité virtuelle au repos, de forme ovoïde, longue d'environ 7 cm, large de 4 cm et haute de 2,5 cm. La plus grande partie de cette cavité est occupée par **la langue** qui forme une saillie volumineuse sur la ligne médiane.

— La cavité buccale proprement dite et le vestibule communiquent d'une part à travers les *espaces interdentaires*, d'autre part et surtout au niveau de *l'espace rétro-dentaire* situé entre la dernière molaire et le bord antérieur de la branche montante de la mandibule. (Fig. 3)

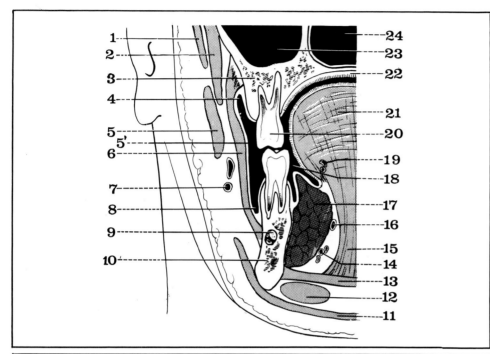

FIGURE 2

Coupe frontale de la face passant par la deuxième prémolaire.

1. Muscle grand zygomatique.
2. Masséter.
3. Os maxillaire supérieur.
4. Sillon gingivo-jugal supérieur.
5. Risorius.
5'. Vestibule de la bouche.
6. Muscle buccinateur.
7. Artère faciale.
8. Sillon gingivo-jugal inférieur.
9. Nerf dentaire inférieur dans le canal dentaire.
10. Mandibule.
11. Muscle peaucier du cou.
12. Ventre antérieur du muscle digastrique.
13. Muscle mylo-hyoïdien.
14. Artère sub-linguale.
15. Muscle hyo-glosse.
16. Canal de Wharton.
17. Glande sub-linguale.
18. Cavité buccale.
19. Artère ranine.
20. Arcade dentaire supérieure (2ᵉ prémolaire).
21. Langue.
22. Muqueuse palatine.
23. Sinus maxillaire.
24. Fosse nasale.

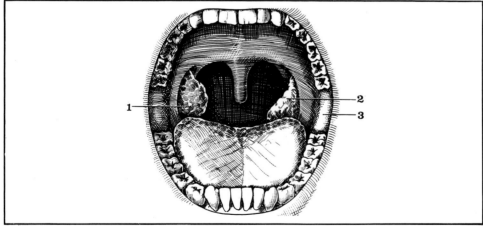

FIGURE 3

Vue antérieure de la cavité buccale (bouche ouverte).

1. Amygdale pédiculée.
2. Amygdale plongeante.
3. Bord antérieur de la branche montante de la mandibule.

Ainsi les différents éléments constitutifs de la bouche peuvent-ils être répartis en plusieurs régions :

— *région labiale* en avant et *région génienne* latéralement, qui seront étudiées avec les régions superficielles de la face (pages 453 et 448),
— *région palatine* en haut,
— région du *plancher de la bouche* en bas, surplombée par la *langue*,
— région *gingivo-dentaire* latéralement,
— région *amygdalienne* en arrière, à cheval sur la cavité buccale et le pharynx.

4 la langue

Organe de structure musculeuse et muqueuse, la langue (Lingua) occupe la plus grande partie de la cavité buccale. Organe de la gustation elle joue aussi un rôle important dans la mastication, la déglutition et l'articulation de certains sons et de la plupart des consonnes.

Généralités

SITUATION :

Occupant l'espace concave en arrière circonscrit par les arcades dentaires la langue s'implante en bas sur la partie centrale du plancher buccal dont elle semble être une évagination musculaire revêtue de muqueuse et bombant dans la bouche et le pharynx.

Elle est donc située :
— entre les arcades gingivo-dentaires,
— au-dessous de la région palatine,
— au-dessus du plancher de la bouche, de la région sus-hyoïdienne et de l'os hyoïde sur lequel elle s'insère,
— en avant du pharynx dont elle forme une partie de la paroi antérieure.

MORPHOLOGIE EXTÉRIEURE :

Masse ovoïde à grosse extrémité postérieure et à pointe antérieure la langue comprend deux parties :

— **Une partie fixe** ou racine de la langue, située à la partie postéro-inférieure de l'organe, profondément enfoncée dans le plancher buccal, attachée à l'os hyoïde en bas, à la mandibule en avant et aux piliers du voile en arrière ; (Fig. 2 et 3)

— **Une partie mobile** ou libre, beaucoup plus étendue, comprenant le segment antérieur et supérieur de l'organe. Elle est seule visible à l'examen et on peut lui décrire deux faces, deux bords latéraux, une pointe et une base.

— *La face supérieure* (Fig. 1 et 3) de surface veloutée et humide, de coloration rose, présente un sillon médian plus ou moins accusé. De part et d'autre de ce sillon s'implantent des rangées de papilles d'importance croissante d'avant en arrière : filiformes en avant, elles deviennent fungiformes plus en arrière. A l'union des 2/3 antérieurs et du 1/3 postérieur elles deviennent caliciformes et dessinent à la face dorsale de la langue une empreinte en forme de V : le sillon terminal ou V lingual. Celui-ci marque la ligne de soudure des deux ébauches linguales primitives et permet de distinguer à la partie mobile de la langue un segment buccal situé en avant et un segment pharyngien situé en arrière. Un peu en arrière du sommet du V lingual, sur la ligne médiane une petite dépression, le Foramen Caecum, représente le reliquat du tractus thyréo-glosse dont la persistance pathologique est à l'origine de kystes et de fistules congénitales.

— *La face inférieure* : est revêtue d'une muqueuse beaucoup plus mince et beaucoup plus lisse que celle de la face supérieure. Répondant au plancher buccal, elle présente, elle aussi, un sillon médian qui se prolonge en arrière par un repli muqueux, le *frein de la langue* qui va se recourber en bas et en avant, et se continuer à la partie médiane du plancher de la bouche. Latéralement sous la muqueuse la saillie des muscles génioglosses et celle des veines ranines est généralement bien visible. (Fig. 1bis)

PLAN

Généralités
— Situation
— Morphologie extérieure
— Constitution anatomique

Squelette ostéo-fibreux
— Os hyoïde
— Membrane hyo-glossienne
— Septum lingual

Muscles de la langue
— Génio-glosse
— Lingual inférieur
— Hyoglosse
— Amygdalo-glosse
— Palato-glosse
— Pharyngo-glosse
— Stylo-glosse
— Transverse de la langue
— Lingual supérieur

Muqueuse de la langue

Vaisseaux de la langue
— Artères
— Veines
— Lymphatiques
— Nerfs de la langue
— Etude synthétique de l'innervation de la langue

Rôles fonctionnels de la langue

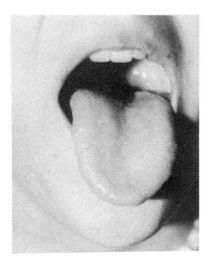

FIGURE 1
La face supérieure de la langue.

— *Les bords latéraux* : arrondis et mousses s'épaississant d'avant en arrière, ils répondent aux arcades dentaires sur lesquelles ils peuvent venir s'ulcérer dans certaines lésions dentaires. (Fig. 1)

— *La base de la langue* : entièrement pharyngée, continue la face supérieure, en arrière du sommet du V lingual. Sa muqueuse peu adhérente, irrégulière, est soulevée par de nombreux follicules lymphoïdes dont l'ensemble constitue *l'amygdale linguale*. S'inclinant progressivement dans un plan vertical, la base de la langue va former la paroi antérieure de l'oro-pharynx. Elle répond à la face antérieure de l'épiglotte qu'elle refoule en arrière au cours du deuxième temps de la déglutition, obturant ainsi l'orifice supérieur du larynx. A sa partie toute inférieure, la base de la langue est rattachée à l'épiglotte par les trois replis glosso-épiglottiques médian et latéraux qui soulèvent la muqueuse en formant de part et d'autre de la ligne médiane les deux fossettes glosso-épiglottiques ou vallécules. (Fig. 2 et 3)

CONSTITUTION ANATOMIQUE :

Organe essentiellement musculaire, la langue est constituée par :
— un squelette ostéo-fibreux,
— un ensemble de muscles,
— une muqueuse,
— des vaisseaux et des nerfs.

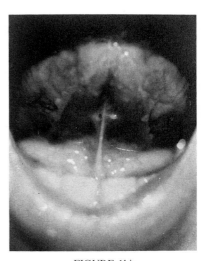

FIGURE 1bis

Le frein de la langue.

FIGURE 2

Vue supérieure de la langue (coupe horizontale de la face).

1. Prolongement antéro-interne de la glande parotide.
2. Muscle ptérygoïdien interne.
3. Branche montante de la mandibule.
4. Canal dentaire inférieur.
5. Muscle masséter.
6. V lingual.
7. Artère faciale.
8. Muscle buccinateur.
9. Face dorsale de la langue.
10. Sillon lingual.
11. Amygdale pharyngée.
12. Sinus piriforme.
13. Repli glosso-épiglottique latéral.
14. Vallécule.
15. Epiglotte.
16. Repli glosso-épiglottique médian.
17. Foramen caecum.
18. Base de la langue.
19. Muscle constricteur supérieur du pharynx.
20. Muscle stylo-hyoïdien.
21. Glande parotide.

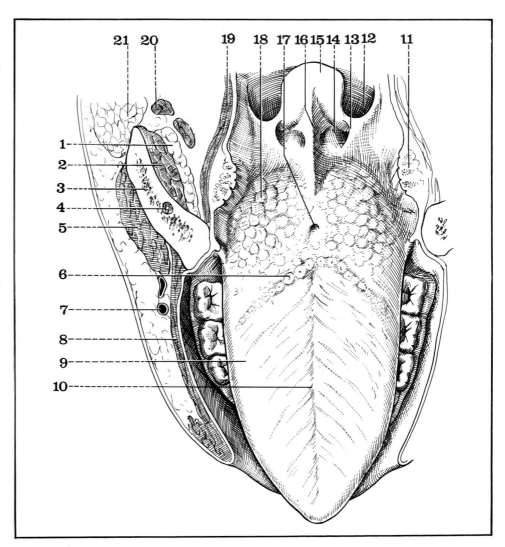

Le squelette ostéo-fibreux de la langue

Il est formé par un os impair et médian : l'os hyoïde, et par deux membranes fibreuses : la membrane hyo-glossienne et le septum lingual.

L'OS HYOÏDE : (Fig. 4) (Os hyoideum)

Impair et médian, situé dans la concavité de l'arc mandibulaire à hauteur approximative de la quatrième vertèbre cervicale, l'os hyoïde a une forme de fer à cheval à concavité postérieure. Il est formé d'un corps antérieur et médian, prolongé à ses extrémités postérieures par deux apophyses : les grandes cornes. Un peu en dedans de la base des grandes cornes naissent les petites cornes, presque verticales, obliques en haut et en arrière. (Cf. Région sus-hyoïdienne).

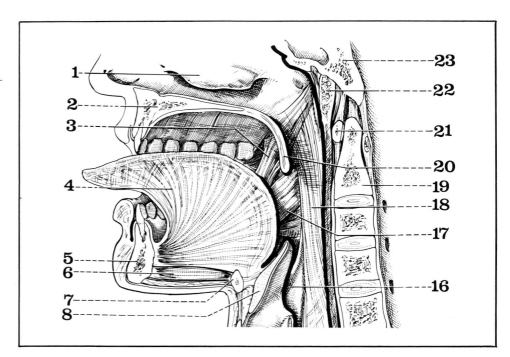

FIGURE 3

Coupe sagittale schématique de la cavité buccale et du pharynx.
1. *Cornet inférieur.*
2. *Apophyse palatine du maxillaire supérieur.*
3. *Pilier antérieur du voile du palais.*
4. *Muscle génio-glosse.*
5. *Mandibule.*
6. *Muscle génio-hyoïdien.*
7. *Os hyoïde.*
8. *Epiglotte.*
16. *Cavité pharyngée.*
17. *Pilier postérieur du voile.*
18. *Paroi pharyngée.*
19. *Axis.*
20. *Voile du palais.*
21. *Arc antérieur de l'atlas.*
22. *Amygdale pharyngée.*
23. *Sphénoïde.*

LA MEMBRANE HYO-GLOSSIENNE : (Fig. 5)

C'est une lame fibreuse verticale disposée dans le plan frontal, légèrement concave en arrière. Haute d'environ 1 cm elle s'insère en bas sur le bord supérieur du corps de l'os hyoïde, entre les petites cornes, et se perd progressivement en haut dans l'épaisseur des masses musculaires de la langue.

LE SEPTUM LINGUAL : (Fig. 5) (Septum linguae)

C'est une lame fibreuse de direction sagittale, d'aspect falciforme, dont la base s'implante en arrière au milieu de la face antérieure de la membrane hyo-glossienne, et qui monte dans l'épaisseur de la langue pour se terminer au niveau de la pointe.

C'est autour de ce squelette fibreux que vont se disposer les muscles de la langue.

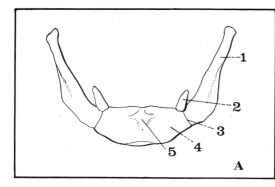
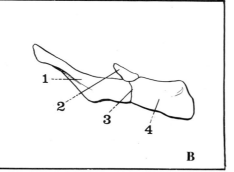
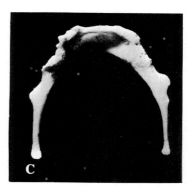

FIGURE 4

L'os hyoïde.
A) de face; B) de profil; C) vue supérieure.
1. Grande corne.
2. Petite corne.
3. Jonction de la grande corne et du corps.
4. Corps de l'os hyoïde.
5. Tubercule hyoïdien médian.

FIGURE 5

Le squelette fibreux de la langue.
1. Epiglotte.
2. Membrane hyo-glossienne.
3. Os hyoïde.
4. Septum lingual.
5. Muscle lingual supérieur.

Les muscles de la langue

Au nombre de 17 : 8 pairs et un seul impair, le lingual supérieur, ils naissent des organes ou des os voisins pour venir se terminer dans l'épaisseur même de la langue, sur la face profonde de la muqueuse ou sur le squelette fibreux. Ils sont tous innervés par le nerf grand hypoglosse (XII) à l'exception du palato-glosse et du stylo-glosse innervés par le facial (VII).

LE GÉNIO-GLOSSE (Genioglossus) : (Fig. 3)

Situé immédiatement au-dessus du génio-hyoïdien, c'est un muscle pair étalé en éventail sur la face latérale du septum lingual.

— **Insertions** : Il s'insère en bas et en avant par des fibres tendineuses sur l'apophyse géni supérieure.

— **Le corps musculaire** : Etalé en éventail, aplati transversalement, dirige ses fibres antérieures vers la pointe de la langue, ses fibres moyennes vers la face profonde de la muqueuse dorsale, ses fibres postérieures vers le bord supérieur de l'os hyoïde.

— **Innervation** : Par l'hypoglosse (XII).

— **Action** : Dans son ensemble, le génio-glosse abaisse la langue et la plaque contre le plancher buccal. Ses fibres antérieures attirent la langue en bas et en arrière, ses fibres postérieures attirent l'os hyoïde en haut et en avant.

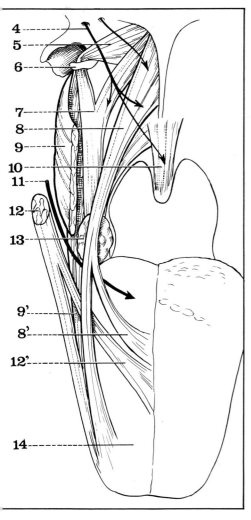

FIGURE 6

Vue antérieure des muscles du voile du palais et de la langue (d'après Monod).

4. Nerf palatin postérieur.
5. Aponévrose du voile du palais (tendon du muscle péri-staphylin externe).
6. Crochet de l'apophyse ptérygoïde.
7. Muscle pharyngo-staphylin.
8 et 8'. Muscle palato-glosse.
9 et 9'. Muscle constricteur supérieur du pharynx avec son faisceau lingual.
10. Azygos de la luette.
11. Nerf glosso-pharyngien.
12 et 12'. Muscle styloglosse.
13. Amygdale palatine.
14. Face dorsale de la langue.

LE LINGUAL INFÉRIEUR (Longitudinalis inferior) : (Fig. 7) ou longitudinal inférieur

C'est un petit muscle aplati situé immédiatement en dehors du précédent.

— **Insertions** : Sur la petite corne de l'os hyoïde.

— **Le corps musculaire** : Etroit et plat monte en décrivant une courbe à concavité antéro-inférieure vers la muqueuse de la pointe où il se termine.

— **Innervation** : Par l'hypoglosse. (XII)

— **Action** : Le lingual inférieur est abaisseur et rétracteur de la langue.

L'HYO-GLOSSE (Hyoglossus) : (Fig. 7)

C'est une lame musculaire aplatie qui forme la partie latérale de la base de la langue; il constitue également une partie de la paroi interne de la région sous-mandibulaire.

— **Insertions** : Il s'insère en bas sur le bord supérieur du corps de l'os hyoïde (faisceau basio-glosse), sur la petite corne (faisceau chondro-glosse) et sur le bord supérieur de la grande corne (faisceau cérato-glosse).

— **Le corps musculaire** : Il forme une lame quadrilatère qui monte oblique en haut en avant et un peu en dedans, et s'entrecroise avec le génio-glosse et le stylo-glosse pour se terminer sur le septum lingual ou s'épanouir dans l'épaisseur de la langue.

— **Innervation** : Par l'hypoglosse. (XII)

— **Action** : L'hyo-glosse est abaisseur et rétracteur de la langue.

L'AMYGDALO-GLOSSE (Amygdaloglossus) :

Il est inconstant.

— **Insertions** : Il naît de la tunique fibreuse du pharynx au niveau de la face latérale de la capsule amygdalienne.

— **Le corps musculaire** : Oblique en bas et en avant se termine dans l'épaisseur de la base de la langue.

— **Innervation** : Par l'hypoglosse. (XII)

— **Action** : Il est élévateur de la base de la langue.

LE PALATO-GLOSSE (Palatoglossus) :

Muscle grêle, il va du voile du palais à la partie postéro-latérale de la langue. (Fig. 6)

— **Insertions** : Il s'insère en haut sur la face inférieure de l'aponévrose du voile du palais.

— **Le corps musculaire** : Arrondi et grêle, descend presque verticalement dans l'épaisseur du pilier antérieur du voile pour se terminer à la partie latérale de la face dorsale de la langue immédiatement en dedans du stylo-glosse avec lequel il confond ses fibres.

— **Innervation** : Par le rameau lingual du facial ou l'anse de Haller.

— **Action** : Il attire la langue en arrière et rétrécit l'isthme du gosier.

LE PHARYNGO-GLOSSE : Pars Glosso Pharyngea (M. Constrictor Pharyngis Superior) : (Fig. 6)

C'est en fait un faisceau du constricteur supérieur du pharynx qui se détache du bord antérieur du pharynx et qui passe à la face interne de l'hyo-glosse pour aller confondre ses fibres avec celles du génio-glosse et du stylo-glosse.

— **Innervation** : Par le glosso-pharyngien (et le vago-spinal).

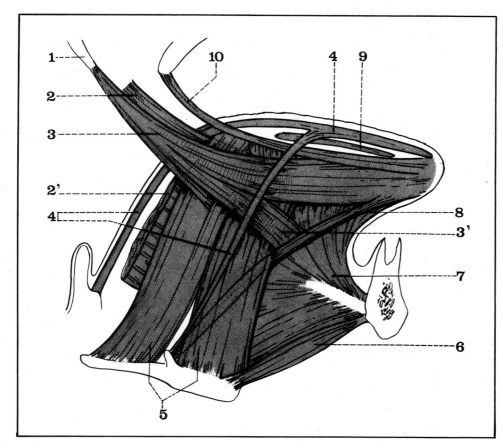

FIGURE 7
*Les muscles de la langue
(vue latérale droite).*
1. Apophyse styloïde.
2. Faisceau du muscle constricteur supérieur formant le muscle pharyngo-glosse.
2'. Constricteur supérieur du pharynx.
3 et 3'. Muscle stylo-glosse.
4. Muscle lingual supérieur.
5. Muscle hyo-glosse.
6. Muscle génio-hyoïdien.
7. Muscle génio-glosse.
8. Muscle lingual inférieur.
9. Muscle transverse de la langue.
10. Muscle palato-glosse.

LE STYLO-GLOSSE (Styloglossus) : (Fig. 7)

Muscle long et mince il s'étend depuis l'apophyse styloïde jusqu'au bord latéral de la langue.

— **Insertions** : Il se fixe en haut sur le bord antérieur de l'apophyse styloïde et sur le ligament stylo-mandibulaire. Il est le plus antérieur des muscles du bouquet stylien de Riolan.

— **Le corps musculaire** : D'abord étroit et mince, il se dirige obliquement en bas et en avant et passe en dehors de la loge amygdalienne. Au niveau de la partie postérieure du bord latéral de la langue il se divise en deux faisceaux :

— *un faisceau supérieur* ou principal qui décrit une courbe à concavité supérieure, tend à devenir horizontal, forme le relief du bord latéral de la langue et se termine sur la partie supérieure du septum, jusqu'à la pointe de la langue ;

— *un faisceau inférieur* qui va également jusqu'au septum en s'intriquant avec l'hyo-glosse et le lingual inférieur.

— **Innervation** : Par le rameau lingual du facial ou l'anse de Haller, et par l'hypoglosse. (XII)

— **Action** : Le stylo-glosse élève la langue en haut et en arrière et élargit sa partie postérieure.

LE TRANSVERSE DE LA LANGUE (Transversus Linguae) :

Visible uniquement sur une coupe frontale de la langue, il se réduit à quelques fibres de direction transversale allant des faces latérales du septum à la face profonde de la muqueuse des bords latéraux de la langue. (Fig. 9)

— **Innervation** : par le nerf hypoglosse (XII).

Les muscles de la langue et leur innervation

Génio-glosse (XII)
Lingual inf.(XII)
Hyo-glosse (XII)
Amygdalo-glosse (XII)
Palato-glosse (VII)
Pharyngo-glosse (IX)
Stylo-glosse (VII et XII)

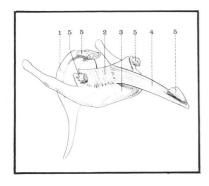

FIGURE 8

Le squelette fibreux de la langue.
1. *Epiglotte.*
2. *Membrane hyo-glossienne.*
3. *Os hyoïde.*
4. *Septum lingual.*
5. *Muscle lingual supérieur.*

LE LINGUAL SUPÉRIEUR (Longitudinalis superior) : (Fig. 8 et 9) ou longitudinal supérieur

Encore appelé muscle longitudinal supérieur, c'est le seul muscle *impair* et médian de la langue.

— **Insertions** : Il se fixe en arrière par un faisceau médian sur la base de l'épiglotte et deux faisceaux latéraux sur les petites cornes de l'os hyoïde.

— **Le corps musculaire** : Forme une mince lame musculaire médiane qui longe la face profonde de la muqueuse dorsale sur laquelle elle se termine.

— **Innervation** : Par l'hypoglosse. (XII)

— **Action** : Il abaisse et raccourcit la langue.

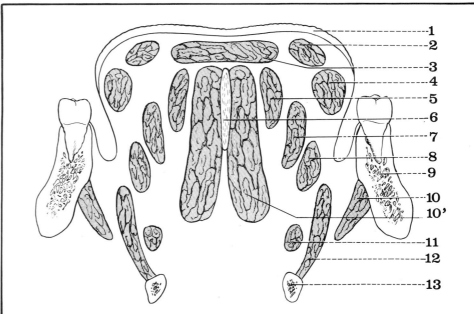

FIGURE 9

Coupe frontale de la langue.

1. *Muqueuse linguale.*
2. *Palato-glosse.*
3. *Lingual supérieur.*
4. *Stylo-glosse (faisceau supérieur).*
5. *Pharyngo-glosse.*
6. *Septum lingual.*
7. *Hyo-glosse (faisceau cérato-glosse).*
8. *Stylo-glosse (faisceau inférieur).*
9. *Mandibule.*
10. *Mylo-hyoïdien.*
10'. *Muscle génio-glosse.*
11. *Lingual inférieur.*
12. *Hyo-glosse (faisceau basio-glosse).*
13. *Os hyoïde.*

La muqueuse de la langue

En continuité avec la muqueuse buccale et la muqueuse pharyngée, elle revêt la totalité de la partie mobile de la langue. Elle a une configuration différente suivant le point considéré.

Au niveau de la face dorsale elle est épaisse et fortement adhérente aux muscles sous-jacents. (Fig. 10 et 11)

Au niveau de la base de la langue, elle s'amincit et est séparée du plan musculaire par une couche celluleuse.

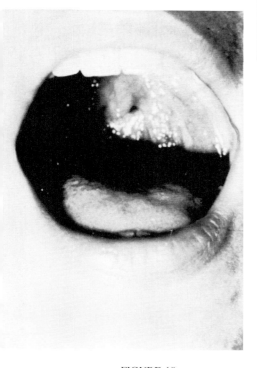

FIGURE 10

La face supérieure de la langue.

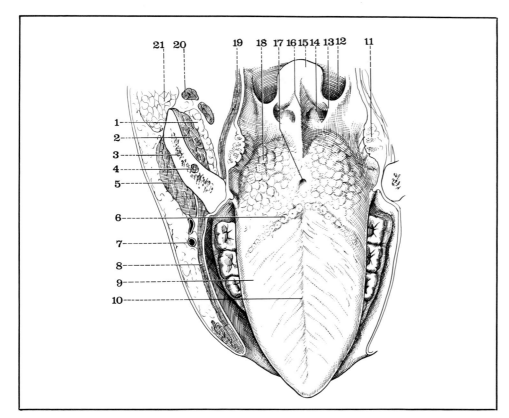

FIGURE 11

Vue supérieure de la langue (coupe horizontale de la face).

1. Prolongement antéro-interne de la glande sous-mandibulaire.
2. Muscle ptérygoïdien interne.
3. Branche montante de la mandibule.
4. Canal dentaire inférieur.
5. Muscle masséter.
6. V lingual.
7. Artère faciale.
8. Muscle buccinateur.
9. Face dorsale de la langue.
10. Sillon lingual.
11. Amygdale pharyngée.
12. Sinus piriforme.
13. Repli glosso-épiglottique médian.
14. Vallécule.
15. Epiglotte.
16. Repli glosso-épiglottique médian.
17. Foramen caecum.
18. Base de la langue.
19. Muscle constricteur supérieur du pharynx.
20. Muscle stylo-hyoïdien.
21. Glande parotide.

Au niveau de la face inférieure, très facilement clivable, elle devient très mince et transparente par endroits. (Fig. 12)

Formée histologiquement d'un chorion sur lequel repose un épithélium pavimenteux stratifié elle est avant tout caractérisée par la présence au niveau de la face dorsale et des bords de la langue des *papilles gustatives* qui ont une morphologie différente suivant les points considérés.

En outre elle contient dans son épaisseur de petites *glandes linguales* de type salivaire (Glandes de Blandin* ou de Nühn**) qui se répartissent habituellement en trois groupes :

— un groupe postérieur, au niveau de la base,
— un groupe latéral, au niveau des bords de la langue,
— un groupe antéro-inférieur situé à la face inférieure près de la pointe.

Les vaisseaux de la langue

La vascularisation tant sanguine que lymphatique de la langue est particulièrement riche.

LES ARTÈRES :

Proviennent de la palatine ascendante, de la pharyngienne ascendante et surtout de la linguale.

A - LA PALATINE ASCENDANTE (Palatina ascendens) est une collatérale de l'artère faciale, elle-même branche de la carotide externe. Née de la première courbe de l'artère faciale dans la loge sous-mandibulaire elle monte vers le voile du palais en passant entre stylo-glosse et stylo-pharyngien et irrigue au passage la partie latérale de la base de la langue. (Fig. 13)

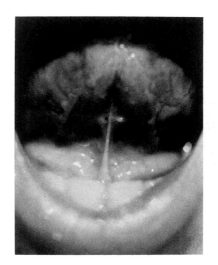

FIGURE 12

La face inférieure de la langue.

---

* Blandin Philippe, Frédéric (1798-1849), anatomiste français, professeur de chirurgie à Paris.
** Nühn Anton (1814-1891), médecin et anatomiste allemand.

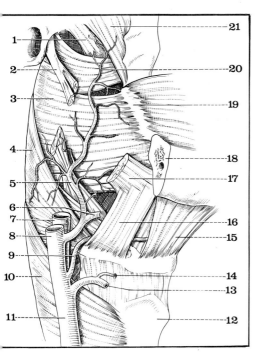

FIGURE 13

L'artère palatine ascendante.
1. Muscle péri-staphylin interne.
2. Apophyse styloïde.
3. Muscle constricteur supérieur du pharynx.
4. Muscle constricteur moyen.
5. Artère palatine ascendante.
6. Artère faciale.
7. Artère carotide interne.
8. Artère carotide externe.
9. Artère linguale.
10. Muscle constricteur inférieur du pharynx.
11. Artère carotide primitive.
12. Cartilage thyroïde.
13. Artère thyroïdienne supérieure.
14. Artère laryngée supérieure.
15. Muscle mylo-hyoïdien.
16. Muscle hyo-glosse.
17. Terminaison du stylo-glosse.
18. Mandibule sectionnée.
19. Ligament ptérygo-mandibulaire et insertion du muscle buccinateur.
20. Rameau pharyngé et tubaire de l'artère palatine ascendante.
21. Muscle péri-staphylin externe.

---

* Küttner Hermann (1870-1932), chirurgien allemand, professeur à Tübingen, Marburg et Breslau.

B - **LA PHARYNGIENNE ASCENDANTE** (A. Pharyngea ascendens) branche de la carotide externe se plaque très vite contre la paroi pharyngée sur laquelle elle monte et qu'elle vascularise. Elle donne également au passage quelques rameaux accessoires pour la base de la langue.

c - **LA LINGUALE** (A. Lingualis) assure la majeure partie de la vascularisation de la langue. C'est une branche volumineuse de la carotide externe. Née près de l'origine de la carotide externe, dans le triangle de Farabeuf elle se porte d'abord en avant et en dedans et se plaque sur la face externe du constricteur moyen du pharynx, un peu au-dessus de la grande corne de l'os hyoïde. Se portant toujours en avant elle croise le bord postérieur de l'hyo-glosse et passe à sa face profonde. Elle chemine alors avec les veines linguales profondes entre le muscle hyo-glosse et le nerf hypoglosse en dehors et le constricteur moyen en dedans. Elle croise ensuite le muscle lingual inférieur, longe la face supérieure du génio-glosse et se divise dans le plancher buccal en ses deux terminales :
— **la sub-linguale** (A. Sublingualis) qui vascularise la glande du même nom et donne un rameau pour le frein de la langue,
— **la ranine** (A. Profunda linguae) qui s'enfonce dans l'épaisseur de la langue, cheminant, sinueuse, sous la muqueuse jusqu'à la pointe, irriguant ainsi toute la partie mobile de la langue. (Fig. 14)

En cours de route, elle donne au niveau de la petite corne de l'os hyoïde une collatérale importante : **la dorsale de la langue** qui s'enfonce verticalement dans la partie postérieure de la langue qu'elle vascularise ainsi que le pilier antérieur du voile et l'épiglotte.

La ligature de la linguale s'effectue en traversant les éléments de la région sous-maxillaire et en incisant l'hyo-glosse soit dans le triangle de Béclard, soit dans le triangle de Pirogoff (Cf. Région sus-hyoïdienne).

LES VEINES :

Elles ont une disposition un peu différente de celle des artères. Elles se répartissent en trois groupes de chaque côté.

A - LES VEINES LINGUALES PROFONDES :

Sont satellites de l'artère linguale. Elles sont peu volumineuses.

B - LES VEINES RANINES OU VEINES LINGUALES SUPERFICIELLES :

Satellites de l'artère ranine puis de l'hypoglosse, elles cheminent à la face externe de l'hyo-glosse. En cours de route elles reçoivent les veines dorsales. Au niveau du bord postérieur de l'hyo-glosse elles se réunissent aux veines profondes pour former un tronc unique qui se jette dans le tronc veineux thyro-linguo-facial, affluent antérieur de la jugulaire interne.

C - LES VEINES DORSALES :

Situées sous la muqueuse de la face supérieure rejoignent rapidement les veines ranines.

LES LYMPHATIQUES : (Fig. 15)

Ils forment à l'intérieur de la langue et sous la muqueuse un réseau qui se draine dans un relais lymphatique d'autant plus haut situé que le territoire lingual est postérieur. Il n'y a pas d'anastomoses entre les côtés droit et gauche, mais le territoire médian se draine aussi bien d'un côté que de l'autre, ce qui explique la possibilité d'envahissement ganglionnaire bilatéral :

a. *la pointe de la langue* est drainée dans les ganglions sous-mentaux ;

b. *le corps de la langue*, par ses collecteurs centraux, latéraux, et postérieurs, est drainé dans les ganglions sous-mandibulaires, puis dans les ganglions jugulo-carotidiens, et en particulier dans le ganglion principal, ou sous-digastrique de Küttner*.

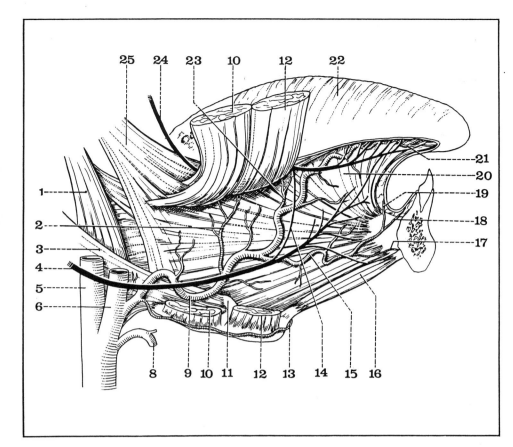

FIGURE 14

L'artère linguale et les nerfs de la langue.

1. Muscle stylo-pharyngien.
2. Artère dorsale de la langue.
3. Constricteur moyen du pharynx.
4. Nerf hypoglosse (XII).
5. Carotide interne.
6. Carotide externe.
8. Thyroïdienne supérieure.
9. Artère linguale.
10. Muscle hyo-glosse (faisceau cérato-glosse).
11. Petite corne de l'os hyoïde.
12. Muscle hyo-glosse (faisceau basio-glosse).
13. Rameau hyoïdien de la linguale.
14. Anastomose de l'hypoglosse au lingual.
15. Artère sub-linguale.
16. Ventre antérieur du digastrique.
17. Rameau mentonnier.
18. Rameau génien.
19. Artère du frein de la langue.
20. Muscle génio-glosse.
21. Artère ranine.
22. Face dorsale de la langue.
23. Rameau dorso-lingual.
24. Nerf lingual.
25. Muscle stylo-glosse.

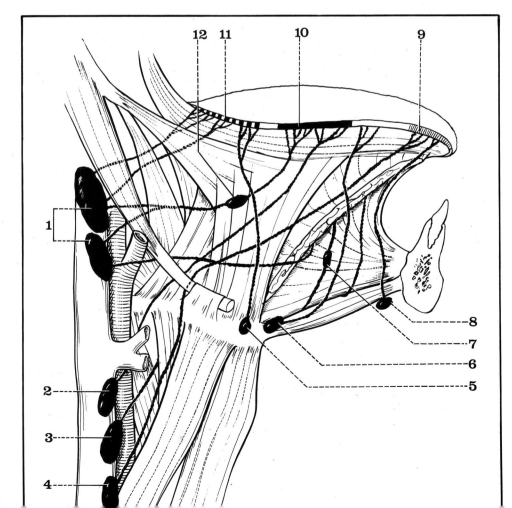

FIGURE 15

Les lymphatiques de la langue.

1. Ganglions sous-digastriques (Küttner).
2. 3. 4. Ganglions de la chaîne jugulo-carotidienne.
5. 6. Ganglions sous-mandibulaires.
7. Ganglion du plancher de la bouche.
8. Ganglion sous-mental.
9. Réseau lymphatique de la pointe.
10. Réseau marginal moyen.
11. Réseau marginal postérieur.
12. Ganglion relais intermédiaire.

Les nerfs de la langue

L'innervation de la langue est complexe. A la fois motrice, sensitive, et sensorielle gustative, elle est assurée apparemment par cinq nerfs : le lingual, branche du trijumeau (V), l'hypoglosse (XII), le glosso-pharyngien (IX), le facial (VII), et le laryngé externe branche du vague (X). En outre certains nerfs suivent des trajets d'emprunt, ce qui complique encore la description.

L'HYPOGLOSSE (N. hypoglossus) (XII) :

Douzième paire crânienne, l'hypoglosse est un nerf **exclusivement moteur de la langue**. (Fig. 14)

Né dans le sillon préolivaire du bulbe, il a traversé la base du crâne dans le canal condylien antérieur puis a pénétré dans l'espace rétro-stylien où il décrit une vaste courbe contournant par en arrière le sympathique, le vague et la carotide interne avant de gagner la région carotidienne en longeant le bord inférieur du digastrique. Après avoir croisé la face externe de la carotide externe en formant le bord supérieur du triangle de Farabeuf, il chemine entre la face superficielle de l'hyo-glosse en dedans et la face médiale du digastrique en dehors. Passant ensuite dans l'interstice entre mylo-hyoïdien et hyo-glosse il arrive dans la région sub-linguale et se termine en pénétrant dans l'épaisseur de la langue. Il assure l'innervation motrice des muscles de la langue. Seuls le palato-glosse et le stylo-glosse reçoivent des rameaux venus du facial.

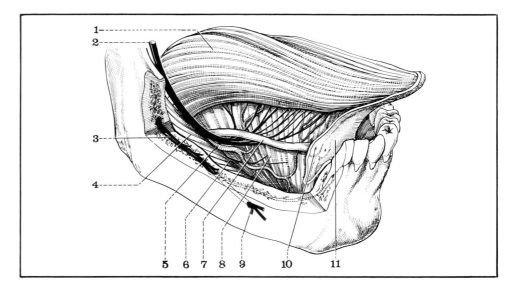

FIGURE 16

Vue latérale de la région du plancher de la bouche après résection partielle du corps de la mandibule.

1. *Langue.*
2. *Nerf lingual.*
3. *Nerf dentaire inférieur.*
4. *Muscle mylo-hyoïdien.*
5. *Artère linguale.*
6. *Terminaison du nerf hypoglosse.*
7. *Canal de Wharton.*
8. *Muscle génio-glosse.*
9. *Nerf mentonnier.*
10. *Ostium ombilicale.*
11. *Muqueuse vestibulaire.*

LE LINGUAL (N. lingualis) : (Fig. 16)

Branche terminale du nerf mandibulaire, lui-même branche du trijumeau (V), il est né dans la région ptérygo-maxillaire immédiatement au-dessous de la base du crâne. Cheminant obliquement en bas et en avant entre l'aponévrose inter-ptérygoïdienne et le ptérygoïdien externe, il perfore l'aponévrose inter-ptérygoïdienne et passe sous l'arcade du constricteur supérieur pour pénétrer dans la cavité buccale en compagnie du stylo-glosse dont il longe la face externe. Décrivant une vaste courbe à concavité supérieure, il effleure le pôle supérieur de la glande sous-mandibulaire, traverse d'arrière en avant la région sub-linguale en sous-croisant le canal de Wharton et pénètre enfin dans la langue dont il innerve la muqueuse située en avant du V lingual. En cours de route il a reçu sur la face externe de l'hyo-glosse une anastomose de l'hypoglosse et surtout, dans l'espace ptérygo-maxillaire, une collatérale apparente du facial : **la corde du tympan** qui physiologiquement constitue la véritable racine sensorielle du lingual.

LE GLOSSO-PHARYNGIEN (N. Glosso-Pharyngeus) (IX) (Fig. 17) :

Neuvième paire crânienne c'est un nerf mixte qui, né du sillon collatéral postérieur du bulbe, a traversé la partie interne du trou déchiré postérieur où il présente un ganglion : le **ganglion d'Andersch**, puis s'est porté en avant dans l'espace rétrostylien en se plaquant contre la paroi pharyngée. Il arrive dans la région linguale en longeant la face interne du stylo-glosse et pénètre ainsi dans la base de la langue où il se termine. Il innerve la muqueuse de la partie supérieure de la base de la langue et celle de la face supérieure située en arrière du V lingual.

En cours de route, à sa sortie de la base du crâne, il a donné une anastomose au facial : **l'anse de Haller*** d'où naissent des rameaux destinés au stylo-glosse et au palato-glosse. (Fig. 17bis).

LE FACIAL (N. Facialis) (VII) :

Participe apparemment à l'innervation de la langue par deux de ses branches :

— d'une part **la corde du tympan** qui se détache du tronc nerveux dans la portion mastoïdienne de l'aqueduc de Fallope, traverse la caisse du tympan d'arrière en avant puis émerge de la base du crâne dans la région ptérygoïdienne où elle s'anastomose au lingual. Elle représente en fait une branche de l'intermédiaire de Wrisberg (VIIbis) (Fig. 17bis);

— d'autre part **le rameau lingual du facial** destiné à l'innervation du stylo-glosse et du palato-glosse. Ce rameau peut manquer et être remplacé par des filets issus de l'anse de Haller, anastomose du facial au glosso-pharyngien.

LE LARYNGÉ EXTERNE : Ramus externus (N. Laryngeus Superior)

Branche du laryngé supérieur, lui-même venu du vague, il sera étudié avec le larynx. Nerf purement sensitif, il assure l'innervation de la partie la plus reculée et la plus inférieure de la base de la langue au niveau des remplis glosso-épiglottiques.

ÉTUDE SYNTHÉTIQUE DE L'INNERVATION DE LA LANGUE :

L'innervation linguale peut en définitive être ainsi schématisée :

A - L'INNERVATION MOTRICE : (cf. page 389)

est assurée presque exclusivement par **l'hypoglosse**, le facial n'intervenant que de façon accessoire dans l'innervation du palato-glosse et du stylo-glosse.

B - L'INNERVATION SENSITIVE GÉNÉRALE :

est assurée d'arrière en avant par :

— le **laryngé externe** pour la partie la plus basse de la base de la langue,
— le **glosso-pharyngien** pour la partie dorsale de la langue située en arrière du V lingual,
— le **lingual**, branche du trijumeau pour la partie de la langue située en avant du V lingual.

C - L'INNERVATION SENSORIELLE : (Fig. 18)

— Elle dépend du **glosso-pharyngien** pour la partie de la langue située en arrière du V et, pour les papilles caliciformes, du V lingual.

— Elle est *apparemment assurée par le lingual* pour la partie antérieure de la langue. Mais le lingual n'est qu'un trajet d'emprunt des fibres nerveuses sensorielles. Celles-ci en effet suivent en réalité **la corde du tympan** et rejoignent donc d'abord

---

* Haller Albrecht Von (1708-1777), anatomiste suisse, professeur d'anatomie à Göttingen.

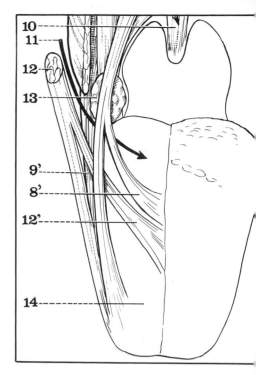

FIGURE 17

L'arrivée dans la langue du glosso-pharyngien.

8'. Muscle palato-glosse.
9'. Muscle pharyngo-glosse.
10. Azygos de la luette.
11. Nerf glosso-pharyngien.
12 et 12'. Muscle stylo-glosse.
13. Amygdale palatine.
14. Face dorsale de la langue.

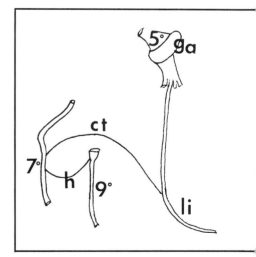

FIGURE 17bis

Origines du nerf lingual.

5° Nerf trijumeau.
7° Nerf facial.
9° Nerf glossopharyngien.
h. Anse de Haller.
ga. Ganglion de Gasser.
li. Nerf lingual.
ct. Corde du tympan.

le tronc du facial qu'elles empruntent sur un court trajet, pour gagner finalement au niveau du ganglion géniculé, dans l'aqueduc de Fallope, l'intermédiaire de Wrisberg (VIIbis). Or physiologiquement, l'intermédiaire n'est pas autre chose qu'un filet aberrant du glosso-pharyngien qui, au lieu de passer par le trou déchiré postérieur, passe par le conduit auditif interne, l'aqueduc de Fallope et la caisse du tympan. Si bien qu'en définitive on peut admettre que *toute l'innervation sensorielle de la langue passe par le glosso-pharyngien.*

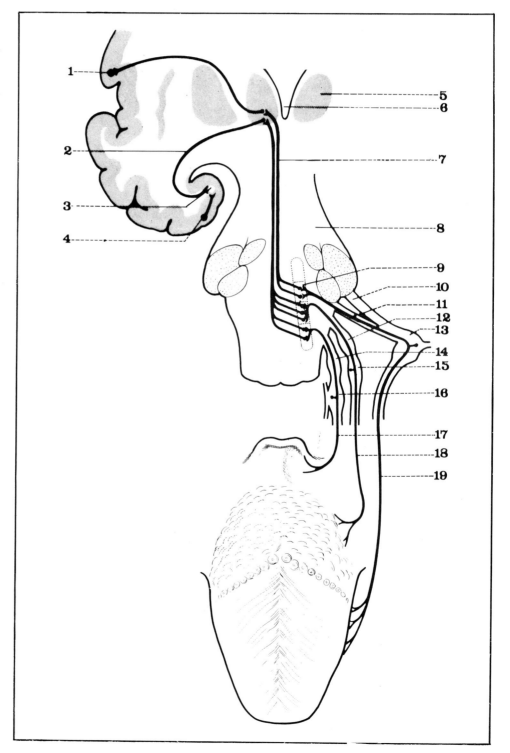

FIGURE 18

Les voies nerveuses de la gustation.
1. Neurone intra-cortical de l'aire gustative pariétale.
2. Neurone thalamo-cortical.
3. Uncus de l'hippocampe.
4. Neurone intra-cortical du cortex hippocampique.
5. Thalamus.
6. Troisième ventricule.
7. Neurone bulbo-thalamique empruntant le ruban de Reil médian.
8. Pédoncule cérébral.
9. Noyau du faisceau solitaire (VIIbis - IX - X).
10. Nerf facial (VII).
11. Neurone empruntant le trajet du VIIbis.
12. Neurone empruntant le trajet du glosso-pharyngien (IX).
13. Ganglion géniculé.
14. Ganglion jugulaire du vague (X).
15. Ganglion d'Andersch.
16. Ganglion plexiforme du vague.
17. Neurone ayant son point de départ au niveau des replis glosso-épiglottiques et empruntant le trajet du laryngé supérieur et du vague.
18. Neurone originaire de la base de la langue et empruntant le trajet du glosso-pharyngien.
19. Neurone véhiculant la sensibilité de la partie de la langue située en avant du V lingual et empruntant le trajet du lingual et de l'intermédiaire.

Rôles fonctionnels de la langue

La langue joue un rôle important à la fois dans la mastication, la formation du bol alimentaire, la déglutition, la gustation et la phonation.

DANS LA MASTICATION :

La langue intervient par le jeu de tous ses muscles en ramenant les aliments sous les arcades dentaires. Sa pression contre la voûte palatine osseuse complète l'action de broiement de ces dernières.

DANS LA FORMATION DU BOL ALIMENTAIRE :

Dans ce phénomène volontaire, la langue joue encore le rôle essentiel, préparant ainsi la déglutition.

DANS LA DÉGLUTITION :

La langue intervient d'abord au premier temps buccal de la déglutition. Sous l'action des muscles élévateurs (stylo-glosse et pharyngo-glosse en particulier) la pointe puis le corps de la langue se plaquent contre le palais et poussent le bol alimentaire en arrière vers la base de la langue et l'isthme du gosier. La base de la langue en se propulsant en arrière sous l'action en particulier du palato-glosse amorce alors le temps pharyngien de la déglutition en poussant le bol alimentaire dans le pharynx.

DANS LA GUSTATION : (Fig. 19)

La langue est aussi l'organe sensoriel de la gustation, la sensation gustative trouvant son point de départ au niveau des bourgeons du goût situés dans les papilles de la muqueuse dorsale de la langue.

La perception des quatre saveurs de base : acide, salée, sucrée, amère est inégalement répartie sur les différentes zones de la face dorsale, de la pointe et des bords de la langue. Les zones du V lingual et de la pointe, les plus riches en papilles correspondent aux zones de sensibilité maximale. La sensibilité gustative semble en effet fonction de la densité des papilles, de la richesse de leur innervation, de leur type morphologique et de la quantité des bourgeons du goût. Il faut noter en outre que les zones vasculaires situées sous les bourgeons du goût présentent des cellules endothéliales très riches en enzymes et on tend de plus en plus à admettre actuellement que la très grande diversité des sensations gustatives est liée à des phénomènes enzymatiques.

DANS LA PHONATION : (Fig. 20)

La langue a un rôle complexe où l'on peut distinguer une action statique et une action dynamique.

A - ACTION «STATIQUE» :

La position plus ou moins avancée ou reculée de la langue dans la cavité buccale modifie les volumes respectifs du résonateur buccal et du résonateur pharyngé dont l'action sur le son fondamental laryngé est inverse.

La position de **repos** de la langue correspond à l'émission des sons **a** et **au**.

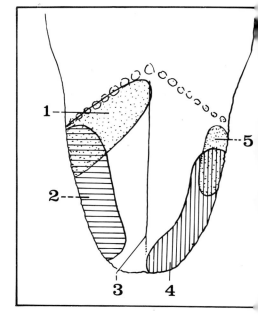

FIGURE 19

Les zones de perception des saveurs de base.
1. *Zone amère.*
2. *Zone salée.*
3. *Sillon lingual médian.*
4. *Zone sucrée.*
5. *Zone acide.*
Ces zones n'ont été séparées à droite et à gauche que pour simplifier la lecture du schéma, mais elles se chevauchent en réalité.

La position de la langue **en avant** diminue le volume du résonateur buccal et augmente celui du résonateur pharyngé permettant l'émission des sons aigus : **é, i, u in** et **un** et des consonnes telles que **f, s, t**.

La position de la langue **en arrière** augmente au contraire le volume du résonateur buccal et diminue celui du résonateur pharyngé permettant l'émission des voyelles graves : **o, ou, on**, et des consonnes telles que **k** et **g**.

B - ACTION « DYNAMIQUE » :

La langue joue un rôle déterminant dans l'articulation de tous les phonèmes et se déplace en avant ou en arrière suivant le phonème* considéré. Elle se place en position avancée pour les **phonèmes labiaux** (p, b, f, v, m) puis recule pour les phonèmes **dento-palatins** (t, d, v, z, i, u, é) pour prendre une position très postérieure pour les phonèmes **vélaires** (k, g, ch, j, o, ou, an, on, in, un).

Dans l'articulation des consonnes, elle assure une occlusion totale pour l'émission des **occlusives** (ou explosives) p, t, k, b, d, g, en prenant appui contre les lèvres (p, b), les dents (t, d) ou le palais (k, g). Elle laisse au contraire passer l'air au cours de l'émission des **constrictives** ou sifflantes (f, s, ch, v, z, j) en se plaçant au niveau des lèvres (f, v), des dents (s, z) ou plus en arrière pour ch et j.

* Phonème : élément sonore du langage articulé.

FIGURE 20

1. *Langue en position avancée (phonèmes labiaux : P B F V M).*
2. *Position de la langue pour les phonèmes dento-palatins (T D V Z I E).*
3. *Position postérieure de la langue pour les phonèmes vélaires (K G CH J O OU AN ON IN UN).*

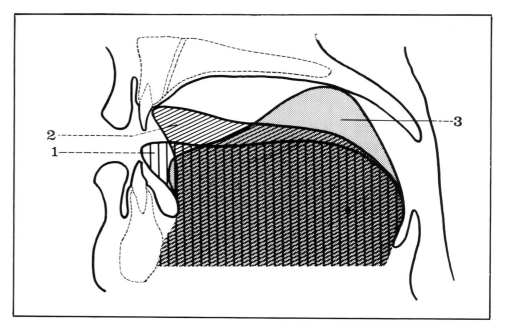

5 la région gingivo-dentaire

On désigne sous ce terme la partie du bord libre des mâchoires supérieure et inférieure qui supporte les dents. La région gingivo-dentaire revêt donc dans son ensemble la forme d'un fer à cheval à concavité postérieure situé entre le vestibule buccal en dehors et la cavité buccale proprement dite en dedans.

PLAN

Généralités
   Limites
   Constitution anatomique

Plan osseux
   Arcade alvéolaire supérieure
   Arcade alvéolaire inférieure

Gencives

Dents
   Structure de la «dent type»
   Nombre et situation des dents
   Moyens de fixité
   Différents types de dents
   Arcades dentaires
   Articulé dentaire
   Développement des dents

Vascularisation

Innervation

Généralités

LIMITES :

Ce sont en pratique les limites mêmes des arcades dentaires osseuses. **En arrière** la région gingivo-dentaire s'étend ainsi jusqu'à l'angle de la branche montante et de la partie horizontale de la mandibule. **En dehors** les limites supérieure et inférieure de la région sont représentées par les lignes de réflexion de la muqueuse qui, après avoir tapissé la face profonde de la joue, recouvre les arcades osseuses alvéolaires en devenant muqueuse gingivale. De même **en dedans**, les limites de la région sont représentées *en haut* par la ligne de réflexion de la muqueuse palatine sur la gencive supérieure, *en bas* par la ligne de réflexion de la muqueuse du plancher de la bouche sur la gencive inférieure. (Fig. 4)

CONSTITUTION ANATOMIQUE :

La région gingivo-dentaire comprend d'abord un plan osseux formé par les **rebords alvéolaires** du maxillaire supérieur et de la mandibule. Ce plan osseux est tapissé par **les gencives**. A travers les gencives, sur les rebords alvéolaires, s'implantent **les dents**. L'ensemble formé par les dents, l'os alvéolaire et les gencives, constitue **l'organe dentaire** ou odonton qui fait lui-même partie avec le maxillaire, la mandibule et l'articulation temporo-mandibulaire et les muscles masticateurs, d'un ensemble plus vaste : **l'appareil masticateur**.

Le plan osseux

Il est formé par les deux arcades alvéolaires. (Fig. 1, 2 et 3)

L'ARCADE ALVÉOLAIRE SUPÉRIEURE (Arcus alveolaris superior) (Fig. 2) :

Elle est formée par le bord inférieur du corps des deux maxillaires supérieurs, soudés entre eux sur la ligne médiane. Epais et élargi, le bord inférieur du maxillaire supérieur est creusé d'une série de cavités : **les alvéoles dentaires** (Alveoli dentales). Au niveau de chaque hémi-mâchoire, les trois premiers alvéoles, destinés aux incisives et aux canines, sont simples et coniques. Les cinq suivants, destinés aux prémolaires et aux molaires, sont au contraire subdivisés en deux ou plusieurs logettes par des cloisons de refend. Ces alvéoles situés très près de la face jugale du maxillaire y déterminent une série de saillies dont la plus marquée correspond à l'alvéole de la canine. (Fig. 3)

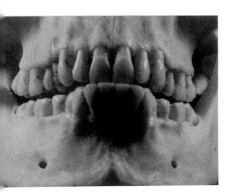

FIGURE 1

Le plan osseux des arcades gingivo-dentaires.

L'ARCADE INFÉRIEURE (Arcus Alveolaris Inferior) (Fig. 3)

Elle est formée par la partie supérieure, alvéolaire, du corps de la mandibule. De courbure plus courte que le rebord basilaire de la mandibule, l'arcade alvéolaire est située en retrait par rapport à lui.

Comme le rebord alvéolaire supérieur, l'arcade alvéolaire inférieure est creusée d'alvéoles simples pour les incisives et les canines, cloisonnés pour les prémolaires et les molaires. Ces alvéoles, séparés les uns des autres par de minces cloisons osseuses, font saillie sur les faces externe et interne de la mandibule. Il est enfin à noter que ce rebord alvéolaire de la mandibule tend à se résorber chez le vieillard et chez l'édenté où ne subsiste plus que la partie inférieure, basilaire, de l'os.

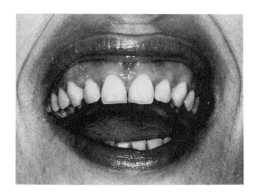

FIGURE 1bis
La gencive de l'arcade supérieure.

Les gencives (Gingivae) (Fig. 1bis)

Elles sont formées par la muqueuse buccale qui à ce niveau s'épaissit considérablement, devient fibreuse, et surtout adhère fortement au périoste. Chez le nou-

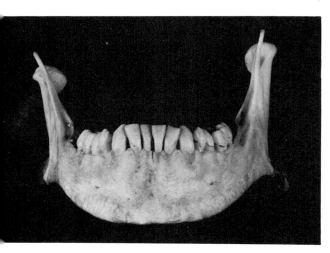

FIGURE 2
L'arcade inférieure, vue antérieure.

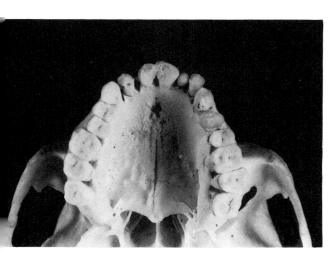

FIGURE 3
L'arcade supérieure, vue inférieure.

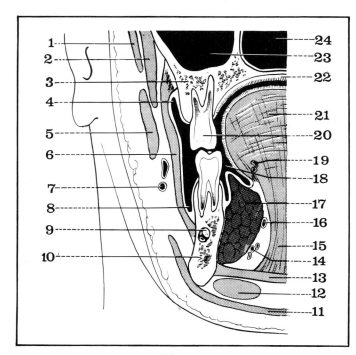

FIGURE 4
Coupe frontale de la face passant par la deuxième prémolaire.

1. Muscle grand zygomatique.
2. Masséter.
3. Os maxillaire supérieur.
4. Sillon gingivo-jugal supérieur.
5. Risorius.
6. Muscle buccinateur.
7. Artère faciale.
8. Sillon gingivo-jugal inférieur.
9. Nerf dentaire inférieur dans le canal dentaire.
10. Mandibule.
11. Muscle peaucier du cou.
12. Ventre antérieur du muscle digastrique.
13. Muscle mylo-hyoïdien.
14. Artère sub-linguale.
15. Muscle hyo-glosse.
16. Canal de Wharton.
17. Glande sub-linguale.
18. Cavité buccale.
19. Artère ranine.
20. Arcade dentaire supérieure (2e prémolaire).
21. Langue.
22. Muqueuse palatine.
23. Sinus maxillaire.
24. Fosse nasale.

veau-né et chez l'édenté elle tapisse totalement le bord libre des arcades alvéolaires. Chez l'adulte elle est percée d'orifices qui livrent passage aux dents. Au niveau de ces orifices la muqueuse gingivale adhère fortement aux collets des dents et représente donc un des moyens de fixité de ces dernières. La face postéro-interne, linguale, des gencives, légèrement oblique en bas et en dedans se continue avec la muqueuse du plancher de la bouche. La face externe, jugale, plus nettement verticale, est séparée de la région jugale par un sillon très marqué : *le sillon labio-jugo-gingival*. A ce niveau la muqueuse se détache progressivement du plan osseux dont elle est séparée par une mince couche celluleuse par l'intermédiaire de laquelle l'œdème des infections alvéolo-dentaires peut diffuser secondairement à la joue. (Fig. 4)

A noter enfin que la muqueuse gingivale est dépourvue de glandes mais munie de papilles très volumineuses.

Les dents *(Dentes)*

Formations ectodermiques développées aux dépens de la muqueuse gingivale, les dents sont des organes durs destinés à la mastication des aliments et qui jouent également un rôle dans la phonation. La richesse de leur pathologie souligne leur importance anatomique.

STRUCTURE DE LA « DENT TYPE » : (Fig. 5)

A - MORPHOLOGIQUEMENT :

Chaque dent peut être rattachée à un type primordial : le cône dentaire ou cuspide. Chaque cône dentaire comprend deux parties :

— **la couronne** (Corona dentis) : partie visible de la dent, caractérisée par sa couleur blanche et sa dureté, s'élargissant vers son extrémité libre en une surface « triturante » qui intervient directement dans la mastication ;

— **la racine** (Radix dentis) : qui peut être unique ou multiple, implantée solidement dans l'alvéole et qui se caractérise par sa couleur jaunâtre et sa forme effilée depuis la zone d'union avec la couronne jusqu'au sommet ou **apex**.

— L'union de la couronne et de la racine forme **le collet** (Collum dentis), nettement délimité du côté de la couronne, se confondant au contraire progressivement avec la racine et qui normalement est recouvert par la muqueuse gingivale.

B - DU POINT DE VUE STRUCTURAL :

La dent est essentiellement formée d'une substance dure de coloration gris blanchâtre : **l'ivoire ou dentine**. Extérieurement, l'ivoire est recouvert au niveau de la couronne par une substance blanche très dure : **l'émail** (Enamelum), au niveau de la racine par une substance jaunâtre : **le cément** (Cementum).

A l'intérieur de l'ivoire est creusée une cavité centrale comblée par un tissu mou et rougeâtre richement vascularisé et innervé : **la pulpe dentaire** (Pulpa dentis). La cavité ou **chambre pulpaire** (Cavum dentis), plus ou moins élargie au niveau de la couronne, se poursuit en se rétrécissant au niveau de la racine en formant **le canal dentaire** (Canaliculum dentales) qui s'ouvre sur l'alvéole au niveau de l'apex.

NOMBRE ET SITUATION DES DENTS - FORMULE DENTAIRE :

A - CHEZ L'ADULTE : (Dentes Permanentes)

Il existe normalement 32 dents, 16 pour chaque mâchoire, 8 pour chaque hémi-mâchoire. Ces dents permanentes se différencient en quatre types de dents qui sont d'avant en arrière

: **les incisives**, au nombre de 2 pour chaque hémi-mâchoire, une centrale et une latérale ;

: **les canines** : une par hémi-mâchoire ;

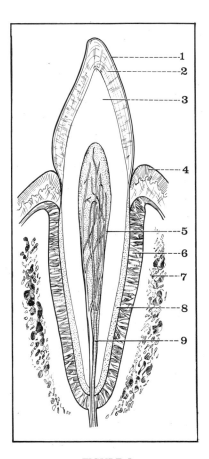

FIGURE 5

Coupe verticale schématique de la dent type.

1. Couronne.
2. Email.
3. Ivoire ou dentine.
4. Muqueuse gingivale.
5. Chambre pulpaire.
6. Ligament alvéolo-dentaire.
7. Os alvéolaire.
8. Cément.
9. Canal dentaire.

: les prémolaires : deux par hémi-mâchoire, la première prémolaire étant située immédiatement en arrière de la canine.

Les molaires : trois par hémi-mâchoire que l'on distingue en première, deuxième et troisième molaire, cette dernière étant encore appelée « dent de sagesse ».

B - CHEZ L'ENFANT :

La dentition permanente de l'adulte ou seconde dentition est précédée d'une première dentition ou dentition temporaire ou dentition déciduale ou encore dentition « de lait » ou lactéale. Cette dentition temporaire qui apparaît progressivement entre 6 mois et 3 ans et demi, fait place à la dentition permanente entre 7 et 12 ans. Elle ne comprend que 20 dents soit 5 pour chaque hémi-mâchoire : deux incisives, une canine et deux molaires. La première dentition ne comprend pas de prémolaires.

La nomenclature internationale (1970) a codifié la formule dentaire de façon numérique. Les arcades dentaires sont subdivisées en 4 quadrants, évoluant dans le sens des aiguilles d'une montre :
le quadrant supérieur droit : pour les chiffres à partir de 11
le quadrant supérieur gauche : pour les chiffres à partir de 21
le quadrant inférieur gauche : pour les chiffres à partir de 31
le quadrant inférieur droit : pour les chiffres à partir de 41

Les dents sont comptées depuis la ligne médiane, de la façon suivante :

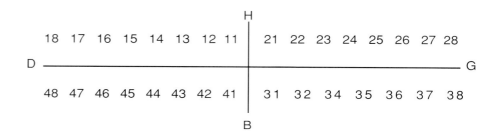

Ainsi, l'incisive latérale supérieure droite porte le n° 12, et la 2ᵉ prémolaire inférieure gauche, le n° 35.

Pour les dents lactéales, le même système est adopté, avec :
le quadrant supérieur droit : pour les chiffres à partir de 51
le quadrant supérieur gauche : pour les chiffres à partir de 61
le quadrant inférieur gauche : pour les chiffres à partir de 71
le quadrant inférieur droit : pour les chiffres à partir de 81

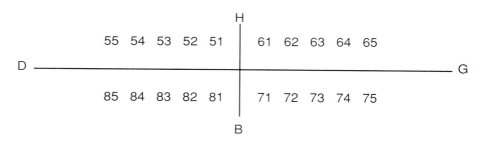

Ainsi, la canine supérieure gauche lactéale porte le n° 63, et la 1ʳᵉ molaire inférieure droite, le n° 84.

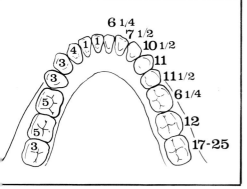

FIGURE 6

Arcade dentaire inférieure.
Partie gauche du schéma : coefficient de mastication de chaque dent.
Partie droite du schéma : date d'apparition des dents définives.

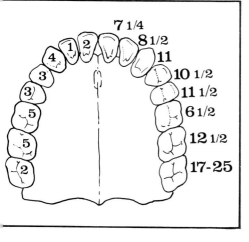

FIGURE 7

Arcade dentaire supérieure.
Partie gauche du schéma : coefficient de mastication de chaque dent.
Partie droite du schéma : date d'apparition des dents définitives.

Coefficient de mastication : (Fig. 6 et 7)

Du point de vue fonctionnel les dents ont une importance inégale suivant leur type et leur situation. Pour évaluer le retentissement sur la mastication de la perte ou de l'atteinte d'une ou plusieurs dents on a établi un coefficient de mastication de valeur 100, calculé en additionnant le coefficient affecté à chacune des dents. Ces coefficients sont les suivants :

```
2  5  5  3  3  4  1  2 | 2  1  4  3  3  5  5  2
3  5  5  3  3  4  1  1 | 1  1  4  3  3  5  5  3
```

MOYENS DE FIXITÉ DES DENTS : (Fig. 8)

Les dents sont maintenues en place sur les rebords du maxillaire et de la mandibule :

• **par l'adaptation réciproque** rigoureuse de chaque alvéole avec la racine dentaire correspondante : même sur le squelette sec les dents restent assez solidement en place ;

• **par le ligament alvéolo-dentaire** ou desmodonte ou périodonte (Periodontium) formé de trousseaux fibreux émanés de la fibro-muqueuse gingivale qui pénètrent dans l'espace inter-alvéolo-dentaire et unissent solidement la paroi alvéolaire au cément : il existe ainsi une véritable **articulation alvéolo-dentaire** et les phénomènes inflammatoires à ce niveau réalisent la classique arthrite dentaire.

L'ensemble formé par l'os alvéolaire, la muqueuse gingivale, le ligament alvéolo-dentaire et le cément constitue le **parodonte**.

Dans l'ensemble les dents s'implantent verticalement dans leurs alvéoles. Cependant, les molaires supérieures sont légèrement déjetées en dedans, les molaires inférieures un peu en dehors. De même, à l'état normal les incisives sont légèrement inclinées en avant. En outre les déviations pathologiques sont fréquentes, liées en général à une anomalie du développement de la seconde dentition.

LES DIFFÉRENTS TYPES DE DENTS :

A - GÉNÉRALITÉS - NOMENCLATURE :

Chez l'adulte il existe quatre types de dents :

— **les incisives** (Dentes Incisivi) dont le bord libre de la couronne est aplati et plus ou moins coupant,

— **les canines** (Dentes Canini) dont l'extrémité de la couronne est conique ou pointue,

— **les prémolaires** (Dentes Premolares) et

— **les molaires** (Dentes Molares) dont la couronne se termine par une surface irrégulièrement aplatie.

Au niveau de la couronne de chaque dent il est classique de distinguer :

— une face qui regarde l'arcade dentaire opposée : c'est la *face occlusale* ; de forme variable suivant le type de dent considéré, elle prend le nom de *face triturante* au niveau des prémolaires et des molaires ;

— une *face vestibulaire* dite encore face *labiale* pour les incisives et les canines, face *jugale* pour les prémolaires et les molaires ;

— une face *buccale* dite encore face *palatine* pour les dents supérieures, face *linguale* pour les dents inférieures ;

— deux faces *latérales* qui sont dites face *mésiale* pour celle qui est le plus proche de la ligne médiane de l'arcade, face *distale* pour l'autre.

D'une façon générale, il faut retenir :

— que les faces vestibulaire et buccale tendent à converger vers la surface occlusale ;

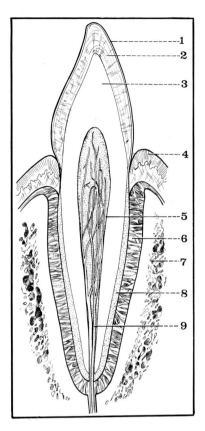

FIGURE 8

Coupe verticale schématique de la dent type.

1. Couronne.
2. Email.
3. Ivoire ou dentine.
4. Muqueuse gingivale.
5. Chambre pulpaire.
6. Ligament alvéolo-dentaire.
7. Os alvéolaire.
8. Cément.
9. Canal dentaire.

FIGURE 9

Incisives centrales supérieures et inférieures droites.
1. *Face vestibulaire ou labiale.*
2. *Face buccale ou linguale.*
3. *Face distale.*
4. *Face mésiale.*
5. *Face occlusale.*
6. *Coupe horizontale au niveau de la racine.*
7. *Coupe sagittale.*
8. *Chambre pulpaire et canal dentaire.*
9. *Collet.*
10. *Couronne.*

a. *Lobe distal.*
b. *Lobe médian.*
c. *Lobe mésial.*

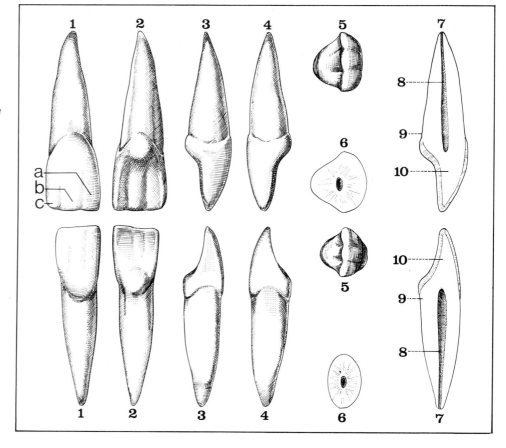

FIGURES 9bis

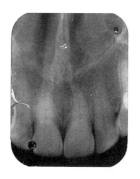

Radiographie des incisives supérieures.

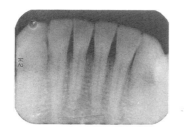

Radiographie des incisives inférieures.

— que ce point de convergence est déporté du côté lingual pour les molaires et prémolaires inférieures, du côté vestibulaire au contraire pour les molaires et prémolaires supérieures et plus encore pour les incisives et les canines ;
— que les faces distale et mésiale tendent à converger en direction de l'apex de la dent.

B - LES INCISIVES (Dentes incisivi) (Fig. 9 et 9bis)

Les plus antérieures, elles sont au total au nombre de 8 (4 supérieures et 4 inférieures). Pour chaque hémi-mâchoire on distingue une incisive centrale et une incisive latérale.

a) Caractères généraux :

— *La couronne* se distingue par une surface occlusale très aplatie dans le sens bucco-labial, formant un véritable bord tranchant transversal. Ce bord dentelé chez le sujet jeune devient rectiligne par usure progressive chez l'adulte âgé. La face labiale convexe est subdivisée en trois lobes par deux sillons verticaux. La face buccale est concave. Les faces mésiale et distale ont une forme triangulaire à base alvéolaire.

— *La racine* rectiligne, a une forme conique, aplatie transversalement.

— *La chambre pulpaire* et le canal unique sont étroits et verticaux.

b) Caractères particuliers :

— Les incisives supérieures sont nettement plus volumineuses en particulier la centrale. Leur racine est arrondie.

— Les incisives inférieures au contraire sont plus petites et ont une racine aplatie.

C - LES CANINES (Dentes canini) (Fig. 10 et 10bis) (en latin : Canis = le chien)

Au nombre de 4, une par hémi-mâchoire, elles sont relativement rudimentaires chez l'homme, caractérisées avant tout par leur longueur.

a) Caractères généraux :

— *La couronne* se distingue par sa forme conoïde. La face labiale en forme de fer de lance est subdivisée en trois lobes, le lobe médian étant de loin le plus allongé et le plus volumineux. La face buccale est aplatie ou même légèrement concave. Les faces mésiale et distale sont fortement convexes. La face occlusale est réduite à une véritable pointe d'où partent deux bords tranchants l'un distal, l'autre mésial.

— *La racine* unique et volumineuse présente souvent un sillon médian plus ou moins accusé.

— *La chambre pulpaire* fusiforme, assez large, se prolonge par un canal habituellement rectiligne et large.

b) Caractères particuliers :

— La canine supérieure est caractérisée avant tout par son volume et la longueur de sa racine qui a une forme ovalaire. Elle est dans l'ensemble plus forte et plus pointue que la canine inférieure.

— La canine inférieure, plus petite et moins aiguë, a une face labiale sensiblement ovalaire et inclinée légèrement en dedans.

FIGURES 10bis

Radiographie de la canine supérieure.

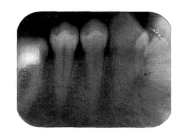

Radiographie de la canine inférieure.

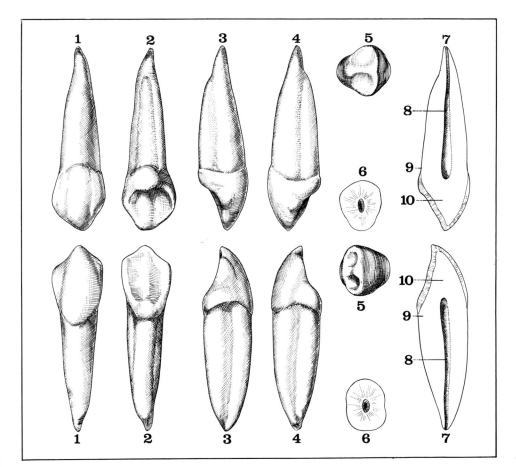

FIGURE 10

Canines supérieures et inférieures droites.
1. Face vestibulaire.
2. Face buccale.
3. Face distale.
4. Face mésiale.
5. Face occlusale.
6. Coupe de la racine.
7. Coupe longitudinale.
8. Chambre pulpaire et canal dentaire.
9. Collet.
10. Couronne.

FIGURE 11

Premières prémolaires inférieure et supérieure droites.
1. Face vestibulaire.
2. Face buccale.
3. Face distale.
4. Face mésiale.
5. Face occlusale.
6. Coupe des racines.
7. Coupe verticale.
8. Chambre pulpaire et canal dentaire.
9. Collet.
10. Couronne.

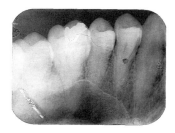

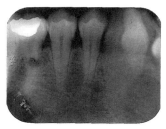

FIGURE 12

Deuxièmes prémolaires supérieure et inférieure droites.
1. Face vestibulaire.
2. Face buccale.
3. Face distale.
4. Face mésiale.
5. Face triturante.
6. Coupe de la racine.
7. Coupe verticale.
8. Chambre pulpaire et canaux dentaires.
9. Collet.
10. Couronne.

D - LES PRÉMOLAIRES (Dentes premolares) : (Fig. 11 et 12)

Encore appelées bicuspides, situées immédiatement en arrière des canines, elles sont au nombre de 8, soit deux pour chaque hémi-mâchoire. On les distingue en première et deuxième prémolaire en allant d'avant en arrière.

a) Caractères généraux :

— *La couronne* grossièrement quadrilatère présente une face occlusale ou triturante aplatie, munie de deux tubercules l'un vestibulaire, le plus volumineux, l'autre lingual plus petit, séparés par un sillon en forme de H. La face jugale, lancéolée, ressemble à celle de la canine. La face buccale, large, verticale, est légèrement bombée dans le sens mésio-distal. Les faces mésiale et distale sont légèrement convexes.

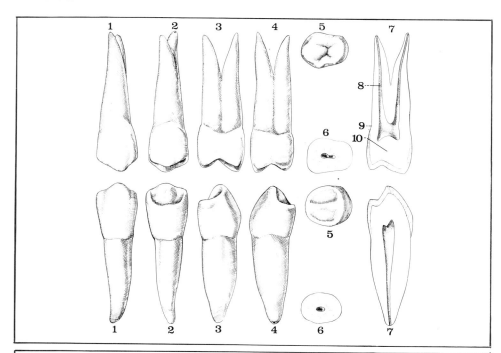

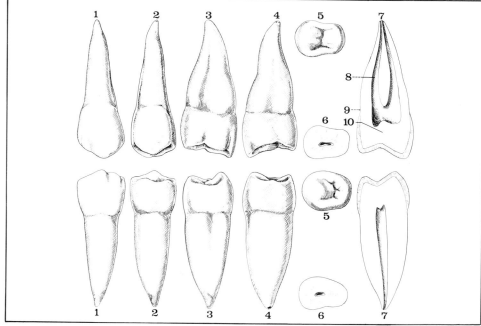

— *La racine* unique est aplatie et étalée dans le sens jugo-buccal. Elle présente souvent un sillon vertical et parfois se bifurque au niveau de sa pointe.

— *La chambre pulpaire* est élargie dans le sens bucco-lingual. Au niveau des prémolaires supérieures elle se bifurque souvent en deux canaux.

b) **Caractères particuliers** :

— *Prémolaires supérieures* : elles ont entre elles beaucoup de points communs. Leur couronne est aplatie dans le sens mésio-distal. La face triturante quadrilatère présente deux tubercules qui sont plus développés au niveau de la première que de la seconde prémolaire.

La chambre pulpaire est presque toujours bifurquée en deux canaux au niveau de la première prémolaire supérieure, beaucoup plus rarement au niveau de la seconde. (Fig. 11 et 12)

— *Prémolaires inférieures* : elles se distinguent des supérieures par la forme cylindrique de leur couronne et le moindre développement de leurs tubercules. En outre les deux prémolaires inférieures ont pratiquement toujours une racine unique munie d'un seul canal large et rectiligne. Les deux prémolaires inférieures diffèrent l'une de l'autre par l'aspect de leur surface occlusale : au niveau de la première prémolaire il n'existe souvent qu'un seul tubercule de siège vestibulaire; le tubercule lingual quand il existe est toujours réduit. La deuxième prémolaire inférieure au contraire a un aspect tricuspidé : le tubercule lingual, bien développé étant très souvent divisé en deux tubercules l'un mésio-lingual, l'autre disto-lingual. (Fig. 10 et 11)

E - LES MOLAIRES (Dentes molares) : (Fig. 12, 13, 14, 15 et 16)

Occupant la partie postérieure des arcades dentaires elles sont au nombre de 12, soit 3 pour chaque hémi-mâchoire, désignées en allant d'avant en arrière sous le nom de première, deuxième, et troisième molaire, la troisième étant également appelée dent de sagesse (Dent Serotinus). Les molaires supérieures et les molaires inférieures ont une morphologie suffisamment différente pour mériter une étude séparée.

■ **Molaires supérieures** : (Fig. 13)

— **Caractères généraux** : Elles sont dans l'ensemble moins volumineuses que les molaires inférieures. En outre leurs dimensions décroissent en allant de la première à la troisième.

— *La couronne* : Elle est sensiblement cuboïde. La surface triturante présente quatre tubercules pour M1 et M2, trois seulement pour M3, désignés sous le nom de tubercules mésio-jugal, disto-jugal, mésio-lingual et disto-lingual. C'est ce dernier qui fait défaut au niveau de M3. En outre la surface triturante est bordée par quatre arêtes marginales d'où quatre crêtes triangulaires convergent vers la partie centrale de la face triturante. La face jugale est convexe et divisée par un sillon médian en deux lobes. Il en est de même pour la face linguale.

— *Les racines* : sont au nombre de trois; la plus volumineuse est située du côté lingual, les deux autres du côté jugal. Les deux racines jugales sont souvent recourbées dans le sens mésio-distal et présentent parfois un crochet.

— *La chambre pulpaire* : élargie et grossièrement quadrangulaire se prolonge par trois canaux : un canal lingual large et rectiligne et deux canaux jugaux étroits, sinueux et d'accès souvent difficile.

— **Caractères particuliers** : Les trois molaires supérieures se distinguent avant tout les unes des autres par leur volume qui va décroissant de la première à la troisième. Leur face triturante est également assez différente : M1 possède quatre tubercules bien marqués, complétés parfois sur le bord palatin par un tubercule surnuméraire : le tubercule de Carabelli*. M2 possède également quatre tubercules mais moins accusés. M3 n'a que trois tubercules : deux jugaux et un palatin. Les racines sont également différentes : celles de la première molaire sont presque rec-

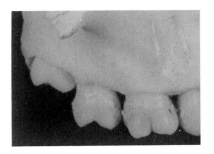

FIGURE 13

Les molaires supérieures.

---

* Carabelli Edler, George Von (1787-1842), professeur de chirurgie dentaire à Vienne (Autriche).

tilignes. Celles de M2 sont plus convergentes et plus irrégulières. Celles de M3 plus courtes, parfois soudées entre elles, sont souvent incurvées.

■ **Molaires inférieures** : (Fig. 14)

Elles sont plus volumineuses que leurs homologues supérieures.

— Caractères généraux :

— *La couronne* : grossièrement quadrilatère est allongée dans le sens mésio-distal. La surface triturante est trapézoïdale à base jugale et présente habituellement quatre tubercules séparés par des sillons profonds et irréguliers. La face jugale est divisée par un sillon vertical en deux lobes : l'un mésial, l'autre distal. La face linguale lisse s'incline à angle aigu sur la face triturante. Les faces mésiale et distale (cette dernière moins étendue) sont convexes.

— *Les racines* : sont seulement au nombre de deux : une racine mésiale, et une racine distale plus épaisse. Toutes deux sont aplaties dans le sens mésio-distal et sont parcourues par un sillon vertical, ébauche de bifurcation.

— *La chambre pulpaire* : grossièrement quadrangulaire se divise soit en trois canaux : deux canaux mésiaux et un canal distal, soit parfois en quatre canaux, deux mésiaux et deux distaux.

— Caractères particuliers :

Les trois molaires inférieures se distinguent surtout entre elles par leur volume qui va décroissant de la première à la troisième.

M1, la plus volumineuse de toutes les dents, possède parfois cinq tubercules. M2 en possède quatre bien séparés par un sillon cruciforme. M3, plus petite, en possède suivant les sujets 3, 4 ou 5 plus ou moins bien délimités.

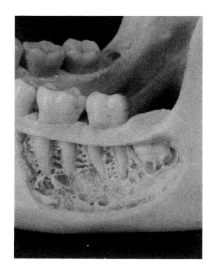

FIGURE 14

Les molaires inférieures. Noter l'inclusion de M3 dans la mandibule.

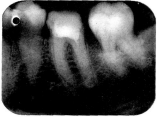

FIGURE 15bis

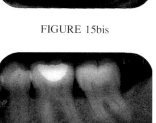

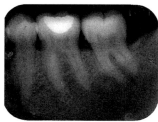

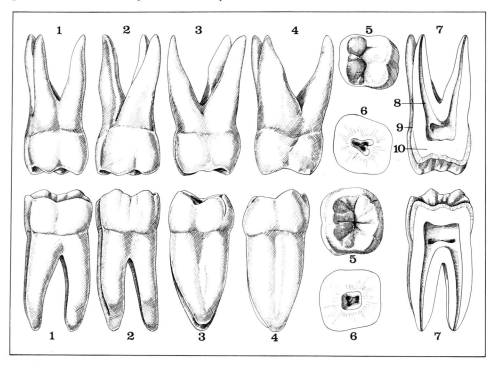

FIGURE 15

Premières molaires supérieure et inférieure droites.

1. *Face vestibulaire.*
2. *Face buccale.*
3. *Face distale.*
4. *Face mésiale.*
5. *Face occlusale.*
6. *Coupe des racines.*
7. *Coupe verticale.*
8. *Canaux dentaires et chambre pulpaire.*
9. *Collet.*
10. *Couronne.*

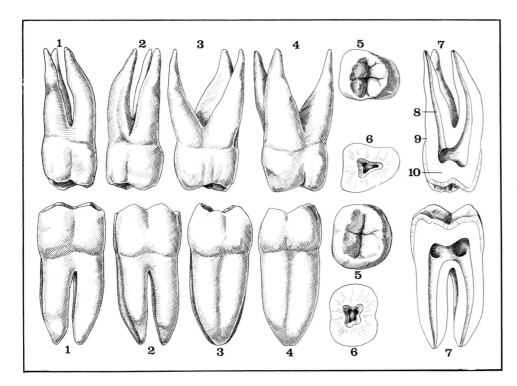

FIGURE 16

Deuxièmes molaires supérieure et inférieure droites.

1. *Face vestibulaire.*
2. *Face buccale.*
3. *Face distale.*
4. *Face mésiale.*
5. *Face occlusale ou triturante.*
6. *Coupe des racines.*
7. *Coupe verticale.*
8. *Canaux dentaires et chambre pulpaire.*
9. *Collet.*
10. *Couronne.*

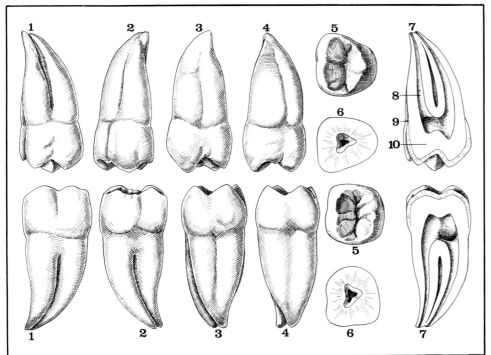

FIGURE 17

Troisièmes molaires supérieure et inférieure droites.

1. *Face vestibulaire.*
2. *Face buccale.*
3. *Face distale.*
4. *Face mésiale.*
5. *Face occlusale ou triturante.*
6. *Coupe des racines.*
7. *Coupe verticale.*
8. *Canaux dentaires et chambre pulpaire.*
9. *Collet.*
10. *Couronne.*

F - LES DENTS TEMPORAIRES OU DENTS DE LAIT ou DENTS DÉCIDUALES (Dentes decidui) : en latin, *deciduus* = qui tombe

Les dents temporaires se distinguent des dents définitives non seulement par leur nombre (20 au lieu de 32), mais aussi par leurs dimensions plus réduites et leur coloration blanc-bleuté. Incisives et canines temporaires ont une morphologie sensiblement identique à celle de leurs homologues définitives.

Les molaires temporaires qui leur font immédiatement suite sont, comme les molaires définitives, multicuspidées et possèdent plusieurs racines : ce sont donc bien des molaires et non des prémolaires. Ces molaires temporaires se différencient des molaires définitives par la présence d'une saillie plus ou moins volumineuse sur la face linguale ou palatine de leur collet.

LES ARCADES DENTAIRES (Arci dentalis) : (Fig. 19)

L'alignement des dents sur les bords alvéolaires dessine tant au niveau de la mâchoire supérieure qu'au niveau de la mâchoire inférieure une courbe « en anse de panier » à concavité postérieure : l'arcade dentaire. Il existe ainsi une arcade supérieure et une arcade inférieure. Chacune de ces deux arcades présente une face antérieure vestibulaire régulièrement convexe, une face postérieure linguo-palatine concave sur laquelle se moule la langue, une face occlusale pratiquement continue s'élargissant d'avant en arrière depuis les incisives jusqu'aux dernières molaires. La forme des arcades dentaires varie plus ou moins d'un sujet à l'autre. Une arcade dentaire peut être définie par le rapport de sa longueur mesurée du bord mésial de l'incisive centrale au bord distal de la troisième molaire, à sa largeur mesurée par la ligne transversale unissant la face linguale des dernières molaires. On peut ainsi définir un indice odonto-toxonique.

$$\text{Indice} = \frac{\text{largeur} \times 100}{\text{longueur}}$$ Cet indice se situe normalement entre 115 et 130.

L'ARTICULÉ DENTAIRE : (Fig. 18)

Les surfaces occlusales des deux arcades dentaires s'emboîtent normalement de façon parfaite et cet emboîtement constitue l'**articulé dentaire**. Cet articulé dentaire obéit à des règles complexes dont on peut retenir les principaux éléments suivants.

L'arcade inférieure, légèrement plus courte et plus étroite que l'arcade supérieure, s'inscrit en quelque sorte à l'intérieur de la courbe de cette dernière.

Ainsi, les incisives supérieures descendent-elles en avant des inférieures dont elles recouvrent le quart supérieur; plus en arrière les prémolaires et les molaires s'imbriquent de telle façon que les cuspides vestibulaires des molaires inférieures viennent se loger dans la rainure qui sépare les cuspides buccaux et les cuspides vestibulaires des molaires supérieures.

La succession des points de contact entre les dents supérieures et les dents inférieures dessine une ligne courbe à concavité postérieure, la ligne occlusive ou **courbe de Spee***. Cette courbe passe par le bord libre des incisives, les pointes des canines et la pointe des cuspides vestibulaires des prémolaires et des molaires de l'arcade inférieure. Sa forme varie plus ou moins suivant les races et les individus. (Fig. 18)

Dans l'ensemble, si l'on fait exception des incisives centrales inférieures et des troisièmes molaires supérieures, *chaque dent est au contact de deux dents de l'arcade opposée.*

Ainsi, l'incisive centrale supérieure répond à la centrale inférieure et à la moitié mésiale de la latérale inférieure. L'incisive latérale supérieure répond à la moitié distale de la latérale inférieure et à la moitié mésiale de la canine. La canine supérieure répond au dièdre de la canine et de la première prémolaire inférieure. La première prémolaire supérieure est à cheval sur la première et la deuxième prémolaire inférieure. La deuxième prémolaire supérieure répond à la moitié distale de la deuxième prémolaire inférieure et au tiers antérieur de la première molaire. La première molaire supérieure est à cheval sur les deux tiers postérieurs de la première molaire inférieure, et sur la moitié antérieure de la seconde. La seconde molaire supérieure répond aux deux tiers postérieurs de la seconde molaire inférieure et au tiers antérieur de la troisième. La troisième molaire supérieure répond aux deux tiers postérieurs de son homologue inférieur.

---

* Spee Ferdinand, Graf Von (1855-1937), anatomiste allemand, prosecteur d'anatomie à Kiel.

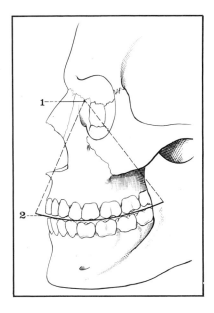

FIGURE 18

L'articulé dentaire et la courbe de Spee.
1. *Centre de la courbe au niveau de la gouttière lacrymale de l'os lacrymal.*
2. *Courbe de Spee.*

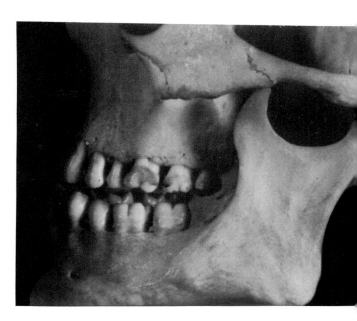

FIGURE 19

Orthopantographie montrant l'arcade dentaire inférieure.

DÉVELOPPEMENT DES DENTS :

Dérivés ectodermiques de la muqueuse gingivale, les dents se développent d'abord à l'intérieur des alvéoles, sous la muqueuse, avant de faire éruption dans la cavité buccale. On sait que chez l'homme il existe deux dentitions successives :

— la dentition temporaire ou dentition «de lait» ou dentition déciduale qui comprend 20 dents;
— la deuxième dentitition ou dentition définitve qui en comprend 32.

A - PREMIÈRE DENTITION OU DENTITION DE LAIT

Apparue à partir du sixième mois, elle est en principe complète à l'âge de trois ans, commence à faire place à la dentition définitive vers l'âge de sept ans et disparaît complètement vers douze ans.

Les dents homonymes apparaissent par paire sur chaque hémi-mâchoire, les dents inférieures précédant les dents supérieures.

L'ordre et la date d'éruption des dents temporaires est le suivant :
— Incisives centrales inférieures .... du 6e au 8e mois,
— Incisives centrales supérieures .... du 7e au 10e mois,

— Incisives latérales inférieures .... du 8e au 16e mois,
— Incisives latérales supérieures .... du 10e au 18e mois,
— Premières molaires inférieures .... du 22e au 24e mois,
— Premières molaires supérieures .... du 24e au 26e mois,
— Canines inférieures .... du 28e au 30e mois,
— Canines supérieures .... du 30e au 34e mois,
— Deuxièmes molaires inférieures .... du 32e au 36e mois,
— Deuxièmes molaires supérieures .... de 3 à 4 ans.

Cette dentition temporaire existe seule de l'âge de trois ans à l'âge de six ans. Elle disparaît ensuite progressivement pour faire place à la dentition définitive. La chute des dents temporaires s'effectue dans le même ordre que leur apparition, entre sept et douze ans, période pendant laquelle les deux dentitions temporaire et définitive coexistent. La chute des dents temporaires s'effectue donc ainsi :

— Incisives centrales .... entre 6 et 8 ans,
— Incisives latérales .... à 8 ans,
— Premières molaires .... à 10 ans,
— Canines et deuxièmes molaires .... entre 10 et 12 ans.

Il est à noter que la chute des dents temporaires est précédée de l'éruption des quatre premières molaires définitives à l'âge de six ans. (Fig. 20)

FIGURE 20

Schéma du développement de la dentition.

La dentition de lait est figurée en blanc. La dentition définitive en noir.

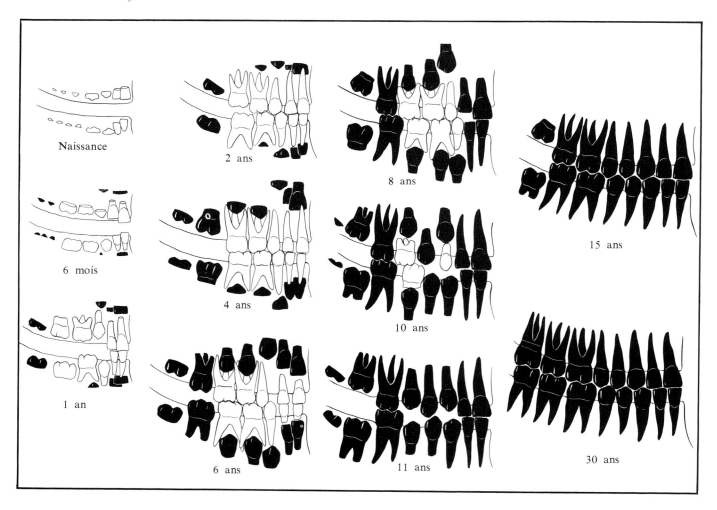

B - DEUXIÈME DENTITION OU DENTITION DÉFINITIVE

Comprenant au total 32 dents, elle apparaît entre six et trente ans. Les 20 premières dents définitives qui remplacent les dents de lait homologues sont parfois appelées dents de remplacement. Les douze molaires qui n'ont pas leur équivalent dans la dentition de lait occupent l'espace resté jusque-là inoccupé à la partie postérieure des mâchoires.

Les dates d'apparition des dents définitives peuvent être résumées par le tableau suivant :

— Premières molaires .... de 6 à 7 ans,
— Incisives centrales .... de 6 à 8 ans,
— Incisives latérales .... de 8 à 9 ans,
— Canines .... de 10 à 12 ans,
— Prémolaires .... de 11 à 12 ans,
— Deuxièmes molaires .... de 12 à 14 ans,
— Dents de sagesse .... de 18 à 30 ans.

Les premières molaires, premières dents définitives apparues, sont parfois appelées *dents de six ans*.

Les troisièmes molaires ou *dents de sagesse*, considérées comme en voie de régression dans l'espèce humaine, ont une éruption tardive souvent émaillée d'accidents divers. Elles peuvent parfois rester incluses dans le maxillaire pendant toute la durée de la vie ou même faire totalement défaut.

Vascularisation de la région gingivo-dentaire

LES ARTÈRES :

Elles ont une disposition et une origine différente au niveau de la mâchoire supérieure et de la mâchoire inférieure.

A - AU NIVEAU DE LA MÂCHOIRE INFÉRIEURE :

La région gingivo-dentaire est vascularisée :

— accessoirement par quelques rameaux issus des artères **linguale**, et **sous-mentale** (branche de la faciale) destinés uniquement aux gencives;

— surtout, par **l'artère dentaire inférieure** (A. alveolaris inferior) : Branche collatérale de la maxillaire interne, l'artère dentaire inférieure naît dans l'espace maxillo-pharyngien, au contact du col du condyle et se dirige immédiatement en bas en avant et en dehors pour pénétrer dans le canal dentaire, immédiatement en arrière de l'épine de Spix. Elle chemine ensuite dans le canal dentaire tantôt sous la forme d'un tronc unique situé en dedans du nerf dentaire intérieur, tantôt divisée en plusieurs rameaux parallèles les uns aux autres et situés en dehors du nerf. A l'extrémité du canal dentaire, l'artère se termine en deux branches : *l'artère mentonnière* qui sort par le trou mentonnier et *l'artère incisive* qui vascularise la partie toute antérieure de la mandibule, la canine et les deux incisives. (Fig. 21)

En cours de route, l'artère dentaire inférieure a fourni un certain nombre de collatérales : outre *l'artère mylo-hyoïdienne* et *l'artère du nerf lingual* qui ne pénètrent pas dans la région gingivo-dentaire, il faut citer surtout *les artères dentaires* qui naissent tout au long du canal dentaire et, par un trajet verticalement ascendant, gagnent la pulpe de chaque dent en pénétrant par l'orifice apexien. Au nombre de une par racine ces artères dentaires se résolvent dans la pulpe en un riche réseau capillaire.

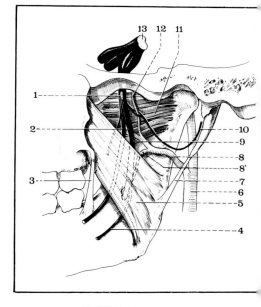

FIGURE 21

L'artère dentaire inférieure à l'entrée du canal dentaire.

1. Nerf mandibulaire.
2. Nerf lingual.
3. Ligament ptérygo-mandibulaire.
4. Nerf du mylo-hyoïdien et du ventre antérieur du digastrique.
5. Muscle ptérygoïdien interne.
6. Artère carotide externe.
7. Ligament stylo-mandibulaire.
8. Artère maxillaire interne.
8'. Artère dentaire inférieure.
9. Nerf dentaire inférieur.
10. Nerf auriculo-temporal.
11. Muscle ptérygoïdien externe.
12. Artère méningée moyenne.
13. Nerf trijumeau (V).

B - AU NIVEAU DE LA MÂCHOIRE SUPÉRIEURE :

La vascularisation est assurée par des branches de **l'artère maxillaire interne**, terminale de la carotide externe. (Fig. 22)

— La **sphéno-palatine** et la **palatine descendante** fournissent quelques rameaux à la muqueuse gingivale supérieure.

— La **sous-orbitaire** (A. Infra orbitalis) : née dans l'arrière-fond ptérygo-maxillaire, traverse successivement la fente sphéno-maxillaire et le canal sous-orbitaire pour venir se terminer au niveau du trou sous-orbitaire. Dans le canal sous-orbitaire elle donne l'artère *dentaire antérieure* qui descend dans l'épaisseur du maxillaire à l'intérieur du canal dentaire antérieur pour aller vasculariser les incisives et la canine supérieure.

— **L'alvéolaire supérieure et postérieure** (A. Alveolari superior posterior) : née du coude terminal de la maxillaire interne pénètre dans la tubérosité du maxillaire en un point situé à mi-distance entre le bord alvéolaire et le bord orbitaire. Elle chemine successivement dans la paroi postérieure puis dans la paroi externe et enfin dans la paroi antérieure du sinus maxillaire où elle se termine. Elle fournit des rameaux aux prémolaires et aux molaires. Parfois, avant son entrée dans la paroi du maxillaire, elle donne une branche qui s'engage dans le canal dentaire postérieur et irrigue les deux dernières molaires.

Au niveau des dents supérieures, la disposition artérielle est identique à celle des dents inférieures.

LES VEINES :

Elles ont dans l'ensemble une disposition proche de celle des artères.

— Au niveau de chaque dent, il existe une veine qui émerge dans l'alvéole par l'apex de la dent. Ces veines d'origine dentaire ont une disposition calquée exactement sur celle des artères homologues.

— Les **veines gingivales** ont une disposition un peu différente de celle des artères. Celles issues de la partie postérieure des gencives se rendent au *plexus veineux ptérygoïdien*. Les veines de la partie antérieure des gencives se drainent dans les branches d'origine *du tronc thyro-linguo-facial*.

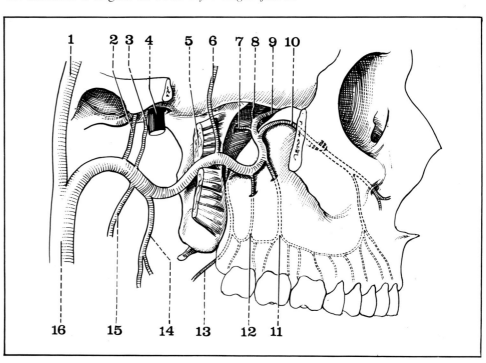

FIGURE 22

Vue latérale de l'artère maxillaire interne droite (après résection de l'arcade zygomatique).

1. Artère temporale superficielle.
2. Artère méningée moyenne.
3. Artère petite méningée.
4. Nerf mandibulaire.
5. Muscle ptérygoïdien externe.
6. Artère temporale profonde antérieure.
7. Artère vidienne.
8. Artère ptérygo-palatine.
9. Artère sphéno-palatine.
10. Artère sous-orbitaire.
11. Artère dentaire moyenne (inconstante).
12. Artère alvéolaire supérieure et postérieure.
13. Artère buccale.
14. Artère dentaire inférieure.
15. Artère massétérine.
16. Artère carotide externe.

LES LYMPHATIQUES :

Ils prennent leur origine d'une part de la partie profonde de la muqueuse gingivale, d'autre part de la pulpe dentaire.

— Les lymphatiques issus des gencives se drainent dans les **ganglions sous-mandibulaires** et dans les ganglions **jugulo-carotidiens**.

— Les lymphatiques des dents se rendent également à ces mêmes ganglions mais en suivant un trajet différent pour la mâchoire supérieure et pour la mâchoire inférieure. Au niveau de la mâchoire supérieure ils cheminent dans l'épaisseur de la paroi sinusienne dont ils émergent au niveau du trou sous-orbitaire pour gagner le tissu cellulaire de la pommette et de la joue. Les lymphatiques issus des dents inférieures suivent le canal dentaire inférieur et se rendent aux ganglions sous-mandibulaires et jugulo-carotidiens.

L'innervation

Uniquement sensitive, elle provient entièrement du **trijumeau** (V) par ses deux branches maxillaire supérieure et mandibulaire. (Fig. 23 et 23bis).

AU NIVEAU DE LA MÂCHOIRE SUPÉRIEURE :

L'innervation de la région gingivo-dentaire est assurée par les nerfs dentaires postérieur, moyen et antérieur, branches du maxillaire supérieur.

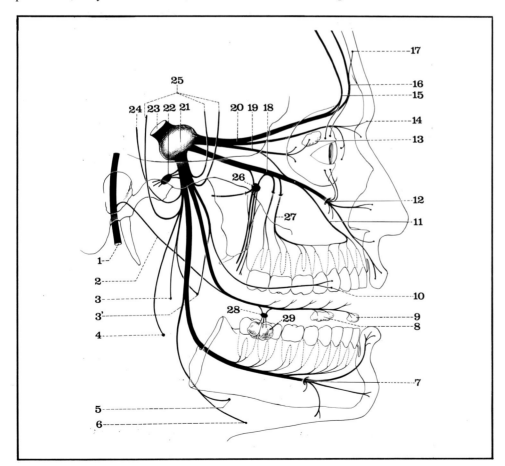

FIGURE 23

Représentation schématique du nerf trijumeau et de ses branches (d'après Pitres et Testut).

1. *Nerf facial.*
2. *Corde du tympan.*
3. *Nerf du ptérygoïdien interne.*
3'. *Nerf du ptérygoïdien externe.*
4. *Nerf du masséter.*
5. *Nerf du mylo-hyoïdien.*
6. *Nerf du ventre antérieur du digastrique.*
7. *Nerf dentaire inférieur.*
8. *Glande sublinguale.*
9. *Glande linguale de Blandin.*
10. *Nerf buccal.*
11. *Nerf dentaire antérieur.*
12. *Nerf sous-orbitaire.*
13. *Glande lacrymale.*
14. *Nerf nasal.*
15. *Nerf frontal externe.*
16. *Nerf frontal interne.*
17. *Rameau cutané du nerf frontal interne.*
18. *Nerf maxillaire supérieur.*
19. *Nerf lacrymal.*
20. *Nerf ophtalmique.*
21. *Ganglion de Gasser.*
22. *Ganglion otique.*
23. *Nerf trijumeau.*
24. *Nerf auriculo-temporal.*
25. *Nerfs temporaux profonds.*
26. *Ganglion sphéno-palatin.*
27. *Nerf dentaire postérieur.*
28. *Ganglion sous-mandibulaire.*
29. *Glande sous-mandibulaire.*

FIGURE 23bis

Moulage de l'innervation dentaire (côté droit).

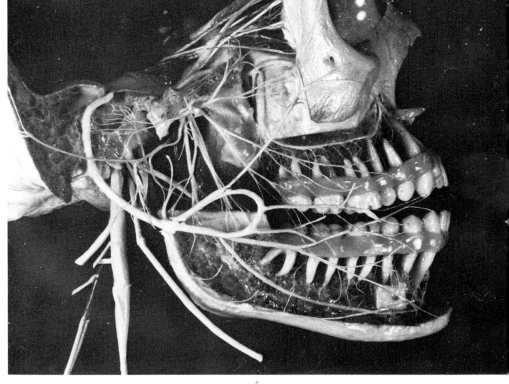

FIGURE 24

Coupe verticale schématique de la dent type.

1. Couronne.
2. Email.
3. Ivoire ou dentine.
4. Muqueuse gingivale.
5. Chambre pulpaire.
6. Ligament alvéolo-dentaire.
7. Os alvéolaire.
8. Cément.
9. Canal dentaire.

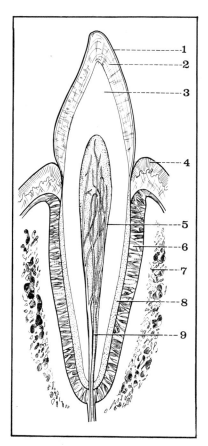

— LES NERFS DENTAIRES POSTÉRIEURS (Rami alveolaris superiores posteriores)

Nés du maxillaire supérieur avant son entrée dans la gouttière sous-orbitaire, descendant verticalement en arrière de la tubérosité du maxillaire, ils pénètrent rapidement dans l'épaisseur de la paroi maxillaire après avoir donné quelques rameaux gingivaux. Ils se distribuent aux racines des molaires, et s'anastomosent avec les nerfs dentaire moyen et dentaire antérieur en formant un **plexus dentaire**.

— LE NERF DENTAIRE MOYEN (R. alveolaris superior medius) :

Inconstant, né dans le canal sous-orbitaire, chemine dans l'épaisseur de la paroi externe du maxillaire supérieur. Il s'anastomose aux nerfs dentaires postérieurs et dentaire antérieur et innerve les racines des prémolaires.

— LE NERF DENTAIRE ANTÉRIEUR (R. alveolaris superior anterior) :

Né près de l'extrémité antérieure du canal sous-orbitaire, chemine dans un canal vertical creusé dans la paroi externe des fosses nasales dont il innerve la muqueuse. Il s'anastomose aux nerfs dentaires postérieur et moyen et se termine en innervant les racines de la canine et des incisives.

AU NIVEAU DE LA MÂCHOIRE INFÉRIEURE : (Fig. 21 et 23)

L'innervation est assurée par le nerf dentaire inférieur (N. alveolaris inferior), branche terminale du nerf mandibulaire. Né dans la région zygomatique entre les deux muscles ptérygoïdiens, le nerf dentaire inférieur pénètre dans le canal dentaire en arrière de l'épine de Spix, en compagnie de l'artère dentaire inférieure. Il chemine dans le canal dentaire où il se divise plus ou moins précocement en deux branches : le *nerf mentonnier* qui ne donne aucun rameau dentaire et sort par le trou mentonnier pour aller innerver la peau du menton et le *nerf incisif* qui se termine en innervant la canine et les incisives.

En cours de trajet, le nerf dentaire inférieur ou, quand il est né précocement, le nerf incisif, fournit des rameaux à chaque racine dentaire.

AU NIVEAU DES DENTS :

Tant supérieures qu'inférieures, les rameaux nerveux pénètrent à l'intérieur de la racine et se distribuent dans la pulpe en un riche réseau plexiforme. (Fig. 24)

6 le plancher de la bouche

PLAN

Généralités
— Situation
— Limites
— Forme extérieure
— Constitution anatomique

Parois
— Paroi inférieure
— Paroi antéro-externe
— Paroi postéro-interne
— Paroi supérieure

Contenu
La cloison médiane
— Muscle génio-hyoïdien
— Muscle génio-glosse
Les creux sub-linguaux
— Glande sub-linguale
— Canal de Wharton
— Artère sub-linguale
— Veines
— Lymphatiques
— Nerfs

Rapports

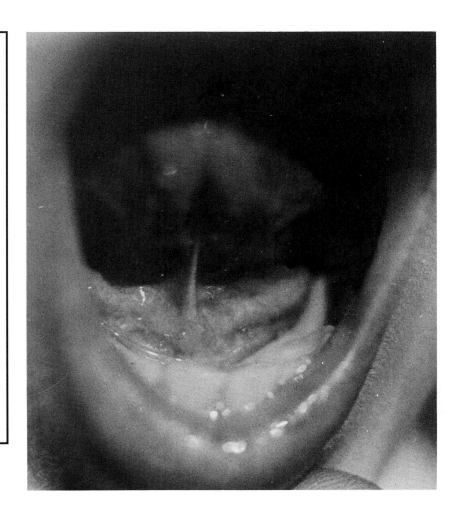

Région impaire et médiane en forme de fer à cheval, le plancher de la bouche ou région sub-linguale, est situé au-dessus et en avant de l'os hyoïde, dans la concavité du corps de la mandibule autour du segment antérieur de la partie fixe de la langue, immédiatement au-dessous de la muqueuse buccale. C'est en fait un espace celluleux qui contient outre les glandes salivaires sub-linguales et le canal excréteur de la glande sous-mandibulaire, des éléments vasculaires et nerveux importants.

Dérivant embryologiquement de l'extrémité antérieure des deuxième, troisième et quatrième arcs branchiaux le plancher buccal est parfois le siège de formations pathologiques d'origine branchiale : kystes, fistules, grenouillettes...

Généralités

SITUATION :

La région du plancher de la bouche est située :
— au-dessus de la région sus-hyoïdienne,
— au-dessous de la muqueuse buccale et de la partie mobile de la langue,
— en arrière et en dedans de la région gingivo-dentaire,
— en avant et en dehors de la partie fixe de la langue.

LIMITES :

Elles sont formées :

— **en bas** par le muscle mylo-hyoïdien,
— **en haut** par la muqueuse buccale,
— **en avant** et en dehors par la face profonde du corps de la mandibule au-dessus de la ligne mylo-hyoïdienne,
— **en arrière et en dedans**, par le génio-glosse, l'hyo-glosse et le lingual inférieur ; à ce niveau, le plancher de la bouche entre en communication avec la région sous-mandibulaire (partie latérale de la région sus-hyoïdienne) par l'interstice situé entre le bord postérieur du mylo-hyoïdien et la face externe de l'hyo-glosse.

FORME EXTÉRIEURE ET REPÈRES :

Moulée entre la partie fixe de la langue et le corps de la mandibule, la région du plancher buccal a dans son ensemble la forme d'un fer à cheval à concavité postérieure.

A sa partie antérieure, sur la ligne médiane, la région est divisée par une cloison sagittale formée par les muscles génio-glosses et génio-hyoïdiens, en deux espaces latéraux : les **creux sub-linguaux**.

Ces creux sub-linguaux ont une forme quadrangulaire à la coupe avec une paroi supérieure formée par la muqueuse buccale, une paroi interne formée par l'hyo-glosse, une paroi inférieure formée par le mylo-hyoïdien, une paroi externe mandibulaire. (Fig. 2)

Tout à fait en avant, près de la cloison des muscles géniens, les creux sub-linguaux prennent une forme prismatique triangulaire avec une paroi postérieure formée par l'hyo-glosse, une paroi inférieure formée par le mylo-hyoïdien et une paroi supérieure formée par la muqueuse buccale. (Fig. 3)

Dans l'ensemble, la paroi la plus accessible est la paroi supérieure facilement explorable par la cavité buccale, les **repères** essentiels de la région étant l'arcade alvéolo-dentaire inférieure et la face inférieure de la partie mobile de la langue que l'on doit relever pour explorer le plancher buccal. Les **dimensions** et la **morphologie générale** de la région varient suivant la conformation de la mandibule et il est classique d'opposer les planchers étroits d'exploration difficile, et les planchers larges beaucoup plus accessibles à la palpation, aux traitements physiothérapiques et à la chirurgie. (Fig. 1)

CONSTITUTION ANATOMIQUE :

Schématiquement, la région du plancher buccal se présente donc comme un espace celluleux comprenant quatre parois :
— *une paroi inférieure*, musculaire ;
— *une paroi antéro-externe*, osseuse ;
— *une paroi postéro-interne*, linguale ;
— *une paroi supérieure*, muqueuse.

Le plancher buccal est divisé par une cloison médiane et sagittale en deux creux sub-linguaux.

Il contient des éléments glandulaires, vasculaires et nerveux.

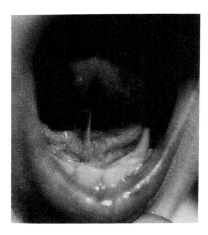

FIGURE 1

Vue endo-buccale du plancher de la bouche.

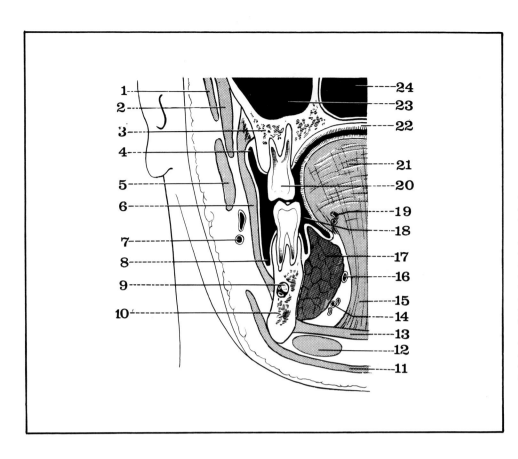

FIGURE 2

Coupe frontale de la face passant par la deuxième prémolaire.

1. Muscle grand zygomatique.
2. Masséter.
3. Os maxillaire supérieur.
4. Sillon gingivo-jugal supérieur.
5. Risorius.
6. Muscle buccinateur.
7. Artère faciale.
8. Sillon gingivo-jugal inférieur.
9. Nerf dentaire inférieur dans le canal dentaire.
10. Mandibule.
11. Muscle peaucier du cou.
12. Ventre antérieur du muscle digastrique.
13. Muscle mylo-hyoïdien.
14. Artère sub-linguale.
15. Muscle hyo-glosse.
16. Canal de Wharton.
17. Glande sub-linguale.
18. Cavité buccale.
19. Artère ranine.
20. Arcade dentaire supérieure (2e prémolaire).
21. Langue.
22. Muqueuse palatine.
23. Sinus maxillaire.
24. Fosse nasale.

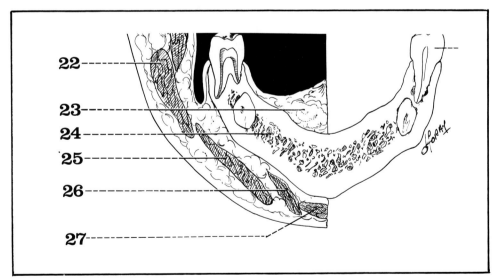

FIGURE 3

Coupe frontale du segment antérieur du plancher de la bouche.

22. Muscle risorius.
23. Glande sub-linguale.
24. Branche horizontale de la mandibule.
25. Muscle triangulaire des lèvres.
26. Muscle carré du menton.
27. Muscle de la houppe du menton.

Les parois du plancher de la bouche

LA PAROI INFÉRIEURE :

Essentiellement musculaire, elle est formée par la face supérieure des deux muscles mylo-hyoïdiens qui séparent le plancher buccal de la région sus-hyoïdienne.

LE MUSCLE MYLO-HYOÏDIEN (Mylo-Hyoïdeus) (Fig. 4)

C'est un muscle aplati qui forme en s'unissant sur la ligne médiane avec son homologue, une sangle solide tendue entre l'os hyoïde et la mandibule.

— **Insertions** : Il naît par des fibres charnues sur toute l'étendue de la ligne mylo-hyoïdienne.

— **Le corps musculaire** : Aplati, il est formé de fibres obliques en arrière, en bas et en dedans.

— **Terminaison** : Les fibres les plus postérieures, très obliques en arrière vont se terminer sur la face antérieure du corps de l'os hyoïde.

Les fibres antérieures, presque transversales vont se réunir sur la ligne médiane à celles du côté opposé pour former un raphé médian.

— **Innervation** : Elle est assurée par le nerf mylo-hyoïdien branche du dentaire inférieur, lui-même branche du mandibulaire.

— **Action** : Le mylo-hyoïdien est d'une part abaisseur de la mandibule, d'autre part élévateur de l'os hyoïde. En outre en se contractant simultanément les deux mylo-hyoïdiens élèvent la langue et la plaquent contre le palais. Ils interviennent ainsi dans le premier temps de la déglutition et l'émission des sons aigus.

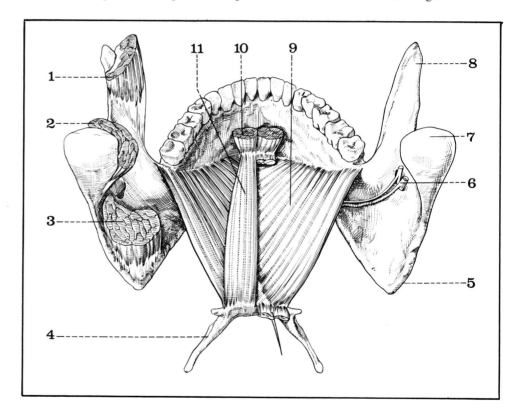

FIGURE 4

*Le muscle mylo-hyoïdien.
Vue postéro-supérieure.*
1. *Tendon du temporal.*
2. *Ptérygoïdien externe.*
3. *Ptérygoïdien interne.*
4. *Os hyoïde.*
5. *Angle de la mâchoire.*
6. *Artère et nerf dentaires inférieurs.*
7. *Condyle mandibulaire.*
8. *Apophyse coronoïde.*
9. *Mylo-hyoïdien.*
10. *Génio-glosse.*
11. *Muscle génio-hyoïdien.*

LA PAROI ANTÉRO-EXTERNE : (Fig. 4)

Entièrement osseuse, elle est formée par la partie de la **face profonde du corps mandibulaire** située au-dessus de la ligne mylo-hyoïdienne. En avant et sur la ligne médiane elle est marquée par la saillie des quatre **apophyses géni** ou Spinae mentalis (deux supérieures et deux inférieures) qui donnent insertion aux muscles génioglosses et génio-hyoïdiens. Très étroite à ce niveau, cette paroi osseuse s'élargit progressivement en allant en arrière et en dehors où elle est marquée d'une dépression : la *fossette sub-linguale*.

LA PAROI POSTÉRO-INTERNE : (Fig. 5)

Elle est formée par la face antérieure de la base de la langue constituée par les muscles génio-glosse, hyo-glosse et lingual inférieur.

Ces muscles ont été étudiés avec la langue (cf. page 387).

LE GÉNIO-GLOSSE (Génioglossus) :

Le plus antérieur et le plus profond s'étend en éventail de l'apophyse géni supérieure jusqu'au bord supérieur de l'os hyoïde, la face dorsale et la pointe de la langue. (Fig. 4)

LE LINGUAL INFÉRIEUR ou LONGITUDINAL INFÉRIEUR (Longitudinalis Inferior) :

Situé immédiatement en dehors du génio-glosse le croise à angle droit ; il s'étend de la petite corne de l'os hyoïde à la pointe de la langue.

L'HYO-GLOSSE (Hyoglossus) : (Fig. 5 et 6)

Situé plus en dehors et plus en arrière, naît du corps de l'os hyoïde, de la petite corne et de la grande corne ; il forme une nappe musculaire quadrilatère oblique en haut et en avant vers le septum lingual.

Ces trois muscles ferment très incomplètement en arrière le plancher buccal et laissent persister entre eux deux hiatus :

— **un hiatus externe** situé entre l'hyo-glosse et le mylo-hyoïdien, ce qui fait communiquer le plancher buccal avec la loge sous-mandibulaire ;

— **un hiatus plus interne**, situé entre la face profonde de l'hyo-glosse et le lingual inférieur, livre passage aux éléments qui passent de la loge sous-mandibulaire au plancher buccal ainsi qu'au *nerf lingual*.

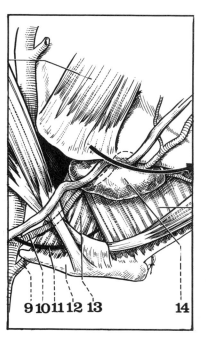

FIGURE 5

*La paroi postéro-interne du plancher buccal.
Vue externe droite.*

9. *Artère linguale.*
10. *Artère faciale.*
11. *Nerf hypoglosse.*
12. *Os hyoïde.*
13. *Hyo-glosse.*
14. *Glande sous-mandibulaire.*

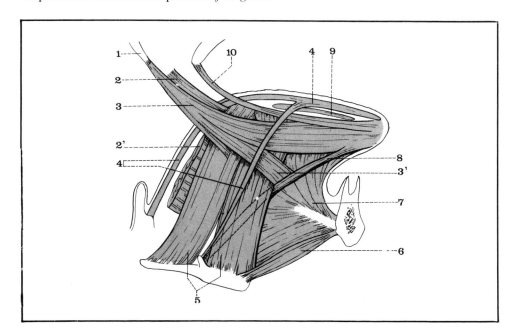

FIGURE 6

*Les muscles de la langue
(vue latérale droite).*

1. *Apophyse styloïde.*
2. *Faisceau du muscle constricteur supérieur formant le muscle pharyngo-glosse.*
2'. *Constricteur supérieur du pharynx.*
3 et 3'. *Muscle stylo-glosse.*
4. *Muscle lingual supérieur.*
5. *Muscle hyo-glosse.*
6. *Muscle génio-hyoïdien.*
7. *Muscle génio-glosse.*
8. *Muscle lingual inférieur.*
9. *Muscle transverse de la langue.*
10. *Muslce palato-glosse.*

LA PAROI SUPÉRIEURE : (Fig. 7 et 9)

Elle est muqueuse, et facilement accessible à l'examen. (Fig. 9 et 11)

Elle est formée par la **muqueuse buccale** qui, partie du rebord gingival, va fermer en haut le plancher buccal avant d'aller tapisser la partie mobile de la langue. Sur la ligne médiane elle forme un repli sagittal tendu du bord alvéolaire à la face inférieure de la langue et se bifurque en arrière, le *frein de la langue* (Frenulum linguae). De part et d'autre du frein de la langue deux petites saillies mamelonnaires sont percées d'un orifice : *l'ostium ombilicale*, ouverture du canal excréteur de la glande sous-mandibulaire ou canal de Wharton. Plus en dehors et plus en arrière s'ouvrent, à peine visibles à l'œil nu, les canaux excréteurs de la glande sub-linguale (canaux de Walther et de Rivinus). Entre ces orifices et les arcades dentaires la muqueuse est soulevée par le relief de la glande sub-linguale qui forme ici la *caroncule sub-linguale*. (Fig. 10)

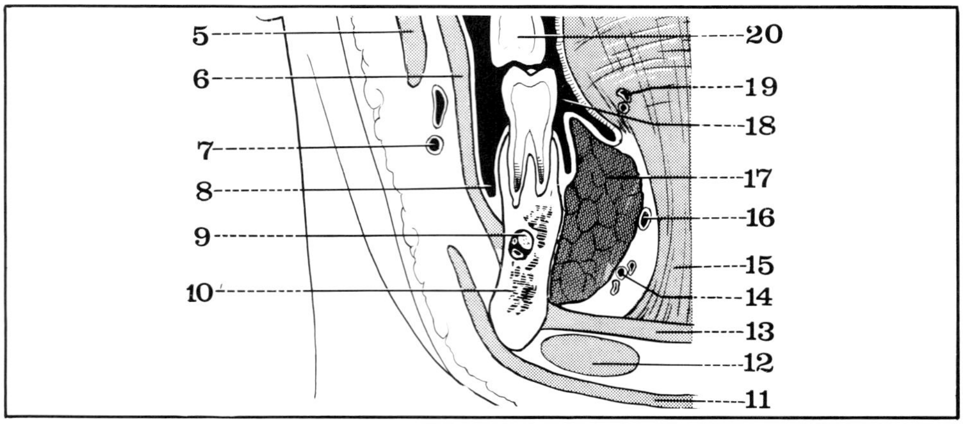

FIGURE 7

Coupe frontale du plancher buccal.
5. Risorius.
6. Muscle buccinateur.
7. Artère faciale.
8. Sillon gingivo-jugal inférieur.
9. Nerf dentaire inférieur dans le canal dentaire.
10. Mandibule.
11. Muscle peaucier du cou.
12. Ventre antérieur du muscle digastrique.
13. Muscle mylo-hyoïdien.
14. Artère sub-linguale.
15. Muscle hyo-glosse.
16. Canal de Wharton.
17. Glande sub-linguale.
18. Cavité buccale.
19. Artère ranine.
20. Arcade dentaire supérieure (2e prémolaire).

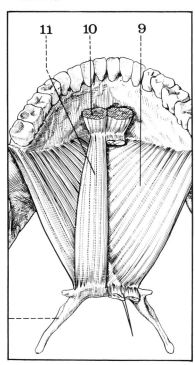

FIGURE 8

Le muscle génio-hyoïdien, vue supérieure.
9. Mylo-hyoïdien.
10. Génio-glosse.
11. Génio-hyoïdien.

Le contenu du plancher de la bouche

Il est représenté par une cloison médiane, musculaire, qui sépare deux espaces latéraux : les creux sub-linguaux où se logent, dans du tissu cellulaire lâche, la glande sub-linguale, le prolongement antérieur de la glande sous-mandibulaire et le canal de Wharton, ainsi que des éléments vasculaires et nerveux importants.

LA CLOISON MÉDIANE : (Fig. 8)

Elle est formée par les muscles génio-glosses et génio-hyoïdiens.

LE GÉNIO-GLOSSE : (M. Genioglossus)

Né des apophyses géni supérieures forme par sa partie antérieure la partie supérieure de la cloison. Il a été étudié précédemment (page 387).

LE GÉNIO-HYOÏDIEN (Geniohyoideus)

Sous-jacent au précédent, il forme la partie inférieure de la cloison.

— **Insertions** : En avant sur les apophyses géni inférieures par des fibres tendineuses.

— **Le corps musculaire** : Cylindrique, immédiatement sus-jacent au mylo-hyoïdien, il se dirige directement en arrière en s'élargissant progressivement.

— **Terminaison** : En se fixant sur la face antérieure du corps de l'os hyoïde.

— **Innervation** : Assurée par le nerf du génio-hyoïdien, branche de l'hypoglosse.

— **Action** : Le génio-hyoïdien est à la fois abaisseur de la mandibule et élévateur de l'os hyoïde.

LES CREUX SUB-LINGUAUX ET LEUR CONTENU :

De chaque côté de la cloison médiane, les creux sub-linguaux forment deux espaces allongés dans le sens antéro-postérieur et comblés par un tissu cellulaire très lâche qui peut être parfois le siège d'œdème considérable qui ne se développe que vers la cavité buccale, la paroi supérieure du plancher de la bouche étant la seule susceptible de se laisser distendre.

Dans cette atmosphère celluleuse se placent des éléments glandulaires et vasculo-nerveux importants.

LA GLANDE SUB-LINGUALE (Glandula sublingualis) :

C'est la plus petite des glandes salivaires. De forme ovoïde, allongée dans le sens antéro-postérieur contre la face profonde de la mandibule, elle a environ 2 à 3 cm de long sur un centimètre de haut et 6 à 8 mm d'épaisseur. Formée de plusieurs glandules juxtaposées, de type mixte à prédominance muqueuse, elle déverse ses sécrétions dans la cavité buccale par une multitude de canaux excréteurs qui s'ouvrent à la face supérieure de la muqueuse du plancher buccal. (Fig. 10) (Canaux de Walther* et Rivinus**).

Sa face supérieure soulève la muqueuse au niveau de la caroncule sub-linguale, sa face interne se plaque contre le génio-glosse, son extrémité antérieure arrive au contact de la cloison médiane, son extrémité postérieure jouxte en arrière le prolongement antérieur de la sous-mandibulaire.

Elle est souvent accompagnée de débris embryonnaires, point de départ possible de certaines « grenouillettes » congénitales.

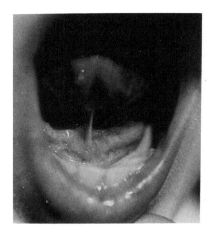

FIGURE 9

La paroi supérieure du plancher de la bouche et la caroncule sub-linguale.

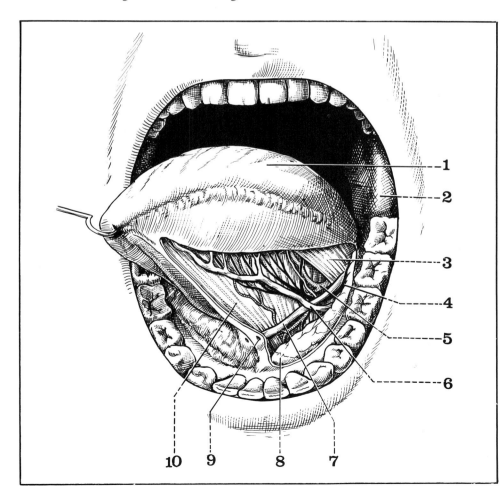

FIGURE 10

Vue antéro-supérieure du plancher de la bouche la langue étant inclinée vers la droite et la muqueuse buccale réséquée.

1. Langue.
2. Bord antérieur de la branche montante de la mandibule.
3. Muscle hyo-glosse.
4. Nerf lingual.
5. Artère linguale.
6. Veine linguale.
7. Canal de Wharton.
8. Glande sub-linguale.
9. Ostium ombilicale.
10. Muscle génio-glosse.

---

* Walther August, Friedrich (1688-1746), anatomiste allemand, professeur à Francfort, puis à Berlin.
** Rivinus Auguste, Quirinus (1652-1723), anatomiste allemand, professeur de physiologie à Leipzig.

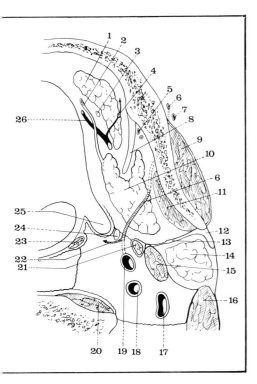

FIGURE 11

Coupe horizontale de la région sous-mandibulaire (côté droit, segment inférieur).

1. Glande sublinguale.
2. Canal de Wharton (ou sous-mandibulaire).
3. Artère sublinguale.
4. Ganglion sublingual.
5. Vaisseaux mylo-hyoïdiens.
6. Artère faciale.
7. Veine faciale.
8. Muscle mylo-hyoïdien.
9. Muscle masséter.
10. Glande sous-mandibulaire.
11. Muscle ptérygoïdien interne.
12. Bandelette mandibulaire.
13. Muscle stylo-hyoïdien.
14. Glande parotide.
15. Ventre postérieur du digastrique.
16. Muscle sterno-cleïdo-mastoïdien.
17. Veine jugulaire interne.
18. Artère carotide interne.
19. Artère carotide externe.
20. Muscle grand droit antérieur.
21. Muscle stylo-hyoïdien.
22. Artère palatine ascendante.
23. Muscle stylo-pharyngien.
24. Ligament stylo-hyoïdien.
25. Muscle stylo-glosse.
26. Nerf lingual.

---

* Wharton Thomas (1616-1673), anatomiste anglais (Oxford et Londres).

LE PROLONGEMENT ANTÉRIEUR DE LA GLANDE SOUS-MANDIBULAIRE ET LE CANAL DE WHARTON (Fig. 11)

Située en arrière et au-dessous du plancher de la bouche, dans la partie latérale de la région sus-hyoïdienne, la glande sous-maxillaire ou sous-mandibulaire émet au niveau du bord postérieur du mylo-hyoïdien un prolongement antérieur qui pénètre dans le plancher buccal en s'insinuant entre la face externe de l'hyo-glosse et le mylo-hyoïdien. De forme conoïde ce prolongement antérieur est accompagné sur sa face interne par le *canal de Wharton** (Ductus Submandibularis), canal excréteur de la glande qui pénètre avec lui dans le plancher buccal.

Long de 5 cm, large de 2 mm, le canal de Wharton décrit dans le creux sublingual la presque totalité de son trajet, en dessinant une courbe ascendante à concavité inférieure.

D'abord situé entre le prolongement antérieur de la sous-mandibulaire en dehors et l'hyo-glosse en dedans, il chemine ensuite entre la sub-linguale en dehors, le lingual inférieur et le génio-glosse en dedans. Il surcroise ainsi le nerf lingual qui d'abord situé en dehors de lui va passer en dedans. Enfin, il prend une direction franchement ascendante pour venir s'ouvrir au niveau de l'ostium ombilicale. (Fig. 12)

L'ARTÈRE SUB-LINGUALE (A. Sublingualis) : (Fig. 12 et 13)

Elle assure à elle seule toute la vascularisation artérielle de la région.

Branche terminale de la linguale elle naît à la partie la plus postérieure de la région, à la face profonde de l'hyo-glosse dans l'hiatus interne situé entre ce muscle et le lingual inférieur. Elle chemine d'arrière en avant au-dessous du canal de Wharton, sur la face externe du génio-glosse et vient se ramifier à la face profonde de la muqueuse. Elle s'anastomose constamment avec la sous-mentale (branche de la faciale) à travers le mylo-hyoïdien.

LES VEINES SUB-LINGUALES :

Peu volumineuses, parallèles aux artères elles traversent l'hiatus musculaire le plus interne pour aller se jeter dans les veines linguales.

LES LYMPHATIQUES :

Ils forment de nombreux troncs, sans relais ganglionnaire au niveau de la région, qui drainent les lymphatiques de la langue et se déversent d'une part en arrière dans les lymphatiques et ganglions de la loge sous-mandibulaire à travers l'hiatus musculaire interne, d'autre part en avant à travers le mylo-hyoïdien dans les ganglions sous-mentaux. Cette disposition explique aussi bien la propagation des cancers de la langue au plancher buccal que l'invasion des ganglions sous-mentaux et sous-mandibulaires dans les cancers de la langue et du plancher buccal.

LES NERFS :

Ils sont représentés par la terminaison de l'hypoglosse et par le nerf lingual. (Fig. 12 et 13)

1 - **Le nerf hypoglosse** (XII) : (N. Hypoglossus)

Il n'appartient au plancher de la bouche que par ses ramifications terminales qui cheminent sur l'hyo-glosse à la partie inférieure de la cloison médiane. Il échange une anastomose avec le nerf lingual, situé au-dessus de lui.

2 - **Le nerf lingual** (cf. page 394) : (N. Lingualis)

Branche terminale du nerf mandibulaire, il pénètre dans la région du plancher de la bouche par l'hiatus musculaire le plus interne, sur la partie supérieure de la face externe du muscle hyo-glosse. Décrivant une vaste courbe à concavité supérieure, il pénètre dans la région immédiatement sous la muqueuse en regard du collet de la deuxième molaire. Il traverse d'arrière en avant le plancher buccal et effleure le bord supérieur du prolongement de la sous-mandibulaire. Il chemine en dedans de la glande sub-linguale, et se place d'abord en dehors du canal de Wharton. Il croise ensuite ce canal pour venir se terminer en dedans de lui en allant innerver la muqueuse de la partie antérieure de la langue.

En cours de route, il a donné le *nerf sub-lingual* qui va se ramifier sur la face externe de la glande sub-linguale.

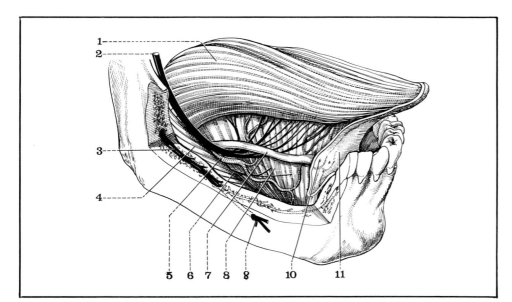

FIGURE 12

Vue latérale droite de la région du plancher de la bouche après résection partielle du corps de la mandibule.

1. Langue.
2. Nerf lingual.
3. Nerf dentaire inférieur.
4. Muscle mylo-hyoïdien.
5. Artère linguale.
6. Terminaison du nerf hypoglosse.
7. Canal de Wharton.
8. Muscle génio-glosse.
9. Nerf mentonnier.
10. Ostium ombilicale.
11. Muqueuse vestibulaire.

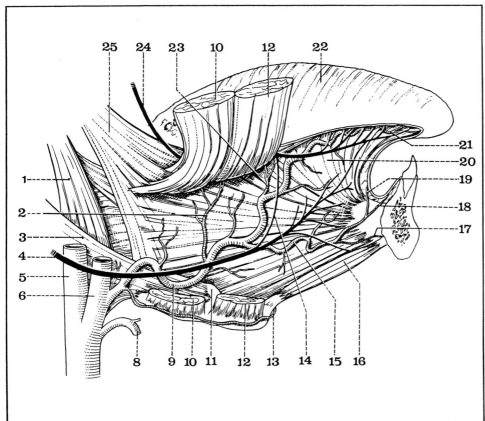

FIGURE 13

L'artère linguale et les nerfs de la langue (côté droit).

1. Muscle stylo-pharyngien.
2. Artère dorsale de la langue.
3. Constricteur moyen du pharynx.
4. Nerf hypoglosse (XII).
5. Carotide interne.
6. Carotide externe.
8. Thyroïdienne supérieure.
9. Artère linguale.
10. Muscle hyo-glosse (faisceau cérato-glosse).
11. Petite corne de l'os hyoïde.
12. Muscle hyo-glosse (faisceau basio-glosse).
13. Rameau hyoïdien de la linguale.
14. Anastomose de l'hypoglosse au lingual.
15. Artère sub-linguale.
16. Ventre antérieur du digastrique.
17. Rameau mentonnier.
18. Rameau génien.
19. Artère du frein de la langue.
20. Muscle génio-glosse.
21. Artère ranine.
22. Face dorsale de la langue.
23. Rameaux dorsaux de la linguale.
24. Nerf lingual.
25. Muscle stylo-glosse.

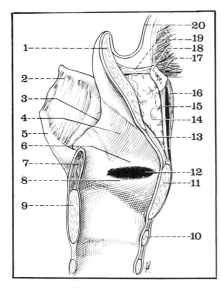

FIGURE 14

Coupe sagittale médiane du larynx.
1. Epiglotte.
2. Membrane thyro-hyoïdienne.
3. Repli aryténo-épiglottique.
4. Etage sus-glottique de la cavité laryngée.
5. Corne supérieure du cartilage thyroïde.
6. Bande ventriculaire.
7. Muscle ary-aryténoïdien.
8. Corde vocale.
9. Chaton cricoïdien.
10. Arc antérieur du cricoïde.
11. Cartilage thyroïde.
12. Orifice du ventricule.
13. Membrane thyro-épiglottique.
14. Loge hyo-thyro-glosso-épiglottique.
15. Membrane thyro-hyoïdienne.
16. Muscle thyro-hyoïdien.
17. Muscles de la langue.
18. Os hyoïde.
19. Ligament glosso-épiglottique.
20. Muqueuse formant le repli glosso-épiglottique.

FIGURE 15

Coupe frontale de la région sous-mandibulaire (côté droit, segment postérieur).
1. Nerf dentaire inférieur.
2. Muscle masséter.
2'. Nerf lingual.
3. Aponévrose superficielle.
4. Muscle peaucier du cou.
5. Muscle mylo-hyoïdien.
6. Vaisseaux mylo-hyoïdiens.
7. Mandibule.
8. Glande sous-mandibulaire et 8' son prolongement antérieur.
9. Nerf grand hypoglosse.
10. Artère faciale.
11. Ganglion sous-mandibulaire.
12. Veine faciale.
13. Muscle thyro-hyoïdien.
14. Muscle omo-hyoïdien.
15. Muscle digastrique.
16. Os hyoïde.
17. Constricteur moyen du pharynx.
18. Artère linguale.
19. Veine linguale profonde.
20. Muscle stylo-glosse.
21. Muscle hyo-glosse.
22. Canal de Wharton.
23. Sillon gingivo-lingual.
24. Langue.

Rapports du plancher de la bouche

Région frontière entre la face et le cou, le plancher de la bouche contracte des rapports importants.

— EN HAUT :

C'est la cavité buccale par où l'on peut aisément explorer et aborder la région en relevant la partie mobile de la langue.

— EN BAS :

Le plancher buccal est séparé de la région sus-hyoïdienne par le mylo-hyoïdien. Mais celui-ci est traversé par des éléments artériels et surtout lymphatiques et ne représente pas une cloison étanche entre les deux régions. (Fig. 15)

— EN ARRIÈRE :

Le plancher buccal communique latéralement avec la loge sous-mandibulaire. Sur la ligne médiane il répond à la base de la langue et, au niveau de l'os hyoïde à la loge hyo-glosso-thyro-épiglottique où l'œdème des phlegmons du plancher de la bouche peut diffuser, ce qui explique les manifestations respiratoires de telles lésions. (Fig. 14)

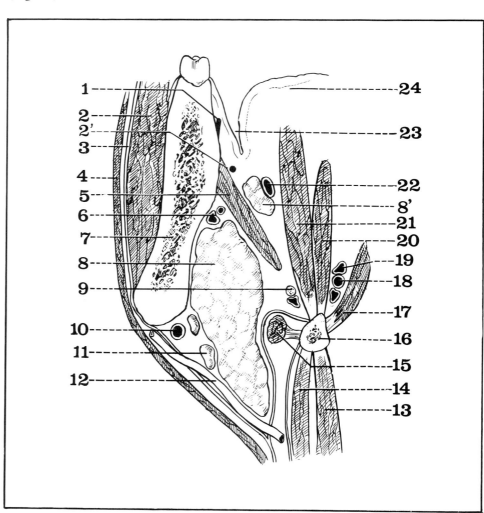

7 la région palatine

PLAN

Généralités
— Limites et situation
— Morphologie
— Constitution anatomique

La voûte palatine osseuse
— Plan osseux
— Plan glandulaire
— Plan muqueux

Le voile du palais
— Charpente fibreuse
— Muscles du voile
  - *Palato-glosse*
  - *Péristaphylin externe*
  - *Palato-pharyngien*
  - *Péristaphylin interne*
  - *Azygos de la luette*
— Vaisseaux et nerfs
  - *Artères*
  - *Veines*
  - *Lymphatiques*
  - *Nerfs*

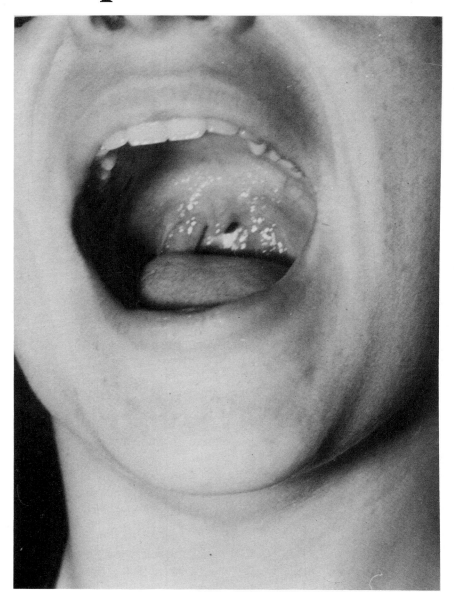

La région palatine forme la paroi supérieure et une partie de la paroi postérieure de la cavité buccale qu'elle sépare du pharynx en arrière et des fosses nasales en haut. Elle comprend deux parties très différentes : le palais osseux en avant, le voile du palais en arrière.

FIGURE 1

Vue antérieure de la région palatine.

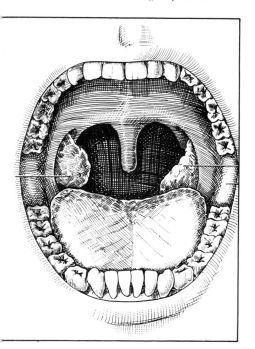

Généralités

LIMITES ET SITUATION :

Formant une cloison qui sépare la fosse nasale en haut de la cavité buccale en bas, la région palatine se poursuit en avant et latéralement avec la région des arcades dentaires et la région amygdalienne. Elle se termine en arrière au niveau du bord libre du voile du palais qui forme le bord supérieur de l'isthme du gosier, orifice de communication entre la cavité buccale et le pharynx.

MORPHOLOGIE :

Dans son ensemble la région palatine a la forme d'une voûte concave en bas à la fois dans le sens antéro-postérieur et dans le sens transversal. Large de 4 à 5 cm, longue de 7 à 8 cm elle a une flèche d'environ 1,5 cm, plus haute en cas de palais ogival. La partie antérieure, osseuse, représente approximativement la moitié de la longueur totale de la voûte palatine.

— La moitié antérieure de la région palatine est en effet dure et rigide, elle correspond au **palais osseux**; sa surface, lisse et criblée d'orifices glandulaires dans sa partie postérieure, présente quelques crêtes rugueuses transversales dans sa partie la plus antérieure.

La moitié postérieure au contraire, souple et mobile, presque perpendiculaire à la précédente, constitue le **voile du palais**. Normalement pendant verticalement à la frontière de la bouche et du pharynx, il s'abaisse lors des mouvements de succion, s'élève et s'horizontalise dans la déglutition et au cours de la phonation.

Son bord postérieur libre et concave en bas dans son ensemble se prolonge latéralement de chaque côté par un pilier antérieur qui va se terminer sur le bord de la langue, et un pilier postérieur qui va se fixer en bas sur la paroi pharyngée; sur la ligne médiane le bord postérieur du voile se prolonge par un appendice vertical et médian : la luette ou Uvula. (Fig. 1 et 2) (En latin Uvula = grain de raisin)

CONSTITUTION ANATOMIQUE :

Elle est différente au niveau du palais osseux, et au niveau du voile.

— En **avant**, au niveau de la voûte palatine osseuse, la région palatine comprend :

- un plan osseux,
- un plan glandulaire,
- un plan muqueux.

— En **arrière**, le voile du palais comprend :

- un squelette aponévrotique,
- des muscles,
- une muqueuse.

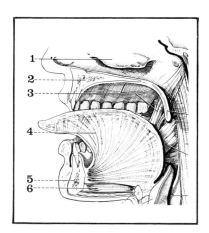

FIGURE 2

Coupe sagittale schématique de la cavité buccale.

1. *Cornet inférieur.*
2. *Apophyse palatine du maxillaire supérieur.*
3. *Pilier antérieur du voile du palais.*
4. *Muscle génio-glosse.*
5. *Mandibule.*
6. *Muscle génio-hyoïdien.*

La voûte palatine osseuse

LE PLAN OSSEUX (Fig. 3 et 4)

Il est formé en avant par la face inférieure de l'apophyse palatine horizontale des maxillaires, en arrière par la lame horizontale des palatins, les quatre pièces osseuses étant soudées entre elles au niveau de la *suture cruciforme* (suture médiane et suture maxillo-palatine).

Ce plan osseux présente sur la ligne médiane une saillie antéro-postérieure plus ou moins accusée : *le torus palatinus*. Plus en dehors, de chaque côté, une gouttière antéro-postérieure plus ou moins accusée : le *sulcus palatinus* livre passage à l'artère palatine descendante.

En avant et sur la ligne médiane, le canal palatin antérieur (Canalis incisivus) contient le nerf naso-palatin. A la partie postérieure, de chaque côté, le canal palatin postérieur livre passage à l'artère palatine descendante et au nerf palatin antérieur, et se prolonge en avant par le sulcus palatinus. En dedans de ce dernier la fossette glandulaire de Verga* loge les glandes palatines.

LE PLAN GLANDULAIRE :

Il est formé, de part et d'autre de la ligne médiane par deux amas de glandes de type salivaire : les *glandes palatines* qui se développent surtout à la partie postérieure du palais osseux, au niveau de la fossette glandulaire de Verga.

LE PLAN MUQUEUX

De couleur blanc rosé, particulièrement épaisse et résistante surtout sur les côtés, la muqueuse adhère très fortement au périoste avec lequel elle se laisse cliver. Sur la ligne médiane elle présente un raphé médian blanchâtre légèrement en relief. (Fig. 5)

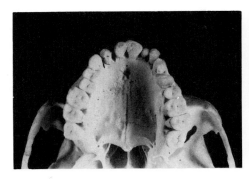

FIGURE 3

Le palais osseux.

* Verga André (1811-1895), anatomiste italien, professeur de psychiatrie à Milan.

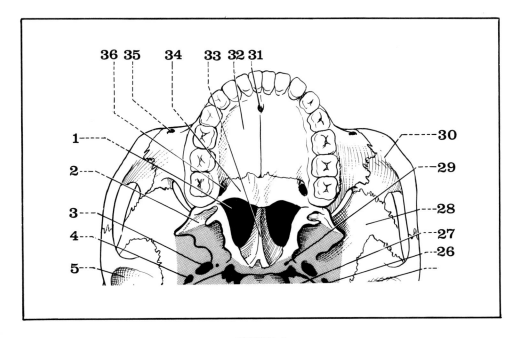

FIGURE 4

Vue exocrânienne de la base du crâne (étage facial).

1. Orifice postérieur des fosses nasales.
2. Apophyse ptérygoïde droite.
3. Trou ovale.
4. Trou petit rond.
5. Cavité glénoïde de l'articulation temporo-mandibulaire.
26. Canal condylien antérieur.
27. Pointe du rocher.
28. Sphénoïde.
29. Canal vidien.
30. Os malaire.
31. Fossette incisive.
32. Apophyse palatine du maxillaire.
33. Vomer.
34. Lame horizontale du palatin.
35. Trou sous-orbitaire.
36. Canal palatin postérieur.

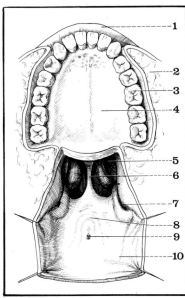

FIGURE 5

Les plans muqueux du palais dur le voile du palais étant réséqué.

1. Lèvre supérieure.
2. Joue.
3. Première molaire.
4. Voûte palatine.
5. Orifice postérieur de la fosse nasale.
6. Cloison des fosses nasales.
7. Orifice pharyngé de la trompe d'Eustache.
8. Amygdale pharyngée.
9. Bourse pharyngienne.
10. Voûte pharyngée.

Le voile du palais (Velum palatinum)

LA CHARPENTE FIBREUSE :

Elle est formée par l'**aponévrose du voile du palais** ou aponévrose palatine qui représente en réalité la terminaison du muscle péri-staphylin externe et qui poursuit en arrière et en bas le plan résistant de la voûte osseuse.

C'est une lame fibreuse grossièrement quadrilatère dont le bord antérieur s'attache au bord postérieur de la voûte osseuse (formée par les lames horizontales des palatins) et dont les bords latéraux se fixent au bord inférieur et au crochet de l'aile interne de l'apophyse ptérygoïde. En arrière, le bord postérieur, très mal limité, se perd dans l'épaisseur du voile qui à ce niveau est presque entièrement muqueux.

LES MUSCLES DU VOILE DU PALAIS :

Disposés de façon symétrique par rapport à la ligne médiane, ils sont au nombre de cinq de chaque côté. Ils présentent tous au moins une insertion sur l'aponévrose du voile. Ils se disposent en **cinq couches** successives d'avant en arrière formées par :

— le palato-glosse,
— le péri-staphylin externe dont le tendon terminal forme l'aponévrose du voile,
— le palato-pharyngien,
— le péristaphylin interne,
— l'azygos de la luette. (Fig. 6)

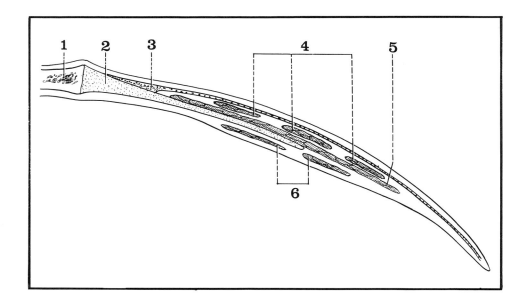

FIGURE 6

Coupe sagittale du voile du palais (d'après Monod).
1. *Palais osseux.*
2. *Aponévrose du voile.*
3. *Azygos de la luette.*
4. *Péristaphylin interne.*
5. *Palato-pharyngien.*
6. *Palato-glosse.*

LE PALATO-GLOSSE (Palatoglossus) :

Il appartient à la fois aux muscles du voile et aux muscles de la langue. Il forme la charpente du pilier antérieur du voile. (Fig. 8 et 10)

— **Insertions** : Il naît de la face antérieure de l'aponévrose du voile, sur la ligne médiane.

— **Le corps musculaire** : D'abord aplati et formé de fibres concaves en bas et en dedans, il devient bientôt cylindrique pour former le pilier antérieur.

— **Terminaison** : Au niveau de la base de la langue il se divise en deux faisceaux, l'un qui suit le bord latéral de la langue, l'autre qui se dirige transversalement vers le septum lingual.

— **Innervation** : Elle est assurée par le rameau lingual du facial, quand il existe, ou par les filets de l'anse de Haller (anastomose du IX au facial). Physiologiquement il serait innervé, comme la plupart des muscles du voile, par le tronc vago-spinal.

— **Action** : Il abaisse le voile et ferme l'isthme du gosier.

LE PÉRISTAPHYLIN EXTERNE ou TENSEUR DU VOILE DU PALAIS (Tensor veli palatini) :

Etendu de la base du crâne au voile du palais, il forme une partie essentielle de l'armature de ce dernier. Son trajet est entièrement extra-pharyngé. (Fig. 8 et 9)

— **Insertions** : Il se fixe en haut sur l'épine du sphénoïde, sur la racine de la grande aile, en dedans du trou ovale, sur la face externe de l'aile interne de la ptérygoïde et sur la face externe de l'extrémité antérieure de la trompe d'Eustache.

— **Le corps musculaire** descend d'abord verticalement dans l'angle dièdre des deux ailes de la ptérygoïde et se jette rapidement sur un tendon.

— **Terminaison** : Ce tendon se réfléchit sur le crochet ptérygoïdien et se dirige obliquement en bas et en dedans en s'étalant pour aller constituer l'aponévrose du voile.

— **Innervation** : Elle est assurée par une branche du nerf mandibulaire, lui-même branche du trijumeau (V).

— **Action** : Il est élévateur et tenseur du voile pendant la déglutition. En outre, il ouvre la trompe d'Eustache.

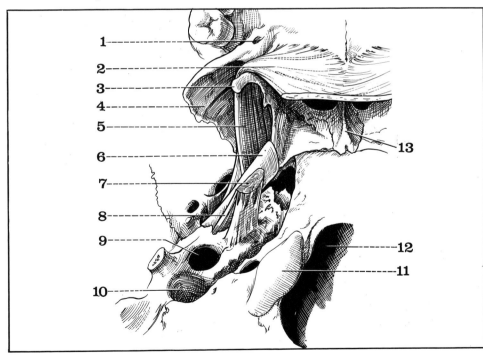

FIGURE 9

Vue inférieure de la base du crâne montrant la trompe d'Eustache et les muscles péri-staphylins.

1. Canal palatin postérieur.
2. Tendon du muscle péri-staphylin externe.
3. Crochet de l'apophyse ptérygoïde.
4. Aile externe de l'apophyse ptérygoïde droite.
5. Muscle péri-staphylin externe.
6. Trompe d'Eustache.
7. Muscle péri-staphylin interne.
8. Insertion tubaire du muscle péri-staphylin interne.
9. Canal carotidien.
10. Trou déchiré postérieur.
11. Condyle de l'occipital.
12. Trou occipital.
13. Vomer.

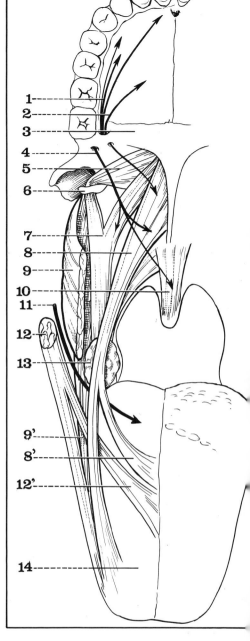

FIGURE 8

Vue antérieure des muscles du voile du palais.
La cavité buccale étant largement ouverte
(d'après Monod).

1. Nerf palatin antérieur.
2. Nerf palatin moyen.
3. Os palatin.
4. Nerf palatin postérieur.
5. Aponévrose du voile du palais (tendon du muscle péri-staphylin externe).
6. Crochet de l'apophyse ptérygoïde.
7. Muscle palato-pharyngien.
8 et 8'. Muscle palato-glosse.
9 et 9'. Muscle constricteur supérieur du pharynx avec son faisceau lingual.
10. Azygos de la luette.
11. Nerf glosso-pharyngien.
12 et 12'. Muscle stylo-glosse.
13. Amygdale.
14. Face dorsale de la langue.

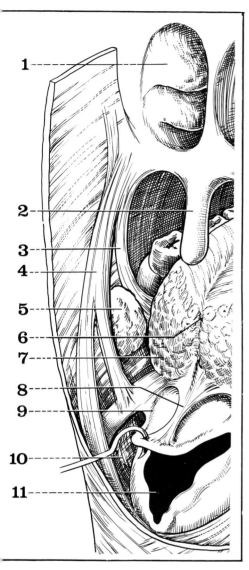

FIGURE 10

Vue postérieure de la langue et de la région amygdalienne, la paroi postérieure du pharynx étant partiellement réséquée (d'après Perlemuter).

1. Orifice postérieur de la fosse nasale (choane).
2. Luette.
3. Muscle palato-glosse formant le pilier antérieur du voile.
4. Muscle palato-pharyngien formant le pilier postérieur du voile.
5. Amygdale palatine gauche.
6. V lingual.
7. Base de la langue.
8. Repli glosso-épiglottique médian.
9. Repli glosso-épiglottique latéral.
10. Sinus piriforme.
11. Orifice supérieur du larynx.
(Un crochet tire l'épiglotte en bas et en arrière).

LE PALATO-PHARYNGIEN (Palatopharyngeus) :

Appartenant à la fois au pharynx et au voile, il forme la charpente du pilier postérieur. (Fig. 10, 12, 13)

— **Insertions** : Il naît en haut par trois faisceaux :

— *un faisceau principal* naît par des fibres en éventail sur la face antérieure de l'aponévrose du voile,

— *un faisceau tubaire* naît de la portion cartilagineuse de la trompe d'Eustache,

— *un faisceau ptérygoïdien* naît du crochet ptérygoïdien.

— **Corps musculaire** : Les trois faisceaux convergent en dehors et se réunissent en une lame musculaire unique qui va former l'armature du pilier postérieur, et pénétrer dans l'épaisseur de la paroi latérale du pharynx.

— **Terminaison** : Le corps musculaire se divise en deux faisceaux :

— *un faisceau pharyngien* qui s'étale sur les faces latérale et postérieure du pharynx,

— *un faisceau thyroïdien* qui va se terminer au bord supérieur du cartilage thyroïde.

— **Innervation** : Par un rameau du glosso-pharyngien (IX).

— **Action** : Le palato-pharyngien élève le voile et rapproche les piliers postérieurs fermant ainsi l'isthme pharyngo-nasal. En outre, il élève le pharynx et, par son faisceau tubaire, participe à l'ouverture de la trompe.

LE PÉRISTAPHYLIN INTERNE ou ÉLÉVATEUR DU VOILE DU PALAIS (Elevator veli palatini) :

Tendu de la base du crâne au voile, il longe le bord postérieur de la trompe d'Eustache, à l'intérieur de la musculature pharyngée. (Fig. 11)

— **Insertions** : Il se fixe en haut sur la face inférieure du rocher, en dedans de l'orifice d'entrée du canal carotidien, et sur le bord postéro-interne de la partie cartilagineuse de la trompe.

— **Le corps musculaire** : Oblique en bas et en dedans épanouit ses fibres en éventail à la face postérieure de l'aponévrose du voile.

— **Innervation** : Elle est assurée par le tronc vago-spinal par l'intermédiaire de rameaux issus du plexus pharyngien.

— **Action** : Elle est identique à celle du péristaphylin externe : il élève le voile et ouvre la trompe d'Eustache.

L'AZYGOS DE LA LUETTE OU MUSCLE DE L'UVULA (Musculus uvulae) (Fig. 12 et 13)

C'est un petit muscle cylindrique situé au contact de la ligne médiane.

— **Insertions** : Il se fixe en haut et en avant sur la face postérieure de l'aponévrose du voile et sur le bord postérieur du palais osseux.

— **Le corps musculaire** : Cylindrique, situé au contact de son homologue du côté opposé, descend obliquement en arrière et en bas.

— **Terminaison** : Il se termine dans le tissu cellulaire de la pointe de la luette.

— **Innervation** : Par des rameaux du plexus pharyngien provenant physiologiquement du tronc vago-spinal.

— **Action** : Il élève la luette et raccourcit le voile.

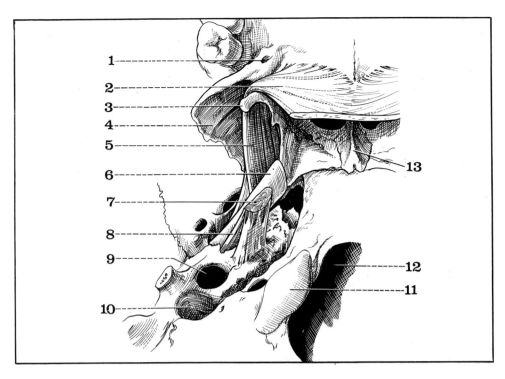

FIGURE 11

Vue inférieure de la base du crâne montrant la trompe d'Eustache et les muscles péri-staphylins.

1. Canal palatin postérieur.
2. Tendon du muscle péri-staphylin externe formant la fibreuse du voile.
3. Crochet de l'apophyse ptérygoïde.
4. Aile externe de l'apophyse ptérygoïde droite.
5. Muscle péri-staphylin externe.
6. Trompe d'Eustache.
7. Muscle péri-staphylin interne.
8. Insertion tubaire du muscle péri-staphylin interne.
9. Canal carotidien.
10. Trou déchiré postérieur.
11. Condyle de l'occipital.
12. Trou occipital.
13. Vomer.

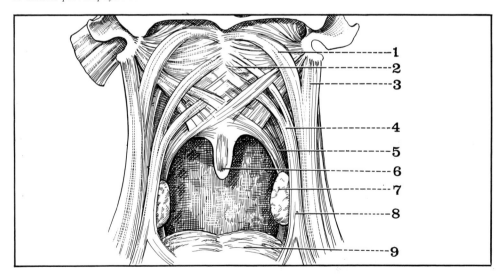

FIGURE 13

Vue antérieure des muscles du voile (coupe frontale de la face, segment postérieur de la coupe).

1. Faisceaux palatins du muscle palato-pharyngien.
2. Aponévrose du voile.
3. Faisceaux ptérygoïdiens du muscle palato-pharyngien.
4. Muscle palato-glosse.
5. Muscle palato-pharyngien formant le pilier postérieur du voile.
6. Muscle azygos de la luette.
7. Amygdale.
8. Muscle palato-glosse formant le pilier antérieur du voile.
9. Langue.

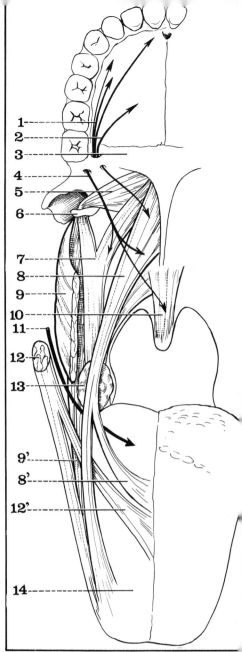

FIGURE 12

Vue antérieure des muscles du voile du palais. La cavité buccale étant largement ouverte (d'après Monod).

1. Nerf palatin antérieur.
2. Nerf palatin moyen.
3. Os palatin.
4. Nerf palatin postérieur.
5. Aponévrose du voile du palais (tendon du muscle péri-staphylin externe).
6. Crochet de l'apophyse ptérygoïde.
7. Muscle palato-pharyngien.
8 et 8'. Muscle palato-glosse.
9 et 9'. Muscle constricteur supérieur du pharynx avec son faisceau lingual.
10. Azygos de la luette.
11. Nerf glosso-pharyngien.
12 et 12'. Muscle stylo-glosse.
13. Amygdale.
14. Face dorsale de la langue.

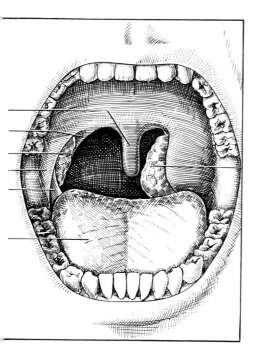

FIGURE 13bis

*La muqueuse du voile.
En haut, vue antérieure.
En bas, vue postéro-inférieure.*

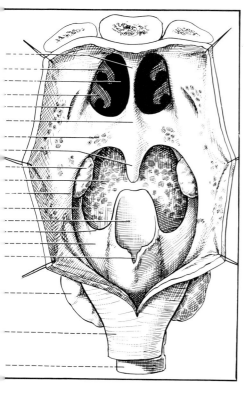

LA MUQUEUSE DU VOILE DU PALAIS : (Fig. 13bis)

Elle tapisse les deux faces du voile.

SUR LA FACE SUPÉRIEURE :

Elle continue la muqueuse des fosses nasales. Inégale et mince, de couleur rouge, elle est munie d'un épithélium à cils vibratiles.

SUR LA FACE INFÉRIEURE :

Elle continue le plan muqueux du palais antérieur. Lisse, épaisse, de couleur rose, elle adhère sur la ligne médiane au plan musculaire. Latéralement au contraire, elle en est séparée par une sous-muqueuse épaisse, siège possible d'œdème, et contenant des éléments glandulaires de type salivaire identiques à ceux de la couche glandulaire du palais osseux.

LES VAISSEAUX ET LES NERFS DE LA RÉGION PALATINE :

LES ARTÈRES :

La vascularisation de la région palatine est assurée par trois artères, toutes tributaires de la carotide externe : la palatine supérieure, la palatine ascendante et la sphéno-palatine.

1) **La palatine supérieure ou descendante** (A. Palatina descendens) :

Branche de la maxillaire interne, elle naît au fond de la région ptérygo-maxillaire, au contact du palatin et descend verticalement dans le canal palatin postérieur. Elle émerge de ce dernier à la partie postéro-externe de la voûte palatine osseuse et se divise en deux branches :

— une *branche antérieure* qui suit d'arrière en avant le bord externe de la voûte osseuse et va s'anastomoser au niveau du canal palatin antérieur avec la palatine antérieure, branche de la sphéno-palatine ;

— une *branche postérieure* qui, dès la sortie du canal palatin postérieur, se dirige en arrière dans l'épaisseur du voile qu'elle irrigue. (Fig. 15)

Auparavant, la palatine supérieure donne quelques grêles collatérales qui traversent la voûte osseuse en arrière du canal palatin postérieur et vont irriguer la muqueuse du voile.

2) **La palatine inférieure ou ascendante** (A. Palatina ascendens) (Fig. 14bis) :

C'est l'artère principale du voile du palais.

Née généralement de la faciale, plus rarement de la carotide externe ou de la pharyngienne ascendante, elle se plaque immédiatement contre la paroi pharyngée, passe entre stylo-glosse et stylo-pharyngien en donnant des rameaux au pharynx, à la base de la langue et à l'amygdale, et gagne le voile en traversant le constricteur supérieur du pharynx. Elle vascularise tous les muscles du voile et s'anastomose à l'intérieur du voile avec la branche postérieure de la palatine descendante.

3) **La sphéno-palatine** (A. Sphéno palatina) : (Fig. 14)

Branche terminale de la maxillaire interne, elle fait suite à cette dernière au niveau du trou sphéno-palatin et pénètre immédiatement dans les fosses nasales, où elle se divise en deux rameaux, l'un supérieur destiné uniquement à la cloison des fosses nasales, l'autre inférieur ou artère naso-palatine qui traverse le canal palatin antérieur (canal incisif) et sous le nom de palatine antérieure va s'anastomoser avec la branche antérieure de la palatine supérieure.

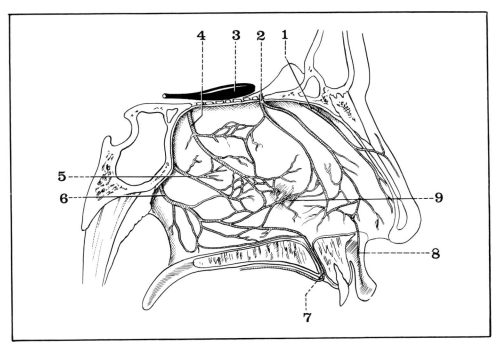

▲ FIGURE 14

Vascularisation artérielle de la région palatine.
Vue latérale de la cloison nasale (côté droit).

1. Branche externe de l'artère nasale.
2. Artère ethmoïdale antérieure.
3. Bulbe olfactif.
4. Artère ethmoïdale postérieure.
5. Artère de la cloison.
6. Artère naso-palatine.
7. Anastomose avec la palatine descendante.
8. Artère de la sous-cloison.
9. Tache vasculaire.

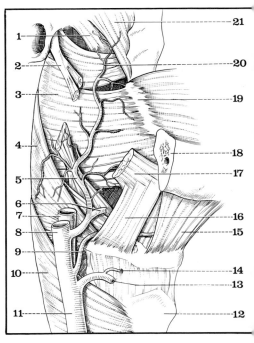

▲ FIGURE 14bis

L'artère palatine ascendante.
Vue latérale droite.

1. Muscle péri-staphylin interne.
2. Apophyse styloïde.
3. Muscle constricteur supérieur du pharynx.
4. Muscle constricteur moyen.
5. Artère palatine ascendante.
6. Artère faciale.
7. Artère carotide interne.
8. Artère carotide externe.
9. Artère linguale.
10. Muscle constricteur inférieur du pharynx.
11. Artère carotide primitive.
12. Cartilage thyroïde.
13. Artère thyroïdienne supérieure.
14. Artère laryngée supérieure.
15. Muscle mylo-hyoïdien.
16. Muscle hyo-glosse.
17. Terminaison du stylo-glosse.
18. Mandibule sectionnée.
19. Ligament ptérygo-mandibulaire et insertion du muscle buccinateur.
20. Rameau pharyngé et tubaire de l'artère palatine ascendante.
21. Muscle péri-staphylin externe.

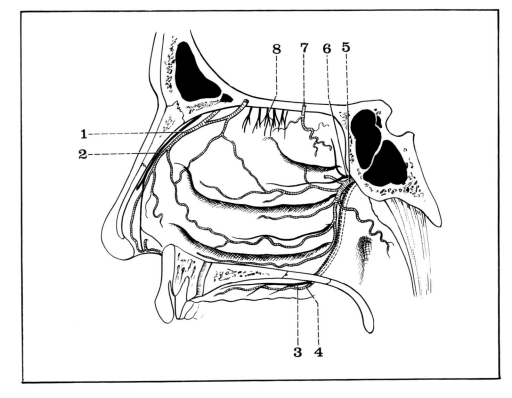

◀ FIGURE 15

Vascularisation et innervation de la région palatine.
Paroi latérale de la fosse nasale droite.

1. Artère ethmoïdale antérieure.
2. Nerf naso-lobaire (rameau externe du nerf nasal interne).
3. Nerf palatin antérieur.
4. Branche antérieure de la palatine supérieure.
5. Artère palatine supérieure.
6. Nerf nasal supérieur.
7. Artère ethmoïdale postérieure.
8. Filets externes du nerf olfactif.

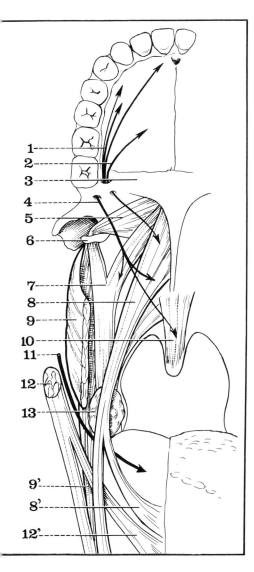

FIGURE 16

Innervation de la région palatine.
1. Nerf palatin antérieur.
2. Nerf palatin moyen.
3. Os palatin.
4. Nerf palatin postérieur.
5. Aponévrose du voile du palais (tendon du muscle péri-staphylin externe).
6. Crochet de l'apophyse ptérygoïde.
7. Muscle palato-pharyngien.
8 et 8'. Muscle palato-glosse.
9 et 9'. Muscle constricteur supérieur du pharynx avec son faisceau lingual.
10. Azygos de la luette.
11. Nerf glosso-pharyngien.
12 et 12'. Muscle stylo-glosse.
13. Amygdale.

LES VEINES :

Elles forment de part et d'autre des muscles du voile deux plexus sous-muqueux, l'un supérieur, l'autre inférieur. Le plexus supérieur se jette dans les veines des fosses nasales, le plexus inférieur s'unit aux veines amygdaliennes et aux veines de la base de la langue.

LES LYMPHATIQUES :

Formant un réseau antérieur en communication avec les lymphatiques amygdaliens et de la base de la langue, et un réseau postérieur situé sur la face supérieure du voile, ils se rendent aux ganglions jugulo-carotidiens.

LES NERFS : (Fig. 16)

Ils sont représentés anatomiquement par quatre branches du trijumeau.

1) **Le nerf palatin antérieur** : (N. Palatinus anterior)

Né du nerf ptérygo-palatin, lui-même branche du maxillaire supérieur, pénètre dans la région par le canal palatin postérieur en compagnie de l'artère palatine descendante. Il se dirige en avant en longeant la branche antérieure de l'artère qui reste en dehors de lui. Il s'anastomose en avant avec le naso-palatin.

2) **Le nerf palatin moyen** : (N. Palatinus medius)

Né de la même façon que le précédent, emprunte, lui aussi, le canal palatin postérieur d'où il émerge pour aller innerver la partie postérieure de la voûte osseuse.

3) **Le nerf palatin postérieur** : (N. Palatinus posterior)

Né, lui aussi, du nerf ptérygo-palatin, arrive dans la région palatine par un orifice spécial situé immédiatement en arrière du canal palatin postérieur et se ramifie sous la muqueuse de la partie postérieure du voile.

4) **Le nerf naso-palatin** : (N. nasopalatinus)

Venu lui aussi du nerf ptérygo-palatin, traverse la voûte palatine au niveau du canal incisif et se distribue à la muqueuse de la partie antérieure de la voûte osseuse. Il s'anastomose avec le nerf palatin antérieur.

A côté de cette innervation sensitive, rappelons que l'innervation motrice des muscles du voile, assurée apparemment par le plexus pharyngien (IX, X, XI), par le rameau lingual du facial et par le nerf mandibulaire, provient physiologiquement du vago-spinal.

RÔLE FONCTIONNEL DU VOILE DU PALAIS :

Le voile du palais joue un rôle essentiel dans la déglutition et dans la phonation.

DANS LA DÉGLUTITION :

Le voile agit en synergie avec la langue, le pharynx et l'épiglotte. A la fin du temps buccal de la déglutition, le voile s'élève sous l'action des péri-staphylins et du palato-pharyngien et vient se plaquer contre la paroi postérieure du pharynx, fermant l'isthme pharyngo-nasal que la contraction des palato-pharyngiens rétrécit simultanément. Il sépare ainsi l'oro-pharynx du naso-pharynx et empêche les fausses routes nasales.

B - DANS LA PHONATION : (Fig. 17)

Le voile joue encore un rôle essentiel en permettant, par ses mouvements d'é-

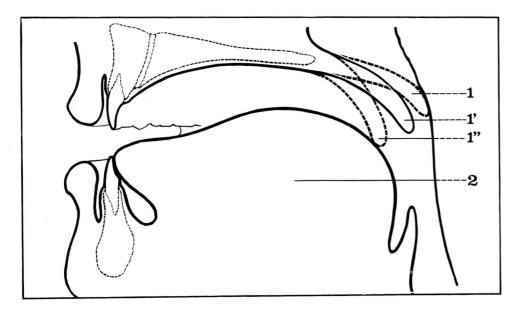

FIGURE 17

Coupe sagittale schématique de la cavité buccale montrant les différentes positions du voile du palais au cours de la phonation.

1. *Voile relevé, en position d'occlusion totale permettant l'émission des phonèmes buccaux.*
1'. *Voile en position de repos.*
1''. *Voile en position basse (émission des phonèmes nasaux).*
2. *Langue.*

lévation la fermeture de l'isthme pharyngo-nasal qui permet d'exclure les résonateurs nasaux. L'occlusion totale permet l'émission des phonèmes buccaux : sifflantes : f, s, ch, v, z, g; occlusives : p, t, k, b, d, g; liquides : l, m, n, r; voyelles orales : a, e, i, o, ü.

L'occlusion partielle, laissant intervenir les résonateurs nasaux permet l'émission des phonèmes nasaux : on, an, in, un, m, n, gn. En outre, les vibrations de la luette produisent le son r.

Les malformations importantes et les paralysies du voile sont à l'origine de troubles de la déglutition et de troubles phonatoires importants. Les insuffisances vélaires et la brièveté du voile se traduisent essentiellement par le trouble de la phonation connu sous le nom de *nasonnement* qui peut être partiel ou généralisé et s'accompagne au cours de la phonation de l'émission d'un souffle nasal. Ces troubles du fonctionnement du voile, souvent visibles à l'examen direct, peuvent être explorés de façon plus précise par le *palatogramme*. (Fig. 18)

FIGURE 18

Palatogramme normal (vu dans un miroir).

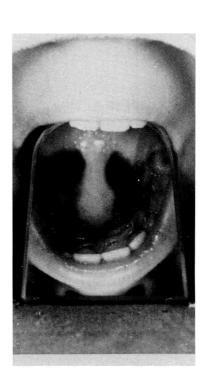

8 la région amygdalienne

PLAN

Généralités
— Situation
— Limites
— Forme extérieure
— Constitution anatomique

Parois
— Paroi externe
— Paroi postérieure
— Paroi antérieure
— Paroi interne
— Sommet
— Base

Contenu
— Amygdale palatine
— Fossettes pré et sus-amygdaliennes
— Vaisseaux et nerfs

Rapports

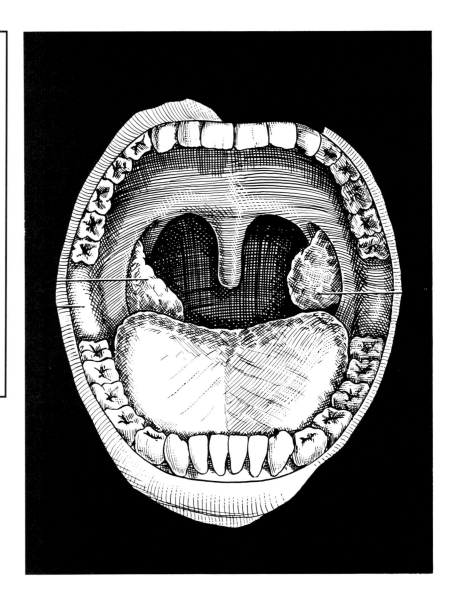

Située à la frontière de la cavité buccale et de l'oro-pharynx la région amygdalienne est une petite loge paire et symétrique qui contient l'amygdale palatine ou tonsille (Tonsilla palatina).

Généralités

SITUATION :

La région amygdalienne est située entre les piliers antérieur et postérieur du voile, en dedans de la partie antérieure de l'espace maxillo-pharyngien, au-dessus de la partie postéro-latérale de la langue, au-dessous du bord libre du voile du palais. Elle se projetterait sur les plans cutanés, dont elle est très éloignée, au niveau de l'angle de la mâchoire.

LIMITES :

Certaines sont superficielles, facilement reconnaissables à l'examen par voie endo-buccale, d'autres au contraire sont profondes.

A - LIMITES SUPERFICIELLES. Elles sont représentées : (Fig. 1 et 2)

— **en avant par le pilier antérieur du voile** (Arcus palato-glossus) qui limite avec la base de la langue et le voile l'orifice faisant communiquer la bouche et le pharynx, ou *isthme du gosier* ;

— **en arrière par le pilier postérieur** (Arcus palatopharyngeus) qui déborde le pilier antérieur en dedans et limite avec son homologue l'*isthme naso-pharyngé* qui fait communiquer le rhino-pharynx et l'oro-pharynx ; (Fig. 3 et 4)

— **en dedans par la muqueuse buccale** qui adhère fortement aux parois et au contenu de la loge ;

— **en haut** par le bord libre du voile ;

— **en bas**, par une ligne horizontale prolongeant le bord latéral de la langue.

B - LIMITES PROFONDES :

Ce sont les limites externes, constituées par l'aponévrose péri-pharyngée qui sépare la loge amygdalienne de la partie antérieure de l'espace mandibulo-pharyngien ou **espace para-amygdalien**.

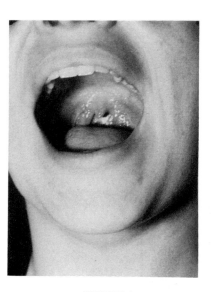

FIGURE 1

L'amygdale gauche vue par voie endo-buccale.

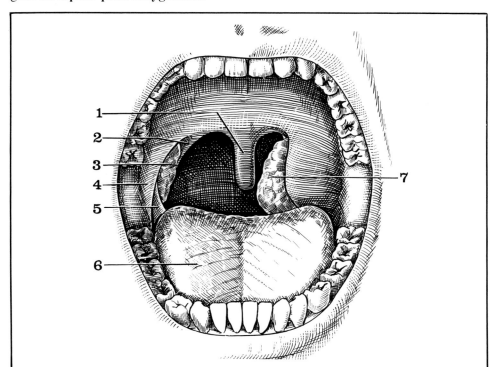

FIGURE 2

Vue antérieure de la région amygdalienne.
1. Luette.
2. Pilier postérieur du voile.
3. Amygdale de dimension normale.
4. Pilier antérieur du voile.
5. Plica triangularis.
6. Langue.
7. Amygdale hypertrophiée et enchâtonnée.

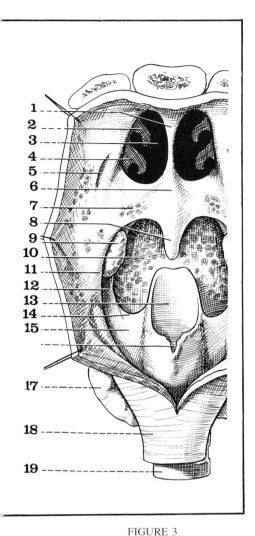

FIGURE 3

Vue postérieure de la région amygdalienne après ouverture de la face postérieure du pharynx.

1. Bord postérieur de la cloison des fosses nasales.
2. Cornet moyen.
3. Choane.
4. Cornet inférieur.
5. Orifice de la trompe d'Eustache.
6. Voile du palais.
7. Follicules lymphoïdes.
8. Luette.
9. Amygdale palatine.
10. Base de la langue.
11. Pilier postérieur du voile.
12. Pilier antérieur du voile.
13. Epiglotte.
14. Repli pharyngo-épiglottique.
15. Gouttière pharyngo-laryngée ou sinus piriforme.
16. Echancrure inter-aryténoïdienne.
17. Corps thyroïde.
18. Œsophage.
19. Trachée.

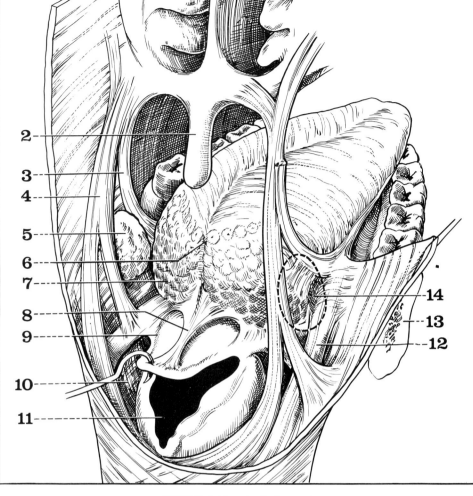

FIGURE 4 *(d'après Perlemuter)*

Vue postérieure de la langue et de la région amygdalienne la paroi postérieure du pharynx étant partiellement réséquée.

2. Luette.
3. Muscle palato-glosse.
4. Muscle palato-pharyngien formant le pilier postérieur du voile.
5. Amygdale gauche.
6. V lingual.
7. Base de la langue.
8. Repli glosso-épiglottique médian.
9. Repli glosso-épiglottique latéral.
10. Sinus piriforme.
11. Orifice supérieur du larynx.
12. Muscle constricteur moyen du pharynx.
13. Mandibule sectionnée.
14. Projection de l'amygdale droite.

(Un crochet tire l'épiglotte en bas et en arrière).

FORME EXTÉRIEURE :

La région amygdalienne a dans son ensemble la forme d'une fossette triangulaire à base inférieure, allongée verticalement entre les piliers du voile. Elle est occupée dans sa plus grande partie par l'**amygdale palatine ou tonsille** dont la forme très variable échappe à toute description précise.

CONSTITUTION ANATOMIQUE :

La loge amygdalienne comprend :

• des parois essentiellement musculaires ou aponévrotiques,

• un contenu représenté avant tout par l'amygdale palatine, plus accessoirement par des vaisseaux et des nerfs.

Les parois de la loge amygdalienne

■ **LA PAROI EXTERNE :** (Fig. 5 et 6)

Elle est la plus profonde et représente un prolongement antérieur de la paroi pharyngée. En allant de dehors en dedans elle comprend trois couches successives :
— l'aponévrose péri-pharyngée,
— la couche musculaire,
— l'aponévrose amygdalienne.

A - L'APONÉVROSE PÉRI-PHARYNGÉE (Fascia buccopharyngea) :

Au niveau de la loge amygdalienne la lame fibro-celluleuse qui enveloppe le pharynx se prolonge en avant et forme la couche la plus profonde de la paroi externe de la loge amygdalienne. Simple toile celluleuse, elle vient se fixer en avant au ligament ptérygo-mandibulaire en tapissant la face externe de la couche musculaire.

B - LA COUCHE MUSCULAIRE :

Elle est composée de plusieurs muscles :

• **Le constricteur supérieur du pharynx** : participe à la constitution de cette paroi par ses fibres les plus inférieures qui vont se fixer sur le ligament ptérygo-mandibulaire et sur la face interne. (Fig. 5)

• **Le stylo-glosse** : situé en dehors du constricteur supérieur qu'il croise obliquement en se rapprochant de lui, comble plus bas la partie antérieure de l'hiatus situé entre constricteur supérieur et constricteur moyen du pharynx.

• **L'amygdalo-glosse** : muscle inconstant, comble généralement la partie postérieure du même hiatus. Rappelons que né de la face externe de l'aponévrose amygdalienne il descend obliquement en bas et en avant pour se terminer dans l'épaisseur de la base de la langue (cf. page 388).

C - L'APONÉVROSE AMYGDALIENNE :

Prolongeant en avant la tunique fibreuse du pharynx dont elle n'est qu'un segment différencié, elle est particulièrement épaisse et résistante et forme une véritable coque sur laquelle viendra se fixer l'amygdale. Elle s'attache en avant au ligament ptérygo-mandibulaire. (Fig. 6)

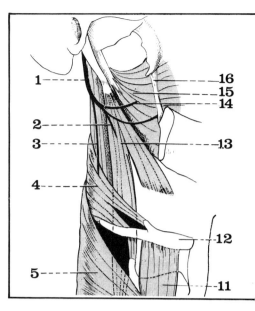

FIGURE 5

Les muscles de la paroi externe de la loge amygdalienne (vue latérale droite).

1. Nerf glosso-pharyngien.
2. Nerf du stylo-pharyngien.
3. Nerf du constricteur moyen.
4. Constricteur moyen.
5. Constricteur inférieur.
11. Muscle thyro-hyoïdien.
12. Os hyoïde.
13. Stylo-pharyngien.
14. Rameau destiné au constricteur supérieur du pharynx.
15. Constricteur supérieur du pharynx.
16. Ligament sphéno-mandibulaire.

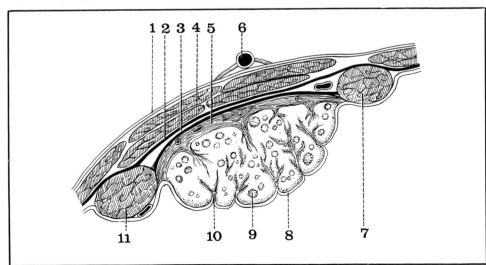

FIGURE 6

Coupe horizontale de la loge amygdalienne.

1. Aponévrose péri-pharyngée.
2. Aponévrose pharyngée.
3. Aponévrose amygdalienne et plan de clivage sous-amygdalien.
4. Muscle stylo-glosse.
5. Capsule amygdalienne.
6. Artère palatine ascendante.
7. Pilier antérieur du voile (muscle palato-glosse).
8. Muqueuse buccale recouvrant l'amygdale.
9. Follicule amygdalien.
10. Crypte amygdalienne.
11. Pilier postérieur du voile (muscle palato-pharyngien).

■ LA PAROI POSTÉRIEURE : (Fig. 4 et 6)

Elle est formée par le **pilier postérieur du voile** qui, parti de la base de la luette, se dirige obliquement en bas et en dehors et en arrière pour se terminer sur la paroi latérale du pharynx. Ce pilier est formé essentiellement par le **muscle palato-pharyngien**.

Débordant largement en dedans le pilier antérieur, il est aisément visible à l'examen de la cavité buccale, bouche ouverte. Il limite avec son homonyme l'isthme naso-pharyngé qui fait communiquer naso et oro-pharynx. La contraction du palato-pharyngien rétrécit cet orifice que le voile du palais peut alors facilement obturer dans son mouvement d'élévation.

■ LA PAROI ANTÉRIEURE

Elle est formée par le **pilier antérieur du voile** qui s'étend de la base de la luette à la base de la langue. Moins développé que le pilier postérieur il est sous-tendu par le **muscle palato-glosse**. Il forme avec son homologue et avec la base de la langue un orifice : *l'isthme du gosier* (Isthmus faucium) qui sépare la cavité buccale du pharynx.

■ LA PAROI INTERNE :

Entièrement visible à l'examen endo-buccal elle est formée par la **muqueuse bucco-pharyngée**. Celle-ci tapisse d'abord le pilier antérieur puis, plus en arrière, est soulevée par **l'amygdale** elle-même qui est développée dans son épaisseur. Plus en arrière elle revient tapisser le pilier postérieur. (Fig. 8)

A la partie supérieure de la région, la muqueuse tapisse l'espace laissé libre au-dessus du pôle supérieur de l'amygdale ou **fossette sus-amygdalienne** (Fossa supra tonsillaris), reliquat de la deuxième fente branchiale. A ce niveau elle forme parfois un repli, le **pli triangulaire** (Plica triangularis de His)*, à base antérieure et à sommet supérieur, qui peut masquer en partie le pôle supérieur et la partie moyenne de l'amygdale, et ferme en outre en dedans la fossette sus-amygdalienne. (Fig. 9 A)

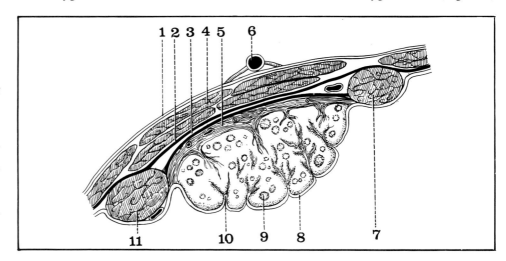

FIGURE 8

Coupe horizontale de la loge amygdalienne.

1. Aponévrose péri-pharyngée.
2. Aponévrose pharyngée.
3. Aponévrose amygdalienne et plan de clivage sous-amygdalien.
4. Stylo-glosse.
5. Capsule amygdalienne.
6. Artère palatine ascendante.
7. Pilier antérieur du voile (muscle palato-glosse).
8. Muqueuse buccale recouvrant l'amygdale.
9. Follicule amygdalien.
10. Crypte amygdalienne.
11. Pilier postérieur du voile (muscle palato-pharyngien).

■ LE SOMMET de la loge amygdalienne est formé par l'angle d'écartement des deux piliers.

■ LA BASE :

Située elle aussi entre les deux piliers, se continue sans démarcation bien nette avec la paroi latérale du pharynx et avec la gouttière située entre la base de la langue et la paroi pharyngée.

---

* His Wilhelm (1863-1934), anatomiste suisse, professeur d'anatomie à Leipzig, Bâle, Göttingen et Berlin.

Le contenu de la loge amygdalienne

Il est constitué avant tout par l'amygdale palatine, plus accessoirement par les vaisseaux et les nerfs destinés à cette dernière.

L'AMYGDALE PALATINE OU TONSILLE : (Fig. 8 et 9) (Tonsilla palatina)

Occupant la partie inférieure de la loge amygdalienne, l'amygdale se présente extérieurement comme une grosse amande (d'où son nom)* à grand axe oblique en bas et en arrière et dont la surface mamelonnée et irrégulière présente une multitude d'orifices menant à des cavités anfractueuses : les **cryptes amygdaliennes**.

Du point de vue anatomique on peut considérer l'amygdale comme un segment différencié de la muqueuse bucco-pharyngée, muqueuse dont les multiples plicatures forment les cryptes amygdaliennes et dont la couche profonde est différenciée en un véritable **organe lymphoïde**.

Ses dimensions sont les suivantes : Longueur : 25 mm. Largeur : 15 mm. Epaisseur : 10 mm. Mais elles sont extrêmement variables et à côté de l'amygdale habituelle de la taille d'une amande, il existe des amygdales *atrophiques*, simple soulèvement de la muqueuse entre les piliers, ou des amygdales *hypertrophiques* qui débordent plus ou moins largement les piliers. Dans le cas d'hypertrophie physiologique ou pathologique, l'amygdale peut être *pédiculée* et facile à extraire, ou *plongeante*, cachée derrière la base de la langue ou au contraire *enchâtonnée* dans sa loge et alors d'exérèse difficile. (Fig. 9)

* En grec, *amugdale* = l'amande.

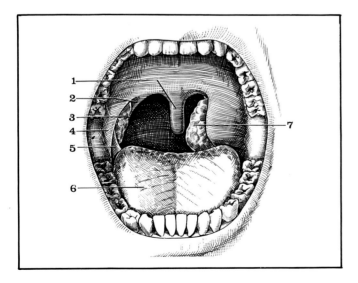

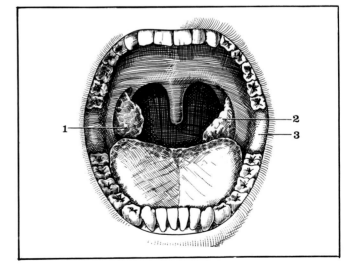

FIGURE 9 A

1. Luette.
2. Pilier postérieur du voile.
3. Amygdale de dimension normale.
4. Pilier antérieur du voile.
5. Plica triangularis.
6. Langue.
7. Amygdale hypertrophiée et enchâtonnée.

FIGURE 9

Vue antérieure des amygdales palatines bouche largement ouverte.

FIGURE 9 B

1. Amygdale pédiculée.
2. Amygdale plongeante.
3. Bord antérieur de la branche montante de la mandibule.

Sa face interne, buccale, fait donc corps avec la muqueuse. Le reste de la glande est entouré d'une **capsule fibreuse** qui adhère fortement à l'amygdale mais est au contraire séparée des parois de la loge amygdalienne par un tissu cellulaire formant un **plan de clivage** plus ou moins net suivant le point considéré, et permettant l'amygdalectomie totale. L'adhérence de la capsule amygdalienne aux parois de la loge est faible au niveau du pôle supérieur et du pilier antérieur. Elle est beaucoup plus intime au niveau du pilier postérieur et de la partie inférieure de l'amygdale véritable hile de l'organe. De cette capsule partent des cloisons de refend qui contribuent à donner à l'amygdale son aspect lobulé. (Fig. 8)

FOSSETTES PRÉ ET SUS-AMYGDALIENNES :

Chez l'adulte l'amygdale n'occupe pas la totalité de la loge amygdalienne. Elle laisse libre deux fossettes.

• En avant la FOSSETTE PRÉ-AMYGDALIENNE, située entre l'amygdale et le pilier antérieur est une simple fente plus ou moins virtuelle.

• En haut, la FOSSETTE SUS-AMYGDALIENNE, beaucoup plus nette représente le reliquat de la seconde fente branchiale. Elle prend parfois une forme étroite et tortueuse, constituant alors le sinus de Tourtual*. C'est au niveau de cette fossette que se situe l'orifice interne des fistules branchiales.

VAISSEAUX ET NERFS DE LA RÉGION AMYGDALIENNE :

A - LES ARTÈRES : (Fig. 10)

Destinées à la vascularisation de l'amygdale, ce sont les artères tonsillaires qui proviennent de la palatine ascendante ou de la pharyngienne ascendante, plus rarement de la linguale, de la carotide externe ou de la maxillaire interne.

Schématiquement elles se groupent en **quatre pédicules** :

■ **Deux pédicules supérieurs** formés par les artères *tonsillaires supérieures* branches de la pharyngienne ascendante ou de la maxillaire interne, et par *l'artère polaire supérieure*, branche de la palatine ascendante.

■ **Deux pédicules inférieurs** formés d'une part par l'artère *tonsillaire inférieure principale* branche de la palatine ascendante (de la faciale) qui gagne l'amygdale en traversant de dehors en dedans le rideau stylien, d'autre part la *polaire inférieure* branche de la palatine ascendante ou de la linguale.

Le pédicule principal est le pédicule inférieur qui aborde l'amygdale au niveau de son hile.

Les branches artérielles traversent la paroi pharyngée en formant un *plexus capsulaire* d'où partent des vaisseaux radiaires qui pénètrent dans la glande en suivant les cloisons conjonctives.

B - LES VEINES : (Fig. 10)

Cheminant le long des cloisons inter-lobulaires elles perforent la capsule et la paroi pharyngée pour former des plexus péri-amygdaliens : supra, rétro, pré et infra-tonsillaires. De ces plexus naissent deux courants veineux principaux :

■ **un courant veineux antéro-supérieur**, provenant surtout du plexus supra-tonsillaire, tributaire de la veine jugulaire externe et anastomosé avec le sinus caverneux ;

■ **un courant veineux postéro-inférieur**, provenant surtout du plexus rétro-tonsillaire, tributaire de la veine jugulaire interne et anastomosé avec le sinus latéral.

Ces connexions sinusiennes des veines amygdaliennes expliquent la propagation possible d'une infection amygdalienne aux sinus crâniens.

---

* Tourtual Kaspar Theobald (1802-1865), anatomiste allemand (Duisburg et Munster).

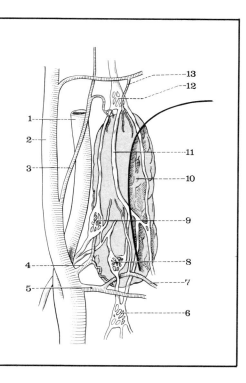

FIGURE 10

La vascularisation de l'amygdale côté droit
(d'après Guerrier).

1. Artère carotide interne.
2. Artère carotide externe.
3. Pharyngienne ascendante.
4. Artère tonsillaire inférieure principale.
5. Artère linguale.
6. Plexus veineux infra-tonsillaire.
7. Artère dorsale de la langue.
8. Plexus veineux pré-tonsillaire.
9. Plexus rétro-tonsillaire.
10. Amygdale palatine.
11. Anastomose veineuse entre le plexus supérieur et inférieur.
12. Plexus veineux supra-tonsillaire.
13. Artère tonsillaire supérieure.

C - LES LYMPHATIQUES :

Ils forment un fin réseau le long des cloisons interlobulaires, traversent la paroi externe de la loge amygdalienne et se jettent dans les ganglions sous-mandibulaires et les ganglions qui jouxtent le bord inférieur du digastrique.

D - LES NERFS :

Ils proviennent du plexus tonsillaire situé à la face externe de l'amygdale et formé par le lingual et le glosso-pharyngien.

Les rapports de la région amygdalienne

EN AVANT ET EN DEDANS :

La région amygdalienne répond directement à la **cavité bucco-pharyngée** par l'intérieur de laquelle il est facile de l'explorer et de l'aborder chirurgicalement.

EN DEHORS :

La région amygdalienne répond à la partie antérieure de l'espace mandibulo-pharyngien ou **espace para-amygdalien**. (Fig. 11)

Tout en avant, la région amygdalienne répond ainsi au muscle **ptérygoïdien interne** dont elle est séparée par un espace celluleux où s'engage le pôle postérieur de la glande sous-mandibulaire et où passe le nerf lingual.

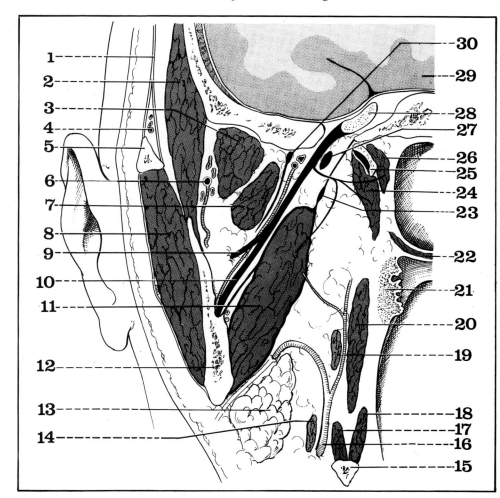

FIGURE 11

Coupe frontale de la région des muscles masticateurs (côté droit, segment postérieur de la coupe).
D'après Testut et Jacob.

1. Aponévrose temporale.
2. Muscle temporal.
3. Faisceau supérieur du ptérygoïdien externe.
4. Vaisseaux zygomato-orbitaires.
5. Arcade zygomatique.
6. Artère maxillaire interne.
7. Faisceau inférieur du ptérygoïdien externe.
8. Muscle masséter.
9. Nerf lingual (sectionné).
10. Nerf dentaire inférieur.
11. Muscle ptérygoïdien interne.
12. Branche montante de la mandibule.
13. Glande sous-mandibulaire.
14. Ventre postérieur du muscle digastrique.
15. Os hyoïde.
16. Artère faciale.
17. Muscle hyo-glosse.
18. Muscle constricteur moyen du pharynx.
19. Muscle stylo-glosse.
20. Muscle constricteur supérieur du pharynx.
21. Amygdale palatine.
22. Voile du palais.
23. Ligament ptérygo-épineux.
24. Muscle péristaphylin externe.
25. Trompe d'Eustache (ou tube auditif).
26. Muscle péristaphylin interne.
27. Ganglion otique.
28. Ganglion de Gasser.
29. Lobe temporo-sphénoïdal du cerveau.
30. Ligament de Hyrtl.

Plus en arrière, à l'endroit où la paroi externe de la région amygdalienne est croisée par le stylo-glosse que longent les vaisseaux palatins ascendants, les rapports s'effectuent avec le **stylo-hyoïdien**. Dans la boutonnière formée par stylo-glosse et stylo-hyoïdien passe la **carotide externe** qui normalement reste à plus d'un centimètre de l'amygdale mais qui peut s'en rapprocher beaucoup plus en décrivant sa courbe, constituant alors un danger au cours de l'amygdalectomie. Plus bas, le **glosso-pharyngien** (IX), en se dirigeant en avant, passe entre la carotide en dehors et le pôle inférieur de l'amygdale. Enfin, à ce niveau, l'artère faciale, lorsque ses flexuosités sont anormalement développées, peut venir au contact du pôle inférieur de l'amygdale. (Fig. 13)

EN ARRIÈRE ET EN DEHORS :

La région amygdalienne entre en rapports, à distance, avec les éléments de l'espace rétro-stylien et notamment avec la **carotide interne**. Celle-ci, très éloignée de l'amygdale à la partie inférieure de la région, tend à se rapprocher de son pôle supérieur. Classiquement selon Sebileau*, « la portion basse de l'amygdale est en rapports avec la carotide externe, la portion haute avec la carotide interne ». (Fig. 12)

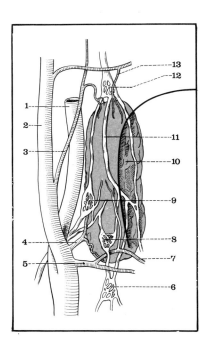

FIGURE 12

La vascularisation de l'amygdale (d'après Guerrier).

1. *Artère carotide interne.*
2. *Artère carotide externe.*
3. *Pharyngienne ascendante.*
4. *Artère tonsillaire inférieure principale.*
5. *Artère linguale.*
6. *Plexus veineux intra-tonsillaire.*
7. *Artère dorsale de la langue.*
8. *Plexus veineux pré-tonsillaire.*
9. *Plexus rétro-tonsillaire.*
10. *Amygdale palatine.*
11. *Anastomose veineuse entre le plexus supérieur et inférieur.*
12. *Plexus veineux supra-tonsillaire.*
13. *Artère tonsillaire supérieure.*

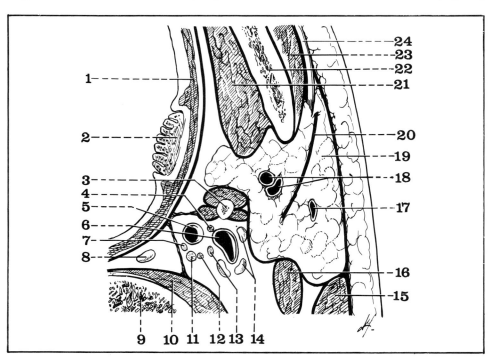

FIGURE 13

Coupe horizontale passant par la parotide et par l'espace sous-parotidien postérieur (côté droit, segment inférieur de la coupe).

1. *Muscle constricteur supérieur du pharynx.*
2. *Amygdale palatine.*
3. *Apophyse styloïde.*
4. *Nerf glosso-pharyngien (IX).*
5. *Artère carotide interne.*
6. *Veine jugulaire interne.*
7. *Nerf hypoglosse (XII).*
8. *Ganglion lymphatique rétro-pharyngien.*
9. *Corps de l'axis.*
10. *Muscle grand droit antérieur.*
11. *Ganglion cervical supérieur du sympathique.*
12. *Nerf vague (X).*
13. *Nerf spinal (XI).*
14. *Ganglions lymphatiques de la chaîne jugulaire.*
15. *Muscle sterno-cléido-mastoïdien.*
16. *Ventre postérieur du muscle digastrique.*
17. *Veine jugulaire externe.*
18. *Artère et veine carotides externes.*
19. *Glande parotide.*
20. *Nerf facial.*
21. *Muscle ptérygoïdien interne.*
22. *Mandibule.*
23. *Muscle masséter.*
24. *Canal de Sténon.*

---

* Sebileau Pierre (1860-1953), professeur d'anatomie à Paris.

9 les régions superficielles de la face

PLAN

Les muscles peauciers
- Région génienne :
  Limites
  Plan osseux
  Plan musculaire : couche profonde, couche superficielle
- Région mentonnière :
  Limites
  Plan osseux
  Plan musculaire
- Région labiale :
  Limites
  Plan muqueux
  Plan musculaire :
  l'orbiculaire des lèvres
- Région nasale :
  Limites
  Plan ostéo-cartilagineux
  Plan musculaire
- Région orbitaire :
  Limites
  Plan ostéo-fibreux
  Plan musculaire
- Conclusion

Les vaisseaux faciaux
- Artère faciale
- Veine faciale
- Lymphatiques de la face

Les branches terminales du nerf facial
  branche temporo-faciale
  branche cervico-faciale

Les branches sensitives du nerf trijumeau :
  nerf ophtalmique
  nerf maxillaire supérieur
  nerf maxillaire inférieur

Peau et forme extérieure

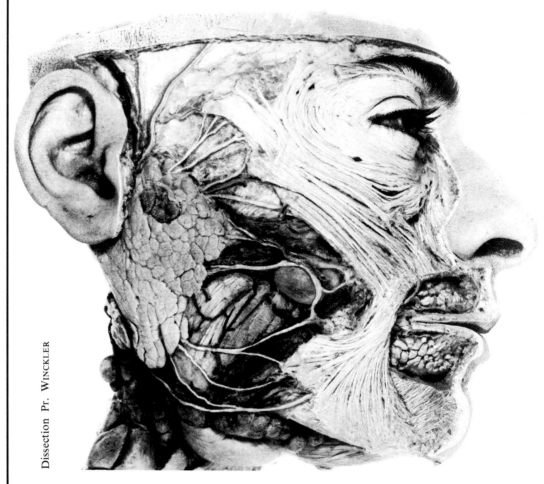

Dissection Pr. WINCKLER

Les régions superficielles de la face comprennent les parties molles qui sont appliquées sur le massif osseux facial, c'est-à-dire :
— *les muscles peauciers*, disposés autour des orifices naturels de la face, la bouche, les narines, les orbites, et destinés à ouvrir et fermer ces orifices; en même temps, ils sont les muscles de la «mimique», et président aux différentes modalités de la «physionomie»;
— *les vaisseaux*, appartenant au système de l'artère et de la veine faciale;
— *les nerfs moteurs*, sous la dépendance des deux branches de division du nerf facial;
— *les nerfs sensitifs*, destinés aux plans profonds et superficiels;
— *les téguments cutanés du visage*.

Les muscles peauciers

Aplatis, minces, parfois mal délimités, les muscles peauciers de la face doivent leur nom à leur adhérence aux plans cutanés, au moins par une de leurs extrémités.

Au nombre de 19 de chaque côté, ils sont répartis sur les portions latérales et antérieures de la face, et peuvent être étudiés dans 5 régions :
— génienne, ou sous-orbitaire,
— mentonnière,
— labiale ou buccale,
— nasale,
— orbitaire.

LA RÉGION GÉNIENNE

Encore appelée «sous-orbitaire» (Region Infraorbitalis), elle correspond aux joues (du latin «gena», la joue).

LIMITES

— *en haut* : le bord inférieur de l'orbite,
— *en bas* : le bord inférieur de la mandibule,
— *en arrière* : le bord antérieur du muscle masséter,
— *en avant* : et de haut en bas :
— le sillon naso-génien, qui part de l'angle interne de l'œil et aboutit à la partie externe de l'aile du nez ;
— le sillon labio-génien, oblique en dehors et en bas ;
— une ligne verticale qui passe à 1 cm en dehors de la commissure labiale, et rejoint le bord inférieur de la mandibule.

PLAN OSSEUX (Fig. 1)

Il comprend de haut en bas : la face externe de l'os malaire, la face antérieure du maxillaire supérieur, la face externe du corps de la mandibule.

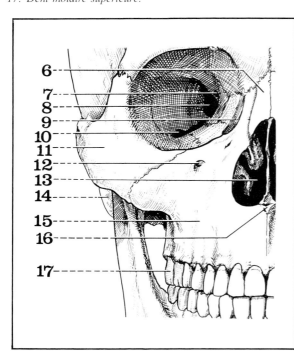

FIGURE 1

Vue antérieure des os de la face (côté droit).

6. Os nasal.
7. Trou optique.
8. Fente sphénoïdale.
9. Gouttière lacrymale.
10. Fente sphéno-maxillaire.
11. Os malaire.
12. Trou sous-orbitaire.
13. Orifice antérieur des fosses nasales.
14. Apophyse mastoïde.
15. Maxillaire supérieur.
16. Epine nasale antérieure.
17. Dent molaire supérieure.

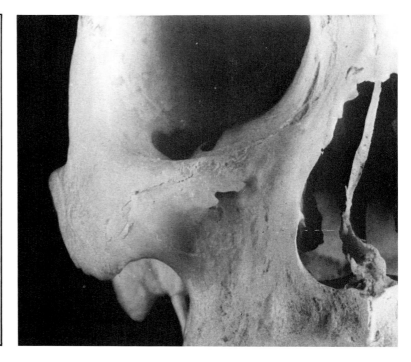

a) **La face externe de l'os malaire** ou zygomatique (Os Zygomaticum) est perforée par l'orifice externe du conduit malaire, par lequel sort la branche temporo-malaire du nerf maxillaire supérieur.

b) **La face antérieure du maxillaire supérieur**, excavée, présentant, au-dessous du trou sous-orbitaire, une petite dépression, la fosse canine (Fossa Canina).

c) **La face externe du corps de la mandibule**, au niveau de la «ligne oblique externe», qui croise l'os, du bord antérieur de la branche montante à l'éminence mentonnière.

PLAN MUSCULAIRE (Fig. 2)

Il comporte deux couches musculaires :

a) **Couche profonde**, formée par **le muscle buccinateur** (M. Buccinator), aplati, épais, quadrilatère, comblant l'intervalle compris entre le maxillaire supérieur et la mandibule. (En latin : Buccinare = sonner de la trompette.)

— *Origines* :
— en arrière : sur la crête buccinatrice de la mandibule, et sur le bord antérieur du ligament ptérygo-mandibulaire,
— en haut : sur la face externe du bord alvéolaire du maxillaire supérieur,
— en bas : sur la face externe du bord alvéolaire de la mandibule.

— *Trajet* :

Les faisceaux supérieurs sont obliques en bas, les faisceaux moyens sont horizontaux, et les faisceaux inférieurs obliques en haut.

— *Terminaison* :

En s'entrecroisant, avec échange des fibres, en partie sur la peau, et en partie sur la muqueuse, de la commissure labiale.

— *Rapports* :

Annexé à la joue et à la bouche, le buccinateur est plus un muscle «viscéral» qu'un muscle «peaucier».

■ *en profondeur* : il répond à la muqueuse de la joue, qui lui adhère, à la portion terminale du canal de Sténon, et à la partie latérale du vestibule de la bouche.

■ *en superficie* : revêtu d'une aponévrose, épaisse en arrière, mince en avant, il répond au tendon du temporal, au masséter, à la boule graisseuse de Bichat, au canal de Sténon (qui le perfore obliquement pour rejoindre la cavité buccale), et à un groupe de petites glandes salivaires isolées, les glandes molaires (Glandulae molares).

Il est enfin recouvert par les muscles de la couche superficielle.

— *Action* :

Il allonge l'orifice buccal, en tirant la commissure des lèvres en arrière; d'autre part, il donne à la joue sa tonicité, et peut servir à expulser le contenu de la cavité buccale; il intervient ainsi dans l'action de siffler, et de souffler.

Beaucoup plus «fonctionnel» qu'«expressif», il est particulièrement sensible à la paralysie faciale, et, dans ce cas, l'air expiré soulève unilatéralement la joue, donnant l'impression, suivant la comparaison classique, que le malade «fume la pipe». (Fig. 21)

b) **Couche superficielle**, formée par une série de six petits muscles tendus verticalement ou obliquement. De haut en bas, et d'avant en arrière, on rencontre : (Fig. 3 et 4)

1 - **Le releveur de la lèvre supérieure et de l'aile du nez ou élévateur commun** (M. Levator labii superioris alaeque nasi) : inséré en haut sur l'apo-

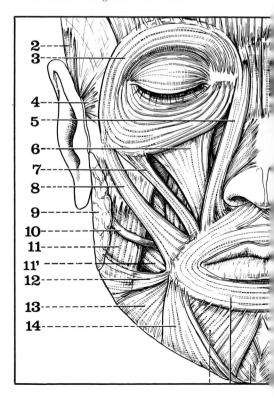

FIGURE 2

Vue antérieure des muscles peauciers de la face.

2. *Muscle auriculaire supérieur.*
3. *Faisceau orbitaire de l'orbiculaire des paupières.*
4. *Muscle auriculaire antérieur.*
5. *Muscle pyramidal du nez.*
6. *Muscle releveur de l'aile du nez et de la lèvre supérieure.*
7. *Muscle petit zygomatique.*
8. *Muscle grand zygomatique.*
9. *Glande parotide.*
10. *Canal de Sténon.*
11. *Muscle masséter.*
11'. *Muscle buccinateur.*
12. *Muscle risorius.*
13. *Muscle peaucier du cou.*
14. *Muscle triangulaire des lèvres.*

physe orbitaire du frontal, et la branche montante du maxillaire supérieur, il se porte verticalement en bas, et se termine par deux faisceaux :
— l'un *labial*, fixé sous la peau de la lèvre supérieure,
— l'autre *nasal*, adhérent à la face profonde de la peau de l'aile du nez.

Il provoque l'élévation des portions médiane et para-médiane de la lèvre supérieure, d'une part, et l'élévation directe de l'aile du nez, d'autre part.

2 - **Le releveur de la lèvre supérieure ou élévateur propre** (M. Levator labii superioris) : plus court et plus large, il est recouvert partiellement par l'orbiculaire des paupières, en haut, et par le muscle précédent, en bas.

Inséré en haut sur le bord inférieur de l'orbite, en dedans du trou sous-orbitaire, il se dirige obliquement en bas et en avant, et s'attache à la face profonde de la peau de la lèvre supérieure.

Comme son homologue, il relève la lèvre supérieure, mais n'agit que sur elle.

3 - **Le canin** ou élévateur de l'angle de la bouche (M. Levator anguli oris), plus profond, recouvre toute l'étendue de la fosse canine (d'où son nom).

Quadrilatère, aplati, rubané, il s'insère :
— en haut : sur la face antérieure du maxillaire supérieur, à 1 cm au-dessous du trou sous-orbitaire,
— en bas : sur la partie de la lèvre supérieure qui avoisine la commissure latérale.

Elévateur de la lèvre supérieure, il découvre les dents de la mâchoire supérieure, et plus spécialement la canine, ce qui donne à la physionomie un caractère agressif. (Fig. 22)

4 - **Le petit zygomatique** (M. Zygomaticus minor) est grêle et mince, situé à la partie supérieure de la joue, entre le releveur de la lèvre supérieure, en avant, et le grand zygomatique, en arrière.

Obliquement tendu de la pommette à la lèvre supérieure, il s'insère :
— en haut : sur la partie antérieure de la face cutanée de l'os malaire (ou zygomatique),
— en bas : sur la face profonde de la peau de la lèvre supérieure, un peu en dedans de la commissure.

Sa contraction produit l'élévation directe de la lèvre supérieure.

5 - **Le grand zygomatique** (M. Zygomaticus major) est nettement plus épais et plus large que le précédent, oblique comme lui de la pommette à la commissure.

Il s'insère en haut sur la face cutanée de l'os malaire, en arrière du petit zygomatique, et vient se fixer en bas sur la peau et sur la muqueuse de la commissure des lèvres.

Sa contraction joue un rôle important dans la mimique, permettant la grimace, ou les différents aspects du rire grâce à : (Fig. 22)
— l'ascension de la commissure,
— l'accentuation du sillon naso-génien,
— l'incurvation du sillon labio-génien, ce qui dilate l'orifice buccal.

6 - **Le risorius** (M. Risorius), décrit par Santorini*, est le plus superficiel des muscles de la face. (En latin, risorius = riant, souriant.)

Triangulaire, à base postérieure, il s'étend de la région massétérienne à la commissure labiale, cachant en partie le buccinateur.

Il s'insère :
— en arrière : sur l'aponévrose massétérine.
— en avant : sur la face profonde de la peau de la commissure, mêlant ses fibres avec celles du buccinateur et de l'orbiculaire des lèvres.

---

* Santorini Giovanni Domenico (1681-1737), anatomiste italien, professeur d'anatomie à Venise.

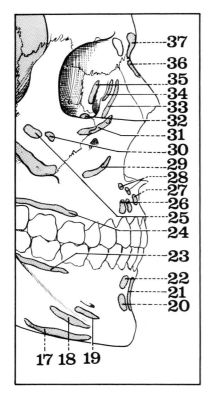

FIGURE 3

Insertions musculaires de la partie latérale droite du crâne.

17. Muscle peaucier du cou.
18. Muscle triangulaire des lèvres.
19. Muscle carré du menton.
20. Faisceau mandibulaire de l'orbiculaire des lèvres.
21. Muscle de la houppe du menton.
22. Muscle incisif inférieur.
23. Muscle buccinateur (insertion mandibulaire).
24. Muscle buccinateur (insertion maxillaire).
25. Muscle grand zygomatique.
26. Muscle incisif supérieur.
27. Muscle myrtiforme.
28. Muscle dilatateur des narines.
29. Muscle canin.
30. Muscle petit zygomatique.
31. Muscle releveur de la lèvre supérieure.
32. Muscle petit oblique (du globe oculaire).
33. Muscle releveur de l'aile du nez et de la lèvre supérieure.
34. Faisceau orbitaire de l'orbiculaire des paupières.
35. Faisceau palpébral de l'orbiculaire des paupières.
36. Muscle pyramidal du nez.
37. Muscle sourcilier.

Auxiliaire du buccinateur, il tire comme lui la commissure en arrière, et intervient dans le sourire (ce qui lui a donné son nom). (Fig. 21 et 22)

La contraction de ses fibres creuse la «fossette de la joue», surtout apparente chez le jeune enfant.

LA RÉGION MENTONNIÈRE (du latin «Mentum» = menton (dérivé de «eminere» = faire saillie)

Impaire et médiane, la région mentonnière (Regio Mentalis) correspond, en profondeur, à la saillie mentonnière de la mandibule.

LIMITES

— *en haut* : le sillon mento-labial, qui la sépare de la lèvre inférieure,
— *en bas* : le bord inférieur de la mandibule, qui la sépare de la région sus-hyoïdienne,
— *latéralement* : une ligne verticale qui passe à 1 cm en dehors de la commissure labiale, et la sépare de la partie inférieure de la région génienne.

PLAN OSSEUX (Fig. 5)

Le squelette de la région est formé par la partie moyenne du corps de la mandibule.

Il comprend de haut en bas :

— **la symphyse mentonnière**, crête verticale sur laquelle s'insère le ligament de la houppe du menton, et qui correspond à la soudure médiane des deux hémi-mandibules embryonnaires;

— **l'éminence mentonnière** ou protubérance mentonnière (Protuberantia mentalis), prolongée en dehors par un *tubercule mentonnier* (Tuberculum mentale).

Latéralement se dessinent deux petites **fossettes mentonnières**, dans lesquelles s'insèrent les muscles de la houppe du menton.

Plus en dehors enfin, et au-dessus de la ligne oblique externe, est percé le **trou mentonnier** (Foramen mentale), par lequel sort le nerf mentonnier, terminale du nerf dentaire inférieur; ce trou est situé à mi-distance du bord inférieur et du bord alvéolaire de la mandibule, en regard de l'espace entre la 1re et la 2e prémolaire. (Fig. 4)

Cette portion moyenne ou mentonnière est particulièrement épaisse et résistante, assez rarement fracturée.

PLAN MUSCULAIRE (Fig. 6, 7 et 9)

Il est formé par trois muscles, qui sont, de dehors en dedans :

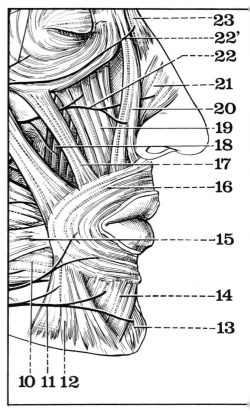

FIGURE 4

Vue latérale droite des muscles peauciers de la face.

10. Muscle buccinateur.
11. Rameau mentonnier.
12. Muscle triangulaire des lèvres.
13. Muscle de la houppe du menton.
14. Muscle carré du menton.
15. Muscle risorius.
16. Muscle orbiculaire des lèvres.
17. Muscle petit zygomatique.
18. Muscle canin.
19. Muscle releveur (propre) de la lèvre supérieure.
20. Muscle releveur (commun) de l'aile du nez et de la lèvre supérieure.
21. Muscle transverse du nez.
22. Rameaux buccaux supérieurs du facial.
22'. Rameau sous-orbitaire du facial.
23. Muscle pyramidal du nez.

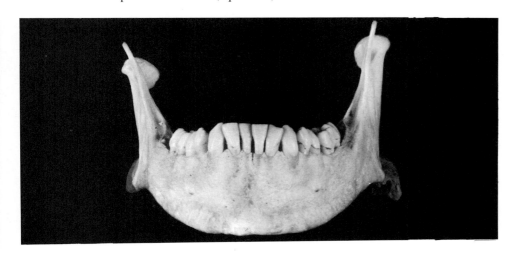

FIGURE 5

Vue antérieure de la mandibule.

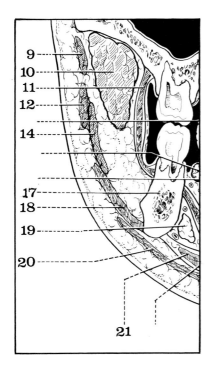

FIGURE 6

Coupe frontale de la face passant par les deuxièmes molaires.

9. *Muscle petit zygomatique.*
10. *Boule graisseuse de Bichat.*
11. *Muscle buccinateur.*
12. *Muscle grand zygomatique.*
14. *Muscle risorius.*
17. *Branche horizontale de la mandibule.*
18. *Muscle triangulaire des lèvres.*
19. *Glande sous-mandibulaire.*
20. *Muscle peaucier du cou.*
21. *Ventre antérieur du muscle digastrique.*

FIGURE 7

Vue antérieure des muscles peauciers de la face.

7. *Muscle petit zygomatique.*
8. *Muscle grand zygomatique.*
9. *Glande parotide.*
10. *Canal de Sténon.*
11. *Muscle masséter.*
12. *Muscle risorius.*
13. *Muscle peaucier du cou.*
14. *Muscle triangulaire des lèvres.*
15. *Muscle carré du menton.*
16. *Muscle orbiculaire des lèvres.*
17. *Muscle de la houppe du menton.*
18. *Muscle buccinateur.*
19. *Muscle canin.*
20. *Muscle releveur de la lèvre supérieure.*
21. *Tendon du temporal.*

1 - **Le triangulaire des lèvres** ou dépresseur de l'angle de la bouche (M. Depressor anguli oris) : large et mince, triangulaire à base inférieure, il va de la mandibule à la commissure labiale.

Il s'insère :

— en bas : sur la face externe de la mandibule, un peu au-dessous de la ligne oblique externe,

— en haut : d'une part sur les téguments de la commissure (faisceau labial), d'autre part sur la portion externe de l'orbiculaire des lèvres (faisceau nasal). Sa contraction abaisse la commissure, exprimant ainsi la tristesse. (Fig. 7)

2 - **Le carré du menton** ou abaisseur de la lèvre inférieure (M. Depressor labii inferioris) :

Sous-jacent au muscle précédent, il est également plus proche de la ligne médiane, et ses fibres, dirigées en sens inverse (obliques en haut et en dedans) sont cachées en dehors par le triangulaire des lèvres.

Il s'insère :

— en bas : sur le tiers antérieur de la ligne oblique externe, au-dessous du trou mentonnier,

— en haut : sur la face profonde de la peau de la lèvre inférieure.

Abaissant la lèvre inférieure, et éversant son bord libre, il exprime plus particulièrement le dégoût. (Fig. 7)

3 - **Le muscle de la houppe du menton** ou muscle mentonnier (M. mentalis) :

Aplati et triangulaire, il est compris dans un espace losangique formé par les bords internes des deux muscles précédents.

Fixé dans la partie haute de la fossette mentonnière, au-dessous de la muqueuse des gencives, il s'épanouit ensuite à la manière d'un pinceau, ou d'une houppe (d'où son nom), et se termine à la face profonde de la peau du menton.

Les deux muscles sont séparés par un ligament médian, le ligament de la houppe du menton, dont la traction crée la « fossette du menton ».

Elévateur des parties molles du menton, ce petit muscle soulève aussi la lèvre inférieure, et intervient dans le « marmottement » de la lèvre inférieure.

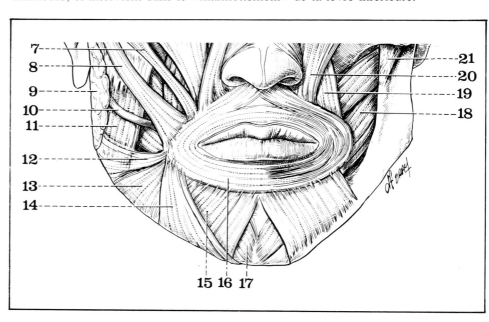

LA RÉGION LABIALE

Encore appelée « buccale » (Regio buccalis), elle est également impaire et médiane ; comprenant toutes les parties molles qui constituent les lèvres, elle forme la paroi antérieure de la cavité buccale.

LIMITES

— *en haut* et de dedans en dehors : l'extrémité postérieure de la sous-cloison (qui sépare les deux narines), le bord postérieur des narines, l'extrémité postérieure de l'aile du nez, et le sillon labio-génien, oblique en dehors et en bas,

— *en bas* : le sillon mento-labial, transversal,

— *latéralement* : une ligne verticale passant à 1 cm en dehors de la commissure labiale.

Ainsi délimitée, la région labiale est donc comprise entre la région génienne, en dehors, la région mentonnière, en bas, et la région nasale, en haut.

PLAN MUQUEUX

Contrairement aux autres régions, où le plan profond est osseux, c'est ici la muqueuse des lèvres qui forme la limite postérieure.

De couleur rosée, elle présente les prolongements suivants :

a) *au niveau des commissures*, elle se continue avec la muqueuse des joues,

b) *au niveau du bord adhérent des lèvres*, elle se réfléchit sur le bord alvéolaire des maxillaires pour former la muqueuse gingivale.

Sur la ligne médiane, en bas, et surtout en haut, elle forme un repli sagittal, le frein de la lèvre (Frenulum labii). (Fig. 35, p. 472)

c) *au niveau du bord libre des lèvres*, elle devient plus mince et plus adhérente, et se continue avec la portion cutanée de la lèvre.

A la face profonde des lèvres, on sent toute une série de petits tubercules saillants, qui donnent un aspect bosselé. Ils sont formés par une nappe de glandes salivaires, les glandes labiales (Glandulae labiales) qui s'interposent entre la muqueuse et le plan musculaire.

PLAN MUSCULAIRE (Fig. 8 et 9)

Indépendamment des nombreux muscles qui viennent des autres régions de la face, et convergent vers l'orifice buccal, pour en assurer l'ouverture, le muscle essentiel des lèvres est **l'orbiculaire des lèvres*** ou orbiculaire de la bouche (M. Orbicularis oris).

Situé dans l'épaisseur des deux lèvres, il forme autour de l'orifice buccal une ellipse à grand diamètre transversal. (Fig. 7)

On le divise en deux portions :

a) L'une **principale**, *l'orbiculaire interne*, ou partie labiale (Pars labialis), qui occupe le bord libre des lèvres et réalise un véritable sphincter.

Ses faisceaux supérieur et inférieur s'entrecroisent au niveau de chaque commissure, puis se terminent sur les téguments et sur la muqueuse.

b) L'autre **accessoire**, *l'orbiculaire externe*, ou partie marginale (Pars marginalis), plus mince, formée par les fibres terminales des commissures qui se fixent à la face profonde des téguments des lèvres.

---

* Orbiculaire : du latin « orbiculus », dérivé de « orbis » = le cercle.

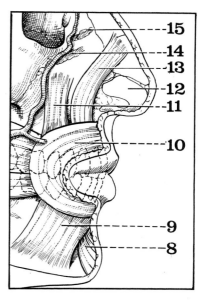

FIGURE 8

Vue latérale droite de la tête montrant les muscles des lèvres.
8. Muscle de la houppe du menton.
9. Muscle carré du menton.
10. Muscle orbiculaire des lèvres.
11. Muscle canin.
12. Cartilage alaire.
13. Muscle transverse du nez.
14. Insertion du muscle releveur de la lèvre supérieure.
15. Insertion du releveur de l'aile du nez et de la lèvre supérieure.

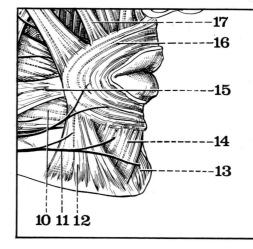

FIGURE 9

Vue latérale droite du muscle orbiculaire des lèvres.
10. Muscle buccinateur.
11. Rameau mentonnier.
12. Muscle triangulaire des lèvres.
13. Muscle de la houppe du menton.
14. Muscle carré du menton.
15. Muscle risorius.
16. Muscle orbiculaire des lèvres.
17. Muscle petit zygomatique.

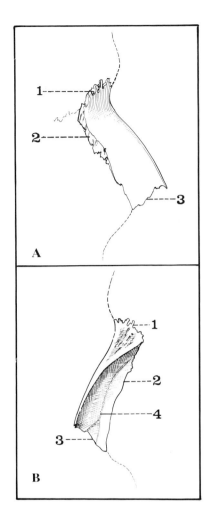

FIGURE 10

*Os nasal ou os propre du nez
(côté droit).*
A. Vue latérale.
1. Bord supérieur.
2. Bord externe.
3. Bord inférieur avec l'échancrure du nerf naso-lobaire.
B. Vue médiale.
1. Crête nasale interne.
2. Bord externe.
3. Bord inférieur.
4. Sillon du nerf naso-lobaire.

A ces muscles viennent s'ajouter les **muscles incisifs**, au nombre de 4 (deux supérieurs et deux inférieurs), tendus du bord alvéolaire des mâchoires aux lèvres supérieure et inférieure, et fusionnés avec l'orbiculaire externe.

En forme de sphincter autour de l'orifice buccal, le muscle orbiculaire des lèvres est constricteur, et assure la fermeture de la bouche, avec pincement des lèvres, par l'orbiculaire interne, ou projection des lèvres en avant, par l'orbiculaire externe.

Il intervient dans la succion, le sifflement, le baiser. Tous les autres muscles qui se disposent autour de l'orifice buccal sont ses antagonistes, c'est-à-dire dilatateurs.

LA RÉGION NASALE

Impaire et médiane, située entre le front et la lèvre supérieure, la région nasale (Regio nasalis) répond à la pyramide ostéo-cartilagineuse du nez.

LIMITES

— *en haut* : une ligne transversale réunissant les deux sourcils,

— *en bas* : une ligne parallèle passant par l'extrémité postérieure de la sous-cloison,

— *latéralement* : la ligne naso-génienne, oblique en bas et en dehors, qui unit l'angle interne de l'œil à la partie latérale de l'aile du nez.

La région nasale est donc comprise entre les régions orbitaire et génienne, de chaque côté, et la région labiale, en bas.

PLAN OSTÉO-CARTILAGINEUX

Le squelette du nez comprend une partie osseuse, prolongée en bas et en avant par une partie cartilagineuse.

a) **Les os** (Fig. 10 et 11)

Ils peuvent être subdivisés, de chaque côté, en trois portions :

— *en haut* :

l'os propre du nez ou os nasal (Os nasale) est rectangulaire, à grand axe dirigé en bas et en avant. Il forme avec l'os nasal opposé une sorte de voûte, qui s'appuie en haut sur l'épine nasale du frontal, et en arrière sur la lame perpendiculaire de l'ethmoïde.

Relativement fragiles, les os propres du nez peuvent être fracturés lors des traumatismes faciaux, imposant parfois une restauration chirurgicale, ou rhinoplastie.

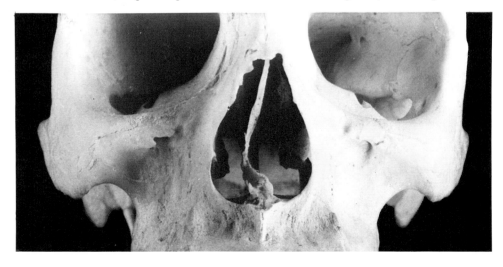

FIGURE 11

*L'orifice antérieur des fosses nasales
(ou orifice piriforme).*

— *latéralement* :

la branche montante du maxillaire supérieur ou apophyse frontale (Processus frontalis) du maxillaire, articulée avec l'unguis, l'apophyse orbitaire interne du frontal, et l'os nasal.

Au-dessous, *l'échancrure nasale* (Incisura nasalis), mince et tranchante, du maxillaire supérieur.

— *en bas* :

la partie antérieure de *l'apophyse palatine* (Processus palatinus) du maxillaire supérieur, unie à celle du côté opposé pour former l'épine nasale antérieure (Spina nasalis anterior).

Ainsi est réalisé **l'orifice antérieur** des fosses nasales, ou orifice piriforme (Apertura piriformis), oblique en bas et en arrière, et comparé classiquement à un « cœur de carte à jouer ». (Fig. 11)

b) **Les cartilages** (Fig. 12 et 13)

Appliqués sur le squelette osseux du nez, ils comblent en avant l'orifice piriforme.

De chaque côté, on peut en décrire deux principaux, les cartilages triangulaire et alaire, séparés sur la ligne médiane par le cartilage de la cloison.

— **en haut** :

le cartilage triangulaire, plat, de faible épaisseur, fait suite à l'os nasal, et forme l'arête dorsale du nez;

— **en bas** :

le cartilage alaire, en forme de fer à cheval à concavité postérieure, limite dans son ouverture l'orifice narinaire. Adossé par sa branche interne avec le cartilage opposé, il charpente en partie l'aile du nez et la pointe du lobule nasal.

Ces deux cartilages constituent les *cartilages latéraux du nez* (Cartilago nasi lateralis).

— **au milieu** :

le cartilage de la cloison, ou du septum nasal (Cartilago septi nasi) contribue à former l'arête dorsale du nez, par son bord supérieur, et prend part à la constitution de la sous-cloison molle ou columelle. (Fig. 14)

A ces *cartilages principaux* s'ajoutent de petits *cartilages accessoires* (Cartilagines nasales accessoriae), de nombre et de forme très variables : cartilages carrés, cartilages sésamoïdes, cartilages vomériens.

Tous sont unis entre eux et au squelette osseux par une *membrane fibreuse* très résistante.

PLAN MUSCULAIRE (Fig. 15)

La région nasale est occupée par quatre muscles propres ou intrinsèques, pairs et symétriques :

1 - **Le pyramidal du nez** ou muscle procérus (en latin : étendu, allongé) (M. Procerus), allongé et rectangulaire, recouvre en grande partie l'os propre du nez.

Inséré en bas sur le cartilage triangulaire, et sur la face externe de l'os propre, il rejoint en haut la peau de la région inter-sourcilière.

Par sa contraction, il abaisse les téguments de cette portion, donnant de la dureté au regard (muscle de l'agression). (Fig. 22)

2 - **Le transverse du nez**, ou compresseur des narines : M. Nasalis (Pars transversa), très mince, croise en écharpe la partie moyenne du nez, recouvrant le cartilage alaire.

Il naît d'une aponévrose dorsale du nez, et se termine sous la peau de l'aile du nez. Par sa contraction, il rétrécit l'orifice narinaire.

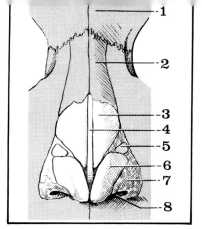

FIGURE 12

Vue antérieure du nez.
1. *Os frontal.*
2. *Os nasal.*
3. *Cartilage triangulaire.*
4. *Septum nasal.*
5. *Cartilage sésamoïde.*
6. *Cartilage alaire.*
7. *Tissu conjonctif.*
8. *Orifice narinaire.*

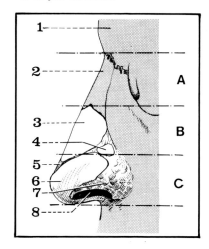

FIGURE 13

Vue de profil gauche du nez.
1. *Os frontal.*
2. *Os nasal.*
3. *Cartilage triangulaire.*
4. *Cartilage sésamoïde.*
5. *Septum nasal.*
6. *Cartilage alaire.*
7. *Tissu conjonctif.*
8. *Orifice narinaire.*
A. *Etage osseux.*
B. *Etage du cartilage triangulaire.*
C. *Etage du cartilage alaire.*

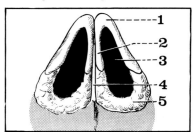

FIGURE 14

Vue inférieure de la charpente du lobule du nez.
1. *Crus latéral du cartilage alaire.*
2. *Crus médial du cartilage alaire.*
3. *Orifice narinaire.*
4. *Columelle (ou sous-cloison).*
5. *Tissu conjonctif.*

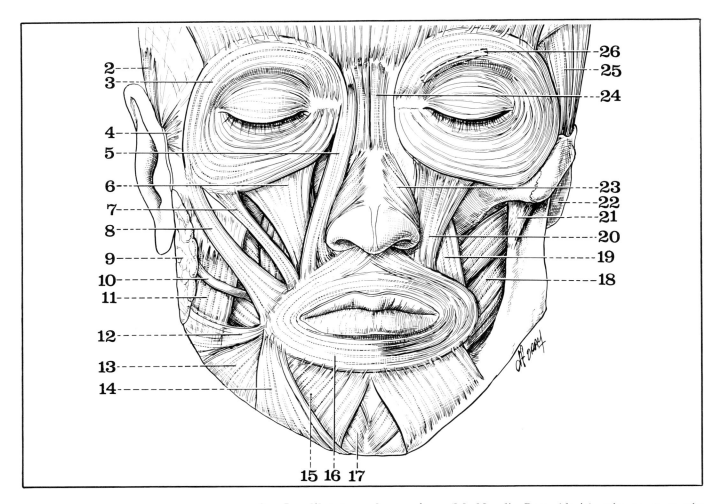

FIGURE 15

Vue antérieure des muscles peauciers de la face.

2. Muscle auriculaire supérieur.
3. Faisceau orbitaire de l'orbiculaire des paupières.
4. Muscle auriculaire antérieur.
5. Muscle pyramidal du nez.
6. Muscle releveur de l'aile du nez et de la lèvre supérieure.
7. Muscle petit zygomatique.
8. Muscle grand zygomatique.
9. Glande parotide.
10. Canal de Sténon.
11. Muscle masséter.
12. Muscle risorius.
13. Muscle peaucier du cou.
14. Muscle triangulaire des lèvres.
15. Muscle carré du menton.
16. Muscle orbiculaire des lèvres.
17. Muscle de la houppe du menton.
18. Muscle buccinateur.
19. Muscle canin.
20. Muscle releveur de la lèvre supérieure.
21. Tendon du temporal.
22. Apophyse mastoïde.
23. Muscle transverse du nez.
24. Muscle pyramidal du nez.
25. Muscle temporal.
26. Muscle sourcilier (en pointillés).

3 - **Le dilatateur des narines** (M. Nasalis Pars Alaris), très court et très mince, s'étend d'arrière en avant sur le bord inférieur de l'aile du nez.

Par sa contraction, il dilate la narine.

4 - **Le myrtiforme** ou **abaisseur** de la cloison (M. Depressor septi) est tendu du bord alvéolaire du maxillaire supérieur (au-dessus de la dent canine) aux téguments qui recouvrent la partie postérieure de la sous-cloison.

Par sa contraction, il abaisse l'aile du nez, et rétrécit en même temps l'orifice narinaire. (Myrtiforme = en forme de feuille de myrte.)

LA RÉGION ORBITAIRE

Située en avant de l'orbite osseuse, la région orbitaire (Regio orbitalis) correspond aux régions palpébrale et sourcilière de l'anatomie de surface.

LIMITES

— *en haut* : une ligne courbe, à concavité intérieure, qui répond au sourcil, et la sépare de la région frontale ;

— *en bas* : le bord inférieur de l'orbite, qui la sépare de la région génienne ;

— *en dedans* : le bord interne de l'orbite, et la ligne naso-génienne, qui la sépare de la région nasale ;

— *en dehors* : le bord externe de l'orbite, qui la sépare de la région temporale.

PLAN OSTÉO-FIBREUX

Il est formé à la périphérie par le squelette osseux du rebord orbitaire, et au centre par le plan fibro-élastique du septum orbitaire.

a) **Les os** (Fig. 16)

— **Le rebord orbitaire** (Margo orbitalis) limite l'orifice antérieur de l'orbite, et comprend quatre portions :

— *supérieure*, formée par l'arcade orbitaire du frontal, mince et saillante en dehors, épaisse et arrondie en dedans, où elle présente l'échancrure sus-orbitaire (Incisura frontale) ;

— *inférieure*, formée par l'os malaire en dehors, et le maxillaire supérieur en dedans ;

— *interne*, formée par l'apophyse orbitaire interne du frontal, en haut, et la branche montante du maxillaire supérieur, en bas ;

— *externe*, formée par l'apophyse orbitaire externe du frontal, en haut, et l'apophyse orbitaire du malaire, en bas.

— **L'arcade sourcilière** (Arcus superciliaris) surplombe le rebord orbitaire supérieur, à 1 cm au-dessus. Formée de tissu osseux compact, elle est très résistante, surtout au voisinage de la ligne médiane, où elle forme la paroi du sinus frontal, et, en rejoignant l'arcade opposée, constitue la bosse frontale médiane, ou glabelle (Glabella).

b) **Le septum orbitaire** (Septum orbitale) (cf. pages 543 et 544)

Appliqué comme un diaphragme sur l'orifice antérieur de l'orbite, il forme la charpente fibreuse des paupières, et se subdivise en deux portions :

— l'une **périphérique**, fixée sur le rebord orbitaire, et individualisée sous le nom de « ligament large des paupières » ;

— l'autre **marginale**, répondant au bord libre des paupières, et formant les **tarses des paupières** (Tarsi palpebrae) :

— *tarse supérieur* (Tarsus superior), le plus étendu, en croissant à convexité supérieure, s'opposant au retournement de la paupière supérieure,

— *tarse inférieur* (Tarsus inferior), n'empêchant pas, au contraire, la bascule de la paupière inférieure.

PLAN MUSCULAIRE (Fig. 17, 19 et 20)

Il est formé par un muscle principal, l'orbiculaire des paupières, auquel s'ajoutent deux muscles accessoires, le sourcilier, et l'abaisseur du sourcil.

1 - **L'orbiculaire des paupières** ou orbiculaire de l'œil (M. Orbicularis oculi), aplati et mince, est formé des faixceaux concentriques qui circonscrivent les paupières, et se subdivisent en deux portions :

a) *Portion orbitaire*, périphérique, formant un ruban ovalaire qui entoure l'orifice antérieur de l'orbite, et insérée :

— *en haut* : sur le versant antérieur du rebord orbitaire du frontal,

— *en bas* : sur le rebord inférieur de l'orbite.

b) *Portion palpébrale*, marginale, à l'intérieur de laquelle il est possible d'individualiser 4 parties :

— *préseptale*, située devant le ligament large du septum orbitaire,

— *prétarsale*, placée en avant des tarses, sous forme d'un anneau aplati, interrompu seulement au niveau de l'angle interne de l'œil,

— *préciliaire*, sur la pointe antérieure du bord libre des paupières,

— *rétrociliaire*, parallèle à la précédente, mais en arrière des bulbes pileux des cils.

La contraction de l'orbiculaire des paupières détermine l'occlusion des paupières, et, en même temps, favorise l'écoulement des larmes de dehors en dedans, de la glande lacrymale au sac lacrymal.

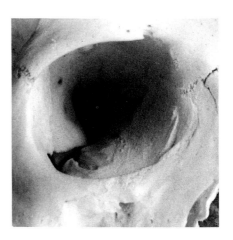

FIGURE 16
Vue antérieure du rebord orbitaire.

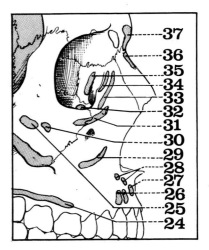

FIGURE 17
Insertions musculaires de la partie latérale droite du crâne (vue de profil).

24. Muscle buccinateur (insertion maxillaire).
25. Muscle grand zygomatique.
26. Muscle incisif supérieur.
27. Muscle myrtiforme.
28. Muscle dilatateur des narines.
29. Muscle canin.
30. Muscle petit zygomatique.
31. Muscle releveur de la lèvre supérieure.
32. Muscle petit oblique (du globe oculaire).
33. Muscle releveur de l'aile du nez et de la lèvre supérieure.
34. Faisceau orbitaire de l'orbiculaire des paupières.
35. Faisceau palpébral de l'orbiculaire des paupières.
36. Muscle pyramidal du nez.
37. Muscle sourcilier.

2 - **Le sourcilier**, ou corrugateur = rider, plisser (M. Corrugator supercilii), occupe la partie interne du sourcil, entièrement caché par la portion orbitaire de l'orbiculaire. (Fig. 19)

Inséré en dedans sur la partie la plus interne de l'arcade sourcilière, il rejoint en dehors la face profonde de la peau des sourcils, après avoir traversé l'orbiculaire.

Par sa contraction, il attire en bas la tête du sourcil, et crée des rides verticales sur la région intersourcilière ; c'est le muscle de la douleur. (Fig. 18)

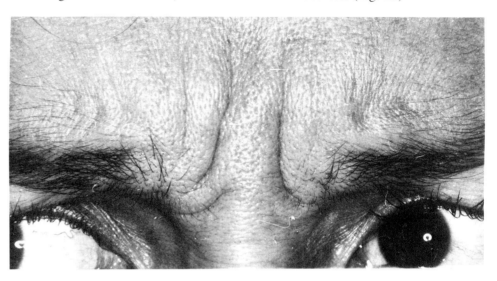

FIGURE 18

Effet de la contraction des muscles sourciliers.

3 - **L'abaisseur du sourcil** vient le compléter en dedans ; triangulaire à base supérieure, il est vertical, et se fixe en bas sur la branche montante du maxillaire supérieur, en haut sous les téguments de la tête du sourcil et de la glabelle.

Il agit comme auxiliaire du muscle sourcilier.

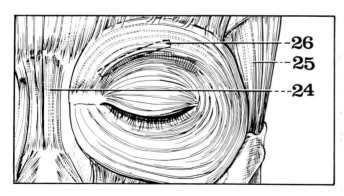

FIGURE 19

Vue antérieure du muscle orbiculaire gauche des paupières.
24. Muscle pyramidal du nez.
25. Muscle temporal.
26. Muscle sourcilier (en pointillés).

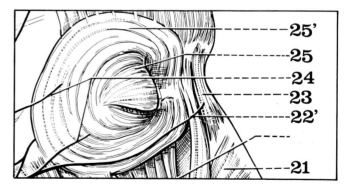

FIGURE 20

Vue latérale droite du muscle orbiculaire des paupières.
21. Muscle transverse du nez.
22'. Rameau sous-orbitaire du facial.
23. Muscle pyramidal du nez.
24. Rameaux palpébraux du facial.
25. Faisceau palpébral de l'orbiculaire des paupières.
25'. Faisceau orbitaire de l'orbiculaire des paupières.

CONCLUSION

Les muscles peauciers ont donc une importance considérable au niveau de la face. Ils interviennent en définitive soit sur les orifices naturels, soit pour exprimer la mimique :

SUR LES ORIFICES :

a) **Buccal** : seul l'orbiculaire des lèvres entraîne la fermeture de la bouche ; les autres muscles ouvrent au contraire l'orifice buccal, en relevant la lèvre supérieure (c'est le cas des deux muscles zygomatiques et du releveur de la lèvre supérieure), ou en soulevant la lèvre inférieure (c'est le cas de la houppe du menton). (Fig. 21)

FIGURE 22

Action des muscles peauciers dans la mimique.

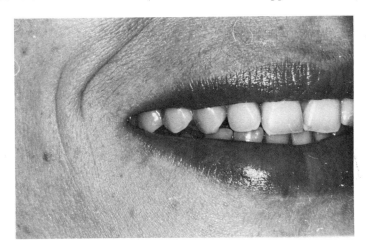

FIGURE 21 — *Action des muscles buccinateur et risorius.*

LE RIRE

b) **Nasal** : la plupart des muscles, comme le releveur de l'aile du nez, le transverse du nez, le dilatateur des narines, agrandissent l'orifice narinaire ; le myrtiforme, au contraire, le rétrécit, et abaisse en même temps l'aile du nez.

c) **Orbitaire** : l'occlusion des paupières est assurée par les deux faisceaux de l'orbiculaire des paupières.

DANS LA MIMIQUE : (Fig. 22)

Les muscles peauciers, par leur nombre et leur variété, expriment parfaitement les aspects si changeants de la physionomie, et, en particulier :

a) **La joie** : par les deux zygomatiques (pour manifester le rire), par le risorius (pour le sourire) et par le buccinateur (pour l'ironie).

b) **La tristesse** : par les releveurs de la lèvre supérieure (pour le pleurer), par le triangulaire des lèvres et le carré du menton (pour le dégoût, le mépris), par le sourcilier et l'abaisseur du sourcil (pour traduire la douleur).

c) **L'agressivité** : par le pyramidal du nez, et le canin.

LES LARMES

L'AGGRESSIVITE

LA DOULEUR

LE MEPRIS

Les vaisseaux faciaux

Les régions superficielles de la face présentent une très riche vascularisation artérielle, veineuse et lymphatique.

L'ARTÈRE FACIALE (Fig. 23 et 24)

Branche collatérale de la carotide externe, l'artère faciale (A. facialis) décrit ses flexuosités au milieu des muscles peauciers, et traverse obliquement la face, en se dirigeant en haut, en avant et en dedans.

Après avoir surplombé la glande sous-mandibulaire, elle contourne le bord inférieur de la mandibule, en regard de l'angle antéro-inférieur du muscle masséter, et apparaît ainsi dans la région.

Elle se dirige d'abord vers la commissure des lèvres, puis se redresse pour longer le sillon naso-génien, et se termine dans l'angle interne de l'œil, où, prenant le nom d'artère angulaire (A. angularis), elle s'anastomose à plein canal avec l'artère nasale, branche terminale de l'ophtalmique. Elle établit ainsi une anastomose importante entre la carotide externe et la carotide interne.

Au cours de son trajet, elle présente des **rapports musculaires**; reposant successivement sur le buccinateur, le canin, et les deux muscles releveurs, elle est recouverte par le peaucier du cou, le triangulaire des lèvres, le risorius, le grand et le petit zygomatiques.

Elle donne un certain nombre de **branches collatérales** :

— *la massétérine* (A. masseterica), qui se porte en arrière et en haut pour vasculariser le masséter;

FIGURE 23

Vue latérale droite de la tête montrant le trajet de l'artère faciale.
5. Artère faciale.
6. Insertion du muscle masséter.
7. Muscle buccinateur.
8. Muscle de la houppe du menton.
9. Muscle carré du menton.
10. Muscle orbiculaire des lèvres.
11. Muscle canin.
12. Cartilage alaire.
13. Muscle transverse du nez.
14. Insertion du muscle releveur de la lèvre supérieure.
15. Insertion du releveur de l'aile du nez et de la lèvre supérieure.
16. Portion tendineuse du muscle temporal.
17. Portion musculaire du muscle temporal.

FIGURE 24

Artériographie carotidienne droite montrant le trajet des artères faciale et maxillaire interne.

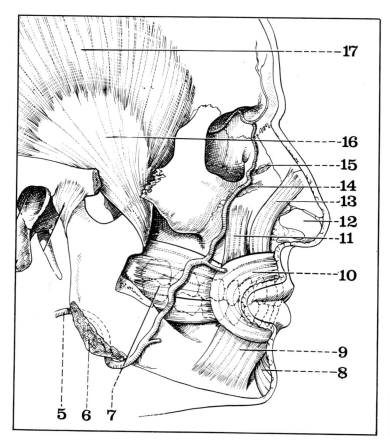
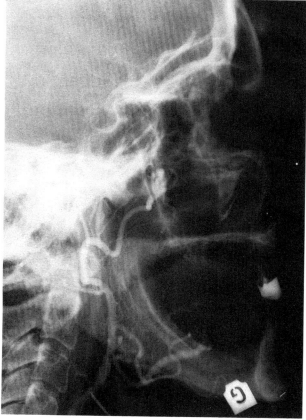

— *la coronaire inférieure* ou labiale inférieure (A. labialis inferior), qui se dirige vers la commissure, et vascularise la lèvre inférieure ;
— *la coronaire supérieure* ou labiale supérieure (A. labialis superior), destinée à la lèvre supérieure.

Ces deux artères s'anastomosent avec celles du côté opposé, et réalisent autour de l'orifice buccal le cercle artériel coronaire, d'où se détache en haut *l'artère de la sous-cloison*, destinée aux parois des narines et au lobule du nez ;
— *l'artère de l'aile du nez*, qui se distribue à l'aile et au lobule du nez.

LA VEINE FACIALE (Fig. 25)

Satellite de l'artère, la veine faciale (V. facialis) chemine en arrière d'elle, avec un trajet plus rectiligne et sur un plan plus superficiel.

Née à l'angle interne de l'œil, sous le nom de veine angulaire, elle s'anastomose avec la veine ophtalmique supérieure, ce qui explique la possibilité de thrombo-phlébite du sinus caverneux à partir d'une lésion infectée de la face.

De son origine, la veine faciale descend donc en arrière de l'artère, formant en quelque sorte la corde de l'arc à concavité postérieure décrit par l'artère. Elle ne la rejoint qu'au bord inférieur de la mandibule, où elle croise en surface la glande sous-mandibulaire, et gagne la partie haute du tronc thyro-linguo-facial.

Au cours de son trajet, elle reçoit plusieurs **collatérales** :
— issues du nez : la veine dorsale du nez, et les deux veines de l'aile du nez (ascendante, et marginale),
— issues des lèvres : les deux veines coronaires (ou labiales),
— issues de la profondeur : le plexus alvéolaire (qui vient de la fosse sous-temporale), les veines buccales, et les veines du canal de Sténon.

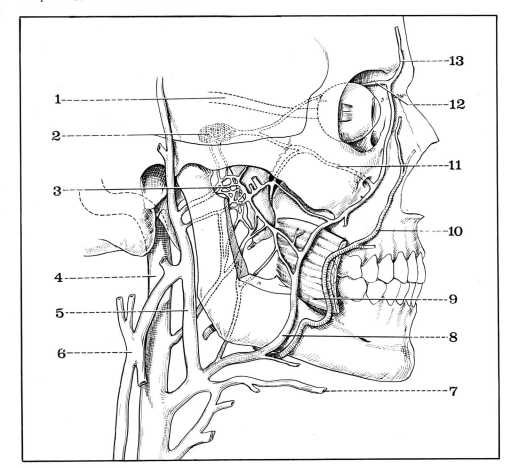

FIGURE 25

Vue latérale droite de la face montrant le trajet des vaisseaux faciaux (après résection de l'apophyse coronoïde).

1. *Nerf optique (II).*
2. *Sinus caverneux.*
3. *Plexus veineux ptérygoïdien.*
4. *Veine jugulaire interne.*
5. *Veine communicante intra-parotidienne.*
6. *Veine jugulaire externe.*
7. *Veine linguale.*
8. *Veine faciale.*
9. *Muscle buccinateur (sectionné en avant).*
10. *Artère faciale.*
11. *Veine ophtalmique inférieure.*
12. *Veine ophtalmique supérieure.*
13. *Veine sus-orbitaire.*

LES LYMPHATIQUES DE LA FACE (Fig. 26)

Formant de riches réseaux au-dessous des téguments, ils se répartissent en différents groupes ganglionnaires :

a) Au niveau des joues :

Satellites des vaisseaux faciaux, ils descendent en direction des ganglions sous-mandibulaires, où ils se drainent.

Dans 2/3 des cas, on rencontre quelques *ganglions géniens* situés autour des vaisseaux faciaux, et particulièrement dans le sillon naso-génien, sur la face externe du buccinateur, et au contact de la mandibule.

b) Au niveau du menton :

Les lymphatiques descendent dans la région sus-hyoïdienne et se drainent dans les ganglions sus-hyoïdiens, ou, plus en arrière, dans les ganglions sous-mandibulaires.

c) Au niveau des lèvres :

Issus d'un réseau muqueux et d'un réseau cutané, ils se comportent différemment pour chaque lèvre :

— *ceux de la lèvre supérieure* rejoignent le trajet de la veine faciale, et se jettent dans les ganglions sous-mandibulaires ;

— *ceux de la lèvre inférieure* se rendent aussi, pour la portion latérale, aux ganglions sous-mandibulaires, et, pour la portion médiane, aux ganglions sous-mentaux.

d) Au niveau du nez :

Les lymphatiques se répartissent en trois groupes :

— *supérieur* : qui se rend aux ganglions parotidiens supérieurs, et pré-auriculaire (ou pré-tragien),

— *moyen* : qui se rend aux ganglions parotidiens inférieurs,

— *inférieur* : le plus important, qui, par les vaisseaux faciaux, rejoint les ganglions sous-mandibulaires.

e) Au niveau de l'orbite :

Les lymphatiques se répartissent en deux groupes :

— *l'un externe*, principal, issu des 3/4 externes des paupières et de la conjonctive, accompagne la veine temporale superficielle, et rejoint les ganglions parotidiens et prétragien ;

— *l'autre interne*, accessoire, issu du 1/4 interne, suit la veine faciale, et se draine dans les ganglions sous-mandibulaires.

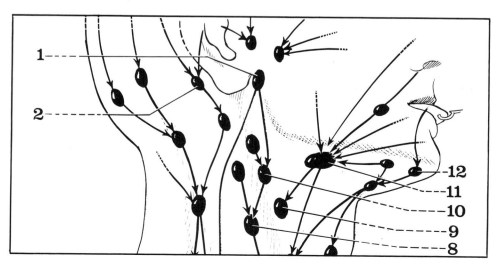

FIGURE 26

Les lymphatiques de la face.
1. *Ganglion parotidien.*
2. *Ganglion mastoïdien.*
8. *Chaîne jugulaire interne.*
9. *Ganglion de l'omo-hyoïdien.*
10. *Ganglion sous-digastrique (de Kuttner).*
11. *Ganglion sous-mandibulaire.*
12. *Ganglion sous-mental.*

Les branches terminales du nerf facial

Dans sa portion intra-parotidienne, le nerf facial s'est divisé, sur la face externe de la jugulaire externe, en deux branches terminales : (cf. Région parotidienne)

— *supérieure* ou temporo-faciale, horizontale, ou légèrement ascendante, volumineuse, parfois plexiforme, s'anastomosant avec le nerf auriculo-temporal;

— *inférieure* ou cervico-faciale, presque verticale, plus mince, s'anastomosant avec la branche auriculaire du plexus cervical superficiel.

Au sortir de la glande parotide, ces deux branches divergent dans le tissu cellulaire sous-cutané, et, par leurs ramifications, forment, au contact des muscles peauciers, un vaste éventail ouvert en avant. (Fig. 27 et 28)

a) **La branche temporo-faciale** se divise en cinq groupes de rameaux dont les trois derniers seulement appartiennent à la face : (Fig. 29)

— *les rameaux temporaux* croisent le zygoma en avant du tragus, et innervent le muscle auriculaire antérieur (Rami temporales);

— *les rameaux frontaux* cheminent au-dessus de l'orbite et innervent le muscle frontal; ils envoient aussi des filets au faisceau orbitaire de l'orbiculaire des paupières, et s'anastomosent avec le nerf sus-orbitaire (du frontal);

— *les rameaux palpébraux* innervent l'orbiculaire des paupières, et particulièrement sa portion palpébrale;

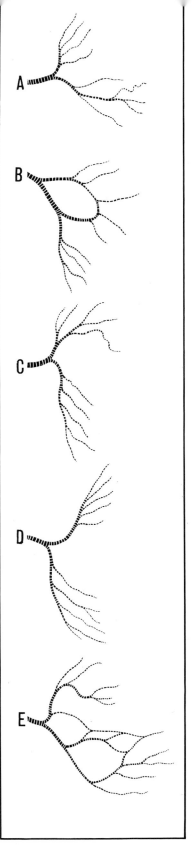

FIGURE 28

Les branches de division du nerf facial.
A. *Type classique.*
B. *Type anastomotique simple.*
C. *Type scalariforme cervical.*
D. *Type à épanouissement précoce.*
E. *Type plexulaire.*

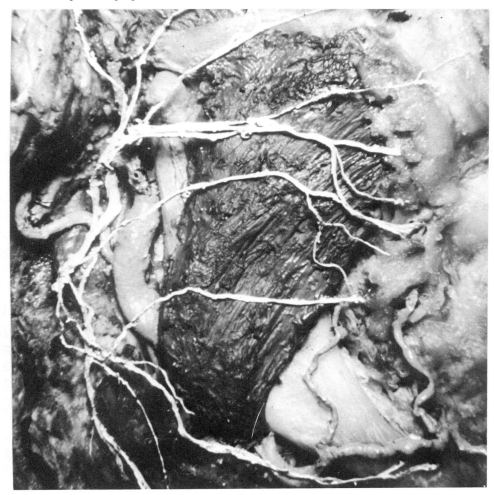

FIGURE 27

Dissection des branches terminales du nerf facial à la surface du muscle masséter droit.

— *les rameaux sous-orbitaires*, plus volumineux, au nombre de deux, suivent le bord supérieur du canal de Sténon, et passent sous le grand, puis sous le petit zygomatique; parvenus à la surface du muscle canin, ils s'engagent ensuite sous les releveurs de la lèvre supérieure, et se terminent dans le myrtiforme, et le transverse du nez.

Au cours de ce trajet, ils innervent tous ces mucles et s'anastomosent avec les dernières ramifications du nerf sous-orbitaire (du maxillaire supérieur);

— *les rameaux buccaux supérieurs*, également au nombre de deux, suivent le bord inférieur du canal de Sténon, et innervent le buccinateur et l'orbiculaire des lèvres; ils s'anastomosent en profondeur avec le nerf buccal (du mandibulaire) (Rami buccales).

En résumé, les rameaux de la branche temporo-faciale se distribuent aux muscles peauciers de la partie antérieure du crâne, et de la portion de la face située au-dessus de l'orifice buccal.

b) **La branche cervico-faciale** se divise en trois groupes de rameaux, un peu au-dessus de l'angle de la mandibule : (Fig. 29)

— *le rameau buccal inférieur* croise la face externe du masséter, et innerve le risorius, le buccinateur et l'orbiculaire des lèvres; il s'anastomose aussi avec le nerf buccal (du temporo-buccal);

— *les rameaux mentonniers*, au nombre de deux, plus bas situés, sont parallèles au précédent; ils innervent le triangulaire des lèvres, le carré du menton, et la houppe du menton; ils s'anastomosent avec le nerf mentonnier (du dentaire inférieur) (Ramus marginalis mandibulae);

— *les rameaux cervicaux* enfin cheminent à la face profonde du peaucier du cou, qu'ils innervent, et rejoignent la région sus-hyoïdienne (plexus cervical superficiel) (Ramus colli).

En résumé, les rameaux de la branche cervico-faciale se distribuent à la portion de la face sous-jacente à l'orifice buccal.

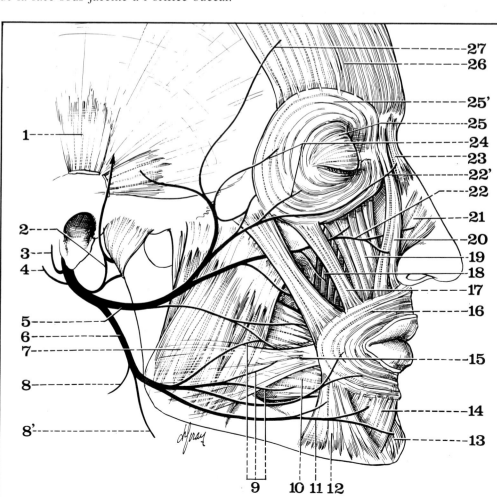

FIGURE 29

Vue latérale droite des muscles peauciers de la face et du nerf facial (VII).

1. Muscle auriculaire supérieur.
2. Anastomose avec le nerf auriculo-temporal.
3. Rameau auriculaire postérieur du facial.
4. Nerf du stylo-hyoïdien et du ventre postérieur du digastrique.
5. Branche temporo-faciale du VII.
6. Branche cervico-faciale du VII.
7. Muscle masséter.
8. Anastomose avec le plexus cervical supérieur.
8'. Rameau du peaucier du cou.
9. Rameaux buccaux inférieurs.
10. Muscle buccinateur.
11. Rameau mentonnier.
12. Muscle triangulaire des lèvres.
13. Muscle de la houppe du menton.
14. Muscle carré du menton.
15. Muscle risorius.
16. Muscle orbiculaire des lèvres.
17. Muscle petit zygomatique.
18. Muscle canin.
19. Muscle releveur (propre) de la lèvre supérieure.
20. Muscle releveur (commun) de l'aile du nez et de la lèvre supérieure.
21. Muscle transverse du nez.
22. Rameaux buccaux supérieurs du facial.
22'. Rameau sous-orbitaire du facial.
23. Muscle pyramidal du nez.
24. Rameaux palpébraux du facial.
25. Faisceau palpébral de l'orbiculaire des paupières.
25'. Faisceau orbitaire de l'orbiculaire des paupières.
26. Muscle frontal.
27. Rameau frontal du facial.

Les branches sensitives du nerf trijumeau

Dans le tissu cellulaire sous-cutané de la face cheminent les branches sensitives du nerf trijumeau, qui recueillent les différentes sensibilités des téguments et des muqueuses.

NERF OPHTALMIQUE DE WILLIS (Fig. 30)

Le nerf ophtalmique (N. ophtalmicus) participe à cette innervation par ses trois branches :

a) **Nerf lacrymal** (N. lacrimalis) : innervant par ses *filets palpébraux* le 1/3 externe de la paupière supérieure, et les téguments de l'angle externe de l'œil.

b) **Nerf frontal** (N. frontalis) : innervant par le *frontal externe* (ou sus-orbitaire) la paupière supérieure et la région frontale, et par le *frontal interne* le 1/3 interne de la paupière supérieure.

c) **Nerf nasal** ou naso-ciliaire (N. nasociliaris) : innervant par le *nasal externe* (ou infra-trochléaire) l'espace intersourcilier et les téguments du dos du nez, et par le *nasal interne* (ou ethmoïdal antérieur) la peau du lobule du nez (nerf naso-lobaire).

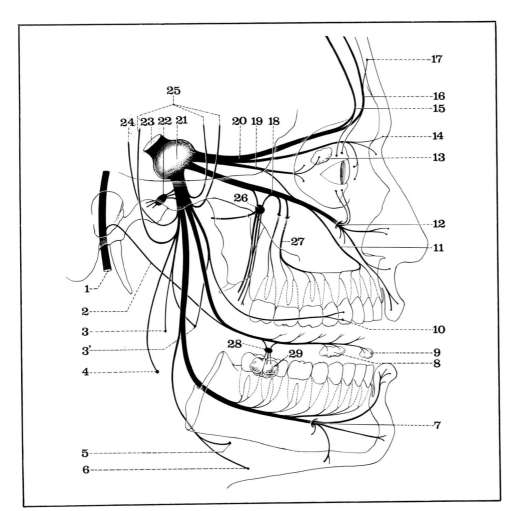

FIGURE 30

Représentation schématique du nerf trijumeau et de ses branches (d'après Pitres et Testut).

1. Nerf facial.
2. Corde du tympan.
3. Nerf du ptérygoïdien interne.
3'. Nerf du ptérygoïdien externe.
4. Nerf du masséter.
5. Nerf du mylo-hyoïdien.
6. Nerf du ventre antérieur du digastrique.
7. Nerf dentaire inférieur.
8. Glande sublinguale.
9. Glande linguale de Blandin.
10. Nerf buccal.
11. Nerf dentaire antérieur.
12. Nerf sous-orbitaire.
13. Glande lacrymale.
14. Nerf nasal.
15. Nerf frontal externe.
16. Nerf frontal interne.
17. Rameau cutané du nerf frontal interne.
18. Nerf maxillaire supérieur.
19. Nerf lacrymal.
20. Nerf ophtalmique.
21. Ganglion de Gasser.
22. Ganglion otique.
23. Nerf trijumeau.
24. Nerf auriculo-temporal.
25. Nerfs temporaux profonds.
26. Ganglion sphéno-palatin.
27. Nerf dentaire postérieur.
28. Ganglion sous-mandibulaire.
29. Glande sous-mandibulaire.

NERF MAXILLAIRE SUPÉRIEUR

Le nerf maxillaire supérieur (N. maxillaris) pénètre dans la région par sa branche terminale, le **nerf sous-orbitaire** (N. infraorbitalis) qui, dès sa sortie du trou sous-orbitaire, donne des branches pour la paupière inférieure, la face latérale du nez, la lèvre supérieure, qui s'épanouissent en un véritable bouquet au niveau de la fosse canine (dont l'anastomose avec les rameaux sous-orbitaires du facial, pourtant classique, n'est pas unanimement admise).

NERF MANDIBULAIRE

Le nerf mandibulaire (N. mandibularis) participe à l'innervation sensitive par :

— *la branche buccale* (du temporo-buccal) qui, parvenue sur la face externe du muscle buccinateur, se divise en filets profonds pour la muqueuse de la joue, et filets superficiels pour les téguments ;

— *le nerf mentonnier* (N. mentalis), terminale du dentaire inférieur, qui sort par le trou mentonnier, et innerve la muqueuse et la peau de la lèvre inférieure, ainsi que la peau du menton. Là aussi, les anastomoses avec la branche cervico-faciale du facial sont discutées.

Ainsi, les régions superficielles de la face sont entièrement innervées du point de vue sensitif par les branches du nerf trijumeau. IL est donc possible de décrire de véritables **TERRITOIRES SENSITIFS** pour chacune des branches nerveuses : (Fig. 31)

a) **Territoire de l'ophtalmique**, comprenant les téguments de la région frontale, de la région sourcilière, de la paupière supérieure (ainsi que la conjonctive, la cornée, et la muqueuse des fosses nasales et des sinus frontal et sphénoïdal).

b) **Territoire du maxillaire supérieur**, comprenant les téguments de la paupière inférieure, de la joue, de l'aile du nez, de la lèvre supérieure (ainsi que la muqueuse des fosses nasales, du sinus maxillaire, du palais, des gencives supérieures, et la pulpe des dents supérieures).

c) **Territoire du mandibulaire**, comprenant les téguments de la région temporale, de la joue, de la lèvre inférieure, du menton (ainsi que la muqueuse de la joue, de la lèvre et des gencives inférieures, et la pulpe des dents inférieures).

L'atteinte de l'une ou plusieurs de ces branches se manifeste par des névralgies « trigéminales » très douloureuses, localisées au territoire d'une ou plusieurs branches nerveuses de la région faciale.

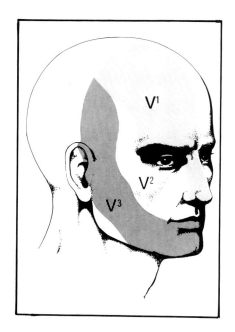

FIGURE 31

Les territoires sensitifs de la face.
V^1 = *ophtalmique.*
V^2 = *maxillaire supérieur.*
V^3 = *maxillaire inférieur.*

Peau et forme extérieure (Fig. 32 et 33)

LES JOUES (Bucca)

Revêtues d'une peau fine, très vasculaire, elles sont glabres chez la femme et l'enfant. Chez l'homme, au contraire, la *pilosité faciale* constitue un caractère sexuel secondaire primordial ; plus ou moins abondante, elle peut être classée en degrés correspondant aux schémas de Khérumian. (Fig. 34)

La forme des joues est très variable selon l'embonpoint, ou la maigreur du sujet ; dans ce dernier cas, elle s'excave à sa partie moyenne, tandis que s'exagèrent en arrière les reliefs du masséter et de la pommette.

Parois externes de la cavité buccale, elles sont faciles à examiner, à l'aide de deux doigts, dont l'un est appliqué sur sa face muqueuse, et l'autre sur sa face cutanée.

LE MENTON (Mentum)

Egalement recouvert ou non de barbe, suivant le sexe, la mode, ou les convenances personnelles, il présente des variations individuelles fort étendues, en ce qui concerne sa forme extérieure et son développement.

Séparé de la lèvre inférieure par un petit *sillon mento-labial*, il présente à sa partie moyenne une *fossette*, créée, nous l'avons vu, par la traction du ligament de la houppe du menton.

Plus carré chez l'homme que chez la femme et l'enfant, il peut être saillant, ou au contraire fuyant, en fonction de la projection plus ou moins importante de la mandibule. Au maximum, peuvent se voir de véritables déformations, avec saillie de la mandibule en avant, réalisant le *prognathisme*, ou en arrière, formant le *rétrognathisme*.

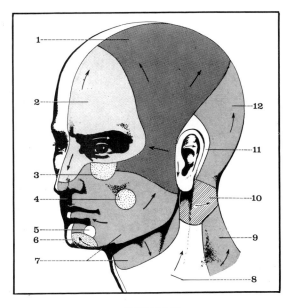

FIGURE 32

Les territoires artériels cutanés de la face et de la tête (d'après M. Salmon). Les flèches indiquent la direction des pédicules.

1. Artère temporale superficielle.
2. Artère ophtalmique.
3. Artère sous-orbitaire.
4. Artère buccale.
5. Artère mentonnière.
6. Artère sous-mentale.
7. Artère faciale.
8. Artères thyroïdiennes.
9. Artères cervicale transverse et sus-scapulaire.
10. Artère sterno-cléido-mastoïdienne.
11. Artère auriculaire postérieure.
12. Artère occipitale.

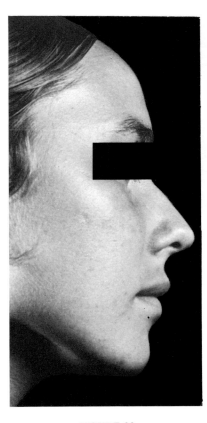

FIGURE 33

Vue latérale droite de la face.

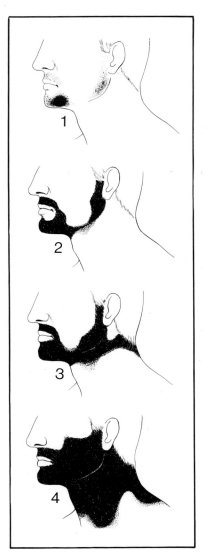

FIGURE 34

Les différents degrés de pilosité faciale (d'après Khérumian).

1. type 2.
2. type 4.
3. type 6.
4. type 8.

LES LÈVRES (Labium)

Elles comprennent deux parties, l'une cutanée, recouverte parfois chez l'homme, sur la lèvre supérieure, d'une moustache; l'autre muqueuse, plus ou moins large et épaisse suivant les sujets, et suivant les races.

Elles circonscrivent l'orifice buccal, et s'unissent de chaque côté pour former les *commissures*. Lorsque la bouche est fermée, il ne subsiste plus qu'une *fente buccale*, longue de 45 à 55 mm. (Fig. 35 et 36)

La lèvre supérieure, séparée du nez par le sillon naso-labial, présente à sa partie médiane, un sillon vertical sous-nasal, qui descend vers le bord libre de la lèvre, et se termine sur un tubercule médian.

La jonction cutanéo-muqueuse de la lèvre supérieure dessine le classique «arc de Cupidon*», surtout net chez l'enfant.

La lèvre inférieure, séparée du menton par le sillon mento-labial, est un peu plus débordante, et présente sur la ligne médiane une petite fossette.

L'une et l'autre sont faciles à examiner par éversement en haut ou en bas entre les doigts.

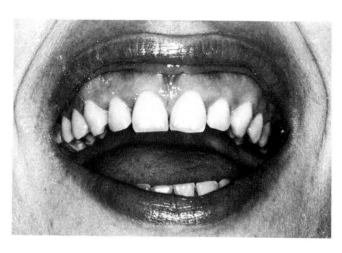

FIGURE 35

Lorsque la lèvre supérieure est soulevée, on aperçoit la gencive et le frein de la lèvre supérieure.

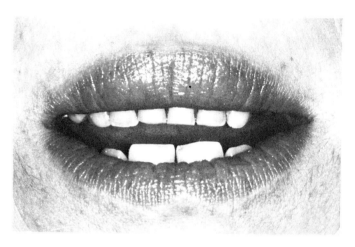

FIGURE 36

Vue antérieure des lèvres.

LE NEZ (Nasus)

Recouvert d'une peau particulièrement riche en glandes sébacées, le nez présente : (Fig. 37)

— **de chaque côté** : la saillie de l'aile du nez, qui surmonte la narine,

— **au milieu**, et de haut en bas :

— *la racine du nez*, séparée de la glabelle par un sillon naso-frontal, plus ou moins prononcé,

— *le dos du nez*, plus ou moins long, dont la direction, très variable, se ramène à 3 types principaux : droit, convexe, et concave,

— *le lobule du nez*, qui sépare les deux narines, et se continue en arrière par la *sous-cloison*. (Fig. 38)

Le bord latéral du nez est séparé des régions voisines par un sillon longitudinal qui correspond, de haut en bas, aux sillons naso-palpébral, naso-génien, et naso-labial.

---

* Cupidon : Dieu de l'amour chez les Romains.

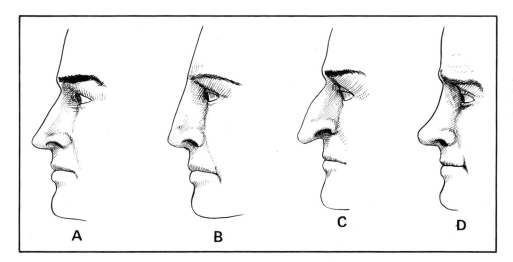

FIGURE 37

Vue de profil gauche des différents type de nez
(d'après Testut et Latarjet).

A. *Nez droit.*
B. *Nez grec.*
C. *Nez busqué.*
D. *Nez retroussé.*

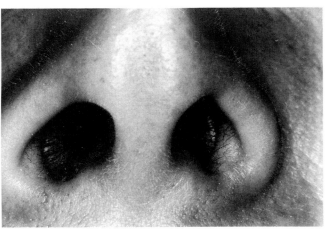

FIGURE 38

Vue antéro-inférieure des narines et du lobule du nez.

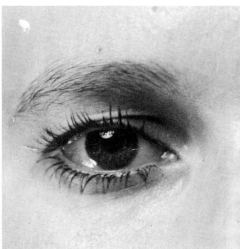

FIGURE 39

Aspect des paupières droites lorsque l'œil est ouvert.

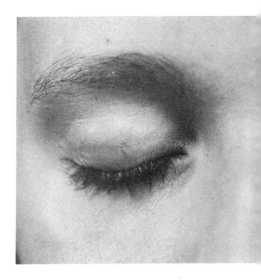

FIGURE 40

Aspect des paupières droites lorsque l'œil est fermé.

LES SOURCILS ET LES PAUPIÈRES

Au-dessus de l'orbite, les *arcades sourcilières*, plus saillantes chez l'homme, sont recouvertes par **les sourcils***. (Fig. 39 et 40)

Ceux-ci présentent, de dedans en dehors, trois portions :
— *la tête*, épaisse, arrondie, séparée du sourcil opposé par une surface glabre, la région intersourcilière,
— *le corps*, plus fourni chez les sujets à pilosité développée,
— *la queue*, mince et effilée.

Dans certains cas, les deux sourcils se rejoignent sur la ligne médiane, surtout chez l'homme, ce qui réalise le *synophrys*.

Protégeant le segment antérieur du globe oculaire, les *paupières* ont un aspect différent selon que l'œil est ouvert ou fermé :

— **si l'œil est ouvert** : la *paupière supérieure* est recouverte en grande partie par un repli cutané transversal qui retombe sur elle ; le sillon palpébral supérieur la limite en haut ; (Fig. 39)

la *paupière inférieure* est limitée en bas par le sillon palpébral inférieur.

— **si l'œil est fermé** : la *paupière supérieure* s'étale devant le globe oculaire, et devient visible en totalité ; son bord supérieur, concave, situé à la limite de l'orbite et de l'œil, forme une dépression transversale, le *sillon orbito-palpébral supérieur*. (Fig. 40)

---

* Sourcil : du latin « supercilium » = au-dessus des cils.

10 les fosses nasales

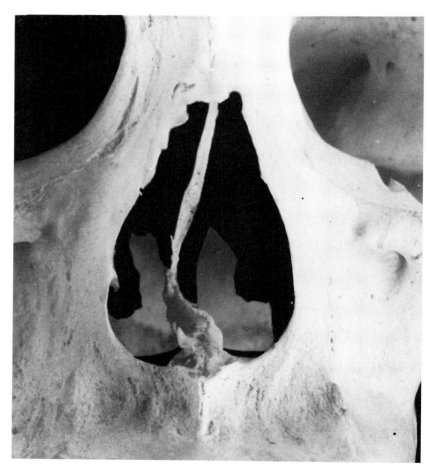

L'orifice piriforme antérieur des fosses nasales.

PLAN

Constitution anatomique

Parois et orifices :
- Paroi supérieure ou voûte
- Paroi inférieure ou plancher
- Paroi externe ou latérale
  - A. Cornets
  - B. Méats
- Paroi interne ou médiale : la cloison des fosses nasales
- Orifice antérieur : les narines
- Orifice postérieur : les choanes

Vascularisation et innervation :
- Vascularisation :
  - *artères*
  - *veines*
  - *lymphatiques*
- Innervation :
  - *sensitive*
  - *olfactive*

Etude synthétique :
Division topographique

Les *fosses nasales* sont deux cavités situées de façon symétrique, de part et d'autre d'une cloison médiane, au centre du massif osseux de la face. Elles forment la *cavité nasale* (Cavum nasi).

Constitution anatomique

Placées en avant du rhino-pharynx, au-dessus de la cavité buccale, en dedans des maxillaires supérieurs, et des orbites, au-dessous du crâne, les fosses nasales constituent la portion la plus haute des *voies respiratoires*, et, par leurs parois supérieures, sont le siège de l'*olfaction*.

Elles se composent d'une charpente ostéo-cartilagineuse, tapissée par une *muqueuse pituitaire* ou membrane muqueuse du nez (Membrana mucosa nasi), qui renferme les organes récepteurs des voies olfactives.

La charpente est : (Fig. 1)

— *cartilagineuse* en avant, formée par les cartilages du nez (cf. Région nasale, page 454) ;

— *osseuse* en arrière, constituée par l'ethmoïde et les deux maxillaires supérieurs.

La *forme* des fosses nasales peut être comparée à deux longs couloirs sagittaux, plus hauts que larges, et plus étalés en bas qu'en haut.

On peut leur considérer : (Fig. 2)

— *quatre parois* : supérieure, inférieure, externe (supportant les trois cornets) et interne (ou cloison) ;

— *deux orifices* : antérieur (ou narine), postérieur (ou choane).

Parois et orifices

PAROI SUPÉRIEURE, OU VOÛTE

Longue gouttière antéro-postérieure, elle s'élargit un peu d'avant (3 mm) en arrière (5 mm), et peut être divisée en 3 portions :

a) ANTÉRIEURE, OU NASALE : (Fig. 3)

Oblique en haut et en arrière, formant la « gouttière nasale », derrière l'os propre du nez (ou os nasal) et l'épine nasale du frontal (Spina nasalis ossis frontalis). Surmontée par le sinus frontal, elle est concave transversalement et lisse.

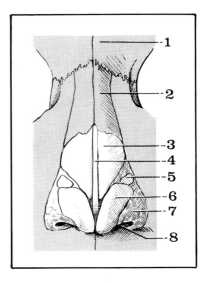

FIGURE 1

Vue antérieure du nez.

1. Os frontal.
2. Os nasal.
3. Cartilage triangulaire.
4. Septum nasal.
5. Cartilage sésamoïde.
6. Cartilage alaire.
7. Tissu conjonctif.
8. Orifice narinaire.

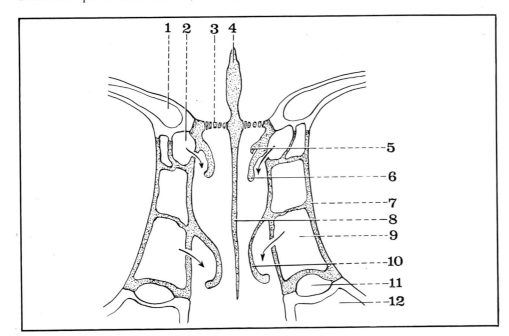

FIGURE 2

Coupe frontale schématique de l'ethmoïde.

1. Sinus frontal.
2. Cellule ethmoïdo-frontale (s'ouvrant dans le méat supérieur).
3. Lame criblée.
4. Apophyse crista galli.
5. Cornet suprême.
6. Cornet supérieur.
7. Os planum (ou lame orbitaire).
8. Lame perpendiculaire.
9. Cellule ethmoïdale (s'ouvrant dans le méat moyen).
10. Cornet moyen.
11. Cellule ethmoïdo-maxillaire.
12. Sinus maxillaire.

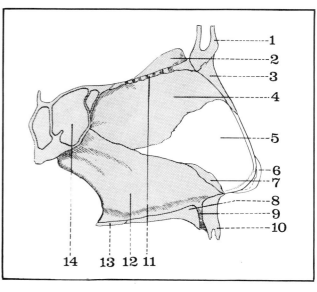

FIGURE 3

Vue de profil de la paroi médiale (ou interne) de la fosse nasale droite.

1. Os frontal.
2. Apophyse crista galli.
3. Os nasal.
4. Lame perpendiculaire de l'ethmoïde.
5. Cartilage de la cloison.
6. Cartilage alaire.
7. Cartilage voméro-nasal.
8. Apophyse palatine (du maxillaire).
9. Canal palatin antérieur.
10. Alvéole dentaire.
11. Lame criblée de l'ethmoïde.
12. Vomer.
13. Lame horizontale du palatin.
14. Sinus sphénoïdal.

b) SUPÉRIEURE, ou ETHMOÏDALE : (Fig. 3)

Horizontale, constituée par la lame criblée de l'ethmoïde (Lamina cribrosa). Partie la plus étroite de la voûte, elle sépare les fosses nasales de la cavité crânienne, et, par sa fragilité, constitue un point faible lors des traumatismes de l'étage antérieur du crâne.

c) POSTÉRIEURE, OU SPHÉNOÏDALE : (Fig. 3 et 4)

D'abord oblique en bas et en arrière, presque verticale, formée par la face antérieure du corps du sphénoïde, elle présente un orifice ovalaire, de 5 mm de diamètre, correspondant à l'ouverture du sinus sphénoïdal (Apertura sinus sphenoidalis).

Elle change ensuite d'orientation, et devient beaucoup moins oblique, se rapprochant de l'horizontale, constituée par trois os : la face inférieure du corps du sphénoïde, l'aile du vomer (Ala vomeris), l'apophyse sphénoïdale du palatin (Processus sphenoidalis).

Entre cette apophyse, et l'apophyse vaginale de la ptérygoïde, s'ouvre le canal ptérygo-palatin (Sulcus pterygopalatinus).

FIGURE 4

Coupe frontale des fosses nasales (passant par le corps du sphénoïde).

1. Canal sphéno-vomérien médian.
2. Sinus sphénoïdal.
3. Canal sphéno-vomérien latéral.
4. Canal ptérygo-palatin.
5. Apophyse sphénoïdale du palatin.
6. Vomer.
7. Fosse ptérygoïde.
8. Queue du cornet inférieur.
9. Lame horizontale du palatin.
10. Aile externe de l'apophyse ptérygoïde.

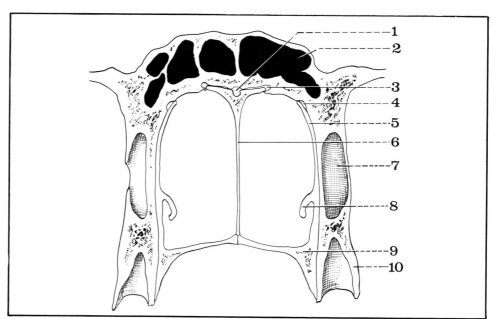

PAROI INFÉRIEURE, OU PLANCHER (Fig. 3, 4 et 5)

La plus épaisse et la plus résistante, elle est formée :

— dans ses *2/3 antérieurs* : par l'apophyse palatine du maxillaire supérieur (Processus Palatinus);

— dans son *1/3 postérieur* : par la lame horizontale du palatin (Lamina horizontalis, os palatinum).

Ces deux os, réunis par une suture transversale, forment, par leur face inférieure, la voûte palatine de la cavité buccale.

Etroite à sa partie antérieure, la paroi inférieure s'élargit à sa partie moyenne, pour se rétrécir à nouveau en arrière. Lisse et unie, elle constitue une gouttière sagittale, qui longe la cloison du nez.

Sa *direction* est différente en avant et en arrière :

— *en avant* : elle est légèrement oblique en bas et en arrière, par suite de la saillie de la crête incisive;

— *en arrière* : elle est sensiblement horizontale.

Entre ces deux portions, et tout près de la cloison, débouche de chaque côté le canal palatin antérieur, ou incisif (Canalis incisivus).

PAROI EXTERNE, OU LATÉRALE (Fig. 6)

La plus étendue de toutes les parois, elle est aussi la plus complexe. Oblique en bas et en dedans, elle est formée par six os :

— la base du maxillaire supérieur,
— l'unguis ou os lacrymal,
— la lame verticale du palatin,
— l'aile interne de l'apophyse ptérygoïde (du sphénoïde),
— la masse latérale de l'ethmoïde,
— le cornet inférieur, indépendant des autres.

Ces six os sont disposés, de dehors en dedans, suivant trois plans :

— un *plan externe* formé par la branche montante, et le corps du maxillaire, ainsi que par l'aile interne de la ptérygoïde,

— un *plan moyen* formé en avant par l'unguis, et en arrière par la lame verticale du palatin, tous deux appliqués contre le maxillaire,

— un *plan interne* formé en haut par la masse latérale de l'ethmoïde, et en bas par le cornet inférieur.

Du point de vue topographique, on peut diviser la paroi externe des fosses nasales en trois portions (turbinal : du latin *turbinatus* = de forme conique) :

■ *antérieure ou préturbinale* : triangulaire à base antérieure, constituée par la face interne de la branche montante, le 1/3 antérieur de la face interne de la masse latérale, et la partie la plus antérieure de la face interne de l'unguis.

■ *moyenne ou turbinale* : trapézoïdale, à grande base inférieure (en rapport avec la partie latérale de la voûte palatine) et à petite base supérieure (en rapport avec la moitié postérieure de la lame criblée de l'ethmoïde); elle est, de beaucoup, la plus importante, car elle supporte les saillies osseuses des *cornets*, qui circonscrivent eux-mêmes les *méats*, qui jouent dans la pathologie nasale un rôle considérable.

■ *postérieure ou rétro-turbinale* : triangulaire à base supérieure, constituée par les faces internes de la lame verticale du palatin, et de l'aile interne de la ptérygoïde.

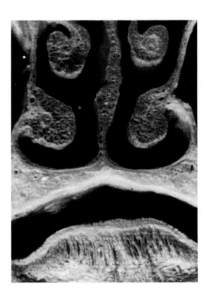

FIGURE 5

Coupe frontale des fosses nasales.

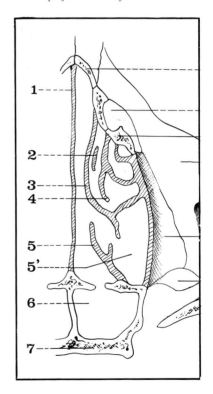

FIGURE 6

Coupe horizontale de la fosse nasale et de l'orbite, passant par le cornet moyen (côté droit, segment inférieur de la coupe).

1. Lame perpendiculaire de l'ethmoïde.
2. Apophyse unciforme de l'ethmoïde.
3. Cornet moyen.
4. Bulle ethmoïdale.
5. Cornet supérieur.
5'. Cellule d'Onodi.
6. Sinus sphénoïdal.
7. Corps du sphénoïde.

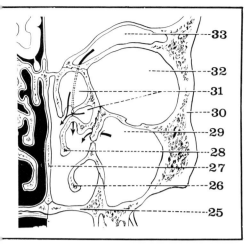

FIGURE 7

Coupe frontale de la face passant par la deuxième molaire (côté gauche, segment postérieur).

25. Lame horizontale du palatin.
26. Cornet inférieur.
27. Vomer.
28. Cornet moyen.
29. Sinus maxillaire.
30. Os malaire (ou zygomatique).
31. Cellules ethmoïdales postérieures.
32. Orbite.
33. Sinus frontal.

Décrivons maintenant les cornets et les méats :

A. LES CORNETS (Fig. 6 et 7)

Au nombre de trois, parfois de quatre, ce sont des lames osseuses allongées sagittalement qui se détachent de la portion turbinale ; s'enroulant en bas et en dedans, ils se terminent par un bord libre.

On les décrit de haut en bas :

a) **Cornet supérieur** (Concha nasalis superior) : issu de la moitié postérieure de la face interne de la masse latérale, il est de petite taille (25 mm de long, 3 mm de large), presque horizontal, rapproché de la cloison, et confondu en avant avec le cornet moyen.

Son extrémité postérieure atteint le trou sphéno-palatin, et son bord inférieur, peu enroulé, recouvre le 1/3 supérieur du cornet moyen.

Il est parfois surmonté par une petite crête osseuse qui forme *le 4e cornet de Santorini*, ou cornet suprême (Concha nasalis suprema).

b) **Cornet moyen** (Concha nasalis media) :

Détaché, comme le précédent, de la face interne de la masse latérale de l'ethmoïde, sur toute sa longueur, il est triangulaire à base antérieure, et mesure 45 mm de long sur 10 mm de large.

Son bord antérieur est vertical, et son extrémité postérieure se termine au-dessous et en arrière du trou sphéno-palatin.

Son bord libre, bien enroulé, remonte obliquement en arrière, et la surface du cornet diminue donc d'avant en arrière.

Des trois cornets, c'est lui qui se rapproche le plus de la cloison, avec laquelle il délimite un défilé étroit, la fente olfactive. (Fig. 6)

c) **Cornet inférieur** (Concha nasalis inferior) : (Fig. 8)

Indépendant, il ne présente aucune connexion avec les autres cornets ; de forme triangulaire, il est plus allongé et plus étendu que les autres cornets (50 mm de long, 5 à 12 mm de large, suivant les niveaux).

Son bord antérieur atteint l'orifice antérieur des fosses nasales, et son extrémité postérieure (ou queue) atteint la lame verticale du palatin.

Son bord supérieur, fixé en avant sur la crête turbinale (inférieure (Crista conchalis), est surmonté de trois apophyses :

— *en avant :* l'*apophyse lacrymale* (Processus lacrymalis), remontant vers l'unguis pour compléter avec lui la paroi interne du canal lacrymo-nasal,

— *au milieu :* l'*apophyse maxillaire* (Processus maxillaris), s'engageant dans l'hiatus maxillaire, et s'accrochant au bord inférieur de cet orifice,

— *en arrière :* l'*apophyse ethmoïdale* (Processus ethmoidalis), s'unissant à l'apophyse unciforme de l'ethmoïde pour diviser en deux parties l'orifice du sinus maxillaire.

FIGURE 8

Vue externe (intra-sinusienne) du cornet inférieur droit.

1. Queue du cornet.
2. Apophyse maxillaire.
3. Apophyse ethmoïdale.
4. Apophyse lacrymale.
5. Extrémité antérieure du cornet.

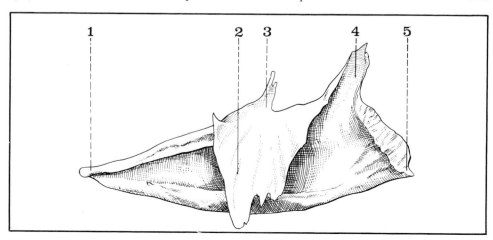

B. LES MÉATS (Fig. 9)

Egalement au nombre de trois, ils représentent les espaces compris entre la paroi externe des fosses nasales, et le cornet correspondant.

a) **Méat supérieur** (Meatus nasi superior) : (Fig. 11)

Très petit, il est en forme de gouttière ouverte en bas, surplombant la moitié postérieure du cornet moyen.

Il contient plusieurs orifices :
— des cellules ethmoïdales postérieures,
— du sinus sphénoïdal,
— du trou sphéno-palatin (communiquant avec l'arrière-fond de la fosse ptérygo-maxillaire).

b) **Méat moyen** (Meatus nasi medius) : (Fig. 10 et 11)

En forme d'entonnoir aplati transversalement, ouvert en bas, il présente sur sa paroi externe deux saillies importantes, derrière lesquelles descendent deux gouttières :

— *en avant* : la saillie de l'*apophyse unciforme* de l'ethmoïde (Processus uncinatus), lamelliforme, oblique en bas et en arrière, limite la *gouttière uncibullaire*, ou hiatus ethmoïdal (Hiatus ethmoidalis), longue de 20 mm, large de 3 mm, profonde de 8 mm, dans laquelle viennent s'ouvrir :

• en haut : le sinus frontal, par l'intermédiaire de l'infundibulum (Infundibulum ethmoidale), et deux ou trois cellules ethmoïdales antérieures;

• en bas : le sinus maxillaire, par un petit orifice arrondi, l'ostium maxillaire; en effet, l'apophyse unciforme de l'ethmoïde, et l'apophyse ethmoïdale du cornet inférieur, en se mettant en contact, transforment le large hiatus primitif en trois orifices secondaires; seul persiste donc l'orifice supérieur qui forme l'ostium maxillaire.

— *en arrière* : la saillie de la *bulle ethmoïdale* (Bulla ethmoidalis), plus ou moins marquée, également oblique, avec, en arrière, la *gouttière rétro-bullaire*, longue de 10 mm, large de 2 mm, dans laquelle s'ouvrent une ou deux cellules ethmoïdales antérieures. (Fig. 6 et 10)

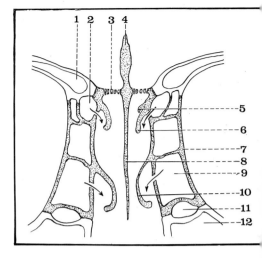

FIGURE 9

Coupe frontale schématique de l'ethmoïde.

1. Sinus frontal.
2. Cellule ethmoïdo-frontale (s'ouvrant dans le méat supérieur).
3. Lame criblée.
4. Apophyse crista galli.
5. Cornet suprême.
6. Cornet supérieur.
7. Os planum (ou lame orbitaire).
8. Lame perpendiculaire.
9. Cellule ethmoïdale (s'ouvrant dans le méat moyen).
10. Cornet moyen.
11. Cellule ethmoïdo-maxillaire.
12. Sinus maxillaire.

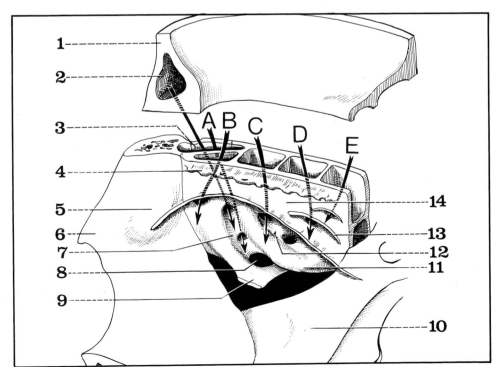

FIGURE 10

Paroi latérale de la fosse nasale droite, après résection des cornets, et séparation horizontale du plafond de l'orbite (d'après Legent, Perlemuter et Vandenbrouck).

1. Os frontal.
2. Sinus frontal.
3. Gouttière lacrymale.
4. Lame criblée de l'ethmoïde.
5. Agger nasi.
6. Maxillaire supérieur.
7. Gouttière unci-bullaire (où s'ouvre le canal fronto-nasal).
8. Ostium du sinus maxillaire.
9. Apophyse unciforme de l'ethmoïde.
10. Palatin (lame verticale).
11. Bulle ethmoïdale.
12. Gouttière rétro-bullaire.
13. Cornet supérieur.
14. Masse latérale de l'ethmoïde.

A. Système antérieur ou unciformien.
B. Système interne (ou du méat moyen).
C. Système postérieur ou bullaire.
D. Système du méat supérieur.
E. Système du méat suprême.

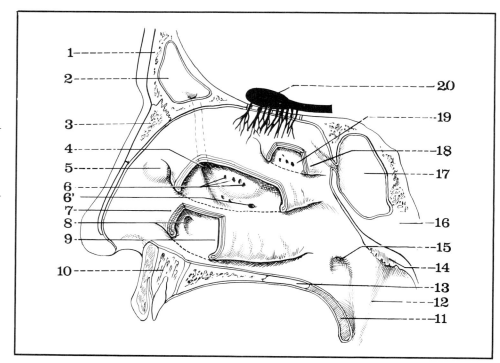

FIGURE 11

Paroi latérale de la fosse nasale droite (après résection partielle des trois cornets).

1. Os frontal.
2. Sinus frontal.
3. Os nasal.
4. Ostium du sinus frontal.
5. Agger nasi.
6. Orifices des cellules ethmoïdales antérieures.
6'. Ostium maxillaire.
7. Cornet inférieur.
8. Orifice du canal lacrymo-nasal.
9. Méat inférieur.
10. Apophyse palatine du maxillaire supérieur.
11. Voile du palais.
12. Naso-pharynx.
13. Lame horizontale du palatin.
14. Amygdale pharyngée.
15. Orifice de la trompe d'Eustache.
16. Corps du sphénoïde.
17. Sinus sphénoïdal.
18. Cornet supérieur.
19. Méat supérieur.
20. Bulbe olfactif.

Les méats et leurs orifices

Méat supérieur
  Sinus sphénoïdal
  Cell. eth. post.
  Trou sphéno-palat.

Méat moyen
  Sinus maxillaire
  Cell. eth. ant.
  Sinus frontal

Méat inférieur
  Canal lacrymo-nasal

---

c) **Méat inférieur** (Meatus nasi inferior) :

En forme de gouttière sagittale, largement ouverte dans la cavité nasale, il est proche du plancher des fosses nasales.

Sur sa paroi externe s'ouvre, à un niveau variable, l'orifice du canal lacrymo-nasal (canalis nasolacrimalis) qui met en communication l'angle interne de l'œil avec la partie basse des fosses nasales (cf. page 545).

PAROI INTERNE, OU MÉDIALE

Elle constitue la cloison des fosses nasales ou septum nasal (Septum nasi).

Comprise entre les parois supérieure et inférieure des fosses nasales, elle est disposée dans un plan sagittal, séparant le côté droit du côté gauche.

Sa forme est celle d'un quadrilatère irrégulier, avec :

— un bord supérieur soudé à la lame criblée de l'ethmoïde,
— un bord inférieur articulé avec la crête palatine,
— un bord antérieur répondant au dos du nez,
— un bord postérieur soudé en haut au sphénoïde, et libre en bas au niveau des choanes.

Ses dimensions sont les suivantes :

longueur = 7 à 8 cm,
hauteur = 4 à 5 cm,
épaisseur = 3 mm au niveau de la portion osseuse; 4 à 7 mm au niveau du cartilage.

Sa structure est ostéo-cartilagineuse, deux pièces osseuses, la lame perpendiculaire de l'ethmoïde et le vomer, s'unissant en avant au cartilage de la cloison :

a) **En haut : la lame perpendiculaire de l'ethmoïde** (Lamina perpendicularis), mince et fragile, quadrilatère, est encastrée entre la lame criblée (en haut), le corps du sphénoïde (en arrière), les os propres du nez (en avant), le vomer et le cartilage de la cloison (en bas).

Elle est parcourue par des petits sillons verticaux parallèles, contenant les filets olfactifs, et appelés *sillons olfactifs* (Sulcus olfactorius).

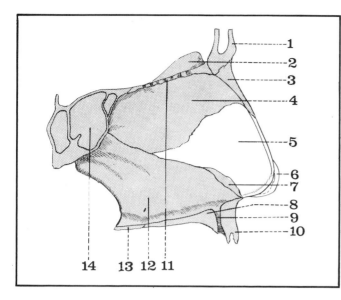

FIGURE 12

Vue de profil de la paroi médiale (ou interne) de la fosse nasale droite.
1. *Os frontal.*
2. *Apophyse crista galli.*
3. *Os nasal.*
4. *Lame perpendiculaire de l'ethmoïde.*
5. *Cartilage de la cloison.*
6. *Cartilage alaire.*
7. *Cartilage voméro-nasal.*
8. *Apophyse palatine (du maxillaire supérieur).*
9. *Canal palatin antérieur.*
10. *Alvéole dentaire.*
11. *Lame criblée de l'ethmoïde.*
12. *Vomer.*
13. *Lame horizontale du palatin.*
14. *Sinus sphénoïdal.*

b) **En bas et en arrière : le vomer** (Vomer), également mince et fragile, peut être comparé au soc d'une charrue dont la pointe, tournée en avant, vient s'appuyer sur le cartilage. (Fig. 12)

Son extrémité antérieure, ou bec, vient pointer en avant sur la crête incisive des maxillaires supérieurs, jusqu'à l'épine nasale antérieure (Spina nasalis anterior).

A la surface du vomer, le nerf naso-palatin creuse un petit sillon oblique, en arrière de la suture ethmoïdo-vomérienne.

Son bord inférieur s'articule avec la crête palatine.

Son bord postérieur, libre, forme le bord postérieur de la cloison.

Son bord supérieur, oblique en bas et en arrière, se bifurque en deux lamelles, les ailes du vomer (Ala vomeris) qui reçoivent dans leur écartement la crête inférieure du sphénoïde, et contribuent à former les canaux sphéno-vomériens (un médian, deux latéraux). (Fig. 17)

c) **En avant : le cartilage de la cloison**, ou du septum nasal (Cartilago septi nasi), par son prolongement postérieur (ou caudal) vient s'encastrer entre la lame perpendiculaire et le vomer.

Son bord supérieur forme la partie cartilagineuse du dos du nez (Dorsum nasi).
Son bord antérieur prend part à la formation de la sous-cloison molle.

Entre le cartilage de la cloison et le vomer, on individualise un petit cartilage supplémentaire : le cartilage voméro-nasal (Cartilago vomeronasalis) ou cartilage de Jacobson*. (Fig. 12)

ORIFICE ANTÉRIEUR (Fig. 13)

Les fosses nasales osseuses s'ouvrent en avant par un orifice commun ou orifice piriforme, en forme de cœur de carte à jouer, dont l'échancrure médiane, orientée en bas et en arrière, correspond à l'épine nasale antérieure.

Il est circonscrit :

— *en haut* : par les os propres du nez,
— *en bas et latéralement* : par le bord antérieur des deux maxillaires supérieurs.

En avant de la portion osseuse, le double canal des *narines* (Nares) constitue le vestibule des fosses nasales ; leur revêtement interne n'est pas muqueux, comme au niveau des fosses nasales, mais cutané, donnant implantation à de longs poils raides, les vibrisses (Vibrissae), qui arrêtent les poussières de l'air inspiré. (Fig. 14)

---

* Jacobson Ludwig, Levin (1783-1843), anatomiste danois, professeur à Copenhague.

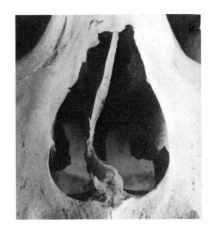

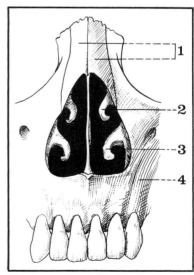

FIGURE 13

L'orifice antérieur des fosses nasales.
1. *Os propres du nez (ou os nasaux).*
2. *Cornet moyen.*
3. *Cornet inférieur.*
4. *Maxillaire supérieur.*

FIGURE 14

Vue latérale de la narine droite où l'on aperçoit les vibrisses.

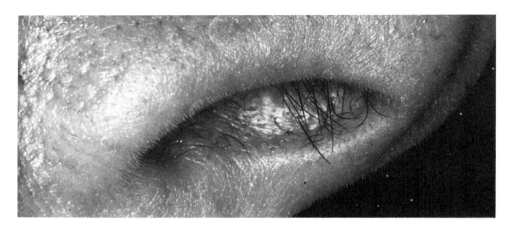

En arrière, en se modifiant progressivement, la peau des narines se continue avec la muqueuse pituitaire.

La structure des narines est cartilagineuse, avec : (Fig. 15)

— *latéralement* : *le cartilage alaire* ou cartilage latéral du nez (Cartilago nasi lateralis), en forme de fer à cheval à concavité postérieure (cf. Région nasale, page 454);

— *au milieu* : la partie antéro-inférieure du cartilage de la cloison sépare les deux narines, prolongée par la « sous-cloison », molle et dépourvue de cartilage.

L'orifice narinaire est ovalaire, mesurant 20 mm de long sur 8 de large, variable suivant les sujets et les races. Il permet l'exploration des fosses nasales par l'emploi d'un « rhinoscope ».

ORIFICE POSTÉRIEUR (Fig. 16)

Les fosses nasales s'ouvrent en arrière dans le rhino-pharynx par deux larges orfices, les choanes* (Choanae).

De forme ovalaire, à grand axe vertical, dans un plan oblique en bas et en avant, elles mesurent 20 mm de haut et 12 mm de large.

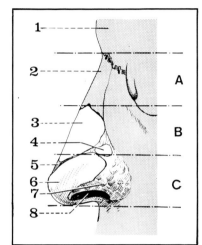

FIGURE 15

Vue de profil gauche du nez.
1. *Os frontal.*
2. *Os nasal.*
3. *Cartilage triangulaire.*
4. *Cartilage sésamoïde.*
5. *Septum nasal.*
6. *Cartilage alaire.*
7. *Tissu conjonctif.*
8. *Orifice narinaire.*

A. *Etage osseux.*
B. *Etage du cartilage triangulaire.*
C. *Etage du cartilage alaire.*

---

* Choane : du grec « choané » = l'entonnoir.

FIGURE 16

Vue inférieure de la base du crâne montrant les choanes.

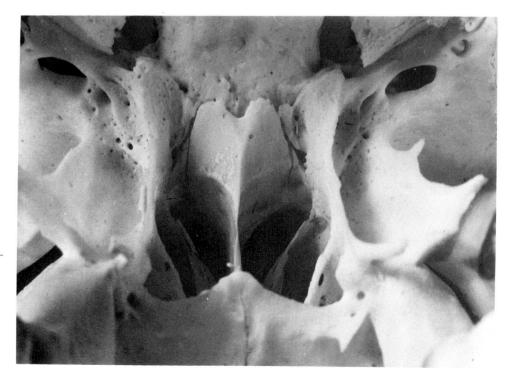

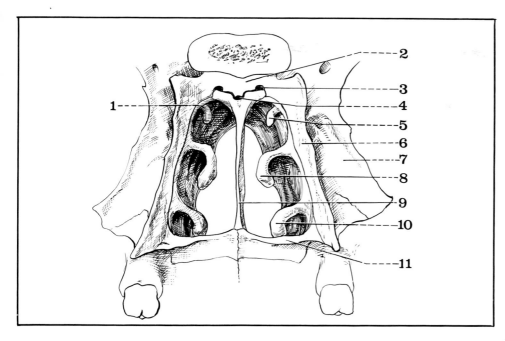

FIGURE 17

Vue postérieure des choanes.
1. Apophyse sphénoïdale du palatin.
2. Corps du sphénoïde.
3. Canal sphéno-vomérien latéral.
4. Canal sphéno-vomérien médian.
5. Cornet supérieur.
6. Aile interne de l'apophyse ptérygoïde.
7. Aile externe de l'apophyse ptérygoïde.
8. Cornet moyen.
9. Vomer.
10. Cornet inférieur.
11. Crête naso-palatine.

Elles sont limitées : (Fig. 17)
— en haut : par le corps du sphénoïde,
— en bas : par la lame horizontale du palatin,
— en dehors : par l'aile interne de la ptérygoïde,
— en dedans : par le vomer, qui les sépare l'une de l'autre.

La muqueuse nasale se continue avec la muqueuse du pharynx, ce qui explique les relations possibles des fosses nasales avec l'orifice tubaire, et l'amygdale pharyngée (où se forment les végétations adénoïdes). (Fig. 11)

L'exploration du rhino-pharynx par réflexion à l'aide d'un miroir permet d'ailleurs d'examiner les choanes, et la queue des cornets inférieur et moyen.

Vascularisation et innervation

VASCULARISATION

a) ARTÈRES : (Fig. 18 et 19)

1) **L'artère sphéno-palatine** (A. sphenopalatina), volumineuse terminale de la maxillaire interne, est l'artère principale des fosses nasales.

En sortant du trou sphéno-palatin (Foramen sphenopalatinum), elle se divise en un bouquet d'*artères nasales postérieures* (A. nasales posteriores) :

— les *artères latérales* (A. laterales) irriguent les cornets et méats moyen et inférieur, par deux petites branches de division;

— *l'artère de la cloison* (A. septi), après avoir donné un rameau pour le cornet et le méat supérieur, longe obliquement la cloison, et s'anastomose au niveau du canal palatin antérieur (ou incisif) avec l'artère palatine descendante (de la maxillaire interne) qui a parcouru d'arrière en avant la voûte du palais.

2) **Les artères ethmoïdales**, branches de l'ophtalmique, issues de l'orbite, passent dans les trous ethmoïdaux, traversent la lame criblée, et atteignent la partie haute des fosses nasales.

— La *branche postérieure* (A. ethmoidalis posterior) vascularise la région olfactive de la muqueuse.

— La *branche antérieure* (A. ethmoidalis anterior) se distribue à la portion préturbinale de la paroi externe, et au sinus frontal.

3) **L'artère de la sous-cloison**, branche de la faciale, vascularise également la partie antéro-inférieure de la cloison.

En s'anastomosant avec l'artère de la cloison, et avec les rameaux de l'ethmoïdale antérieure, elle réalise avec ces artères la *tache vasculaire*, qu'il est possible d'électro-coaguler dans certaines épistaxis. (Fig. 19)

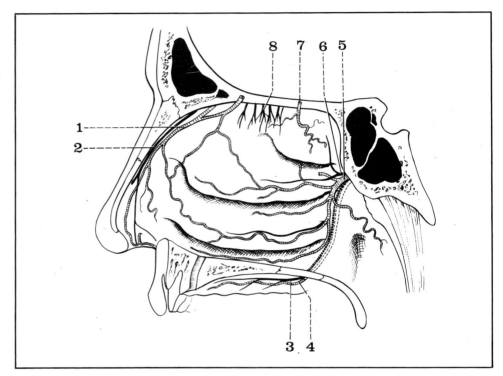

FIGURE 18

Vascularisation et innervation de la paroi latérale de la fosse nasale droite.
1. Artère ethmoïdale antérieure.
2. Nerf naso-lobaire (rameau externe du nerf nasal interne).
3. Nerf palatin antérieur.
4. Artère palatine supérieure.
5. Artère palatine postérieure.
6. Nerf nasal supérieur.
7. Artère ethmoïdale postérieure.
8. Filets externes du nerf olfactif.

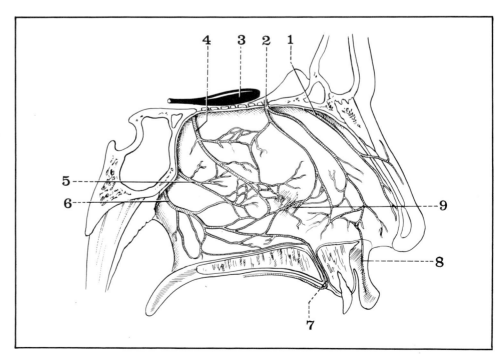

FIGURE 19

Vascularisation artérielle de la cloison des fosses nasales.
1. Branche externe de l'artère nasale.
2. Artère ethmoïdale antérieure.
3. Bulbe olfactif.
4. Artère ethmoïdale postérieure.
5. Artère de la cloison.
6. Artère naso-palatine.
7. Anastomose avec la palatine descendante.
8. Artère de la sous-cloison.
9. Tache vasculaire.

b) VEINES : (Fig. 20)

Satellites des artères, elles forment deux réseaux :
— *profond*, périosté, drainant les parois osseuses et les cornets,
— *superficiel*, muqueux.
Elles suivent ensuite trois voies différentes :
• les *veines postérieures*, par les sphéno-palatines, aboutissent aux plexus veineux maxillaires internes,
• les *veines supérieures*, par les ethmoïdales, rejoignent la veine ophtalmique (établissant ainsi une liaison entre la circulation intranasale et la circulation intra-crânienne),
• les *veines antérieures*, par les veines de la sous-cloison, se jettent dans la veine faciale.

c) LYMPHATIQUES :

Particulièrement développés, les lymphatiques des fosses nasales rejoignent trois groupes ganglionnaires :
— *rétro-pharyngiens*, situés à la hauteur des masses latérales de l'atlas,
— *jugulo-carotidiens*, au niveau de la bifurcation carotidienne (ganglion principa de Küttner),
— *sous-mandibulaires* (pour les lymphatiques antérieurs et ceux des narines).

INNERVATION

Il faut différencier formellement les deux sortes d'innervation qui se distribuent dans la muqueuse pituitaire :

— l'une correspondant à la sensibilité générale, comme au niveau de toutes les muqueuses,
— l'autre très particulière, en rapport avec les nerfs de l'olfaction.

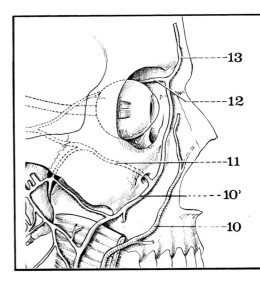

FIGURE 20

Vue latérale droite de la veine faciale.
10. Artère faciale.
10'. Veine faciale.
11. Veine ophtalmique inférieure.
12. Veine ophtalmique supérieure.
13. Veine sus-orbitaire.

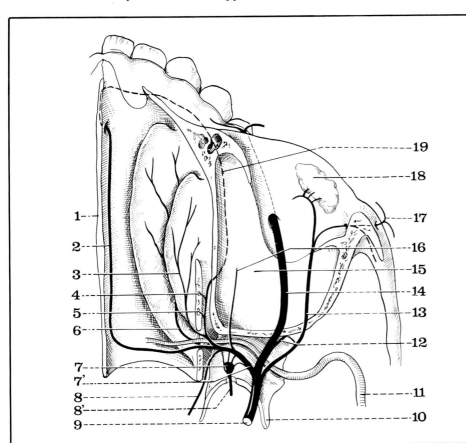

FIGURE 21

Vue supérieure de la fosse nasale et de l'orbite droites montrant le trajet du nerf maxillaire supérieur (d'après Lazorthes).

1. Lame perpendiculaire de l'ethmoïde.
2. Nerf naso-palatin.
3. Nerfs nasaux supérieurs.
4. Nerf palatin moyen.
5. Nerf palatin postérieur.
6. Nerf nasal inférieur.
7. Ganglion sphéno-palatin.
7'. Nerf sphéno-palatin.
8. Nerf pharyngien.
8'. Nerf vidien.
9. Nerf maxillaire supérieur.
10. Grande aile du sphénoïde.
11. Artère maxillaire interne.
12. Nerf dentaire postérieur.
13. Rameau orbitaire.
14. Nerf sous-orbitaire.
15. Sinus maxillaire.
16. Nerf orbitaire.
17. Branche temporo-malaire.
18. Glande lacrymale.
19. Nerf palatin antérieur.

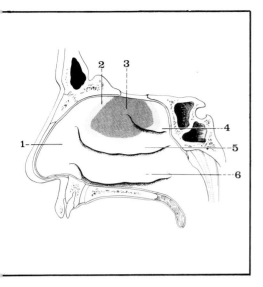

FIGURE 22

Les zones olfactives de la muqueuse pituitaire (paroi latérale de la fosse nasale droite).

1. *Région respiratoire.*
2. *Zone de transition.*
3. *Région olfactive.*
4. *Cornet supérieur.*
5. *Cornet moyen.*
6. *Cornet inférieur.*

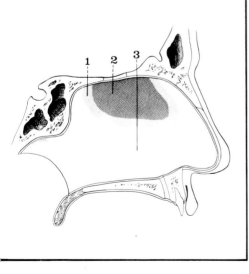

FIGURE 23

Les zones olfactives de la muqueuse pituitaire (paroi médiale de la fosse nasale droite).

1. *Zone de transition.*
2. *Région olfactive.*
3. *Région respiratoire.*

a) LES NERFS SENSITIFS : (Fig. 18 et 21)

— Ils émanent du nerf trijumeau (V) par l'intermédiaire des branches suivantes :

1) surtout du **nerf sphéno-palatin** ou ptérygo-palatin (N. pterygopalatini), branche du nerf maxillaire supérieur, qui s'accole au ganglion sphéno-palatin, puis pénètre dans les fosses nasales par *le trou sphéno-palatin*; ainsi cet orifice peut-il être considéré comme le « hile vasculo-nerveux des fosses nasales » puisqu'il donne accès au pédicule sphéno-palatin, qui, pour la vascularisation et l'innervation des fosses nasales, occupe une place de choix.

Il s'épanouit alors en différentes branches :

— *nerfs nasaux supérieurs* (Rami nasales superiores) destinés aux cornets supérieur et moyen,

— *nerfs nasaux inférieurs* (Rami nasales inferiores) se distribuant au cornet inférieur,

— *nerf naso-palatin* (N. nasopalatinus), pour la cloison des fosses nasales,

— *nerf palatin antérieur* (N. palatinus major)

— et *nerf palatin moyen* (N. palatinus minor) pour le plancher des fosses nasales.

— De plus, le nerf sphéno-palatin reçoit un contingent végétatif par des filets du *ganglion sphéno-palatin* ou ptérygo-palatin (Ganglio pterygopalatinum) qui, par *le nerf vidien*, est en relation avec les grands nerfs pétreux (du facial et du glosso-pharyngien) et avec les fibres sympathiques du plexus péri-carotidien. (Fig. 21)

2) Plus accessoirement, du **nerf nasal interne** ou ethmoïdal antérieur (N. ethmoidalis anterior), branche du nerf nasal, qui assure l'innervation de la partie antérieure des fosses nasales et des narines.

Tous ces filets nerveux donnent aux fosses nasales leur sensibilité très développée ; leur excitation anormale, par lésion de la muqueuse pituitaire, produit des réflexes « longs » comme l'éternuement (et au maximum le coryza spasmodique) ou des réflexes « courts » comme le larmoiement.

b) LES NERFS OLFACTIFS (N. olfactorii)

Seule une faible partie de la muqueuse pituitaire est destinée au sens de l'odorat : (Fig. 22 et 23)

— **une zone pigmentaire** formée d'une muqueuse jaune (Locus luteus) tapisse la *fossette olfactive*, qui siège sur la face convexe du cornet supérieur, et sur la partie supérieure de la cloison qui lui correspond, au-dessus d'un plan horizontal passant par le bord libre du cornet supérieur.

L'accès de cette fossette se fait par la *fente olfactive*, qui, nous l'avons vu, est située entre le cornet moyen et la cloison. (Fig. 26)

— **une zone sensorielle**, plus restreinte, s'inscrit au centre de la zone pigmentaire ; elle forme la « tache olfactive », dont la surface ne dépasse pas 1,5 cm^2.

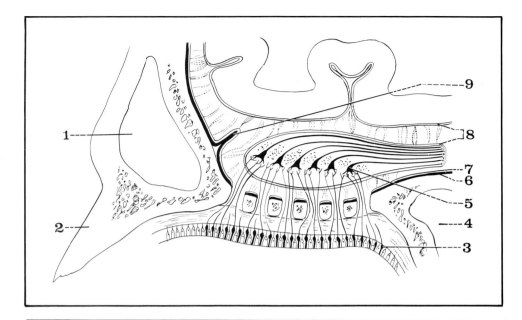

FIGURE 24

Coupe sagittale du bulbe olfactif (d'après Lazorthes).
1. Sinus frontal.
2. Os frontal.
3. Cellule olfactive.
4. Sinus sphénoïdal.
5. Cellule mitrale.
6. Dure-mère.
7. Arachnoïde.
8. Pie-mère.
9. Tente olfactive.

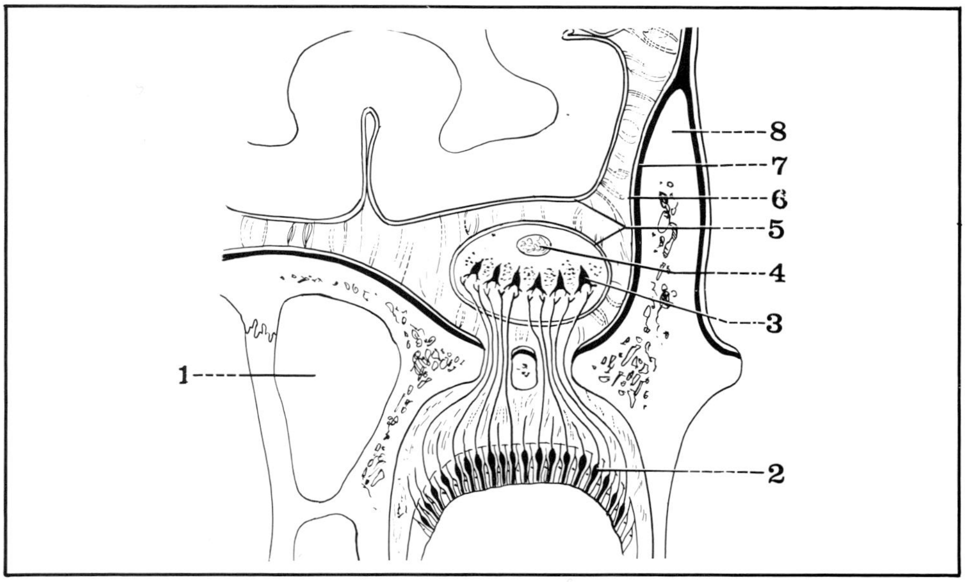

FIGURE 25

Coupe frontale du bulbe olfactif (d'après Lazorthes).
1. Cellule ethmoïdo-frontale.
2. Cellule olfactive.
3. Cellule mitrale.
4. Substance gélatineuse.
5. Pie-mère.
6. Arachnoïde.
7. Dure-mère.
8. Apophyse crista galli.

Cette zone contient les *cellules olfactives* (de Max Schultze)*, bipolaires, disséminées à l'intérieur de cellules cylindriques de soutien, et formant une sorte de ganglion nerveux étalé dans la muqueuse pituitaire. Le pôle périphérique de ces cellules est formé d'un *cil olfactif*, sensible aux odeurs par l'intermédiaire d'une réaction chimique (les vapeurs odorantes se combinant avec le mucus de la muqueuse olfactive). (Fig. 24 et 25)

Le pôle central des cellules est constitué par une *fibre olfactive* qui traverse la lame criblée, et gagne le *bulbe olfactif*, où elle fait synapse avec une *cellule mitrale*, également bipolaire, dont le prolongement central gagne directement le *rhinencéphale*, sans relais thalamique. La chaîne olfactive ne comporte donc que deux neurones.

La perte de l'odorat réalise l'*anosmie* qui peut être secondaire à une lésion de la muqueuse olfactive (surtout de cause inflammatoire), à une atteinte traumatique de la lame criblée, ou à une cause neurologique.

---

* Schultze Maximilian (1825-1874), anatomiste allemand, professeur d'anatomie à Halle puis à Bonn.

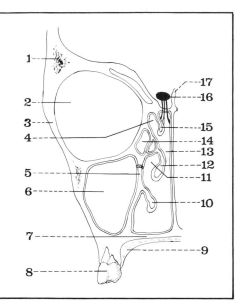

FIGURE 26

Coupe frontale de la portion moyenne de la fosse nasale droite (segment postérieur de la coupe).

1. Os frontal.
2. Orbite.
3. Os malaire.
4. Méat supérieur.
5. Apophyse ethmoïdale du cornet inférieur.
6. Sinus maxillaire.
7. Apophyse palatine du maxillaire supérieur.
8. Dent molaire supérieure.
9. Muqueuse de la voûte palatine.
10. Cornet inférieur.
11. Méat moyen.
12. Cornet moyen.
13. Fente olfactive.
14. Cellule ethmoïdale.
15. Cornet supérieur.
16. Bulbe olfactif.
17. Apophyse crista galli.

Etude synthétique

Cavités très irrégulières, par suite des nombreux obstacles créés par les cornets, les fosses nasales sont également souvent asymétriques, du fait des déviations et des déformations de la cloison.

Leur longueur (70 mm) et leur hauteur (45 mm) sont relativement constantes, mais leur largeur est variable :

— dans le sens sagittal : elle est maxima au milieu,
— dans le sens de la hauteur : elle est maxima en bas,
— selon qu'elle est mesurée de la cloison à un cornet (2 à 3 mm) ou de la cloison à la paroi latérale (8 à 16 mm).

DIVISION TOPOGRAPHIQUE

Les fosses nasales peuvent être divisées en deux étages, séparés par la fente olfactive. (Fig. 26)

a) ETAGE INFÉRIEUR OU RESPIRATOIRE :

Relativement large, assez facile à explorer en clinique par la rhinoscopie (antérieure ou postérieure), et accessible au chirurgien par les voies habituelles.

Cet étage est parcouru par l'air inspiré ou expiré, et comprend :

— le cornet et le méat inférieurs (où sort le canal lacrymo-nasal),
— le bord libre du cornet moyen et le méat moyen (où s'ouvrent le sinus frontal, le sinus maxillaire et les cellules ethmoïdales antérieures).

b) ETAGE SUPÉRIEUR OU OLFACTIF : (Fig. 27)

Etroit, inaccessible à la rhinoscopie, et nécessitant, pour être abordé chirurgicalement, une «rhinotomie», par résection de l'auvent des os nasaux.

Cet étage est parcouru par les vapeurs odorantes, qui pénètrent avec l'air inspiré lors du «reniflement».

Il comprend le cornet et le méat supérieurs (où s'ouvrent le sinus sphénoïdal et les cellules ethmoïdales postérieures).

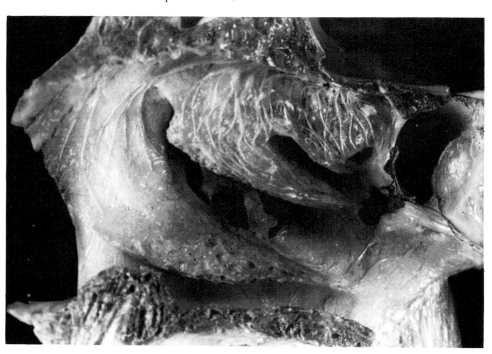

FIGURE 27

Photographie de la paroi latérale de la fosse nasale droite montrant le réseau des nerfs olfactifs.

11 les sinus para-nasaux

PLAN

Sinus ethmoïdal
    Situation et limites
    Constitution et structure
    Nombre et dimension des cellules
    Classification topographique des cellules
    Etude descriptive :
        ethmoïde antérieur
        ethmoïde postérieur

Sinus sphénoïdal
    Dimensions et capacité
    Cavité sinusale

Sinus frontal
    Dimensions et capacité
    Cavité sinusale

Sinus maxillaire
    Dimensions et capacité
    Cavité sinusale

Conclusion

* Sinus : du latin « sinus » = enfoncement, cavité.

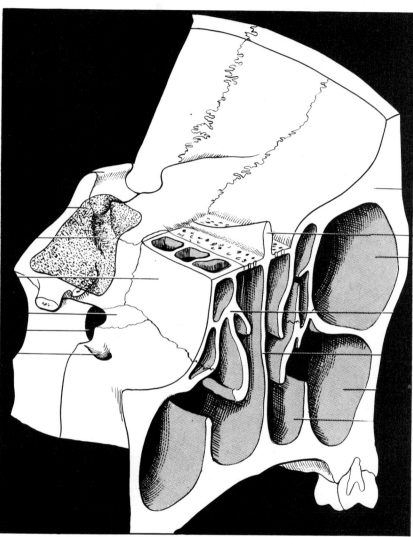

D'après Legent, Perlemuter Wandenbrouck.

Les sinus para-nasaux* (Sinus paranasales) (ou cavités annexes des fosses nasales) sont des diverticules des fosses nasales, auxquelles ils sont rattachés par un orifice étroit. En continuité avec la muqueuse pituitaire, ils peuvent être atteints par une infection d'origine nasale qui réalise, dans une ou plusieurs cavités, une *sinusite*.

On en distingue quatre de chaque côté :
— le sinus ethmoïdal,
— le sinus sphénoïdal,
— le sinus frontal,
— le sinus maxillaire.

Pairs et peu symétriques, ils ont des dimensions très variables que mettent en évidence chez le vivant les radiographies de face et de profil des os de la face.

Le sinus ethmoïdal (Sinus ethmoidalis)

Constitué par un certain nombre de *cellules* creusées dans l'épaisseur des masses latérales de l'ethmoïde, et s'ouvrant dans les méats supérieur et moyen des fosses nasales, il porte encore le nom de **labyrinthe ethmoïdal** (Labyrinthus ethmoidalis).

SITUATION ET LIMITES

Situé au-dessus de chaque fosse nasale, il entre en rapport avec les sinus voisins :

— en arrière : le sinus sphénoïdal,
— au-dessus : le sinus frontal,
— au-dessous et en dehors : le sinus maxillaire.

Ses *limites* sont celles de la masse latérale de l'ethmoïde : (Fig. 1)

— en haut : l'os frontal (en avant) et les petites ailes du sphénoïde (en arrière),
— en bas : le maxillaire supérieur (en avant) et l'apophyse orbitaire du palatin (en arrière),
— en dedans : la partie supérieure de la fosse nasale,
— en dehors : la partie interne de la cavité orbitaire.

CONSTITUTION ET STRUCTURE (Fig. 2)

Chaque masse latérale de l'ethmoïde, longue de 3 cm, large de 1 à 2 cm, haute de 2,5 cm, est accrochée à l'extrémité latérale de la lame horizontale.

Elle forme un parallélépipède rectangle irrégulier creusé, comme les rayons d'une ruche, de cellules polygonales séparées par de minces cloisons osseuses.

Chaque cellule est infundibulaire, à base supérieure, répondant à l'orbite, et à sommet inférieur, répondant aux méats. Elle s'ouvre par un orifice arrondi, dont le diamètre, plus large pour les cellules postérieures, varie de 2 à 6 mm.

La paroi cellulaire, formée d'os compact, est mince et fragile; elle est recouverte en dedans d'une muqueuse peu adhérente, qui reçoit de la muqueuse pituitaire sa vascularisation et son innervation.

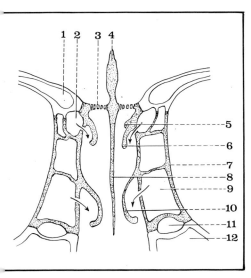

FIGURE 1

Coupe frontale schématique de l'ethmoïde.

1. Sinus frontal.
2. Cellule ethmoïdo-frontale (s'ouvrant dans le méat supérieur).
3. Lame criblée.
4. Apophyse crista galli.
5. Cornet suprême.
6. Cornet supérieur.
7. Os planum (ou lame orbitaire).
8. Lame perpendiculaire.
9. Cellule ethmoïdale (s'ouvrant dans le méat moyen).
10. Cornet moyen.
11. Cellule ethmoïdo-maxillaire.
12. Sinus maxillaire.

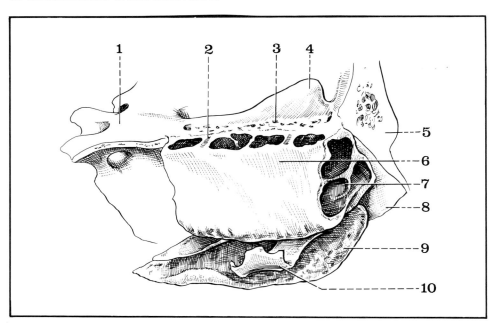

FIGURE 2

La masse latérale droite de l'ethmoïde (vue latérale).

1. Jugum sphénoïdale.
2. Gouttière ethmoïdale postérieure.
3. Lame criblée de l'ethmoïde.
4. Apophyse crista galli.
5. Os frontal.
6. Os planum.
7. Cellule ethmoïdale antérieure.
8. Lame perpendiculaire de l'ethmoïde.
9. Cornet moyen.
10. Apophyse unciforme.

NOMBRE ET DIMENSIONS DES CELLULES

Chaque sinus ethmoïdal comprend 8 à 10 cellules, mais ce chiffre moyen est variable d'un sujet à l'autre, et même de droite à gauche.

La taille des cellules est en corrélation avec leur nombre, plus réduit lorsqu'elles sont de grande taille (2 à 3 cm^3) que lorsqu'elles ont des dimensions faibles (2 à 3 mm^3).

Certains labyrinthes, particulièrement développés, réalisent un sinus *hypertrophique*, qui peut refouler le globe oculaire ou dévier la cloison des fosses nasales, alors que d'autres, tout petits, forment un sinus *atrophique*, caractéristique de l'*ozène**.

CLASSIFICATION TOPOGRAPHIQUE DES CELLULES

La plupart des cellules ethmoïdales sont situées dans la masse latérale : on peut les qualifier de «pures».

Mais d'autres débordent dans les os adjacents, réalisant, selon la localisation, des cellules ethmoïdo-sphénoïdales, ethmoïdo-frontales, ethmoïdo-maxillaires, etc.

Toutes ces cellules peuvent être divisées en deux groupes :

— *l'un antérieur*, dont les cellules, répondant à la moitié antérieure de la paroi orbitaire interne, s'ouvrent dans le méat moyen ;

— *l'autre postérieur*, dont les cellules, occupant la moitié postérieure de cette paroi, débouchent dans le méat supérieur, et parfois dans le méat de Santorini.

Ces deux groupes sont normalement indépendants l'un de l'autre, ce qui limite la propagation des infections ethmoïdales.

ETUDE DESCRIPTIVE DU SINUS ETHMOÏDAL (Fig. 3)

L'anatomie du sinus ethmoïdal est sous la dépendance étroite de celle des cornets, comme l'a bien montré Mouret qui a réalisé cette systématisation. Chaque cornet présente deux racines :

— *descendante*, qui adhère à la masse latérale de l'ethmoïde,

— *cloisonnante*, qui plonge à l'intérieur du labyrinthe ethmoïdal, et vient se fixer sur l'os planum, ou lame orbitaire (Lamina orbitalis).

Cette notion n'est valable que pour les cornets moyen, supérieur, et suprême, car le cornet inférieur, entièrement indépendant, n'est pas en rapport avec le labyrinthe ethmoïdal.

La racine cloisonnante du cornet moyen a une valeur topographique prépondérante, car elle sépare l'ethmoïde antérieur de l'ethmoïde postérieur.

A chaque méat, limité par un cornet, correspond un ensemble de cellules ethmoïdales, ou système cellulaire.

* *Ozène* : maladie des fosses nasales, avec odeur fétide et perte de l'olfaction.

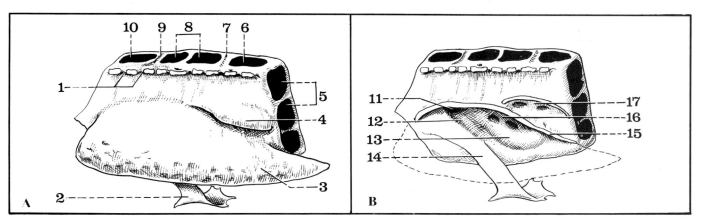

FIGURE 3

A
La masse latérale droite de l'ethmoïde (vue médiale).
1. Lame criblée.
2. Apophyse unciforme.
3. Cornet moyen.
4. Cornet supérieur.
5. Cellules ethmoïdales postérieures.
6. Cellule ethmoïdo-frontale postérieure.
7. Gouttière ethmoïdale postérieure.
8. Cellules ethmoïdo-frontales moyennes.
9. Gouttière ethmoïdale antérieure.
10. Cellule ethmoïdo-frontale antérieure.

La masse latérale droite de l'ethmoïde (vue médiale après résection des cornets supérieur et moyen).
11. Ostium du sinus frontal.
12. Gouttière unci-bullaire.
13. Bulle ethmoïdale.
14. Apophyse unciforme.
15. Cornet moyen (réséqué).
16. Gouttière rétro-bullaire.
17. Méat supérieur.

* *Agger nasi* : en latin = le mur du nez.

L'ETHMOÏDE ANTÉRIEUR (Fig. 4, 5 et 6)

Il comprend un groupe de 3 à 8 petites cellules (Cellulae anteriores), qui communiquent souvent entre elles, et s'ouvrent dans le méat moyen.

Deux cornets rudimentaires, à courbure inversée, sont situés dans le méat moyen, et s'implantent sur la moitié antérieure de la face inférieure de la masse latérale : (Fig. 3B)

— *l'apophyse unciforme* (Processus uncinatus), en avant, dont la racine cloisonnante, presque sagittale, se fixe sur l'apophyse frontale du maxillaire, ou sur la paroi interne de la masse latérale,

— *la bulle ethmoïdale* (Bulla ethmoidalis), en arrière, dont la racine cloisonnante, transversale, rejoint l'os planum, et donne insertion à la partie postérieure de la racine de l'unciforme.

Dans la concavité de ces deux cornets sont placés deux petits méats, en relation avec un système cellulaire particulier.

On individualise donc trois systèmes dans l'ethmoïde antérieur :

■ système antérieur ou unciformien : situé entre la racine de l'unciforme, en dedans, l'os lacrymal et l'os planum, en dehors, l'apophyse frontale du maxillaire, en avant, et la racine de la bulle, en arrière, il contient 2 à 5 cellules, dont la plus constante est la cellule de l'*agger nasi** (ou ethmoïdo-unguéale). (Fig. 5 et 6)

L'ouverture de ces cellules se fait dans une gouttière oblique en bas et en arrière, située entre l'apophyse unciforme et la bulle, et appelée *gouttière unci-bullaire* ou hiatus ethmoïdal (Hiatus ethmoidalis); aux deux extrémités de cette gouttière débouchent les orifices du sinus frontal (en haut) et du sinus maxillaire (en bas). (Fig. 3B et 5)

■ système postérieur ou bullaire : situé entre la face interne de la masse latérale, en dedans, l'os planum en dehors, la racine de la bulle, en avant, et la racine cloisonnante du cornet moyen, en arrière, il contient 1 à 3 cellules qui s'ouvrent dans une deuxième gouttière oblique en bas et en arrière, placée derrière la bulle, et appelée *gouttière rétro-bullaire*. (Fig. 3B et 5)

■ système interne ou du méat moyen proprement dit : situé entre le cornet moyen, en dedans, la racine de l'unciforme, en dehors, et la racine de la bulle en arrière, il contient 1 à 2 cellules qui débouchent largement dans le méat moyen, entre l'extrémité supérieure des deux gouttières et le bord adhérent du cornet; le plus souvent, ces cellules, peu développées, ne sont que des diverticules qui résultent du cloisonnement du sommet du méat.

L'ETHMOÏDE POSTÉRIEUR (Fig. 4, 5 et 6)

Il comprend 3 ou 4 cellules (Cellulae posteriores), plus volumineuses que les antérieures, qui s'ouvrent dans les méats supérieur et suprême.

La racine cloisonnante du cornet supérieur divise l'ethmoïde postérieur en deux systèmes, principal (pour le méat supérieur) et accessoire (pour le méat suprême).

■ système du méat supérieur : il comprend en général 3 cellules :
— cellule ethmoïdo-frontale : très développée le plus souvent,
— cellule de la base de la bulle : déterminant le relief de la bulle, en arrière du système bullaire,
— cellule ethmoïdo-fronto-sphénoïdale (d'Onodi), très volumineuse, s'étendant jusqu'à la paroi antérieure du sinus sphénoïdal, et même jusqu'à la paroi interne du canal optique.

■ système du méat suprême (ou de Santorini) : il ne comprend qu'une cellule, formant (quand elle existe) la cavité la plus postérieure du sinus ethmoïdal.

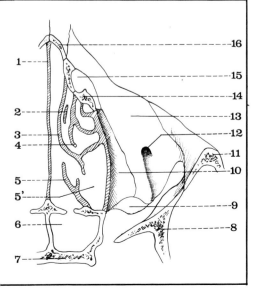

FIGURE 4

Coupe horizontale de la fosse nasale et de l'orbite, passant par le cornet moyen (côté droit, segment inférieur de la coupe).
1. Lame perpendiculaire de l'ethmoïde.
2. Apophyse unciforme de l'ethmoïde.
3. Cornet moyen.
4. Bulle ethmoïdale.
5. Cornet supérieur.
5'. Cellule d'Onodi.
6. Sinus sphénoïdal.
7. Corps du sphénoïde.
8. Grande aile du sphénoïde.
9. Apophyse orbitaire du palatin.
10. Os planum de l'ethmoïde.
11. Os malaire (ou zygomatique).
12. Canal sous-orbitaire.
13. Face orbitaire du maxillaire supérieur.
14. Os lacrymal (ou unguis).
15. Canal lacrymo-nasal.
16. Os nasal.

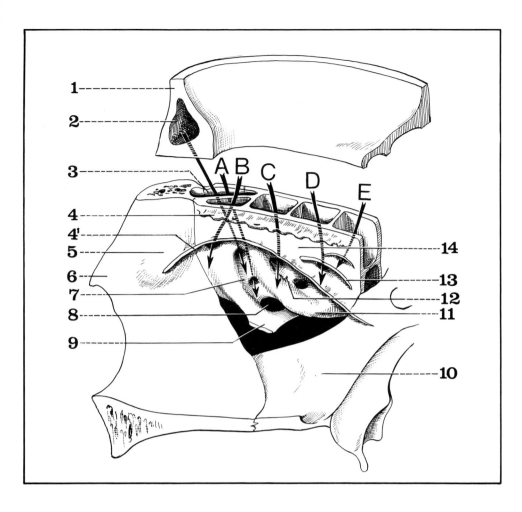

FIGURE 5

Paroi latérale de la fosse nasale droite, après résection des cornets, et séparation horizontale du plafond de l'orbite
(d'après Legent, Perlemuter et Vandenbrouck).

1. Os frontal.
2. Sinus frontal.
3. Gouttière lacrymale.
4. Lame criblée de l'ethmoïde.
4'. Section du cornet moyen.
5. Agger nasi.
6. Maxillaire supérieur.
7. Gouttière unci-bullaire (où s'ouvre le canal fronto-nasal).
8. Ostium du sinus maxillaire.
9. Apophyse unciforme de l'ethmoïde.
10. Palatin (lame verticale).
11. Bulle ethmoïdale.
12. Gouttière rétro-bullaire.
13. Cornet supérieur.
14. Masse latérale de l'ethmoïde.

A. Système antérieur ou unciformien.
B. Système interne (ou du méat moyen).
C. Système postérieur ou bullaire.
D. Système du méat supérieur.
E. Système du méat suprême.

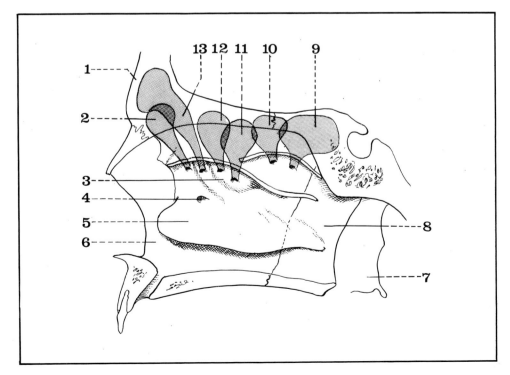

FIGURE 6

Projection des cellules ethmoïdales sur la paroi latérale de la fosse nasale droite.

1. Os frontal.
2. Cellule de l'agger nasi.
3. Bulle ethmoïdale.
4. Ostium du sinus maxillaire.
5. Cornet inférieur.
6. Maxillaire supérieur.
7. Apophyse ptérygoïde.
8. Palatin (lame verticale).
9. Cellule ethmoïdo-sphénoïdale (d'Onodi).
10. Cellule ethmoïdo-frontale postérieure.
11. Cellule du système bullaire.
12. Cellule ethmoïdo-frontale antérieure.
13. Sinus frontal.

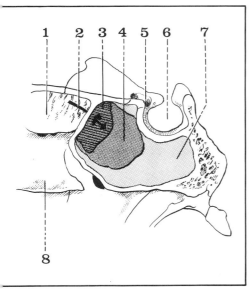

FIGURE 7

*Les différents types de sinus sphénoïdaux
(coupe sagittale du sphénoïde).*

1. *Cornet supérieur.*
2. *Flèche pénétrant dans l'ostium du sinus.*
3. *Petit sinus.*
4. *Moyen sinus.*
5. *Canal optique.*
6. *Selle turcique.*
7. *Grand sinus.*
8. *Cornet moyen.*

FIGURE 8

Coupe horizontale des sinus sphénoïdaux montrant l'asymétrie entre les sinus droit et gauche.

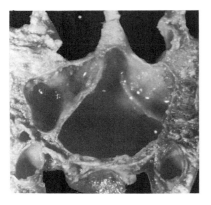

Le sinus sphénoïdal

Creusé à l'intérieur du corps du sphénoïde, de part et d'autre d'une cloison médiane, le **sinus sphénoïdal** (Sinus sphenoidalis) s'ouvre dans la partie postéro-supérieure de la fosse nasale correspondante.

Chaque cavité, en forme de cube irrégulier, est plus ou moins proche de la ligne médiane, plus ou moins développée, ce qui entraîne une grande asymétrie entre les sinus droit et gauche.

DIMENSIONS ET CAPACITÉ

Quatre types de sinus peuvent être décrits : (Fig. 7)

■ **Petits sinus** (6 % des cas) : occupant la partie antérieure du corps du sphénoïde, ils forment de chaque côté de la ligne médiane une petite cavité ovoïde, à grand axe vertical d'une capcité de 1 cm^3. Ils sont en situation pré-hypophysaire.

■ **Moyens sinus** (30 % des cas) : envahissant la moitié antérieure du corps du sphénoïde, ils se prolongent à peine au-dessous de la selle turcique ; leur capacité est de 5 à 6 cm^3.

■ **Grands sinus** (60 % des cas) : occupant la totalité du corps du sphénoïde, ils atteignent en arrière l'apophyse basilaire, et envoient des prolongements dans diverses directions ; leur capacité est de 9 à 10 cm^3. Ils sont en situation à la fois pré et sous-hypophysaire.

■ **Sinus géants** (4 % des cas) : soufflant littéralement le corps du sphénoïde, ils sont entourés par une coque osseuse mince.

C'est surtout dans cette forme que se rencontrent des prolongements diverticulaires qui peuvent être :

— soit antérieur (ou du canal optique), situé au-dessus du canal optique, dans l'apophyse clinoïde antérieure et dans la racine de la petite aile du sphénoïde,

— soit externe (ou alaire), dans l'épaisseur de la base de la grande aile du sphénoïde, s'insinuant jusqu'au-dessous du nerf maxillaire supérieur,

— soit antéro-inférieur (ou palatin), se développant en direction du sinus maxillaire, et formant le plafond de la fosse ptérygo-maxillaire,

— soit inférieur (ou ptérygoïdien), s'enfonçant dans la base de l'apophyse ptérygoïde, et mettant en relief, à l'intérieur du sinus, le canal vidien,

— soit postéro-inférieur (ou basilaire), pénétrant dans la lame quadrilatère du sphénoïde, et atteignant l'apophyse basilaire de l'occipital ; il met ainsi le sinus en rapport avec la protubérance annulaire.

Tous ces prolongements semblent envahir devant eux le tissu spongieux du sphénoïde, en contournant les obstacles (artère carotide interne, nerfs) qu'ils rencontrent, mais en les exposant à des lésions traumatiques lors des diverses manœuvres que nécessite l'abord chirurgical du sinus.

LA CAVITÉ SINUSALE est le plus souvent régulière, sans reliefs accusés, et recouverte par une muqueuse de type respiratoire, en continuité avec celle des fosses nasales. (Fig. 8)

Son orifice (Ostium sphenoidale), taillé dans la paroi antérieure du sinus, s'ouvre à la partie postéro-supérieure des fosses nasales, à 4 mm au-dessous de l'angle ethmoïdo-sphénoïdal. De forme ovalaire (3 mm sur 2 mm), il est plus proche du plafond du sinus que de son plancher, ce qui explique que les sécrétions s'écoulent plus facilement lorsque la tête est penchée en avant.

Caché au fond du recessus ethmoïdo-sphénoïdal, il est difficile à aborder par cathétérisme, du fait de l'obstacle créé par le cornet moyen.

Le sinus frontal

En forme de pyramide triangulaire, à base inférieure, le **sinus frontal** (Sinus frontalis) est creusé dans l'épaisseur de l'os frontal, à la jonction de l'écaille et de la partie horizontale. (Fig. 8bis)

Il communique avec la fosse nasale correspondante par le canal fronto-nasal. (Fig. 6)

Résultant du développement d'une cellule ethmoïdale antérieure, il n'apparaît que vers l'âge de 2 ans, s'enfonce entre les deux tables du frontal, et n'atteint sa taille définitive que vers 18 ans.

DIMENSIONS ET CAPACITÉ (Fig. 9)

Plus étendu chez l'homme que chez la femme, le sinus frontal est surtout caractérisé par sa variabilité d'un côté à l'autre, qu'entraîne l'asymétrie de la cloison intersinusienne; la radiographie de face du crâne montre la fréquence de ces variations.

Les *dimensions* moyennes sont les suivantes :

— hauteur = 20 à 25 mm
— largeur = 25 à 27 mm
— profondeur = 10 à 15 mm

et la *capacité* est de 4 à 5 cm^3.

Mais, à côté de ce **type moyen**, on observe deux autres types de sinus :

■ **Petits sinus** : surtout chez la femme, confondus souvent avec une cellule ethmoïdale; perdant tout rapport avec la région sourcilière, ils n'occupent que l'angle supéro-interne de l'orbite, en arrière de l'apophyse orbitaire interne du forntal; à l'extrême, il peut y avoir agénésie complète de l'un des sinus.

■ **Grands sinus** : surtout chez l'homme, où la cavité s'étend dans tous les sens :

— en haut : jusqu'au-dessus des bosses frontales,
— latéralement : jusqu'à l'apophyse orbitaire externe,

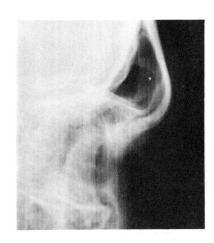

FIGURE 8bis

Radiographie de profil des sinus frontaux.

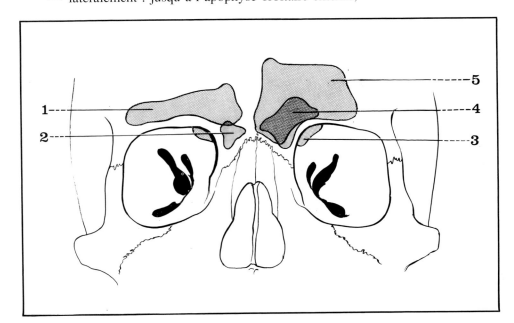

FIGURE 9

Vue de face des différents types de sinus frontaux.
1. *Grand sinus allongé.*
2. *Petit sinus.*
3. *Sinus uniquement orbitaire.*
4. *Sinus moyen.*
5. *Grand sinus étendu en hauteur.*

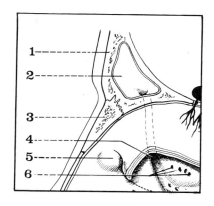

FIGURE 10

Coupe sagittale du sinus frontal.
1. Os frontal.
2. Sinus frontal.
3. Os nasal.
4. Ostium du sinus frontal.
5. Agger nasi.
6. Orifices des cellules ethmoïdales antérieures.

— en arrière : jusqu'au tiers postérieur de l'orbite,
— en dedans : jusqu'à l'épine nasale du frontal, et même jusqu'à la racine du nez.

Ces divers prolongements rendent plus facile l'accès au sinus frontal, mais augmentent les risques de propagation à distance d'une sinusite.

LA CAVITÉ SINUSALE est fort irrégulière, surtout lorsque le sinus est de grande taille, car des cloisons osseuses incomplètes divisent la cavité en une série de logettes, fréquentes dans la partie haute, et dans la partie postéro-inférieure.

Mince à l'état normal, et peu adhérente au squelette, la muqueuse qui la recouvre est un prolongement de la pituitaire. Formée par un épithélium pavimenteux cilié, elle contient des glandes à mucus, surtout groupées à la base du sinus, et point de départ de kystes.

Le canal fronto-nasal met en communication le sinus avec la fosse nasale correspondante. (Fig. 10 et 11)

Oblique en bas, en dedans, et en arrière, il est creusé dans l'épaisseur de la masse latérale de l'ethmoïde.

Ses dimensions moyennes (longueur = 15 à 18 mm, diamètre = 2 à 3 mm) varient suivant le développement des cellules ethmoïdales antérieures, au milieu desquelles il descend ; lorsque ces cellules sont atrophiées, il peut être réduit à un court canal de 3 mm, qui s'ouvre dans le méat moyen.

— L'orifice supérieur (Apertura sinus frontalis), en forme d'entonnoir, est situé à un centimètre de la ligne médiane, un peu en dehors du toit de la fosse nasale.

— L'orifice inférieur, ou ostium méatique, s'ouvre au sommet du méat moyen, le plus souvent dans la gouttière unci-bullaire (ou hiatus ethmoïdal). Placé au milieu des orifices des cellules ethmoïdales, il est très difficile à repérer, ce qui rend aléatoire son cathétérisme.

FIGURE 11

Coupe frontale passant par la partie antérieure de la fosse nasale droite (segment postérieur de la coupe).

1. Lobe frontal du cerveau.
2. Os frontal.
3. Globe oculaire.
4. Os malaire (ou zygomatique).
5. Muscle petit oblique.
6. Nerf sous-orbitaire (du maxillaire supérieur).
7. Os maxillaire supérieur.
8. Sinus maxillaire.
9. Dent canine.
10. Méat inférieur.
11. Cornet inférieur.
12. Canal lacrymo-nasal.
13. Méat moyen.
14. Cornet moyen.
15. Lame perpendiculaire de l'ethmoïde.
16. Méat supérieur.
17. Cellule ethmoïdale.
18. Sinus frontal.

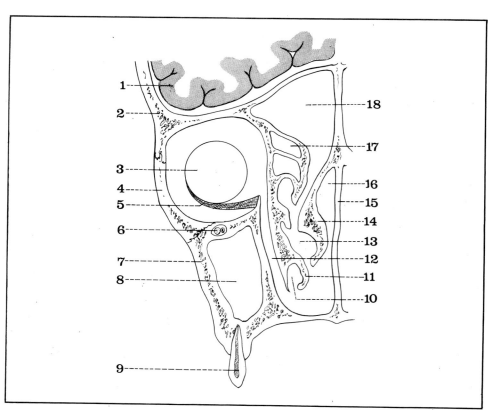

Le sinus maxillaire

Occupant la partie centrale du maxillaire supérieur, le **sinus maxillaire** (Sinus maxillaris) constitue le plus grand des sinus para-nasaux. Il était appelé autrefois l'antre d'Highmore*. (Fig. 12)

DIMENSIONS ET CAPACITÉ

Comme pour les autres sinus, les dimensions sont très variables suivant les sujets, mais d'une façon générale, les sinus droit et gauche sont symétriques.

A côté du **sinus moyen** dont la capacité est de 10 à 12 cm^3, on peut rencontrer deux autres types de sinus : (Fig. 13)
- **Petits sinus** : contenant 2 à 4 cm^3.
- **Grands sinus** : surtout chez l'homme, dont la capacité atteint parfois 25 cm^3. Cinq prolongements peuvent en dériver :
  — orbitaire : creusé dans la branche montante du maxillaire, en avant du canal lacrymo-nasal,
  — malaire (ou zygomatique),
  — alvéolaire : situé autour des alvéoles dentaires,
  — palatin inférieur : dans l'apophyse palatine du maxillaire,
  — palatin supérieur : dans l'apophyse orbitaire du palatin.

Il semble qu'il existe une sorte de balancement entre le sinus maxillaire et le sinus frontal, et que le volume de l'un soit inversement proportionnel à celui de l'autre.

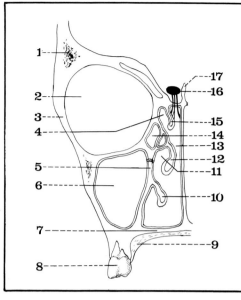

FIGURE 12

Coupe frontale de la portion moyenne de la fosse nasale droite (segment postérieur de la coupe).

1. Os frontal.
2. Orbite.
3. Os malaire.
4. Méat supérieur.
5. Apophyse ethmoïdale du cornet inférieur.
6. Sinus maxillaire.
7. Apophyse palatine du maxillaire supérieur.
8. Dent molaire.
9. Muqueuse de la voûte palatine.
10. Cornet inférieur.
11. Méat moyen.
12. Cornet moyen.
13. Fente olfactive.
14. Cellule ethmoïdale.
15. Cornet supérieur.
16. Bulbe olfactif.
17. Apophyse crista galli.

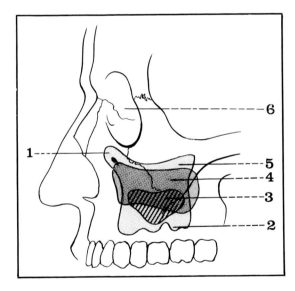

FIGURE 13

Projection des différents types de sinus maxillaire (vue de profil gauche).

1. Prolongement orbitaire d'un grand sinus.
2. Prolongement alvéolaire d'un grand sinus.
3. Petit sinus.
4. Sinus moyen.
5. Grand sinus.
6. Orbite.

LA CAVITÉ SINUSALE est, dans la grande majorité des cas, unique ; il existe parfois des cloisons incomplètes, surtout au niveau des angles antéro-supérieur et postéro-supérieur, et du plancher du sinus, qui circonscrivent des logettes, sources d'infection chronique.

Les différentes incidences radiographiques et les tomographies montrent ces aspects, la forme générale du sinus, et les modifications pathologiques.

Emanation de la pituitaire, comme au niveau des autres sinus para-nasaux, la muqueuse est peu épaisse à l'état normal, formée par un épithélium cilié, et par une couche conjonctive riche en glandes à mucus, point de départ possible de kystes glandulaires ou de mucocèle du sinus.

Le canal maxillaire fait communiquer la cavité sinusale avec la fosse nasale.

---

* Highmore Nathaniel (1613-1685), anatomiste anglais (Oxford, Sherborne, Dorsetshire).

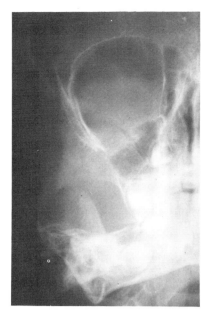

FIGURE 15

Radiographie de face du sinus maxillaire droit chez un enfant de 4 ans. La position de la tête en extension permet de visualiser l'apophyse coronoïde dans l'image claire du sinus.

FIGURE 16

Radiographie du sinus maxillaire droit chez l'adulte. La position de la tête est en extension forcée.

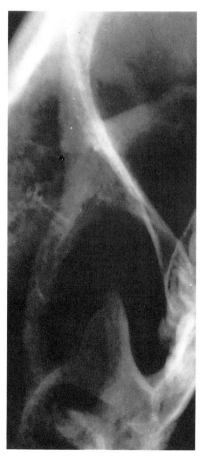

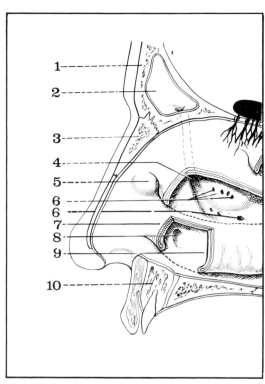

FIGURE 14

Paroi latérale de la fosse nasale droite.
1. *Os frontal.*
2. *Sinus frontal.*
3. *Os nasal.*
4. *Ostium du sinus frontal.*
5. *Agger nasi.*
6. *Orifices des cellules ethmoïdales antérieures.*
6'. *Ostium du sinus maxillaire.*
7. *Cornet inférieur.*
8. *Orifice du canal lacrymo-nasal.*
9. *Méat inférieur.*
10. *Apophyse palatine du maxillaire supérieur.*

Long de 6 à 8 mm, large de 3 à 5 mm, il est dirigé perpendiculairement à la gouttière unci-bullaire, avec une orientation oblique en haut, en arrière et en dedans.

Il est situé à la partie antéro-supérieure du sinus entre :
    l'os lacrymal (en avant et en dehors),
    l'apophyse unciforme de l'ethmoïde (en dedans),
    le cornet inférieur (en bas).

L'orifice externe, ou sinusien, arrondi ou ovalaire, large de 3 à 5 mm, fait suite à une dépression en entonnoir, la fossette ovale.

L'orifice interne, ou méatique, s'ouvre au fond de la gouttière uncibullaire (Hiatus Ethmoidalis), au-dessous des orifices des cellules ethmoïdales antérieures et du canal fronto-nasal. Situé à 45 mm de l'orifice narinaire, il est plus ou moins recouvert par la bulle ethmoïdale, et masqué par le cornet moyen. (Fig. 14)

Son cathétérisme est donc très difficile, et, comme il ne draine pas le sinus au point déclive, on préfère l'abord chirurgical par le plancher du sinus. (Fig. 15 et 16)

Conclusion

Alors que la fonction olfactive, issue de l'ethmoïde, a subi chez l'homme une importante régression, il est curieux de constater au contraire, comme le prouvent l'embryologie et l'anatomie comparée, que *l'ethmoïde* par la pneumatisation du squelette facial, induit en quelque sorte dans l'espèce humaine le développement des sinus para-nasaux.

Du point de vue physiologique, on doit admettre la double fonction de ces sinus :
    — *respiratoire*, en réalisant une réserve d'air nécessaire au fonctionnement idéal de l'appareil naso-laryngo-pulmonaire,
    — *vocale*, en formant des caisses de résonance destinées à soutenir et amplifier l'émission du son laryngé (particulièrement dans le chant).

12 l'orbite osseuse

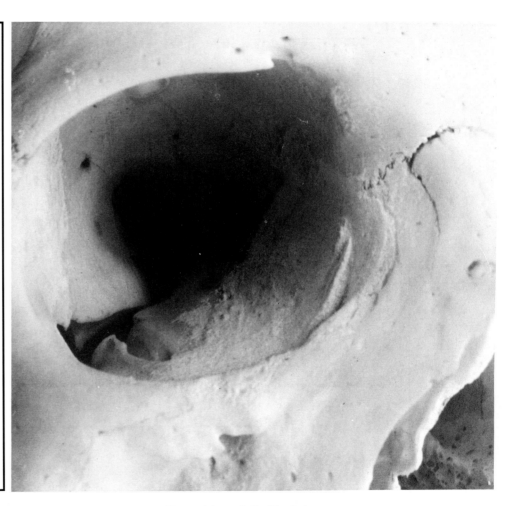

Vue antérieure de l'orbite droite.

PLAN

Parois :
  supérieure ou voûte
  inférieure ou plancher
  externe ou latérale
  interne ou médiale

Angles :
  supéro-externe
  supéro-interne
  inféro-externe
  inféro-interne

Base : rebord orbitaire

Sommet ou apex orbitaire

Exploration et voies d'abord

Les orbites* (Orbita) sont deux cavités osseuses, larges et profondes, placées symétriquement de chaque côté de la racine du nez, entre l'étage antérieur de la base du crâne, et le massif facial supérieur ; elles contiennent les globes oculaires et leurs annexes.

---

* Orbite : du latin « Orbis » = figure circulaire ou sphérique.

FIGURE 1

Coupe frontale de la face passant par la deuxième molaire.

25. Lame horizontale du palatin.
26. Cornet inférieur.
27. Vomer.
28. Cornet moyen.
29. Sinus maxillaire.
30. Os malaire (ou zygomatique).
31. Cellules ethmoïdales postérieures.
32. Orbite.
33. Sinus frontal.

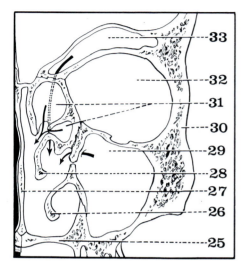

Chaque orbite (Orbita) peut être comparée à une pyramide quadrangulaire, aux faces concaves et aux angles arrondis. Son axe n'est pas sagittal, mais oblique en arrière et en dedans, en direction du dos de la selle turcique (l'angle déterminé par les axes des orbites est de 42°). Ses **dimensions** moyennes sont les suivantes : (Fig. 9)

— profondeur = 45 à 50 mm,
— hauteur (à la partie antérieure) = 35 mm,
— largeur (à la partie antérieure) = 40 mm.

Le globe oculaire, très à l'aise dans la cavité, n'en occupe que la portion antérieure, élargie, alors que les muscles, vaisseaux et nerfs sont situés dans la loge postérieure, qui se rétrécit progressivement d'avant en arrière.

On décrit à l'orbite osseuse **quatre parois** (supérieure, inférieure, externe, interne), **quatre angles, une base** (antérieure), et **un sommet** (postérieur).

Parois

PAROI SUPÉRIEURE OU VOÛTE (crânienne)

Oblique en arrière et en bas, elle est formée : (Fig. 1 et 2)

— dans ses 3/4 antérieurs : par la portion horizontale du frontal,
dans son 1/4 postérieur : par la petite aile du sphénoïde.

La suture qui réunit ces deux os est transversale, de la paroi externe à la paroi interne.

Particulièrement mince et fragile, translucide en certains endroits, cette paroi est exposée aux traumatismes directs, ou aux fractures irradiées de la base du crâne. Elle est fortement concave, surtout en avant.

Dans sa portion antérieure, on distingue deux régions importantes :

— **en dehors** : la fosse lacrymale, concave, qui contient la glande lacrymale (Glandula lacrimalis);
— **en dedans** : la fossette trochléaire (Fovea trochlearis), qui donne insertion à la poulie de réflexion (ou trochlée) du muscle grand oblique.

FIGURE 2

Vue antérieure des orbites.

3. Ecaille du temporal.
4. Grande aile du sphénoïde.
5. Echancrure sus-orbitaire.
6. Os nasal.
7. Trou optique.
8. Fente sphénoïdale.
9. Gouttière lacrymale.
10. Fente sphéno-maxillaire.
11. Os malaire.
12. Trou sous-orbitaire.
13. Orifice antérieur des fosses nasales.
14. Apophyse mastoïde.
15. Maxillaire supérieur.
16. Epine nasale antérieure.

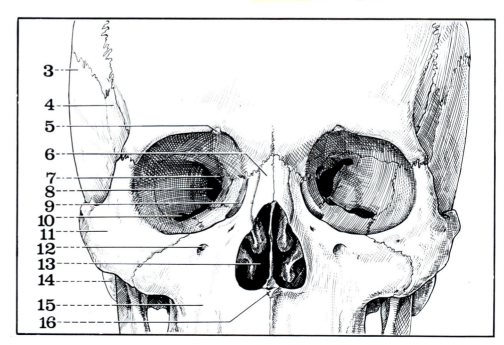

PAROI INFÉRIEURE OU PLANCHER (maxillaire)

Oblique en avant et en bas, elle est formée : (Fig. 3)

— à sa partie moyenne : par la face supérieure (ou orbitaire) du maxillaire,
— en avant et en dehors : par l'apophyse orbitaire de l'os malaire,
— en arrière et en dedans : par la face supérieure de l'apophyse orbitaire du palatin.

Egalement très mince, cette paroi est plane, ou très légèrement concave. Elle est parcourue à sa partie moyenne par une gouttière sagittale, longue de 2 cm, la **gouttière sous-orbitaire** (Sulcus infra-orbitalis), qui se transforme en avant en un **canal** complet (Canalis infra-orbitalis); le nerf maxillaire supérieur (N. maxillaris) y chemine jusqu'au trou sous-orbitaire.

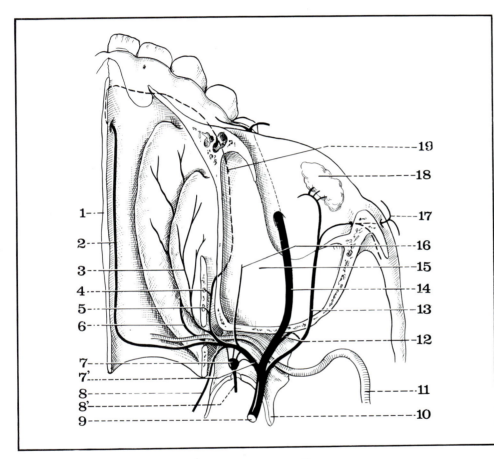

FIGURE 3

Vue supérieure de la fosse nasale et de l'orbite droites (d'après Lazorthes).

1. Lame perpendiculaire de l'ethmoïde.
2. Nerf naso-palatin.
3. Nerfs nasaux supérieurs.
4. Nerf palatin moyen.
5. Nerf palatin postérieur.
6. Nerf nasal inférieur.
7. Ganglion sphéno-palatin.
7'. Nerf sphéno-palatin.
8. Nerf pharyngien.
8'. Nerf vidien.
9. Nerf maxillaire supérieur.
10. Grande aile du sphénoïde.
11. Artère maxillaire interne.
12. Nerf dentaire postérieur.
13. Rameau orbitaire.
14. Nerf sous-orbitaire.
15. Sinus maxillaire.
16. Nerf orbitaire.
17. Branche temporo-malaire.
18. Glande lacrymale.
19. Nerf palatin antérieur.

PAROI EXTERNE OU LATÉRALE (Fig. 2 et 3)

Très oblique en dehors et en avant, elle est formée :

— dans son 1/3 antérieur :
  par l'apophyse orbitaire externe du frontal (en haut),
  par l'apophyse orbitaire de l'os malaire (au milieu et en bas).

A peu près plane, cette paroi présente :

— dans sa portion malaire : le trou temporo-malaire, ou zygomatico-orbitaire (Foramen zygomatico-orbitale) traversé par le rameau orbitaire du nerf maxillaire supérieur, ou nerf zygomatique (N. zygomaticus).

La paroi externe est la plus épaisse des parois de l'orbite, surtout en avant, où elle constitue un véritable pilier orbitaire externe, et en arrière, où elle rejoint la paroi latérale de la voûte crânienne.

PAROI INTERNE OU MÉDIALE (nasale)

Sensiblement sagittale, elle est formée d'avant en arrière par : (Fig. 4)
l'apophyse montantel (ou frontale) du maxillaire,
l'unguis, ou os lacrymal,
l'os planum, ou lame orbitaire, de l'ethmoïde,
la partie antérieure de la face latérale du corps du sphénoïde.

Légèrement convexe d'avant en arrière, concave de haut en bas, cette paroi est la plus mince des parois orbitaires, ce qui explique les complications orbitaires au cours des ethmoïdites.

L'élément le plus intéressant de cette paroi est la **gouttière lacrymale** (Sulcus lacrimalis) qui loge le sac lacrymal et comporte :

— une **limite antérieure**, la crête lacrymale antérieure (Crista lacrimalis anterior), sur l'apophyse montante du maxillaire,
— un **fond**, la face externe de l'unguis,
— une **limite postérieure**, la crête lacrymale postérieure (Crista lacrimalis posterior), sur l'unguis.

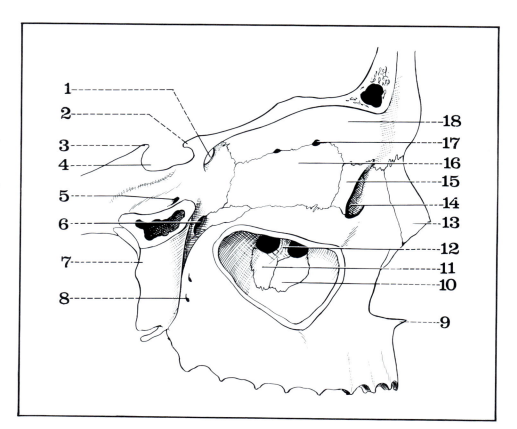

FIGURE 4

Coupe sagittale de l'orbite droite, montrant sa paroi médiale.
1. Trou optique.
2. Apophyse clinoïde antérieure.
3. Apophyse clinoïde postérieure.
4. Selle turcique.
5. Trou grand rond.
6. Trou sphéno-palatin.
7. Aile externe de l'apophyse ptérygoïde.
8. Trou dentaire postérieur.
9. Epine nasale antérieure.
10. Apophyse maxillaire du cornet inférieur.
11. Portion verticale du palatin.
12. Apophyse unciforme de l'ethmoïde.
13. Os nasal.
14. Gouttière lacrymale.
15. Os lacrymal.
16. Os planum (de l'ethmoïde).
17. Trou ethmoïdal antérieur.
18. Os frontal.

Angles

ANGLE SUPÉRO-EXTERNE (Fig. 5)

Relativement peu marqué, il est représenté :

— dans son 1/3 antérieur : par la portion externe de la fosse lacrymale,
— dans ses 2/3 postérieurs : par la *fente sphénoïdale* ou fissure orbitaire supérieure (Fissura orbitalis superior). Celle-ci est une déhiscence osseuse entre les ailes du sphénoïde, dirigée obliquement en bas, en dedans, et en arrière.

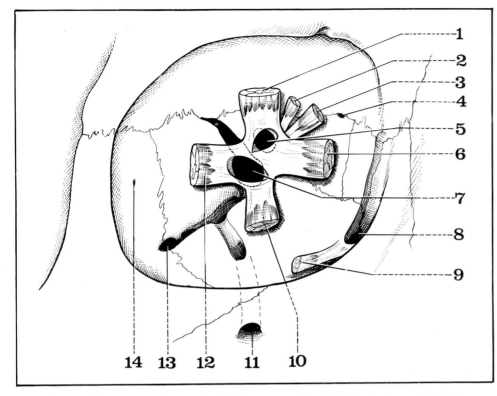

FIGURE 5

L'angle supéro-externe de l'orbite. Insertion des muscles du globe oculaire.
1. Muscle droit supérieur.
2. Muscle releveur de la paupière.
3. Muscle grand oblique.
4. Trou ethmoïdal antérieur.
5. Trou optique.
6. Muscle droit interne.
7. Fente sphénoïdale (portion élargie).
8. Gouttière lacrymale.
9. Muscle petit oblique.
10. Muscle droit inférieur.
11. Trou sous-orbitaire.
12. Muscle droit externe.
13. Fente sphéno-maxillaire.
14. Face orbitaire de l'os malaire.

On peut la comparer à une virgule à grosse extrémité inféro-interne et limitée par :
— une **lèvre supérieure** : le bord postérieur de la petite aile du sphénoïde (Ala minor),
— une **lèvre inférieure** : le bord supérieur de la grande aile (Ala major).
Deux portions peuvent être décrites :

— une **extrémité renflée**, inféro-interne, qui répond à la face latérale du corps du sphénoïde,
— une **extrémité effilée**, supéro-externe, qui répond au bord postérieur de la portion horizontale du frontal.

A l'intérieur de la portion renflée s'insère l'**anneau de Zinn***, ou anneau tendineux commun (Anulus tendineus communis), tendu entre une épine osseuse du bord de la grande aile (en dehors) et la base de la petite aile (en dedans). Le muscle droit externe se détache de son bord externe, et, de son bord interne, le **tendon de Zinn** donne insertion aux trois autres muscles droits du globe oculaire, et vient se fixer sur le tubercule sous-optique.

Ainsi constituée, la fente sphénoïdale fait communiquer l'orbite avec l'étage moyen de la base du crâne, et livre passage :

— **dans sa portion renflée** : aux nerfs moteur oculaire commun (III), moteur oculaire externe (VI) et nasal (du V),
— **dans sa portion effilée** : aux nerfs pathétique (IV), frontal et lacrymal.

ANGLE SUPÉRO-INTERNE

Formé par les sutures ethmoïdo-frontale, et fronto-lacrymale, il est perforé en deux endroits par les orifices orbitaires des canaux ethmoïdaux (Foramen ethmoidale) :

— **canal ethmoïdal postérieur**, pour l'artère ethmoïdale postérieure, et le nerf sphéno-ethmoïdal de Luschka (du nasal),
— **canal ethmoïdal antérieur**, pour l'artère ethmoïdale antérieure, et le nerf nasal interne.

* Zinn Johann Gottfried (1727-1759), anatomiste allemand, professeur de médecine à Göttingen.

ANGLE INFÉRO-EXTERNE (Fig. 6 et 7)

Il est constitué :
— dans son 1/3 antérieur : par l'os malaire,
— dans ses 2/3 postérieurs : par la **fente sphéno-maxillaire** ou fissure orbitaire inférieure (Fissura orbitalis inferior), qui met en communication l'orbite avec la fosse ptérygo-maxillaire.

De forme elliptique, irrégulière, cette fente est limitée :
— en avant : par le bord postéro-supérieur du maxillaire,
— en arrière : par le bord inférieur de la grande aile du sphénoïde,
— en dehors : par l'os malaire,
— en dedans : par l'apophyse orbitaire du palatin.
Mais cette fente n'est bien visible que sur l'os sec, car, à l'état frais, elle est obstruée par le périoste orbitaire que doit perforer, pour pénétrer dans l'orbite, le rameau orbitaire du nerf maxillaire supérieur.

ANGLE INFÉRO-INTERNE (Fig. 7)

Moins bien délimité, il est formé, d'avant en arrière, par la suture qui unit le maxillaire à l'unguis et à l'ethmoïde, et par celle qui unit l'apophyse orbitaire du palatin au corps du sphénoïde.

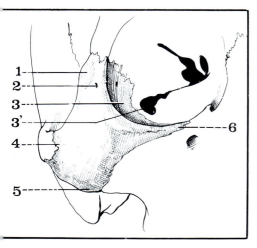

FIGURE 6

L'angle inféro-externe de l'orbite.
1. Angle supérieur du malaire articulé avec le frontal.
2. Trou malaire.
3. Face antéro-interne orbitaire du malaire.
3'. Fente sphéno-maxillaire.
4. Angle postérieur du malaire articulé avec le temporal.
5. Tubercule sous-jugal.
6. Angle antérieur du malaire articulé avec le maxillaire supérieur.

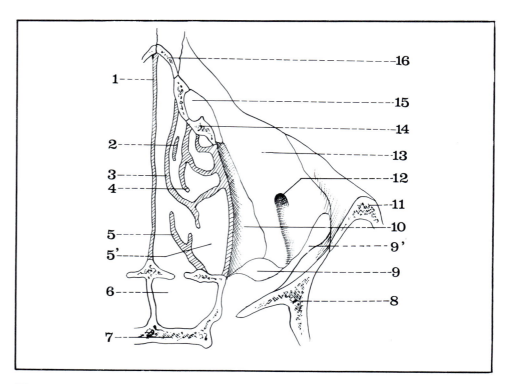

FIGURE 7

Coupe horizontale de la fosse nasale et de l'orbite, passant par le cornet moyen (côté droit, segment inférieur de la coupe).
1. Lame perpendiculaire de l'ethmoïde.
2. Apophyse unciforme de l'ethmoïde.
3. Cornet moyen.
4. Bulle ethmoïdale.
5. Cornet supérieur.
5'. Cellule d'Onodi.
6. Sinus sphénoïdal.
7. Corps du sphénoïde.
8. Grande aile du sphénoïde.
9. Apophyse orbitaire du palatin.
9'. Fente sphéno-maxillaire.
10. Os planum de l'ethmoïde.
11. Os malaire (ou zygomatique).
12. Canal sous-orbitaire.
13. Face orbitaire du maxillaire supérieur.
14. Os lacrymal (ou unguis).
15. Canal lacrymo-nasal.
16. Os nasal.

Base (Fig. 5 et 8)

Vaste orifice de forme quadrilatère, aux angles arrondis, elle est orientée en avant, en dehors, et un peu en bas.

Son pourtour, le **rebord orbitaire** (Margo orbitalis) est facile à explorer chez le vivant par la palpation ; épais et saillant, il est formé :

— **en haut** : par l'arcade orbitaire du frontal, qui présente à la jonction du 1/3 interne et des 2/3 externes, le trou sus-orbitaire (Foramen supra orbitalis), pour le nerf et les vaisseaux du même nom ;

— **en bas** : par le bord antéro-supérieur du maxillaire, au-dessous duquel, à environ 10 mm, on voit le trou sous-orbitaire (Foramen infra-orbitalis), pour le nerf et les vaisseaux du même nom;

— **en dehors** : par le bord antérieur de l'apophyse orbitaire du malaire (en bas) et par l'apophyse orbitaire externe du frontal (en haut);

— **en dedans** : par la gouttière lacrymale, et la crête lacrymale postérieure.

Sommet (ou apex orbitaire) (Fig. 8)

Correspondant à la partie postérieure, tronquée, de la pyramide orbitaire, il est essentiellement occupé par le **trou optique**, orifice antérieur du canal optique (Canalis opticus), creusé dans l'épaisseur de la petite aile du sphénoïde.

Il contient le nerf optique (II), et, au-dessous de lui, l'artère ophtalmique.

Mais, si l'on veut être précis, l'apex orbitaire correspond également à la portion renflée de la fente sphénoïdale.

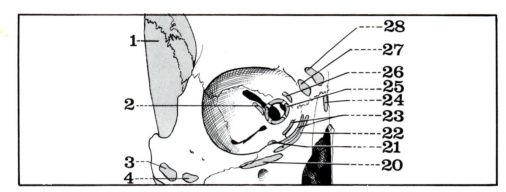

FIGURE 8

Le sommet de l'orbite.
1. Muscle temporal.
2. Muscle droit externe (du globe oculaire).
3. Muscle grand zygomatique.
4. Muscle petit zygomatique.
20. Muscle releveur de la lèvre supérieure.
21. Muscle petit oblique (du globe oculaire).
22. Muscle releveur de l'aile du nez et de la lèvre supérieure.
23. Muscle orbiculaire des paupières.
24. Muscle pyramidal du nez.
25. Muscle droit interne (du globe oculaire).
26. Muscle grand oblique (du globe oculaire).
27. Faisceau palpébral de l'orbiculaire des paupières.
28. Muscle sourcilier.

Exploration et voies d'abord

Par l'**examen clinique** il est possible d'explorer, non seulement le rebord orbitaire, mais aussi, en déprimant les paupières et en refoulant le globe oculaire, la partie antérieure des parois de l'orbite.

L'**examen radiologique**, à l'aide d'incidences spéciales ou de tomographies, permet l'étude précise des parois et des orifices orbitaires.

L'incision du bord adhérent des paupières, et le refoulement du globe, permettent l'**abord chirurgical** et donnent un large accès sur la cavité de l'orbite.

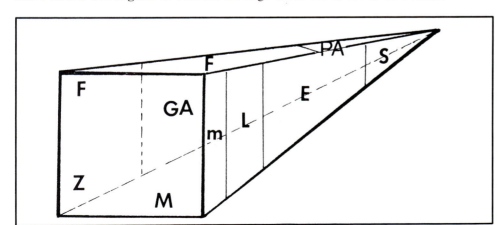

FIGURE 9

Schématisation de l'orbite osseuse (droite).

E. Os planum de l'ethmoïde.
F. Os frontal.
GA. Grande aile du sphénoïde.
L. Os lacrymal.
M. Os maxillaire.
m. Branche montante du maxillaire.
PA. Petite aile du sphénoïde.
S. Corps du sphénoïde.
Z. Os zygomatique.

13 le globe oculaire

PLAN

Généralités

Segment postérieur de l'œil :

    la sclérotique
    la choroïde
    la rétine
    le corps vitré

Segment antérieur de l'œil :

    la cornée
    l'iris
    l'humeur aqueuse
    le cristallin
    le corps ciliaire

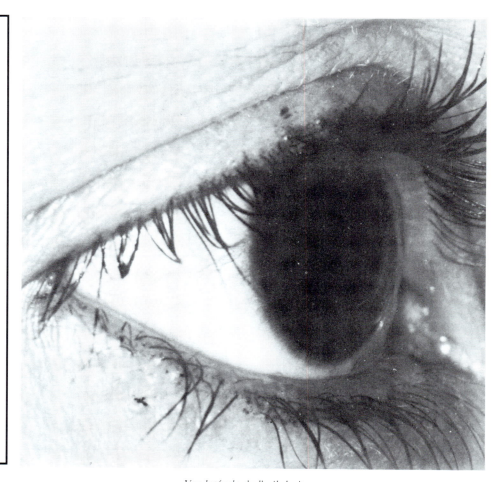

Vue latérale de l'œil droit.

* Œil : du latin, «Oculus» dérivé de «Occultando», cacher. En grec = ophtalmoi.
** Bulbe, en anatomie = renflement arrondi et globuleux.

L'œil*, ou *globe oculaire*, est la partie principale de l'appareil de la vision ; entièrement contenu dans l'orbite, il a la forme d'une sphère, ou plutôt d'un ovoïde à grand axe sagittal. Parce qu'il est appendu au nerf optique, on lui donne encore le nom de *bulbe** oculaire* (Bulbus oculi).

Généralités

SITUATION DANS L'ORBITE (Fig. 1 et 2)

Le pôle antérieur de l'œil est tangent à une ligne droite qui unit les rebords orbitaires supérieur et inférieur, mais il déborde, surtout en dehors, la ligne qui unit les rebords orbitaires interne et externe ; de cette façon, il est moins bien protégé sur sa portion externe.

Par ailleurs, l'œil n'est pas au contact des parois de l'orbite ; il en est séparé par une distance de 6 mm (en dehors) et de 11 mm (en dedans) ; il est donc beaucoup plus proche de la paroi externe. (Fig. 2)

Enfin, l'axe antéro-postérieur du globe oculaire, sensiblement sagittal, ne coïncide pas avec celui de l'orbite, oblique en avant et en dehors : un angle d'environ 20° est donc formé par la rencontre des axes oculaire et orbitaire.

DIMENSIONS ET POIDS

Diamètre sagittal = 25 mm (œil normal ou emmétrope) (en grec : « Emmetros » = proportionné).

Diamètre transversal = 23,5 mm.

Diamètre vertical = 23 mm.

Dans certains cas, le diamètre sagittal est allongé, et l'image nette se forme trop en avant : c'est la myopie ; dans d'autres cas, il est raccourci, et l'image nette se forme trop en arrière : c'est l'hypermétropie. Des verres correcteurs rétablissent sans difficulté une vision normale.

Poids = 7 grammes.

Volume = 6,5 cm^3.

Consistance : très ferme sur le vivant, du fait de la tension des liquides intérieurs, appréciée par la tonométrie.

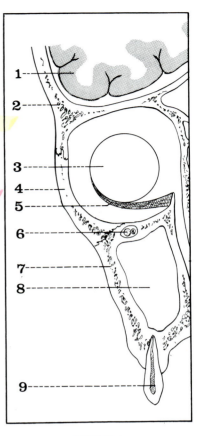

FIGURE 1

Coupe frontale passant par la partie antérieure de la fosse nasale droite (segment postérieur).

1. Lobe frontal du cerveau.
2. Os frontal.
3. Globe oculaire.
4. Os malaire (ou zygomatique).
5. Muscle petit oblique.
6. Nerf sous-orbitaire (du maxillaire supérieur).
7. Os maxillaire supérieur.
8. Sinus maxillaire.
9. Dent canine.

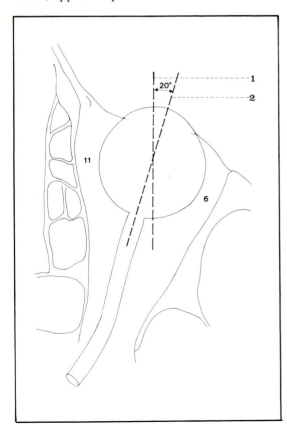

FIGURE 2

Situation du globe oculaire droit dans l'orbite.

1. Axe du globe oculaire.
2. Axe de l'orbite.
6. Distance de la paroi externe : 6 mm.
11. Distance de la paroi interne : 11 mm.

CONSTITUTION :

L'œil est formé de :

— **trois tuniques** ou enveloppes :

— périphérique ou *sclérotique* se transformant en avant en une membrane transparente, la *cornée*,

— intermédiaire ou *choroïde*, vasculaire, se prolongeant en avant par le *corps ciliaire* et par l'*iris*,

— profonde ou *rétine*, nerveuse, formée par l'épanouissement du nerf optique.

— **trois milieux transparents** : d'arrière en avant,

— le *corps vitré*, le plus important en volume,

— le *cristallin*, ou lentille,

— l'*humeur aqueuse*, contenue dans les « chambres » de l'œil, de part et d'autre de l'iris.

On ne peut mieux comparer le globe oculaire qu'à un appareil photographique dont : la sclérotique serait le boîtier, l'iris le diaphragme, la rétine le film photographique, le corps vitré la chambre noire de l'appareil, et le cristallin l'objectif. (Fig. 3)

TOPOGRAPHIE (Fig. 4)

Par analogie avec le globe terrestre, on distingue au globe oculaire :

— *deux pôles* : antérieur (au centre de la cornée), postérieur (en dehors du nerf optique) ;

— *deux hémisphères* : antérieur et postérieur, séparés par *un équateur*,

— toute une série de *méridiens*, verticaux, horizontaux, et obliques.

Au point de vue topographique, on individualise **deux segments** au niveau du globe oculaire :

— l'un *postérieur*, caché, difficile à aborder, constitué par la sclérotique, la choroïde, la rétine, le corps vitré ;

— l'autre *antérieur*, superficiel, facile à examiner, formé par la cornée, l'iris, l'humeur aqueuse, le cristallin, et le corps ciliaire.

C'est le plan d'étude que nous adopterons ici.

FIGURE 3

Analogie du globe oculaire avec un appareil photographique.
Noter l'inversion de l'image.
1. Objet.
2. Pupille : ouverture du diaphragme.
3. Iris : diaphragme.
4. Cristallin : objectif.
5. Rétine : film photographique.

FIGURE 4

Division schématique du globe oculaire.
1. Pôle antérieur.
2. Cornée.
3. Hémisphère antérieur.
4. Sclérotique.
5. Equateur.
6. Méridiens.
7. Hémisphère postérieur.
8. Pôle postérieur (macula).
9. Nerf optique.

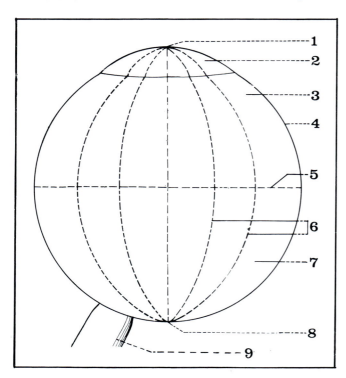

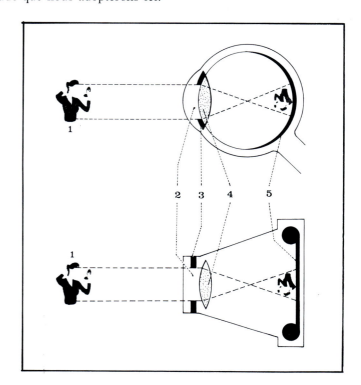

Le segment postérieur de l'œil

LA SCLÉROTIQUE ou sclère (Sclera) est la tunique périphérique, inextensible, épaisse et résistante (d'où son nom, du grec « scléros », dur), véritable membrane de protection de l'œil. (Fig. 5)

Elle représente les 5/6 postérieurs d'une sphère creuse, blanche en dehors (formant le «blanc de l'œil» que l'on voit en avant autour de la cornée), brune à l'intérieur, par la présence d'une couche pigmentaire, *la lamina fusca*, qui unit à la choroïde*.

A proximité de la cornée, elle est en rapport avec les insertions des muscles moteurs du globe oculaire, et à sa périphérie elle est doublée par la *capsule de Teno***, ou vaginale du bulbe oculaire.

Elle est perforée par de nombreux orifices :

— **en arrière** : (Fig. 5 et 6)

— le *nerf optique* traverse une véritable grille formée par les fibres de la sclérotique, la lame criblée (Lamina cribosa sclerae); il n'est pas situé exactement au pôle postérieur, mais à 3 mm en dedans, ce qui évite la superposition de l'émergence du nerf optique (ou papille) avec l'axe du rayon visuel dirigé vers la région la plus sensible de la rétine (ou macula);

— autour du nerf optique : 15 à 20 orifices pour les *artères* et les *nerfs ciliaires courts postérieurs*;

— de part et d'autre du pôle postérieur : les orifices des deux *artères ciliaires longues postérieures*;

— en arrière de l'équateur de l'œil : les orifices des 4 *veines vorticineuses**** (V. vorticosae), issues de la choroïde et disposées à chacun des 4 quadrants postérieurs du globe;

— **en avant** :

— la sclérotique est largement perforée pour loger la *cornée*, de même nature fibreuse qu'elle, mais devenue transparente,

— autour de la cornée : les petits orifices des *artères et des veines ciliaires antérieures*.

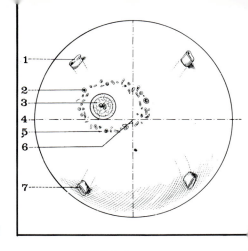

FIGURE 5

Vue postérieure du globe oculaire droit.
1. *Veine vorticineuse supérieure (côté nasal).*
2. *Artère ciliaire longue.*
3. *Nerf optique.*
4. *Equateur du globe oculaire.*
5. *Artères et nerfs ciliaires courts.*
6. *Macula.*
7. *Veine vorticineuse inférieure (côté nasal).*

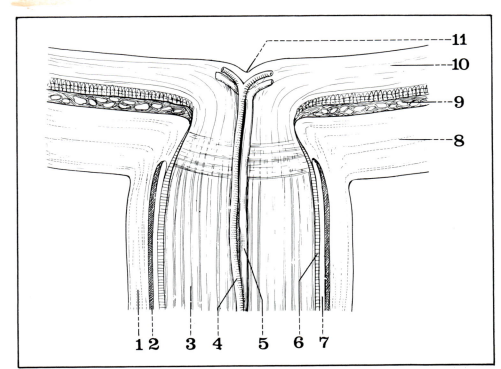

FIGURE 6

Coupe de la papille.
1. *Dure-mère.*
2. *Arachnoïde.*
3. *Nerf optique.*
4. *Artère centrale de la rétine.*
5. *Veine centrale de la rétine.*
6. *Pie-mère.*
7. *Espace sous-arachnoïdien.*
8. *Sclérotique.*
9. *Choroïde.*
10. *Rétine.*
11. *Papille.*

---

* En français = la lame brune.
** Tenon Jacques René (1724-1816), ophtalmologiste français, professeur de pathologie externe à Paris.
*** Vasa vorticosa : du latin, «Vortex» = tourbillon.

FIGURE 7
Vue postérieure du segment antérieur de l'œil droit.
1. Côté nasal.
2. Sclérotique.
3. Rétine optique.
4. Muscle ciliaire.
5. Face postérieure du cristallin.
6. Côté temporal.
7. Procès ciliaires.
8. Ora serrata.

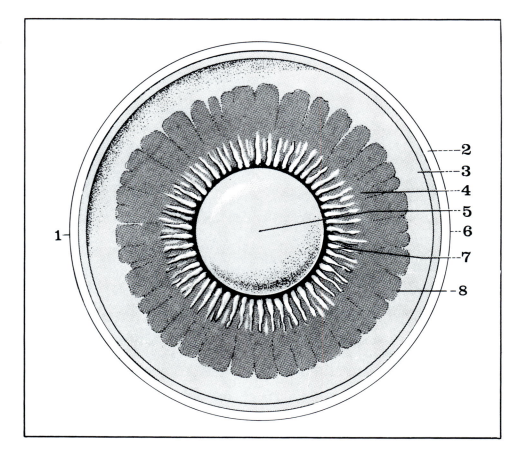

LA CHOROÏDE* (Choroidea) est la tunique intermédiaire, située entre sclérotique et rétine; essentiellement vasculaire, elle occupe les 2/3 postérieurs de l'œil. (Fig. 6)

Peu élastique, fragile, elle est perforée par le nerf optique, et semble prolonger autour de lui la pie-mère; en avant, elle se continue avec la zone ciliaire suivant une ligne circulaire, régulièrement festonnée, l'*ora serrata* (bord dentelé).

Parcourue par les artères ciliaires postérieures et par les veines vorticineuses, la choroïde est de couleur rouge; comme elle est recouverte par la rétine, transparente, elle constitue la teinte rouge du «fond d'œil», visible chez le vivant par l'examen ophtalmoscopique.

Chez certains animaux (le chat, le chien, etc.), la face profonde de la choroïde fait office de miroir, et rend les yeux lumineux dans l'obscurité; elle prend le nom de «tapis».

LA RÉTINE** (Retina) est la tunique profonde, portion essentielle de l'œil car elle reçoit les impressions lumineuses et les transmet au cerveau par le nerf optique.

Elle s'étend du nerf optique à la pupille, portion centrale de l'iris, et peut ainsi être divisée en deux portions, d'inégale importance que sépare l'ora serrata :
— une portion postérieure, ou *rétine optique*, la seule importance, puisque la seule utilisée dans la vision,
— une portion antérieure, ou *rétine cilio-irienne*, beaucoup plus mince, dépourvue de cellules visuelles, tapissant la face profonde du corps ciliaire, et la face postérieure de l'iris; c'est la «pars caeca» ou partie aveugle de la rétine. (Fig. 7)

Nous ne nous occuperons ici que de la rétine optique, ou «voyante».

Transparente et incolore, la rétine revêt régulièrement la face profonde de la choroïde, sans lui adhérer.

---

* Choroïde : du grec «chorion» = le chorion et «eidos» = en forme de.
** Rétine : du latin «rete» = le filet, le rets.

Elle comprend 10 couches de cellules étudiées en histologie, de la périphérie au centre : (Fig. 9)

les cellules visuelles occupent la 2ᵉ couche; ce sont *les cônes*, analysant les différences qualitatives de la lumière diurne (formes et couleurs) et les *bâtonnets*, analysant les modifications quantitatives de la lumière (surtout lors des visions crépusculaire et nocturne).

Elles sont en rapport avec les protoneurones visuels, répartis dans toute la rétine, et articulés avec les deutoneurones visuels qui se réunissent pour former le nerf optique.

Deux régions de la rétine, bien visibles à l'examen du «fond d'œil», sont particulièrement intéressantes, la papille et la macula :

— *La papille* (Papilla nervi optici) répond à l'origine du nerf optique, c'est-à-dire au point où il quitte le globe oculaire. Située 3 mm en dedans du pôle postérieur, elle forme un petit disque blanchâtre, opaque, légèrement excavé, de 1,5 mm de diamètre. (Fig. 8 et 11)

Comme elle est formée par les fibres optiques, elle ne contient pas de cellules visuelles, et réalise le «point aveugle» de la rétine. Les modifications de son aspect, à type d'œdème ou d'atrophie, sont la traduction clinique de certaines affections cérébrales, et revêtent une grande valeur séméiologique.

— *La macula lutea* ou tache jaune, est située à 4 mm en dehors de la papille exactement au pôle postérieur de l'œil. Jaunâtre, elliptique, de 3 mm sur 1,5 mm, elle présente une dépression centrale, la *fovea centralis*.

C'est au niveau de la macula que la vision est la plus précise : elle ne contient que des cônes. On peut donc remarquer que, si l'on «voit» avec la rétine, on «regarde» avec la macula.

Deux axes vertical et horizontal passant par la macula divisent la rétine en 4 quadrants :

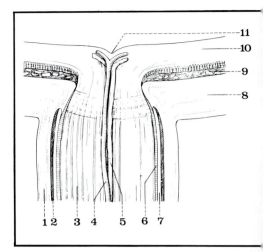

FIGURE 8

Coupe de la papille.

1. Dure-mère.
2. Arachnoïde.
3. Nerf optique.
4. Artère centrale de la rétine.
5. Veine centrale de la rétine.
6. Pie-mère.
7. Espace sous-arachnoïdien.
8. Sclérotique.
9. Choroïde.
10. Rétine.
11. Papille.

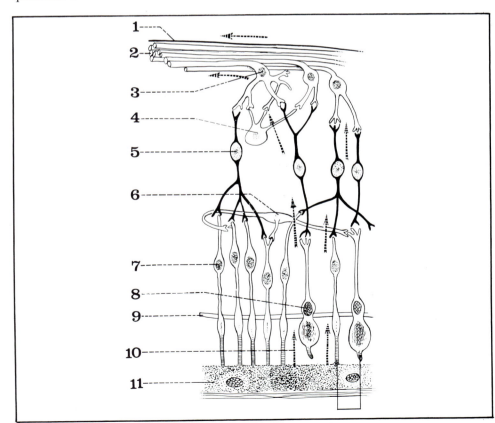

FIGURE 9

Les couches histologiques de la rétine et les connexions inter-neurales.

1. Membrane limitante interne.
2. Couche de fibres optiques.
3. Cellule ganglionnaire (ou multi-polaire).
4. Cellule amacrine.
5. Cellule bipolaire.
6. Cellule horizontale.
7. Cellule à bâtonnet.
8. Cellule à cône.
9. Membrane limitante externe.
10. Sens de l'influx nerveux.
11. Epithélium pigmentaire.

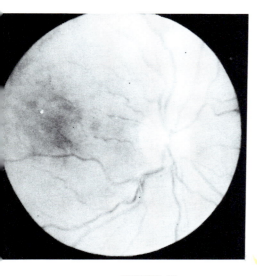

FIGURE 10

L'examen du «fond d'œil» permet d'identifier facilement l'aspect de la papille et des vaisseaux rétiniens (côté droit).

le supéro-interne et l'inféro-interne forment le *champ nasal*, le supéro-externe et l'inféro-externe le *champ temporal*.

Vascularisation de la rétine :

— *L'artère centrale de la rétine* (Arteria centralis retinae), branche de l'ophtalmique, suit le nerf optique, et, arrivée au centre de la papille, se divise en deux branches, ascendante et descendante, donnant chacune un rameau nasal, et un rameau temporal. Toutes ces artères sont terminales, sans anastomoses entre elles, ni avec les artères ciliaires; une oblitération de l'artère centrale par embolie entraîne, suivant le territoire intéressé, la perte totale ou partielle de la vision. (Fig. 10 et 11)

En clinique, il est possible de mesurer la tension de l'artère centrale de la rétine.

— *La veine centrale de la rétine* draine les veinules qui suivent, en sens inverse, le trajet des artères; elle rejoint la veine ophtalmique supérieure, ou, directement, le sinus caverneux.

LE CORPS VITRÉ (Corpus vitreum) est une substance visqueuse et transparente qui remplit la cavité oculaire en arrière du cristallin; il représente en volume les 6/10 du globe oculaire. (Fig. 12)

Entouré par la *membrane hyaloïdienne** (Hyaloïde : du grec «ualos», cristal et «eidos», en forme de) ou vitrée (Membrana vitrea), très mince, il est traversé d'arrière en avant par le *canal hyaloïdien* (Canalis hyaloidea) ou de Cloquet**, qui part de la papille, et vient se terminer à la face postérieure du cristallin en formant la *fossette patellaire* ou hyaloïdienne (Fossa hyaloidea) (Fig. 15bis).

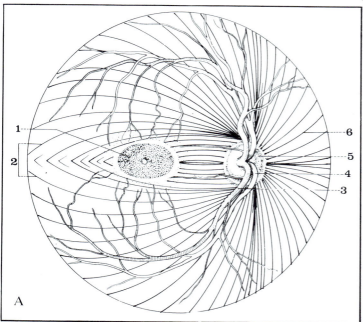
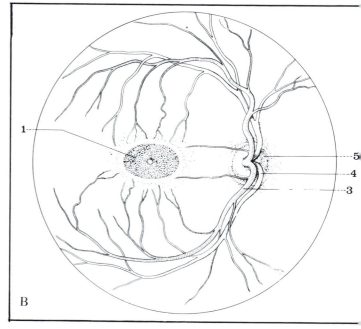

FIGURE 11

A. *Disposition des fibres optiques dans la rétine.*

B. *Les vaisseaux du fond d'œil (côté droit).*

1. Macula.
2. Faisceaux temporaux.
3. Artère centrale de la rétine (branche descendante).
4. Veine centrale de la rétine (branche inférieure).
5. Papille.
6. Faisceaux nasaux.

Dans quelques cas, des corps opaques flottants apparaissent dans le vitré, ce qui donne aux malades l'impression de «mouches volantes».

Le segment antérieur de l'œil

LA CORNÉE*** (Cornea) est une membrane transparente, circulaire, enchâssée dans l'ouverture antérieure de la sclérotique, comme un hublot. Epaisse de 1 mm,

---

* Hyaloïde = du grec «valos», cristal et «eidos», en forme de.
** Cloquet Jules Germain (1790-1883), chirurgien français, professeur d'anatomie à Paris (fils d'Hippolyte Cloquet, également professeur d'anatomie à Paris).
*** Cornée : du latin «cornu» = la corne

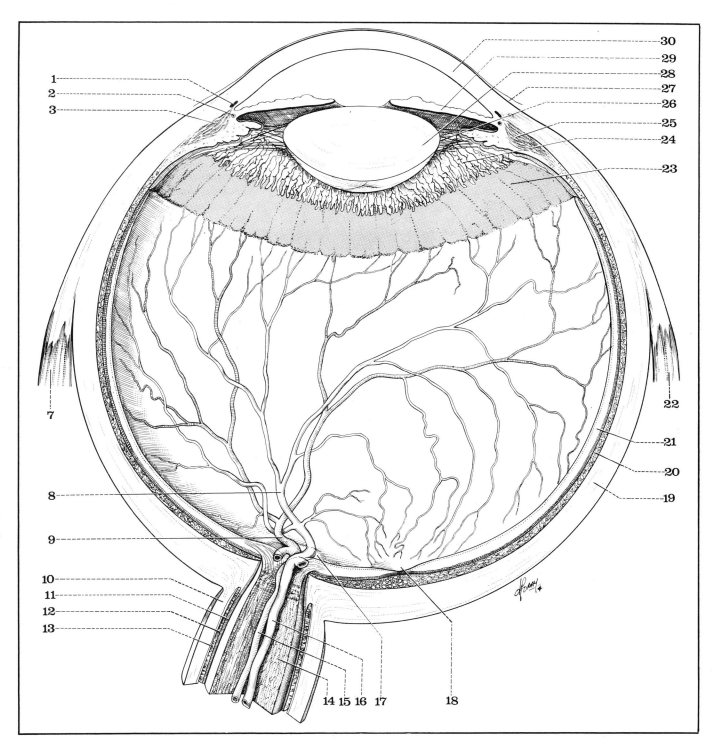

FIGURE 12

Coupe horizontale du globe oculaire droit (segment inférieur).

1. Canal de Schlemm.
2. Grand cercle artériel de l'iris.
3. Muscle ciliaire.
7. Muscle droit interne.
8. Veine centrale de la rétine (branche inférieure).
9. Artère centrale de la rétine (branche inférieure).
10. Dure-mère.
11. Pie-mère.
12. Espace sous-arachnoïdien.
13. Arachnoïde.
14. Nerf optique.
15. Artère centrale de la rétine.
16. Veine centrale de la rétine.
17. Papille.
18. Macula.
19. Sclérotique.
20. Choroïde.
21. Rétine optique.
22. Muscle droit externe.
23. Muscle ciliaire.
24. Procès ciliaires.
25. Muscle ciliaire.
26. Zonule de Zinn.
27. Conjonctive bulbaire.
28. Cristallin.
29. Iris.
30. Cornée.

513

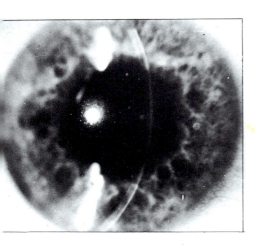

FIGURE 13

L'examen oculaire à la «lampe à fente» met en évidence la courbure de la cornée.

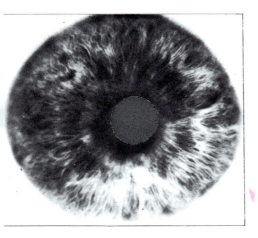

FIGURE 14

Vue antérieure de l'iris.

FIGURE 15

Coupe horizontale du globe oculaire droit.

1. Canal de Schlemm.
2. Grand cercle artériel de l'iris.
3. Muscle ciliaire.
23. Muscle ciliaire.
24. Procès ciliaires.
25. Muscle ciliaire.
26. Zonule de Zinn.
27. Conjonctive bulbaire.
28. Cristallin.
29. Iris.
30. Cornée.

elle a un diamètre de 11 à 12 mm ; comme son rayon de courbure est plus petit que celui de la sclérotique, elle fait saillie en avant : les irrégularités de courbure provoquent l'astigmatisme. (Fig. 13 et 15)

La perte de transparence en un point de la cornée réalise une «taie», ou même un «leucome», qui peuvent bénéficier d'une greffe de cornée. Chez le vieillard, à la périphérie de la cornée, se produit un «arc sénile» grisâtre, ou gérontoxon.

La cornée est très richement innervée par les nerfs ciliaires, et douée d'une grande sensibilité.

La zone d'union entre la sclérotique et la cornée réalise *le limbe* (Limbus corneae), autour duquel est creusé un canal annulaire sans paroi propre, le canal de Schlemm* ou sinus veineux de la sclérotique (Sinus venosus sclerae) qui recueille l'humeur aqueuse et se continue en dehors avec les veines de la sclérotique. (Fig. 13 et 15bis)

L'IRIS est un diaphragme circulaire, placé dans un plan frontal, qui règle la pénétration de la lumière dans le globe oculaire. La déesse grecque Iris, symbole de l'arc-en-ciel, lui a donné son nom.

Epais de 0,3 mm, il a un diamètre de 12 mm. (Fig. 14 et 15)

Un peu concave en arrière, il est percé d'un orifice central, la *pupille* (Pupilla) (appelée parfois «prunelle», du latin «prunella» = la petite prune), sa circonférence se continue avec le corps ciliaire, au niveau du limbe ; elle est séparée de la cornée par l'*angle irido-cornéen*, relié au muscle ciliaire par le *ligament pectiné* (Lig. Pectinatum anguli iridocornealis).

L'iris présente deux faces :

— *l'une antérieure*, brillante, anfractueuse, limitée à la périphérie par un anneau coloré externe, et au centre par l'anneau pupillaire ; à l'union 1/3 interne et 2/3 externes de l'iris, on aperçoit une ligne brisée, la *collerette*, qui correspond à la limite de résorption de la membrane pupillaire qui ferme la pupille chez le fœtus jusqu'à la fin du 7e mois. (Fig. 16)

L'aspect de l'iris est fibrillaire, avec des saillies radiées, et des déhiscences ou *cryptes de Fuchs***, dans certains cas, l'iris est dépourvu de pigments, et sa structure radiaire est bien visible : il paraît bleu clair ; dans d'autres cas, il est chargé de pigments, et la charpente n'est plus visible : il paraît lisse et de couleur foncée.

Les teintes claires sont surtout fréquentes chez les peuples nordiques, alors que les teintes foncées prédominent chez les peuples méridionaux.

— *l'autre postérieure*, noire, appliquée sur la face antérieure du cristallin

La pupille est un orifice mobile, qui s'adapte, comme un diaphragme, à l'intensité de la lumière :

---

* Schlemm Freidrich (1795-1858), anatomiste allemand, professeur d'anatomie à Berlin
** Fuchs Ernst (1851-1930), médecin autrichien, professeur d'ophtalmologie à Liège (Belgique).

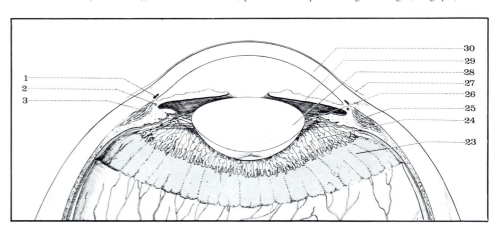

— si la lumière est vive et pendant la vision de près, la pupille se rétrécit : c'est le *myosis* ;

— si la lumière est faible, et pendant la vision au loin, la pupille se dilate : c'est la *mydriase* ; dans l'état de dilatation moyenne, le diamètre de la pupille est de 3 à 4 mm.

Structure : l'iris est essentiellement constitué par des fibres musculaires lisses, qui se disposent en cercle autour de la pupille, et forment un véritable sphincter ; à l'intérieur de l'iris, d'autres fibres, plus minces et plus étalées, forment le dilatateur de la pupille ; l'ensemble de ces fibres repose sur un épithélium postérieur, fortement pigmenté. (Fig. 15bis)

Vascularisation :

par les deux artères ciliaires longues postérieures, et par les artères ciliaires antérieures, qui s'anastomosent à la périphérie de l'iris pour former le *grand cercle artériel* (Circulus arteriosus iridis major) ; des vaisseaux radiaires s'en échappent et se dirigent vers la collerette et vers le bord pupillaire pour former le *petit cercle artériel* (Circulus arteriosus iridis minor). (Fig. 17)

Les *veines* rejoignent les paquets veineux des procès ciliaires, puis les veines choroïdiennes. (Fig. 18)

Innervation : par les nerfs ciliaires courts (issus du ganglion ciliaire, ou ophtalmique) et par les nerfs ciliaires longs (issus du nerf nasal) ; par voie réflexe, ils provoquent la contraction ou le relâchement de l'iris.

— l'*irido-constriction* est sous la dépendance du nerf moteur oculaire commun (système parasympathique),

— l'*irido-dilatation* est sous la dépendance du système sympathique.

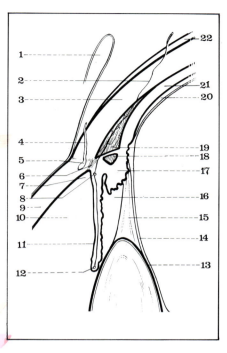

FIGURE 15bis

Le segment antérieur de l'œil (coupe sagittale).

1. Cul-de-sac conjonctival supérieur.
2. Artère ciliaire antérieure.
3. Sclérotique.
4. Veine ciliaire antérieure.
5. Canal de Schlemm.
6. Ligament pectiné.
7. Angle irido-cornéen.
8. Grand cercle artériel de l'iris.
9. Cornée.
10. Chambre antérieure.
11. Iris.
12. Petit cercle artériel.
13. Fossette patellaire.
14. Membrane hyaloïdienne.
15. Zonule ciliaire.
16. Chambre postérieure.
17. Procès ciliaires.
18. Muscle de Rouget-Muller.
19. Muscle de Brücke.
20. Rétine ciliaire.
21. Choroïde.
22. Capsule de Tenon.

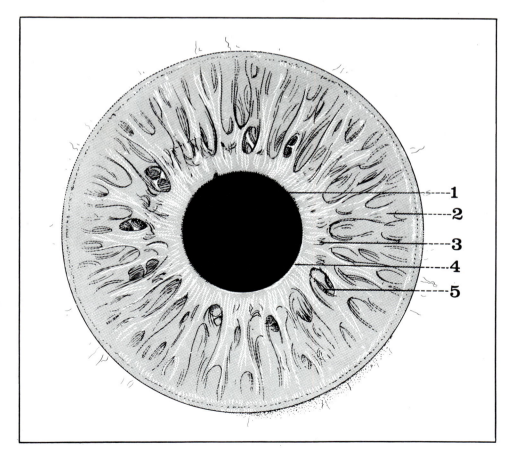

FIGURE 16

Vue de face de l'iris.

1. Bord pupillaire.
2. Zone périphérique (ciliaire).
3. Collerette.
4. Zone sphinctérienne.
5. Crypte de Fuchs (ou stomate).

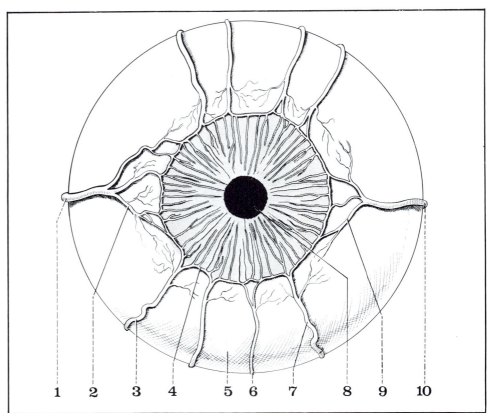

FIGURE 17

Vue antérieure de la vascularisation artérielle de l'iris droit.
1. Artère ciliaire longue postérieure (temporale).
2. Branche descendante (temporale).
3. Artère ciliaire antérieure.
4. Grand cercle artériel de l'iris.
5. Sclérotique.
6 et 7. Artères ciliaires antérieures.
8. Pupille.
9. Branche descendante (nasale).
10. Artère ciliaire longue postérieure (nasale).

---

* Aqueuse : du latin « aqua » = l'eau.
** Zonule : du latin « zonula », ou petite ceinture.

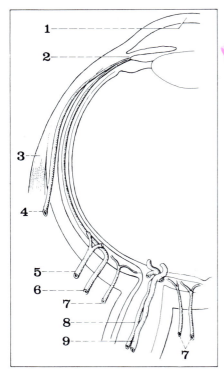

FIGURE 18

Coupe horizontale du globe oculaire.
1. Cornée.
2. Cercle irien.
3. Muscle droit externe (ou droit latéral).
4. Artère ciliaire antérieure.
5. Veine vorticineuse.
6. Artère ciliaire longue.
7. Artères ciliaires courtes.
8. Artère centrale de la rétine.
9. Veine centrale de la rétine.

L'HUMEUR AQUEUSE* (Humor aquosus) est un liquide incolore, limpide, qui provient de la filtration des vaisseaux de l'iris et des procès ciliaires. Il est sous tension dans le segment antérieur de l'œil, entre la cornée et le cristallin, et sa résorption est faite par le canal de Schlemm.

L'iris divise l'espace occupé par l'humeur aqueuse en deux chambres d'inégale importace : (Fig. 15bis)

— la *chambre antérieure* (Camera anterior bulbi), la plus étendue, sépare l'iris de la cornée; en forme de lentille fortement convexe en avant, et presque plane en arrière, elle est profonde de 2 mm d'avant en arrière;

— la *chambre postérieure* (Camera posterior bulbi), presque virtuelle, sépare l'iris du cristallin et de la zonule.

L'une et l'autre communiquent entre elles au niveau de l'orifice pupillaire.

LE CRISTALLIN ou lentille (Lens) est le segment le plus important de l'appareil dioptrique de l'œil. Lentille biconvexe placée dans un plan frontal entre l'iris et le corps vitré, il mesure 10 mm de diamètre, sur 5 mm d'épaisseur. Son poids est de 20 à 25 cgr et sa valeur optique de 11 dioptries.

Sa face postérieure est plus bombée que l'antérieure. Grâce à son élasticité, il peut changer de courbure selon que l'œil est utilisé pour la vision de près ou de loin : c'est l'*accomodation*. (Fig. 19)

Il est maintenu en place par un ligament suspenseur, la *zonule*** *ciliaire* (Zonula ciliaris), décrite par Zinn; celle-ci est constituée par des fibres transparentes, tendues de la rétine cilio-irienne et du corps ciliaire à la circonférence (ou équateur) du cristallin. Au repos, la zonule est tendue, et le cristallin est réglé pour la vision éloignée; pour la vision de près, le muscle ciliaire se contracte, la zonule se détend, et la convexité du cristallin augmente, ce qui accroît sa valeur optique. Mais l'élasticité du cristallin diminue avec l'âge, réduisant ainsi le pouvoir d'accomodation : c'est alors la *presbytie*, dont les premiers symptômes se font sentir vers 45 ans. (Fig. 15bis et 23)

Structure : le cristallin est entouré par une *capsule* ou cristalloïde (Capsula lentis), plus mince en arrière, transparente et élastique. (Fig. 20, 21 et 22)

Il est formé de *fibres* prismatiques (Fibrae lentis), à direction antéro-postérieure, disposées en lamelles concentriques; l'ensemble des extrémités des fibres se rencontre au niveau de *sutures* disposées en étoile, et réalisant en avant un aspect d'Y droit, et en arrière un aspect d'Y renversé.

La partie centrale du cristallin, de consistance plus ferme, réalise le *noyau* (Nucleus lentis). La perte de transparence des fibres constitue la cataracte, très fréquente chez le vieillard, et nécessitant l'extraction opératoire du cristallin.

LE CORPS CILIAIRE (Corpus ciliare)

est un anneau saillant et triangulaire, situé entre la choroïde en arrière et l'iris en avant. Il mesure 8 mm de hauteur, et son importance est considérable en pathologie oculaire. (Fig. 23, 24 et 25)

On peut lui décrire :
— une *face antérieure*, en rapport avec le limbe et la sclérotique,
— une *face postérieure*, tapissée par la rétine cilio-irienne, et par les fibres périphériques de la zonule ciliaire,
— un *sommet*, situé au niveau de l'ora serrata,
— une *base*, au contact des deux chambres du segment antérieur, en rapport *en avant* avec l'angle irido-cornéen, et avec la circonférence de l'iris, et comprenant *en arrière*, les *procès ciliaires** (Processus ciliares), pelotons vasculaires, au nombre de 70, qui dépendent des artères ciliaires longues, et forment tout autour du cristallin une sorte de collerette, la *couronne ciliaire* (Orbicus ciliaris); ils produisent la plus grande partie de l'humeur aqueuse. (Fig. 7)

Le *muscle ciliaire* (Musculus ciliaris) est placé à l'intérieur du corps ciliaire, dans sa partie antéro-latérale. Il est constitué par des fibres lisses qui se fixent en dedans de la sclérotique et se subdivisent en deux portions :

— *fibres antéro-postérieures* ou *méridiennes* (Fibrae meridionales), les plus nombreuses, formant le muscle de Brücke**,

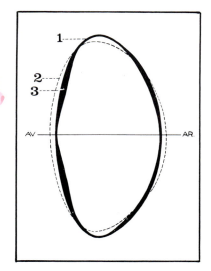

FIGURE 19

Coupe sagittale schématique du cristallin.
1. *Cristalloïde (ou capsule).*
2. *Position de la courbure lors de l'accommodation.*
3. *Position de la courbure à l'état de repos.*

---

* Procès ciliaire : processus (ou prolongement) «ciliaire» (dérivé de «cils»).
** Brücke Ernst, Wilhelm, Ritter (1819-1892), anatomiste allemand, professeur de physiologie à Königsberg et d'anatomie microscopique à Vienne.

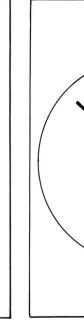

FIGURE 20

Vue médiale du cristallin droit.

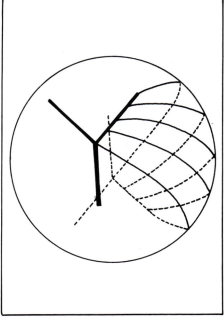

FIGURE 21

Insertion des fibres du cristallin sur les sutures
(d'après Catros).
Vue antérieure.

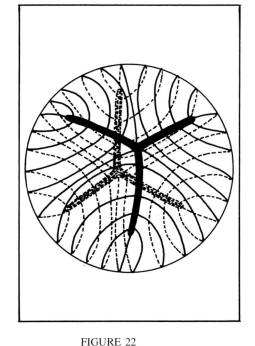

FIGURE 22

Schéma général de l'organisation des fibres du cristallin
(d'après Catros).
Vue antérieure.

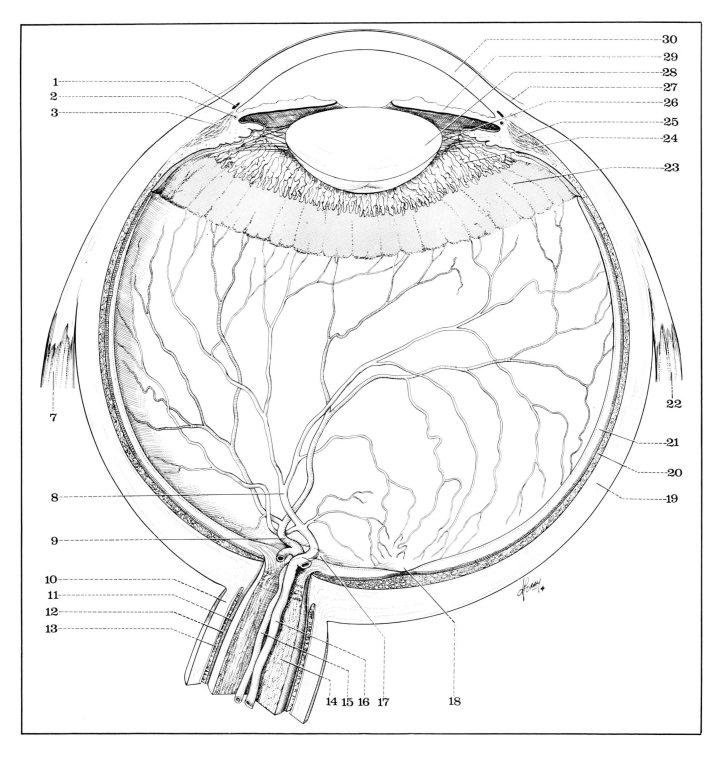

FIGURE 23
Coupe horizontale du globe oculaire droit
(segment inférieur).

1. Canal de Schlemm.
2. Grand cercle artériel de l'iris.
3. Muscle ciliaire.
7. Muscle droit interne.
8. Veine centrale de la rétine (branche inférieure).
9. Artère centrale de la rétine (branche inférieure).
10. Dure-mère.
11. Pie-mère.
12. Espace sous-arachnoïdien.
13. Arachnoïde.
14. Nerf optique.
15. Artère centrale de la rétine.
16. Veine centrale de la rétine.
17. Papille.
18. Macula.
19. Sclérotique.
20. Choroïde.
21. Rétine optique.
22. Muscle droit externe.
23. Muscle ciliaire.
24. Procès ciliaires.
25. Muscle ciliaire.
26. Zonule de Zinn.
27. Conjonctive bulbaire.
28. Cristallin.
29. Iris.
30. Cornée.

— *fibres circulaires* (Fibrae circulares), situées dans la partie postéro-interne du muscle, formant le muscle de Rouget*-Müller**. (Fig. 25)

Richement innervé par les nerfs ciliaires courts issus du moteur oculaire commun, le muscle ciliaire détend la zonule en se contractant, ce qui augmente la courbure du cristallin; c'est donc le muscle de la cilio-motricité, à l'origine du réflexe d'accomodation.

On appelle *tractus uvéal*** ou tunique vasculaire du bulbe (Tunica vasculosa bulbi) l'ensemble formé par : la choroïde, l'iris, et le corps ciliaire.

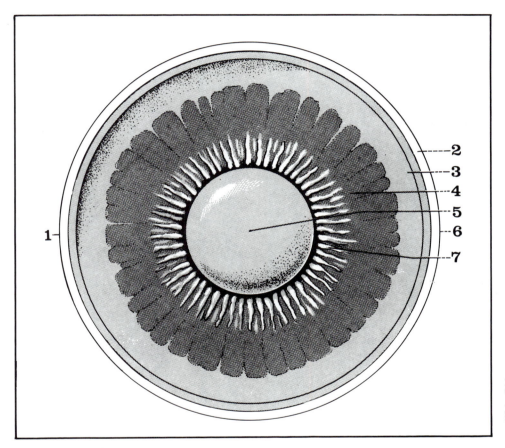

FIGURE 24

Vue postérieure du segment antérieur de l'œil droit.

1. Côté nasal.
2. Sclérotique.
3. Rétine optique.
4. Muscle ciliaire.
5. Face postérieure du cristallin.
6. Côté temporal.
7. Procès ciliaires.

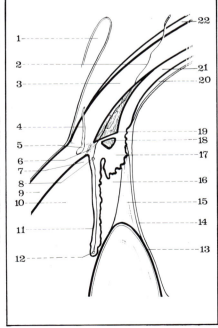

FIGURE 25

Le segment antérieur de l'œil (coupe sagittale).

1. Cul-de-sac conjonctival supérieur.
2. Artère ciliaire antérieure.
3. Sclérotique.
4. Veine ciliaire antérieure.
5. Canal de Schlemm.
6. Ligament pectiné.
7. Angle irido-cornéen.
8. Grand cercle artériel de l'iris.
9. Cornée.
10. Chambre antérieure.
11. Iris.
12. Petit cercle artériel.
13. Fossette patellaire.
14. Membrane hyaloïdienne.
15. Zonule ciliaire.
16. Chambre postérieure.
17. Procès ciliaires.
18. Muscle de Rouget-Müller.
19. Muscle de Brücke.
20. Rétine ciliaire.
21. Choroïde.
22. Capsule de Tenon.

---

* Rouget Charles (1824-1904), professeur d'histologie à Paris puis professeur de physiologie à Montpellier.
** Müller Heinrich (1820-1864), anatomiste allemand, professeur d'anatomie à Würzbourg.
*** Uvéal : du latin «uva» = la grappe de raisin.

14 la loge postérieure de l'orbite

PLAN

Muscles de l'orbite :
releveur de la paupière supérieure
muscles droits
muscles obliques :
  grand oblique
  petit oblique
aponévrose orbitaire :
  gaines musculaires
  capsule de Tenon

Vaisseaux de l'orbite :
artères :
  artère ophtalmique et ses branches
veines ophtalmiques

Nerfs de l'orbite :
nerf optique
nerfs moteurs de l'œil :
  moteur oculaire commun
  pathétique
  moteur oculaire externe
nerf ophtalmique de Willis :
  lacrymal
  frontal
  nasal
ganglion ophtalmique :
  racines
  nerfs ciliaires courts
    voies optiques réflexes

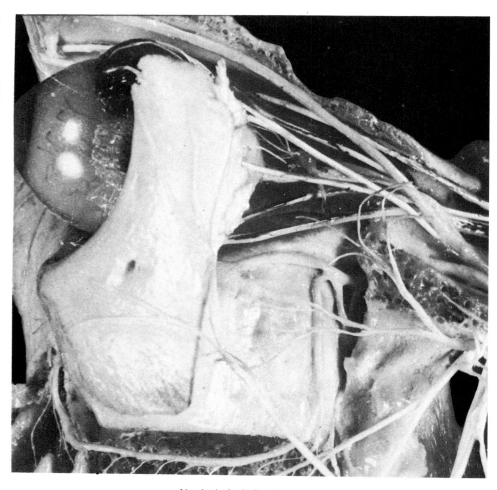

Vue latérale de l'orbite gauche.

La loge postérieure de l'orbite renferme les muscles, les vaisseaux et les nerfs destinés au globe oculaire, et plongés dans une atmosphère cellulo-graisseuse, le corps adipeux de l'orbite.

Les muscles de l'orbite

Les muscles de l'orbite sont au nombre de 7 :

— le releveur de la paupière supérieure,
— les 4 muscles droits,
— les 2 muscles obliques.

LE MUSCLE RELEVEUR DE LA PAUPIÈRE SUPÉRIEURE (M. Levator palpebrae superioris) est en forme de long triangle, dont le sommet correspond au fond de l'orbite, et dont la base s'étale dans la paupière supérieure. (Fig. 1 et 2)

— **Origine** : sur la petite aile du sphénoïde, au-dessus du trou optique.

— **Trajet** : longeant la paroi supérieure de l'orbite, au-dessus du muscle droit supérieur.

— **Terminaison** : le tendon antérieur du muscle s'étale sous forme d'une large aponévrose qui se fusionne avec le septum orbitaire et se divise en 4 expansions :

— *deux expansions sagittales* :

l'une *antérieure*, cutanée, qui traverse la portion palpébrale supérieure de l'orbiculaire des paupières,

l'autre *postérieure*, tarsale, qui rejoint la face superficielle du tarse supérieur ;

— *deux expansions latérales* :

l'une *interne*, fixée sur la partie haute de la crête lacrymale postérieure,

l'autre *externe*, fixée sur la suture fronto-malaire, après avoir traversé la glande lacrymale.

— **Innervation** : par la branche supérieure du moteur oculaire commun (III).

— **Action** : en portant la paupière supérieure en haut et en arrière, il ouvre la fente palpébrale ; sa paralysie entraîne le *ptosis* ou impossibilité de relever la paupière supérieure.

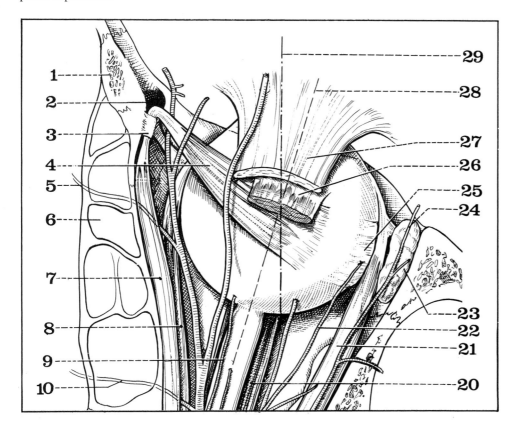

FIGURE 1

Vue supérieure de l'orbite droite.
1. Os lacrymal.
2. Canal lacrymo-nasal.
3. Poulie de réflexion du grand oblique.
4. Muscle grand oblique.
5. Artère ethmoïdale antérieure.
6. Cellule ethmoïdale.
7. Muscle grand oblique.
8. Muscle droit interne.
9. Artère ciliaire longue postérieure.
10. Artère ethmoïdale postérieure.
20. Muscle droit inférieur.
21. Muscle droit externe.
22. Artère musculaire inférieure.
23. Glande lacrymale.
24. Artère lacrymale.
25. Muscle petit oblique.
26. Muscle droit supérieur (sectionné).
27. Muscle releveur de la paupière supérieure (sectionné).
28. Axe de l'orbite.
29. Axe du globe oculaire.

FIGURE 2

Vue latérale de l'orbite droite.
1. Branche masticatrice du nerf trijumeau.
2. Nerf trijumeau (V).
3. Ganglion de Gasser.
4. Apophyse clinoïde postérieure.
5. Nerf optique.
6. Nerf lacrymal.
7. Muscle droit interne.
8. Muscle releveur de la paupière supérieure.
9. Muscle droit supérieur.
10. Nerf nasal.
11. Nerf frontal.
12. Muscle grand oblique.
13. Sinus frontal.
14. Rameau frontal.
15. Rameau nasal.
16. Glande lacrymale.
17. Rameau palpébral.
18. Paupière supérieure.
19. Anastomose orbito-lacrymale.
20. Nerf sous-orbitaire.
21. Muscle petit oblique.
22. Sinus maxillaire.
23. Muscle droit inférieur.
24. Nerf dentaire moyen.
25. Nerf dentaire postérieur.
26. Ganglion sphéno-palatin.
27. Nerf maxillaire supérieur.
28. Nerf mandibulaire.

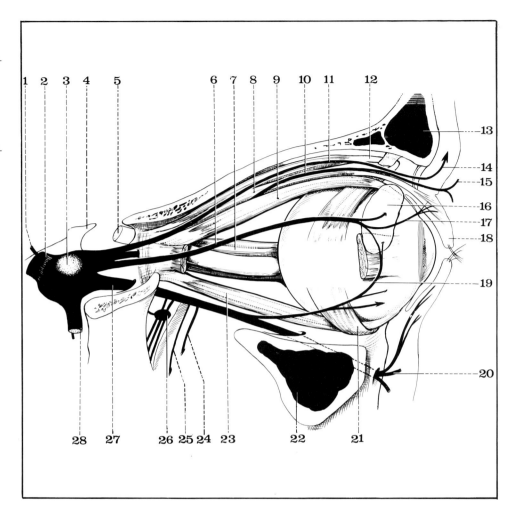

LES MUSCLES DROITS sont au nombre de quatre, formant une sorte de pyramide creuse dans laquelle le globe oculaire se trouve contenu.

— **Origine** : le *tendon de Zinn*, fixé sur le corps du sphénoïde, au niveau du tubercule sous-optique, se divise en 4 languettes tendineuses disposées à angle droit, dans l'intervalle desquelles naissent les corps charnus des quatre muscles droits : (Fig. 3)

— muscle droit interne ou droit médial (M. rectus medialis),
— muscle droit inférieur (M. rectus inferior),
— muscle droit supérieur (M. rectus superior),
— muscle droit externe ou droit latéral (M. rectus lateralis).

Le faisceau d'origine du droit externe, situé dans la portion élargie de la fente sphénoïdale, présente un orifice en forme de boutonnière, l'*anneau de Zinn* ou anneau tendineux commun (Annulus tendineus communis) à l'intérieur duquel passent les deux branches du nerf moteur oculaire commun (III), le nerf moteur oculaire externe (VI) et le nerf nasal (du V).

— **Trajet** : les muscles droits se dirigent d'arrière en avant, dans la loge postérieure de l'orbite.

— **Terminaison** : les tendons terminaux se fixent sur la partie antérieure de la sclérotique, à proximité du limbe, à une distance différente pour chaque muscle, et croissante dans le sens des aiguilles d'une montre (pour l'œil droit) :

5 mm pour le droit interne,
6 mm pour le droit inférieur,

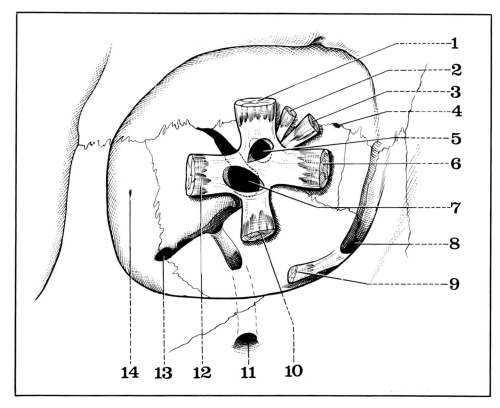

FIGURE 3

Insertion des muscles droits sur le tendon de Zinn (vue antérieure de l'orbite).
1. Muscle droit supérieur.
2. Muscle releveur de la paupière supérieure.
3. Muscle grand oblique.
4. Trou ethmoïdal antérieur.
5. Trou optique.
6. Muscle droit interne.
7. Fente sphénoïdale (portion élargie).
8. Gouttière lacrymale.
9. Muscle petit oblique.
10. Muscle droit inférieur.
11. Trou sous-orbitaire.
12. Muscle droit externe.
13. Fente sphéno-maxillaire.
14. Face orbitaire de l'os malaire.

7 mm pour le droit externe,
8 mm pour le droit supérieur. (Fig. 4)

— **Innervation** : par la 3ᵉ et la 6ᵉ paires crâniennes :

— droit supérieur : branche supérieure du moteur oculaire commun (III),
— droit interne : branche inférieure du III,
— droit inférieur : branche inférieure du III,
— droit externe : nerf moteur oculaire externe (VI).

— **Action** : les muscles droits, antagonistes des muscles obliques, ont tendance à attirer le globe en arrière ; comme ils se contractent simultanément, ils se neutralisent, et ne peuvent que faire pivoter le globe sur place autour d'un centre de rotation situé un peu en arrière du pôle postérieur de l'œil.

L'axe de rotation du droit interne et du droit externe coïncide avec le diamètre vertical de l'œil, et l'axe de rotation du droit supérieur et du droit inférieur coïncide avec le plan horizontal.

L'œil ne possède donc que des mouvements de rotation, et, au moment où un muscle se contracte, tous les autres agissent simultanément pour fixer le globe oculaire.

Mais bien entendu, chaque muscle pris isolément a une action spécifique :
— *le droit supérieur* est élévateur et porte la cornée en haut ; il agit en synergie avec le releveur de la paupière supérieure,
— *le droit inférieur* est abaisseur et porte la cornée en bas ; il est donc antagoniste du droit supérieur,
— *le droit externe* est abducteur et porte la cornée en dehors,
— *le droit interne* est adducteur et porte la cornée en dedans ; il est donc antagoniste du droit externe.

L'insuffisance ou la paralysie de l'un de ces muscles réalise le *strabisme** qui peut être divergent, si l'œil est porté en dehors, ou convergent si l'œil est porté en dedans.

---

* Du grec : *strabos* = louche.

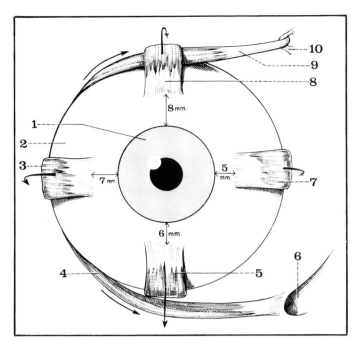

FIGURE 4

Vue antérieure du globe oculaire droit montrant l'insertion des muscles droits et des muscles obliques sur la sclérotique (les flèches indiquent l'action des muscles).

1. Iris.
2. Sclérotique.
3. Muscle droit externe.
4. Muscle petit oblique.
5. Muscle droit inférieur.
6. Gouttière lacrymale.
7. Muscle droit interne.
8. Muscle droit supérieur.
9. Muscle grand oblique.
10. Poulie de réflexion.

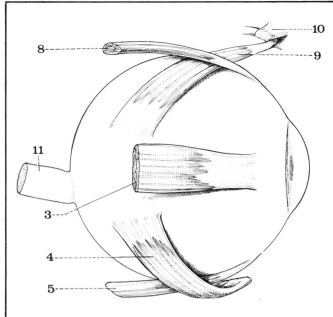

FIGURE 5

Vue latérale du globe oculaire droit.
3. Muscle droit externe.
4. Muscle petit oblique.
5. Muscle droit inférieur.
8. Muscle droit supérieur.
9. Muscle grand oblique.
10. Poulie de réflexion.
11. Nerf optique.

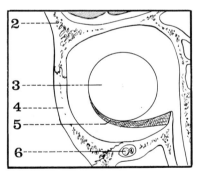

FIGURE 6

Coupe frontale passant par le muscle petit oblique.

2. Os frontal.
3. Globe oculaire.
4. Os malaire (ou zygomatique).
5. Muscle petit oblique.
6. Nerf sous-orbitaire (du maxillaire supérieur).

LES MUSCLES OBLIQUES sont au nombre de deux, croisant obliquement l'axe antéro-postérieur du globe oculaire. (Fig. 5 et 7)

a) LE MUSCLE GRAND OBLIQUE ou oblique supérieur (M. obliquus superior) est le plus long de tous les muscles de l'orbite.

— **Origine** : par un court tendon, fixé en dedans et au-dessus du trou optique.

— **Trajet** : il longe l'angle supéro-interne de l'orbite, et donne un tendon qui se réfléchit à angle aigu dans une *poulie de réflexion* fibro-cartilagineuse, implantée dans la fossette trochléaire du frontal ; puis il redevient musculaire, et contourne la partie supérieure du globe en se plaçant sous le droit supérieur.

— **Terminaison** : par une portion élargie, sur la face supéro-externe de l'hémisphère postérieur de l'œil.

— **Innervation** : par le nerf pathétique, ou trochléaire* (IV).

— **Action** : l'axe de rotation du muscle est oblique en dedans et en arrière, formant avec l'axe antéro-postérieur du globe oculaire un angle de 40° ;

— lorsque l'œil est en adduction : le grand oblique est abaisseur,

— lorsque l'œil est en abduction : le grand oblique est rotateur interne, et fait tourner le globe dans le sens des aiguilles d'une montre (à droite).

b) LE MUSCLE PETIT OBLIQUE ou oblique inférieur (M. obliquus inferior), beaucoup plus court, ne représente que la portion réfléchie du muscle précédent ; c'est le seul muscle qui ne se détache pas du fond de l'orbite. (Fig. 5 et 6)

— **Origine** : en dehors de l'orifice orbitaire du canal lacrymo-nasal.

— **Trajet** : dirigé en dehors et en arrière, il contourne la face inférieure du globe, en passant sous le droit inférieur.

---

* Trochléaire : du latin *trochlea* = la poulie.

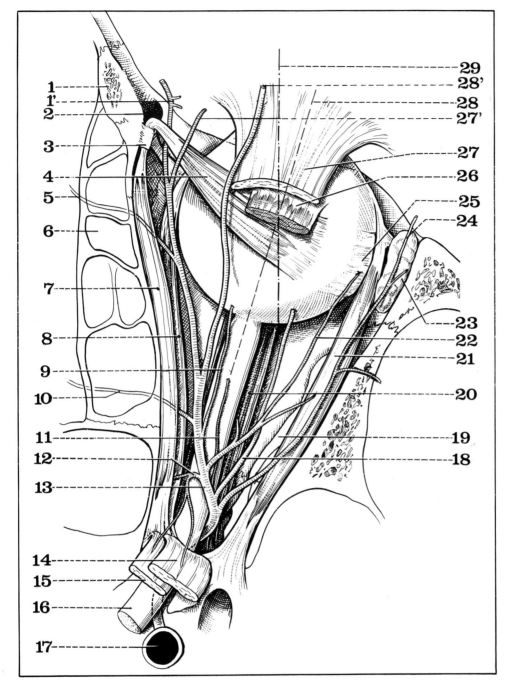

FIGURE 7

Vue supérieure de l'orbite droite.
1. Os lacrymal.
1'. Artère nasale.
2. Canal lacrymo-nasal.
3. Poulie de réflexion du grand oblique.
4. Muscle grand oblique.
5. Artère ethmoïdale antérieure.
6. Cellule ethmoïdale.
7. Muscle grand oblique.
8. Muscle droit interne.
9. Artère ciliaire longue postérieure.
10. Artère ethmoïdale postérieure.
11. Artère centrale de la rétine.
12. Artère musculaire supérieure.
13. Artère ophtalmique.
14. Muscle droit supérieur (sectionné).
15. Muscle releveur de la paupière supérieure (sectionné).
16. Nerf optique.
17. Artère carotide interne.
18. Artère ciliaire longue postérieure.
19. Fente sphéno-maxillaire.
20. Muscle droit inférieur.
21. Muscle droit externe.
22. Artère musculaire inférieure.
23. Glande lacrymale.
24. Artère lacrymale.
25. Muscle petit oblique.
26. Muscle droit supérieur (sectionné).
27. Muscle releveur de la paupière supérieure (sectionné).
27'. Artère supra-trochléaire.
28. Axe de l'orbite.
28'. Artère sus-orbitaire.
29. Axe du globe oculaire.

— **Terminaison** : sur la face inféro-externe de l'hémisphère postérieur de l'œil.

— **Innervation** : par la branche inférieure du moteur oculaire commun (III).

— **Action** : légèrement supérieure à celle du grand oblique, elle lui est antagoniste

— lorsque l'œil est en adduction : le petit oblique est élévateur,

— lorsque l'œil est en abduction : le petit oblique est rotateur externe, faisant tourner le globe dans le sens inverse des aiguilles d'une montre (à droite).

L'APONÉVROSE ORBITAIRE réunit des formations aponévrotiques, qui forment autour des muscles des gaines, et réalisent derrière le globe oculaire une coque fibreuse qui l'isole de la loge postérieure de l'orbite :

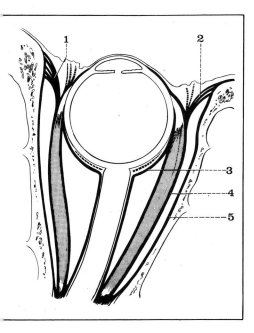

FIGURE 8

*La capsule de Tenon et ses expansions musculaires
(coupe horizontale de l'orbite droite).*
1. Ligament palpébral interne.
2. Ligament palpébral externe.
3. Capsule de Tenon.
4. Gaine du muscle droit externe.
5. Périoste de l'orbite

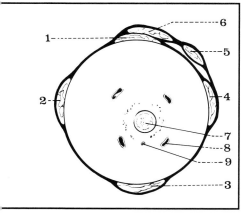

FIGURE 8bis

Coupe frontale de la loge postérieure de l'orbite
1. Muscle droit supérieur.
2. Muscle droit externe.
3. Muscle droit inférieur.
4. Muscle droit interne.
5. Muscle grand oblique.
6. Muscle releveur de la paupière supérieure.
7. Nerf optique.
8. Veine vorticineuse.
9. Artère ciliaire postérieure.

a) LES GAINES MUSCULAIRES s'étalent d'avant en arrière sur chacun des 7 muscles de l'orbite : (Fig. 8 et 8bis)

— celle du releveur de la paupière supérieure est reliée à celle du droit supérieur, ce qui permet la synergie fonctionnelle des deux muscles,

— celles des muscles droits sont réunies entre elles par des membranes intermusculaires, qui complètent le cône musculaire à la périphérie ; elles présentent des prolongements orbitaires qui se fixent sur le rebord de l'orbite, et, en haut et en bas, atteignent les tarses des paupières ; ce sont les ailerons musculaires,

— celle du muscle grand oblique peut être subdivisée en une portion antérieure ou prétrochléaire, et une portion postérieure, plus mince, ou rétro-trochléaire,

— celle du petit oblique enfin vient se fixer sur le bord externe du canal lacrymo-nasal.

b) LA CAPSULE DE TENON* ou vaginale du bulbe oculaire (Vagina bulbi) est un segment de sphère creuse qui englobe dans sa concavité la partie postérieure du globe. (Fig. 8)

En continuité en arrière avec la gaine dure-mérienne du nerf optique (ou vaginale du nerf optique), elle entoure en avant l'hémisphère postérieur de l'œil, séparée de la sclérotique par un tissu celluleux très lâche (l'espace de Tenon) que certains assimilent à une séreuse ; ainsi est réalisée entre la capsule et le globe une véritable articulation en rotule qui permet les mouvements de rotation de l'œil.

Plus en avant, la capsule de Tenon est traversée par les tendons des muscles, et, se mêlant à leurs gaines, envoie des expansions antérieures aux paupières et à la conjonctive.

L'aponévrose orbitaire joue ainsi un double rôle vis-à-vis du globe oculaire :

— rôle de fixation, par les prolongements orbitaires (ou ailerons) des gaines musculaires,

— rôle de mobilisation, par l'articulation réalisée par la capsule de Tenon.

Mais surtout, elle divise la cavité orbitaire en deux loges indépendantes :
— l'une antérieure, destinée au globe oculaire,
— l'autre postérieure, rétro-orbitaire, traversée par les vaisseaux et les nerfs de l'œil, et comblée par la graisse du *corps adipeux* (Corpus adiposum orbitae).

Grâce à cette conformation, l'énucléation de l'œil peut se faire sans ouvrir la loge rétro-capsulaire de l'orbite, c'est-à-dire sans faire courir le risque grave d'une infection, qui pourrait entraîner un phlegmon de l'orbite.

Les vaisseaux de l'orbite

ARTÈRES

L'ARTÈRE OPHTALMIQUE (A. ophtalmica), seule collatérale de la carotide interne, vascularise tous les organes contenus dans la cavité orbitaire.

a) **Origine** : de la face antérieure de la carotide interne, au moment où, émergeant du sinus caverneux, cette artère traverse la dure-mère, et se place entre le corps du sphénoïde et l'apophyse clinoïde antérieure.

b) **Trajet** : d'un calibre de 1,5 mm, l'artère ophtalmique se porte en avant, en direction du globe oculaire, et décrit 3 portions : (Fig. 9)

— *intracrânienne* : circulant dans l'espace sous-arachnoïdien, l'artère longe la face inférieure du nerf optique puis pénètre dans sa gaine dure-mérienne ;

— *canalaire* : dans le canal optique, toujours située au-dessous du nerf optique, elle se dirige progressivement vers sa face externe, puis perfore la dure-mère à la sortie du canal ;

---

* Tenon Jacques René (1724-1816), ophtalmologiste française, professeur de pathologie externe à Paris.

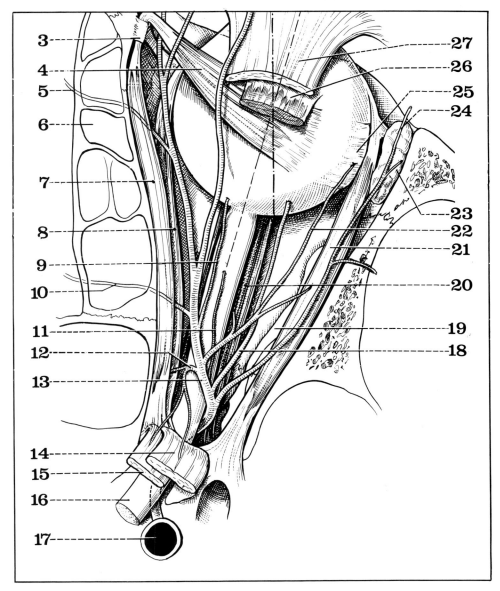

FIGURE 9

Vue supérieure de l'orbite droite.
3. Poulie de réflexion du grand oblique.
4. Muscle grand oblique.
5. Artère ethmoïdale antérieure.
6. Cellule ethmoïdale.
7. Muscle grand oblique.
8. Muscle droit interne.
9. Artère ciliaire longue postérieure.
10. Artère ethmoïdale postérieure.
11. Artère centrale de la rétine.
12. Artère musculaire supérieure.
13. Artère ophtalmique.
14. Muscle droit supérieur (sectionné).
15. Muscle releveur de la paupière supérieure (sectionné).
16. Nerf optique.
17. Artère carotide interne.
18. Artère ciliaire longue postérieure.
19. Fente sphéno-maxillaire.
20. Muscle droit inférieur.
21. Muscle droit externe.
22. Artère musculaire inférieure.
23. Glande lacrymale.
24. Artère lacrymale.
25. Muscle petit oblique.
26. Muscle droit supérieur (sectionné).
27. Muscle releveur de la paupière supérieur (sectionné)

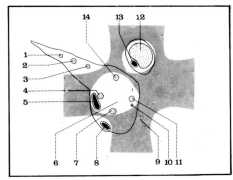

FIGURE 10

La fente sphénoïdale et le trou optique.
1. Nerf lacrymal.
2. Nerf frontal.
3. Nerf pathétique (IV).
4. Nerf moteur oculaire externe (VI).
5. Veine ophtalmique supérieure.
6. Intérieur de l'anneau de Zinn.
7. Branche inférieure du nerf moteur oculaire commun (III).
8. Veine ophtalmique inférieure.
9. Muscle droit inférieur.
10. Racine sympathique du ganglion ophtalmique.
11. Nerf nasal.
12. Nerf optique (II).
13. Artère ophtalmique.
14. Branche supérieure du nerf moteur oculaire commun (III).

— *orbitaire* : d'abord latéro-optique, en dehors du nerf et contre lui, l'artère croise transversalement son trajet en passant au-dessus de lui, puis, devenue antéro-postérieure, elle longe à distance le bord supéro-interne de l'orbite, entre le grand oblique et le droit interne (Fig. 10).

Elle passe alors sous la poulie du grand oblique et remonte un peu pour se placer entre le rebord orbitaire et le ligament palpébral interne.

c) **Collatérales** : au cours de son trajet, l'artère ophtalmique fournit 14 collatérales importantes, qui peuvent être subdivisées en trois groupes :

— **Groupe neuro-oculaire** : (Fig. 7)

— *les rameaux destinés au nerf optique*,

— *l'artère centrale de la rétine* (A. centralis retinae), qui pénètre dans le nerf optique à 1 cm en arrière du globe oculaire (Fig. 14),

— les *artères ciliaires postérieures* :

— soit *longues* (A. ciliares posteriores longae), au nombre de 2, nées de l'artère ophtalmique lorsqu'elle surcroise le nerf optique, et destinées au corps ciliaire,

— soit *courtes* (A. ciliares posteriores breves), au nombre de 1 à 3, destinées à la choroïde.

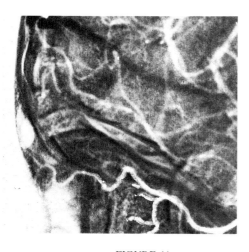

FIGURE 11

Artériographie par voie carotidienne de l'artère ophtalmique gauche.

— **Groupe orbitaire** : (Fig. 7)
— l'*artère lacrymale* (A. lacrimalis), importante, qui longe l'angle supéro-externe de l'orbite, et irrigue la glande lacrymale et les téguments voisons,
— les *artères musculaires*, subdivisées en deux branches :
— *inférieure*, pour le droit externe, le droit nférieur, et le petit oblique,
— *supérieure*, pour le releveur de la paupière supérieure, le droit supérieur, le droit interne, et le grand oblique ;

Elles donnent naissance, au niveau des tendons d'insertion des muscles droits, aux *artères ciliaires antérieures* (A. ciliares anteriores), destinées au grand cercle antérieur de l'iris.

— **Groupe extra-orbitaire** : (Fig. 7)
— les *artères ethmoïdales*, au nombre de deux :
— *postérieure* (A. ethmoidalis posterior), qui passe dans le trou ethmoïdal postérieur, et gagne la partie postérieure des fosses nasales,
— *antérieure* (A. ethmoidalis anterior), qui passe dans le trou ethmoïdal antérieur, et irrigue la partie antérieure des fosses nasales,
— l'*artère sus-orbitaire* (A. supraorbitalis), symétrique interne de la région lacrymale, qui sort par le trou sus-orbitaire, et se termine dans la région externe du front,
— les *artères palpébrales internes* (A. palpebrales mediales), au nombre de deux : *inférieure et supérieure*, qui s'anastomosent en dehors avec des branches de la lacrymale, et réalisent les arcades palpébrales correspondantes,

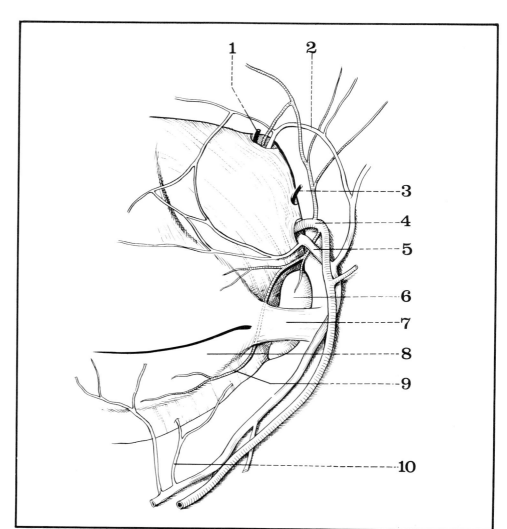

FIGURE 12

Vue antérieure de l'angle interne de l'œil droit.

1. Nerf frontal interne (rameau médial du sus-orbitaire).
2. Racine supérieure de la veine ophtalmique.
3. Nerf nasal externe.
4. Artère angulaire (anastomose de l'ophtalmique et de la faciale).
5. Veine angulaire.
6. Sac lacrymal.
7. Ligament palpébral interne.
8. Tarse inférieur.
9. Artère palpébrale inférieure.
10. Veine orbito-lacrymo-faciale.

— l'*artère supra-trochléaire* (A. supratrochlearis), destinée à la région interne du front (= artère frontale interne),

— l'*artère dorsale du nez* (A. dorsalis nasi), provient le plus souvent d'un tronc commun avec la précédente; elle irrigue la racine du nez et le front.

d) **Terminaison** : au niveau de l'angle supéro-interne de la base de l'orbite, elle perfore le septum orbitaire et s'anastomose avec l'artère angulaire (A. angularis), branche terminale de la faciale. (Fig. 12) Elle devient la nasale.

e) **Anastomoses** : par l'intermédiaire de ses nombreuses branches, l'artère ophtalmique est largement anastomosée avec les systèmes voisins :

— en arrière : artères méningées,
— en avant : artères de la face.

Ces anastomoses facilitent la création de nombreuses voies de suppléance que l'*artériographie* permet de mettre en évidence. (Fig. 11)

2) **VEINES** (Fig. 12)

La circulation veineuse de l'orbite est très développée; elle est assurée par les deux veines ophtalmiques, qui se drainent dans le sinus caverneux :

a) **Veine ophtalmique supérieure** (V. ophtalmica superior), la plus volumineuse, constituant l'axe veineux de l'orbite.

Formée par la réunion, en arrière de la poulie du grand oblique, de deux racines (supérieure et inférieure), elle parcourt l'orbite d'avant en arrière, et reçoit sur son trajet de nombreuses collatérales :

— veines ethmoïdales (V. ethmoidales),
— veines musculaires,
— veines ciliaires antérieures (V. ciliares),
— veines vorticineuses (V. vorticosae), issues de la choroïde,
— veine lacrymale (V. lacrimalis),
— veines palpébrales (V. palpebrales),
— veines conjonctivales (V. conjunctivales),
— veines épisclérales (V. episclerales),
— veine centrale de la rétine (V. centralis retinae), très grêle, pouvant aussi rejoindre directement le sinus caverneux (Fig. 14).

Parvenue au sommet de la pyramide orbitaire, la veine ophtalmique supérieure s'infiltre entre les insertions du droit externe et du droit supérieur, et sort de l'orbite par la portion élargie de la *fente sphénoïdale*, dans sa partie supéro-externe, en dehors de l'anneau de Zinn (Fig. 10).

Elle se termine à la face antérieure du *sinus caverneux* (Sinus cavernosus).

b) **Veine ophtalmique inférieure** (V. ophtalmica inferior), beaucoup plus grêle, drainant le courant veineux de la portion basse de l'orbite, et rejoignant le plus souvent la veine supérieure.

Collatérales de l'artère ophtalmique :

— **Groupe neuro-oculaire**
rameaux du nerf optique
artère centrale de la rétine
artères ciliaires post. longues
artères ciliaires post. courtes

— **Groupe orbitaire**
artère lacrymale
artère musculaire inférieure
artère musculaire supérieure

— **Groupe extra-orbitaire**
artère ethmoïdale postérieure
artère ethmoïdale antérieure
artère sus-orbitaire
artère palpébrale inférieure
artère palpébrale supérieure
artère supra-trochléaire
artère dorsale du nez

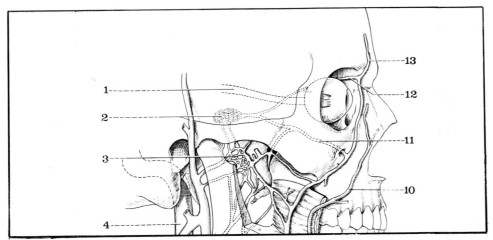

FIGURE 13

Vue latérale droite des veines ophtalmiques.

1. Nerf optique (II).
2. Sinus caverneux.
3. Plexus veineux ptérygoïdien.
4. Veine jugulaire interne.
10. Artère faciale.
11. Veine ophtalmique inférieure.
12. Veine ophtalmique supérieure.
13. Veine sus-orbitaire.

c) **Anastomoses** : très riches,
— soit à l'intérieur de l'orbite,
— soit avec les veines de la face (par l'angulaire), expliquant le retentissement possible des infections faciales sur les veines orbitaires, et, par leur intermédiaire, la création d'une thrombo-phlébite du sinus caverneux.

Les nerfs de l'orbite

Les nerfs contenus dans l'orbite sont nombreux et de signification physiologique très différente.

On y rencontre en effet :
— un nerf sensoriel, le nerf optique (II),
— trois nerfs moteurs, les III, IV et VI nerfs crâniens,
— un nerf sensitif, l'ophtalmique de Willis, branche du V,
— un centre végétatif, le ganglion ophtalmique.

1) **LE NERF OPTIQUE** (N. opticus), 2º nerf crânien, forme le premier segment des voies optiques, et s'étend du globe oculaire au chiasma optique.

Long de 4,5 cm, il conduit les impressions visuelles de la rétine au névraxe.

Du point de vue histologique, il n'a pas le caractère d'un nerf périphérique, mais de l'axe cérébro-spinal, car il peut être considéré comme une véritable évagination de l'encéphale.

Origine : à 3 mm en dedans du pôle postérieur du globe, sous forme d'un volumineux tronc arrondi de 3 mm de diamètre. (Fig. 13)

Trajet : on lui décrit 3 portions : (Fig. 14bis)

— *intra-orbitaire* : longue de 3 cm ; le nerf, situé à l'intérieur du cône musculaire, en constitue l'axe ; dirigé d'avant en arrière et de dehors en dedans, il n'est pas rectiligne, mais décrit des sinuosités, véritables réserves d'allongement qui permettent les mouvements du globe sans traction sur le nerf.

Autour du nerf, les trois gaines méningées, en continuité avec celles du cerveau, constituent la *vaginale*, et l'isolent du corps adipeux de l'orbite.

Dans cette portion, les *rapports* se font : (Fig. 15 et 16)

— avec les muscles de l'orbite, d'abord à distance du nerf, puis se rapprochant de lui au voisinage de l'entrée du canal optique, où les fibres tendineuses du grand oblique, du droit interne, et du droit supérieur adhèrent à la gaine nerveuse ;

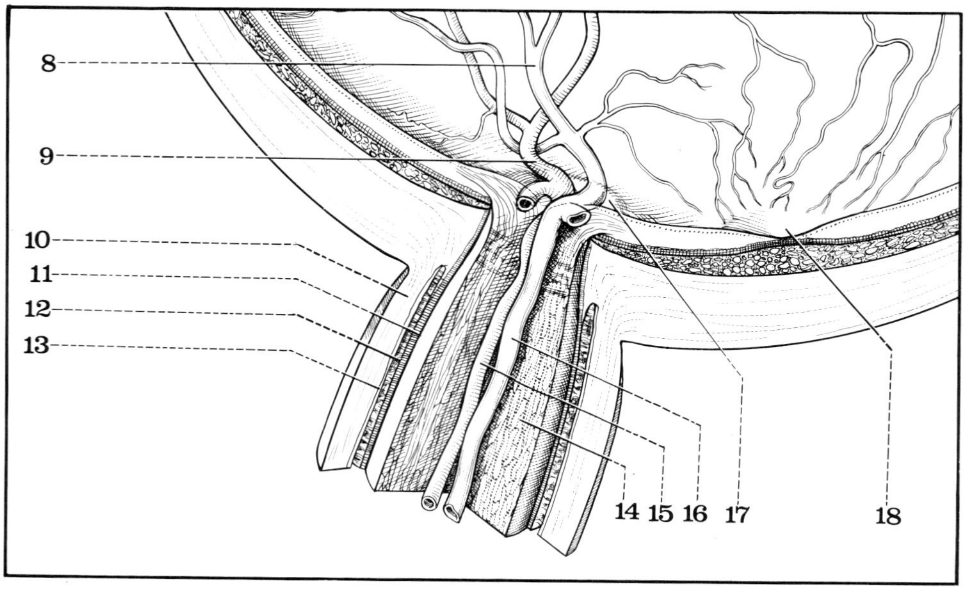

FIGURE 14

Coupe horizontale de la papille droite.
8. *Veine centrale de la rétine (branche inférieure).*
9. *Artère centrale de la rétine (branche inférieure).*
10. *Dure-mère.*
11. *Pie-mère.*
12. *Espace sous-arachnoïdien.*
13. *Arachnoïde.*
14. *Nerf optique.*
15. *Artère centrale de la rétine.*
16. *Veine centrale de la rétine.*
17. *Papille.*
18. *Macula.*

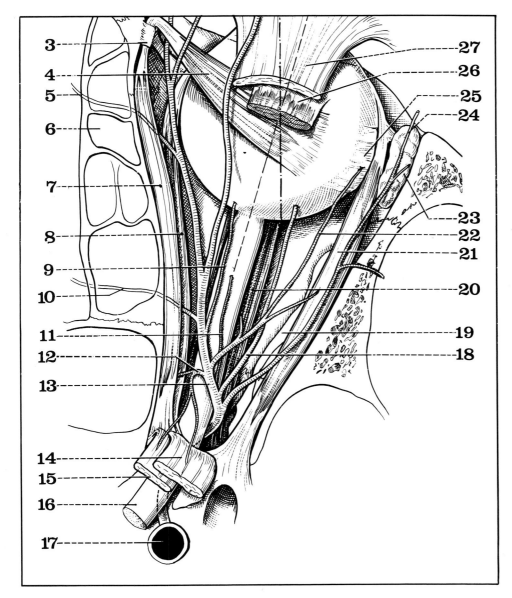

FIGURE 14 b

Vue supérieure de l'orbite droite.
3. Poulie de réflexion du grand oblique.
4. Muscle grand oblique.
5. Artère ethmoïdale antérieure.
6. Cellule ethmoïdale.
7. Muscle grand oblique.
8. Muscle droit interne.
9. Artère ciliaire longue postérieure.
10. Artère ethmoïdale postérieure.
11. Artère centrale de la rétine.
12. Artère musculaire supérieure.
13. Artère ophtalmique.
14. Muscle droit supérieur (sectionné).
15. Muscle releveur de la paupière supérieure (sectionné).
16. Nerf optique.
17. Artère carotide interne.
18. Artère ciliaire longue postérieure.
19. Fente sphéno-maxillaire.
20. Muscle droit inférieur.
21. Muscle droit externe.
22. Artère musculaire inférieure.
23. Glande lacrymale.
24. Artère lacrymale.
25. Muscle petit oblique.
26. Muscle droit supérieur (sectionné).
27. Muscle releveur de la paupière supérieur (sectionné)

— avec l'artère ophtalmique, qui surcroise le nerf et se dirige vers l'angle supéro-interne de l'orbite ;
— avec le ganglion ophtalmique, accolé à sa face externe, à l'union 2/3 antérieurs et 1/3 postérieur ;
— *intra-canalaire* : longue de 5 mm ; le nerf pénètre dans le canal optique limité :
— en haut : par la racine supérieure de la petite aile du sphénoïde,
— en bas : par la racine inférieure de cette aile,
— en dedans : par le corps du sphénoïde,
— en dehors : par la jonction des deux racines de la petite aile.

Dans le canal, nous l'avons vu, il est accompagné par l'artère ophtalmique, située au-dessous et en dehors de lui.

— *intra-crânienne* : longue de 1 cm ; oblique en arrière et en dedans, le nerf baigne dans le liquide cérébro-spinal de la citerne opto-chiasmatique ; il entre en rapport :
— en haut : avec l'espace perforé antérieur,
— en bas : avec la tente de l'hypophyse,
— en dehors et en arrière : avec l'émergence de la carotide interne qui dessine une courbe à concavité postérieure au-dessus du toit du sinus caverneux, et donne l'artère ophtalmique.

Terminaison : dans l'angle antérieur du *chiasma optique* (Chiasma opticum).

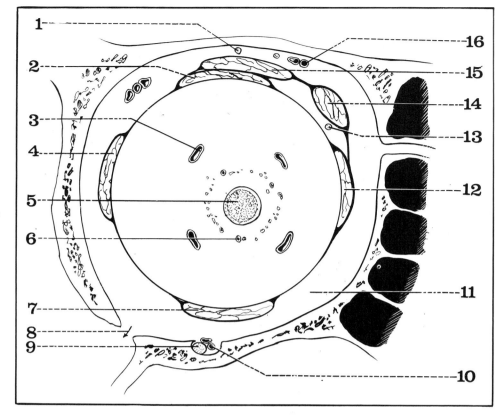

FIGURE 15

Coupe frontale de la loge postérieure de l'orbite.
1. Nerf frontal.
2. Muscle droit supérieur.
3. Veine vorticineuse.
4. Muscle droit externe.
5. Nerf optique.
6. Artères et nerfs ciliaires.
7. Muscle droit inférieur.
8. Fente ptérygo-maxillaire.
9. Nerf sous-orbitaire.
10. Artère sous-orbitaire.
11. Espace péri-viscéral.
12. Muscle droit interne.
13. Nerf nasal.
14. Muscle grand oblique.
15. Muscle releveur de la paupière supérieure.
16. Artère sus-orbitaire.

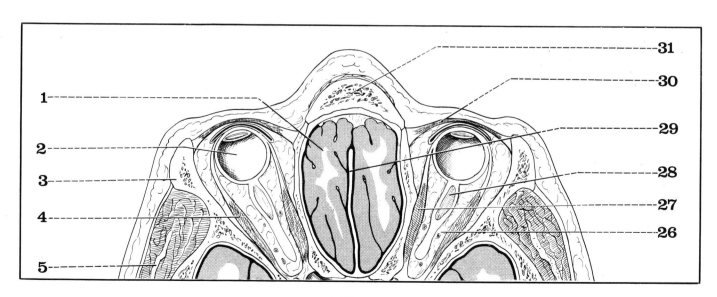

FIGURE 16

Coupe horizontale de la tête passant par les orbites (segment inférieur de la coupe).

1. Segment olfactif du lobe frontal gauche.
2. Globe oculaire.
3. Os malaire.
4. Muscle droit externe.
5. Muscle temporal.
26. Corps adipeux de l'orbite.
27. Muscle droit interne.
28. Nerf optique.
29. Lobes frontaux (F1)
30. Muscle orbiculaire des paupières.
31. Os propres du nez.

2) LES NERFS MOTEURS DE L'ŒIL

Les trois nerfs moteurs de l'œil parcourent l'étage moyen de la base du crâne à l'intérieur de la loge caverneuse, et pénètrent dans l'orbite par la fente sphénoïdale. (Fig. 16, 17 et 18)

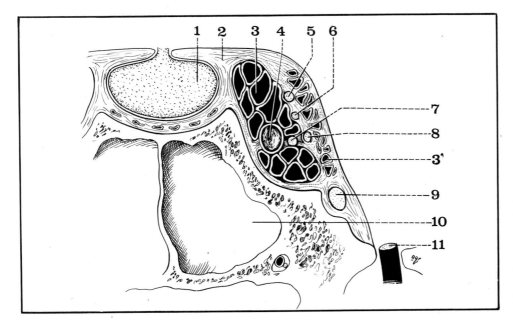

FIGURE 17

Coupe frontale passant par les sinus sphénoïdaux (côté droit, segment antérieur de la coupe).

1. Lobe postérieur de l'hypophyse.
2. Toit du sinus caverneux.
3. Sinus caverneux.
3'. Courant veineux superficiel.
4. Artère carotide interne.
5. Nerf moteur oculaire commun (III).
6. Nerf pathétique (IV).
7. Nerf moteur oculaire externe (VI).
8. Nerf ophtalmique de Willis.
9. Nerf maxillaire supérieur.
10. Sinus sphénoïdal.
11. Nerf mandibulaire (dans le trou ovale).

---

* Du grec «pathêtikos» = émouvant, passionné.

a) LE NERF MOTEUR OCULAIRE COMMUN ou oculo-moteur (N. Oculomotorus), 3ᵉ paire crânienne, se divise en deux terminales qui passent dans l'anneau de Zinn : branche supérieure (en haut) et branche inférieure (en bas) sont en rapport en dehors avec le moteur oculaire externe, et en dedans avec le nerf nasal. (Fig. 19 et 20)

Puis les deux branches pénètrent dans le cône musculaire, et s'écartent rapidement l'une de l'autre :

— la *branche supérieure* (Ramus superior), la plus grêle, se divise en 4 à 5 filets qui innervent le droit supérieur, et, par un rameau perforant, le releveur de la paupière supérieure ;

— la *branche inférieure* (Ramus inferior), d'abord située au-desous et en dehors du nerf optique, se plaque sur la face supérieure du droit inférieur, et donne deux rameaux :
 • l'un *interne*, destiné au droit interne,
 • l'autre *externe*, destiné au droit inférieur et au petit oblique ; très proche de son origine, le filet du petit oblique abandonne la racine courte du ganglion ophtalmique (Radix oculomotoria ganglioni ciliare) ; après avoir fait synapse dans ce ganglion, les fibres du III, mêlées aux contingents sympathique et sensitif, constituent les nerfs ciliaires courts (N. ciliares breves) qui atteignent le muscle ciliaire (accomodation) et le sphincter de l'iris (irido-constriction).

b) LE NERF PATHÉTIQUE* ou trochléaire (N. trochelaris), 4ᵉ paire crânienne, assez grêle, passe dans la fente sphénoïdale, à l'union des portions effilée et renflée, en dehors et au-dessus de l'anneau de Zinn ; il entre en rapport en dehors avec le frontal, beaucoup plus volumineux, et, plus à distance avec le lacrymal. (Fig. 19 et 20)

Puis il longe le plafond de l'orbite, surcroise le releveur de la paupière supérieure, et donne 3 ou 4 filets qui innervent le grand oblique.

c) LE NERF MOTEUR OCULAIRE EXTERNE ou abducteur (N. abducens), 6ᵉ paire crânienne, s'engage dans la fente sphénoïdale, à l'intérieur de l'anneau de Zinn, dont il occupe la partie externe ; il s'accole ensuite à la face profonde du droit externe, et se divise en 4 à 5 filets qui pénètrent le muscle. (Fig. 19 et 20)

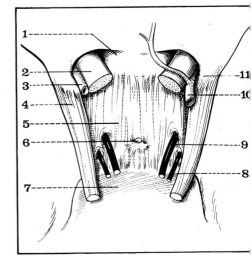

FIGURE 18

Paroi supérieure des sinus caverneux.

1. Gouttière optique.
2. Nerf optique gauche (II).
3. Artère ophtalmique gauche.
4. Petite circonférence de la tente du cervelet.
5. Tente de l'hypophyse.
6. Tige pituitaire.
7. Lame quadrilatère.
8. Nerf pathétique droit (IV).
9. Nerf moteur oculaire commun (III).
10. Artère ophtalmique droite.
11. Apophyse clinoïde antérieure.

FIGURE 19

La fente sphénoïdale et le trou optique.

1. *Nerf lacrymal.*
2. *Nerf frontal.*
3. *Nerf pathétique (IV).*
4. *Nerf moteur oculaire externe (VI).*
5. *Veine ophtalmique supérieure.*
6. *Intérieur de l'anneau de Zinn.*
7. *Branche inférieure du nerf moteur oculaire commun (III).*
8. *Veine ophtalmique inférieure.*
9. *Muscle droit inférieur.*
10. *Racine sympathique du ganglion ophtalmique.*
11. *Nerf nasal.*
12. *Nerf optique (II).*
13. *Artère ophtalmique.*
14. *Branche supérieure du nerf moteur oculaire commun (III).*

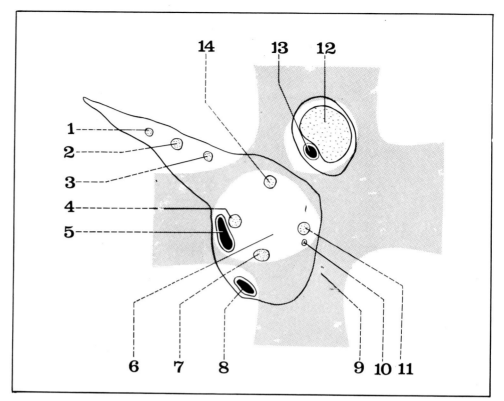

FIGURE 20

Vue antérieure des muscles de l'orbite et de leur innervation.

1. *Muscle droit interne.*
2. *Nerf lacrymal (de l'ophtalmique).*
3. *Muscle droit supérieur.*
4. *Muscle releveur de la paupière supérieure.*
5. *Nerf sus-orbitaire (du frontal).*
6. *Muscle grand oblique.*
7. *Nerf nasal (de l'ophtalmique).*
8. *Nerf ciliaire long (du nasal).*
9. *Muscle droit interne.*
10. *Anneau de Zinn.*
11. *Ganglion ophtalmique (ou ciliaire).*
12. *Muscle droit inférieur.*
13. *Muscle petit oblique.*

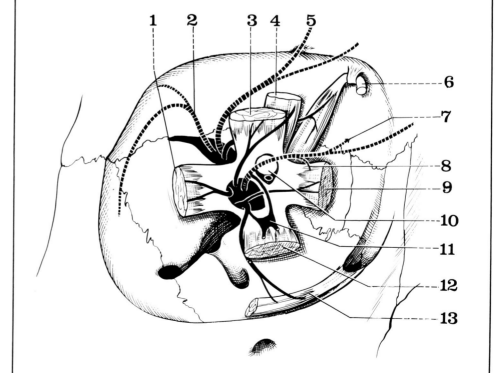

3) **LE NERF OPHTALMIQUE DE WILLIS*** (N. ophtalmicus) est la troisième branche, interne, du nerf trijumeau (5e paire crânienne); exclusivement *sensitif* il se divise en trois terminales qui traversent l'orbite. (Fig. 21)

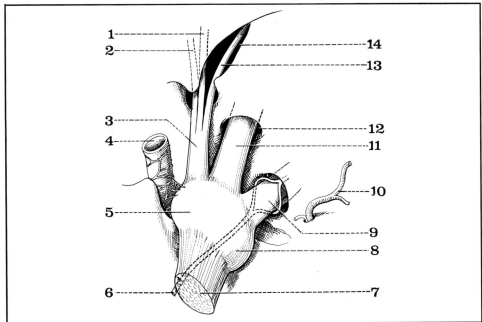

FIGURE 21

Vue supérieure du nerf trijumeau droit et du ganglion de Gasser.

1. Nerf frontal.
2. Nerf nasal.
3. Nerf ophtalmique de Willis.
4. Artère carotide interne.
5. Ganglion de Gasser (corne interne).
6. Racine motrice (ou masticatrice) du V.
7. Nerf trijumeau (V).
8. Ganglion de Gasser (corne externe).
9. Nerf mandibulaire.
10. Artère méningée moyenne.
11. Nerf maxillaire supérieur.
12. Trou grand rond.
13. Nerf lacrymal.
14. Portion latérale de la fente sphénoïdale.

D'abord placé entre les feuillets dure-mériens de la paroi externe de la loge caverneuse, le nerf ophtalmique se divise en arrière de la fente sphénoïdale, en trois branches terminales : (Fig. 22 et 23)

a) LE NERF LACRYMAL (N. lacrimalis), le plus grêle, traverse la portion effilée de la fente sphénoïdale, au niveau de sa partie externe, en dehors du frontal; puis il se porte en avant dans l'orbite, et longe la face supérieure du droit externe. Il se termine au pôle postérieur de la glande lacrymale, et se divise en deux branches :
— l'une *interne* traverse la glande et l'innerve; puis elle apparaît près de l'angle supéro-externe du rebord orbitaire, et se distribue au 1/3 externe de la paupière supérieure et de la conjonctive;
— l'autre *externe* s'anastomose avec le rameau orbitaire du nerf maxillaire supérieur, et forme une arcade à concavité postérieure d'où partent le nerf temporo-malaire, et des filets lacrymaux; c'est par cette arcade que la glande lacrymale reçoit des fibres parasympathiques sécrétoires venues du ganglion sphéno-palatin.

b) LE NERF FRONTAL (N. frontalis), le plus gros, entre dans l'orbite par la portion effilée de la fente sphénoïdale entre le lacrymal (en dehors) et le pathétique (en dedans); il chemine au-dessus du releveur de la paupière supérieure, et se porte directement en avant vers le rebord orbitaire supérieur, où il se divise en deux branches : (Fig. 20)
— l'une *interne* ou sus-trochléaire (N. supratrochlearis), qui passe au-dessus de la poulie du grand oblique, et se distribue au 1/3 interne de la paupière supérieure et de la conjonctive;
— l'autre *externe* ou sus-orbitaire (N. supraorbitalis) qui passe dans l'échancrure du même nom, et innerve le 1/3 moyen de la paupière supérieure et de la conjonctive.

c) LE NERF NASAL ou naso-ciliaire (N. nasociliaris), le plus interne, est le seul à atteindre le globe oculaire; il est aussi le seul à passer dans l'anneau de Zinn, en dedans des branches supérieure et inférieure du III, et un peu au-dessus de la racine sympathique du ganglion ophtalmique. (Fig. 20)

* Willis Thomas (1621-1675), anatomiste anglais, fondateur de l'anatomie cérébrale en Angleterre (Oxford et Londres).

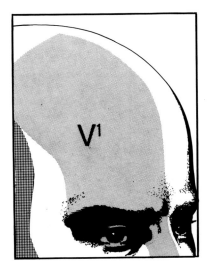

FIGURE 22

Territoire cutané du nerf ophtalmique de Willis.

Il suit l'artère ophtalmique, passe comme elle au-dessus du nerf optique, et longe la paroi interne de l'orbite, entre le droit interne et le grand oblique; à la hauteur du trou ethmoïdal antérieur, il se divise en deux branches :

— l'une *interne*, ou nerf ethmoïdal antérieur (N. ethmoidalis anterior) traverse le canal du même nom, avec l'artère correspondante, passe sur la lame criblée de l'ethmoïde, et, par la fente ethmoïdale, atteint la partie supérieure des fosses nasales, où il donne un rameau médial (pour la cloison) et un rameau latéral (pour les cornets et la peau du lobule du nez);

— l'autre *externe* ou nerf sous-trochléaire (N. infratrochlearis) continue la direction du tronc principal, et, sous la poulie du grand oblique, se divise en rameaux muqueux (partie interne de la conjonctive, voies lacrymales), et cutanés (partie interne des deux paupières, racine du nez).

Au cours de son trajet, le nerf nasal donne 3 *collatérales* importantes; d'arrière en avant : (Fig. 23 et 24)

— la *racine longue du ganglion ophtalmique* (Ramus communicans cum ganglio ciliaris) qui contient les fibres de la sensibilité cornéenne, et transporte également les fibres sympathiques irido-dilatatrices fournies au trijumeau par l'anastomose cervico-gassérienne;

— les *nerfs ciliaires longs* (N. ciliaris longi), au nombre de 2 ou 3, qui se joignent aux nerfs ciliaires courts pour atteindre le globe, et se terminer au niveau du corps ciliaire (où les fibres qu'ils apportent sont également sympathiques);

— le *nerf sphéno-ethmoïdal* de Luschka*, ou nerf ethmoïdal postérieur (N. ethmoidalis posterior), qui traverse le canal du même nom, et se distribue au sinus sphénoïdal, et aux cellules ethmoïdales postérieures.

---

* Luschka Hubert Von (1820-1875), anatomiste allemand, professeur d'anatomie à Tübingen.

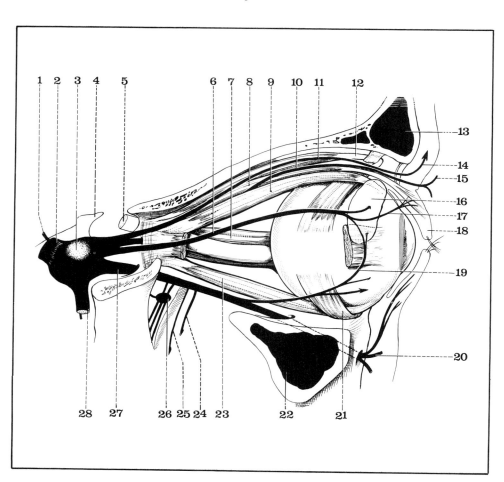

FIGURE 23

Vue latérale de l'orbite droite.
1. Branche masticatrice du nerf trijumeau.
2. Nerf trijumeau (V).
3. Ganglion de Gasser.
4. Apophyse clinoïde postérieure.
5. Nerf optique.
6. Nerf lacrymal.
7. Muscle droit interne.
8. Muscle releveur de la paupière supérieure.
9. Muscle droit supérieur.
10. Nerf nasal.
11. Nerf frontal.
12. Muscle grand oblique.
13. Sinus frontal.
14. Rameau frontal.
15. Rameau nasal.
16. Glande lacrymale.
17. Rameau palpébral.
18. Paupière supérieure.
19. Anastomose orbito-lacrymale.
20. Nerf sous-orbitaire.
21. Muscle petit oblique.
22. Sinus maxillaire.
23. Muscle droit inférieur.
24. Nerf dentaire moyen.
25. Nerf dentaire postérieur.
26. Ganglion sphéno-palatin.
27. Nerf maxillaire supérieur.
28. Nerf mandibulaire.

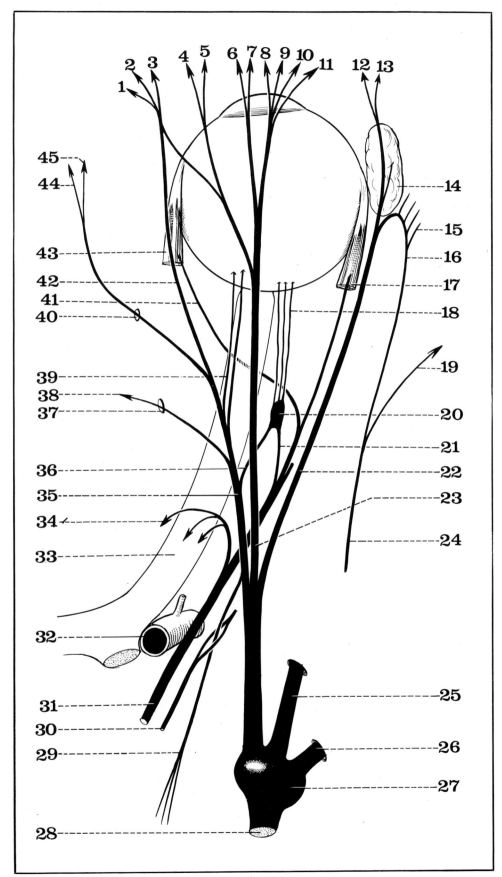

FIGURE 24

Le nerf ophtalmique de Willis (vue supérieure côté droit).

1. Nerf nasal externe (racine du nez).
2. Nerf nasal externe (conduit lacrymal).
3. Nerf nasal externe (paupière supérieure).
4. Nerf frontal interne (filets frontaux).
5. Nerf frontal interne (filets palpébraux).
6 et 7. Nerf frontal externe (filets palpébraux).
8 et 9. Nerf frontal externe (sinus frontal).
10 et 11. Nerf frontal externe (filets frontaux).
12 et 13. Nerf lacrymal (paupière supérieure).
14. Glande lacrymale.
15. Filets conjonctivaux et palpébraux.
16. Arcade orbito-lacrymale.
17. Muscle droit externe.
18. Nerfs ciliaires courts.
19. Nerf temporo-malaire.
20. Ganglion ophtalmique.
21. Racine courte du ganglion ophtalmique.
22. Nerf lacrymal.
23. Nerf frontal.
24. Rameau orbitaire du maxillaire supérieur.
25. Nerf maxillaire supérieur.
26. Nerf mandibulaire.
27. Ganglion de Gasser.
28. Nerf trijumeau (V).
29. Nerf récurrent d'Arnold.
30. Nerf pathétique (IV).
31. Nerf moteur oculaire commun (III).
32. Artère carotide interne.
33. Nerf optique (II).
34. Branche supérieure du III.
35. Nerf nasal.
36. Racine longue du ganglion ophtalmique.
37. Trou ethmoïdal postérieur.
38. Nerf sphéno-ehtmoïdal (de Luschka).
39. Nerfs ciliaires longs.
40. Trou ethmoïdal antérieur.
41. Nerf du droit interne.
42. Nerf nasal externe (ou sous-trochléaire).
43. Muscle droit interne.
44. Nerf nasal interne (partie antérieure du septum).
45. Nerf nasal interne (lobule du nez).

FIGURE 25

Le ganglion ophtalmique.

1. Nerf moteur oculaire commun.
2. Nerf trijumeau (V).
3. Plexus sympathique péri-carotidien.
4. Anastomose cervico-gassérienne.
5. Artère carotide interne.
6. Ganglion cervical supérieur.
7. Nerf mandibulaire.
8. Ganglion de Gasser.
9. Nerf maxillaire supérieur.
10. Racine sympathique du ganglion ophtalmique.
11. Racine courte (oculo-motrice) du ganglion ophtalmique.
12. Nerf du petit oblique.
13. Ganglion ophtalmique.
14. Nerf ciliaire long.
15. Fibre centrifuge (irido-dilatatrice).
16. Fibre irido-constrictive + accommodation.
17. Fibre irido-dilatatrice + pour les vaisseaux du globe.
18. Fibre centrifuge (irido-dilatatrice).
19. Fibre centripète de la sensibilité.
20. Fibre centrifuge (irido-dilatatrice).
21. Globe oculaire.
22. Nerfs ciliaires courts.
23. Nerf ciliaire long.
24. Branche supérieure du III.
25. Nerf nasal.
26. Racine longue (sensitive) du ganglion ophtalmique.
27. Nerf optique (II).
28. Nerf frontal.

4) LE GANGLION OPHTALMIQUE (ou ciliaire (Ganglio ciliare) est un important centre végétatif situé à la face externe du nerf optique (à l'union 2/3 antérieurs et 1/3 postérieur). (Fig. 24)

Quadrilatère, aplati à grand axe horizontal, il est de très petite taille (2 mm × 1 mm) ; de couleur plus foncée que les autres nerfs, il est cependant assez difficile à distinguer, à 15 mm du pôle postérieur du globe oculaire.

a) BRANCHES AFFÉRENTES OU RACINES : au nombre de 3 :

— *racine courte* ou oculo-motrice (Radix oculomotoria), la plus volumineuse et la plus courte (1 à 2 mm), issue de la branche inférieure du III, par le filet du petit oblique, contenant des fibres para-sympathiques qui font relais dans le ganglion ;

— *racine longue* (Ramus communicans cum n. nasociliari), sensitive, longue et grêle, issue du nerf nasal ;

— *racine sympathique* (Ramus sympathicus ad ganglio ciliare) irido-dilatatrice, issue du plexus péri-carotidien, et pénétrant dans l'orbite par l'anneau de Zinn.

b) BRANCHES EFFÉRENTES : les *nerfs ciliaires courts* (N. ciliares breves), au nombre de 6 à 8, fins et flexueux, cheminent autour du nerf optique, subdivisés en deux groupes (supérieur et inférieur), et perforent la sclérotique sous forme d'une couronne circulaire, où se mêlent les nerfs ciliaires longs (du nasal) (Fig. 15).

Ils abandonnent des filets à la sclérotique et à la choroïde, et aboutissent à la face externe du muscle ciliaire, où ils forment un riche plexus d'où partent les *filets moteurs* du muscle ciliaire (accommodation) et du sphincter de l'iris (irido-motricité), ainsi que les *filets sensitifs* de la cornée.

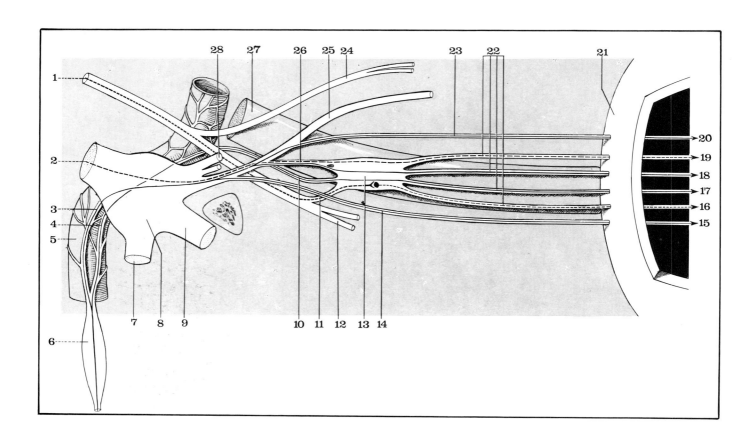

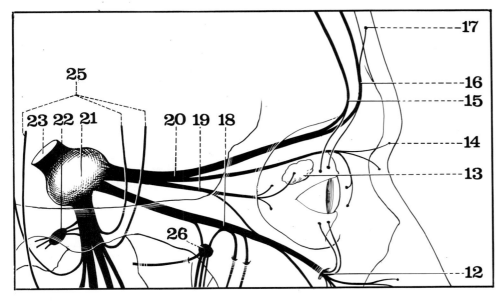

FIGURE 26

Vue latérale du nerf ophtalmique droit.
12. *Nerf sous-orbitaire.*
13. *Glande lacrymale.*
14. *Nerf nasal.*
15. *Nerf frontal externe.*
16. *Nerf frontal interne.*
17. *Rameau cutané du nerf frontal interne.*
18. *Nerf maxillaire supérieur.*
19. *Nerf lacrymal.*
20. *Nerf ophtalmique.*
21. *Ganglion de Gasser.*
22. *Ganglion otique.*
23. *Nerf trijumeau.*
25. *Nerfs temporaux profonds.*
26. *Ganglion sphéno-palatin.*

c) LES VOIES OPTIQUES RÉFLEXES

Par l'intermédiaire des nerfs ciliaires (longs et courts) se distribuent dans le globe oculaire deux voies antagonistes destinées à la musculature intrinsèque de l'œil : (Fig. 26 et 27)

— la *voie para-sympathique*, issue du nerf moteur oculaire commun (par la racine courte), et assurant deux actions différentes :

l'*accommodation*, par la contraction du muscle ciliaire (cilio-motricité);

le *myosis*, lors du réflexe photo-moteur, par la contraction du sphincter de l'iris (irido-constriction). Dans la pratique, lors de la vision rapprochée, ces deux réflexes sont conjugués et forment un seul acte physiologique;

— la *voie sympathique*, issue du ganglion cervical supérieur (par les nerfs ciliaires longs, par la racine longue, et par la racine sympathique), assurant la dilatation de la pupille, c'est-à-dire la *mydriase*, par le relâchement du sphincter de l'iris (irido-dilatation).

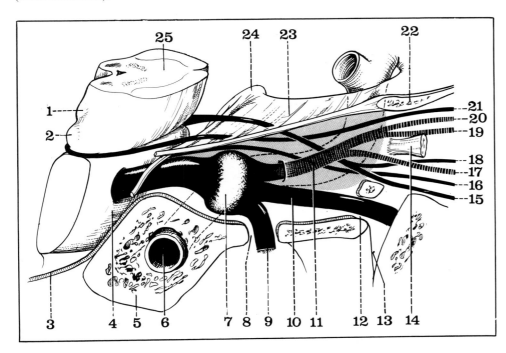

FIGURE 27

Vue latérale du nerf trijumeau (V) et de ses branches périphériques (côté droit).
1. *Tubercule quadrijumeau antérieur.*
2. *Tubercule quadrijumeau postérieur.*
3. *Dure-mère.*
4. *Protubérance annulaire (ou pont).*
5. *Os pétreux (ou rocher).*
6. *Artère carotide interne.*
7. *Ganglion de Gasser.*
8. *Trou ovale.*
9. *Nerf mandibulaire.*
10. *Nerf maxillaire supérieur.*
11. *Nerf ophtalmique (de Willis).*
12. *Trou grand rond.*
13. *Fente ptérygo-maxillaire.*
14. *Tendon de Zinn.*
15. *Branche inférieure du moteur oculaire commun (III).*
16. *Nerf moteur oculaire externe (VI).*
17. *Nerf nasal (de l'ophtalmique).*
18. *Branche supérieure du moteur oculaire commun (III).*
19. *Nerf frontal (de l'ophtalmique).*
20. *Nerf lacrymal (de l'ophtalmique).*
21. *Nerf pathétique (IV).*
22. *Apophyse clinoïde antérieure.*
23. *Plafond du sinus caverneux.*
24. *Apophyse clinoïde postérieure.*
25. *Coupe des pédoncules cérébraux.*

15 l'appareil de protection du globe oculaire

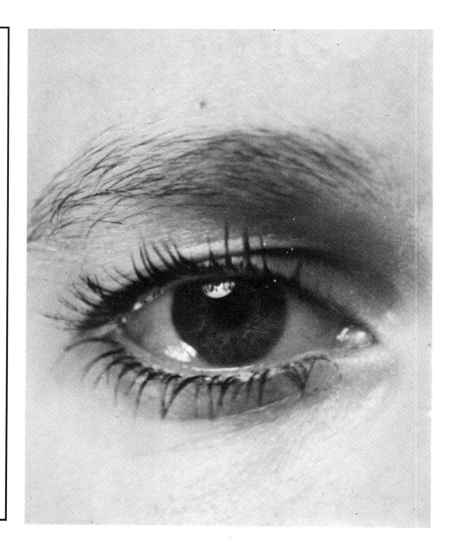

PLAN

Paupières
  Aspect extérieur :
    Faces
    Extrémités
    Bords
  Constitution anatomique :
    Plan muqueux
    Plan musculaire profond
    Plan fibro-élastique
    Plan musculaire superficiel
    Plan cutané
  Vascularisation
  Innervation

Conjonctive
    Palpébrale
    Oculaire
    Culs-de-sac conjonctivaux

Appareil lacrymal
  Glande lacrymale
  Voies lacrymales :
    Lac lacrymal
    Points lacrymaux
    Canalicules lacrymaux
    Sac lacrymal
    Canal lacrymo-nasal

L'appareil de protection du globe oculaire est formé par les deux *paupières*, qui recouvrent la face antérieure de l'œil, par la *conjonctive*, qui délimite en avant du globe la cavité virtuelle où circulent les larmes, et par *l'appareil lacrymal* qui les sécrète et les évacue.

Les paupières du latin «palpebra» = la paupière (dérivé de palpitare : palpiter)

Les paupières supérieure et inférieure sont deux voiles musculo-membraneux qui limitent par leurs bords la *fente palpébrale*.

Par leur fermeture, elles protègent le globe oculaire contre les agents extérieurs, et par leurs mouvements incessants, elles étalent les larmes en avant de la cornée et assurent son hydratation.

ASPECT EXTÉRIEUR (Fig. 1 et 3)

La *paupière supérieure* (Palpebra superior), très mobile, est, de beaucoup, la plus étendue.

La *paupière inférieure* (Palpebra inferior), peu développée, assure l'occlusion palpébrale par son contact avec la précédente.

Les *limites* des paupières correspondent à peu près à la base de l'orbite :

— *en haut* : le bord inférieur du sourcil,
— *en bas* : la région génienne,
— *en dedans* : la région du nez,
— *en dehors* : la région temporale.

On leur décrit deux faces, deux extrémités, et deux bords :

a) FACES :

— **antérieure** : cutanée (Fig. 2)

• *paupière supérieure* :

fortement convexe si elle est *abaissée*, elle est séparée de l'orbite par le *sillon orbito-palpébral supérieur* ; au contraire, si elle est *relevée*, les téguments se plissent et réalisent un sillon curviligne, à proximité du bord libre.

• *paupière inférieure* :

réduite à un bourrelet convexe, elle est limitée en bas par le *sillon orbito-palpébral inférieur*, peu profond.

— **postérieure** : muqueuse

FIGURE 1
Vue latéral de l'œil droit.

FIGURE 2
Orifice palpébral normal.

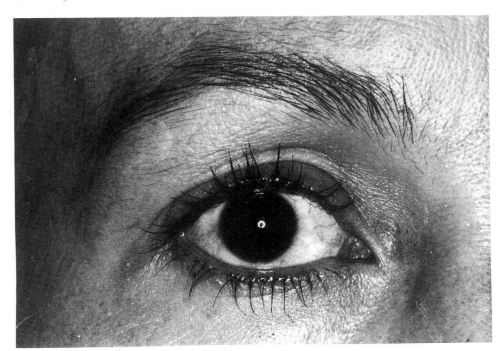

FIGURE 3
Vue antérieure de l'œil droit avec ascension de la paupière supérieure.

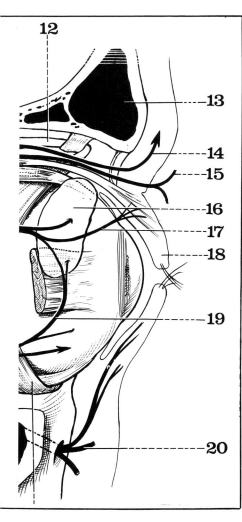

FIGURE 4

Coupe sagittale des paupières.
12. *Muscle grand oblique.*
13. *Sinus frontal.*
14. *Rameau frontal.*
15. *Rameau nasal.*
16. *Glande lacrymale.*
17. *Rameau palpébral.*
18. *Paupière supérieure.*
19. *Anastomose orbito-lacrymale.*
20. *Nerf sous-orbitaire.*

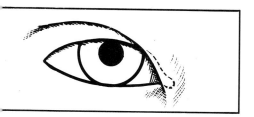

FIGURE 5

Bride mongolique ou épicanthus.

concave, recouverte par la conjonctive.

b) EXTRÉMITÉS ou commissures :

— **externe** (Commissura palpebrarum lateralis), un peu déprimée; elle délimite l'*angle externe* de l'œil (Angulus oculi lateralis) ou petit canthus, franchement aigu (cantos : le coin de l'œil en grec);

— **interne** (Commissura palpebrarum medialis), en saillie transversale; elle délimite l'*angle interne* de l'œil (Angulus oculi medialis) ou grand canthus, à sommet arrondi, séparé du globe par l'espace ovalaire qui loge la caroncule lacrymale et le repli semi-lunaire.

c) BORDS : (Fig. 4, 5 et 9)

— **adhérent** : en rapport avec les sillons, et en continuité, en haut et en bas, avec les régions voisines;

— **libre** : le plus important, épais de 2 mm, et subdivisé en deux portions :

■ l'une *superficielle*, très longue, *ciliaire*, qui supporte les *cils* (Cilia), de 8 à 12 mm de long, au nombre de 70 à 160 pour le bord supérieur, et de 70 à 80 pour le bord inférieur (du latin, « cilium » = le cil);

à la base des cils viennent s'ouvrir les *glandes ciliaires* :

soit *sudoripares* ou glandes de Moll* (dont l'inflammation entraîne la *blépharite*, en grec, « blepharon » = la paupière);

soit *sébacées* ou glandes de Zeis** (dont l'inflammation forme le *chalazion*);

■ l'autre *profonde*, très courte (6 mm), *lacrymale*, arrondie et lisse, dépourvue de cils, renfermant dans son épaisseur les conduits lacrymaux.

Dans certains cas, le bord libre des paupières subit une éversion pathologique :
— soit à l'extérieur (ectropion),
— soit à l'intérieur (entropion), entraînant une irritation permanente de la cornée par les cils. L'espace libre situé entre le bord libre de la paupière et la cornée porte le nom de *rivus lacrimalis* (= le ruisseau lacrymal).

La fente palpébrale (Rima palpebrarum) est réalisée lorsque les bords libres sont au contact l'un de l'autre : concave vers le haut dans la portion ciliaire, elle est rectiligne dans la portion lacrymale.

L'orifice palpébral est formé lorsque les bords libres s'écartent : son diamètre transversal est de 30 mm, et sa hauteur de 12 à 15 mm; mais suivant ses dimensions, le volume du globe oculaire paraît plus ou moins grand.

Les variations ethniques de l'orifice palpébral sont fréquentes : la plus caractéristique est réalisée par l'œil mongol dont *la bride* est un repli cutané à concavité externe qui part de la paupière supérieure et descend dans l'angle interne de l'œil en recouvrant la caroncule lacrymale. (Fig. 5)

CONSTITUTION ANATOMIQUE

Les paupières sont formées de la profondeur à la superficie par :

un plan muqueux, un plan musculaire profond, un plan fibro-élastique, un plan musculaire superficiel, un plan cutané.

a) PLAN MUQUEUX : formé par le feuillet palpébral de la conjonctive.

b) PLAN MUSCULAIRE PROFOND : formé par les *muscles palpébraux* supérieur et inférieur, ou *muscles des tarses* (M. tarsalis), très minces, lisses et verticaux, qui unissent les bords périphériques des tarses aux tendons du releveur de la paupière supérieure (pour le muscle supérieur) et du droit inférieur (pour le muscle inférieur).

---

* Moll Jacob Antoine (1832-1914), ophtalmologiste hollandais (La Haye).
** Zeis Edouard (1807-1868), chirurgien allemand, professeur de chirurgie à Marbourg puis à Dresde.

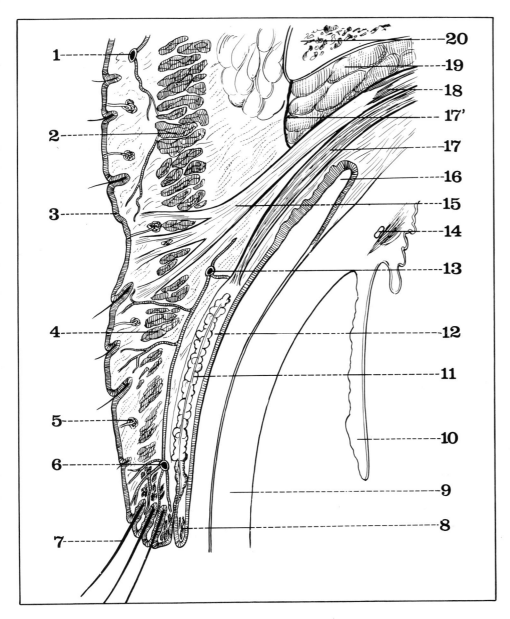

FIGURE 6

Coupe sagittale de la paupière supérieure (d'après Testut et Latarjet).

1. Arcade périphérique (de la sus-orbitaire).
2. Portion orbitaire de l'orbiculaire.
3. Peau.
4. Portion palpébrale de l'orbiculaire.
5. Glande sudoripare.
6. Arcade marginale (de la palpébrale supérieure).
7. Cil.
8. Muscle de Riolan.
9. Cornée.
10. Iris.
11. Glande tarsienne (de Meibomius).
12. Tarse supérieur.
13. Arcade sus-tarsienne.
14. Canal de Schlemm.
15. Tendon conjonctif du releveur de la paupière supérieure.
16. Cul-de-sac conjonctival supérieur.
17. Tendon musculaire du releveur de la paupière supérieure (muscle de Müller).
17'. Septum orbitaire.
18. Muscle releveur de la paupière supérieure.
19. Corps adipeux de l'orbite.
20. Os frontal.

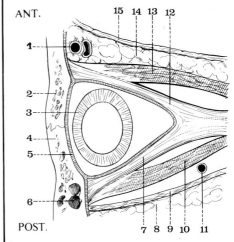

FIGURE 7

Coupe horizontale passant par le sac lacrymal.

1. Artère angulaire.
2. Apophyse montante du maxillaire.
3. Sac lacrymal.
4. Os lacrymal (unguis).
5. Périoste orbitaire.
6. Cellule ethmoïdale.
7. Tendon réfléchi du ligament palpébral interne.
8. Corps adipeux de l'orbite.
9. Septum orbitaire.
10. Tendon réfléchi du muscle orbiculaire, et muscle de Horner.
11. Artère palpébrale.
12. Tendon direct du ligament palpébral interne.
13. Tendon direct du muscle orbiculaire.
14. Tissu cellulaire sous-cutané.
15. Peau palpébrale.

c) PLAN FIBRO-ÉLASTIQUE : formé par une portion centrale, les tarses, et une portion périphérique, le septum orbitaire.

— Les **tarses*** des paupières (Tarsi palpebrae), appelés improprement « cartilages » sont deux lames fibreuses, épaisses et résistantes, qui occupent le bord libre des paupières ; elles contiennent les glandes de Meibomius**. (Fig. 6)

Leurs extrémités s'unissent par des ligaments fixés au rebord orbitaire :

— *ligament palpébral externe* (Lig. palpebrale laterale), fixé au-dessous de la suture fronto-malaire,

— *ligament palpébral interne* (Lig. palpebrale mediale), inséré sous forme de deux tendons :

l'un *direct*, sur la crête lacrymale antérieure,

l'autre *réfléchi*, sur la crête lacrymale postérieure. (Fig. 7)

---

* Tarse : du grec « tarsos » = la claie, ou rangée parallèle.
** Meibomius Heinrich (1638-1700), anatomiste allemand, professeur de médecine à Helmstadt.

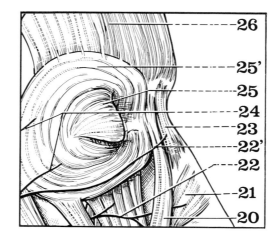

FIGURE 8

Le muscle orbiculaire des paupières.
20. *Muscle releveur (commun) de l'aile du nez et de la lèvre supérieure.*
21. *Muscle transverse du nez.*
22. *Rameaux buccaux supérieurs du facial.*
22'. *Rameau sous-orbitaire du facial.*
23. *Muscle pyramidal du nez.*
24. *Rameaux palpébraux du facial.*
25. *Faisceau palpébral de l'orbiculaire des paupières.*
25'. *Faisceau orbitaire de l'orbiculaire des paupières.*
26. *Muscle frontal.*

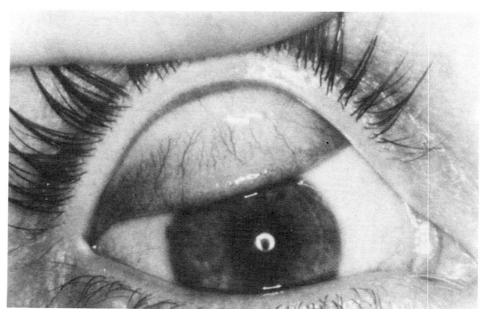

FIGURE 9 — *Vue de la paupière supérieure retournée sur le tarse.*

— **Le septum orbitaire** (Septum orbitale), ou « ligament large des paupières » est une bandelette fibreuse qui unit le bord périphérique des tarses à la lèvre postérieure du rebord orbitaire, où elle ménage des orifices pour les éléments vasculo-nerveux qui sortent de l'orbite. (Fig. 9)

d) PLAN MUSCULAIRE SUPERFICIEL :

formé par le *muscle orbiculaire des paupières*, ou de l'œil (M. orbicularis oculi) : cf. Régions superficielles de la face (page 457).

Il entoure l'orifice palpébral à la manière d'un anneau elliptique, et est formé par deux faisceaux :
— *palpébral* : allant d'un ligament palpébral à l'autre,
— *orbitaire* : fixé sur les bords supérieur et inférieur du tendon direct du ligament palpébral interne. (Fig. 10, 11 et 12)

On décrit également une *portion lacrymale* (Pars lacrimalis) ou muscle de Horner[*], situé en arrière du tendon réfléchi du ligament palpébral interne, qui, par sa contraction, permet l'évacuation du sac lacrymal. (Fig. 8)

---

[*] Horner William Edmonds (1793-1853), anatomiste américain, professeur à l'université de Pennsylvanie.

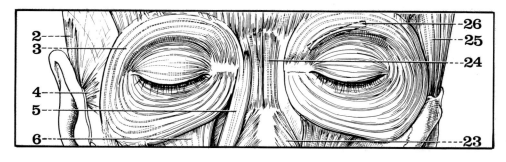

FIGURE 10

Vue antérieure des muscles orbiculaires des paupières.
2. *Muscle auriculaire supérieur.*
3. *Faisceau orbitaire de l'orbiculaire des paupières.*
4. *Muscle auriculaire antérieur.*
5. *Muscle pyramidal du nez.*
6. *Muscle releveur de l'aile du nez et de la lèvre supérieure.*
23. *Muscle transverse du nez.*
24. *Muscle pyramidal du nez.*
25. *Muscle temporal.*
26. *Muscle sourcilier.*

e) PLAN CUTANÉ : la peau des paupières, remarquable par sa souplesse et sa minceur, est parcourue par de nombreux plis transversaux, et revêtue d'un duvet de poils fins.

VASCULARISATION

a) ARTÈRES : avant tout, les artères palpébrales supérieure et inférieure (de l'ophtalmique), qui forment deux arcs (interne et externe) d'où partent deux réseaux :

— l'un *pré-tarsal*, peu abondant, au-dessous de l'orbiculaire,
— l'autre *rétro-tarsal*, sous-conjonctival.

b) VEINES :
— un *réseau superficiel* rejoint le système veineux péri-orbitaire ;
— un *réseau profond* aboutit aux veines ophtalmiques.

c) LYMPHATIQUES :
— une *voie externe*, principale, aboutit aux ganglions parotidiens et pré-tragiens,
— une *voie interne*, accessoire, se draine, en suivant la veine faciale, dans les ganglions sous-mandibulaires.

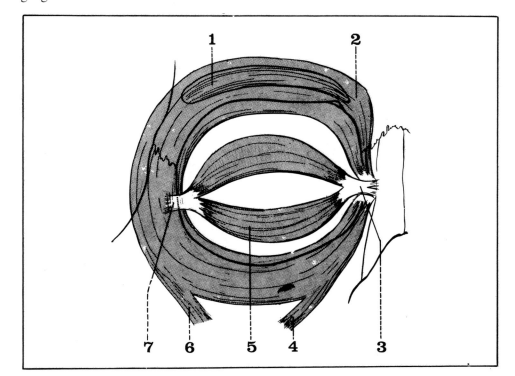

FIGURE 11

Vue antérieure du muscle orbiculaire des paupières (côté droit).
1. *Muscle sourcilier (ou corrugator).*
2. *Portion orbitaire de l'orbiculaire.*
3. *Ligament palpébral interne.*
4. *Faisceau malaire interne.*
5. *Portion palpébrale de l'orbiculaire.*
6. *Faisceau malaire externe.*
7. *Ligament palpébral externe.*

INNERVATION (Fig. 12)

a) **motrice** : par des rameaux de la branche supérieure du nerf facial (VII);

b) **sensitive** :

— paupière supérieure : par les branches du nerf ophtalmique,

— paupière inférieure : par le sous-orbitaire (terminale du nerf maxillaire supérieur).

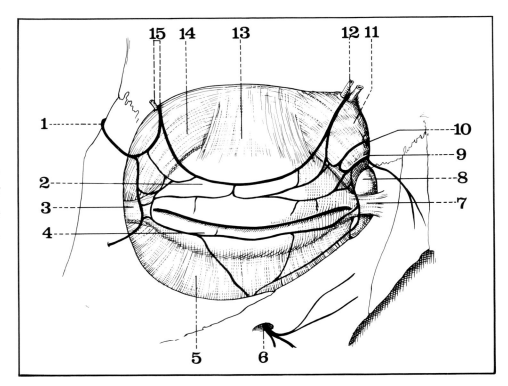

FIGURE 12

Innervation des paupières (côté droit).

1. Branche temporale du nerf temporo-malaire.
2. Tarse supérieur.
3. Ligament palpébral externe.
4. Tarse inférieur.
5. Septum orbitaire.
6. Nerf sous-orbitaire.
7. Ligament palpébral interne.
8. Sac lacrymal.
9 et 10. Branches du nerf nasal externe.
11. Muscle sourcilier.
12. Nerf frontal interne (rameau médial du sus-orbitaire).
13. Tendon du releveur de la paupière supérieure.
14. Portion orbitaire du muscle orbiculaire des paupières.
15. Paquet vasculo-nerveux lacrymal.

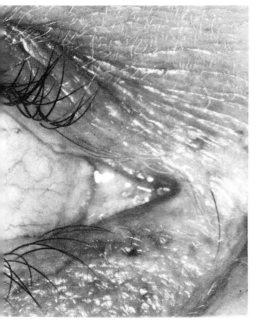

FIGURE 13

Le repli semi-lunaire et la caroncule lacrymale (côté droit).

La conjonctive [du latin «conjunctiva» : dérivé de «cum» (avec) et «jungere» : joindre]

Membrane muqueuse transparente, la conjonctive (Tunica conjunctiva) peut être subdivisée en trois portions :

a) LA CONJONCTIVE PALPÉBRALE ou pariétale, qui commence au bord libre des paupières, et adhère à la face postérieure des tarses.

b) LA CONJONCTIVE OCULAIRE ou bulbaire, qui tapisse la partie antérieure de la sclérotique, sans lui adhérer, et se continue sur la cornée, dont elle est indissociable. Dans l'angle interne de l'œil, elle présente deux formations originales :

— le **repli semi-lunaire** (Plica semilunaris conjunctivae), vertical, falciforme, à bord externe libre et concave, qui représente le reliquat chez l'homme de la 3e paupière ou membrane «nictitante» des oiseaux; (Fig. 13)

— la **caroncule lacrymale** (Caruncula lacrimalis), petite saillie rougeâtre, située entre les portions lacrymales des deux paupières, et dont la base est collée sur la conjonctive; elle correspond à un véritable îlot glandulaire recouvert de poils rudimentaires. (Fig. 13 et 15)

c) LES CULS-DE-SAC CONJONCTIVAUX (ou fornix) réunissent, en haut, en bas, et sur les côtés, la conjonctive palpébrale et la conjonctive oculaire, formant, tout autour de l'œil, une rigole circulaire, plus profonde au niveau des culs-de-sac externe, et supérieur. (Fig. 14)

Presque virtuelle à l'état normal, la *cavité conjonctivale* ne contient qu'une mince couche de liquide clair sécrété par la glande lacrymale; mais elle peut être atteinte par l'inflammation (conjonctivite).

L'appareil lacrymal (Apparatus lacrimalis)

Les larmes, sécrétées par la *glande lacrymale*, se répandent à la surface de la conjonctive (et de la cornée) et, parcourant la convexité oculaire en bas et en dedans, sont recueillies et transportées dans les fosses nasales par les *voies lacrymales*. (Fig. 15)

LA GLANDE LACRYMALE (Glandula lacrimalis) est une glande en grappe située à l'angle supéro-externe de l'orbite; elle sécrète les *larmes*, liquide clair, limpide, légèrement salé, alcalin qui humecte la partie antérieure de l'œil, et favorise le glissement des paupières.

L'aileron externe du releveur de la paupière supérieure la divise en deux portions inégales : (Fig. 15)

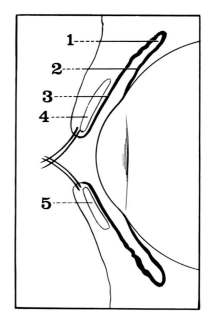

FIGURE 14

Coupe sagittale de la conjonctive.
1. Cul-de-sac supérieur.
2. Conjonctive bulbaire.
3. Conjonctive tarsienne.
4. Tarse supérieur.
5. Tarse inférieur.

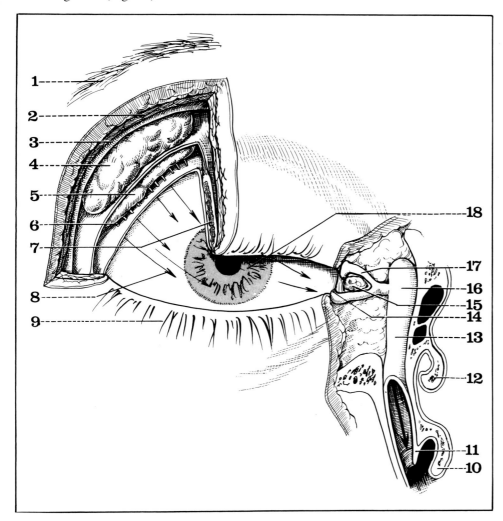

FIGURE 15

Vue antérieure de l'appareil lacrymal (après section de la moitié externe de la paupière supérieure, et ouverture des voies lacrymales).
1. Sourcil.
2. Faisceau orbitaire de l'orbiculaire des paupières.
3. Septum orbitaire.
4. Portion orbitaire de la glande lacrymale.
5. Portion palpébrale de la glande lacrymale.
6. Canaux excréteurs.
7. Faisceau palpébral de l'orbiculaire des paupières.
8. Trajet des larmes.
9. Cils de la paupière inférieure.
10. Cornet inférieur.
11. Repli de Hasner.
12. Cornet moyen.
13. Canal lacrymo-nasal.
14. Point lacrymal inférieur.
15. Caroncule lacrymale.
16. Sac lacrymal.
17. Canalicule lacrymal supérieur.
18. Globe oculaire.

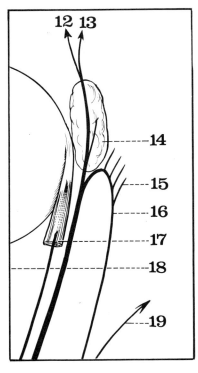

FIGURE 16

Innervation de la glande lacrymale (côté droit).

12 et 13. Nerf lacrymal (paupière supérieure).
14. Glande lacrymale.
15. Filets conjonctivaux et palpébraux.
16. Arcade orbito-lacrymale.
17. Muscle droit externe.
18. Nerfs ciliaires courts.
19. Nerf temporo-malaire.

a) une PORTION PÉRIPHÉRIQUE ou ORBITAIRE (Pars orbitalis), en forme d'amande allongée (20 mm × 12 mm × 5 mm); sa face supéro-externe, est convexe, et sa face inféro-interne légèrement concave;

sa loge est formée :

— en haut et en dehors : par la fossette lacrymale du frontal,
— en bas et en dedans : par l'aileron externe du releveur,
— en arrière : par une mince membrane qui la sépare du tissu adipeux de l'orbite,
— en avant : par le septum orbitaire.

b) une PORTION CENTRALE ou PALPÉBRALE (Pars palpebralis), deux fois plus petite, aplatie, et formée par un amas de petits lobules;

reliée en arrière à la portion orbitaire, elle est située entre l'aileron du releveur et le cul-de-sac conjonctival supérieur.

Les canaux excréteurs proviennent :

— de la portion orbitaire (3 à 5 canaux principaux),
— de la portion palpébrale (4 à 6 canaux accessoires).

Ils s'ouvrent dans le fond du cul-de-sac conjonctival supérieur.

L'innervation provient en apparence du nerf lacrymal; elle suit en fait un trajet fort complexe qui utilise : le nerf intermédiaire de Wrisberg, le grand nerf pétreux superficiel, le nerf vidien, le ganglion sphéno-palatin, le nerf maxillaire supérieur, l'anastomose orbito-lacrymale; cette voie est para-sympathique, en relation avec l'innervation des fosses nasales (réflexe de larmoiement après irritation de la muqueuse pituitaire). (Fig. 16 et 17)

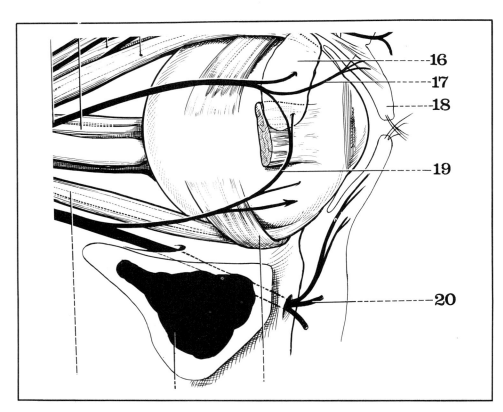

FIGURE 17

Vue latérale de l'orbite droite.

16. Glande lacrymale.
17. Rameau palpébral (du lacrymal).
18. Paupière supérieure.
19. Anastomose orbito-lacrymale.
20. Nerf sosu-orbitaire.

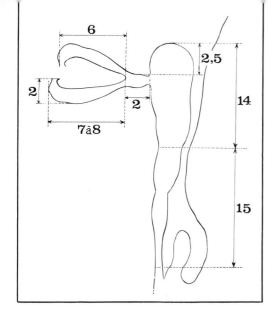

FIGURE 19

Schéma des voies lacrymales (dimensions en millimètres).
2. Hauteur de la portion verticale du canalicule, et longueur du canal d'union.
2, 5. Distance entre le canal d'union et le dôme du sac lacrymal.
6. Longueur de la portion horizontale du canalicule supérieur.
7 à 8. Longueur de la portion horizontale du canalicule inférieur.
14. Hauteur du sac lacrymal.
15. Longueur du canal lacrymo-nasal.

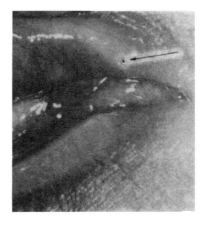

FIGURE 18

Le lac lacrymal et le point lacrymal supérieur.

LES VOIES LACRYMALES s'étendent du bord interne des paupières aux fosses nasales; elles comprennent 5 parties :

a) LE LAC LACRYMAL (Lacus lacrimalis) est un petit espace triangulaire compris entre la portion lacrymale des deux paupières; il est limité en dehors par le repli semi-lunaire, et son fond est formé par la caroncule* lacrymale. (Fig. 18)

b) LES POINTS LACRYMAUX (Punctum lacrimale) sont deux petits orifices situés au sommet d'une petite saillie conique, le *tubercule lacrymal* ou papille lacrymale (Papilla lacrimalis); lepoint supérieur est plus proche de la commissure interne (6 mm) que le point inférieur (7 mm); l'un et l'autre, bien que très étroits, peuvent être cathétérisés lors de l'exploration des voies lacrymales. (Fig. 18)

c) LES CANALICULES LACRYMAUX (Canaliculus lacrimalis), supérieur et inférieur, font suite aux points lacrymaux. Chacun d'eux présente deux portions : (Fig. 19)

— *verticale*, longue de 2 mm,
— *horizontale*, longue de 6 à 8 mm.

Les deux canalicules se réunissent en un *canal d'union* unique, qui gagne horizontalement le sac lacrymal.

d) LE SAC LACRYMAL (Saccus lacrimalis) est un réservoir membraneux cylindrique (12 mm de haut, 5 mm de large, 6 mm d'avant en arrière). Oblique en bas, en arrière et en dehors, il est situé dans la gouttière lacrymale et entouré en avant et en arrière par les tendons direct et réfléchi du ligament palpébral interne. Au-delà de la gouttière lacrymale, les rapports internes du sac se font avec les cellules ethmoïdales antérieures.

Le sommet arrondi du sac ou *fornix lacrymal* (Fornix sacci lacrimalis) est situé à 15 mm au-dessous de la poulie du grand oblique.

La *vascularisation* est assurée par les vaisseaux angulaires.

e) LE CANAL LACRYMO-NASAL (Canalis nasolacrimalis) fait suite au sac, dont il a la même obliquité, à l'intérieur de la paroi externe des fosses nasales (maxillaire supérieur, os lacrymal, cornet inférieur).

Son diamètre est de 3 mm, et sa longueur de 12 à 15 mm. (Fig. 20)

Son *orifice inférieur* est situé dans le 1/4 antérieur du méat inférieur, à 30 mm de l'orifice narinaire; la muqueuse forme à son pourtour le *repli de Hasner*** (Plica lacrimalis) qui joue le rôle d'une valvule, et empêche le reflux des mucosités nasales dans le canal.

Pourtant, les lésions du sac lacrymal, ou *dacryocystites*, peuvent survenir lors des inflammations des fosses nasales.

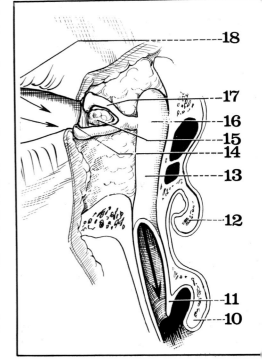

FIGURE 20

Les voies lacrymales (côté droit).
10. Cornet inférieur.
11. Repli de Hasner.
12. Cornet moyen.
13. Canal lacrymo-nasal.
14. Point lacrymal inférieur.
15. Caroncule lacrymale.
16. Sac lacrymal.
17. Canalicule lacrymal supérieur.
18. Globe oculaire.

---

* Caroncule : du latin «caruncula», diminutif de «caro» : la chair.
** Hasner Joseph Ritter Von (1819-1892), anatomiste tchèque, professeur d'ophtalmologie à Prague.

16 l'oreille

PLAN

L'os temporal
Généralités
Morphologie extérieure
Face externe
Face inférieure
Face interne
Canaux et cavités du temporal

L'oreille externe
Le pavillon
Le conduit auditif externe
Vascularisation et innervation

L'oreille moyenne
La caisse du tympan
Paroi externe
Paroi interne
Paroi supérieure
Paroi postérieure
Paroi inférieure
Paroi antérieure
La chaîne des osselets
Topographie générale de la caisse
Les cavités mastoïdiennes
La trompe d'Eustache
Vascularisation et innervation

L'oreille interne
Le labyrinthe osseux
Le vestibule
Les canaux semi-circulaires
La cochlée
Les aqueducs
Le conduit auditif interne
Le labyrinthe membraneux
Vascularisation
Innervation
Rapports de l'oreille interne

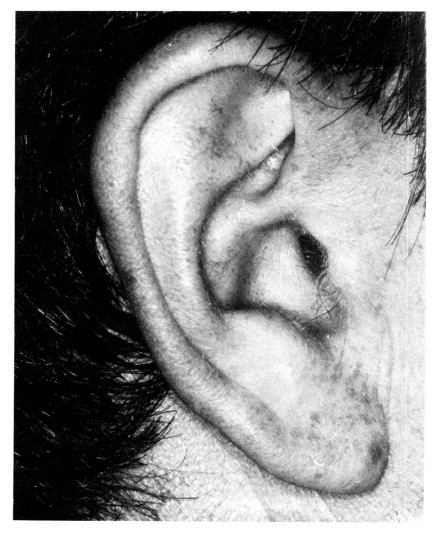

Organe à la fois de l'audition et de l'équilibration, l'oreille* comprend classiquement trois parties :
— l'oreille externe formée par le pavillon et le conduit auditif externe,
— l'oreille moyenne, organe essentiel de la transmission des sons,
— l'oreille interne, organe de la perception des sons et de l'équilibration.

Si la majeure partie de l'oreille externe, située sur la face latérale du crâne, est un organe superficiel auquel l'anatomie de surface et le langage courant réservent d'ailleurs le nom d'oreille, par contre, l'oreille moyenne et l'oreille interne sont profondément situées dans l'épaisseur de la paroi crânienne à l'intérieur de l'os temporal. Il est donc indispensable de rappeler ici la morphologie et la structure de l'os temporal, véritable cadre osseux de l'appareil de l'audition avant d'envisager l'étude de l'oreille proprement dite.

---

* Oreille = auris, en latin.

L'os temporal (Os Temporale)

GÉNÉRALITÉS

L'os temporal est formé principalement de trois pièces osseuses qui sont soudées entre elles chez l'adulte : le **rocher** en bas et en dedans qui fait partie de la base du crâne, **l'écaille** en haut et en dehors qui s'intègre à la voûte crânienne, enfin le **tympanal** situé en bas et en dehors et qui, plaqué à la face inférieure du rocher, prend part à la constitution du conduit auditif externe, et de la trompe d'Eustache. (Fig. 1)

Le rocher (Pars petrosa) est une pyramide horizontale, quadrangulaire dont l'axe est oblique de 45° d'arrière en avant. Situé à la limite de l'étage postérieur et de l'étage moyen de la base du crâne, dont il forme l'un des principaux arc-boutants, il entre en connexion en avant avec le corps et la grande aile du sphénoïde, en arrière avec l'occipital. Sa base externe forme *l'apophyse mastoïde*. Son sommet situé en dedans prend appui sur le sphénoïde et la lame basilaire de l'occipital.

L'écaille (Pars squamosa) est une lame osseuse aplatie de forme grossièrement semi-circulaire qui comprend :

— un segment vertical qui prend part à la constitution de la voûte crânienne en s'articulant au bord de la grande aile du sphénoïde en avant, et au pariétal plus en arrière ;

— un segment horizontal qui se fusionne avec le rocher et qui forme le condyle et la cavité glénoïde du temporal. De ce segment horizontal se détache en avant *l'apophyse zygomatique* (Processus zygomaticus).

Le tympanal (Pars tympanica) a la forme d'un demi-cornet à concavité postéro-supérieure et à base externe plaqué à la face inférieure du rocher et de la partie horizontale de l'écaille. La jonction de son bord antérieur avec l'écaille forme la *scissure de Glaser*. Du bord inférieur du tympanal se détache *l'apophyse vaginale* engainant l'apophyse styloïde. L'extrémité antérieure du tympanal forme l'apophyse tubaire qui prend part à la constitution de la trompe d'Eustache.

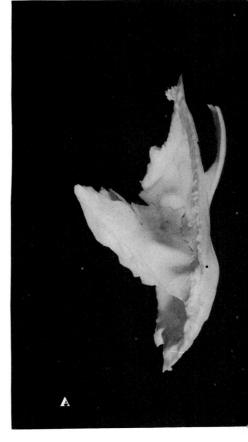

FIGURE 1

A. Vue supérieure de l'os temporal droit.
B. L'os tympanal : vue externe d'un temporal de nouveau-né.
C. L'os tympanal isolé, vue externe.

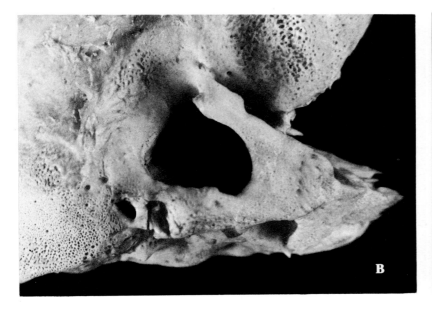

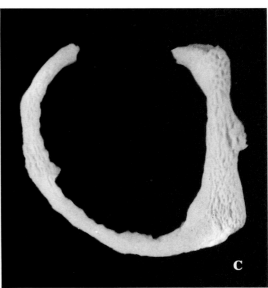

MORPHOLOGIE EXTÉRIEURE DU TEMPORAL

LA FACE EXTERNE (Fig. 2)

Elle présente à étudier :

— En arrière l'**apophyse mastoïde** (Processus mastoideus), saillie triangulaire, à base supérieure, au bord antérieur vertical, au bord postérieur arrondi, au bord supérieur dentelé et articulé avec l'occipital et le pariétal. La mastoïde appartient pour son tiers antérieur à l'écaille, pour ses deux tiers postérieurs au rocher, la limite entre ces deux zones dessinant une ligne oblique en bas et en avant : la suture pétro-squameuse externe. La mastoïde donne insertion sur sa pointe au muscle sterno-cléido-mastoïdien et plus en arrière, aux muscles splénius et petit complexus.

— Plus en avant, s'ouvre l'orifice externe du **conduit auditif externe** osseux. Oblique en bas et en dehors, cet orifice est formé en haut et en arrière par la partie horizontale de l'écaille, en bas et en avant par le bord externe du tympanal.

— Au-dessus du conduit auditif externe se détache l'**apophyse zygomatique**. Développée aux dépens de la partie horizontale de l'écaille à partir d'une racine sagittale postérieure et d'une racine transversale antérieure, elle se dirige d'abord en dehors puis franchement en avant, débordant le plan de l'écaille, son extrémité antérieure allant s'articuler avec l'angle postérieur du malaire pour former l'arcade zygomatique. Elle présente près de ses racines deux tubercules :

— le tubercule zygomatique postérieur immédiatement au-dessus du conduit auditif ;

— le tubercule zygomatique antérieur un peu plus en avant.

Plus en haut, la face externe de l'écaille, lisse et convexe, donne insertion aux fibres du muscle temporal.

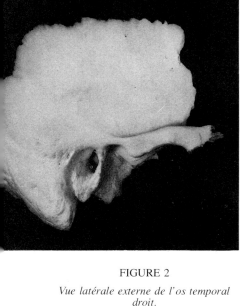

FIGURE 2

Vue latérale externe de l'os temporal droit.
1. Suture pétro-squameuse.
3. Rainure du digastrique.
4. Apophyse mastoïde.
5. Os tympanal formant le conduit auditif externe.
6. Apophyse vaginale.
7. Apophyse styloïde.
8. Canal carotidien.
10. Cavité glénoïde du temporal.
11. Apophyse zygomatique.
12. Écaille du temporal.

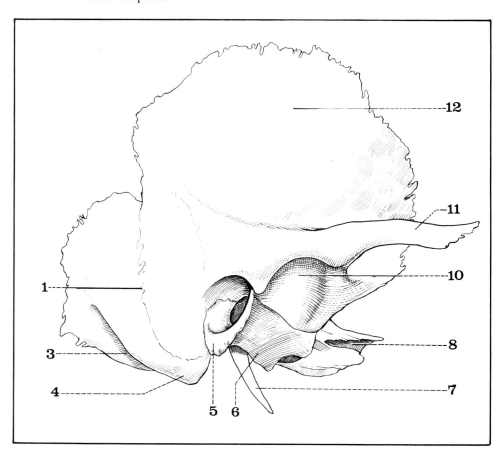

LA FACE INFÉRIEURE (Fig. 3)

1 - **La partie externe** comprend en allant d'arrière en avant :

— La pointe de la **mastoide**, longée en dedans par la *rainure digastrique* (Incisura mastoidea) et la gouttière de l'artère occipitale, séparées par l'éminence juxta-mastoïdienne.

— Plus en avant, le **trou stylo-mastoidien** (Foramen stylo mastoideus), qui donne issue au nerf facial (VII) est surplombé par une longue épine osseuse : **l'apophyse styloide** (Processus styloideus) dont la base est engainée par *l'apophyse vaginale* (Vagina processus styloidei), développée aux dépens de la masse inférieure du tympanal.

— Encore plus en avant, c'est la face inférieure du **conduit auditif externe osseux** formé par le tympanal, puis la **cavité glénoide du temporal** (Fossa mandibularis) dépression ovalaire traversée à sa partie moyenne par la *scissure de Glaser* ou scissure tympano-squameuse antérieure. Elle est bordée en arrière par la crête tympanique, prolongement interne du tubercule zygomatique postérieur, en avant par le *condyle temporal*, saillie volumineuse correspondant à la racine antérieure du zygoma.

— Enfin, tout à fait en avant, le bord inférieur du zygoma est nettement détaché de la partie inférieure ou *plan sous-temporal* de l'écaille.

2 - **La partie interne** correspond à la face inférieure, exocrânienne, du rocher. Elle est marquée en dedans et un peu en arrière de l'apophyse styloïde par une dépression : la fosse auriculaire. En avant de celle-ci, s'ouvre l'orifice inférieur du canal carotidien. Entre les deux, dans la fossette pyramidale, s'ouvre le canal carotico-tympanique. Plus en avant, dans l'angle des bords antérieurs du rocher et de l'écaille s'ouvre le *canal du muscle du marteau* et celui de la *trompe d'Eustache*.

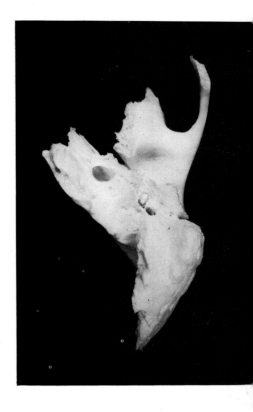

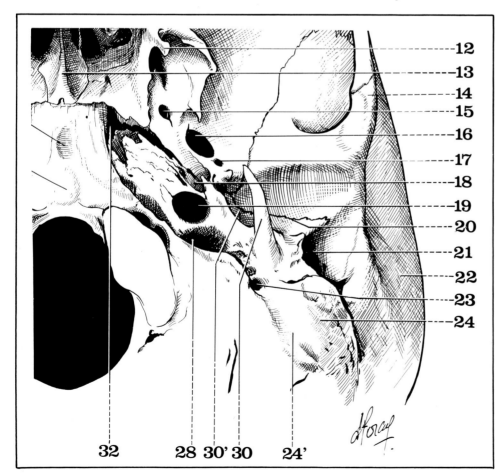

FIGURE 3

Vue inférieure de l'os temporal droit.
12. Crochet de l'aile interne de l'apophyse ptérygoïde.
13. Vomer.
14. Apophyse zygomatique du temporal.
15. Trou grand rond.
16. Trou ovale.
17. Trou petit rond.
18. Portion osseuse de la trompe d'Eustache.
19. Trou carotidien.
20. Cavité glénoïde du temporal.
21. Conduit auditif externe.
22. Ecaille du temporal.
23. Trou stylo-mastoïdien.
24. Apophyse mastoïde.
24'. Rainure digastrique.
28. Trou déchiré postérieur.
30. Apophyse styloïde.
30'. Scissure de Glaser.
32. Trou déchiré antérieur.

LA FACE ENDOCRÂNIENNE (Fig. 4)

Formée à sa partie supérieure par la face interne de l'écaille parcourue par le sillon vasculaire de l'artère méningée moyenne, elle est limitée par un bord en biseau irrégulier s'articulant avec le pariétal. Plus bas et plus en dedans, la face endocrânienne du rocher présente deux versants séparés par le bord supérieur du rocher que longe la gouttière du sinus pétreux supérieur.

— **Le versant antérieur**, triangulaire à base externe, horizontal, est croisé en dehors par la suture pétro-squameuse interne.

Plus en avant l'os est réduit à une simple lamelle osseuse parfois déhiscente : le *tegmen tympani** qui correspond au toit de la caisse du tympan et du canal osseux de la trompe d'Eustache. Un peu plus en avant, la paroi osseuse présente l'orifice de l'*hiatus de Fallope* puis une dépression : la *fossette du ganglion de Gasser*. Enfin tout en dedans près de la pointe du rocher, s'ouvre *l'orifice antérieur du canal carotidien*.

— **Le versant postérieur** est presque vertical. En dehors au niveau de la face endocrânienne de la mastoïde, il est marqué par la gouttière oblique en bas et en dedans du *sinus latéral*; plus en dedans se trouvent la *fossa subarcuata*** avec l'orifice de l'aqueduc du limaçon, puis la gouttière du sinus pétreux supérieur et enfin l'orifice du *conduit auditif interne*.

---

* *Tegmen tympani* : en latin = voûte du tympan.
** Fossa subarcuata = fosse (située) sous l'éminence courbe.

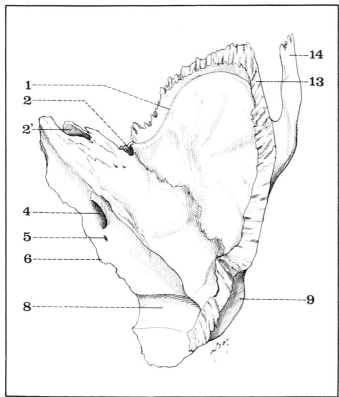

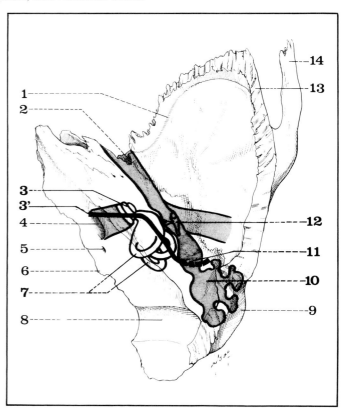

FIGURE 4

Vue supérieure de l'os temporal droit. En projection : les cavités de l'oreille moyenne et de l'oreille interne.

1. Écaille du temporal.
2. Orifice antérieur de la trompe d'Eustache.
2'. Orifice antérieur du canal carotidien.
3. Projection de la cochlée osseuse.
3'. Projection de l'aqueduc de Fallope.
4. Conduit auditif interne.
5. Aqueduc du limaçon.
6. Face endocrânienne postéro-supérieure du rocher.
7. Canaux semi-circulaires.
8. Gouttière du sinus latéral.
9. Mastoïde.
10. Antre et cellules mastoïdiennes.
11. Caisse du tympan.
12. Chaîne des osselets.
13. Bord biseauté de l'écaille.
14. Apophyse zygomatique.

LES CANAUX ET LES CAVITÉS DU TEMPORAL

L'épaisseur de l'os temporal, et en particulier de la pyramide pétreuse, est creusée d'un certain nombre de cavités et de canaux destinés d'une part à loger les différents éléments de l'oreille moyenne et de l'oreille interne, d'autre part à livrer passage à des éléments vasculaires, nerveux et musculaires.

LES CANAUX VASCULAIRES :

Ils comprennent :

— **le canal carotidien** (Canalis caroticus) qui livre passage à la carotide interne entourée de son plexus sympathique et d'un plexus veineux. Creusé dans la partie antérieure du rocher, il s'ouvre à la face inférieure de l'os par un orifice arrondi, monte d'abord verticalement, puis se coude pour prendre un trajet parallèle à l'axe de la pyramide pétreuse, et se terminer au sommet du rocher. Il est donc situé en avant et au-dessous des cavités de l'oreille moyenne et de l'oreille interne. (Fig. 5)

— **Le canal pétro-mastoidien**, qui livre passage à des éléments veineux, s'étend de la fossa sub-arcuata aux cavités creusées à l'intérieur de la mastoïde.

— **Le canal mastoidien** qui livre passage à la veine émissaire mastoïdienne traverse obliquement l'écaille mastoïdienne pour s'ouvrir dans la gouttière du sinus latéral.

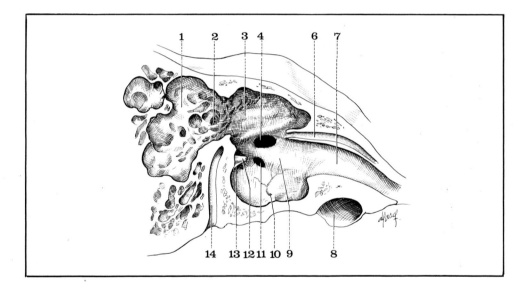

FIGURE 5

Paroi interne de la caisse du tympan. Coupe sagittale. Côté droit. Segment médial de la coupe.

1. Antre mastoïdien.
2. Aditus ad antrum.
3. Relief du canal semi-circulaire externe.
4. Fenêtre ovale.
6. Canal du muscle du marteau.
7. Trompe d'Eustache.
8. Canal carotidien.
9. Paroi interne de la caisse.
10. Saillie du promontoire avec les ramifications du nerf de Jacobson.
11. Fenêtre ronde.
12. Pyramide.
13. Cavité sous-pyramidale.
14. Segment mastoïdien de l'aqueduc de Fallope.

LES CANAUX NERVEUX comprennent :

— **L'aqueduc de Fallope***, ou canal du nerf facial (canalis facialis) qui contient, outre le nerf facial (VII), le nerf intermédiaire (VII bis) et le ganglion géniculé. S'étendant depuis le fond du conduit auditif interne en dedans jusqu'au trou stylo-mastoïdien en bas et en dehors, l'aqueduc de Fallope a un trajet sinueux doublement coudé. Il se dirige d'abord transversalement en dehors, perpendiculairement à la pyramide pétreuse en croisant les cavités de l'oreille interne : c'est le *segment labyrinthique*. Il se coude ensuite pour se diriger horizontalement en arrière et en dehors, parallèlement à l'axe du rocher, entre les cavités de l'oreille interne et celles de l'oreille moyenne : c'est le *segment tympanique*. Enfin il se coude à nouveau pour descendre verticalement dans l'épaisseur de la mastoïde : c'est le troisième *segment, mastoïdien*. (Fig. 4)

— **Le canal du nerf du muscle de l'étrier** va de l'aqueduc de Fallope au canal du muscle de l'étrier.

---

* Fallope Gabriel (1523-1563), anatomiste italien, successeur de Colombus à la chaire de Padoue.

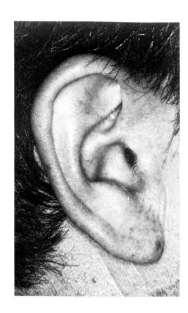

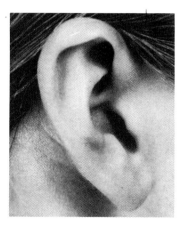

FIGURE 6

Deux aspects du pavillon droit de l'oreille.

— **Le canal carotico-tympanique** va du coude du canal carotidien à la caisse du tympan (oreille moyenne).

— **Le canal tympanique de Jacobson*** de direction verticale va de la fosse jugulaire au plancher de la caisse du tympan.

— **Le canal postérieur de la corde du tympan** s'étend obliquement en haut et en avant du segment mastoïdien de l'aqueduc de Fallope à la paroi postérieure de la caisse du tympan.

— **Le canal antérieur de la corde**, de direction antéro-postérieure, s'étend à la face du rocher, de la paroi antérieure de la caisse jusqu'à la partie interne de la scissure de Glaser.

III - LES CANAUX MUSCULAIRES :

— **Le canal du muscle du marteau**, dirigé obliquement en dehors, en bas et en arrière, est situé entre la face antérieure du rocher et la face supérieure du tympanal. Il s'étend depuis l'extrémité antérieure du rocher près de l'épine du sphénoïde, jusqu'à la paroi interne de la caisse du tympan.

— **Le canal du muscle de l'étrier** ou canal de la pyramide, décrivant une courbe à concavité antérieure et interne, dans le massif osseux situé en avant du segment mastoïdien de l'aqueduc de Fallope, s'ouvre d'une part à l'extérieur par un orifice situé en avant du trou stylo-mastoïdien, d'autre part au sommet de la pyramide sur la paroi postérieure de la caisse du tympan.

IV - LES CAVITÉS DE L'OREILLE MOYENNE ET DE L'OREILLE INTERNE seront étudiées plus loin (pages 558 et 571).

L'oreille externe (auris externa)

Elle comprend deux parties : le pavillon et le conduit auditif externe.

LE PAVILLON *(Auricula)*

C'est une expansion lamelleuse semi-rigide, aplatie transversalement, fixée à la face latérale du crâne au-dessous de la fosse temporale, en avant et au-dessus de la mastoïde, en arrière de l'articulation temporo-mandibulaire et de la région parotidienne (dimensions = 6 cm × 3 cm).

MORPHOLOGIE EXTÉRIEURE : (Fig. 6 et 7)

■ **La face externe présente à sa partie antéro-inférieure une dépression : la conque**** (Concha auriculae) au fond de laquelle s'ouvre le conduit auditif externe. Elle est surplombée en avant par le **tragus***** saillie arrondie ou triangulaire, en arrière et en bas par **l'antitragus**, tous deux séparés par l'échancrure de la conque.

Ces différents éléments sont entourés en haut et en arrière par :

— **l'anthélix** qui naît en bas de l'antitragus et se bifurque en haut pour former la fossette naviculaire ;

— la **gouttière de l'anthélix** ;

— **l'hélix******, bourrelet plus ou moins marqué qui naît au-dessus du tragus, de la paroi de la conque, par la racine de l'hélix, puis forme la circonférence du pavillon pour se terminer à la partie inférieure dans le **lobule** de l'oreille dont le bord antérieur est plus ou moins détaché de la paroi crânienne. Le tubercule de Darwin***** siège à la partie postéro-supérieure de l'hélix : anomalie récessive, il serait l'homologue de la pointe de l'oreille de certains animaux.

■ **La face interne** séparée en arrière de la paroi crânienne par le *sillon céphalo-auriculaire*, est fixée dans ses deux tiers antérieurs à la paroi crânienne, au niveau de la conque, où s'ouvre le conduit auditif externe (angle céphalo-auriculaire = 20 à 30°).

---

* Jacobson Ludwig Léon (1783-1843), anatomiste danois, professeur à Copenhague.
** Conque : du latin « concha » = la coquille.
*** « Tragus » : du grec « trachos », le bouc (parce que porteur de poils en forme de barbe de bouc !)
**** « Hélix » : du grec « elix » = l'hélice.
***** Darwin Charles (1809-1882), naturaliste et biologiste anglais, père de « l'évolutionnisme ».

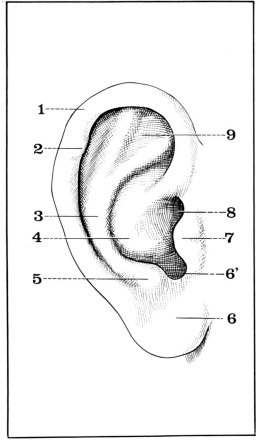

FIGURE 7

Le pavillon de l'oreille droite.
1. Hélix.
2. Tubercule de Darwin.
3. Anthélix.
4. Conque.
5. Antitragus.
6. Lobule.
6'. Echancrure de la conque.
7. Tragus.
8. Conduit auditif externe.
9. Fossette naviculaire.

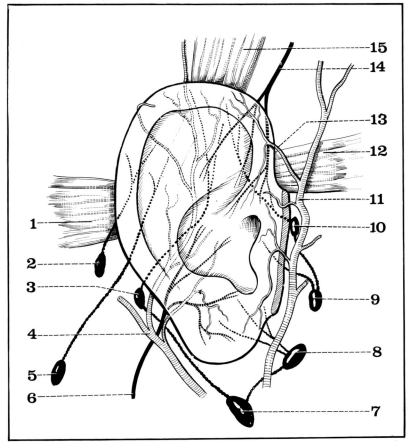

FIGURE 8

Les muscles, les vaisseaux et les lymphatiques de l'oreille externe droite.
1. Muscle auriculaire postérieur.
2. Ganglion mastoïdien.
3. Ganglion rétro-auriculaire.
4. Artère auriculaire postérieure.
5. Ganglion de la chaîne du spinal.
6. Rameau auriculaire du plexus cervical superficiel.
7. Ganglion sous-digastrique.
8. 9. Ganglions pré-auriculaires.
10. Ganglion pré-tragien.
11. Artère temporale superficielle.
12. Muscle auriculaire antérieur.
13. Artère auriculaire antérieure.
14. Nerf auriculo-temporal.
15. Muscle auriculaire supérieur.

STRUCTURE :

Le pavillon de l'oreille est formé par :

— **Une lame cartilagineuse** qui revêt la même forme et comporte les mêmes saillies et dépressions que le pavillon lui-même.

— **Des ligaments** qui se subdivisent en ligaments intrinsèques et ligaments extrinsèques. Les ligaments *intrinsèques* doublent la face interne du cartilage ; les ligaments *extrinsèques* amarrent le pavillon aux parois crâniennes : *le ligament antérieur* va du tubercule zygomatique au tragus et à la partie antérieure de la conque ; le ligament *postérieur* de la base de la mastoïde à la convexité de la conque.

— **Des muscles.** Les muscles *intrinsèques* qui doublent les faces externe et interne du pavillon sont extrêmement atrophiques chez l'homme ; les muscles *extrinsèques* sont au nombre de trois. (Fig. 8)

— *l'auriculaire antérieur* qui va de l'aponévrose épicrânienne et de l'arcade zygomatique à la partie antérieure de la conque ;

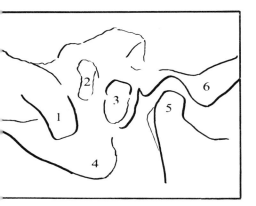

— *l'auriculaire supérieur* qui va de l'aponévrose épicrânienne à la face profonde de la fosse naviculaire ;

— *l'auriculaire postérieur* qui s'étend de la base de la mastoïde à la convexité de la conque. (Fig. 8)

Tous ces muscles sont innervés par le nerf facial.

— **Le tissu cellulaire sous-cutané.** Pratiquement absent à la face externe du pavillon où la peau adhère directement au cartilage, il est réduit sur la face interne à quelques pelotons graisseux.

— **La peau**, fine, lisse, presque entièrement dépourvue de poils, tapisse régulièrement le cartilage auquel elle adhère. En bas, au-dessous du cartilage, elle s'adosse à elle-même pour former le lobule de l'oreille.

LE CONDUIT AUDITIF EXTERNE *(Meatus* Acusticus Externus)*
GÉNÉRALITÉS

Etendu depuis le fond de la conque en dehors jusqu'au tympan en dedans qui le sépare de l'oreille moyenne, c'est un conduit ovalaire aplati d'avant en arrière, d'une longueur de 24 mm environ et d'un diamètre de 8 à 9 mm, rétréci au niveau de sa partie moyenne : *l'isthme* du conduit auditif externe. Relativement souple dans son tiers externe où il a une structure fibro-cartilagineuse, il est au contraire rigide dans ses deux tiers internes où ses parois sont entièrement osseuses.

Sa direction décrit une courbe en S dont la concavité est dirigée dans l'ensemble en arrière et en bas. On peut lui distinguer un segment externe fortement oblique en avant et en dedans ; un segment moyen oblique en arrière et en dedans ; enfin un segment interne à nouveau oblique en avant et en dedans. Il est classique de rappeler qu'il est nécessaire de redresser les courbures du conduit auditif externe en attirant le pavillon en haut et en arrière lorsque l'on veut examiner le fond du conduit, c'est-à-dire le tympan. (Fig. 11)

CONSTITUTION ANATOMIQUE

Elle diffère considérablement suivant le point considéré.

— **Dans son tiers externe,** le conduit auditif externe est formé d'une *charpente fibro-cartilagineuse*. Elle est constituée de l'union de deux gouttières à concavité inverse l'une supérieure fibreuse, l'autre antéro-inférieure cartilagineuse, l'une et l'autre revêtues par une peau mince et adhérente.

— **Dans ses deux tiers internes,** le conduit auditif externe a une *charpente osseuse* formée en avant, en bas et en arrière par l'os tympanal, en haut la partie horizontale de l'écaille du temporal, ces éléments osseux étant, là encore, tapissés directement par la peau. (Fig. 10 et 11)

— **Le fond du conduit** enfin est formé par la **membrane du tympan**** et tapissé par la peau pratiquement réduite ici à sa seule couche épidermique. A l'examen otoscopique la face externe du tympan apparaît comme une membrane arrondie à peu près circulaire d'environ un centimètre de diamètre. De direction presque horizontale chez l'enfant, il est oblique à 45° chez l'adulte où il regarde en bas, en avant et en dehors. De coloration gris pâle, d'aspect translucide, il est légèrement concave et son centre, déprimé, constitue *l'ombilic* (Fig. 10).

La face externe du tympan (Fig. 12) présente un certain nombre de *repères* classiques. Ce sont tout d'abord :

— A la partie antérieure et supérieure, un point brillant correspondant à la *petite apophyse du marteau*, d'où naissent deux replis sensiblement horizontaux l'un antérieur, l'autre postérieur, correspondant aux replis tympano-malléaires (= apophyse externe).

— Le deuxième repère forme une bande oblique en bas et en arrière tendue de la petite apophyse à l'ombilic : c'est la *saillie du manche du marteau*.

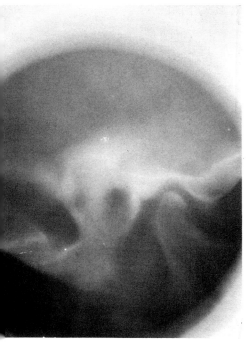

FIGURE 9

Tomographie de profil du conduit auditif externe. Noter les rapports en avant avec le condyle de la mandibule, en arrière avec l'aqueduc de Fallope et plus loin le sinus latéral.
1. *Portion sigmoïde du sinus latéral.*
2. *Aqueduc de Fallope.*
3. *Conduit auditif externe.*
4. *Apophyse mastoïde.*
5. *Condyle de la mandibule.*
6. *Condyle du temporal.*

---

* Méat : du latin «meatus» = ouverture, canal.

** Tympan : du grec «tumpanon» = le tambour.

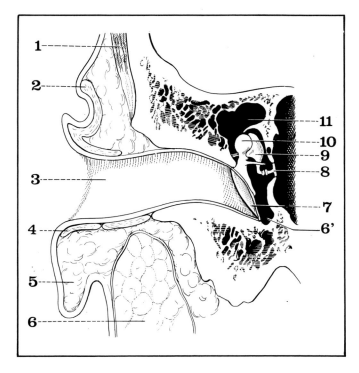

FIGURE 10

Coupe frontale du conduit auditif externe (côté droit, segment postérieur).
1. Muscle temporal.
2. Cartilage du pavillon.
3. Conduit auditif externe.
4. Squelette cartilagineux du conduit auditif.
5. Os pétreux.
6. Glande parotide.
6'. Récessus hypotympanique.
7. Tympan.
8. Étrier et fenêtre ovale.
9. Enclume.
10. Marteau.
11. Attique.

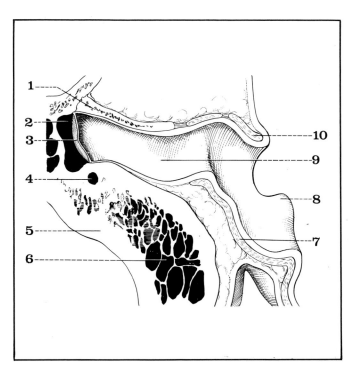

FIGURE 11

Coupe horizontale du conduit auditif externe (côté droit, segment inférieur).
1. Os tympanal.
2. Caisse du tympan.
3. Membrane du tympan.
4. Segment mastoïdien de l'aqueduc de Fallope.
5. Os pétreux.
6. Cellule mastoïdienne.
7. Anthelix.
8. Antitragus.
9. Conduit auditif externe.
10. Cartilage du tragus.

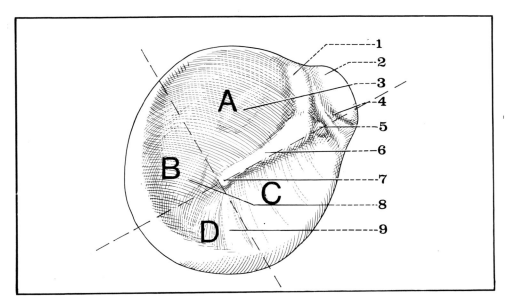

FIGURE 12

La membrane du tympan vue externe.
1. Repli malléaire postérieur.
2. Pars flaccida (membrane de Schrapnell).
3. Partie tendue du tympan laissant parfois voir l'apophyse vertical de l'enclume.
4. Repli malléaire antérieur.
5. Petite apophyse du marteau.
6. Manche du marteau.
7. Ombilic.
8. Quadrant postéro-inférieur (lieu de la paracentèse).
9. Triangle lumineux.
A. Quadrant postéro-supérieur.
B. Quadrant postéro-inférieur.
C. Quadrant postéro-supérieur.
D. Quadrant postéro-inférieur.

Ce repère permet de diviser arbitrairement le tympan en quatre quadrants.

— Le troisième repère situé dans le quadrant antéro-inférieur constitue le cône ou *triangle lumineux* de Politzer* : c'est un reflet lumineux, dont les modifications peuvent permettre une appréciation grossière de la mobilité tympanique. (Fig. 16)

Outre ces repères normalement visibles sur le tympan sain, dans certains cas l'examen otoscopique permet d'apercevoir :

— dans le quadrant postéro-supérieur immédiatement au-dessous du repli postérieur, une ligne horizontale correspondant à la corde du tympan. Plus haut apparaît parfois, la branche verticale de l'enclume et plus rarement l'étrier,

— dans le quadrant postéro-inférieur on aperçoit parfois la saillie du promontoire. Notons enfin que c'est dans ce quadrant postéro-inférieur qu'est pratiquée habituellement la paracentèse. (Fig. 12bis)

LES RAPPORTS DU CONDUIT AUDITIF EXTERNE (Fig. 10 et 11)

— **La paroi antérieure** est au contact de *l'articulation temporo-mandibulaire et du condyle de la mandibule* qui s'appuie sur la jonction du canal osseux et du canal fibro-cartilagineux. (Fig. 9)

— **La paroi postérieure** répond à *l'apophyse mastoïde* et aux cellules mastoïdiennes. A sa partie toute interne, elle est également proche de la partie terminale de l'aqueduc de Fallope et du *nerf facial*.

— **La paroi supérieure** est en contact avec l'étage moyen de la *base du crâne*.

— **La paroi inférieure** répond dans toute son étendue à la loge parotidienne.

— Le **fond du conduit** enfin par l'intermédiaire de la membrane du tympan répond à l'oreille moyenne et à la *caisse du tympan*.

VASCULARISATION ET INNERVATION DE L'OREILLE EXTERNE

LES ARTÈRES (Fig. 8) :

La vascularisation artérielle du **pavillon** est assurée par la *temporale superficielle* et *l'auriculaire postérieure*, branches de la carotide externe. La vascularisation du conduit auditif est assurée également par ces mêmes artères et, pour la partie osseuse du conduit, par l'arête *tympanique*, branche de la maxillaire interne.

LES VEINES :

Les veines du **pavillon** se rendent soit à la *veine temporale superficielle* en avant, soit à la *veine jugulaire externe* et à la *veine mastoïdienne* en arrière. Les **veines du conduit auditif externe** se rendent : les veines antérieures au *plexus ptérygoïdien*, les veines postérieures à la *jugulaire externe*.

LES LYMPHATIQUES (Fig. 8) :

Les lymphatiques du **pavillon** se répartissent en trois groupes; un groupe antérieur qui se rend aux ganglions *prétragiens*, un groupe postérieur qui va aux ganglions *mastoïdiens*, un groupe inférieur enfin qui va aux ganglions *parotidiens*.

LES NERFS (Fig. 8) :

Les nerfs moteurs destinés aux muscles du pavillon sont des rameaux du *facial*.

Les nerfs sensitifs proviennent, pour le pavillon, du nerf *auriculo-temporal* (du mandibulaire) et de la *branche auriculaire du plexus cervical superficiel*. L'innervation du conduit auditif externe est assurée également par l'auriculo-temporal et par la branche auriculaire du plexus cervical superficiel. Il reçoit en outre un rameau sensitif de *l'intermédiaire de Wrisberg* empruntant le trajet du facial (nerf de Ramsay Hunt)**.

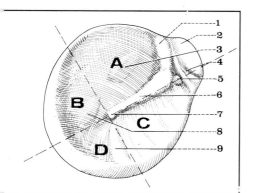

FIGURE 12bis

La membrane du tympan vue externe.

1. *Repli malléaire postérieur.*
2. *Pars flaccida (membrane de Schrapnell).*
3. *Partie tendue du tympan laissant parfois voir l'apophyse verticale de l'enclume.*
4. *Repli malléaire antérieur.*
5. *Petite apophyse du marteau.*
6. *Manche du marteau.*
7. *Ombilic.*
8. *Quadrant postéro-inférieur (lieu de la paracentèse).*
9. *Triangle lumineux.*
A. *Quadrant postéro-supérieur.*
B. *Quadrant postéro-inférieur.*
C. *Quadrant postéro-supérieur.*
D. *Quadrant postéro-inférieur.*

---

* Politzer Adam (1835-1920), professeur d'otologie à Vienne (Autriche).
** Hunt Ramsay (1872-1937), neuro-physiologiste anglais.

L'oreille moyenne (Auris Media)

Organe de la transmission des sons, l'oreille moyenne est essentiellement constituée d'une cavité osseuse : la **caisse du tympan** prolongée en arrière par **l'antre mastoïdien**, en avant par la **trompe d'Eustache**. Elle est séparée en dehors de l'oreille externe par la membrane du tympan; elle s'ouvre en dedans sur l'oreille interne par la fenêtre ronde et la fenêtre ovale. Elle contient à sa partie supérieure une **chaîne d'osselets**, articulés entre eux et possédant leurs muscles propres, qui réunit le tympan en dehors à la fenêtre ovale en dedans. Les trois cavités de l'oreille moyenne : antre mastoïdien, caisse du tympan et trompe d'Eustache sont situées dans le prolongement les unes des autres selon un axe sensiblement parallèle à l'axe du rocher. Normalement remplies d'air ces cavités s'ouvrent au niveau du naso-pharynx par l'orifice de la trompe; elles sont tapissées par une muqueuse qui continue la muqueuse pharyngée. (Fig. 13-14)

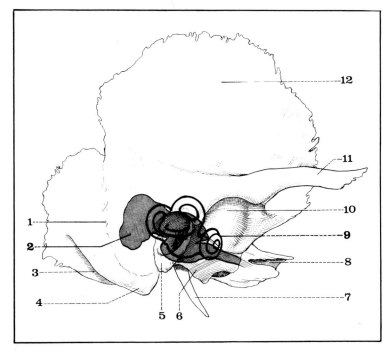

FIGURE 13

Vue latérale externe de l'os temporal droit. En projection : les cavités de l'oreille moyenne et de l'oreille interne.

1. Suture pétro-squameuse.
2. Projection de l'antre mastoïdien.
3. Rainure du digastrique.
4. Apophyse mastoïde.
5. Os tympanal formant le conduit auditif externe.
6. Apophyse vaginale.
7. Apophyse styloïde.
8. Canal carotidien.
9. Projection de la cochlée.
10. Cavité glénoïde du temporal.
11. Apophyse zygomatique.
12. Ecaille du temporal.

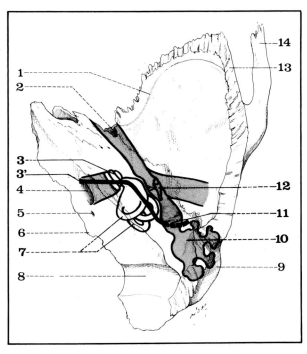

FIGURE 14

Vue supérieure de l'os temporal droit. En projection : les cavités de l'oreille moyenne et de l'oreille interne.

1. Ecaille du temporal.
2. Orifice antérieur de la trompe d'Eustache.
3. Projection de la cochlée osseuse.
3'. Projection de l'aqueduc de Fallope.
4. Conduit auditif interne.
5. Aqueduc du limaçon.
6. Face endocrânienne postéro-supérieure du rocher.
7. Canaux semi-circulaires.
8. Gouttière du sinus latéral.
9. Mastoïde.
10. Antre et cellules mastoïdiennes.
11. Caisse du tympan.
12. Chaîne des osselets.
13. Bord biseauté de l'écaille.
14. Apophyse zygomatique.

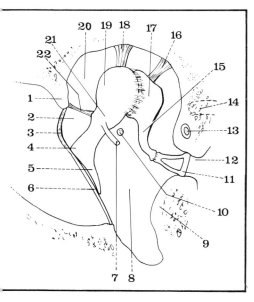

FIGURE 15

Coupe frontale de la caisse du tympan (ou cavité tympanique) (côté droit, segment postérieur).

1. Mur de la logette.
2. Poche supérieure de Prussak.
3. Membrane flaccide de Schrapnell.
4. Apophyse externe (ou petite apophyse) du marteau.
5. Manche du marteau.
6. Portion tendue de la membrane du tympan.
7. Apophyse antérieure (ou longue) du marteau.
8. Atrium.
9. Promontoire.
10. Corde du tympan.
11. Etrier (ou stapes).
12. Fenêtre ovale (ou du vestibule).
13. Aqueduc de Fallope (ou canal du nerf facial).
14. Canal semi-circulaire externe.
15. Apophyse longue (ou lenticulaire) de l'enclume.
16. Ligament supérieur de l'enclume.
17. Corps de l'enclume (ou incus).
18. Ligament supérieur du marteau.
19. Tête du marteau (ou malleus).
20. Attique (ou recessus épitympanique).
21. Col du marteau.
22. Ligament externe du marteau.

---

* Gerlach Joseph (1820-1896), anatomiste allemand, professeur d'anatomie et physiologie à Erlangen.
** Prussak Alexandre (1839-1894), anatomiste russe, professeur d'otologie à Saint-Pétersbourg.
*** Troeltsch (1829-1890), otologiste allemand (Würzbourg).

LA CAISSE DU TYMPAN *(Cavum Tympani)*

C'est une cavité cylindrique en forme de tambour aplati dans le sens transversal, d'un diamètre de 13 à 15 mm, d'une épaisseur moindre au centre (1 à 2 mm) qu'à la périphérie (3 à 4 mm). On lui décrit habituellement une paroi externe ou tympanique, une paroi interne ou labyrinthique, et une circonférence subdivisée artificiellement en quatre parois : antérieure, supérieure, postérieure et inférieure. (Fig. 18bis).

LA PAROI EXTERNE OU TYMPANIQUE

Elle est formée essentiellement par la **membrane du tympan** enchâssée dans un cercle osseux qui atteint son maximum de développement à sa partie supérieure où il constitue le mur de la logette.

A) LE TYMPAN (Membrana tympani) (Fig. 16 et 17)

Séparant la caisse du tympan du conduit auditif externe, c'est une membrane fibreuse, formée d'une couche interne de fibres circulaires et d'une couche externe de fibres radiaires, tapissée à sa face externe par la peau du conduit auditif externe, à sa face interne par la muqueuse de la caisse du tympan. De forme assez régulièrement circulaire, d'un diamètre de 10 mm, inclinée à 45° sur l'horizontale, déprimée à sa partie centrale, la membrane du tympan s'épaissit à sa partie périphérique pour former le **bourrelet annulaire de Gerlach*** (Anulus fibro-cartilagineus). Ce bourrelet s'interrompt à la partie toute supérieure de la circonférence du tympan en formant deux cornes : l'une antérieure, l'autre postérieure. De chacune de ces deux cornes naît un prolongement fibreux qui se dirige vers la petite apophyse du marteau : ces deux prolongements forment les **ligaments tympano-malléaires** antérieur et postérieur (Plica mallearis), qui sont longés par la corde du tympan (anastomose de l'intermédiaire au lingual). (Fig. 17)

Au-dessous de ces ligaments, la membrane du tympan est fixée à la paroi osseuse par l'enchâssement du bourrelet annulaire dans un sillon osseux : le **Sulcus tympanicus**. Au-dessus des ligaments tympano-malléaires et de la petite apophyse du marteau la membrane du tympan devient plus mince et plus lâche; elle forme la membrane flaccide de Schrapnell (Pars flaccida) qui se fixe à la paroi osseuse en adhérant au périoste et à la peau du conduit auditif externe. La membrane flaccide forme sur la paroi externe de la caisse une zone déprimée, la **poche supérieure de Prussak**** **(Recessus superior).** (Fig. 15)

Au-dessous des replis tympano-malléaires, la membrane du tympan contient dans son épaisseur le *manche du marteau*. Bombant assez régulièrement dans la cavité de la caisse, elle présente immédiatement au-dessous des replis typano-malléaires deux dépressions : l'une antérieure, l'autre postérieure : les *poches de Troeltsch****.

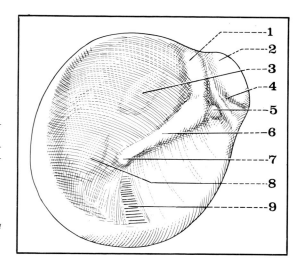

FIGURE 16

La membrane du tympan vue externe.

1. Repli malléaire postérieur.
2. Pars flaccida (membrane de Schrapnell).
3. Partie tendue du tympan laissant parfois voir l'apophyse verticale de l'enclume.
4. Repli malléaire antérieur.
5. Apophyse externe du marteau.
6. Manche du marteau.
7. Ombilic.
8. Quadrant postéro-inférieur (lieu de la paracentèse).
9. Triangle lumineux.

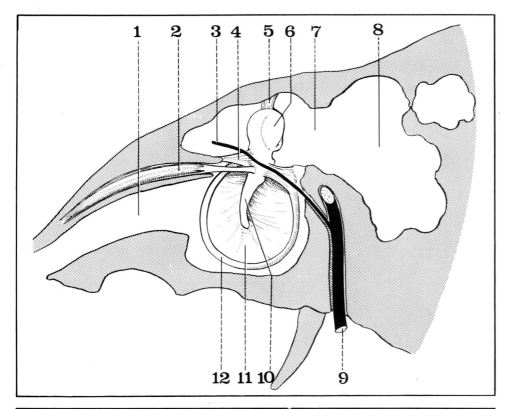

FIGURE 17

Coupe schématique antéro-postérieure montrant la face interne du tympan (côté droit, vue médiale).

1. Trompe d'Eustache.
2. Muscle du marteau.
3. Corde du tympan.
4. Ligament antérieur du marteau.
5. Ligament suspenseur de la tête du marteau.
6. Tête du marteau.
7. Aditus ad antrum.
8. Antre mastoïdien.
9. Nerf facial.
10. Manche du marteau.
11. Membrane du tympan.
12. Bourrelet de Gerlach.

FIGURE 18

Coupe frontale de l'oreille droite, segment postérieur de la coupe.

1. Conduit auditif externe.
2. Mur de la logette.
3. Aditus ad antrum.
4. Surface articulaire pour la branche horizontale de l'enclume.
5. Paroi postérieure de la caisse.
6. Canal semi-circulaire postérieur.
7. Aqueduc de Fallope.
8. Vestibule.
9. Pyramide et orifice du canal du muscle de l'étrier.
10. Orifice du canal postérieur de la corde du tympan.
11. Origine de la lame spirale.
12. Cavité sous-vestibulaire.
13. Sulcus tympanicus.
14. Récessus hypotympanique et plancher de la caisse du tympan.

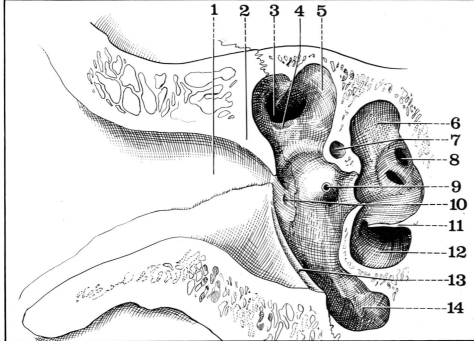

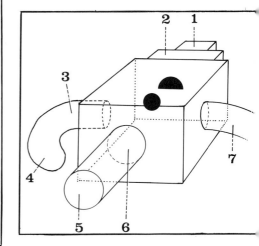

FIGURE 18bis

Schématisation de la «caisse» du tympan.

1. Conduit auditif interne.
2. Oreille interne.
3. Aditus ad antrum.
4. Antre mastoïdien.
5. Conduit auditif externe.
6. Membrane du tympan.
7. Trompe d'Eustache.

B) LE SEGMENT OSSEUX DE LA PAROI EXTERNE DE LA CAISSE

Très peu développée dans ses parties antérieure, inférieure et postérieure où sa hauteur ne dépasse pas 2 mm, elle atteint son maximum de développement à sa partie supérieure où elle forme un coin osseux séparant la partie supérieure de la caisse du conduit auditif externe : **le mur de la logette**. La trépanation de ce dernier permet d'avoir accès par le conduit auditif externe sur l'étage supérieur de la caisse qui contient la chaîne des osselets. (Fig. 18)

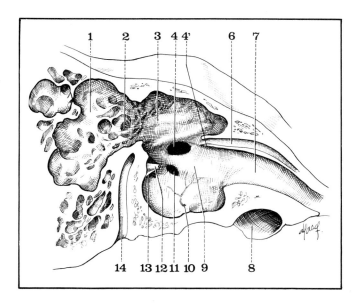
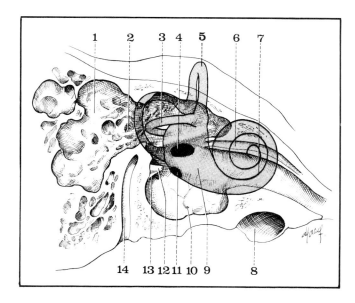

FIGURE 19

Paroi interne de la caisse du tympan. En projection : l'oreille interne. Coupe sagittale. Côté droit. Segment médial de la coupe.

1. Antre mastoïdien.
2. Aditus ad antrum.
3. Relief du canal semi-circulaire externe.
4. Fenêtre ovale.
4'. Bec de cuiller.
5. Canal semi-circulaire supérieur.
6. Canal du muscle du marteau.
7. Trompe d'Eustache.
8. Canal carotidien.
9. Paroi interne de la caisse.
10. Saillie du promontoire avec les ramifications du nerf de Jacobson.
11. Fenêtre ronde.
12. Pyramide.
13. Cavité sous-pyramidale.
14. Segment mastoïdien de l'aqueduc de Fallope.

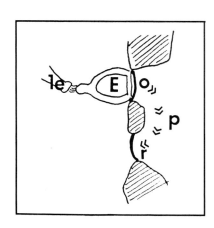

FIGURE 19bis
Les deux fenêtres et leur fonctionnement

E = étrier.
le = apophyse lenticulaire de l'enclume.
o = fenêtre ovale.
r = fenêtre ronde.
p = pression du liquide péri-lymphatique.

LA PAROI INTERNE OU LABYRINTHIQUE (Fig. 19)

Séparant la caisse du tympan des cavités de l'oreille interne, elle présente à l'union de son tiers antérieur et de ses deux tiers postérieurs, une saillie arrondie dont le sommet est situé approximativement en regard de l'ombilic du tympan : **le promontoire** (Promontorium). Celui-ci correspond à la saillie que fait dans la caisse le premier tour de spire du limaçon. (Fig. 20)

En avant du promontoire, la paroi interne est marquée par une saillie osseuse antéro-postérieure légèrement recourbée en dedans : **le bec de cuiller** (Processus cochleariformis) qui prolonge en arrière le canal du muscle du marteau.

En arrière du promontoire, la paroi interne de la caisse présente de haut en bas :

— la saillie du *canal semi-circulaire externe*;

— la saillie du *deuxième segment de l'aqueduc de Fallope* qui, légèrement oblique en bas et en arrière, s'écarte progressivement du canal semi-circulaire externe. A ce niveau la paroi osseuse de l'aqueduc est parfois déhiscente et le facial immédiatement sous-muqueux.

— Immédiatement au-dessous s'ouvre la **fenêtre ovale** (Fenestra vestibuli) dont l'aqueduc de Fallope forme en quelque sorte le linteau. Normalement obturée par la platine de l'étrier, la fenêtre ovale fait communiquer la cavité de la caisse avec la cavité vestibulaire.

— Plus bas et plus en arrière, **la fenêtre ronde** (Fenestra cochleae) normalement obturée par une membrane fibreuse, le *tympan secondaire*, établit une communication entre la caisse et la rampe tympanique du limaçon. (Fig. 19bis)

— Tout à fait en arrière se trouve une dépression : *la cavité sous-pyramidale.*

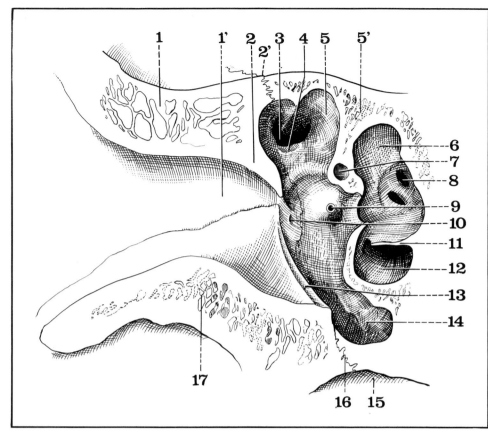

FIGURE 20

Coupe frontale de l'oreille droite, segment postérieur de la coupe.
1. Ecaille du temporal.
1'. Conduit auditif externe.
2. Mur de la logette.
2'. Suture pétro-squameuse.
3. Aditus ad antrum.
4. Surface articulaire pour la branche horizontale de l'enclume.
5. Paroi postérieure de la caisse.
5'. Os pétreux.
6. Canal semi-circulaire postérieur.
7. Aqueduc de Fallope.
8. Vestibule.
9. Pyramide et orifice du canal du muscle de l'étrier.
10. Orifice du canal postérieur de la corde du tympan.
11. Origine de la lame spirale.
12. Cavité sous-vestibulaire.
13. Sulcus tympanicus.
14. Récessus hypo-tympanique et plancher de la caisse du tympan.
15. Golfe de la jugulaire.
16. Suture pétro-tympanique.
17. Os tympanal.

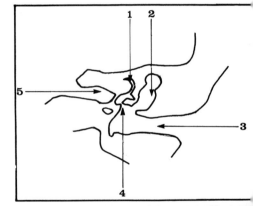

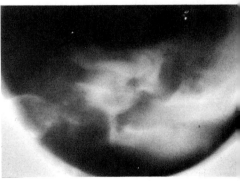

FIGURE 20bis

Tomographie transversale de l'oreille moyenne, montrant, au centre la caisse, le vestibule osseux et les canaux semi-circulaires supérieur et externe, latéralement le conduit auditif externe et le conduit auditif interne.
1. Canal semi-circulaire supérieur.
2. Caisse du tympan.
3. Conduit auditif externe.
4. Fenêtre ronde.
5. Conduit auditif interne.

LA PAROI SUPÉRIEURE OU CRÂNIENNE (Fig. 20 et 20bis)

Elle est formée d'une mince lamelle osseuse large de 5 à 6 mm, très mince, le *tegmen tympani**. Croisé par la suture pétro-squameuse interne, il est immédiatement au contact du *sinus pétreux supérieur* et à proximité immédiate du lobe temporal du cerveau.

LA PAROI POSTÉRIEURE OU MASTOÏDIENNE (Fig. 20)

Elle est marquée à sa partie tout à fait supérieure par un orifice : **l'aditus ad antrum**** ou canal tympano-mastoïdien qui fait communiquer la caisse avec l'antre mastoïdien. (Fig. 19)

Immédiatement au-dessous de l'aditus, une *petite facette articulaire* donne appui à la branche horizontale de l'enclume.

Plus bas, une lame osseuse saillante : la **lame arquée pré-mastoïdienne** sépare la cavité de la caisse du *segment vertical de l'aqueduc de Fallope*.

Sur la lame arquée s'implante une saillie osseuse dirigée en haut en avant et en dedans : la **pyramide** (Eminentia pyramidalis) dont le sommet tronqué donne issue au muscle de l'étrier. (Fig. 19)

En dehors de la pyramide s'ouvre l'orifice du *canal postérieur de la corde du tympan*. (Fig. 20)

Tout en bas enfin, se trouve parfois une saillie arrondie : l'éminence styloïde de Politzer.

LA PAROI INFÉRIEURE OU PLANCHER DE LA CAISSE (Fig. 20)

Large seulement de 4 mm, elle est située plus bas que le pôle inférieur du tympan. Très mince, elle est formée par une fine lamelle osseuse qui sépare la cavité de la caisse du *golfe de la jugulaire*.

---

* Tegmen tympani = le toit du tympan (en latin).
** Aditus ad antrum = l'accès vers l'antre (en latin).

LA PAROI ANTÉRIEURE OU TUBO-CAROTIDIENNE (Fig. 19 et 21)

A sa partie toute supérieure, elle est caractérisée par la présence de **l'orifice du canal du muscle du marteau**, qui se prolonge sur la paroi interne de la caisse par la saillie du bec de cuiller. Plus bas, s'ouvre l'orifice tympanique de la **trompe d'Eustache** qui fait communiquer la caisse avec la trompe et le pharynx.

Immédiatement en dehors de l'orifice tubaire se trouvent l'extrémité de la scissure de Glaser et l'orifice du *canal antérieur de la corde du tympan*.

Plus bas, la paroi antérieure de la caisse, formée par une très mince lamelle osseuse, répond au canal carotidien qui contient la carotide interne. C'est à ce niveau que s'ouvre le *canal carotico-tympanique* que traverse une anastomose du nerf de Jacobson avec le plexus sympathique carotidien.

FIGURE 21

Coupe frontale de l'oreille droite, segment antérieur de la coupe.
1. Conduit auditif externe.
2. Suture pétro-squameuse.
3. Paroi antérieure de la caisse.
4. Canal semi-circulaire supérieur.
5. Aqueduc de Fallope.
6. Fenêtre ovale.
7. Origine de la lame spirale.
8. Orifice tubaire.
9. Projection de la partie antérieure du canal carotidien.

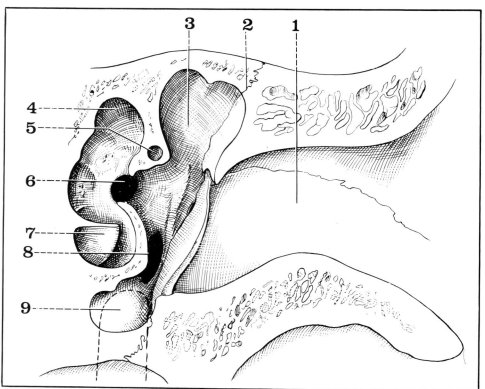

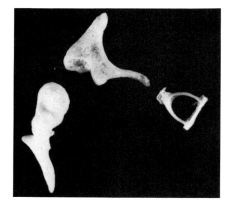

FIGURE 21bis

Les osselets de l'ouïe (vue antérieure).

FIGURE 22

Vue externe du marteau.

LA CHAÎNE DES OSSELETS DE L'OREILLE MOYENNE (Fig. 24)

Traversant la partie supérieure de la caisse en réunissant la paroi externe à la paroi interne, elle est formée de trois os qui sont de dehors en dedans : le **marteau**, **l'enclume** et **l'étrier**. Ces trois osselets sont articulés entre eux et fixés aux parois de la caisse par des ligaments. Ils possèdent en outre deux muscles qui leur sont propres : le muscle du marteau et le muscle de l'étrier.

LES OSSELETS (Fig. 22, 23 et 24)

a) **Le marteau** (Malleus) (Fig. 22) :

Le plus volumineux et le plus externe des trois, il présente :

— *un manche* allongé verticalement, aplati d'avant en arrière, dirigé en bas et en arrière, et inclu dans l'épaisseur de la membrane fibreuse du tympan ;

— *un col*, segment rétréci qui surmonte le manche et d'où naissent deux apophyses : une *apophyse externe* courte qui donne attache aux ligaments tympano-malléaires, une *apophyse antérieure* longue qui se dirige vers la paroi antérieure de la caisse et sur laquelle se fixe le ligament antérieur du marteau ;

— *une tête* ovoïde et lisse qui présente à sa partie postéro-interne une surface articulaire pour l'enclume.

b) **L'enclume** (Incus) (Fig. 23 A)

Située en arrière de la tête du marteau à la partie supérieure de la caisse, elle présente :

— un *corps* aplati transversalement et qui présente une surface articulaire légèrement concave pour la tête du marteau ;

— une *branche supérieure* qui se dirige en arrière et va fixer son extrémité sur la fossette de la paroi postérieure de la caisse ;

— une *branche inférieure*, plus longue et plus grêle, qui s'écarte à 90° de la précédente, descend dans la caisse et se recourbe à sa partie interne en se terminant par une extrémité arrondie *l'apophyse lenticulaire* qui s'articule avec l'étrier.

c) **L'étrier** (Stapes) (Fig. 23 B) :

Situé horizontalement entre l'enclume et la paroi interne de la caisse, il comprend de dehors en dedans :

— *une tête* articulée avec la branche inférieure de l'enclume ;

— *deux branches* antérieure et postérieure ;

— *une platine* ovale articulée avec la fenêtre ovale.

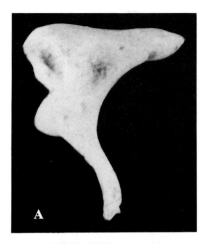

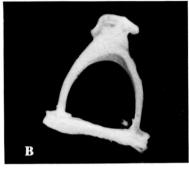

FIGURE 23

A. L'enclume, vue interne.
B. L'étrier.

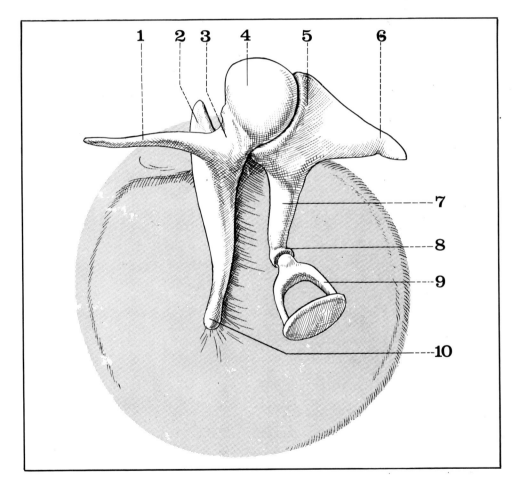

FIGURE 24

Vue interne du tympan et de la chaîne des osselets.

1. Apophyse longue, antérieure du marteau.
2. Apophyse courte ou latérale du marteau.
3. Col du marteau.
4. Tête du marteau.
5. Corps de l'enclume.
6. Apophyse horizontale de l'enclume.
7. Apophyse longue de l'enclume.
8. Surface lenticulaire de l'enclume.
9. Etrier.
10. Manche du marteau.

ARTICULATIONS ET LIGAMENTS DES OSSELETS

A) **Les articulations des osselets** entre eux :

Les osselets de l'ouïe sont réunis entre eux par deux articulations :

— *l'articulation inco-malléaire*, en dehors, dont les surfaces articulaires revêtues de cartilage sont réunies par une capsule, présente une petite synoviale et parfois un ménisque intra-articulaire ;

— *l'articulation inco-stapédienne* présente également des surfaces revêtues de cartilage, une capsule et une synoviale.

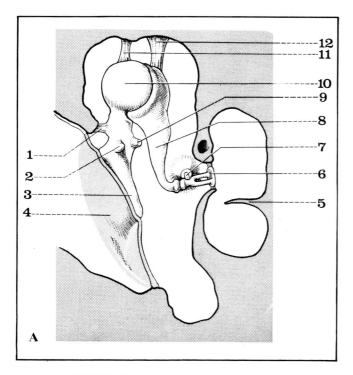
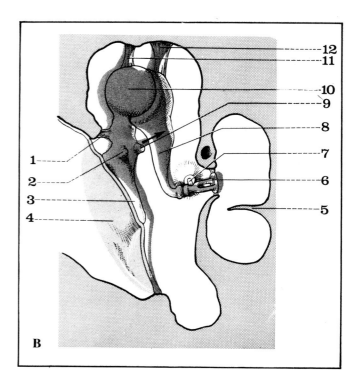

FIGURE 25 A

La chaîne des osselets de l'oreille moyenne. Vue antérieure.

1. *Ligament postérieur du marteau.*
2. *Ligament antérieur du marteau.*
3. *Manche du marteau.*
4. *Conduit auditif externe.*
5. *Lame spirale.*
6. *Platine de l'étrier.*
7. *Muscle de l'étrier.*
8. *Branche descendante de l'enclume.*
9. *Tendon du muscle du marteau sectionné.*
10. *Tête du marteau.*
11. *Ligament supérieur du marteau.*
12. *Ligament supérieur de l'enclume.*

FIGURE. 25 B

Calque montrant le déplacement du tympan et des osselets lors de la contraction du muscle du marteau.

Les connexions de la chaîne des osselets avec les parois de la caisse :

— *La branche postérieure de l'enclume* s'appuie sur une petite facette de la paroi postérieure juste au-dessous de l'aditus à laquelle elle est réunie par quelques trousseaux fibreux ; il existe parfois à ce niveau une véritable articulation.

— *La platine de l'étrier* est réunie à la fenêtre ovale par une véritable articulation d'une importance capitale pour la transmission des sons. La face vestibulaire et le pourtour de la platine de l'étrier sont encroûtés de cartilage de même que la circonférence de la fenêtre ovale. Ces surfaces sont réunies par un **ligament annulaire** tendu de la circonférence de l'étrier au pourtour de la fenêtre ovale. L'espace entre les deux surfaces articulaires, très réduit à sa partie postérieure, augmente en avant.

Les ligaments des osselets (Fig. 25)

Ils réunissent ou suspendent les osselets aux parois de la caisse.

— *Le marteau* adhérent par son manche à la membrane du tympan est en outre fixé par :

— un ligament supérieur tendu de la tête au plafond de la caisse,
— un ligament externe tendu du col au mur de la logette,
— un ligament antérieur qui va de la base de l'apophyse antérieure du marteau à la paroi antérieure de la caisse qu'il traverse au niveau de la scissure de Glaser pour aller se fixer à l'épine du sphénoïde.

— *L'enclume* possède inconstamment un ligament suspenseur tendu du corps de l'os au plafond de la caisse.

— *L'étrier* est fixé d'une part par sa branche postérieure à la paroi inférieure de la caisse, d'autre part par un ligament supérieur, inconstant, tendu du corps au plafond de la caisse.

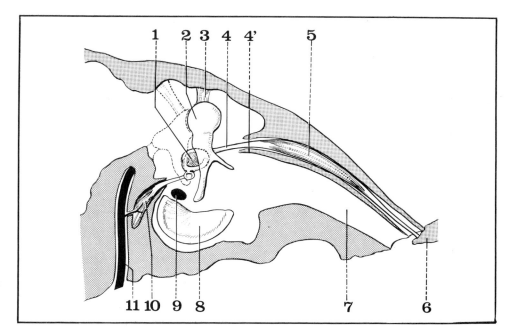

FIGURE 26

Le muscle du marteau et de l'étrier coupe verticale antéro-postérieure schématique des cavités de l'oreille moyenne (vue latérale).

1. Etrier.
2. Marteau.
3. Ligament suspenseur de la tête du marteau.
4. Tendon du muscle du marteau.
4'. Bec de cuiller.
5. Muscle du marteau.
6. Epine du sphénoïde.
7. Trompe d'Eustache.
8. Tympan partiellement réséqué.
9. Fenêtre ronde.
10. Muscle de l'étrier.
11. Nerf facial.

LES MUSCLES DES OSSELETS (Fig. 26)

La chaîne des osselets est soumise à l'action de deux muscles : le muscle du marteau et le muscle de l'étrier.

LE MUSCLE DU MARTEAU OU TENSEUR DU TYMPAN (M. tensor tympani) :

— **Insertions** : il se fixe au niveau de la face exo-crânienne de la base du crâne sur l'épine du sphénoïde et le cartilage tubaire.

— **Le corps musculaire** allongé et fusiforme pénètre dans le rocher où il occupe un canal parallèle et sus-jacent à la trompe. Ce canal s'ouvre dans la paroi antérieure de la caisse et son bord inférieur se prolonge par le bec de cuiller.

— **Terminaison** : à la sortie de son canal, le muscle du marteau se recourbe légèrement en dehors et va se fixer à la partie supérieure et interne du manche du marteau.

— **Innervation** : par le nerf du muscle du marteau, branche du nerf mandibulaire.

— **Action** : la contraction du muscle du marteau attire en dedans le manche du marteau et tend ainsi le tympan. Simultanément, ce mouvement pousse en dedans l'enclume et l'étrier à l'intérieur de la fenêtre ovale, augmentant la pression intra-vestibulaire. Il a tendance ainsi à assourdir les bruits violents (Fig. 25 B) = *le muscle qui « protège »*.

LE MUSCLE DE L'ÉTRIER (M. stapedius) :

— **Insertion** : il se fixe au fond du canal de la pyramide.

— **Le corps musculaire** : logé d'abord à l'intérieur du canal de la pyramide, émerge au sommet de celle-ci sur la paroi postérieure de la caisse.

— **Terminaison** : le tendon terminal se dirige d'arrière en avant pour venir se fixer sur le bord postérieur de la tête de l'étrier.

— **Innervation** : par un rameau du nerf facial, né dans le segment mastoïdien de l'aqueduc de Fallope.

— **Action** : elle est antagoniste de celle du muscle du marteau. Le muscle de l'étrier en effet détend le tympan et diminue la pression intravestibulaire en attirant l'étrier en dehors. C'est classiquement le muscle qui adapte la chaîne des osselets à l'écoute des bruits faibles ou lointains = *le muscle qui « écoute »*.

* Atrium = la salle d'entrée (en latin).
** *Attique* : en architecture, étage supérieur d'un édifice, séparé de lui par une corniche.

LE REVÊTEMENT MUQUEUX ET LA TOPOGRAPHIE GÉNÉRALE DE LA CAISSE DU TYMPAN (Fig. 27 et 27bis)

La cavité de la caisse du tympan est tapissée par une muqueuse prolongeant la muqueuse pharyngée, adhérente au périoste sous-jacent et à la face profonde de la membrane tympanique. Elle tapisse et engaine la chaîne des osselets et leurs ligaments en formant un certain nombre de replis qui cloisonnent plus ou moins la cavité de la caisse.

Topographiquement la caisse du tympan peut être ainsi divisée en trois étages :

— **un étage moyen ou tympanique** qui correspond à toute la hauteur de la membrane du tympan et qui est donc facilement accessible et explorable par le conduit auditif externe ; c'est l'atrium*.

— **un étage supérieur ou attique**** ou logette des osselets (Recessus epitympanicus) ; limité en haut par la voûte de la caisse, en bas par la chaîne des osselets, elle-même tapissée par la muqueuse et qui forme une cloison presque complète la séparant de l'étage tympanique, l'attique répond en dedans à la saillie du facial et au conduit du muscle du marteau et s'ouvre en arrière sur l'antre mastoïdien par l'aditus ad antrum ; en dehors, il est limité par la membrane de Shrapnell et par le mur de la logette que l'on doit trépaner pour découvrir la chaîne des osselets ;

— **un étage inférieur ou récessus hypotympanique**, point déclive de la caisse où peut stagner le pus lors des otites chroniques et qui répond en bas au golfe de la jugulaire.

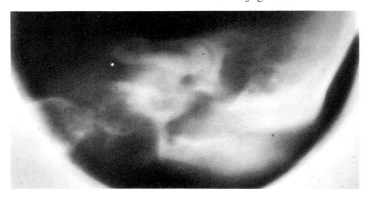

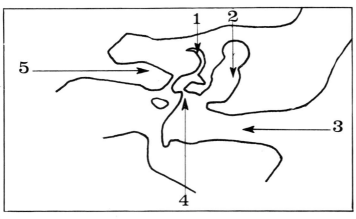

FIGURE 27

Coupe frontale de la caisse (côté droit, segment postérieur).
6'. Récessus hypotympanique
7. Tympan
8. Étrier et fenêtre ovale.
9. Enclume.
10. Marteau.
11. Attique.

FIGURE 27bis

Tomographie frontale de la caisse.
1. Canal semi-circulaire supérieur.
2. Caisse du tympan.
3. Conduit auditif externe.
4. Fenêtre ronde.
5. Conduit auditif interne.

LES CAVITÉS MASTOÏDIENNES

En arrière de la caisse du tympan l'oreille moyenne est formée d'une série de cavités osseuses communiquant avec la caisse par l'aditus ad antrum et creusées dans l'épaisseur de la mastoïde : l'antre mastoïdien et les cellules mastoïdiennes.

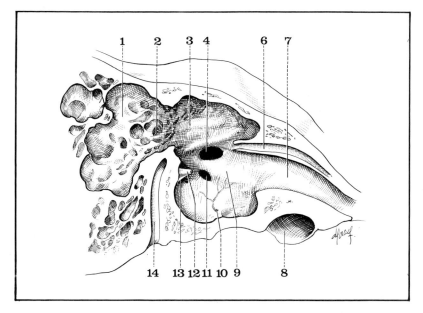

FIGURE 28

Paroi interne de la caisse du tympan. Coupe sagittale. Côté droit.
1. Antre mastoïdien.
2. Aditus ad antrum.
3. Relief du canal semi-circulaire externe.
4. Fenêtre ovale.
6. Canal du muscle du marteau.
7. Trompe d'Eustache.
8. Canal carotidien.
9. Paroi interne de la caisse.
10. Saillie du promontoire avec les ramifications du nerf de Jacobson.
11. Fenêtre ronde.
12. Pyramide.
13. Cavité sous-pyramidale.
14. Segment mastoïdien de l'aqueduc de Fallope.

FIGURE 29

Vue latérale externe de l'os temporal droit. En projection : les cavités de l'oreille moyenne et de l'oreille interne.
1. Suture pétro-squameuse.
2. Projection de l'antre mastoïdien.
3. Rainure du digastrique.
4. Apophyse mastoïde.
5. Os tympanal formant le conduit auditif externe.
6. Apophyse vaginale.

L'ANTRE MASTOÏDIEN (Antrum mastoideum) (Fig. 28, 29 et 34)

C'est une cavité de forme et de dimensions très variables, généralement triangulaire à base supérieure.

— *Sa paroi supérieure* est formée par une lame osseuse mince qui la sépare de la loge cérébrale moyenne.

— *Sa paroi antérieure* s'ouvre en avant par l'**aditus ad antrum**, canal osseux d'environ 3 mm de diamètre et 3 à 5 mm de long qui fait communiquer l'antre avec la caisse. La paroi externe de l'aditus est formée par le mur de la logette, la paroi inférieure répond au deuxième coude du facial dont elle est habituellement séparée par la lame arquée pré-mastoïdienne. La paroi interne répond au canal semi-circulaire externe.

Au-dessous de l'aditus, la paroi antérieure de l'antre répond au massif osseux du facial et au troisième segment, mastoïdien, de l'aqueduc de Fallope.

— *La paroi postéro-interne* de l'antre, développée aux dépens du rocher, est en rapport avec le sinus latéral. Normalement distant de 4 à 5 mm, celui-ci est parfois beaucoup plus proche et constitue un danger classique de l'évidement pétro-mastoïdien.

— *La paroi externe* enfin, formée d'une lame d'os compact, sépare la cavité antrale des plans superficiels. Classiquement, l'antre se projette au niveau de la face externe de la mastoïde dans une zone d'environ un cm² située au-dessous de l'horizontale passant par le pôle supérieur du conduit auditif externe, et à 5 mm en arrière de ce conduit. (Fig. 29bis).

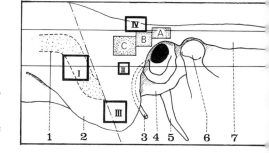

FIGURE 29bis

Projection des cavités mastoïdiennes et de l'antre (d'après Mouret).

1. Portion sigmoïde du sinus latéral.
2. Apophyse mastoïde.
3. Nerf facial (VII).
4. Apophyse vaginale de l'os tympanal.
5. Apophyse styloïde.
6. Condyle de la mandibule.
7. Apophyse zygomatique du temporal.
I = Groupe profond postérieur.
II = Groupe sous-antral.
III = Groupe superficiel (de la pointe).
IV = Groupe sus-antral.
A = Position de l'antre à la naissance.
B = Position de l'antre à l'âge de 10 ans.
C = Position de l'antre chez l'adulte.

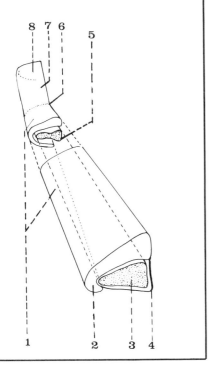

FIGURE 30

Structure de la trompe d'Eustache (d'après Guerrier).
1. *Portion cartilagineuse.*
2. *Crochet.*
3. *Orifice pharyngien (ou pavillon tubaire).*
4. *Lame fibreuse.*
5. *Muqueuse tubaire.*
6. *Isthme tubaire.*
7. *Portion osseuse.*
8. *Orifice postérieur (ou tympanique).*

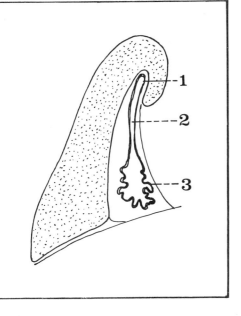

FIGURE 30bis

Coupe frontale de la trompe d'Eustache (côté droit, segment antérieur de la coupe).
1. *Tête (ou fornix).*
2. *Col.*
3. *Corps.*

LES CELLULES MASTOÏDIENNES *(Cellulae mastoideae)* (Fig. 28)

Ce sont des cavités de petite dimension, de nombre et de forme extrêmement variables communiquant avec l'antre, et que l'on peut ranger en 5 groupes différents :
— des cellules superficielles situées en dehors de l'antre,
— des cellules sous-antrales situées au niveau de la pointe de la mastoïde ou de la rainure du digastrique,
— des cellules pré-antrales ou péri-faciales,
— des cellules rétro-antrales situées au voisinage du sinus latéral,
— enfin des prolongements cellulaires qui peuvent se développer dans l'écaille du temporal ou même de l'occipital. (Fig. 29bis)

LA TROMPE D'EUSTACHE* OU TUBE AUDITIF *(Tuba auditiva)*

Segment antérieur des cavités de l'oreille moyenne, la trompe d'Eustache fait communiquer la cavité de la caisse du tympan avec celle du rhino-pharynx. C'est un canal long de 35 à 45 mm, oblique en avant, en dedans et en bas, évasé à ses deux extrémités, rétréci au contraire à l'union de son tiers postérieur et de ses deux tiers antérieurs au niveau de *l'isthme tubaire*. Son diamètre de 8 mm sur 5 au niveau de l'orifice pharyngien ou *pavillon tubaire*, n'est que de 1 à 2 mm au niveau de l'isthme et de 5 mm sur 3 au niveau de l'orifice postérieur ou tympanique. (Fig. 30 à 33)

CONSTITUTION ANATOMIQUE

La charpente tubaire :

Elle a une structure différente en arrière où elle est osseuse, et en avant où elle devient fibro-cartilagineuse.
— Au niveau du *tiers postérieur*, la trompe possède un *squelette osseux* formé de deux gouttières accolées, creusées, l'interne aux dépens du rocher, l'externe aux dépens de l'apophyse tubaire du tympanal.
— Au niveau de ses *deux tiers antérieurs* la trompe est *fibro-cartilagineuse*. Sa paroi est formée en dedans par une gouttière cartilagineuse recourbée en bas en crochet, adhérente en haut à la suture sphéno-pétreuse. Tout en avant cette lame cartilagineuse s'écarte de la base du crâne pour venir s'appuyer sur l'aile interne de l'apophyse ptérygoïde. Ce squelette cartilagineux est complété en dehors par une lame fibreuse. (Fig. 30)

La muqueuse tubaire (Fig. 30bis)

Tapissant la face profonde de la charpente tubaire, la muqueuse de la trompe se continue en arrière avec celle de la caisse du tympan, en avant avec la muqueuse pharyngée. Très mince en arrière où elle adhère fortement au périoste de la charpente osseuse, elle s'épaissit progressivement en avant notamment au niveau du pavillon. Elle contient dans son épaisseur quelques glandes analogues aux glandes pharyngées et quelques follicules qui forment parfois autour du pavillon *l'amygdale tubaire* (Tonsilla tubaria).

TRAJET ET RAPPORTS (Fig. 31, 32 et 33) :

Dirigée parallèlement au grand axe du rocher, prolongeant la direction des autres cavités de l'oreille moyenne, la trompe osseuse chemine au-dessous du canal du muscle du marteau, en dehors de la portion horizontale du canal carotidien qu'elle croise à angle aigu. Le segment fibro-cartilagineux adhérant en haut à la base du crâne est croisé en dehors par le muscle péristaphylin externe, par l'artère méningée moyenne et par le nerf mandibulaire. En arrière et en dedans, ce segment répond au muscle péristaphylin interne et à la muqueuse du pharynx qu'elle soulève.

L'orifice pharyngien de forme variable, le plus souvent triangulaire à base inférieure, s'ouvre à la partie toute supérieure des parois latérales du naso-pharynx (cf. pharynx).

---

* Eustache Bartolomeo (1513-1574), anatomiste italien, professeur d'anatomie à Rome.

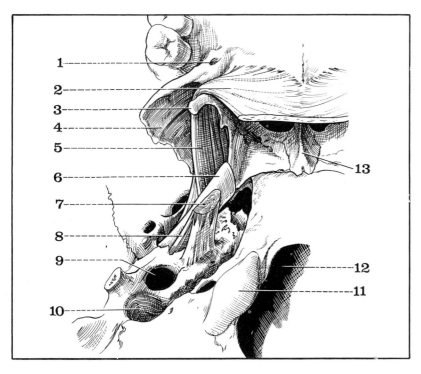

FIGURE 31

Vue inférieure de la base du crâne montrant la trompe d'Eustache et les muscles péri-staphylins.

1. Canal palatin postérieur.
2. Tendon du muscle péri-staphylin externe formant la fibreuse du voile.
3. Crochet de l'apophyse ptérygoïde. (Aile interne).
4. Aile externe de l'apophyse ptérygoïde.
5. Muscle péri-staphylin externe.
6. Trompe d'Eustache.
7. Muscle péri-staphylin interne.
8. Insertion tubaire du muscle péri-staphylin interne.
9. Canal carotidien.
10. Trou déchiré postérieur.
11. Condyle de l'occipital.
12. Trou occipital.
13. Vomer.

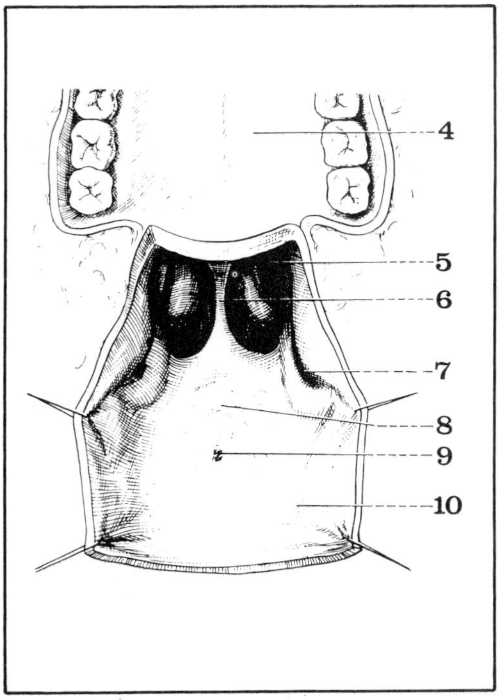

FIGURE 32

L'orifice pharyngien de la trompe.

4. Voûte palatine.
5. Choanes.
6. Cloison des fosses nasales.
7. Orifice tubaire.
8. Amygdale pharyngée.
9. Bourse pharyngée.
10. Voûte pharyngée.

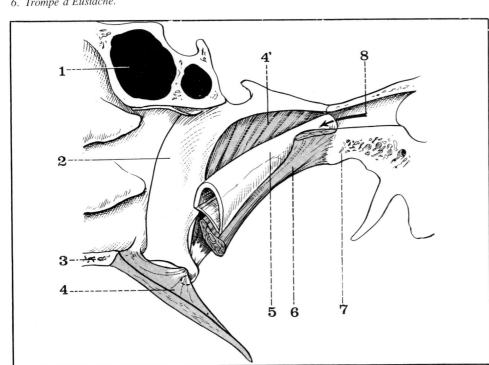

FIGURE 33

Vue médiale interne de la trompe. (Côté droit).

1. Sinus sphénoïdal.
2. Apophyse ptérygoïde.
3. Lame horizontale du palatin.
4. et 4'. Muscle péri-staphylin externe.
5. Trompe d'Eustache.
6. Muscle péri-staphylin interne.
7. Epine du sphénoïde.
8. Orifice postérieur de la trompe.

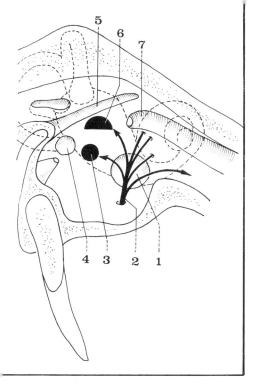

FIGURE 33bis

Paroi interne de la caisse du tympan.
1. Promontoire.
2. Nerf de Jacobson (ou nerf tympanique).
3. Fenêtre ronde (ou de la cochlée).
4. Sinus tympani.
5. Saillie de la 2ᵉ portion de l'aqueduc de Fallope (ou canal du nerf facial).
6. Fenêtre ovale (ou du vestibule).
7. Bec de cuiller (ou processus cochléariforme).
En pointillés : le labyrinthe osseux.

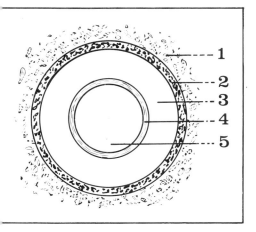

FIGURE 34

Constitution schématique de l'oreille interne.
1. Os pétreux.
2. Labyrinthe osseux.
3. Périlymphe.
4. Labyrinthe membraneux.
5. Endolymphe.

LES VAISSEAUX ET LES NERFS DE L'OREILLE MOYENNE

LES ARTÈRES :

La vascularisation de la caisse et de l'antre mastoïdien est assurée par les artères *tympanique* et *méningée moyenne* branches de l'artère maxillaire interne et par l'artère *stylo-mastoïdienne* branche de l'auriculaire postérieure. En outre la vascularisation de la trompe est assurée, d'une part par la *méningée moyenne* et l'artère *vidienne*, branches de la maxillaire interne, d'autre part, par l'artère *pharyngienne ascendante*, branche de la carotide externe.

LES VEINES :

Schématiquement le drainage veineux de l'oreille moyenne s'effectue dans trois directions :

— **en avant** pour les veines de la caisse et de la trompe vers les *plexus ptérygoïdiens et péri-pharyngés*.

— **en bas** pour les veines de la partie inférieure de la caisse vers le *golfe de la jugulaire*;

— **en arrière** et en dedans pour les veines de la paroi interne de la caisse et de l'antre vers le *sinus latéral et le sinus pétreux*.

LES LYMPHATIQUES :

Ils se drainent :

— d'une part **en avant** pour les lymphatiques de la caisse et de la trompe vers les ganglions rétro-pharyngiens et les ganglions jugulaires ;

— d'autre part **en dehors** pour les lymphatiques du tympan, vers les ganglions prétragiens et parotidiens.

LES NERFS :

— **Les nerfs moteurs** proviennent pour le muscle du marteau, du nerf mandibulaire, et, pour le muscle de l'étrier, du nerf facial.

— **Les nerfs sensitifs** proviennent :
— pour l'orifice pharyngien de la trompe du *nerf pharyngien de Bock**,
— pour le reste des cavités de l'oreille moyenne du *nerf de Jacobson*** (n. tympanicus) branche du glosso-pharyngien, qui pénètre dans la caisse à la partie inférieure du promontoire et se divise en six branches : deux branches supérieures ou nerfs pétreux profonds, deux branches antérieures : le nerf carotico-tympanique et le rameau tubaire, deux branches postérieures destinées aux fenêtres ronde et ovale. (Fig. 33bis)

— **Les nerfs sympathiques** proviennent du plexus péri-carotidien, notamment par l'intermédiaire du *nerf carotico-tympanique*.

L'oreille interne (Auris interna)

Organe de la perception des sons et de l'équilibration, l'oreille interne est formée d'une série de cavités osseuses : le **labyrinthe osseux** à l'intérieur desquelles sont contenues d'autres cavités fibreuses, siège des récepteurs sensoriels : le **labyrinthe membraneux**. Le labyrinthe membraneux contient un liquide : *l'endolymphe*. Entre labyrinthe membraneux et labyrinthe osseux est interposé un autre milieu liquidien : la *périlymphe*. Du labyrinthe membraneux naissent les voies nerveuses acoustiques et vestibulaires qui se réunissent pour former le **nerf auditif** (VIII) qui traverse le conduit auditif interne pour gagner la fosse cérébrale postérieure et le tronc cérébral. (Fig. 34)

---

* Bock August Carl (1782-1833), anatomiste allemand, professeur d'anatomie à Leipzig.
** Jacobson Ludwig Levin (1783-1843), anatomiste et médecin danois (Copenhague).

LE LABYRINTHE OSSEUX (Labyrinthus osseus)

Situé à l'intérieur de la partie antéro-interne du rocher, le labyrinthe osseux est individualisé par une lame de tissu osseux compact très résistante : *la capsule labyrinthique*. Il comprend une cavité centrale grossièrement quadrangulaire le **vestibule** d'où naît en avant un tube contourné : la **cochlée** ou limaçon et où viennent s'implanter en arrière, en haut et en dehors les trois **canaux semi-circulaires**. Le labyrinthe osseux est en outre en relation avec la face endo-crânienne du rocher par *l'aqueduc du limaçon, l'aqueduc du vestibule* et le *conduit auditif interne*. (Fig. 34bis et 35)

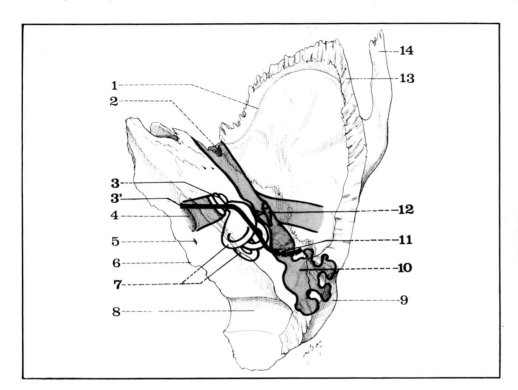

FIGURE 34bis

Vue supérieure de l'os temporal. En projection : les cavités de l'oreille moyenne et de l'oreille interne.

1. Ecaille du temporal.
2. Orifice antérieur de la trompe d'Eustache.
3. Projection de la cochlée osseuse.
3'. Projection de l'aqueduc de Fallope.
4. Conduit auditif interne.
5. Aqueduc du limaçon.
6. Face endo-crânienne postéro-supérieure du rocher.
7. Canaux semi-circulaires.
8. Gouttière du sinus latéral.
9. Mastoïde.
10. Antre et cellules mastoïdiennes.
11. Caisse du tympan.
12. Chaîne des osselets.
13. Bord biseauté de l'écaille.
14. Apophyse zygomatique.

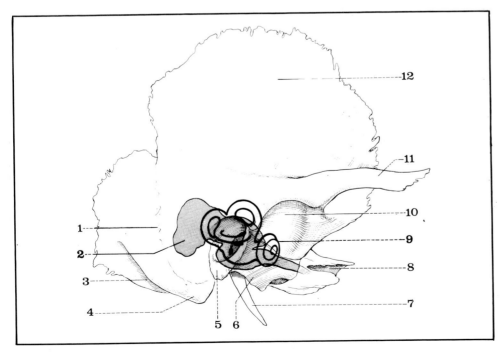

FIGURE 35

Vue latérale externe de l'os temporal droit. En projection : les cavités de l'oreille moyenne et de l'oreille interne.

1. Suture pétro-squameuse.
2. Projection de l'antre mastoïdien.
3. Rainure du digastrique.
4. Apophyse mastoïde.
5. Os tympanal formant le conduit auditif externe.
6. Apophyse vaginale.
7. Apophyse styloïde.
8. Canal carotidien.
9. Projection de la cochlée.
10. Cavité glénoïde du temporal.
11. Apophyse zygomatique.
12. Ecaille du temporal.

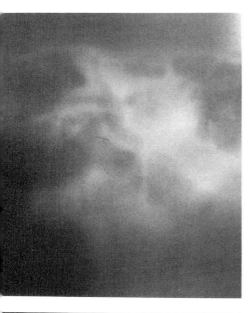

LE VESTIBULE (Vestibulum) (Fig. 35bis, 36 et 37)

Partie centrale du labyrinthe osseux, c'est une cavité grossièrement quadrangulaire ou ovoïde, légèrement aplatie dans le sens transversal, d'une longueur d'environ 7 mm sur 3 mm de large et dont l'axe est sensiblement perpendiculaire à celui du rocher.

Sa paroi externe est occupée presque entièrement par la **fenêtre ovale** (Fenestra vestibuli) qui fait communiquer le vestibule avec la caisse du tympan et qui est surplombée par l'orifice ampullaire du canal semi-circulaire externe.

La paroi antérieure présente en bas l'orifice de la rampe vestibulaire du limaçon.

La paroi inférieure est faite d'une mince lame osseuse qui forme le début de la lame spirale de la cochlée.

La paroi supérieure est occupée en avant par l'orifice ampullaire du canal semi-circulaire supérieur séparé de l'orifice du canal externe par la *crête ampullaire supérieure* (Crista ampullaris).

La paroi postérieure présente en haut l'orifice commun des canaux semi-circulaires postérieur et supérieur, en bas l'orifice ampullaire du canal semi-circulaire postérieur bordé par la *crête ampullaire inférieure*.

La paroi interne (Fig. 37) répondant à la moitié postérieure du fond du conduit auditif interne est marquée par trois fossettes :

— *la fossette hémisphérique* ou sacculaire (Recessus Sphéricus) en bas et en avant, limitée à sa partie postérieure par la crête vestibulaire qui s'épaissit en avant pour former la pyramide du vestibule ;

— *la fossette semi-ovoïde* ou utriculaire (Recessus Ellipticus) située immédiatement au-dessus de la précédente ;

— *la fossette cochléaire* (Recessus Cochlearis) située en arrière de la fossette hémisphérique surplombée par la gouttière sulciforme qui se termine en haut par l'orifice de l'aqueduc du vestibule.

Cette paroi interne est traversée d'un certain nombre d'orifices vasculaires et nerveux qui forment quatre *taches criblées* (Maculae Cribrosae) :

— l'une supérieure au niveau de la pyramide,
— l'autre moyenne au niveau de la fossette hémisphérique,
— la troisième inférieure au niveau de l'orifice ampullaire du canal semi-circulaire postérieur,
— enfin, la tâche criblée cochléaire au niveau de la fossette du même nom.

LES CANAUX SEMI-CIRCULAIRES (Canales semi-circulares ossei)

Ce sont trois tubes cylindriques incurvés en fer à cheval, situés dans chacun des trois plans de l'espace et s'ouvrant dans la cavité du vestibule par deux orifices : un orifice légèrement dilaté : l'orifice ampullaire, siège des cellules sensorielles, et un orifice non ampullaire. (Fig. 36).

a) **Le canal semi-circulaire supérieur*** (ou antérieur) situé dans le plan frontal croise la partie supérieure du vestibule qu'il surplombe. Son orifice ampullaire s'ouvre à l'angle de la paroi supérieure et de la paroi externe. L'orifice non ampullaire fusionné avec celui du canal postérieur est situé à l'angle des parois interne et postérieure.

b) **Le canal semi-circulaire postérieur**** est situé dans le plan sagittal, en arrière de la paroi postérieure du vestibule ; son orifice non ampullaire, commun au canal supérieur, est donc situé à l'union des parois interne et postérieure ; son orifice ampullaire à l'union des faces postérieure et inférieure du vestibule.

c) **Le canal semi-circulaire externe***** (ou latéral) est situé dans un plan horizontal en dehors de la paroi externe du vestibule. Son orifice ampullaire situé en avant s'ouvre à la jonction de la paroi externe et de la paroi antérieure ; son orifice non ampullaire est placé à l'angle des parois externe, supérieure et postérieure. Ce canal semi-circulaire externe fait saillie sous la paroi interne de la caisse du tympan et de l'aditus ad antrum. (Fig. 19)

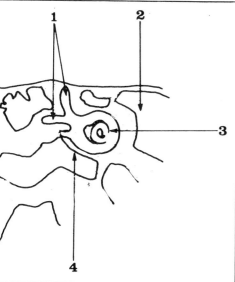

FIGURE 35bis

Tomographie du labyrinthe osseux.
1. *Canaux semi-circulaires.*
2. *Cellule mastoïdienne antérieure, pré-labyrinthique.*
3. *Cochlée.*
4. *Cavités de l'oreille moyenne.*

---

* Canalis Semicircularis Anterior.
** Canalis Semicircularis Posterior.
*** Canalis Semicircularis Lateralis.

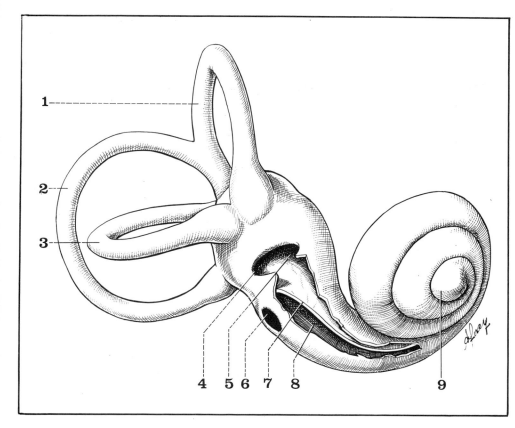

FIGURE 36

Le vestibule osseux.

1. Canal semi-circulaire supérieur.
2. Canal semi-circulaire postérieur.
3. Canal semi-circulaire externe.
4. Fenêtre ovale.
5. Origine de la rampe vestibulaire.
6. Fenêtre ronde.
7. Origine de la lame spirale.
8. Cavité sous-vestibulaire et origine de la rampe tympanique.
9. Coupole de la cochlée osseuse.

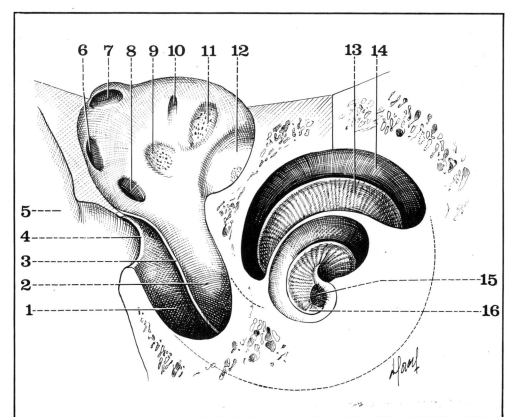

FIGURE 37

La paroi interne du vestibule osseux et de la cochlée osseuse.

1. Origine de la rampe tympanique.
2. Origine de la rampe vestibulaire.
3. Lame spirale.
4. Fenêtre ronde.
5. Paroi interne de la caisse du tympan.
6. Orifice non ampullaire du canal semi-circulaire externe.
7. Orifice des canaux semi-circulaires postérieur et supérieur.
8. Orifice ampullaire du canal semi-circulaire postérieur.
9. Fossette cochléaire.
10. Orifice de l'aqueduc du vestibule.
11. Fossette semi-ovoïde.
12. Fossette hémisphérique.
13. Lame spirale.
14. Lame des contours et rampe tympanique.
15. Terminaison de la rampe tympanique au niveau de la coupole.
16. Terminaison de la lame spirale.

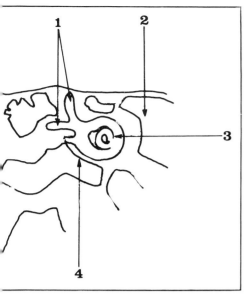

FIGURE 37bis

Calque d'une tomographie du labyrinthe osseux.
1. Canaux semi-circulaires.
2. Cellule mastoïdienne antérieure pré-labyrinthique.
3. Cochlée.
4. Cavités de l'oreille moyenne.

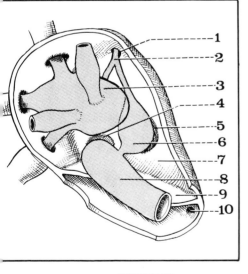

FIGURE 38

Le labyrinthe membraneux en place dans le labyrinthe osseux représenté ouvert en vue externe.
1. Aqueduc du vestibule.
2. Sac endolymphatique.
3. Utricule.
4. Fossette cochléaire.
5. Fossette hémisphérique.
6. Saccule.
7. Rampe vestibulaire.
8. Canal cochléaire.
9. Lame spirale osseuse.
10. Orifice de l'aqueduc du limaçon.

LA COCHLÉE ou LIMAÇON (Cochlea) (en grec, *cocklos* = limaçon)

Située en avant de la paroi antérieure du vestibule, la cochlée se présente comme un tube contourné en spirale communiquant en arrière et en bas avec la cavité vestibulaire et s'enroulant autour d'un axe oblique en avant en dehors et en bas, selon une direction sensiblement perpendiculaire à l'axe du rocher. Entourée d'une mince lame de tissu osseux compact : la *capsule cochléaire*, la cochlée est formée d'un axe osseux : **la columelle**, autour duquel s'enroule un tube creux : **la lame des contours**. Sur la columelle s'implante une lame osseuse spiroïde : **la lame spirale**. Cette lame spirale divise la lame des contours ou tube cochléaire en **deux rampes** : une rampe antérieure ou *vestibulaire*, une rampe postérieure ou *tympanique*. (Fig. 38bis, 39 et 40)

1° - **La columelle** (Modiolus) : (en latin = petite colonne)

Elle forme l'axe osseux de la cochlée. Dirigée obliquement en avant, en dehors et un peu en bas, elle a une forme conique à sommet externe. Sa base interne répond à la fossette cochléaire (Area cochlearis) située à la partie antéro-inférieure du conduit auditif interne. A ce niveau la base de la columelle présente une série d'orifices disposés en spirale ; ils se poursuivent parallèlement à l'axe de la columelle par des canaux s'ouvrant sur le *canal spiral* qui suit l'insertion sur la columelle de la lame spirale. Du canal spiral naissent d'autres canaux qui suivent l'épaisseur de la lame spirale et s'ouvrent à son bord libre. Cet ensemble de canaux osseux livre passage aux rameaux du nerf cochléaire. (Fig. 40)

2° - **La lame des contours** ou tube du limaçon (Canalis spiralis cochleae) :

C'est un tube osseux creux enroulé sur deux tours et demi autour de l'axe de la columelle, diminuant progressivement de calibre et dont l'extrémité fermée se termine au niveau du *sommet* de la columelle en formant la *coupole* ou hélicotrema. Son autre extrémité postéro-interne s'implante en partie sur la paroi antérieure du vestibule et se prolonge au-dessous du plancher de ce dernier en formant la **cavité sous-vestibulaire**.

3° - **La lame spirale** (Lamina spiralis ossea) :

C'est une lamelle osseuse située à l'intérieur de la lame des contours dont elle suit le mouvement spiroïde ; sa base interne, implantée sur la columelle est creusée du *canal spiral de Rosenthal** : son bord externe est libre à l'intérieur du tube cochléaire. Son extrémité postéro-inférieure dépasse en arrière la columelle et vient former *le plancher du vestibule*. (Fig. 38bis et 39)

La lame spirale divise ainsi la cavité du tube du limaçon en deux rampes : la rampe vestibulaire en avant, la rampe tympanique en arrière.

La **rampe vestibulaire** communique avec la cavité du vestibule par l'orifice situé à la partie basse de la paroi antérieure du vestibule. La **rampe tympanique** se prolonge au-dessous du vestibule et se renfle en formant la cavité sous-vestibulaire qui dessine sur la paroi interne de la caisse le relief du promontoire. Elle communique avec la caisse du tympan par la **fenêtre ronde** (Fenestra cochleae). (Fig. 38bis)

LES AQUEDUCS DE L'OREILLE INTERNE

Ils font communiquer les cavités du labyrinthe osseux avec la face endocrânienne du rocher. (Fig. 38, 42 et 43)

a) **L'aqueduc du vestibule** : (Aqueductus vestibuli)

C'est un fin canal qui s'ouvre à la partie postéro-supérieure de la paroi interne du vestibule et qui se dirige obliquement en bas et en dehors pour s'ouvrir par une petite fente à la face postéro-supérieure du rocher.

b) **L'aqueduc du limaçon** : ou canalicule de la cochlée (Canaliculus cochlae)

Encore plus étroit que le précédent, il s'ouvre dans la rampe tympanique au voisinage de la fenêtre ronde et se dirige obliquement en bas et en arrière et en dedans pour déboucher à la face endo-crânienne postérieure du rocher.

---

* Rosenthal Friedrich Christian (1780-1829), anatomiste et physiologiste allemand, professeur d'anatomie à Greifswald.

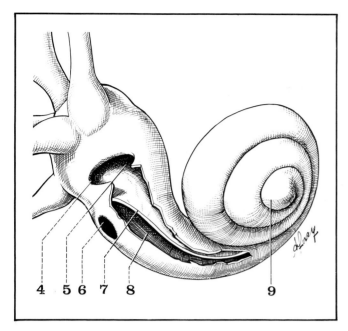

FIGURE 38bis

Le vestibule osseux.

4. Fenêtre ovale.
5. Origine de la rampe vestibulaire.
6. Fenêtre ronde.
7. Origine de la lame spirale.
8. Cavité sous-vestibulaire et origine de la rampe tympanique.
9. Coupole de la cochlée osseuse.

(La paroi externe a été partiellement réséquée pour montrer la lame spirale séparant la rampe tympanique de la rampe vestibulaire se prolongeant en arrière avec le plancher du vestibule qui sépare la cavité vestibulaire de la cavité sous-vestibulaire).

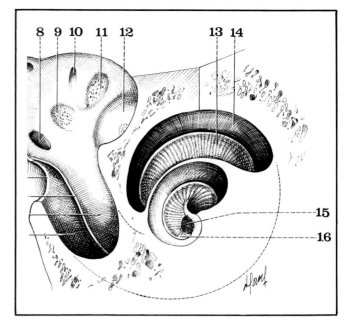

FIGURE 39

La paroi interne du vestibule osseux et de la cochlée osseuse.

8. Orifice ampullaire du canal semi-circulaire postérieur.
9. Fossette cochléaire.
10. Orifice de l'aqueduc du vestibule.
11. Fossette semi-ovoïde.
12. Fossette hémi-sphérique.
13. Lame spirale.
14. Lame des contours et rampe tympanique.
15. Terminaison de la rampe tympanique au niveau de la coupole.
16. Terminaison de la lame spirale.

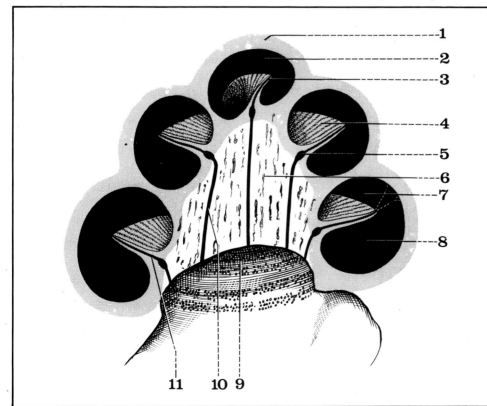

FIGURE 40

Coupe axiale de la cochlée osseuse.

1. Coupole de la cochlée.
2. Lame des contours.
3. Orifice du canal spiral.
4. Lame spirale osseuse.
5. Canal spiral de la columelle contenant le ganglion spiral.
6. Columelle.
7. Rampe vestibulaire.
8. Rampe tympanique.
9. Crible de la base de la columelle.
10. Canal de la columelle.
11. Canal efférent creusé dans la lame spirale.

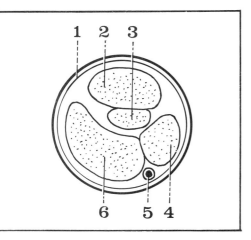

FIGURE 40bis

Coupe verticale du conduit auditif interne.
1. *Gaine arachnoïdienne commune.*
2. *Nerf facial (VII).*
3. *Nerf intermédiaire de Wrisberg (VIIbis).*
4. *Nerf vestibulaire (VIII).*
5. *Artère auditive interne (ou labyrinthique).*
6. *Nerf cochléaire (VIII).*

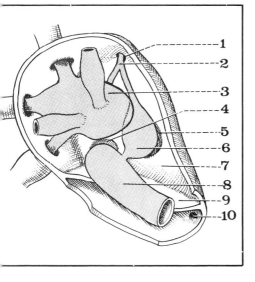

FIGURE 41

Le labyrinthe membraneux en place dans le labyrinthe osseux représenté ouvert en vue externe.
1. *Aqueduc du vestibule.*
2. *Sac endo-lymphatique.*
3. *Utricule.*
4. *Fossette cochléaire.*
5. *Fossette hémisphérique.*
6. *Saccule.*
7. *Rampe vestibulaire.*
8. *Canal cochléaire.*
9. *Lame spirale osseuse.*
10. *Orifice de l'aqueduc du limaçon.*

LE CONDUIT AUDITIF INTERNE (Meatus acusticus internus)

Situé en dedans du labyrinthe osseux, c'est un canal long de 8 à 10 mm, large de 4 à 5, dirigé obliquement de dehors en dedans, et d'avant en arrière, selon un axe sensiblement identique à celui du conduit auditif externe. Il s'ouvre en dedans par un orifice situé à la face postéro-supérieure endocrânienne du rocher.

En dehors le fond du conduit est fermé par une paroi osseuse divisée par une crête horizontale ou crête falciforme en **deux étages**, l'un supérieur, l'autre inférieur. (Fig. 40bis et 42)

— **L'étage supérieur** présente en avant l'orifice de l'aqueduc de Fallope où s'engagent le facial et l'intermédiaire (VII et VIIbis); plus en arrière la *fossette vestibulaire supérieure* d'où émerge la branche supérieure du nerf vestibulaire = aire utriculaire.

— **L'étage inférieur** présente également deux fossettes : l'une antérieure, la *fossette cochléaire* (Area cochleae) qui correspond à la base de la columelle et d'où émergent les rameaux du nerf cochléaire; l'autre postérieure : la *fossette vestibulaire inférieure* d'où émerge la branche inférieure du nerf vestibulaire. Un peu plus en arrière, le *foramen singulare de Morgagni** livre passage au nerf ampullaire postérieur = aire sacculaire.

LE LABYRINTHE MEMBRANEUX (Labyrinthus membranaceus) :

Situé à l'intérieur du labyrinthe osseux, il est formé d'une tunique fibreuse externe doublée intérieurement d'une couche épithéliale qui se différencie à certains niveaux pour former les différentes zones sensorielles : *tache acoustique* au niveau du vestibule, *crête acoustique* au niveau des canaux semi-circulaires, *organe de Corti* dans le canal cochléaire. Le labyrinthe membraneux contient un liquide : l'endolymphe. Sa paroi externe est séparée du labyrinthe osseux par les espaces périlymphatiques remplis par la périlymphe. (Fig. 41, 42 et 43)

LE VESTIBULE MEMBRANEUX (en latin, *utriculus* = petite outre
sacculus = petit sac) :

Il comprend deux vésicules : l'utricule et le saccule d'où naissent deux canaux qui se réunissent pour former le canal endolymphatique.

a) **La vésicule supérieure ou utricule** (Utriculus) est une masse ovoïde allongée d'avant en arrière, de 3 mm de long sur 2 mm de large, située en regard de la fenêtre ovale dont elle reste séparée par un espace d'environ un millimètre.

b) **La vésicule inférieure ou saccule** (Sacculus) a une forme arrondie de deux mm de diamètre.

c) De la paroi interne de l'utricule et du saccule naissent deux canaux qui se dirigent obliquement en haut en arrière et se fusionnent pour former **le canal endolymphatique** (Ductus endolymphaticus) qui parcourt l'aqueduc du vestibule et se termine en cul-de-sac sous la dure-mère. Le vestibule membraneux est séparé des parois du vestibule osseux par l'espace péri-lymphatique. Cependant la face interne de l'utricule adhère fortement à la fossette semi-ovoïde; la face interne du saccule adhère de même à la fossette hémisphérique. C'est au niveau de ces fossettes que naissent les rameaux du nerf vestibulaire.

LES CANAUX SEMI-CIRCULAIRES MEMBRANEUX (Fig. 43) : (Ducti semicirculares)

Implantés sur les parois de l'utricule ils ont une conformation sensiblement identique à celle des canaux semi-circulaires osseux à l'intérieur desquels ils sont contenus. Comme les canaux osseux ils présentent une extrémité ampullaire et une extrémité non ampullaire. Sur la face interne de leur extrémité ampullaire se trouve un petit repli : la *crête acoustique* (Crista ampullaris) d'où naissent les fibres du nerf vestibulaire. A ce niveau la paroi des canaux semi-circulaires membraneux adhère au labyrinthe osseux.

---

* Morgagni Jean-Baptiste (1682-1771), anatomiste italien (Padoue).

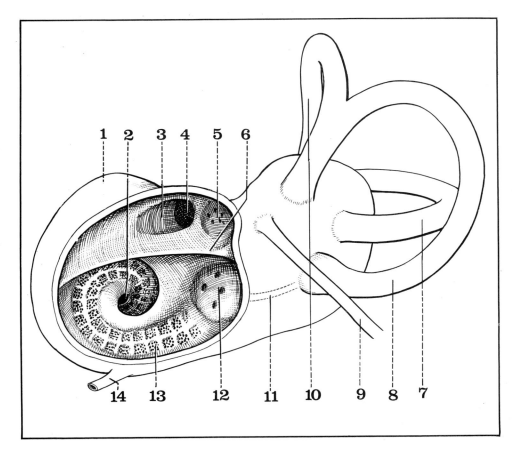

FIGURE 42

Le fond du conduit auditif interne et ses rapports avec le vestibule osseux. (Vue médiale).

1. Cochlée osseuse.
2. Crible osseux de la base de la columelle et fossette cochléaire du fond du conduit auditif interne.
3. Fossette du nerf facial.
4. Orifice de l'aqueduc de Fallope.
5. Fossette postéro-supérieure, vestibulaire.
6. Crête falciforme.
7. Canal semi-circulaire externe.
8. Canal semi-circulaire postérieur.
9. Aqueduc du vestibule.
10. Canal semi-circulaire supérieur.
11. Projection du trajet du nerf vestibulaire inférieur.
12. Fossette postéro-inférieure ou vestibulaire inférieure.
13. Fossette antéro-inférieure : crible osseux de la base de la columelle.
14. Aqueduc du limaçon.

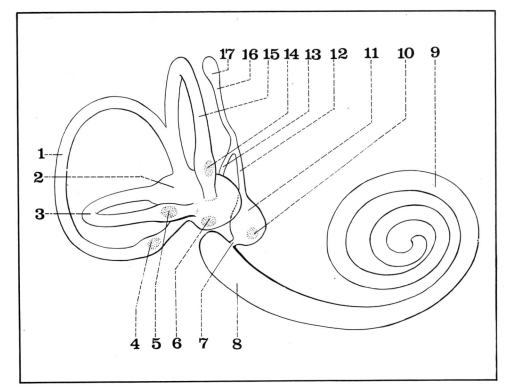

FIGURE 43

Le labyrinthe membraneux. Vue externe droite.

1. Canal semi-circulaire postérieur.
2. Utricule.
3. Canal semi-circulaire externe.
4. Crête acoustique du canal semi-circulaire postérieur.
5. Extrémité ampullaire et crête acoustique du canal semi-circulaire postérieur.
6. Crête acoustique utriculaire.
7. Canalis réuniens.
8. et 9. Canal cochléaire.
10. Crête acoustique du saccule.
11. Saccule.
12. et 13. Canaux d'origine du canal endo-lymphatique.
14. Extrémité ampullaire et crête acoustique du canal semi-circulaire supérieur.
15. Canal semi-circulaire supérieur.
16. Canal endolymphatique.
17. Sac endolymphatique.

LA COCHLÉE MEMBRANEUSE OU CANAL COCHLÉAIRE (Fig. 43 et 44) : (Ductus cochlearis)

C'est un tube spiralé qui prend naissance en arrière par une extrémité en cul-de-sac sur le plancher du vestibule et qui suit le trajet de la lame des contours pour se terminer en cul-de-sac au niveau de la coupole de la cochlée. A sa partie postérieure, au niveau du vestibule, il est réuni au saccule avec lequel il communique par un petit canal : le **canalis réuniens de Hensen*. (Fig. 43).**

Située donc à l'intérieur de la rampe vestibulaire, en dehors de l'extrémité libre de la lame spirale, la cochlée membraneuse est formée d'une *paroi inférieure* ou **membrane basilaire** ou lame basilaire (Lamina Basilaris) tendue du bord libre de la lame spirale à la face profonde de la lame des contours; d'une *paroi externe* formée par le périoste de la lame des contours; d'une *paroi antérieure* fibreuse : **la membrane de Reissner** ou paroi vestibulaire du conduit cochléaire (paries vestibularis ductus cochlearis)** tendue également de l'extrémité de la lame spirale à la face profonde de la lame de contours.

Sur la membrane basilaire repose l'**organe de Corti***** ou organe spiral (organum spirale) qui contient les cellules sensorielles auditives et d'où naissent les fibres du nerf cochléaire qui s'engagent dans les canaux de la lame spirale pour rejoindre le **ganglion spiral de Corti** (ganglion spirale cochleare) situé dans le canal spiral.

La cochlée membraneuse qui communique avec le vestibule membraneux est remplie d'endolymphe. Elle est baignée par la péri-lymphe qui remplit les espaces péri-lymphatiques représentés par la rampe tympanique et la partie de la rampe vestibulaire située en avant de la membrane de Reissner.

---

* Hensen Victor (1835-1924), embryologie allemand, professeur de physiologie à Kiel.
** Reissner Ernest (1824-1878), anatomiste allemand, professeur d'anatomie à Dorpat puis à Breslau.
*** Corti Alfonson (1822-1888), histologiste italien (Turin)

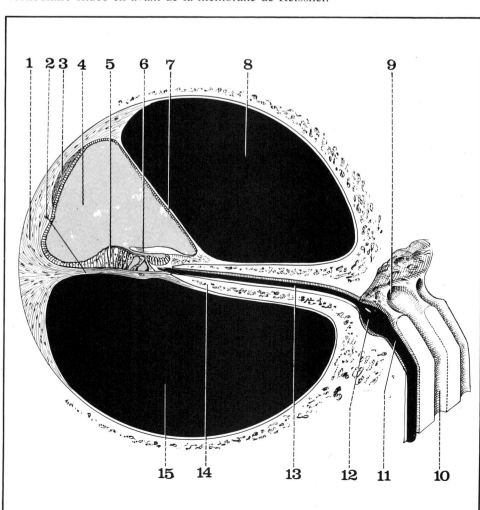

FIGURE 44

Coupe schématique du canal cochléaire.

1. Ligament spiral.
2. Membrane basilaire.
3. Paroi externe du canal cochléaire.
4. Canal cochléaire.
5. Organe de Corti.
6. Membrana tectoria.
7. Membrane de Reissner.
8. Rampe vestibulaire.
9. Base de la lame spirale.
10. et 11. Canaux de la columelle.
12. Canal de Rosenthal contenant le ganglion spiral de Corti.
13. Canal de la lame spirale.
14. Lame spirale.
15. Rampe tympanique.

VASCULARISATION DE L'OREILLE INTERNE (Fig. 45)

LES ARTÈRES

La vascularisation de l'oreille interne provient essentiellement de **l'artère auditive interne** ou labyrinthique (A. labyrinthi); celle-ci née du tronc basilaire chemine dans le conduit auditif interne, et se divise au fond de ce dernier en deux branches :

• **Une branche cochléaire** qui se ramifie à son tour en deux artères :

— Une *artère vestibulo-cochléaire* qui va se ramifier sur l'utricule, le saccule et les canaux postérieur et externe ainsi que sur la partie initiale de la cochlée.

— Une *artère cochléaire propre* qui se divise en de multiples rameaux qui pénètrent dans l'axe de la cochlée puis traversent la lame spirale pour aller irriguer le canal cochléaire.

• **Une branche vestibulaire** qui se ramifie sur les cavités vestibulaires et les canaux semi-circulaires.

Beaucoup plus accessoirement la vascularisation du labyrinthe osseux est assurée par quelques branches issues de la *méningée moyenne* et surtout de l'artère *stylo-mastoïdienne*.

LES VEINES sont représentées par :

— **La veine auditive interne** qui fait suite à la veine centrale de la cochlée et draine la majeure partie du sang veineux de l'oreille interne en direction du sinus pétreux inférieur ou du sinus latéral;

— **La veine de l'aqueduc du vestibule** qui draine le sang veineux des canaux semi-circulaires vers le sinus pétreux inférieur;

— **La veine de l'aqueduc du limaçon** qui draine une partie du sang veineux de l'utricule et du saccule vers la veine jugulaire interne.

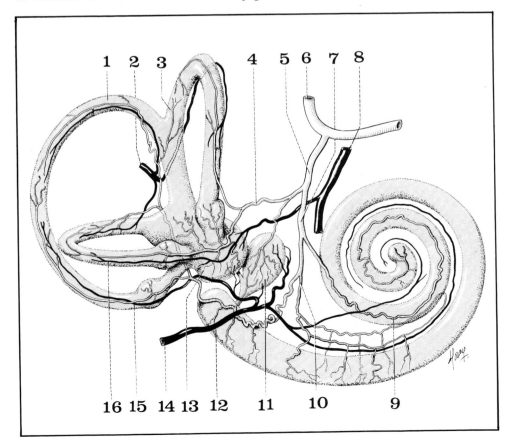

FIGURE 45

Artères et veines du labyrinthe.
1. Canal semi-circulaire postérieur.
2. Veine de l'aqueduc du vestibule.
3. Canal semi-circulaire supérieur.
4. Branche vestibulaire de l'artère auditive interne.
5. Artère auditive interne.
6. Artère cérébelleuse moyenne.
7. Artère cochléaire commune.
8. Veine auditive interne.
9. Artère cochléaire propre.
10. Artère vestibulo-cochléaire.
11. Saccule.
12. Canal cochléaire.
13. Utricule.
14. Veine de l'aqueduc du limaçon.
15. Veine du canal semi-circulaire postérieur.
16. Canal semi-circulaire externe.

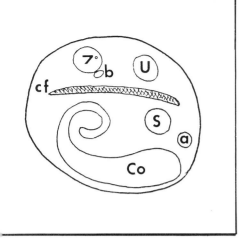

FIGURE 45bis
Sortie des nerfs au fond du conduit auditif interne.
cf = crête falciforme.
7° = nerf facial (VII).
b = nerf intermédiaire (VIIbis).
u = nerf utricaire.
s = nerf sacculaire.
Co = Nerf cochléaire.
a = nerf ampullaire postérieur.

INNERVATION (Fig. 46)

Essentiellement sensorielle, elle est assurée par le nerf **auditif** (VIII) qui comprend en fait deux nerfs distincts correspondant aux deux grandes fonctions de l'oreille interne : **le nerf cochléaire** ou acoustique, nerf de l'audition ; le nerf **vestibulaire** ou nerf de l'équilibration. (Fig. 45bis)

LE NERF ACOUSTIQUE OU COCHLÉAIRE (Pars cochlearis, N. octavi)

Il naît de l'organe de Corti à l'intérieur de la cochlée membraneuse. Les fibres nerveuses suivent d'abord les canaux de la lame spirale pour rejoindre leur corps cellulaire situé dans le canal spiral. L'ensemble des corps cellulaires forme le **ganglion spiral de Corti**. Les fibres nerveuses traversent ensuite les canaux de la columelle, puis la fossette cochléaire située au fond du conduit auditif interne.

LE NERF VESTIBULAIRE (Pars vestibularis, N. octavi)

Il naît du vestibule et des canaux semi-circulaires membraneux par plusieurs rameaux :

Le nerf vestibulaire supérieur qui provient lui-même de la fusion du *nerf utriculaire* et du *nerf des canaux semi-circulaires supérieur et externe*, émerge dans le conduit interne par la fossette postéro-supérieure.

Le nerf vestibulaire inférieur ou nerf sacculaire arrive dans le conduit auditif interne en traversant la fossette postéro-inférieure.

Le nerf ampullaire postérieur arrive dans le conduit auditif interne par le foramen singulare de Morgagni.

Ces trois branches principales d'origine fusionnent rapidement en un tronc commun qui présente un renflement contenant les corps cellulaires : **le ganglion de Scarpa*** ou ganglion vestibulaire (ganglio vestibulare). Le nerf vestibulaire ainsi constitué rejoint rapidement le nerf acoustique et se fusionne avec lui pour former le nerf auditif.

Le *nerf auditif* ou stato-acoustique traverse la partie postérieure et inférieure du conduit auditif interne, en arrière et au-dessous du facial, de l'intermédiaire et des vaisseaux auditifs internes. Il traverse ensuite la région de l'angle pontocérébelleux puis pénètre dans la névraxe au niveau de la partie externe du sillon bulbo-protubérantiel.

LES RAPPORTS DE L'OREILLE INTERNE

Ils s'effectuent avec :
— le nerf facial et l'intermédiaire de Wrisberg ;
— l'oreille moyenne ;
— la cavité crânienne ;
— la carotide interne ;
— le golfe de la jugulaire.

LE NERF FACIAL (N. facialis) (VII) ET L'INTERMEDIAIRE DE WRISBERG (N. intermedius) (VIIbis) (Fig. 47)

Le facial et l'intermédiaire cheminent d'abord dans le conduit auditif interne au-dessus et en avant du nerf auditif. Ils pénètrent ensuite dans le premier segment, transversal ou labyrinthique de l'aqueduc de Fallope en passant en avant de la paroi antérieure du vestibule, surplombés en haut par l'extrémité ampullaire du canal semi-circulaire supérieur, en arrière et au-dessus du limaçon. Arrivé au niveau du premier coude de l'aqueduc de Fallope le nerf intermédiaire se jette sur un petit ganglion : le **ganglion géniculé**. De ce ganglion, fusionné avec le tronc de facial, naissent :

— **Le grand nerf pétreux superficiel** qui se fusionne rapidement au grand nerf pétreux profond venu du nerf de Jacobson (IX) et sort du rocher par l'hiatus de Fallope pour rejoindre un rameau du plexus carotidien avec lequel il forme le nerf vidien qui se termine au niveau du ganglion sphéno-palatin.

---

* Scarpa Antonio (1747-1832), anatomiste italien, professeur de chirurgie à Modène puis d'anatomie à Pavie.

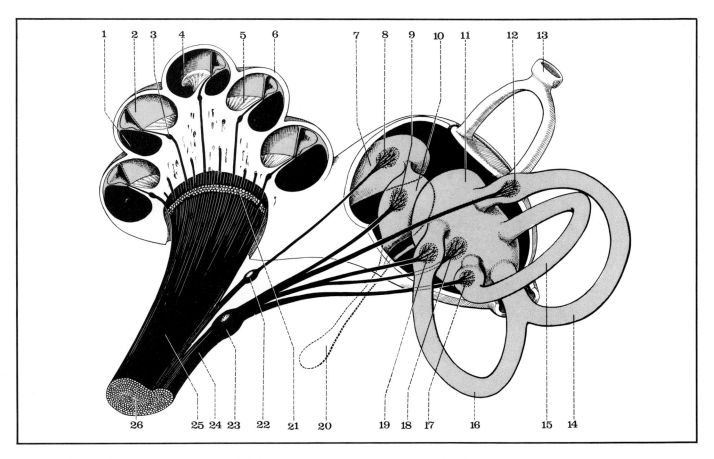

◀ FIGURE 46

Les origines du nerf stato-acoustique.
1. Rampe tympanique.
2. Rampe vestibulaire.
3. Canal spiral de Rosenthal.
4. Bord de la lame spirale.
5. Lame spirale.
6. Lame des contours.
6'. Nerf vestibulaire inférieur ou sacculaire.
7. Tube cochléaire.
8. Origine du filet vestibulaire du nerf cochléaire.
9. Origine du nerf sacculaire.
10. Saccule.
11. Utricule.
12. Origine du nerf ampullaire postérieur.
13. Etrier.
14. Canal semi-circulaire postérieur.
15. Canal semi-circulaire externe.
16. Canal semi-circulaire supérieur.
17. Origine du nerf ampullaire externe (nerf vestibulaire supérieur).
18. Origine du nerf utriculaire (nerf vestibulaire supérieur).
19. Origine du nerf ampullaire supérieur (nerf vestibulaire supérieur).
20. Cul-de-sac endo-lymphatique.
21. Filets sectionnés du nerf cochléaire.
22. Ganglion de Boettcher.
23. Ganglion de Scarpa.
24. Tronc du nerf vestibulaire.
25. Nerf cochléaire.
26. Nerf stato-acoustique.

— **Le petit nerf pétreux superficiel** ou rameau communicant avec le plexus tympanique (Ramus communicans cum plexus tympanico) né en dehors du précédent reçoit également un rameau du nerf de Jacobson, le petit nerf pétreux profond, et sort du rocher pour gagner le ganglion otique.

Après ce premier coude, le nerf facial chemine parallèlement à l'axe du rocher dans son segment tympanique. Il passe au-dessous du canal semi-circulaire externe en croisant la face externe du vestibule dont il s'écarte progressivement, pour contracter des rapports de plus en plus étroits avec l'oreille moyenne. (Fig. 47)

FIGURE 47 ▶

Coupe horizontale de l'oreille montrant le trajet du nerf facial intra-crânien. (Côté droit, segment inférieur).

1. Nerf facial.
2. Nerf intermédiaire de Wrisberg.
3. Gaine arachnoïdienne commune.
4. Nerfs pétreux superficiels.
5. Coude du nerf facial.
6. Genou du nerf facial.
7. Ganglion géniculé.
7'. Nerfs pétreux profonds.
8. Grand et petit nerfs pétreux.

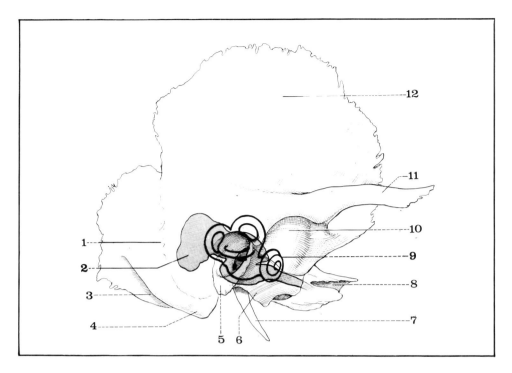

FIGURE 48

Vue latérale externe de l'os temporal droit. En projection : les cavités de l'oreille moyenne et de l'oreille interne.
1. *Suture pétro-squameuse.*
2. *Projection de l'antre mastoïdien.*
3. *Rainure du digastrique.*
4. *Apophyse mastoïde.*
5. *Os tympanal formant le conduit auditif externe.*
6. *Apophyse vaginale.*
7. *Apophyse styloïde.*
8. *Canal carotidien.*
9. *Projection de la cochlée.*
10. *Cavité glénoïde du temporal.*
11. *Apophyse zygomatique.*
12. *Ecaille du temporal*

LES RAPPORTS AVEC L'OREILLE MOYENNE (Fig. 48 et 49)

Les rapports de l'oreille interne et de l'oreille moyenne ont déjà été évoqués avec l'étude de cette dernière. Rappelons seulement que :

— le **premier tour de spire du limaçon** détermine sur la paroi interne de la caisse la saillie du **promontoire**;

— le **canal semi-circulaire externe** vient faire saillie à la partie postérieure de la paroi interne de la caisse et au niveau de l'aditus ad antrum immédiatement au-dessus de l'aqueduc de Fallope;

— les **cavités vestibulaires** s'ouvrent sur l'oreille moyenne au niveau de la **fenêtre ovale**;

— la **cavité sous-vestibulaire**, prolongement postérieur de la rampe tympanique, s'ouvre sur l'oreille moyenne par la **fenêtre ronde**. (Fig. 38bis)

LES RAPPORTS AVEC LA CAVITÉ CRÂNIENNE :

Profondément situées à l'intérieur du rocher, les cavités de l'oreille moyenne sont séparées de la cavité crânienne par une épaisse lame osseuse sauf au niveau de la boucle du canal semi-circulaire supérieur qui vient parfois faire saillie à la face antéro-supérieure du rocher. Rappelons cependant qu'il existe une communication directe entre les cavités labyrinthiques et la fosse cérébrale postérieure par l'intermédiaire du *conduit auditif interne*, de *l'aqueduc du vestibule* et de *l'aqueduc du limaçon*.

LES RAPPORTS AVEC LA CAROTIDE INTERNE

Seule la cochlée entre en rapport avec la carotide interne, son sommet étant situé immédiatement en dehors et en arrière du coude du canal carotidien. Les deux éléments ne sont séparés à ce niveau que par une mince lame osseuse.

LES RAPPORTS AVEC LE GOLFE DE LA JUGULAIRE INTERNE

A leur face inférieure, le vestibule et le limaçon sont au contact de la partie interne du golfe de la jugulaire, dont ils ne sont séparés que par une très mince paroi osseuse. (Fig. 50bis).

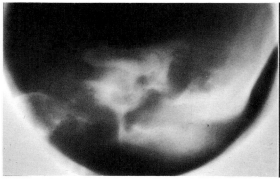
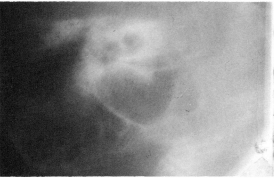

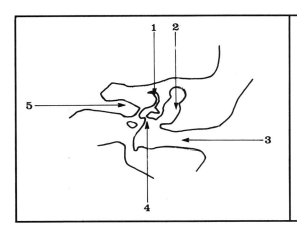
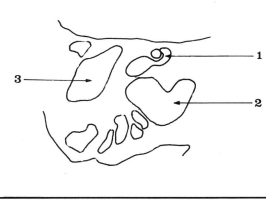

FIGURE 49

Tomographie transversale montrant les rapports de l'oreille moyenne et de l'oreille interne.

1. Canal semi-circulaire supérieur.
2. Caisse du tympan.
3. Conduit auditif externe.
4. Fenêtre ronde.
5. Conduit auditif interne.

FIGURE 50

Tomographie montrant les rapports de l'oreille interne avec le golfe de la jugulaire.
1. Cochlée.
2. Golfe de la jugulaire.
3. Cellules mastoïdiennes.

FIGURE 50bis

Vue supérieure de l'os temporal. En projection : les cavités de l'oreille moyenne et de l'oreille interne.

1. Ecaille du temporal.
2. Orifice antérieur de la trompe d'Eustache.
3. Projection de l'aqueduc de Fallope.
4. Conduit auditif interne.
5. Aqueduc du limaçon.
6. Face endo-crânienne postéro-supérieure du rocher.
7. Canaux semi-circulaires.
8. Gouttière du sinus latéral.
9. Mastoïde.
10. Antre et cellules mastoïdiennes.
11. Caisse du tympan.
12. Chaîne des osselets.
13. Bord biseauté de l'écaille.
14. Apophyse zygomatique.

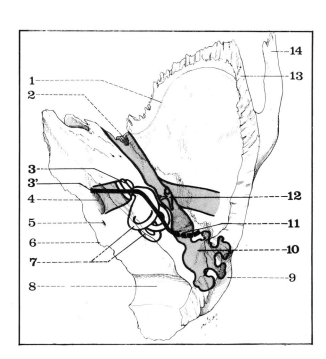

le système nerveux central
index alphabétique des matières

Les chiffres en caractères gras correspondent à la description principale

A

Accommodation, 229, **275**
Aires auditives, **201**
Aires cortico-oculo-céphalogyres, **198**
Aires cortico-ponto-cérébelleuses, **198**
Aires extra-pyramidales, **198**
Aires facilitantes, **198**, 262
Aires gustatives, **201**
Aires motrices, 196, **197**
Aires olfactives, **201**
Aires para-pyramidales, **198**, 262
Aires psychiques pures, 197, **201**
Aires psychomotrices, **198**
Aire pyramidale, **197**
Aires sensitivo-sensorielles, 197, **200**
Aires suppressives, **198**, 262
Aires visuelles, **200**, 298
Ampoule de Galien
    (Vena cerebri magna), **170**
Amygdale cérébelleuse, 136
Amygdale pharyngée
    (Tonsilla pharyngea), 114
Angle ponto-cérébelleux, **146**
Angle sphénoïdal, **15**
Anneau de Zinn
    (Anulus tendineus communis), 120
Anomalies crâniennes, **41**
Anse lenticulaire
    (Ansa lenticularis), **209**
Aponévrose épicrânienne
    (Galea aponeurotica), **46**
Apophyse mastoïde
    (Processus mastoideus), **13**
Apophyse ptérygoïde
    (Processus pterygoideus), **11**, 26
Apophyse styloïde
    (Processus styloideus), 14
Apophyse zygomatique
    (Processus zygomaticus), 13
Aqueduc de Fallope
    (Canalis facialis), 13
Aqueduc de Sylvius
    (Aqueductus cerebri), 53, 101, **133**
Arachnoïde crânienne
    (Arachnoidea encephali), **62**
Archéo-cérébellum, 138, 223, **266**, 272
Archipallium, **196**, 311
Architecture du crâne, **40**
Artère auriculaire postérieure
    (A. auricularis posterior), 48
Artère carotide interne
    (A. carotis interna), 88, **90**, **118**, 154
Artères cérébelleuses
    (A. cerebelli), 144, **162**
Artère cérébrale antérieure
    (A. cerebri anterior), 118, **152**, 155
Artère cérébrale moyenne
    (A. cerebri media), 118, **154**, 157
Artère cérébrale postérieure
    (A. cerebri posterior), **154**, 156
Artère choroïdienne antérieure
    (A. choroidea anterior), 98, 118, **154**
Artère communicante antérieure
    (A. communicans anterior), 9, **152**
Artère communicante postérieure
    (A. communicans posterior), 118, **154**

Artères dorso-spinales
    (Rami dorsali), **192**
Artère frontale interne
    (A. supratrochlearis), **49**
Artères médullaires, **192**
Artère méningée moyenne
    (A. meningea media), **60**
Artère occipitale
    (A. occipitalis), 48
Artère sus-orbitaire
    (A. supra orbitalis), **49**
Artère temporale superficielle
    (Arteria temporalis superficialis), 48
Artères du tronc cérébral, **162**
Artère vertébrale
    (Arteria vertebralis), **143**, 192
Astérion, **23**

B

Bandelette cendrée, 73, **315**
Bandelette diagonale, **314**, 315
Bandelette de Giacomini, **315**
Bandelette longitudinale postérieure
    (Fasciculus longitudinalis medialis), **244**, 266, 306
Bandelette olfactive
    (Tractus olfactorius), **313**
Bandelette optique
    (Tractus opticus), **293**
Base du crâne
    (Basis cranii), **23**, 36
Bourse pharyngienne
    (Bursa pharyngea), 114
Bras conjonctivaux
    (Brachium colliculi), **130**
Bulbe olfactif
    (Bulbus olfactorius), **313**
Bulbe rachidien
    (Medulla oblongata), 52, **184**

C

Canal carotidien
    (Canalis caroticus), 13
Canal de l'épendyme
    (Canalis centralis), 53, 132, **185**
Canal vertébral
    (Canalis vertebralis), **179**
Capsule interne
    (Capsula interna), **107**, **217**
Carrefour ventriculaire
    (Trigonum collaterale), **98**
Cavités ventriculaires, **52**
Cavum de Meckel
    (Cavum trigeminale), **85**
Centres cérébelleux, **222**
Centres cérébraux, **195**
Centre cortical visuel, **298**
Centres corticaux, **196**
Centre gustatif de Nageotte, **230**, 308
Centres médullaires, **248**
Centre ovale
    (Centrum semiovale), **107**, **216**, 257

Centres sous-corticaux, **202**
Cerveau
    (Cerebrum), 52, **65**, **91**
Cervelet
    (Cerebellum), 52, 127, **134**, 147
Champ de Wernicke, **218**, 297
Chiasma optique
    (Chiasma opticum), **116**, 291
Choanes
    (Choanae), **26**
Cingulum
    (Cingulum), 73, **217**, 316
Circonvolution frontale ascendante
    (Gyrus precentralis), **70**
Circonvolution de l'hippocampe
    (Gyrus parahippocampalis), **72**, 314
Circonvolution intra-limbique, **73**
Circonvolution pariétale ascendante
    (Gyrus post centralis), **71**
Colonne de Clarke
    (Nucleus thoracicus), **251**, 268
Commissure blanche antérieure
    (Commissura anterior), **107**, 220, 317
Commissure blanche postérieure
    (Commissura posterior), 101, **205**, 220
Commissures du cerveau, **75**
Commissures diencéphaliques, **108**
Commissure grise
    (Adhesio interthalamica), **205**, 221
Commissure de Gudden
    (Commissura supraoptica), **221**, 302
Commissure inter-habénulaire
    (Commissura habenularum), **214**, 220, 317
Commissures inter-hémisphériques, **75**, 107
Commissure inter-striée, **209**, 221
Commissure inter-tubérienne, **213**, 221
Commissure psaltérine, **317**
Commissure sous-thalamique, **211**, 221
Conduit auditif interne
    (Meatus acusticus internus), **39**, 125
Cône terminal
    (Conus medullaris), **184**
Confluents sous-arachnoïdiens
    (Cisternae subarachnoideales), **63**
Cordons médullaires
    (Funiculi medullae spinalis), 184
Corne d'Ammon
    (Cornu ammonis pes hippocampi), **96**, 316
Corne frontale
    (Cornu anterius), **95**
Corne occipitale
    (Cornu posterius), **96**
Corne temporale
    (Cornu inferius), **96**
Corps bordant
    (Fimbria hippocampi), 76
Corps calleux
    (Corpus callosum), **75**, 107, 216, **219**, 302
Corps genouillé externe
    (Corpus geniculatum laterale), 130, 206, **296**
Corps genouillé interne
    (Corpus geniculatum mediale), 130, 206, **302**
Corps godronné
    (Gyrus dentatus), **315**

Corps de Luys
  (Nucleus subthalamicus), **106**, 211
Corps striés
  (Corpus striatum), **104**, 208
Corps trapézoïde
  (Corpus trapezoideum), **237**, 302
Corps vertébral
  (Corpus vertebrae), **182**
Coupe de Charcot, **91**, 92
Coupe de Flechsig, **91**, 93
Couronne rayonnante
  (Corona radiata), **204**, 257
Crâne osseux
  (Cranium), **9**
Crâniométrie, **29**

D

Décussation piniforme, 282
Décussation de Wernekink
  (Decussationes pedunculorum cerebellarium superiorum), **270**
Développement du crâne, **32**
Disques intervertébraux
  (Disci intervertebrales), **182**
Dure-mère
  (Dura mater), **55**
Dure-mère crânienne
  (Dura mater encephali), **57**
Dure-mère rachidienne
  (Dura mater spinalis), **189**

E

Ecaille de l'occipital
  (Squama occipitalis), **12**, 40
Ecaille du temporal = os temporal
  (Pars squamosa), **13**
Embolus
  (Nucleus emboliformis), **223**
Endocrâne, **34**
Enveloppes du système nerveux central, **55**
Epiphyse
  (Corpus pineale), 101, **106**, 214
Epithalamus
  (Epithalamus), **106**
Ergot de Morand
  (Calcar avis), **97**
Espaces arachnoïdiens, 62, **140**, 148, 190
Espace épidural
  (Cavum epidurale), **190**
Espace perforé antérieur
  (Substantia perforata anterior), **118**, 314
Espace perforé postérieur
  (Substantia perforata posterior), **129**
Espace sous-arachnoïdien
  (Caum subarachnoideale), **62**
Etage antérieur de la base du crâne
  (Fossa cranii anterior), **37**
Etage facial de la base du crâne, **24**
Etage jugulaire de la base du crâne, **26**
Etage moyen de la base du crâne
  (Fossa cranii media), **37**
Etage occipital de la base du crâne, **28**
Etage postérieur de la base du crâne
  (Fossa cranii posterior), **39**
Exocrâne, **18**

F

Faisceau aberrant, **258**, 262
Faisceau de Burdach
  (Fasciculus cuneatus), 185, **254**
Faisceau central de la calotte
  (Tractus tegmentalis centralis), **245**
Faisceau cérébello-olivaire, 224, **268**
Faisceau cérébello-vestibulaire, 224, **266**, 306
Faisceau cortico-médullaire, **257**
Faisceau cortico-nucléaire, **258**
Faisceau cortico-ponto-cérébelleux
  (Tracti cortico pontini), 218, 224, **270**, 272
Faisceau dentato-rubro-thalamique, 223, 224, 268, **270**, 272
Faisceau de Goll
  (Fasciculus gracilis), 185, **254**
Faisceau hétérogène, **264**
Faisceau hippocampo-mamillaire, **316**
Faisceau lenticulaire
  (Ansa lenticularis), **209**
Faisceau longitudinal supérieur et inférieur
  (Fasciculus longitudinalis superior et inferior), **216**
Faisceau olivo-cérébelleux
  (Tractus olivo cerebellaris), **268**
Faisceau olivo-spinal, **264**
Faisceau pallidal de la pointe
  (Ansa lenticularis), **209**
Faisceau pyramidal
  (Tractus pyramidalis), **257**
Faisceau réticulo-spinal
  (Tracti reticulo spinales), **264**
Faisceau rétroflexe
  (Fasciculus retro flexus), **315**
Faisceau rubro-spinal
  (Tractus rubro spinalis), **264**, 270
Faisceau sensitivo-cérébelleux, **268**
Faisceau septo-habénulaire, **315**
Faisceau solitaire, 230, **235**
Faisceau spino-cérébelleux croisé
  (Tractus spino cerebellaris anterior), 224, 251, **268**
Faisceau spino-cérébelleux direct
  (Tractus spino cerebellaris posterior), 224, 251, **268**
Faisceau spino-thalamique
  (Tractus spino thalamicus), **282**
Faisceau tecto-spinal
  (Tractus tecto spinalis), **236**, 264
Faisceau thalamo-temporal, **218**, 302
Faisceau unciforme
  (Fasciculus uncinatus), **217**
Faisceau vestibulo-mésencéphalique, **244**, 306
Faisceau vestibulo-spinal
  (Tractus vestibulo spinalis), **264**, 266, 306
Fasciola cinerea, **315**
Faux du cerveau
  (Falx cerebri), **60**, 84
Faux du cervelet
  (Falx cerebelli), **60**, 126
Fente cérébrale de Bichat
  (Fissura transversa cerebri), 63, 88, **102**
Fente sphénoïdale
  (Fissura orbitalis superior), **38**
Filum terminale
  (Filum terminale), **184**, 189
Fontanelles
  (Fonticulus), **32**, 45
Foramen ovale de Pacchioni
  (Incisura tentorii), **59**, 125
Fosse cérébelleuse, **121**, 147
Fosse cérébrale antérieure, **77**
Fosse cérébrale moyenne, **84**
Fosse cérébrale postérieure, **121**, 145

G

Ganglion d'Andersch
  (G. inferius - N. glossopharyngeus), **308**
Ganglion d'Ehrenritter
  (G. superius - N. glossopharyngeus), **308**
Ganglion de Gasser
  (Ganglion trigeminale), **38**, 85
Ganglion géniculé
  (G. geniculi), **308**
Ganglion de l'habenula
  (Hanenula), **106**, 214, 315
Ganglion ophtalmique
  (Ganglion ciliare), 275, **276**
Ganglion de Scarpa
  (G. vestibulare), **305**
Ganglion spinal
  (G. spinale), **187**
Ganglion spiral
  (G. spirale pars cochlearis n. octavi), **302**
Globosus
  (Nucleus globosus), **223**
Glomus choroïdien, **98**
Golfe de la jugulaire
  (Bulbus venae jugularis superior), **178**
Gouttière basilaire
  (Sulcus basilaris), **39**, 130
Gouttière optique, **38**, 111
Grand nerf occipital
  (N. occipitalis major), **49**
Grande veine cérébrale
  (Vena cerebri magna), **170**
Granulations de Pacchioni
  (Granulationes arachnoideales), **35**

H

Habena, **315**
Hémiballisme, **212**
Hémiplégie capsulaire, **258**
Hémisphères cérébelleux
  (Hemispherium cerebelli), **136**
Hémisphères cérébraux
  (Hemispherium cerebri), 52, **66**
Hexagone artériel de Willis
  (Circulus arteriosus), **118**
Hexagone veineux de Trolard, 118
Homonculus moteur, **197**
Homonculus sensitif, **200**
Hypophyse
  (Hypophysis), **112**
Hypothalamus
  (Hypothalamus), 105, **212**

I

Incisure pré-occipitale
  (Incisura preoccipitalis), **67**
Indice céphalique, **15**
Indusium gris
  (Indusium griseum), **315**
Irido-motricité, **276**
Isthme de l'encéphale
  (Isthmus rhombencephali), **146**

L

Lame criblée de l'ethmoïde
  (Lamina cribrosa), **10**
Lame quadrilatère
  (Dorsum sellae), **111**

Ligament coccygien
(*Filum durae matris spinalis*), **184**
Ligament dentelé
(*Lig. denticulatum*), **190**
Ligament jaune
(*Lig. flavum*), **182**
Lignes courbes de l'occipital
(*Linea nuchae*), **28**
Lignes courbes du temporal
(*Linea temporalis*), **22**
Lobes du cerveau, **69**
Lobes du corps calleux
(*Gyrus cinguli*), **73**
Lobe frontal
(*Lobus frontalis*), **69**, 79
Lobe de l'insula
(*Insula*), **74**
Lobe intra-limbique, **315**
Lobe limbique
(*Gyrus fornicatus*), **73**, 314
Lobe occipital
(*Lobus occipitalis*), **71**, 83
Lobe pariétal
(*Lobus parietalis*), **70**, 83
Lobe temporal
(*Lobus temporalis*), **71**, 88
Locus coeruleus
(*Locus coeruleus*), **238**
Locus niger
(*Substantia nigra*), 134, **236**
Loge cérébrale, **56**
Loge hypophysaire, **109**
Losange opto-pédonculaire, 116
Lyre de David
(*Psalterium*), 76, 220, **317**

M

Macula
(*Macula*), **289**
Maladie de Parkinson, **208**, 210
Membrana tectoria
(*Vellum medullare*), **100**, 131
Méninges crâniennes
(*Meninges*), **57**
Méninges molles, **55**, 57
Méninges rachidiennes, 189
Moelle épinière
(*Medulla spinalis*), 52, **184**
Muscle frontal
(*Venter frontalis m. occipito-frontalis*), **46**
Muscle occipital
(*Venter occipitalis m. occipito-frontalis*), **47**
Myélomères, 252

N

Néencéphale, **196**
Néo-cérébellum, 138, 223, **270**, 272
Néopallium, **196**
Néo-striatum, **210**
Nerf auditif
(*N. vestibulocochlearis*), 143, **234**, 302, 305
Nerf auriculo-temporal
(*N. auriculo temporalis*), **49**
Nerfs crâniens
(*Nn. craniales*), **141**
Nerf facial
(*N. facialis*), 143, 229, **233**, 308
Nerf frontal
(*N. frontalis*), **49**
Nerf glosso-pharyngien
(*N. glosso pharyngeus*), 143, 229, **234**, 308
Nerf grand hypoglosse
(*N. hypoglossus*), 149, 228, **235**
Nerf intermédiaire de Wrisberg
(*N. intermedius*), 143, **233**, 308
Nerf moteur oculaire commun
(*N. oculomotoricus*), 228, **232**, 274
Nerf moteur oculaire externe
(*N. abducens*), 88, 141, 228, **233**, 274
Nerfs olfactifs
(*Nn. olfactorii*), **80**, 314
Nerf optique
(*N. opticus*), **289**
Nerf pathétique
(*N. trochlearis*), 228, **232**, 274
Nerf pneumogastrique
(*N. vagus*), 143, 229, **235**
Nerf rachidien
(*Nn. spinales*), **187**
Nerf sinu-vertébral
(*Ramus meningeus - n. spinales*), 187
Nerf spinal
(*N. accessorius*), 143, 149, 229, **235**
Nerf trijumeau
(*N. trijeminus*), 143, 229, **231**, **232**
Nerf vestibulaire
(*Pars vestibularis - n. octavi*), **305**
Neurones, 54
Névraxe, 52, 54
Norma basilaris, 23
Norma frontalis, 18
Norma lateralis, 21
Norma occipitalis, 20
Norma verticalis, 19
Noyau ambigu
(*Nucleus ambiguus*), **229**
Noyau amygdalien, **104**, 107, 316
Noyau arqué
(*Nuclues arcuatus*), **239**
Noyau de Bechterew
médullaire, 251, 268
vestibulaire, 305
(*Nucleus vestibularis superior*)
Noyau de Burdach
(*Nucleus cuneatus*), **238**
Noyau de Cajal, **236**
Noyau cardio-pneumo-entérique
(*Nucleus dorsalis n. vagi*), **229**
Noyau caudé
(*Nucleus caudatus*), **104**, 208
Noyaux du cervelet, **223**
Noyaux cochléaires
(*Nuclei cochlearis*), 230
Noyau de Darkschewitsch, **236**
Noyau de Deiters
(*Nucleus vestibularis lateralis*), 305
Noyau denté
(*Nucleus dentatus*), **223**
Noyau d'Edinger Westphall, **229**, 276
Noyau de Goll
(*Nucleus gracilis*), **238**
Noyaux gris centraux
du cerveau, **102**
du cervelet, **223**
Noyau interpédonculaire, **236**
Noyau lacrymo-muco-nasal, **229**
Noyau lenticulaire
(*Nucleus lentiformis*), **105**, 208
Noyau de Lewandowsky, 305
Noyaux médullaires, 249, 251
Noyaux des nerfs crâniens, 133, **227**
Noyaux opto-striés, **102**, 202
Noyau de Perlia, **229**, 275
Noyaux du pont, 134, **237**
Noyaux propres du tronc cérébral, **236**
Noyau de Roller, 305

Noyau rouge
(*Nucleus ruber*), 134, **236**
Noyaux salivaires
(*Nucleus salivatorius*), **229**
Noyau de Schwalbe
(*Nucleus vestibularis medialis*), 305
Noyaux somato-moteurs, **227**
Noyaux somato-sensitifs, **230**
Noyaux sous-opto-striés, **105**, 211
Noyaux sus-opto-striés, **106**, 214
Noyaux du vermis, **223**
Noyaux vestibulaires
(*Nucleus vestibularis*), **231**, 266
Noyaux viscéro-moteurs, **229**
Noyaux viscéro-sensitifs, **230**
Noyau de Von Monakow
(*Nucleus cuneatus accessorius*), **238**, 268

O

Oculo-céphalo-gyrie, **274**
Olive bulbaire
(*Oliva*), **130**, 134, 238
Olive protubérantielle, **237**
Organes hypothalamiques, **213**
Organisation fonctionnelle de la moelle, **252**
Origines réelles des nerfs crâniens, **232**
Os ethmoïde
(*Os ehtmoidale*), **10**
Os frontal
(*Os frontale*), **10**
Os occipital
(*Os occipitale*), **11**
Os pariétal
(*Os parietale*), **12**
Os sphénoïde
(*Os sphenoidale*), **11**
Os temporal
(*Os temporale*), **13**
Os tympanal
(*Pars tympanica*), **14**

P

Paléo-cérébellum, 138, 223, **268**, 272
Paléo-striatum, **210**
Pallidum, **105**
Papille optique
(*Papilla nervi optici*), **288**
Pédoncules cérébelleux
(*Pedunculus cerebellaris*), 135, **137**, 224
Pédoncule cérébral
(*Pedunculus cerebri*), 52
Pédoncules du thalamus
(*Fasciculi thalamo-corticales*), **204**
Pes lemniscus profond, **258**
Pie-mère crânienne
(*Pia mater encephali*), 54, **63**
Pie-mère médullaire
(*Pia mater spinalis*), 190
Plexus choroïdes
(*Pl. choroideus*), 63, **94**, **96**, 131, 141
Plexus veineux intra-rachidiens
(*Pl. venosi vertebrales interni*), **194**
Polygone artériel de Willis, **152**
Polygone veineux de Trolard, **171**
Pressoir d'Hérophile
(*Confluens sinuum*), **178**
Protubérance annulaire
(*Pons*), 52
Protubérance occipitale externe
(*Protuberantia occipitalis externa*), **20**, 45

Psaltérium
(Lyre de David), **76**, 317
Ptérion, **22**
Pulvinar
(Pulvinar), 103, **202**, 206, 297
Putamen
(Putamen), **105**
Pyramide bulbaire
(Pyramis), **130**, 131

Q

Quatrième ventricule
(Ventriculus quartus), 53, **132**
Queue de cheval
(Cauda equina), **188**

R

Racines olfactives
(Stria olfactoria), **313**, 315
Racines rachidiennes
(Radix n. spinales), **186**
Radiations olfactives profondes, **315**
Radiations optiques
(Radiatio optica), 218, **297**
Radio-anatomie du crâne, **42**
Région fronto-occipitale, **44**
Région pariéto-occipitale, **82**
Région zygomatique
(Regio zygomatica), 89
Rétine
(Retina), **288**
Rhinencéphale, 73, **311**
Rhino-pharynx
(Pars nasalis-cavum pharyngis), 114
Rocher du temporal
(Pars petrosa), **13**
Ruban de Reil latéral
(Lemniscus lateralis), 204, 206, **302**
Ruban de Reil médian
((Lemniscus medialis), 204, 206, **282**

S

Scissure calcarine
((Sulcus calcarinus), 68
Scissures du cerveau, **66**
Scissure calloso-marginale
(Sulcus cinguli), **67**
Scissure perpendiculaire
(Sulcus parieto-occipitalis)
  Externe, **66**
  Interne, **68**
Scissure de Rolando
(Sulcus centralis), 50, **66**
Scissure de Sylvius
(Sulcus lateralis), **66**
Selle turcique
(Sella turcica), 38, **110**
Sillon bulbo-protubérantiel, 130
Sillon choroïdien, 103
Sillon de Monro
(Sulcus hypothalamicus), **99**
Sillon opto-strié, 103
Sinus caverneux
(Sinus cavernosus), **87**, 119, 175
Sinus coronaire
(Sinus intercavernosi), **175**
Sinus droit
(Sinus rectus), 127, **177**

Sinus latéral, 40, 122, 127, 167, **178**
Sinus longitudinal inférieur
(Sinus sagittalis inferior), 60, **176**
Sinus longitudinal supérieur
(Sinus sagittalis superior), 35, 50, 166, **176**
Sinus occipital postérieur
(Sinus occipitalis), 127, **176**
Sinus occipital transverse
(Plexus basilaris), 127, **175**
Sinus pétreux inférieur
(Sinus petrosus inferior), 127, **175**
Sinus pétreux supérieur
(Sinus petrosus superior), 127, **175**
Sinus sigmoïde
(Sinus sigmoideus), **178**
Sinus sphénoïdal
(Sinus sphenoidalis), **114**
Sinus sphéno-pariétal
(Sinus spheno-parietalis), **79**, 167, 175
Sinus transverse
(Sinus transversus), **178**
Sinus veineux de la dure-mère
(Sinus durae matris), 127, **174**
Splenium du corps calleux, **75**, 220
Substance blanche du cerveau, **107**
Substance blanche de la moelle
(Substantia alba medula spinalis), **186**, 254
Substance grise de la moelle
(Substantia grisea medulla spinalis), **186**
Substance réticulée
(Substantia reticularis), **240**
Subthalamus, 106, **211**
Suture coronale
(Sutura coronalis), **19**
Sutures du crâne
(Sutura), **30**
Suture métopique
(Sutura frontalis), **18**
Suture sagittale
(Sutura sagittalis), **19**, 82
Syndromes choréo-athétosiques, **210**
Systématisation de la moelle, **255**
Systématisation du thalamus, **206**
Système nerveux central
(Systema nervosum centrale), **51**
Système nerveux périphérique
(Systema nervosum periphericum), **51**
Système nerveux sympathique
(Systema nervosum autonomicum), **51**

T

Taenia semi-circularis
(Stria terminalis), **316**
Tapétum
(Tapetum), **217**
Tente du cervelet
(Tentorium cerebelli), **58**
Tente de l'hypophyse
(Diaphragma sellae), **59**, 111
Territoires artériels du cerveau, **158**
Thalamus
(Thalamus), 53, **103**, 202
Toile choroïdienne inférieure
(Tela choroidea ventriculi quarti), **141**
Toile choroïdienne supérieure
(Tela choroidea ventriculi tertii), **100**
Torcular, **178**
Tractus intermedio-lateralis, **250**
Tractus de Lancisi
(Stria longitudinalis medialis), **315**
Triangle de l'habenula, 103
Triangle de Reil, **129**

Trigone cérébral
(Fornix), **76**, 220
Trigone olfactif
(Trigonum olfactorium), **313**
Troisième ventricule
(Ventriculus tertius), 53, **99**
Trompe d'Eustache
(Tuba auditiva), **90**
Tronc basilaire
(A. Basilaris), **144**
Tronc cérébral, 52, 127, **226**
Trou de conjugaison
(Foramen intervertebrale), **182**
Trou déchiré antérieur
(Foramen lacerum), **38**
Trou déchiré postérieur
(Foramen jugulare), **40**, 122, 178
Trou occipital
(Foramen magnum), 11, **28**, 39, 122, 126, 148
Trou de Magendie
(Apertura mediana ventriculi quarti), **131**
Trou de Monro
(Foramen interventriculare), 53, **96**
Trou pariétal
(Foramen parietale), **20**, 35
Tuber cinéreum
(Tuber cinereum), **116**
Tubercules mamillaires
(Corpus mamillare), 116, **129**
Tubercules quadrijumeaux
(Colliculus), 52, **130**, 236
Tubercule de la selle
(Tuberculum sellae), **111**

V

Valvule de Vieussens
(Velum medullare anterius), **130**
Vascularisation artérielle de l'encéphale, **151**
Vascularisation veineuse de l'encéphale, 165
Veine anastomotique de Labbé
(V. anastomotica inferior), **169**
Veine anastomotique de Trolard
(V. anastomotica superior), **169**
Veine basilaire
(V. basalis), **170**
Veines cérébelleuses
(Vv. cerebelli), 145, **172**
Veines cérébrales
(Vv. cerebri), **166**
Veines cérébrales internes
(Vv. cerebri internae), **169**
Veines cérébrales moyennes, 167, 170
Veines médullaires
(Vv. spinales), **193**
Veines pétreuses, **173**
Veines du tronc cérébral, **174**
Ventricules cérébraux, **91**
Ventricules latéraux
(Ventriculus lateralis), 53, **94**
Vermis
(Vermis), **134**, **135**, 223
Voies d'association
  du tronc cérébral, **244**
  de la moelle, **251**
Voies auditives, **301**
Voies cérébelleuses, **265**
Voies extra-lemniscales, **282**
Voies extra-pyramidales, **262**
Voie finale commune, **264**
Voies gustatives, **308**
Voies lemniscales, **280**
Voies motrices **256**
Voies oculo-motrices, **274**

Voies olfactives, **310**
Voies optiques, **287**
Voies pyramidales, **256**
Voies de la sensibilité générale, **279**
Voies de la sensibilité profonde consciente, 280
Voies de la sensibilité profonde inconsciente, 268
Voies de la sensibilité tactile épicritique, 280
Voies de la sensibilité tactile protopathique, 282
Voies de la sensibilité thermo-algésique, 282
Voies sensitives, **278**
Voies de la substance blanche, **216**
Voies vestibulaires, **304**
Voûte du crâne
   (Calvaria), **18**, 35

Z

Zona incerta, 106, **211**
Zone décollable de Gérard Marchant, **50**

la face, la tête et les organes des sens
index alphabétique des matières

Les chiffres en caractères gras correspondent à la description principale

A

Aditus ad antrum, **565**, 571
Amygdale linguale
 (*Tonsilla lingualis*), **389**
Amygdale palatine
 (*Tonsilla palatina*), **447**
Anneau de Zinn
 (*Anulus tendineus communis*), 503, **522**
Antre mastoïdien
 (*Antrum mastoidei*), **571**
Apex orbitaire, **505**
Aponévrose épicrânienne
 (*Galea aponeurotica*), **380**
Aponévrose inter-ptérygoïdienne, **366**
Aponévrose orbitaire
 (*Vagina bulbi*), **525**
Aponévrose péri-pharyngée
 (*Fascia buccopharyngea*), **445**
Aponévrose ptérygo-temporo-mandibulaire, **367**
Apophyse coronoïde
 (*Processus coronoideus*), **347**
Apophyse geni
 (*Spina mentalis*), **345**
Apophyse mastoïde
 (*Processus mastoideus*), **552**
Apophyse montante du maxillaire
 (*Processus frontalis*), **335**
Apophyse orbitaire du palatin
 (*Processus orbitalis*), **339**
Apophyse palatine du maxillaire
 (*Processus palatinus*), **333**
Apophyse pyramidale du maxillaire
 (*Processus zygomaticus*), **335**
Apophyse pyramidale du palatin
 (*Processus pyramidalis*), **339**
Apophyse sphénoïdale du palatin
 (*Processus sphenoidalis*), **339**
Apophyse styloïde
 (*Processus styloideus*)
Apophyse zygomatique
 (*Processus zygomaticus*), 551, **552**
Appareil lacrymal
 (*Apparatus lacrimalis*), **547**
Appareil de protection du globe oculaire, **540**
Aqueduc de Fallope
 (*Canalis facialis*), **555**
Aqueducs de l'oreille interne, **578**
Arcades alvéolaires
 (*Arcus alveolaris*), 334, **343**, 403, 404
Arcades dentaires
 (*Arci dentalis*), **414**
Arcade sourcilière
 (*Arcus superciliaris*), **461**
Arcade zygomatique
 (*Arcus zygomaticus*), **355**
Architecture du massif facial, **352**
Artère alvéolaire supéro-postérieure
 (*A. alveolari superior posterior*), 369, **418**
Artère auditive interne
 (*A. labyrinthi*), **583**
Artère centrale de la rétine
 (*A. Centralis retinae*), **512**, 527
Artère dentaire inférieure
 (*A. alveolaris inferior*), 370, **417**

Artère dorsale de la langue
 (*Rami dorsales linguae*), **396**
Artères ethmoïdales
 (*A. ethmoidalis*), **483**, 528
Artère faciale
 (*A. facialis*), **464**
Artère linguale
 (*A. lingualis*), **396**
Artère maxillaire interne
 (*Arteria maxillaris*), **368**
Artère ophtalmique
 (*A. ophtalmica*), **526**
Artère palatine ascendante
 (*A. palatina ascendens*), **395**, 438
Artère palatine descendante
 (*A. palatina descendens*), 370, **438**
Artère pharyngienne ascendante
 (*A. pharyngea ascendens*), **396**
Artère ranine
 (*A. profunda linguae*), **396**
Artère de la sous-cloison, **484**
Artère sous-orbitaire
 (*A. infra orbitalis*), 369, **418**
Artère sphéno-palatine
 (*A. spheno palatina*), 369, 418, 438, **483**
Artère sub-linguale
 (*A. sublingualis*), **396**, 428
Artère temporale superficielle
 (*Arteria temporalis superficialis*), **381**
Artères tonsillaires
 (*Ramus tonsillaris*), **448**
Articulation temporo-mandibulaire
 (*Articulatio temporo mandibularis*), **357**
Articulé dentaire, **414**

B

Bec de cuiller
 (*Processus cochleariformis*), **564**
Bouche
 (*Cavum oris*), **385**
Branche montante de la mandibule
 ((*Ramus mandibulae*), **345**, 356

C

Caisse du tympan
 (*Cavum tympani*), **562**
Canal carotidien
 (*Canalis caroticus*), **555**
Canal cochléaire
 (*Ductus cochlearis*), **582**
Canal dentaire inférieur
 (*Canalis mandibulae*), **347**
Canal lacrymo-nasal
 (*Canalis nasolacrimalis*), **549**
Canal de Wharton
 (*Ductus submandibularis*), **428**
Canalicules lacrymaux
 (*Canaliculus lacrimalis*), **549**
Canaux ethmoïdaux, **503**
Canaux semi-circulaires membraneux
 (*Canalis semi-circularis*), **580**

Canaux semi-circulaires osseux
 (*Canalis semi-circularis*), **576**
Capsule de l'articulation
 temporo-mandibulaire, **359**
Capsule de Tenon
 (*Vagina bulbi*), **526**
Caroncule lacrymale
 (*Caruncula lacrimalis*), **546**
Cartilage de la cloison nasale
 (*Cartilago septi nasi*), **459**, 481
Cavité glénoïde du temporal
 (*Fossa mandibularis*), **357**, 553
Cellules mastoïdiennes
 (*Cellulae mastoidae*), **572**
Chaîne des osselets, **566**
Choanes
 (*Choanae*), **482**
Choroïde
 (*Choroidea*), **510**
Cochlée ou limaçon
 (*Cochlea*), **578**
Columelle
 (*Modiolus*), **578**
Conduit auditif externe
 (*Meatus acusticus externus*), 552, **558**
Conduit auditif interne
 (*Meatus acusticus internus*), **580**
Condyle de la mandibule
 (*Processus condylaris*), **347**, 358
Condyle du temporal
 (*Tuberculum articularis*), **357**
Conjonctive
 (*Tunica conjunctiva*), **546**
Cornée
 (*Cornea*), **512**
Cornet inférieur
 (*Concha nasalis inferior*), **341**, 478
Cornet moyen
 (*Concha nasalis media*), **478**
Cornet supérieur
 (*Concha nasalis superior*), **478**
Corps ciliaire
 (*Corpus ciliare*), **517**
Corps de la mandibule
 (*Corpus mandibulae*), **343**
Corps du maxillaire supérieur
 (*Corpus maxillae*), **332**
Corps vitré
 (*Corpus vitreum*), **512**
Courbe de Spée, **414**
Crête nasale
 (*Crista nasalis*), **333**
Cristallin
 (*Lens*), **516**
Cristalloïde
 (*Capsula lentis*), **516**
Culs-de-sac conjonctivaux
 (*Fornix*), **547**

D

Dentition, **415**
Dents
 (*Dentes*), **405**
Dents canines
 (*Dentes canini*), **409**

Dents incisives
   (*Dentes incisivi*), **408**
Dents molaires
   (*Dentes molares*), **411**
Dents prémolaires
   (*Dentes premolares*), **410**

E

Ecaille du temporal
   (*Pars squamosa*), 551
Echancrure sphéno-palatine
   (*Incisura spheno palatina*), **339**
Enclume
   (*Incus*), **567**
Epine de Spix
   (*Lingulae mandibulae*), **345**
Espace inter-ptérygoïdien, **368**
Ethmoïde antérieur
   (*Os ethmoidale*), **492**
Ethmoïde postérieur
   (*Os ethmoidale*), **492**
Etrier
   (*Stapes*), **567**

F

Fenêtre ovale
   (*Fenestra vestibuli*), 564
Fenêtre ronde
   (*Fenestra cochleae*), 564
Fente sphénoïdale
   (*Fissura orbitalis superior*), 502
Fente sphéno-maxillaire
   (*Fissura orbitalis inferior*), **336**, 349, 504
Fonctions de la langue, **401**
Formule dentaire, **405**
Fosse canine
   (*Fossa canina*), **334**
Fosses nasales
   (*Cavum nasi*), **474**
Fosse ptérygo-maxillaire
   (*Fossa infra temporalis*), **355**, 375
Fosse temporale
   (*Fossa temporalis*), **354**

G

Ganglion de Gasser (*Ganglion trigeminale*), 371, 374
Ganglion ophtalmique
   (*Ganglion ciliare*), **538**
Gencives
   (*Gingivae*), **404**
Glande lacrymale
   (*Glandula lacrimalis*), **547**
Glande sub-linguale
   (*Glandula sublingualis*), **427**
Globe oculaire
   (*Bulbus oculi*), **506**
Gouttière sous-orbitaire
   (*Sulcus infra orbitalis*), **334**, 501

H

Hélix
   (*Helix*), **556**
Humeur aqueuse
   (*Humor aquosus*), **516**

I

Iris
   (*Iris*), **514**
Isthme du gosier
   (*Isthmus faucium*), 386, **432**, 443, 446

J

Joues
   (*Mala*), 470

L

Labyrinthe membraneux
   (*Labyrinthus membranaceus*), **580**
Labyrinthe osseux
   (*Labyrinthus osseus*), **575**
Lac lacrymal
   (*Lacus lacrimalis*), **549**
Lame des contours
   (*Canalis spiralis cochleae*), **578**
Lame criblée de la sclérotique
   (*Lamina cribrosa sclerae*), **509**
Lame horizontale du palatin
   (*Lamina horizontalis*), **339**
Lame spirale
   (*Lamina spiralis ossea*), **578**
Lame verticale du palatin
   (*Lamina perpendicularis*), **337**
Langue
   (*Lingua*), **388**
Lèvres
   (*Labium*), **472**
Ligament de Hyrtl, **367**
Ligaments latéraux de l'articulation temporo-mandibulaire, **359**
Ligament ptérygo-épineux
   (*Lig. pteyro spinale*), **367**
Ligament ptérygo-mandibulaire
   (*Raphe pterygo mandibularis*), **360**
Ligament sphéno-mandibulaire
   (*Lig. spheno mandibulare*), **360**
Ligament stylo-mandibulaire
   (*Lig. stylo mandibulare*), **360**
Loge postérieure de l'orbite, **520**
Lymphatiques de la face, **466**
Lymphatiques de la langue, **396**

M

Macula Lutea, **511**
Mandibule (*Mandibula*), **343**
Marteau
   (*Malleus*), **566**
Méat inférieur
   (*Meatus nasi inferior*), **480**
Méat moyen
   (*Meatus nasi medius*), **479**
Méat supérieur
   (*Meatus nasi superior*), **479**
Membrane hyo-glossienne, **390**
Membrane du tympan
   (*Membrana tympani*), **558**, 562
Ménisque de la temporo-mandibulaire
   (*Discus articularis*), **358**
Menton
   (*Mentum*), **471**
Mimique, **463**
Muqueuse buccale
   (*Tunica mucosa oris*), **426**, 443

Muqueuse linguale, **394**
Muqueuse du voile du palais, **438**
Muscle abaisseur du sourcil, **462**
Muscle amygdalo-glosse, **392**, 445
Muscles auriculaires
   (*M. auricularis*), **557**
Muscle azygos de la luette
   (*M. uvulae*), **436**
Muscle buccinateur
   (*M. buccinator*), **453**
Muscle canin
   (*M. levator anguli oris*), **454**
Muscle carré du menton
   (*M. depressor labii inferioris*), **456**
Muscle ciliaire
   (*M. ciliaris*), **517**
Muscle constricteur supérieur du pharynx
   (*M. constrictor pharyngis superior*), **445**
Muscle dilatateur des narines
   (*M. dilatator naris*), **460**
Muscles droits de l'œil
   (*M. rectus*), **522**
Muscle de l'étrier
   (*M. stapedius*), **569**
Muscle génio-glosse
   (*M. genio-glossus*), **391**, 425, 426
Muscle génio-hyoïdien
   (*M. genio-hyoideus*), **426**
Muscle grand oblique de l'œil
   (*M. obliquus superior*), 524
Muscle de la houppe du menton
   (*M. mentalis*), **456**
Muscle hyo-glosse
   (*M. hyoglossus*), **392**, 425
Muscles incisifs, **458**
Muscle lingual inférieur
   (*M. longitudinalis inferior*), **392**, 425
Muscle lingual supérieur
   (*M. longitudinalis superior*), **394**
Muscle du marteau
   (*M. tensor tympani*), **569**
Muscle masséter
   (*M. masseter*), **382**
Muscle mylo-hyoïdien
   (*M. mylo-hyoideus*), **424**
Muscle myrtiforme
   (*M. depressor septi*), **460**
Muscle orbiculaire des lèvres
   (*M. orbicularis oris*), **457**
Muscle orbiculaire des paupières
   (*M. orbicularis oculi*), **461**, 544
Muscles de l'orbite, **521**
Muscle palato-glosse
   (*M. palato-glossus*), **392**, 434
Muscle palato-pharyngien
   (*M. palato pharyngeus*), **436**
Muscles peauciers de la face, **452**
Muscle péristaphylin externe
   (*M. tensor veli palatini*), **435**
Muscle péristaphylin interne
   (*M. elevator veli palatini*), **436**
Muscle petit oblique de l'œil
   (*M. obliquus inferior*), **524**
Muscle pharyngo-glosse
   (*Pars glosso pharyngea*), **392**
Muscle ptérygoïdien externe
   (*M. ptérygoideus lateralis*), **363**
Muscle ptérygoïdien interne
   (*M. ptérygoideus medialis*), **365**
Muscle pyramidal du nez
   (*M. procerus*), **459**
Muscle releveur de la lèvre supérieure
   (*M. levator labii superioris*), **453**, 454
Muscle releveur de la paupière supérieure
   (*M. levator palpebrae superioris*), **521**

Muscle risorius
(*M. risorius*), **454**
Muscle sourcilier
(*M. corrugator supercilii*), **462**
Muscle stylo-glosse
(*M. styloglossus*), **393**, 445
Muscle temporal
(*M. temporalis*), **378**
Muscle transverse de la langue
(*M. transversus linguae*), **393**
Muscle transverse du nez
(*M. compressor naris*), **459**
Muscle triangulaire des lèvres
(*M. depressor anguli oris*), **456**
Muscles zygomatiques, **454**

N

Narines
(*Nares*), **481**
Nerf auditif
(*N. vestibulocochlearis*), **584**
Nerf auriculo-temporal
(*N. auriculo temporalis*), **373**, 381
Nerfs ciliaires courts
(*Nn. ciliares breves*), 509, 515, **538**
Nerfs ciliaires longs
(*Nn. ciliaris longi*), 515, **536**
Nerf cochléaire
(*Pars cochlearis n. octavi*), **584**
Nerf dentaire inférieur
(*N. alveolaris inferior*), **373**
Nerfs dentaires supérieurs
(*Rami alveolares superiores*), **376**, 420
Nerf facial
(*N. facialis*), **399**, 467, 584
Nerf frontal
(*N. frontalis*), **469**, 535
Nerf glosso-pharyngien
(*N. glosso pharyngeus*), **399**
Nerf grand hypoglosse
(*N. hypoglossus*), **398**, 428
Nerf intermédiaire de Wrisberg
(*N. intermedius*), 399, **584**
Nerf lacrymal
(*N. lacrimalis*), **469**, 535
Nerf laryngé externe
(*Ramus externus - n. laryngeus superior*),
399
Nerf lingual
(*N. lingualis*), **373**, 398, 428
Nerf maxillaire inférieur
(*N. mandibularis*), **371**, 470
Nerf maxillaire supérieur
(*N. maxillaris*), **470**
Nerf moteur oculaire commun
(*N. oculomotoricus*), **533**
Nerf moteur oculaire externe
(*N. abducens*), **533**
Nerf nasal
(*N. nasociliaris*), **469**, 535
Nerf nasal interne
(*N. ethmoidalis anterior*), **486**
Nerf naso-palatin
(*N. naso palatinus*), **376**, 440
Nerfs olfactifs
(*Nn. olfactorii*), **486**
Nerf ophtalmique
(*N. ophtalmicus*), **469**, 535
Nerf optique
(*N. opticus*), **530**
Nerfs palatins
(*N. palatinus*), **376**, 440
Nerf pathétique
(*N. trochlearis*), **533**

Nerf sous-orbitaire
(*N. infra orbitalis*), **375**, 377
Nerf sphéno-palatin
(*Nn. pterygo-palatini*), **376**, 486
Nerf vestibulaire
(*Pars vestibularis - n. octavi*), **584**
Nez
(*Nasus*), **472**

O

Orbite osseuse
(*Orbita*), **499**
Oreille
(*Auris*), **550**
Oreille externe
(*Auris externa*), **556**
Oreille interne
(*Auris interna*), **574**
Oreille moyenne
(*Auris media*), **561**
Organe de Corti
(*Organum spirale*), **582**
Orifice piriforme
(*Apertura piriformis*), **459**, 481
Os de la face
(*Ossa facei*), **331**
Os hyoïde
(*Os hyoideum*), **390**
Os lacrymal
(*Os lacrimal*), **340**
Os malaire
(*Os zygomaticus*), **336**
Os maxillaire inférieur
(*Mandibula*), **343**
Os maxillaire supérieur
(*Maxilla*), **332**
Os nasal
(*Os nasale*), **342**, 458
Os palatin
(*Os palatinum*), **337**
Os temporal
(*Os temporale*), **551**
Os tympanal
(*Pars tympanica*), 551

P

Papille optique
(*Papilla nervi optici*), **511**
Paupières
(*Palpebra*), **473**, 541
Pavillon
(*Auricula*), **556**
Plancher de la bouche
(*Trigonum submandibulare*), **421**
Pli triangulaire
(*Plica triangularis*), **446**
Points lacrymaux
(*Punctum lacrimale*), **549**
Procès ciliaires
(*Processus ciliares*), **517**
Promontoire
(*Promontorium*), **564**
Pupille
(*Pupilla*), **514**
Pyramide de l'oreille moyenne
(*Eminentia pyramidalis*)

R

Rebord orbitaire
(*Margo orbitalis*), **461**, 504
Région amygdalienne, **442**
Région génienne
(*Regio infra orbitalis*), **452**
Région gingivo-dentaire, **403**
Région labiale
(*Regio buccalis*), **457**
Région mentonnière
(*Regio mentalis*), **455**
Région des muscles masticateurs, **353**
Région nasale, **458**
Région orbitaire, **460**
Région palatine, **431**
Régoin ptérygoïdienne, **363**
Régions superficielles de la face, **451**
Région temporo-massétérine
(*Régio temporalis*), **378**
Repli semi-lunaire
(*Plica semilunaris conjunctivae*), **546**
Rétine
(*Retina*), **510**
Rocher du temporal
(*Pars petrosa*), 551

S

Saccule
(*Sacculus*), **580**
Sac lacrymal
(*Saccus lacrimalis*), **549**
Sclérotique
(*Sclera*), **509**
Segment antérieur de l'œil, **512**
Segment postérieur de l'œil, **509**
Septum lingual
(*Septum linguae*), **390**
Septum orbitaire
(*Septum orbitale*), **461**, 544
Sinus ethmoïdal
(*Labyrinthus ethmoidalis*), **490**
Sinus frontal
(*Sinus frontalis*), **495**
Sinus maxillaire
(*Sinus maxillaris*), **336**, **497**
Sinus para-nasaux, **489**
Sinus sphénoïdal
(*Sinus sphenoidalis*), **494**
Sourcil
(*Supercilium*), **473**

T

Tarses des paupières
(*Tarsi palpebrae*), **543**
Tendon de Zinn
(*Anulus tendineus communis*), **522**
Tragus
(*Tragus*), **556**
Trompe d'Eustache
(*Tuba auditiva*), 572
Trou mentonnier
(*Foramen mentale*), **344**
Trou optique, **505**
Trou sous-orbitaire
(*Foramen infra orbitale*), **334**
Tubérosite maxillaire
(*Tuber maxillae*), **334**

U

Utricule
 (*Utriculus*), **580**

V

Veine faciale
 (*V. facialis*), **465**
Veines linguales
 (*Vv. lingualis*), **396**
Veine maxillaire interne
 (*Vv. maxillares*), **370**
Veine ophtalmique
 (*V. ophtalmica*), **529**
Vestibule membraneux
 (*Labyrinthus membranaceus*), **580**
Vestibule osseux
 (*Vestibulum osseus*), **576**
Voies lacrymales, **549**
Voies optiques réflexes, **539**
Voile du palais
 (*Velum palatinum*), **434**
Vomer
 (*Vomer*), **342**, 481
Voûte palatine
 (*Palatum osseum*), **432**

Z

Zonule de Zinn
 (*Zonula ciliaris*), **516**

MASSON Éditeurs
120, Bd Saint-Germain
75280 Paris Cedex 06
Dépôt légal : décembre 1991

Achevé d'imprimer par Pierre Mardaga
12, rue Saint-Vincent - 4020 Liège
en novembre 1991